LES
HAUTS-QUARTIERS

Paul Gadenne

LES
HAUTS-QUARTIERS

ROMAN

Préface de Pierre Mertens

Éditions du Seuil

TEXTE INTÉGRAL

ISBN 978-2-7578-3619-4

© Éditions du Seuil, 1973
© Points, 2013, pour la préface

Le Code de la propriété intellectuelle interdit les copies ou reproductions destinées à une utilisation collective. Toute représentation ou reproduction intégrale ou partielle faite par quelque procédé que ce soit, sans le consentement de l'auteur ou de ses ayants cause, est illicite et constitue une contrefaçon sanctionnée par les articles L. 335-2 et suivants du Code de la propriété intellectuelle.

*Paul Gadenne
absent de Paris*

Henry James imaginait volontiers qu'on pouvait subir la tentation de pénétrer au cœur d'une œuvre jusqu'à piéger le secret fondamental dont elle était issue et surprendre à travers elle, en flagrant délit, l'énigme de celui qui l'avait engendrée. Mais l'auteur du *Tour d'écrou* savait aussi que le « motif dans le tapis », une fois décelé, ne livre pas pour autant la clé du rébus. Pareillement le Citoyen Kane emporte dans la mort l'image du bouton de rose qui l'eût pu trahir dans l'intimité et sans doute au plus fort de son être.

Est-ce une coïncidence ? Dans une note liminaire au dernier roman publié de son vivant, *l'Invitation chez les Stirl*, Paul Gadenne annonçait déjà que son livre suivant pourrait porter la mention : « Seul l'auteur de ce livre est fictif. » Or ce livre-là devait précisément devenir *les Hauts-Quartiers*.

On peut néanmoins se jeter à la recherche d'un écrivain disparu lorsqu'on estime qu'il n'occupe pas, dans l'histoire et dans le présent d'une culture, la place qui lui revient. On est en droit de s'interroger sur les motifs qui l'ont fait oblitérer. Il y aurait du reste une belle étude à effectuer sur certaine « face cachée » du roman français contemporain : on s'y demanderait, par exemple, pour quelles raisons, elles-mêmes obscures mais à coup sûr révélatrices, Georges Limbour, René Daumal, Joë Bousquet, Jean Reverzy, Raymond Guérin, Henri Calet, Louis Guilloux, Alexandre Vialatte n'alertent plus ou pas davantage ce qu'il est convenu d'appeler « la sensibilité d'aujourd'hui ».

Certains créateurs, même lorsqu'ils ont accédé – quelquefois sur un malentendu ou pour leur disgrâce – à la célébrité, n'en demeurent pas moins confidentiels, au sens propre du terme. Voyez Broch. Voyez Musil. Voyez Segalen. Voyez Lowry[1].

Pour Paul Gadenne, il n'en est pas allé de même : c'est bien l'oubli qui a « sanctionné » sa sortie de scène. Au moment où ce livre posthume voit enfin le jour, celui qui l'a écrit sera bien – selon la formule consacrée, mais aussi de toutes les façons – « absent de Paris ». En 1956 s'est interrompue l'élaboration d'une œuvre entreprise à l'aube de la guerre et dont l'auteur, ainsi qu'on dit si souvent dans les notices nécrologiques, « disparaissait prématurément ». Peut-être, quelquefois, au cours de cette période, ses livres avaient-ils dû apparaître à certains « prématurés » eux aussi. Gadenne lui-même ne se berçait point trop d'illusions à ce sujet. Dans la présentation à *l'Invitation chez les Stirl*, il se demandait avec un évident scepticisme si un livre de ce genre, « où ce qui compte est tout ce qui n'est pas dit », pouvait encore avoir des lecteurs... André Rousseaux lui reprochait ses « analyses minutieuses » et la gratuité apparente de quelques « innovations techniques[2] ». Robert Kemp regrettait, lui, qu'il ne considérât pas le roman comme un « divertissement[3] ». François-Régis Bastide a relevé ironiquement, à propos de *la Plage de Scheveningen*, les biais dont bien des lecteurs de ce livre usaient pour « avouer leur admirative incompréhension de cette œuvre. Les uns souhaitaient plus de clarté, les autres de romanesque, celui-ci amorce un essai théologique, un dernier exorcise la poésie (...). Il semble plus simple de reconnaître que la vie de son auteur est celle d'un absent ou d'un prophète[4] ».

Il ne semble pas aventuré d'affirmer que la postérité de l'œuvre a souffert, au moins en partie, de sa précocité même. Dans un numéro des *Cahiers du Sud*, publié en 1955 et consacré, avec une présentation de Michel Butor et Bernard Dort, aux « romans blancs », on trouvait réunis les noms de

---

1. Combien n'apparaît-il pas significatif, à cet égard, que Gadenne fut, en France, l'un des premiers à parler, et avec une extrême pertinence, de l'auteur d'*Au-dessous du volcan*, dans une note critique des *Cahiers du Sud* en 1950...
2. À propos du *Vent noir*, cf. le n° 60 du *Figaro littéraire*, 1947.
3. Cf. le n° 1031 des *Nouvelles littéraires*, 1947.
4. « Paul Gadenne et ses coupables », *la Table ronde*, mars 1953, p. 142.

Robbe-Grillet, M'Uzan, Cayrol, Duras et Gadenne. L'ouvrage posthume de celui-ci confirme certes, si besoin en était, tout ce qui le séparait de ceux qui ont fait leurs classes à « l'école du regard ». Dans une réponse à une enquête sur « la crise du roman français[1] », il regrettait que le romancier ne fût plus un « possédé » et qu'il ne crût « plus en ses pouvoirs », qu'il eût « perdu cette part d'ingénuité nécessaire à l'invention et à l'édification patiente d'une œuvre romanesque ». Il est loisible de constater, cependant, comment il avait pressenti les révolutions fécondes qui bouleverseraient, dans les années soixante, le roman français. De *Siloé*, publié en 1941, aux *Hauts-Quartiers*, réédité aujourd'hui, que de chemin parcouru ! Comme celle de Reverzy, l'œuvre de Gadenne constitue une saisissante illustration de l'itinéraire qui a conduit de l'ancien roman au nouveau. Chez l'un comme chez l'autre, on assiste à une décantation, à une ascèse. Mais ni l'un ni l'autre n'ont assez vécu pour s'assurer l'audience qu'eût dû justement leur ouvrir cette démarche exemplaire. Non que l'œuvre, de leur vivant ou au lendemain de leur mort, fût passée inaperçue, tant s'en faut. Reverzy avait même vu son premier livre couronné par le prix Renaudot en 1954 et Maurice Nadeau a édité, jusqu'au dernier, ses textes posthumes. Pour ce qui est de Gadenne, le cas est plus singulier. Albert Béguin, Gaëtan Picon, François-Régis Bastide, Jean Cayrol, Marcel Arland, Bernard Dort, Pierre de Boisdeffre, Robert Kanters ont affirmé qu'on tenait en lui un écrivain parmi les plus représentatifs de sa génération. Parlant de *la Plage de Scheveningen*, Guy de Chambure a écrit qu'il tenait « le roman de Gadenne pour un des meilleurs de ce temps[2] ». Des notes critiques, non signées, dans le *Dictionnaire des œuvres contemporaines*, le signalent à l'attention dans des termes comparables et il y est dit, à propos de *l'Avenue*, qu'il s'agit là d'« un des plus beaux romans d'aujourd'hui bien qu'on ne le sache guère[3] ». François Nourissier prévoyait, en 1960 déjà, qu'on attendrait « longtemps encore que soient mis à leur place – avec les bénéfices divers

---

1. Cf. *les Nouvelles littéraires*, nº 1055, 1947.
2. Cf. *les Temps modernes*, 1953.
3. Éd. Laffont-Bompiani, 1967, p. 53.

que cela comporterait – les Leiris, Mandiargues, hier les Daumal, Gadenne, qui sont la probité et la vie de nos Lettres [1] ».

On observera que des critiques anglo-saxons ont parfois, eux aussi, décelé en lui un romancier majeur et se sont étonnés sinon scandalisés de l'éclipse que semblait connaître le rayonnement de son œuvre dans son propre pays. Le professeur Henri Peyre, de l'université de Yale, dans le fameux panorama critique qu'il a consacré au roman français contemporain, n'hésitait pas, en 1955, à le retenir parmi les quelque dix écrivains français qui marqueraient leur époque [2]. L'admirateur que sa curiosité pousserait à investiguer plus loin encore, aura même l'agréable surprise de découvrir que le nom de Gadenne a retenti jusqu'en Nouvelle-Zélande où un professeur de l'université de Canterbury a étudié de près la signification de son entreprise [3]...

Si nous revenons alors en France, pour retrouver l'écho qu'elle a pu susciter parmi la critique universitaire, il ne nous faudra retenir qu'un mémoire écrit pour l'obtention d'un diplôme d'études supérieures à l'université de Toulouse, analyse dont on ne saurait assez louer la sagacité et la pénétration, de Jean Crocq : *Paul Gadenne ou les vicissitudes d'une chasse spirituelle* [4].

Nous ne croyons utile de faire ainsi étalage d'éléments bibliographiques qu'afin de situer la véritable « malédiction » dont l'œuvre a souffert : si scandale il y a, comme nous inclinons à le penser, celui-ci résulte non d'une méconnaissance mais d'une véritable crise d'*amnésie* de l'activité critique. Et nous n'en voulons pour preuve, précisément, que ceci : qu'il ait fallu attendre seize ans pour sortir ce roman encore inédit du tiroir où l'ignorance ou la désinvolture d'un certain Paris littéraire le

---

1. Cf. l'introduction sur « le monde du livre » aux *Écrivains d'aujourd'hui (1940-1960) – Dictionnaire anthologique et critique établi sous la direction de Bernard Pingaud*, Grasset, 1960, p. 37.
2. *The Contemporary French Novel*, New York – Oxford University Press, 1955, p. 281-282, 290, 315-316 et 323.
3. R. T. Sussex, « The Novels of Paul Gadenne » in *Aumla, Journal of the Australian Universities Language and Literature Association*, november 1961.
4. De cette étude déposée à la faculté des Lettres et de Sciences humaines de Toulouse, seul un fragment a été imprimé dans les *Annales* publiées par cette faculté, en novembre 1965.

tenaient jalousement enfermé ! Et pourtant, à ce livre-là aussi, dont beaucoup et des mieux placés connaissaient l'existence, d'aucuns avaient, en temps utile, déjà promis une brillante carrière. À la mort de l'auteur, Albert Béguin relata que « Gadenne venait d'achever, en première version, un roman auquel il tenait beaucoup. Lors de son dernier séjour à Paris, il nous en parlait avec ferveur, et lui qui si souvent avait dû se croire à la veille de mourir, il paraissait n'y plus songer avec la même angoisse, comme si la confiance qu'il mettait dans cette dernière œuvre l'eût persuadé qu'il aurait le loisir de l'achever [1] ».

De son côté, Dort faisait mention des œuvres de Gadenne qui restaient à publier [2]. Quant à Picon, il n'hésitait pas à parier : « Tout porte à croire que le roman inachevé, *les Hauts-Quartiers*, maintient cette vertu conquise du dépouillement essentiel en lui donnant la signification spirituelle la plus profonde [3]. » Il est permis au lecteur de 1973 de mesurer la justesse de cette intuition. Jusqu'ici, seul un court fragment de l'œuvre avait été publié dans *la Nouvelle N.R.F.* [4] et, dans les colonnes de la même revue, Jacques Chessex se demandait, près de dix ans plus tard, pourquoi l'éditeur de Gadenne ne procédait pas à la publication du livre intégral [5]. Yvonne Gadenne qui, retirée à Agen, conservait depuis plus de quinze ans l'espoir que « justice fût rendue », se voit maintenant exaucée. Mais c'est bien à elle, avant tout, qui s'est patiemment dévouée à la mise en ordre définitive du manuscrit, que doivent aller les remerciements du lecteur...

De ces *Hauts-Quartiers*, de ce récit d'une quête où l'on voit un homme, de dépouillement en dépouillement, accéder au bord du néant et fixer, de manière presque transcendantale, le

1. *Esprit*, juin 1956.
2. *Cahiers du Sud*, n° 336, 1956.
3. *Panorama de la nouvelle littérature française*, 1960, p. 130.
4. Sous le titre « Un mariage », numéros de novembre et décembre 1957.
5. *La Nouvelle N. R. F.*, octobre 1966. Relevons qu'un des meilleurs connaisseurs de l'œuvre, Charles Blanchet, avait pris connaissance du roman sur manuscrit et y a fait maintes allusions au sein d'une étude publiée dans *Esprit* en avril 1963.

vertige de l'amour, il ne nous appartient pas de parler ici. C'est là désormais le travail du critique et de l'exégète. Une tâche nous incombe seulement : celle de rappeler, très sommairement, l'itinéraire au terme duquel s'accomplit cet aboutissement.

Né en 1907, Gadenne contractait, dès 1933, la tuberculose qui, après divers avatars, devait finalement l'emporter à l'âge de quarante-neuf ans. Son premier roman, *Siloé*, édité en 1941, relatait la convalescence intensément vécue et rêvée telle une initiation par un jeune homme dans un sanatorium de montagne. Comme dans *la Montagne magique*, à la fois si proche et si lointaine de ce livre, la maladie dont souffre le héros et dont il guérit a seulement atteint son corps mais lui permettra d'accéder à la vraie vie. La narration frappe par sa profusion, son caractère incantatoire et cette plénitude qui reflète une des dimensions de l'œuvre, son côté diurne. Le bonheur d'exister se transmue ici en bonheur d'écriture. On n'est pas près d'oublier ces pages où Simon qui marche dans la neige aux côtés d'Ariane, la femme aimée que lui ravira une avalanche, tombe en arrêt et en extase devant un arbre isolé, trait d'union entre la terre et le ciel et signe d'une réconciliation d'où plus rien de vivant, soudain, ne s'absente.

Plutôt un voyage au bout de la nuit : ainsi doit-on considérer *le Vent noir*, qui date de 1947. Il est peu de récits qui, à son égal, aient transcrit avec cette acuité la folie d'aimer et l'impossibilité de vivre sa passion. Le désert de l'amour brûle sous le soleil noir de la mélancolie. Aride, l'âme se consume d'appeler sans espoir d'être entendue. Les marches harassées de Luc dans un Paris transi, à la recherche d'une femme toujours volatile, toujours à ressaisir, ses rendez-vous toujours manqués ou perdus d'avance, comme peuvent l'être de mauvaises causes, ne trouveront leur terme que dans le crime. Luc veut vivre avec Marcelle une « minute parfaite » qui le délivrerait de son impuissance et de sa panique. Voyeur, il se regarde exister par le trou d'une serrure où aucune clé, pour lui, ne tourne. La porte, une fois enfoncée, n'ouvre que sur la mort. Mais, ainsi qu'au dénouement de *Moïra* de Julien Green, vient alors l'apaisement. C'est par le crime et par-delà le bien et le mal que Luc gagne les frontières de cette « seconde patrie » où, selon Musil, tout ce que fait chacun de nous « est innocent ». Béguin tenait pour un chef-d'œuvre ce livre éperdu et haletant.

Ensuite furent publiés presque simultanément *la Rue profonde*, manière de poème en prose d'une singulière transparence, et *l'Avenue*, peut-être la plus mal comprise et la plus féconde des œuvres de l'écrivain. Ces deux livres, par le biais d'une parabole ambiguë, rapportent la démarche du créateur en proie à sa création. Le réel et l'imaginaire, l'être et le symbole s'épousent ici si étroitement qu'on ne sait à quoi attribuer l'envoûtement qui s'empare du lecteur.

Un poète attend que remonte à la surface de la nuit la « forme parfaite » qu'y a engloutie le mensonge. Car les mots sont usés, ils ont trahi, pareils à la jeune femme aimée qui n'est pas venue au rendez-vous. Du silence naît un poème « en creux », comme le jour ne résulte que de l'effacement de la nuit. Et le poète ne se réconcilie avec soi qu'en se réconciliant avec le verbe. Telle est la donnée lyrique de *la Rue profonde*.

Dans *l'Avenue*, les perspectives s'élargissent. Blessé durant l'exode de 1940, le sculpteur Antoine Bourgoin a trouvé asile dans la petite ville de Gabarrus où, pour récupérer sa propre identité, il va s'efforcer de modeler une statue « qui soit comme un caillou usé par le temps mais sur lequel le temps glisse faute de prise ». Par dilection, il entreprend quelquefois de remonter l'avenue qui traverse la bourgade, bordée de mesquines villas et de ces arbres dont il croit entendre « le cri inaltérable ». Sa démarche paraît d'abord privée de but. Bientôt elle recoupe cependant celle de l'artiste hanté par la forme qu'il veut donner à son œuvre, en quête d'un « grain d'absolu ». L'avenue est censée mener à une construction, peut-être réelle, peut-être mythique, sans doute déjà détruite. À la recherche de cette forme incertaine, le héros recouvre son unité perdue. « Les marches matinales d'Antoine Bourgoin miment la naissance d'un monde. » Il aspire, à présent, à donner « un instant de sa vie à la joie paisible qui est au cœur des choses » et il conçoit de n'édifier que soi, car « on peut vivre sans rien créer d'autre que soi-même, c'est-à-dire un pur oubli »

La Plage de Scheveningen et *l'Invitation chez les Stirl* semblèrent consacrer un retour de l'auteur au romanesque, mais compte tenu des découvertes auxquelles avaient abouti ses « enquêtes » symbolistes.

Piégé au cœur du Paris de la Libération, Guillaume Arnoult veut revoir Irène qu'il a aimée naguère et qu'il n'a plus revue depuis six ans. Tous ceux qui peuvent l'aider à retrouver sa trace lui parlent de son ancien camarade de khâgne, qui, autrefois poète, chantait si bien l'amour des âmes et des corps et dont la guerre a fait un sanglant délateur. Guillaume retrouve Irène et l'emporte vers une de ces plages du Nord si semblables à celle que peignit Ruysdaël dans un tableau qui leur fut autrefois cher : « La Plage de Scheveningen ». Pourtant Guillaume constate bientôt qu'il n'y a pas place auprès d'Irène « pour l'anxiété avec laquelle il était venu ». On ne peut se construire impunément « contre l'Histoire » car le passé contamine le présent, on ne peut se laisser gagner par lui comme par une maladie et, comme une maladie, *le Temps condamne*. Au cours de la nuit qu'ils passeront côte à côte, Guillaume et Irène apprendront la nouvelle de l'exécution de Hersent et tout se passera comme si celui-là non plus ne pouvait recouvrer, vis-à-vis de celle-ci, l'innocence qu'il a irrémédiablement perdue lorsque, naguère, l'amour est mort entre eux. On ne communique plus. Le malentendu devient un non-entendu. On voit à partir de quelle dialectique de l'amour et de l'infidélité, de la foi et de la trahison, du présent et du passé, s'élabore le livre. « La seule innocence qu'on puisse trouver sur cette terre, celle qui consiste à éprouver du bonheur », on ne la trouve qu'en édifiant « sa vie sur des éclairs ». La maîtrise nous confond avec laquelle Gadenne tisse l'entrelacs des destinées et des significations qu'elles empruntent. Cet univers où ni Dieu ni Diable ne comparaissent guère nommément est hanté par la faute et le salut. Certaines des pages les plus fortes qu'on ait écrites sur la culpabilité de l'homme, mais aussi sur l'obscure rémission dont il peut, en dernier ressort, bénéficier, se trouvent sans doute ici.

C'est sur un autre registre, celui d'une sorte d'humour blessé, que l'auteur joue dans le dernier livre publié avant sa mort, *l'Invitation chez les Stirl*. Accueilli, dans leur villa de Barcos-les-Bains, par un couple d'amis anglais et leurs deux cerbères, le peintre Olivier Lérins finit par s'engluer dans un huis clos aux frontières indéfinissables. Il passe ses journées « à attendre il ne sait quoi – peut-être un peu de bienveillance du monde ». Monsieur Stirl succombe à une crise cardiaque qui prend à peine valeur d'événement. Madame Stirl dont tout, au fil des jours, l'a séparé davantage et, en même temps, dangereusement rapproché, quitte Olivier dans la plus complète équivoque. « Chacun n'est pour l'autre qu'un faux témoin. »

Seule une réelle exégèse rendrait compte des dimensions d'un univers dont nous n'avons voulu et pu que suggérer l'importance. Son côté solaire et ses perspectives nocturnes ; sa profusion et sa nudité ; son frémissement et sa rigueur ; sa ferveur et sa fragilité, comme d'une immense fougère saisie par le gel. Un univers surpris dans sa crudité et comme suspendu sur le fil du rasoir, dans l'attente de son propre avènement. Car, semblable en cela à tous les grands romanciers, Gadenne savait que le récit est le lieu privilégié non des réponses mais des questions. Formulant son credo, il a écrit, à propos du mystère romanesque, ces lignes frappantes : « La rencontre de Manon et de Des Grieux, la longue rêverie du prince André à Austerlitz, sous le ciel profond, la confession de Raskolnikov à Sonia, Julien Sorel séduisant Mathilde et Sparkenbroke respectant Mary, la promenade des jeunes filles sur la plage de Balbec ou Bayard Sartoris parcourant les routes de toute la vitesse de son auto et s'acheminant, d'accident en accident, vers la mort : de tels épisodes se sont imposés pour toujours à notre imagination, les uns avec une signification à laquelle ne cesse de s'alimenter notre vie, les autres comme ces spectacles de la violence auxquels nous ne pouvons pas toujours attacher un sens, mais qui restent en nous comme le souvenir d'un orage[1]. »

Gageons que maints lecteurs garderont longtemps en mémoire les échos de la tempête spirituelle qui se lève et retombe sur « les Hauts-Quartiers ».

Pierre Mertens

---

[1]. « Efficacité du roman » in *Confluences*, juillet-août 1944. On songe un peu au Blanchot du *Livre à venir* : « Réunir dans un même espace Achab et la baleine, les Sirènes et Ulysse, voilà le vœu secret qui fait d'Ulysse Homère, d'Achab Melville et du monde qui résulte de cette union le plus grand, le plus terrible et le plus beau des mondes possibles, hélas un livre, rien qu'un livre. »

Que vois-tu, Jérémie ?

Par la fenêtre de sa petite chambre, Didier apercevait un pêcher et c'est derrière ce pêcher que, quelques mois auparavant, un matin, il avait vu s'avancer sa mère, puis son père, rescapés des Flandres, portant en eux l'image de leur maison détruite et de tous leurs biens dispersés. Ce qui fait qu'il avait un peu pâli le jour où, à sa table, Mme d'Hem, dans sa belle villa entourée de feuillages centenaires et protégée par trois hectares de parc, avait parlé assez étourdiment, avec une sournoise intention à son adresse, pour faire valoir sa propre activité d'ailleurs consacrée à des fins purement personnelles, des gens qui avaient toujours vécu avec les pieds dans leurs pantoufles. Ainsi les images s'équilibrent-elles dans les têtes sans cesse en travail. Il est vrai qu'avec on ne sait quelle sottise dans les poumons, inconnue même des médecins les plus réputés, et inoffensive pour tout le monde sauf pour soi, on peut se croire discrédité et ne plus paraître bon à grand-chose. Mais de cela il ne voulait pas se plaindre : il y aurait eu des gens pour dire qu'il « insultait à leurs morts ». Or il y avait une chose bien décidée dans son esprit, c'est qu'il ne ferait jamais partie de leurs morts. Et en effet, c'était à ses yeux comme si toutes les places étaient prises. Les hommes, surtout dans les temps où nous vivons, n'ont pas tous droit au même cimetière. « C'est entendu, disait-il volontiers à Mme Chotard-Lagréou les jours où cela n'allait pas entre eux, c'est entendu, je n'irai pas souiller le vôtre... »

Derrière ce pêcher était l'impasse, puis s'étendait un calme verger avec des espaliers en x, quelques pruniers fourbus de vieillesse et rassasiés de leur propre charme et, derrière eux, la petite maison où on lui avait cédé une chambre-cuisine pour ses parents, et où ils étaient arrivés sans rien, comme il était arrivé sans rien, un an plus tôt. Pendant des mois ils avaient ainsi vécu sans rien, ni objets ni argent, et ç'avait été des mois comblés, et pas une fois ne leur était venue à l'esprit l'idée d'une injustice, d'une inégalité : n'ayant rien, ils se sentaient égaux à tous.

À peine une petite scène fâcheuse rompit-elle un instant, pour une demi-journée, cette égalité d'âme ; elle n'aurait même pas laissé de trace en Didier – pas plus que la chute faite à onze ans du haut des « fortifs » – si plus tard… Mme Aubert, dont l'enfance s'était écoulée à la campagne, sur les coteaux de Marquenterre, n'était heureuse que dans les champs. Pour échapper aux rues étroites du quartier Saint-Laurent, Didier emmenait parfois sa mère hors de la ville. Après les ponts, ils avaient trouvé, en haut d'une pente, une prairie éloignée, dominant la courbe du fleuve qui s'étalait là comme un grand lac. C'était un endroit d'une rustique douceur, et la vue de l'herbe réjouissait les yeux confiants de Mme Aubert. La prairie en fleurs se bombait légèrement avant de descendre vers le fleuve et les montagnes apparaissaient au loin. On sentait la terre battre sous les pommiers et la grisante rumeur des routes parvenait aux promeneurs en même temps que des bruits de sources. Mme Aubert s'asseyait, regardait tout cela comme si elle était chez elle et remerciait Dieu en pensant aux huit jours passés dans la cave avec son mari tandis qu'on se battait dans la ville et que chaque nuit retentissaient des explosions. Comme ils se tenaient là un matin, paisibles, une voix résonna derrière eux et ils virent un gros homme qui les apostrophait, le cigare entre les dents :

– Qu'est-ce que vous faites ici ?

Ils étaient l'un et l'autre si ahuris qu'ils ne trouvèrent rien à répondre. L'homme répéta sa question :

– Qui vous a dit d'entrer ici ?

Didier regarda sa mère, qui ne comprenait pas et qui était déjà prête à s'excuser. Pourtant ils n'avaient pas eu l'impression, en mettant les pieds dans cette prairie, qu'ils entraient quelque part ; ils avaient toujours marché librement dans toutes les prairies du monde et Mme Aubert croyait encore, très certainement, que toutes les prairies appartenaient au Bon Dieu.

– Vous n'avez pas vu l'écriteau ?
– Quel écriteau ?
– Vous ne savez pas lire ? « Propriété privée », nom d'un chien ! Vous êtes chez moi, ici ! La maison n'est pas assez grande pour que vous ne la voyiez pas à l'œil nu ?…

La scène se passait en 40, 41. Mme Aubert et Didier ne savaient pas que, sans l'avoir expressément cherché, ils avaient pénétré dans les Hauts-Quartiers, et qu'ils foulaient une herbe qui était celle d'un domaine situé dans cette partie de la ville un peu excentrique. Ils s'étaient levés, ils s'éloignaient sous les sarcasmes du « propriétaire ». « Chez moi » : il leur était donné d'entendre pour la première fois cette expression, partout ailleurs si douce, dans un sens agressif, prononcée sur un ton chargé de haine : la haine caractéristique de l'intrus. Ayant dû fuir Dunkerque avec son mari parmi les combats, sous les éclats des bombes, Mme Aubert avait acquis une certaine sagesse endurante, une sorte de philosophie de la « fuite », très spontanée. Didier la regardait à la dérobée et vit une mince larme sur son visage. Il savait ce qu'elle pensait ; tant d'injustice ! Être chassé par les Allemands, cela devait lui paraître régulier, presque juste : la guerre, c'est cela même et, sans parler des revanches toujours possibles, où le chasseur est chassé à son tour, on peut se consoler en pensant que l'ennemi n'agit pas au nom de la loi, qu'il ne peut pas avoir l'ordre du monde et la musique des planètes à son service, comme le croyait à l'évidence ce propriétaire au visage bouffi, qui mâchonnait son cigare. Mme Aubert n'était certes pas violente ; mais Didier sentit qu'elle ravalait au fond d'elle une phrase de malédiction. Et que faisait-il, ce gros homme, au milieu de la débâcle générale ? Didier l'apprit un peu plus tard. M. Beauchamp rachetait à bas prix toute la ferraille de la ville et faisait ajouter une aile à sa maison de campagne.

Il peut paraître puéril d'être troublé, en pleine guerre, par un incident aussi bête. Mais Didier avait vu sa mère humiliée et ce souvenir devait creuser une ride sur sa mémoire. Peu importe la taille de l'incident qui vous apporte la révélation. Celui-ci était risible, assurément ; mais peut-on rire de ce qui vous enseigne la haine, et bouleverse votre conception du monde ? Les voyages ont toujours appris beaucoup.

La vie continuait malgré tout. Dans l'impasse, le matin, de jeunes Allemands venaient faire l'exercice et s'initiaient au pas de l'oie sous l'œil courroucé d'un sergent. Didier les guettait à travers les branches du pêcher.

Il vivait seul, donnant quelques cours – l'Université l'ayant, peu de temps avant la guerre, définitivement écarté comme physiquement inapte –, écrivant, sortant à pas lents, essayant de ne respirer que d'un côté, écoutant les doléances de ses propriétaires. Cela dura environ six mois. À la fin du mois, il leur allongeait cent francs, prix payé par un adjudant de gendarmerie, son prédécesseur, dont le grand souvenir tenait encore en alerte le cerveau émerveillé de ces gens.

C'est dans cette maison, ou plutôt dans cette chambre, qu'un reporter de la *Petite Gironde*, qui se disait reporter du *Petit Parisien*, accompagné d'un photographe de la ville, qui se disait d'une ville plus grande, vinrent le surprendre au lit, un dimanche matin. Ils venaient lui apprendre qu'il était célèbre cette année-là, à cause d'un pamphlet sur la littérature du siècle, qui paraissait avec quatre ans de retard, et qu'il avait reçu il ne savait quelle distinction, ou qu'il allait la recevoir, c'était tout comme, enfin ils voulaient être les premiers. Le photographe le photographia dans son lit, et le reporter le compara à Valéry Larbaud, sans doute parce qu'il connaissait ce nom-là. Ce fut le début d'une petite réputation locale : pendant huit jours, les épiciers le saluèrent. Il reçut des lettres, qu'il trouva frivoles, qui l'étonnèrent par leur futilité et qu'il eut le tort de laisser sans réponse. Le seul résultat un peu durable de cette affaire fut qu'il eut l'ennui d'être éperdument sollicité pour entrer au journal local, ou tout au moins pour y collaborer. « Donnez-nous n'importe quoi... Le sujet que vous voudrez... Même des vers... Nous imprimons tout... » Il en profita pour placer quelques pages de cette thèse singulière sur les *Conditions de la vie mystique* à laquelle il s'obstinait à travailler depuis plus de six ans et dont une première mouture,

Aspects de la Contemplation, avait paru en 38, non pour essayer ces pages sur les lecteurs, qui ne les liraient pas, mais pour se prouver à lui-même que... il ne savait trop quoi. 1940 : le moment était choisi ! À vrai dire, ce qu'il voulait se prouver, c'était probablement qu'il était capable de gagner quelques sous, car vivant sur ce que lui rapportaient son pamphlet littéraire et ses *Aspects de la Contemplation*, il manquait d'argent d'une manière à peu près absolue.

L'insistance fort amicale et jamais désarmée de ces gens parvint à lui arracher encore un article, d'ailleurs acerbe, sur un vieil essayiste qui venait de mourir et qu'il avait eu comme professeur, autrefois, à Henri IV. Il s'avisa, après l'avoir écrit, que cet homme avait toute sa vie défendu outrageusement des idées d'extrême droite. Il était donc capable d'avoir de ces monumentales distractions ! Il s'en mordit les doigts, mais cela lui servit d'avertissement : sa conscience politique n'était nullement éveillée, cela est sûr. Cet article, signé, cela va sans dire, comme tout ce qu'il écrivait, Didier Aubert, repris – sans aucune courtoisie – par un journal parisien qu'il désavouait, lui valut de nombreuses lettres où, contre toute attente, on se déclarait reconnaissant de la justesse du portrait. Ce fut assez pour qu'il ne pût éviter d'entrer en rapport avec le directeur de la feuille intitulée *le Patriote*, Max de Zoccardi, un Levantin, petit homme au crâne chauve, aux yeux exagérément bleus, illuminé, fanatique et mystique, à demi publiciste et à demi moine, avec qui il n'avait pas une idée en commun, sinon que les Allemands prenaient notre beurre. Il ne songeait nullement, ni en ce temps-là ni en d'autres, qu'il fallait se faire des relations. Celle-là, au reste, était plutôt mauvaise. Il se remit à vivre dans son pêcher.

Didier Aubert ne voulait avoir aucun souvenir de rien. Il fuyait en avant. Ni les choses qu'il écrivait, ni les livres sur lesquels il prenait des notes, n'étaient du domaine du souvenir.

Écrivant, réfléchissant, puisqu'une mauvaise nature l'avait retranché de la société active ou prétendue telle, il aurait pu vivre de rien et on l'avait laissé faire. Malheureusement, quelques circonstances imprévues vinrent troubler son train de vie. Il se promenait donc, entre sa table et son lit, le stylo entre les dents, les yeux fixés sur ce pêcher, sur ce pommier d'amour dont les branches zigzaguaient devant sa fenêtre, lorsque son propriétaire entra dans sa chambre, dans cette même chambre glorifiée naguère par le passage de l'adjudant, et lui demanda de partir.

Comme la visite l'avait dérangé, ou troublé, le capuchon de son stylo (il était en train de travailler à cette thèse qui, comme on le lui disait, ne pourrait servir à rien), le capuchon de son stylo avait glissé sur la couverture du lit, et de là sous l'armoire à glace, et comme celle-ci était basse, il dut la déplacer pour retrouver l'objet fugitif. Ce n'était pas un gros travail, car l'armoire contenait à des broutilles près deux cravates, un frac noir qu'il croyait devoir utiliser avant la guerre, lorsqu'il faisait des conférences, et deux chemises à lui attribuées par le Service des Réfugiés. Malheureusement, ce meuble servait de support à une planche à laquelle étaient suspendus les habits du dimanche de ses propriétaires. M. Popard accourut au bruit, s'indigna que son pensionnaire eût osé déplacer un meuble sans autorisation préalable, lui assura que c'était manquer aux règles régissant la propriété et, comme Didier protestait légèrement, s'encoléra. Didier lui offrit de payer les dégâts, s'il y en avait. Mais tout bien constaté, il n'y en avait pas ; M. Popard s'encoléra donc davantage.

Le lendemain, Mme Popard, sa femme, devait trouver M. Popard dans sa petite cuisine, assis sur une chaise, violet, raide mort depuis trois heures du matin que, s'étant levé, il s'était aventuré dans cette pièce pour quelque besogne.

Mme Popard dit à Didier qu'il avait tué son mari, et derechef le pria de déguerpir.

Ces Popard étaient de fort braves gens, un ménage d'anciens domestiques de bonne maison que leurs rapines avaient eu vite fait d'enrichir et qui, pour donner le change, s'étaient mis modestement à l'abri derrière le fleuve, dans le quartier pauvre et travailleur dénommé Saint-Laurent. Du moins était-ce ce que l'on murmurait en ville, de l'autre côté du fleuve où les bonnes maisons ne manquaient pas et où les bons voleurs ne manquaient pas non plus.

Il était difficile de faire vivre quelqu'un dans une chambre plus exiguë (mais à cet égard le pêcher arrangeait bien des choses), et inhumain de lui imposer le regard figé et globuleux des ancêtres mâle et femelle, dans leurs cadres dorés, ces têtes hagardes et parées alternant avec quelques bondieuseries bien connues. C'était pourquoi Didier n'avait pas pris son congé au tragique.

Par contre, il fut épouvanté de cette mort dont on le rendait responsable, car il tenait M. Popard pour un brave homme. Celui-ci, par exemple, avait été longtemps navré de constater les procédés de son pensionnaire pour faire un café rapide, le matin ; et, subrepticement, dans l'idée que cela valait mieux pour son café (quand il y en avait), ou que cela le ferait descendre moins rapidement, ou en vertu de tout autre réflexe humain, il disposait quelques grains de chicorée dans la cafetière. Le reste du temps, Didier et lui s'ignoraient, comme il convient, et même, comme Didier était pauvre, le Popard le méprisait un peu et se méfiait de lui : les Popard, dont la jeunesse avait été téméraire, avaient adopté les façons bourgeoises et, du même coup, la religion des bourgeois : on sait bien que, quand l'ouvrier passe contremaître, il devient plus patron que le patron.

M. Popard avait eu le temps, juste avant de mourir, de parler à Didier d'une maison qu'il connaissait, une « villa », située dans les Hauts-Quartiers, où, disait-il, il y avait souvent quelque chose à louer. Les Popard parlaient des Hauts-Quartiers avec respect, comme d'un pays situé sur une autre terre, car c'était là qu'ils avaient servi. Or Didier n'avait connu jusque-là que le quartier Saint-Laurent, ratatiné dans la partie basse de la ville, derrière la gare, entre les usines de ciment et de produits chimiques, non loin des Forges, dans un monde dont la ville préférait ne pas entendre parler et qu'elle tenait le plus possible à l'écart derrière son fleuve. D'ailleurs ce n'était déjà plus la ville, c'était une autre ville qui vivait sur elle-même dans le tintamarre du port, le sifflement de sirènes, sous une poussière blanche et irritante perpétuellement en suspens dans l'air. Les Hauts-Quartiers étaient aux antipodes de ce quartier-là. Dans la maison en question, qui était assez vaste, avec un jardin, vivait une vieille dame avec sa petite fille. Voisinage idéal pour un travailleur du cerveau. M. Popard ajoutait en hochant la tête que la fille avait peu de santé et que la femme n'avait pas eu de chance. Didier savait qu'on trouve plus d'accès auprès des gens qui n'ont pas eu de chance, et plus de chaleur auprès de ceux dont le corps en manque. Il décida aussitôt d'aller voir. Ce fut ainsi qu'il émigra dans les Hauts-Quartiers.

La maison était admirablement située, devant le Séminaire dont on ne voyait que le parc, lequel s'étendait peut-être sur deux cents mètres de front. Et Didier, qui en ce temps-là aimait facilement les choses aimables, aimait en particulier cette haie du Grand Séminaire et, au fond, la vue du bâtiment qui faisait l'effet d'un petit Versailles.

La villa était pareille à beaucoup d'autres – prétentieuse et mal bâtie, avec un petit garage sur le côté, et au-dessus du garage un appentis comportant une chambre et une cuisine, le tout grand comme un mouchoir. C'est cet appentis qui fut attribué à Didier. Les gens qui venaient l'y voir le plaignaient et s'étonnaient de le trouver si pauvre. Les seuls meubles qu'il eût apportés là, en plus de ceux qui malheureusement s'y trouvaient déjà, consistaient en quelques caisses et autres morceaux de bois blanc plus ou moins ajustés par lui. Il vivait comme un roi au milieu de ces caisses et les regards hautains des gens, ces regards auxquels il n'était pas habitué, lui paraissaient comiques. Pour lui, cette chambre représentait le silence dont il avait besoin, l'air et la liberté de penser : le seul luxe au monde. La fenêtre donnait sur le parc du Séminaire qu'on entrevoyait au loin derrière d'admirables feuillages, et la merveille consistait dans un escalier particulier qu'on trouvait derrière la maison. L'indépendance était absolue et la propriétaire lui parut être ce qu'on appelle une bonne pâte. Didier était si fier d'avoir trouvé un logement ne dépendant de personne, qu'il n'en percevait pas l'exiguïté. D'ailleurs, celle-ci n'était vraiment sensible que de l'extérieur; mais là elle suffoquait. Rentrant d'une course en ville, Didier un jour aperçut son père qui l'attendait, debout devant la fenêtre ouverte, respirant les odeurs du parc, dans son pardessus noir à col de velours, avec son chapeau melon et ses gants, contre la barre d'appui qui, au niveau où elle était placée, divisait en deux sa silhouette que l'on pouvait voir jusqu'aux genoux. Ce qu'il y avait de singulier, c'était que la tête arrivait tout au haut de la fenêtre, ce qui n'était pas un effet du chapeau. Plus tard, lorsque, la guerre finie, les Aubert furent partis pour le Maroc, où avait émigré l'affaire au service de laquelle M. Aubert avait passé sa vie, Didier retrouva, oubliée dans une poche, une vieille photographie prise sur une plage, avec son père devant la mer, l'horizon à hauteur des genoux, le même pardessus noir sur le bras et le chapeau melon. Il était difficile d'avoir l'air non pas plus seul – malgré la disproportion entre cette faible silhouette démodée et l'horizon éternel – mais plus dans le provisoire, plus *en attente*: et Didier pensa que c'était l'air qu'il devait avoir lui-même quand il était dans cette maison.

Pourquoi ai-je envie de placer maintenant, avant d'entrer dans mon récit, une phrase que je relève dans une des lettres – jamais envoyées – de Didier à Paula? Phrase singulière, adressée à cette jeune fille qu'il aimait: « La souffrance n'est pas bonne à raconter, dit-il, mais, bien que ce soit toujours la même chose, il est assez curieux de voir vivre le monde. Je vous écris ceci comme une de ces lettres égarées qui, n'ayant pas été lues par leur destinataire unique, l'ont été par n'importe qui. Après tout, cela est souvent préférable, et nous n'aimons jamais personne plus que n'importe qui. »

PREMIÈRE PARTIE

La Bergerie

À Arditeya – c'était le nom, en langue basque, de cette villa sans âge, et il voulait dire : la Bergerie, nom prometteur de paix – à moins que ce ne fût même une adjuration pour la paix, car les gens du quartier ne s'entendaient ni sur le sens ni sur l'orthographe – tout alla d'abord assez bien.

La femme âgée était moins âgée qu'on ne le lui avait dit, et l'enfant moins jeune ; l'une avait treize ans et l'autre soixante, et Didier n'avait affaire à elles que pour la cave où étaient logés les compteurs, et une fois par mois pour le loyer.

Mme Blin était pleine de prévenances et sa fille, qui fréquentait le meilleur collège de la ville, tenu par les sœurs de l'Étoile, y avait appris l'art de faire aux visiteurs de fort gracieuses révérences. Très formée – elle paraissait dix-huit ans –, des apparences succulentes, la bouche juteuse, Rosa était une parfaite jeune fille. Seule l'intelligence, au dire de sa mère, n'avait pas suivi l'épanouissement du corps, et surtout son instruction avait été longtemps délaissée : elle n'était peut-être pas sotte mais ignorante ; la timidité faisait le reste. Mais quand Didier entrait pour parler avec la mère et que Rosa se trouvait dans la pièce, sa présence le gênait.

Didier, dont la santé exigeait quelques ménagements, sentait les forces lui revenir dans le grand silence qui régnait sur toute cette partie du quartier. Il revivait. Mme Blin, toujours enfermée chez elle, ou trottant par monts et par vaux, le laissait à peu près maître du jardin dont, par bonheur, personne ne s'occupait et où l'herbe – la plus belle herbe du monde – poussait à foison dans les allées, couvrant l'espace qui s'étendait sous ses fenêtres. Était-ce volonté de la part de Mme Blin, ou négligence ?

On avait le sentiment qu'elle se désintéressait de beaucoup de choses, disposition d'esprit introuvable chez un propriétaire, et encore aggravée par le fait que cette femme était réellement bonne : il y avait là des mystères. Parfois, pour faire comme tout le monde, elle s'excusait du désordre de son jardin, souhaitait pendant huit jours faire venir du gravier, mais il suffisait d'une faible objection de Didier pour qu'elle renonçât à ses projets. Un seringa et un lilas poussaient dans un coin où ils n'auraient pas dû être, le long de la clôture ; elle émit l'intention de les enlever ou de les déplacer. Didier plaida pour eux et il n'en fut plus question. Dans les endroits les plus reculés du jardin, ceux où personne ne s'aventurait jamais, les herbes s'élevaient à une grande hauteur, diffusaient par les jours chauds un vrai parfum de prairies. Il y avait une herbe merveilleuse, à la tige forte et triangulaire, dont le sommet s'épanouissait en étoile, portant au centre de cette étoile une étoile plus petite, blanche, une unique fleur. Peut-être eussiez-vous reconnu dans cette plante quelque chose comme un vulgaire carex, mais si vous la regardiez un instant pour elle-même, et si vous vouliez oublier son nom, sa vue vous rendait heureux. Le monde des plantes – surtout celui des plantes qui poussent toutes seules – est le monde de l'innocence, et nous avons besoin de ce monde. Mme Blin voulait au moins, « pour faire plus propre », « nettoyer » le terrain au pied de la maison, au nord, sous les cuisines. Là aussi, profitant de la pluie qui glissait du toit, s'étaient formés des carrés de hautes herbes qui envahissaient jusqu'au lavoir. Mais Didier lui rappela qu'au printemps cette herbe allait s'illuminer partout de boutons d'or, et que rien n'était plus charmant que cette vie de la terre. Et comme ce vœu allait un peu dans le sens de la paresse, cette fois-là encore, elle fit grâce, et la terre continua à vivre et à bouger sans cesse autour de la maison.

Les jours de beau temps, Rosa installait sa chaise longue au soleil et, pour n'être pas gênée par le vent d'ouest, se mettait devant le rideau du garage sous la fenêtre de l'appentis, protégée par un ressaut du mur. La première fois que, se penchant à sa fenêtre, il la trouva ainsi, le corps étendu, endormie, la tête légèrement renversée, les yeux couverts de larges lunettes noires qui ne laissaient voir de tout son visage que sa grosse bouche, Didier, qui était habitué à voir cet endroit vide, eut un léger saisissement. Il avait cette faiblesse, congénitale, d'être sensible à la vue des femmes. Il recula vers sa chambre, comme s'il avait surpris un secret. Une rose cueillie dans le jardin traînait sur sa table. Sans savoir à quel rite il obéissait, peut-être par reconnaissance ou dans un espoir de propitiation, il l'effeuilla sur la jeune fille endormie.

Sa mère la disait impropre aux études et se plaignait de ses faibles progrès. Déjà Rosa avait dû redoubler des classes. Il suffisait de voir ce corps, étonnamment développé, pour comprendre qu'elle s'intéressait, au profond d'elle-même, à tout autre chose qu'aux équations du premier degré ou à la situation de l'Alaska par rapport à la Sibérie. On ne lisait rien dans ses beaux yeux vides, légèrement proéminents, qu'une immense langueur.

Avec ces deux femmes si différentes, il n'avait pas d'efforts à faire pour passer, bien malgré lui, pour l'homme supérieur, le savant distrait, et Rosa guettait le nouveau locataire de derrière ses fenêtres, comme si elle s'attendait sans cesse à le voir sortir avec son chapeau en laisse ou avec son pantalon de pyjama sous sa gabardine.

On se tromperait d'ailleurs si l'on pensait que Didier se mettait à sa fenêtre pour contempler Rosa. Ses regards allaient au parc du Séminaire, à ses allées de tilleuls, à ses rangées alternées de cyprès et de magnolias, à deux ou trois sapins isolés dont les cimes se balançaient à de grandes hauteurs. Tout cela faisait un beau parc à la française, n'était le grain de romantisme des sapins, la luxuriance des magnolias et ce que le son de l'harmonium entendu au loin entretient de vague à l'âme et de rêveries d'enfance. On pouvait se demander si les petits paysans qu'on élevait là sous de tristes soutanes se doutaient de quelque chose. Didier voyait leurs groupes désordonnés sortir à heures fixes, sans discipline apparente, bavardant bruyamment, la douillette ouverte à tout vent, ou brandissant d'énormes parapluies. Parfois un petit curé se détachait du groupe et venait frapper à la porte d'Arditeya. Didier ignorait ce qui s'ensuivait, mais cela favorisait bizarrement en lui l'impression que Mme Blin vivait sous le coup d'un malheur.

La fin de l'année et les examens de passage approchant, Didier fut prié par Mme Blin de donner quelques leçons à sa fille. Il n'aimait guère ce genre d'élèves à qui il faut tout répéter et qui pensent trop visiblement à autre chose… Il avait, heureusement, pour la rendre un peu attentive, la ressource du latin et les agréables variations sur *Rosa, Rosae*, dont elle se montrait friande. Pour le français, qui se comprend tout seul, elle ne manifestait aucun genre de curiosité. Seules quelques scènes de *Tartuffe* éveillaient un peu d'intérêt chez elle et, dans un devoir, elle écrivit que la scène de théâtre la plus comique qu'elle connaissait était celle où Orgon est caché sous la table. Il trouva cette affirmation indécente. Ce souvenir lui gâtait la vue de Rosa lorsque celle-ci venait passer l'après-midi sur sa chaise longue. Il n'était pas fait pour admettre qu'il pût y avoir quelque chose de sordide chez une femme, pour peu que l'enveloppe fût jolie. Cette opinion était coupable, au moins autant que celle de Rosa sur le *Tartuffe*. Mais comment aurait-il pu détourner les yeux lorsqu'elle se livrait ainsi à ses regards, les jambes nues abandonnées aux herbes du jardin ? Allongée sur sa toile, les lunettes noires lui mangeant la moitié du visage, n'en laissant voir que les lèvres très rouges, le cou blanc et gonflé, elle avait l'air de planer sur un nuage.

Comme il n'y avait pas place pour deux dans le minuscule appartement, Didier s'absentait les jours où la femme de ménage devait venir, et souvent, comme elle avait coutume de ne pas être à l'heure, il laissait sa clef à Mme Blin ou à sa fille qui la recevait en baissant les yeux, avec la petite révérence habituelle.

La femme de ménage était une forte fille, ridiculement prénommée Yvette, vive malgré ses grosses jambes, qu'on lui avait recommandée pour sa fidélité aux offices religieux et qui portait une grande croix de métal sur la poitrine. Il l'eût adoptée sans cela, mais sa vertu était là, son honnêteté s'inscrivait visiblement et sans équivoque dans le triangle de son décolleté. Il était inutile après cela de vérifier ses heures de présence ou la qualité de son travail ; inutile aussi de se plaindre si on ne pouvait plus mettre la main sur aucun des objets auxquels elle avait touché, si la chaîne de la chasse d'eau se retrouvait sur le sol en plusieurs tronçons, les prises de courant hors d'usage et les souliers dans l'armoire à linge, au-dessus des chemises. Les ouragans auxquels la science météorologique moderne donne de si jolis noms font à peine plus de dégâts. Didier n'avait jamais rien vu d'aussi violent que cette fille.

On arrivait à l'appartement par un escalier extérieur en ciment sur lequel la propriétaire avait une entrée et qui débouchait sur la cuisine attenante à la chambre. Un appartement, même banal, même exigu, même meublé de bois blanc et de quelques caisses, est un milieu vivant avec quoi on a des échanges. Ce petit étage cerné par le jardin, d'où les regards tombaient sur des lueurs vertes de moelleux et profonds tissus d'herbes, était comme un bateau naviguant sur des prairies. Rentrant chez lui à la fin d'une journée où la femme de ménage était venue, Didier trouva sur la table de la cuisine, toute proche de la porte, une poignée de chèvrefeuille. Il fut surpris, car Mme Blin lui avait permis de cueillir lui-même dans le jardin tout ce qu'il voulait, même les fruits quand il y en aurait. Sous la brassée de chèvrefeuille était posée une lettre : il arrivait souvent que Rosa prît le courrier dans la boîte à l'entrée du jardin et vînt le lui remettre ou le glissât sous la porte. Inondé de parfums, il disposa les fleurs dans un vase, puis partit à la recherche de Rosa, qui était occupée à ses devoirs. Elle lui adressa un sourire et lui fit sa petite révérence. Ses lèvres fardées, sa belle poitrine, ses soupirs, tout faisait penser qu'elle serait bientôt bonne à d'autres choses qu'à se mettre l'histoire romaine dans la tête ou à épiloguer sur les vertus de la Pauline de Corneille. Mais le sentiment de Didier se modifia, ou du moins se perfectionna en peu de temps, et sa journée s'acheva moins bien que ce retour ne le promettait ; car il devait s'apercevoir, en ouvrant son armoire pour y prendre le portefeuille contenant sa petite fortune, qu'il y manquait un billet de cinq cents francs, c'est-à-dire à peu près la moitié de son avoir. Le tour n'était pas mal joué. Obligé de soupçonner deux personnes, il n'en pouvait soupçonner aucune. Mais dans la mesure où il était enclin, il ne savait trop pourquoi, à écarter la femme de ménage, il était tenu de corriger son opinion concernant Rosa sur un point : c'est qu'elle était bonne à tout autre chose encore qu'à ce qu'il avait cru.

Didier était fragile mais, détestant l'inactivité, il partageait son temps entre son livre, qui lui était plus encore un sujet de méditation que d'édification, et un petit cours privé auquel il donnait quelques heures. Mais il avait aussi, à côté, des occupations singulières qui l'obligeaient à sortir plus souvent que sa santé ne l'eût exigé. Ces occupations, qui dataient de son séjour dans le quartier Saint-Laurent et des rencontres faites dans le modeste bar où il prenait parfois ses repas, l'avaient mis en contact avec un certain nombre de gens, parmi lesquels le relieur Lambert qui lui inspirait une profonde sympathie et qu'il se promettait bien de voir un jour plus à loisir. En outre, il avait retrouvé là, dans un entrepôt de la basse ville où se fabriquaient un journal clandestin et des tracts, un jeune homme qui collaborait par ailleurs au *Patriote*. Les raisons de cette collaboration étaient assez difficiles à évaluer, mais on donnera une idée du désordre qui régnait dans les mœurs de cette époque-là en disant qu'elle n'étonnait personne. Ce jeune homme était le même qui avait déjà essayé, chose encore plus inexplicable, d'attirer Didier vers cette feuille vichyssoise et qui avait même réussi à le mettre en présence de son directeur, Max de Zoccardi, auteur d'éditoriaux violents et naïfs où la pensée procédait par bonds, comme au combat, et s'exprimait dans un style lyrico-pédant d'une saveur inimaginable. De telles lectures n'étaient pas mauvaises, à vrai dire, les jours où l'on avait besoin d'une bonne colère pour se remettre en train.

Il fallait que la mode du double jeu fût déjà fort répandue pour que ce jeune homme, Pierre Giraud, se fût égaré dans l'entourage de ce dévoyé mystique (ou de ce mystique dévoyé) qui risquait allègrement sa peau pour le plaisir de faire lire chaque soir son indigeste prose à une poignée de gens. En fait,

Pierre Giraud fournissait surtout ce journal en poèmes et rêveries diverses, qui venaient s'insérer drôlement entre les communiqués du Ravitaillement, les réclames et les petites annonces. Les sous-préfectures ont des besoins de rêverie insoupçonnés et Pierre eût sans doute été un ami parfait sans ce grain de vanité littéraire qui compromettait son sérieux et qu'il essayait de compenser, mais assez mal, par une immense haine de ceux qu'il appelait ostensiblement les Boches.

Pierre Giraud travaillait à la perception d'Irube mais habitait Ilbarosse, ville de la côte, toute proche d'Irube. Il invita Didier. Didier pensait que cette ville ne serait jamais plus belle qu'à l'heure où il la découvrit, où il la reçut des mains de Pierre, entièrement déserte et presque rendue à la nature. Mais nous écrivons ici l'histoire des Hauts-Quartiers et nous ne pouvons nous attarder aux parenthèses heureuses, ni à cette terrasse de clarté qui, au sommet de la falaise, bordait la maison de Pierre Giraud, encore moins énumérer tant d'êtres charmants qui passèrent là, devant le haut horizon marin. Ces fastes de la mer et du ciel, auxquels on participait sans les avoir recherchés, chacun émergeant de sa solitude ou de son travail, étaient assurément pour beaucoup dans l'enchantement que Didier éprouvait chaque fois qu'il montait à Mar y Sol, puisque tel était le nom, dont la banalité excusait peut-être la prétention, de la villa au dernier étage de laquelle vivait Pierre entre une petite femme alerte et gaie et un enfant qui savait n'ennuyer personne. Oui, de telles heures étaient bonnes à prendre, malgré les angoisses du moment, et il n'y aurait pas eu de fausse note autour de Pierre Giraud sans ce goût qu'il avait pour Max de Zoccardi et son besoin de faire imprimer des alexandrins dans un petit journal du soir. Mais ces bonheurs de l'amitié sont rares, ils sont encore plus éphémères, et Pierre devait disparaître de la vie d'Aubert en même temps que les ennemis s'abattaient sur lui, avec cette violence que traduit la Bible quand elle dit : « Dieu m'a suscité des ennemis. » Était-ce sa faute ?... N'avait-il pas rempli son attente ? C'était possible. Mais ne se passe-t-il pas toujours des choses insensées ?

Saint Paul écrit : « Celui qui dit qu'il est quelque chose, alors qu'il n'est pourtant rien, il se trompe lui-même. » Et Maître Eckhart ajoute : « Dans l'expérience de la béatitude l'homme devient un néant, et tout le créé devient pour lui un néant. » Mais ailleurs il écrit aussi : « C'est pour cela que Dieu a créé le monde entier, pour que Dieu naisse dans l'âme et l'âme à son tour en Dieu. » Ceci paraissait plus facile à comprendre, et même à vivre. « La nature la plus intérieure de tout grain signifie le froment et tout métal signifie l'or, et toute naissance, l'homme. C'est pourquoi un maître dit : "C'est à peine si on trouve un animal qui ne soit en quelque manière une image de l'homme." »

« Mais si tout grain signifie le froment, et si nous voulons nous ordonner à cette idée sublime, puis-je ne pas m'accrocher au grain de toutes mes forces ? » Ainsi pensait Didier selon la faiblesse de sa nature. Ayant si peu de choses à lui, ou le plus souvent n'ayant rien, Didier était sur la voie pour n'être rien ; mais il lui suffisait de rien pour avoir tout, et le moindre grain lui était froment. Descendre le petit escalier de ciment avec son bastingage de fer, avant que la maison fût éveillée ; mettre ses pieds nus dans cette herbe douce, ruisselante de rosée ; revenir, plus tard, à la chaleur, dans ce jardin sans allées, où les seules allées étaient celles qu'y traçaient ses pas ; ces plaisirs l'attachaient au monde et le condamnaient à aimer ce monde ; et n'était-ce pas « pour cela que Dieu avait créé le monde » ? Il n'oubliait pas les malheurs du temps : mais fallait-il n'être que le voisin du monde et considérer la terre en travail comme un cadavre auprès duquel on n'ose pas parler à haute voix ? Comment faire pour que tout le créé lui apparût comme un néant ? Aucune misère, aucun danger ne comptait auprès de cette odeur d'herbe foulée, de plantes cuites au soleil. Pourrait-il, de toute sa vie, oublier cela ? Dieu nous aurait-il mis dans la vie, nous aurait-il donné la sensibilité pour que la vie ne nous soit rien et que notre sensibilité fût comme morte ? Bien sûr, le bonheur d'un pauvre fait scandale ; et ce n'est pas trop de tout l'entourage pour l'écraser ; et, d'ailleurs, il y a longtemps que le bonheur d'un homme appelle le doute ou la risée.

Quelques jours après la disparition de son argent, il eut à payer son loyer. Or la somme qu'il avait rangée dans son portefeuille comprenait celle qu'il destinait à sa propriétaire, et il ne pouvait la remplacer par aucun moyen. Il lui arrivait d'être en retard dans ses règlements, mais par pure négligence : il tenait, pour bien marquer sa position par rapport à tout romantisme, à n'avoir pas de dettes. Et moins il avait d'argent, plus il tenait à ne pas faire de dettes.

Il n'aurait jamais parlé de l'incident à l'excellente Mme Blin s'il n'avait eu à cœur de lui expliquer pourquoi, ce mois-là, il lui paierait son loyer avec un certain retard. Il descendit donc, comme d'habitude, l'escalier qui menait au jardin et qui, passant devant la cuisine de la propriétaire, lui permettait d'accéder directement chez elle ; car c'était par cette voie que se faisaient ordinairement les échanges.

Il commençait à connaître les rites de la petite cérémonie, le carnet de reçus, la signature, le collage du timbre-quittance, la recherche éperdue de quelques pièces de monnaie, qui s'achevait par un assaut de désintéressement de part et d'autre. Tout cela s'opérait dans la salle à manger avec beaucoup d'affairement, une certaine confusion, une extrême honnêteté, de la rougeur – il se disait que la petite, avec ses accès de timidité, avait de qui tenir – et Rosa, arrachée à ses « études » par courtoisie, ou pour parfaire son éducation par une petite leçon de choses, venait assister à la scène, muette, placide, un peu cambrée, le dos au buffet, les yeux perdus au loin vers le parc, avec ce corps qui, comble d'innocence, semblait toujours se proposer.

Mme Blin était d'une nature si naïve et si réceptive que l'histoire que Didier était venu lui raconter était faite pour la bouleverser et qu'il put voir son visage s'animer et se colorer intensément : on sentait que, dans cet organisme déjà sanguin par nature, c'étaient de bonnes artères qui réagissaient et que ces artères s'engorgeaient par honnêteté, bonté, sympathie. Rosa, qui avait un teint clair, et même exagérément pâle, et une nature lymphatique – elle avait un peu tardé cette fois-là à répondre à l'appel – rougit d'une tout autre façon et alla s'asseoir sur une chaise basse, dissimulée dans l'ombre de la cheminée, où ses jambes assez longues étaient à la torture, aussi loin que possible de la fenêtre.

Mais elle avait à faire face à une épreuve plus redoutable, car l'excellente Mme Blin, estimant sans doute trop peu réconfortant un pareil accueil réservé à un homme qui manquait d'argent, et désirant peut-être consoler son locataire d'une perte injuste, l'invita, non sans véhémence, à partager leur repas du soir. Ils étaient tous deux debout, à ce moment, elle et lui, de chaque côté de la grande table ronde. Il invoqua toutes les raisons qu'il put pour refuser, car l'idée d'avoir Rosa sous les yeux pendant la durée d'un repas lui inspirait soudain une vraie panique. Mais déjà Mme Blin s'affairait, et la table se trouva mise. Rosa avait fui vers son « étude », ou plus simplement vers la salle de bains.

– La petite ne vous aide pas un peu ? dit-il.

Elle écarta les bras d'un air découragé.

– Rosa ne fait rien. Rosa ne sait rien faire. Je ne dois pas savoir m'y prendre avec elle... Je n'obtiens rien. Elle et les tâches ménagères, oh !...

La remarque était sans acrimonie, plutôt faite sur le ton de la constatation pittoresque et résignée. Rosa survint à temps pour protester, avec un faux rire.

– Elle s'est développée si vite, voyez-vous ! expliqua Mme Blin. Sa santé est encore si fragile !

Didier apprit ainsi que Rosa souffrait, principalement la nuit, de crises d'asthme.

– Il faudrait la changer de pays, dit-il.

Mme Blin pinça les lèvres, jeta les bras au ciel.

– Oh ! En ce moment !... Les voyages sont si difficiles !... Avant, oui, nous allions tous les ans aux eaux, dans le Béarn. N'est-ce pas, petite ?... dit-elle en s'adressant à Rosa.

Le repas se déroula fort simplement, ce qui ôta à Didier quelques scrupules. Il était remarquable que, soit qu'on eût égard à sa faiblesse de constitution, soit pour une autre cause, on épargnait à Rosa tout effort : elle ne se leva pas une seule fois. Mme Blin, au contraire, malgré sa corpulence, était sans cesse en mouvement, et Didier eut même l'impression qu'elle s'agitait plus qu'il n'était nécessaire. Rosa adressait la parole à sa mère avec une courtoisie parfaite. Elle avait en toute circonstance ce ton de voix très doux, très égal, qui semble dissimuler quelque chose. À vrai dire, son rôle était nul, et consistait la plupart du temps à ne rien dire, ce qu'on interprétera peut-être comme une marque de retenue féminine mais qui créait quand même de son côté, étant donné ses ruses pour ne pas passer inaperçue, un silence anormal.

Il crut apprendre, ce soir-là, l'origine des soupirs de Mme Blin. Son fils, qui devait avoir à peu près vingt ans, avait été raflé par les Allemands sur un quai de gare et emmené en Allemagne, et depuis elle n'avait eu de lui aucune nouvelle. Didier sentit l'abîme de ténèbres et d'effroi que cette confidence si discrète ouvrait dans cette conversation banale qui aurait pu être celle d'une famille française à n'importe quel moment de l'histoire. « Arrêté par les Allemands », ces mots entendus, dont pourtant on ignorait encore toute la portée, lui serraient la gorge. Mme Blin avait raconté cela d'une voix tremblante, en reniflant un peu, et Didier supportait difficilement la vue de ses yeux mouillés. Il ne pouvait rien dire à son hôtesse ; ne pouvait pas dire qu'il essayait d'être digne de ce garçon, et se refusait à prononcer le mot de vengeance : simplement il pensait à son travail, au quartier Saint-Laurent, et il avait un peu honte d'être là. Il jeta un coup d'œil à Rosa : son visage n'exprimait rien. Plus exactement, elle avait cette expression de demi-somnolence, de demi-contentement, qui tenait à une certaine plénitude du visage, et sa bouche épaisse traduisait un léger ennui que peut-être elle s'inspirait à elle-même.

La conversation obliqua sur les Allemands dont on prétendait qu'ils allaient venir occuper le Séminaire, et de là on revint au petit vol dont Didier avait été la victime. Mme Blin, qui entretenait toute la journée d'interminables parlotes avec les voisines, cita des exemples dont elle avait eu connaissance dans le quartier, ajoutant même qu'on était venu récemment lui voler des objets dans le garage qui se trouvait sous la chambre même de Didier.

— Ils ont dû choisir leur moment, dit Didier. Car lorsque je suis dans ma chambre, et qu'il se trouve quelqu'un dans le garage, je l'entendrais soupirer.

Il y eut une hésitation de Rosa à lever les yeux, qu'il feignit de ne pas remarquer. Il fut alors question des appartements, de la maison, et Mme Blin lui parla de ses anciens locataires : elle avait eu un juge, puis un couple d'instituteurs. Ils étaient absents toute la journée, c'était l'avantage, car ils n'étaient sûrement pas à l'aise.

Didier était surpris de la liberté de langage de Mme Blin. Décidément, c'était une étrange propriétaire.

— Ce sont les premiers propriétaires qui ont fait ajouter cette chambre, poursuivit-elle. Ils avaient besoin d'un garage... À partir de là, dit-elle en riant, tout s'explique !

— C'est de l'appartement sur mesures !... dit Didier.

— Oui, à la mesure d'une voiture, dit Mme Blin. Mais vous avez remarqué, le nombre de gens qui ont fait ça, dans le quartier !... Et croyez-vous que notre propre maison soit très agréable ?... Elle est grande, certes, très grande en apparence, mais l'espace a été utilisé de façon si absurde...

Pendant toute cette conversation, Rosa n'avait rien dit. Ses regards allaient de Mme Blin à Didier, clairs et vides, et son être dégageait une considérable impression d'inertie. Elle n'avait pas songé à prendre un ouvrage ou un livre, et sans doute cela valait-il mieux si l'on ne voulait pas voir apparaître un de ces magazines que sa mère ne songeait pas à contrôler et qui s'appelaient *l'Amour au Pacifique*, *Tout le monde triche*, ou *Voyage à deux*. Car tels étaient les livres que Didier apercevait sur elle, lorsqu'elle s'assoupissait sous sa fenêtre ou qu'elle allait s'étendre dans un coin du jardin, au soleil, dans l'espoir de brunir.

— Eh bien, dit-il à Mme Blin, nos histoires ont dû ennuyer Rosa.

Celle-ci baissa la tête, la releva, sourit :
— Mais pas du tout, dit-elle.

Leurs regards s'étaient tournés de son côté.

— Comment, dit tout à coup Mme Blin sur le ton de l'étonnement, tu as donc enlevé ton cher bracelet ?...

Rosa rougit, invoqua une question de chaînette sautée, de fermeture qui ne marchait plus.

– Figurez-vous… commença Mme Blin.

Elle lui raconta que Rosa était revenue de l'Étoile, quelques jours plus tôt, avec un bracelet que lui avait donné une camarade de classe. Mme Blin n'y voyait évidemment pas malice ; elle était à cet égard sans préjugés. Elle paraissait avoir compris une fois pour toutes qu'aujourd'hui, rien ne marchait plus comme autrefois et qu'il fallait s'attendre à tout de la part des jeunes. Elle était donc préparée à tout, c'est-à-dire en somme à peu de choses.

– Croyez-vous, dit-elle, comme ces petites sont devenues coquettes !…

Peut-être aurait-elle dû s'inquiéter davantage. Didier se demandait ce qui la rendait si indulgente, si c'était le tragique éloignement de son fils ou cette honnêteté foncière qui était la sienne et qui ne lui donnait pas la moindre imagination pour le mal. C'est un fait qu'elle n'avait guère poussé l'enquête et s'était contentée des explications évasives de la jeune fille.

Il était tard. Rosa eut l'autorisation de se retirer. Didier avait hâte de se retirer lui-même. Il craignait que Mme Blin n'invitât sa fille à exhiber le fameux bracelet – à propos duquel il n'était peut-être pas nécessaire de mettre l'externat en cause, ni même la camaraderie féminine.

Les Allemands s'étaient installés, assez discrètement, au Séminaire ; une petite formation d'aviateurs, assez dépareillée, en uniforme gris, plus ou moins au repos ; des Allemands peu agressifs, dégoûtés de vivre depuis des années sous l'uniforme et désirant avant tout la fin de la guerre. Malgré ces modifications qui se réduisaient en somme à un changement d'effectifs, mais qui semblaient devoir priver pour un temps Rosa ou sa mère de certaines visites, le quartier vivait assoupi dans une sorte de paix énervée et un peu honteuse à travers laquelle seules les conversations d'une porte à l'autre mettaient parfois un accent plus guerrier.

De très loin la laitière s'annonçait de maison en maison par un cri perçant, déchirant, inimitable, parfois coléreux, criant :

« Le lait ! » comme on crie : « Au secours ! » ou « Au feu !... »
Elle arrivait, poussant des bidons sur sa bicyclette, distribuant leurs parts aux ayants droit, se livrant à de bizarres mélanges, causant beaucoup et postillonnant à plaisir au-dessus des boîtes métalliques. Didier avait reçu une autorisation de lait pour trois mois. La laitière lui montait sa part après avoir poussé son cri d'angoisse au portail du jardin, puis descendait chez Mme Blin, parlait un bon moment au seuil de la cuisine, pour finalement traverser la maison avec Mme Blin qui l'accompagnait jusqu'au portail. Souvent Rosa, revenant de l'externat à midi, les trouvait encore ensemble ; parfois avec une troisième dame à cheveux blancs, Mme Guillestre, que la tiédeur avait fait sortir de la maison voisine. Rosa dépassait rapidement le trio, les yeux baissés, montait en courant les six marches du perron et allait s'enfermer dans sa chambre avec un de ses bons livres qui lui apprenaient le vol et l'amour.

De l'autre côté de la rue, la sentinelle installée à l'entrée du Séminaire assistait, muette, à cette scène de voie publique, et jugeait les Français heureux.

Pendant que les langues s'agitaient, le lait cuisait dans les bidons exposés au soleil et tournerait dès qu'on l'exposerait à la flamme. Les rares bénéficiaires, qui ne pourraient plus en teinter leur jus de gland, auraient la ressource de le manger, plus tard, sous forme de petits fromages suris, s'ils aimaient ça.

Didier acceptait par politesse les bavardages de Mme Laitière. Il détestait le lait énergiquement, mais en raison de son prix cet aliment restait encore à la portée de sa bourse. Si bien que le cri affolé – justifié d'ailleurs par l'état de ce lait – qui résonnait chaque matin sur les Hauts-Quartiers et qu'il entendait se rapprocher depuis l'extrémité de la rue, venant de loin, de loin, entre les rangées de cyprès et d'ifs, dans un glorieux poudroiement de soleil, ce cri ne pouvait le laisser indifférent et il fallait même se tenir au garde-à-vous, casserole en main, dès que l'on entendait ce cri, car il ne suffisait pas, bien entendu, d'avoir droit au quart de lait quotidien, on n'attendait de vous qu'un moment de distraction pour vous le supprimer et aller le vendre ailleurs au prix du marché noir. Et le lendemain Mme Laitière, la bouche insolente, vous déclarait qu'elle n'avait pas reçu assez de lait la veille pour servir tout le monde, ou que les pâturages n'étaient plus assez gras pour les vaches, que les Allemands avaient justement emporté la dernière. C'était une puissance que cette Laitière, comme la Bouchère en était une autre, et elles faisaient mesurer leur puissance à la faculté qu'elles avaient de vous faire perdre le temps en piétinements, en surveillances et en bavardages, car après avoir attendu il fallait encore écouter. Ce n'était pas assez d'avoir une carte en règle, il fallait tous les matins prêter l'oreille à ce que Mme Laitière ou Mme Boulangère avaient à vous dire. Et un matin que Mme Blin n'était pas chez elle, s'étant rendue à un enterrement, et que Mme Laitière essayait de compenser avec Didier l'heure qu'elle n'avait pas pu gaspiller avec l'aimable propriétaire, elle se hâta de lui faire une cascade de révélations sur les gens avec qui il vivait, et lui raconta que non seulement Mme Blin n'était pas du tout, comme il l'avait cru jusque-là, la propriétaire de la maison, mais qu'elle n'en était que la gérante ; et que non seulement elle n'était pas la mère, mais la gouvernante de Rosa, bien que celle-ci l'appelât toujours maman, mais aussi que son fils n'était pas son fils mais son neveu ou peut-être même un fils adoptif, et ainsi que Mme Blin, au fond, n'ayant jamais rien eu, n'avait rien, et que la vraie propriétaire d'Arditeya était non pas Mme Blin mais Rosa elle-même, Rosa Pardoux, et que la maison lui reviendrait à sa majorité ; et qu'il fallait se méfier de Rosa, qui tenait de sa mère, laquelle avait été une garce authentique, et peut-être l'était encore, déchue de ses droits maternels, et tout, et qui, au temps où elle habitait Arditeya, s'y était si mal conduite, là et en d'autres lieux, que M. Pardoux, c'était son nom, s'était, dans cette même maison, il y avait près de douze ans, tiré une balle dans la tête, oui monsieur !

Voilà ce qu'on pouvait apprendre en écoutant la Laitière. « Vous pouvez demander à Mme Guillestre, votre voisine, celle qui a des cheveux blancs, si tout ce que je vous dis n'est pas vrai. Mme Guillestre habite le quartier depuis trente ans, pensez, il n'y a pas beaucoup de choses qu'elle ignore, et sur le compte de la petite Pardoux, allez, elle sait tout ce qu'il faut savoir. Croyez-vous, à son âge, elle fréquente déjà !… Et il faut voir comment !… »

Tout cela, bien entendu, n'empêchait pas Mme Laitière d'être au mieux avec Mme Blin et de lui raconter pendant des heures, lorsque Mme Blin la faisait entrer sous prétexte de la payer, tout ce qu'il fallait savoir sur Mme Guillestre, qui n'était à vrai dire qu'une ancienne belle qui avait bien tourné, ayant eu la chance d'être couchée non seulement dans le lit mais sur le testament d'un entrepreneur qui lui avait légué sa fortune. Voyez un peu !... À chacune de ses interlocutrices la Laitière semblait réserver un traitement de faveur, et marquer une estime particulière en débinant sa voisine.

Pendant ce temps, le lait, quand il y en avait, achevait de se gâter dans les bidons.

Il considérait Rosa Pardoux avec un intérêt nouveau et commençait à comprendre des choses. Il n'est pas d'âge pour que l'esprit vienne aux garçons, non plus qu'aux filles. Plusieurs fois il la vit dans les parties basses de la ville, autour des entrepôts, ou bien traînant sous les arceaux de la rue Gambetta avec des garçons de mine douteuse. Didier était d'autant plus émerveillé, comme on le pense, par les petites révérences et les paupières baissées, rites valables dans le périmètre des Hauts-Quartiers, et plus précisément dans celui du jardin qui entourait Arditeya.

Il avait dû congédier sa femme de ménage, ne pouvant plus la payer mais elle continuait à lui assurer une heure de ses services de temps à autre et il confiait toujours la clef à Rosa. Du reste, il tenait beaucoup à son courrier et Rosa restait autorisée, en son absence, à se glisser chez lui pour l'y déposer. Il était convenu dans ce cas qu'il suspendait sa clef à un clou devant la porte de la cuisine de Mme Blin. Il avait enseigné à Rosa le respect de ce courrier et elle lui rendait ce service avec une gentillesse qui n'était peut-être pas dépourvue de malice. En cela, mais en cela seulement, il avait réussi à faire de Rosa une bonne élève.

De menus objets qu'il laissait traîner à dessein continuaient à disparaître, des gommes, des crayons de couleur, des cartes postales. On trouvait en ce temps-là, pour presque rien, dans les bazars – magasins qu'il avait toujours fréquentés avec prédilection – des verres dépareillés qui étaient l'objet de sa convoitise. Rien ne lui plaisait tant alors que quelques tiges de flouve ou de pâturin dans un grand verre d'eau. Il avait trouvé ainsi, pour quarante sous, un assez beau verre au pied légèrement teinté de mauve. Mais il avait dû l'acheter en rêve, car aucun objet ne disparut aussi vite de son champ de vision. À peine avait-il eu le temps de le poser sur la table et de s'absenter une heure qu'en rentrant il rencontrait Rosa qui descendait son escalier, habillée pour sortir, un sac de plage balancé au bout du bras.

– La femme de ménage avait laissé la clef sur votre porte, lui dit-elle sans se troubler, avec un sourire qui écartait ses grosses lèvres rouges sur ses dents. J'allais la mettre au clou.

– Est-ce que cela arrive souvent ? dit-il.

Un mouvement des cils.

– Quelquefois...

– Heureusement, dit-il, je ne crains pas beaucoup les visites. Vous savez, chez moi, il n'y a pas grand-chose dont on puisse faire son profit. Mais pour le principe...

Elle rougit, ce qui ne signifiait rien, car elle rougissait peut-être pour autre chose.

Naturellement, le verre s'était volatilisé. Il se dit qu'il s'était fait auprès de ces femmes une telle réputation d'homme distrait que l'idée pourrait bien venir à Rosa, à l'occasion, de venir chercher l'argent dans sa poche. Une fois le principe admis, cela devenait curieux à observer.

Plusieurs fois encore, Didier trouva Rosa chez lui en rentrant. Elle semblait s'y plaire, elle avait toujours un bon prétexte à faire valoir, la clef oubliée, le courrier, l'eau des fleurs à renouveler. Il lui fit prévoir que cela allait finir, que la femme de ménage avait dû le quitter et qu'il ne la remplacerait pas. Elle parut contrariée.

– Pourquoi n'en prendriez-vous pas une autre ?

– Tout ici est si petit, dit-il ; je peux bien faire le ménage moi-même chaque jour avant de m'en aller. C'est une gymnastique. Et puis, il ne m'est pas très agréable que des étrangers viennent chez moi en mon absence, même pour me rendre service. Cela dérange toujours quelque chose. Il y a presque chaque fois un objet que je ne retrouve pas.

Un mouvement de tête, le coup des yeux baissés, puis relevés en plein visage. Fichtre, quels yeux !... Il ne lui avait pas encore vu ces yeux-là.

– Ainsi avant-hier, dit-il, mon coupe-papier... Ce n'était que de l'acier, mais j'y tenais ; un ami m'avait rapporté cela d'Allemagne, avant la guerre... A-t-il glissé sous une boiserie ? Je n'en sais rien. Avouez que c'est désagréable...

Nouveau mouvement du cou, nouveau regard ; elle braque admirablement, ce n'est qu'un éclair, mais elle ne rate pas son homme. Elle est émue, agitée – ça, c'est plutôt sympathique. On voit presque ses artères battre dans son cou laiteux, et sa belle poitrine se soulève à une cadence accrue. C'est sans doute un petit moment qui comptera dans sa journée. Et il est temps que ce tête-à-tête finisse, car il compterait bientôt dans celle de Didier.

– Et je pourrais vous énumérer d'autres objets qui ont disparu, dit-il, et même de l'argent.

– De l'argent ?

– Oui. Ça vous fait rire ?...

Il était près de la fenêtre, elle près de la porte, c'est-à-dire pas très loin l'un de l'autre.

– C'est nerveux, dit-elle en riant plus fort, tout en s'appuyant de la hanche à la barre du lit et en serrant ses mains l'une contre l'autre. C'est toujours comme ça, maman vous le dirait : quand on m'annonce quelque chose de ce genre, un vol, un accident, une mort, je ris, je ne peux pas faire autrement... Vous m'en voulez ?...

– On ne peut pas vous en vouloir de rire, dit-il. Vous êtes une enfant. Une enfant qui grandit un peu vite, qui manque de...

Elle allait partir, elle redresse la tête et attend. Rien ne passionne les gens comme les points de suspension. Elle regarde Didier, attend ce qu'il va dire, le sollicite, par un « eh bien ? » impatient, l'air de dire : « Ne croyez pas que vous allez vous en tirer comme ça... » Comme si cela pouvait l'intéresser de connaître la vérité sur elle-même.

– ... Qui manque un peu de conseils, dit-il. De bons conseils...

– Vous voudriez me conseiller ? dit-elle avec un petit air de défi.

– Oh, ce serait beaucoup trop difficile !... dit-il, battant en retraite. Pour ma part, Dieu merci, je n'ai pas à vous apprendre autre chose qu'un peu de latin...

À son tour il attend ce qu'elle va dire. Elle se tait, mais elle reste.

– À vrai dire, poursuit-il, une conversation comme celle-ci vaut bien une explication française... Ça balance les mérites d'un résumé de l'exposition d'*Andromaque*, n'est-ce pas, ou d'un chapitre de *la Nouvelle Héloïse*... Mais, dites-moi, chère enfant, quelle manie de toujours emporter ce sac avec vous ?...

– C'est mon sac de plage.

– Vous allez à la plage ?

– Non. Mais je ne peux pas m'en séparer. Mes lectures... Mes petits secrets...

– Vous allez vous faire arrêter, si vous vous promenez tout le temps avec ce sac. On va croire que vous transportez des secrets qui ne sont pas les vôtres...

Elle le regarde. Puis elle baisse les yeux. Ils se sont compris.

Comme il fait un mouvement vers la cuisine pour lui signifier que sa visite a assez duré, ils s'embarrassent tous deux dans la porte, elle voulant lui céder le pas, par une politesse mal comprise, et lui l'invitant à passer. Rêve-t-il ?... Il lui semble pourtant qu'elle ne se hâte pas trop de rompre le contact, et qu'elle reste serrée contre lui, dans l'embrasure étroite qui sépare les deux pièces, un peu plus de temps qu'il ne serait nécessaire. Peut-être, se sachant dévoilée et craignant les conséquences, voudrait-elle se racheter ?... À moins encore qu'elle n'aime tout particulièrement ses victimes, ou qu'elle ne les élise en prévision de ce qui peut arriver ensuite ? Ou que tout cela ne soit qu'un moyen d'attirer l'attention – une œillade un peu appuyée en somme ?

La voix de Didier la rattrape comme elle fuit en désordre dans l'escalier...

– Eh bien, mademoiselle ! La révérence, s'il vous plaît !...

Quelques jours plus tard, Rosa, assise sur le coin de son lit, feignait de lire un de ses livres, le coupe-papier d'acier armorié bien en évidence sur la table.

– On a retrouvé votre coupe-papier, dit-elle. Il était dans une fente du parquet. C'est toujours comme ça.

À l'audition de ce mensonge, il décide brusquement que son indulgence à l'égard de cette petite voleuse a assez duré. Ou bien est-ce cette façon de s'asseoir sur le lit qui lui fait prendre la mouche ? Évidemment, on ne peut guère s'asseoir que là – l'unique chaise est inutilisable, défoncée, bancale – mais tout de même… À son âge on n'a pas besoin de s'asseoir.

– C'est bon, dit-il un peu brutalement. Je ne vous demandais rien. Pourquoi vous donner la peine de mentir ?

Elle se redresse à peine et rougit, uniquement parce qu'elle ne peut pas s'empêcher de rougir à tout ce qu'on dit.

– Oh, dit-elle comme si elle suçait un bonbon, vous êtes violent !… (Nuançant ses effets :) Violent et… injuste !

Un silence.

– Et si j'allais raconter tout ça à votre… à Mme Blin ? dit-il.

Elle hausse les épaules. Elle pense visiblement : « Cette vieille… »

– Votre femme de ménage m'a confirmé qu'elle n'allait sans doute plus pouvoir venir, dit-elle. Est-ce que vous ne voulez pas que je vienne de temps en temps ?… J'en ai parlé à maman. Elle serait d'accord…

Il la considère rapidement. Elle a baissé les yeux et ramène ses jambes sur le lit, en chien de fusil. Nom d'une pipe !… La voilà étendue. Il croit deviner ce qui lui passe par la tête.

– Vous êtes fatiguée ? dit-il.

Une seconde, elle soutient son regard.

– Euh… Ouuii… Vous ne trouvez pas que le temps est fatigant ?…

Didier pense que si on lui racontait cette histoire, il la trouverait incroyable. L'élève des sœurs, du collège de l'Étoile, une héritière des Hauts-Quartiers… Et quinze ans ! Oui, quinze ans, et cet âge, comme disait Lamartine…

– Mme Blin sait-elle que vous êtes là ? demanda-t-il.

– N... Non... Je ne sais pas... Je crois qu'elle est sortie...

Elle ouvre ses yeux tout grands. Des yeux gris-vert. Vastes, limpides – et innocents, bien sûr. Rien n'est plus menteur que les yeux d'une femme. Enfin, elle a un battement de paupières. Ses seins se soulèvent en mesure... Quel corps !

– Allons, ouste, dit-il. Debout ! Et plus vite que ça !... Si tu ne comprends pas, je t'expliquerai quand tu seras plus grande.

Mais elle n'en croit pas ses oreilles.

– N'oublie pas ta leçon, ajoute-t-il. Les verbes déponents et la formation du supin. Compris ?...

Elle hésite encore. Il la tire par les bras, pour que ça aille plus vite. Le lit, sans être grand, occupe une bonne partie de la chambre. Ce qui fait que, pour sortir, elle est encore une fois obligée de passer devant lui, comme l'autre jour, dans l'espace étroit qui est entre la table et le pied du lit. Il ne s'écarte pas. Il a le droit d'être nerveux, après tout. À son passage, comme elle traîne et essaie de jouer de la prunelle (où a-t-elle appris ça, bon Dieu ?), Rosa reçoit une paire de gifles retentissantes.

– Pour t'aider à sortir ! crie-t-il. Et tiens : un petit souvenir...

Et il lui fourre le coupe-papier dans le sac.

Il était d'excellente humeur.

On ne gifle jamais assez les jeunes filles.

Rosa reprit son attitude de reine, de petite star méprisante et distraite, sauf que Didier fut enfin débarrassé de ses visites et qu'il s'occupa lui-même de son courrier ; et la vie reprit comme par le passé. Le petit prêtre qui avait dû abandonner le Séminaire en même temps que les autres, mais qui était cantonné dans la région, avait repris le chemin d'Arditeya, ne voulant pas renoncer à son mystérieux devoir. Les femmes du quartier continuèrent à postillonner au-dessus des bidons de lait découverts, comme par le passé, et plus que par le passé les queues s'allongèrent à la porte du Boulanger, de la Bouchère, – non qu'il y eût quelque chose de plus à vendre, mais il s'agissait pour chacun de ces boutiquiers de montrer qu'il était devenu quelqu'un, et c'était un plaisir pour ces dames de faire droguer les pauvres gens, puisque ceux-ci ne pouvaient plus se passer d'elles et qu'ils n'étaient même plus libres de changer de fournisseurs. Chaque être se constituait ainsi en puissance et la dictature du médiocre s'exerçait à plein. Parfois, au bout de deux heures de queue inutile, une femme, une petite fille, un vieillard tombaient de faiblesse ou d'inanition, et la Bouchère profitait du désordre pour refiler dans son arrière-boutique à quelque bourgeoise qui n'avait pas attendu, un gigot de mouton sans ticket. Après quoi la pemière de ces dames recommençait la litanie de ses politesses, tandis que le Boucher, qui buvait, rentrait tout à coup en jurant, piétinant les malheureuses et lançant aux petites filles, sans que personne osât protester, des remarques sadiques qu'elles ne comprenaient pas mais qui les faisaient pleurer.

La véritable ignominie des Français à cette époque, leur ignominie de vaincus, c'était dans les échoppes, les boutiques, autour des comptoirs qu'il fallait la contempler.

Les guerres avilissent les peuples parce qu'elles sont le triomphe des trafiquants. Cela ne s'oublie pas si vite.

Les Aubert avaient été rejoints par leur fille, venue de Bretagne, dont le mari était en Angleterre, et parfois Didier faisait le tour de la ville et descendait vers les faubourgs pour aller chez eux, dans la petite maison qu'il leur avait dénichée près des Arènes. Cette promenade lui faisait traverser, dans le prolongement des Hauts-Quartiers, toute une série de quartiers luxueux qui cernaient la ville et auxquels s'attachait l'épithète flatteuse de « résidentiels ». Quartiers paisibles, jardins ouverts sur les vallées, fleurant le jasmin et la glycine, vieux murs frissonnants de vigne vierge, tapissés de velours, abritant l'adultère et l'imposture, et les démons insatiables du Profit, décors idylliques du faux bonheur vécu au son des cloches, du vice béni par les puissances de ce monde et de l'autre.

Didier trouvait sa mère non plus, comme autrefois, filant la laine auprès de la croisée, pénélopant des tricots interminables ou des couvre-lits au crochet, mais attelée à d'étranges travaux d'aménagement ou de réparation, et sa sœur noyée jusqu'à la ceinture dans les lessives. Et pourtant, à l'heure du repas, tout s'arrangeait autour d'une crêpe à l'eau ou d'un plat de châtaignes, et l'on pouvait jouir d'un rayon de soleil sur la maison. M. Aubert, rescapé de Dunkerque, passait sa vie en démarches, guettant chaque jour au courrier des nouvelles de son patron dont l'usine avait été sinistrée et qui parlait de reconstituer une affaire au Maroc, dès que les circonstances le permettraient.

La maison était précédée d'un jardinet de proportions minimes, pris sur la route dont la propriétaire avait abusivement enclos un segment, pour pouvoir élever son loyer ; et les petites plantations de Mme Aubert, primevères et capucines, semées avec application sur cette terre ingrate bourrée de briques et de débris de ciment, mettaient au cœur de Didier une sorte de tendresse désespérée.

– Sais-tu, dit un jour Mme Aubert à son fils, sais-tu qui était devant moi à la messe dimanche, au premier rang des fidèles, à la chapelle des Réparatrices ?...
– Eh bien ? dit-il.
– M. Beauchamp, tu sais, celui qui nous a chassés de sa prairie...
Et elle conclut, toute fière : Tu vois, nous l'avions mal jugé.

Un après-midi où ses occupations le laissaient libre et où il était assez déprimé par les nouvelles du jour, Didier prit le petit tramway qui, en suivant des couloirs de feuillage, allait à Ilbarosse, et là gravit la large rue qui, partant de la mer, s'élevait jusqu'à Mar y Sol. À vrai dire, il avait une communication à faire à Pierre ; mais il sortait d'une longue contrainte, d'un travail astreignant et il avait surtout besoin de quitter sa chambre, de placer librement ses pieds l'un devant l'autre, de former des pas. Le monde appartient à celui qui marche. C'était ce qu'il éprouvait particulièrement quand il allait chez Pierre.

Didier était en avance sur l'heure de ses visites habituelles, mais il comptait trouver, à défaut de Pierre – que son travail retenait presque toujours à ces heures-là – au moins sa femme. Capri était un être de fantaisie, un feu follet qui avait paru autrefois, disait-on, dans les music-halls, et qui, avec un jeune enfant et la promesse d'un second, menait admirablement la barque. Il faut dire que Pierre était, pour une femme, un animal assez difficile à conduire. Il portait en lui, sans la moindre ingénuité, au moins trois hommes : un aventurier, un poète et un bourgeois. Mais aucun de ces trois hommes n'avait encore eu l'occasion de s'exprimer pleinement et c'est peut-être ce qui faisait de Pierre, en plus, un homme morose et dangereux. Capri était une femme de cœur, mais féroce comme une louve dès qu'on s'attaquait à l'un des siens. Ses yeux noirs, ses cheveux noirs, son teint brun, ses sourcils arqués, lui donnaient un type espagnol très accusé. Avec toutes ces vertus, Didier se plaisait à dire d'elle, pour la faire enrager, qu'on n'aurait trouvé sa pareille que dans les romans édifiants.

Il y avait dans cette grande bâtisse de style mauresque, entourée de jardins avec portiques et jets d'eau, et dans sa situation sur la falaise, quelque chose de romanesque et d'un peu sauvage qui convenait admirablement à ses occupants.

La maison était bâtie en retrait et l'on ne pouvait guère la voir en approchant, mais on voyait de fort loin un immense pm parasol planté au bord du jardin. Il apparaissait de loin comme une haute plate-forme d'un vert dense, sur quoi la lumière donnait toujours à plein. Et comme, à partir de là, la rue se mettait à redescendre légèrement, et que l'arbre se découpait ainsi à la manière d'un phare sur un grand vide au fond duquel on pressentait la mer, Didier se laissait guider par cet arbre qui résumait en lui, par ses étages de sombre verdure hachée de lueurs, à la fois l'altitude et la mer.

Un des plus charmants parmi les nombreux rites dont s'entouraient les habitants de Mar y Sol était que dès qu'on avait sonné, d'en bas, et qu'on se mettait à monter, quelqu'un se détachait du haut de la maison et descendait à votre rencontre. La montée de cet escalier était déjà pleine d'attraits par elle-même à cause de sa clarté, du jardin que l'on apercevait tout autour et de la joie que donne toujours une montée vers la lumière. Mais cette attention qui coûtait de la peine, cette rencontre dans l'escalier était une saveur de plus. Et ce qui était mieux que tout cela, c'est qu'on avait, en entrant chez Pierre, l'impression de rentrer chez soi.

L'appartement comportait de larges pièces, harmonieusement disposées les unes par rapport aux autres, de façon à ne pas se nuire et à ne jamais être ennuyeuses. Comme la maison se dressait sur une partie élevée et avancée de la côte, on avait la surprise, en arrivant en haut, de découvrir, par-delà les toits et les terrasses étagées sur la pente, toute la mer épanouie et gonflée comme une rotonde. Didier se disait prophétiquement qu'il ne reverrait jamais plus une maison pareille. Et non seulement lui, mais Pierre, mais Capri, et les innombrables amis ou camarades improvisés que ceux-ci recevaient comme s'ils les avaient toujours connus et qu'ils gardaient souvent pour la nuit.

Ce ne fut pas Capri qui vint à sa rencontre, ce jour-là, et qu'il trouva à la hauteur du troisième étage, mais Betty qu'il ne connaissait pas et qui, étant seule dans la maison, avait charge d'accueillir les visiteurs. Betty apprit à Didier qu'elle était en train de somnoler sur un divan lorsqu'elle avait entendu son coup de sonnette. Il ne savait rien d'elle mais elle avait entendu parler de lui énormément. Elle le disait avec une pointe d'ironie. La maison baignait ce jour-là dans une fine brume lumineuse. Betty le conduisit sur la terrasse où la mer, impalpable, se confondait avec le ciel, impalpable, et les entourait, les cernait d'une délicate substance. Elle lui offrit une cigarette et ils attendirent ensemble le retour des Giraud.

Betty confia à Didier qu'elle habitait les Hauts-Quartiers, justement derrière le Séminaire dont lui-même regardait la façade, et ce fut pour lui l'occasion de connaître une autre maison, vaste et vétuste, dont les balcons circulaient sous les glycines mais croulaient aussi sous leur propre poids de charpentes verdies. *Santiago* est le nom de bien des villes dans le monde, mais c'est aussi le nom d'une petite île du Pacifique qui passe inaperçue sur les atlas et où avait vécu un des lointains ancêtres de Betty. C'était aussi le nom de la vieille demeure, une des plus anciennes parmi les maisons des Hauts-Quartiers, qui avait été jadis maison de campagne mais que l'expansion de la ville avait peu à peu gagnée et englobée. Un charme d'ancienneté, de tradition respectable et courtoise, d'amabilité hospitalière, émanait des murs de cette maison. Elle évoquait les équipages, les éventails, les nourrices en blouse blanche et les après-midi d'été dans un nuage tourbillonnant de moustiques. Elle avait été refaite, agrandie à différentes époques, par différentes générations, sans beaucoup d'esprit de suite, et chacune y avait laissé sa marque. L'un avait retapé un toit, l'autre avait ajouté une aile ou un étage et l'avait surmonté d'une terrasse. Tout cela ne manquait pas d'une certaine séduction rustique et l'intérieur, avec sa fantaisie, ses détours, son désordre nostalgique, son petit orgue perdu dans une pièce sombre et poussiéreuse, ses couloirs encombrés de bibliothèques et de crédences, ne démentait pas cet extérieur.

Telle quelle, la maison était tombée en quenouille et pourtant continuait à vivre d'une vie indéchiffrable et pleine de sursauts, tantôt grouillant de monde, d'enfants et d'amis, tantôt déserte de la cave au grenier. Un nombre important de pièces étaient condamnées, on ne sait pourquoi, vouées à une obscurité sans appel et qu'on n'aurait pu souhaiter plus complète. On respirait là un air de douce et pieuse paresse, de labeur entêté et vaillant, et cela aurait suffi à expliquer l'état des choses ; mais sans doute avait-on renoncé une fois pour toutes à ouvrir des volets dont le maniement était devenu dangereux. M. Mondeville (Joyce) marié, remarié avec des sœurs successives, vivait, ou ne vivait pas, d'occupations mystérieuses, ses principales fonctions étant, semble-t-il, celles de ministre du ravitaillement. Une vieille tante, Mathilde, qu'on avait arrachée à ses génuflexions et à ses livres de messe, s'occupait, ou plutôt s'acharnait sur le jardin – rude morceau. La pénombre des pièces, des couloirs, des paliers, laissait deviner la présence d'un piano, d'un harmonium ou d'autres instruments de musique. Des lutrins se dressaient solennels au milieu d'une salle à manger désaffectée, condamnée à un perpétuel clair-obscur où vibraient faiblement des étoffes, où des partitions jaunies s'ouvraient et se refermaient sous des doigts invisibles, et qu'il fallait traverser avec une permission spéciale. Dans cette maison où tout le monde se cherchait sans se trouver, où les appels retombaient souvent sans éveiller d'échos, où les gens, pour des motifs mystérieux, s'enfermaient dans leur chambre avec ordre de ne les déranger sous aucun prétexte, Didier, en quête de Betty, restait parfois des heures, allant d'escalier en couloir, voyageur plus ou moins clandestin, car même la présence de Betty était un passeport insuffisant et il était prudent de faire renouveler son visa. On pouvait rêver là, en attendant la personne demandée, sur un siège de cuir gravé qui s'effritait, parmi un amoncellement séculaire d'objets dont nulle part au monde on n'eût trouvé les pareils, sous des lustres aux complications infinies, devant des bibliothèques d'œuvres complètes, toujours étrangères, rangées dans un ordre immuable depuis que le grand-père, professeur à Cambridge, un des héros de la famille, les avait ouvertes pour la dernière fois. Debout dans le vestibule aux parois tapissées de livres se reflétant dans de grandes glaces à demi éteintes, Didier avait conscience de vivre des moments extraordinaires, appelant Betty à intervalles réguliers, d'une voix faible, dans l'espoir que personne ne l'entendait, ou qu'on l'entendait juste assez pour ne pas faire attention à lui. D'où vient donc ce bonheur qui tombe sur vous, au fond d'une vieille demeure, et qui vous fait rester en place, vidé soudain de tout projet, de toute impatience ?... Ce bonheur, il le reportait sur Betty qui, avec sa taille frêle, ses longs cheveux vaporeux, ses yeux de loutre, sa façon de passer inaperçue et ses immenses chagrins de petite fille, était la créature la mieux faite pour supporter le poids de cette maison vénérable, ou peut-être pour en représenter la faillite, l'effondrement amical, inexorable et silencieux.

La main dans la main de Betty, il découvrait, épousait cette humilité, il supportait à son tour le poids, la fragilité du monde. Dans les chemins encore champêtres qui entouraient la maison, et menaient de chez elle au Séminaire, puis du Séminaire aux Dominicaines, dans les jardins plantés de hêtres pourpres et portant jusqu'aux nues le vermillon ou le rose éclatant des rhododendrons, dans les rues d'Irube ou d'Ilbarosse, sur la route de Santiago ou de Mar y Sol, la rencontre de Betty était toujours marquée d'un signe de douceur, de pauvreté, de pureté, d'une inclination de palmiers, d'une sorte de poétique consentement – oui, d'un consentement venant de loin, de là-bas, du fond des îles couvertes de palmes et dont les palmiers, au contraire de ceux d'Irube, donnaient de vrais fruits.

Plus tard il sut que ce qui l'attachait le plus à Betty, c'est qu'elle était suspecte à son entourage, et même plus ou moins persécutée, et que plus elle se sentait suspecte plus elle faisait tout ce qui était en son pouvoir pour le devenir davantage et pour justifier la suspicion au lieu de l'écarter. Car elle souffrait démesurément de toute injustice et ses excès, ses renchérissements n'étaient qu'une façon d'y mettre fin par un malheur plus complet.

Il y avait, devant la maison, au centre d'une pelouse, un grand cèdre probablement aussi vieux qu'elle, dont les basses branches effleuraient doucement le sol et à l'abri duquel les visiteurs disparaissaient complètement. On campait sur la pelouse couverte de minuscules aiguilles, dans une odeur de miel, de résine, parmi les fourmis, sous les vibrantes évolutions des guêpes. Le thé, de composition et d'origine souvent inconnues, de saveur toujours imprévue, était servi dans des pots et sur des plateaux d'argent, témoins d'une authentique splendeur, et Didier connaissait là l'attrait des décadences vénérables, mais aussi de ces plaisirs simples et précieux, toujours si menacés, sous lesquels bat le sang de la jeunesse.

Mais qui aurait eu le cœur, en ces temps, de goûter autre chose que des plaisirs menacés ? Non seulement ils étaient menacés par les événements, mais l'aide, si modeste fût-elle, que Didier et Pierre apportaient à la cause commune les menaçait encore, et il est probable que cette menace volontaire avait à leurs yeux plus de prix que l'autre et les absolvait plus complètement. À ces menaces s'en ajoutait d'ailleurs pour Didier une troisième, encore moins négligeable bien qu'il y fût davantage accoutumé, celle qui vivait toujours dans sa chair, d'autant plus à craindre peut-être qu'elle ne se manifestait pas. Malgré ce handicap, le plus lourd, Didier vivait ainsi dans des directions multiples, partie pour l'amitié, partie pour l'action extérieure, partie pour l'esprit –, et l'on ne cache pas que cette partie, la plus grande, donnait sa saveur aux autres.

Le temps passait. Souvent Didier allait chercher Pierre à son bureau et ils revenaient tous deux ensemble, par le tramway, jusque chez lui. Aujourd'hui qu'il n'y a plus de tram nulle part, sauf en Espagne ou en Chine, ce temps paraîtra très lointain et très douteux aux jeunes qui me liront. Pierre avait l'air préoccupé ce soir-là, et au lieu de gagner directement la petite gare où il prenait son tramway, il entraîna Didier le long du fleuve, presque un bras de mer à cet endroit, où des soldats vêtus de gris étaient en train de charger du bois sur un grand cargo tout gris, à la proue duquel était fixé un petit canon antiaérien pointé vers le ciel qui était gris aussi. Pierre avait la vue un peu basse. Il avait dû prendre ces Allemands, dont quelques-uns étaient en manches de chemise, pour de quelconques travailleurs. Quand il vit les uniformes, son visage frémit, il changea subitement de direction.

– Fichons le camp, dit-il. Je ne peux pas supporter leur vue.

Il coupa à travers la place, entraînant Didier un peu surpris, se faufilant entre les jardins où, comme si de rien n'était, s'épanouissaient dahlias et capucines.

– Tu vas en trouver un certain nombre dans le tram, constata Didier en voyant un groupe de soldats se diriger vers la gare.

– Oui. Eh bien, quand un Boche vient s'asseoir en face de moi, je change de place.

– Tu dois les rendre malheureux, ces pauvres types, risqua Didier.

– Tant pis si je les démoralise, répondit Pierre sérieusement. C'est pour cela que je le fais.

Didier réfléchissait sur le cas de Pierre. Les Allemands de ce temps-là étaient déjà très humbles, et ceux de ce pays en particulier n'avaient jamais eu un aspect brillant. Mais il eût été vain de discuter ces problèmes de sensibilité.

– Est-ce que tu voudrais m'accompagner, dit Pierre. J'ai une course à faire avant de rentrer.

Il avait un visage fatigué, soucieux, et les mots sortaient lentement et péniblement de sa gorge. L'accompagner où ? Quelle course ? Il ne fallait pas trop lui en demander. Il aimait le mystère. Il avait l'air, mais c'était toujours un peu son air, de quelqu'un chez qui quelque chose « ne passe pas ».

Ils remontèrent les allées Turgot où les lagerstrœmias alternaient avec les ifs en boule et où s'alignaient toutes sortes de façades cossues : la Propriété brillait là de tout son éclat. Pierre fit prendre à Didier un chemin de traverse, puis, après avoir tourné encore une ou deux fois, une rue montante, à forte rampe, silencieuse entre ses jardins avec un ciel pommelé, des vergers derrière des petits murs d'où émergeaient les tulipiers et les prunelliers, et les plaqueminiers qui seraient si beaux à l'automne. Tout cela propre, serein, jamais dérangé, un quartier que les invasions, les inondations, les malheurs de la vie ne touchaient point, ne pouvaient pas toucher : le début des Hauts-Quartiers.

Pierre poussa la porte d'un vaste jardin au fond duquel Didier aperçut deux ou trois bâtisses sans caractère.

– Veux-tu m'attendre trois minutes ? demanda Pierre.

Il revint au bout d'une demi-heure sans s'excuser. Didier crut voir, au loin, une femme qui, de sa fenêtre, le regardait partir. « Amie » ou militante ? Didier détestait les secrets. Il fallait toujours être prêt, avec Pierre, à risquer sa vie pour rien. Peut-être ne s'agissait-il que d'une amie ; mais, comme beaucoup de garçons de son âge, mal dégagés de l'adolescence, Pierre eût été désolé si ses allures n'avaient pas donné à penser.

Ce que Didier pressentait depuis longtemps se produisit un soir où il était allé chercher Pierre à la Perception, à la fin d'un après-midi. Pierre lui fit prendre, encore une fois, le chemin du port fluvial. Il y avait de nouveau des soldats travaillant près d'un cargo, mais Didier le persuada que c'était là qu'ils seraient le plus tranquilles s'ils avaient à parler sérieusement. Pierre lui confia alors qu'il avait besoin, pour un ami, d'un second domicile, autant que possible à deux issues. Il s'exprimait avec cette lenteur, ces arrêts, ces engloutissements de la voix qui avaient déjà frappé Didier la fois précédente.

— Il m'est impossible de le garder chez moi, expliqua-t-il. Tu ne connais rien dans ton quartier ?

— Dans mon quartier ? s'exclama Didier. Tu es fou ! Ces bourgeois tremblent dans leurs culottes, et d'ailleurs ils sont tous réactionnaires. Ils iraient tout de suite frapper à la Gestapo. Ils se trouvent très bien, mais très très bien, du régime actuel. Il y a partout des sentinelles qui font la police pour eux. L'ordre règne. L'occupation les sauve du péril populaire. Ils font d'excellentes affaires avec les Teutons. Il n'y en a pas un qui voudrait que ça change. Ils n'ont qu'une peur, c'est le débarquement.

— Ce sont des salauds, dit Pierre.

— C'est beaucoup plus que de simples salauds, dit Didier.

— Oui, beaucoup plus, dit-il. Tu ne sais même pas à quel point tu as raison. Ce Beauchamp, tu sais, qui vient de racheter à lui seul les tramways de la ville...

Il était tard. Là-bas, les soldats avaient terminé leur travail et s'en allaient en chantant, la pelle sur l'épaule. Leur chant rauque et saccadé s'élevait, s'abaissait, s'arrêtait comme un claquement de talons, faisant le tour de la ville, repris à la même heure par toutes les troupes semblables qui réintégraient leurs campements. Il y avait là un peu de tout, des jeunes, des vieux, des hommes de toute taille, quelques-uns légèrement claudicants. Quand un empire devient trop grand, il s'épuise. L'Allemagne avait trop de côtes, de frontières, trop de ciment à couler face à l'océan, face à la mer. Ces hommes marchaient, les reins fourbus, la cervelle vide, leurs poignards au ceinturon, leurs pelles brandies vers le ciel. « *Ro-o-sen-Marie...* » Résignés à ce que ça ne finisse jamais. Leurs voix éveillaient impuissamment les échos des jardins au fond desquels les douairières se lamentaient au-dessus de leurs coffrets à bijoux et les dames d'œuvres complotaient des kermesses ou de nouvelles quêtes.

– Bien. Il y a autre chose, dit Pierre. Nous aurons sans doute d'ici peu un petit travail à faire devant chez toi…

Didier sursauta.

– Tu veux parler du Séminaire ?

– De ce qui a été le Séminaire. Permets-moi de ne pas entrer dans les détails. Mais c'est sérieux, et pour te le prouver, je peux te dire, à toi, que Xavier est dans le coup. Tu saisis ?

Didier connaissait un peu Xavier, un garçon d'une trentaine d'années, un raté des Beaux-Arts, qui tenait avec fantaisie une boutique de quincaillerie, mais il savait surtout que Pierre passait des heures dans sa boutique et subissait beaucoup son influence. Bien que Xavier passât pour être d'extrême gauche, Didier avait senti une fois chez lui, au cours d'une conversation, un brutal mépris des êtres qui était aux antipodes de sa nature.

– Je ne comprends pas très bien, dit-il, mais je t'écoute.

– Il y a à l'entrée de cet endroit une sentinelle. Nous voudrions savoir si tu peux t'en occuper.

– C'est-à-dire ?

– Eh bien… la distraire…

– Et si elle ne veut pas se laisser distraire ?

– Dame, il y a des moyens…

Didier envoya promener un caillou du bout du pied et le suivit du regard.

– Je n'ai pas pu être soldat, dit-il enfin. Si je l'avais été, je crois que je me serais battu comme un autre, que j'aurais pu tuer dans l'ardeur du combat. Mais je n'ai pas été soldat et je crois que tu ne l'as pas été non plus, Pierre… En imprimant ou en répandant des tracts, comme je le fais, je ne mets en danger que moi-même. Or tu sais ce qui se passe quand un Allemand est tué… Je ne veux pas jouer avec le sang des autres, des innocents. Et puis…

– Et puis ?…

– Tu parles d'agir contre cette sentinelle. Je te le répète, tuer dans l'ardeur du combat, c'est une chose, presser sur une gâchette au hasard, envoyer un obus à des kilomètres… sur des positions de campagne… Mais tuer un homme qui ne s'y attend pas… Que veux-tu, je suis sans doute un mauvais résistant, mais je… À tort ou à raison, je ne suis pas fait pour cela. Ce

n'est pas ce genre de travail qui m'attire. Je désire autant que quiconque la défaite de l'Allemagne, l'anéantissement de ce qu'il y a en elle de maléfique, mais ce que tu me demandes...
– non, je serai très net : je ne veux pas.

Pierre l'écoutait ; Didier le voyait avaler douloureusement sa salive. Il resta un assez long moment sans répondre.

– Nous avons besoin de toi pour réussir, dit-il. Sans toi, nous ne pouvons même pas entreprendre cette affaire.

– De quoi s'agit-il au juste ? demanda Didier. Je crains que vous n'ayez très mal évalué l'importance de ce que vous allez faire. Je ne sais pas si tu as déjà regardé le Séminaire... Il est tout de même étrange que vous ne m'ayez pas consulté !

Pierre entra dans des discours confus, parla de documents à saisir.

– Je ne peux pas t'en dire davantage. Mais il faut que tu te charges de la sentinelle. C'est indispensable.

– Je t'ai dit ce que j'en pensais, dit Didier. C'est mon dernier mot. Personne, non, personne ne peut me demander cela. Et j'irai même plus loin : je te demande de ne pas le faire à ma place.

Pierre reprit sa méditation silencieuse, accompagnée de mouvements violents de sa pomme d'Adam. Il parut réfléchir profondément, mais il ne tenta pas de discuter. Il ne prit même pas, comme Didier s'y attendait un peu, un air de mépris. Il eut simplement un sourire de ses lèvres pâles, comme pour dire : « Évidemment !... »

Didier rentra chez lui assez triste (après avoir promis à Pierre de s'occuper de « son ami »). Le soir tombait quand il arriva en vue du Séminaire. La Sentinelle, un tout jeune homme, faisait les cent pas devant l'entrée, innocente de tout, songeant à sa mère qui l'attendait dans les ruines de leur maison bombardée, quelque part en Poméranie. L'adversaire aussi a une âme[1].

Un jour, d'énormes camions franchirent l'entrée du Séminaire et s'installèrent dans le parc, à l'abri des arbres. Le

---

[1]. Ces mots sont bien entendu dédiés à l'adversaire, et donc à sens réversible (écrit en 1955).

contingent d'hommes en gris augmenta. Des commandements rauques s'entendirent derrière les haies, les pelouses furent bouleversées, on y creusa des trous en toute hâte. Puis tout s'apaisa. La routine reprit ses droits, car rien dans ce quartier ne résistait à la routine, pas même l'armée allemande. Les camions sortaient, puis rentraient se mettre à l'abri sous leurs arbres. On installa une guérite à l'entrée pour la Sentinelle, pour plus de confort, avec des guillemets jaunes et noirs sur les parois.

Des femmes hantaient les abords du Séminaire, se faisaient embaucher pour quelque orgie. La Laitière citait d'affreux détails. Didier écoutait et pensait à la fin de tout cela qui serait horrible.

Pierre revint plusieurs fois à la charge ; n'obtenant toujours pas de résultat, un soir il leva sur Didier des yeux graves et lui conseilla sans plus d'explications de quitter Arditeya un certain temps.

Quelques jours plus tard, les Américains vinrent bombarder le Séminaire de huit mille mètres de haut. Leurs bombes tombèrent à cinq cents mètres de là, sur une colonie d'enfants qu'on avait envoyés au repos, dans la campagne.

Mme Blin, gagnée par la panique qui régnait maintenant sur la côte, ou respectueuse des nouveaux règlements édictés par les occupants concernant le séjour des « oisifs » en « zone interdite », annonça à Didier avec des soupirs qu'elle se retirait en Béarn sur des positions préparées d'avance, avec la précieuse Rosa dont elle avait la garde. On sentait qu'il lui était dur de quitter Arditeya où elle guettait toujours le retour de son fils. Didier fit ce qu'il put pour la réconforter, et Rosa vint lui faire une révérence d'adieu.

– Eh bien, dit-il, vous allez vous ennuyer à la campagne. Une fille comme vous, qui ressemble à Danielle Darrieux…

C'était ce que, d'après elle-même, ses petites amies lui disaient souvent, et elle cherchait maintenant à se donner un air à la mode en accusant cette ressemblance.

– Il y a quelqu'un qui va vous regretter, dit-il.
– Ah oui ? fit-elle, soudain très éveillée.
– Cet abbé qui vient vous voir quelquefois…

Elle haussa les épaules, puis se redressa, eut son coup d'œil à la fois timide et hardi.

– Il est envoyé par quelqu'un, dit-elle.
– À la bonne heure, dit Didier. Il réfléchit rapidement et prit un air grave pour lui demander : Que veut-il faire de vous ?

Elle fit bouffer coquettement ses cheveux.

– Oh, pas grand-chose…
– Il n'est pas ambitieux, dit-il. Il ne désire pas que vous alliez communier plus souvent ?…

– Oh, pensez-vous !... Ça alors, vous n'y êtes pas du tout. Il vient de la part de ma mère... Il voudrait que je me réconcilie avec elle...

Didier eut un léger sursaut. Il avait entendu dire que la mère de Rosa, remariée, habitait non loin d'Irube, mais de là à supposer qu'elle voulût reprendre sa fille... Il entrevit là-dessous de confuses questions d'intérêt. Mais, après tout, nul ne connaît les voies de Dieu. Cette femme avait pu reconnaître ses erreurs, se faire un cœur nouveau. Qui peut juger ?

– Je dois vous dire que j'ai entendu parler de votre mère, dit Didier. Savez-vous pourquoi ce jeune prêtre désire cette réconciliation ?

– Oh, il doit le savoir. Je ne l'écoute pas.

– Mais vous devez savoir ce que vous désirez faire ?... Est-ce que personnellement vous tenez à... ?

– Non. Je suis bien comme ça. Mais il arrivera peut-être à ses fins...

Mme Blin lui laissa la clef de la maison – clause obligatoire, aucune maison ne devait être inaccessible aux réquisitions – en lui demandant de lui donner un air aussi « occupé » que possible, et cela en l'occupant au besoin lui-même. Elle lui rappela qu'il pouvait user du jardin et des fruits, se réservant de revenir de temps à autre pour de rapides aller et retour.

Les arbres du jardin étaient vieux, négligés, et les fruits pourrissaient aux branches avant de tomber, mais ils étaient beaux de forme et donnaient une espèce de noblesse à ce jardin qui, avec ses poulaillers désaffectés, en était bien dépourvu. L'un d'eux, qui poussait derrière la cuisine de Didier, faisait un admirable écran entre la maison voisine et la sienne, et il était heureux quand il ouvrait sa porte de le trouver à hauteur de ses yeux. Une haie de framboisiers mouvants formait de ce côté la limite du jardin. Une vigne devenue folle s'avançait sur des fils de fer à la rencontre de la villa. Aux mystérieux calices des euphorbes avaient succédé les circonvolutions des iris sauvages et la fougueuse lumière des pissenlits. Partout l'herbe était devenue drue et souple et la vie était partout dressée, aux aguets.

Le soir, devant sa fenêtre, dans le parc du Séminaire, la lumière montait lentement, rouge, vers la cime des arbres.

C'est alors que Didier vit apparaître le Jardinier.

Cela commença par une lettre de Mme Blin qui le prévenait que, cédant à de fortes instances (mais surtout, sans doute, à son bon cœur), elle avait décidé de prêter son jardin à une femme qui cherchait un terrain pour y faire pousser des légumes. Son fils, employé ou « requis » dans un garage, viendrait cultiver à ses heures perdues.

Didier vit arriver un jeune homme de vingt à vingt-cinq ans, beau et musclé, en pleine force, l'air méprisant, qui retroussa les manches d'une chemise toute blanche et se mit à retourner la terre. Il bêchait, binait, sarclait, ratissait, sous la fenêtre de la chambre où Didier poursuivait, bon an mal an, son étude sur les « Conditions et les circonstances de la vie mystique ». Ce jardin, dont Didier s'était cru maître, maintenant le repoussait. Il voyait l'énorme pelle, manœuvrée sans peine apparente par le jeune athlète, s'enfoncer dans les carrés d'herbe, puis les retourner d'un coup bref avec toutes leurs fleurs. La terre était d'ailleurs mauvaise, impropre à la culture, bourrée de cailloux. De mornes sillons recouvrirent peu à peu l'espace autour de la maison. L'herbe fut traquée partout, jusque dans les allées, comme une chose sale. Il n'en resta un peu que sous la fenêtre, devant le garage. Le fils disparu, la mère venait arroser, et pour peu que Mme Guillestre, toujours à l'affût, s'approchât, la soirée entière était gâchée, et le lendemain, dès sept heures, il entendrait de nouveau le portail s'ouvrir... Didier s'exhortait à la patience, honteux d'éprouver tout à coup une souffrance bête, devant laquelle il était désarmé.

Le jour où il vit le garçon, les manches retroussées, la chemise blanche, l'œil noir, s'attaquer avec une hache aux branches du grand pêcher derrière la maison, il ne comprit pas tout d'abord ce qu'il voulait faire. Ce pêcher, très ancien, ne portait plus de fruits depuis très longtemps, mais il était devenu un arbre de belles proportions, aux inflexions gracieuses. Didier l'apercevait, dès son lever, par la fenêtre de sa petite cuisine, et il était la signature amicale du matin, le chant du ciel. Cette fois, devant la hache levée de la jeune brute, Didier se décida à protester. Le garçon lui expliqua avec dureté qu'il voulait régénérer l'arbre par une taille appropriée. Didier n'avait certes aucune compétence en arboriculture, mais il doutait que ce fût ainsi qu'il fallait s'y prendre, surtout quand il vit le garçon apporter des coins de fer et des cordes comme pour une pendaison. Il commença alors à ressentir les effets d'une grande fatigue. Cependant, que pouvait lui faire la disparition d'un arbre, alors que... Outre qu'il n'avait pas intérêt à se signaler, pouvait-il songer à arracher l'outil des mains de ce garçon ? La hache était énorme, à long manche, elle évoquait les forêts germaniques, les troncs gémissant et craquant sous la morsure, bientôt entraînés par les torrents. L'œil noir, le cheveu dru, serrant les dents, se débattant comme un ange furieux, le jeune homme continuait à porter à l'arbre des coups frénétiques, coupant les branches à leur naissance, de sorte qu'il ne resta bientôt plus qu'un énorme piquet, un poteau saignant de toutes parts. Didier ferma les yeux, revint à son travail –, mais la rumeur des coups traversait la cloison et lui rendait toute méditation impossible. Il décida de s'éloigner, de quitter la maison. Comme il sortait, il vit le Jardinier, grimpé sur ce poteau, s'agrippant aux moignons, en train de nouer une corde, et ne voulut pas comprendre.

Quand il revint, il faisait encore un peu jour. Le tronc, dont le pied avait été taillé en biseau, comme un crayon, était couché sur le sol, et le garçon, avec un acharnement maladif, creusait la terre autour des racines, s'enfonçant peu à peu dans ce trou et taillant ce qui subsistait des racines avec fureur, à grands coups de hache. Il avait remonté les manches de sa chemise qui, dans le jour déclinant, paraissait encore plus blanche, plus éclatante. Déjà les maisons étaient closes. Didier resta un moment au pied de son escalier, figé, à regarder ce monstre qui, dans la pénombre, les épaules lumineuses, semblait combattre un ennemi souterrain.

De l'autre côté, la Sentinelle faisait les cent pas. Il était passé près d'elle avant de rentrer. Il avait vu, sous le casque, un visage d'enfant.

Toute la nuit, il participa ou assista, en rêve, à des scènes d'une terrible brutalité. Des êtres plus grands que nature, aux muscles prompts, aux manches larges et blanches, comme des ailes, se précipitaient du ciel, armés de haches, et se livraient à d'épouvantables massacres. Des figures confuses s'approchaient de lui, menaçantes ; des voix discutaient âprement à son sujet : « Il a commis une faute, une grande faute. – Ce n'est pas une faute, c'est sa nature. – C'est là ce qui est grave ; personne ne peut autoriser cela. – Sa faute est d'aimer trop les choses – les choses qui existent par elles-mêmes – tout ce qui sort de terre, – tout ce qui vit – la vie… » Une voix désolée : « Oh, alors… » Éveillé un moment, mal tiré de ce cauchemar, Didier ouvrit les yeux dans le noir et il écouta, tout près de lui, sur le trottoir d'en face, le pas régulier, rassurant de la sentinelle, – de cet être anonyme, toujours différent, toujours le même, qui était là, semblait-il, pour prendre soin de lui, pour le protéger contre les entreprises de l'ange du mal.

Pierre n'eût pas approuvé ce sentiment.

Il tomba subitement malade et, pendant plusieurs jours, ne put sortir. Il était enfermé toute la journée avec le Jardinier, livré à lui, à sa mère, à leur entourage forcené, et même quand il ne le voyait pas, il pouvait l'imaginer exécutant sa danse de mort autour des arbres, la hache levée. En vérité, le Jardinier se contentait pour le moment de dresser des perches pour les haricots, mais il y avait en lui une telle force d'hostilité que sa présence interdisait à Didier les quelques pas qu'il aurait pu avoir encore envie de faire dans le jardin. Ce sentiment était si fort de part et d'autre que, quand par hasard ils se croisaient, ils se regardaient sans pouvoir échanger un mot. Pas une seule fois Didier ne l'avait vu sourire… Non loin d'Arditeya s'étendait une des propriétés de M. Beauchamp, dont les prairies descendaient vers une admirable rangée de platanes élevés, sveltes, qui vous enrichissaient au passage d'une idée, d'une vision de noblesse. En trois jours, ces platanes furent abattus, déchiquetés, dépecés ; il ne resta plus debout que des moignons. Une nouvelle race d'hommes avait paru, prêtresse de la hache, ennemie des arbres, ennemie du sacré, acharnée contre toute vie. Une race d'ennemis-nés pour les hommes de pensée, pour tous ceux qui essayaient de comprendre.

Didier et Pierre s'étaient crus engagés dans la même lutte. Mais Pierre voyait l'ennemi comme un bloc, et l'uniforme désignait chacun à sa haine. Didier avait failli le suivre, succombant à la force des traditions. Or, maintenant, malade, enfermé au milieu de ce jardin désert avec ce jeune dément, presque à sa merci, Didier réfléchissait et il découvrait un point de vue d'où les choses lui apparaissaient différentes, où, tout en poursuivant la lutte, il lui assignait d'autres objets. La guerre entre nations était fratricide, menteuse, dépourvue de sens. L'ennemi n'était pas ailleurs que partout, dans les deux camps ; et dans cet univers plein de sang, le Jardinier était devenu le véritable ennemi : Didier voyait grandir en lui un sentiment que d'autres auraient jugé peut-être aberrant ou monstrueux – un sentiment qui n'était pas à la mesure des patries. Car il n'y avait qu'une race à abattre, à supprimer, où qu'elle se trouvât (et aucune nation n'en avait sans doute le privilège) : c'était la race des Bûcherons, des oppresseurs, de ceux qui traitaient la terre, la nature en ennemie, comme une chose à utiliser, et qui traitaient les hommes de la même façon.

Betty venait le voir, s'occupait de lui depuis qu'il était immobilisé, lui préparait le matin la pitance pour la journée, revenait le soir après son travail. Betty était du côté de la vie. Elle aimait humblement tout être, toute chose, sans esprit de retour. Maintenant qu'il ne quittait pas son lit, elle osait faire attention à lui, elle osait l'aider. L'idée ne lui en fût pas venue autrement, peut-être, tellement elle était humble. Didier voyait que s'il y avait une présence qui pouvait neutraliser celle du Jardinier, c'était la sienne. Son esprit et celui du Jardinier étaient nés dans deux univers opposés et il retrouvait autour de son lit cette lutte implacable que se livrent depuis les origines les principes, les pôles contraires, l'Amour et la Violence. Ce qui l'inquiétait, c'est que dans cette lutte qu'il reconnaissait pour la seule vraie, il ne savait encore exactement quelle place donner à Pierre, et il était probable que Pierre ne le savait trop lui-même.

Les membres de la tribu Mondeville étaient en grande majorité habitués à vivre de l'air du temps. Or ils s'étaient subitement trouvés dans l'obligation de travailler, et d'ailleurs aucun d'eux n'aurait voulu être tout à fait en reste avec la vieille tante, sur qui retombait à peu près tout le travail du jardin. La tribu comportait de nombreux enfants mais un souffle avait passé sur eux, qui avait d'abord emporté deux garçons, les incitant à aller s'enfermer dans des monastères éloignés d'où ils ne sortaient qu'une ou deux fois par an pour venir se montrer à leur famille. Le seul garçon qui n'eût pas obéi à l'appel, Régis, combattait dans le maquis, de sorte que tout l'édifice reposait sur les femmes et les filles. À vrai dire, Andrée, la plus vaillante, avait sursis à son entrée au couvent et donnait avec une activité prodigieuse des leçons d'anglais aux trois quarts des enfants de la ville et des campagnes environnantes. Deux filles plus jeunes fréquentaient encore le collège. Le père, noblement, s'était réservé, outre les fonctions susdites, la direction des orchestres et des chœurs paroissiaux, et plus un mariage ne se faisait sans lui. L'état de sa lavallière en disait long sur son assiduité à tous les banquets de campagne, premières communions et autres cérémonies. Les petites gares les plus désertées par le trafic le voyaient arriver tête nue, les cheveux en coup de vent, le teint écarlate, sous les platanes ruisselants de pluie, remorquant avec peine un violoncelle si lourd que d'aucuns le soupçonnaient d'être à double-fond et de servir au marché noir. Betty, qui n'avait jamais travaillé jusque-là et qui apparemment était propre au travail, avait déniché un emploi, d'ailleurs assez vague d'après les explications qu'elle tentait parfois d'en donner, dans une entreprise française de transports qui, naturellement, était plus ou moins au pouvoir des entreprises allemandes.

Cela fait qu'elle arriva un jour presque en larmes, annonçant à Didier qu'elle était brouillée avec Pierre, qu'elle n'irait plus chez lui, qu'elle se considérait aussi comme étant sans asile, car elle professait que tout était préférable pour elle à la maison familiale. Et il est vrai qu'elle vivait chez Pierre plus que chez elle. Mais il y avait à cela d'autres raisons : Santiago s'ouvrait depuis quelques mois à de mystérieux locataires dont Didier avait eu vite fait de percer l'énigme, bien que Betty gardât sur ce point un silence presque parfait.

– Mais enfin, demanda Didier, quelle est la cause de cette fâcherie ?

– Ce n'est pas une fâcherie, dit-elle, le front brouillé de cheveux, c'est fini, je n'irai plus chez Pierre.

– Il vous a demandé de ne plus aller chez lui ?

– Non, mais je ne pourrai plus y aller.

– Mais pourquoi, mon Dieu, pourquoi ? Me le direz-vous ?

– Il m'a demandé… Il a voulu me faire dire…

– Mais quoi ?…

Cela avait l'air terriblement pénible à dire, à avouer : il avait peur qu'elle ne se mît vraiment à pleurer.

– Il veut... Il a voulu me faire dire combien il y avait de voitures dans l'entreprise où je travaillais.

Didier était, il faut l'avouer, assez abasourdi par cette manière un peu hâtive d'utiliser les compétences.

– Mais enfin, il vous l'a demandé ou il a voulu vous le faire dire ?

– C'est pareil.

– Ah bon. Il ne vous a tout de même pas torturée !

– Idiot !

– Et alors ?

– Mais d'abord, je n'en sais fichtre rien de ce qu'il me demande. – Et puis, ajouta-t-elle d'un ton plus décidé, je lui ai dit que, même si je le savais, je ne le lui dirais pas. Je ne suis pas une espionne, tout de même !...

Il regarda Betty. Elle y allait fort ; mais après ce qu'il avait fait lui-même... Il n'y a sans doute pas de limite au scrupule. Le scrupule de Betty pouvait sembler risible, mais elle envisageait évidemment l'affaire d'un autre côté que Pierre. Une espionne. Après tout, on peut aussi avoir des objections contre le simple espionnage... Betty était assise au bout du lit et fumait, appuyée sur un coude, et il regardait ses cheveux lourds dégringolant comme une sombre draperie, presque jusque sur la couverture. Une lueur butée s'était éveillée dans son regard : il sentait qu'elle était navrée des conséquences, et cependant qu'elle ne céderait rien. Chacun son honneur. C'était ce que Pierre, sans doute, n'avait pu admettre. Aux yeux de Betty, Pierre exigeait d'elle une chose qui excédait les frontières de l'amitié, et peut-être de l'honnêteté. Elle ne plaçait pas ses frontières là où il les plaçait, c'est tout : il y avait chez elle, sur ce sujet, une sorte de jugement spontané et irréductible. Elle ne volerait pas leurs secrets à des hommes qu'elle voyait tous les jours, avec qui elle travaillait. Il faut se résigner à ce qu'il y ait en ce monde plus d'une logique.

– Je ne sais si Pierre est fait pour comprendre votre façon de voir, dit Didier. Ce que vous dites de vos relations avec lui me l'atteste. Je dois vous avouer que j'ai dû moi-même, récemment, lui refuser quelque chose... (Et il eut un rire inquiet, un peu gêné, car il pensait : « En refusant cela à Pierre, je me suis mis du côté des petites filles. ») Je vais quand même essayer... Je vais tâcher de lui parler.

Il demanda à Pierre de venir le voir, puisque pour le moment il n'était pas en état de sortir, ce qui lui coûtait beaucoup. Pierre se fit tirer l'oreille mais vint quand même.

– Je voudrais te parler de Betty, dit Didier. Elle est très triste. Elle croit que tu lui en veux parce qu'elle t'a refusé un service.

Pierre se recueillit un instant. Il était visiblement déçu. Il s'était sans doute préparé à entendre tout autre chose.

– Tu sais de quoi il s'agit ? dit-il.

Didier lui résuma l'affaire telle qu'il la connaissait.

– C'est à peu près ça. Je pense que tu me donnes raison, dit Pierre. Didier entreprit de lui expliquer le caractère de Betty.

– Elle ne vit tout de même pas dans le même univers que... que toi et moi, lui dit-il. Elle vit avec les plantes, les bêtes, avec son jardin, son cèdre. Tu ne peux pas lui faire comprendre ce que c'est qu'une entreprise de transports en temps de guerre, voyons ! Elle voit des types autour d'elle qui se démènent, ce sont des êtres vivants à ses yeux, rien que ça ; elle est très copain avec tous les conducteurs de camions, elle les appelle tous par leur prénom, elle...

– Tu veux dire qu'elle n'est pas capable de servir la communauté, dit Pierre d'un ton sévère qui semblait bien s'adresser à Didier en même temps.

– Elle la sert... à sa manière. Comprends cela. Il y a d'autres moyens que la violence, ou la participation à la violence. Cette grande maison qui est celle de Betty, de sa famille, peut servir à beaucoup de gens, y as-tu réfléchi ?

– Je sais qu'ils ont des locataires, dit Pierre.

– Des locataires assez spéciaux... un Juif, par exemple, qui s'est réfugié chez eux. Si Betty n'a plus de chambre chez elle et si elle couche au hasard des couloirs, c'est un peu pour ça, parce qu'elle a cédé sa chambre à... Tu saisis ? Ils estiment sans doute que protéger un Juif, ou n'importe quel type en danger, c'est aussi une façon de servir la communauté.

Pierre s'était levé et regardait par la fenêtre.

– Et puis, continua Didier, il y a peut-être autre chose. Une façon de voir. Pour toi, Pierre, il y a les Français et les Allemands. Pour elle... Tu comprends ?

– Non.

– Par exemple, tu vois ce garçon, dans le jardin ? Un Français. Et tu vois cet autre garçon devant le parc du Séminaire, la sentinelle dans sa guérite ? Un Allemand. Nous en avons déjà parlé... Entre nous, vous avez drôlement raté votre coup. Mais je ne veux pas faire de polémique. Bien. L'un de ces deux garçons est parfaitement inoffensif. Sa présence en ce lieu est un hasard. Il pourrait être Suisse, ce serait la même chose. L'autre, le Français, est un monstre des temps modernes. Une exception parmi nous, j'en suis sûr. Mais en attendant, c'est lui l'Allemand ; tu me suis ?... Qu'il entre dans une troupe S.S. et tu le verras à l'œuvre... Crois-tu que si j'avais à choisir entre les deux...

– Didier, dit Pierre en se retournant, je ne te reconnais pas. Tu dis des choses abominables, des choses que tu ne penses pas toi-même.

– Je les pense, dit Didier. (Et en même temps, il se disait qu'il n'affirmait cela que par besoin de prendre position par rapport à Pierre, que sans Pierre il ne l'aurait peut-être jamais affirmé ; et, l'affirmant, il devait assumer son affirmation, et il était entraîné par elle à penser ainsi.) Si tu ne me reconnais pas dans ce langage, ajouta-t-il, c'est que tu ne m'as pas très bien connu jusqu'ici comme j'étais, comme je suis. Les choses que je te dis en ce moment, je les pense, et les pensant, j'ai le devoir de te les dire. J'admets que cela te paraisse monstrueux.

– Ces choses me font horreur, tu ne te trompes pas. Mais, si tu veux, laissons cela pour l'instant : nous y reviendrons. Nous parlions de Betty. En somme – il avait l'air de s'informer, mais il avait la gorge serrée et la voix enrouée des moments de grande indignation –, dans ce différend avec Betty, tu me donnes tort ?

— Je ne dis pas cela. Je trouve que tu pourrais continuer à la voir, à la recevoir. Elle t'aime beaucoup, Pierre. Elle a sans doute besoin de toi... Tu lui fais beaucoup de peine.

— Mon vieux, dit Pierre en faisant un pas vers la porte, je suis très triste. Mais je crois que toi non plus tu ne pourras plus venir à Mar y Sol.

Didier maîtrisa un mouvement. Il se dit : « Nous y voilà. » Et presque en même temps : « C'est impossible. Il n'a pas dit cela... » Il ne pouvait y croire.

Il regarda Pierre qui descendait l'escalier de ciment, grand, la tête nue, les joues creusées, le dos légèrement voûté. Il l'attendit à la fenêtre. Mais Pierre ne se retourna pas.

— Je ne verrai plus Pierre, dit Didier à Betty. J'ai compris qu'il me prenait pour un traître. Je ne dirai pas que j'ai perdu un ami, car l'ami que l'on perd prouve par là qu'il n'en était pas un. Je puis supporter cela. Mais je ne supporte pas la vue d'un ennemi à demeure – celui avec qui l'on m'a enfermé dans ce jardin.

— Quel ennemi ?

— Vous ne savez pas encore ? Le Jardinier.

— Je suppose que vous vous faites des idées, dit-elle.

— Je ne crois pas.

J'ai des armes contre lui, dit-elle avec une extraordinaire promptitude, mais des armes dont vous ne voudrez pas vous servir.

— Lesquelles ?

— Vous n'écoutez pas ce qu'on dit dans le quartier ?

— Je n'ai plus droit au lait, dit-il. Mon dernier lien avec le quartier est rompu. Que dit-on ?

— Le Jardinier est quelque chose comme un L.V.F. en congé ou un milicien en rupture de ban, je ne sais trop. Sa situation est dangereuse. Il y en a qui passent de mauvais quarts d'heure en ce moment. Vous avez entendu parler du type de la rue de la Sorde, abattu sur sa bicyclette ?... Il y avait longtemps que je savais cela au sujet du Jardinier, mais je ne voulais pas vous le dire.

– Pourquoi me le dites-vous aujourd'hui ?

Elle secoua ses cheveux.

– Je ne sais pas.

Puis, d'une autre voix, elle demanda soudain :

– Crois-tu que Pierre reviendra sur ce qu'il a dit ?

– Nous aimons beaucoup Pierre tous les deux. Mais Pierre est un orgueilleux. Il a trop d'orgueil pour revenir sur ses paroles, sur ses décisions.

– C'est ce que je craignais, dit-elle.

– Il existe bien des façons de diviser le monde, dit Didier, je suppose que tu y as déjà pensé. Il y a des gens qui croient que le monde est divisé entre Français et Allemands. Ce sont des apparences. Une des choses qui divisent les hommes, c'est l'orgueil. Il y a les orgueilleux et les autres. Les premiers vont de l'avant, mais ils n'apprennent jamais rien.

– Et pourtant, Pierre a beaucoup donné à l'amitié, dit Betty.

– Je suis même persuadé que c'est par ce goût de l'amitié qu'il a été conduit à entrer dans le mouvement, dit Didier. Maintenant, les idées lui sont plus chères que les hommes. Et son orgueil plus que toute idée lui est cher.

– En attendant, je n'ai plus où aller, dit-elle en allumant une cigarette. Je ne sais pas où coucher ce soir.

– C'est vraiment impossible que tu ailles coucher chez toi ?

– Ce n'est pas impossible. C'est odieux, éclata Betty. Ce n'est pas parce que je couche dans une soupente ; cela, je le fais volontiers, puisque ça rend service ; mais, comment dire ? C'est une question de territoire... La famille !... Tu vois cela ? Je les adore, mais nous ne faisons que nous attraper. Tu ne crois pas que c'est comme ça dans toutes les familles ?

– Mais voyons, elle est en or, ta famille ! Ce sont tous des gens épatants !

– Peut-être. Mais, tu sais, je ne vais pas beaucoup à l'église. Et ils y sont toujours fourrés. Tante Mathilde qui est toute la journée penchée sur ses choux se lève à six heures du matin pour aller à la messe et ne rien manquer. Elle et moi, ça fait une légère différence.

– Les gens qui vont à la messe sont gonflés pour la journée, dit Didier, j'ai remarqué ça. Ça les rend facilement agressifs.

C'est là qu'est la différence. Mais en somme, Betty, tu n'es bien nulle part. Avec ton système, tu auras des ennuis partout, nom d'un chien !

– Oui, partout. Mats ne dis pas que je ne suis bien nulle part, ce n'est pas vrai ; au contraire, je suis bien partout. Je suis très bien ici, tiens, par exemple... Ce sont les autres qui ne veulent pas que je reste. J'avais la maison de Pierre, on me l'enlève. À Santiago, j'ai toujours des disputes, et papa, tu l'as vu, il n'est pas toujours comme il faut...

– Oh ! Tu n'exagères pas un peu ? dit Didier. Un homme si paisible...

Elle secoua la tête.

– Je t'assure...

Didier avait conscience de s'embarquer dans une histoire compliquée. Il tendit à Betty la clef que lui avait laissée Mme Blin. Il se souvenait exactement de ses paroles : « Occupez la maison, occupez-la autant que vous pourrez. Je tiens à ce qu'elle ait l'air occupée. Sinon nous aurons des Fritz. »

– Tiens, dit-il à Betty. Nous allons défendre la petite patrie de Mme Blin. Tu as tout ce qu'il te faut là-haut, ajouta-t-il. Au moins trois lits.

– Trois lits !... Je vais être très seule, dit-elle.

– C'est une habitude à prendre, dit Didier.

Didier, sans être bien guéri, recommença à sortir. Mais Pierre évitait de se trouver à l'entrepôt en même temps que lui et se plaisait à le convoquer chez Xavier, où Didier n'allait plus, ou à l'imprimerie du journal où il allait moins encore. Didier le supposa de plus en plus pris par le mauvais prestige de Xavier qui ne lui inspirait à lui que méfiance. Au reste, des événements se préparaient, qui dépassaient de loin les gestes que Pierre ou Xavier pouvaient faire. C'était cruel, mais l'histoire s'achèverait sans eux, comme elle s'achèverait sans Didier. Celui-ci fit le grand effort de sortir, par deux fois, pour se rendre à des endroits fixés par Pierre dans les faubourgs ; mais quand il l'eut attendu les deux fois sans le voir venir, et qu'il sut par Betty qu'elle l'avait aperçu en ville et qu'il ne lui était donc rien arrivé, il comprit que Pierre avait voulu l'humilier, et renonça à le voir. Cependant, il avait encore la surprise de trouver son nom, assez souvent, dans le journal de Zoccardi. Était-ce toujours le double jeu, la carte de visite qu'il s'apprêtait à brandir si les choses tournaient mal pour lui ? Songeait-il à l'exemple qu'il donnait ainsi publiquement, et comment conciliait-il cela avec son intransigeance à l'égard d'autrui ? C'était incompréhensible. Didier avait toujours senti que Pierre lui pardonnait guère d'avoir, dès le début, mal pris ses libertés avec ce canard où, jusqu'au dernier jour, Zoccardi devait continuer à donner, les yeux fermés, des articles illuminés et féroces. Visiblement, Zoccardi était maintenant poussé par la force acquise et par un héroïsme à rebours qui ne voulait pas se dédire. Il faisait partie de ces gens qui se prennent pour des réalistes et qui ne sont que des logiciens passionnés, bien décidés à ne jamais accepter le démenti des faits.

Didier eut à exécuter, dans le petit sous-sol de l'avenue de la Marne, un travail assez difficile. Mal remis – sa fatigue encore accrue par ses tentatives pour rencontrer Pierre –, la prudence lui eût conseillé de ne pas sortir. Mais il était seul à connaître certaines particularités d'exécution de ce travail dont l'utilité lui inspirait d'ailleurs quelques doutes. Mais ne travaillait-on pas pour la gloire ?... Il travaillait pour une cause parce qu'il la croyait bonne ; il aurait encore travaillé pour elle, s'il avait été sûr de sa défaite. En somme, il était un vertueux entêté, comme Max de Zoccardi. Il détestait les idées de Zoccardi comme Zoccardi détestait les siennes. Mais si Zoccardi était aussi désintéressé, Didier s'estimait moins aveugle que lui. Il n'éprouvait pas comme lui ce besoin d'ordre maladif qui fait qu'on recourt à la destruction pour assurer la propreté. Il avait rencontré chez Dostoïevsky cette phrase qu'il avait imprimée dans sa tête : « Un homme comme notre major (il s'agit du bagne) avait besoin d'opprimer toujours quelqu'un, de lui enlever quelque chose, de le priver de quelque droit, bref de mettre de l'ordre partout. » Cela suffisait pour l'ordre. Il préférait au besoin voir les hommes un peu sales à l'élimination pure et simple des hommes. D'ailleurs, les hommes sont toujours sales. Comme les vaches, ils ont toujours de la boue quelque part.

Pour plus de sûreté, il exécuta seul le travail, et de nuit, c'est-à-dire qu'il lui fallut coucher dans l'atelier, ne revenant chez lui qu'au matin. Depuis peu de temps, un Allemand en civil, qui habitait une. villa voisine et qu'on disait de la Gestapo, utilisait le garage d'Arditeya pour y remiser sa voiture. Didier revint chez lui ce matin-là au moment où la voiture sortait du garage. L'Allemand – un homme élégant, vêtu de gris – regarda Didier de derrière son pare-brise avec un certain étonnement, puis sourit, comme un homme peut sourire à un homme de son âge qu'il rencontre dans la même pension de famille. Didier était si fatigué et si distrait qu'il ne savait plus ce que représentait cet homme.

Il grimpa l'escalier de ciment avec une soudaine difficulté, en toussant. Il dut tout à coup se pencher par-dessus le bastingage, pour cracher dans ce qui restait d'herbe à cet endroit. Il vit avec stupeur, dans la touffe d'herbe, s'écraser une grosse fleur de sang.

Il vécut une longue, une étrange suite de journées entre les murs de sa chambre et les limites étroites marquées par la clôture du jardin où le Jardinier continuait à s'activer avec des gestes de fou. Maintenant il venait racler la terre sous sa fenêtre, là où les roues de l'Allemand avaient laissé dans l'herbe, devant le garage, deux traces parallèles qui, Didier ne savait pourquoi, avaient la faculté de l'émouvoir. Lorsque l'Allemand rentrait et qu'il voyait Didier à la fenêtre, il inclinait la tête avec toujours son sourire un peu triste, comme s'il regrettait de ne rien pouvoir échanger avec lui. Betty continuait à s'occuper de lui, se rendant chez elle quand il le fallait, mais logeant le plus souvent dans l'autre partie de la maison, avec la satisfaction de se dire qu'elle la préservait ainsi de la réquisition. Elle avait là toute liberté et elle ne demandait rien d'autre.

Le Débarquement eut lieu, le monde se remit à respirer. Didier, toujours au lit, prétendait se passer de médecin. Betty, raisonnable à ses heures, en appela un. Celui-ci vint à bicyclette, ordonna à Didier de ne pas bouger, et surtout de ne penser à rien, lui disant que tout s'arrangerait, qu'un crachement de sang n'était pas la mort. Puis il parla de littérature. C'était un monsieur grand, grave, aux traits nobles, aux trois quarts chauve, vêtu de bleu marine, qui habitait la partie méridionale des Hauts-Quartiers. Avant de partir, il jeta un coup d'œil par la fenêtre, vers le Séminaire où l'on voyait s'agiter quelques hommes en gris, entre les camions toujours parqués sous les arbres.

– Ces malheureux ! dit-il. Comme c'est dommage !...

Didier le regarda avec la nuance interrogative qui convenait.

– Avoir tant fait pour l'Europe, tant travaillé, et voir s'écrouler leur rêve !...

– Comment ? questionna Didier, qui croyait avoir mal entendu.

– Une si grande nation ! dit le docteur. Si agissante !

Didier restait sans parole. Le médecin n'avait pas l'air de penser qu'on pût être d'un autre avis. Il avait dû croire instinctivement qu'Aubert, habitant des Hauts-Quartiers, était « des leurs ». Didier pensa avec sympathie à Giraud, s'imaginant ce qu'en pareil cas il eût fait de ce grand docteur. Mais il ne pouvait se permettre aucun luxe gesticulatoire, pas même celui de balancer cet homme par la fenêtre, si basse fût-elle.

Les jours passaient. Le Jardinier, l'arrosage, la Sentinelle, – Didier. Le Jardinier, Didier, la Sentinelle. Le Jardinier se livrait de plus en plus à des travaux inutiles, raclant les allées avec une sorte de rage, désherbant le poulailler préservé jusque-là par un treillage : il prétendait que les herbes, par leurs racines, attiraient des bêtes dans ses cultures. Betty apparaissait à midi, disparaissait, se coulait, toute menue, sur le lit traversé de soleil, ne rêvant rien que de se faire oublier. Une certaine mélancolie inclinait de plus en plus sa tête, déjà entraînée par le poids des cheveux, à l'idée qu'elle accomplissait probablement ses derniers jours de travail : les camions qu'elle avait refusé de compter s'en allant les uns après les autres. Un matin, les camions mêmes du Séminaire se décidèrent à quitter leurs abris de feuillages et franchirent le portail à grand fracas. La cérémonie menaçait de durer. Ces camions, d'une belle envergure, passaient difficilement entre les deux piquets de l'entrée qui soutenaient la barrière de bois, d'autant qu'ils étaient obligés de tourner aussitôt à angle droit pour se mettre dans l'axe de l'avenue et qu'un pylône de ciment aggravait la difficulté. Un petit détachement d'hommes se présenta ; la barrière, déjà rongée par les intempéries, fut arrachée, puis ce fut le tour des montants, tout cela avec une célérité que l'homme à la hache, debout à l'entrée du jardin, enviait. Le défilé reprit à vive allure, le parc fut vidé en un rien de temps, comme pour un cirque. Ne restèrent debout l'un en face de l'autre, de chaque côté de l'avenue restituée à son silence, dans un épais nuage d'essence que l'air ne pouvait absorber et qui se traînait au ras du sol, que la Sentinelle et le Jardinier. Celui-ci revint vers le jardin, le front divisé par un pli, aperçut Didier à la fenêtre, s'arrêta un moment, ses yeux durs levés vers ceux de Didier, comme s'il allait se décider à parler. Il ne pouvait douter des sentiments de Didier et il est sûr qu'il les lui rendait bien. Il portait toujours sa chemise blanche, souple, sans tache, que sa mère devait laver chaque jour. Il semblait regretter de laisser Didier vivant derrière lui, peut-être aussi de laisser tant de choses à faire dans ce jardin. Didier aussi avait failli parler, mais d'un côté comme de l'autre les mots ne voulaient pas sortir. Alors le Jardinier entra dans la cahute où il remisait ses outils et en ressortit en sifflotant avec un sécateur.

Le côté du jardin qui longeait l'avenue était bordé de hauts hortensias parmi lesquels le pied de seringa et le lilas qui s'y étaient glissés achevaient de faire éclater assez haut au-dessus de la clôture leurs feux d'artifice. Les hortensias commençaient eux aussi, un étage plus bas, à former leurs petits bouquets compacts qui font penser à des têtes de poupées ou de bébés bien parés au milieu des larges feuilles fraîches et appétissantes, aux bords dentelés. Maintenant qu'il était tenu de rester davantage dans sa chambre, il s'était attaché à ces plantes comme à tout le reste et il n'avait pas honte de leur vie et de leur fureur à vivre, bien que ce fût la guerre, et au contraire il était d'accord avec elles pour vivre toujours plus haut et plus fort. Les plantes sont haïes par les guerriers parce qu'elles ont d'immenses réserves de paix et nous conseillent la paix, et qu'elles recherchent la paix avec une avidité arrogante. Puisque c'était la guerre, le Jardinier voulait communier par toutes ses forces à l'esprit guerrier, il voulait supprimer tout ce qui pouvait le distraire de la seule tâche urgente et nécessaire, qui était de haïr. Ces feuilles larges des hortensias, dont les nervures translucides charriaient la sève sous les yeux de tous, le dissuadaient de haïr. Elles auraient pu se passer de floraison tant elles étaient fortes de leur couleur, de leurs tiges ligneuses, de leurs bourgeons serrés et juteux ; en deux mois elles étaient montées à hauteur d'homme et l'on voyait qu'elles ne supporteraient pas plus longtemps leur tension végétale et que tout en elles appelait la couleur, l'éclatement, le rose et le bleu des fleurs. C'étaient cette attente, ce désir trop voyants qui avaient déchaîné le dernier geste du Jardinier. Peut-être aussi avait-il réfléchi au cas de Didier – comme Didier avait réfléchi au sien – et ne trouvait-il aucune raison au séjour prolongé que cet homme faisait dans sa chambre, et voulait-il l'en punir.

Il s'empara donc du sécateur et se mit à tailler les hortensias, le plus bas possible, sans ordre et sans principe, de manière à n'en laisser que quelques tiges noueuses qui mettraient deux ans à refleurir, et quand il eut fait ce travail, il fit descendre au même niveau, suivant la loi de Procuste, le seringa et le lilas encore couverts de leurs étoiles blanches, à la chair nacrée, d'où émanait un parfum capiteux, trop puissant c'est vrai, et trop évocateur pour les temps où nous vivions. De sorte qu'on ne vit plus sur le devant du jardin que le petit mur de moellons dénudé et la clôture de fer. Tant que le travail dura, l'image menaçante, l'image violente du Jardinier continua à s'imposer aux yeux de tous et domina les Hauts-Quartiers. Dans l'esprit de Didier, le Jardinier et M. Beauchamp se rejoignaient : le quartier était plein d'arbres fauchés, mais ce n'était pas l'austérité de la guerre qui avait décidé M. Beauchamp à abattre des rangées de platanes, mais le sens d'une opération fructueuse en vue du prochain hiver. Et ainsi le héros rejoignait l'usurier sur l'écran furieux de la pensée.

Quant il en eut fini avec le seringa et le lilas, le Jardinier s'attaqua aux rangées de bambous qui foisonnaient avec véhémence sur les flancs du jardin. Ils atteignaient la hauteur de deux hommes et le moindre souffle les agitait, leur imprimait des mouvements de danse endiablée. La matinée s'arrondissait à peine, tiède, silencieuse, le soleil posé là-dessus comme une cloche, dans le plus grand secret ; la jeune brute survenait, la joue lisse, le front net, sifflotant, installait son échelle, et pendant des heures s'agitait, se débattait, le torse de plus en plus lumineux dans cette étonnante chemise blanche, et chaque coup de son sécateur fusillait le silence. Des oiseaux tourbillonnaient au loin, protestant sur le mode aigu, lui faisant une guerre de cris. Le soir du second jour ensanglanta l'avenue, jonchée de feuilles, de fleurs, de branches molles surprises dans leur détente, leur repos, leur désir. Comme le jour du pêcher, Didier décida de n'en pas supporter davantage. Les moyens employés ne furent pas glorieux, mais c'étaient les seuls à sa portée : il devait se résoudre à une vie sans éclat. La nuit venue, il descendit jusqu'à la remise, s'empara des outils et alla les enfouir sous des branches mortes, au fond du jardin. Quand, le lendemain, le Jardinier pénétra dans la remise, Didier entendit sa surprise, son silence, bientôt suivi d'un léger sifflement. Il sortit, rabattit avec colère les planches qui fermaient l'abri, quitta le jardin en hâte, sans rien demander, revint au bout d'un quart d'heure armé de ciseaux et de sécateurs plus robustes et plus brillants, plus durs et plus impitoyables, claquant plus sec que les autres. Le travail fut vivement mené. Du haut de son échelle, immobile dans le soleil, comme si le mauvais ange qui était en lui était sur le point de s'envoler, il plongeait dans la chambre de Didier et, de ses yeux cruels, regardait sa victime étendue sur son lit, désarmée et les mains inertes, comme s'il voulait appeler l'attention de Didier sur lui, absolument.

Didier hésitait toujours à ouvrir la fenêtre pour lui parler. Mais, de temps en temps, il quittait des yeux sa lecture ou son travail et il regardait aussi son adversaire : et ses yeux durcis par le combat – mais un combat inimaginable pour l'Autre – lui disaient : « Allons, vieux, cela a assez duré : ne me tente pas. »

Lui absent, il ne voyait plus partout dans le jardin que des décombres. Ils perpétuaient la défaite au moment même de notre résurrection.

Août arrivait. La ville fut libérée. Betty annonça à Didier qu'elle avait vu Pierre Giraud défiler en ville sur une jeep avec un képi, et Didier, qui n'avait jamais agi avec l'espoir de paraître en triomphateur, estima que cela ne le concernait plus. Cependant, le Jardinier venait encore tous les jours.

Un matin de fort bonne heure, à une heure insolite, la cloche du portail retentit et deux jeunes gens à bretelles, à la mine sombre et rogue, le biceps ceint d'un brassard, armés de fusils de tir forain, firent irruption dans le jardin saccagé et, après avoir tenté toutes les portes, découvrirent celle de Didier et vinrent lui demander assez brutalement des nouvelles du Jardinier.

– Qu'est-ce que vous lui voulez au Jardinier ? demanda Didier.

– On veut s'expliquer.

– Qu'est-ce qu'il vous a fait au juste ?

– C'est un ancien L.V.F. Tu savais pas ?

– Et alors, dit Didier, vous croyez qu'il vous a attendus ?... Si seulement vous étiez venus il y a huit jours !...

L'aîné remonta d'un coup de pouce la courroie de son fusil.

– Fais gaffe si on le retrouve, proféra aimablement le plus jeune.

Cinq minutes après leur départ, le Jardinier entra, muni de nouveaux instruments de jardinage, posa sa bicyclette contre le mur, faisant claquer le portail derrière lui, toujours sifflant. Cette fois, Didier se décida à lui adresser la parole. Comme il s'était arrêté devant le garage pour renouer les cordons de ses espadrilles, Didier ouvrit sa fenêtre. Il voyait la jeune nuque bien bronzée, se dégageant du col immaculé – toute prête pour le couperet. Il le héla à la verticale.

– Il y a deux jeunes gens qui sont venus vous demander. Ils sortent d'ici.

Un pli se dessina entre les yeux étincelants.

– Comment sont-ils ?...
– En bretelles, avec un brassard, et une espèce de fusil en bandoulière.

Il dit : « Ah bon » avec un ricanement de lumière. Didier vit qu'il hésitait un instant à lui demander pourquoi il lui rendait ce service. Mais il jugea sans doute qu'il en avait assez dit, remonta sur sa bicyclette et disparut dans le soleil.

Il eût pourtant fait une belle fleur, jeune et doré, sur ce lit de branches qu'il avait lui-même préparé.

Août finissait de s'appesantir, de s'assoupir sur les arbres du Séminaire, sur ces haies que patiemment, avec méthode, jusqu'au jour précédant leur départ, il avait vu les hommes en gris tailler suivant les plus délicates traditions. Didier restait faible, émacié, et la chaleur ou de brusques orages, lui interdisaient à peu près de sortir. Plusieurs fois encore il cracha du sang. Le docteur Depreux revint le voir mais suspendit son jugement : il ne pouvait se prononcer avant d'avoir passé son malade à la radio. Il hésitait pourtant à faire descendre Didier jusque chez lui – il avait son cabinet en ville – car l'électricité était constamment coupée et il était difficile de lui donner un rendez-vous à coup sûr. Il se borna, pour le moment, à lui prescrire quelques fortifiants et à développer sa propre pensée concernant les malheurs de la nation allemande. Il avait toujours son air de pontife qui cherche une place, de gérant d'un magasin de luxe. Hâtons-nous d'avouer que ce médecin, et Didier lui-même, et avec eux le plus grand nombre des Français, ignoraient encore tout, à cette époque, de ce qui se passait dans les camps d'outre-Rhin. On pouvait n'en être pas moins hostile pour cela à cette surprenante apologie. Mais Didier n'avait aucun espoir de convertir l'homme en bleu marine qui lui racontait comment, la veille du départ des Allemands, il était allé leur reprendre sa bicyclette que ceux-ci, à court de moyens de locomotion, n'avaient pas craint d'ajouter à leurs engins de guerre. Didier se contenta de saluer cet homme vertueux, père de famille, président de cercles bien-pensants et connu par ailleurs comme grand coureur de filles.

Septembre vint et ce fut un mois radieux. La guerre remontait vers l'est, les ponts sautaient, le sol tremblait sous une puissante rumeur de chars, la France vivait un grand sursaut. Didier était déchiré d'assister, de son lit, à cet effort de tout un pays pour se reprendre, et à l'effort plus dur et souvent moins heureux de ce pays pour jeter sur lui-même un regard qui ne faisait que lui révéler ses divisions. Il semblait à Didier qu'il ne pouvait faire mieux, pour accompagner ces efforts, que de ressusciter à son tour et de jeter sur lui-même un regard qui n'était pas plus exaltant. Le silence était revenu autour de sa chambre, mais, par un pressentiment bizarre, il ne se sentait qu'en sursis et sa tranquillité lui paraissait toute provisoire. Il ne savait si cette inquiétude lui venait de la situation faite au monde ou à lui-même ; si cette insécurité était due à sa présence insolite dans un quartier qui n'était pas pour lui, ou à l'énorme conflit en germe dans la fin du conflit présent, comme si le monde ne pouvait que tomber d'une maladie dans une autre. Il voyait des garçons, dans l'entourage de Pierre, triompher bassement, abusant de leurs pouvoirs tout frais pour se dégrader dans une violence indigne et sans contrôle, organisant des cortèges de femmes tondues, improvisant des tribunaux sans lois, confondant la patrie et l'assouvissement des instincts. Tel de ceux qui avaient le plus réprouvé la torture sentait s'éveiller au fond de lui un petit bourreau : la sensualité est sans partage. Dans ce désordre, il arrivait à Didier de renouer des amitiés éphémères et il se disait, naïf, que les événements favorables avaient peut-être inspiré à Pierre de meilleures dispositions. En effet, tandis que Zoccardi avait pris la fuite, Pierre avait tout naturellement trouvé un poste de rédacteur en chef à la tête du nouveau journal qui avait succédé à l'ancien et qui reparaissait – pour six mois – dans les mêmes caractères, sous un titre un peu différent. Tout en accumulant les notes et en noircissant les feuilles d'un livre dont le monde n'avait pas besoin, qui ne verrait peut-être jamais le jour, Didier se surprenait à attendre un signe de lui, comme la preuve d'une noblesse dont il n'avait jamais douté. Un jour enfin il trouva dans son courrier une enveloppe verte à en-tête du journal et portant l'écriture de Pierre. La lettre était courte, trois lignes, pour accompagner l'envoi d'une coupure extraite de la première page du journal. En titre : « Le général de Gaulle décore notre rédacteur en chef, Pierre Giraud. » Didier lut, espérant, quelque peu surpris par tant d'honneur, le récit d'une cérémonie, d'une prise d'armes. Mais l'article ne faisait exactement que reproduire et diluer le titre : il fallut expliquer à Didier que les décorations étaient naturellement accordées au nom du chef du gouvernement provisoire, de même qu'une nomination à un poste dans les P. T. T. est toujours signée du ministre.

Sans plus approfondir, Didier crut tout simple de féliciter Pierre et de lui proposer de fêter avec lui cette distinction qui, il l'apprit plus tard, fleurissait aussi la poitrine de Capri et, cela va sans dire, celle de quelques autres. Il attendit la réponse plusieurs semaines. Après quatre semaines, il allait se fâcher quand il reçut enfin un mot de Pierre. Pierre offrait à Didier de l'assister, à titre de greffier ou de suppléant, à sa guise, dans un tribunal d'épuration destiné à faire justice des nombreux salauds qui, etc. Le souvenir des soirées passées à Mar y Sol se présenta rapidement à l'esprit de Didier. Il prit une feuille de papier et écrivit ce qui suit :

« Mon cher Pierre,
« Tu m'as, il y a quelque temps, proposé deux rendez-vous auxquels il ne paraît pas que tu sois venu. Tu pouvais, tout au moins aujourd'hui, m'en donner la raison. Je t'ai tout récemment écrit une lettre pour te féliciter d'une récompense obtenue. Tu n'y as pas fait réponse. J'espère que tu ne me jugeras pas pointilleux si je manifeste le désir de connaître la raison de ton silence. Permets-moi, en homme qui a été associé à certains événements (dont l'avenir seul nous dira l'importance) – permets-moi de te dire que j'en fais entre nous une question d'honneur. »

Aucune allusion, bien entendu, à la proposition de Pierre.

Cette fois, il n'eut pas à attendre. Non seulement Pierre, mais Capri elle-même, l'honorèrent d'un message. La lettre de Pierre était d'une dialectique savoureuse, inaccoutumée chez lui. Elle oscillait entre l'espoir d'une réconciliation et le doute que cette réconciliation fût possible. Le ton – gâché par la syntaxe et par quelque littérature – était celui de la satisfaction alternant avec celui de la douleur qu'on éprouve devant les sacrifices inévitables.

« Mon pauvre Didier,
« Je t'ai écrit une lettre contenant une importante proposition qui, me semble-t-il, te faisait honneur. Cette lettre s'est égarée. C'est dommage. Cette proposition, je ne te la referai pas.
« À mon retour de Paris (*?!*), j'ai pris connaissance de ta missive. Je ne comprends pas ce que tu veux dire en parlant d'une question d'honneur. Ayant jugé que tu avais cette fois dépassé les bornes, je désire mettre un terme à cette sorte de lyrisme facile : j'aurais préféré découvrir ce talent chez un autre que toi.
« Certes, il est à la portée de chacun de nous de faire son propre panégyrique. (*Vraiment, ai-je fait cela ? se demanda Didier stupéfait.*) Tu t'estimes sans doute irréprochable ? Parfait. Je ne discuterai pas ce point : je ne me sens pas qualifié pour porter un jugement sur l'estime que tu t'accordes à toi-même. (*Venimeux, ceci ; et inattendu.*)
« Je constate simplement que tu n'as pas peur des grands mots. Je ne sais par quelle gymnastique de l'esprit tu as pu te persuader que l'honneur d'un homme était en jeu quand celui-ci ne répondait pas à une lettre.
« Tu t'es fâché parce que je ne suis pas venu à des rendez-vous. Mais je t'avoue qu'à ce moment-là, j'avais d'autres occupations – et préoccupations – plus importantes. J'hésite presque à avancer le mot de Résistance, car c'est un mot à propos duquel tout ricanement est impie. (*Cette fois, Didier lut ces lignes avec un léger afflux de sang : elles étaient l'aveu que Pierre avait parfaitement compris son refus implicite et ne croyait pas du tout à une lettre égarée ; mais il déduisait aussitôt de ce refus des conséquences injustes et monstrueuses.*) À cette date, il y avait déjà des jours et des semaines que j'avais abandonné mon logement pour mener la vie dangereuse et enivrante (*sic*) de l'homme qui, en cas d'arrestation, est à peu près sûr de ne pas

revoir les rivages de la vie. Eh oui, Didier ! Assurer des liaisons entre France et Espagne… Parcourir en vélo… (*Non, mais qu'est-ce qui lui prend ? pensa Didier. Le voilà qui m'envoie ses états de service. C'est impossible – ou est-ce que sa médaille le gêne tant que ça ? Évidemment, je n'ai fait, moi, que remuer des paperasses, rédiger et corriger des textes. Mais passons…*) Surtout ne me fais pas dire que je me crois un héros : les héros ont une autre taille, je le sais, et j'en ai rencontré d'authentiques… Ah, Didier ! si tu avais été un véritable ami, comme j'aurais aimé te parler de tout cela !

« Mais les véritables amis sentent et comprennent. Ils ne viennent pas à vous l'ironie à la bouche… ou sous la plume… (*Quoi ! s'écria Didier. De l'ironie ! Il confond l'ironie et la colère !*) Jamais nul n'a été mieux accueilli que toi chez nous, jamais une amitié n'est éclose sous de meilleurs auspices que la nôtre. Dois-je te dire – hélas – que tu es le seul de mes amis à ne plus l'être ? Pourtant, je n'ai avec tous mes amis quels qu'ils soient qu'une seule et même conduite. Je me donne tout entier à tous. En même temps que ta lettre me parvenaient deux missives (*Oui, il y a missives*) d'Afrique et de Corse qui me prouveraient, si j'en avais besoin…

« Dans ta lettre, qu'est-ce que je trouve ? Le recours à l'injure n'est pas une arme dont se sert l'amitié. Il me souvient qu'il y a quelques mois, une grande amie de Paris (*Ah, le rôle de Paris dans cette lettre !*) à qui je venais d'offrir ton livre sur… (*Attention, parons le coup*) et qui en était justement enthousiasmée, me demandait si l'auteur « méritait » d'avoir écrit un tel livre. Je répondis oui, sans hésiter. Je ne pouvais penser que celui qui a su créer un livre aussi pur puisse se comporter autrement qu'en « pur » (*Allons bon, le style qui fout le camp au moment où ça devrait être le plus solide…*)

« Or l'amitié est de tous les sentiments celui qui requiert le plus de « pureté ». (*Oh ! encore des guillemets !*) Ce n'est pas de ma faute si tu as été impur. (*Impur, il y a ça, il a écrit ça ! Ah, Pierre !…*) Peut-être bondiras-tu, peut-être m'abreuveras-tu de nouvelles injures, il m'importe peu (*peu écrit exactement comme pur*), je n'ai pas à retirer un seul mot de ce que je t'écris en ce moment. (*Le journaliste qui reprend le dessus.*)

« Depuis la Libération (*nous y revenons*), et bien que cela te paraîtra emphatique, je n'ai pas un instant à moi, et pour des raisons hélas beaucoup moins idéales que sous l'Occupation, je n'arrive même pas à disposer de mes nuits. (*Didier relut deux fois cette phrase en se demandant si elle y était bien : elle y était.*) Le seul endroit où je pourrais te voir, c'est donc au journal (*Tentative pour m'impressionner*), soit dans la matinée, soit en début d'après-midi. Si vraiment tu tiens à me voir, je te recevrai (*Oh*) quand tu voudras : tu n'auras qu'à me téléphoner. Hélas, je sais que tu hésiteras. C'est que nous en sommes arrivés au point où ayant de mutuels (*Ah ?*) et, je le crains, d'irrémédiables reproches à nous faire l'un à l'autre, il est plus élégant et plus digne (*!*) de nous reporter à l'époque où nous étions tous les deux sûrs que notre amitié ne sombrerait pas. (*Le sophiste !*) La tristesse que j'éprouve à contempler une amitié brisée m'enlève toute envie de colère, à plus forte raison d'injures, mais il me paraît difficile que notre amitié puisse se remettre de chocs aussi violents. (*Lesquels, si ce n'est ceux qu'il lui porte en ce moment !*)

« Je songe à toi plus souvent que tu ne crois. Mais pourquoi songer ? Je ne veux pas terminer autrement qu'en me reportant à ces temps lointains où tu fus l'hôte de Mar y Sol : en te serrant la main.

« Et en songeant à ce qui aurait pu être...

Pierre. »

Didier avait accompagné fort involontairement cette lecture de commentaires entre parenthèses, assez ignobles mais irrésistibles. Quand une amitié se décompose, il est difficile que chacun ne soit pas atteint par la contagion. Mais sur quelles illusions repose l'amitié : pires que celles de l'amour ! S'il est exact que le style c'est l'homme – et comment ne pas le croire devant un tel document –, Pierre lui livrait ici un portrait qu'aucun ennemi n'aurait pu dessiner plus cruellement.

Didier se demanda s'il allait attaquer la lettre de Capri séance tenante, où même s'il aurait le courage de la lire, venant après celle-ci : il ne voulait pas être « démythifié » trop vite, il avait l'impression qu'on lui arrachait ses vêtements. Mais le goût de la lucidité l'emporta. Il déplia la feuille verte : toujours le papier du journal : on devait en avoir des stocks à la maison.

« Mon cher Didier,
« J'apporte dans chaque circonstance une hauteur de vues dont je descends parfois, hélas, avec brutalité.
« Ton mot à Pierre m'a fait l'effet d'un vrai croc-en-jambe.
« Voilà donc où une série de malentendus et de réticences vous ont conduits. À une animosité voisine de l'hostilité, à la fin d'une amitié gorgée de promesses.
« C'est dommage.
« Je serais bien en peine de faire l'historique de ce qui vous a menés là.
« Je n'ai pas l'habitude de voir la vie par les yeux de « mon mari ». Aussi gardé-je de tout ceci une idée très personnelle, quoique ayant toujours mal défini ce qui t'a séparé de lui.
« Il y a des mesquineries qui me resteront toujours étrangères.
« Pierre a mené et mène une vie dont tu sembles n'avoir aucune idée.
« Et il est de ceux à qui il sera beaucoup pardonné (qui ne pèche pas ?) parce qu'ils auront beaucoup aimé.
« Au fond, vous êtes deux grands égoïstes butés et malheureux.
« Et une immense tristesse m'envahit quand je pense à certaines soirées de Mar y Sol dont tu étais l'hôte choyé.
« Je crains, Didier, qu'une explication ne soit plus d'aucune utilité.
« Néanmoins, je ne me dérobe pas. (*Il n'était pas question d'elle.*) Je te verrai si tu y tiens. (*Après ce qu'elle vient d'écrire, pourquoi ?*)
« Mais il y a des choses fêlées, irrévocablement.
                                                                      Capri. »

Il y avait de la chaleur ici, du mouvement, et quelques vérités, ou quelques efforts vers la vérité. Une petite femme sympathique, pour sûr, malgré un début bien fâcheux. Mais le mot « irrévocablement » venait tout gâter. Effet d'éloquence ? Ou décision ? Ils avaient tous les deux la manie de l'irrévocable : malgré les nuances, ils faisaient bloc.

Eh bien, prononça Didier avec un soupir, ainsi soit-il.

Didier a ouvert *l'Idéologie allemande* de Marx, puis Maître Eckhart, puis il a fermé tous les livres et le voici sur la route, entre la villa et le Séminaire, essayant ses forces à pas lents. Pierre semble croire cette chose incompréhensible : Nous nous rencontrerons un jour, ici ou ailleurs. Un jour ? Non. Je ne veux rien devoir au hasard.

« Si Pierre avait été un homme... » Non. Pas cela. « J'attendais un peu plus de générosité... » Oui. Mais il ne faut pas le dire. Il pense à son passé. Partout il s'est trouvé devant l'orgueil, et l'orgueil pourrit l'homme. L'orgueil : le petit moi érigé en grand moi. L'homme qui fait le coq, debout sur un mur, ou sur son petit fumier. L'orgueil qui est la haine, la haine qui est désir de mort...

Mais ne faut-il pas accepter les hommes tels qu'ils sont ? Cette formule le reporte à l'adolescence, aux devoirs sur Corneille. Corneille. C'est lui l'auteur de tant de héros haïssables. C'est contre lui que je me bats depuis toujours. Il faudrait déchirer tout ça, toutes ces professions de foi sectaires, ce courage aveugle, ces rodomontades, et mettre à la place... Quoi ? Eh bien, mais, par exemple, *l'Imitation de Jésus-Christ*. Désir non pas de vaincre autrui, mais de se vaincre. Désirer l'humilité, supporter l'injure, non la venger ; assumer l'abjection : vouloir, de toute son âme, *être de ceux que le monde regarde avec mépris*. Non pas vaincre, non pas conquérir autrui, mais s'ouvrir ; être ouvert, tel est l'amour... Pourtant Corneille était chrétien, il connaissait l'Imitation autant que moi. Il était chrétien, oui, mais comme on pouvait l'être en ce siècle païen : le dix-septième. Chrétien et païen. Chrétien et romain. Il n'a pas vu la contradiction. Il a cru qu'on pouvait adorer l'État et être chrétien ; adorer l'homme et rester humain. Impossible. Mais les hommes sont comme ça. Corneille a dépeint les hommes tels qu'ils sont : menteurs, vains, sacrifiant l'être au paraître. Des Français, quoi ! Et contents de l'être.

Plus tard : « Au fond, il savait de tout temps que lui et moi ça ne pouvait pas coller. Souviens-toi : tu n'admirais pas assez ses petits poèmes. Il supportait tout de Zoccardi, même qu'il fît tous les soirs dans sa feuille de chou, à la une, l'apologie du régime hitlérien, – du moment qu'il y eût, quelque part, n'importe où, un petit coin pour ses alexandrins... Peut-être que, dans l'intervalle, il a grandi sans que je m'en doute ? Mais pourquoi ne m'a-t-il pas tenu au courant ? Voilà pourtant ce qu'il ne t'a jamais pardonné – ce qu'il ne pouvait pas te pardonner. Oui : mais ce qui me fait mal, c'est qu'il se soit servi, pour nous brouiller, de la Résistance, et plus encore : qu'il ait essayé de mettre la Résistance entre nous... Mais ça aussi c'est français, il faut croire, et c'est même de la politique : « Ça s'appelle jouer au plus malin. »

Plus tard encore (ou la nuit, ou six mois après) : « Le manque d'humour... péché capital. Il ne conçoit pas qu'on puisse admirer, aimer, et garder un droit à la raillerie : ce recul que l'esprit tient à garder par rapport aux entreprises où il s'engage. Mais attention : peu de gens pardonnent cela. Le monde est peuplé de cuistres.

« C'est vrai, Pierre : je ne te trouvais pas parfait, et pourtant je t'aimais bien. Toi tu voulais me voir dupe – et te duper toi-même. »

La défection de Pierre lui découvrait sa nostalgie, son besoin des hommes. Il n'avait pas de chance sous ce rapport. Ailleurs, dans une grande ville, il aurait pu se trouver coupable ; mais on ne suscite pas des hommes dans un désert, et avec ce poumon, et cette fièvre, ces pommettes brûlantes, les conditions de vie qui lui étaient imposées ne favorisaient pas les contacts. Cette constatation pouvait devenir une nouvelle source d'humour : il souffrait du même mal qu'un certain homme appelé Diogène. Mais Diogène n'était-il pas un orgueilleux ? Didier n'avait jusqu'ici rencontré qu'un homme, et c'était Betty, que l'inactivité faisait maigrir – et peut-être Lambert, mais, à cause de Pierre, il lui faudrait un certain temps avant qu'il pût lui parler. Il essaya de trouver pour Betty un nouveau travail et, bien qu'il eût repris ses cours – car les institutions écolières ont au moins l'éternité pour elles et survivent à toutes les vicissitudes –, ce n'était pas facile : Betty aurait beau travailler toute sa vie, elle aurait toujours des références inutilisables : son entreprise de « Camionnage de la Côte basque et Union routière » n'avait pas de passeport (du moins immédiatement) pour l'après-guerre. Didier finit par lui dénicher un notaire, fier de ses panonceaux comme un cheval l'est de ses œillères, qui prit Betty à son service comme « surnuméraire » à raison de huit heures par jour, pour une somme de deux mille francs par mois, sans garantie. Comme Betty avait toujours un sens éminent et fort juste de ce qui pouvait manquer à Didier, et que la crise du papier atteignait son maximum, elle lui apportait pour ses brouillons les fonds de panier, le dos des feuilles utilisées à demi et les contrats de mariage ratés ou abandonnés à la vermine ; et ainsi Didier, en retournant les feuilles où il prenait des notes sur la mystique, était un peu plus renseigné sur les turpitudes humaines. De quoi il savait grand gré à Betty – qui n'y voyait pas malice et passait sa journée ingénument à marier les grands de ce monde en recopiant des contrats sur le papier timbré à l'effigie de la Justice républicaine.

Les heureux résultats de cet effort, si méritoire de sa part, furent contrariés par les événements : après un séjour à Pau et une journée à Lourdes où elle implora pour sa fille adoptive des grâces bien nécessaires, Mme Blin rentra à Arditeya précédée de ses bagages et suivie de Rosa Pardoux, la mine prospère, le sein haut, terriblement formée, avec un petit air décidé qui manquait à son standing. Elle avait adopté aussi, malheureusement, quelques expressions fâcheuses, et des façons qui ne l'étaient pas moins. Elle ne disait plus : « Oui » mais « D'accord » ou, plus mystérieusement : « Gy ». Puis sa nature indolente reprit le dessus et elle parut oublier même cette petite explosion de collectivisme et d'esprit de corps ; elle revint à une apparente indifférence à toute chose et s'enfonça dans une rumination qui n'était pas trop rassurante. Elle avait rapporté de la campagne un besoin de grand air que rien ne satisfaisait, et même par les journées fraîches – mais la fraîcheur n'allait jamais jusqu'au froid – dès que le soleil paraissait, Didier la voyait s'installer sous sa fenêtre, sur une chaise longue de toile, comme au printemps, pour des heures, couverte d'un gros pull blanc qui lui moulait le buste, le visage disparaissant aux trois quarts sous les éternelles lunettes noires, feuilletant, comme auparavant, des livres vagues qui parlaient d'amour. Ainsi renouait-elle en apparence avec les habitudes, comme si rien ne s'était passé ; mais, dans tout son corps alangui, dans son visage dont la beauté était parvenue à son acmé, on pouvait voir courir une pensée secrète et s'allumer une secrète étincelle. L'herbe autour d'elle repoussait lentement.

Mme Blin était effarée de retrouver son jardin réduit à l'état de courette, de terrain vague, car les carrés de légumes abandonnés par le Jardinier, manquant d'eau, n'avaient pas tardé à se dessécher sous l'effet de la chaleur, et les feuilles des haricots, jaunes ou rongées de chenilles, pendaient lamentablement le long des perches que le vent n'avait pas encore précipitées sur le sol. Mais le grand coup avait été la découverte du pêcher abattu. « Comment, dit Didier, vous ne saviez pas ? Il avait l'air si sûr de lui ! Je croyais qu'il avait au moins votre autorisation... » – « Pensez-vous ! Tout cela s'est décidé si vite !... » Elle haussa les épaules, de tristesse, suivant un tic qu'il lui connaissait, et lui apprit que devant cette place vide Rosa avait pleuré. Son dernier chagrin de petite fille, pensa Didier.

L'hiver passa. Mme Blin songeait à son fils, sans oser le dire, mais sa vaste poitrine était toujours pleine de larmes retenues. Enfin, un jour de mai, elle reçut des nouvelles de Lucien et crut mourir d'émotion. Lucien était vivant, la Croix-Rouge le lui disait, puis lui-même, il revenait lentement de Buchenwald, il était à Paris, on pouvait suivre son itinéraire, enfin il était là. Didier laissa Mme Blin savourer son bonheur. Il ne lui verrait plus les yeux rougis, les épaules secouées par les soupirs. Si Lucien était son fils ou son demi-fils, si Rosa n'était pas sa fille, mais une fille adoptive, les sentiments suppléaient largement chez elle aux liens naturels. Ainsi Didier imaginait, entre elle et les deux jeunes gens, des scènes de famille fort touchantes. Rosa, malgré la douceur de l'air, cessa de venir s'étendre devant la maison.

Didier ressentait devant Lucien l'espèce de respect compatissant que l'on éprouve pour ceux qui ont souffert à notre place. Car nous avons tous mérité d'être malheureux, trahis, malades, déportés, et il y en a quelques-uns seulement qui paient pour nous. Nous avons tous mérité de naître sans patrie et d'être persécutés à cause d'un signe que l'Ange a inscrit pendant la nuit de notre naissance sur notre visage ou notre porte, – et seuls quelques-uns le sont. Avant que Lucien fût là, avant même de le voir, il l'aimait, et peut-être, quand il fut là, dut-il refréner une sourde envie de remplacer par son amitié, s'il la pouvait mériter, celle de Pierre, de compenser le mauvais ami par un bon, le héros bavard et content de lui par un héros silencieux et triste. Il aurait passionnément voulu lui parler, le questionner, et ne le pouvait pas. Toute question était indécente. Il l'invitait timidement à venir chez lui et attendait qu'il parlât de lui-même. Mais Lucien était aussi loin de pouvoir parler de ce qu'il avait vu et subi que Didier l'était de pouvoir le questionner. Sa présence apportait avec elle, posait entre eux une réalité, une vérité trop fortes, trop graves, pour les mots. On peut, dans certains cas, parler d'un mort. Mais quand ce mort est vivant et qu'il est devant vous, qu'il se présente sous l'aspect d'un jeune homme de vingt-cinq ans qui ne diffère pas sensiblement des autres, cela est terrible et l'on ne peut que se taire. Lucien était beau, sombre, taciturne, avec des yeux ardents, et cherchait manifestement la solitude. Didier n'osait même pas lui dire : Je comprends votre silence, – c'eût été lui faire violence et l'inviter à en sortir. La fervente sympathie qu'il ressentait était impossible à exprimer ; il ne pouvait que la garder pour lui, c'était une sympathie inutile. Lucien avait fait de lui un timide. Sa solitude semblait signifier : « Vous avez beau penser que vous me comprenez, je sais que c'est impossible, qu'il n'y a rien à faire pour rendre, à ceux qui n'y ont pas été, certaines choses perceptibles. Vous raconter ?... Peut-être que vous ne me croiriez pas. » Didier savait qu'il le croirait, quoi que Lucien lui eût raconté, et il savait que ces choses lui eussent été perceptibles, mais il n'osait le lui dire. Il craignait de lui paraître superficiel.

Lucien vint le voir. Didier lui prêta des livres. Mais qu'était-ce que des livres à côté de tout ce qu'il avait appris, de ce que chaque journée avait inscrit dans son corps ? Lucien touchait aux livres comme à des messages tombés d'une autre planète, à des recueils de contes. Il en venait à Didier une horreur pour le papier imprimé, pour ce qu'il écrivait lui-même. Il lui suffisait que Lucien nommât un de ses livres, le prît entre ses mains, pour que Didier cessât de croire à sa validité. Il ne savait plus que lui offrir. Pour quelles raisons Lucien avait-il été là ? La question lui brûlait les lèvres, mais il ne pouvait la formuler : il aurait eu l'air de l'interviewer, – chose horrible.

Lucien ne se plaignait de rien, ne discutait de rien, n'affirmait rien. Il posait sur le monde de beaux yeux égarés ; il apportait aux vivants son visage remonté des enfers et c'est en eux que l'accusation se formulait. Didier l'aperçut une fois à l'arrêt du tramway, sur la route d'Ilbarosse. Il était en chemise blanche, le col ouvert, une raquette à la main. Déguisé en touriste. Il avait l'air d'un noyé que l'on a perdu de vue depuis longtemps, de ces noyés qui continuent à vivre au fond des eaux transparentes et qui parfois, pour imiter les vivants – ou peut-être par dérision – s'habillent comme eux, empruntent leurs accessoires et se montrent à eux avec leurs yeux grands ouverts, le regard fixe. Il semblait dire avec cette raquette : « Oubliez qui je suis, et ce qui m'est arrivé, traitez-moi comme l'un des vôtres. » Didier aurait voulu descendre au fond de ce fleuve qui l'entraînait, prendre les mains de Lucien, l'arracher à sa contemplation muette. Mais ses yeux ne le voyaient pas, et déjà le tramway couvrait toute parole de son bruit de ferrailles.

Didier comprit, à deux ou trois phrases discrètes de Mme Blin, que cela ne marchait pas du tout, entre Lucien et Rosa, comme il l'avait d'abord supposé. Mais comment avait-il imaginé un instant que la vie de Rosa pouvait être à Lucien d'un secours quelconque ? Didier avait cru, avant d'avoir vu Lucien, qu'un chemin tout tracé allait s'ouvrir pour eux, comme cela avait pu être jadis le rêve de Mme Blin. Mais ce sont des rêves que favorisent l'absence ou l'ignorance. Quelque chose d'incommunicable, d'irrémédiable, séparait le Lucien actuel de cette poupée fardée qui lisait des livres bon marché et songeait au plaisir. On aurait pu croire que ce retour la bouleverserait, que la présence de Lucien lui donnerait une âme, qu'elle s'efforcerait de tirer d'elle, par un mouvement profond, un ange de féminité à déléguer vers l'ami d'enfance retrouvé, pour l'aider au moins à refaire ses premiers pas dans le monde étranger, le monde odieux des vivants. Quel beau thème pour un roman ! L'inverse de *Résurrection* : le bagnard ramenant à la vie, par son contact, la jeune fille sur le point de se perdre dans un monde médiocre : la vraie perdition. En fait, les choses tournèrent tout autrement. Rien de ce que pouvait faire éprouver la vue de Lucien n'était accessible à Rosa. Qu'est-ce qui pouvait traverser sa cervelle devant ce garçon grave et sombre, d'une beauté qui n'avait pas cours, replié sur un souvenir indicible, ce visage qui ne savait plus sourire, cet être assoiffé de vérité ? On s'en doute : elle éprouvait de l'ennui ; elle avait envie de fuir.

Mais elle était chez elle. La porte, c'était donc à Lucien de la prendre. Et à la fausse mère de Lucien, qui était la fausse mère de Rosa.

Cela se fit de la plus singulière façon, sous les auspices du devoir et de la vertu. Les Hauts-Quartiers, qui n'avaient fait jusqu'ici que mener une vie sourde, allaient enfin révéler leur physionomie véritable.

La guerre était finie. Au Séminaire dont le parc avait eu vite fait de panser ses plaies et où l'on n'avait eu qu'à combler quelques trous au pied des arbres et à supprimer des croix gammées peintes au minium sur les murs, des hommes en noir avaient succédé aux hommes en gris et leur aspect faisait régner sur cette partie de quartier une sorte d'idéal pacifique, une allusion à une possible entente entre les hommes. Du moins était-ce l'impression que pouvaient suggérer leur retour ainsi que leurs allées et venues à heures fixes, les matinées de nouveau ponctuées par les battements de la cloche remise en service, l'harmonium invisible dont le son se faisait entendre de nouveau au fond du parc. Les petits cortèges désordonnés et bavards d'autrefois recommencèrent à parcourir le quartier, entrant et sortant par cette brèche que les camions avaient ouverte dans la haie, de sorte qu'avec leurs visages rougeauds et leurs robes noires on les voyait disparaître dans les feuillages ainsi qu'ils en étaient sortis, comme les membres d'une secte vouée au culte de la nature.

C'était par là aussi que survenait Betty, quand elle quittait Santiago pour Arditeya, le jardin du Séminaire constituant, entre Santiago et la villa, un raccourci non seulement plus commode, mais surtout d'un charme agreste infiniment aigu, que Didier goûtait lui-même très fort chaque fois qu'il allait du côté de chez Betty. Car après les allées de tilleuls, il y avait encore une ferme à traverser, avec ses cours et ses étables, puis un champ à longer où chaque saison faisait triompher sa note et au-delà duquel le pays se montrait à découvert, suivant une perspective largement étalée qui ne s'achevait qu'aux montagnes. Il n'y avait plus alors qu'une petite côte à monter et l'on arrivait à Santiago.

La paix avait recommencé à faire souffler sur Santiago un vent de persécutions, de drames et de difficultés domestiques dont Betty, avec sa sensibilité excessive et son esprit toujours aux abois, s'était mise à beaucoup souffrir. Depuis qu'elle était privée de «sa» chambre par le retour de Mme Blin, de la maison de Pierre et de la possibilité de coucher n'importe où, elle était devenue nerveuse et vulnérable. Son entourage semblait tout ignorer de cette situation ou ne pas avoir le temps d'en tenir compte. Tous les jours se produisaient de menus accrochages, dont l'inaptitude de Betty à travailler pour la communauté familiale formait le prétexte. Les frères en robe avaient réapparu pour un temps, que leur vocation préservait dans la maison des travaux serviles, et Betty, imprudente, protestait contre cette faveur quand elle voyait son père, l'organiste, regagner la maison en trébuchant avec une brouette de pommes de terre, la lavallière en déroute sur son plastron blanc. Alors Betty, qui aimait les exemples, les images parlantes, s'emparait de la brouette et achevait d'un pas vif et démonstratif le trajet qui restait à faire jusqu'à la remise. C'était le plus dur : le chemin raviné tournait sur une pente assez raide, faisant le tour du cèdre, et Betty exécutait entre les brancards des pas de danseuse en montrant ses muscles, sa robe prise à la taille comme dans un rond de serviette, ses cheveux fastueux accrochés à son front léger. Tout, dans les récits qu'elle faisait ou les situations dans lesquelles on la surprenait quand on allait la voir, donnait l'impression d'une conjuration tramée contre elle et dont la vieille tante – une Mondeville – était l'âme. Cette tante, après vingt-cinq ans consacrés au service de la famille dont le plus lourd, on le sait, retombait sur elle, au milieu des maladies, des fugues, des parties de cache-cache dans les couloirs, de gens impossibles à rassembler pour les heures des repas, était, sous un aspect fragile, une femme de forte trempe, qui ne quittait la terre sur laquelle elle était courbée toute la journée que pour les méditations à genoux dans sa chambre ou les heures de prière à la chapelle des Dominicaines, demi-nonne sans clôture, en proie aux êtres qui l'entouraient et qu'elle faisait vivre, car la troisième ou quatrième Mme Mondeville était le plus souvent malade et les enfants évasifs ou voués eux-mêmes au couvent. De souche anglaise, elle avait protégé et abrité pendant l'Occupation des aviateurs et des Juifs, organisé des passages en Espagne sans que jamais l'idée lui vînt, la guerre finie, d'en tirer avantage. Trouvant le moyen de tout faire, elle trouvait aussi, malheureusement, celui de jeter les yeux sur Betty, de noter ses bévues, d'enregistrer ses critiques, et avant tout d'épingler ses absences aux heures fixées pour certains devoirs élémentaires comme celui de la vaisselle ou du récurage des couteaux. « Dieu est aussi parmi les casseroles », disait-elle, reprenant un mot de la courageuse sainte Thérèse. Betty, qui avait beaucoup trop entendu parler de Dieu dans cette maison pour que ce mot éveillât en elle la moindre idée, répondait à ses remontrances pieuses qu'il lui fallait beaucoup d'air, ce qui était exact mais qui constituait, dans l'extravagante atmosphère où se débattait cette famille, et de la part d'une fille de vingt-cinq ans s'adressant à une femme de soixante, une manière d'insolence.

Cependant, on lui faisait aussi, à tort ou à raison, des reproches d'un autre ordre. Elle arriva un jour chez Didier complètement révoltée.

— Tante Mathilde a dit que je ne devais plus traverser le Séminaire pour venir vous voir, figurez-vous.

— Pourquoi ce « vous » ? dit-il.

— C'est vrai, je deviens folle. Vous savez ce qu'elle m'a dit ?... Les gens du quartier ont dit à ma belle-mère que je me conduisais mal avec vous.

— C'est pour ça que tu ne cesses plus de me vouvoyer ? dit-il.

— Je ne sais pas. Vous... Tu ne trouves pas que ?... Je ne sais pas ce que... ce que je vais faire, Didier, si je ne peux plus venir te voir.

— Elle t'a dit de ne plus me voir ou seulement de ne plus traverser le Séminaire ? Ce n'est quand même pas tout à fait la même chose. Essaie de te rappeler.

– Oh, je ne sais plus. Tu sais, je perds si vite la mémoire. Le temps de venir...
– Quelles sont au juste tes intentions ? dit-il.
– Je ne sais pas. En tout cas, ne plus vivre là-bas.
– Il y a encore des parachutistes ?
– Non, et c'est bien pis. Tant qu'il y en avait, on s'occupait un peu moins de moi.
– Il faut bien réfléchir à ce que tu dois faire, dit-il. Réfléchis de ton côté, je vais réfléchir du mien. Le premier qui aura trouvé une solution lèvera la main pour prendre la parole.
– Ce n'est pas une vie, dit Betty en cherchant ses Gauloises.
– Non. Enfin réfléchissons un peu, si nous pouvons, et peut-être qu'après, nous saurons mieux ce qui est ou qui n'est pas une vie.
– Au moins, dit-elle, est-ce que tu comprends ?

Il ne répondit pas aussitôt. Il est vrai que sa phrase lui donnait à penser. Quel mufle il avait donc été ! Il n'avait jamais pris la peine, jamais eu le temps, jusqu'ici, de bien regarder Betty. Il prenait conscience en cet instant de son charme physique. Elle avait, avec cet aspect un peu frêle des Mondeville femelles, une tournure agréable, des jambes nerveuses, une taille ronde et mince, une épaisse nuit de cheveux à ravir un homme. Sa modestie, jointe à une espèce de violence, donnait à tout cela un supplément de vie, de relief. Le reste, les imperfections, ses gaucheries, ses insuffisances, n'étaient pas de sa faute. Elle avait été semée au hasard, en même temps ou à la suite de six autres, élevée de même, privée trop jeune de mère, et tous les contrastes se donnaient rendez-vous dans sa nature. Elle avait un sens juste des valeurs avec une incapacité touchante à les réaliser. Il semblait à Didier qu'il pouvait l'aider, l'éclairer, l'encourager, la remettre en piste, comme elle disait elle-même. Contente de rien, des bonheurs de l'âme, de l'amitié, elle avait peu manifesté jusqu'ici ses désirs. Depuis des mois qu'il la voyait, jamais une impatience, jamais une colère qui ne lui parût fondée. À quoi succédaient d'ailleurs des retombements, des examens de conscience, des crises profondes d'humilité. C'était du reste un peu agaçant à la longue, cette manie qu'elle avait de se compter pour rien. Il profitait d'elle, de ses services. Il n'avait même pas pris garde à cela, et qu'il ne lui rendait presque rien.

— Et… pour en revenir à ce racontar, demanda-t-il en fronçant les sourcils, qu'en pense-t-on chez toi ?

— À la maison, on ne pense rien. On ne pense jamais rien. La maison est le reflet de ce que pensent les autres. C'est ça qui compte pour eux. Et c'est ça qui est grave, tu comprends.

— Mais, sapristi, *qui* a donc pu aller raconter ça à ta tante ou à ta belle-mère ? questionna-t-il, devenant soupçonneux.

— Oh, ça a dû se passer à la sortie de la messe de sept heures. Ou à la Librairie des Arceaux, tu sais, derrière la cathédrale. En tout cas, c'est un coup de Mme Chotard.

— Jamais vue, dit-il, jamais entendue. Mais si ça s'est passé dans une librairie, dit-il, alors là, ça me concerne un peu.

— Comment, jamais *vue* ? dit-elle. Tout le monde la connaît. Mme Chotard-Lagréou, celle qui tient la Librairie de la Bonne Parole ou de la Bonne Presse, je ne sais quoi ! Elle habite ce quartier ; elle va à la messe aux Dominicaines ! C'est là qu'elles se rencontrent…

— Mon petit, dit-il, ne nous perdons pas dans des intrigues de la bonne époque. Je crois que j'ai trouvé…

Il était dans son lit, elle assise à l'extrémité. Elle se rapprocha. Une petite lueur de plaisir, d'amusement, passa enfin dans ses yeux, sur son front marqué par le souci.

— Trouvé quoi ? dit-elle.

— Eh bien… Franchement, je ne sais pas comment on pourrait empêcher les gens de penser ce qui leur fait plaisir. Mais ce serait mal de notre part de les faire mentir, tu ne crois pas ? Le mensonge est un péché…

— Oh… fit-elle. Oui… Non… Didier… Faisons ce que tu veux… Mais ce serait mal de le faire si tu ne m'aimais pas… J'ai confiance en toi Didier…

— Allons, dit-il avec une soudaine fermeté. Tu sais bien qu'il ne faut jamais dire cela à un homme.

La librairie tenue par Mme Chotard-Lagréou s'ouvrait devant le porche gothique de la cathédrale et portait le nom harmonieux de Librairie des Arceaux. C'était là que s'approvisionnaient les jeunes prêtres du Séminaire et les prêtres moins jeunes de l'Évêché, d'ailleurs tout proche, ainsi que les dames respectables de la ville, sûrs qu'ils étaient d'y être spécialement accueillis et de ne pas rencontrer un titre ou une publication qui pût choquer leurs yeux, même du simple point de vue orthodoxe. C'est ainsi que le livre de Didier Aubert, *Aspects de la Contemplation* – première mouture de sa thèse – d'abord confondu parmi le flot des ouvrages conformistes, avait été promptement retiré de la vitrine sur simple avis d'une pratique. Au reste Aubert, ne s'étant jamais fait connaître ni de Mme Chotard ni d'aucun autre libraire, avait le privilège, considérable à ses yeux, de pouvoir circuler en ville incognito et d'aller d'un libraire à l'autre sans avoir à donner d'explication sur ses intentions littéraires ni sur son genre de vie, ses préférences gastronomiques et sa façon de se laver les dents. Il faut ajouter qu'il avait systématiquement évité jusqu'ici d'entrer à la Librairie des Arceaux, où il était difficile de trouver un livre raisonnable et où la Bible même était suspecte et tenue sous le comptoir. Il aimait pourtant l'aspect démodé et « vieux jeu » de la boutique, sa façade verte, aux charpentes déhanchées, les lettres surannées qui en composaient l'enseigne, et jusqu'au nom, d'un charme triste et antique, peint en biais sur la vitre, avec un paraphe mélancolique :

MAISON CHOTARD-LAGRÉOU

En dépit de ces nombreux attraits et de l'assurance que la personne de Mme Chotard-Lagréou ne répondait nullement à l'aspect de sa vitrine et composait au contraire un des personnages les plus mystérieux et les plus agissants de la ville – par ailleurs propriétaire d'une maison dans les Hauts-Quartiers –, il fut tout étonné de se trouver, cet après-midi-là, vers quatre heures, dans la Librairie des Arceaux, – bien plus étonné que Mme Chotard-Lagréou que rien n'étonnait et qui ne se trouvait jamais plus à l'aise que dans les situations imprévues. Il avait dû, pour entrer, pousser fortement la porte qui rabotait le sol, de sorte que son entrée, nécessairement martiale, avait déchaîné un tintement interminable de tubes de cuivre suspendus en rond au haut de la porte en manière d'avertisseur, et il y aurait eu de quoi déconcerter un timide. Mais timide, au fond, Didier ne l'était qu'avec lui-même, et pas du tout dans le genre de circonstance qui l'amenait en ce lieu. Mme Chotard-Lagréou non plus ne l'était pas, qui, au son des tubes de cuivre, venait de sortir d'une arrière-boutique en s'essuyant énergiquement les mains à un torchon.

– Madame, dit Didier, vous avez fait des rapports sur moi.
– C'est bien impossible, répondit-elle, je ne vous connais pas.
– Vous n'êtes pas Mme Chotard-Lagréou ?
– Sans doute ; mais je ne vous connais pas plus pour cela.

Mme Chotard-Lagréou avait des manières brusques et directes, une puissance d'attaque qui retenaient l'attention. Derrière ce visage très brun, un peu carré, aux pommettes saillantes, à la bouche nette mais vulgaire, que se disputaient deux ou trois races et que dévoraient des yeux couleur de marron chaud, on sentait la violence sourde d'une nature puissante et d'une vie insatisfaite. De taille moyenne, elle avait un corps commun et nerveux, toujours en mouvement, qui trompait fort sur sa taille et la faisait paraître plus grande qu'elle n'était. Elle joignait à cette mobilité physique une activité cérébrale intense, quoique souvent désordonnée, une cordialité un peu abrupte, capable de se muer très vite en ressentiment ou en colère, et une volubilité qui ne lâchait pas son homme et qui opérait toujours un effet de surprise. On comprenait tout de suite en la voyant que la boutique, librairie, sacristie ou limonaderie, n'était qu'un pis-aller, une occasion de s'occuper et d'occuper les autres, d'accueillir les gens et de se faire des relations : une sorte d'Auberge d'après-jeunesse (chose qui, jusqu'à présent, fait défaut à notre civilisation soucieuse des extrêmes, et qui repose sur l'hypothèse, entièrement fausse, que l'âge mûr n'a pas de problèmes). Avec cela, un air de « bonne personne » auquel il était impossible de se laisser prendre.

– Moi non plus, dit-il quand elle voulut bien le laisser parler, je no vous connais pas. Au contraire de ce qu'on insinue d'ordinaire aux femmes, je ne me rappelle pas vous avoir vue, et ce qui m'étonne, c'est que vous parliez de moi. Vous voudrez bien avouer alors que vos propos sont pour le moins aventurés et dénués de tout fondement.

Malgré son assurance, Mme Chotard était tout de même chatouillée par une telle entrée en matière.

— Mais, monsieur, dit-elle, tout en disparaissant derrière son comptoir pour en ressortir aussitôt armée d'une paire de ciseaux, je ne sais même pas qui vous êtes !...

Didier donna son nom.

— Didier Aubert ! dit-elle. Eh bien non, je ne vois pas.

— Bon. Je présume que vous connaissez du moins Mlle Mondeville.

— Oh, si peu. La pauvre !... Mais je vois de moins en moins...

— Si je suis bien informé vous auriez cependant été dire à Mlle Mondeville (la vieille) que Mlle Mondeville (la jeune) était ma maîtresse.

— Oh, simplement parce que je l'avais entendu dire ! On dit tant de choses. C'est donc vous ! Si vous aviez commencé par là aussi !... D'ailleurs, ce n'est pas à Mlle Mondeville que je l'ai dit !...

Une rougeur était montée au visage de Mme Chotard, le couvrant jusqu'à la racine des cheveux, et elle faisait mine de chercher sur son comptoir, dans ses poches, dans son sac, un objet qu'elle eût égaré.

— Vous avez fait tort à Mlle Mondeville dans l'esprit des siens, continua posément Didier.

Mme Chotard balança les épaules.

— Oh, vous savez, ils sont habitués.

Il était manifeste que Mme Chotard était accoutumée à déconcerter son public par un tel aplomb, qu'elle devait trouver « pittoresque ». Mais Didier n'était pas décidé à la suivre dans l'empire de la gaudriole.

— Si vous n'étiez pas une femme... commença-t-il avec une vraie colère. Vous ne semblez décidément pas comprendre. Les rapports entre humains sont une chose... dont vous paraissez n'avoir aucune idée. Et je parle aussi bien de ceux que vous avez avec la famille de Betty Mondeville que de ceux de Betty avec sa famille. Je ne sais pas quel métier vous faites...

Elle montra son magasin poussiéreux autour d'elle comme on fait appel à une évidence qui crève les yeux.

– Je ne parle pas de ce métier-là, scanda-t-il. Celui-là ou un autre… Mais…

– Mais, d'abord, asseyez-vous, monsieur, dit-elle, sentant que la conversation pouvait devenir intéressante.

– Vous devez être dégoûtée, je suppose, dit-il agressivement, de parler à un homme à qui vous prêtez une maîtresse.

– Oh, dit-elle, ce ne serait pas une originalité.

– Fort bien. Vous ne me paraissez pas tout à fait quelconque. Je ne connais pas votre vie et ne vous dois naturellement aucune explication sur la mienne ; mais je vous regarde depuis un moment, et je me dis que peut-être il y a encore une chance… – À ce mot, elle rougit de nouveau, ôta et remit son alliance avec de petits mouvements nerveux – Comment dire ?… pour vous sauver, oui, pour que vous ne deveniez pas ce que deviennent tant de femmes aux prises seulement avec un vague métier, comme celui auquel vous faites allusion, et que d'ailleurs vous devez faire fort mal à en juger par le désordre qui règne sur vos étagères et par les titres que j'ai sous les yeux.

– Mon métier n'est pas vague, dit-elle, mais c'est la première fois qu'on vient me faire un sermon à domicile. Vous seriez certainement mieux pour cela à Stellamare.

– Stellamare ?

– C'est ma maison. J'habite les Hauts-Quartiers, pas loin du Séminaire.

– Merci. Je voudrais que vous réfléchissiez un peu à ce que je viens de vous dire. Vous n'êtes peut-être qu'une dévote égarée dans la vente des livres, mais vous avez l'air d'être un peu plus éveillée que les autres personnes que j'ai rencontrées jusqu'ici dans la ville. À vrai dire, les autres dorment.

– Monsieur, dit-elle ravie, vous avez une jolie audace. Personne n'a jamais tenté encore de me parler sur ce ton.

– Ce n'est pas difficile de dire la vérité aux gens, quand elle éclate comme ici.

– Je n'aime pas la vérité, s'écria-t-elle sur un ton sincère et féroce, et il ne sert à rien de me la dire.

– Ça se voit. Mais je ne serais pas venu ici si je devais tenir compte de ce que vous pensez. Vous avez eu tort de calomnier une jeune fille dans l'esprit de sa famille. Et je voudrais que vous le reconnaissiez. C'est tout.

– Je…

Elle se leva brusquement, porta la main à son cou puis disparut une seconde dans le fond de son magasin.

– Je vis seul et malade dans une mauvaise chambre, reprit Didier, un ton plus bas, lorsque Mme Chotard revint. Betty Mondeville est effectivement mon amie. Elle vient me voir, elle s'occupe de moi quand c'est nécessaire. C'est un être… bref, je ne puis tolérer qu'on l'attaque, ou qu'on veuille lui faire du tort. C'est un esprit charmant, oui, un être habité par les forces du bien comme certains le sont par celles du mal, dit-il en la regardant dans les yeux. Cela, vous pouvez le dire à sa famille. Et vous pouvez vous le dire à vous-même.

Il s'exaltait. Jamais peut-être il n'avait trouvé autant de qualités à Betty, peut-être parce qu'il n'avait pas eu le loisir d'y songer. Tout à coup elle lui était présente, dans cette boutique assombrie par le soir et par le voisinage austère de la cathédrale, et ce fut comme si elle était entrée derrière lui, pour poser la main sur son épaule.

Sous ses yeux, qui ne la voyaient plus, Mme Chotard s'agitait, passait d'un côté de son comptoir à un autre, déplaçait des livres, des encriers, comme oppressée par une idée qu'elle avait et qu'elle n'osait pas exprimer.

– Si c'est cela… si c'est cela… pourquoi… pourquoi ne l'épousez-vous pas ? dit-elle, éclatant soudain.

Didier cessa de voir Betty, de sentir sa main sur son épaule. « Voilà… voilà ce qu'elles sont capables d'inventer ! » pensa-t-il avec indignation. Il regarda Mme Chotard, son visage enflammé, ses yeux qui se dérobaient. Une marieuse. Une vulgaire marieuse. Voilà ce qu'il avait devant lui. Il n'imaginait rien au monde de plus repoussant.

– Je n'ai jamais permis à quiconque de me poser de semblables questions, dit-il avec hauteur. Puis il ajouta d'un ton normal : Mais je vais tout de même vous dire une chose. Je ne l'épouse pas parce que je n'épouse personne. Et parce que c'est trop petit chez moi.

Elle marqua un silence, comme s'il venait de lui présenter une idée inadmissible, ou inadmissible pour elle.

— Je ne crois pas au primat des questions matérielles, dit-elle. Et, avec un regard à la fois langoureux, avide et complice : Est-ce que l'amour n'arrange pas toute chose ?

— Qui vous parle d'amour ? s'écria-t-il d'un ton furieux. Il ne vous reste plus qu'à me dire, comme cette doctoresse que j'étais allé voir en 1939 pour lui demander un service : Tout s'arrange autour d'un berceau ! À mon avis, j'ai bien fait de n'en rien croire. L'amour et la maternité n'agrandissent pas les appartements.

Mme Chotard le regardait, avec un feu au fond des yeux, comme attirée par l'horreur qu'il lui inspirait en cet instant.

— Je ne sais pas de quoi vous parlez, dit-elle, mais cette doctoresse avait raison. L'esprit possède des ressources que... supérieures à toutes les ressources mater... Au besoin, il les fait jaillir.

— J'ai cru cela aussi. Mais l'espace n'a pas cessé de se rétrécir autour de moi comme une peau de chagrin. Il ne faut pas provoquer le malheur... Et enfin... il y a des choses que je n'ai pas envie de vous expliquer...

Elle fit un pas dans son magasin, tassa une rangée de livres, referma une vitrine.

— Comment êtes-vous logé ? dit-elle.

— Je vous l'ai dit. J'ai une pièce devant le Séminaire. J'ai l'impression d'être le concierge du château.

— Le concierge du Séminaire a au moins une villa, dit-elle. Vous y gagneriez. Mais pour vous prouver que tout s'arrange avec les gens d'esprit, je vais vous faire une proposition...

— Si c'est une plaisanterie, dit-il, j'aime mieux que vous ne la fassiez pas.

— J'allais vous proposer de venir chez moi, dit-elle.

— Comment ? cria-t-il comme s'il était devenu sourd.

— Venez vous installer chez moi, j'ai de la place.

— Je ne sais pas si vous êtes sérieuse, mais je tiens à vous déclarer qu'en toute hypothèse je n'épouserai pas.

– Ah oui ? dit-elle. Eh bien, venez quand même. J'ai trop de place pour moi, c'est navrant. Imaginez que j'ai toute une villa pour moi toute seule ! J'ai beau n'en occuper qu'un étage, cela fait encore cinq grandes pièces, sans compter la cuisine et la salle de bains !

– Dois-je comprendre que vous me loueriez une chambre ? dit Didier en faisant passer son chapeau d'une chaise sur l'autre.

– Je n'ai pas besoin d'argent, j'en ai de reste. Je peux vous héberger pour rien, dit-elle en riant.

– Qu'est-ce que cela veut dire ?

– Ce que cela veut dire. Vous savez bien, il y a des gens qui ont le cœur sur la main, vous ne pouvez pas empêcher ça.

– J'ai besoin de réfléchir, dit-il sauvagement. Je n'aime pas habiter chez les autres. Votre proposition est par elle-même... surprenante. Je ne l'oublierai pas. Mais, si mal que je sois, je préfère être chez moi.

– Et souffrir ?

– Est-ce que ce n'est pas mon droit ?

Elle le regarda comme pour le jauger.

– Il faut être fort.

– Vous ne savez pas comment je souffre ni pourquoi.

– Revenez me voir.

– Je ne crois pas.

– Vous changerez d'avis.

– Il sera trop tard.

– Avec moi il n'est jamais trop tard, monsieur l'orgueilleux.

– Et vous êtes bête en plus !

Il était six heures. Elle demanda à Didier s'il avait faim, ou soif, n'attendit pas la réponse, l'attira dans une arrière-boutique où elle servit, sur une petite table, un goûter avec du pâté, des confitures, des gâteaux à la crème et du thé. Elle avait l'air de dire : « Voilà comment vous seriez traité si vous veniez chez moi. » Elle eut une conversation vive et cocasse. La résistance de Didier se fit plus serrée, car la tentation était grande d'accepter l'offre de cette femme qui, après l'avoir calomnié, se montrait tout à coup si généreuse. La générosité était certaine, elle était inscrite dans tout son corps, mais les deux faits mis côte à côte étaient troublants, et d'ailleurs Didier se méfiait plutôt de la physiognomonie. Avant de partir, il céda au plaisir de l'étonner.

— Vous n'avez pas dû faire le rapprochement, dit-il... Ou plutôt vous devez être dans l'impossibilité de le faire... Vous êtes libraire, mais je suppose naturellement que vous n'avez jamais dû entendre parler de mon livre... Didier Aubert... *Aspects de la Contemplation*...

— Je sais. J'ai dû le retirer de ma vitrine. Il y avait trop de protestations émanant des milieux autorisés.

— Et vous parlez de défendre l'Esprit ! dit-il.

Elle lui expliqua avec beaucoup de chaleur que son métier ne pouvait s'exercer que dans certaines limites. On était à Irube, après tout, et les consciences étaient vite alarmées. Le mouvement avait été déclenché par Mlle Pincherle, professeur au collège de jeunes filles et présidente du groupement des professeurs catholiques, avec qui Mme Chotard était au mieux. Mme Chotard s'étendit avec complaisance sur le sujet, rapportant même à Didier les propos de Mlle Pincherle. Didier l'écoutait distraitement de sorte que, malgré les efforts déployés en dernière heure par Mme Chotard, ils se séparèrent en excellents termes, sur une promesse de Didier d'aller la voir à Stellamare, sinon de s'installer chez elle.

— Mais, pardon... Vous êtes bien Mme Chotard-Lagravon ? lui dit-il, comme pris d'un doute au moment de partir.

— Lagréou, dit-elle avec un vaste sourire. D'ailleurs, ça n'a pas d'importance. Vous pouvez m'appeler Mme Chotard.

— C'est que je voulais être sûr que je ne m'étais pas trompé de porte, dit-il.

— Revenez quand vous voudrez, dit-elle. J'habite les Hauts-Quartiers depuis plus de dix ans. Tout le monde me connaît dans la ville et au-delà.

— À la bonne heure, dit Didier.

Il sortit, déchaînant de nouveau le carillon tintinnabulant.

Le petit abbé, Zurroaga, venait toujours frapper à la porte d'Arditeya. Il ne se détachait plus, comme autrefois, du noir cortège qui franchissait l'entrée du Séminaire. Il arrivait à bicyclette d'une paroisse d'Ilbarosse où il avait été nommé vicaire. Il faisait de courtes visites, mais fréquentes, calculées sans doute selon les règles de la plus fine diplomatie, et vraisemblablement d'après des conseils reçus d'en haut. Plusieurs fois, ces dames étant absentes, Didier put le voir faisant les cent pas dans le jardin ou revenant toutes les dix minutes, tel un bourdon qui se heurte à une vitre. Il devait avoir le souci d'exécuter son programme dans le temps voulu.

Si Rosa n'était pas là, Mme Blin le recevait, faisant tout ce qu'il fallait pour le retenir, avec autant de soins et d'amabilité que s'il était venu exclusivement pour elle, toujours prête à sortir la bouteille de jurançon et les gâteaux secs. Didier assistait de haut à leurs entretiens à voix haute, car tout s'entendait, et personne à Arditeya ne pouvait avoir de secret pour personne.

Didier était le plus souvent retenu dans sa chambre, mais le monde tournait autour de cette chambre, et le prenait implicitement à témoin. Il ne choisissait pas ce qu'il voyait, et là était le mal. Et il réfléchissait d'autant plus à ce qui lui était livré, même s'il avait préféré connaître d'autres lieux, d'autres visages et d'autres événements.

Sans doute, dans son esprit, en s'employant à réconcilier Rosa et sa mère, l'abbé était-il persuadé qu'il poursuivait une action pieuse. S'était-il efforcé ou non d'évaluer avec toute l'exactitude possible les conséquences de cette réconciliation, et s'était-il fait une idée, ou non, de la manière dont elle s'effectuerait ? Il devait avoir une idée très claire et très forte de ce que doit être une famille. Celle de Mme Blin n'en était pas une. La réunion dans une même maison de Rosa, de Mme Blin et de Lucien, qui n'était peut-être pas lui-même le fils de Mme Blin d'après les dires de la Laitière, n'avait donc aucune raison d'être. Il existait par ailleurs quelques raisons de croire que Mme Blin n'allait pas très régulièrement à la messe. Ce phénomène était explicable : elle n'était pas « d'ici », encore moins du quartier. La logique, appuyée sur la théologie, commandait évidemment de remettre Rosa en relation avec une mère déchue et dont le dernier amant – qu'elle venait d'épouser –, un certain Pellegrin, était marchand de chevaux dans une commune des environs. C'était la fin d'un roman de Delly : l'Église survenant pour réconcilier la mère et la fille, qui ne s'étaient pas revues depuis toujours, par-dessus le tombeau du père. Un modeste, d'ailleurs, ce Pardoux, qui avait su se faire mieux que pardonner : oublier, – qui n'avait pas eu le temps de profiter des méthodes que la mode aurait mises à sa disposition un peu plus tard, qui ne savait pas qu'il aurait pu s'offrir une fin en forme d'apothéose en supprimant préalablement sa femme, sa fille et son rival, avant de se supprimer lui-même. Mais le goût de ces grands drames viendrait en même temps que le développement des armes automatiques. Les temps n'étaient pas mûrs. En tout cas, la vie de Didier eût été différente, elle eût pris une autre direction, ses travaux et sa pensée même eussent été influencés d'une manière plus favorable si, quelque quinze ans plus tôt, un homme qu'il ne connaissait pas n'avait pas négligé, avant de disparaître, de faire disparaître aussi sa progéniture. Résumons. Le problème, aux yeux de l'abbé, était très simple. D'un côté une Mme Pellegrin, que l'on connaissait bien, et qui s'était naturellement remariée à l'église, de l'autre, une Mme Blin dont on ne savait rien et qui n'allait pas souvent à la messe. Comment hésiter ? Rosa allait avoir dix-huit ans. Réconcilier la mère et la fille, fût-ce pour six mois, paraissait sans aucun doute à monsieur l'abbé un bien moral absolu.

Enchantée de changer de condition, comme on l'est toujours à cet âge, et surtout d'échapper à une surveillance dont souffrait son besoin d'émancipation dans tous les sens du terme, Rosa alla plus loin encore dans la voie de la réconciliation que notre jeune prêtre ne s'y était attendu. Quelques semaines plus tard, en effet, la gérance des biens était rendue à la mère indigne jusqu'à la majorité de Rosa, et Mme Blin et Lucien, ce doux dormeur éveillé, à peine revenu des camps nazis, et qui eut encore moins le temps de revenir de sa surprise, étaient chassés comme des valets, au nom de Mme Pellegrin – une inconnue pour eux –, avec huit jours de préavis.

Didier apprit ces événements à la dernière minute. Mme Blin éprouvait trop de honte pour en parler. Respectueuse de la propriété et, malgré l'absence de pratique, respectueuse de la religion et de tout ce qui en portait le caractère, elle dut se croire condamnée par l'Église et subit sa peine sans comprendre, comme une coupable de droit commun qui est prise à sa première faute et qui, ayant gardé le cœur pur, n'ose plus lever les yeux sur les gens qu'elle voit tous les jours. Ainsi tout se passa si rapidement et sans doute dans une telle douleur que Didier ne revit même pas Lucien. Il ignora toujours si celui-ci avait jadis partagé les illusions de Mme Blin sur Rosa, mais ce geste de rejet, d'expulsion, à l'égard de ce qu'elle ne pouvait assimiler et qu'elle sentait différent d'elle et supérieur à elle, annonçait assez bien le caractère de la jeune fille. Elle punissait Lucien d'être hors de sa portée.

Didier revit deux ou trois fois Mme Blin après son expulsion, de nouveau vouée aux larmes : elle lui ouvrit son cœur et lui révéla, sur la duplicité et la dureté croissante de Rosa au cours des dernières semaines, quelques traits pénibles. Elle était inhabile à s'exprimer et la surprise d'avoir nourri un serpent dans son sein n'était pas faite pour la rendre éloquente. Mais il y avait surtout une chose dont elle ne revenait pas et qu'elle traduisit, de sa façon naïve, en disant :

– Croyez-vous, ce petit curé, il a fait du beau travail !

Des larmes roulaient dans ses yeux. Didier savait bien ce qu'on aurait pu lui répondre. La plainte n'était pas recevable et il la mit sur le compte de la déception personnelle. On ne peut être à la fois juge et partie.

Fermée la villa, les stores baissés – car l'insondable volonté de Rosa n'allait pas plus loin présentement –, le jardin appartint derechef à Didier dans son désordre. Pour une fois il osa se lancer dans la rédaction de son étude et parvint au moment d'envisager les « rapports de la poésie et des formes élémentaires de la mystique ». Tout en travaillant, il songeait à la destinée des personnes avec qui il venait de vivre cette période, et en particulier à celle de Rosa. Rosa était enfin chez sa vraie mère, dans l'agglomération un peu informe qui s'étendait entre la ville et celle d'Ilbarosse et qui prolongeait les Hauts-Quartiers, refaisant, il l'espérait, son instruction, goûtant les joies d'un foyer selon le bon sens, et surtout agréables à l'opinion publique. Inoffensives en somme. Il payait maintenant son loyer au beau-père maquignon, qui visitait régulièrement ses locataires dans une voiture comme on n'en avait pas vu depuis longtemps. Le parc du Séminaire, où l'on repiquait des boutures d'hortensias et où l'on recomposait des massifs, brûlait sous sa fenêtre jusqu'au soir dans une offrande de ses cyprès aigus, de ses magnolias miroitants et lourds, de ses allées de tilleuls aériens. Les basses branches des magnolias effleuraient le sol en retombées rigides et métalliques, d'où fusaient des bouquets de feuilles acérées, redressées vers le ciel. De temps à autre, Betty surgissait d'entre les branches des magnolias, d'entre les alignements des tilleuls, se glissant dans le silence, dans la lumière, comme un animal furtif, avec des mouvements de loutre, toute couverte de sa chevelure. Elle et lui partageaient cet amour des choses dans un sentiment fraternel, elle avec un instinct plus primitif, plus élémentaire, peut-être même plus fort. Elle était près des choses avec son corps ; elle disait qu'elle pensait avec son corps. Quand Didier ne pouvait sortir, elle lui rapportait des nouvelles des arbres, des champs et des bêtes qui entouraient Santiago, comme si elle avait vécu en pleine campagne.

Avec des loisirs, des pensées et des préoccupations de luxe, la condition de Didier était celle du prolétaire, ou plutôt du chômeur laborieux qui n'est inscrit à aucun rôle, qui n'émarge sur aucune liste. En d'autres termes, sa vie avait les mêmes bases que celle du prolétaire et il ne cessait de penser à *eux* : se reprochant, avec abus, tout ce qui n'était pas identique entre eux et lui. Quand il réfléchissait à leur vie, lui le penseur logé pour trois cents francs par mois, ce luxe de la pensée lui semblait un scandale – ce luxe qui est pourtant la seule justification de l'homme, et du monde, car le monde cesse dès que nous cessons de penser, et le monde sans l'homme n'est plus rien. Mais il connaissait aussi la vanité et la fausseté de ce reproche : lui-même était un luxe : car toute pensée qui s'exerce sur *eux* s'inscrit à leur bénéfice, et par ailleurs rien ne pourrait jamais faire qu'il fût l'un d'eux, et qu'il fût né parmi eux ; on ne peut se substituer aux autres. Et pourtant une part de son inquiétude était là. Comme les chrétiens d'autrefois voulaient vivre la passion du Christ, il apparaissait à Didier que, faute de pouvoir arracher le monde ouvrier à sa condition, vivre sa passion pourrait être la façon de vivre la passion du Christ. Et il est sûr que l'arracher à sa condition était le devoir de solidarité humaine le plus urgent, autant qu'il est sûr qu'on ne se sauve pas seul –, mais que pouvait-il faire, prisonnier de la maladie, sinon communier avec eux ? Il n'avait pas besoin de se forcer beaucoup pour cela. Dunkerque, où il était né, était tout retentissant, dès l'aube, du bruit des sirènes. À Irube, par beau temps, à l'heure où, épuisé par l'insomnie, il s'endormait, il pouvait entendre en prêtant l'oreille les sirènes mugissant de l'autre côté du fleuve. Appel qui résonnait au cœur comme celui du monde vrai – d'une vérité plus dure, plus durable, d'un scandale beaucoup plus persistant que celui de la guerre. Il suffisait de s'écarter un peu des Hauts-Quartiers, d'aller jusqu'au bout de l'avenue sur laquelle s'ouvrait le refuge verdoyant du Séminaire, pour rencontrer la route nationale, parcourue toute la journée de camions de fer qui transportaient jusqu'à la gare les pierres d'une carrière voisine. Les habitants se plaignaient que leurs maisons fussent peu à peu ébranlées jusque dans leurs assises par le passage de ces lourds camions, et que leurs oreilles en fussent assourdies. Parfois, quand il attendait au coin de l'avenue le petit tramway de l'hôpital qui descendait à la ville, Didier voyait passer les camions où les cailloux rebondissaient, imprégnant à la longue le quartier d'une fine poussière blanche. Il pouvait voir le chauffeur penché sur son volant, attentif à maîtriser le monstre, les vêtements recouverts de cette même poussière qui planait sur tout le trajet suivi par les camions. C'était, à travers la cité insouciante et heureuse de vivre, la marque laissée par le labeur humain, le témoignage irrécusable de la peine des hommes. Ces hommes qui passaient alors sous ses yeux, le dos arrondi sous leur chandail usé, accablés peut-être comme il l'était lui-même, Didier s'identifiait avec eux. Il ne pourrait jamais prendre leur place, les relayer dans leur tâche, mais il se félicitait alors d'avoir au moins quelque chose en commun avec eux : l'insécurité de chaque jour – aggravée pour lui de ce fait que, par la force des choses, il la vivait seul. Non, il n'était pas question pour lui de les relayer dans leur tâche – pas plus d'ailleurs qu'ils ne l'auraient pu relayer dans la sienne et qu'est-ce qui était était plus urgent de ces deux tâches incomparables, de porter à la gare des cailloux qui serviraient à faire des routes ou à consolider des allées de jardins, ou d'étudier par quelles voies l'homme, cet animal à peine sorti de la boue salée des mers, s'est élevé à l'étrange conception d'un être surnaturel auquel il accepte, dans certains cas privilégiés, de soumettre toutes ses activités et parfois de donner sa vie ?

Didier rapportait à Arditeya ces pensées inquiétantes qui faisaient ressortir encore plus l'anomalie et le tranquille égoïsme de la population oisive parmi laquelle il vivait. Conscient de ses propres contradictions, sentant la fragilité de sa vie, attentif à tout ce qui pouvait survenir, les bruits de pas, les froissements des feuilles, les grincements du portail à claire-voie le faisaient chaque fois sursauter. Une clochette était fixée au haut de ce portail et résonnait longuement chaque fois que quelqu'un entrait dans le jardin. Depuis le départ des Blin, le portail ne s'ouvrait guère que pour Betty. Un jour, cependant, la clochette résonna d'une façon inaccoutumée, le battant racla le sol plus durement. Didier se précipita à sa fenêtre. Une femme se faufilait dans l'interstice du portail rétif. Or ce n'était pas Betty, mais Rosa, qui se rendait chez elle, dans la villa d'où elle avait chassé Mme Blin, et qui s'insinuait avec prudence, désireuse de passer inaperçue. Quelques instants plus tard, un garçon aux cheveux gominés, à petite moustache, entrait à son tour, sans faire de bruit, par le portail resté ouvert. Ils restèrent là une ou deux heures, bien enfermés dans la maison sans toucher aux persiennes qui semblaient encore plus fermées que les autres jours.

Dès lors, ce fut une habitude. Les visites, d'abord assez rares, se répétèrent de plus en plus souvent. Bientôt Rosa releva le front, et tout en passant très vite, cessa de chercher à passer inaperçue. Didier n'avait plus besoin de se lever, de courir à sa fenêtre pour s'assurer que c'était elle. Il connaissait son pas, sa manière de heurter le portail en l'ouvrant. Le battant du portail raclait le sol ; il suffisait d'un caillou pour l'immobiliser, alors la clochette tintait fréquemment.

La clochette disparut un beau jour, on ne sait comment.

La vie tourne autour de deux ou trois gestes qui se répètent depuis que le monde est monde, de maison en maison, de ville en ville, de chambre en chambre. L'homme guette la femme et la femme guette l'homme, avec plus ou moins d'imagination ou de réussite, et il est bien imprudent à un petit abbé sans expérience de vouloir se glisser dans ces affrontements pour y introduire de la vertu. Didier, devant ces résultats, se disait que les prêtres font partie, avec les professeurs, les juges et les médecins, d'une catégorie d'êtres qui n'ont pas à subir en ce monde les conséquences de ce qu'ils font. L'éternité leur appartient.

Tel fut donc le second aboutissement de l'intervention de l'abbé Zurroaga à Arditeya, où, faut-il le dire, il n'eut plus jamais par la suite l'occasion de remettre les pieds.

Quand il rentrait de ses cours, en ville, épuisé par l'effort de la montée, par la légère pente des boulevards, mais aussi par l'effort de la parole et la difficulté de persuader, Didier retrouvait de loin, avec une profonde gratitude, les hauts cyprès qui bordaient la haie du Séminaire – et, plus près de lui, les murs de la maison grise et ocre, aux murs délavés par les pluies et par la chaleur, où, derrière les stores baissés, Rosa apprenait l'amour.

DEUXIÈME PARTIE

Le Colonel

Le jeune homme brun à moustache avait cessé de plaire, ou s'était lassé ; il fut remplacé par un autre moins brun et sans moustache, puis par un blond à chemise ouverte, puis par un autre blond à blouson de cuir, recruté sous les Arceaux. Les gens des bas quartiers venaient se promener dans l'avenue, le dimanche, en poussant des voitures d'enfant, pour se faire une idée du monde. Ils déchiffraient péniblement, à haute voix, pour se distraire, le nom de la maison ; quelques-uns, apercevant la croix du Séminaire, se signaient. Didier, qui travaillait sur son lit, regardait leurs reflets virer sur son plafond. Personne ne pouvait passer dans l'avenue sans faire sur son plafond une ombre qui se déployait et se refermait comme un éventail.

Puis la maison fut mise en location à haut prix. Didier la regardait sans envie, se trouvant fort à l'aise dans sa petite chambre qu'il aimait notamment pour sa proximité, sa familiarité avec la terre. Ses murs légers étaient perméables à l'air, au soleil. C'était un poste de vigie d'où il pouvait observer les houles de vent, de pluie, de lumière qui, autour de lui, transformaient perpétuellement le visage des choses.

Un jour se présenta, dans l'ouverture du portail qu'il ne parvenait pas à pousser complètement, un grand vieillard bien propre, bien sec, bien digne qui, d'une voix distincte et articulée, demanda à Didier, que le grincement du portail avait attiré à sa fenêtre, si c'était bien ici qu'il y avait une maison à louer.

— Combien êtes-vous ? demanda Didier, comme s'il était le propriétaire.

— Je suis moi, et ma gouvernante.

— Votre nom ? demanda Didier, insolemment.

– Je suis le colonel Briffault, qui n'a jamais été pris en défaut.
– Bien, dit Didier sourcilleux. C'est ici.

Quelques jours plus tard, le vieil homme s'installait à Arditeya. C'était un colonel en retraite, célibataire, et qui vivait en effet avec sa gouvernante, une femme mûre, grande, vigoureuse et saine, du type, immuable, qui répondait au prénom de Katia, lequel n'était pas russe comme on peut le croire, mais basque. Deux personnes d'âge raisonnable pour cette vaste maison, cela semblait promettre à Didier une vie calme.

Cependant, le nouveau venu appartenait à un tout autre monde que Mme Blin, certainement plus élevé dans l'échelle sociale, et la chose se fit immédiatement sentir. D'abord le Colonel organisa l'« occupation » de la maison : un homme de sa qualité, de son rang, ne s'attarde pas à de vains scrupules. Ainsi Didier avait toujours considéré le jardin comme une propriété commune : il en fut banni, et ses ébats furent mesurés au chemin qui lui permettait d'accéder au portail. Il existait, sous l'escalier menant à son appartement, c'est-à-dire sous la fenêtre de sa cuisine, un lavoir de ciment que personne n'avait jamais eu l'idée d'utiliser depuis qu'il était là. Or, dès le premier jour, comme si elle avait attendu ce moment toute sa vie, Katia prit possession de ce lavoir et l'eau cessa de s'élever jusqu'aux modestes hauteurs où vivait Didier Aubert. Enfin, pour achever l'occupation, le Colonel utilisa le garage. Ceci était plus grave. On se souvient que la chambre de Didier était bâtie au-dessus d'un petit garage dont elle avait exactement les dimensions et dont elle n'était séparée que par un simple plancher, le garage formant ainsi une caisse de résonance idéale. Didier avait pu ignorer jusqu'alors l'existence de ce garage. Mme Blin se contentait d'y remiser quelques vieilleries, et deux ou trois fois Didier avait été troublé, en plein travail, par le son d'une voix, celle de Rosa, murmurant toute seule ou chantonnant tandis qu'elle cherchait un objet. Plus tard, l'Allemand de la Gestapo s'en était servi pour sa voiture, mais il partait le matin et revenait le soir ; c'était un inconvénient supportable. Il n'en fut pas ainsi du noble vieillard qui, négligeant de propos délibéré les quatre pièces de son domicile, donna à cette annexe une destination nouvelle. Heureux d'avoir découvert un endroit où bricoler, il s'y installait dès le matin et se mettait à rafistoler de vieux meubles, sciant des pieds de table, clouant, déclouant des caisses, bref, jouant du marteau toute la journée. Tel était le colonel Briffault, que personne n'avait jamais pris en défaut et qui, avec ses soixante-quinze ans, vert et pimpant, était passé à travers deux guerres sans écoper un coup et sans recevoir d'autre éclaboussure que celle, en étoffe, de la rosette qui ornait le seul revers qu'il eût jamais connu, celui de son veston. Tout le jour, le marteau en main, qu'il plût ou qu'il ventât, il battait la charge sur les énormes caisses bourrées de meubles et d'accessoires mobiliers qu'il avait amenées avec lui ou qu'il continuait à recevoir, et dont le contenu arrivait d'ailleurs difficilement à trouver place dans une maison déjà meublée. Ces meubles qu'il ne savait où caser, il passait donc son temps à les réduire, à les transformer, à les recoller, ou simplement à les déplacer, revenant sans cesse au garage, appelant à grands cris la gouvernante qui pestait d'être dérangée dans l'exercice de ses propres délices aquatiques. De son côté, en effet, elle subissait pour le lavoir de ciment une attirance maniaque ; et je te claque le linge, et je te le bourre, et je te le rince, et je te le reclaque. Le lavoir était au nord, le garage au sud, le tout exactement au-dessous de la chambre de Didier, qui travaillait sur son lit, les pieds à l'ouest, et dont l'oreille sud et l'oreille nord, également surmenées, ne pouvaient qu'échanger le bruit frais du linge claqué contre le bruit sec et vibrant du marteau. Il était investi, sans possibilité de fuite. Quand il en avait fini avec ses meubles, le Colonel, pour se distraire, se faisait la main sur sa bicyclette, essayait la sonnerie, la réparait, contrôlait les freins. Enfin, quand il avait assez de tout cela, il se faisait maçon et, toujours sous la chambre de Didier, pour ne pas quitter le garage où était remisée la matière première, se mettait à couler du ciment pour faire des bordures – qui ne serviraient jamais – à ses futures plates-bandes. Didier regrettait le temps où, allant à sa fenêtre, il ne risquait autre chose que de trouver Rosa silencieusement étendue sur sa chaise longue, méditant des noirceurs à tardive échéance. Le Colonel avait fait venir des sacs de ciment, des sacs de sable, commandait à l'indispensable Katia – sans l'arracher cette fois à sa spécialité – de lui apporter de pleins baquets d'eau, et dès sept heures du matin, heure militaire, le travail commençait. Comme les bordures se fendillaient rapidement au soleil en attendant d'éclater sous l'effet du gel, ce travail de Sisyphe était toujours à refaire – mais n'était-ce pas le but ? – et Didier l'entendait remuer son eau grise avec un bâton. Ou bien, jugeant ses gestes peu réussis, il recommençait pour faire mieux. Les pluies étant fréquentes, le sol était raviné devant sa porte : il fit un petit chemin de ciment. Oh, les occasions ne manquaient pas ! Si Didier parvenait à l'oublier un instant, il était tiré en sursaut de son travail par des instruments qui tombaient à grand bruit sur le sol bétonné du garage. Car tout ramenait le Colonel au garage et Didier devait l'entendre siffloter gaiement, tandis qu'étendu sur son lit, la cervelle vidée par l'effort, il relisait pour la centième fois la même phrase sans la comprendre. Si le récit de pareilles traverses est comique, c'est qu'il existe des tortures comiques. Seulement, il arrivait que Didier eût envie de s'emparer du marteau du vieux et de lui en écrabouiller la tête. Il voyait, par les journaux, que cela commençait à se faire beaucoup. Il ne vint jamais à cet homme, pourtant d'un bon milieu, brillamment apparenté, transfuge de tous les combats de la terre, l'idée d'aller bricoler dans une autre partie de la maison qu'il avait à sa disposition, ou d'un côté opposé à celui où reposait, où travaillait Didier. De ce travail, il n'avait évidemment aucune idée : il était sous ce rapport exactement au niveau de la Laitière qui, de temps en temps, demandait à Didier ce qu'il faisait, et croyait qu'il recopiait des livres. Pourtant, on l'avait prévenu. Quand il était venu visiter la maison en compagnie de M. Pellegrin, et que celui-ci, un gros homme aux épaules carrées, lui en avait fait faire le tour, le Colonel avait voulu prendre d'assaut l'escalier qui menait au pigeonnier de Didier. Son cicérone avait eu de la peine à le retenir et à lui faire comprendre que là vivait un écrivain, chose mystérieuse. « C'est lui qui a écrit le *Chemin des cimes* » (*sic*), lui dit-il à voix basse. Le Colonel avait répondu sèchement : « Connais pas », et Didier Aubert était aussitôt retombé de plusieurs crans dans l'estime du maquignon pour qui un officier supérieur était évidemment un intellectuel dont l'opinion faisait prime sur le marché. Le Colonel aurait pu pécher par ignorance. Mais, averti par Didier qu'il le suppliciait, il ne changea rien à ses façons de faire. De temps à autre, Didier bondissait de son lit et se penchait aussi courtoisement que possible par-dessus la barre de sa fenêtre : « Colonel, êtes-vous sûr que mon travail ne vous dérange pas ?... » Mais la culotte de peau ne comprenait pas l'ironie. Sensible seulement à l'insolence, il répondait fièrement, irréfutablement : « Monsieur, je suis chez mouâ ! » D'une voix terriblement distinguée, une voix à particule, imitée de la vieille France. Quand il avait fini de taper, de touiller, il rentrait chez lui, se secouait, ouvrait sa radio, et ses appels noblement accentués s'élevaient par toute la maison. « Kátia !... Kátia !... », cela pour un crayon, pour une orangeade, pour la vérification des comptes du ménage jusqu'au centime.

Des collègues, le directeur de la « boîte » où Didier donnait des cours, s'il leur parlait du Colonel, lui disaient parfois : « Eh bien, vous avez là matière à observer », comme s'il était naturaliste et qu'il eût mis le doigt sur un spécimen magnifique. Mais il n'était pas question pour Didier d'« observer » : chaque geste de cet homme le crucifiait, et toutes les nuits il lui martelait le crâne en rêve. Le Jardinier revint dans ses songes.

À la fin il alla le trouver, descendit son escalier de ciment comme un somnambule, dans le vieux costume de ski qui lui servait toujours de robe de chambre, fit le tour de la maison et se planta à l'entrée du garage où le vieillard, vêtu d'une salopette, était en train de limer une garniture de fer forgé.

– Monsieur, dit Didier, les mains dans les poches de sa veste, je ne suis pas persuadé qu'il y ait place pour nous deux dans cette maison. Je crains que... Enfin, veuillez prendre acte.

Le vieux se redressa, leva vers lui des yeux de faïence bleue, tout à fait vides et incompréhensifs. Il allait enfin ouvrir la bouche mais, sans attendre la réponse, Didier tourna le dos et reprit la direction de sa chambre.

De l'autre côté de la villa, au bas de l'escalier qui leur était commun, il se heurta à Katia qui revenait du lavoir, les bras écartés, les mains rouges. Il s'arrêta, encore essoufflé par son audace, toujours les mains aux poches.

– Dites au Colonel que… que je le méprise. Dites-lui que je le méprise, mais qu'il prenne garde !

Dans sa détresse, il pensa soudain à Betty, mais il évoqua aussi Pierre, Lucien, les amis perdus.

– J'ai des amis ! proféra-t-il menaçant.

Et il ajouta :

– Passez devant !

Le lendemain, quand il rentra de la ville, Didier trouva sous sa porte, dans une enveloppe, la carte du colonel Briffault, avec un mot ainsi conçu : « Monsieur, l'hygiène et la science, de même que la bonne éducation, sont d'accord pour interdire dans le jardin tout jet et tout dépôt d'épluchures. » Didier s'interrogea sur le sens de ce texte. Puis il se rappela que Betty venait assez souvent se reposer chez lui des repas de famille. L'avertissement du Colonel signifiait qu'une épluchure jaillie un peu vivement des mains de Betty (car on ne pouvait travailler dans la cuisine que la porte ouverte) était tombée par terre et souillait le sol avoisinant le lavoir, là où jadis le vent chassait les vieux papiers et les feuilles mortes, là où maintenant Katia célébrait ses rites.

Il fallait avouer que, dans un appartement de ce genre, le geste de jeter les choses par la fenêtre ou par la porte était à peu près irrésistible et, sur le plan de la commodité, insurpassable. C'était là, il faut l'avouer également, un exercice où Betty était particulièrement forte. Il était aussi très sûr que, pour Didier, le bon ton consistait en tout autre chose qu'à s'abstenir de lancer des épluchures par les fenêtres. Il examina avec Betty les suites à donner à cette plainte et ils furent tous deux d'avis de n'en donner aucune.

Devant cette carte, si soigneusement rédigée et qui constituait en somme une démarche courtoise, Didier en venait à former l'espoir d'apprivoiser le Colonel. Il s'ingéniait, dans sa simplicité, à chercher les moyens d'atteindre, de toucher cet homme, d'émouvoir en lui quelque chose, une fibre restée inemployée, ou peut-être atrophiée par manque d'usage, de pénétrer sous cette cuirasse de tôle et de fer blanc qui le faisait ressembler tantôt à un insecte, tantôt à un chevalier dans son armure.

Mais un geste, non voulu cette fois, de Betty, vint compromettre ce plan de pacification.

Betty, toujours si humble, si effacée, et qui ne réclamait jamais rien pour elle, était devenue depuis peu de temps maladroite et distraite, sa maladresse étant souvent un aspect de sa distraction. À vrai dire, il s'avérait périlleux de lui confier certains objets, et depuis qu'elle fréquentait la maison, Didier n'avait plus deux soucoupes pareilles, deux tasses assorties. Les fourchettes s'ébréchaient l'une après l'autre sur la pierre de l'évier ou sur le parquet de la cuisine. Des éponges filaient discrètement sous l'armoire, et y demeuraient, se couvrant d'une impalpable vermine. Quand un de ces objets reparaissait après quelque temps, c'était défiguré, orné de houppes de poussière, et alors oui, il était trop tentant d'ouvrir la porte donnant derrière la maison et de se débarrasser de l'objet d'un coup de pied, sans y toucher. Didier voyait bien pourquoi les petites gens étaient si facilement calomniées dans leurs mœurs ménagères, c'est qu'ils n'ont pas de local à leur suffisance.

Betty sentit que Didier s'était mis à l'observer et elle devint dès lors plus maladroite. Jamais il ne lui avait fait de reproche et il se demandait si ce mutisme n'était pas cruel. Il est toujours cruel d'observer un être qui s'agite près de nous, et c'est pourquoi l'horripilaient les gens, les têtes bien pensantes, qui lui parlaient de mettre à profit son épreuve pour « observer la nature humaine ». Plus tard, on le verra, il eut l'occasion de se dire qu'il n'aurait pas dû « observer » Betty. Ses regards, même inexpressifs, la paralysaient. Peut-être pour cela même qu'ils étaient inexpressifs. Betty avait un constant besoin d'amour et des manifestations de cet amour.

Elle arriva chez lui en coup de vent, au début d'un après-midi. Ses visites étaient irrégulières et il les laissait à sa fantaisie ; mais, depuis quelque temps, elle venait moins : prétextant qu'elle passait beaucoup d'heures à chercher un autre travail que celui qu'elle accomplissait à l'étude de Me Mativet, qui ne la prenait d'ailleurs plus qu'à mi-temps. Il faisait beau ce jour-là, elle avait fait un petit effort de toilette, portait une robe légère, bien prise à la taille et qui s'épanouissait autour de ses jambes. Didier se reposait sur son lit, les yeux au plafond.

– Ne te dérange pas, dit-elle. Je t'apporte des fleurs.

Didier vit de grands asters jaunes basculer dans sa main. Elle pencha la tête avec un sourire gentil.

– Des fleurs de mon jardin, Didier. Tu es content ?...
– Je vais les mettre tout de suite dans l'eau, dit-il.
– Ne bouge pas, supplia-t-elle. Je vais le faire.

Il l'eût désobligée en insistant. Il y avait un vase sur la table, avec un bouquet fané, qui contenait encore un peu d'eau. Elle s'empara du vase, du bouquet et disparut dans la cuisine qui était séparée de la chambre par une mince paroi.

– Mets donc le vieux bouquet sur la table, cria Didier. Je rangerai.

– Ne te fais pas de mauvais sang, cria-t-elle.

Une seconde plus tard, le malheur était fait, le vase vidé par-dessus le bastingage de la cuisine, l'eau se déversant sur le dos de la pauvre Katia courbée sur son linge.

Ce ne fut qu'un cri. Katia, toujours pimpante, toujours propre comme un sou neuf, avait bondi, son tablier en main, jusqu'au Colonel qui, toujours à l'affût, se trouvait déjà sur les lieux. Didier entendit, de sa chambre, la voix de fer qui martelait impitoyablement les syllabes. C'était vraiment un coup dur.

– Excuse-toi au moins ! cria-t-il à Betty, non sans mauvaise humeur.

Elle ouvrit la porte, lui dit qu'elle n'avait pas vu Katia, qu'elle n'avait pas regardé.

– Ce n'est pas à moi que je te demande de t'excuser, cria-t-il plus fort, bien qu'elle fût cette fois dans la chambre. Tu ne sais pas... tu ne comprends pas que maintenant...

D'un ton navré, elle lui répéta qu'elle n'avait pas regardé, qu'elle n'avait pensé à rien.

Pas regardé ! Bien sûr. Elle avait toujours des excuses de mauvaise élève.

– C'est justement ce qu'on te reproche, de ne pas avoir regardé !

Il s'étonna : c'était la première fois qu'il élevait la voix contre Betty, cela à propos des autres. Allait-il donc sacrifier Betty à Katia, au Colonel ? Allait-il, lui aussi, devenir un lâche pour l'honneur et la dignité ? Bien sûr qu'elle aurait dû regarder et, comme disait si justement le Colonel, bien sûr qu'« on ne jette pas d'eau par les fenêtres ». Au moins quand on est « bien élevé » ! Mais voilà, il fallait se convaincre qu'ils étaient vraiment mal élevés l'un et l'autre – et Betty, oh Betty était encore bien plus mal élevée que lui s'il faut tout dire ! Toute sa famille était sans scrupules à l'égard des pots de fleurs vidés par les fenêtres et des épluchures dans les jardins. Ils pratiquaient tous vertueusement et dignement la bohème la plus impudente, celle qui a atteint ou dépassé l'âge adulte et qui n'a pas encore pris conscience d'elle-même.

Mais Didier n'avait pas fini d'entendre le Colonel, qui n'avait pas quitté le jardin. Il disait « ils » maintenant, il mettait Didier au pluriel : « ... Z'ont un évier, pourtant !... Comme tout le monde !... »

Didier comprit alors les véritables raisons de sa colère contre Betty : aux yeux du Colonel, de cet homme si bien élevé, si respectueux des traditions, il avait l'air de vivre avec Betty. Avec Betty qui n'était même pas sa maîtresse – car il n'avait pu résoudre le conflit qu'elle avait ouvert en lui le jour où elle lui avait rapporté les propos de Mme Chotard.

Le Colonel était la seconde personne qui l'accusait de vivre avec Betty. Soit. Il vivait donc avec elle – ou il en avait l'air – et dans un logement qui, aux yeux de tous, sauf aux leurs, était un bouge. Oui, c'est vrai, « ils » avaient un évier, et ils n'avaient même que celui-là. Et il fallait se laver et faire la cuisine et le reste avec cet unique robinet jusqu'où, la plupart du temps, à cause de Katia précisément, à cause des gens qui ont trop de robinets et trop d'éviers, l'eau ne montait pas. La voix, les mots du Colonel qui tournait autour de la maison vibraient à ses oreilles, incomplets mais forts de sens. « ... un évier pourtant !... Z'ont qu'à s'en servir, nom d'un chien !... » Eckhart, pensait Didier, et les autres maîtres spirituels, tant ceux de l'Inde que de l'Occident, recommandaient la patience, la maîtrise de soi. Le Tao... Brusquement il se leva, fatigué d'entendre récriminer contre lui ces gens qui lui prenaient tout, et c'était là ce qu'il criait maintenant au Colonel, le ramenant au véritable objet du débat.

– Car vous me prenez tout, tout, comprenez-vous, tout !... Vous prenez tout à vous tout seul – et *d'abord mon silence* !...

Le Colonel n'avait pas été habitué à ces explosions de la part de Didier, de la part de l'homme couché. Il n'avait, de plus, aucune idée de ce qu'on pouvait faire du silence. Il murmura quelques mots à Katia, dans le genre de : «... Faut les laisser... excités... aujourd'hui on ne sait plus à qui on a affaire... Z'ont dû vivre dans le maquis... s'imaginent que ça dure encore !... » Il opéra un très digne mouvement de retraite, toujours très droit, et la nuque impeccablement rasée.

– Voilà, dit Didier à Betty sur un ton accablé, à présent nous sommes classés.

Betty le regarda, à la fois contrite et stupéfaite. Puis une sorte de moquerie affligée éclaira son visage.

– Classés !... dit-elle. Mon petit Didier, c'est vraiment effrayant si tu penses ça, si tu penses comme lui, comme ce...

– Mais comment donc veux-tu que je pense ? lui cria-t-il, portant les deux mains à ses tempes. Bien sûr que je me fiche de leurs opinions ! Mais il faut tout de même que je vive, et que je vive avec eux !...

Betty le considéra un instant, puis changea tout à fait d'expression. Elle parut soudain effrayée, devant les conséquences de son acte.

– C'est vrai, dit-elle. Il faut que tu vives. Il faut que tu respires, que tu travailles, que... Il faut que tu finisses ton livre, parce qu'après cela les gens seront obligés de comprendre qui tu es. Et c'est à cause de moi !... commença-t-elle avec des larmes. Et, tirant aussitôt la conclusion : Tu vois, il ne faut plus que je vienne... Au revoir, Didier. Je ne suis bonne à rien, ni à personne. Je le savais. Il fallait que ça arrive... Il fallait... il fallait que ça se termine comme ça...

Elle exagérait sans doute quelque peu, mais Didier la sentait horriblement sincère et il n'était même pas sûr qu'elle attendît de lui un démenti.

Le démenti ne vint pas. La fatigue, la contrariété pouvaient donc le rendre méchant. Il n'aurait pas voulu être méchant. Surtout avec Betty. Et de sentir qu'il devait le paraître, contre son gré, aggravait encore sa méchanceté.

Alors, comme il s'était un jour mis à haïr le Jardinier, il se mit à haïr le Colonel.

Didier, en sortant de son cours, pénétra dans la cathédrale où il voulait copier un fragment de vitrail ancien. C'était, dans une petite case à fond jaune, un saint Martin endormi sous un manteau bleu, et qui voit apparaître un ange. Le travail fait, il passa devant la rangée des confessionnaux et sortit, sans y penser, par la porte qui donnait sur le magasin de Mme Chotard-Lagréou. Mme Chotard était debout derrière sa vitre ; elle ouvrit sa porte dans un bruit de sonnailles, lui fit signe, l'invita à entrer. Didier pensa qu'elle avait quelque chose à lui dire.

– C'est que... je suis pressé, bredouilla-t-il.
– C'est bon, c'est bon, dit Mme Chotard. Nous étions en train de parler de vous. Je voulais...

Didier regarda vers le fond de la boutique et vit un prêtre qui feignait d'examiner des livres, debout devant les rayons poussiéreux.

– Monsieur l'abbé Singler, murmura Mme Chotard.

Depuis plusieurs années, Didier ne s'était pas trouvé devant un prêtre. L'idée de devoir adresser la parole à celui-ci l'effrayait un peu. Il rencontra deux yeux sombres sous des sourcils noirs, dans un visage glabre, un air sérieux, attentif, qui appelait la sympathie. La tristesse, la contrariété de ces derniers jours reflua soudain au cœur de Didier. « Il faudrait pouvoir l'inviter au bistrot », se dit-il. Il écoutait à peine Mme Chotard qui, pour sa plus grande confusion, avait entrepris de parler de son livre, comme si elle l'avait lu, et en discutait les thèses avec animation, lui posant force questions auxquelles d'ailleurs elle répondait elle-même.

– Vous me prenez au dépourvu, dit Didier. Je vous avoue que je n'avais pas l'intention de m'arrêter... Je rentrais...

– Rentrer, rentrer ! Dans cet affreux appartement ! Mais, mon cher monsieur...

Elle se mit à le plaindre, prenant l'abbé à témoin et discutant son cas que, sûrement, elle connaissait mal.

– Il faut que je file, dit Didier. Excusez-moi... Une autre fois... La fatigue... Cela vient si brusquement...

Il s'arracha aux offres apitoyées de Mme Chotard en qui vibrait une fibre maternelle. L'abbé n'avait pas dit grand-chose mais l'avait regardé avec intérêt et son regard poursuivit Didier même après qu'il fut sorti... Dans un bistrot, pensa Didier. Ou alors... Il se retourna, l'abbé était derrière lui. À la façon dont il lui rendit son regard, Didier put s'imaginer que l'abbé avait un mot à lui dire, peut-être le mot que Mme Chotard ne lui avait pas dit. Didier croyait aux rencontres, il n'imaginait pas que cela pût jamais être insignifiant.

– Vous l'avez entendue, dit-il. Elle parle de moi comme d'une chose...

– Elle dit que vous vivez dans une situation difficile, rectifia l'abbé avec simplicité.

– Je n'ai sans doute plus rien à vous apprendre après ce qu'elle vous a raconté, dit Didier. Mais elle ne sait rien de mes démêlés avec... avec mes voisins. Je deviens mauvais, voyez-vous, je crois que je les hais. Que faut-il faire, monsieur l'abbé ?

– Mais... essayer de vous mettre à leur place, évidemment. Je ne connais pas ces gens, mais... Faites un effort d'imagination, transposez les rôles, peut-être que vous cesserez d'en souffrir, continua l'abbé, qui avait l'accent béarnais. Je n'ai pas à vous donner de conseils précis. L'Église n'enseigne qu'une chose, c'est l'amour. Aimez-les, ces gens, et tout s'arrangera pour vous.

– Non, dit Didier. Je ne puis.

– Il y a d'autres moyens. Écartez-les !

– Je ne pourrais les écarter qu'en les tuant.

Le prêtre haussa les épaules.

– Alors ignorez-les.

– Comment voulez-vous que je les ignore ? gronda Didier, furieux. Ils sont tout le temps là, ils m'assiègent, je ne cesse de les entendre. Ils me prennent ma vie !

– Passionnez-vous pour quelque chose, dit l'abbé, passionnez-vous pour autrui.

Un grand coup de vent les secoua comme ils débouchaient de la poterne sur les remparts ; ils s'étaient d'un commun accord trompés de chemin. Mais c'était, semble-t-il, l'endroit rêvé pour une conversation de ce genre. Ils allèrent s'accouder au parapet d'une petite rotonde qui donnait sur les calmes pelouses de l'hippodrome.

– Le salut est dans autrui, reprit l'abbé. Cherchez du bien à faire.

– Il faudrait vous expliquer, commença Didier. Depuis des années, la maladie m'oblige à vivre retiré. Je ne connais qu'une ou deux personnes...

– Eh bien, dit l'abbé enchanté, vous êtes dans le meilleur des cas. Prenez-les pour cible. Intéressez-vous...

– L'une de ces deux personnes est une jeune fille, interrompit Didier. Soyons franc. Je n'ai qu'une façon de lui faire du bien, c'est de coucher avec elle.

L'abbé rajusta son chapeau, soigneusement.

– Vous savez ce qui arrive quand on fait ça, dit-il.

– Justement, riposta Didier. C'est la difficulté. Je ne peux pas me permettre d'avoir un môme. C'est trop petit chez moi. Et puis...

Ils étaient penchés tous deux sur le parapet. L'abbé tourna vers lui ses beaux yeux sombres où Didier entrevoyait de la profondeur.

– Et puis quoi ? fit-il.

– Arrêter la roue des générations, murmura Didier. Ce monde ne signifie rien...

– Quelle erreur ! dit l'abbé d'une voix douce, en posant sa main sur son bras. Vous verrez que le monde signifie quelque chose, quand... il faut avoir confiance, – il leva les yeux vers un paradis peuplé d'enfants roses, vers un ciel pleuvant de dragées : – Tout s'arrange, croyez-moi. Tout finit toujours par s'arranger.

La recette n'était pas très neuve. Et pourtant, quand il le regardait aller et venir dans *son* jardin, se pencher sur ses plantations, avec la mine d'un homme content, appelant Katia de cette voix toujours reposée et sûre d'elle-même, pour lui montrer une nouvelle fleur de géranium, à ces moments-là, Didier cessait de vouloir du mal au Colonel et un sentiment nouveau naissait en lui, il concevait la possibilité d'une sympathie à l'égard de ce vieil homme si propre, toujours en action, toujours debout. Ce colonel, en somme, Didier aurait pu être son neveu; il aurait pu habiter loin, très loin d'ici, dans une belle et calme villa, et venir lui faire des visites respectueuses, un peu intéressées, et ils se seraient promenés l'un près de l'autre dans ce jardin, et le vieux colonel se serait arrêté pour le regarder et lui aurait dit: « Allons, mon neveu, tenez-vous droit ! »

Didier se disait parfois qu'il avait sous les yeux le spectacle d'une vieillesse heureuse, comme la rêvent tant de gens. Il avait tort, quant à lui, d'être jeune, malade et malchanceux. Il ne pouvait pas ne pas donner l'impression à tous ces gens que c'était lui qui avait tort. Bien sûr, il savait, lui, qu'il n'était pas *ici*, qu'il parcourait toute la journée des espaces où il ne risquait pas de rencontrer le Colonel plus que la Laitière – ou le Jardinier. Il le regrettait presque, il regrettait de ne pas être tout simplement un homme de la terre, ou un stupide manieur de sabre. Il aurait pu aller chez le Colonel, le soir, disputer avec lui une partie de jaquet, écouter ses vantardises et se pencher avec lui sur les pages du *Dictionnaire stratégique et tactique* de son ancêtre, de qui il était si fier, ce fameux Dictionnaire du général Briffault, celui des campagnes de l'Empire, qui lui était parvenu tout récemment dans une de ces énormes caisses qu'il passait huit jours, après les avoir ouvertes, à refermer et à étiqueter en vue d'un emploi futur.

Mais, visiblement, le Colonel n'avait pas besoin de lui; il n'avait pas besoin de la sympathie des êtres environnants. Il n'avait pas même besoin de la sympathie de sa gouvernante: il n'avait besoin d'elle que pour le servir. Quant à des neveux, il en avait à foison, et il en avait surtout un, superbe, qui était industriel dans la région, inventeur d'un apéritif qui avait rendu le nom de Briffault plus célèbre que le fameux dictionnaire de l'ancêtre, et auteur du slogan bébête bien connu : « Un Briffault, voilà ce qu'il me faut. » C'était un homme de quarante ans, fort, sanguin, qui venait ponctuellement chercher son oncle tous les dimanches matin, dans une belle voiture noire, pour l'emmener passer la journée dans sa propriété de campagne. Ces matins-là, ayant quitté la salopette, très homme du monde, plus jeune que jamais dans son vêtement gris bien coupé, le Colonel faisait pour s'entretenir les cent pas sur le devant du jardin, ou bien allait lire derrière sa fenêtre, de façon à se trouver debout aux premiers froufroutements de la voiture. Le dialogue ne variait guère, au moins dans ce que Didier pouvait en saisir.

– Bonjour mon oncle !...
– Bonjour Jacques !...
– Alors on y va ?...

Les répliques brillaient dans le soleil, se découpaient dans du métal, claquaient comme des portières de voiture.

Jacques n'entrait pas. Il faisait quelques pas avec son oncle entre les bordures d'hortensias et la maison. Puis on partait. Claquement de portières. Foufroutement du moteur. L'avenue était de nouveau vide, le jardin vide, ouvert à Didier.

La force de ces interjections échangées ! La séduction pour Didier de cet embryon de dialogue – qui, ensuite, se poursuivait sur les belles routes blanches derrière les glaces bien astiquées de la Chrysler. La confiance, la sécurité que représentaient ces mots banals. L'espèce de fatalité organisée et bienveillante qui poussait l'un vers l'autre, chaque dimanche, ces personnages familiers. « Bonjour mon oncle !... » « Bonjour Jacques !... » C'était le début d'une scène de Musset, d'une comédie d'avant-guerre, où l'on verrait briller les propriétés et l'argent. Cet « Alors on y va ? », qu'est-ce que Didier n'eût pas donné pour l'entendre, pour le lancer d'une voix sonore à travers le jardin !... Le Briffault jeune, qu'il avait à peine eu le temps d'entrevoir du haut de son grenier, avec sa stature carrée, ses joues bien rasées, son menton à l'équerre, bien posé sur ses quatre pieds, avait à peu de chose près la même voix bien timbrée et bien articulée, l'élocution précise et soignée du Briffault âgé. Celui-ci disait « Jacques » en appuyant sur l'« a », en l'écrasant sous un large accent circonflexe. L'autre dorait comme au four les syllabes de « mon oncle », prolongeait l'« on » à plaisir, en faisait comme de la brioche. C'était un jovial échange de friandises, de dragées, comme à un baptême ou à un mariage. On sentait que cela leur était venu sans peine, c'était l'habitude, la tradition d'une vieille race, d'une bonne souche, la voix d'un bon sang : on se disait que pareilles élocutions attendaient tous les enfants Briffault encore à naître, que cette joyeuse acmé atteinte dans l'émission des syllabes et des sons n'avait attendu depuis toujours qu'un organe pour se manifester, l'organe de la famille Briffault, que personne n'a jamais pu prendre en défaut. Par les claires matinées de dimanche, cet échange superficiel, mais si profond qu'ils n'avaient pas besoin d'en livrer davantage aux oreilles attentives de Didier pour qu'il fût compris dans toute sa valeur, résonnait comme une de ces répliques ajustées pour l'éternité au répertoire, et ces syllabes insignifiantes s'arrondissaient sur le jardin comme un berceau de verdure.

Ainsi Didier tentait-il de s'attendrir, de *se mettre à leur place*, de substituer à sa juste hargne une sympathie injuste mais apaisante. C'était moins difficile qu'il ne l'avait pensé : mais ce n'était pas sans danger. Il n'est jamais sans danger d'essayer de se mettre, même par générosité, à la place des salauds. Il ne s'imaginait que trop bien sortant de la voiture, poussant le portail : « Bonjour mon oncle !... » Il lui semblait assez qu'il aurait su le dire, qu'il aurait su donner sa réplique comme il fallait, qu'il s'en serait fallu d'un rien pour amener sa voix à ce degré précis d'allégresse cuivrée. La comédie, eh bien, il avait connu cela. Ce qui était extraordinaire chez ces gens, c'est qu'ils ne jouaient pas, ils étaient naturels ! Et le poulet rôti que le Colonel trouverait dans son assiette, il n'était pas postiche. « Croyez-vous, disait parfois avec admiration la fidèle Katia, Monsieur va avoir soixante-quinze ans ! » Des dix-huit ans de Rosa, des vingt ans du Jardinier, Didier était donc passé en un rien de temps aux soixante-quinze ans du Colonel, et il souffrait toujours. Pour lui et pour lui seul il n'y avait pas de changement, de métamorphose heureuse : il avait toujours affaire à l'Ennemi, au Barbare, à celui qui n'était pas de son parti, pour qui ses espoirs, ses réflexions, ses projets, son progrès n'étaient rien. Pour les supprimer, il aurait suffi de ne plus penser à eux. Mais ils lui imposaient leur existence, parle bruit qu'ils faisaient, l'espace qu'ils occupaient, l'air qu'ils déplaçaient – alors qu'il n'était pas en mesure de leur imposer la sienne. « Bien. Mais je les vois, se disait-il, et ils ne me voient pas. » Pourtant il se demandait parfois, quand il était lancé sur cette fameuse piste, ce qui empêchait le Colonel de le traiter comme il traitait Jacques, son neveu, ou ce qui eût empêché le neveu de le traiter comme il traitait le Colonel. Ne vivaient-ils pas tous deux, le Colonel et lui, dans la même maison, sous le même toit ? Pourquoi ce Jacques l'oubliait-il, lui le jeune, quand il venait chercher l'autre, le vieux ? Quelle fâcheuse négligence ! Quel arbitraire ! Pourquoi n'y avait-il pas plus de solidarité entre les hommes ?

Il sortait de sa rêverie, brusquement dégoûté. Il avait mal interprété les conseils de l'abbé Singler, c'était sûr : toujours, quoi qu'il entreprît, il déviait, il faisait fausse route. L'abbé lui avait dit de se mettre à la place des autres ; pas de les envier ! Mais quoi, les avait-il enviés ? Avait-il rêvé, un instant, de se « mettre à la place » de ces repus ? Renoncer à soi-même, ce mot des morales qui se disent élevées, n'est-ce pas la lâcheté même ?... Il allait donc falloir faire attention à cela. Il découvrait qu'un grain de lâcheté peut se glisser dans les états d'âme les plus vertueux en apparence : nous devons toujours être suspects à nous-mêmes.

Il haïssait mal. Mais il s'agissait bien de perfection ! Dans une cellule de monastère, peut-être est-il possible de se mettre en route vers elle. Mais dans la cellule où il était – existence non reconnue, traquée, persécutée, assourdie... Comment s'élever si l'on part vaincu ?... « Il y a un moyen, disait une voix secrète : fais-toi si petit, mets-toi si bas que tu sois comme la boue des places publiques... » Mais cette voix lui était odieuse et il ne voulait pas l'entendre.

Les caisses se faisant plus rares, le Colonel, pour tromper son attente, avait entrepris de réformer le jardin et se mit à y dessiner des pelouses, des parterres, délimitant soigneusement les allées et les espaces qui devaient rester vierges devant la maison. La terre portait encore, derrière et sur les côtés de la villa, sous l'herbe qui les avait recouvertes, les traces des sillons qu'avait creusés le Jardinier. La terre fut aplanie et l'on y planta du vrai gazon, une herbe de luxe, une herbe pour Colonel, qui ne prit pas. Puis, au milieu des pelouses, on forma des parterres en losange, et les inévitables pivoines, solennel ennui des jardins, *vanitas vanitatum*, virent le jour. La haie de troènes fut sévèrement taillée, rasée, et ressembla à la nuque du Colonel. Les rangées d'hortensias, les bambous, qui avaient repris de la hauteur, furent soigneusement ramenés dans le rang, au niveau de la clôture de fer, – et le lilas et le seringa de l'entrée durent s'aligner une fois de plus, le petit doigt sur la couture du pantalon, de sorte que, naturellement, il n'y eut plus aucun espoir de revoir jamais une fleur ni à l'un ni à l'autre. Il n'y avait plus de pêchers à abattre, c'était une chance. Mais un bon mois fut consacré à l'édification d'une gloriette : tout ce qui est artificiel est nôtre ; là où peut intervenir le marteau, on se souviendra de Briffault ! Il y avait aussi des graviers à répandre partout où la nature était priée de ne rien faire pousser, et le sol fut scientifiquement arrosé d'un liquide stérilisant, la vue d'un brin d'herbe non voulu offensant le regard du Colonel, – si bien que de plus en plus le jardin ressembla au Colonel lui-même, à son crâne poli comme un joyau, à sa nuque glabre. Maintenant, par-devant la maison, le soleil brillait et retentissait sur de blancs graviers à facettes, éblouissants, et il était impossible de hasarder la tête à la fenêtre sans être frappé et aveuglé par le considérable éclat des mérites du Colonel, si exactement reflétés par toutes les surfaces du jardin.

On conçoit qu'il n'y eût plus de place, alors, pour une épluchure, pour une miette, ni même pour un oiseau.

Il serait difficile, sans être taxé de folie, et condamné par l'ensemble du monde bien pensant, de peindre le désespoir qui pouvait envahir un être sain à la vue d'une pareille transformation. Il y avait de l'absurdité mégalomane à traiter en petit Versailles et de la cruauté sadique à mettre en carte un jardin dont le seul charme, la seule chance était la spontanéité. Mais, dès lors, le ratissage des graviers devint pour le Colonel une occupation essentielle et impérieuse, et quand il en avait fini du jardin, il poursuivait son effort sur le trottoir, pour qu'il ne fût pas dit qu'il y avait quelque chose de négligé dans le régiment. Ce trottoir, où personne ne passait en dehors de quelques chiens errants, était sans cesse à désherber. Il n'y avait plus une minute à perdre, plus une minute pour la paix ; et ces bruits irritants, d'autant plus blessants aux oreilles de Didier qu'il les savait évitables et qu'il les jugeait inutiles, formaient le fond sur lequel il fallait vivre. Quand Betty montait chez lui au cours de ces journées chaudes où, dès le matin, l'air est si retentissant, où la moindre voix, le moindre son se répercutent en nous si profondément, où tout ce qui n'est pas pur enchantement sonore devient douleur, où le bruit du métal contre la pierre nous fend la tête, – Didier devait attendre pour lui parler que l'heure vînt pour le Colonel d'aller poster une lettre, chercher un timbre. Il souhaitait l'hiver, la pluie, l'orage qui briseraient les tiges de pivoines et, en un quart d'heure, feraient couler à travers le jardin des torrents qui ravineraient la terre, qui disperseraient ces graviers hostiles où l'on marchait en trébuchant comme sur les pierres d'un ballast. Il se taisait, navré, allongé sur son lit, parmi les débris de son travail. Car plus il étalait de papiers autour de lui, moins il pouvait dissimuler à Betty qu'il se considérait comme atteint dans sa dignité et que, prisonnier du Colonel, non seulement il ne pouvait plus se livrer à un travail suivi, mais que, par protestation, il *se refusait* à tout travail.

Betty était certainement désolée de cette situation mais, sous ses allures soumises, son instinct de femme la poussait à en profiter pour reprendre ses avantages et pour le vaincre. Elle monta plus souvent, ou resta plus longtemps, essayant de se persuader qu'elle réconfortait Didier, alors qu'elle ne faisait que bénéficier de sa déroute. Ils faisaient effort en vain pour se reconnaître l'un l'autre à travers ces mensonges qui les obscurcissaient. Didier se disait que, dans son malheur, au sein de cette catastrophe quotidienne, pouvoir rendre service à Betty était encore une chance. Alors il tirait un rideau, que le soleil irradiait aussitôt, sur ce jardin qui le faisait souffrir. Betty l'attirait contre elle. Ils pouvaient oublier, le temps d'une étreinte, le bonheur offensant et l'hostilité des autres. La prédiction de Mme Chotard se réalisait.

On ignorait généralement, dans le quartier, ce qu'avait pu être la vie de Katia. Didier savait seulement que, lorsqu'il était mécontent d'elle, le Colonel l'appelait sévèrement Mademoiselle et que, lorsqu'il était de bonne humeur, il la tutoyait. À voir cette femme de cinquante ans, vigoureuse, grande, soignée, travailleuse et, comme on dit, extrêmement «capable», on comprenait mal ce qui avait pu la déterminer à consacrer sa vie au service d'un vieillard maniaque. Car il n'était pas un de ses gestes au cours de la journée qui ne lui fût dédié ; la charge entière de la maison lui incombait et elle passait au lavoir toutes les heures qu'elle ne passait pas au poulailler, comme s'il y avait eu un bébé dans la maison.

C'était une malchance pour Didier, et qui le révoltait, qu'avec une maison plus que suffisante deux êtres fussent occupés presque toute la journée à faire le siège de sa pauvre chambre, de cette chambre où il essayait encore de s'accrocher au travail et de défendre sa vie. C'est alors sans doute qu'il se mit à réfléchir sur l'égoïsme, qui n'est pas un sujet très neuf. Mais chaque fois qu'un homme prend contact, très fortement, avec une de ces réalités bien connues, chaque fois qu'il dénude un lieu commun et que ce lieu commun, jusque-là un peu livresque, prend vie et l'assaille personnellement, c'est pour lui une découverte. La découverte de l'égoïsme est sans doute aussi capitale dans une vie d'homme que la découverte de l'amour, mais elle est triste. Pour n'avoir pas découvert le monde à dix ans, à vingt ans, il n'en est que plus dur de le découvrir ensuite. Certes, Didier ne se mettait pas à part dans le jugement qu'il était conduit à porter sur l'espèce. Au contraire, l'égoïsme d'autrui l'aidait à prendre connaissance du sien, et cette découverte valait l'autre. Il apercevait tout à coup, comme à nu, cet égoïsme fondamental qui fait partie de notre être, comme les os et la peau, cet égoïsme qui est nous et qui durcit aux limites de notre corps, de notre âme, comme une coque à travers laquelle rien ne peut plus pénétrer des liqueurs fécondantes. Il voyait chacun figé en son moi et n'en démordant plus. Seule, dans son univers, Betty refusée de partout et moquée, mais toujours rayonnante, lui apportait un démenti qui, en toute circonstance, démontre la règle.

Certes, il ne pouvait confondre dans ce jugement la servante et son maître. Mais ce dévouement stérile et sans avenir le navrait. Et les accès d'amour de Katia, notamment pour ses poules, ses efforts pour sortir d'elle-même, du cercle quasi fatal où elle vivait, prenaient eux-mêmes une allure maniaque.

Didier appelait de ses vœux, démesurément, pour des raisons qui n'étaient pas celles de « René », la saison des pluies.

Les arrivages avaient repris et le Colonel continuait à recueillir pieusement, dans le garage, les débris de son mobilier.

Comme il ne cessait d'aller et venir entre le garage et sa maison, souvent le garage restait ouvert et Didier, en rentrant chez lui, apercevait, debout contre le mur, une grande glace à encadrement doré, des portes d'armoires sculptées, des fauteuils démembrés aux restes impressionnants, tout cela entassé, juxtaposé, superposé, comme dans la caverne d'un antiquaire. Des tableaux jouaient à cache-cache, des chaises à montants précieux étaient empilées les unes sur les autres auprès d'un buffet Henri II. Didier espérait que le moment viendrait où le Colonel serait chassé du garage par l'excès même des objets qu'il y avait accumulés.

Mais cet événement ne se produisit pas avant qu'il n'eût remplacé un des carreaux de sa salle à manger par un vitrail imité de Chartres et accroché à la grille qui défendait sa porte – *finis coronat opus* – un somptueux ornement doré, représentant deux B entrelacés, qui devait figurer naguère à la porte de son petit château du Périgord.

Ainsi le Colonel commençait à se ranger et Didier entrevoyait le moment de renouer avec ses éditeurs, de se remettre à la rédaction de sa thèse dont le sujet se perdait dans l'oubli, dans la poussière. En effet, interrompu sans cesse comme il l'était par des sursauts qui lui fatiguaient le cœur et lui brisaient la tête, et n'ayant plus assez de repos pour composer un texte suivi, il avait décidé de donner au moins provisoirement à son travail une autre forme, plus hachée, et avait entrepris la rédaction d'un *Dictionnaire mystique*, – songeant que cette forme de composition avait été déjà le refuge de grands écrivains, et il pensait précisément à l'un d'eux, dont le dessein, en utilisant cette forme, avait été l'opposé du sien. Cependant, il lui tardait de reprendre son étude de façon plus suivie et il en évaluait les possibilités dans les premiers mouvements de repli du Colonel. Après quoi il rêvait de se remettre à ses poèmes, ou même de revenir à une pièce de théâtre déjà commencée et dont le sujet le poursuivait depuis longtemps. Il en avait écrit des fragments dont il avait lu quelques-uns à Betty, qui jouissait sur ce point d'un jugement infaillible. Elle l'avait encouragé. Ce fut alors que Katia entra en scène.

Katia était de ces femmes qui n'en ont jamais assez et qui, ayant refoulé toute leur vie de puissants instincts d'affection, se trouvent tenues, à cinquante ans, de tomber dans quelque passion ridicule.

Quelle que fût en effet l'ampleur de son dévouement au Colonel, il était évident que cet homme était recouvert d'une cuirasse sous laquelle il ne faisait pas très chaud. C'était le type de l'homme sans imagination, de l'homme qui n'a besoin que de lui-même, et d'être servi, et peut-être de satisfaire quelques instincts élémentaires où le rôle d'autrui est réduit au minimum. Entre eux et autrui, il y a quelquefois contact, il n'y a jamais échange. La chance du Colonel, une chance qu'il ne méritait pas, était d'être tombé sur une servante au grand cœur. Katia voulait le bonheur de Monsieur, mais, Monsieur une fois servi, elle voulait être heureuse à son tour et elle en avait pris les moyens.

On avait donc installé à grands frais, sur tout un côté du jardin – celui où donnait la chambre de Didier –, un treillage de fer galvanisé, et restauré l'ancienne cabane de bois. Plantation des pieux, clouage de la clôture n'avaient été pour le Colonel qu'une partie de plaisir. Cela fait, on lâcha derrière cette magnifique enceinte une trentaine de poules blanches, de la race des Sussex. Ainsi, dans ses plaisirs, la servante pensait encore à son maître : Monsieur aurait son œuf frais tous les jours.

L'établissement une fois mis en route, on aurait pu espérer que la vie reviendrait à un taux de sonorité acceptable. Mais si Didier savait en général que le coq est un animal avantageux et stupide – *intelligenti pauca* –, il ignorait davantage la force, l'éclat, la variété des cris dont est capable une poule, et à plus forte raison une trentaine. Il devait constater qu'il y a chez cet animal une espèce de mécanique impitoyable, à même de fonctionner une heure durant, une technique de cris roulés, de séquences sourdes et rocailleuses séparées par un éclat strident qui surpasse en régularité et en importunité les meilleurs « Westminsters », aussi bien que les meilleurs coucous fabriqués par les spécialistes du Doubs et vendus par mensualités avec garantie de trois ans.

Mais ce qui étonna encore plus le malheureux garçon au cours de ce nouvel épisode, ce fut la nature des rapports que Katia entretenait avec ses poules.

Il n'avait jamais soupçonné jusque-là que la poule fût un animal affectueux, à qui l'on pût parler pendant des heures comme à un bébé. C'était pourtant ce que faisait Katia. Et la conversation à haute voix, tour à tour gémissante et exaltée, qu'elle entretenait avec ses poules, retentissait sans cesse à ses oreilles, et sa journée devint celle de Katia – et la confection des articles du *Dictionnaire mystique* dépendit désormais du poulailler et de ce qui se passait dans l'estomac des poules et plus souvent encore dans la tête de Katia. Cela était si agaçant, si agissant que peu à peu le *Dictionnaire* devint *Vocabulaire*, et qu'aux articles du *Vocabulaire* lui-même se substitua sous la plume de Didier une pure et simple relation des occupations de Katia : il n'avait trouvé que ce moyen pour combattre les migraines que provoquait l'effort d'aller à contre-courant : il n'essayait plus de vivre pour lui-même, il écrivait maintenant la chronique de Katia.

Huit heures... Katia se rend au poulailler. Didier entend ses appels, ses propos murmurés comme si elle était à son chevet. Ici c'est une portée musicale qu'il faudrait pour donner une idée de ses modulations, sur le thème « *Ti-ti-ti-ti...* » etc. Le dialogue d'amoureux ayant plus d'efficacité quand il s'effectue dans une langue secrète, Katia adresse la parole à ses poules dans un idiome plus ou moins issu du basque : « *Pourrah, pourrah !... Ti ti ti-ti ! pourrah !... Sato fité pourrah !...* » Didier ne comprend pas les mots qu'elle leur adresse, mais le sens est parfaitement clair : « Mais oui, mangez mes belles... Allons, mangez, mangez... » Elle prétend d'ailleurs que c'est ce que signifie le mystérieux *pourrah* qui revient constamment dans sa mélopée. En réalité, c'est le *goddam* du langage « poules ». *Pourrah* pour les rassembler, *pourrah* pour les disperser, *pourrah* pour les inciter à manger, *pourrah* parce qu'elles mangent trop. Les mots de Katia n'ont pas de sens par eux-mêmes : c'est l'intonation qui leur donne un sens. *Pourrah* peut se prononcer avec douceur, mais aussi avec sévérité ou indignation. Parfois, rentrant de la poste sur son vélo, le Colonel s'inquiète de ne pas trouver Katia dans la maison. « Katia ! Katia !... » Katia, cette femme si propre, est au poulailler, assise dans la crotte, en train de raconter de longues histoires à la volaille, sur le ton de la confidence alanguie. Ou bien c'est une poule qui s'est blessée et qui souffre de la patte. On ira chercher de la « volacrine » pour cicatriser la plaie. Elle explique gravement au Colonel que la volacrine est pour les bêtes ce que la pénicilline est pour le monde. Mais sur quoi la pauvre poule s'est-elle blessée ? Elle a dû rencontrer un morceau de verre, peut-être même une lame de rasoir. Ces choses sont proférées à voix haute : Didier se sent visé : le Colonel possède un rasoir électrique et quelqu'un qui se permet de jeter des épluchures par les fenêtres peut aussi bien jeter des lames de rasoir. Pourtant, cette fois, Didier se sait innocent. « Non, pense-t-il, non, je ne ferai pas tomber sur vos bêtes une pluie d'acier, je ne lancerai pas contre elles mes lames de rasoir ! Mais peut-être qu'un jour je sortirai un revolver et je prendrai position à ma fenêtre comme le voulait Pierre Giraud. Ce sont de bien belles cibles que vos poules, elles n'auront pas le temps de me regarder de leur œil rond. Pan ! dans la boîte à musique !... Et pan ! dans les œufs du jour !...

Dix heures... Midi... Katia est au poulailler, distribuant le grain équitablement, écartant les gloutonnes, encourageant les timides... Tout cela pour finir à la casserole, comme le lui a dit dans un moment de virile franchise le Colonel que ce manège commence sans doute à exaspérer presque autant que son voisin.

Le soir vient... Didier rentre à la brune, le jardin est déjà sombre ; surtout, chose agréable, il est vide, et les stores sont baissés à la maison du Colonel. Didier monte. Serait-ce enfin l'heure du silence ? Mais non. D'un angle du jardin obscurci s'élève une voix, une voix de berceuse, à peine chantante. Katia est assise dans la cahute aux poules, dans le noir, et leur parle. Elle les fait coucher une à une, les invite au sommeil avec un mot pour chacune, adapté à son caractère. Elle les convie à la sagesse, au calme, à la paix, à la justice. Il n'y a pas de justice chez les hommes ; donc il faut qu'il y en ait chez les poules, car les bêtes ont tout ce qui manque aux hommes, et d'abord l'innocence. Elle étouffe tendrement sa voix au fond de sa gorge : « *Aio, aio toutouna... Couchou... Couchoutipia, couchoucouchoutenia... Fité ! Fité ! Gaïchoua ! Couchou, couchou !...* »

Le lendemain, Didier l'entend dire au Colonel : « Il faut de la patience, voyez-vous, beaucoup !... Elles sont si susceptibles !... Mon Dieu, quelle patience !... » Et il sait qu'il n'oubliera plus cette scène, cette voix d'amoureuse, le chant de Katia enfermée dans la cabane, parmi les ténèbres, endormant ses bêtes une à une, avec des mots câlins.

« Faut-il essayer de la comprendre, de l'excuser ? Vais-je me laisser attendrir par cette horrible complainte qui sourd d'un poulailler envahi par la nuit ? Je sens la possibilité que s'éveille en moi, un jour, bientôt, cette pitié monstrueuse... » Voilà le genre de notes que prend Didier, maintenant, un papier posé sur son Eckhart ouvert, ou sur son Ruysbroek. Mais non ! Il ne veut pas de cette pitié. Il ne descendra pas jusque-là ! Aimer ces gens, ce serait s'avilir, dégénérer. Dieu de la haine, relevez-moi, inspirez-moi. Donnez-moi plutôt de nouvelles raisons de les haïr, mon Dieu ! Tant ces hommes s'acharnent à vivre au-dessous d'eux-mêmes !...

L'amour, la violence : Didier allait de l'un à l'autre de ces pôles toujours brûlants, de l'une à l'autre de ces sollicitations premières, sans jamais pouvoir s'arrêter à aucune, et Katia devait illustrer un peu plus tard cette double proposition qui sans cesse nous est adressée.

Pour l'instant, le voisinage du Colonel et de sa gouvernante avait un autre inconvénient que celui de le faire souffrir en s'opposant à son existence, en entravant la vie de sa pensée. Entre cet homme qui passait son temps à démonter des tables et à dépecer du mobilier, et cette femme qui n'avait pas trouvé d'autre emploi à son amour que ces poules qu'elle promenait sur sa poitrine et dont elle épiait chaque matin avec attendrissement le premier caca, le spectacle était dépourvu de qualité. Leur médiocrité le portait alors trop facilement à se croire au-dessus d'eux, à se considérer comme « séparé ». L'espèce humaine lui apparaissait, en eux, médiocre, même quand il lui arrivait, une heure en passant, le dimanche, d'envier le Colonel, non plus sournoisement, d'ailleurs, mais avec éclat. Pourtant, il savait bien qu'il faisait partie lui-même de cette espèce humaine et qu'il dépendait peut-être de ses efforts de la tirer de sa bassesse. Il ne voulait se mettre au-dessus de personne. Il était bien trop convaincu qu'il n'était au-dessus de rien. Betty, cette révoltée soumise, qui avait une telle expérience de l'humiliation, lui demandait parfois pourquoi il réagissait ainsi, violemment, pourquoi il n'était pas plus « patient », ajoutant qu'il ne guérirait jamais s'il ne s'exerçait pas à la patience, s'il nourrissait en lui de tels germes de violence, ne fût-ce que comme un goût secret. « Ton mépris, c'est déjà de la violence, disait-elle. Il ne faut pas, tu n'as pas le droit de mépriser ainsi. » Elle le voyait alors mettre la tête entre ses mains, comme accablé, pris dans l'étau des impossibilités. « Non, disait-il, non, ne crois pas cela. Mais, oh Betty, parfois je me sens entraîné, et c'est affreux... S'ils continuent, ils me feront descendre plus bas qu'eux. »

Pendant ce temps, Katia, perdue dans un tête-à-tête où elle eût souhaité l'oubli du monde, allongeait les litanies et parlait à ses protégées comme une mère parle à ses petits. « *Aio toutouna...* Tu croyais que je n'allais pas venir, hein ? Et toi, tu croyais que c'était pour toi que j'étais venue, dis ? *Gaïchoua !* Mais non mais non ! Ton tour viendra plus tard. » Coléreuse : « Allons, toi, toujours prête à saisir la part des autres, sale bête ! *Ichouchia !* » Avec véhémence : « *Pourrah pourrah !* » De nouveau tendre : « C'est toi la plus jolie ! *Sato fité !* Allons ! Plus vite ! *Fité fité !... Pourrah pourrah ! Sato pourrah !...* » Enfin d'un ton vainqueur : « *Ti ti ti ti ti ti ti ti ti ti ti ti ti !...* »

Mais la haine habitait aussi le cœur de Katia, Katia la bonne.

Didier essayait de travailler, cet après-midi-là, quand une série de hurlements inhumains – c'est-à-dire humains – s'élevèrent dans le jardin, en même temps qu'un bruit de chasse, de poursuite, accompagnés de cris inarticulés. Il attendit d'abord un long moment, pensant que ces fureurs allaient se calmer. En se soulevant, il aperçut Katia, le visage congestionné, étouffée par la colère, qui venait de briser un manche à balai sur le dos d'un chien. Les deux morceaux du manche gisaient sur le gravier. La bête gémissante, affolée, ne trouvant plus la sortie, tournait en rond. C'était un bel épagneul, fin et doux, taché de roux, que Didier voyait errer souvent dans l'avenue. Il ne le reconnaissait plus. L'animal était gonflé par la peur, ramassé en boule, secoué de tremblements. C'était hideux. La fenêtre à vitraux était ouverte, la face du Colonel se montra, Didier entendit sa voix à l'articulation soignée, au son toujours juste, sa voix satisfaite à qui appartenait toute équité :

– La correction, dit-il.

Comme on annonce le titre d'un tableau vivant, ou le nom d'une robe.

Didier apprit plus tard que le chien, qui avait profité du portail resté ouvert par extraordinaire, s'était approché du clos sacré avec « l'intention évidente » de faire du tort à la volaille. Dans ces cas-là, comme chaque fois qu'apparaissaient à leurs yeux les témoins d'un monde étranger, le Colonel et Katia formaient bloc. On imaginait aisément le Colonel tirant à balle sur l'individu qui serait venu lui dérober un marteau ou un pied-de-biche dans son échoppe de ravaudeur.

Didier raconta la chose à Betty, elle ne s'en montra point étonnée. Betty savait tout, observait tout et ne s'étonnait de rien. Elle souffrait. « Elle est basquaise », dit-elle à Didier.

– Et alors ?

– Tu ne sais pas comment sont les Basques ? Tu ne sais pas ce qu'ils ont fait l'autre jour à un chien ? Oh, des Basques bien authentiques, je t'assure, des gens de l'intérieur, d'Irouléguy, tu peux aller voir.

– Quoi donc ?

– Un chien leur avait abîmé un mouton.

– Tout de même, dit-il, un mouton, c'est quelque chose.

– Il ne l'avait pas croqué, tu penses. Il lui avait fait un peu peur. Les moutons, ça prend peur facilement, figure-toi. Et puis, je ne suis pas tellement pour les chiens, tu sais. Papa a assez d'ennuis avec ceux qui vivent autour de la maison. Ceux de chez Beauchamp, par exemple...

Les histoires de Betty partaient toujours un peu à la dérive. Elle se passionnait de proche en proche pour des incidents ou des personnes extérieurs à son récit, et ne rejoignait celui-ci que tardivement, si elle ne l'oubliait pas tout à fait.

– Et... Tu ne peux pas me dire ce qu'ils lui ont fait, tes paysans, à ce chien ?...

– Oh, c'est bien simple, dit Betty, mais pourquoi me forcer à te raconter une chose pareille ?... Ils ont pris une hache et ils l'ont coupé en deux, comme un billot de bois. Voilà les paysans, dit-elle. Puisque tu veux savoir.

Il était éclairé. Il savait maintenant, grâce à Betty, dans quelle catégorie il fallait ranger Katia, le Colonel. Leur race était celle du Jardinier, c'était celle des gens qui manient la hache. Une lumière noire tombait sur le quartier, sur les portes bien astiquées des « villas », sur les poignées de cuivre, sur les rampes d'escalier vernies. Betty, d'un mot très simple, très évident, l'avait délivré d'« eux », c'est-à-dire avait consacré sa solitude, sa mise à part – oui, sa séparation. Elle lui avait rendu perceptibles les motifs de son « exclusion ». Désormais, eh bien, il vivrait sans eux. Il y aurait lui – et les Autres.

Il crut pourtant que cet état de choses, dans le moment qu'il le découvrait, allait cesser.

Étant allé vérifier à la Bibliothèque le détail d'un chapiteau représentant saint Hilaire endormi à côté de son serviteur, il se heurta dans le vestibule de l'édifice à Mme Chotard-Lagréou. Elle s'exclama beaucoup et manœuvra pour l'attendre et sortir avec lui. Elle fit si bien qu'il dut laisser voir où il en était de ses difficultés ménagères et de ses rapports avec l'Ambiance, sur quoi elle l'emmena dans un salon de thé, le força à boire d'un chocolat certainement merveilleux et qu'il trouva pesant, lui fit faire un récit de sa vie – assez fictif –, voulut l'accompagner jusque chez lui, fondit en larmes à la vue de son pigeonnier, comme si elle le découvrait à l'instant même, le déclara indigne d'un homme de son mérite, lui répéta que sa maison, qui était à deux pas, était beaucoup trop grande pour elle – cinq pièces ! – et qu'il lui ferait injure s'il ne consentait pas à s'y installer séance tenante. Il était faible, abruti, de fatigue ahuri par le son de voix élevé de Mme Chotard, par le souvenir de ses récentes misères, et d'une misère intérieure encore plus grande, ne sachant plus qui était le Colonel, qui était Katia et qui était Mme Chotard, les confondant l'un avec l'autre comme dans un rêve ; il faillit céder. Il n'était plus habitué à de telles générosités, à ces explosions de sympathie qui font éclater le cœur – tout ce qui avait été, un temps, le climat de ses rapports avec Pierre Giraud –, et il se figurait que Mme Chotard était un garçon comme lui. Il ne pouvait douter de la sincérité, de la fraternité de l'offre qui lui était faite. Il en était ébloui. Mais un reste de prudence, une méfiance devant l'extraordinaire le retenaient. Elle insista, affirmant que, sans abandonner définitivement son installation, il pouvait accepter au moins pour quelques jours l'hospitalité qu'elle lui offrait. Il répondait que, sans repousser sa miraculeuse proposition, il préférait attendre encore un peu, et que cela n'amoindrissait en rien la gratitude, certainement inconcevable pour elle, que lui faisait éprouver son offre.

Il voulait en effet se persuader honnêtement – rasséréné comme il l'était depuis un quart d'heure (qui lui semblait une vie) par cette insistance fabuleuse à prendre sa destinée en mains, à le soulager du poids écrasant de la vie matérielle – que l'existence était décidément impossible à Arditeya. Il revint donc chez lui ce soir-là avec une force nouvelle. Mais comme si elle était au courant de ses projets, Katia ne fit que multiplier dans les jours qui suivirent les innombrables cérémonies qui lui permettaient d'entrer en communication avec l'esprit des poules. Rentrant par une porte, ressortant par une autre, elle criait, tapait des mains pour réunir son troupeau, montant sa voix à un diapason extraordinairement aigu et perçant, obtenant de sa gorge des roulades surhumaines qui la faisaient ressembler de plus en plus elle-même à un animal, réalisant enfin la perfection du cri, quelque chose qui ne pouvait plus être dépassé. Il comprenait qu'une ivresse lui était venue de l'instant où elle avait pris conscience d'exercer un pouvoir, d'influer sur des vies, ne fût-ce que des vies de bêtes ; ivresse qui répondait certes à un besoin naturel de crier, d'entendre le son de sa voix, mais aussi au besoin de corriger, de régenter, de compenser les lacunes de sa propre vie, et il en tirait des conclusions extrêmes sur le venin et la sublimité qui habitent les vieilles filles. «*Ali-alli ! titia couchou !...*» Plus une minute ne s'écoulait sans apporter aux oreilles de Didier l'écho de ces cris toujours renaissants, de cette tempête d'affolement et de tendresse, de cette stridulation inventive, de ce luxe d'encouragements pour inviter à la nourriture des bêtes qui, laissées à elles-mêmes, s'y ruent avec une exemplaire voracité : *Tititi-ti-ti pourrah... sato fité titia... titititititia... Pourrah... pititititititia...*

Didier Aubert décida de transporter ses travaux et ses jours sous la protection de Mme Chotard-Lagréou.

TROISIÈME PARTIE

Madame Chotard-Lagréou

Que les mêmes expériences n'ont pas la même valeur pour tout le monde, que certains êtres puissent passer à côté de leur vie sans s'en douter, Didier s'en assura, auprès de Mme Chotard-Lagréou.

Mme Chotard-Lagréou avait eu le malheur d'épouser, environ dix ans plus tôt, juste avant la guerre – elle avait alors un peu plus de vingt-cinq ans –, après des sollicitations qui avaient fourni la matière de commentaires interminables dans Irube, où elle venait d'acheter sa librairie, usant tour à tour d'autorité et de soumission, un jeune professeur d'âge à peu près égal, qu'elle avait finalement réduit à son vigoureux ascendant et qu'elle avait pour ainsi dire vaincu par son insistance peu commune, les confidences et l'intervention de tiers, les cancans de toute la ville et la non moins rare timidité de son partenaire qui s'alliait, comme toujours, à des foucades insensées confinant presque au désordre. Hélas, elle avait été mariée non pas même un mois mais quelques jours. Sur les raisons de cette rupture, elle restait muette. M. Chotard, le professeur, avait quitté Irube en toute hâte et était allé se réfugier chez sa mère, qui habitait Limoges, en attendant de se faire nommer ailleurs. Ces faits étaient déjà trop anciens pour que Didier pût savoir si c'était à la suite de cet événement que Mme Chotard, qui était de bonne famille, avait sombré dans la dévotion. D'autres eussent sans doute eu conscience d'avoir fait là une expérience terrifiante : Mme Chotard avait réussi à faire de son histoire, bien qu'elle présentât toutes les couleurs de la tragédie la plus violente, une tragédie grise, clandestine, plus difficile à supporter peut-être que celles dont on peut se délivrer avec des cris. Existe-t-il des tempéraments qui appellent obstinément la tragédie ? C'est la question que se posaient tous ceux qui, sans connaître les détails de cette étrange union, connaissaient Mme Chotard. Au reste, elle discourait tellement sur tout, sur la vie, sur la maladie et la mort, sans apercevoir son sujet, qu'on pouvait croire qu'elle n'avait pas eu le temps d'apercevoir davantage le drame, la frustration dont elle était l'objet, – la situation confuse, inconnue d'autrui, mais certainement douloureuse et intenable, qui avait pour ainsi dire contraint à un départ honteux l'infortuné compagnon qu'elle s'était donné. Si c'était lui qui avait pris l'initiative de la rupture, ou elle qui l'y avait forcé, elle s'arrangeait pour que la chose restât entourée de mystère. La disparition de ce partenaire falot (ou révolté) était encore une énigme. Comme il était arrivé de fraîche date dans la ville, où peu de gens le connaissaient en dehors de ses collègues et de Mlle Lagréou qui prétendait avoir retrouvé en lui un ami d'enfance, les uns le soupçonnaient d'avoir fui par tous les moyens un hyménée conclu contre son gré profond, les autres, plus noirs, prétendaient que Mme Chotard, usant de sa parenté avec des gens du ministère, l'avait puni en le faisant nommer à la Martinique. Quoi qu'il en soit, on n'avait plus jamais entendu parler de lui et on ne pouvait même pas assurer qu'il ne fût pas mort à la guerre. Quant au tourment de Mme Chotard, s'il fallait prononcer ce mot qui exprimait peut-être des dispositions périmées, il se traduisait en tout cas par une bienfaisance exorbitante, proche de la manie, une religion bruyante et une agressivité qui pouvait prendre des formes meurtrières. De sorte que pour ceux – et ils étaient nombreux – qui ignoraient son drame, elle offrait aussi bien, suivant les jours, le masque de la fille excellente de cœur et bourrue de manières, préposée à la direction d'un Centre d'accueil, que celui, vulgaire, sombre et puissant, de l'empoisonneuse qui, aux Assises, jure de son innocence. Ce qui était sûr, c'était le zèle extraordinaire que Mme Chotard-Lagréou – car elle tenait quand même à son nom de jeune fille, qui était celui d'un sénateur assez connu – apportait à faire oublier ce qui pouvait manquer à son existence. Il faut croire que cette aventure si rapide, horrible à imaginer, était entièrement sortie de son imagination, qu'elle avait cessé d'être une chose de sa vie et que le double nom souligné d'un paraphe, peint en blanc sur la vitre d'une boutique verte aux boiseries surannées, était le seul souvenir qu'elle en gardât, ou bien qu'elle y pensait comme si elle était arrivée à une autre. Le fait est qu'elle n'en parlait pas. Il y avait là, chez cette grande bavarde, un point d'orgue, un nœud, un puits de silence. Et comme elle était tissée de contradictions, et qu'elle aimait l'ordre en surface, elle était devenue une marieuse redoutable. Activité singulière et entre toutes dangereuse qui satisfaisait son désir de vengeance et servait en même temps le décor religieux qu'elle avait donné à son existence. Mais ce n'était pas sa seule vengeance, car elle affichait également et concomitamment un mépris absolu des choses de l'amour, qui pouvait expliquer bien des choses, et faisait autour d'elle une guerre sans merci à toute forme de sentiment capable de lier les êtres.

Telle était donc la femme qui, obéissant à un des mouvements complexes de la nature, avait tant insisté pour attirer chez elle Didier Aubert.

La première soirée de Didier à Stellamare fut sans fausses notes et, sans égaler le bonheur des soirées qu'il avait passées chez Pierre Giraud, devait lui laisser une de ces impressions sous lesquelles on voudrait rester indéfiniment et qu'on s'acharnera pendant des années à retrouver par-delà tous les coups de ressac et tous les démentis comme une preuve, acquise une fois pour toutes, de la bienveillance humaine, de l'amitié de l'homme pour l'homme. Mme Chotard-Lagréou, il faut le dire également une fois pour toutes, apparut à Didier, ce soir-là, qui était un beau soir de septembre, sous la figure de la Bonne Samaritaine. Il n'eut pas de peine à se transporter jusque chez elle ; son bagage était mince et la maison peu éloignée, située au bord du plateau sur lequel étaient construits les Hauts-Quartiers. Une heure plus tard, dans une chambre claire où il entendait chanter les oiseaux, Didier était au travail.

Tout, pendant quelques semaines, se conforma à cette première impression, et c'est pourquoi sans doute elle devait rester si forte au cœur de Didier. Le plus souvent, Mme Chotard disparaissait pour la journée, ne revenant que pour les repas, quelquefois pour le « goûter » qui à lui seul constituait un repas et qui donnait lieu, surtout de sa part, à de grandes réjouissances oratoires. Elle assurait que Didier avait besoin de se refaire et laissait pendant ce temps la boutique à une employée.

La maison qui portait le nom singulier de Stellamare était une assez vaste maison d'un étage, entourée de jardins et de bosquets, d'une architecture élégante, dont Mme Chotard louait le rez-de-chaussée et occupait l'étage qu'elle estimait fort suffisant pour elle. Le nom de la villa était largement sculpté dans la pierre.

– Mais enfin, s'étonna Didier un soir, qu'est-ce que c'est que ce nom bizarre, Stellamare ? C'est un nom de gens ?

– Stella, dit-elle. Vous avez fait du latin : vous ne savez pas ce que ça veut dire ?

– Stella, bon, dit-il ; mais mare ?

– *Mare*, voyons, c'est la mer.

– D'habitude, on met ça au génitif.

– Vous êtes tatillon, dit-elle. C'est pour l'ornement. C'est une… C'est pour la sonorité. C'est l'influence espagnole.

Didier apprit ainsi ce soir-là que Mme Chotard avait toujours une explication à tout, et même plusieurs, qui se nuisaient. Il était à peu près inutile de la questionner car elle dédaignait absolument les explications véritables. Didier dut revenir à la charge pour apprendre que la maison, avant d'appartenir à son hôtesse, avait appartenu, comme tant d'autres maisons de la ville, à ce Beauchamp dont il avait un si fâcheux souvenir. Comme on se retrouve ! Ce gros homme qui les avait poursuivis et chassés, sa mère et lui, comme des coupables, c'était une image qui lui soulevait encore le cœur. Cela pouvait du moins expliquer l'orthographe de Stellamare plus valablement que ne le faisait Mme Chotard. Que ce Beauchamp eût été coffré à la Libération, pour collaboration économique et profits illicites, le rassurait à peine : on commençait à savoir assez bien que si l'on trouait facilement la peau des intellectuels pour un mot de trop, les constructeurs du mur de l'Atlantique ne moisissaient jamais bien longtemps en prison.

L'idée qu'il vivait dans une maison ayant appartenu à ce prince de la ferraille, troubla un instant chez Didier la joie de sa nouvelle installation. Il devait malheureusement découvrir assez vite que, loin d'avoir été une quelconque de leurs propriétés, ce Stellamare que son hôtesse n'avait pas tout à fait fini de payer, et qui donc leur appartenait encore un peu, était enclavé dans le domaine des Beauchamp, qu'il habitait même l'« avenue Beauchamp », et que le petit château tout proche, à tuiles rousses et à tourelles, si bien dénommé le Castillet, qu'il apercevait de la fenêtre de sa chambre, était précisément la maison d'habitation des Beauchamp, comme le lui annonçait chaque matin le facteur qui criait le nom de Beauchamp quand il passait, ainsi qu'un chef de gare, avec des sonorités toutes méridionales. Les terres s'étendaient à perte de vue, sans limites visibles, et l'on continuait à y édifier des annexes, bien que la vieille Mme Beauchamp, que l'on voyait s'agiter dans les cours, vêtue comme une pauvresse, à la poursuite de quelques malheureux canards, déclarât que tout cela ne valait pas la peine qu'on se donnait, et que, quand on mangeait une volaille, on l'avait bien gagnée. Il faut plus de vingt ans à une femme âgée pour se faire à l'idée d'une fortune soudaine. Contre ce bien-être accablant, elle avait besoin de faire appel à toutes les suggestions de la misère. Le couvent des Dominicaines – et les autres – tout proche était une compensation bien utile à tant d'ennuis provoqués par la richesse. Mais on sentait que rien n'enlèverait au visage, à la bouche de Mme Beauchamp mère ce pli soucieux qu'elle avait dû contracter dans l'enfance, en gardant les vaches sous la pluie ou en faisant cuire le pain. Car elle continuait obstinément à se considérer, dans cette maison opulente qui regorgeait de personnel, comme la première des servantes.

Il était difficile de faire parler la bonne Fernande Chotard sur ce sujet, car elle respectait énormément les Beauchamp, tous les Beauchamp, d'abord à cause de leur fortune, ensuite à cause de leur assiduité aux offices. Aussi se gardait-elle comme d'une superstition, elle qui recueillait tous les bruits pour les propager, de recueillir ceux qui pouvaient courir sur les débuts de cette mirifique ascension. Elle ne voyait que les toits de tuiles rousses ou roses, adornés de colombes de faïence, les hauts pigeonniers pointant parmi les ormeaux, et cette pieuse et magnifique inscription en relief sur le mur de sa propre demeure. En vérité, cet hommage à la Vierge, que le manant trouvait sur son chemin, flattait à la fois son besoin de panégyrique et son goût de la provocation, y inclus son mépris de l'orthographe, et compensait à peine, selon elle, la perte, à peu près générale en France, de l'usage du scapulaire.

Didier s'était vu attribuer dans le fond de l'appartement une vaste chambre, plus vaste à elle seule que le logement qu'il avait quitté, et où il pouvait se retirer pour travailler. Le mobilier était sommaire mais pratique et le plancher accueillant à tout ce qui ne pouvait trouver place sur la table, fort petite, ou sur la cheminée. La fenêtre ouvrait sur des espaces verts et sur un grand ciel, et cela procurait à Didier tout le bonheur possible. À vrai dire, il y avait bien une pensée qui le troublait, mais il était convenu avec Betty qu'il ne la verrait pas de quelque temps ; il voulait d'abord se faire au style de Stellamare, quitte à l'influencer ensuite et à voir par quelle porte il pourrait y faire entrer Betty –, entreprise qui, à première vue, se révélait délicate. Mais elle avait insisté pour que Didier ne se laissât point troubler par cette pensée, heureuse de se sacrifier à ce qu'elle savait lui être indispensable. D'ailleurs il se pourrait bien, ajoutait-elle, que Me Mativet l'envoyât en mission à Paris. Cela simplifierait les choses momentanément.

On donnerait difficilement une idée des entretiens qui accompagnaient ou suivaient repas et « goûter », quand ils ne portaient pas sur des sujets de théologie ou de mystique, ces derniers étant, à la grande satisfaction de Didier, presque aussi familiers à Mme Chotard qu'à lui-même. Il avait l'impression d'avoir trouvé à Stellamare non seulement un havre à sa mesure mais un temple spirituel. Il écoutait avec étonnement son hôtesse citer de longs développements de saint Thomas, qui rendaient dans sa bouche un accent tout moderne, ou lui expliquer les finesses de la liturgie byzantine. Il s'émerveillait de trouver tant de culture chez une libraire. Bien que l'horizon de Mme Chotard parût un peu étroit à Didier, la religion constituait, certes, un vaste domaine ; sortie de cette spécialité, Mme Chotard devenait une autre personne et son esprit cessait, semblait-il, de fonctionner avec rigueur. Fernande questionnait Didier avec une curiosité emportée et parfois délirante, entrant dans les moindres détails de sa vie, de sa formation, remontant jusqu'à sa petite enfance. Elle-même s'attardait volontiers sur sa famille plus que sur tout autre sujet. Elle avait à Toulouse une vieille mère qu'elle allait voir de temps à autre et qui continuait à exercer de loin sur sa fille faussement émancipée une tutelle ombrageuse. Il était clair qu'en se mariant Fernande était allée contre les volontés de Mme Lagréou et il n'était pas douteux que celle-ci s'était réjouie en secret de l'échec de son mariage : ainsi doivent être punies les filles qui prétendent échapper à leur mère. Rien de tout cela n'était dit expressément, mais cela ressortait de toutes les allusions de Mme Chotard à sa mère, sans que Didier pût comprendre si Fernande détestait sa mère et se contentait de lui offrir une soumission feinte et douloureuse, ou si, réellement, elle ne respirait que par elle : peut-être les deux à la fois. Elle tenait sans doute de bonne souche cette nervosité inquiète qui se traduisait dans tous les domaines, et particulièrement dans celui du langage. En effet, la suite des temps devait révéler à Didier, en la personne de sa compagne, outre des dons de sociabilité prodigieux, une redoutable spécialiste du pataquès. Le pataquès n'était pas un supplément chez elle, un enjolivement ou un accident purement extérieur, purement technique. Il résonnait dans toute sa pensée et son système du monde était un gigantesque calembour. Didier comprit qu'elle n'eût éprouvé aucune peine à adopter la grossière contrefaçon que représentait le nom de Stellamare, et qu'elle l'eût attendu pour la lui révéler ; car elle était à l'aise dans la contrefaçon et l'étrange et désastreuse structure de ce mot était celle de son univers. À vrai dire, ce défaut eût été inquiétant si, au lieu de s'adonner au commerce, à la conversation et aux œuvres, Mme Chotard avait exercé une fonction pédagogique, mais ce n'était pas le cas et tout autour d'elle était fait pour lui donner le change et la dispenser généralement de prendre conscience de ses « à-peu-près ». Sa situation de propriétaire et la prodigieuse activité oratoire qu'elle exerçait sur tous les paliers d'Irube, lui donnaient dans la ville, exclusivement attentive à ce genre de mérites, une importance notable ; et, ne s'étant pas accordé, au milieu de tant d'occupations, une minute depuis dix ans pour réfléchir sur le monde ni sur elle-même, car elle fuyait ces réflexions-là plus que tout, elle avait finalement réussi à prendre ses approximations au sérieux, et moyennant une vitesse d'élocution à rendre fou un animateur d'émission radiophonique, elle passait dans les Hauts-Quartiers, et même plus loin, entre le Séminaire, l'Évêché et le Greffe du Tribunal, pour une intellectuelle de base.

En réalité, aux yeux d'Aubert, la force de Mme Chotard ne résidait pas dans son esprit, mais dans son caractère, et dans cette sorte de chaleur qu'elle dispensait, cette façon de vivre « à la bonne franquette », une spontanéité toute personnelle. Et aussi, bien entendu, dans ce don de sociabilité qui plaît aux gens et dans cette façon d'aller à eux qui, on l'a vu, avait eu raison de lui.

– Appelez-moi donc Fernande, lui dit-elle un soir comme ils sortaient de table et s'installaient à leurs places favorites de part et d'autre de la cheminée.

Didier avait remarqué l'accent passionné de cette demande : la désinvolture et le naturel étaient ce qui manquait le plus à Mme Chotard, qu'avaient marquée non pas sans doute l'incroyable et malheureuse aventure de son mariage, mais les années de tutelle maternelle qui, à plus de trente-cinq ans, n'était pas encore parvenue à expiration. Que de tels êtres soient encore possibles, c'est le secret de la province. Un séjour chez Mme Chotard était, par là, aussi attrayant qu'un voyage en Espagne ou un pique-nique chez les Gauchos. Mais le ton sur lequel elle avait proféré cette invitation laissait prévoir à Didier des ennuis. Il regarda Fernande avec plus d'attention. Le visage était d'une charpente solide, de cette beauté un peu rude que les années ne font ordinairement qu'affermir. C'était un masque de domination et de révolte dans un être faible et soumis : « ce qu'il y a de plus dangereux », pensait Didier. Les pommettes, le front, les maxillaires, mais surtout les orbites avaient été sculptés par une volonté sourde et inquiète : une âme effrénée avait seule pu faire ce travail, imposer à ce corps, aux formes communes, cet aspect pathétique. Comme pour démentir cette impression qui commençait à la rendre intéressante, Fernande ne fit qu'aligner ce soir-là tous les lieux communs du pire conformisme. Didier en conclut alors que sa sagacité était en défaut et que la morphologie n'était décidément pas une science exacte.

Avant d'aller plus loin et d'indiquer les suites incluses dans cet « Appelez-moi Fernande », il conviendrait de compléter d'abord la topographie des Hauts-Quartiers, indispensable pour donner son véritable aspect à la crise du logement sans précédent qui était en train de s'abattre sur la France et qui commençait à étouffer les uns et les autres comme dans un carcan, à dresser la fille contre le père, les mariés contre les beaux-parents, le voisin contre la voisine, déclenchait çà et là la démence et commandait des massacres familiaux.

Didier n'aurait sans doute jamais pu faire cette recension sans la bienveillance de Mme Chotard, qui connaissait plus de gens dans les Hauts-Quartiers que le Colonel n'en connaissait dans tout un département.

Mme Chotard avait la surveillance d'une villa voisine dont les habitants étaient absents neuf mois sur douze, comme beaucoup d'habitants des Hauts-Quartiers qui possédaient d'autres résidences. Cette villa était flanquée, comme le Castillet, d'une tourelle assez haute s'achevant par une terrasse, d'où l'on embrassait tout le quartier, y compris l'avenue du Séminaire où se trouvait la petite habitation de Didier. Mme Chotard se fit une joie de montrer cette terrasse à son protégé qu'elle désirait éblouir. D'un côté, la ville descendait au-dessous d'eux, graduellement, tandis que, de l'autre, l'œil s'accrochait à des pans de montagne. À proximité immédiate se présentait l'étendue considérable des bâtisses et des terrains consacrés à la subsistance et à l'éducation des cinquante ou soixante jeunes garçons qui constituaient le Séminaire : parc, église, cours, chapelles, chambres, cloître, déambulatoire, salles de classe, terrasses, couloirs, fermes, champs, terrains de jeux. De ce spectacle Mme Chotard tirait un considérable orgueil, comme si elle en était responsable.

— Il est curieux de penser, dit Didier, que pendant ce temps le collège féminin de la ville, qui reçoit chaque jour deux cents à trois cents filles, est installé dans les ruines du vieil hôpital militaire.

— Cela montre que l'Église s'administre mieux que l'État, dit-elle, et qu'on devrait lui confier l'éducation, comme le reste.

Les hauts cyprès du Séminaire barraient l'avenue d'ombres égales. Tout le long de cette avenue s'alignaient des villas plus ou moins grandes, entourées de jardins ou de carrés de choux. Plus loin, des petites rues à moitié champêtres partaient de l'avenue, conduisant à des habitations confortables noyées dans la verdure. Mme Chotard lui énumérait avec un soin presque sadique les noms des principales villas avec leurs habitants, Mme Loize, Mme Delbar, Mme Brichot, et les autres, et Mlle Erremendy, et Mlle Darricaud. Qu'était-ce que toutes ces dames, ces demoiselles ? Il existe des êtres pensants et toujours rayonnants, qui dominent les circonstances, séparations, veuvages ; ces êtres sont en petit nombre dans les provinces, ou alors, comme l'intrépide Mme d'Hem, ils font parler d'eux. Comme les malades ou comme les fous s'assemblent pour être soignés, les vieilles filles – ce terme s'appliquant non à l'âge ni à la situation mais au psychisme, aux êtres étiolés, centenaires (ils l'ont toujours été) à qui les guerres n'ôtent rien de leurs habitudes, aux êtres qui ont raté leur carrrière ou qui n'ont pas voulu de la vie, qui n'ont pas voulu signer avec l'aventure, – les vieilles filles s'étaient donné rendez-vous dans les Hauts-Quartiers pour que le sentiment de leur nombre leur fît paraître leur sort plus naturel. Didier était stupéfait de découvrir au fil de l'énumération de Mme Chotard toutes ces femmes sans homme, vivant seules dans de grandes maisons, avec ce qu'il aurait fallu de pièces pour faire le bonheur d'une famille – ou le sien. Il aurait vécu entouré d'amis, travaillant, menant une vie dégagée d'entraves, la vie de l'homme libre. Au lieu que toutes ces femmes rétrécissaient leur vie, et la sienne, jusqu'à en faire un néant. Mme Loize, c'était, dans cette grande villa qui faisait l'angle, la veuve du droguiste, avec sa cave, ses cours, ses dépendances, son jardin coquet, bien entretenu. Mme Delbar, veuve d'un directeur de banque, c'était l'occupante de cette villa toute neuve, un rez-de-chaussée de huit ou neuf pièces, avec autant de pièces dans les sous-sols et ce grand et long jardin. Son mari était mort peu après la construction de la villa, et on voyait le long des trottoirs errer la veuve, boiteuse et à demi folle, soulevant le couvercle des poubelles. Là-bas, il reconnaissait le jardin où allait et venait le Colonel, un râteau à la main et, trouant le mur de la petite annexe, le minuscule trou noir de la fenêtre derrière laquelle il avait vécu. Plus loin, de l'autre côté de l'impasse, juste sous leurs regards, ce grand terrain en triangle avec sa maison de guingois, de style basque, aux contrevents verts : c'était Mme Abohn, l'Alsacienne, femme divorcée d'un archéologue, à qui tout le monde tournait vertueusement le dos parce qu'elle avait été interprète à la mairie pendant la guerre.

Là-bas, un important fonctionnaire de la Poste, avec sa famille, son garage, ses petits acacias en boule, ses glycines, son chien noir furetant dans le jardin.

Plus loin, dans une autre maison d'angle, habitait la mercière, Mme Lesca, avec sa fille et un jeune inspecteur de police, fils de très bonne famille sans instruction, qui était passé directement du maquis dans cet emploi où il pouvait utiliser ses dons. Derrière elle, cette petite villa étouffée sous les arbustes abritait une grande fille toute seule avec un chien, et un prêtre entre deux âges que l'on voyait tourner dans le jardin, lisant son bréviaire, la tête dans son col.

Assez loin, là où l'on voit cette ligne d'arbres, la propriété de Mlle Henri-Georges Ohnet, petite-fille à peu près centenaire du grand feuilletoniste, étalait ses pelouses, étirait ses allées, dévoilait ses corps de bâtiment. Quatorze pièces, une femme seule qui marchait sur les genoux mais qui marchait encore et qu'on voyait chez les Dominicaines à l'office du soir.

Un boutiquier, un notaire, un conseiller municipal, un substitut de procureur, un médecin à la retraite, un juge de paix, un général également sur les genoux (onze pièces), complétaient la physionomie du quartier.

Contre le long mur des Dominicaines, ombré de plantes délicates, s'abritaient, en contrebas d'un talus, quelques masures où s'entassaient des enfants terreux et où, le samedi soir, explosaient des querelles sauvages. Chaque quartier a sa plaie vive et les Hauts-Quartiers eux-mêmes avaient la leur, c'était celle-là. Ainsi parlait Mme Chotard, qui aimait l'ordre et la propreté.

Plus loin, à gauche, on tombait, avant d'arriver à la route, sur un autre aspect peu aimable des Hauts-Quartiers, à vrai dire fort dissimulé aux regards. C'était ce qu'on appelait la rue aux Chats, creusée dans une sorte de ravin, une dégringolade de bicoques faisant face à un mur de soutènement et suintant d'humidité. On en remontait par un escalier étroit, comme d'une cave, pour se retrouver sur la route d'Ilbarosse, en pleine lumière, devant les profonds parcs coupés d'ombres bleues, éclairés de la lueur fine des pelouses ou, selon les saisons, de l'éclat aérien des mimosas ou des rhododendrons. Là, les Hauts-Quartiers connaissaient leur apothéose. Apothéose déchirante, car ces propriétés parlaient, pour la plupart, d'un temps révolu, et étaient promises au morcellement ou à l'abandon. D'un ensemble feuillu émergeaient les jolis toits pointus de la maison de Mme d'Hem, dont on parlait avec circonspection. Tous ces territoires se touchaient, descendaient jusqu'à la ville. De la terrasse où se trouvait Didier, ces grands espaces se découpaient en puissance, à la lisière du vaste plateau occupé par les Hauts-Quartiers, à peine interrompu par le fâcheux ravin de la rue aux Chats, symétriquement à ceux du Séminaire.

Sur la ligne idéale qui les unissait, on aurait pu bâtir un triangle dont la pointe eût abouti à une série de quatre ou cinq immeubles défraîchis séparés par de larges cours. Les vitres brillaient au soleil, du linge séchait aux fenêtres, des gosses piaillaient entre les murs.

– Qu'est-ce que cela ? demanda Didier.

– Comment ? Vous ne savez pas ? C'est l'Ancien Séminaire, dit-elle comme une chose qui allait de soi.

– Pourquoi ont-ils quitté l'ancien pour en faire un nouveau ?
Elle répondit sans une hésitation.

– C'était devenu inhabitable. Ils ont cédé ça à la ville ; on en a fait des habitations à bon marché, en le rafistolant un peu.

Cette explication avait autant de valeur que celle donnée pour Stellamare. Chacune de ces propositions était fausse, ainsi que Didier l'apprit plus tard ; mais Mme Chotard ne s'en souciait pas : le pire étant pour elle de ne pas répondre à une question, ou d'y répondre exactement. Mme Chotard avait de l'Église une conception arrogante qui lui faisait trouver des délices dans des phrases de ce genre. Le voisinage des deux séminaires, l'ancien et le nouveau, s'expliquait tout autrement, et la vérité historique donnait d'ailleurs une idée suffisante de la puissance temporelle de l'Église. On avait pu chasser les prêtres d'un séminaire, ils en avaient reconstruit un beaucoup plus beau vingt ans après. Il était difficile de croire que Mme Chotard ne sût pas cela. Mais cette explication devait lui paraître pauvre, elle lui préférait les richesses de son imagination. Son dédain de la vérité, l'orgueil ou plutôt la morgue de ce qu'elle appelait sa foi, son mépris des petites gens, tout se rencontrait dans sa réponse. Mais surtout elle aimait scandaliser, – c'était la façon qu'elle avait d'attirer l'attention sur son cas.

Pour la première fois depuis des années, Didier vivait à l'aise, respirait à l'aise, travaillait sans être torturé. Quand ils prenaient le café après les repas, assis de part et d'autre de la cheminée dans les fauteuils, comme un vieux couple paisible, et qu'ils se lançaient dans une conversation active, pittoresque, où Mme Chotard n'avait pas la part la moins brillante, Didier s'inquiétait parfois de certains regards, d'une intonation un peu vibrante, d'un excès de chaleur dans la voix. Il avait tout à fait perdu de vue l'origine de ses relations avec Mme Chotard et, quand il s'en souvint, il fut atterré par ce souvenir. Si Mme Chotard se rappelait les propos qu'elle avait tenus sur Betty Mondeville, son hospitalité n'était-elle pas un piège ? Ou bien avait-elle oublié instantanément les propos qu'elle avait proférés, au point qu'elle serait peut-être étonnée si on les lui répétait ? Didier remarquait que cela lui arrivait souvent, et à un point qui le choquait, mais il lui était difficile de croire que, si quelqu'un dans l'entourage de Mme Chotard avait commencé à s'intéresser aux rapports qu'il entretenait avec Betty, on se fût lassé si vite.

La question ne pouvait manquer de se poser et il était sûr que si Mme Chotard attendait entre Betty et elle une épreuve de force, elle ne pourrait qu'y perdre en dépit des moyens impressionnants dont elle disposait. Mais, pour le moment, Betty était à Paris – en mission s'il fallait la croire, mission qu'elle prolongeait sans doute de son plein gré, avec cette étrange liberté qu'elle arrivait toujours à prendre chez les gens qui l'employaient, en les persuadant par Dieu sait quels moyens –, et les habitants de Stellamare jouissaient d'un sursis.

Loin de s'endormir dans cette quiétude, Didier tenait à en profiter pour améliorer l'avenir et se prémunir contre les travaux de sape toujours possibles ou les simples revirements de celle qui voulait être appelée Fernande et qui parlait trop souvent de ses « directeurs de conscience » pour qu'une catastrophe ne fût pas un beau jour à craindre. Il tenta donc, avec une énergie renouvelée – car un certain bien-être est nécessaire pour agir – il tenta de renouer avec cette Université dont, périodiquement, les « Conseils de Réforme » le renvoyaient sans dédommagement à ses loisirs, en lui souhaitant une bonne fin. Il avait été malade trop longtemps ; sa survie n'avait pas été prévue par les bureaux et son existence, qui ne rentrait plus dans aucun cadre, irritait la Direction de l'Enseignement dont les lettres étaient chaque fois plus sèches.

L'amitié de Mme Chotard lui permettait de supporter une déception sans effusion de sang, c'est pourquoi il n'avait pas trop tardé à se l'octroyer. Son imagination lui fournissait d'autres expédients, bref, il dut à Mme Chotard quelques semaines d'une existence heureuse et il put renoncer enfin à la forme ingrate du *Vocabulaire* et revenir à son plan d'étude primitif.

Tandis qu'il travaillait, il n'était entouré que de bruits joyeux. Au Castillet, qui faisait face à sa chambre, on recevait beaucoup ; dans les cuisines résonnait le bruit des hachoirs sur les tables et dans les escaliers le pas alerte des servantes en tabliers blancs. Parfois, de son appartement, Mme Chotard en interpellait quelqu'une de sa voix forte, un peu rauque, qui orchestrait tous les bruits. Mme Chotard n'avait jamais supporté de bonne chez elle, préférant une femme de ménage qui venait tous les deux jours, et elle avait un trop grand besoin de se dépenser pour ne pas se réserver certaines besognes. La librairie pouvait toujours attendre, elle y avait une employée et ne s'y présentait jamais avant onze heures. Aussi pouvait-on la surprendre parfois, un balai à la main, guettant de son palier ses locataires du rez-de-chaussée, deux vieilles filles, l'une, Mlle Digoin, retraitée des postes, l'autre, Mlle Nabot, professeur au collège féminin de la ville, en train de faire elles-mêmes leur petit ménage ; à peine l'une ou l'autre se montrait-elle qu'un actif chuchotement s'établissait sur les marches de l'escalier. Le singulier était que Fernande n'avait pas conscience de déchoir en consacrant des heures à ces parlotes : une habitude de femme seule, sans doute, qui l'entraînait en raison de la vitesse acquise. Si Didier survenait au milieu de ces occupations étranges, il avait conscience de la déranger, de lui déplaire. Elle semblait transporter là une nostalgie des porte-à-porte toulousains, des imprécations maternelles. Pendant une heure, elle exerçait la justice, prononçait des condamnations, quitte à inviter ensuite ses victimes pour le thé, toujours abondamment servi et bien pouvu de pain d'épices, de biscottes et de confitures de fraises, car la sensualité n'est mauvaise que pour certains, ou dans le péché que l'on commet avec autrui. Alors étaient passées en revue les affaires du quartier, et contrôlés les rapports que les uns entretenaient avec les autres. On savait si Mme Loize avait reçu la visite de son neveu l'architecte (qui intriguait pour se faire attribuer l'héritage) ; si l'aumônier de l'hôpital avait été porter les sacrements à Mme Bompard, qui était mourante ; si la fille de la blanchisseuse, Jeannine, avait des fréquentations ; Mlle Digoin l'avait rencontrée la veille au soir dans le raccourci qui menait au pont du chemin de fer, seule il est vrai, mais avec l'air de quelqu'un qui attend et qui cherche à se cacher aux regards : à preuve qu'elle n'avait même pas répondu à son salut. On apprenait encore si la voiture de l'assesseur, M. Bottut, avait stationné ou non, la veille au soir, à la porte de Mme Abohn, et combien de temps. Mais Mlle Nabot s'apercevait soudain qu'elle n'avait pas encore fait ses courses, elle sortait pour les faire, suivie de Mme Chotard-Lagréou qui n'avait pas épuisé la liste de ses questions et partait à son tour, un panier au bras, mais qui apercevait M. l'aumônier du lycée qui se rendait à l'orphelinat, ou M. l'abbé Barangé, directeur d'études au Séminaire, sautait sur lui, ayant, à lui aussi, une autre liste de questions à poser, entièrement différentes, car la souplesse de son esprit lui permettait de passer sans transition des potins du quartier aux potins de sacristie et aux sommets les plus élevés de la théologie, capable qu'elle était d'envisager avec autant d'intérêt la question de savoir si Mme Dubreuil, d'Ilbarosse, avait ou non entamé une procédure en divorce après avoir découvert l'attrait de son mari pour les jeunes gens, et la question, plus auguste, de savoir sur quoi reposait exactement le dogme de l'Immaculée Conception. Mais si Mlle Digoin ou Mme Guillestre étaient flattées de pouvoir renseigner Mme Chotard-Lagréou sur l'état précis des relations, à ce jour, entre Mme Dubreuil et son mari, l'abbé Doupion l'était aussi – et n'était-ce pas son devoir ? – de pouvoir éclairer une paroissienne influente et chez qui d'ailleurs, à temps perdu, entre deux séries de confessions, il y avait toujours un bon moment à passer. Mais ce qu'on disait de l'abbé Vauthier était-il vrai, qu'il s'intéressait à ce point au salut de Mme d'Hem qu'il allait la visiter chez elle et y restait parfois dîner ?... Mais non, c'était là une question à poser à Mme Brichot : Mme Chotard confondait les listes, c'était fâcheux. Alors, se reprenant aussitôt, elle prenait un ton plus noble, feignait d'éprouver pour cette « pauvre Mme d'Hem » un intérêt tout religieux, la plus vive amitié en Dieu... Hum, ce n'était pas encore ça. Le visage de l'abbé s'était un peu refermé, semblait-il. Une plaisanterie allait la tirer d'affaire, ou un de ces mots après lesquels on disait : « Cette Mme Chotard quand même !... » D'ailleurs, les abbés ne sont pas si sévères que ça : nous ne sommes plus au Moyen Âge, Dieu merci. Soudain Mme Chotard se souvenait qu'elle avait du lait sur le gaz. Bon Dieu, encore une casserole fondue ! Elle surgissait sans frapper, ébouriffée, dans la chambre de Didier, en faisant gémir la porte sur le plancher.

– Didier, vous n'avez rien entendu à la cuisine ?

– Non, répond-il goguenard. Que fallait-il entendre ?

– Je viens encore de laisser brûler une casserole !

Il lève les yeux d'un poème de John Donne, ou de Vaughan, qu'il est en train de traduire.

– J'en suis peiné, dit-il avec autant de sérieux que si elle lui avait annoncé la mort de quelqu'un.

Elle est déçue, et irritée un peu par ce sérieux, car en venant lui annoncer cette nouvelle superflue, elle ne cherchait au fond qu'à renouer avec lui la conversation interrompue avec l'aumônier ou le « directeur » ou le chanoine. Et pourquoi l'a-t-elle installé chez elle, sinon pour cela, pour être son « homme de compagnie » ?

– Oui, figurez-vous, commence-t-elle avidement, la main toujours sur le bouton de la porte, je partais en hâte pour mes courses, et l'abbé Chatelou m'a arrêtée pour me demander d'organiser une kermesse... Je lui ai dit... Elle se frappe le front : mais où ai-je la tête ?... J'oubliais que j'avais ce soir un repas pour cinq personnes et que je dois encore passer chez le président du tribunal... Et ces *Vie de Jésus* qui n'arrivent pas !...
– C'est le bouquin de Firmin Lagrenez ? demande Didier.
– Oui.
– Ça se vend bien ?
– Ça ? Mais voyons ! Comme des saucisses !

Le jour se lève, se déplace. Le voici à son apogée. L'esprit des Hauts-Quartiers se lève aussi, se déploie ; le voici qui flotte au-dessus des avenues, des impasses fleuries, des rues quiètes, va, réunit des gens qui ne se connaissent pas, mais qui tous au même moment éprouvent des phénomènes semblables, absorbent et rejettent l'air de la même façon, en médisant. Il est en Mme Bichu, la couturière, en Mme Guillestre qui tourne et retourne d'une rue à l'autre avec sa grande cape grise sur les épaules, la tête blanche, dans l'espoir de trouver quelqu'un à qui parler ; il est dans la Laitière, et dans son cri qui l'annonce de si loin, plus déchirant qu'une sirène de navire ; il est dans Mme Delbar, la veuve silencieuse et sauvage de la villa Orion, avec ses minces chevilles enserrées de noir sous ses longues jupes ; il est dans le Colonel qui déjà passe en revue ses caisses astiquées, empilées les unes sur les autres. Il vit, plus sourdement, dans Katia chantant des chants d'amour à ses poussins. Il passe sans s'arrêter à côté de Mme Abohn, l'Étrangère, qui n'a pas d'intérêt ici et le laisse assez entendre. Il est chez Mme Brichot ; chez Mme Loize ; sa face est noire, et quand il passe, on a froid, on se demande d'où vient ce souffle glacé, cette odeur triste qui s'attarde sur ce qu'on a de plus cher.

D'une maison à l'autre, d'une pièce à l'autre de son appartement, Mme Chotard tourne et retourne et se fuit, pour échapper à la terreur que ce serait de s'apercevoir, une minute, dans l'immobilité de ce miroir sinistre qui la guette, comme il guette chacun de nous, et qui nous renvoie l'image de ce que nous sommes, une fois réduits à nous-mêmes. Du haut de son balcon elle surveille, elle attend que se présente au tournant de la route au moins l'une des quatre, ou cinq personnes dont il est raisonnable d'espérer un bon quart d'heure de conversation, et même un peu plus, sans parler de Didier, qu'elle a toujours, car il pourrait difficilement se dérober à ces obligations qui ne comblent pas toujours ses vœux. Mais personne ne se présente, et ce n'est même pas le jour de la femme de ménage qui, au fond, ferait aussi bien l'affaire, car il ne s'agit d'autre chose, pour l'excellente Mme Chotard, que de monologuer. Enfin, à l'heure du thé, voici une dame à l'horizon, Mlle Pincherle, qui s'était attardée, pour le bon motif, chez les sœurs d'Afrique. Mlle Pincherle a la cinquantaine bien sonnée, mais à vrai dire c'est une femme sans âge, aux traits émaciés, au maintien rigide. On se demande comment peut se poser en France une question de l'enseignement libre, quand on sait que la dévote Mlle Pincherle occupe une chaire de philosophie au collège de jeunes filles d'Irube !... Certes, elle n'a pas le débraillé de Mme Chotard – ni dans l'esprit ni dans le langage –, elle ne tutoie pas le Crucifié, comme le fait Fernande, et c'est bien elle qui mériterait de tenir la Librairie des Arceaux ! Toute de noir vêtue, avec des fleurs mauves sur son chapeau, la lèvre supérieure ombrée d'une petite moustache, elle parle en baissant les yeux et semble toujours revenir de la communion.

– Dites-moi, chère amie, avez-vous des nouvelles de vos cousins, je veux dire les frères Cazamian, de Bordeaux, vous savez, qui...

– Oui. Il y en a un qui est mort.

– Ah mon Dieu ! (Elle se signe.) Je me permettais de vous demander de leurs nouvelles parce que justement je viens de rencontrer Mlle Digoin, qui me l'avait dit... Mais lequel est donc mort ?

Mme Chotard n'a pas à chercher longtemps. Tout est présent à la fois à son esprit. Et puis, la chose serait-elle fausse, elle est toujours bonne à dire. Elle s'anime, non sans vulgarité :

– Lequel ? Mais naturellement celui qui avait épousé sa divorcée, vous savez bien ?

Grand soupir de Mlle Pincherle qui prend une tranche de pain d'épices de l'air le plus pieux du monde :

– Ah, tant mieux !... Deux sucres, un doigt de lait, merci. Elle ajoute : Sa famille doit être bien soulagée !...

Mais, au « tant mieux », quelque chose s'est passé, quelqu'un s'est levé, comme mû par un ressort, et a pris la porte. C'est Didier. Il était là, collant à la glu, aux pots de confiture, se débattant comme une mouche surprise au milieu des tartines de beurre. Il sera mal noté, il perdra peut-être la faveur de l'excellente Fernande, mais tant pis. Ou tant mieux – s'il est vrai que Mme Chotard n'est que cela !

Après tout, ce nom de Pincherle lui dit quelque chose. Mais quoi ? Il se le demande tandis que, rentré dans sa chambre, il épie le moment de son départ pour reparaître dans cette pièce que les Anglais appellent un living-room et que Fernande appelle carrément le « vivoir ». Tout à coup, il se souvient. Pincherle ! C'est elle qui a fait retirer son livre de la vitrine de Mme Chotard. C'est bien le nom qu'a prononcé Fernande le jour où il est allé la voir. Que doivent-elles se dire, maintenant qu'il n'est plus là !

Conformément à ses prévisions, dès le lendemain, Mme Chotard se plaint, au repas, bizarrement, sans que cela soit amené par rien, de l'exiguïté et de l'incommodité de sa villa, qui ne répond pas aux apparences et ne tient pas ce qu'on en attend. Didier regarde les baies qui les encadrent, au nord et au midi, il envisage les profondeurs de la maison, avec ses quatre ou cinq pièces d'habitation par étage, et s'étonne.

– Voyez-vous, dit-elle, ma mère m'écrit, de Toulouse, que je devrais envoyer une invitation à ma belle-sœur de Strasbourg, qui a un garçonnet d'une dizaine d'années... Cela pose pour moi un problème dit-elle, le visage soudain fripé, plus par l'effort qu'elle fait pour se mentir que par contrariété véritable. Croyez-vous, mon cher Aubert, que vous supporteriez le voisinage d'un enfant ?...

Didier la regarde froidement, par-dessus la salade humectée d'huile.

– Naturellement je lui céderais la place, dit-il.

C'était tout ce qu'elle voulait savoir. Mais il s'agissait surtout d'inquiéter son hôte : une façon de lui faire comprendre que la vie n'est pas sûre – du moins la sienne ; qu'il sache bien que sa présence à Stellamare n'est pas sans inconvénient, qu'il est là en vertu d'un pouvoir discrétionnaire et qu'il vaudrait mieux, à l'avenir, qu'il se garde de certaines plaisanteries, ou de certains « airs ».

– Notez que je ne sais pas du tout si elle viendra, dit-elle. Je n'ai d'ailleurs pas encore écrit... Mais voyez comme cette maison est inconfortable !... Mon pauvre petit, ne prenez pas en mal ce que je vais vous dire, mais l'ennui est qu'il m'est difficile de recevoir sans que vous soyez là, ou qu'on sache que vous êtes là... – Elle se secoue un peu, avec une légère crispation du visage, pour ajouter, avec un demi-rire qui se veut hardi : – Vous ne laissez pourtant pas traîner votre pantalon dans mon antichambre, mais on sent qu'il y a un homme dans la maison. – Elle frotte ses doigts l'un contre l'autre, comme si elle essayait de saisir une pincée de sel : – Je ne sais pas ce que c'est, à quoi ça tient, mais ça se sent... On me pose des questions, on m'interroge... Je sais que je ne suis plus toute jeune, mais croyez-vous sérieusement que j'aie atteint ce qu'on appelait autrefois l'âge canonique ?... De votre côté, je suis sûre que le bavardage de mes amis vous dérange... Le couloir n'est pas assez profond... De sorte que...

Elle s'interrompt, enfonce le couteau dans le fromage qui, un peu ferme, résiste à l'attaque et bascule par-dessus bord. Le discours de Mme Chotard eût appelé bien des contestations. En outre, le terme de « recevoir », s'appliquant à des créatures comme Mlle Pincherle ou Mlle Digoin, était plaisant, mais il valait mieux, pour aujourd'hui, s'en réjouir à part.

– C'est un fait, dit Didier très sérieusement, que j'ai été bien contrarié, hier, de tomber sur les secrets de Mlle Pin-Pincherle...

– Il n'y avait pas de secret, protesta Fernande. Elle ne faisait que m'exprimer des condoléances banales.

– Des félicitations ! rectifia Didier.

Ce jour-là, contrairement à une habitude fraternelle, ils prirent leur café à table rapidement et négligèrent les fauteuils du petit salon bleu qu'une baie séparait du « vivoir ».

Parfois, les jours où la fatigue le submergeait, Didier n'était plus tout à fait sûr de vivre. Il regardait, de la fenêtre, ces champs et ces maisons qui n'étaient pas à lui, où il n'y avait pas de place pour lui, ni pour aucun être à sa ressemblance. Quand il voyait sortir les gens qui occupaient ces villas, ils lui faisaient horreur. Or, certains jours, la qualité de pensée de Fernande agissait sur lui comme la fatigue, comme les forces hostiles qui travaillaient son corps. Sans qu'elle eût prononcé un mot contre lui, il se sentait repoussé, rejeté de l'espace qu'elle habitait. L'amitié de Betty, qui était rentrée de Paris et qu'il retrouvait au-dehors, ne suffisait pas à annuler en lui cette présence, cette façon qu'avait Mme Chotard de remplir l'espace, de le rendre irrespirable, inutilisable pour autrui. Comment accepter de vivre auprès d'un être capable de penser médiocrement ? L'échange de propos sur le cousin de Bordeaux l'avait pétrifié. Sans doute Fernande n'avait-elle pas prononcé le mot répugnant, le *tant mieux* de Mlle Pincherle. Mais elle était là, elle avait entendu et n'avait pas protesté. Il attendit que l'incident fût dissipé pour lui reparler de Betty et de ce qu'il avait imaginé pour elle. Cela prit quelques jours au cours desquels le temps lui fut donné de réfléchir sur lui-même. Comme s'il ne pouvait se procurer un bien qu'en renonçant à un autre, il avait dû, pour trouver le silence indispensable à son travail, renoncer à un bien presque aussi précieux, l'indépendance. Il avait renoncé à choisir ses amis, ses alliances. Il n'était pas seulement l'hôte de Mme Chotard, il était son prisonnier. Elle le comprenait bien ainsi et s'arrangeait pour augmenter en lui ce sentiment, cette angoisse, pour lui en faire une épouvante. À tout moment elle ouvrait brusquement la porte de sa chambre, en frappant plus ou moins et le plus souvent sans frapper. La porte se bloquait en grinçant au tiers de sa course et Fernande montrait dans l'interstice sa tête brune, aux cheveux courts, comme passés au cirage, et lui posait une question longuement élaborée, le plus souvent inintelligible, prête à le dévorer, à le réduire en pièces s'il ne répondait pas sur l'heure. Elle voulait sortir avec lui, du moins le rejoindre en ville, et lui proposait des rendez-vous compliqués auxquels elle savait qu'il ne se rendrait pas, heureuse de le mettre dans son tort et de lui prouver ce qu'elle faisait pour lui ou qu'elle était prête à faire.

– Je ne comprends pas, lui dit-il un jour ; vous me croyez un mauvais homme et vous m'invitez à vivre chez vous.

Le visage de Fernande disparut de la porte entrouverte, avec un ricanement qui soulevait ses lèvres dures et laissait voir deux rangées de dents saines et cruelles dont la régularité n'était rompue que par les incisives, plus accusées, séparées par un léger intervalle. Le matin, les jours où elle avait le temps, où elle revenait de la messe assez tôt – c'est-à-dire sans s'attarder avec les Nabot ou les Beauchamp –, où elle se sentait dans la faveur de Dieu, enfin où elle savait qu'elle n'allait pas vendre dans sa journée moins de vingt ou trente Firmin Lagrenez, elle apportait son plateau dans l'espoir d'une conversation amicale et s'asseyait sans façon sur le lit, sa poitrine gonflant légèrement la soie d'une robe de chambre mauve, jolie de matière mais qui, comme la plupart des choses qu'elle portait, ne l'habillait pas très précisément. Didier pensait alors pouvoir la faire parler d'elle-même. Mais elle préférait se lancer dans de grandes effusions mystiques, dans de longues minuties oratoires, exposés liturgiques ou même tout bonnement littéraires, car elle lisait ; mais tout cela tournait en manie. Didier l'écoutait, étonné de tout ce qu'elle savait, de ce qu'elle avait retenu, de ce qu'elle était capable d'imaginer pour rendre la religion ennuyeuse et impraticable, désolé, malgré toute la chaleur, la passion qu'elle y apportait, de voir que cet effort, ces connaissances, ces enquêtes, et la fréquentation perpétuelle des prêtres et des religieux, que tout cela n'aboutissait qu'à des conceptions d'un autre âge, qu'à l'enfermer dans les limites rigides de la doctrine la plus étroite, que tout la confirmât dans une haine aveugle de la chair. Quelquefois, un abbé arrivait pendant ce temps et elle quittait Didier pour l'abbé, contente de la difficulté à lui soumettre, du « cas de conscience » dont elle allait l'entretenir. Mais les cas de conscience mis au jour par Mme Chotard étaient toujours ceux des autres. Est-ce que le jeune fils Bompard pouvait faire sa communion sans croire à l'Enfer ? Mlle Dumontel, qu'elle voyait à la Sainte Table à la chapelle des Carmélites, ne vivait-elle pas avec un homme ? Si cela était vrai, ayant la connaissance d'un sacrilège, ne devait-elle pas mettre fin à ce sacrilège ?

Didier était soigneusement tenu au courant de ces conversations, ou il en entendait les éclats. Tour à tour elle l'émouvait, l'intéressait, le remuait, l'indignait. Elle avait toujours une intrigue en train pour intervenir dans la vie d'un tiers, faire échouer un projet. Que faire ?... Stellamare, ce ne sont plus les bruits, les coups de marteau, les cris de possédé de Katia, la gêne physique : non, Stellamare, c'est le supplice moral. Que faut-il préférer ? Peut-être le fleuve qui passe au sud de la ville et dont les eaux bleues, parfois, roulent le corps d'un désespéré – un de ceux dont on lit dans les journaux : « Le nommé X... tire sur la foule avec une mitraillette de l'armée, puis se fait justice... (Il vivait dans une seule pièce avec sa femme, sa belle-mère et ses cinq enfants) » ?

C'était un fait que les jours où Mme Chotard allait à la messe du matin, à sept heures, au Carmel, chez les Capucins, chez les Dominicaines, il y avait au moins quelqu'un de sanctifié, c'était Didier. Ces jours-là, il se levait derrière elle, dans le noir, sans allumer, et il restait dans la pièce commune où, debout derrière les hautes fenêtres, sur le paysage immobile il regardait monter le jour.

Malade, il avait à cœur de justifier son existence tout comme un autre. Il lui fallait, puisqu'on l'empêchait de faire son métier, en faire beaucoup d'autres, y compris balayer sa chambre – cette dernière occupation étant bien entendu volontaire. Du reste, il n'avait pas à s'inventer des tâches, il n'avait qu'à reprendre le fil de quelques pensées anciennes – ses pensées d'avant le Colonel : ainsi, trouver une nouvelle interprétation non psychanalytique de certains mythes grecs ; débrouiller, dans un essai de deux à trois cents pages, les liens perpétuellement faussés entre mystique et poésie (il ne croyait pas à la prétention des écrivains de parvenir à une mystique valable, la vraie mystique ayant pour aboutissement, à ses yeux, le silence). Ces projets suffisaient pour l'occuper, pour le fortifier et pour lui permettre, peut-être par abus, de subsister au moins quelque temps dans sa propre estime. Il détestait la stagnation, l'indifférence, et ce qu'une de ses insouciantes amies d'avant-guerre appelait « ataraxie », d'un mot qu'elle devait tenir d'un amant agrégé de philosophie. Didier lui répondait en souriant que l'ataraxie est un système, une conquête sur la nature, et non un abandon à une indifférence naturelle, même charmante. Ces temps étaient loin, l'amie aussi, c'était une autre vie. Il y a des pensées qui sont des actions. Il avait besoin d'une telle pensée, d'une pensée qui relève l'âme et assure du même coup, lui semblait-il, un certain niveau à l'existence. Bref, il en était arrivé au point où un auteur, ayant besoin de relire ce qu'il a fait, est dans l'obligation de le transcrire proprement. Il avait une centaine de pages toutes prêtes pour la machine à écrire. Il avait même, c'était une espèce de miracle, la machine à écrire – un vieux monument de famille que de bons amis avaient été lui voler dans les ruines de sa maison détruite et qu'il avait retrouvée par des démarches dont l'exposé n'a vraiment rien à faire ici. Malheureusement, dès qu'il eut repris contact avec l'instrument, sa débilité s'avéra : il lui fut clair, après deux essais consécutifs, qu'il ne pouvait pas plus se livrer à cet exercice que réparer ses chaussures, monter à cheval ou faire sauter des trains. Le moment était venu de songer à Betty.

Depuis que Betty était rentrée, sentant la situation fragile, Didier, pour s'épargner des explications fastidieuses, avait évité de la voir à Stellamare. Mais après avoir assisté à la conversation qui avait eu lieu entre Mlle Pincherle et Mme Chotard, et entendu les menaces proférées contre sa tranquillité par Fernande, il estimait qu'une entaille avait été faite dans le pacte, et le moment lui paraissait venu de frapper un grand coup. Il lui tardait d'introduire l'héritière des Mondeville dans les salons, sous les lambris de Mme Chotard-Lagréou.

Betty avait repris son travail à mi-temps chez son notaire. Elle travaillait en principe le matin, mais Me Mativet se réservait le droit de la convoquer aussi bien l'après-midi ou de lui demander des heures supplémentaires. Ce qu'elle était allée faire à Paris était assez mystérieux et Didier ignorait encore si cela rentrait dans la catégorie des missions ou dans celle des congés. Peut-être en avait-elle profité pour tâter le terrain en vue d'une situation meilleure... Didier savait que le besoin de changement était fort en elle et supposait que ce voyage rentrait dans ces activités fatales qui, périodiquement, polarisent les êtres vivants et les poussent à la migration. C'était une des choses qu'il aimait chez Betty, cette fidélité, cette obéissance aux grands appels de la nature.

Il parla, sur un ton serein, de Betty Mondeville à Mme Chotard, comme s'il n'avait jamais été question d'elle entre eux, et une entrevue fut décidée. Mme Chotard sut se tenir. Malgré son nez un peu pincé, son air impérieux, elle se comporta même convenablement. Didier sut diriger la conversation sur l'activité de Mlle Mondeville, et Betty vit sa cote remonter dans l'esprit de Mme Chotard quand celle-ci eut appris qu'elle travaillait chez un notaire pour un salaire de famine. À ses yeux, elle faisait ainsi preuve de vertu. Mme Chotard s'opposerait-elle à ce que Betty vînt aider Didier à ses moments perdus ? Didier ne se dissimulait pas qu'en lui adressant cette proposition révolutionnaire, il faisait une expérience dangereuse, fermement décidé à reprendre sa pénible existence dans son grenier si son hôtesse s'opposait à ses intentions. Or, contrairement à toute attente, après avoir froncé un instant les sourcils et commencé un grand nombre de phrases, elle céda. Il fut ainsi convenu que Betty viendrait travailler avec lui quand elle voudrait – à condition que ce fût dans sa chambre. La condition était inattendue ; si Betty avait des côtés surprenants, Mme Chotard en avait de plus surprenants encore. Il y avait toujours, derrière ses impulsions, des raisons puissantes, impénétrables et qu'elle eût été la dernière à avouer, car elles étaient aussi loin que possible de représenter une innocence. Quelle que fût sa décision, il n'y avait d'ailleurs rien à objecter à la volonté de Mme Chotard. Elle était chez elle, après tout, et pouvait désirer qu'on ne vît pas – la maison était si mal faite, selon ses dires – Betty Mondeville travaillant dans son salon, pas plus qu'on ne devait voir *l'Humanité* ou la revue *Esprit* que Didier lisait alors et que Mme Chotard lui avait fait brusquement retirer un jour où le chanoine Cardon se préparait à monter.

Didier et Fernande se couchèrent ce soir-là très contents l'un de l'autre. Il était surpris de la facilité avec laquelle il avait obtenu gain de cause, et s'en demandait les raisons. Il s'en donnait pour l'instant de fort ingénues ; mais il se pouvait bien que la visite de Betty apparût à Fernande, dans la mesure où elle n'aurait pas de chanoine dans son antichambre, comme une diversion bonne à prendre. Betty avait, il est vrai, fait un effort et s'était montrée plus que gentille au cours de la conversation. Quant à paraître bien élevée, ce ne pouvait être une difficulté pour personne dans une maison telle que Stellamare.

Le fait est que Fernande, qui restait rarement indifférente devant un être humain, se trouvant aussitôt émue dans un sens ou dans l'autre, et qui du reste exerçait volontiers la mainmise sur tout ce qui se présentait et traitait les amis d'autrui comme les siens, adopta d'abord ce traitement avec Betty, la priant maintes fois de rester à dîner avec eux si l'occasion s'en présentait, lui offrant même à coucher, le soir, quand ils s'étaient trop longtemps attardés dans le petit salon bleu, dans les fameux fauteuils disposés autour de la cheminée. La nature hors série de Mme Chotard-Lagréou comportait, en apparence, de ces trous, de ces naïvetés extravagantes grâce auxquels des gens qui se croyaient habiles se flattaient d'obtenir certaines compensations à la vie tyrannique qu'elle imposait autour d'elle. Mais ces moments de trouble étaient dangereux car, même s'ils n'étaient pas feints, elle en revenait avec une rapidité foudroyante et se montrait d'autant plus impitoyable qu'on s'était davantage ouvert à elle, ou abandonné, comme si elle ne faisait qu'aboutir à la démonstration voulue, heureuse de tenir la preuve longtemps cherchée et obtenue par la ruse.

Comme la nature nous pousse au bonheur, Mme Chotard n'avait pas eu grand-peine à endormir les méfiances, et d'autant moins que c'étaient les autres qui pensaient avoir endormi la sienne. Betty, plus ou moins en froid, comme on le sait, avec sa pittoresque famille et notamment avec son honorable tante, s'était donné cette singularité de louer une petite chambre « en ville », chambre qu'elle payait, bien entendu, avec le produit de son travail à mi-temps chez son notaire, de sorte que, cela fait, il ne lui restait presque rien et qu'elle s'habillait de ses propres mains, comme tant de filles pauvres, dans de frêles tissus dont elle prolongeait étrangement la durée.

Plusieurs fois, elle avait prié Didier d'aller voir cette chambre qui se trouvait au dernier étage d'une villa, chambre minuscule, disait-elle, mais d'où l'on avait vue sur les montagnes. Didier ne s'était jamais senti assez en repos pour s'y rendre. Il y alla, passa près de Betty une heure paisible devant la fenêtre qui leur livrait toute l'étendue du ciel. Ainsi trouvait-on encore des chambres çà et là, mais cela ne faisait pas une maison, et encore fallait-il déjouer, pour y pénétrer, la surveillance de la propriétaire, ou profiter d'une absence. Quand Didier réfléchissait là-dessus un peu longtemps, il lui venait la nostalgie d'une maison avec ses chambres, ses couloirs et ses pièces inutiles, comme il y en avait chez Mme Chotard-Lagréou. Or cette maison, par la générosité exorbitante de la propriétaire, il se trouvait qu'elle était devenue la sienne et même celle de Betty, comme de toutes les personnes que Mme Chotard invitait chez elle à demeure ; et lorsque le soleil en chauffait les murs, l'après-midi, Didier sentait son cœur se gonfler d'aise et de reconnaissance, au point qu'il en oubliait Mme Chotard, ou du moins s'imaginait-il que l'on pouvait s'entendre, pactiser avec elle – elle qui était toujours dehors par vocation et qui, en somme, ne faisait guère usage de sa propre maison. Parfois, il en venait à rêver que Fernande partait pour plusieurs jours et lui abandonnait l'appartement avec la permission d'en user comme il lui conviendrait. Plusieurs fois, elle avait elle-même évoqué cette éventualité, comme si elle se plaisait dans la perversité de lui ouvrir des perspectives alléchantes, ou comme si elle cherchait à le compromettre – telle une femme qui laisse entendre que certaines choses seraient possibles avec elle, puis, au moment où l'on s'avance, le prend de haut ou éclate de rire. À tout moment Mme Chotard disait, proposait ainsi des choses devant lui, ou devant Betty, uniquement pour les faire souffrir et leur manifester leur dépendance – et Didier n'en était pas étonné, car peu de chose l'étonnait au monde si ce n'est, après avoir honnêtement travaillé pour vivre, de se trouver sans argent, sans domicile et, n'était l'obligeance de Mme Chotard-Lagréou, rejeté de la société.

Il venait chez Mme Chotard toutes sortes de gens, les uns habitués, les autres non, et parfois elle réunissait un assez grand nombre de personnes. Didier ne les voyait pas toujours, mais, dans une certaine mesure, Mme Chotard tenait à lui comme à un ornement de salon et aimait l'avoir sous la main quand elle recevait son monde. Il était rare, d'ailleurs, que ces réunions où elle l'obligeait presque à paraître – cela dépendait de ses humeurs – ne fussent pas suivies de commentaires désobligeants – pour lui naturellement.

Parmi les gens qu'elle se mit tout à coup à inviter avec frénésie, et qui devinrent bientôt les habitués du soir, puis ceux de deux heures, figurait M. Carducci, vieux luthier aveugle qui venait accompagné d'une ou deux de ses trois filles, qui toutes avaient d'admirables yeux. M. Carducci, que les malheurs des temps avaient amené à Irube, avait manqué de près une carrière de compositeur, mais en revanche, possédait à fond la théorie de la musique dodécaphonique et beaucoup d'autres. Son esprit de Latin, rompu à toutes les subtilités, s'emparait avec aisance de n'importe quelle question et ne vous la restituait qu'après l'avoir démontée pièce par pièce, avec une prestesse d'élocution qui dépassait tout espoir, et c'était un spectacle de le voir avec sa tête presque majestueuse, à côté de ses filles qui avaient toutes trois de grandes jambes et des fronts éclatants surmontés de chevelures ardentes, d'une extraordinaire vigueur.

Ce spectacle, autant que l'aimable faconde de M. Carducci, éblouissait Didier qui, au milieu de la conversation, tombait subitement dans de grandes rêveries. Là-dessus, à peine avait-il vu quatre ou cinq fois les Carducci, Mme Chotard l'accusa tout de go de trop regarder Paula. Didier, éberlué, lui répliqua qu'il ne savait même pas laquelle c'était, qu'il confondait perpétuellement les noms, que d'ailleurs il ne les avait jamais connus. Sur quoi Fernande, fort sombre, alla jusqu'à prétendre qu'il flirtait avec elle.

– Comment ? dit-il, suffoqué. Qu'appelez-vous flirter ?

Elle était venue s'asseoir dans un fauteuil proche du sien, qu'elle rapprochait encore en s'arc-boutant du talon sur le tapis, et commençait à s'agiter beaucoup, les yeux inquiétants, le visage coléreux et fermé. Son alliance d'or brillait tristement à son doigt et Didier ne pouvait s'empêcher de suivre le mouvement de ses mains robustes qu'elle frottait l'une contre l'autre avec une sorte de rage : quand on voyait ces mains, on pensait que Mme Chotard avait, volontairement ou non, renoncé à toute une partie d'elle-même.

– Je veux dire... reprit-elle. Vous avez une façon de vous comporter... des regards...

Didier se récria vivement.

– Des regards ?...

Il ferma les paupières un instant et revit, en face de lui, de grands yeux clairs, gris-bleu, un peu persans, d'une lumière vive et attirante : un beau lac. Ainsi ces yeux appartenaient à Paula, et c'était par Mme Chotard qu'il l'apprenait.

– Oui... des regards...

Le visage de Fernande se contracta.

– Des regards... reprit-elle avec violence... Je ne savais pas qu'on pouvait regarder comme ça, avec ce...

Elle ne trouvait pas les mots, mais quelque chose de repoussant, d'atroce, se peignit sur son visage, sembla se propager à tout son corps. Didier fit un effort pour garder son calme. Il avait honte pour elle mais ce n'était pas encore assez d'avoir honte, il aurait voulu l'empêcher de parler, lui fermer la bouche.

– Je ne comprends pas, dit-il. Je n'ai jamais...

Mais il lui fut impossible d'aller plus loin. Il se leva, passa derrière le fauteuil de Fernande en détournant la tête et regagna sa chambre. Il lui semblait qu'il ne pourrait jamais plus revoir Paula en présence de Mme Chotard.

Par sa librairie, Mme Chotard était en relation avec les intellectuels de la ville, qui comprenaient surtout des professeurs, parmi lesquels une forte proportion de demoiselles dont une ou deux auraient pu devenir acceptables moyennant quelques bons conseils, et dont les autres faisaient penser avec tristesse à la jeunesse qui leur était livrée. Elle se répandait beaucoup, comme on sait, dans les milieux ecclésiastiques, et pas un religieux de quelque mérite ne passait par Irube sans qu'elle cherchât à établir le contact. Ainsi réussit-elle à attirer un jour, parmi d'autres visiteurs, un bénédictin qui était venu pour une conférence et qui, en réponse aux questions posées, parla beaucoup et bien. Didier se tint muet et écouta : il aurait souhaité retrouver cet homme mais il ne pourrait jamais se décider à lui faire cette proposition devant Mme Chotard.

À la fin de cette réunion où certains problèmes relatifs au Nouveau Testament avaient été agités pour une fois avec compétence, Fernande vint le trouver dans sa chambre, se poussa sur son lit comme elle le faisait volontiers et lui demanda son opinion sur les personnes qu'il avait vues.

– J'ai beaucoup aimé ce bénédictin, dit Didier avec précaution. J'ai été très intéressé par les remarques qu'il a faites.

– Avez-vous bien entendu, dit-elle avec l'air extasié qu'elle prenait dans ces cas-là, ce qu'il a dit de la façon dont Jésus parle de son père dans les divers Évangiles ?... Il dit « Mon Père » – ou « Votre Père » – jamais il ne dit « Notre Père », sauf dans un modèle de prière qu'il laisse à ses disciples. Il ne veut pas de confusion. N'est-ce pas une façon délicate d'affirmer sa divinité ?...

– Je suppose que vous avez raison, dit Didier. À vrai dire, ce que j'aurais voulu savoir...

– Quoi donc ?

– C'est le genre de lien qui existe, d'après lui, entre Jésus et son Père. Qui est ce Père ?... Comment le conçoit-il ?...

– Si vous pouviez savoir ça, vous seriez Dieu, dit-elle. – Elle était, de toute évidence, résignée pour sa part à l'ignorer toujours.

– C'est en effet ce que je voudrais savoir, dit-il. Il me semble que tout cela est fortement entaché d'anthropomorphisme.

Sur ce sujet, Mme Chotard n'admet pas facilement la contradiction. Son visage devient dur, elle se lève, fait un mouvement vers la porte, l'ouvre, revient.

– J'aimerais bien revoir cet homme, dit enfin Didier, pour réparer l'effet désastreux de sa réflexion. Il paraît sérieux. Souvent j'ai envie d'une conversation qui... Mais je suis timide avec les prêtres... je ne sais jamais comment les aborder. Ils me paraissent... des êtres artificiels, un peu en dehors, vous comprenez ?... Or il me semble qu'avec celui-là je pourrais parler... Est-ce que...

Elle explose ; il lui a fourni l'arme pour l'atteindre.

– Mon pauvre petit, il n'a sûrement rien à vous dire.

– Mais c'est moi... dit Didier surpris. Et d'abord qu'en savez-vous ?

– Il me l'a dit.

Didier fait un bond.

– Comment ? Vous lui avez parlé de moi ?

– Pourquoi pas ? Il a lu votre livre *Aspects de la... connaissance*. Il m'a dit qu'avec une tournure d'esprit comme la vôtre, on ne pouvait que piétiner, on n'avançait pas.

Didier ne pouvait se défendre d'une forte émotion : ce propos de Mme Chotard le suffoquait.

– C'est impossible !... s'écria-t-il. C'est impossible qu'il ait pu vous dire une chose pareille.

– Je vous assure.

Il ne la croyait pas. Il lui paraissait invraisemblable que le prêtre lui eût parlé dans ces termes. Ou s'il l'avait fait – oui, bien sûr, sa phrase avait dû avoir un autre son. Tout ce qui passait par la bouche de Mme Chotard prenait une violence, et même une virulence qui faisait mal. Fallait-il insister ? Même si elle ne mentait pas quand elle reproduisait les paroles de quelqu'un, le *ton* dont elle usait était mensonge.

– Et... Et vous n'avez rien répondu ?

– Dans quel sens ?... C'est que je suis tout à fait de son avis !... Mon Dieu, ajouta-t-elle, je ne pensais pas que cela allait tellement vous émouvoir !...

Elle disparut, satisfaite de l'avoir troublé. Il regretta de l'avoir questionnée, mais surtout d'avoir laissé paraître son émotion. Il admit en lui-même qu'elle n'avait pas tout inventé, que le Père avait pu dire quelque chose d'analogue, mais il pensa que la conversation eût été entièrement différente s'il ne lui avait pas avoué d'abord son estime pour ce religieux. Mme Chotard n'aimait guère qu'on s'aimât autour d'elle.

Didier avait éprouvé pour les idées exposées par ce moine un réel mouvement d'intérêt, et pour sa personne un réel élan de sympathie. Existait-il beaucoup de religieux de cette sorte ? Cette question peut prouver à quel point le monde l'avait abandonné. (Qu'attendait-il pour aller voir Lambert ?) Il lui avait semblé, en écoutant cet homme, qu'il aurait pu être le lieu d'une réconciliation, l'occasion d'une explication, d'une mise au clair, un moment sérieux, important de sa vie. À cela Mme Chotard avait répondu : « Vanité. Des natures comme la vôtre sont faites pour piétiner sans avancer. *Il* me l'a dit. » Mme Chotard détenait les clefs du ciel et possédait les grâces. À elle seule, elle représentait à Irube l'Église catholique, ou du moins faisait tout pour le donner à croire, et son pouvoir de persuasion était tel qu'une âme simple pouvait s'y laisser prendre. Il n'y a pas que des esprits supérieurs, des âmes confiantes en elles-mêmes. Mme Chotard était une âme forte ; les autres ne pouvaient que se briser contre elle. Mais peut-être y avait-il encore d'autres explications à l'attitude de Fernande ? Le bénédictin avait laissé voir, à propos de la misère des villes, sa sympathie pour des gens que Mme Chotard considérait volontiers comme une racaille, l'intérêt qu'il portait au mouvement des prêtres-ouvriers. Il était allé jusqu'à donner des détails sur les conditions de vie dans certains milieux. Sans doute cela avait-il paru trop horrible à Mme Chotard pour pouvoir être écouté : elle l'avait supplié, avec des gestes fort expressifs, de ne pas aller plus loin, prétextant qu'on venait de manger. Elle ne désirait sûrement pas que Didier, déjà hérétique, eût des contacts plus approfondis avec un autre hérétique, car son esprit procédait ainsi. Pourtant Didier ne consentait pas à penser que ce moine n'était qu'un phraseur comme tant d'autres, ni un professeur, comme il en avait tant vu, tant entendu. S'il était vrai qu'il avait inquiété l'évêché (dont les opinions de Stellamare étaient souvent le simple reflet), c'était plutôt rassurant pour lui. En tout cas, ce mouvement d'affection vers un autre esprit, cet appel, Didier l'avait incontestablement ressenti, et il sentait aussi que cela était perdu. Même si Mme Chotard avait menti, il était ainsi fait qu'il lui resterait une appréhension, un doute, et que rien ne pourrait entièrement restaurer sa confiance, qu'il ne pourrait plus jamais avoir envie d'aller trouver ce moine à qui, la veille, il était prêt à s'ouvrir, de même qu'il ne pourrait plus voir Paula. Certes, c'était là donner beaucoup d'importance à Mme Chotard. Mais dans la solitude pleine d'entraves où il vivait, elle représentait la société avec toute son opacité, ses influences, le réseau des fréquentations bourgeoises, et il subissait non seulement le poids de son hostilité mais aussi celui de sa bienfaisance. Parce qu'il avait cru à cette bienfaisance, et plus encore à de l'amitié, il ne fit dès lors, du moins pendant quelque temps, que sentir la barrière que la volonté de Fernande Chotard prétendait élever entre les êtres et lui, et celle, plus étrange, plus redoutable, qu'elle voulait élever entre la religion et lui. Peut-être cet entretien lui manquerait-il toujours. Eh bien, se dit-il désireux soudain de la rendre plus coupable, qu'elle s'en explique avec ce Dieu dans les secrets de qui elle est et qui est, comme elle dit volontiers, « son invité permanent à Stellamare » – cette maison où tout le monde était mis sur le même pied comme dans un asile de nuit.

Comme rien n'était vraiment grave pour elle en dehors des rapports physiques entre homme et femme, éternel et unique objet de malédiction, unique souci de Dieu – celui qui n'était pas invité à Stellamare –, et que l'angoisse, les souffrances d'autrui qui n'entraient pas dans ce cadre lui étaient une énigme à jamais fermée ; comme elle niait l'existence de tout ce qu'elle ne connaissait pas par expérience, elle retenait seulement qu'elle avait là une prise supplémentaire sur Didier. Aussi revint-elle dès le lendemain sur ce sujet avec une verve méchante. Il l'arrêta d'un geste et lui dit :

– Fernande, en me signalant certains des défauts de ma pensée comme vous avez bien voulu le faire hier, vous pourriez me rendre service et je pourrais vous en être reconnaissant. Mais vous le dirai-je ? Je ne sens pas exactement en vous le désir d'éclairer vos amis par la critique. Incontestablement, vous aimez rendre et savez rendre de grands services. Ce que personne ne ferait, vous le faites, et vous le faites gaiement. Il y a quelque chose qui pétille dans vos yeux sombres ; il y a en vous une vivacité qui cherche perpétuellement une issue – mais qui blesse. Savez-vous que les esprits aussi demandent quelquefois qu'on leur soit secourable, qu'on leur vienne en aide ? J'interprète ma présence ici comme un grand signe d'amitié, d'élection de votre part. Cette amitié, êtes-vous capable de l'étendre encore – je veux dire à d'autres domaines que celui du confort le plus matériel ?...

Il ne lui avait jamais parlé ainsi, avec cette ouverture, cette effusion, et il espérait qu'elle en serait frappée, attendrie, comme il l'était lui-même, qu'elle remarquerait cette amitié, cette offre qu'il lui rendait en échange de ses coups. Mais en prononçant ces mots, il avait découvert en elle une plaie de l'esprit : il avait touché trop juste pour qu'elle pût répondre tout droit. Ce besoin à peu près constant de dominer, d'écraser l'« autre », c'était bien le trait essentiel de sa nature, et la seule chose qui fût capable de lui donner des satisfactions comparables à celles de la volupté, sans toutefois la mettre en faute. Quand on songeait que Mme Chotard avait, par ostentation de vertu, banni tout miroir de chez elle (elle se servait de glaces de poche toujours cassées qui traînaient dans le fond de son sac ou sur le manteau de la cheminée) ; quand on se rappelait qu'elle ne perdait pas une occasion d'humilier le visage humain, fût-ce chez elle-même, on comprenait jusqu'où pouvait aller sa folie, et quel prix elle reconnaissait à ces joies qu'elle se refusait, et combien, tout en les condamnant, elle leur accordait d'importance, elle restait tourmentée par elles, comme si cette répulsion qu'elle ne pouvait vaincre était à l'origine d'un ressentiment perpétuel, d'un sourd besoin de vengeance. Mais ce n'était pas une satisfaction, encore moins une consolation de le constater. On a beau connaître le loup et ne pas lui en vouloir quand il se sert de ses crocs : si la fatalité veut qu'on vive en sa compagnie, c'est là une vie dangereuse.

Chose incroyable en pareille circonstance, Didier crut déceler, peut-être à tort, de la vanité dans sa réponse.

– Vraiment vous m'étonnez, dit-elle, suspendant pour une fois tous ses gestes. Je suis effrayée... Je ne me croyais pas ce pouvoir sur vous...

Ce n'était probablement pas ce qu'elle voulait dire, il y avait peut-être dans sa joie à dire cela autre chose que ce que supposait Didier. L'émotion de ses propres paroles la troubla, elle fit plusieurs mouvements désordonnés et laissa passer un moment avant de s'apercevoir que ces mots ne répondaient nullement à la question posée. Elle fit à Didier de grandes promesses, se déclara touchée de sa confiance et prête à étendre son amitié, son affection à tous les domaines qu'il voudrait. Ici encore elle était emportée par la facilité du verbe, en même temps que par un secret désir de se compromettre et de compromettre l'interlocuteur. Malheureusement, plus elle parlait, plus Didier s'enfonçait dans son erreur, au point qu'il n'entendait plus ce qu'elle disait et que seule surnageait la phrase initiale, cette phrase qui, comme toujours, faussait entièrement la situation et minait le terrain sur lequel il aurait voulu établir leur entente. Il fut tenté de lui répliquer. Mais il n'y avait rien qu'il fallût moins souhaiter que de démontrer à Fernande qu'elle pensait mal. Car aussitôt elle ourdissait de vastes et patientes intrigues ayant pour fin de déchaîner sur vous des ouragans qui vous feraient bien repentir du mal qu'elle avait pu vous faire.

Il en résulta que, de son côté, le reste de la journée, elle trouva Didier « bizarre » et lui attribua même une certaine instabilité.

Didier supportait mal de rester sur une déception. Le passage de Dom Cazaux avait ranimé en lui certains désirs. Cette barrière que Mme Chotard voulait élever entre lui et les prêtres qui fréquentaient chez elle, et qu'elle avait aussi bien élevée entre lui et la divinité, il voulut la rompre. L'intérêt qu'il avait porté à la personne de ce religieux rejaillissait sur les autres. Mme Chotard avait d'ailleurs ajouté : « Si vous voulez absolument voir un prêtre, pourquoi vous gêner ? Il y en a assez à Irube. Je suppose que vous ne les exigez pas sur mesures. »

Il voulut la prendre au mot : s'adresser au premier venu, c'était réellement faire acte d'humilité, cela aurait au moins cette valeur. Et puisque l'homme qu'il aurait choisi lui échappait aussi complètement que possible – quand il avait demandé son adresse à Mme Chotard, elle lui avait répondu, vrai ou non, qu'il repartait aussitôt pour l'Afrique du Nord –, il décida de faire l'expérience sur le « premier venu », et le premier venu se trouva tout naturellement être l'abbé Singler, qu'il connaissait un peu et qu'il voyait parfois à Stellamare, aumônier du Carmel et professeur de philosophie ou, comme on disait, directeur au Grand Séminaire ; c'était tout de même une manière d'intellectuel : exactement le contraire de ce qu'il vous faut, lui affirmait toujours Fernande, qui n'aimait pas beaucoup ces conversations avec des gens qu'elle recevait dans son salon. Ce prêtre qui n'était pas inculte était par ailleurs tenu en très haute estime par l'Évêché qui songeait, d'après Mme Chotard, à lui confier des tâches particulières, importantes, sur lesquelles régnait le plus grand mystère.

L'abbé Singler, qu'il alla voir au Séminaire à l'insu de son hôtesse, le fit monter sans cérémonie jusqu'à sa chambre, qui était dans une aile du bâtiment, presque sous les toits. L'abbé demanda à Didier de l'excuser quelques minutes et Didier resta seul devant les fenêtres éblouissantes, remplies de toute la clarté du ciel. Ses sentiments changèrent en un instant : ses appréhensions tombèrent et il fut heureux d'avoir fait choix de l'abbé Singler : vivant dans ce cadre, au-dessus de la ville, entouré d'arbres et de livres, dans ce décor simple et bienfaisant, l'abbé lui parut un double de lui-même. Et il éprouva tout à coup une espèce de nostalgie pour une vie chaste, entièrement consacrée au service de l'Esprit. En bas, autour d'une statue de la Vierge, s'épanouissait un parterre de sauges incandescent, puis, au-delà de la rangée d'ifs, le terrain descendait en pente douce vers la ville d'où l'on voyait émerger les deux flèches de la cathédrale sur un fond de collines apaisant.

Quand l'abbé revint dans la pièce – il avait remplacé ses souliers par des pantoufles –, Didier se sentit vidé de son tourment : le charme du lieu avait opéré et il ressemblait, un peu ridiculement, au malade dont les maux s'évanouissent au seuil du cabinet de consultation.

– Si je vivais dans un endroit comme celui-ci, attaqua-t-il, je crois que tout s'arrangerait. J'étais venu pour vous parler de certaines difficultés qui se présentent à ma pensée et, pardonnez-moi, en me trouvant ici, je me demande si mes difficultés ne sont pas uniquement des difficultés de logement.

L'abbé eut un vaste sourire : il connaissait ce genre d'hommes : Didier rentrait dans une catégorie rassurante. Il avait ouvert un paquet de caporal, bourra une pipe et ses yeux se plissaient avec un air de malice derrière la fumée.

– Je vois, je vois, dit-il au bout d'un moment avec une bonhomie un peu lourde, vous avez une petite tendance à vous faire le centre du monde.

Il avait cet accent des Basses-Pyrénées dans lequel le monde devient le « monnde » et qui ne contribue pas à faire prendre un homme au sérieux.

– C'est peut-être un des nombreux inconvénients de la souffrance, dit Didier, de nous obliger à fixer notre attention sur nous.

– La souffrance ! dit l'abbé avec son accent. Un bien grand mot. Bah, bah, on souffre toujours moins qu'on ne se l'imagine. La souffrance, c'est une vue de l'esprit. Le plus souvent, on ne souffre pas, on se targue de souffrir. La souffrance, c'est encore une forme de notre orgueil.

À des années de distance, Didier retrouvait soudain l'atmosphère du collège religieux où il avait été élevé, où tous les péchés prenaient la forme de l'orgueil, se transformaient, pour la commodité (et pour la décence), en péchés d'orgueil. Le doute ? orgueil. La souffrance ? orgueil... Il continua pourtant, appelant au secours ses réserves de bonne volonté mais sentant dès ces premiers mots que la conversation était finie, qu'il n'arriverait pas à se faire entendre.

– Je voudrais que vous m'expliquiez de quoi je souffre, dit-il, ce que signifie cette fatalité qui fait que je suis entouré d'obstacles et d'entraves, que l'exercice de ma liberté se heurte partout à des murs, que je ne me sens presque jamais libre. Voyez-vous, je ne suis pas fait pour l'épreuve. Je ne sens vraiment Dieu que dans la joie. Vous dites que l'épreuve rapproche de Dieu, ce qui est une façon de le justifier ; mais moi, elle m'éloigne : je dois être un cas perdu. Je me sens un importun ici, car je suis un type à qui vos slogans, ou vos leitmotive, ne s'appliquent pas. Il faut que vous trouviez autre chose, que vous fassiez du sur-mesure. Au principe de tous mes maux, de ma situation, de mes humiliations actuelles, il y a la maladie, c'est incontestable. Le mal est ma compagnie depuis des années. Eh bien, je ne m'y fais pas. Je vois trop bien – et de mieux en mieux avec le temps – les activités dont elle me prive. Or je vous demande : que signifie cette sorte de malédiction ? A-t-elle un sens ? Comment intégrer cela dans ma petite vie ? Est-ce un châtiment de fautes inconnues ? Est-ce ce que vous appelez une « épreuve » ? N'est-ce ni l'un ni l'autre, n'est-ce que pure absurdité, contingence ? Dieu nous a-t-il abandonnés au gré des forces aveugles de l'univers, et ne sommes-nous qu'une série de hasards corrigés et plus ou moins vaincus par notre volonté personnelle ?

En fait, il croyait dire tout cela mais ne le disait pas, ou le disait mal. Tout cela qui était clair dans sa pensée quand il s'imaginait en conversation avec un prêtre (qui n'était pas forcément celui-ci), tout cela n'était plus qu'un brouillard prétentieux au moment où il se trouvait là, assis sur la chaise de paille, dans la chambre soigneusement calfeutrée où tournoyait la fumée de la pipe. Au lieu d'écouter l'abbé comme il l'avait imaginé, c'était lui qui parlait, qui expliquait, qui jouait au professeur.

— Comprenez, disait-il, tout se résume pour moi à une situation, et cette situation, souvent, se révèle intolérable. Je crains de ne pas avoir une vie à la hauteur de mes exigences... de ne plus être capable de m'élever au-dessus de mes misères... Il y a un danger pour moi... Je me sens capable de...

— Je vois, je vois, dit l'abbé. Vous avez le défaut de tout compliquer. Il faut être plus simple que ça. Vous parlez de vos exigences ? Qu'est-ce que c'est que ça ? Méfiez-vous, mon ami : vous revenez à ce qui fut la vraie faute de nos premiers parents : l'orgueil toujours l'orgueil...

— Quand vous rencontrez un peu de fierté, protesta Didier, vous appelez cela l'orgueil, et vous estimez que vous avez classé l'affaire.

Il avait parlé avec calme, avec douceur, de façon qu'il fût impossible de se vexer.

— J'apprécie cette franchise, dit l'abbé, jovial. J'aime savoir à qui j'ai affaire. Mais cherchez bien : passez-moi votre vie en revue, rapidement : vous verrez que toutes vos démarches aboutissent à l'orgueil ou qu'elles en partent. Eh bien, un conseil, dépouillez-vous. Je veux dire : Ne désirez pas plus que vous ne pouvez. Fixez-vous des buts que vous puissiez atteindre. Acceptez-vous.

— Voilà justement ce que je ne puis faire, monsieur l'abbé. S'accepter, être content de soi, voyez-vous...

— Bah bah bah ! interrompit l'abbé. Soyez donc un bon pharisien, comme tout le monde ! Et ne vous laissez pas faire, nom d'un chien ! Pour le reste, essayez de vous rappeler qu'il y a des sacrements, bon Dieu ! Et tout s'arrangera.

« Tout s'arrangera »... L'abbé Singler lui avait déjà dit : « Tout s'arrange » quand il lui avait parlé de Betty, sur les remparts d'Irube. Il était d'un optimisme inébranlable – un peu écœurant. Comment faisait-il ? Croyait-il vraiment ce qu'il disait ou bien avait-il renoncé à penser par lui-même ?

– Oui, la routine, dit Didier. Est-ce vraiment là-dessus que vous comptez ?... On ne vit pas toujours au régiment, ni...

– C'est bien ça qui est regrettable, dit l'abbé, toujours aussi jovial. Mais permettez, encore un conseil : allez vous confesser au premier venu – vous entendez ? Au premier venu : vous m'en direz des nouvelles. Allez donc chez les capucins, il y a là quelques bons vieux, à la barbe chenue. Vous verrez, ça résoudra la question.

– Oui, dit Didier. Ils me diront de réciter trois Pater et trois Ave.

– Oh, comme vous dites cela ! s'écria l'abbé, sincèrement surpris par tant d'obstination, et cette fois peut-être peiné. Allons, dit-il, avouez-le, vous n'aimez pas les prêtres.

– Je ne comprends pas ce que vous me demandez, dit Didier encore plus surpris. Ce que je voulais vous dire, c'est que, la dernière fois que je me suis confessé ainsi – cela remonte à longtemps, je ne vous le cache pas –, je n'ai pas senti que je recevais un sacrement...

– Hé là ! Qu'est-ce que vous attendez donc ? dit l'abbé. De voir la Sainte Vierge ?

– De savoir que je recevais... de sentir ce que vous appelez la grâce. Je n'ai pas senti la grâce, je ne l'ai jamais sentie, du moins pas dans ces moments-là, attachée à ces actes-là. Croyez-vous que quand je passe à côté d'un confessionnal, devant ces vieilles femmes agenouillées...

– Bah bah bah ! C'est à elles que vous devez essayer de ressembler, dit l'abbé. Ce qui vous manque, croyez-moi, c'est la foi du charbonnier. Ça c'est beau ! C'est la foi de ces êtres que vous méprisez. Le reste, vos questions, vos petits problèmes : de l'orgueil. Croire les yeux fermés, voilà ce qu'il faut. Alors, comme tout est simple !...

– Croire parce que c'est absurde ? murmura Didier. Oui, je sais. C'est la réponse à tout. Mais dites-vous que s'il y a une foi du charbonnier, il existe des gens qui présentent le phénomène contraire : ils ont l'absence de foi, l'incroyance, l'incrédulité du charbonnier. Imaginez une minute que je sois de ceux-là. M'enverriez-vous encore à votre capucin ?

L'abbé n'était pas préparé à cette attaque. Jusque-là, l'argument du charbonnier avait suffi à tout. Il n'avait jamais imaginé de charbonnier autrement que vaincu, illuminé par la triomphante certitude de l'existence de Dieu. D'ailleurs, il n'y a pas d'athées, c'est bien connu, et ce devait être aussi un de ses thèmes. Il hésita pourtant avant de l'entamer. Pendant cette seconde de silence, Didier l'imagina désespéré et vint généreusement à son secours.

– Et pourtant vous enseignez aussi, à vos heures, et dans ces murs mêmes, je pense, un Dieu rationnel. Je suppose que votre apologie ne s'arrête pas à l'absurde, parce qu'il y a bien des choses dans le monde qui sont absurdes et qui ne sont pas Dieu. Quand j'étais gosse, dit-il avec un assez triste sourire, on m'apprenait les preuves de l'existence de Dieu ; je me rappelle qu'il y en avait sept...

– Il y en a évidemment beaucoup plus que ça, dit l'abbé, très grave.

– À vrai dire, une seule me suffirait, dit modestement Didier.

– Vous voyez bien, dit l'abbé, s'énervant et tapotant sa pipe sur la table à côté d'un cendrier débordant de boules noirâtres, parmi un fouillis de paperasses poussiéreuses. Vous voyez bien, vous raisonnez tout le temps. Vous raisonnez sur tout. Vous raisonnez trop !

– Dans mon enfance, reprit Didier. Ce n'est pas si vieux. Est-ce que ce qui était valable dans mon enfance ne l'est déjà plus ? Est-ce que ça change si vite que ça ?

– L'Église est une personne vivante, dit l'abbé. Elle vit, donc elle s'adapte. Le monde change, elle s'adapte au monde... Elle ne refuse jamais le dialogue...

– Je le veux bien, dit Didier. Mais, alors que vient faire ici votre foi du charbonnier ? Le charbonnier, lui, a besoin de quelque chose qui ne change pas. Il ne comprend pas les finesses de l'évolution. Son Bon Dieu doit rester le même, entre sa naissance et sa mort. Il ne peut pas aimer, lui, un Bon Dieu dialectique...

Comment en étaient-ils venus à cette discussion ? Didier savait qu'ils n'en sortiraient pas. Il s'était toujours fait scrupule de développer ses idées devant des prêtres : elles avaient pour lui une telle force qu'elles lui semblaient capables de leur faire perdre la foi. Leurs raisons de croire ou leur manière de croire étaient en général si fragiles, les faits auxquels ils attachaient une importance si incertains, leur morale si superficielle, qu'il lui aurait paru de mauvais goût de pousser la conversation trop loin sur ce sujet. Il est justice de dire qu'il n'y avait jamais été encouragé. Cette fois-ci, comme les autres fois, il savait qu'il se heurterait à l'inacceptable. La dignité de la vie, de la conduite, le courage intellectuel, étaient après tout les plus belles preuves qu'un homme pût donner de la force et de la valeur de ses convictions – et par suite de l'existence de Dieu. La foi du charbonnier ? Oui, chez les charbonniers. Autrement...

– Allons ! dit l'abbé en se levant, ne vous compliquez pas la vie. Dieu reconnaîtra les siens...

Il ne se levait que pour s'ébrouer, peut-être, mais Didier prit cela pour un congé et se leva à son tour.

– C'est une bonne parole, dit-il. Il est regrettable que, comme vous le savez, elle ait signé un des plus jolis massacres du Moyen Âge. (Tuez, mes bons amis, tuez ! Dieu reconnaîtra les siens ! Ne perdons pas notre temps à faire des distinguos !)

L'abbé accompagna son visiteur dans l'escalier tout en ayant l'air de poursuivre l'entretien, un peu à bâtons rompus. La parole était franche, un peu rude, un peu fruste aussi, et Didier avait l'impression de recevoir de grandes tapes dans le dos, et qu'il avait revu un camarade d'une ancienne équipe de football. Les vieilles marches de bois, usées par des générations de petits jeunes gens en soutane, craquaient agréablement sous leurs pas. Rien de bien tragique ne pouvait se concevoir ici. Au reste, Didier sentit nettement, à certaines paroles, que l'abbé Singler le considérait un peu comme un vagabond, un nomade.

– Ce qu'il faut dans la vie, disait l'abbé, c'est avoir des responsabilités. Voilà ce qui permet d'échapper aux questions superficielles, aux faux problèmes. Au fond, vous savez, le travail de l'esprit... Ah, j'envie les travailleurs manuels, tenez ! C'est cela qui nous manque le plus, à nous autres (et Didier comprenait qu'il disait « nous » par diplomatie). Il y aurait d'ailleurs un remède à tout cela : vous fixer...

Didier s'imagina qu'il allait, comme Mme Chotard, lui parler mariage. Mais il s'agissait d'autre chose.

— On nous a trop tourné la tête avec certaines doctrines que je considère comme néfastes.

Ils étaient parvenus, lentement, sur un palier. L'abbé articula fortement :

— L'homme est fait pour posséder. Il n'y a pas à tortiller. Tous les discours ne valent pas un arpent de terrain. Votre condition métaphysique ?... Bah bah bah ! Devenez propriétaire, comme tout le monde !...

Et il écrasa la main de Didier dans la sienne.

Ce ne pouvait être sans raison que Mme Chotard avait invité Betty à Stellamare, ou du moins qu'elle lui permettait de venir quand elle voulait. Didier l'avait visiblement déçue : elle était sans prise sur lui ; elle n'avait pas encore trouvé le point faible. Elle avait bien fait l'essai de Paula Carducci, qui avait les coudées franches, car elle donnait des leçons d'anglais en ville. Mais cela n'avait pas réussi non plus ; elle n'avait réussi qu'à fâcher Didier – et même pas autant qu'elle le croyait. Elle se rabattit sur Betty.

Elle avait conscience de s'être montrée libérale, non sans dessein, en autorisant les séances de travail avec Betty. Or elle avait beau rentrer de la ville à n'importe quelle heure, et surgir dans la chambre de Didier sans s'annoncer, jamais elle n'avait surpris entre eux le moindre geste, la moindre attitude équivoque. Ce n'était pas que Didier n'eût quelque peine à faire respecter par Betty une certaine discipline. Elle obéissait sans trop comprendre. Il ne comprenait pas lui-même si Fernande avait renoncé à ses soupçons, si elle s'était fait une idée acceptable de la situation, ou si elle avait changé sa façon de voir au contact de Betty et si leur amitié avait cessé de lui sembler criminelle.

L'atmosphère paraissait sans nuages et si Mme Chotard avait de mauvaises pensées, elle savait les garder pour elle.

Il y avait longtemps qu'elle n'avait pas retenu Betty à dîner – ce qu'elle faisait toujours au dernier moment et avec une négligence voulue –, et Didier se demandait si c'était là un fâcheux augure, ou un simple oubli, ou le souci de préserver leur intimité. Or il arriva ceci que le désir de dominer Betty, de s'assurer par elle une prise sur Didier, désir soutenu par un sens de la sociabilité qui ne l'abandonnait jamais, même dans les circonstances les plus troubles, aboutit à la chose la plus inattendue : elle invita Betty à dîner solennellement.

Betty qui, jusque-là, malgré les autorisations réitérées, s'était insinuée à Stellamare plutôt qu'elle n'y avait été reçue, accueillit cette invitation comme une sorte de consécration officielle et, ingénument, arriva pour passer la soirée avec son phono et ses disques.

Dans une maison où l'incohérence est la loi, où aucun acte de bienfaisance n'est jamais calculé, où seule est calculée la malfaisance, cette entrée en matière devait passer pour normale. Didier était bien décidé à observer la soirée en spectateur, et même d'un œil critique, et à laisser les femmes mener la conversation comme elles l'entendraient. Le repas se déroula sans incident. Mais quand tous trois eurent pris place dans le salon bleu, les disques amenés par Betty eurent raison de cette volonté d'indifférence, et il le laissa voir. Imprudence. C'est là que les calculs de Fernande convergeaient, bel effet d'une géométrie secrète. Que quelqu'un s'intéresse en sa présence aux initiatives d'un tiers, c'est ce qu'elle sait le moins pardonner. Ajoutons que la musique est une chose à quoi les Lagréou sont de mère en fille singulièrement fermées. Concédons encore qu'il est insupportable de voir des gens communier selon un rite dont on ne possède pas la clef. Cependant, l'ambiance avait été jusque-là si cordiale qu'on avait pu oublier les questions de psychologie domestique, croire que Mme Chotard avait du goût pour la musique, que son amitié pour Betty était sincère. On croit trop facilement à la bienveillance des êtres, et que le paradis est sur terre. Didier ne s'était même pas méfié des remarques acides que Fernande commençait à répandre au hasard, à propos de Liszt, de Bach ou d'Édith Piaf. Pour terminer, comme il demande qu'on refasse passer un disque de Bach et que Betty a la mauvaise idée d'acquiescer, Mme Chotard s'y oppose sèchement et, sous prétexte qu'il est dix heures – prétexte loufoque dans cette maison –, se lève, bouscule les fauteuils, va à la cuisine, en revient, tout cela avec une pétulance telle qu'elle déclenche un tumulte dont n'eussent pas approché non seulement l'exécution au piano de la douce *Partita en si bémol* de

Bach, mais même les fanfares des *Préludes* de Liszt, ni les hurlements de la môme Piaf. Au reste, comme les autres jours, jusqu'à onze heures et au-delà, se elle promènera dans l'appartement sans se déchausser, en faisant claquer les portes. N'est-elle pas chez elle ? Elle a le droit de faire tout le bruit qu'il lui plaît.

Didier a assisté en curieux à tout ce déchaînement de hargne. Ce serait presque divertissant si ce n'était odieux. Mais attention. Ne l'a-t-elle pas surpris sur le point de sourire ?

– Et puis, foutez-moi le camp ! crie-t-elle dans une explosion de vulgarité qui confine à la démence, au moment où Betty, après avoir peureusement ramassé les disques sur le tapis, franchit la porte pour partir.

On peut croire qu'un tel mot est absolument étranger au vocabulaire d'une femme comme Mme Chotard-Lagréou, qu'un tel comportement est étranger à ses mœurs. Il n'en est rien. C'est la force de la souche paysanne qui reparaît, la vigueur de l'implantation, de l'enracinement : on voit, à ses mains larges et fortes, que des générations d'ancêtres ont tenu la bêche : la noblesse paysanne se paie.

De pareilles scènes devraient être impossibles. Il semble qu'ici les âmes soient en jeu, que les destinées spirituelles des êtres courent les plus grands dangers. Il y a là un tel étalage de fureur, si humiliant pour celui qui s'y livre, que la charité conseille de l'ignorer. Cette ignorance – exercice spirituel – entrait assez dans la nature de Betty, ou dans ses habitudes, et paraissait lui être d'une facilité extrême. Pour d'autres raisons – futilité naturelle ou versatilité –, elle était presque aussi facile à Fernande et Didier savait également la pratiquer, par esprit de conciliation et peut-être dans l'espoir d'une récompense future. Alors qu'après une scène de ce genre, la plupart des gens cesseraient de se voir et balanceraient des mois à se réconcilier, les habitués de Stellamare eurent la surprise de se retrouver tous les trois, souriants et pleins d'indulgence, exactement comme s'il ne s'était rien passé.

Cette disponibilité d'humeur peut paraître inquiétante. Mais seule diffère entre les êtres la profondeur à laquelle les blessures sont perçues. Les sensibilités, ici, étaient intactes.

Le fait est que, peu de temps après, le trio se trouva réuni à la même table, Mme Chotard, Betty et Didier. Fernande présidait avec une sorte d'autorité bienveillante. Et comme la fois précédente, tout alla bien jusqu'à la fin.

Mais arrive le moment pour Fernande des subits, des tragiques retours sur elle-même. Rien de plus redoutable, car ces méditations se terminent toujours par la violence et – il faut relever ici un des traits surprenants de cette nature – la violence passe de l'esprit au corps et s'achève dans les coups. Il y a chez elle un besoin irrésistible de prendre physiquement contact avec la personne dont la présence, la nature, la différence l'insultent. La gifle, le coup de poing sont l'ébauche, le symbole d'un geste meurtrier.

Tandis que Mme Chotard disparaît dans sa cuisine qui est séparée de la salle à manger par un couloir à petits carreaux, les invités, croyant lui faire plaisir, se mettent en devoir de plier la nappe afin que, suivant une citation dont Fernande est prodigue :

La nappe soit remise aux rayons de l'armoire...

Ont-ils l'air de trop s'amuser ? Voici que Mme Chotard survient et, avant d'avoir pris le temps d'examiner ce qu'ils font, elle proteste qu'ils le font mal et que sa nappe en sera gâtée. Au reste, on sait que Mme Chotard ne plie jamais rien et que sa colère est aussi due à cela : elle croit qu'on lui donne une leçon. Mal revenus de leur surprise, et de l'idée qu'ils essayaient de lui rendre service, fût-ce un service inacceptable, les deux coupables restent accrochés à la nappe, dans un mouvement de danse qui semble les unir – oh, ce lien immaculé entre eux, plus insupportable que tout ! –, si bien que Fernande s'approche comme une furieuse et, avant que Didier ait pu s'interposer, repousse brutalement Betty d'un coup de coude dans les côtes pour lui faire lâcher prise.

Le regard de Didier n'est pas perdu : Fernande saura s'en souvenir à la bonne heure.

Après de tels excès, si ne survient pas un événement capable de constituer diversion ou détente, et d'acheminer ainsi à l'oubli, il y a toujours un incident dans la maison, une vitre qui se brise, un mets brûlé, la règle étant qu'il faut que cela tourne au détriment de ceux qui se trouvent là, et qu'ils paient leur faute, c'est-à-dire le mal qu'on leur a fait ou dont ils ont été les témoins.

Cette fois la maison restera privée d'électricité pendant plusieurs jours. Un plomb a sauté et, en cherchant à le remplacer, Fernande en a fait sauter un autre plus important, celui du compteur. Didier, alerté par ses clameurs, accourt dans l'antichambre, se propose pour examiner l'affaire. On lui apporte une chaise de bois, mais elle branle, il a la tête brouillée, le voilà bientôt couvert de sueur, obligé d'abandonner la partie. Pour rendre la chose plus définitive, Fernande essaie à son tour, secoue le compteur, et comme il lui résiste et qu'elle reste persuadée que là est la cause du mal, elle en viole le sceau, en arrache le couvercle, lequel tombe dans l'assiette du chat. Cette activité désordonnée, accompagnée d'abondantes paroles, obtient pour résultat que l'électricien du quartier, que Didier a été quérir, se récuse, alléguant qu'il faut faire appel à un spécialiste de la Compagnie. Pendant tout ce temps d'ailleurs, Mme Chotard multiplie les apparitions sur son balcon, adresse des signes d'amitié à tous les passants, les invitant à monter, cherchant à retenir Mlle Pincherle « venue dire qu'elle ne viendrait pas », la remplaçant à l'improviste par des personnes du quartier avisées au dernier moment, préparant à trois heures des tartines à la confiture pour les demoiselles de Saint-Jean-de-Luz qui repartiront à quatre heures, ou pour le chat qui s'en emparera, et ainsi jusqu'au soir.

Bref, ce qui l'enchante dans tout cela, et la raison pour quoi elle se donne tout ce mal, c'est que Didier ne puisse travailler en paix, ni Betty, et que la maison soit plongée dans le noir. Finalement, comme c'est vendredi, elle déclare tout à coup qu'elle part pour une retraite de trois jours chez les bénédictines, aux environs d'Hasparren. Didier gardera la maison, libre d'y faire ce qu'il veut. Qu'il ne change rien à ses habitudes.

– Mais Betty ?...

Elle hausse les épaules.

– Quoi, Betty ? Elle viendra travailler comme les autres jours, évidemment, dit-elle comme s'il s'agissait d'une fatalité.

Didier n'en revient pas, se demande s'il a bien entendu, s'il ne doit pas faire mine de la retenir. Est-ce une conversion ? Est-ce un piège ? Il est abasourdi.

C'est ainsi que les moindres incidents entraînent chez Fernande des conséquences lointaines.

En fait, elle revient le soir même. S'est-elle ennuyée dans la compagnie des saintes âmes ? Veut-elle surveiller son hôte pour le surprendre ? Il pourrait le croire car, rentrant à dix heures du soir, elle fonce droit sur sa chambre, sans ménagement, ouvre la porte en même temps qu'elle frappe, avec le visage bouleversé des mauvais jours, et après un regard circulaire lui annonce qu'il faut qu'elle lui parle.

Sans doute lui a-t-elle laissé entendre avant de partir que si Betty se trouvait fatiguée un soir, rien n'était plus facile que de la faire coucher dans la maison où les lits ne manquent pas. Mais Didier n'est pas si sot. Dès la tombée du jour, il a soigneusement éloigné Betty qui sans doute ne comprend rien à cette mesure de police.

Son arrivée, la porte qui a grincé en traînant sur le parquet – cette porte qu'on ne se décidera jamais à arranger – ont réveillé Didier en sursaut, et, la tête douloureuse, il la supplie de le laisser jusqu'au lendemain. Elle consent à se retirer. Néanmoins elle revient trois fois de suite (elle a encore son manteau, son sac au bras), toujours avec autant de bruit (mais sans frapper cette fois), pour demander à Didier s'il n'a besoin de rien – en réalité pour s'assurer qu'il n'a pas changé de disposition, ou que Betty n'était pas cachée dans une armoire. Betty dans sa chambre à dix heures : ce serait un beau prétexte à scandale. Désire-t-elle trouver un prétexte pour le chasser ? Rien de moins certain. Mais qu'elle désire un scandale, voilà qui est probable : Mme Chotard-Lagréou adore s'indigner.

Le lendemain matin, de bonne heure, dans le désordre du réveil, la voici installée au pied de son lit. Prétexte : petit déjeuner.

Ce n'est qu'à son visage bouleversé, traversé de tics, que Didier perçoit qu'elle nourrit des intentions mauvaises. Elle a ramené les bords de son peignoir sur sa poitrine, et ses cheveux noirs et non peignés lui donnent un air pathétique.

– Didier, lui dit-elle d'une voix profonde, comment êtes-vous ? Je veux dire : votre santé.

Agacé par ce ton et surpris par le biais qu'elle prend, il répond par un haussement d'épaules :

– Toujours pareil, évidemment.

– Avez-vous encore de la fièvre le soir ?

Va-t-elle lui poser beaucoup de questions de ce genre ? Il fait une réponse indistincte.

– Ça ne fait rien. (Très troublée.) Ça n'a pas d'importance. Et là-bas, chez vous, à Arditeya, la situation n'a pas changé ?

– Toujours la même chose, dit-il maussade. Mais, bien entendu, si vous avez besoin de cet appartement pour votre belle-sœur de Strasbourg...

Il avait envie d'ajouter : « Ou pour votre cousin de Pampelune... » À quoi pouvait bien rimer ce questionnaire, et surtout le ton tragique sur lequel il lui était fait ? « Qu'est-il donc arrivé ? Ai-je été imprudent avec Betty ? L'ai-je regardée dans les yeux ? Me suis-je montré à la fenêtre avec elle ?... » Tout cela peut paraître ridicule à rapporter. Le fait est qu'en de telles circonstances Mme Chotard-Lagréou ne donnait pas envie de rire. Il suffisait de voir son visage tourmenté, presque tuméfié, comme si on l'avait martelé à coups de poing, d'observer son attitude, les éclairs noirs qui sortaient de ses yeux, ce désir qu'on lisait clairement dans toute sa personne de meurtrir, de voir la couleur de votre sang... Didier n'avait jamais cru au diable : soudain il le voyait, il était là, à deux pas, il animait un être, une face humaine. C'était horrible.

Outre que son existence se trouvait remise en question à chaque saute d'humeur, à chaque coup de vent, à chaque ride qui passait sur cette âme ténébreuse, le spectacle de ce tourment inconnu était pénible et Didier se sentait lointainement coupable, comme un frère qui a manqué à ses devoirs. Il aimait les entretiens paisibles où parfois Fernande était capable de faire briller son intelligence ou de faire apparaître sa bonté. Il n'aimait pas ces colloques électriques, sans aucune provocation de sa part, qui les amenaient tous deux au bord de la haine. De quoi serait-il question cette fois ? Allait-elle encore l'interroger sur ce qu'il pensait de la vie éternelle ? Ou ne s'agissait-il – c'était égal pour elle – que d'un ragot de palier, ou d'une confidence de la locataire du rez-de-chaussée, cette pimbêche – par qui, il en était convaincu, elle le faisait espionner : n'était-ce pas son devoir et son droit de tout connaître sur celui qu'elle hébergeait ? Chaque fois que Mme Chotard pénétrait ainsi dans sa chambre, il ne savait ce qui allait se produire et, sentant que tout était possible, il attendait le choc avec une réelle anxiété.

Mme Chotard était allée chercher son plateau à la cuisine et s'était réinstallée au bout du lit, dans une position de fausse intimité. Elle ressemblait au commissaire de police qui tend une cigarette au suspect en attendant de lui donner des coups.

– Didier, dit-elle en retirant laborieusement son pain de son café, il y a quelque chose dans votre vie, une paille, un point faible, quelque chose qui n'est pas net... J'ai besoin de savoir...

– De savoir quoi ?

Elle n'arrivait pas à se décider.

– Que vous n'avez pas de mauvais sentiments pour...

Son cœur commence à se décrocher, il n'a plus faim.

– Je vous en prie, dit-il, achevez !...

– Pour la fille de M. Carducci, pour Paula. Oh, Didier, ce ne serait pas bien !

– Encore Paula ! dit-il.

Il tombait des nues. Il savait trop, par ailleurs, ce qu'elle appelait de « mauvais sentiments » – car il lui avait fallu s'habituer à ce langage qui subvertissait le sens des mots. Mais pourquoi Paula ? Méfions-nous, pensa-t-il. Il y a là une ruse, sûrement. Mais laquelle ?

– Oui. Je vais tout vous dire. En arrivant chez les bénédictines, je suis tombée sur Mlle Pin... Non, ne la nommons pas, enfin une femme pour qui j'ai la plus grande estime... Didier, cela m'ennuie de rapporter, mais elle m'a dit vous avoir vu embrassant Paula en ville, elle a précisé : devant le théâtre !...

Un instant Didier resta muet, repoussant tour à tour les formules que l'indignation, le mépris, le dégoût précipitaient dans sa tête. Embrasser Paula devant le théâtre ! L'inanité de cette accusation avait de quoi soulever l'hilarité. Voilà ce que Mlle Pincherle était capable d'inventer, avec les mèches qui sortaient de son chapeau et son air de grande asperge. Voilà le genre d'hallucinations qui poursuivaient les professeurs catholiques dans leur retraite. Non seulement la chose était fausse, mais Didier était révolté par la vulgarité de leurs imaginations.

– Et c'est ça que vous vouliez me raconter hier à minuit ! s'exclama-t-il, parvenant à maîtriser la colère qui grondait en lui.

– Vous auriez dû m'écouter, dit-elle. Je n'ai pas dormi. Cette idée – l'idée que vous viviez dans le péché, et cela avec Paula, que vous vous étiez attaqué à Paula, une amie à moi, que vous connaissiez par moi, cette idée, je ne peux pas la supporter !

Il eut un mouvement découragé des bras.

– Vivre dans le péché ! Et avec Paula ! Mais vous êtes folle !... Et tout cela pour un prétendu baiser devant le théâtre !... Mais que vous a fait Paula ? Que vous ai-je fait ? Est-ce que je m'occupe de Paula ?... Mais dites-moi, madame Chotard – il était solennel tout à coup –, est-ce là de quoi l'on parle dans les couvents ? Y allez-vous pour entendre les rapports de vos mouchards ?

– Didier, il s'agit de votre âme. C'est une chose grave. Vous ne pouvez pas m'empêcher de m'occuper de votre âme, d'aimer votre âme... Ne riez pas. Il y a trop de choses contre vous. D'ailleurs, il y a mieux : elle m'a dit vous avoir vu, une autre fois, avec elle, dans un tramway, et que vous la teniez...

C'était si fort que des hurlements de protestation n'eussent pas suffi.

– Vous devriez savoir, dit-il très calme, que j'ai horreur de m'exhiber en public.

– Je n'en sais rien, dit-elle. Il reste que mes scrupules religieux m'interdisent...

Cette fois il l'interrompit avec colère.

– Je vous interdis d'invoquer vos scrupules religieux !

Elle essuya l'insulte sans broncher. Elle se réfugia alors, comme toujours, dans de misérables arguties, ou dans des calembours qu'elle prenait pour des raisonnements. Mais tout ce qu'elle disait n'était que feinte. Paula. Pourquoi Paula ? Paula était belle, elle était indépendante, elle avait besoin de la salir. Mais il y avait une autre raison, une manœuvre qu'il ne comprenait pas... Ce qui le mettait hors de lui, c'était de l'entendre parler de son « âme », invoquer la religion. Elle avait des frères, des cousins dans les affaires : elle parlait d'eux fort virilement et se montrait fière de leurs frasques ; s'ils trompaient leurs femmes, c'était dans l'esprit des fabliaux. Seule « l'âme » de Didier lui inspirait ces folles exigences ; fallait-il en conclure que ses frères, à ses yeux, n'avaient pas d'âme ? Qu'est-ce qui la rendait donc si féroce à l'idée que Didier avait pu embrasser une fille ? C'était grave. Mais tout cela faisait qu'il ne pouvait tolérer l'invocation des principes religieux ; il avait cette hypocrisie en horreur. Et puis, il n'était pas le gardien de la religion plus qu'elle n'était la gardienne de son âme. Non, la vérité n'était pas dans les mots prononcés. Elle était que Mme Chotard-Lagréou avec son visage miné par la passion, bronzé par les feux de l'Enfer, détestait tout ce qui ressemblait à l'amour. Il craignait qu'elle ne lût dans sa pensée, mais elle était trop occupée à chercher des preuves, des signes concrets de sa faute.

– Tout cela ne m'apprend pas ce que vous avez fait avec Paula, dit-elle obstinément, avec le regret, visible dans ses yeux, de ne pouvoir employer la torture pour le savoir. Si vraiment vous avez convoité...

– Convoité ! s'écria-t-il. De quel droit vous servez-vous de mots ignobles ?

– Didier, dit-elle, j'ai besoin que vous me disiez la vérité et non pas que vous discutiez mon vocabulaire. Je vous demanderai des leçons de langue une autre fois. J'ai besoin de savoir si oui ou non... Vous avez beau protester : j'ai vu vos regards !...

Il rougissait, pour elle et pour lui, de cette conversation. Mais elle ne voulait pas renoncer : il la sentait sur des charbons ardents. Tout à coup il eut pitié. L'idée que le garçon qu'elle avait en face d'elle, qui vivait par grâce spéciale dans sa maison, et qu'une fille qu'elle connaissait bien, qu'elle recevait dans son salon avec son père et ses sœurs, avaient pu s'embrasser, avec tout ce que cet acte comporte d'effrayant et de mystérieux, c'en était trop pour elle. Il lui rétorqua simplement :

– Pourquoi me questionnez-vous puisque vous avez le témoignage de votre pieuse amie, Mlle Pincherle ? Nous a-t-elle vus, ou ne nous a-t-elle pas vus ?

– Elle vous a vus.

– Eh bien ce n'était pas nous, dit-il avec lassitude en fermant les yeux. Ou en tout cas ce n'était pas Paula et vous pourrez dire à Paula... À la fin, vous m'agacez avec cette fille !

Elle avait bondi dans un bruit de porcelaine entrechoquée.

– Ce n'était pas Paula ! C'était donc une autre ? Oh Didier ! Vous allez me rendre folle. Mais alors qui était-ce ? Mlle Pincherle avait donc raison !

Mlle Pincherle avait raison, puisqu'elle avait tort ! C'était le plus pur style de Mme Chotard.

– Sachez que je n'embrasse jamais dans la rue, dit-il exaspéré ; et votre Mlle Pincherle est la seule personne, après vous, à pouvoir inventer de telles obscénités et à les mettre sur mon compte.

Il ne voyait pas le visage de Mme Chotard qui changeait au fur et à mesure qu'il parlait. Toutes ces dénégations étaient autant de révélations pour elle, des révélations qui la brûlaient comme si on lui avait asséné de grands coups de lanière.

– Jamais dans la rue, Didier, mais où donc ?

– Chez moi, chez vous, partout où ces choses-là peuvent se faire décemment, dit-il.

Elle a un sursaut violent. Une cuillère tinte sur une soucoupe. Le sang circule furieusement dans son visage brun.

– Oh Didier, vous ne voulez pas dire... Qui ? Mais qui donc ?...

– Si vous voulez le savoir, dit-il, et pour en finir une fois pour toutes avec ce genre d'explications, Betty est ma maîtresse, et c'est d'elle qu'il est question depuis une heure. Et vous n'avez parlé de Paula que pour me révolter et m'amener à vous le dire.

Elle lui apparut la mine complètement défaite, par-dessus le plateau à déjeuner bouleversé d'où le café s'était répandu sur son peignoir.

– Vous l'aviez nié ! dit-elle.

– C'était vrai quand je vous l'ai dit. Mais les choses ont changé depuis. Le monde est quelque chose qui bouge.

Elle restait devant lui, les yeux fixes, exorbités, traversée d'impulsions meurtrières, sans parole – ce qui était vraiment extraordinaire.

– À présent, dit-il en ouvrant un livre, si vous avez encore quelque chose à me dire, écrivez-moi !...

L'horreur de ces conversations (car ce ne fut pas la seule) aurait pu l'anéantir. Elle le revigorait. Il avait besoin de dialogue, même si le dialogue devait être inhumain. Il était fort. Il parlait, sans être chez lui, le langage du maître. Il tranchait, jugeait, défiait. Il semait l'épouvante au cœur de Mme Chotard-Lagréou.

Certes, il pensait bien que l'affaire n'allait pas se terminer ainsi ; mais après lui avoir fait une scène injuste pour Paula, pouvait-elle en faire aussitôt une autre, même juste, au sujet de Betty ? Sa ruse – car ce n'était qu'une ruse – se retournait contre elle.

Cependant, la féroce inquisition à laquelle elle s'était livrée au cours de ce petit déjeuner mémorable, qui risqua bien d'être le dernier, n'était rien auprès de celle qu'elle organisa ensuite contre Didier, quand *elle sut*. Il était trop clair qu'elle avait feint l'ignorance d'une chose dont elle était à peu près sûre, soit pour voir jusqu'où irait sa dissimulation, soit pour se réserver le plaisir de le faire avouer, en l'accusant d'une trahison toute imaginaire. Il n'est pas douteux qu'en maintes circonstances les propos impulsifs de Mme Chotard ne voulaient rien dire, qu'ils étaient lancés comme un hameçon : peu importe ce qu'on y accroche pourvu que le poisson morde. La profération explosive de propos dénués de signification, ou l'explication fantaisiste de ces mêmes propos ensuite – explication faite selon l'humeur du jour ou l'inspiration du moment – dénonçaient en Mme Chotard un véritable génie de la provocation. Or il était difficile de savoir ce qu'il y avait de spontané ou de calculé dans ses mensonges, car elle était visionnaire et, au bout de peu de temps, elle s'installait dans ses visions. Celles-ci devenaient alors articles de foi et, comme tels, bonnes à colporter, de sorte que, le jour où les bruits qu'elle avait fait courir lui revenaient aux oreilles, rien ne séparait plus le mensonge de la réalité.

C'est ainsi que Didier eut l'occasion d'apprendre, quelques jours après cette scène peu élégante, que Mme Chotard s'était vantée – lors d'une séance à laquelle elle se rendait tous les jeudis et qui réunissait l'élite catholique de la cité, groupée pour l'étude des textes sacrés – d'avoir eu la surprise, le « haut-le-cœur » de les « surprendre », Betty et lui, un matin, en revenant de la messe, en regardant dans sa chambre par le trou de la serrure, « couchés dans le même lit »... On imagine le style d'après ce peu de mots. Naturellement, Didier était bien certain de n'avoir jamais couché avec Betty dans aucune des chambres de Stellamare. Mais le fait que Mme Chotard ne craignait pas de donner de telles précisions, s'il n'était pas un signe avant-coureur de la plus sombre folie, montrait à l'évidence, outre l'extrême fantaisie de ses visions, la singulière notion qu'elle avait de la vie privée. Vivant chez elle, il fallait que même sa réputation lui appartînt. Ni la vente massive des *Vie de Jésus* de Firmin Lagrenez, ni la lecture des gros livres d'exégèse que Didier voyait chez elle, les Garrigou-Lagrange et les autres, ne pouvaient rien contre cette passion possessive, cette frénésie d'accaparement. Or Didier ne connaissait pas les gens dont les oreilles avaient pu bénéficier d'un tel propos, et parmi lesquels risquaient de se trouver bon nombre d'imbéciles... Voilà donc comment s'étaient transformées pour elle (car il ne fallait sans doute pas aller chercher plus loin les origines d'une pareille invention) les paroles de Didier lui avouant que « les choses avaient changé ». Mais le mensonge se doublait d'un autre, ou plutôt d'une sorte de parjure. Il avait pu relever précédemment que la pratique de l'indiscrétion était pour elle un moyen de pression, une façon de contraindre à la confiance et à l'aveu. Il avait eu maintes fois à lui reprocher ces procédés. Sa défense ne variait pas : « Que voulez-vous, mon petit, si je l'avais su par vous-même, je me serais fait un scrupule de le répéter. Ce que l'on dit à l'oreille d'une amie constitue évidemment une confidence, et les confidences ne se répètent pas. Mais du moment que vous ne m'avez rien dit, je pensais que la chose était indifférente. Voyez-vous, Didier, le meilleur moyen pour que je ne répète pas les choses, c'est de me les dire !... » Didier ne pouvait concevoir pareil langage. À cela, pas de réponse possible : s'éloigner serait la seule, et Fernande savait bien qu'elle créait en lui un cas de conscience torturant en le forçant à se poser chaque jour la question de son départ. Or, cette fois, l'aveu même n'avait pas suffi.

Didier estima pour l'heure qu'elle lui devait une explication. Mais il lui fallut attendre quelques jours car, à la suite de la conversation sur Paula – était-ce l'effet du remords ? – elle éludait tout entretien sérieux, prenant la fuite sous un des nombreux prétextes qui s'offraient à elle, le plus souvent culinaire, dès que Didier prétendait avoir à lui parler.

Cependant, quand elle fut un peu remise et qu'elle eut retrouvé son assurance, elle se jugea en mesure d'affronter l'entretien. Mais dès les premiers mots, elle para le reproche en attaquant elle-même et en agitant devant les yeux de Didier le spectre du renvoi, parlant de « situation irrégulière » et de scandale.

– Voyez-vous, mon pauvre Didier, dit-elle – et Didier remarquait qu'il arrivait toujours dans ses conversations avec les gens un moment où on lui donnait du pauvre ami –, voyez-vous, on parle de vous dans les maisons où je vais. Jugez comme c'est agréable pour moi !... (Elle en était ravie.) Maintenant les gens qui viennent à ma librairie se posent des questions. Et comme mon commerce ne marche qu'avec l'appui de certaines personnes... du chanoine Cardon, par exemple, ou de l'abbé Singler... vous voyez la situation...

Il regarda ses lèvres sèches mais fortement burinées, ce visage aux os proéminents où la passion prenait successivement toutes les formes.

– En somme, fit-il, je vous mène à la ruine. Et tout cela à cause d'un trou de serrure !

Elle devint très rouge, ses yeux s'enflammèrent, elle tira sur sa jupe et fit mine de partir – car Mme Chotard était toujours sur le point de partir.

– Un moment ! dit Didier. Puisque nous sommes en train, j'aurais aimé que vous me donniez quelques éclaircissements sur cette affaire !

– Didier, dit-elle, je... on... on dit beaucoup de bêtises... mais ce n'est pas ce que vous croyez... Je sais que vous avez besoin de beaucoup de sommeil... Le matin, quand je rentre de la messe, avant de vous apporter le petit déjeuner, c'est vrai, il m'arrive de regarder par le trou de la serrure pour m'assurer que vous êtes bien réveillé... pour ne pas risquer de vous réveiller moi-même... Ce n'est pas bien ?...

Ce ton humble le prenait au dépourvu.

– Je sais, dit-il, tous les égards que vous avez pour moi. Croyez que j'apprécie votre délicatesse... (Il pensait au vacarme qu'elle pouvait faire dans toute la maison dès qu'elle avait les pieds hors du lit, aux volets, aux portes claqués, au bruit de ses talons ferrés sur le parquet, dès six heures du matin, quand elle se rendait à la messe.) Cela n'explique cependant pas tout, ajouta-t-il.

– Eh bien, dit-elle, imaginez mon saisissement, l'autre jour... Cette chevelure sombre près de votre visage...

– Ah, c'est donc cela ! s'écria-t-il.

Il empoigna un coussin dépenaillé, recouvert d'une vague étoffe noire, qui traînait sur le lit et qu'il utilisait, la nuit, pour se redresser quand il ne pouvait supporter la position couchée.

– Cette chevelure sombre, dit-il, la voilà ! Je crois qu'elle est de votre confection. Si elle ressemble à quelqu'un, je l'ignore. Mais voilà mes maîtresses ! s'écria-t-il en jetant le coussin en l'air. Voilà de quoi vous ameutez les saintes âmes du Cercle catholique qui, entre nous, a de singulières préoccupations... Sérieusement, n'avez-vous pas honte de nous livrer ainsi au ridicule ? Car, bien sûr, vous avez parlé de Betty ? Vous lui avez donné un nom, à ce malheureux coussin noir ?...

Elle était rouge, elle se tordait les mains, elle respirait fortement ; il crut bien qu'elle allait se mettre à pleurer. « Betty est ma maîtresse, se disait-il, peu importe qu'elle ait vu ou non son visage près du mien !... » Fernande ne savait plus si elle devait le croire ou non. Son histoire était « vraie », puisqu'elle l'avait racontée. Didier n'avait pas le droit de lui infliger cette humiliation chez elle. Et peut-être pleurait-elle en effet, à l'intérieur. Mais sa douleur intriguait encore ; son humiliation se relevait d'elle-même. Betty, mon Dieu, c'était si peu de chose ! Comment pouvait-on faire une histoire pour Betty ?...

— Didier, dit-elle, je... j'ai eu tort. Je sens que vous ne me pardonnerez jamais. Non, ne dites pas le contraire, je sais que c'est impossible, insista-t-elle comme s'il avait protesté, — même si vous le vouliez, vous ne pourriez jamais me pardonner une chose pareille... cette divulgation de... d'une chose si... si personnelle...

Peut-être était-elle sincère à ce moment, mais sa sincérité avait déjà pris un étrange détour. Elle aggravait son cas pour le rendre inexcusable. Elle *ne voulait pas* que Didier pût encore lui pardonner. Il redoutait plus que tout, chez elle, ces apparents mouvements de franchise, car elle possédait un art unique d'en faire pâtir autrui. On n'arrivait presque jamais à la confondre : elle se retrouvait aussitôt la plus forte et retournait la situation à son profit.

— Vous voyez bien, mon petit, continua-t-elle sur le même ton affligé qui s'enrichissait toutefois d'une nuance d'affection impuissante et désolée, vous voyez bien que vous ne pouvez pas rester ici !... J'avais cru un moment... Mais vous me détestez trop, Didier, — et vous avez raison... C'est forcé qu'on me déteste. Depuis que j'existe, je ne fais que des gaffes, c'est tout le temps comme ça !...

Ainsi, non seulement elle faisait participer Didier à sa contrition, mais elle le forçait encore à protester, à prendre sa défense contre lui-même.

— Fernande, balbutia-t-il, sincèrement alarmé, pouvez-vous croire... Je n'aurais pas dû vous parler comme je l'ai fait. Mais vous me connaissez mal si vous refusez de croire, quoi qu'il arrive, que je suis prêt à tout oublier.

— Oublier ! s'écria-t-elle. Oublier l'injure que je vous ai faite ! Une telle injure, pensez-y !... Vous ne pourrez jamais, Didier. Non, non. Toujours je sentirais près de moi quelqu'un qui me juge. Non, ce n'est pas possible ! Ah je vous aimais bien... Si je vous avais moins aimé peut-être, — mais ainsi... Et puis, vous savez bien, si de votre côté vous vous sentez assez d'empire sur vous-même pour supporter le souvenir de cette injure, de mon côté… je me connais bien !… Il y en aura d'autres dans la suite, c'est inévitable.

– Pourquoi inévitable ? dit-il, surpris.

Il détestait cette tendance qu'elle avait de se considérer comme une force de la nature, comme une fatalité. Les autres autour d'elle étaient constamment astreints de son fait à de terribles efforts sur eux-mêmes. Mais elle se mettait au-dessus des lois communes. Elle refusait pour elle tout effort. Elle se contemplait dans son devenir, comme un torrent dont la chute est irrésistible. Une telle conception, un tel consentement à ses fautes, chez une chrétienne aussi affichée, le révoltait bien plus que les fautes qu'elle pouvait commettre.

– Vous ne pouvez être ce que vous êtes et ne pas résister au mal, dit-il avec émotion.

– De quel droit me dites-vous cela ? Vous ne pouvez parler ni de la foi ni du mal, vous les ignorez tous les deux. Il y a en vous une force d'aveuglement, un « point noir », une opacité ; vous ne pouvez voir que vous-même, vous avez fait de tout une volupté, une douceur. Vous ouvrirez les yeux quand il sera trop tard. Vous écrivez très bien. Mais un être comme vous… il faudra que vous soyez devant la mort pour comprendre.

Elle accumulait les griefs, une phrase en entraînant une autre, si bien que ni lui ni elle ne voyaient plus clair dans leur querelle et qu'un instant ils furent bien près de la réconciliation – et Fernande se serait jetée contre son épaule avec plaisir pour noyer en lui sa rancune, sa peur. Mais elle était lancée, elle ajouta encore :

– Vous voulez vivre votre conte de fées, n'est-ce pas ? Vous ne croyez pas aux conséquences.

– Lequel de nous deux croit le moins aux conséquences ? s'écria-t-il. Il est sans doute inutile de vous dire ce que je pense profondément – et il songeait maintenant à Betty livrée par ses soins à la malveillance d'un cercle de petits dévots –, mais il y a en tous cas des êtres dont vous faites un peu trop bon marché.

– Qui cela ? dit-elle presque étonnée – et Didier vit alors à quel point sa contrition était superficielle : Betty était si peu de chose pour elle ! Elle ne respectait que les êtres capables de nuire.

– Les autres en général, dit-il. – Cette légèreté, après ce qu'il venait de lui assener, portait le coup de grâce à sa confiance en elle. Et après un moment : – J'ai réfléchi. C'est vrai, j'aurais trop à souffrir avec vous en restant ici. Je coucherai à l'hôtel ce soir.

Il avait l'air déterminé. Elle parut effrayée, couvrit son visage de ses mains, se mit à se masser les joues de ses doigts vigoureux de terrienne, tandis que son cœur battait par saccades.

– Où irez-vous ? dit-elle.
– Là où je serai libre de mes actes.

Il se leva et commença à entasser ses affaires dans une valise. Fernande avait quitté la pièce, le visage tourmenté, les joues en feu, des larmes dans les yeux. Elle revint au bout d'un moment, trouva la valise bouclée et Didier prêt à partir.

– Didier, dit-elle avec un trouble extrême en se tordant convulsivement les mains, c'est trop bête, accordons-nous un sursis. Il n'y a pas de raison… – Elle étendit vers lui un bras pathétique tout en détournant son visage de plus en plus marqué par l'émotion et ravagé par les larmes. – Didier, prononça-t-elle d'une voix faible, d'une voix qu'elle n'avait jamais eue, je viens de pleurer un quart d'heure sur notre bêtise !… – Elle essaya, avec un gros effort, de ramener son visage vers lui, le considéra d'un air grave, avança la main, la posa contre sa poitrine. Didier était mal à l'aise, il aurait voulu reculer hors de sa portée.

– Didier, dit-elle, vous serez libre de vos actes. J'en prends la responsabilité.

– Comment ?… dit-il, gagné à son tour par l'émotion. Comment pouvez-vous ?… En prendriez-vous Dieu à témoin ?

Ils ne savaient plus ni l'un ni l'autre ce qu'ils disaient.

– J'en prends Dieu à témoin, répéta-t-elle. Soyez en paix. Je veux que vous soyez heureux à Stellamare. Oh, Didier !…

Elle déroba son visage entre ses mains et s'enfuit en courant.

C'était sublime. Restait à savoir ce que promettait pareille attitude. En ce temps-là, il croyait volontiers à la sincérité des gens, à la parole donnée ; il était toujours prêt à pactiser avec eux et il s'imaginait même qu'il en était ainsi pour tout le monde en général, et pour Mme Chotard en particulier. De tels revirements l'effaraient mais il les enregistrait comme des manifestations d'une nature généreuse, il était prêt à fêter avec elle ce retour au bon sens, à la saine nature, cet effort vers la grandeur. Cette grandeur lui coûtait peu ; mais il oublia de s'en aviser. Elle coûtait davantage à Mme Chotard.

Didier se rendit bientôt compte que, sans toujours oser le questionner, Fernande surveillait jusqu'à ses sorties et, quand elle savait qu'il devait quitter la maison, retardait volontiers, sous mille prétextes, le moment de son propre départ – se promenant en chapeau dans tout l'appartement, secouant ses pendules, ouvrant des coffres dont elle précipitait le contenu sur le parquet, dans une sorte de hâte morbide.

Le prisonnier réussissait pourtant à s'échapper tandis que sa gardienne était en ville, ou au retour de ses classes. Il allait voir Betty dans sa petite chambre envahie par le ciel, mais plus souvent encore elle l'invitait dans le grand jardin de Santiago, qu'elle appelait son jardin, où elle le conviait à goûter sous le cèdre avec des jeunes filles et le priait sans cesse d'amener qui lui plaisait, car elle était généreuse.

Un jour de ciel gris et d'averses où elle avait oublié sa clef, un étrange caprice les ramena pour une heure à Arditeya, où les cris rouillés des poules faisaient régner une indéfinissable tristesse, encore plus poignante ce jour-là sous la pluie qui tombait.

Ce jour-là, après l'amour qu'elle faisait furtivement comme tout le reste, avec un doux air de sacrifiée, Betty pleura. Il y a des femmes qui pleurent de volupté, mais Betty n'était guère voluptueuse et ces larmes signifiaient autre chose. Il la questionna précautionneusement et il fut à peine surpris quand elle lui parla de la vie d'« étudiante » qu'elle avait menée autrefois, à Paris, des chambres d'hôtel douteuses, de sa condition difficile – elle avait été vendeuse sur les Boulevards, puis au quartier Latin – et de ses amours un peu évasives avec un garçon dont elle ne semblait pas avoir gardé une image bien nette. Betty était dans sa famille une exception scandaleuse mais tolérée. On acceptait ses incartades, on la ménageait comme si elle relevait de maladie. Elle racontait, sans que cela fût trop certain, que son père, dans un jour de colère, d'aveuglement, l'avait mise à la porte, à seize ans, sans l'avoir préparée au moindre métier, et qu'elle avait accepté le défi. Elle n'était revenue à Santiago qu'à vingt ans – sur sa prière, et grâce peut-être à l'intercession de ses sœurs. Depuis, conscients de l'injustice qui lui avait été faite, les siens avaient tenté de la choyer et avaient tout exagéré dans l'autre sens, mais la blessure restait vive et toujours prête à se rouvrir : elle gardait, de cette période, le souvenir d'une fêlure. Un soir, dans cette mauvaise chambre d'hôtel, en haut de la rue étroite où résonnait la musique du bal nègre, ce besoin d'en finir tout à coup, le gardénal qu'on absorbe maladroitement, toujours trop ou trop peu, l'ambulance, l'hôpital, etc. On pouvait deviner tout cela en voyant Betty, cet excès de cheveux sur les joues, sa démarche trop preste, trop dansante, cette excitabilité qui la conduisait en peu de temps de la plus rayonnante allégresse au plus profond abattement.

Cela ressemblait à tout ce qu'on lit à la dernière page des journaux, entre le petit garçon qui se suicide, les activités du médecin marron et le crime du satyre. Didier avait l'impression d'avoir déjà entendu ce récit dans une autre vie et il en connaissait, à mesure qu'elle les déroulait, les humbles et sordides circonstances. Avait-elle conscience de l'effet que produisaient sur lui de telles histoires ? Savait-elle s'il était assez fort pour prendre sur lui ce lourd passé, l'entraîner hors de son chemin de fatalité, comme une Ophélie que l'on tire des eaux avec tout un paquet d'herbes sales ? Quel manque de prudence !... Elle aurait dû sentir ce qu'il y avait de dangereux dans de pareils récits, et que Didier n'était pas pitoyable, que cela risquait de le détacher, que sa seule chance enfin eût été qu'il ne la crût pas. Mais il la regardait sur le lit, allongée sur la couverture à carreaux, si mince et si brune sous son flot de cheveux, et il se disait que tout cela était possible et qu'il se devait de la sauver de son mal. Mais cette compassion prit une forme inattendue quand il lui parla.

— Ne pleure pas, Betty, dit-il. Tu verras. La vie arrange tout.

Et il rougit. Il venait de lui parler comme l'abbé Singler — pour se débarrasser d'elle.

Il lui arrivait, ne donnant pas, de se promener d'une pièce à l'autre pendant la nuit.

Le jardin de Mme Chotard n'était séparé du Séminaire que par une série de champs et de prairies, territoire de M. Beauchamp, et parfois une lune transparente, voguant parmi les cyprès, venait étaler sur le tapis du salon une lumière toujours surnaturelle. Sur l'horizon veillait une froide lueur dans laquelle un groupe d'ormes d'un dessin parfait, d'une extraordinaire tranquillité et d'une exceptionnelle harmonie se poussait vers le ciel. Visibles de loin, de presque tous les points du quartier, ils ouvraient comme une avenue vers une vie meilleure, vers un monde sans souillures. Didier pensait que Mme Chotard avait eu ce spectacle sous les yeux tous les jours de sa vie, et qu'elle n'en était pas changée. Debout derrière la haie qui commandait cette admirable étendue de champs, de prairies et d'arbres qui, ayant perdu leur appartenance à la faveur de la nuit, étaient comme restitués à Dieu, il regardait longtemps et une grande pureté descendait en lui.

Une nuit où il était ainsi parvenu sans bruit jusqu'au salon et où il allait s'approcher de la porte-fenêtre qui donnait sur une petite terrasse soutenue par des colonnes au-devant de la maison, il lui sembla qu'une ombre était posée devant la vitre. Dans cette forme indistincte étroitement drapée dans une robe de chambre noire, vous avez reconnu avant lui, car il était à mille lieues de penser à elle, celle que les habitants des Hauts-Quartiers appelaient la bonne Mme Chotard.

La bonne Mme Chotard, oui : pourquoi ne pas profiter d'une heure comme celle-ci pour lui rendre justice ? Excellente Fernande !

Cependant, ayant ouvert la fenêtre et s'étant avancée sur la terrasse, Mme Chotard se livrait à une gesticulation bizarre. Didier entendait en bas, le long des murs, dans les buissons du jardin, le chant d'amour des chats, cette mélopée par laquelle ils préludent à des ébats sans cesse différés, avec un sens de la cérémonie et du rituel que beaucoup d'hommes n'ont jamais conçu au cours de leur longue vie. Qu'est-ce que Fernande faisait donc en pleine nuit sur son balcon avec une bouteille à la main ? S'il s'agissait d'asperger les chats pour les éloigner, un pot ou une cuvette eussent sans doute mieux convenu. Or il la vit, avec surprise, verser le contenu de la bouteille dans sa paume et l'égoutter précautionneusement sur le jardin. De toute façon, la chose était burlesque ; mais la drôlerie se présentait rarement à l'état pur chez Mme Chotard, et ses gestes les plus comiques, les plus exorbitants, les plus insolites avaient toujours quelque chose de sinistre.

Craignant que sa présence ne lui fît peur, Didier l'appela doucement.

– Fernande…
– Ah, c'est vous !
– Vous ne m'aviez pas entendu ?

Elle ferma la fenêtre et s'avança vers le milieu du salon qui était plongé dans une demi-obscurité.

– Vous entendez ce raffut ?
– Ce bruit vous empêche de dormir ? demanda-t-il posément.
– Dormir ? Il est bien question de dormir ! Vous ne les entendez pas ? Ce n'est pas tellement pour le bruit, mais… C'est répugnant !

Elle était agitée, respirait avec peine, soulevée par une vague de colère et de dégoût.

– Des cris d'enfant, dit-il.
– Oh, vous me révoltez, dit-elle. Comment pouvez-vous ?…

Elle s'était assise ; il entendait sa respiration indignée.

– Il y a longtemps que vous organisez des croisades contre les chats ? demanda-t-il en s'asseyant à son tour.

– Vous pouvez rire, dit-elle. Vous ne savez pas ce que vous dites. L'animal a participé au péché, Didier. Il a besoin de punition comme nous autres.

– De punition ? dit-il. Je n'aurais jamais imaginé qu'on pût avoir envie de punir des bêtes.

– Je ne les punis pas, dit-elle, j'éloigne le maléfice, je le dissipe. C'est l'abbé Barangé qui m'a donné la formule : des

signes de croix à l'eau bénite. Vous voyez ? Ils se taisent, ils s'en vont. Le diable s'éloigne.
– Cet abbé est sorcier, dit-il.
– Ce n'est pas de la sorcellerie, c'est de l'exorcisme.
Didier était médusé. En effet, le vacarme s'était apaisé un instant. Mais ce silence, pareil à ceux qui séparent les mouvements d'un concerto, devait être bientôt suivi d'un formidable et discordant crescendo qui marquait sans doute une étape importante de la cérémonie, car il y eut enfin un répit de quelque durée auquel succéda un bruit de fuite.
– Est-ce que vous faites la même chose pour les rats ? demanda Didier.
Il sentit, à travers la pièce obscure, que le regard de Fernande se posait sur lui.
– Je ne comprends pas votre question. Elle est idiote, probablement.
– Les rats aussi ont droit à l'amour, dit-il. C'est assez triste pour nous, mais...
Il se rappelait cette scène dans le petit jardin d'Arditeya, au temps de Mme Blin ; ce cri qui vous fait frémir jusqu'aux orteils. De part et d'autre du portail, sous la lune, comme des animaux de bronze, deux rats, absolument figés, s'épiant avec intensité... Par instants, une espèce de sifflement étouffé qui les gonflait... À côté de ça, les chats de Stellamare constituaient un spectacle gracieux...
Mme Chotard exhala un soupir.
– Ah, dit-elle, le monde est inexplicable !
– Il est à craindre que quelqu'un ne se moque de nous, dit Didier.
– C'est sans doute que nous nous sommes moqués de lui, répondit-elle rapidement.
Mais malgré le ton victorieux de cette réponse – car elle avait un esprit qui prévoyait tout –, elle paraissait secrètement accablée par ses pensées. Elle avait depuis un moment glissé dans son fauteuil où, dans la lueur diffuse de la nuit, Didier l'apercevait, tassée et triste, la douleur au cœur. Après un long silence, elle entama un monologue au cours duquel l'univers fut remis en place. Il ne fallait pas que les choses fussent comme elles

étaient, donc elles étaient autrement. L'intelligence a été donnée à l'homme pour lui permettre de refaire le monde et pour l'aider à supprimer par la pensée ce qui est inacceptable. Ce devoir accompli, elle alla se coucher.

Katia berçant ses poules, Mme Chotard-Lagréou exorcisant les chats... Toute la nuit Didier revit Fernande, penchée à son balcon, sous la lune, gesticulant, agitant sa bouteille d'eau bénite, dans l'espoir de convertir les chats à l'amour platonique, et sans doute le reste du monde, ou en tout cas ses relations immédiates – car ce qui se passait ailleurs que dans un rayon raisonnable autour de la maison ne l'avait jamais beaucoup souciée. Ce qui n'empêcherait pas, le lendemain, le chanoine Cardon ou le président du tribunal de venir s'asseoir dans le fauteuil de velours bleu et de discuter gravement avec elle. On eût dit qu'il existait autour d'elle une sorte de vaste conspiration pour la maintenir dans l'enfance.

Une certaine détente régna entre eux quelques jours, et même une certaine entente, montrant ce qu'aurait pu être l'atmosphère de la maison si Mme Chotard l'avait bien voulu. Si l'on négligeait ses folies, Fernande ne manquait pas d'un charme austère, d'autant plus prenant qu'elle n'y songeait pas et qu'il s'exerçait malgré elle. Avec ses robes grises, ou beiges, au tissu lourd, son teint brun, ses jambes épaisses, certains jours une sourde séduction se dégageait d'elle. Avec quelle facilité Didier oubliait alors les disputes et les persécutions ! Il renonçait soudain à toute méfiance, ne croyant plus que l'on pût trahir ce qui avait été confié dans le climat de l'amitié. Il y a sans doute des sottises qui sont trop douces à commettre pour qu'on se les refuse. Au lieu de toujours opposer Betty et Fernande, pourquoi n'essaierait-il pas de les réunir ? Il lui parla, avec quelque abandon, comme il aurait pu le faire avec une amie, du jardin des Mondeville.

– Comment, dit-elle en s'arrêtant net de tricoter, comment, vous allez chez les Mondeville ?

– Mais, dit-il, ce sont les parents de Betty !

Fernande n'avait pas l'air de trouver l'explication naturelle. Elle se mit à lui poser force questions sur la famille.
– Mais je croyais que vous les connaissiez, s'étonna Didier.
– Oui et non, dit-elle non sans confusion. C'est à dire que... Je les connais surtout par ouï-dire...

Et elle entra dans de longues explications. L'attention de Didier s'évada aussitôt. Il pensait à ces heures passées sur la pelouse, à l'ombre du cèdre, un peu en marge de la maison et de l'activité familiale et domestique. Au fond du jardin qui montait vers de somptueuses prairies se trouvaient un tendre verger et des ruches. Ce verger en pente lui rappelait toujours la montagne où il regrettait de ne pas vivre. Il traversait toujours, pour se rendre à Santiago, le parc du Séminaire. C'était triste, car c'était le Paradis qu'il avait perdu. Mais il était immanquablement saisi par la beauté de ces arbres, de ces allées. Et c'était si simple ! Il revivait ses premières matinées à Arditeya, au temps de Rosa et de Mme Blin. En quel monde, en quel âge de l'histoire humaine avait-il connu cela ! Le matin, dans sa petite chambre, en ouvrant les yeux, il était sûr de trouver la lumière accrochée à la pointe des sapins, descendant peu à peu jusqu'à la pelouse... La haute draperie argentée des tilleuls longeant l'allée, avec leurs feuilles retroussées par le vent, élevait une sorte de rempart magique, de falaise irréelle, évoquait l'approche d'une île inconnue. Où avait-il rien vu de plus noble ? Jamais, tant qu'il était resté seul dans cette maison, il ne s'y était ennuyé, même s'il devait garder le lit pendant des semaines comme cela lui était arrivé. Le passage quotidien de la lumière sur ce parc, l'histoire qu'elle racontait en se servant des arbres, c'était un spectacle sans fin, de toutes les minutes, toujours offert. L'été, le poids d'ombre entre les tilleuls, l'allée enténébrée comme une nef, avec ses trouées de lumière des extrémités ; l'hiver, l'élan parallèle des branches, des branchettes nues, ce fin treillis si net qu'on regrettait presque de le voir s'embrumer au printemps... La montée et la descente rituelles de la lumière le long de ces tentures de feuilles... Mais de telles choses n'étaient pas communicables, elles n'avaient existé que pour lui et c'était une douleur de penser qu'elles étaient maintenant livrées à des aveugles, à des fous, pour qui elles étaient comme si elles n'étaient pas. Le Colonel, Katia… que voyaient-ils dans tout cela ? Ils trouvaient, en ouvrant leurs volets, qu'il faisait bon, ou mauvais. Mais il aurait fait aussi bon partout ailleurs, pour eux et pour le bruit qu'ils faisaient. Il se rappelait Rosa se plaignant devant sa fausse mère que ce quartier était triste, qu'elle ne souhaitait pas y vivre. Didier était seul à s'émerveiller – il était seul et il était chassé. C'était tout à fait une histoire de Paradis terrestre. Il avait vu l'ange vindicatif, armé de la hache, au seuil des territoires interdits. Il interrompit soudain le monologue de Fernande.

– Vraiment, dit-il, cette histoire de paradis terrestre, c'est abominable !

Elle le regarda fixement, ne comprenant pas pourquoi il parlait du paradis terrestre.

– Ce qui nous séduit dans un jardin, reprit-il, c'est cela je pense, c'est qu'il nous rend un goût oublié, ce goût de paradis terrestre qui est accroché à notre peau. Alors vous comprenez… Le jardin des Mondeville me rend un peu de ce… de ce…

Il hésitait. Il attendait un mot d'elle, manifestant qu'elle avait suivi sa pensée.

– Oui, dit-elle. Je vois… Je vois très bien… Mon petit, il y a une malédiction sur vous. Je l'ai toujours senti.

Elle avait dit cela d'un ton pénétré, plein de signification, qui impressionna Didier. Puis elle se dirigea vers la cuisine et en revint avec une théière remplie à neuf.

– J'aimerais les voir de près, dit-elle.
– Qui cela ?
– Les Mondeville…

Il réfléchit.

– Betty vous inviterait certainement avec plaisir, dit-il.
– Elle en aurait l'idée ?
– Je puis la lui souffler.
– Mais elle doit m'en vouloir ?
– Vous ne connaissez pas Betty, dit-il. Elle est la générosité même. Et puis la moindre marque d'affection la fait s'épanouir. Elle a dû en être singulièrement privée, voyez-vous. Il faut se rappeler qu'elle n'a pour ainsi dire pas connu sa mère. Ensuite,

ces femmes qui se sont succédé dans la maison, l'autorité un peu bornée de la tante, la distraction du père... On peut bien lui pardonner quelques petits défauts...

Mais Fernande s'était éloignée vers sa chambre. L'éloge de Betty ne l'intéressait pas.

Il n'assista pas au petit goûter qui eut lieu à Santiago en l'honneur de Mme Chotard-Lagréou, car à l'occasion d'un changement de temps il tomba soudain malade et fut forcé de rester couché plusieurs jours. Mais il sut que tout s'était passé admirablement, que Fernande avait bien vu tout le monde et, précédée comme elle l'était partout de sa réputation de personne pieuse, bonne et fantasque, accueillie avec empressement, principalement par la vieille tante, Mathilde, qui la connaissait pour l'avoir vue bien des fois agenouillée sur les dalles glacées de la chapelle des capucins. Fernande se montra enchantée de cette famille où, sur sept enfants vivants, il y avait une fille religieuse et deux moines.

– Une sainte famille, dit-elle.

– Oui. C'est ce qui explique que la pauvre tante soit toute la journée courbée sur la terre, et que les balcons de bois pourrissent lentement...

– La tante ne se plaint pas, dit-elle. C'est une sainte.

– Et Andrée, dit-il, la seconde fille. L'avez-vous vue ?

– Non, puisqu'elle est au couvent, mais j'ai entendu parler d'elle. Je crois qu'elle aussi est une sainte.

Un silence. Le soleil entrait dans le salon par la baie ouverte sur le balcon et faisait miroiter le tapis aux couleurs vives.

– Ce sont tous des saints, dit Didier. À mesure qu'ils arrivent à l'âge adulte et qu'ils voient l'état de la maison et des terres, et ce qu'il faudrait faire pour en sortir, ils se sentent tous pris par la vocation. S'il n'y avait pas ce fils métallurgiste, Régis...

– Régis ? Oh, un communiste, si j'ai bien compris ! sursauta Fernande. Quel malheur pour la famille ! Ils n'avaient pas mérité ça !... Et Betty, vous oubliez Betty, celle-là ne me paraît pas sur le chemin de la sainteté.

– Qu'est-ce donc que la sainteté ? dit-il.

Surprise par la question, incapable pour une fois de répondre *ex abrupto*, elle haussa les épaules avec véhémence.

– Être saint aujourd'hui... commença-t-il. Avez-vous visité l'usine où travaille le frère de Betty ? demanda-t-il soudain. Ce serait peut-être aussi utile pour vous que d'assister à la messe au Carmel... Cela vous ouvrirait peut-être autant l'esprit... Vous êtes entourée de gens dont vous ne soupçonnez même pas l'existence !

Fernande s'est enfuie vers le couloir, elle ouvre la porte, passe dans l'escalier pour ne pas l'entendre. Il la poursuit, va jusqu'à la rampe, se penche, – mais elle est déjà hors de portée de voix. Le déclic d'une bicyclette qui s'en va en écrasant les cailloux du jardin monte jusqu'à lui. Il murmure alors pour lui-même :

– Vous méprisez Betty, mais Betty passe sa vie à imaginer l'existence des autres. C'est pour cela qu'elle ne peut pas vivre comme tout le monde. C'est pour cela aussi que je l'aime !...

Il dicte. En bas sous la fenêtre, de l'autre côté du jardin, dans la villa voisine, des bonniches vont et viennent en chantant. Des oies crient. La lumière luit sur les arbres.

« Pour éprouver une gratitude pure, j'ai besoin de penser qu'on me traite bien, non par pitié, ou par sympathie, ou par caprice, à titre de faveur ou de privilège, ni non plus par un effet naturel du tempérament, mais par désir de faire ce que la justice exige. Donc, celui qui me traite ainsi souhaite que tous ceux qui... » Soudain Betty s'effondre en larmes au-dessus de la machine à écrire, sous une coulée de cheveux qui la couvre aussitôt.

– Non, dit-elle, non je ne peux pas continuer... Nous ne pouvons pas continuer à travailler ensemble dans cette chambre, dans cette maison...

– Mais pourquoi ? dit-il. Que se passe-t-il ?

– Fernande...

– Quoi encore ?...

– Oh !... Didier !... Elle m'a fait promettre de ne pas vous le dire...

— De ne pas me dire quoi ? Tu as encore fait une blague ?...

— Mais non... C'est elle... Nous venons d'avoir une explication. Elle reconnaît tout, bien entendu. Elle a même commencé par tout revendiquer. Et si tu savais comment, avec quel air !

— Mais enfin, quoi ?

— Figure-toi, Didier... Te souviens-tu pourquoi nous avons eu l'idée absurde de l'inviter à Santiago ? Je n'arrive plus à le comprendre, à nous comprendre.

— Mais c'est moi, dit-il, c'est moi qui te l'ai demandé !... Qu'est-il donc arrivé ?

— Oh !... Tu sais que depuis ce jour-là elle voit beaucoup ma famille, surtout tante Mathilde à qui elle ne cesse de faire de grandes démonstrations. Eh bien, tu sais ce qu'elle a été leur dire ?... Qu'elle ne comprenait pas qu'ils te reçoivent chez eux, qu'ils te laissent venir dans le jardin, que nous nous y promenions ensemble... Mais ce n'est pas ce qui me fait le plus de peine dans cette histoire. Déjà, tu savais comme mes rapports étaient bons avec eux. Depuis un mois, j'avais fait un effort pour les améliorer, les choses allaient un peu mieux, j'espérais pouvoir y vivre... Maintenant, tu te rends compte... Papa m'a fait une scène devant ma belle-mère, devant tout le monde... Devant Henriette, la femme de ménage ! ajouta-t-elle comme un comble insupportable.

— Ton père ! dit-il. Comment est-il parvenu à sortir de son mutisme ?

— Je ne peux pas te dire ce que ça a été. Tu ne sais pas comme il est quand il se met en colère. C'est un autre homme. Il s'est mis à hurler, il n'y a pas d'autre mot. Il aime bien ça de temps en temps ; il adore qu'on l'écoute, et comme personne ne fait attention à lui à la maison, c'est toujours sur moi que ça retombe. Tu sais, ça le prend rarement, mais alors... Mon père est un homme qui n'est pas encore arrivé à réaliser comment, né pour rester célibataire, il a pu épouser tant de femmes, avoir tant d'enfants. Des enfants qui lui fichent le camp entre les doigts. Il aurait tant voulu que l'un de nous soit militaire.

— Pas toi, tout de même ! dit Didier.

— Si, si, moi, justement. Il ne se console pas que je sois une fille. Tu te rends compte, sept enfants, et pas un de marié, pas un qui fasse un métier d'homme. Si, Régis, mais à la maison ils ne veulent plus le voir à cause de ses idées. Donc il s'est mis à crier. J'étais folle. Je ne sais pas ce que je lui ai dit. Finalement, je crois que nous nous sommes injuriés... Il était incohérent. Tu sais, il n'est déjà pas très clair quand il est calme ; mais quand il est en colère, tu ne comprends plus un mot. Il m'a reproché d'être fainéante, de ne pas travailler. Je lui ai dit que je travaillais chez Me Mativet. Il m'a dit que ça ne se voyait pas beaucoup. Pourtant je ne peux pas travailler davantage, je t'assure. Ils savent bien que je n'ai pas la force. Alors je lui ai dit que lui non plus, je ne l'avais jamais vu beaucoup bosser. Sa spécialité, c'est de travailler le dimanche ; les jours de semaine, il va et vient avec son violoncelle, avec des airs de conspiration, on dirait qu'il cache une mitraillette ou des côtelettes de veau. Comme je lui dis, c'est passé de mode tout ça. C'est pourtant vrai, non ? Et encore, quand il travaille, c'est pour des prunes. Voilà comment il est, papa. Complètement désintéressé, tu comprends. D'un désintéressement idiot. Nous sommes tous comme ça à Santiago, note bien. Quand je pense à ce qu'il aurait pu être, s'il avait été un peu soutenu par ceux qui l'ont exploité... C'est bien simple, comme chef, tu sais, il était formidable. À un moment, tiens, juste avant la guerre, il y avait Poulet, il y avait Münch, et il y avait papa. D'ailleurs, tu n'as qu'à voir ses photos à la maison, son buste est sur le piano : l'allure qu'il avait... Parce qu'il a beau conduire des orchestres et des chœurs dans les églises, ce n'est pas un sacristain, tu sais. Mais où ça n'a plus été du tout, c'est quand il m'a donné mes sœurs en exemple. Alors non ! Passe encore quand il me reproche de ne pas travailler, mais quand il me cite Andrée et Danièle qui n'ont rien trouvé de mieux que de se planquer...

– Se planquer ?...

– Mais tu sais bien : Andrée est au couvent, et Danièle parle d'y entrer. Dans le même, d'ailleurs !... Bien sûr, quand il est seul, il doit se frapper la poitrine, mais c'est trop tard. Parce qu'il souffre de toutes ces défections, il sourira, oui, papa est un homme qui souffre ! Mais il est obligé de trouver tout ça très bien. Que veux-tu, quand on dirige des Scholas, qu'on est maître de chapelle !... Et pourquoi est-ce que cette chipie est venue se mêler de nos affaires ?... Hein ?... Mme Chotard-Lagréou...

Didier était accablé par toutes ces révélations, par ce discours, par la peine de Betty qui n'avait jamais tant parlé, ni avec autant de désordre, mais que pour cela même il sentait irrémédiablement bouleversée ; atteinte elle aussi d'une souffrance qu'il n'était pas possible de suspecter. Pourquoi ? Pourquoi permettaient-ils tout cela à Fernande, oui, pourquoi lui permettaient-ils de changer leurs vies, d'intervenir dans leurs existences, de troubler leurs rapports avec autrui ?...

– Mais vois-tu, Didier, ce qui me fait le plus de peine dans tout cela... c'est que tu aimais tant le jardin, la maison, – et que tu ne pourras plus y venir, que ce ne sera plus jamais pour nous comme avant...

Il est vrai que cette conséquence lui avait échappé, et il admirait que Betty, à côté de tous les autres ennuis qu'elle allait avoir à supporter, ne parût retenir que celui-là. Il la retrouvait toute dans ce mouvement généreux, cet oubli de soi, cette tristesse du don contrarié. Mais n'était-ce pas essentiellement cela que Fernande avait cherché ? N'avait-t-elle pas voulu le blesser premièrement, lui, Didier, négligeant pour cela tout le mal qu'en passant elle « était obligée » de faire à une autre ? Elle avait été guidée par un instinct sûr, et ce fut la pensée de Didier, ce jour-là, devant l'effondrement de Betty, que cette conduite était trop affreuse, intéressait trop de gens, pour que personne pût jamais se mêler de la lui pardonner.

Restait la question de savoir ce qu'il allait devenir lui-même dans cette histoire, ou plutôt ce qu'il allait faire. Il fallait parler à Mme Chotard, mais que lui dire ? Elle ne reconnaîtrait jamais ses torts. De son côté, il avait besoin de rester couché encore plusieurs jours et, dans l'immédiat, il ne pouvait quitter Stellamare que pour l'hôpital. Elle savait bien tout cela, et c'était bien ce qui lui avait donné tant de courage.

Il avait pris Betty contre lui, essayant de la consoler, de trouver avec elle une solution. Mais d'abord, ne jugeait-il pas trop sévèrement Fernande ? Était-il sûr de ne pas prendre plaisir à la condamner, à courir tout de suite aux extrêmes ? Quelle que fût son aversion pour des démarches comme celle dont elle s'était rendue coupable, ne pouvait-on lui ouvrir encore un crédit, et penser qu'elle n'avait pas mesuré toute l'étendue du mal, qu'elle ne l'avait pas savourée autant que Betty paraissait le supposer ? Quand il la revoyait dans sa robe grise, le visage serré comme un poing, les yeux flamboyants, il aurait voulu la traiter sans pitié, lui faire demander pardon à genoux. Mais il exagérait lui-même sa cruauté. Non, il lui aurait suffi de pouvoir s'en aller. Qu'aurait fait Mme Chotard s'il était parti ? Il s'interrogeait sur les moyens, mais cet épisode se dénoua plus rapidement qu'il ne croyait. Betty était assise sur le bord du lit et il la tenait contre lui, embrassant son petit visage affligé par la peine et encore mouillé par les larmes. Ils se trouvaient donc dans cette intéressante position, Betty au bord du lit et Didier lui baisant la joue, lorsque sans avertir d'aucune façon, et même en procédant d'une manière anormalement silencieuse (elle toujours si bruyante), Mme Chotard-Lagréou fit son entrée : une entrée, répétons-le, précédée de tellement de silence qu'ils furent obligés de supposer qu'elle était depuis un bon moment derrière la porte.

Elle poussa un cri si confus, si inarticulé, mais si strident, qu'ils ne surent si c'était un cri d'excuse, de désarroi, d'indignation ou d'effroi.

Betty voulut se lever, mais Didier la retint contre lui, dans la même position, un bras passé autour de son épaule. Fernande était restée haletante, dans l'ouverture de la porte, une main devant la bouche.

– Vous étiez venue me dire quelque chose ? demanda Didier.

Mais déjà, comme si elle avait vu le démon, elle s'était éclipsée, rouge de confusion, de colère, et peut-être de l'étrange besoin qu'elle avait toujours de s'humilier encore davantage après s'être adonnée à des actes peu glorieux.

Il n'était plus possible d'éviter la honte. Celle qu'éprouvait sûrement Fernande n'était pas plus agréable à Didier que la sienne propre – c'est-à-dire la honte d'être chez elle. Comment en étaient-ils arrivés là ? Ils étaient placés devant des choses qui ne pouvaient s'effacer. Mais cela même, semblait-il, était un lien. Et pourtant, pendant quelques jours, abandonnant Jean Cassien et sainte Catherine de Gênes, il fit tout ce qu'il pouvait pour se libérer, essayant de trouver partout une autre chambre, traînant sa fatigue, son découragement dans tout le quartier, allant presque de porte en porte, malgré son extrême répugnance pour ce genre de locations qui vous laisse entièrement à la merci du propriétaire, dans le plus petit détail de la vie. Une telle époque est la gloire d'un pays. Didier n'avait rien vu de pareil depuis qu'il était né ; il n'avait jamais entendu raconter rien de pareil dans les souvenirs de ses parents ni de ses grands-parents. La soif du gain chez les petits bourgeois, fouettés par des années de marché noir, était sortie de toute mesure, et personne ne faisait plus rien que pour de l'argent, le plus d'argent possible. Des masses de gens prétendaient tout à coup vivre sans rien faire, en accaparant des chambres, le plus de chambres possible, en morcelant des pièces, des demi-pièces, des quarts de pièces, en les divisant par des rideaux, en concentrant dans un seul coin tout ce qui était nécessaire à la vie, en installant une douche dans la cuisine, et le cabinet dans la douche ; des usages crapuleux et sordides s'introduisaient dans l'architecture, et le cerveau des architectes était de plus en plus partagé par de petites cloisons, qui se multipliaient à une allure folle, comme un microbe, selon une vitesse mesurable. Les gens qui avaient des « disponibilités » se jetaient sur les appartements pour les vendre ou les re-louer, comme la canaille se jette sur les billets de théâtre pour pouvoir les revendre au plus offrant. Entasser le plus grand nombre possible de gens dans le plus petit espace possible devint bientôt, dans les constructions, le seul problème à résoudre, comme si la terre s'était soudain rétrécie comme un mauvais tissu. En même temps, par une admirable logique qui définit la politique de Gribouille, les pouvoirs encourageaient les gens à se multiplier, et même les payaient pour, sans s'inquiéter s'ils les condamnaient du même coup à déborder sur la rue, ou à tomber par les fenêtres, comme on voyait par les journaux que cela arrivait de plus en plus souvent. Tant il est agréable d'être bien gouverné.

Pourtant quelques maisons semblaient rester à l'écart du trafic. Ainsi Didier allait-il bravement sonner aux portes. Mais partout les réponses étaient négatives ; on l'écoutait à peine ; les maîtres, quand ils avaient des domestiques, ne se donnaient même pas la peine de paraître, ou, de loin, lui faisaient signe du bout du jardin comme à un clochard. Seule l'antique Mme de Beaumont, qui régnait sur un prodigieux parc et sur une maison d'une vingtaine de pièces, l'accueillit avec un sourire et voulut le voir en personne, ayant cru qu'il se présentait de la part d'une sienne amie pour être valet de chambre. Sourde comme elle était, il fut difficile de dissiper le quiproquo. « Mais allez, mon ami, disait-elle, allez donc, installez-vous dès aujourd'hui si bon vous semble. Arsène vous mettra au courant... Arsène ! Conduisez donc... Comme cela tombe bien !... Comment vous appelez-vous, mon ami ?... » Il passa à travers ce monologue, que la dame doit poursuivre encore, ne comprenant sans doute pas pourquoi les domestiques sont devenus si distants, pas plus qu'il ne comprenait pourquoi les gens qui avaient tant de pièces ne pouvaient lui en céder une. Il eût consenti ces jours-là aux combinaisons les plus folles pour assurer sa paix. Par un bizarre effet de choc en retour, toutes les personnes à qui il demandait des chambres le renvoyaient maintenant aux Mondeville qui, ruinés par les vocations successives de leurs enfants – qu'il fallait quand même doter – et par la montée en flèche du coût de la vie, étaient acculés de plus en plus à aménager des pièces qu'ils louaient à des prix qui montraient bien qu'ils n'étaient pas, comme les autres, possédés par le goût du lucre et la manie de l'exploitation. Beaucoup dévisageaient Didier avec suspicion : Mme Chotard l'avait devancé d'une manière ou d'une autre. Une femme, dans une villa délabrée au mobilier bancal, fut sur le point de le prendre. Puis elle se ravisa sur le seuil : « Avez-vous des connaissances ?... » Il allait lui demander dans quelle branche, mais elle précisait déjà qu'elle interdisait à ses locataires d'introduire leurs « connaissances » dans la place. Elle avait été obligée de prendre cette mesure, expliquait-elle, d'abord par bienséance, puis en raison des dépenses d'eau. Il s'éloigna avec dégoût. Elle en était encore à énumérer ses interdictions que Didier était déjà au milieu de l'avenue, le cœur soulevé, mais libre, respirant librement, foulant librement l'asphalte, passant d'ombre en ombre et de lumière en lumière à mesure qu'il s'avançait le long des cyprès du Séminaire. Ses yeux s'emplirent du spectacle qu'offrait l'après-midi. Il avait l'impression de voir pour la première fois. Les haies, les murs, les édifices se dressaient dans la lumière orange comme des choses qui n'avaient pas besoin d'explication, et l'avenue s'ouvrait comme un absolu nettoyé de toute poussière humaine. Des hirondelles s'abattirent du haut du ciel, se ruèrent sur lui au ras du sol, se redressèrent avec des cris joyeux et allèrent se fondre dans la lumière. Il passa, il alla jusqu'au bout en détournant la tête pour ne pas être obligé de voir sa petite maison aux alentours saccagés, sa chambre aveugle avec son volet fermé au niveau du mur. Mais de l'autre côté, il ne pouvait éviter de voir les allées bien droites et bien obscures sous les tilleuls, et le chagrin lui gonflait la gorge. Il songeait à Mme Blin, à son fils, à Rosa, à l'argent qui lui manquait, à celui des autres qui le narguait, à tous ceux qui venaient de le rejeter comme une épluchure, et pour la première fois de sa vie, parce qu'il se sentait faible, il fut triste. On sait bien que la vie est impossible. Mais on s'efforce de ne pas le savoir jusqu'à ce que la nécessité vous le rapprenne. Il revenait épuisé et pensait avec répulsion à tous les gens qu'il venait de voir en deux ou trois heures. Peut-être que Mme Chotard valait quand même mieux que tous ces gens-là ? Elle le connaissait ; par-delà leur hostilité fondamentale, ou à cause d'elle, ils étaient devenus « amis ». La haine sinon l'amitié avait fait la soudure. La haine, ou quelque chose de plus complexe, un sentiment non classé, non familier aux moralistes. « Si elle pouvait comprendre », se disait-il. Eh bien, n'y avait-il pas d'espoir ?... On ne la ferait pas changer de nature, mais ne pouvait-on lui faire admettre que tout ce qui se passe entre un homme et une femme n'est pas forcément ignoble ? Il se souvenait de ce qu'elle lui avait dit la première fois dans sa boutique : « Mariez-vous ! » Elle aurait voulu jeter de l'eau bénite sur tous les amours, utiliser le mariage comme paravent. C'était naïf et c'était odieux. Elle faisait du mariage, au mépris de sa propre expérience, une invention bourgeoise, un article de ménage, une institution rassurante, comme le métropolitain ou les gardiens de la paix. Elle devait savoir qu'elle avait tort mais elle voulait se le dissimuler pour ne pas être obligée de lire en elle. Le mystère était ceci : comment la religion, qu'elle pratiquait avec tant d'assiduité, comment tant de confessions, d'examens de conscience, n'arrivaient-ils pas à lui ouvrir les yeux ? C'était grave pour Fernande, mais c'était grave aussi pour cette religion, car si la pratique d'une certaine méthode, l'observance d'une certaine doctrine, poursuivies pendant des années, peuvent laisser un être intact et ne pas l'éclairer sur un seul de ses instincts, n'est-ce pas que cette méthode, que cette doctrine sont impuissantes ? Ceux à qui elles réussissent seraient-ils par hasard ceux qui peuvent s'en passer ?

Mme Chotard était extrêmement représentative. Beaucoup plus qu'elle ne l'eût désiré probablement. Elle était au centre d'un vaste problème – « de mon problème », pensa Didier. Il avait l'esprit fixé sur elle et ne pouvait plus l'en détacher. Il ne pouvait plus imaginer le monde sans elle, faire qu'elle n'existât point, qu'elle ne résumât point, qu'elle n'accusât point en elle seule les faiblesses d'une doctrine – et cette doctrine avait été la sienne, comme elle était encore celle de Mme Chotard-Lagréou. Cette doctrine avait fermé les yeux de Mme Chotard, mais Mme Chotard ouvrait les yeux de Didier sur cette doctrine. Dieu de Dieu ! Lumière de Lumière ! Son Dieu et sa Lumière pouvaient-ils être le Dieu de Didier et sa Lumière ?... Elle le torturait au nom même de son Dieu à lui. Il ne pouvait pas se réfugier dans la pensée qu'elle était folle ou bigote. Elle jouissait de l'appui de ces messieurs, de l'estime compatissante de tout un quartier, de toute une ville bourrée de gens comme elle. Elle fréquentait l'Évêque ; elle avait l'imprimatur. Il était seul parmi ces gens, leurs manies, leurs routines, leurs réticences, leurs exégèses et leurs raisonnements à perte de souffle, qui ressemblaient à une pièce montée de communion solennelle, avec une petite fille en blanc tenant un cierge, tout en haut, dans un petit temple de l'Amour édifié sur des collines de nougat et des piliers de caramel. Il était seul au centre de ce monde adonné à des folies mesquines. Il lui aurait fallu bien de l'orgueil pour croire qu'il avait raison contre tous. Il n'était soutenu par personne, il était au contraire rejeté par tous, et sa main ne trouvait plus ni rampe ni bastingage au milieu de la tempête d'écœurement qui le soulevait. Il n'y avait de point fixe dans le quartier, de valeur sûre, de représentant d'une raison, de la Raison, que le Colonel. Et c'était un homme creux, comme les autres. Didier n'en pouvait plus d'être seul à ce point. La vertu modeste, non reconnue de Betty ne lui suffisait plus. Ses soupirs, ses élans restaient inentendus. Une sorte de colère montait en lui, le durcissait. Elle avait raison, Fernande : il était un damné, un proscrit. L'étoile de Dieu s'était éteinte derrière les nuages méphitiques des Hauts-Quartiers, derrière les restes rituels d'une religion automatique qui ne détruisait pas l'ordre superbe des jardins, qui ne faisait pas tomber les murs des villas où s'entassait l'or volé aux pauvres, qui laissait debout ce monde d'injustice, ce monde qui ne récompensait que l'habileté, et où un Beauchamp, lavé par sa fortune des péchés commis sous l'Occupation, et dressé sur son monceau de ferrailles, commençait à pouvoir prétendre aux honneurs municipaux.

Il entra dans le jardin de Stellamare, monta jusqu'à l'appartement et trouva Mme Chotard en train de faire une réussite. Elle voulait savoir si elle pouvait encore compter sur ses amis Cassegrain, qui lui avaient promis de venir, ou si elle devait renoncer à leur visite.

Elle se leva tout à coup, indignée, bouscula ses cartes.

– Ils ne viennent pas !

– Comment ?

Mais elle regardait la table, feignant de se parler encore à elle-même.

– Tout de même, non !... Être obligée de promettre à mes amis que Mlle Mondeville n'est pas chez moi pour qu'ils consentent à venir !...

Didier resta un moment sans parole. Les pensées déprimantes fatiguent autant qu'une longue marche, et il ressentait subitement toute la fatigue accumulée.

– Étrange, n'est-ce pas ?... dit-il lentement. Alors que ces amis ne connaissent Mlle Mondeville que par vous !... Mais pourquoi elle ?... Est-ce que je ne suffis pas, moi, à les éloigner ?...

Elle releva la tête, le regarda un moment avec une singulière fixité, se demandant s'il avait parlé pour rire, puis, voyant qu'il était sincère, une émotion rapide afflua à son visage. Elle fit un mouvement désordonné vers lui, comme pour lui prendre les mains, puis sembla se rendre compte, peut-être parce qu'il restait froid, du caractère outrancier de ce geste, et se jeta dans un fauteuil entre les bras duquel elle se tassa, le front dans les mains.

– Didier, dit-elle, dites-moi que vous ne me méprisez pas !... Mais non. Je sais que je mérite vos reproches, je les mérite encore plus que vous ne croyez... Je me suis déchaînée contre vous. J'ai agi comme si vous ne deviez jamais rien savoir. Je vous fais du mal, Didier – mais si, mais si ! Vous ne savez pas à quel point !... C'est affreux, mais je crois que vous ne me mépriserez jamais assez !...

La nature inquiétante de ces propos disparaissait sous l'effet oratoire et Didier ne tenait pas à s'aventurer dans les explications et les développements, sans doute faux, qu'elle était déjà prête à lui fournir. Il méprisait en elle ce qui était méprisable et méprisait surtout ces faux appels au mépris ; il était saturé de manifestations sentimentales. Aussi l'émotion de Fernande, qui aurait dû être communicative, n'opéra sur Didier que l'effet contraire : elle le glaça.

– J'ai fait le tour du quartier pour chercher une chambre, dit-il. Je n'ai rien trouvé. Je m'en excuse.

– Quoi ! s'écria-t-elle comme si cette nouvelle la plongeait dans un inexprimable étonnement. Vous songeriez à quitter ma maison !

– Cela vous étonne !... dit-il à voix basse.

Elle s'abandonna de nouveau contre le dossier de son fauteuil, renversa la tête. Sa poitrine palpitait. Elle portait une blouse noire boutonnée jusqu'en haut. Ses doigts tourmentaient un collier de petites perles d'or, comme s'il l'empêchait de respirer.

– C'est vrai que j'ai mérité que vous me disiez cela, dit-elle. Mais, Didier – elle se redressa lentement, théâtralement – il faut que vous sachiez que, quoi qu'il arrive, vous serez toujours le bienvenu à Stellamare. Vous entendez ?... Je veux dire...

Oui, je voudrais que vous ne partiez pas. Ne cherchez pas à partir ! Jamais, tant que... Laissez-moi le temps de compenser... Oh, je n'aurais jamais dû me conduire ainsi avec vous...
– Elle avait l'air si convaincue, si contrite que Didier se demanda si elle ne faisait pas allusion à des choses plus graves que celles qui étaient venues à sa connaissance, et dont ils avaient déjà eu à souffrir Betty et lui, et Betty encore plus que lui. – Didier, lui dit-elle subitement, je voudrais savoir... Est-ce que cela vous ferait plaisir si je partais – si je partais huit jours ?... Oui, j'aurais la possibilité... Le commerce est bas en ce moment. Mon employée suffira bien pendant huit jours. J'avais fait le projet de retourner chez les bénédictines d'Urcuray, mais je pourrais aussi bien aller chez une amie de Jurançon, celle qui me supplie depuis si longtemps d'aller chez elle... Il n'y a que deux moyens pour la voir, qu'elle vienne ici ou que j'aille chez elle... Qu'en pensez-vous ?...

Didier n'en pensait rien. Il attendait que son discours prît fin. Il ne pensait jamais rien des projets de Mme Chotard, il attendait qu'elle les réalisât. Il savait trop qu'ils comportaient toujours de nombreux méandres et qu'ils étaient aussi éphémères que ses bonnes dispositions : ils n'étaient au fond qu'une manière d'éprouver l'interlocuteur, de le soumettre à un « test ».

– Je vous laisserais la libre disposition de l'appartement, dit-elle. Vous pourriez faire venir Betty et travailler avec elle. Elle pourra même... Je lui donnerai la petite chambre verte, si elle veut. Croyez-vous qu'elle consentirait à... à rester ici la nuit, si je lui donnais une chambre ?... Vous ne pouvez pas rester seul dans l'état où vous êtes, songez-y ! Je serais trop alarmée de penser que personne ne s'occupe de vous...

– Je puis me suffire pendant huit jours, dit-il faiblement devant la description de ce Paradis : Stellamare sans Fernande !...

– Je croyais... Il me semble qu'elle aime beaucoup, elle aussi, venir à Stellamare... Il me semble que cela pourrait être agréable de vous sentir chez vous quelques jours...

Didier avait conscience de se trouver sur un terrain mouvant. Il se reprit et répondit avec fermeté :

– Il n'a jamais été question de cela. Et je vous serais reconnaissant de ne rien proposer de semblable à Mlle Mondeville.

Elle sursauta. Il la vit se précipiter littéralement en avant, effervescente, toute gonflée d'espoir.

– Comment ? Vous ne vous entendez plus ? Vous n'êtes plus en bons termes ?

– Nous sommes en très bons termes. Et c'est précisément parce que les termes où nous sommes me suffisent...

Il en allait trop dire. Il s'interrompit.

– Pauvre Betty ! soupira-t-elle avec une familiarité choquante, d'un air plein de sous-entendus, avec cette pitié injurieuse qu'il ne pouvait soutenir et où entrait une large part de satisfaction à l'idée que pût se produire un événement contraire à celui qu'elle prétendait souhaiter.

Didier se garda tout d'abord de relever cette exclamation, mais il est bon de montrer ici par un exemple de quelle manière Mme Chotard arrivait toujours à forcer son interlocuteur, à le faire sortir de la défensive, à obtenir de lui quelque chose – fûtce l'opposé de ce qu'il pensait – dont elle pourrait ensuite tirer parti soit contre lui soit contre le tiers mis en cause, soit enfin contre tous les deux, de manière à les décevoir l'un par l'autre, ou à les irriter.

– Pauvre Betty !... reprit-elle. Eh bien, je la croyais mieux aimée... Je me demande si elle ne serait pas peinée de vous entendre...

Telle qu'il connaissait Fernande, déjà il pouvait l'imaginer courant dire à Betty : « Si vous saviez comme il parle de vous... ce qu'il m'a dit... Je lui avais proposé... J'ai été surprise de son refus... » Didier sentit qu'il fallait dire quelque chose, sinon un danger se préparait.

– Je crois que vous n'avez pas lieu de la plaindre, dit-il simplement.

Elle leva de nouveau vers lui un visage frémissant, ardent, passionné, déformé par l'attention.

– Comme vous avez dit cela ! dit-elle d'une voix contenue. Quelle passion !... Dois-je comprendre que vous l'aimez ?...

Didier luttait en réalité contre une sourde colère, et tout tremblait en lui. Il détestait qu'on lui extorquât des confidences.

– Comprenez ce que vous voulez, dit-il. Je ne vois pas où vous voulez en venir.

– J'ai quelquefois pensé que vous étiez un peu sec, dit-elle, un peu dur. Cela m'aurait ennuyée pour cette pauvre Betty, qui a tant besoin...

Elle s'arrêta : elle avait, elle qui ne remarquait jamais rien, aperçu sa pâleur, ses mains crispées sur le dossier du fauteuil derrière lequel il se tenait, comme s'il était nécessaire qu'il y eût un obstacle entre elle et lui. Tout ce qu'elle disait sonnait si faux, il sentait tellement tout ce que cela recouvrait d'horrible, qu'il n'eut pas la force de se contenir plus avant.

– Il existe deux solutions, dit-il, pour les personnes qui vous ressemblent : ou enfermer l'humanité derrière une grille, ou s'y enfermer elles-mêmes.

Elle offrit l'expression apeurée de quelqu'un qui s'apprête à recevoir des coups. Il sentit qu'elle venait de descendre, l'espace d'une seconde, au fond d'elle-même, et qu'elle avait entrevu une vérité brûlante.

– Je crois que vous avez raison, dit-elle en balançant la tête. Je préfère enfermer l'humanité.

Elle fit un effort pour se lever mais se laissa retomber dans son fauteuil, pesamment, avec des gestes mous.

– Je suis trop fatiguée... Non... Il faut que je renonce à mon projet. Cette fatigue est profonde. Je ne puis partir. Je ne partirai pas, Didier.

Elle traînait sur les mots, les modulait de sa voix rauque, se charmant du son que ces phrases rendaient à ses oreilles.

– Ce n'est pas moi qui vous force, dit-il.

Il gagna sa chambre et se mit au travail sans plus tarder.

Il était à peine installé qu'un coup fut frappé à sa porte et Fernande entra, ou plutôt resta un long moment dans l'entrebâillement de la porte coincée au tiers de sa course, la main sur la poignée, les yeux gonflés comme si elle allait se mettre à pleurer. Il attend qu'elle dise quelque chose, mais elle fait un pas en avant, un autre en arrière et ne se décide pas. Tout cela en émettant des syllabes inintelligibles. Enfin :

– Non, dit-elle, je ne peux pas partir. Je ne peux pas faire cela.

— C'est bien ce que j'ai cru comprendre, dit-il. Eh bien, calmez-vous...

— Didier... dit-elle, la main toujours sur le bouton de la porte. Je ne sais plus où est le mal !...

Puis, sans attendre, elle se retire en claquant la porte, dans un bruit qui ébranle toute la maison.

Un moment, il peut croire que la comédie est finie, que la maison va retomber dans son silence. Mais non, cinq minutes après, de nouveau les portes grincent, un pas lourd mais précipité se dirige vers sa chambre. Cette fois elle ne frappe pas.

— Didier, dit-elle. Je m'en vais.

Il la regarde. Cela a l'air d'être vrai. Une puissante émotion plisse son visage ; elle s'est maladroitement poudrée et son visage présente les signes d'une résolution longtemps combattue. Comment douter ? Il voudrait lui manifester sa sympathie, peut-être essayer de la retenir. Mais l'émotion de Fernande s'est communiquée à lui et il ne sait que dire ; il éprouve cependant un sourd élan de reconnaissance.

— Vraiment ?... dit-il. Mais pourquoi ? Ce n'est nullement nécessaire !...

— Je voulais dire : Je sors... Je vais voir le chanoine Fillatte... Je veux dire : le nouvel aumônier des Sœurs Blanches.

Pour le coup il ne dit rien, mais sa déception est visible. N'est-ce pas pour cela qu'elle a parlé, pour surprendre cette déception sur ses traits ?... Pour elle, elle ne s'en ira pas sans savoir ce qu'il pense de ce nouveau projet, sans savoir si elle a enfin réussi à l'inquiéter. Il ne lui fera pas cette cruauté.

— C'est cela, dit-il comme le silence se prolonge. Bonne idée, Fernande ! Allez donc me confesser !...

Didier, troublé par tant d'incidents contrariants et souvent contradictoires, ne savait plus exactement de nouveau quelle forme donner à son étude et passait en revue ses documents. Eckhart : « La souffrance a sa source dans l'amour. Ne pas vouloir souffrir indique que l'on n'aime pas. » Le même : « C'est l'indice d'un cœur faible de se réjouir ou de s'affliger pour des choses passagères. » Et plus loin : « Qu'y puis-je si quelqu'un ne comprend pas cela ? Il me suffit que ce que j'écris soit vrai en moi et en Dieu... » Bien. Mais il reste à décider quel usage il convient de faire de tout ceci. À mesure que les matériaux s'accumulent, le désordre s'y introduit. « Voilà de l'herbe qui pousse – que Dieu la protège – un roseau qui chante – que Dieu le bénisse – un enfant qui élève la voix – que le Seigneur soit avec toi, cher petit être, grandis pour la joie de tes parents, mon enfant !... » Allons bon, cette fois la référence a été omise. Il faudra perdre des heures à la chercher dans les livres. Mais les livres ne sont plus là, ou ont été rendus. Saint François ou Dostoïevsky ? Qui sait ?... Il n'est donc pas encore capable de mettre un nom sur n'importe quel extrait, comme un expert qui identifie des tableaux d'après quelques fragments. « Le monde est bon, chaque être est à sa place, au temps voulu... » Et ça ? Pourquoi est-ce noté sur la même feuille ?... C'est un fait que personne ne désire changer avec personne, sauf peut-être pour être logé. Seule notre imagination nous fait souffrir, mais c'est toujours en vertu d'un mauvais calcul. Si Didier possédait les avantages matériels de Mme Chotard, rien ne lui manquerait pour être heureux, mais il ne serait plus Didier Aubert. Et s'il l'épousait?... L'idée ne lui en était jamais venue. Elle n'était pas laide, pas sotte, elle savait ce qu'elle voulait, elle était riche. « Justement, elle est riche, trop riche ; sa richesse la condamne. Et puis... » On ne sait pas pourquoi certaines choses sont impossibles, on constate seulement qu'elles le sont. De toute façon, elle était déjà mariée. Il continuait à rêver. S'il était ce propriétaire obèse qui ne songe qu'à agrandir ses domaines et à ensevelir proprement son infamie sous les récompenses et les honneurs ? Ou n'importe lequel de ces êtres hypocrites ou ennemis de la vie qui ont pour idéal d'enfermer l'humanité derrière des grilles ?... Mais d'où viennent ces personnages odieux ou dérisoires auxquels le voici réduit depuis qu'il vit dans cette maison ? La guerre a coupé ses racines avec le monde enchanté d'autrefois, – le monde où il avait une place, où il voyait les gens pour le plaisir, où il n'entendait jamais parler d'argent, où la pauvreté n'était pas considérée à l'égal d'un vice, d'une maladie honteuse. Il y en a qui ont franchi la guerre comme un tunnel et qui ont retrouvé leur monde. Lui, non. Ce qui était blanc est devenu noir, ce qui était « plus » est devenu « moins », ce qui était innocent est devenu coupable. Tout s'est dégradé par l'intérieur ; et toi, Didier, il semble qu'une lèpre secrète t'a gagné aussi ; et que ton « signe » ait changé... Tu étais libre : te voici prisonnier. Si un ange ne descend vers toi, il n'y a plus d'espoir. Betty ne peut rien, que te donner son amour inutile.

Prisonnier !... Hier encore, tandis qu'il pleuvait si fort, Fernande n'empêcha-t-elle pas quelqu'un de monter ? Il l'entendit de sa fenêtre, il la vit refouler vers l'entrée du jardin le visiteur jugé indésirable. Il n'avait compris qu'après coup, quand il l'avait vu sur sa motocyclette, que la visite était pour lui. Qui était-ce ? Peut-être un délégué de son ancienne existence – le seul –, un rescapé ? Il n'avait vu que son dos, l'épaisse combinaison de cuir serrée à la taille, la tête sous un casque. Didier avait couru à sa fenêtre, mais déjà l'homme fonçait à travers la pluie, s'éloignait dans une pétarade effroyable et disparaissait au tournant. Qui ? Mais qui ?... Comment reconnaître quelqu'un sous une bourrasque, et surtout dans un costume pareil ? Son esprit trébuche sur deux ou trois noms. Il s'élance au-devant de Mme Chotard qui remonte lentement.

– C'était pour moi, je le sais, ne dites pas non. Je ne veux pas savoir pourquoi vous avez fait cela. Je veux savoir qui c'était, simplement.

– Qui c'était ? Mais, mon petit... Je lui ai dit que vous aviez de la fièvre. Il a dit...

– Son nom ?...

Demander le nom de quelqu'un à Fernande Chotard ! Elle qui estropie sur-le-champ tous les noms, qui n'a jamais su répéter correctement un nom propre.

– D'où venait-il ?

– Il ne l'a pas dit. Attendez... Je crois que c'est quelque chose comme Lecœur... Ducos... Morand... Ah, je ne sais plus, vous n'aviez qu'à être là !...

« Il reviendra, pense Didier en s'éloignant. Il reviendra. Il le faut. Sinon... » Il hésitait entre deux figures de son passé : deux camarades qu'il avait rencontrés dans les années qui avaient précédé la guerre : un communiste, Larfeuille, et un catholique, Moreau – des durs tous les deux. *Où* les joindre ? Que ne donnerait-il pas ?... Mais non, il reste avec cette humanité de pacotille, l'humanité des Hauts-Quartiers : la dame d'œuvres, le Colonel, l'éleveuse de poules, la petite fille du grand feuilletoniste qui rampe sur les trottoirs et qu'on appelle toujours Mademoiselle... Il n'y a de vivant, dans tous les Hauts-Quartiers, que les Mondeville, qui s'éteignent ; il n'y a d'humain que Betty, Betty avec son oubli de soi, Betty qui se perd, qui se consume pour tous, Betty qui a fait le vide au fond d'elle-même pour pouvoir vivre la vie des autres et en faire son triste bonheur.

Mme Chotard, très animée : « Figurez-vous que tous les matins, quand je descends à mon magasin vers les dix heures, je passe devant l'internat Sainte-Sophie. Et là, tous les matins, j'aperçois une de ces demoiselles à la fenêtre du second étage. Et en bas, dans la rue, derrière le mur, un jeune gringalet qui lui « fait du plat ». Avant d'entreprendre quoi que ce soit, j'ai demandé l'avis de plusieurs personnes. Je demande le vôtre,

Didier : vous voyez dans quelle estime je vous tiens. À votre avis, dois-je ou ne dois-je pas prévenir la directrice de Sainte-Sophie ? »

Didier feint de se plonger dans une profonde réflexion. Il lui répond avec le plus grand sérieux :

– Merci de votre confiance, Fernande. Mais revoyons les données... Un garçon, une fille... Deux étages, un mur... En bas, la rue... Vous avez peur de quoi, au juste ? D'un accident ? D'une rupture de câble ? D'un enlèvement par draps de lit ?

Elle le regarde un instant, car il lui faut du temps pour comprendre, incertaine si Didier se moque d'elle ou non. Il n'y tient plus (il a ses défauts lui aussi), le voici qui explose :

– Alors quoi, Fernande ! Cet échange de regards à deux étages de distance, c'est ça qui vous fait du mal ? Vous voulez empêcher les cœurs de battre, condamner toute la terre à la stérilité, vacciner les vivants contre tout risque ? Ah, foutre, avoir quinze ans et lorgner une fille à son étage ! Voudriez-vous priver ces enfants d'un souvenir qui illuminera leur vie !... Fernande ! Je vous jure que si vous faites un geste contre ces deux enfants, non seulement je quitte instantanément Stellamare, mais je... je... je... ne vous regarde plus de ma vie ! Vous entendez : je ne pose plus mes regards sur vous !

Elle se replie sous l'attaque et se demande, en entendant la dernière phrase, quel est le véritable sens de cette prodigieuse, de cette inédite menace.

– Imbécile ! Ils en auront vite assez, de se regarder ! Dites-vous que la vie suffit à nous punir, que le temps suffit à faner nos joies ! Ils connaîtront assez tôt la morsure de la jalousie, de l'infidélité ! Ah certes, votre intervention peut leur rendre un service : les lier davantage, les faire s'imaginer qu'ils s'aiment, fausser le jeu, les obliger à jouer plus serré, à se croire persécutés, à se voir de plus près, à mieux se battre. Alors qu'ils se regardent comme deux oiseaux, avant de s'envoler chacun dans une direction différente. Bénissez donc cette minute qui les rassemble, Fernande, et envoyez coucher vos « scrupules », et allez vous coucher vous-même, et si possible... À la fin, vous me rendriez grossier ! Et surtout, dites-vous une chose, et que cette vérité vous serve de guide pour les années très longues qui vous restent à vivre : *Il faut que les choses arrivent*, il faut que nous apprenions par nous-mêmes que le feu brûle, que la pluie mouille. Il faut que les choses arrivent, Fernande !

Bien qu'il soit au lit depuis deux jours, ligoté, soudain il n'en peut plus, il sort, sous la pression de ses pensées qui lui rendent la chambre, la maison intolérables. Il sort pour sortir, il va sans aller, il ne sait où, droit devant lui. Oh, pas bien loin, car déjà la fatigue s'empare de lui insidieusement et sa tête se vide. La pluie a cessé ; mais l'air humide lui envahit la gorge, se colle à sa bouche, il se sent tout creux, et c'est comme si le vent tourbillonnait dans sa poitrine, comme si, derrière le rempart des côtes, il n'y avait plus rien. Comme il tourne distraitement pour entrer dans l'allée qui sépare le mur des Dominicaines de la grille de l'orphelinat, il voit venir de loin deux silhouettes qu'il prend d'abord pour des silhouettes de femmes et qui, penchées l'une vers l'autre, ont l'air de se murmurer quelque chose. Il continue, toujours aussi distraitement, sans prendre garde, jusqu'à ce qu'arrivé à leur hauteur il reconnaisse Mme Chotard, une fois de plus accrochée aux basques du chanoine. Il était temps : il plonge dans une grandiose salutation au passage de ces deux êtres qui sont en train de s'occuper de « son âme ».

Pauvre prêtre, obligé de se former une idée de lui d'après les fausses confidences de Mme Chotard... Et si à son tour Didier allait confesser Mme Chotard ? Après tout, n'a-t-il pas acquis, à force d'études, assez de talent pour faire de Mme Chotard, sans la nommer, un portrait assez reconnaissable ? « Mon père, bénissez-moi, j'habite chez une pauvre toquée dont la lubricité s'abrite sous de pieuses apparences et qui veut me chasser de chez elle parce que plusieurs fois déjà elle m'a mis dans l'obligation de résister à ses criminelles entreprises... »

Non, bonnes gens. Jamais il ne pourra prendre au sérieux vos conciliabules à son sujet à l'ombre de ces murs à peu près ininterrompus qui font le tour des Hauts-Quartiers et derrière lesquels prient les Carmélites, plus loin les Servantes de Marie, à droite les Capucins, à gauche les Dominicaines, au nord les

Sœurs Blanches, au sud les Bernardines. Leurs ratiocinations sur ses péchés provoquent en lui une douce hilarité. Il préfère la vie du ver luisant à celle de cette âme impure, éternellement outragée, occupée du péché des autres. « Car le péché, pour vous, Fernande, c'est toujours le péché des autres ! » Elle lui est si présente dans son action nocive qu'il s'aperçoit qu'il lui adresse la parole : à tel point elle l'obsède que son absence se fait présence et s'il parle, c'est encore à elle ; s'il prend quelqu'un à partie, c'est encore elle ; si la société l'écrase, c'est elle qui l'écrase ! Voilà ce qu'il n'avait pas prévu en s'installant à Stellamare ! Mais il n'est pas indifférent de vivre dans une maison ou dans une autre, dans un voisinage ou dans un autre : la nullité même nous imprègne et l'on peut dire que rien ne nous imprègne comme elle. Il voudrait aimer et ne peut pas. Il délire, il le sait, mais ce délire le sauve. Il faut que son sang coule, que sa pensée, sa souffrance trouvent une issue. La souffrance : la dépossession. Ce qu'on appelle ailleurs l'aliénation ; c'est bien cela. Avoir l'esprit occupé de sordides soucis, engager le dialogue avec des êtres sordides ; s'asseoir en face d'eux pour parler. Comment s'évader ? Il faudrait commettre un grand crime. Mais peut-on commettre un crime sans en avoir envie ? Il faudrait le trouver tout fait !... « Le péché des autres, il n'y a que celui-là qui compte pour vous, Mme Chotard !... Je sais de quoi vous vous accusez dans l'ombre du confessionnal, quand vous avez fini d'accuser les autres et de répondre à des questions bien choisies sur leur conduite. Vous vous accusez de distractions dans vos prières et peut-être, en mettant les choses au pis, d'inexactitude dans vos devoirs d'état. Votre imagination sur vous-même ne va pas plus loin. « Je m'accuse d'arriver régulièrement en retard à la messe, de faire mon métier avec ennui, de manquer de patience avec les clients. » La belle âme ! Le confesseur n'aurait qu'à lui répondre : « C'est cinq cents francs », cela ne la gênerait pas, elle n'est pas chiche, elle en donnerait mille. Mais songera-t-elle à ces heures gaspillées en bavardages plus ou moins sales avec les voisines du quartier ?... Songerez-vous au mal qui s'exprime par vos paroles, à tout ce que vous détruisez chaque jour autour de vous ? Songerez-vous à l'énorme ridicule que vous faites tomber sur la religion que vous prétendez pratiquer ? Cela n'est pas catalogué dans vos livres de piété. Cela échappe à l'analyse et surtout à celle, très conventionnelle, très peu sévère, que vous faites subir à vos propres sentiments. Ne vous étonnez pas si, auprès de vous, quelqu'un s'éloigne des prêtres ou naïfs ou roublards, mais toujours et indéfectiblement attentifs à vos sottises, ces ecclésiastiques qui ne veulent pas perdre une cliente et qu'effleure l'ombre d'une gigantesque imbécillité. Ne vous étonnez pas si quelqu'un s'éloigne d'une religion capable de bercer si amoureusement vos folies, de traiter vos lubies comme des choses de conséquence et de prendre les manifestations d'une sexualité insatisfaite pour les manifestations d'une âme scrupuleuse. Non ! Vous m'avez dévoilé cette comédie-là après bien d'autres. Il y a de saints prêtres, sûrement, comme on dit. Mais où sont-ils ? Dans les ateliers, dans les mines, partout ailleurs qu'à Irube. Ce ne sont pas ceux qui fréquentent les Hauts-Quartiers et qui vous recommandent de devenir, de rester de bons pharisiens, qui favorisent ces complaisances à ce qu'il y a de plus suspect en vous-même. Et il y a aussi des saints qui s'ignorent, au point que vous n'auriez jamais l'idée d'aller les chercher là où ils sont. Mais il est bien probable qu'eux non plus ne vivent pas dans ce pays de repus, ça se saurait ! Et il y a aussi des hommes – ce Lambert que vous mépriseriez si vous le connaissiez – qui honorent leur espèce en faisant simplement leur métier d'homme. Et je le crie bien haut, je préfère ces hommes-là à ceux qui vous ont aidée à mettre au centre de tout un unique péché ; comme si, en dehors de l'attrait innocent qui pousse un être vers un autre, il n'y avait aucun péché concevable, comme si la passion de posséder, l'attachement aux biens, la position de privilégié, l'admiration pour ceux qui ont « réussi », le culte de l'argent et l'adoration du veau d'or n'étaient pas de plus grands péchés ! Vous avez partagé le monde en deux zones : ceux qui ont et ceux qui n'ont pas, et vous avez décrété qu'à ceux qui n'avaient rien on ôterait aussi ce qu'ils ont, quitte à leur faire de temps à autre de splendides aumônes, pour pouvoir mieux accuser leur ingratitude. Et vous avez regardé le monde ainsi fait, et vous avez trouvé qu'il était bon. Et tout ce que vous y avez trouvé à critiquer c'est que dans ce monde il y avait des êtres qui prenaient un peu de joie en se caressant, et cela, vous ne vous lassez pas de le dénoncer et de le poursuivre, et vous êtes prête à remuer toute la paroisse pour l'obliger à prendre parti contre un homme qui a une maîtresse. Et si vous pouviez intéresser M. le maire qui est dans ces idées et faire chasser cet homme de la ville, lui infliger une punition publique, vous le feriez, et à ce prix vous vous estimeriez contente, vous vous sentiriez vengée.

Ainsi, on peut pratiquer d'une façon militante une religion comme la vôtre et être ce que vous êtes. Cette religion, Fernande, vous n'avez même pas eu à la chercher : vous l'avez trouvée au berceau, toute faite, et faite pour vous. Vous assistez aux offices, vous commentez les dogmes, vous vous réunissez avec l'élite irubienne pour interpréter les textes sacrés, vous organisez des conférences – vous faites tout cela, et tout cela vous permet de vivre tranquille à l'intérieur de vos limites, dans votre indifférence au sort du monde, dans votre mépris de la vérité, de la justice. Que vous soyez dépourvue de ces sentiments, c'est une monstruosité possible, il faut vous en absoudre. D'autres que vous en sont là. Il y a partout des malades et des mutilés. Mais n'avez-vous donc jamais rencontré, parmi cette nuée de prêtres qui vous entourent, les Singler, les Fillatte, les Barangé, les Cardon, les Galzan, et j'en passe, un seul qui, après avoir écouté avec sympathie l'aveu complaisant que vous faisiez, sous couleur de scrupules, des péchés d'autrui – vous ait calmement posé ces questions : « Vous êtes-vous intéressée au sort du monde ? Avez-vous cherché la vérité ? Avez-vous fait un geste pour la justice ? Avez-vous aimé l'opprimé ? Et l'avez-vous aimé non parce qu'il était lui mais qu'il était opprimé ?... » Mais non, vos directeurs ne sont point indiscrets. Ils se contentent de ce que vous apportez, de ce que vous leur dites : ils sont contents de vous *si vous n'avez pas fait*. J'ai gardé les mains au-dessus du drap, mon Père. Je n'ai pas fait l'acte. Je n'ai rien fait de mal cette semaine, mon Père. Bien sûr j'ai souhaité que ma voisine qui a un amant s'ébouillante, que le jeune maçon qui flirte avec Solange, la bonne de M. Beauchamp, tombe de son échelle... Mais c'est resté à l'état de simples velléités, de rêveries. Est-on responsable de ses rêves ? – Allez ma fille, allez en paix. – Quant à vous demander: « Avez-vous fait un petit effort sur votre nature ? Avez-vous essayé de retenir une parole méchante ? » Cela est d'une telle insignifiance en vérité ! Du moment que vous n'avez pas touché à certaines parties de votre corps, le monde est sauf. Et voilà *vos* prêtres, Fernande ! Voilà votre religion !

– Reprendrez-vous du café ? dit-elle. Mais si ! Mais si... C'est toujours possible. Avez-vous vu, à Stellamare, des choses qui ne soient pas possibles ?

C'est la ruse habituelle pour le retenir, pour éloigner le moment où elle se retrouvera seule, où elle n'aura plus qu'à descendre en ville, aller occuper sa place derrière le comptoir de la Librairie des Arceaux. Quant au café – Stellamare, on le sait, est un puits de café – il n'y a pas de limite à la consommation de ce breuvage, on boit du café jusqu'à trois, quatre heures, et du reste la nourriture est ici l'objet d'un *potlatch* continuel. Fernande aime la vie large ; dans ce domaine, elle ne calcule pas ; elle n'ignore pas qu'il n'y a que les riches pour être pingres et, malgré sa fortune, elle ne se considère pas comme telle ; pour le prouver, elle gâche, elle gaspille autant qu'elle peut. On se monterait un mobilier avec les meubles qui disparaissent tous les mois dans le « cabanon », sous prétexte qu'ils branlent un peu ou qu'ils encombrent : à Stellamare, on ne répare rien. Si l'on tache un meuble, on le remplace ; on ne bricole pas. Quand il voit cela, Didier pense que, sans la faille de sa vie conjugale, sans cet échec, Fernande Chotard eût été la femme la plus agréable à vivre. Malheureusement il y a eu cela et, par cette fissure, tout le mal de la création s'est précipité comme les eaux qui se précipitent par une brèche.

– Vous m'avez dit qu'il fallait que les choses arrivent, lui dit-elle à la quatrième tasse. Voilà : l'abbé Lagor m'a dit à peu près la même chose. Et elle ajoute, presque en murmurant, elle qui parle toujours si fort : Justement, moi, il ne m'est jamais rien arrivé...

« Justement, moi, il ne m'est jamais rien arrivé... » L'espace d'une minute, pour avoir entendu ces mots et être resté tranquille dans son fauteuil, Didier se sent une brute. Comme chaque fois qu'un être prononce sur soi-même une vérité cruelle, paraît apercevoir soudain, à la faveur d'une conversation, un de ces points irrémédiables en lui d'où a découlé toute sa vie, avec ce qu'elle présente de plus amer, – Didier aurait voulu, entendant cela, fermer les yeux, disparaître de la vue de Fernande, ouvrir négligemment une fenêtre, bref se conduire comme s'il n'avait rien entendu ou comme si elle n'avait rien dit. Un mouvement de sympathie chaleureuse, une vague de fond le rapprochait subitement de Fernande. En eut-elle la moindre conscience ? Ce qu'il prenait pour un aveu terrible n'était-il qu'un mot ? Il eut l'occasion de se demander ensuite si cette atroce lumière projetée sur elle-même n'était pas une lumière que pour lui, s'il ne fut pas le seul des deux à qui elle apparut comme une lumière, comme une vérité. Mais jamais il n'avait vu chez un être pareil pouvoir de refuser la vérité, de refermer les portes. Didier aurait voulu lui dire que, même partant d'une vérité cruelle, il est toujours bienfaisant pour nous de considérer cette vérité en face et d'en tirer des conséquences droites. Mais elle préférait tirer un voile et vous faire payer les conséquences. N'était-ce pas pour cela, justement, qu'il ne lui était jamais rien arrivé ? Certains êtres sont ainsi faits qu'ils ne peuvent jamais admettre la vérité du monde. Mais on n'assassine pas impunément la vérité, même déplaisante. Il le savait : des femmes peuvent se marier, vivre avec un homme, faire l'amour, avoir des enfants – sans qu'il leur arrive rien. Elles sont restées en dehors ; leur être est vide ; Mme Chotard était-elle de ces femmes-là ? C'était possible... Faites des enfants avec le vent, le vent n'en sera pas changé.

– Pendant la guerre, poursuivit-elle après avoir prononcé cette phrase alarmante et tout en ramassant sa boule de laine (car elle avait commencé en 1940 un chandail «pour les prisonniers» et cela durait encore), une ou deux fois j'ai cru qu'il allait m'arriver quelque chose. Un jour où je passais la ligne, pendant l'occupation, j'ai vu venir à moi deux jeunes Allemands à bicyclette. Je transportais des lettres. Je les avais mises là, dit-elle en montrant sa poitrine. Ils m'ont arrêtée, ont vérifié mes papiers, puis m'ont laissée aller. Mon cœur n'a pas battu, dit-elle... Mais je crois que j'étais un peu déçue...

– Ils ont vu qu'ils avaient affaire à une grande bourgeoise, dit Didier. Je parie que vous aviez votre manteau de fourrure ?

– Oh, ils n'ont même pas essayé de raccrocher mon bas qui tombait, dit-elle. Les élastiques de ce temps-là étaient de mauvaise qualité !...

Et elle rit. Singulière histoire, à la lueur de quoi Didier commence à entrevoir de quelle manière elle conçoit l'amour. A-t-elle cru vraiment que des soldats en service commandé allaient se ruer sur elle et lui donner le plaisir du péché ?... Une certaine nostalgie de l'imagination la guide volontiers vers des scènes d'orgie, de violence. A-t-elle cru qu'elle allait rencontrer l'amour dans ces conditions-là ? Ne se figure-t-elle vraiment l'aventure que forcée ? Elle, la grande indiscrète, fait bien rarement allusion à son mariage, si bref, mais ces propos laissent entrevoir une étrange toile de fond. Devant ces abîmes, la colère tombe. Étrange chrétienne qu'il est impossible de faire évader du corps et qui appelle secrètement ce qu'elle refuse à haute voix.

– Il y a des choses qui se préparent de loin – dit-elle – des mots qui nous suivent. Quand j'étais jeune, maman me disait toujours : «Une fille comme toi, avec ton caractère, tu n'es pas mariable, tu ne te marieras jamais.» Quand j'étais petite, mes dents poussaient mal, elle me disait déjà : «Tu es laide. Rentre tes dents.» Cela venait à tout propos, dans la conversation, devant n'importe qui, chaque fois qu'elle était agacée : «Rentre tes dents, rentre tes dents...» Elle ne voulait pas que j'aie une vie à moi, que je la quitte, que je suive un homme. «Tu es laide ! Rentre tes dents !» Quand j'ai été plus grande, je suis allée toute seule chez un dentiste qui m'a arrangé ça en six mois. Maman était furieuse et ne cessait de me narguer et de me faire honte, déclarant que j'allais perdre toutes mes dents si l'on y touchait. Vous voyez le résultat, dit-elle en riant : les plus belles dents du monde, mais mon cœur flanche à l'idée que des hommes vont s'approcher de moi...

– Mais non, vous venez de me dire que votre cœur n'a pas battu, dit-il. D'ailleurs, là n'est pas la question, mais de se bien tenir. Il ne dépend pas de nous que notre cœur batte, ajoute-t-il, il dépend de nous d'agir comme s'il ne battait pas. N'est-ce pas toute la morale ?

– Vous n'y comprenez rien, dit-elle. Ce qui se passe dans le corps est bien plus profond et bien plus important que tout le reste.

Et elle enchaîne avec volubilité, affirmant que la morale n'est pas du tout dans l'effort et qu'il est bien plus beau d'être saint sans effort que d'être saint en le voulant.

Pas d'effort : ne rien tenter contre la nature (surtout la sienne) : telle est notre morale, une morale organique, la morale des Hauts-Quartiers. Le vrai bourgeois est bourgeois de droit divin. Je fais la loi, donc je suis au-dessus de la loi. Didier s'est cru l'objet d'une confidence, mais il doit en rabattre. Cette histoire d'Allemands et de lettres cachées dans son corsage, il y a beau temps déjà que Mme Chotard la colporte, et rit de l'effet produit. « Des gamins ! lui dit-on. Ce n'était pas digne de vous. Il vous fallait au moins un colonel !... » Elle raconte cela aussi : elle se raconte racontant. Un petit fléau. Cet intérêt que vous lui accordiez, cette émotion, cette alarme qui retentissait en vous, tout cela se retire, s'éteint. Il suffit. Économisez vos émotions. Vous avez besoin de toutes vos forces. Vous retrouverez bientôt la bête.

Il serait facile à Didier de tirer un avantage au moins dialectique de cette conversation. Mais à quoi bon insister ? Il avait toujours tort, puisque toute vérité est dans l'organisme et que les colères et les fièvres de Mme Chotard sont sacrées.

Serait-il superflu de savoir ce qu'en pense le chanoine Fillatte qu'elle consultait l'autre jour si gravement à propos de Didier et de son maintien dans la maison ? Un doute le prend. S'il allait le voir ? Pense-t-il lui aussi que la volonté ne vaut rien, que nos démissions sont autorisées ? Et si c'était vrai, si rien ne valait en nous – que la grâce ? Mais on peut se demander, à considérer Mme Chotard, si ces questions sont du ressort du prêtre ou du psychiatre. Il y a justement un psychiatre, ou un « analyste », le docteur Repiton-Préneuf, qui officie depuis peu dans le quartier. À Fernande Chotard le chanoine, à Didier le psychiatre, pourquoi pas ? Qu'ils se partagent le travail, après quoi ils mettront leurs connaissances en commun. Les psychiatres doivent bien avoir, eux aussi, des aperçus sur la grâce, depuis que les prêtres se sont mis à avoir des lueurs sur les complexes. Et si, sans le savoir, Didier était victime du *démon* ? Au lieu de se rebeller contre tout le monde, comme il le fait, pourquoi ne pas céder ? Céder au Colonel, céder à Mme Chotard. Au Colonel la maison dont il le prive, à Mme Chotard sa volonté d'intégrité. Ne serait-ce pas cela, être saint ?... Mais déjà elle ne reconnaissait plus sa doctrine. Il ne faut pas lui demander d'avoir plus de deux jours de suite la même pensée, car l'esprit de suite est ce qui lui manque le plus. S'inquiéter de ce que pense le chanoine ? Mais le consulte-t-on sur autre chose que des matières sur lesquelles on connaît d'avance la réponse ? Il s'agit uniquement d'avoir une autorité avec soi. « Que le bon chanoine ne s'aperçoive pas de la manœuvre, c'est là son affaire, pense Didier, nous serons tous les deux dupés, lui et moi, tous les deux pris dans l'étonnante machine que Mme Chotard a mise en branle, la machine à faire de la glu. Mais le plus dupé, ce sera lui. Mme Chotard-Lagréou, laissée à elle-même, sait parfaitement à quoi s'en tenir. Elle trompe ses amis, elle trompe les prêtres, elle trompe ses confesseurs, elle se trompe elle-même, l'essentiel est qu'on parle d'elle partout et qu'elle fasse admirer ses entreprises. »

À quel point cette femme au teint mat, au visage buté de sarrazine, résume le monde, – c'est là sa peur : peur de s'apercevoir, oui, que tout le monde lui ressemble, que tout le monde (bien pensant ou non) agit et pense et sent comme elle, et qu'ils sont deux ou trois imbéciles – les chanoines, Betty et lui – à ne pas s'être avisés du « Système ».

Rêve-t-il ? De quel Système s'agit-il donc ? Le système à réduire les volontés, à faire de la terre un vaste pot de gelée de groseilles où nous nous prenons les pattes, où nous sommes broyés par la douceur. Car la douceur de Mme Chotard est encore plus redoutable que la violence. Il faut bien que les Satisfaits nous possèdent d'une façon ou d'une autre. Nous n'existons pas sans eux. Le mal est sur nous, parce que nous sommes venus nous établir dans un quartier de riches. Ils ont fait de la vie un long ennui, une ignominie intégrale, qu'ils étendent à tout, à laquelle rien ne peut échapper ; même pas les bêtes !... Ils ont mis Christus à leur service et il n'y a plus moyen d'y voir clair. Ils nous ont condamnés au désespoir. Le sourire épanoui de Satan brille paisiblement sur leur face et nous prenons cela pour le sourire de Dieu.

Tout cela est logique. Qu'est la Logique ? C'est la pensée qui se vomit. Le Monde est vidé de sa pensée, de toute pensée. L'important c'est qu'il tourne (*dum volvitur orbis*) et qu'en tournant il rapporte de l'or à ceux qui en ont déjà trop. Précisément, comme Mme Chotard vient de le rappeler avec beaucoup d'à-propos à Didier, le fils de M. Beauchamp, cette petite gouape de vingt-trois ans, qui n'a pas su décrocher son bachot et qui est bien décidé à ne rien faire, se préoccupe de trouver une garçonnière en ville. Il a chargé de cela un de ses valets. Pas d'effort surtout. La sainteté n'est pas dans l'effort. Notre mérite est donné. Pourquoi « s'en faire » ?

Mme Chotard se venge sur tous ceux qui l'entourent, en détruisant leurs raisons d'agir. Mais Didier ne veut pas être son otage. Alors il va trouver Betty et, pour la première fois, il s'aperçoit qu'ils n'ont plus le courage de faire l'amour. Ils sont vaincus par la pensée des bien pensants.

C'est alors qu'il se met à regarder Paula au fond des yeux.

Justement Betty lui dit, de cet air à la fois dévoué, résigné et tendre qu'elle a, avec cette merveilleuse candeur qui est peut-être la meilleure et la plus franche expression d'elle-même :

– Maintenant, cela fait longtemps que tu me connais, Didier. Est-ce que tu n'éprouves pas le besoin de te libérer, de t'échapper un peu ?...

– Me libérer ?... Oh Betty, dit-il, tu ne pèses guère. Tu es légère à souhait. On n'éprouve pas le besoin de se libérer de toi.

Il sait qu'elle ne désire pas de plus grand éloge et il le prononce avec tendresse.

– Je voudrais être encore plus légère, dit-elle. Je voudrais...

Il l'avait rencontrée dehors et comme elle se rendait à Santiago, ils parcoururent ensemble l'allée de tilleuls du Séminaire, après quoi ils se trouvèrent sous les murs de l'immense bâtiment grisâtre qui dominait de toute sa hauteur les Hauts-Quartiers, lesquels à leur tour dominaient la ville, de sorte que d'en haut on apercevait tout le cycle des collines qui fermait l'horizon.

– Est-ce que tu ne trouves pas cela monotone, Didier, d'avoir toujours la même femme ? Est-ce que tu n'as pas envie de changer ?

– Je ne crois pas, dit-il sincèrement. Pas maintenant, en tout cas. Mais toi ?

– Moi ? Oh, tu sais... Tant que tu voudras bien...

Cette humilité lui fit mal.

– Ne dis pas cela, Betty. Tu ne dois pas. Tu as autant de droits que moi...

– Je dois être très monotone, n'est-ce pas ? Si, si, je sais. Tu dois désirer te renouveler. Tu dois souhaiter une fille plus jeune...

– Plus jeune ?... Oh, vois-tu, ce ne serait pas facile...

– ... Différente...

– Mais pourquoi ? Tu sais je suis très occupé, mon esprit travaille, je vis plusieurs vies à la fois. Beaucoup de choses me passionnent, me donnent un choc. Ce bouquet d'arbres, tiens.

– Oui. Mais tu *dois* vivre encore plus de vies à la fois, toujours plus de vies. C'est pour cela que je te disais que si tu avais envie de te passer une fantaisie un jour – je connais tes besoins d'imagination –, tu ne devrais pas t'en empêcher pour moi.

– Betty... Betty ! Tu veux donc que je me mette à genoux devant toi ?

Le jour commençait à tomber, le ciel n'était plus qu'une grande feuille de buvard rose au haut du long toit rectiligne qui dominait l'allée. Du côté opposé, un groupe de hêtres s'épanouissait silencieusement sur un ciel sombre que barrait, au niveau de l'horizon, une grande lueur violacée de vent du sud.

Ils arrivèrent sur une allée plus large, non entretenue, bordée de gros platanes qui répandaient sur elle une ombre dense, et il leur sembla que des fenêtres s'allumaient au-dessus d'eux. Puis ils longèrent le réfectoire dont toutes les fenêtres scintillaient, et le bruit d'une voix s'éleva, neutre et monotone, dont l'écho se répercuta sous les voûtes, tandis que dans le réfectoire résonnait le choc des fourchettes contre les assiettes à gros bords. Didier pensait à ce que Betty venait de lui dire et il la révérait pour ces paroles. Elle avait posé la main sur son bras, presque timidement, et il la sentait à peine. Elle l'arrêta soudain.

– Pourquoi lisent-ils tous sur ce ton ? Tu ne trouves pas que c'est monotone, cela aussi ? demanda-t-elle en souriant.

– La monotonie du ton fait mieux ressortir le contenu, dit-il. Quand on a un bon texte, on n'a pas besoin de faire des effets. L'idéal pour le lecteur devrait être d'ajouter le moins possible au texte. Se faire oublier… N'est-ce pas ton avis ?

– Je ne sais pas.

– La plupart des lecteurs cherchent à se faire valoir, et souvent aux dépens du texte. Les écrits spirituels ne souffrent pas le cabotinage. Regarde comme tout cela va bien avec ce qui nous entoure. Ces longues allées de tilleuls aussi sont monotones. Embrasse-moi, Betty, je t'aime bien…

Ils étaient parvenus à la limite du domaine, à l'orée d'un champ qu'ils connaissaient bien et qu'il leur restait à longer pour atteindre la route. Ils n'avaient pas d'inquiétude dans leurs corps. Ils étaient un de ces couples heureux qui de loin font siffler le paysan attardé, remuant le sang de l'adolescent, et que l'âge mûr envie, dont la vue taraude l'esprit de ceux pour qui il est trop tard. Ils étaient pauvres mais ils possédaient la seule richesse qui soit en ce monde. Le champ s'arrondissait paisiblement au-dessus d'eux, très loin les montagnes étaient serties d'un trait de plomb, comme dans un vitrail, et ils sentaient l'air vif qui venait de la mer. Le champ était tout proche et savoureux à voir. Dans ce champ, ils avaient vu grandir de semaine en semaine les lourds maïs, et maintenant cela faisait comme une petite forêt qui les dominait d'au moins une tête, et ils étaient perdus dans l'étroit sentier entre la haie de troènes et la lisière du champ de maïs, et le jour tombait sur eux, tout petits, invisibles comme des sauterelles parmi la terre sans limites.

– Ce champ de maïs... dit-elle.

– Oui...

– Cela est plein d'une force sauvage... écoute comme ça crisse et comme ça crie.

– Oui... C'est beau à entendre.

– Et beau à voir. Regarde ces longues tiges, si c'est solide, et ces feuilles longues et robustes, avec leur grande nervure au milieu, c'est d'un vert si heureux. Et bientôt ces épis ! Je voudrais qu'ils plantent toujours du maïs, c'est ce que j'aime le mieux.

– Ce serait une mauvaise méthode, tu sais. La terre ne supporte pas qu'on sème deux fois de suite la même chose. Les plantes poussent mieux si on alterne.

– Tu vois... Tu devrais alterner toi aussi... Et puis revenir à moi, bien sûr...

– Écoute, lui dit-il. Je suis très, très étonné. Mais écoute bien. Est-ce que tu entends, comme moi, pendant la nuit, le bruit de la mer ?

– Je ne suis pas sûre. Je ne savais pas que c'était cela.

– Que veux-tu que ce soit ? La côte n'est pas à plus de huit, dix kilomètres, et puis cela fait un cercle, le bruit des vagues nous arrive de partout. Écoute, écoute bien la nuit prochaine. En écoutant la mer, tu penseras à moi. Et je vais te dire. Pour alterner, comme tu dis, eh bien, la prochaine fois nous irons passer la nuit au bord de la mer, toi et moi.

Elle le fit répéter ; elle ne voulait pas le croire ; elle ne voulait pas croire qu'il était prêt à se déranger pour elle. Elle était extraordinairement émerveillée par cette proposition qu'elle n'avait jamais escomptée. Et il est vrai qu'il ne lui en avait jamais fait de semblable, depuis tout le temps qu'il la connaissait. Non seulement il fallait redouter les inquisitions de Mme Chotard, mais il avait Betty où il voulait, quand il voulait. Pourquoi se déranger ? Il voyait, tout à coup, non plus à propos d'un autre, mais à propos de lui-même, comme on devient facilement un monstre. Comment se faire pardonner ? Il avait pu se croire lésé ! Mais il n'était rien moins que lésé. Et comment l'aurait-il été ? À cause de son poumon troué, de quelques ennuis matériels ? Il régnait sur les êtres. Il avait à sa disposition le monde entier de la pensée humaine, le travail vertigineux de l'esprit des hommes. Son devoir était de vouloir toujours plus de pauvreté, plus de souffrance, plus de difficultés à vaincre. Son devoir était de désirer pour lui cet emploi de victime que, sans le vouloir (Mme Chotard avait raison), il faisait si aisément tenir aux autres. Accuser le monde, quand on est ce poulpe, cette borne d'indifférence posée dans le champ d'autrui ? Avait-il cru que la misère ne pouvait être que matérielle ? Il lui restait à plaindre les riches, les pauvres riches, tous ceux qui, à la lettre, perdaient leur temps. Il lui restait à s'humilier devant Betty, à faire quelque chose pour elle, une chose absurde qui lui fasse plaisir. Beau moment où le juste se découvre injuste. Mais, plus que tout, la manière dont Betty l'avait amené à cette découverte était bouleversante et douce. Son incrédulité éblouie devant une chose aussi simple, aussi facile que de la conduire au bord de la mer, lui avait ouvert les yeux. Mais à son tour elle était pressée de lui faire une surprise.

– Je voulais te dire, s'écria-t-elle avec enthousiasme. Ma famille va s'en aller dans quelque temps, pour trois ou quatre jours, peut-être davantage. Ils vont vider la maison. Ils se rendent tous en bloc à Meüs pour voir les filles, les garçons, ils font la tournée. La maison va être vide, tu te rends compte ? Je vais pouvoir inviter des tas de gens. Nous passerons une journée formidable. Tu veux ? Je n'ai besoin que d'une chose, naturellement. Que tu me promettes d'être là. C'est pour toi que je le fais, Didier. C'est oui ?...

– Mais... après ce que Mme Chotard leur a raconté sur moi...

– Qu'est-ce que ça fait ? Tu crois qu'il faut leur dire ?...

Il n'osa pas lui répondre, la décevoir. Autant que l'idée d'une sortie au bord de la mer, elle semblait chérir cet espoir qu'elle avait de réunir une fois tous ses amis à l'ombre de la maison familiale. Cette idée-là lui trottait depuis longtemps dans le cerveau et à mesure qu'elle la développait, elle s'extasiait davantage. Didier voyait bien les complications possibles, mais l'autre projet non plus n'était pas sans complications et Betty était tellement séduite qu'il sentit que l'ombre d'une réticence l'eût affligée. Il était trop bien parti ce soir-là pour ne pas lui faire plaisir jusqu'au bout et elle avait déjà éprouvé assez de contrariétés à cause de lui pour qu'il lui fût impossible de songer à opposer même une légère résistance à ses volontés. Elle si faible en tant d'occasions, il savait d'ailleurs qu'elle ne manquait jamais d'aller jusqu'au terme d'une décision, une fois celle-ci prise.

– Et qui inviteras-tu à ce grand raoût ? lui dit-il non sans curiosité.

– Rien que des jeunes, mais des vrais. Revoir de la jeunesse dans les allées et dans les couloirs de Santiago, si tu savais ce que ce serait pour moi ! Il y aura Gilberte, il y aura Simone, son père est général, ce n'est pas sa faute, il y aura Sylvette, la femme du petit inspecteur... et peut-être l'inspecteur lui-même...

– Inspecteur de quoi ?

– Je ne sais pas, je sais qu'il est inspecteur, ils habitent la maison...

– Ce sont vos locataires et tu ne sais pas de quoi il est inspecteur ? Il y a tant de choses qu'on peut inspecter depuis les douanes jusqu'à la police...

– Mais qu'est-ce que ça fait, Didier ? Que tu aimes les explications ! Je crois qu'avant la guerre il était fabricant de pâtes, mais tu sais, il y a beaucoup de métiers qui ont évolué... Ce que je peux te dire, c'est qu'ils ont tous été plus ou moins dans la Résistance, je crois même que Simone est décorée.

– Alors ? dit-il. Rien que des femmes ?

– Mais non, puisqu'il y aura l'inspecteur. Mais il n'y aura pas que lui. Côté garçons, il y aura Gérard, le manchot qui travaille pour être avocat ; Solange et son mari, M. Reynier, tu sais la Blanchisserie Reynier ? Et peut-être Lousse – c'est un diminutif, ça s'écrit Luz – c'est-à-dire Mme d'Hem, cette grande femme que tu as rencontrée un jour dans la rue... Tu m'as dit que tu avais envie de la connaître.

– J'ai dit ça ?

– Oui. Je n'oublie rien, tu vois...
– Mais... tu la connaissais ?...
– Non, mais j'ai fait sa connaissance à mon retour de Paris, pour des tas de raisons et pour pouvoir te l'amener un jour. Mais pour cela, il fallait une circonstance propice évidemment, par exemple celle-ci, que la maison soit vide.

Didier resta muet, il trouvait Betty étonnante. Étonnante, c'était même peu dire. Elle reprit :

– Il y aura peut-être aussi une ou deux surprises. Et j'oubliais : Paula... La fille du luthier, tu sais, celle qui a de si belles jambes... Eh bien, Didier : tu ne dis rien de Paula ?

Didier avait la bouche un peu sèche.

– C'est ça que tu appelles le côté garçons ?... dit-il. Et pourquoi Paula plutôt qu'une autre ? Il y a au moins trois Carducci !

– Mme Chotard m'a dit que tu te plaisais bien avec Paula.

– Je ne l'ai jamais vue en dehors de chez Fernande, dit-il, avec ses sœurs et toute la compagnie.

– Fernande dit que tu aimes la regarder, que... qu'elle a l'air de te plaire beaucoup. C'est vrai ?

– Mme Chotard t'a dit cela uniquement pour te faire de la peine.

– Je ne crois pas que cela me fasse de la peine. Ce serait naturel que tu la regardes, que tu la désires. Elle est si belle. Vraiment, tu ne l'aimes pas un petit peu ? Tu as bien le droit.

– Mais oui. Elle est très belle à voir. Mais dès que Mme Chotard se met à parler d'une fille, c'est répugnant. On ne peut pas dire devant elle qu'on a aimé regarder quelqu'un. D'ailleurs, je ne l'ai jamais dit.

– Eh bien, à moi tu pourras le dire, Didier. Et tu pourras la regarder.

– Mais je n'ai jamais *demandé* cela, dit-il très malheureux. L'ai-je seulement souhaité ? Ce qui est agaçant dans les histoires de Mme Chotard, c'est qu'elle fausse tout. Je suis bien obligé de regarder Paula, puisque Mme Chotard l'a tout le temps chez elle. Elle passe son temps à inviter les Carducci. Et sais-tu pourquoi ? Uniquement pour t'embêter. Et si j'en juge d'après ce que tu me dis, pour pouvoir te raconter ensuite que j'ai vu Paula.

– Oh, elle ne dit pas seulement que tu la vois, mais que tu l'admires. Et que, de son côté, tu l'intéresses beaucoup ; Fernande le sait.

– Mais... Betty ! lui dit-il avec reproche. Te rends-tu compte qu'elle te dit cela seulement pour...

– Je trouve normal que tu t'intéresses à Paula, coupa Betty avec une douce obstination. Elle est beaucoup plus réussie que moi comme fille. Moi je ne compte pas, d'ailleurs, dit-elle d'un air impénétrable. Je te l'ai souvent dit et je le pense. Tu verras Paula à Santiago, Didier, sous mon cèdre. Et le cèdre me dira si tu l'aimes.

– Betty ? Tu vas me faire croire que Mme Chotard a réussi à t'impressionner !

– Pas du tout. Mais, dis-moi, qui veux-tu encore à Santiago ? Profites-en ! Ça n'arrivera pas tous les jours !

– Il faudra peut-être inviter quelques bourgeois, dit-il en riant, pour faire plus sérieux.

– Non, mais tu sais ce qui me chagrine ?... C'est de ne pas pouvoir inviter papa !... Tu ne sais pas comme il est resté jeune dans le fond, malgré ses cheveux blancs, ses trois femmes et ses sept enfants. S'il n'avait pas ces femmes autour de lui, les gardiennes du foyer, je suis sûre qu'il se laisserait tenter. Tu n'as pas idée comme il peut être drôle quand il est avec des jeunes... C'est ça qui lui manque ! Il est étouffé ici, comme tout le monde ; il s'est laissé domestiquer comme un vieux chien. Je ne t'ai jamais montré le buste qui est dans le salon ? Quand on voit ce qu'il a été !...

Ils étaient arrivés sur la route, sous les arbres de Santiago, devant la grille rouillée au haut de laquelle, sur une sorte de banderole de fer, de phylactère dévoré de rouille, on pouvait lire encore le nom de l'île odorante et magique, quelque colonie d'oiseaux de feu perdue au milieu de l'océan et qui avait appartenu un jour à un Mondeville, au temps où les Mondeville ne s'étaient pas encore laissé domestiquer, ne s'étaient pas encore effondrés sous les ornements d'autel et dans l'odeur des sacristies. C'était ça, la vraie décadence ; avoir été un conquérant et être devenu un vieux chien. Didier était toujours sensible à la vue de la maison croulante, des grands arbres sombres, de la grille qui depuis si longtemps ne fermait plus. Il était sensible à tous ces vestiges d'une gloire ancienne, mais aussi à la beauté du temple végétal, toujours vivace, que constituait ce jardin négligé – et peut-être à ce mystère des choses abandonnées, de ces destinées qui se défaisaient peu à peu en même temps que le jardin, pour se refaire plus tard en des générations futures.

Il allait prendre congé de Betty mais elle voulut marcher encore un peu avec lui dans l'autre sens, d'abord jusqu'à l'entrée du champ, puis jusqu'au bout du champ, et ils se trouvèrent finalement sous les murs du Séminaire où une autre voix, sur le même ton que la première, était en train de psalmodier, accompagnée du même écho qui se répercutait avec un léger retard sous les voûtes de la salle trop grande.

– Betty, lui dit-il. Je crois qu'il faut que nous nous quittions ici...

– Oui... oui, dit-elle avec confusion. Bien sûr. Je t'ai retenu. Je t'ai empêché de travailler. Est-ce que tu ne vas pas m'en vouloir ?...

– Je t'en prie, lui dit-il. Il était bouleversé par tant d'humilité. Pour te le prouver, ajouta-t-il en lui baisant les cheveux, pour que tu sois sûre que je ne t'en veux pas, nous irons dormir au bord de la mer.

Quand il la quittait en de tels soirs, avant de s'en retourner vivre entre les murs de Stellamare, l'existence de Betty lui semblait sanctifier le monde.

Il avait choisi un hôtel caché dans les pins, où il était allé plusieurs jours d'avance afin de s'assurer que tout serait conforme à ce que sa fantasque amie pouvait considérer comme le « cadre idéal » pour une sortie à deux. Il voulait lui faire oublier ses mauvais souvenirs, la rue de La Huchette, le bal nègre, le médecin appelé au milieu de la nuit, l'amant en baudruche qui fiche le camp le jour où il y a des responsabilités à prendre. Didier n'avait rien négligé, il avait été jusqu'à visiter la chambre qui leur serait offerte. La grosse difficulté, en dehors de sa santé, avait été bien sûr de trouver de l'argent. Il avait donc été vendre son beau frac noir chez le fripier – celui qu'il croyait devoir utiliser avant la guerre, lorsqu'il faisait des conférences. La scène – il s'était rendu pour cela dans la vieille ville, dans une de ces maisons sans soleil où le linge pend aux fenêtres – avait été plus que déplaisante, au point qu'il ne voulait pas s'en souvenir. À présent il était content. Il avait découvert un site admirable, un endroit peu fréquenté, le bruit de la mer égal à lui-même sur cette longue plage rectiligne bordée de dunes et de forêts, d'où l'absence totale d'attractions et les dévastations de la guerre encore visibles éloignaient toute apparence de « touristes ». Tout était clair, baignant dans une immense clarté de ciel et d'eau, et l'hôtel était pimpant au haut de son jardin de sable planté d'herbes marines aux feuilles blanches et duveteuses et d'œillets minuscules, au parfum vif. Il n'y avait partout que de la beauté et le vent de mer qui lavait tout cela, courant les grands espaces ; et Didier se disait que Betty allait encore une fois trouver que tout cela était beaucoup trop beau pour elle, mais qu'enfin elle serait heureuse.

Il lui avait donné rendez-vous dans le jardin d'un petit café qui se trouvait derrière la station du tramway, d'où ils devaient se rendre ensemble à l'hôtel pour y dîner. La station se trouvait à vingt minutes de l'hôtel. Vingt minutes de trajet sous le ciel bleu, par des chemins sinueux qui vont vers la mer, à la tombée du jour, Didier savait qu'il y avait là aussi de quoi ravir Betty, mais qu'elle apprécierait plus que tout le fait qu'il se montrât avec elle. Ils étaient en effet, tant qu'ils circulaient dans les Hauts-Quartiers, l'objet d'une suspicion et d'une malveillance telles, de la part des bigots dont les fenêtres, par un abus regrettable, donnaient sur toutes ces avenues ; ils étaient signalés d'une telle manière à l'attention publique par les bavardages insensés de Mme Chotard ; surtout, l'imagination de ces gens était d'une qualité si médiocre, que Didier en était arrivé – tellement ces continuelles manigances le fatiguaient – à éviter de se montrer avec Betty, fût-ce en ville, ou alors tout à fait furtivement, et autant que possible hors de la vue des habitants, par exemple lorsqu'il l'accompagnait à Santiago, passant par les jardis du Séminaire devenu ainsi le seul endroit où ils eussent la liberté de circuler sans être transpercés par les regards. Hors de ce territoire qui appartenait à l'étude, au silence et à la nature, et où, à l'exception des groupes de petits hommes sortant à heure fixe, on apercevait tout au plus la silhouette d'un vieux jardinier au chapeau cabossé, douloureusement penché sur ses parterres, tous les chemins – grâce à la prévenance et à la constance de Mme Chotard – leur étaient à peu près interdits, et Didier avait pu observer que Betty, qui supportait tant de choses, était sensible à cette frustration-là et ne désirait rien tant que marcher librement à ses côtés.

Que Betty fût en retard au rendez-vous n'était pas pour l'étonner. Elle se privait ainsi de quelques beaux moments et de la plus belle heure du jour, mais Didier connaissait l'irrésistible besoin d'activité et de « rangements » qui s'emparait d'elle dès l'instant où elle avait quelque chose à faire à l'extérieur, et particulièrement quelque chose d'agréable. C'était alors que s'accomplissaient les promesses envers elle-même qu'elle n'aurait jamais eu sans cela la force de tenir ; qu'elle écrivait les lettres en retard ; que l'ordre qu'elle souhaitait vainement tous les jours introduire dans une armoire lui apparaissait tout à coup comme une nécessité urgente, de sorte qu'une découverte en entraînant une autre, on retrouvait, en un temps assez bref, tous les tiroirs dehors et les objets irrémédiablement mélangés.

C'était tout de même un peu agaçant, ce retard, et Didier pouvait bien l'avoir prévu, cela commençait à devenir gênant, outre que l'attente n'était pas son fort. L'air était bon et il avait hâte de quitter ce petit café et la vue du tourniquet qui marquait la sortie de la station pour descendre la côte et aller surprendre la mer dans son trou de sable.

De son poste d'observation, qui devenait plus mélancolique de minute en minute, il voyait les tramways arriver les uns après les autres, débarquer leur cargaison de passagers, et il n'y avait toujours pas de Betty.

Il se demandait avec une réelle inquiétude quelles complications avaient pu surgir, et il envisageait avec ennui d'aller téléphoner quelque part lorsque, descendant d'un tramway, il vit arriver vers lui, le pas léger, le sac en bandoulière, séparant de sa courroie les deux plus magnifiques seins du monde, le front clair et assuré sous des cheveux blonds aux mèches soyeuses et courtes, celle qu'il attendait le moins en cette minute, – Paula. Il dut faire un effort pour dominer sa stupéfaction. Mais après tout, était-ce lui qu'elle visait ? Il manœuvra de façon à se montrer, tout en évitant de laisser croire qu'il l'avait vue. Mais c'était bien lui qu'elle cherchait, car elle vint droit à sa table. L'air franc, les yeux rieurs, terriblement ensoleillée malgré l'expression un peu contrariée qu'elle essayait de se donner.

– C'est Betty qui m'envoie. Elle ne peut pas venir. Elle est retenue. Elle a mal à la tête... enfin elle m'a demandé de vous prévenir.

Ces nouvelles tombaient sur lui, l'ébahissaient, le provoquaient à mille questions. Paula avait l'air de trouver cela tout naturel et il se demanda ce que Betty avait bien pu lui raconter. Mais pourquoi cette absence ? Il avait beau la savoir fantasque, son étonnement était considérable. Avait-elle voulu aller au-devant d'une déception possible, s'assurer contre un revirement de sa part, qu'elle n'aurait pas supporté ? Tout, venant d'elle, était vraisemblable. Ces idées se croisaient toutes à la fois dans son esprit tandis qu'il répondait très naturellement à Paula.

– Mon Dieu, elle n'a pas craint de vous faire faire tout ce chemin...

– Je ne pouvais pas le lui refuser. Betty a beaucoup fait pour moi. Presque toutes mes leçons d'anglais, c'est à elle que je les dois. Vous savez, elle connaît des quantités de gens, et après le départ de sa sœur pour le couvent, elle m'a fait profiter d'une bonne partie de ses élèves.

– Mais... est-elle réellement souffrante ?

– À peine. Rien d'inquiétant. Plutôt... – excusez-moi de vous dire cela – à mon avis, il s'agit plutôt d'un de ces légers retours d'humeur que vous lui connaissez.

– Tout de même, dit-il. Vous avoir envoyée jusqu'ici ! Je suis terriblement confus, Paula.

– Ne le soyez pas, dit-elle. De mon côté, je crois que j'avais envie de me promener. Je mène une vie tellement... Et la soirée est si belle...

– Vraiment ? dit-il. Voulez-vous que nous marchions un peu ? Voulez-vous venir avec moi jusqu'à la mer ?

– Pourquoi pas ?

Elle n'avait pour ainsi dire aucune de ces mièvreries que beaucoup de jeunes filles ont à son âge. Le coup d'œil un peu vif, certes, mais c'était sa nature ; au pire, un pli qu'elle avait pris en se regardant dans les glaces. Pendant quelques instants, Didier fut fort gêné de faire avec une autre ce trajet qu'il avait imaginé avec Betty, pour Betty. Voilà donc ce que donnait, comment tournait sa bonne action. Et que savait-elle de Betty et de lui, de leurs projets ? Autre inquiétude. Il était heureux et fier de se promener avec cette très belle fille, mais que faisait Betty à la même heure, n'était-elle pas follement triste d'être restée là-bas, sous ses arbres ? N'avait-elle pas eu une espèce de caprice cruel envers elle-même, ou – mais il n'osait y penser – une espèce de furie de sacrifice ?

Ils dépassèrent une petite chapelle, le désordre des dernières villas ; puis la mer apparut, très pâle, derrière les pins déjà assombris. Betty approuverait-elle qu'il eût conduit Paula jusqu'au bord de la mer ? Il cherchait, en interrogeant Paula, à comprendre jusqu'à quel point elle lui avait dévoilé ses intentions secrètes. Avait-elle « préparé » Paula ? Il envoya subitement promener toutes ces questions pour dire :

— Je n'ai pas eu souvent l'occasion de me trouver dehors avec vous. Vous êtes toujours tellement prise. Je suis moi-même... Je me déplace si peu... Dîneriez-vous avec moi ?

Une légère détente du poignet pour consulter la montre. Ce fut oui. Paula ne traînait pas, ne tergiversait pas, ne marchandait pas.

La nuit tomba vite sur le jardin où on leur avait installé une table, et ils mangèrent gaiement en parlant beaucoup, sous les lampions accrochés dans les platanes rabougris dont le feuillage faisait un plafond au-dessus de leurs têtes.

— Comment pouvez-vous vivre chez Mme Chotard ? lui demanda soudain Paula. Un homme comme vous ?

Elle riait.

— J'ai une vie qui n'est pas très facile à arranger, dit-il. Ce serait long à vous exposer. À votre âge, on se représente mal...

— Nous avons toutes réussi à nous assurer au moins une certaine indépendance, dit-elle. L'argent que je gagne par mes leçons me permet de vivre dans ma famille sans rien lui devoir, au contraire. Je ne concevrais pas la vie autrement. D'ailleurs, je les quitterai bientôt. Je les aime, mais c'est nécessaire, ils m'étouffent, ils sont trop bons, trop tout... Pourquoi ne donnez-vous pas des leçons, vous ? Avec tout ce que vous savez ?

— Je l'ai fait, dit-il. J'ai même encore un cours, je pensais que Mme Chotard vous l'avait dit, mais j'ai de la difficulté à l'assurer régulièrement, comme il faudrait. On me tolère, parce qu'ils sont accommodants. Pour ce qui est des leçons chez les bourgeois, j'ai essayé, mais ma santé éloigne plutôt les gens, c'est normal.

— Pardon, dit-elle. C'est une question stupide. Mais pourquoi racontez-vous partout que vous êtes malade ?

— Mais... parce que je le suis.

— Mais pourquoi le racontez-vous ?

— Parce que c'est vrai. Mais même si je ne le racontais pas...
N'oubliez pas une chose : je vis chez Mme Chotard ! D'ailleurs,
c'est le seul point sur lequel je ne puis lui donner tort. Les gens
s'imaginent tant de choses. Je me mets à leur place.

— Ce sont des idiots, dit-elle. Ils s'imaginent qu'on attrape
cette maladie rien qu'en respirant.

— Ils croient ce qu'on leur dit.

— Bien sûr. On leur fait croire dur comme fer à des vérités
scientifiques d'une saison. Comme s'il existait une seule théorie cohérente sur ce sujet. D'ailleurs, ça, c'est toute notre
époque ! On enseigne aux gens la prudence, on les pique, on
les vaccine ; puis on fait une grande rafle en vue d'une guerre
et on les nettoie au lance-flammes. Quel monde !

— Comment, dit-il. Mais c'est la logique même ! C'est la
logique des hommes, ça !

— Peut-être. Excusez-moi. Je suis d'ailleurs très mal placée
pour combattre certaines idées concernant la question qui nous
occupe. J'ai été malade moi aussi.

— Oh !... Mais c'est que Mme Chotard ne m'avait jamais dit
cela.

Il la regarda jusqu'au fond des yeux.

— Vous, Paula, c'est incroyable !... Vous dégagez une telle
impression de santé.

— Rien n'est plus près de la maladie que la santé, dit-elle en
riant, c'est le verso, il suffit de retourner la feuille. Oh, je n'ai
eu qu'un petit rien, mais ça a quand même duré deux ans, et
ça m'a permis de connaître la Savoie où il y a les plus beaux
sites de la terre. On s'en tire, vous voyez.

— Je vous admire, dit Didier sincèrement. Vous êtes très
réconfortante... Mais... ça se passait quand, tout ça ?

— Juste avant la guerre : 38, 39... C'est pour ça que... j'ai
été coupée dans mes études. Et puis la guerre... Sans ça, je ne
serais plus ici.

Il arrêta à temps un « Ce serait dommage ! ». Il se contenta
de demander :

— Où seriez-vous ?

— Je ne sais pas. Loin. J'aime changer.

Et elle le regarda en riant.

Des insectes virevoltaient autour des lampes. Parfois ils tombaient dans les verres, sur le bord d'une assiette. Paula ne poussait pas de cri, pas d'exclamation. Elle restait assise, bien droite, n'agitant pas les mains sans nécessité, souriante, un peu grave parfois, beaucoup plus grave qu'il ne l'avait vue à Stellamare. Telle était la jeune fille que Mme Chotard prétendait suivre ou faire suivre dans les rues d'Irube et d'Ilbarosse pour contrôler sa vie, du moins c'était elle qui le disait. Comment des êtres peuvent-ils avoir si peu l'idée du noble et de l'ignoble ? se demandait-il en regardant Paula et ses yeux si dorés et son visage si doré aussi. Mais Mme Chotard haïssait la vie et ses moindres manifestations, un éclair dans un regard, constituaient pour elle un outrage intolérable : elle ne savait pas qu'il y avait quelque chose de mieux que l'innocence, qui est la pureté ; elle n'avait jamais vu cette pureté, qui est l'amour de la vie, briller dans les yeux de Paula.

— Nous sommes si tristes que vous viviez chez Mme Chotard, dit Paula, que vous lui soyez livré comme vous l'êtes...

— Pourquoi dites-vous *nous* ?

— J'ai souvent parlé de vous avec mon père. Mon père est aveugle, mais il voit clair. Et puis naturellement avec Betty. (C'est vrai, se dit-il, comme si on lui faisait mesurer un abîme, il y a Betty !) Betty vous est très dévouée, vous savez. Elle aurait tant voulu vous tirer d'affaire.

— Vous me touchez beaucoup, dit-il.

— Il ne faut pas être touché, il faut faire quelque chose. Vous ne pouvez pas rester chez cette femme... À moins que vous ne considériez cela comme une épreuve.

La voix était douce, chaude, convaincante. Paula l'électrisait. Il ne savait pas si c'était sa voix, ou ce que disait cette voix, qui l'éclairait ainsi sur sa vie. Ah, se dit-il, si j'avais pu, à certains moments, entendre cette voix, voir ces yeux ! Sa vie lui paraissait soudain centrée. Paula en rassemblait les fragments épars défraîchis, elle en faisait un paquet fringant et solide, capable de faire bonne figure.

— Vous connaissez Paris ? lui demanda-t-il tout à coup.

— J'y ai passé trois ans, chez une tante. Pourquoi ?

– Parce que... si vous n'y aviez jamais été, ce ne serait pas tout à fait la même chose. Il y a des choses que je ne pourrais pas vous dire, des choses qui vous manqueraient. Et puis...

– J'y retournerai, dit-elle.

– Bien. Quand j'avais onze ans, je vivais à Paris, je suis tombé du haut des fortifs. C'était juste avant qu'ils ne soient démolis. Je ne me suis jamais bien remis de cette chute.

– Toutes les vies commencent ou finissent par une chute, dit-elle. Il vaut mieux que ça ait lieu au début.

Il se demanda où la chute se situait pour elle.

– Il y a des vies préservées, dit-il avec affection.

– Est-ce désirable ?

– Non. D'une certaine façon, c'est horrible.

Il rit.

– Pourquoi me parlez-vous de cette chute ?

– J'avais entrepris de vous raconter ma vie, dit-il, et une émotion l'envahit, il se mit la tête dans les mains. C'est la première fois que ça m'arrive d'en avoir envie.

– Donc vous avez commencé par tomber, dit-elle avec un sourire de ses yeux clairs.

– Je crois que quelqu'un, un camarade m'avait poussé, dit-il.

– Je vois. Cela vous a donné à réfléchir. Malheureusement, vous n'en étiez pas sûr, et maintenant il y a prescription, dit-elle.

– Vous allez vite, dit-il. Bon. Après cela, on m'a enseigné, pendant des années, la peur de l'amour. J'avais été mis dans un collège de prêtres. Je vous assure qu'ils se chargent de vous faire peur. Il faut des années pour se secouer. Mais il vous en reste toujours quelque chose. Ça non plus, je ne m'en suis jamais bien remis.

– Les garçons sont très influençables, dit-elle. Vous prenez les choses trop au sérieux.

– Qu'est-ce qu'un petit garçon perdu au milieu de ces grands hommes à soutanes noires, qui lui parlent toute l'année de l'impureté et des mauvais désirs ?... J'ai passé des examens, des concours. Après cela, je suis tombé malade.

– Pas étonnant.

– Ça a encore duré trois ou quatre ans. Des années de vagabondage. Vagabondage heureux, mais catastrophique pour ce qui est de « s'établir ». Puis la guerre. Mes parents habitaient de nouveau Dunkerque, je me suis trouvé sans domicile. Je ne compte pas retrouver de domicile avant longtemps. Mes parents sont partis pour le Maroc, tout de suite après la Libération. Ils ont suivi l'affaire – une brasserie – qui s'est reconstituée là-bas sur de meilleures bases. Mon père en est directeur commercial. Ils ont une bonne situation, mais moi je n'en ai aucune.

Il parlait à voix basse, le visage couvert de ses mains, un peu comme on parle en rêve. Cette confession – ce besoin de confession – avait quelque chose d'extraordinaire. Il y avait dans sa voix, par instants, l'accent d'une véritable douleur.

– Pourquoi me racontez-vous cela ? dit-elle doucement.
– Je ne sais pas. J'avais une vie. Pour que vous sachiez.

Elle sourit, elle sourit merveilleusement. Elle avança sa main vers la sienne. Il la prit et ils restèrent silencieux un long moment.

– Non, je ne peux pas rester chez Mme Chotard, dit-il, rompant le silence. Cela est sûr... Même si je considère cela comme une épreuve... J'en suis fermement convaincu, mais peut-être que vous faites bien de me le redire. On est si lâche... Il y a des jours où je considère en effet cela comme une épreuve, mais n'est-ce pas une mauvaise raison, une excuse que je me donne ? Je ne sais plus. Il fallait que je me l'entende dire par quelqu'un d'autre. C'est très bien de s'entendre dire par quelqu'un d'autre les choses qu'on se répète quotidiennement, ou sur lesquelles on entretient des doutes. Cela devient tout à coup irréfutable. Mais vous m'avez laissé parler de moi, et...

– Rien ne peut m'empêcher de souhaiter pour les autres le même bien-être et la même indépendance que pour moi, jeta-t-elle en rougissant un peu. C'est pourquoi je vous ai parlé de Mme Chotard. J'ai lu votre livre, conclut-elle hâtivement, comme s'il y avait un rapport.

Il avait entendu cent fois cette phrase, mais jamais avec ce plaisir ; du reste elle n'ajouta rien, aucun jugement, aucune de ces épithètes vides et louangeuses par lesquelles on se débarrasse d'une politesse à faire.

— Évidemment, reprit-elle, vous devez trouver que je m'occupe beaucoup de ce qui ne me regarde pas. Mais permettez-moi de vous le dire, je suis heureuse d'avoir cette occasion de… de vous… Vous ne savez pas comment Mme Chotard parle de vous en ville, dans sa librairie, partout… Je le sais par mon père. Nous sommes très amies avec notre père. J'ai entendu parler de vous très longtemps avant de vous connaître… Je vous détestais bien ! Cette femme n'a aucun respect pour vous. Elle n'a pas la moindre idée de ce que vous êtes.

— Elle n'a aucun respect pour elle-même. (Respect. Il pensait : elle ne sait pas ce que c'est qu'un certain regard qu'on jette sur soi-même ou sur les autres…) Elle n'a aucune idée d'elle-même.

— Oh, qu'elle fasse d'elle ce qu'elle voudra, lança-t-elle avec vivacité. Mais qu'elle livre votre vie à tout venant, comme elle le fait, qu'elle raconte de vous, tout ce qu'elle sait et tout ce qu'elle ne sait pas, comme elle peut le faire des gens de son quartier, sans y rien comprendre… Elle parle pour se faire un succès de galerie sur votre dos. Elle est sans dignité ; et en même temps vous êtes Didier Aubert, quelqu'un dont on parle, qui fait des livres… On tire gloire de vous et on vous trahit tout à la fois… C'est ça que je déteste.

Il secoua la tête d'un air quelque peu incrédule.

— Elle ne peut avoir de succès qu'auprès des personnes qui lui ressemblent.

— Bien sûr, mais ce qui est dit est dit, et les anecdotes ne cessent pas de courir.

— Mais enfin, dit-il en souriant, que peut-elle raconter ?

— Des sottises auxquelles personne ne s'arrêterait, mais imaginez que vous ayez un valet de chambre bavard… Il y a un certain niveau au-dessous duquel on ne descend pas, une manière de dire… Mme Chotard – oh, je vais être déclamatoire, dit-elle en faisant semblant de fouiller dans son sac – Mme Chotard a une âme de domestique.

Didier fut surpris de cette violence. Certes, ce n'était pas la première fois que Mme Chotard rapprochait ceux qu'elle croyait diviser. Mais la chaleur de Paula l'étonnait. Une telle chaleur pour prendre sa défense, pour se mettre aussi résolument de son côté ! Il regarda Paula ; ses cheveux blonds aux boucles hardies, sa belle bouche largement dessinée... Il eut envie, sa main reposant très calme sur la nappe, de la prendre dans la sienne, comme elle l'avait fait elle-même un moment plus tôt. Mais l'évocation de Mme Chotard l'en empêcha. Il se souvint tout à coup, horriblement, du « trou de serrure » et de ce que le moindre geste tendre peut devenir sous les yeux d'un tiers, et il pâlit.

Elle dut s'apercevoir de son émotion, car elle dit :

– J'ai tort peut-être de vous parler comme ça... Je ne voudrais pas que vous vous tourmentiez. Je ne vous parle que pour vous mettre en garde. Je crois que vous êtes trop confiant. Ce qui est désolant, c'est qu'elle ne se doute même pas des sentiments qu'elle suscite.

– Elle est peut-être moins mauvaise qu'elle ne paraît, dit Didier pensivement. C'est peut-être moi qui suis mauvais pour elle.

– Pourquoi dites-vous cela ?

– Ne faut-il pas essayer de se mettre un peu à sa place ?

– Certainement non. Ce serait trop dangereux !

– Paula ! dit-il avec reproche. Vous êtes terrible. Eh bien, je voudrais essayer quand même. Voyez-vous, mon existence la trouble. Elle ne savait pas ce que ce serait de m'avoir chez elle. Elle est impulsive, présomptueuse. Elle a été déçue. Elle a cru que je l'aiderais, et c'est tout le contraire. Je la prive peut-être du seul contact qu'elle puisse avoir avec Dieu – et je prive Dieu du contact qu'il avait avec elle... Allons plus loin. Est-ce que je ne risque pas de priver du contact avec Dieu tout être que je rencontre ? Il me semble que quelqu'un a déjà dit cela.

– Pourquoi vous ?

– Moi... n'importe qui... Il me semble que nous sommes toujours de trop, – non ?

– Franchement, dit-elle avec impétuosité, je ne peux pas vous suivre.

– Vous disiez que vous aviez aimé mon livre. Il est plein de choses comme ça, de recherches de cette sorte. Une métaphysique de l'effacement...

Elle se mangea les lèvres, malicieusement.

— Je ne pensais pas que vous preniez tout cela à votre compte. Je pensais que c'était une étape.
— Tout ce que nous écrivons nous marque.
— Il faut donc vous presser d'écrire autre chose, Didier... Je ne sais pas si j'ai ou non un contact avec Dieu.
— Tout le monde en a un, même s'il l'ignore.
— Bon. Mais... Je crois tout de même que de vous avoir rencontré ne peut pas nuire à ce contact. Au contraire...

Elle considéra ses mains un instant.

— Je ne sais pas pour combien de temps nous sommes ensemble... (Ce soir? se demanda-t-il. Ou?...) Mais, pour moi, tout sera plus clair après...

Il étouffa une question: Après? Après quoi? Elle était effrayante. Il voulut détourner la conversation, pour se donner le temps de réfléchir:

— Après ce que vous a dit Mme Chotard, je pense, dit-il sur un ton léger, que je n'ai rien à vous apprendre sur Betty et moi.
— Je pense que c'est plutôt moi qui pourrais vous en apprendre, dit-elle sur le même ton. Au moins sur Betty.
— Oh! dit-il. Vous m'étonnez beaucoup.
— Mais ce qui m'ennuie, poursuivit-elle sans s'expliquer, c'est ce que croient apprendre les gens qui écoutent Mme Chotard. Vous vous croyez obligé de prendre sa défense parce que vous êtes chez elle. Mais vous ne lui devez rien. Elle a une manière de pratiquer l'hospitalité qui vous dispense de remerciement. Ce que je n'admets pas, voyez-vous, c'est qu'elle puisse parler de Betty devant des idiots en disant « sa maîtresse »... Il y a là un abus de confiance... C'est pour cela que je disais que vous n'aviez pas à éprouver de reconnaissance.
— Vous êtes impitoyable! remarqua-t-il.
— Elle ne devrait pas oser prononcer votre nom dans certains lieux, devant certaines personnes. Les gens avec qui elle se plaît...

Elle s'arrêta, la gorge un peu serrée. Quel sentiment la faisait parler au juste, il ne savait pas, mais ce qui peut-être lui donnait le plus à penser, c'était l'intérêt que les gens des Hauts-Quartiers et tous ceux de la ville que pouvait atteindre

Mme Chotard portaient à sa chétive personne. On parlait de lui en ville, dans les familles ! Beau résultat, après tout ce qu'il avait fait pour passer constamment inaperçu.

— Savez-vous ce qui m'est souvent venu à l'esprit en vous voyant vivre comme vous viviez ? lui dit Paula. Que vous cherchiez à attirer la réprobation des imbéciles.

— Ou plus exactement à la mériter, dit-il. C'est amusant que vous ayez trouvé cela… Mais pas seulement celle des imbéciles. Encore plus celle des gens de bien.

— Je sais. Ce sont souvent les mêmes. Mais pourquoi les « gens de bien » ?

— Il faut scandaliser les gens de bien, dit-il sévèrement. On ne les scandalise jamais assez.

Il pouvait évoquer en lui-même l'incident initial : l'expulsion de la prairie à Beauchamp, et tant d'autres incidents survenus par la suite. Il n'avait même plus besoin de chercher les ennuis : il les attirait. Ce n'était pas pour une autre raison que le Colonel était venu s'installer sous son toit, qu'il avait rompu avec Pierre, qu'il avait rencontré Betty. Il ne fallait désespérer de rien. La réflexion de Paula lui ouvrait une voie. Il n'était pas mal engagé.

Cette conversation lui permettait d'admirer la lucidité tranquille, le génie de Paula. Il ne voyait peut-être pas très distinctement sa position à l'égard de Betty, mais il y entrait de toute façon une certaine générosité, comme on n'en a qu'à cet âge, et même une certaine affection. En tout cas, c'était le contraire de la mesquinerie et Paula était le second être de cette nature qu'il rencontrait. C'est qu'elle n'était pas des Hauts-Quartiers, elle habitait une villa modeste avec son père et ses sœurs – leur mère était morte d'un cancer – dans les fonds marécageux de Pongis. Tout à coup, il était éperdu de reconnaissance. Il osa poser sa main sur celle de Paula, au-dessus de la table.

— C'est bien que vous soyez ici, dit-il.

— Je ne suis peut-être pas à ma place.

— Vous serez toujours à votre place quand vous serez près de moi.

Il aurait voulu garder sa main, la garder longtemps. Elle avait un bon sentiment pour lui, et lui pour elle, et elle était venue à lui sans hésiter. Il y avait dans tout cela quelque chose d'étrange, de trop bien agencé; tous les bonheurs sont inquiétants, mais celui-là l'était plus que les autres. Il est difficile d'être simple devant le miracle.

– Mais il est tard, dit-il. Qu'en pensez-vous ?
– Je pense qu'il n'est pas tard.
– Que pensez-vous de Betty et moi ?

Ça y était: il s'était libéré de sa question, il projetait son inquiétude sur elle.

– Je n'ai rien à penser, dit-elle avec douceur. Je ne crois pas qu'elle soit très heureuse avec vous. Mais Betty ne serait peut-être heureuse avec personne.

– Et vous ? dit-il. Seriez-vous heureuse ?

C'était la seconde question difficile; elle était sortie de la première trop aisément.

Elle rougit violemment sous les lampes, fit un brusque mouvement, laissa tomber par terre le bâton de rouge qu'elle venait à l'instant d'attraper dans son sac.

– Avec vous ?... Peut-être, mais très peu de temps.

Elle avait incliné la tête, le buste, à la recherche de son bâton; ces mots si nets, si définitifs, furent prononcés presque sous la table. Il douta d'avoir bien entendu. Pourtant il reconnaissait là cette fougue tragique des jeunes filles, cette espèce de sauve-qui-peut qui les précipite en avant, et ce défi un peu rageur qui leur fait nier d'avance et rejeter ce qu'elles voudraient serrer contre elles de toutes leurs forces.

– Parce que c'est moi ? demanda-t-il.
– Oh, vous voulez trop savoir !...

Cette fois elle le laissait avec son inquiétude. Il avait fait le tour de la table pour aller ramasser le bâton de rouge et se trouva assis dans le fauteuil voisin de celui de Paula. Il lui prit la main, la baisa avec recueillement. Puis, comme s'il voulait rompre le charme, ou pour la garantir contre toute fraude, et d'abord contre ses propres excès de sentiment – à moins que ce ne fût pour l'inquiéter à son tour – il lui dit:

– Il y a un inconvénient avec moi, Paula... Je... Je n'ai pas beaucoup la passion, ni même le goût... du mariage...

Elle baissa subitement les yeux.

– Il ne s'agit pas de ça, souffla-t-elle très bas, le regard sur la table.

– Mais si, appuya-t-il avec une certaine cruauté. Avec *vous*, il ne peut s'agir que de ça.

Elle lui retira sa main.

– Ah, vous me méprisez ! cria-t-elle.

– Non. Je pense à vous épargner des ennuis...

– Quels ennuis ?... Des ennuis avec qui ?...

– Disons au moins... Mais je ne sais pas si je peux oser le dire : des désillusions...

Elle ouvrit son sac, en tira un étui, se mit à tapoter une cigarette.

– C'est que... Vous êtes très jeune, dit-il.

Elle releva la tête, la brandit comme s'il l'avait insultée.

– Je ne suis pas tellement plus jeune que Betty, vous savez. Même au calendrier.

– Du moins au calendrier, vous voulez dire ?... Betty en a tant vu ! Je ne vous souhaite pas... Mais enfin, ce n'est pas un mal d'être jeune ! Comprenez... Je ne vous reproche pas votre jeunesse !... Mais cela change un peu les choses. Et puis... Il ne s'agit pas tellement de votre âge...

– Ah, vous me croyez sans expérience ! dit-elle comme s'il avait prononcé un arrêt désespérant.

– Ce n'est pas cela non plus. L'expérience, cela s'acquiert si vite... Il se décida brusquement : Écoutez, je crois qu'il faut que je vous ramène à votre père... Je vous aime trop. Je vous aime, Paula.

Par la suite, Didier devait se rappeler cette nuit comme une chose entièrement détachée du temps, une des choses vraiment extraordinaires de sa vie. Et sans doute pourrait-on arrêter ici le récit de ses expériences irubiennes, pour les lecteurs qui aiment qu'un personnage fasse une bonne fin. Sans doute aussi existe-t-il dans notre vie des heures, des événements dont il convient absolument de ne point parler, car si l'écrivain peut se proposer de *tout* dire, ce n'est pas en le disant qu'il y parvient, et il est des choses de notre âme qui échappent irrémédiablement à toute expression. Parce que j'ai accompagné Didier sur une partie de son chemin terrestre, je dois cependant tenter de dire l'indispensable, qui fera mieux saisir le sujet *amer* auquel je me suis consacré en racontant son histoire, ce décalage entre un être et un autre, qui porterait à croire qu'il existe d'un être à l'autre, à l'intérieur de notre monde humain, des barrières aussi infranchissables qu'il en existe par ailleurs entre l'homme et le monde animal. Il me faut même aller plus loin. Il est possible malheureusement que l'intensité poétique d'une nuit comme celle-là échappe à beaucoup, lecteurs ou non des rapports Kinsey ou des sondages à la Gallup sur la vie sexuelle des nations, et ne fasse qu'inspirer des ricanements à ceux qui ne sont pas faits pour comprendre autre chose que la « physique » de l'amour. J'ignore, et Didier ignorait si Paula avait ou non ce soir-là un alibi capable d'expliquer son absence. Il avait tout fait pour « rompre le charme », comme il disait, pour se séparer d'elle, songeant surtout que si elle restait avec lui, il était possible que Betty en eût de la peine, quoiqu'il ne vît pas très clair, c'est certain, dans le jeu de Betty, et à peine davantage dans celui de Paula ; mais il était à peu près sûr que Paula ne jouait aucun jeu. Didier savait qu'il n'aimait pas Betty au sens complet et terrible de ce mot, et il savait aussi – ou il devait savoir – qu'il avait de Paula un grand et terrible désir – qui n'est pas non plus tout à fait l'amour. Il se fit par la suite un mérite (qui sera trouvé par certains paradoxal) d'avoir passé cette nuit dans la même chambre que Paula *sans la toucher*. On comprend ce que cela veut dire. Ce n'était pas du tout qu'il ne s'en reconnût le droit vis-à-vis de Paula, comme le croiront les esprits timorés, car il estimait que Paula était seule à pouvoir lui donner ou lui refuser ce droit, et il est certain qu'elle le lui avait donné. Mais pour une raison qui lui échappait et qu'il ne chercha pas à approfondir (il croyait la connaître cette nuit-là et il appelait cette raison Betty), il sut se refuser ce plaisir. Leur nuit éveillée fut baignée d'une vaste et uniforme rumeur, rumeur de l'amour, rumeur de la mer mélangées, toutes deux heurtées, écumantes, et sauvages. Naturellement ils étaient, au matin, plus fatigués –, cent fois –, que s'ils avaient passé la nuit à faire l'amour. Et peut-être – s'il fallait frauder la vérité, s'il fallait repousser le bénéfice de cet enivrement « poétique » auquel le matin en se levant ne parvint pas à mettre fin, et chercher au fond de lui, afin d'abîmer un peu ce qui a été trop beau et de quoi personne n'est peut-être digne, à dégager des mobiles plus ou moins nobles et peut-être imaginaires, ceux-là, à force de représenter la franchise – peut-être, à côté de son désir pour Paula, y avait-il eu aussi ce désir, ce dessein de faire éclater sur les Hauts-Quartiers et sur toute la ville cet énorme scandale, ce scandale plus subtil que tous les autres, le scandale d'un *faux scandale*, et il se demandait si Paula ne lui avait pas été envoyée pour cela : pour qu'il eût la joie d'être une fois de plus condamné. Il se réveillait condamné, mais condamné à faux, et avec elle, comme il l'avait été avec Betty, et cent fois plus encore, par le fait que les activités de Paula, ses origines, l'avaient mise à une autre place que Betty dans l'esprit des gens – chose qui ne comptait absolument pas pour Didier mais qui, évidemment, comptait beaucoup pour eux – et qu'ainsi toutes les conditions du scandale étaient satisfaites, comme si la conduite de Mme Chotard depuis toujours ne l'avait poussé qu'à cela, et qu'elle n'eût elle-même cherché que cela, et qu'elle ne pût y arriver que par son aide, de sorte que les Irubiens allaient ainsi se trouver devant le Scandale pur.

Il avait espéré le scandale, mais progressif, et jamais aussi bruyant ni aussi parfait que celui que Mme Chotard leur avait préparé.

Didier avait laissé un mot lui faisant prévoir son absence et, pendant toute la journée, elle ne manifesta rien. Si elle n'avait pas encore achevé son enquête sur son emploi du temps, ou fixé la manière dont elle lui ferait part des résultats, ou si ses sentiments n'étaient pas encore parvenus au degré de tension nécessaire pour provoquer l'explosion désirée, il ne le savait, mais elle avait la tête des jours où elle remuait de sales idées et le repas du soir fut pesant et sans esprit. Ce fut le lendemain qu'elle éclata.

Elle vint d'abord dans sa chambre, vers midi, par deux fois, la première fois pour lui annoncer, avec un visage marqué par la fatigue, qu'elle était obligée de le faire déjeuner très tôt, ayant un rendez-vous à sa boutique pour le début de l'après-midi ; puis, la seconde fois – à peine quelques minutes après –, pour déclarer qu'elle n'en pouvait plus, qu'elle avait une forte migraine et que, probablement, elle allait se coucher.

– Dans un quart d'heure votre déjeuner sera prêt, acheva-t-elle sur un ton particulièrement sec, avec un de ses tics familiers. *Vous* pourrez vous mettre à table.

– Vous ne mangerez pas avec moi ? dit-il.

Mais sa question rencontra la porte qui se refermait.

Dix minutes plus tard, comme il ordonnait ses papiers avant de se rendre à la salle à manger, il perçut un bruit de voix qui s'élevait brusquement de la cuisine, suivi d'un bruit de portes claquées avec une extrême violence. La fenêtre de la cuisine et celle de la chambre de Didier s'ouvraient sur le même côté de la villa, si bien que les bruits et souvent même les voix venant de cette pièce arrivaient jusqu'à lui avec une netteté surprenante.

Après un moment d'hésitation, il ouvrit la porte du living-room pour trouver non pas la table mise, comme il lui avait été annoncé, mais la pièce livrée à un désordre inimaginable, comme après une nuit d'orgie. Des bouquets fanés sur le tapis, des journaux épars, un balai qui semblait avoir été figé en plein travail, et Fernande, dans une robe de chambre moutarde, prostrée sur le coussin bleu qu'elle avait arraché aux entrailles d'un fauteuil pour le jeter à même le tapis. C'était la première fois qu'il la voyait dans cet état. Des poches rouges sous les yeux, et cette tache sur la joue, qu'il n'avait jamais réussi à regarder assez froidement pour la délimiter et qui était peut-être une marque visible de ses souffrances, peut-être un indice de sainteté, ou aussi bien une manifestation diabolique, la cicatrice laissée par le talon rouge de Satan. Le corps était ramassé sur lui-même, avec une volonté furieuse, et la robe de chambre, passée en hâte, bâillait sur les jambes et sur la poitrine. Cette poitrine, que Didier voyait pour la première fois – car Mme Chotard portait presque toujours des corsages boutonnés au ras du cou, et souvent même agrémentés de cols à la cosaque – était d'une peau blanche, irréprochable, d'une jeunesse, d'un éclat insoupçonnés que soulignait encore, ce jour-là, le collier d'or. Tout cela semblait appartenir à une autre et démentait ce visage presque basané et ces traits perpétuellement décomposés par les tempêtes intérieures et flambant de toutes les passions. En même temps, l'air humilié, rageur et misérable de quelqu'un qui a pleuré – mais Didier n'aurait pas dû savoir, pour pouvoir en être ému, que les larmes chez Fernande prenaient toujours la suite de la colère. Signe de rédemption pourtant – à tout le moins signe d'un retour sur elle-même, mais d'un retour qu'il fallait craindre encore.

L'idée traversa fugitivement mais irréfutablement Didier qu'il était responsable du spectacle qui s'offrait à lui. L'espace d'une seconde, un élan de générosité le souleva et il se dit que s'il était capable d'aimer Paula, il devait être capable d'aimer aussi Fernande, et le tourbillon même où il la précipitait. Mais on ne peut se maintenir longtemps dans de tels sentiments et il alla au plus facile : il se donna à la pitié. À vrai dire, il attendait, et non sans crainte, les premiers mots de celle qui, ce jour-là, se voulait sa victime ; et il avait peur que la compassion éveillée en lui par la vue de Mme Chotard ainsi abattue ne succombât au premier son de sa voix.

– Excusez-moi. J'avais cru vous entendre dire que nous déjeunions, dit-il.

– Je viens de mettre Betty à la porte, dit-elle haineusement. Vous déjeunerez quand vous voudrez, et où vous voudrez. À la cuisine si ça vous plaît. La femme de ménage est là. Tout est prêt.

– Betty ?... murmura-t-il, médusé. Vous dites Betty ?

Il la regardait, ne comprenant pas très bien, surpris de respirer le même air que cet être catastrophique, d'apercevoir les mêmes objets, de se trouver dans le même lieu.

– Vous avez nommé Betty ? interrogea-t-il de nouveau.

– Oui, Betty ! Vous ne connaissez pas ?

Pour faire un geste, ou parce qu'il lui était réellement difficile de respirer dans cette pièce saturée de drame, il esquissa un pas vers une fenêtre, dans l'intention de l'ouvrir.

– Laissez les fenêtres, je vous prie, dit-elle. Je vous demanderais plutôt de fermer les volets et d'allumer du feu. Je ne puis supporter cette lumière. J'ai un froid intérieur. Je ne crois pourtant pas être folle ! D'ailleurs je vais me retirer dans ma chambre.

Il n'osait plus l'interroger. Il n'imaginait pas, ou n'imaginait plus la raison de cette grotesque mise en scène, de ce tumultueux discours. Elle tenta de se lever, retomba sur le coussin, recroquevillée jusqu'à l'indécence.

– J'ai entendu votre voix, étant dans ma chambre, dit-il, faisant un effort sur lui-même. J'ai vraiment peine à croire que c'est à Mlle Mondeville que vous parliez sur ce ton. Mais je suppose que je me trompe ?...

– Vraiment, dois-je me gêner pour parler à une... à une...

– Ne cherchez pas, dit-il, vous ne trouveriez jamais un mot assez beau pour parler d'elle. Mais n'était-elle pas venue pour me voir ?

– Je l'ignore complètement. Figurez-vous que je n'ai pas pris le temps de lui demander ce qu'elle venait faire !

– Mais... voyons, Fernande, je... Est-ce que vous pouvez m'expliquer ?...

Elle se décida tout à coup à sortir de son attitude coléreuse et butée. Elle rectifia légèrement sa position. Il ne put s'empêcher de penser : Deuxième acte.

– Didier, dit-elle pathétique, j'ai besoin de savoir avec qui je vis...

Cette phrase était prononcée avec un tel accent qu'il hésita d'abord à croire qu'elle le visait. Comme il lui arrivait presque toujours dans les situations tendues, il luttait contre une inopportune envie de rire. Il aurait voulu, encore une fois, pouvoir ouvrir les fenêtres, faire entrer de l'air. Il ne parvenait pas à lui répondre.

– Oui, reprit-elle avec animation, oui, j'ai besoin de savoir qui vous êtes... Comprenez-vous ?...

– Mais...

– Ne niez pas, dit-elle. Vous n'étiez pas ici hier soir. Je le sais : vous n'avez pas passé la nuit à Stellamare.

– Je n'ai rien à nier, dit-il. Je crois même me rappeler que je vous avais prévenue !

– Prévenue ! Vous appelez ça prévenir ! Est-ce que je sais... Didier, dit-elle, ne jouez pas avec moi. Vous m'avez annoncé que vous ne rentriez pas coucher ici, que vous alliez chez vos amis d'Arbonnes...

– Je n'ai pas d'amis à Arbonnes. Je voulais que vous me laissiez la paix. Je n'aime pas les questions.

– Vous voyez, dit-elle. Vous recommencez. C'est impossible de parler avec vous. Est-ce de ma faute, après cela, si je me suis trouvée par hasard ce matin chez les Mondeville ?

Il ricana.

– Par hasard !...

– J'avais besoin de tomates, expliqua-t-elle d'une façon risible et désarmante. Vous savez que leurs voisins vendent des légumes...

Soudain le chat entrouvrit la porte et vint se frotter à elle : elle l'attira d'un geste avide et possessif. Didier cessa de se sentir indulgent.

– Et qu'avez-vous appris en faisant le marché ?

– Didier, gémit-elle, il faut que vous me disiez la vérité. Betty n'a pas passé la nuit à Santiago.

– Vous savez bien qu'elle a une chambre dans le quartier.

– Elle n'y était pas non plus.

Il sursauta.

– Comment ?... Que dites-vous là ?

– Est-ce que je ne parle pas assez fort ? Betty n'a pas passé la nuit chez elle. J'ai rencontré sa propriétaire chez les sœurs d'Afrique.

– Le rendez-vous des bonnes âmes, décidément, dit Didier. Vous feriez mieux d'avoir une police.

– Vous feriez mieux de me dire ce que vous faites, que de me forcer ainsi à courir.

Il ne voyait plus du tout clair dans ce qu'il avait appelé en lui-même le jeu de Betty, et Mme Chotard ne se doutait certainement pas à quel point elle le surprenait. En même temps il était soulevé de colère à l'idée que Mme Chotard était allée faire son enquête à Santiago, et de là chez les Mousserolles. Bien sûr, il était troublé à la pensée que Betty avait justement passé cette nuit-là hors de chez elle, mais il était surtout révolté de l'apprendre par Mme Chotard, et il considérait avec horreur l'indélicatesse de cette femme qui allait fourrer son nez partout et qui, après avoir couru chez les Mondeville, puis chez la propriétaire, en quête de nouvelles, n'aurait rien de plus pressé que de les répandre par toute la ville de façon à ne perdre – en tout état de cause – aucune occasion de nuire.

Elle lui avait lancé cela, forte de la certitude acquise, comme s'il était indéniable que Betty eût passé la nuit avec lui, du moment qu'elle ne l'avait pas passée chez elle. Or il est si malaisé de paraître sincère quand on a toutes les raisons de l'être, qu'il sentait que tout ce qu'il pourrait dire ne ferait que l'enferrer.

– Je ne me savais pas dans un pensionnat, dit-il. Mais pourquoi donc venez-vous m'informer de cette nouvelle ? Est-ce de cela qu'elle est venue vous charger tout à l'heure ? Pourquoi l'avez-vous empêchée de me voir ?

– Ne faites pas l'idiot, lança-t-elle. Vous savez mieux que personne ce qu'il en est, et avec qui elle était la nuit dernière.

– Nom d'un chien, dit-il. Vous n'avez pas été raconter à sa famille que je n'étais pas chez vous cette même nuit ?

– Pourquoi ? dit-elle. Il ne fallait pas le dire ?...

Il se mordit la lèvre. On ne venait jamais à bout de rien avec cette créature. Il ignorait quelles raisons Betty avait pu avoir de s'absenter, mais maintenant il lui fallait supporter l'idée qu'elle saurait, autrement que par lui, qu'il n'était pas rentré la veille. Mme Chotard ne savait faire que du mal. Était-ce à ce sujet que Betty était venue ce matin-là ? Il regretta de ne pouvoir la rejoindre à l'instant même. Il se demanda pendant quelques secondes si ce qu'il avait pris pour une pure générosité de sa part, une espèce de sacrifice sublime, n'avait pas eu pour elle d'autres couleurs. Certes, s'il avait pu jamais douter de l'honnêteté de Betty, c'était le moment : tout cela ressemblait fort à une machination. Mais il revint à lui, elle était incapable de ce double jeu. Il fallait en finir avec Mme Chotard qui était suspendue à ses paroles, comme s'il y allait de sa vie.

– Je me demande de quoi vous vous occupez, dit-il.

– Si j'avais cru pouvoir être renseignée par vous, je n'aurais pas eu besoin d'aller trouver les Mondeville, dit-elle avec hargne, les yeux noirs. Mais vous me cachez tout. Vous ne me dites jamais rien. Je suis obligée d'imaginer...

– Et voilà ce que vous imaginez ! dit-il, ironisant malgré lui. Montrez-vous un peu, que je voie l'air que peut avoir une imbécile !... Je n'arriverai jamais à vous faire honte, ajouta-t-il avec mépris.

– Ni à vous-même. Vous prétendez toujours ne rien savoir. Eh bien, je vous croirai si vous le redites. Jurez-moi seulement qu'elle n'était pas avec vous.

– Pensez ce que vous voulez ! Vous nous rendez ridicules tous les deux. Vous nous obligez à vivre dans une hypocrisie mutuelle. Allez donc compter dans Irube le nombre de filles, qui, hier, n'ont pas couché chez elles !

– Oh, Didier, dit-elle effrayée, vous ne voulez pas dire ?... Vous ne voulez pas dire que vous étiez avec une autre ?

– Il n'y a personne à faire rire dans cette pièce, dit-il. Mais vous montrez à l'évidence qu'aucune hypothèse ne vous coûte.

Elle ne dit mot, ne fit plus un mouvement. Elle paraissait plongée dans une profonde léthargie.

– Je sors, dit-il. Faudra-t-il vous rapporter quelque chose ?

– Je n'ai besoin de rien, murmura-t-elle sans le regarder. Mais, Didier, souvenez-vous d'une chose. Je ne crois pas seulement à l'entraide humaine, mais au secours divin. À deux conditions toutefois : avant, il faut avoir une âme de mendiant ; après, il faut avoir une âme d'action de grâces.

L'avait-il entendue ? Dans l'agitation où il était, ce n'est pas sûr. « C'est trop bien, pensait-il en passant la porte. J'avais le beau rôle... » Triompher de quelqu'un, c'est toujours bas. « Elle nous fait vivre dans la bassesse », pensa-t-il, retournant son jugement. Son excuse était d'abord que rien ne pouvait sérieusement atteindre Mme Chotard, ensuite qu'elle n'allait pas tarder à se venger. Il pouvait se rassurer : il n'était pas au bout de ses ennuis. Aussi ses remords n'allèrent-ils pas plus loin que la dernière marche de l'escalier.

Fernande n'avait pu demeurer longtemps en place. Ses volets restèrent fermés toute la journée en signe de deuil, et elle aurait aimé faire croire qu'elle était derrière, mais le tempérament était le plus fort. Quand elle eut donné au dépit, à la colère, à la résignation et à la prière le temps convenable, elle se lassa de sa migraine et, ne trouvant plus grand bénéfice à un désespoir que par malheur personne ne vint contempler, elle songea à passer à d'autres exercices et, sanglée dans sa veste de tailleur noir qui la faisait paraître plus grave, plus mince et dont elle espérait tirer au moins un succès d'étonnement, elle sortit – non point d'ailleurs pour se rendre à sa boutique où elle s'était fait porter malade –, mais pour faire le tour de ses relations extra muros, afin de s'y aller plaindre de Didier et, pour éviter plus sûrement le centre ou dans l'espoir de se faire mieux consoler, ou de frapper un plus grand coup, elle commença par les Carducci, c'est-à-dire par la famille de Paula.

Didier alla déjeuner en ville dans un petit restaurant des Arceaux. Il était tard, il n'y avait plus rien à manger. Il pensa à Paula, à Betty, évita d'approfondir et se sentit heureux. Il revint d'un bon pas à Stellamare qu'il trouva comme il l'avait laissé. D'excellente humeur, il se mit au travail après avoir ouvert quelques fenêtres pour faire circuler l'air.

Il travaille. C'est le lendemain. Fernande est de nouveau sortie : elle a dîné et déjeuné en ville et ils ne se sont guère vus depuis la veille. Quel repos. Timide, Betty apparaît dans le cadre de la porte, interrogative, venue à pas de loup, étonnée de n'avoir trouvé personne, ni en bas ni en haut, avec le visage battu des jours où elle a veillé, les joues et les yeux creux, approximativement fardée, bouleversante, les cheveux lourds dans un désordre et une liberté qui contrastaient d'une manière presque troublante avec le luxe étudié des cheveux de Paula. À vrai dire, s'il y avait plus de coups de peigne, plus de propreté, plus de sagesse disciplinée dans la chevelure dorée de Paula, il y avait aussi plus de profondeur, de souffrances cachées et perdues, de pathétique, dans les cheveux nocturnes de Betty. Devons-nous l'excuser de cette opposition qu'il n'avait pas voulue ? C'est un hasard et il n'y pouvait rien. Betty était brune autant que Paula était blonde ; il y a peu de choix, le monde est ainsi fait.

– Je voulais venir te voir hier, dit-elle. Je suis tombée sur Fernande, qui m'a chassée.
– J'ai su.

Didier ignorait si Betty avait connaissance de la rage d'interrogation qui avait saisi Mme Chotard à la gorge et l'avait précipitée dès le matin sur les Mondeville et sur les Mousserolles, comme une vague bouillonnante se précipite sur la plage et hurle.

– J'ai su, reprit-il. Est-ce qu'elle t'a expliqué pourquoi ?...

– Ce n'était pas très net. (Elle sembla prise d'une soudaine envie de rire, mais d'un rire sans gaieté.) J'ai seulement cru comprendre que tu n'avais pas passé la nuit chez elle, je veux dire ici, dans ta chambre. C'est pour me punir de cette absence, je suppose, qu'elle m'a mise dehors. Elle avait l'air positivement de ne plus pouvoir supporter ma vue, du moment que tu n'avais pas dormi où il fallait.

Didier marqua un temps. Il était évident que s'il avait appris sur Betty quelque chose qu'il n'aurait pas dû savoir, de son côté elle avait été soigneusement instruite par Fernande de ce qu'il s'était réservé de lui dire lui-même. Les indiscrétions de Mme Chotard étaient aveugles mais elles touchaient toujours quelqu'un, et c'était bien là ce qu'elle espérait.

– Betty, dit-il, j'ai l'impression que tu as été victime d'une injustice.

– C'est peut-être pour me changer de chez moi, dit-elle, la bouche un peu tordue par ce sarcasme sur elle-même.

– Allons, dit-il, approche-toi. Nous avons à parler.

Betty vint s'asseoir docilement sur le bord du lit, tout près de Didier. Derrière les fenêtres, le jour commençait à tomber.

– Pourquoi n'es-tu pas venue avant-hier à notre rendez-vous ? demanda-t-il avec une tendre curiosité.

– Je ne sais pas. J'ai été retenue. Il me semblait... Est-ce que je ne t'ai pas envoyé quelqu'un de gentil ?...

– De très gentil. Tu sais, Paula et moi, je crois que nous sommes devenus très bons amis.

– Vous avez beaucoup parlé ?

– Nous avons dîné ensemble.

– Et dormi ensemble ?

– Non. Pas exactement.

D'une petite voix, elle dit :

– Tu pouvais...

— Non. Je ne pouvais pas. Si ç'avait été un autre jour, peut-être. Mais avant-hier, c'était ton jour à toi...
— Oh, tu as pensé ça ?...
— Oui. Elle aussi a dû le penser. Elle est très bien, tu sais.
— Oh, je sais. Je ne t'aurais pas envoyé n'importe qui.

Elle lui parlait d'une manière discrète et unie, sans qu'un mot dépassât l'autre. Tout en la questionnant, il lui caressait doucement les cheveux.

— Je ne comprends pas très bien pourquoi tu n'es pas venue, dit-il.
— Tu me connais bien assez.
— Ce n'est pas cela. Tu dis que quelque chose t'a retenue ?
— J'ai été retenue, c'est vrai. Il faut que je te dise. Mais c'est une histoire assez longue. Cela va t'ennuyer.
— Tes histoires ne m'ennuient jamais. Est-ce que c'est désagréable ?
— Désagréable, non, mais c'est compliqué. Il s'agit de cette jeune femme, Luz, que je voudrais te faire connaître, qui habite cette grande maison sur la route d'Ilbarosse... Tu sais, tu te demandais toujours qui habitait là, derrière ces arbres. Eh bien, c'est la maison de Luz, ou Lucile, si tu veux. Enfin, Mme d'Hem.

Mme d'Hem... Luz... Lucile. Mais oui, Betty lui avait déjà parlé d'elle. Certes, il la connaissait pour l'avoir vue (comme il connaissait un peu tout le monde) et il croyait bien que Mme Chotard lui avait aussi parlé d'elle, avec des sous-entendus déclamatoires et dépréciateurs qui ne visaient pas son activité commerciale – elle possédait un très beau magasin d'antiquités dans la meilleure rue de la ville – mais qui, pour des motifs qu'elle n'expliquait pas (ou même qu'elle ignorait), touchaient à sa vie privée et à une certaine concurrence, estimée déloyale, dans le domaine de la vie dévote et des relations avec les Messieurs en noir. Dieu ne rapproche donc pas les créatures autant qu'on le croit – du moins le Dieu social, tel qu'il est représenté sur terre. Des différences éclatantes séparaient ces deux êtres et ces différences étaient sans doute à l'avantage de Mme d'Hem, à voir combien Mme Chotard lui pardonnait peu. Parfois Mme d'Hem passait dans l'avenue, ou Didier la rencontrait dans les rues de la ville ; elle l'attirait. Sa taille, son élégance, sa vivacité, sa démarche, le style de vie qu'on pressentait derrière, la qualité des soucis, des tourments peut-être, courtoisement, jalousement dissimulés sous des dehors souriants, enfin l'ancienneté de la fortune et l'on ne savait quelle manière, discrète et noble, de porter le mystère planant sur son passé, tout cela interdisait de penser à la possibilité d'une réunion quelconque entre ces deux femmes, et c'était toujours le même étonnement pour Didier que d'entendre Mme Chotard lui parler de Mme d'Hem – avec ces râles de jalousie ou cet artificiel mépris qui était sa défense coutumière à l'égard des êtres qu'elle ne comprenait pas. Pour lui, il s'était borné jusque-là aux sourires de sympathie qu'ils échangeaient en se croisant dans la rue, mais qui, autant qu'un vague lien, constituaient une barrière qu'il n'était pas question de franchir, et il était surpris de l'espèce d'intimité que, depuis peu, Betty paraissait avoir avec elle.

– C'est vrai, dit-il. J'avais oublié que tu la connaissais.

– Je t'ai prévenu. C'est archi-compliqué. Remarque, son grand-père et le mien étaient très amis, mais l'amitié ne s'est pas transmise jusqu'à nous. Il est vrai que si mon père a à peu près l'énergie d'une femme, en revanche Mme d'Hem vaut deux hommes. Si tu veux savoir, j'ai connu son mari, M. d'Hem, il y a pas mal de temps – oh, comme on connaît les gens à Paris ; pour te dire, je l'ai rencontré dans un bar, un jour où il avait oublié de payer l'addition... Tu comprends tout de suite pourquoi ça ne pouvait pas marcher entre elle et lui. Ça, et l'affaire de la banque, ç'a été les choses les plus désagréables de ma vie...

Il y avait toujours une chose qui avait été la plus désagréable de la vie de Betty, et Didier commençait à en connaître plusieurs. Elle avait eu raison de lui dire que l'histoire était compliquée et il n'était même pas très sûr qu'elle fût capable, à distance – cela s'était passé en 37, 38 –, de s'en faire une image très nette. C'était une histoire dramatique. L'ayant trouvé en train de « trafiquer » une machine à sous, prise d'un courage, d'un dévouement subit, surtout qu'il y avait un homme à sauver (elle ne résistait jamais dans des cas pareils), elle était entrée en conversation avec lui, avait essayé de le dissuader d'aller plus loin. M. d'Hem avait tourné vers elle son visage étroit, couleur de brique, aux petits yeux serrés et noirs, d'aristocrate en rupture de ban. Elle l'avait tout doucement entraîné vers le bar. C'est pendant qu'ils étaient au bar que l'affaire s'était corsée. Ils étaient perchés l'un et l'autre sur leurs tabourets, les pieds accrochés aux barreaux, quand le patron s'était tout à coup précipité sur le store de fer et en un rien de temps, à son grand ahurissement, Betty avait vu la salle se vider et la police faire son entrée et encadrer M. d'Hem comme un malfaiteur. Betty avait ce jour-là reçu sa paie dans la maison de lingerie où elle travaillait comme vendeuse ; elle avait donc ouvert son sac, avec le plus grand naturel, et avait aligné les billets pour empêcher le pauvre M. d'Hem, qu'elle connaissait à peine depuis une heure, de s'en aller entre deux agents. De là à passer pour sa maîtresse auprès des gens d'Irube qui avaient su la chose, il n'y avait qu'un pas, mais, bien entendu, c'était faux, et c'était même impossible, disait Betty.

— Je ne sais pas si on t'a parlé de lui, dit-elle, mais représente-toi... Il ne m'intéressait pas de cette façon-là, c'est même un hasard si j'ai continué à le voir, il s'était attaché à moi d'une façon bizarre, peut-être parce qu'il n'avait plus la tête solide, parce qu'il sentait qu'il avait absolument besoin d'une aide et que j'avais su lui rendre service — sans grand motif, tu avoueras — dans cette circonstance-là, et aussi parce qu'il y avait maintenant cette stupide dette entre nous. Il n'était pas positivement malhonnête, oh non, mais il était déjà positivement buveur, peut-être drogué, tu sais ce que ça veut dire, et bien qu'il eût été encore à la tête d'une assez jolie situation et d'une confortable fortune, c'est drôle, il était toujours à court d'argent.

— Il y a des gens comme ça, dit Didier, comme on consent, de loin, à l'existence d'une race fabuleuse dont il y a peu de chances de rencontrer jamais un échantillon.

— Il y en a, dit Betty. D'un côté, je comprends Lucile, qui l'a impitoyablement chassé le jour où elle a compris ce qu'il était. On se demande quelquefois comme elle a pu épouser cet homme-là.

– C'est qu'il était différent, dit Didier.

– Ou alors il a bien réussi à la tromper sur ce qu'il était. C'est un faible ; Mme d'Hem n'est pas faite pour comprendre les faibles ; elle a dû le rebuter, lui faire perdre pied. Tu ne connais pas Lucile. Ce n'est rien de dire qu'elle est d'une bonne famille, car elle ne possède aucune des tares qui sont en général le lot des bonnes familles, tu vois chez nous ! Elle est extraordinairement intacte et elle n'aime pas les détraqués. Évidemment, pour aimer ces gens-là, il faut quelque chose de plus que... que... Tu comprends ?...

– Oui, je comprends.

– Et pourtant, ne crois pas, lui, il est sympathique. Il est même très gentil en dehors de ses... de ses crises. Seulement, il a ça dans le sang : Tout cela pour te dire que cette scène, et la scène de la banque, me sont restées dans l'esprit, car je n'étais pas faite, moi non plus, à première vue, et surtout à cette époque-là, pour ce genre de choses.

– Je le conçois, dit Didier. Est-ce qu'on peut te demander ce que c'est que cette autre scène historique, que tu appelles la scène de la banque ?

– C'est vrai ? Tu veux savoir ? dit-elle tout étonnée, comme s'il était impensable que Didier pût trouver de l'intérêt à ces histoires. Eh bien, je crois que c'était quelque temps après – disons six mois. Je dois dire qu'entre-temps, j'avais essayé par tous les moyens de le tirer d'affaires – oui, de le remonter, de le faire soigner, de le faire renoncer... Tu sais, lutter pour soi c'est souvent impossible, mais c'est tellement facile quand il s'agit d'un autre... Tu ne trouves pas ?

Didier écoutait, ébahi, le récit de Betty – de Betty essayant de sauver un homme, de Betty qui avait tant de mal à aller en ligne droite et qui cherchait à faire marcher droit cet inconnu, de Betty qui avait flairé en M. d'Hem une âme et un corps en perdition et qui, avec un goût rare, un amour sauvage pour ce qui flotte à la surface de l'eau et se trouve en danger d'être submergé, faisait effort pour ramener cette dépouille sur la berge, en s'aidant du pauvre radeau qu'elle s'était confectionné, s'accrochant peut-être autant que l'autre s'accrochait, selon ce sens prodigieux de l'obligation et du dévouement éperdu qui s'éveillait en elle dès qu'elle, si faible, apercevait un plus faible en train de tenter la traversée du torrent.

– Tu ne me croiras pas, mais j'étais arrivée à un petit résultat. Il s'était tenu à son travail durant plusieurs mois, avait même repris sa place dans les conseils d'administration d'où on l'avait évincé, etc. Là-dessus je le rencontre par hasard, un jour où il devait aller toucher de l'argent dans une banque. Il me demande de l'accompagner. Je trouvais ça bizarre, mais il n'y avait aucune raison pour que je lui refuse ce plaisir. Nous entrons dans la banque, je le suis au guichet, et de là à la caisse... J'ai cru, tout à coup, que la scène du bistrot allait se renouveler. Nous étions à peine depuis deux minutes devant la caisse, voilà que tout le monde s'immobilise dans un tintamarre de sonneries assourdissantes, les portes se ferment, les stores se baissent, et Philippe me dit : « Je t'en prie, ne bouge pas, ne fais pas un mouvement, et surtout ne te retourne pas. » Je lève les yeux, j'aperçois dans une glace, juste derrière nous, deux gars qui braquaient leurs revolvers dans notre dos. Je me dis : Des policiers, ça y est, Philippe a encore fait un de ses coups, on vient de le reconnaître, on a fait fonctionner le signal d'alarme. Parce que tu sais, dans les banques, c'est automatique, quand il y a un pépin, tout se bloque d'un seul coup : tu ne peux pas t'en tirer. Je ne sais pas comment je suis restée debout, Philippe, que je voyais dans la glace, était très pâle. Finalement tout s'est expliqué. Le caissier avait fait un faux mouvement et posé le pied par inadvertance sur la pédale qui déclenche tout le système ! Coût : quarante mille francs ! Enfin, ce jour-là, ce n'était pas à nous de payer la note. Nous avons même eu droit à des excuses. Nous sommes partis de là comme un couple convenable, avec les honneurs. Pour la première fois que je mettais les pieds dans une banque, tu m'avoueras... Ce ne sont pas des endroits fréquentables. En tous cas, je n'accompagnerai jamais plus Philippe dans une banque, ni dans un bistrot...

Le plus étonnant dans les étranges relations de Betty avec M. d'Hem (elle devait avouer plus tard à Didier que c'était un peu pour lui qu'elle avait récemment fait ce voyage à Paris – de sorte qu'on ne savait plus si elle était partie en « mission », ou pour changer d'air, ou encore pour voler au secours de Philippe, ou pour chercher une situation, à moins qu'elle n'eût tout fait miraculeusement coïncider), le plus étonnant n'était pas son désintéressement, mais les efforts qu'elle avait fournis pour remettre M. d'Hem en rapport avec sa femme qui, depuis son retour de captivité, ne consentait plus à le voir ni même à lui écrire, et pour obtenir de Lucile qu'elle permît à son ex-mari de revenir dans cette maison sur laquelle il paraissait avoir des droits. (« Je te raconterai une autre fois son dernier voyage, dit-elle en passant, cela non plus ne s'est pas fait tout seul et ça a failli mal tourner pour lui, et aussi pour moi, tu t'en doutes. ») De là ses rapports, non moins étonnants, avec Lucile, comportant toutes les habiletés de la diplomatie mondevillienne, et bientôt suivis, dans le meilleur style de Betty, d'une tentative plus sérieuse pour appliquer à la situation de Mme d'Hem (elle-même d'une complication à décourager les experts) cet instinct généreux qui la faisait toujours se précipiter tête baissée sur toutes les occasions où le dévouement non récompensé était requis. Il nous faut ici passer sur les détails puisque, malheureusement, nous n'écrivons pas l'histoire de Mme d'Hem. Didier fut dans l'obligation, pour en retenir quelque chose, de prier Betty de résumer après coup et de réduire à deux ou trois faits le récit haché, riche en digressions, qu'elle lui fit aux fins de lui expliquer comme elle avait, par exemple, entre autres tâches qu'elle s'était assignées, été amenée à se rendre chez Luz de temps à autre sur sa prière et à passer la soirée et souvent la nuit pour garder sa fille et lui permettre de sortir. Brigitte avait environ huit ans et devait rester à la maison. Il ne fallait généralement pas moins de détours à Betty pour arriver au terme d'une explication. Ces expéditions chez Mme d'Hem correspondaient évidemment à son goût inné pour s'expatrier et aller dormir partout ailleurs qu'aux endroits où elle était supposée le faire, ou même attendue pour cela. Toutes choses que Mme Chotard n'était pas obligée de savoir et qu'il valait certainement mieux qu'elle ne sût pas, ni les Mondeville non plus, de sorte que Betty, qui avait à un degré éminent (et même souvent excessif, multiplié qu'il était par son aptitude au mystère) le sens de la discrétion et celui de l'honneur, préférait mille fois être tenue pour ce qu'elle n'était pas, ou donner des excuses extraordinairement filandreuses et risquer ainsi ce qui lui restait de réputation, plutôt que d'avouer tout bonnement qu'elle avait rendu service à quelqu'un.

Cela n'expliquait peut-être pas tout. Pendant qu'elle lui contait ces aventures et qu'il lui caressait doucement les cheveux, il voyait son petit corsage de soie blanche qui frémissait. Il hésitait à la questionner encore. Elle avait raconté tant de choses en une heure qu'il aurait pu l'estimer quitte, et c'était bien l'espoir de Betty. Mais il avait quelques défauts d'esprit qui le feront ici mal juger.

— Et alors, dit-il, pour aller surveiller la fille de Luz, tu t'es privée du plaisir de venir me rejoindre ?...

Elle répondit avec un peu de confusion :

— Je me suis souvenue tout à coup que j'avais promis à Luz... antérieurement.

— Oh !... Et tu ne pouvais pas t'arranger pour téléphoner ?

— Pas si près... Pas le jour même... C'était important pour elle de... Je l'aurais sûrement mise dans l'embarras.

Important pour elle !... Il aurait voulu arriver à lui faire dire qu'elle *n'avait subitement plus eu envie* de venir le rejoindre, ou qu'elle avait eu peur, ou peut-être qu'elle avait désiré tenter sur lui une expérience en lui envoyant Paula. Et qui sait si cette expérience, elle ne la désirait pas depuis longtemps, selon ce fonds de légère et insensible perversité qui coexiste chez certains êtres avec les plus rares vertus ?

Il insista.

— Vraiment, c'était si grave ? Est-ce que Luz avait tellement besoin de sortir ce jour-là ? Et y a-t-il des sorties qui durent toute la nuit ?

— Je n'ai pas dit qu'elle était sortie toute la nuit, dit-elle vivement, alarmée, croyant peut-être qu'il cherchait à lui extorquer quelque chose sur la vie secrète de Luz. Mais la nuit ou la soirée, c'est un peu la même chose, non ? Quand on doit rester jusqu'à minuit ou une heure chez quelqu'un, c'est aussi simple d'y rester toute la nuit. C'est même plus simple. Oh, il faudra que tu voies la maison de Luz, toi qui aimes les maisons. Tu ne te figures pas ce qu'on y est bien.

Didier tâchait de se représenter cela. Peut-être après tout que Betty trouvait autant d'amusement à aller coucher toute seule dans la vaste maison de Luz, au haut d'une grande villa entourée de magnolias et d'eucalyptus, qu'à venir s'enfermer avec lui dans une chambre d'hôtel. Il y avait chez elle une réserve d'indépendance, de sauvagerie et d'intouchabilité peut-être suffisante pour expliquer ce mystère. Une sorte de « virginité refoulée » – oui, le contraire exactement de ce qu'il y avait chez tant de gens, un besoin de virginité que la vie n'avait que faiblement satisfait à son gré, tout comme elle avait obligé Mme Chotard à réaliser malgré elle l'état opposé, et qui lui valait précisément aujourd'hui, tout à fait à contretemps, les foudres imbéciles de Fernande – Fernande qui touchait à tout, embrouillait tout, qui sévissait, pleurait et riait et faisait tout à contretemps, toujours.

– Oh, sais-tu ce qui serait amusant ? s'écria-t-elle. C'est que je te fasse connaître Luz – tu te rappelles, je devais l'inviter sous le cèdre avec toi – et que nous allions garder Brigitte ensemble. N'est-on pas mieux gardé par deux que par un seul ?

Le fourmillement des projets, l'aptitude à devancer les désirs de l'autre et à fomenter naturellement les combinaisons les plus romanesques, tout cela était Betty : rien n'était impossible pour elle.

– Au moins, est-ce qu'elle est gentille, cette enfant ? demanda-t-il.

– Je te dirai. Je te raconterai… Ça, c'est un autre chapitre. Est-ce que Fernande ne va pas rentrer ?… Il me semble que je t'ai raconté déjà beaucoup d'histoires…

Elle avait la tête sur l'épaule de Didier. Le jour continuait à baisser lentement.

– Est-ce que vous avez parlé longtemps, Paula et toi ? demanda-t-elle après un silence, d'une petite voix rêveuse et un peu rentrée.

– Oui. Très longtemps… À peu près toute la nuit, dit-il. Ça a été très bien, très agréable.

– Qu'est-ce qui a été bien ?

– Notre conversation, dit-il.

Mais à peine l'avait-il dit qu'il se trouva imprudent ; il sentit que c'était pour elle la question brûlante, que c'était cela surtout qui la passionnait, de savoir qu'ils « avaient beaucoup parlé », plus encore que de savoir s'il avait passé la nuit avec elle. Il aurait dû savoir que la franchise n'est pas toujours bonne et qu'on a toujours l'air d'en sous-entendre plus long qu'on n'en dit.

Elle s'était tue ; puis, de la même voix unie et douce qu'elle avait au début de cette longue visite :

– Tout de même, dit-elle, je ne pensais pas que Paula passerait si facilement la nuit avec toi.

– Mais elle n'a pas passé la nuit avec moi, Betty. Je te l'ai dit : dans la même chambre...

Elle avait levé la tête, regardait devant elle, les yeux au loin. Elle eut un faible et incertain sourire. Une pendule sonna quelque part une heure fausse : à contretemps elle aussi, comme tout ce qui existait à Stellamare.

– Vous n'avez pas dormi ensemble ?
– Mais non, je te l'ai dit.
– Et tu n'as pas fait l'amour avec elle ?
– Mais Betty, je...
Elle s'empressa de dire :
– Ne te fâche pas, je te crois.

Elle le croyait, c'était sûr ; elle croyait cette chose invraisemblable, qu'aucune autre femme n'aurait crue, et elle sentait grandir son admiration pour lui. Mais cela n'était pourtant pas suffisant.

– Alors, vous avez parlé tout le temps ?... dit-elle.
– Tout le temps que nous n'avons pas employé à dormir.

Elle avait toujours son regard au loin, réfléchissant. Puis elle parla : elle avait trouvé exactement ce qu'il y avait à répondre.

– C'est un peu la même chose, tu sais. Tu n'as pas besoin de te défendre. C'est plutôt... Vous avez fait l'amour avec des mots. C'est peut-être aussi... plus... Avec moi, tu n'as jamais passé une nuit à parler, Didier.

Ça y était. Ce n'était pas un remerciement, c'était un reproche. Elle avait dit cela avec tristesse, une tristesse juste et profonde. Elle avait trouvé « son » grief – un grief bien à elle, signé Betty, pas le grief de tout le monde. Il aurait pu coucher distraitement avec Paula, sans lui accorder d'attention ; mais il avait *parlé* avec elle, c'était une faute ; elle allait maintenant pouvoir se tourmenter avec cela, se dire qu'ils s'étaient dit des choses rares, difficiles, inaccessibles pour elle, alors qu'en vérité il avait déjà tant parlé avec Betty et qu'en ce moment même, depuis deux heures, ils ne faisaient pas autre chose. Évidemment, là était son mal, et pour ce mal l'imagination de Didier était trop infirme, il ne voyait pas de remède. Il aurait pu passer sa vie avec Betty, elle aurait encore « trouvé » quelque chose qu'il faisait avec les autres et qu'il ne faisait pas avec elle, ou qu'il faisait mieux avec les autres qu'avec elle, tant elle avait besoin de souffrir, de s'humilier, de tout gâcher. Il sortait peu avec Betty, ne se montrait pas avec elle ; à ce grief s'ajoutait maintenant celui-ci : il ne passait pas ses nuits à lui parler. Ils n'avaient d'ailleurs jamais passé une nuit ensemble. Et celle qu'il lui avait proposée au bord de la mer... Elle aurait été cent fois moins peinée s'il avait pu lui dire qu'il avait fait l'amour avec Paula et qu'après cela ils étaient restés muets, étrangers l'un à l'autre. Peut-être en cela, si différente qu'elle fût des autres femmes, n'avait-elle pas complètement tort et sentait-elle confusément ce que certaines conversations étaient pour lui, et que l'amour était tout de même autre chose qu'un baiser sur la bouche, même prolongé toute une heure. Pourtant, cela aussi avait ses délices et depuis que Betty l'avait amené à lui dire ces choses au sujet de Paula et à se dire à lui-même que parler avec Paula d'une certaine manière valait mieux que de l'embrasser sur la bouche, il n'était plus tellement sûr d'avoir raison, si bien qu'au moment même où il lui disait cela, il imaginait soudain la bouche de Paula sur la sienne. Comme disait Mme Chotard, l'homme est une pauvre chose et nous ne devons pas défier les démons, ils sont près de nous.

– Je crois tout de même, dit-il enfin, si tu n'as plus rien à me demander, qu'il vaudrait mieux pour aujourd'hui que Fernande ne nous trouve pas ensemble.

– Oui, dit-elle, tu as raison. Mais tu me promets que nous aurons notre revanche ?

Un peu aveuglément, mais de tout son cœur, il répondit :
— Oui, Betty, nous l'aurons.

Des conversations comme celles-là sont sublimes. Elles épuisent certaines situations ; on ne peut aller plus loin sans soulever la peau, sans écorcher.

Les conversations avec Fernande Chotard épuisaient la situation d'une autre manière. Didier se préparait à un orage. Il l'eut.

Elle vient à lui avec son visage ravagé, ses yeux ardents, éclatante ou plutôt assombrie de haine, ou par quelque chose de plus trouble et de plus puissant. Visage d'où tout espoir, tout sourire, toute lueur de compréhension et de bonté se sont retirés, et où n'apparaît plus, mais avec une force d'expression saisissante, que le désir de blesser, de briser, de piétiner, une volonté fixe et assassine.

— Didier, cette fois il faut que vous m'expliquiez. Je suis... je suis... je suis suffoquée de ce qu'on vient de me dire...

— Ah, vous avez encore été voir quelqu'un ? dit-il tranquillement.

— Ce n'est pas le moment d'ironiser. Je ne puis supporter ce doute... ce... ce... vous m'avez mise dans une situation...

Le mot qu'elle n'aurait pas dû prononcer. La porte s'est refermée entre eux. Il prévient, ou essaie de contenir l'attaque ; il devient odieux à son tour.

— Comment pouvez-vous dire que je vous ai *mise* dans une « situation » ? Voilà plus de vingt-quatre heures que je ne vous ai pas vue, au cours desquelles je jure que je ne me suis pas le moins du monde occupé de vous...

Elle respire violemment sous l'insulte, porte les mains à son cou, comme pour se dégager d'une étreinte. Elle est pâle, d'une pâleur atroce dans son tailleur noir, la jupe bien serrée sur les jambes, presque belle dans sa colère. Il ne manque que le fouet.

Elle hésite une seconde, jamais plus longtemps, redresse la taille, se masse le visage de ses mains brunes et nerveuses.

— Je sors de chez les Carducci, annonce-t-elle.
— Je croyais que vous y étiez allée hier, dit-il calmement.

Elle a dû entendre autre chose – une autre voix, au fond d'elle, une voix qui hurle : la sienne.

– Je vous en prie, ne criez pas si fort. Les Beauchamp vont vous entendre.

– Les Beauchamp peuvent m'entendre, dit-il en haussant le ton. Je n'ai rien à leur demander, moi. Est-ce que je les connais seulement ? Je ne les ai vus qu'une fois : quand ils m'ont chassé de leur champ où j'avais eu le tort de m'asseoir.

– Je les comprends, dit-elle. Maintenant je les comprends ! Vous serez chassé de partout, Didier Aubert ! Vous avez voulu me faire croire que vous étiez ce jour-là avec votre mère ; mais vous étiez avec une fille. Ne niez pas : ils me l'ont dit !

– Vous êtes folle ! dit-il. Vous êtes folle ! Mais il est temps de vous arrêter encore. Vous allez prononcer des paroles que vous regretterez.

– Il s'agit bien des Beauchamp ! Je vous parle des Carducci. Des Car-du-cci. On a des devoirs envers les personnes chez qui l'on vit, vous l'oubliez un peu trop.

– Je ne suis pas un homme que l'on peut domestiquer, dit-il. Il y a des jours où le mot devoir sonne mal à mes oreilles, et je remarque que votre vocabulaire ne s'améliore pas.

Ils parlaient depuis dix minutes, et pourtant aucun des deux n'avait encore eu le courage d'aborder le sujet qui les dressait l'un contre l'autre. Chaque mot creusait l'abîme entre eux, mais en même temps ils faisaient tout ce qu'ils pouvaient pour le recouvrir. Cependant, avant de la voir entrer, quand il avait entendu son pas dans le couloir il n'était pas loin de sympathiser avec sa peine, même avec sa colère. Elle accumulait les maladresses, les provocations, elle agitait des slogans méprisables ; la société au sens où elle l'entendait, les Beauchamp, les devoirs de bonne compagnie ! Non, il n'était pas un homme de bonne compagnie, et même il le devenait de moins en moins à son contact. Elle aurait pu lui parler de Dieu et elle invoquait les convenances, l'ordre bourgeois. « Fernande, pensait-il, Fernande, j'aurais voulu pouvoir vous écouter ; j'aurais peut-être même essayé de m'associer à vos plaintes. J'aurais voulu avoir une fois une émotion à partager avec vous, qui ne soit pas mauvaise ; j'aurais voulu que vous parveniez à me troubler, oui, à me confondre, à briser cette coque d'ironique sérénité que je présente à autrui et dont je me sers comme d'une arme contre une société qui m'ignore, une société dont je ne suis pas. Vous auriez pu me retirer cette espèce de satisfaction qui met en danger mes conquêtes, et peut-être ce bonheur que j'aurai à payer un jour. Mais voici que je sens, en vous voyant apparaître, toute gonflée de votre rage, que j'aime Betty et que j'aime Paula de toutes mes forces, et que je les aime contre vous... »

Oui, il aurait pu, il aurait désiré s'entendre avec elle, fût-ce dans la condamnation qu'elle lui apportait – si elle lui en avait donné les vrais motifs. Il aurait voulu voir derrière elle quelque chose de grand. Mais il sait ce que c'est qu'une lame de fond, et qu'elle n'a pas cet aspect-là et qu'elle est autre chose que la souffrance hypertrophiée qui s'attache à l'objet choisi avec l'espoir d'y découvrir quelque chose de sordide... Si encore la « société » n'avait été pour elle qu'un alibi ! Mais c'était sa raison première – cette société qui avait nom Beauchamp et Pincherle !

Comme elle lui répétait encore une fois qu'elle venait de chez les Carducci et qu'il devait savoir « ce que cela voulait dire », il lui répliqua effrontément, dans une explosion de mauvaise foi dont il eut aussitôt honte :

– Vraiment ! Croyez-vous qu'il y ait un parti quelconque à tirer de vos déplacements ? Les gens ne sont pas si sots que vous les faites ; ils se moquent de vos agitations. À qui voulez-vous que j'aille répéter que je vous ai vue avec un pareil visage ?

Il avait tort. Mais il avait beau se proposer de rester calme au début de ces entretiens, et même de se garder assez de la « contagion » pour s'offrir une allure détachée, Fernande trouvait très vite quelque chose, un propos, une mimique, une allusion, une façon d'être qui provoquaient son indignation, comme le fait de prétendre qu'il l'avait « mise » dans une « situation », alors qu'il avait un soupçon très précis de ce qui l'avait poussée chez les Carducci.

– Vous savez ce que les Carducci sont pour moi depuis toujours, reprit-elle avec dignité.

— Il est inutile de remonter à l'aube des temps, dit-il. Il me suffit de savoir ce qu'ils sont pour moi.

Elle eût pâli si elle avait été capable de pâlir. Un rictus de douleur passa sur sa joue, qui la défigura une seconde.

— Qu'est-ce que vous voulez dire ?

— Je veux dire... Je veux dire...

Il résista de toutes ses forces à l'aveu qui voulait se faire jour en lui. Le nom de Paula lui brûlait les lèvres. Il la revit une seconde, lui disant : j'aime les choses qui durent peu, et lui parlant d'« après ». Il n'aurait jamais cru que son désir d'elle pût être aussi grand.

— Eh bien ? répéta-t-elle plus fort. Qu'est-ce que vous avez voulu dire ? Je veux le savoir !

— Que j'ai la plus profonde estime pour les Carducci, dit-il. Est-ce que cela vous surprend ? J'ai le plus profond respect pour M. Carducci, pour son intelligence.

— Si c'est vrai, vous pourriez mieux le lui prouver qu'en subornant sa fille !

Il se mit à rire comme un démon.

— Suborner ! s'écria-t-il. Ma chère amie, j'ai l'honneur de vous dire que c'est un mot qui date.

— Ne ricanez pas, je vous en prie ! Je ne peux supporter cela, dit-elle, presque menaçante, en frappant sur le bois du lit devant lequel elle restait debout. Il faut que je vous pose la question, et vous n'y échapperez pas. Jurez-moi de dire la vérité. J'ai besoin de savoir si c'est avec elle que vous avez passé la nuit de mardi ? « Ils » m'ont dit qu'elle n'était pas rentrée cette nuit-là ! Répondez, j'ai besoin de savoir !...

Pour poser à Didier cette question qu'elle-même devait juger affreuse, elle s'était subitement penchée vers lui, en secouant de toutes ses forces le lit sur lequel Didier restait étendu pour travailler.

— Fernande, dit-il en se levant, je vous en prie, apaisez-vous. Nous avons le temps.

— Non, lui répondit-elle d'une voix sourde et avec un regard où la passion, la haine, le besoin de vengeance, la détresse et la cruauté formaient un inextricable mélange. Il faut en finir au contraire. Je vous ai posé une question, dit-elle en rajustant sa jaquette, je veux que vous y répondiez.

Il était bien décidé à lui répondre. Pourtant, un obscur sentiment l'incita à prolonger encore son attente.

— En effet, dit-il avec humeur, vous m'avez posé une question et je vais y répondre. Mais nous serons mieux au salon que dans une chambre pour cela.

Elle le suivit comme une automate dans le couloir.

— Vous devez reconnaître, enchaîna-t-il une fois installé dans un des petits fauteuils qui se trouvaient à côté de la cheminée, que vous m'avez déjà posé la même question à propos de Betty, – pour le même jour. Il faudrait tout de même que vous choisissiez. Je ne peux pas répondre à toutes les questions qu'il vous plaira de me poser.

— Vous m'avez répondu « non » pour Betty, dit-elle.

Il y avait quelque chose de suppliant dans sa voix.

— C'est vrai. Et j'ai ajouté que Betty n'était probablement pas la seule fille qui eût passé la nuit de mardi hors de chez elle.

— Ainsi... pour Paula... Vous saviez ?... Didier, s'écria-t-elle, refoulant ses larmes, je voudrais que vous me répondiez comme si j'étais sa sœur.

— Je suppose que Paula a une assez bonne nature pour ne pas rester indéfiniment confinée au sein de sa famille ! répondit-il assez méchamment. On n'a pas besoin de la connaître pour penser qu'à vingt-quatre ans, belle comme elle est, elle a découvert les avantages de l'indépendance – ou de la liberté, si vous préférez un mot moins tapageur.

— Oh, la liberté !... fit-elle, le souffle court. Une jeune fille n'a pas... Une jeune fille qui a besoin de sa liberté, nous savons ce que cela veut dire !... Il y a tout de même des règles ! À défaut de la morale, la société serait encore là pour nous le rappeler, je suppose !...

Elle accumulait, de nouveau, les termes fâcheux.

— La société ! dit-il. De quelle société me parlez-vous ? De celle qui grouille entre la haie de Stellamare et celle de M. Beauchamp ? De la société des Hauts-Quartiers, qui vit dans des villas cossues et n'a d'autre problème que de semer du gravier dans ses jardins ? De celle qui nous donne une guerre mondiale tous les vingt-cinq ans et qui a fait la bombe atomique ? Où est-elle la société que vous invoquez, une société digne de nous donner des règles ? Est-ce celle qui fait des lois pour s'en moquer ? Est-ce le petit nombre de ceux qui ont inventé pour le grand nombre la loi atroce du travail forcé à perpétuité ? Est-ce celle qui établit des impôts pour les fuir ou s'en décharger sur les autres ? Est-ce celle qui condamne actuellement les trois quarts de la population du globe à vivre dans des niches à chiens ou des taudis ? Les règles de la société ? Est-ce que vous vous imaginez que les rapports entre homme et femme ont été réglés une fois pour toutes par la Constitution de 1875 ou par le Code Napoléon ? Je la cherche votre société, oui je cherche une société, de tout mon désir, j'en voudrais une à respecter, une seule, et je ne la trouve pas !

Elle était saisie, anéantie par son éloquence comme il l'était presque lui-même, plus étourdie de mots qu'elle n'avait jamais été capable d'en prononcer elle-même dans un aussi court laps de temps.

– Et dites-moi, continua-t-il, oui, dites-moi si c'est pour sauver ces apparences de morale, de « règles », et cette hypocrisie organisée, que vous empoisonnez l'existence des gens et allez flanquer vos petites charges de dynamite dans tous les coins de porte, pour que le premier qui passera fasse tout sauter ? Hein ? Avec l'approbation de l'abbé Cardon, de l'abbé Singler, ou du chanoine Fillatte ?

Cette allusion au chanoine pouvait paraître abusive ; en réalité, c'était pure générosité de sa part : c'était là-dessus que Fernande pouvait rebondir. Il l'aidait à sortir de son anéantissement. En effet, elle eut un soubresaut.

– Didier, dit-elle en haussant violemment les épaules, vous êtes puéril. Quand donc cesserez-vous de mettre le chanoine Fillatte partout ! Vous valez mieux, j'en suis sûre, que cet anticléricalisme sans envolée.

– Je n'étais pas anticlérical quand je suis arrivé chez vous, dit-il. Mais j'en ai assez d'être persécuté au nom d'une morale sans esprit. Citez-moi quelqu'un dans tout ce monde qui se préoccupe de religion ! Les curés du département, uniquement inquiets de propagande et soucieux de rassembler leurs ouailles égarées comme des poules dans les fourrés de la vie moderne, ne s'occupent plus que d'une chose, ils font du journalisme ou du cinéma. Ce n'est pas eux, vous pensez, qui descendraient dans les mines !... Parfaitement, poursuivit-il devant son air scandalisé, j'ai à vous faire part d'une nouvelle. L'excellent abbé Singler nous quitte. J'ai eu le plaisir d'apprendre tout récemment que ce professeur de philosophie allait être arraché à son Séminaire et à ses Carmélites pour diriger une feuille de chou dans le département. J'espère avoir été mal renseigné. Mais vous êtes mieux placée que moi pour obtenir confirmation.

Le terrain redevenait glissant pour elle. Elle était à la fois intéressée et rendue furieuse par cette nouvelle dont elle n'avait pas été avertie et à laquelle elle ne croyait pas.

– Vous pourriez réserver vos plaisanteries pour un autre jour, dit-elle dédaigneusement. L'abbé Singler enseigne la philosophie au Séminaire, et je n'ai jamais ouï dire qu'on ait arraché un prêtre à son enseignement pour lui faire faire le métier de journaliste et pour orchestrer des potins. Mais nous nous occuperons plus tard de son sort. N'essayez pas tout le temps de détourner la conversation. Ce que je voulais dire, c'est que je n'avais jamais cru que j'avais chez moi un homme qui... que vous... Didier ! Se pourrait-il que vous ayez à la fois deux maîtresses ?

Elle s'était levée et arpentait l'étendue du living-room, allant d'un siège à l'autre, se cramponnant à un dossier, s'asseyant pour se relever aussitôt. Comme par mimétisme, ou par besoin d'agir, il s'était levé aussi et suivait à peu près le même chemin, mais en sens contraire. C'eût été drôle partout ailleurs que dans la maison de Mme Chotard. Mais si Didier avait pu à la rigueur conserver assez de liberté d'esprit pour s'amuser, le regard dont Fernande le poursuivait et les intérêts dont cette conversation était l'enjeu ne lui en laissaient pas le loisir.

Cette fois, il ne répondit pas. Il ne savait, à son tour, s'il était furieux ou émerveillé. Émerveillé sans doute : tout à coup, sous son influence (un quart d'heure de conversation un peu vive), l'esprit de Mme Chotard s'était ouvert au point de lui faire concevoir cette possibilité exorbitante, la possibilité pour un homme d'avoir deux maîtresses, et qu'elle en reconnût Didier capable personnellement. Cette phrase, proférée avec une horreur non équivoque, lui fit remonter au cœur, à la fois, parallèlement, sa tendresse pour Betty et son admiration pour Paula. Fernande avait raison : son affaire devenait grave. Elle n'avait pas sa pareille pour forcer quelqu'un à réfléchir.

Mais il ne pouvait lui laisser soupçonner l'émotion que cette phrase avait déclenchée au fond de lui. Sans tenter de nier, encore moins d'avouer une chose qui n'était pas tout à fait réelle, il essaya de s'en tirer par la raillerie, bien que ce ne fût nullement l'heure.

– Je vous en prie, dit-il en s'asseyant et en croisant les jambes, ma chère amie, comment donc faites-vous votre compte ? Vous pourriez aussi bien faire le tour de la ville et compter les absents, ne croyez-vous pas ? Voyez le nombre d'hypothèses qui vous sont ouvertes. Moi et Betty ; moi et Paula ; Betty et Paula ; moi, Betty, Paula. N'est-ce pas formidable ? Je me trouve naïf, Fernande. Je n'aurais jamais songé moi-même à toutes ces brillantes combinaisons…

Fernande s'était réfugiée dans l'encoignure d'une fenêtre et froissait nerveusement la lourde tenture de velours qui pendait jusqu'à terre. Il entendait son souffle.

– Vous pouvez continuer à débiter vos horreurs, dit-elle, le dos tourné. Je n'écoute pas et d'ailleurs cela n'a pas de sens, même pour vous.

Il eut un regard singulier, comme si tout à coup ces choses pouvaient avoir du sens. Il se leva, fit un pas vers elle.

– Les gens perdent leur vie, dit-il d'une voix ouatée. Vous, Fernande, vous perdez la vôtre, comme tout le monde. La différence, c'est que vous essayez de vous le dissimuler en dressant devant vous une montagne de mots, de principes, sur lesquels vous tentez ensuite de vous hisser. Mais vous perdez, vous perdez !…

– Vous aussi, vous perdez ! dit-elle lentement, sourdement, sans cesser de lui tourner le dos. Vous perdez plus que moi. Qu'est-ce qui vous restera de tout ça ? Je vous connais. Vous ne vous rappelez pas assez que je vous connais… Mon Dieu, il me semble que je vous connais depuis toujours, que nous avons été élevés ensemble ! J'ai eu des frères, des cousins comme vous. Vous n'êtes pas très original, vous savez. Et vous vous préparez un bel avenir. Je sais trop ce que c'est qu'une passion où Dieu n'est pas.

Il hésita. Il souhaitait être ému, mais ces mots avaient l'air d'une citation. Elle était entraînée dans un vertige de mots. Tout ce qu'elle pouvait dire désormais, du plus loin, du plus haut que cela pût venir, était voué à être roulé dans le torrent, sans qu'il consentît à rien y accrocher de vrai, de concret, de vécu. Pourtant, s'il avait tort ?

– Ne dites pas que vous le savez ! dit-il. Si vous le saviez, vous ne vous exprimeriez pas ainsi, j'en suis convaincu !

– Que pouvez-vous savoir ? dit-elle en se retournant tout d'un coup, le regard étincelant.

– J'aime les êtres, dit-il. C'est ma faiblesse. Vous pouvez m'atteindre par là. C'est un mal, peut-être, mais je les aime, je ne me désolidariserai d'aucun. Pas même de vous, Fernande, dit-il avec une soudaine fêlure dans la voix. Plus tard, quand j'aurai quitté votre maison, depuis de longs mois, quand j'aurai pris du recul sur les misères, indignes de nous, dans lesquelles nous nous débattons sans savoir pourquoi, peut-être alors pourrai-je vous voir telle que vous étiez, telle que vous êtes maintenant, depuis une minute, ardente et sauvage, prête à bondir. C'est ainsi que je... oui, c'est ainsi que je vous aime, que je voudrais...

– Ainsi vous êtes comme tous les autres ! s'écria-t-elle avec amertume. Vous ne pouvez aimer une femme que si elle ressemble à un animal, que dans ce qu'elle a d'animal... Ah, que vous êtes décevant !

– Vous étiez-vous promis autre chose ? demanda-t-il. Mais êtes-vous sûre de ne pas vous tromper ? Vous ne me connaissez pas. Il faudra, quoi que vous en disiez, que vous appreniez à me connaître. Écoutez... Je pense à une période de ma vie où j'étais assez malheureux pour poursuivre une femme. Cette période, ne croyez pas que je la regrette. Parfois, il me semble que je n'ai jamais étreint la vie comme alors.

– Oh, ce que vous dites est horrible, dit-elle en plongeant la tête dans ses mains, mais pénétrée par l'accent de ce qu'il lui disait.

– Le désespoir même était bon, cela voulait dire : « Tu es vivant. » Aujourd'hui, c'est effrayant, les gens n'ont plus que des désespoirs économiques, des désespoirs d'argent. Pas vous, bien sûr ! Vous pouvez encore vous en payer d'autres ! Remerciez le Ciel de ce luxe qu'il vous offre. Si vous êtes bien désespérée, bien triste, alors soyez heureuse, c'est que vous n'êtes pas morte. Les pêcheurs à la ligne et les boulistes ne seront jamais désespérés.

Elle gardait la tête dans ses mains. Tout lui paraissait préférable à un pareil langage.

– Ce luxe dont vous parlez mène à la folie, s'écria-t-elle, et je ne veux pas devenir folle, je ne veux pas !... Oh, vous êtes ignoble... ignoble !... Je n'imaginais pas ces abîmes !...

– Non, vous n'imaginez pas, poursuivit-il sans pitié. Vous devriez me remercier, Fernande, de vous permettre d'imaginer. Savoir imaginer, c'est déjà vivre. Vous devriez être heureuse de...

Il s'arrêta – juste à temps – mais elle avait compris son intention. Elle découvrit son visage, elle tremblait de tout son corps :

– Ah, vous n'allez pas dire que je devrais être heureuse de vivre auprès de vous et de respirer votre air ? Vous allez peut-être me dire aussi que je devrais vous aimer, n'est-ce pas ?

Elle était soulagée de prononcer ce mot, parce qu'il désignait l'impossible. C'était une idée qui lui ouvrait un précipice, précipice qu'elle repoussait et qu'elle invoquait à la fois, car c'était pour elle la pire tentation. Elle n'oubliait pas de quelle façon il avait dit, un instant plus tôt : « C'est ainsi que je vous aime... » Elle ne protestait avec cette force que parce que, le premier, il avait prononcé ce mot. Elle fixa sur lui des yeux égarés.

– Ah, ne dites jamais cela ! murmura-t-elle. Jamais !...

C'était dit presque bas, mais avec intensité. Il fut épouvanté de voir ce qu'il avait déchaîné en elle. Tout à coup, elle se mit à secouer la tête, de la manière la plus folle, ses cheveux lui battirent le front, les joues ; elle se détourna pour cacher ses larmes. Il aurait voulu ne pas avoir à s'approcher d'elle, mais quelque chose l'y poussa. Il s'approcha, posa une main sur son épaule. Surprise, elle poussa un cri comme si sa main avait été un tison brûlant.

– Allons ! fit-il, allons !... – Il avait une envie diabolique d'ajouter des paroles sacrilèges. Il changea de ton soudain :
– J'aurais tellement voulu croire que vous étiez à l'abri de nos faiblesses à nous autres, dit-il. J'aurais voulu croire que ce que vous faisiez pour moi, vous le faisiez parce que vous pensiez, à tort ou à raison, que c'était bien. Ah, soupira-t-il – comme si la sincérité des autres appelait notre hypocrisie – je vous avais mise trop haut...

Il n'en avait jamais autant dit. Il ne s'apercevait pas qu'elle buvait ses paroles.

– Didier, murmura-t-elle, si vous m'aviez parlé quelquefois comme cela !...

– Parler ! dit-il énervé. Toujours parler ! Est-ce que vous n'en avez pas assez quelquefois d'entendre des voix, les voix des gens, la vôtre, la mienne ?

– La vôtre, je ne l'entends pas beaucoup, mon petit.

Il répondit avec une force coléreuse :

– Est-ce que vous ne croyez pas que le silence est ce qu'il y a de meilleur entre amis ? Parler ! Quelle infériorité ! Quelle disgrâce ! Quelle...

Il s'interrompit. Il n'y avait pas quarante-huit heures qu'avec la même chaleur, le même élan, la même vérité, il pensait, il disait le contraire ; et il n'y avait pas vingt-quatre heures que, dans cette même maison, il entendait dire le contraire et qu'il approuvait.

Oui, mais c'était Betty ; c'était Paula. Fernande l'obligeait à des comparaisons honteuses, révoltantes. Plus il aimait Paula, plus il devait détester Fernande. Plus il désirait parler avec Paula, plus il devait désirer se taire avec Fernande. Fernande n'était même pas l'antithèse de Paula, elle faisait partie d'une autre humanité avec laquelle on ne pouvait avoir de rapports. À Fernande, depuis qu'elle avait inauguré la série de ses persécutions et de ses infamies, il ne voulait plus parler, il n'avait plus rien à dire. La parole avec Paula était sainte. La parole avec

Fernande était impie. Il fut sur le point de lui dire enfin le seul mot sincère de cet entretien : « J'aime Paula. » Mais cela même était de trop ; c'était impossible à dire devant elle, maintenant, parce que c'était vrai. Pour rien au monde il ne voulait entendre les ricanements de Mme Chotard, si ingénieuse en contestations. Rien ne l'empêchait de son côté de lui faire l'aveu qu'elle désirait, c'est-à-dire qu'elle redoutait, mais il y avait entre eux une ligne de feu que rien, qu'aucun mot n'arriverait plus à franchir. Bien des choses le séparaient de Fernande, il pouvait s'en convaincre ; mais une plus que toutes les autres, peut-être. On n'avoue pas son amour pour une femme devant une autre, et surtout on ne l'avoue pas devant une femme qui possède des terres et des maisons. C'eût été non seulement infâme, mais ridicule. Comme si un homme sans logement avait le droit d'aimer !

Un coup de sonnette strident le délivra. Il se précipita à la porte, se heurta à Mlle Digoin qui poussa des clameurs confuses à sa vue, criant toute seule sur le palier qu'elle voulait voir Mme Chotard. Il descendit l'escalier en courant.

Au moment où, dans le salon bleu de Stellamare, Didier se reprochait de ne pas assez prendre Fernande au sérieux et tentait, plutôt mal, d'essuyer ses larmes, se déroulaient à deux pas des événements qui allaient prendre en un rien de temps figure de catastrophe. Betty, qui revenait d'une séance pénible chez Me Mativet, avait rencontré Mme Loize, la droguiste, qui tenait de Mlle Digoin, à qui Mme Chotard l'avait confié la veille, le récit de l'absence de Paula (compliquée de celle de Betty) et qui avait déjà eu le temps, le matin, en revenant du marché, d'en entretenir Miette, la jeune sœur de Betty, dix-sept ans, qui se préparait au bachot et à qui cette femme en cheveux, traînant par les rues des Hauts-Quartiers ses savates poussiéreuses, n'avait pas craint d'énumérer toutes les réflexions et hypothèses qu'elle avait pu faire sur la question, ne laissant rien dans l'ombre, au contraire, donnant à toute cette histoire, ne fût-ce que par son bavardage clandestin et fuligineux, un aspect de turpitude inégalé. On parle de la contagion microbienne, de son effrayante rapidité dans certaines maladies. Pendant que Mme Chotard-Lagréou, les joues pâles, les yeux humides, inspirait à Didier des réflexions graves, le germe qu'elle avait déposé dans le cœur de Mlle Digoin s'était répandu et développé avec célérité dans tout le quartier où il soulevait une émotion énorme, encore grossie par le perpétuel besoin de scandale propre à ces pauvres âmes privées d'aliments et hantées par le confessionnal. Chotard → Digoin → Loize → Beauchamp → Chotard : on avait là une véritable formule chimique, un *cycle*, une réaction en chaîne qui n'allait pas tarder à revenir à son point de départ avec une force accrue. Ainsi, tandis qu'avait lieu entre Fernande et Didier cette harassante conversation, derrière ces murs sur lesquels jouaient dans un dernier rayon de soleil rouge les ombres des arbustes – plantés à grands frais deux ans plus tôt par Mme Beauchamp pour protéger les droits de son existence au grand air –, pendant ce temps, Mlle Digoin avait donc le malheur, après avoir essayé de flétrir l'esprit d'une gamine, de voir arriver en sens inverse, sous ces mêmes murs derrière lesquels s'achevait une conversation trempée de larmes, Betty, les cheveux et la robe au vent, printanière et dansante comme elle l'était toujours, et qui, du plus loin qu'elle avait reconnu la taupe, avait compris, réalisé en un instant bref et fatal comme la foudre, l'insondable vilenie qui logeait au cœur de cet être. Elle expliqua ensuite à Didier qu'elle n'avait pas eu à prendre de décision. Un mouvement irrésistible, une impulsion vengeresse, succédant à l'élan charmant qui conduisait ses pas, l'avait poussée en avant à la rencontre de l'habituée des paillassons. « Je crois que j'ai dû fermer les yeux, lui dit-elle le lendemain, j'avais l'impression d'écraser une bête, une araignée, tu sais à quel point ça peut être dégoûtant... » Elle n'avait pas réfléchi ; ses nerfs, ses membres, ses muscles, ce corps charmant, si léger qu'un souffle l'aurait soulevé, avait réfléchi pour elle (c'était d'ailleurs, comme elle disait toujours, sa vraie manière de réfléchir). De son côté, Mlle Digoin, ignorante de ce qui l'attendait, mais informée sans doute par son subconscient, avait commencé, à la vue de Betty, à effectuer un mouvement tournant, aux fins de se dérober à la rencontre. Betty avait pressé l'allure. L'accident, ou si l'on veut la coïncidence, le point d'impact, se situe exactement dans l'axe de l'allée que surveillaient les fenêtres de la maison Beauchamp. Une gifle magistralement envoyée fut, de la part de Betty, la conclusion courageuse de quelques paroles échangées que personne n'avait eu le loisir d'entendre. Conclusion qui, d'ailleurs, avait préexisté en elle, on l'a dit, aux prémisses. Et courageuse en fonction du dégoût qu'inspirait à Betty l'idée du moindre contact physique avec Mlle Digoin. La Digoin rentra chez elle ce jour-là, chargée de ce nouveau fardeau, de cette nouvelle information, enrichie d'une connaissance nouvelle et d'un nouveau récit à faire, celui d'une action dont, pour la première et la dernière fois de sa vie, elle avait été l'héroïne.

Mme Beauchamp, au premier éclat, était sortie ou plutôt avait jailli de chez elle, escortée de toute la domesticité, surgie de portes annexes, c'est-à-dire les trois bonnes, le chauffeur et le jardinier.

Didier avait d'abord cru comprendre, au récit que lui fit Betty avec une émotion coupée d'humour, que la gifle avait été administrée non à Mlle Digoin mais à Mme Beauchamp. Betty était troublée, ébranlée par sa propre audace et ne savait trop quel jugement porter sur son geste. Elle semblait craindre un blâme de la part de Didier. Il était certain que cette gifle avait fait, allait faire beaucoup de bruit dans le quartier, ce quartier où les murs, les couloirs étaient si sonores.

– C'est bien, dit-il. Ne te trouble pas. Tu as bien fait. On ne gifle jamais assez les propriétaires.

– Mais Mlle Digoin n'est pas propriétaire.

– Tu parles de Mlle Digoin ? Oh, elle l'est sûrement quelque part, dit-il. Elle a une tête de fripouille. Si c'est elle que tu as giflée, c'est encore moins regrettable. Il y a vraiment très longtemps que j'avais envie de le faire. Mais un homme ne peut pas gifler une femme mûre, puisqu'il est entendu que toute femme représente sa mère. Rassure-toi, Betty : tu as giflé la calomnie, l'incontinence de la langue qui est un des fléaux du monde, et d'abord de ce monde en petit que représentent les Hauts-Quartiers. Il n'y a pas d'autre péché. Ces gens-là passent leur vie à nuire par des commérages repoussants auxquels ils se livrent sous les escaliers de service parce qu'ils les croient sans risque. Il est bon que, parfois, ils s'aperçoivent que le risque existe.

– Elle était furieuse, tu sais. Elle a aussitôt pris des témoins.

– Quels témoins ?

– Mme Beauchamp, ses domestiques.

– Mais pour quoi faire ?

Elle répond avec un petit rire saccadé :

– Elle veut me traîner devant les tribunaux, figure-toi. Une gifle, c'est une voie de fait, je n'y coupe pas !

– Bravo. Tu es épatante, Betty. Il nous manquait une histoire. Nous aurons du moins celle-là. Nous entendrons crier pour quelque chose. Je te défendrai.

– Je me demande ce que va en penser ma famille.

Elle se demandait !...

– Mais, au fond, pourquoi as-tu fait ça ? Vois-tu, quand j'ai cru que tu avais giflé Mme Beauchamp, j'ai cru que c'était chez toi un réflexe de justice, que tu pensais à l'histoire que je t'avais racontée sur mes débuts à Irube.

– Et maintenant, que crois-tu ? dit-elle, l'œil allumé.

– Maintenant, je me dis que tu as voulu châtier une sadique qui s'était attaquée à une enfant, ce qui est bien. Et puis, je me dis qu'il doit y avoir autre chose. Quoi ?...

– Comment veux-tu que je sache ? Je te l'ai dit, c'est parti tout seul.

– Justement parce que c'est parti tout seul. Ça veut dire que c'était profond, que ça venait de loin. D'où ?

Elle chercha.

– Un petit effort... Encore... Que dis-tu ?...

– Je crois que j'ai voulu venger Paula, dit-elle.

– Ah oui ?... Au fond, dit-il, tu aimes Paula.

– Mais oui, dit-elle avec simplicité. J'aime Paula.

Elle aimait Paula. Tout était clair : la nuit avec Paula, l'humeur de Betty le lendemain, la conduite de Mme Chotard, la gifle. Lui envoyer Paula était pour elle une manière – timide – de passer un moment, par procuration, avec Paula : Paula était à ses yeux une créature luxueuse, difficilement approchable, d'un autre monde. « Ô Betty, Betty !... » se répétait-il avec une émotion infinie. Mais n'eût-il pas été beaucoup plus simple qu'elle passât ce moment avec Paula ? Sans doute, mais Betty justement n'était pas si simple. La complexité de ses sentiments, leur subtilité avaient atteint un point extrême. C'était de cela qu'elle souffrait, à cela qu'elle pensait sans doute lorsqu'elle s'enfonçait dans de longs conciliabules avec elle-même, lorsqu'elle disait, en usant d'une expression que Didier n'aimait pas beaucoup, qu'elle était « dans la lune ». Mais tout cela était-il bien vrai et n'avait-elle pas découvert cet amour pour Paula au cours de sa conversation avec Didier, sous l'influence de la suggestion qu'il lui avait faite, un peu à la légère ? Il était dangereux de suggérer quelque chose à Betty : elle en faisait aussitôt sa nourriture. Il était donc difficile de dire (tant elle était spontanée) si la gifle avait été vraiment déclenchée par cet amour confus, par ce besoin instinctif de défendre une fille qu'elle ne pouvait se retenir d'admirer, ou si, ayant giflé, elle s'était aperçue que cette gifle conduisait à Paula.

Conséquence ou non, elle aimait Paula. Et Didier aussi aimait Paula. Et il aimait beaucoup Betty. Et il ne savait plus s'il éprouvait de la colère ou de la pitié à l'égard de Mme Chotard qui détestait qu'on aimât autour d'elle, parce qu'elle n'avait pas su aimer.

— Tu peux être fière, dit-il à Betty. Tu as créé un événement. Tu nous as délivrés tous. Tu m'as délivré. Un événement, Betty, pour les Hauts-Quartiers, c'est quelque chose de considérable. Songes-y : désormais il y aura *avant la gifle* et *après la gifle*. C'est aussi beau que la guerre de Troie.

Elle rit d'un bon, d'un léger rire, pas trop rassurée quand même.

Pour lui, *après la gifle*, il savait trop ce qu'il lui restait à faire.

Pour compléter son information concernant sainte Liedwine de Schliedam, Didier a dû se rendre à la Bibliothèque, située assez loin de Stellamare, au cœur de la vieille ville. Il rentre assez péniblement, traînant la jambe, la respiration un peu gênée. De loin, derrière la haie, avec ses volets de bois très clos, la villa de Mme Chotard a soudain un aspect très mortuaire. Est-elle partie ? Est-elle descendue à sa librairie ? A-t-elle, désespérée, été se jeter dans la rivière, ou seulement dans les bras de M. l'aumônier, pour lui demander si elle a le droit, sachant ce qu'elle sait, – « C'est-à-dire, mon enfant ?... » – d'inviter encore chez elle les Carducci, ou Paula, ou Didier, ou les Mondeville. Ainsi faisant, elle va pouvoir enfin, l'âme pure, simplement en posant de menues questions ou en y répondant, confesser les fautes présumées de la belle Paula comme si c'étaient les siennes, et cela pour s'entendre faire la réponse qu'elle connaît d'avance, que le bon sens aurait pu lui dicter et qui rend la consultation inutile. Inutile ? Mais alors, il n'y aurait plus d'aveu, d'échanges possibles, et ce ne serait pas la peine d'avoir inventé la confession, et ce ne serait pas la peine que Paula pèche, et cela n'eût pas été la peine que Paula péchât.

Mais peut-être n'est-elle pas sortie du tout et se condamne-t-elle simplement à l'obscurité et au silence ? Que se prépare-t-il encore derrière ces volets clos ? Essaie-t-elle de faire croire qu'elle n'est pas là, ou est-elle penchée sur elle-même ?... Et si, tout bonnement, elle avait des remords ?... « Il faut sortir de là, pense Didier. Je vais lui annoncer mon départ. Mais je ne sais pas où aller. Tant pis. Reste l'hôpital... Ah, mon insuffisance me lasse. Les problèmes n'ont de valeur qu'à la condition qu'ils vous mènent au sommet : fol orgueil, nécessaire pour être déchiré. Mais on se déchire à seule fin de satisfaire cet orgueil. Mieux vaut alors être cette mercière de village, cette droguiste à la retraite, cette Digoin infâme, et regarder le soleil derrière mes vitres... »

Justement, M. l'aumônier est là, sur la route, sur le chemin de Didier, sortant du Séminaire, la tête baissée sur son bréviaire. Si Didier l'abordait ? Il est si tranquille, il n'a pas l'air méchant. Il doit même savoir des choses... Non. C'est trop difficile – ou trop décevant.

« ... Ce que signifie le désir d'être heureux : échapper à la souffrance, échapper à l'extrême. Nostalgie du salut : incapacité pour l'homme d'endurer la souffrance. La souffrance nous désagrège. La dominer ; au contraire, vouloir être brisé, c'est être capable de s'engager dans la déchirure. Refuser d'être heureux, c'est quelque chose... » Et peut-être que, derrière ses stores, Fernande se faisait au même instant des réflexions toutes pareilles. Qui a jamais sondé les êtres ?... Comment dit Liedwine de Schliedam – non, Kierkegaard ?

Il monte. La porte du haut est fermée. Il frappe, il sonne, il appelle, il crie, il se nomme, il glisse sa carte sous la porte, puis attend. Une porte gémit en bas, puis plus rien : quelqu'un écoute. Enfin – après cinq minutes, on lui ouvre, pour vite refermer à clef derrière lui, Mme Chotard est là, les cheveux en désordre, les yeux, le front brûlants, mais les mains froides, dans son grand déshabillé de velours vert.

– Justement, j'ai à vous parler, dit-elle.
– On ne le dirait pas.
– Nous allons passer dans ma chambre, dit-elle sans entendre.

D'un geste violent, elle pousse devant Didier la porte de sa chambre. Bien que souvent entrouverte, Didier jette rarement les yeux sur la chambre de Mme Chotard. Fernande ne s'est-elle retirée ainsi, n'a-t-elle choisi cette journée de retraite, que pour se livrer à un inventaire ? La commode Empire, le secrétaire, auxquels on a soustrait leurs tiroirs, bâillent tristement, tandis que les tiroirs, à même le parquet, superposés ou à demi basculés, donnent à la pièce, derrière ses volets clos, l'aspect d'une foire en plein vent. Le lit, un lit Empire aux montants triangulaires, avec un petit Napoléon sculpté au milieu, a changé d'orientation, il a quitté le mur et a été tiré vers le milieu de la pièce, sous un vieux lustre en pâte de verre. Depuis combien de nuits dort-elle ainsi ? À quelle fin le lit a-t-il été amené ainsi au milieu de la pièce, comme une épave ? Car il ne s'agit pas d'un hasard : derrière a été installée une sellette à torsades – héritage d'une tante que tous les amis de Mme Chotard poursuivent de leurs sarcasmes et que leurs plaisanteries ont chassée finalement de partout – et sur cette sellette, une lampe de bureau en métal chromé, au pied de marbre – qui se désigne, de toute évidence, par son imbécillité, comme un de ces funestes « cadeaux de mariage » dont une sentimentalité aberrante empêche le plus souvent de se débarrasser, ou la surveillance discrète des donateurs, ou, dans le meilleur des cas, la pudeur de devenir à son tour responsable d'un pareil cadeau – brandit un bras vertical, érigé comme un phare, et une ampoule de Gestapo enrobée d'un réflecteur semi-cylindrique qui vous oblige à vous abriter les yeux. Sans doute n'est-il pas surprenant de voir un instrument de torture au chevet de Mme Chotard. Torture à deux versants car, par une espèce de ténébreuse magie, elle arrive, instinctivement, à donner aux objets eux-mêmes un aspect supplicié. Au fond, de quel droit supposer que ce spectacle est particulier à ce jour ? Peut-être Didier aurait-il pu voir d'autres fois ces commodes béantes, clamant leur désir d'être comblées, ces tiroirs abandonnés attendant d'être replacés dans leurs ouvertures, ces piles de livres qui n'ont pas trouvé de refuge dans l'austère bibliothèque vitrée du salon. Oui, il avait eu tort de ne jamais suivre Mme Chotard dans sa chambre ; elle y est peinte.

Didier contourna lentement la lampe, en se protégeant les yeux, et vint se placer derrière pour ne plus être aveuglé. Il attendit que Fernande lui parlât, comme elle l'avait annoncé, mais maintenant qu'elle l'avait au centre de sa toile, elle ne paraissait plus pressée. D'un coffre ouvert s'échappaient des chiffons, des soies brodées, des jupes à la hongroise. Elle ne faisait pas un geste pour les dissimuler. Y avait-il eu un temps où elle portait ces choses ? Didier entrevoyait aussi un monumental classeur d'acajou – autre « cadeau de mariage » – où des prospectus de librairies, de vieilles factures reposaient sur un édredon de moustiques tués par le temps, ou calcinés par le premier contact avec l'ampoule. Fernande semble apercevoir tout à coup le coffre ouvert ; elle le referme, s'assied par-dessus, ramasse quelques coussins pour se caler : il n'y a pas d'autre siège dans cette chambre, mais en revanche on peut voir, fixé au mur, un gigantesque portrait du pape, assis dans sa cathèdre, qui préside à tout ce désordre d'un air sévère, lâchant de ses mains comme des colombes sur cette chambre en délire et sur son occupante terrifiée, des volées d'encycliques. Installé sur un amas de vêtements, juste sous le portrait du pape, le dos au mur, légèrement asphyxié, Didier est prêt, enfin, à écouter les paroles de Fernande qui ne se décide toujours pas.

– Il y a de l'atmosphère chez vous, dit-il.
– Didier…

Il sait que quand elle l'appelle ainsi, par son nom, c'est toujours grave et qu'une crise se prépare : attendrissement ou colère, les deux choses, aussi pénibles l'une que l'autre, étant d'ailleurs souvent liées.

– Didier, vous savez ce qui est arrivé… C'est la guerre avec Mlle Digoin.

Il proteste.

– Je n'y suis pour rien.

– Ce n'est tout de même pas moi qui l'ai giflée.

– Ce n'est pas moi qui lui ai parlé de Mlle Carducci.

– Bref, premier résultat, vous m'avez brouillée avec ma locataire.

– Oh, dit-il, pas pour longtemps. D'ailleurs, c'est plus dangereux pour elle que pour vous.

– Vous savez bien qu'aujourd'hui on ne met plus personne à la porte. Les propriétaires sont entièrement désarmés.

– Ils ont tant d'autres moyens, dit-il. Surtout quand ils habitent la maison.

– Mlle Digoin cherche à s'en aller depuis longtemps. Elle doit aller rejoindre une sœur dans le Gers. Et, naturellement, Mlle Nabot la suivra.

– Je comprends que vous la reteniez, dit-il.

– Bref, quoi que vous en pensiez, Mlle Digoin est sérieusement fâchée, et savez-vous ? elle me rend responsable de tout. Elle a l'intention de poursuivre Betty en justice. Qui plus est, elle menace d'écrire au recteur à votre sujet.

– Oh, dit-il émerveillé, expliquez-moi ça. À qui veut-elle écrire ?…

– Au recteur de l'Université, ou à l'inspecteur d'Académie, je ne sais, elle prétend que vous êtes disqualifié pour enseigner.

– Mais je ne dépends plus des Universités ! dit-il. Je le regrette assez.

– Peu importe. Sa démarche, quelle qu'elle soit, nous attirera des ennuis. En outre, je suis désolée de vous le dire, il se peut que vous receviez de M. le chanoine Fillatte une convocation.

– Une convocation ?

– Je veux dire : une lettre, une invitation à aller le voir.

Ce « M. le chanoine Fillatte » étonnait toujours Didier dans la bouche de Mme Chotard, qui supprimait si volontiers les titres devant les noms de personnes. Ce respect rejoignait évidemment celui que lui inspiraient les propriétaires, telle Mme Beauchamp, et qu'elle s'inspirait à elle-même. Une vénération en entraîne une autre.

— Cette dame ne craint pas de déranger du monde, dit-il. Mais je ne vois pas très bien, même si nous la laissons faire, à quoi ce remue-ménage peut aboutir.

— Vous ne voyez pas ?... Je m'en doutais un peu. C'est ce que je désirais vous expliquer, dit-elle en se passant la main sur le front. Asseyez-vous.

— Je suis assis, dit Didier.

Fallait-il qu'elle fût troublée pour le croire debout alors qu'il était assis sous ses yeux ! Il savait trop bien à quoi s'attendre. Il savait trop bien sur quoi s'appuyaient toutes les démarches, tous les mouvements, intérieurs ou autres, de Fernande Chotard-Lagréou à son égard, et ce qui l'autorisait à lui faire subir ce genre de scènes : l'argent, la propriété. Didier aurait-il été cent fois plus haut qu'il n'était à ses yeux par l'esprit, elle pouvait toujours le chasser comme un valet.

Elle commença à s'agiter, à embrouiller les choses, fuyant désespérément les formules claires, se frottant nerveusement les mains. Comme toujours quand elle s'embarquait dans ses explications, Didier avait cessé de l'écouter. Pour lui tout s'éclairait. Cette question de logement qu'il voyait surgir régulièrement dans sa vie dès que les choses se gâtaient un peu avec les gens, c'était limpide, et il sentait venir le chantage habituel, au point qu'il aurait voulu pouvoir l'aider si, le faisant, il n'avait dû paraître se moquer d'elle. Malgré la peur mortelle qu'il éprouvait à l'idée de retourner à Arditeya, il retrouva tout à coup avec bonheur la décision qui s'était formulée en lui durant le trajet à travers la ville et les prairies pour revenir de la Bibliothèque. Cette décision si dure pour lui le libérait et il n'attendait plus que le moment favorable pour lui faire part de la nouvelle, qui ferait choir d'un seul coup tout son édifice de cruautés.

— Vous comprenez, lui disait-elle, que si M. le chanoine me convoque moi-même (elle aimait ce terme) et qu'il me mette en mesure de choisir, il ne peut être question pour moi de me dérober... J'espère que vous comprenez cela...

Il n'avait pas très bien suivi, mais il avait entendu le mot « choisir ».

– Vous parlez de choisir. De choisir quoi ? dit-il.

– Mais... Entre vous et... et ma réputation... Entre vous et mes activités paroissiales... Tout de même, ma librairie dépend d'eux, je vous l'ai assez dit. Admettez qu'ils me retirent leur clientèle...

– La librairie, je veux bien, dit Didier. Mais le reste ?

– Je vois que vous ne comprenez pas. J'aurais dû vous en prévenir. Excusez-moi de ne pas l'avoir fait. J'avais de grands motifs... Il va de soi, et M. le chanoine me l'a plusieurs fois laissé entendre, que ma cohabitation avec un homme est... pour la paroisse... une cause de trouble...

Elle guettait avec anxiété la réaction : elle n'aurait pas pardonné un sourire, un sarcasme.

– Mais c'est vrai ! dit-il. Que nous étions bêtes ! Figurez-vous que je n'y avais jamais pensé...

– Êtes-vous bien sûr ? dit-elle.

Il baissa les yeux.

– Mon petit, dit-elle avec une douceur affolée, du ton dont on exprime une évidence agréable mais contrariante, il faut avouer que votre présence à mes côtés crée une situation...

Il se leva avec une lenteur impressionnante.

– Fernande, dit-il très calmement, il n'y a pas de raison pour que cette situation dure un jour de plus.

Elle le regarda comme si elle ne pouvait croire ce qu'elle entendait.

– Ne croyez pas... Ce n'est pas ce que j'ai voulu dire... Je...

– Je préfère en outre vous prévenir que si je me rends à la « convocation » de M. le chanoine, je risque de pécher sans le vouloir par excès de franchise...

– Didier... Oui... Que voulez-vous dire ?... Sans doute... J'aurais dû lui dire... Si je le lui demande, je crois qu'il ne vous convoquera pas.

Elle s'agitait, se tordait les mains, à la limite de l'angoisse. Ses yeux semblaient voir autre chose que Didier, quelque chose d'effrayant que les murs recelaient en eux.

Il ne sut ce qui lui inspirait, à lui, la cruauté de dire :

— Mais je désire que vous ne lui demandiez rien ! Qu'il me convoque ! D'ailleurs, même s'il ne me convoque pas, il me semble qu'il ne serait pas mauvais que je lui fasse une visite. N'êtes-vous pas de cet avis ?

— J'aurais dû... Didier, dit-elle d'une voix suppliante, vous m'en voulez ?... Vous devriez comprendre que ce n'est pas facile de vivre avec vous... que ce n'est pas toujours facile non plus de vivre sur un plan élevé... de...

Il devait faire encore grand soleil dehors, les interstices des volets laissaient passer un peu de jour, mais Mme Chotard ne semblait pas s'en préoccuper et, malgré le sujet de leur entretien, paraissait jouir de toute cette machinerie, comme si elle était heureuse de se trouver avec lui dans cette pièce à l'insu de tous. Était-ce pour lui qu'elle avait monté cette mise en scène ?

— Ce matin, à la chapelle, l'abbé Singler nous a parlé de la sainteté. Cela m'a fait mal. Tout ce qu'il nous disait me montrait à quel point je suis éloignée de cet état... Mon père me le disait toujours : Tu vises trop haut...

S'accuser soi-même pour n'être pas accusé, pensait-il, elle connaît donc aussi cette ruse. Combien ne l'avait-il pas déjà entendue proférer de semblables discours jamais suivis d'effets. Elle avait toujours mille choses à vous dire, mais ces choses n'étaient que des phrases.

— C'est magnifique de pouvoir découvrir cela à propos d'un sermon, dit-il d'un air mauvais, toujours debout, les mains dans les poches.

— Et pourquoi ? Dieu s'exprime par la bouche de ses prêtres. Ce n'est pas l'homme qu'il faut voir en eux. Un sermon, c'est encore ce qui me donne le mieux le sentiment de la présence de Dieu.

— ... De la présence de Dieu, ou de la présence de l'homme ? Vous avez besoin de ça, dit-il, d'un homme qui s'agite dans une caisse de bois, ou sur un tréteau. Pour vous Dieu est éloquence. Éloquence, gesticulation, mimique. Et vous nous accusez parce que nous sommes sensuels !

— Il y a une sensualité permise.

— Permise ! Ah, des permissions, des frontières, toujours !... Ainsi en a décidé M. le curé !

— Vous nous rapetissez, dit-elle, parce que vous ne nous comprenez pas. L'Église sait pour nous ce qu'il faut savoir. Elle est notre sagesse. Elle sait ce que nous pouvons permettre au corps, et...

— N'allons-nous pas sortir de là ? s'écria-t-il.

Cette conversation lui déplaisait. Mais, à ce moment, elle regarda vers la fenêtre bouchée et mit un doigt sur ses lèvres pour lui commander le silence : on entendait un pas sur le gravier. Elle se rapprocha de la fenêtre sans bruit, tenta d'entrouvrir un volet pour regarder. Didier n'avait pas besoin de bouger, lui, pour reconnaître le pas qui venait vers la maison. Elle reparut sous la lumière de l'ampoule, la figure bouleversée.

— Paula, dit-elle...

Il était aussi étonné qu'elle et ne pouvait souhaiter sa venue en ce moment.

— Je ne lui ouvre pas, dit-elle rageusement.

Il ne répondit pas : quelque chose lui disait qu'elle n'aurait pas à lui ouvrir.

Elle avait éteint l'électricité d'un geste brutal et ils restaient là, dans la pénombre dorée, sous les rais éclatants qui s'échappaient des volets en vibrant, à écouter l'un et l'autre le même pas, le pas de Paula sur le gravier lumineux de l'après-midi, vif et serré, le pas de la jeune fille de Schumann qui s'avance à travers le jardin. Quand elle entra, ce fut le silence. Fernande et Didier, séparés par la masse noire du lit, se regardaient avec une sorte d'effroi. Il y eut un vague frottement de papier glissé sous une porte, puis le même bruit de pas, un pas calme qui s'éloignait sans hésitation sur le gravier. Le calme de ce pas, à présent, donnait une impression de surnaturel. Ainsi doivent marcher les anges, pensa-t-il. Son imagination conçut en cet instant des actions glorieuses. Il en avait le cœur battant mais il ne pouvait s'empêcher de voir Mme Chotard, le visage meurtri d'une souffrance mauvaise, guettant quelque chose au fond d'elle avec une espèce de terreur.

— Vous voyez bien que c'est impossible, dit-elle.

Il eut le courage de s'approcher d'elle, de poser les yeux sur les siens.

– Oui, je le vois, dit-il.

Il avait mis beaucoup d'amitié dans cette parole. Il fit encore un pas, comme s'il allait venir s'asseoir près d'elle.

– N'approchez pas ! s'écria-t-elle.

Étonnée par son propre cri, elle mit sa tête dans ses mains. Didier resta au milieu de la pièce.

– Je suis folle !... Je suis folle !... Mais dites-le-moi ! Méprisez-moi ! Frappez-moi !

– Je n'ai jamais eu moins qu'en ce moment envie de vous frapper, de vous mépriser, dit-il doucement. Ces choses-là arrivent à tout le monde.

– Mais je ne suis pas, je ne devrais pas être tout le monde. Et j'ai envie de frapper, moi !... Didier, dit-elle en retirant les mains de son visage, il faut que vous le sachiez : Je ne puis souffrir qu'une femme monte cet escalier pour venir vous voir. Chaque bruit de pas dans l'escalier me fait hurler, quand je sens que c'est celui d'une femme qui vient pour vous. Chaque fois que j'entendrai crisser le gravier de cette allée, je me sentirai devenir furieuse, comme maintenant, j'aurai envie de frapper ! J'aurais dû le comprendre plus tôt.

– Personne ne montera plus votre escalier pour venir me voir, dit-il, conciliant.

– Mais Paula n'en existera pas moins !... s'écria-t-elle avec passion.

« Elle existe, se disait-il en lui-même. Elle existe, et la mer existe, et les pins, et les pistes de sable dans les dunes. Et aussi le ciel sans limites !... » Tout cela existait, mais Mme Chotard avait raison, on ne pouvait évoquer ces choses devant elle : toutes ces choses n'existaient pas, ne devaient pas exister là où elle était. La nature, l'univers avaient tort.

– Elle existait avant que je ne vienne chez vous, dit-il.

– Je n'étais pas obligée de le savoir.

– Mais vous la receviez ! Elle était là !

– Je ne la voyais pas, dit-elle. Maintenant je la vois – et sa vue m'offense. Deux filles comme nous ne devraient pas exister à la fois dans le même monde.

– La mer est à dix kilomètres d'ici, dit-il, et nous discutons de l'existence de Paula !

– Je ne comprends pas, dit-elle.

– La mer aussi existait avant que je ne vinsse chez vous. Dans une heure, je ne serai plus ici. Vous ne serez plus obligée de penser que la mer existe.

– La mer n'existe pas. Dieu existe, dit-elle. C'est la seule existence qui soit.

Le volet frémit sous un faible coup de vent. Didier s'approcha de la porte pour sortir. Fernande se leva derrière lui.

– Mais, Didier, vous ne pouvez pas partir ainsi... Je veux dire... Ne vous pressez pas... Vous partirez demain... Demain je suis occupée en ville jusqu'à quatre heures, mais à quatre heures, soyez gentil, nous prendrons le thé ensemble, j'aurai des gâteaux...

Cet enfantillage succédant à tant de tragédie le fit sourire. Mais maintenant qu'il était décidé, il aurait voulu partir au plus vite. Une maison où l'on ne doit pas rester est sans attrait et les murs de celle-ci lui pesaient. Il accepta pourtant, las d'avoir trop parlé, épuisé par cet entretien.

– Vous êtes triste ? demanda-t-elle.

Il eut envie de répondre : Nullement, mais il lui fit une réponse sincère :

– Non, dit-il, je ne sais pas. Je suis troublé. On ne peut sans doute pas être heureux et avoir une maison. Ce serait trop beau.

– Je ne comprends pas comment vous pouvez être heureux, dit-elle, le naturel reprenant vite le dessus.

– Vous n'avez pas besoin de comprendre.

La guerre se rallumait.

– Où irez-vous, Didier ? demanda-t-elle, voulant quand même être rassurée.

– Je ne sais pas.

Il disait la vérité.

– Vous ne retournerez pas chez vous ?

Il haussa les épaules. Il avait remarqué en descendant à la Bibliothèque, derrière l'Hippodrome, une petite maison d'allure champêtre où peut-être on consentirait à lui louer une chambre pour quelques jours. C'était tout son espoir. C'était loin, désert ; personne n'aurait l'idée d'aller le chercher là. Disparaître, telle était son idée ; ne plus avoir de rapports avec les gens des Hauts-Quartiers.

La nuit, il ne dormit pas. Il alla s'asseoir dans le salon, puis revint à sa chambre et, comme il entrait dans le couloir, il retint son pas : il y avait de la lumière sous une porte, qui n'était pas celle de la chambre de Mme Chotard mais d'une petite chambre sans emploi défini, où l'on avait pris l'habitude de ranger le linge. La porte s'ouvre, doucement, avec cet excès de précautions, plus agaçant que le bruit même, que prennent volontiers les personnes bruyantes. Car un moment avant que la porte ne s'ouvre, il a entendu la serrure grincer, puis on a dû faire effort pour soulever la porte, aussi doucement que possible, car on sait que chez Mme Chotard les portes ne s'ouvrent pas, et il faut les soulever si l'on ne veut pas qu'elles traînent sur le parquet qu'elles ont marqué de cercles concentriques. Didier n'a plus le temps de gagner sa chambre ; il retourne sur ses pas et se faufile vers le salon où il pénètre sans allumer, espérant qu'elle n'a pas entendu. Que lui dirait-il ? Tout a été dit. Il n'y a plus rien à rétracter. Ces rendez-vous nocturnes, il les connaît, il n'en a jamais bien compris la signification, mais presque chaque fois que, la nuit, ne pouvant dormir, il sort de sa chambre, il peut entendre, quelque temps après, grincer la porte de Mme Chotard, qui ne manque pas de lui dire en sortant : « Tiens, c'est vous ?... »

À peine se retrouve-t-il dans le petit salon bleu, qui cette nuit est presque bleu de lune, que Mme Chotard apparaît, toujours dans un silence impressionnant. Est-ce l'attrait de cette pièce éclairée par la lune, l'attrait d'une compagnie nocturne, la sensation de jouer avec les choses interdites ? Elle est là, ne sachant quoi dire. Et si elle se croyait seule ? Il ne peut la laisser plus longtemps dans l'ignorance.

– Tiens, c'est vous ?...

Cette fois, c'est lui qui a prononcé les mots fatidiques.

– Ah, je me demandais... Je vous ai entendu tousser, dit-elle maladroitement. J'ai craint que vous ne fussiez souffrant...

C'est si naïf qu'il n'a pas le courage de se moquer. Une telle humilité chez Fernande offre quelque chose d'alarmant.
– Vous ne désirez pas un peu de lumière ? propose-t-il.
– Non. Non. Surtout pas de lumière. Nous sommes... Je suis très bien ainsi. Mes yeux... Sérieusement, vous n'avez besoin de rien ? Vous avez eu tort de sourire quand je vous ai parlé de ce sermon, dit-elle sans transition. La question de la sainteté, du progrès spirituel, vous l'ignorez peut-être, est une question qui me désespère. C'était pourquoi j'étais venue à vous, vous ne l'avez pas compris. J'ai l'intime conviction que je ne fais pas ce que je devrais. Même mon métier, je sais que je le fais mal. Non, Didier, vous n'avez pas su me donner tout à l'heure la réponse qu'il fallait... Vous ne savez jamais me donner la réponse convenable. Vous vous plaisez à m'irriter. Vous ne savez pas consoler.

« Pourquoi » pensait-il, ne m'a-t-elle rien laissé voir de tout ceci ? Comment la croire ? Comment croire qu'une personne qui parle, qui agit comme elle le fait a besoin de consolations ? Fallait-il que je lui tendisse un miroir quand elle a entendu le pas de la jeune fille sur le gravier, et que cela a fait naître en elle un élan de violence ? Faut-il consoler les violences ?... »
– Alors, dit-elle, j'ai été voir Mlle Pincherle. (Cette vieille fille ! pense Didier.) Mlle Pincherle m'a dit la parole que j'attendais. C'est pourquoi je suis revenue toute joyeuse et j'ai eu envie d'être gentille avec vous. Voyez-vous, j'aime beaucoup Mlle Pincherle, parce que... C'est une violente, elle aussi, je veux dire une... Savez-vous ce qu'elle m'a dit : « Eh bien, si nous essayions, nous autres, d'imiter les saint Vincent de Paul ou les saint François avec les tempéraments que nous avons, nous donnerions à rire, ou bien nous irions vers des désastres. » J'ai senti que c'était la clef : les tempéraments que nous avons. Voilà ce qu'il fallait me dire, que c'était une question de tempérament.

Il regardait la lune sur le parquet, une longue coulée blanchâtre où dansaient des ombres :
– Auriez-vous aimé que je vous fisse cette réponse ? dit-il.
– Bien sûr que non, vous m'auriez mise en colère. Vous avez bien fait de ne pas me le dire. Mais ce soir, en me le disant,

Mlle Pincherle m'a apaisée, j'ai tout compris. Vous ne m'apaisez jamais, vous, Didier…

Il est vrai qu'en tout temps il avait manqué de patience avec elle. L'écoutait-il seulement ? À peine plus qu'elle ne l'écoutait. Il pensait à un nid de fourmis qu'il voyait quelquefois à l'entrée du jardin, près des chiffons qui enveloppaient le compteur à eau. Il pensait à la masse des petits hommes que nous sommes, accrochés, avec nos prétentions stupides, à ce globe qui se meut sans savoir pourquoi. Pouvait-il y avoir une rédemption pour ce monde ? Les fourmis vont et viennent, agitées, les unes avec un but, les autres sans, les unes portant leur fardeau et les autres sans rien. Il pensait trop souvent à ce nid de fourmis quand il était en face de Fernande. Il avait envie de se lever, d'écraser ce tas grouillant, cette usine à faire des êtres vivants, fourmis ou hommes – imaginant le grand silence et la grande propreté que ce serait sans nous. Voilà ce que lui inspirait en ce moment la présence de Fernande en train de lui expliquer pourquoi elle était violente et révoltée contre sa nature de femme. Il l'entendait lui parler de son désespoir, ne se doutant de rien : elle était en pleine euphorie, lui parlait d'une voix presque douce, beaucoup plus déplaisante que l'autre.

– C'est pour cela que vous ne devez pas vous indigner, mon petit, disait-elle avec une familiarité qu'il n'appréciait guère. Voyez-vous, je l'ai compris depuis longtemps, ces états-là, chez moi, correspondent toujours à quelque chose de… de… d'organique…

Le sang est là jour et nuit derrière la porte, se disait-il, il bat, il bout, il gronde, il se répand. On l'entend qui bat dans une oreille puis dans la nuque, puis c'est le cœur qui s'ouvre et se referme à grands coups. Quand il était encore enfant, une jeune cousine dont il aimait les grands yeux gris venait souvent voir ses parents ; c'était une jeune personne qui parlait beaucoup et Didier s'ennuyait à l'entendre parler, mais il aimait ses grands yeux gris. Un jour, quand elle s'était levée, on avait vu avec surprise une grande tache de sang sur le fauteuil. Elle avait ri, avait été laver sa robe. Maintenant, il la revoyait repassant sa robe dans la salle de bains, souriante, bavardant gaiement. Sans savoir pourquoi il aurait voulu la consoler, mais elle n'en avait pas besoin, elle trouvait tout cela très simple, et elle riait, comme une fille qui vient de donner une preuve de sa bonne santé. Et il aimait beaucoup qu'elle soit là, dans la salle de bains, en train de repasser sa robe. Et il aimait beaucoup la voir et il réclamait souvent à ses parents la jeune fille qui avait saigné.

– La première fois que cela m'est arrivé, lui disait Mme Chotard, j'ai cru que j'allais devenir folle. J'étais désespérée. Désespérée à seize ans, je le suis encore à quarante ! Je ne peux pas m'y faire, cela me révolte. Chaque fois que cela m'arrive, je perds la foi, et je suis encore plus désespérée. Le sang est une chose qui m'aveugle. Il est vrai qu'à ces moments-là, je voudrais me venger sur tout ce qui m'entoure... sur tout ce qui existe...

Longtemps après l'avoir quittée ce soir-là, il entendit encore les portes qui miaulaient – maintenant qu'elle n'avait plus à le surprendre, au diable les précautions – et ce miaulement rendait plus affreux le silence où étaient plongés la villa et, avec elle, tout le quartier. Le silence de ce quartier était ignoble, comme étaient ignobles son bruit, sa vie, son langage. Didier avait, un peu avant la guerre, séjourné dans un village, au voisinage d'une rivière où, la nuit, des animaux inconnus venaient pomper, aspirer l'eau brusquement, comme avec des suçoirs énormes. Les gens des Hauts-Quartiers aspiraient le silence, le sommeil, de la même façon écœurante. La nuit était cet immense suçoir qui pompait les paroles, les gestes, le sang des hommes. S'endormant après ces heures de lutte, de conversations troubles, il recréait en lui la pureté, l'innocence, le besoin d'un bonheur sans tache. De toutes ses forces il se mit à penser à Paula, à ses yeux, à sa chair, à ses bras, si vivants, si bien dessinés, marqués de petites taches de rouille, enfantines, à son pas sur le gravier, si pur. Il pensait à la nuit qu'il avait passée près d'elle, dans une réserve mystérieuse et chavirée de joie, plus belle que s'ils avaient fait l'amour. Mais faire l'amour avec Paula eût été une chose pure, et écouter Mme Chotard était une chose impure ; et il en serait toujours ainsi, et c'était bien la grande injustice. Injustice que le sang de l'une vous dégoûte et que le sang de l'autre ne vous dégoûte pas, qu'il vous attire.

Sans attendre le matin, il ramassa dans sa valise tout ce qu'il put, tant il avait hâte de partir, tant les murs de Stellamare lui paraissaient soudain chargés d'opprobre.

Réveillé juste à temps pour assister à son départ, il entend sa voix, derrière la porte, lui annoncer qu'elle ne rentrera pas déjeuner, et le supplie encore de ne pas quitter la maison avant quatre heures. Il avait oublié cela.
– Vous y tenez ?
– Je vous le demande.
Il descendit, presque derrière elle, commander une voiture pour l'après-midi, et rentra lentement à Stellamare.
Il y avait dans un coin perdu, derrière la maison, donnant sur le verger, une petite chambre tapissée de vert que personne n'occupait et où l'on déposait le linge, ce qui ne voulait pas dire qu'il y régnât beaucoup d'ordre. Il y entra au début de l'après-midi, apparemment pour y prendre son linge afin de le joindre à son bagage. Il y avait un enchantement dans cette petite pièce. Il ne s'attendait pas à retrouver cette impression qu'il avait goûtée chaque fois qu'il y pénétrait, un envoûtement, une paix dont il ne connaissait pas la source. Il resta un moment à s'interroger sur les mystères de cette maison, de la « maison ennemie », entre les murs un peu déteints de cette petite chambre, tandis qu'au-dehors, subitement, le vent se levait et secouait les arbres. Il remarqua, dans un coin, posés pêle-mêle sur un vieux canapé de velours, un tas d'objets à l'abandon, livres, papiers, photos, soies fanées dont les couleurs optimistes séduisaient encore, tout cela froissé, déchiré, brûlé par le temps. Une sorte de chant s'élevait en sourdine de ce chaos, de cette multitude d'objets en péril. Quelle invitation n'allait-il pas découvrir encore, à renouveler le pacte, à se replier sur l'amour ? Des boîtes un peu cabossées, maltraitées, violentées, laissaient échapper des papiers, des enveloppes ; il y avait là, sûrement, des lettres de lui – les lettres des jours de colère où, refusant de la voir, il lui écrivait... Sur un fauteuil, un mince cahier d'écolier, un cahier bleu sur lequel, de son écriture heurtée, elle avait écrit le mot : *Journal*, et, au-dessous : *Didier*... Le cœur de

Didier se mit à battre plus fort. C'était de cette pièce que, la nuit précédente, partait la lumière. Sans doute avait-elle entrepris, subitement, arrachée à son lit par l'insomnie, de mettre de l'ordre dans ses papiers – dans son passé, avant le départ de Didier. Puis elle avait planté là cette occupation, comme toutes les autres, pour le suivre lorsqu'elle avait entendu son pas dans le couloir. Il avait l'impression de surprendre son cœur ouvert, d'assister à la reconstitution d'un crime, d'un attentat, de découvrir le cadavre d'un être aimé. « Que j'ai été dur avec elle ! » se dit-il comme si elle était morte. Il était pris de remords. Si Fernande avait été là, dans la maison, où si elle était entrée tout à coup, avec ce visage un peu tragique, si rarement détendu, son sourire maladroit de femme passionnée et vindicative, aurait-il pu refuser de la prendre dans ses bras ?...

Dans une rêverie comme celle où il était plongé, un coup de sonnette est un événement redoutable. Didier n'attend personne ; il hésite à ouvrir. Pourtant il va jusqu'à la porte, et là quelque chose l'avertit : c'est Paula.

– J'étais venue hier, dit-elle.
– Je sais.
– Je ne voulais que déposer un mot. Vous l'avez trouvé ?

Moment de surprise. Le temps de penser à Fernande : « Si elle a fait ça !... »

– Mais où l'avez-vous mis ?
– Je l'ai glissé sous la porte. J'ai cru que ça pouvait se faire.
– Mon Dieu, je n'ai pas regardé. Y est-il encore ?

Il veut se précipiter, mais elle a bondi jusqu'au vestibule, elle revient déjà. Pas de papier.

– Ça alors !
– Elle l'aura ramassé, dit-il.
– La garce !
– Oui. Mais il y a encore des chances pour qu'elle ne le lise pas, qu'elle l'oublie dans une poche, ou qu'elle le perde. C'était grave ?

Elle le regarda, souriante, de ses yeux pleins de soleil.

– Ça l'aurait été si je n'étais pas revenue, dit-elle. Mais je me suis un peu doutée de ce qui se passerait et j'ai voulu revenir. Hier, je n'avais pas le temps d'entrer.

Didier lui expliqua que cela valait mieux.

– Oh, je ne donnais aucune précision ! Mais voici ce que je voulais vous dire.

Elle lui prit les doigts, joua avec ses mains, gentiment. Elle lui raconta qu'elle venait de la part de Betty, que Betty était passée à Arditeya, que la maison était en effervescence, qu'il n'était pas question que Didier s'y installât pour le moment. En revanche, elle avait visité une chambre pour lui près de l'Hippodrome et il pouvait s'y rendre dès le soir même si cela lui faisait plaisir.

– Mais... Comment savez-vous ?... dit-il. Et justement près de l'Hippodrome !... C'est là que je voulais aller !

Un sourire – ce sourire clair, décidé, si joliment sculpté.

– J'ai deviné. Disons que nous avons deviné. Il y a comme cela de petites choses qu'une femme devine.

– Et... vous n'avez pas craint de venir ici par deux fois ?

– Pourquoi ? C'est dangereux ! Je serais trop contente !

– Paula !... Vous êtes... Vous êtes...

Cette envie de l'embrasser. Mais pas ici. Elle sourit. Elle a son sac en bandoulière, avec la courroie qui lui sépare les seins sur un petit lainage clair. Elle est absolument sereine. Dans son regard, il peut lire une connaissance tranquille, une appréciation précoce et calme des choses de la vie, une faculté de deviner à peu près sûrement ce qu'elle ne connaît pas encore.

Il s'assied sur le bord du lit, l'invite à s'asseoir près de lui. Elle a un livre dans son sac et ils se mettent à lire, oubliant tout, l'heure, les lieux, les circonstances, penchés l'un sur l'autre, des poèmes de Rilke qu'elle vient d'acheter en sortant de sa leçon.

Un pas reconnaissable entre tous, le long du couloir. La porte s'ouvre ; oui, Fernande Chotard ouvre la porte sur ce tableau : Paula et Didier, assis au bord du lit, devant les valises, lisant tranquillement, comme s'ils transportaient le bonheur avec eux – pis encore : comme s'ils étaient chez eux. Toutes les maisons qu'elle a ne lui ont encore jamais donné droit à une minute pareille. Et Didier, ce vagabond !... Son visage s'est figé ; et elle repart sans un mot, referme brutalement la porte – cette porte qu'on ne peut jamais fermer d'un seul coup et qui geint sur le parquet.

Regard de Paula.

– J'y vais, dit-elle.

– Je ne comprends pas, dit-il. Elle est en avance d'au moins une heure.

– La lettre !... Je vous disais à quelle heure je viendrais... Il faut que j'y aille...

Didier n'a pas le temps de protester, de la retenir. Elle revient presque aussitôt.

– Quelles nouvelles ?

– Elle est affalée dans un fauteuil et prétend que vous deviez être parti avant son retour, que c'était convenu, qu'elle est très surprise, et naturellement qu'elle est encore plus surprise de me voir là... Si vous voulez, Didier, je vais me charger de vos affaires.

– Mon Dieu ! dit-il. Dire qu'il y a une heure je m'attendrissais sur elle !... J'étais prêt... Mais elle ment, je ne suis pas encore habitué à cela.

– N'y pensez plus. Laissez-moi vous aider.

– C'est affreux, dit-il. Elle ne s'en remettra pas. J'ai l'impression de commettre un assassinat.

– On n'assassine jamais assez les propriétaires, dit-elle gaiement.

– Oh, Paula ! dit-il. Elle était tout de même autre chose. Mais votre père va savoir...

– Il sait. Qu'est-ce que je fais de mal ? Je vous aide à déménager.

– Bien sûr, dit-il. Mais je vous en prie... Je vais m'occuper de tout cela. Maintenant j'aime mieux que vous partiez...

– Je reviendrai pour m'occuper de vos bagages.

– Non. J'aurai ce qu'il faut. Il sourit : Vous voulez absolument vous compromettre ?

– Oui. Absolument.

– Donnez-moi l'adresse, dit-il.

Elle tira un papier de son sac. Tout était noté. Aucun détail ne manquait. Il y avait même un plan. Elle lui tendit la main.

– À ce soir ?...
– Comment ? dit-il, effaré.
– Je dis : À ce soir ?... Vous aurez besoin qu'on vous aide, voyons ! Ne jouez pas au costaud !...
Il hésita un instant.
– Non... Pas ce soir... J'ai besoin de réfléchir, de faire le point... Demain, si vous voulez ?...
La main de Paula était restée dans la sienne. Il la baisa avec emportement.

Paula partie, Fernande surgit dans sa chambre.
– Excusez-moi d'être encore ici, lui dit-il. Il paraît que je devais être parti avant quatre heures.
Elle rougit, essaie des sourires, se passe les mains sur les joues, nerveusement.
– Je ne vous avais pas demandé d'inviter Paula, dit-elle. Vous devez pourtant savoir que je ne désire pas la rencontrer ici... tant que vous y êtes...
Didier la regarde. Un mot suffirait pour la convaincre de mensonge : elle avait lu la lettre. Mais la sérénité reçue de la courte visite de Paula constituait un trop grand bienfait pour que Didier n'en fît pas aussitôt bénéficier Fernande. Pourtant, il craignait un éclat. Ne pouvant désormais l'empêcher de partir, elle semblait décidée à le toucher, à l'atteindre d'une manière ou d'une autre. Il regarda désespérément, derrière la fenêtre, la vive lumière qui baignait le monde, le vent qui secouait les arbres, tout ce que Fernande pouvait contempler avec lui, chaque jour, et qu'elle ne voulait pas voir. Tout en tournant dans la chambre, elle s'était mise à parler d'une façon désordonnée, heurtée, commençant des phrases, passant d'une idée à l'autre, comme elle le faisait dans ses moments de grande excitation. À quoi voulait-elle en venir ? Il l'entendit soudain, avec surprise, lui déclarer que cette journée ne lui avait pas donné ce qu'elle en avait attendu ; elle lui offrait, lui demandait, lui commandait presque de rester encore un jour.
Il la remercia posément, cherchant ses mots, s'efforçant d'adoucir son refus.

— J'ai dû prendre des dispositions, dit-il. Avouez que je ne puis refaire mes bagages tous les jours...

Le visage de Fernande se crispa tout à coup ; elle semblait lutter contre elle-même.

— J'oubliais... J'avais pris ceci pour vous le porter. Un papier trouvé sous la porte. J'aurais dû vous le porter ce matin. Je crois que c'est pour vous.

— Vous pouvez le garder, dit-il. J'ai vu Paula.

— Vous m'en voulez ?

Elle avait des larmes dans les yeux.

— Certainement pas, dit-il. Vous agissez sous l'empire d'un sentiment dont je ne connais pas le nom. Il y a longtemps que j'ai cessé de vous considérer comme responsable... C'est pourquoi je pars.

— Pourquoi me parlez-vous de la sorte ? dit-elle affolée, sentant que ce départ devenait irrévocable. Didier ! s'écria-t-elle toute tremblante. Vous ne m'avez jamais... Voulez-vous que je reste auprès de vous, que je vous aide ?

Il la regarda un long moment. Elle était d'une immobilité effrayante.

— Je préfère être seul, dit-il. Je penserai mieux.

— Didier, murmura-t-elle. Embrassez-moi... Vous ne m'avez jamais embrassée...

Elle était près de lui, avec ce corps sauvage, plein de violence ; ce visage un peu fruste mais dévoré par le regard. Il savait que rien n'était plus près de la haine que l'amour et qu'il devait s'attendre à tout de la part de Fernande ; mais ce qui l'étonnait toujours, c'était la rapidité insensée avec laquelle elle passait de la haine à l'amour et inversement.

Il rapprocha sa joue de la sienne ; Fernande tremblait de tout son corps.

— Où allez-vous ? demanda-t-elle aussitôt, avec sa brutalité habituelle.

Il hésita.

— Permettez-moi... dit-il. Je ne le sais pas encore.

— Je vois, vous ne voulez pas me le dire. Mais je le saurai si je le veux.

– Ne vous inquiétez pas de moi, dit-il. C'est un service que je vous demande.

– Oui, pour que vous puissiez faire le mal ! Vous croyez que je vais…

Il était malheureux.

– Je crois qu'il vaut mieux ne pas nous revoir, dit-il. Nous ne nous comprenons pas, vous et moi ; nous ne parlons pas la même langue.

Elle était sortie en courant et Didier, plein de remords, en attendant la voiture qui devait venir chercher ses bagages, voulut écrire à son intention quelques lignes affectueuses, qui répareraient l'effet des derniers mots qu'elle l'avait forcé à prononcer et qu'il laisserait en évidence sur la table afin de lui adoucir le retour. La chose lui prit du temps. Ses affaires étaient bouclées et il avait toujours été difficile de trouver une feuille de papier convenable dans l'appartement de Mme Chotard, qui se flattait de ne jamais écrire. À peine avait-il terminé et placé le poulet bien en vue sur la table du living-room, que Betty se présentait devant lui, affairée. Elle ne se rassura qu'en voyant les valises.

– Ah, dit-elle. J'ai bien cru que tu ne partais encore pas.

– Comment ? Pourquoi ?

– Ne te fâche pas, dit-elle, je viens de rencontrer Mme Chotard…

– Mme Chotard ? Où cela ?

– En réalité elle est chez nous, à Santiago. Elle raconte à qui veut l'entendre qu'elle va être obligée de se séparer de toi, qu'elle ne peut plus te garder, que la vie est devenue impossible. C'est pour ça, j'ai cru que tu te cramponnais…

Didier avait pâli.

– Je ne comprends pas !…

– Elle se fait « un scrupule », dit-elle, d'avoir chez elle un homme qui « vit mal ». Elle a même ajouté : « Toutes les personnes que j'ai consultées sur ce point sont de mon avis. »

– Ça, c'est trop fort !

Didier pensait aux derniers moments passés avec elle, il n'y avait pas une heure, à ces supplications pour le faire rester un jour de plus. « Embrassez-moi... » Mais le temps pressait. Il entendit dans l'allée le coup de freins de la voiture.

— Veux-tu que je t'aide ? proposa Betty.

Elle aussi !... Il lui adressa un sourire reconnaissant et exténué.

— Je te remercie, Betty, lui dit-il. J'espère que tu viendras me voir. Mais, surtout, je veux te demander pardon de tout le mal dont on t'a fait souffrir à cause de moi.

— Si ce n'était pas pour toi, ce serait pour autre chose, dit-elle. Je suis habituée.

— Je t'expliquerai ce que je n'ai pas le temps de t'expliquer maintenant, dit-il. À partir de ce soir, je serai... Tiens, à cette adresse...

— C'est moi qui l'ai donnée à Paula, dit-elle simplement.

Il la regarda, horriblement confus.

— C'est vrai. Elle me l'a dit. Je l'avais oublié, dit-il. Il s'est passé tant de choses. Je n'arrive plus à m'y reconnaître. Et il paraît que ce n'est pas fini !... Tu m'en veux ?...

Elle haussa les épaules, gentiment.

— Je t'accompagne jusqu'en bas.

À peine la porte refermée, il pensa au papier qu'il avait laissé sur la table de Fernande. Le reprendre ?... Ce serait justice. Mais il tourne le dos. Il sort. La justice, comme le reste, est un luxe qu'il faut laisser aux riches.

QUATRIÈME PARTIE

Vue sur l'Hippodrome

Il faut avouer que la maison que lui a dénichée Paula (ou Betty) près de l'Hippodrome – celle-là même qu'il avait remarquée en rentrant l'avant-veille de la Bibliothèque – est singulière, ou alors c'est qu'elle est déplacée, dépaysée et qu'elle serait mieux autre part. « Il faut qu'elles soient bien dégourdies pour avoir trouvé ça », se dit-il. Il était bizarrement frappé de son aspect réservé, ambigu, son côté « loin de tout », clandestin. Ailleurs, cela pourrait être les Charmettes, ailleurs encore, cela pourrait être un bouge. Ici, c'est quelque chose d'intermédiaire et il ne sait ce qui l'emporte, bouge ou Charmettes. Paula ou Betty ? se demande-t-il. Il ne le saura jamais. Inutile d'interroger ces deux filles liguées contre lui pour son bien.

D'ici, l'univers de Mme Chotard est inconcevable. Bouge ou Charmettes, cette maison où il ne risque pas de la rencontrer sera la maison du repos, de la clarté.

A-t-il eu tort d'éloigner Paula ? Il a voulu être seul pour sa première soirée hors de Stellamare, afin de pouvoir se recueillir, de marquer un blanc. Mais le soir qui tombe sur cette chambre de hasard, sur cette chambre de pauvre, c'est déprimant, et Mme de Warens ne lui est apparue au passage que sous l'aspect d'une femme obèse, débonnaire et un peu louche. Il a décidément peine à croire que Paula ait pu venir compromettre ici sa beauté, et Betty sa bonne âme. Pour monter, il a dû traverser le couloir, longer une cuisine dont la porte était ouverte sur la famille entassée, mangeant. « De braves gens », lui a dit Paula. Ce n'est pas très sûr. En tout cas, le spectacle n'était pas très exaltant. Et il admire la naïveté ou la désinvolture de ces deux filles. « Cela m'apprendra à ne pas m'occuper de mes affaires. »

Comme s'il pouvait !... Mais il est reconnaissant à ces bons génies maladroits : le grand pas est fait, Stellamare est derrière lui, il a fini, pour un temps, d'être traité en repris de justice.

Quand même, il s'installe avec défiance. Table de toilette sommaire : « l'eau est sur le palier ». Un vieux lit d'acajou, incroyablement défoncé. Tapisserie agressive à grandes fleurs rouges, mais pas de bondieuserie sur le mur. La fenêtre sauve tout : les longues pelouses rases de l'Hippodrome ; au loin les tribunes blanches ; quelques ormes au bord de la route ; des chants d'oiseaux à prévoir pour le matin. Mais Paula ici !... Non, ce n'est pas possible. Betty, à la rigueur ! Elle en a vu d'autres, elle est capable d'épouser toutes les situations. Mais Paula !...

Chacune de ces exclamations en faveur de Paula le convainc d'injustice et le ramène aussitôt à Betty. La beauté de Paula, mais le courage de Betty. La beauté de Betty, le courage de Paula. L'air décidé de Paula, et l'air autrement décidé de Betty. C'est compliqué ! Ça pourrait devenir amusant !

Il se penche par la fenêtre. La maison s'insère à peu près dans une rangée de maisons plates, secrètes, pâles, dont les façades ont l'air d'avoir été effacées à la gomme, celle-ci plus encore que les autres. Un jardinet l'entoure, avec une grille : cela, c'est le côté Charmettes. Mais Paula ici, non ! Betty ?... Non, non ! Pas davantage !... Il a envie de s'évader.

Tout à coup, il comprend ce qui lui manque : il a dû interrompre son travail depuis deux jours et le voici coupé de lui-même, jeté dans un monde qu'il repousse. Il essaie de se rappeler les dernières notes sur l'essence de la prière chez Péguy, sur la signification exacte de l'humilité chez Kafka, chez Dostoïevsky. Cela l'écrase, il ne se rappelle rien, il a trop travaillé, ou pas assez, tout se confond dans sa tête et tourbillonne, et à qui attribuer les lambeaux de phrases qui viennent, à l'improviste, s'imposer à lui ? « Elle éprouvait un si vif désir de souffrir pour Dieu qu'elle souhaitait subir tout ce qu'ont subi les martyrs, en même temps qu'une humiliation si profonde d'humilité et d'exécration de soi que si ce n'eût été la crainte d'offenser Dieu, elle eût voulu être une femme perdue, abominée de tous... » Être en abomination à tous. Quel mot ! Dostoïevsky ? Sainte Thérèse ? Se souvenir de tout cela, en tout cas, à partir de cette notation foudroyante. Quant à lui, il a cru en vain pouvoir marcher sur les pas de ces grands hommes ; du premier coup, la solitude l'étouffe. Penché à la fenêtre, il regarde bêtement la portée des fils télégraphiques qu'il pourrait presque toucher de la main et qui dessinent devant lui les barreaux d'une cellule. Curieuse entrée en matière pour une vie d'homme libre. « Je ne veux plus de vous !... Je ne veux plus de vous !... » À qui parle-t-il ? Où est Pierre, où Lucien ? Où est l'homme à la motocyclette qui portait les insignes de son ordre sous sa combinaison en plastique de motard ? Celui-là saurait, il *saurait*, il connaît les chemins à prendre, pour sûr ; il serait bon de sauter en croupe et de rouler avec lui à travers la nuit en le tenant à bras le corps, comme un ange. Hélas, quel est ce monde creux, sans os ?... Être chez soi, travailler, sortir, rentrer, aller d'un travail à un autre, se coucher sous un toit : ce sont là des rêves d'un autre temps ! Les autres hommes portent partout leur maison avec eux, c'est ce qui fait leur assurance. Si quelque chose de désagréable leur arrive dans la journée, ils pensent : « Ce soir je serai chez moi, dans ma piaule et on ne pourra plus m'emmerder... » Les autres, oui. « Je suis seul, et ils sont tous. » Il faudrait fuir, rejoindre les autres, tous les autres. Mais comment ? Au bout d'un quart d'heure, la fatigue le ramènera. Là-bas, pourtant, la rivière passe. Il y a des ponts accueillants. Il pourrait aussi essayer d'élire domicile dans les carrières de grès rouge, le long du chemin de halage. Il n'y faudrait qu'un peu de santé. Un peu de santé. Juste ce qu'il n'a pas. Car on peut acquérir tout le reste, mais ça !... La répartition a été faite une fois pour toutes. Il devra porter cela avec lui jusqu'à la fin. Il se sent, subitement, sous le coup d'une injustice éclatante. Choisi, en somme.

Tel est, bien sûr, le genre de pensées où il tombe chaque fois qu'on le prive de son travail. Debout devant la nuit, il se met à penser à Fernande. Fernande qui ne sait pas où il est et qui doit courir le quartier, repentante, de maison en maison, pour le supplier de revenir chez elle. En vain car il ne reviendra pas. Et pourtant, déjà, une bizarre nostalgie le prend de cette maison, de ces scènes continuelles, de ces revirements qui lui détraquaient les nerfs. Pourquoi ? C'était la maison où la haine était possible, et la nostalgie qu'il a de cette maison est une nostalgie de la haine. Il n'avait jamais vraiment détesté jusque-là, jusqu'au jour où il a mis les pieds à Stellamare, et maintenant qu'il a goûté au fruit, cela lui manque. On parle toujours de l'amour, mais le non-amour est un phénomène aussi curieux, quoique répugnant. Mme Chotard lui aura appris cela et elle ne s'est pas aperçue que c'était la seule chose qui les liait. La seule ?... Le fait est que maintenant il a besoin de ça comme de sa drogue. Elle a fait de lui un monstre.

Être éveillé, avec des pensées pareilles, est-ce possible ? Il se couche. Le sommier s'effondre dans un vacarme peu rassurant. Il regarde ces murs avec épouvante. Il lui semble qu'il va mourir, ou qu'on va venir, pour le moins, l'assassiner.

Toute la journée le ciel est resté couvert, il en tombe une pluie cinglante et la maison s'en va à la dérive dans le brouillard, au bord de cet Hippodrome désert qui ressemble à une mer toute verte.

Il essaie de travailler, manie des papiers. Avec cette vie, ce n'est pas demain qu'il pourra lancer sur le marché son *Traité de la Connaissance* et sa *Dialectique de la prière* ! Quels sujets ! Ils vont en baver, ceux qui liront ça ! Vers le soir, quelqu'un monte. C'est l'« aubergiste », la grosse femme que Didier a entendu appeler Maria. Est-il seulement dans une auberge ? Il n'en sait rien. Elle lui annonce qu'elle doit mettre la table pour deux, et dans sa chambre. Soit. Didier ne demande rien. Il se sent bien manœuvré. Laissons faire. Il attend Paula et comme il attend Paula c'est Betty qui arrive avec une gabardine trempée et un maigre baluchon.

– Paula est retenue, dit-elle. Elle m'a chargée...

Bien entendu. Comment protester ? Il regarde cette petite figure encombrée de cheveux que la glace de bazar accrochée au mur déforme comme elle tente un humble effort pour se grimer.

Ils commencent un dîner un peu bizarre. Betty semble avoir avec la femme des signes de connivence, c'est agaçant. Il ne sait quoi de triste s'appesantit sur eux. De nouveau il a envie de fuir. Mais où ? Il commence à ressentir – déjà – la gêne de la claustration, comme un carcan qui ne doit plus le quitter.

– Tu n'as pas l'air de t'amuser, remarque Betty peureusement.

– Je t'avais promis une journée au bord de la mer, dit-il avec un peu d'accablement. Pas ça !

– Une journée au bord de la mer, dit-elle rêveuse. Non... Ça ne pouvait pas arriver...

– Et tu as tout fait pour que ça n'arrive pas. Hein ?... Et tu as trouvé ceci ! Ceci ! Mais qui es-tu ?... Et au nom de quoi ?... Oh, toujours ta fameuse humilité !

Il repousse son assiette, dans un éclat. C'est vrai qu'il est devenu mauvais. Betty le regarde, surprise.

– Avant, tu aimais, tu célébrais l'humilité !... Tu aimais même... *mon* humilité...

– Avant... Avant quoi ? Oh, Betty ! Faut-il que tu fasses toujours des allusions obscures !...

Il sentait qu'elle s'enfonçait, et qu'elle avait envie de s'enfoncer, de lui entendre dire des choses méchantes, pour mieux souffrir. Il expédia sa raie au beurre noir, ses pommes de terre bouillies, sur lesquelles Betty s'attardait comme sur un repas de luxe.

Cela continua ainsi assez longtemps, jusqu'à ce que la femme vînt retirer la table. Ils furent seuls. Une horloge résonna au fond d'un couloir inconnu. Au-dehors, la pluie battait les murs. Betty, qui lisait dans sa pensée, demanda timidement :

– Tu veux que je parte ?

Il haussa les épaules, découragé. Pourtant il jeta un coup d'œil à sa montre. Il était affreusement tard. Quel temps ils avaient mis pour manger cette saleté ! Et cette pluie !...

– Bien sûr que non, dit-il. Mais vois !...

Il lui montra la chambre, d'un geste.

– Je trouve tout cela si beau, dit Betty paisiblement. Tu comprends bien que tout cela est beaucoup mieux pour moi que cette chambre dont tu m'avais parlé, là-bas au milieu des pins. Pourquoi voulais-tu me faire sortir de mon décor, de ma propre vie ? T'ai-je dit que je désirais les richesses, la vie des gens oisifs, que j'enviais quelqu'un ?...

Elle le regarda, triste et timide ; puis elle baissa les yeux, l'air de dire : « Ne va-t-il pas comprendre ? N'a-t-il donc rien compris à moi, ne suis-je que le chemin qu'il a suivi un temps et qu'il va bientôt quitter ? » Didier croyait bien saisir tout cela sur ce front penché ; oui, son esprit s'éclairait, mais il ne comprenait pas tout à fait, il comprenait mal, et c'était plus grave que s'il restait les yeux fermés et l'intelligence occluse. Il se disait, un peu superficiellement, que Betty s'était créé un mythe, qu'elle vivait ce mythe. Il fallait que les choses, les personnages autour d'elle se conformassent à ce mythe. D'où ce M. d'Hem dont elle lui avait parlé, et cette histoire de banque. Et lui aussi, Didier, il fallait qu'à toute force elle le fît entrer dans son mythe, qu'elle l'entraînât au cœur de sa création, de son univers de sacrifice, d'humiliations volontaires et d'agenouillements. Agenouillée à ses pieds, la tête sur ses genoux, les yeux fermés, elle essayait de l'amener à elle par des mots si doux, si *pensés*, qu'il en aurait gémi.

– Ne te raidis pas, Didier, pourquoi ? Pourquoi faire le méchant parce que la vie est méchante ? Tu es humilié ? Révolté ? Eh bien, humilie-toi davantage, mais humilie-toi de bon cœur, et tu n'auras plus de révolte, tu seras en accord avec les choses, non peut-être avec le malheur absolu, mais avec le malheur qui te frappe... Aime ce que tu ne peux pas empêcher, comprends-le, fais-le tien... Et d'ailleurs, est-ce que tu ne trouves pas un peu tout cela dans tes livres ?... Tu lis beaucoup, Didier, tu lis tout le temps, tu prends des notes sur tout, mais qu'est-ce que tu fais de tout ça ? dis, si ce n'est pas pour y trouver la joie ?

La joie ?... A-t-il songé à cela ? A-t-il songé que de tous ces textes qu'il réunit depuis six, sept, huit ans, il y a une attitude de vie à tirer – une joie ? Il y a une heure, à quoi songeait-il ? Qu'il ne pourrait honorer le contrat passé avec son éditeur ; ou, s'il le faisait, que les autres allaient voir un peu !...

Or, derrière les mots très simples, un peu confus, que Betty s'était mise à bafouiller, il y avait tout cela. Sous la fenêtre, sur un kilomètre de distance, sur les étendues vertes et rases, la pluie continuait à tomber, elle tombait depuis des heures, elle résonnait sur le toit, sur la large gouttière toute proche, sur le lit, sur leur sommeil, cela prenait les proportions d'un déluge. Didier s'éveilla. Le vent s'était levé et, par la fenêtre entrouverte, faisait gicler l'eau jusque dans la chambre : il ne se trompait pas, le lit en était éclaboussé. Au-dessus de l'Hippodrome, devenu un lac où de lointaines lueurs se reflètent tristement, des éclairs rayent violemment le ciel noir. Des bruits de torrents les entourent et, par moments, il a la sensation que le lit s'en va à la dérive, comme un débris sur un océan noir. Mais non, le terrain ne glissera pas, le plancher est solide, et chaque mouvement qu'on fait tire de ce lit un gémissement à fendre l'âme. Entraîné dans un trou, le trou où gît Betty, il cherche à s'écarter vers le bord, mais il rebondit sur elle. Il cherche à allumer ; pas de lumière : l'électricité a été coupée, ou alors l'orage a provoqué une panne. Il frotte une allumette, allume une pauvre bougie : il y a tout de même ça à portée de la main. Betty se réveille en souriant. Ce sourire arrête Didier sur la voie des malédictions. Elle s'accroche à lui, il sent ses ongles.

– Tu te réveilles ?
– Oui. Tu vois.
– Tu es déçu ?
– Pourquoi déçu ?
– Tu n'as pas l'air bien... Moi je suis si bien... Oh, Didier, je n'ai jamais été aussi bien, aussi tranquille... Je suis égoïste, n'est-ce pas ? Si je savais que tu es aussi bien que moi, je serais si heureuse...

Elle est menue, si menue, sous une légère chemise, il pourrait l'écraser sans s'en apercevoir, sans qu'elle crie. Il pourrait la prendre et la jeter par la fenêtre, ou la plier et l'installer sur une chaise pour le reste de la nuit. Mais c'est qu'elle le voudrait bien, car il sent les muscles sous la peau, plus vigoureux qu'il ne semble, et ses longues jambes flexibles, et ses petites cuisses bien rondes et bien dures. Elle se met à égrener tout à coup son petit rire.

— Dis ?... Tu ne trouves pas que ce lit est formidable ?...

— En effet, c'est une véritable attraction, dit-il. C'est Luna-Park.

Elle rit, bondit autour de lui, sur lui, l'examine, puis, tout à coup, gravement :

— C'est drôle, dit-elle. Il y a des gens qui ont le visage de leur destin : par exemple moi, papa, tante Mathilde... Tu ne trouves pas ?... Et toi, toi, toi, pas du tout !...

— Que veux-tu dire ?...

— Regarde autour de toi. Regarde : papa, moi, Paula, si tu veux. Il y a une conformité entre les traits et... On devine en les voyant... Paula aussi ; bien sûr, elle n'est pas du même côté que nous, mais... Regarde papa, sa tête, sa démarche, sa façon de parler, d'ouvrir la bouche, sa manière de monter à bicyclette, tiens, rien que ça. Tu sais tout de suite à qui tu as affaire : un malchanceux.

— Pourquoi ? dit-il. C'est vrai qu'il a une drôle de bicyclette, d'une hauteur... Ça doit être suisse, hein ? Il a hérité ça d'un Suisse ?

— Oh, d'un suisse d'église, tout au plus !...

— Bon, mais ce qui me frappe quand je le rencontre là-dessus, c'est sa sérénité au contraire. On dirait qu'il est sur un fauteuil, qu'il préside un comité.

— Oui, un comité de clochards...

— Tu exagères, Betty. Tu pousses tout au noir. Il a l'air au contraire de présider une réunion de gens nobles, de gens très bien. Il a l'air d'être au Paradis, et je vais t'expliquer, tiens : au Paradis, il n'y a pas de différence entre les clochards et les autres.

— Bien sûr. Mais tu n'as pas remarqué qu'il portait souvent des chemises reprisées au col et des pièces à son pantalon ?

— Non, ça ne se voit absolument pas, je t'assure. J'ai surtout remarqué qu'il avait un grand air de dignité.

— Oui. Mais c'est le contraste entre cette dignité et son costume, son allure physique, c'est cela qui est la marque de son destin. C'est quand même l'homme qui était fait pour autre chose, vois-tu. Et tante Mathilde... Elle est vieille avant l'âge, c'est une créature exténuée. Exténuée par un travail au-dessus de ses forces. Tout le monde à la maison vit au-dessus de ses forces. Tu souris parce que tu penses à mon père. Mais mon père se défend : il ne pourrait plus toucher un archet s'il touchait à une bêche. C'est pourquoi il est obligé de laisser les bêches aux autres.

– Naturellement, dit Didier. À tante Mathilde, par exemple.

– C'est pour ça aussi qu'il a toujours l'air d'avoir mauvaise conscience et qu'il a pris le parti de parler toujours dans sa moustache : comme ça, on ne comprend pas ce qu'il dit, et il peut injurier les gens tout bas, et se moquer du monde impunément. Tous, ils sont marqués. Et moi aussi je le suis. Mais toi, Didier, tu ne l'es pas. Personne ne peut se rendre compte en te voyant de ce qu'a été ton existence. Personne ne peut s'imaginer que tu as une vie d'homme traqué. Tu auras beau faire, toi, Didier, tu peux te promener avec des vêtements reprisés, tu n'auras jamais l'air d'un clochard. Il y a quelque chose en toi qui parle en ta faveur. C'est ce que je voulais dire en disant que tu n'as pas le visage de ton destin. Et c'est pour ça, Didier, que tu as pu te mettre si facilement du côté de Paula...

Il était saisi. Il n'avait jamais supposé que Betty avait réfléchi à tout cela, ni si longuement, ni qu'elle eût une si juste appréciation des choses. Mais sa dernière phrase le troublait.

– Qu'est-ce que tu appelles le côté de Paula ? lui demanda-t-il, subitement inquiet.

– Tu sais bien ce que je veux dire. Paula n'est pas du même côté que nous, Didier. Elle est du côté des vainqueurs.

Ce mot de Betty lui fit un choc. Était-ce un reproche ?... Avait-il aperçu, lui, cette vérité, indiscutable dès qu'elle était formulée ?

– Mais je ne suis pas du côté des vainqueurs, Betty !... Ni toi non plus. Mais n'est-ce pas pour cela que tu aimes Paula toi-même, et que tu recherches sa compagnie ?

– Oui. Et toi aussi c'est pour cela, Didier, examine-toi bien. Et c'est pour ça que je comprends tout ce que tu peux éprouver pour elle, c'est pour ça que je t'ai envoyé Paula : pour que tu aies une autre compagnie que celle des vaincus...

Avait-elle pensé tout cela auparavant, comme elle le prétendait, ou bien cette idée lui en venait-elle à cet instant de la nuit ? Il fallait reconnaître qu'il y avait du vrai dans ce qu'elle disait, et une vérité dangereuse, tellement qu'en même temps qu'il était touché dans l'âme par ce qu'elle disait avoir fait pour lui, il sentit plus vivement son affection pour Paula, sa nostalgie de Paula de qui elle venait de lui donner cette définition prestigieuse, et qu'il eut peur soudain de ne plus la revoir.

– Mais toi, Betty, s'il est vrai que tu éprouves toi aussi de l'attrait pour Paula, pourquoi fais-tu toujours alliance avec les vaincus ?

Elle le regarda sans répondre, d'un air égaré, abstrait, comme s'il lui avait posé un piège. La tempête s'apaisait, puis reprenait. L'électricité ne revenait toujours pas et ils gisaient tous deux sous la lueur tremblante de la bougie qui leur permettait juste de se voir. Les mains de Betty sur lui étaient froides mais tentaient encore de le charmer. Il savait maintenant qu'elle ne recherchait pas l'amour pour elle-même. Dans l'amour aussi elle se voulait une vaincue.

Cela faisait qu'il y avait trop de facilité pour lui dans cet amour. Il écouta la pluie avec un sentiment de détresse, de renonciation, dans une perte de lui-même. Betty était-elle consciente de tout cela ? Sans doute s'imaginait-elle, tout au contraire, qu'elle lui apportait, par le don d'elle-même, un bonheur sans échange. Et il était bien vrai qu'il n'y avait pas d'échange. La pluie tombait. Il voulait de toutes ses forces arracher Betty à cette pluie, à cette chambre, à la misère qui était sur eux. Il ne s'apercevait même pas, tandis qu'il jouissait d'elle, qu'il était en train de prier. Au milieu de l'effondrement qu'était l'amour avec Betty, une force, comme tant de fois, cherchait à se dégager – c'était cette prière.

La pluie tombait toujours, la même pluie, une pluie chaude, tenace et collante, qui s'égouttait lentement des ormes, du kaki tout seul dans sa cour avec ses fruits d'or à ses branches nues pendus comme des lanternes, et pourtant quelque chose était changé. Il avait passé sa journée sous cette pluie, à chercher un logement ; toute la journée, l'arrogance des agents de location, des propriétaires petits et gros, l'avait évalué, et jamais il n'avait senti aussi bien de quel faible secours était l'esprit. Pourtant, si peu que lui coûtât cette auberge, elle lui coûtait encore trop et il lui faudrait bien réintégrer un jour où l'autre sa chambre des Hauts-Quartiers, et recommencer sa vie d'homme assiégé. Ses parents étaient au Maroc – ils ne lui écrivaient guère depuis que Mme Chotard leur avait donné de *ses* nouvelles – et passant devant la maison où ils avaient habité, et devant le petit jardin où grandissaient le bananier et le mimosa qu'il avait plantés de sa main, il ne pouvait que fermer les yeux. Il dépensa trois jours d'enquêtes sans grand profit.

Ces recherches l'avaient éloigné de son travail et c'était pour lui un exil. Il avait tâché de s'habituer, pendant ces trois jours, à l'absence de Paula comme à une chose prévue, peut-être méritée. Était-elle venue en son absence ? Elle n'avait, dans ce cas, laissé aucune trace de son passage, et il lui répugnait d'interroger la grosse Maria. Le soir du troisième jour, après avoir arpenté la ville en tous sens, il remonta tristement vers l'Hippodrome, traversa le couloir de la petite maison toujours noyée dans le brouillard, et comme il entrait dans sa chambre, il y trouva Paula, tranquillement installée, qui l'attendait. Elle était neuve, elle était dorée, fruitée, il l'adora un instant en silence avant de lui parler. Il savait que son premier mot allait être pour l'écarter.

– Pas ici, Paula ! murmura-t-il d'une voix passionnée. Cette chambre n'est pas pour vous ! Et d'ailleurs...

Il avait la gorge serrée, les mots ne passaient pas.

– Vous n'êtes pas content de me voir ?...

Elle était assise sur le coin du vieux lit d'acajou, un livre d'anglais à la main, qu'elle était en train d'annoter quand il était entré, son sac beige à ses pieds, entre les sinuosités de la courroie. Elle répéta sa question, avec le même sourire. Il ne l'entendit pas, tellement il avait peur. Il la regardait, il ne pouvait pas faire autre chose. Elle était molle, souple ; elle était ferme, dure ; elle était accueillante et pleine de force ; son front sous ses boucles avait la courbe des fronts heureux ; elle avait la peau brune, les seins ronds, elle avait tout ce qu'il y a d'intraduisible et de fascinant dans la jeunesse. Elle était pure. Et, par-dessus tout, oui – cet air victorieux que...

– Content ? dit-il enfin. Non : heureux ! Mais c'est impossible... Nous ne pouvons pas... Je ne veux pas vous voir ici... Je vous en prie, Paula...

Il était fasciné mais restait loin d'elle. Ses paroles n'étaient pas très claires et ne pouvaient l'être davantage. Mais il savait ce qu'il voulait dire. Et elle devait bien le savoir aussi.

– Pourquoi pas ici ? Qu'est-ce que vous avez contre cette chambre ? demanda-t-elle.

Elle promenait tout autour d'elle le regard de ses yeux limpides.

Il la contempla sans pouvoir répondre. Elle sourit. Puis cette voix douce :

– Vous avez reçu Betty, et vous ne pouvez pas me recevoir.

– Justement parce que... J'allais vous le dire ! Mais comment savez-vous ?

– Je le sais... Je sais tout.

– Ah, dit-il. Vous vous dites tout !... Mais quand l'avez-vous vue ?

– Je l'ai rencontrée. Elle m'a accompagnée presque jusqu'ici.

Paula était près de lui, c'était elle qui parlait et il n'y avait aucun trouble dans ses yeux rieurs, mais il se disait que parfois les yeux mentent. Il commença coup sur coup plusieurs phrases.

– Je ne sais pas si... Je ne veux pourtant pas... Non Paula, non ! s'écria-t-il. Cet endroit n'est pas pour vous...

– Oh, fit-elle comme s'il lui avait tenu un propos choquant, pourquoi pas pour moi ?

Il avait bien envie de la prendre dans ses bras, ce ne pouvait être mal, mais il voulait rester libre de le faire ; et il ne fallait pas que cet amour-là fût un engloutissement, une angoisse, même s'il devait dominer cette angoisse et triompher de cet engloutissement. Il ne voulait pas mourir, même pour un instant. Il voulait s'élever dans le rayonnement de Paula.

– Vous ne croyez pas qu'à nous deux, nous pouvons triompher de cet endroit ? dit-elle avec douceur. Et même d'endroits pires que celui-ci – des plus mauvais endroits du monde ?... D'ailleurs, vous exagérez, Didier. D'où nous sommes, on ne voit que du ciel, et il y a même un kaki dans la cour...

– Mettons que j'aie mes raisons...

– Mais lesquelles ?

– Vraiment, dit-il, vous êtes terrible !...

Lesquelles ? Aurait-il pu le dire ? Ces raisons, il ne les connaissait lui-même que depuis un moment, depuis qu'il parlait à Paula, ou plutôt depuis qu'il avait ouvert la porte, qu'il l'avait vue assise, les jambes pendantes, sur le coin du lit. Il avait su alors, tout à coup, que Paula lui apportait sur l'amour une connaissance nouvelle, effrayante, que n'avait pu lui donner Betty. Il savait, depuis l'instant où il avait trouvé Paula assise sur le lit, souriante, à sa disposition, que l'amour n'est qu'un égoïsme forcené, et que cet égoïsme est une force à laquelle aucune n'est comparable, et qu'il est merveilleux de se sentir porté par cette force, soulevé et conduit comme un fétu, et que cette force qui nous porte et dont en même temps nous sommes porteurs, allait recouvrir Paula comme la mer recouvre un noyé, de sorte qu'il avait cette fois de l'angoisse non pour lui mais pour Paula. En disant non, il voulait seulement la sauver.

La porte s'ouvrit, la vieille arriva, comme l'autre fois, et avec des gestes prestes, expéditifs, dressa la table.

– Excusez-moi, dit-il quand elle se fut retirée. Cette femme semble agir comme un automate, est-ce de la magie ou ?...

– Ah, c'est vrai, je me suis permis de donner des ordres, dit-elle. Vous êtes fâché ?...

– Non, dit-il. Mais vous ne manquez pas d'audace. Est-ce que ça n'aurait pas été plus agréable d'aller dîner ailleurs ?

– Il aurait fallu aller trop loin, dit-elle. Le restaurant le plus proche est de l'autre côté de l'Hippodrome ; il est tenu par des réfugiés espagnols. Mais vous auriez encore trouvé que ce n'était pas assez convenable. On y mange sur des tabourets. La femme que vous venez de voir est espagnole aussi, ils sont un peu parents, ce coin est bourré d'Espagnols, c'est presque un quartier espagnol, c'est sympathique, n'est-ce pas ?

Elle disait cela avec son sourire clair, amusé, ayant conscience de le surprendre.

– Je dirais plutôt que c'est un peu triste, vous ne croyez pas ? dit-il assez gêné. Mais je vois que vous connaissez la ville beaucoup mieux que moi, ajouta-t-il.

Elle avait retiré, par jeu, le bracelet qu'elle avait au poignet, et posé son bras nu sur la table. Son buste était enveloppé d'un petit corsage de couleur gris perle, montant, entourant son cou, un lainage léger, vallonné, qui animait le gracieux mouvement de ses seins. Elle s'habillait avec une sûreté assez rare, évitant les décolletés, toujours pourvue de pulls qui la couvraient chastement jusqu'à la base du cou. Il y avait dans cette austérité un soin, une attention excessive, quelque chose de presque provocant.

Didier souleva le bracelet, distraitement, le mania, et soudain fixa ses yeux sur lui.

– Oh, fit-il. De l'or ?

Elle sourit, avec un léger mouvement des cils, et remit son bracelet qu'elle recouvrit de sa manche. Didier n'y songea plus.

Pourquoi le dîner avait-il été si triste avec Betty, et fut-il si gai avec Paula ? Pourtant la pluie tombait toujours et ses rafales balayaient pareillement les vitres chétives derrière lesquelles ils ne pouvaient rien voir, comme s'ils eussent été en plein océan.

Seuls en émergeaient les branches terminales du kaki, entièrement privées de feuilles mais montrant encore sous la tempête quelques-uns de leurs fruits dorés, voluptueux, à la saveur rêche et pelucheuse.

La fin du repas les rendit plus graves. La vieille était venue retirer la table avec un bonsoir engageant, et tout semblait avoir été réglé comme pour un ballet.

– Voilà, dit-il hâtivement à Paula, maintenant il faut que vous partiez.

Elle rit, de sa belle bouche rouge, de ses dents éclatantes.

– Vous voulez m'envoyez dehors par ce temps-là ?...

Didier prit un air sérieux.

– Vous pouvez rester ici, dit-il, mais c'est moi qui partirai. Le mauvais temps ne me fait pas peur. Je ne veux pas rester ici avec vous, dit-il énergiquement, vous le savez. Pour vous, Paula, je rêve de tout autre chose... ajouta-t-il avec un peu de honte, sous-entendant un peu lâchement la pensée : « Betty me pardonnera cette parole. »

Paula lui prit la main.

– Ce n'était pas pour moi que vous aviez rêvé d'autre chose, Didier, souvenez-vous.

– Bien. Mais vous ne pouvez m'empêcher de rêver d'autre chose pour vous.

Pressant tendrement sa main, elle le regarda comme s'il était un enfant incorrigible.

– Les lieux n'ont pas l'importance que vous leur donnez, Didier, lui dit-elle avec le plus lumineux sourire.

Il eut l'impression que cette phrase le délivrait. Il n'eut plus la force de lutter.

Paula respira profondément. Ce fut comme si des vagues venaient battre leurs pieds. Sa tête était tombée, avec tout son poids de clarté, sur la poitrine de Didier qu'elle embrassait, et ses mains le pressaient avec une tendresse désordonnée, émouvante. Ils se retrouvaient à l'extrême pointe des caps, ils connaissaient l'âpreté du vent, la saveur de la mer, ils étaient possesseurs d'une force neuve. Ils pouvaient rester l'un avec l'autre dans le pays entièrement nu et dur, le pays sans appel qui avait surgi à sa voix, contraire à tout ce qu'annonçaient la douceur, les ornements de son corps. N'avait-il pas pensé naguère, quand il l'avait aperçue pour la première fois dans le salon bleu de Stellamare – dont le nom rendait ici un son si étrange et si déplacé, si inconsistant aussi – quand elle venait s'asseoir, toute tranquille, dans les fauteuils de peluche, avec sa chevelure parée, entre ses sœurs aux yeux si pareils, que sous cette abondance, cette richesse d'aspect (le mot «luxe» lui venait aux lèvres chaque fois qu'il évoquait Paula, alors même qu'elle était dénuée de tout faste) – n'avait-il pas pensé alors que sous le luxe réel de sa personne se dissimulait le mépris des biens, mais aussi une ferveur qui ne se laissait pas approcher et à laquelle elle évitait soigneusement toute allusion ? Dans le pays qu'ils avaient à traverser maintenant, ils seraient seuls, et tant de paysages auxquels Didier avait pensé sans espoir, ces rochers avancés, ces sentiers perdus, ces plaines sans ombre, seraient leur unique bien. Sans doute il y avait ce bracelet qui venait démentir partiellement l'idée trop simple qu'il s'était faite. Mais n'était-ce pas mieux ainsi ? Il était clair qu'elle méprisait les bijoux, mais qu'elle ne voulait pas tomber dans la vulgarité d'afficher ce mépris, et qu'elle ne portait ces choses-là que pour se déguiser, ou pour favoriser une rapide identification de la part des sots.

– Je vais vous dire... dit-elle. J'ai un plan. Je disparais avec vous. J'ai dit que je prenais un congé. Je m'installe ici. Je ne repars plus. Pas avant trois jours. C'est beau d'être luthier, mais la maison m'étouffe. Il y a trop de feuillages partout, d'étagères pleines de plantes, de rideaux de bambous, on ne voit plus clair chez nous en dehors de la pièce où mon père travaille ; et quant à mes sœurs... Vous comprenez ? J'ai besoin de m'en aller une fois, de quitter la maison – d'être à moi...

– D'être à vous ?... dit-il.

La tête de Paula s'abattit contre sa poitrine. Il se demandait si elle parlait sérieusement. Paula lui disant cela, c'était trop beau. Les terreurs d'une timidité ancestrale revenaient en lui, il ne savait quelles préventions de jeune homme contre l'amour, contre les femmes. Il craignait pour sa lucidité, sa liberté même, qu'il préférait peut-être à tout. Lui qui s'était cru voué à la recherche spirituelle, il commençait, lui semblait-il, à jouer le rôle ridicule de l'homme couvert de femmes, et il rêvait candidement, passant des bras de Paula à ceux de Betty, à peine échappé aux serres de Fernande, de s'évader, de reconquérir une liberté perdue. À vrai dire, avec Paula prenait jour aussi une autre peur : il aurait voulu être sûr qu'elle se souvenait de la mise en garde qu'il lui avait adressée la première fois : sa prévention contre le mariage. Mais en tout cela c'était surtout pour elle qu'il avait peur, car, pour lui, il se sentait capable de l'aimer longtemps – toujours. Et, au fond, la tentation de s'emparer de ce merveilleux otage était grande : c'était faire brèche dans « leur » orgueil, « leur » ordre, « leur » morale...

– Nous allons nous désigner à la réprobation, dit-il.

– Justement. J'ai réfléchi à cela. Je ne suis pas une enfant, Didier, quoique... Elle changea de ton, le regarda gravement : Tu ne diras rien à personne. J'y tiens... Elle ferma les yeux contre lui : Je suis très imprudente, dit-elle, c'est vrai. Plus que... Mais c'est si bon !

Il lui releva la tête, empoignant doucement ses cheveux.

– Avec ou sans secret, dit-il, je ne crois pas pouvoir accepter.

Il aurait fallu plus de dureté encore, mais il avait à peu près épuisé sa réserve. Le jour tombait. C'était une belle, une très belle histoire. Devant la fenêtre, la pluie continuait à cingler les branches du kaki et le ciel était presque entièrement noyé.

– Paula, dit-il. Paula.

Il tournait sur lui-même comme une roue. Paula était le pivot de cette roue. « C'est un rêve, se dit-il. Cela va cesser. » Il sentait les lèvres de Paula partout, sur ses joues, sur sa poitrine, sur les paumes de ses mains. Il ne la voyait plus. Ils avaient disparu, fondus au feu. Il n'osait la toucher et il cherchait la faille où s'enfoncer, afin de disparaître avec elle, ou que plus rien ne subsistât hors d'eux. Elle eut un léger mouvement de recul.

– Didier, supplia-t-elle dans un murmure. Oh, Didier !...

Il était trop tard. Encore une fois le monde s'effritait, se vidait sous l'effet d'un rythme destructeur, à la crête, dans le creux d'une onde émise depuis toujours, que des générations de musiciens, d'artistes, de paysans, d'ouvriers avaient travaillé à parfaire, à la merci d'un raz-de-marée qui, cette fois, roulait pêle-mêle les triomphateurs et les vaincus. L'arbre était plongé en elle, et elle en lui, il dut couvrir sa bouche avec la sienne pour l'empêcher de crier. Il se heurta à ses dents. Il les savait petites, bien alignées, brillantes. Ses dents, puis ses lèvres. Leurs lèvres. La chaleur l'engourdit tout à coup. Jacob et l'Ange. Ils reposaient ensemble, dans la moiteur de l'été, sur la terre couverte de moissons. Paula et lui. « Es-tu bien ?... » Il ne distinguait plus rien, ne savait plus où il était, dans quelle ville, sur quelle terre il allait rouvrir les yeux. Il lui semblait que partout allait l'accompagner cette mort – cette morte. Betty. Betty et lui. Tous les contraires. Le monde, le néant et lui. N'importe qui gisait là. La femme. Subsistait une mince lueur de conscience. Seule restait cette infime lueur. Partout ailleurs, la nuit. Il ne pouvait décidément pas éloigner cela, cette conscience catastrophique de l'amour. Même Paula... C'est pour cela que les vrais amants préfèrent la nuit. Elle est leur ombre. Ils s'y retrouvent. Elle est l'égale d'« aucun », de « personne ». La fin de l'amour, c'est cela, pense Didier en se réveillant sur cette épaule toute neuve : *faire de quelqu'un personne*. Le replonger dans l'espèce, dans les nébuleuses. Cette pensée l'exaltait et en même temps lui donnait froid. Il réveilla Paula pour la reprendre. Et ainsi de suite. Pendant ce temps-là, il ne pensait pas à ses problèmes de logement.

Ce fut encore elle qui prit les devants.

Après trois jours de cette vie : « Maintenant, dit-elle, Didier, puisque vous ne pouvez faire votre vie avec moi, nous nous en tiendrons là et nous allons devenir de très bons amis. »

Cette fois, il eut un haut-le-corps.

Tant de clarté d'esprit, de courage chez une jeune fille, l'étonnait. Il ne pensa jamais, cependant, que cela eût pu être une manœuvre.

Il n'y eut par la suite qu'une exception à cette règle. On verra laquelle. Il se demandait si elle avait fait des promesses à Betty. Elles en étaient capables. Il ne trouvait pas cela romanesque.

Il aimait fort Paula, il était encore si naïf et si exalté que cette conduite lui parut sage, et d'autant plus sage qu'il l'aimait. Cette discipline lui convenait. Il savait qu'il n'y a pas de vie sans discipline, et ceci était exactement ce qu'il avait attendu de Paula. Cette décision contribua à les élever énormément tous deux.

Aux yeux des autres, le mal était fait, il continuait, progressait, on fit l'honneur à Didier de le considérer comme l'amant de Paula, comme on fit le plaisir à Paula de la considérer comme sa maîtresse ; car elle continuait à le voir, et leur apparition à deux ensemble faisait scandale dans le Quartier.

Quand il disait à Paula qu'elle devrait cesser de le voir, parce qu'elle allait perdre ses leçons, elle lui répondait que cela lui était égal, parce qu'elle avait l'intention de quitter la ville, que c'était ce qu'elle cherchait, qu'elle avait quelque chose en vue à Paris. Il n'aimait pas beaucoup qu'elle pût envisager froidement de quitter la ville, mais il trouvait sa fermeté belle, et il en était ému dans l'âme.

Ainsi, en dehors de Mme Chotard, Didier ne trouvait partout que de la vertu.

Cette expérience, avec sa fin brusque, les éclairait l'un et l'autre sur eux-mêmes ; elle était une richesse. Ils étaient fiers de n'avoir pas reculé devant une chose difficile, dangereuse, devant laquelle capitulent tant d'êtres faibles.

Ils pouvaient s'interroger avec franchise et avec plus d'exactitude sur la nature de l'amour. Didier se croyait un peu plus avancé qu'elle, peut-être, dans cette réflexion ; mais à peine. Tel était le service qu'il lui rendait, de la mettre à son niveau dans l'ordre de la connaissance.

Ainsi avaient-ils retranché l'égoïsme de leurs relations. Ils reconnaissaient le témoin.

Il disait à Paula que l'amour c'est l'égoïsme, et que l'amour physique représente nécessairement le plus grand assaut de *l'ego* contre *l'autre*, une tentative pour le couvrir, le *sacrifier*, quelquefois l'annexer, et cela jusqu'au point où l'on trouve un égal oubli de l'autre et de soi-même, dans les secondes de la suprême annexion. Mais il lui disait aussi que cet égoïsme avait une chance, qui était de rencontrer un égoïsme égal, car le piège était pour les deux, et chacun était un piège pour l'autre. Là-dessus, d'ailleurs, Paula n'était pas entièrement de son opinion et distinguait – sa réflexion ayant fait de rapides progrès –, dans l'amour physique même, un amour masculin et un amour féminin, lequel trouverait à se satisfaire dans la soumission. Tout en admettant que les choses n'étaient pas parfaitement tranchées. Car on n'a pas besoin de faire toutes les expériences : on n'a même pas besoin d'expériences, disait-elle, quand on a des intuitions. Mais il faut un peu d'expériences, lui disait-il, pour avoir des intuitions justes.

Il lui disait aussi que l'amour procure tant de malheurs qu'il ne peut jamais être longtemps coupable. Mais que le plus grand malheur était assurément de vouloir les éviter tous.

De telles réflexions entre eux, après ce qu'ils avaient connu ensemble et qu'ils pouvaient connaître encore s'ils le voulaient, étaient saines.

CINQUIÈME PARTIE

Rosa la rose

Ces journées de bienheureuse folie n'avaient nullement amené Didier, on s'en doute, à découvrir un appartement. Il revint à Arditeya comme un chasseur qui rentre bredouille, la besace aussi plate qu'au départ, ou davantage. Le souvenir de ces journées, de ces nuits extraordinaires dans ce pavillon perdu, situé en marge de la ville, aurait dû l'aider saris doute, mais il le troublait et le déconcertait comme une scène de magie, comme un événement placé en dehors des lois courantes, éclatant et rapide. Les conditions qui lui étaient de nouveau imposées formaient avec cet épisode un contraste si fort qu'il en éprouva, les premiers jours, une sorte d'hébétude. Il tomba dans une espèce d'inconscience.

Cependant, Paula ne trouva bientôt plus suffisante la discipline de séparation qu'ils étaient convenus d'observer. Elle décida que cette discipline était trop dure pour elle et qu'il lui fallait un voyage, une distance réelle pour pouvoir la supporter. Ce voyage avait un autre objet, mais il restait obscur pour Didier, ou du moins abstrait. Elle accompagnait comme *interprète* un personnage dont Didier ne comprit pas bien s'il était politicien ou homme d'affaires ; plutôt homme d'affaires. À Didier qui lui conseillait la prudence, elle affirma que cette corvée était fort désagréable pour elle, mais comportait de sérieuses chances d'avenir.

– Voulez-vous dire que vous allez repartir encore, quand vous serez rentrée ?

– Oui. Et peut-être pour plus longtemps. Didier, je suis une femme, j'ai ma vie à faire. Mais, si je réussis, vous me rejoindrez – ne seriez-vous pas heureux de quitter Irube ?

Fallait-il la croire ? Paula lui sembla, à cet instant, se présenter à lui sous un jour nouveau. Merveilleuse et séduisante plus que jamais dans son grand manteau de drap rouge et grenu, mais il n'était pas question de l'aimer comme un imbécile, c'était clair. Il savait très bien ce que vaut Paris pour une jeune fille, mais Paula était une fille résolue et il se serait bien gardé de le lui dire. Le baiser qu'elle lui donna lui garantissait son retour.

Didier ne serait pas celui que nous supposons si sa tristesse, en cette occasion, n'avait été à son comble. Mais il y était préparé et ce genre d'épreuves le trouvait fort. Bien plus, il approuvait le départ de Paula. Il savait bien que les Hauts-Quartiers n'étaient pas le monde – n'étaient surtout pas un monde pour elle – que la ville même était pour elle, avec son légitime besoin d'activité, un enlisement. Il y avait une contrariété qu'il acceptait moins bien. Il avait pu travailler par échappées durant son séjour à Stellamare, mais encore insuffisamment, et ce fameux *traité*, devenu *lexique*, puis redevenu *traité* sous la protection de Fernande Chotard, cet ouvrage pour lequel il avait rassemblé tant de documents, restait à peu près entièrement à écrire. L'été s'était achevé et l'automne sévissait sur les jardins, mais dans ce jardin transformé, au sol couvert de feuilles, dans ce désordre que présente la végétation en novembre, il retrouvait le Colonel et Katia, Katia et le Colonel, comme si Mme Chotard n'avait jamais existé, ni Paula, ni la chambre au bord de la mer. Seule Betty faisait corps avec cette maison, avec sa torture quotidienne, mais elle aussi devait avoir ses difficultés, car elle n'était pas revenue le voir, et il la soupçonnait d'entretenir une obscure souffrance. Il hésitait, dans ces conditions, à lui faire signe, ou à aller la voir le premier, tout en étant surpris de cette discrétion : il lui semblait qu'elle ne pouvait ignorer son retour. Il lui resta, dans ces premières journées, de pouvoir penser à Paula. Et sans doute les souvenirs nous nourrissent, mais ils s'épuisent, ou l'on en meurt. Il ne savait pas les garder comme autrefois, indéfiniment et il était devenu un dévorateur de souvenirs, de présences. Et, avec tout cela, la maison de Fernande Chotard était si proche, son voisinage si actif encore et si menaçant, que son ombre, comme celle du Jardinier, ne cessait de se projeter sur le jardin du Colonel, maintenant ravagé et troué de cratères par les soins des poules de Katia. Ces présences-là du moins savaient se faire respecter.

En effet, l'absence de Didier semblait avoir été mise à profit par ce petit monde pour se transformer, comme il suffit de quelques jours pour qu'un arbre perde ses feuilles ou que la pourriture s'installe sur un fruit. Les poules, autrefois réduites aux limites du poulailler, s'étaient multipliées dans des proportions monstrueuses et avaient maintenant congé de se répandre dans toutes les parties du jardin. La passion, la manie de Katia s'était exaltée à un point surprenant, presque délirant. Avait-elle pris de l'empire sur le vieillard au point de négliger ses avis, ses désirs ? Didier l'avait jusque-là supposée attachée à lui, à sa cause, à sa personne. Il la voyait maintenant triomphant de lui, et parfois même il croyait lire dans ses yeux une sorte de haine, d'attente mauvaise, et comme une impatience meurtrière. Avait-il eu l'imprudence de lui donner des droits sur lui, sur ses biens, de l'intéresser à sa mort ? Le bruit courait dans le quartier – toujours par les soins de la Laitière – qu'il s'était assuré ses services moyennant « certaines garanties ». Quoi qu'il en fût, Didier estimait que seul le mépris ou la haine avaient pu la pousser à faire de son troupeau primitif une espèce d'armée d'invasion qui, après avoir pris possession du jardin et en avoir fait un désert, se pressait maintenant à toutes les portes de la villa. On ne cessait plus une minute d'entendre leurs coassements menaçants ou égrillards, leurs plaintes rauques, leurs accès de toux prolongés, et ce cri sans cesse répété qui ressemble à une expectoration. Didier se rappelait avec quel soin le Colonel avait sélectionné ses graines pour ses parterres. Il l'avait vu bêchant, disposant ensuite des tuteurs pour ses pivoines, fixant les tiges naissantes des dahlias, éclairant tel coin du jardin d'un massif de sauges, disposant une touffe de soucis au bout d'une allée, élaguant les trompettes de Jéricho qui mettaient en péril sa gloriette. Les poules, profitant d'une période d'inaction du Colonel qui avait dû s'aliter, s'étaient emparées de tout, avaient creusé la terre tendre des massifs, saccagé ce que l'automne avait respecté des plantations ; si quelques tiges sortaient encore, elles les coupaient, les rongeaient jusqu'à la base, et le vent, toujours vif dans ce pays, les ouragans, les orages se hâtaient de faire le reste. Seul subsistait un araucaria aux feuilles cassées, couvertes de boue ; et prospérait un indéracinable aucuba triste et touffu, un peu sournois, avec ses boules rouges et ses feuilles luisantes et tachetées de jaune. Enfin, quelques pousses chétives de géraniums exprimaient encore çà et là l'amour ingénu du traîneur de sabre pour les fleurs. Maintenant Katia étendait son linge au-dessus des pelouses et le piétinement de ses sabots dans l'herbe se marquait par de larges flétrissures.

Où donc était le temps où, pour une feuille de salade tombée, le Colonel rappelait Didier aux règles de l'hygiène par des messages glissés sous sa porte ?... Aujourd'hui les marches des escaliers étaient parsemées d'immondices, et la crotte blanchissait au soleil sur la pierre du perron.

Si le Colonel n'avait plus de pouvoir sur les pelouses ni sur les parterres, du moins en conservait-il sur les allées. Aussi avait-il fait venir de nouvelles charges de graviers, qu'il avait judicieusement répandues partout et que sans cesse, avec ses instruments de jardin, il rassemblait en petits tas égaux, pour les répartir de nouveau, afin qu'il n'y en eût pas deux l'un sur l'autre. De sorte que si par hasard les poules se taisaient un moment, il fallait entendre les raclements produits par la herse du Colonel. Ce heurt du métal contre le gravier perforait le tympan du travailleur en chambre et retentissait dans sa tête, détruisait ses dispositions au travail en même temps que son inclination au pardon.

« On peut, lisait Didier dans ses Carnets, condamner sans condition toute paix définitive de l'homme avec le royaume de la mort que la multiplication de la chair soutient et perpétue... Que celui qui peut comprendre comprenne... » Cela avait été écrit par le philosophe Vladimir Serguiéiévitch Soloviev, dans la *Justification du Bien*. Mais l'univers entier n'est que le royaume de la mort. « En nous efforçant de vivre nous mourons ; en nous efforçant de connaître la vie, nous connaissons la mort... Notre vie, ajoute le prophète, n'est pas seulement un mensonge, elle est un mal. En désirant vivre, non seulement nous mourons nous-mêmes, mais encore nous faisons mourir les autres. Nous sommes impuissants à nous conserver la vie, mais nous avons le pouvoir de détruire l'existence des autres, et nous la détruisons en torturant d'autres êtres... Pourtant notre vie n'est pas assurée pour autant ; et elle disparaîtra quel que soit le nombre des êtres que nous aurons sacrifiés à notre salut. Ainsi le soin de notre conservation matérielle nous pousse à la fin au meurtre inutile... »

L'homme qui avait écrit ces lignes avait dû vivre à une profondeur peu commune, et Didier sentait la pénétrante vérité de ce langage. Il se précipita chez les Mousserolles, où Betty avait sa chambre, avec une confuse envie de se précipiter à ses genoux. Mais il se heurta, sur le seuil, à la propriétaire dévote et arrogante qui lui dit que Betty n'était pas là et l'empêcha de monter. Il courut à Santiago, puis se rappela, en apercevant de loin la grille du jardin, les propos affreux tenus aux Mondeville par Fernande. Il ralentit le pas et, comme il hésitait avant de faire demi-tour, il vit M. Mondeville, la tête nue, les cheveux au vent, qui descendait l'allée, sa bicyclette antique à la main, la caisse de son violoncelle maintenue sur le siège. Didier s'arrêta, assez incertain, sous le chêne qui marquait l'entrée, et attendit que le vieux Mondeville, le chef de la tribu Mondeville, fût arrivé à sa hauteur, se demandant si, avec sa boîte à violoncelle, ses cheveux flottants, sa moustache tombante et sa lavallière noire, il se rendait à une cérémonie ou à la corvée de pommes de terre : car tout pouvait entrer dans cette boîte, et le port des sacs à provisions nuisait trop visiblement à sa qualité d'artiste.

– Je venais voir Betty, dit Didier.

Il se passa, comme toujours, un bout de temps avant que le propos ne parvînt aux oreilles de M. Mondeville.

– Elle est là, dit-il avec son étrange façon de marmonner, mais vous ne la verrez pas, elle est venue nous aider... Il y a grand nettoyage ce matin... cette maison... les tarets, un vrai fléau... tous les meubles sens dessus dessous... de larges couches d'encaustique... tout le monde s'y est mis... elles sont toutes en souillon... pensez que la petite ne se montrera pas... à moins que vous ne puissiez attendre une heure ou deux, le temps qu'elle se prépare...

Il y avait dans ces mots un mélange d'ironie et d'intonations affectueuses, par exemple quand il disait « la petite », et un vague sourire bienveillant errait sur son visage marqué par l'âge, mais dont la structure restait belle et éloquente sous les rides. Didier se rappelait les paroles admiratives murmurées par Betty, « Papa... si tu l'avais vu en 35... son buste sur la cheminée... »

– C'est dommage, dit Didier. J'aurais aimé la voir.

M. Mondeville le considéra d'un œil mi-attendri mi-amusé. Didier remarqua les épingles de cycliste qui serraient le bas de ses pantalons et complétaient assez drôlement l'allure de cet homme tout habillé de noir, dont la tête était tellement celle d'un « artiste ».

– Y a-t-il quelque chose à lui dire ? marmonna-t-il.

– Non, j'étais venu pour la voir. Mais j'aimerais bien que vous lui disiez que je suis passé.

M. Mondeville ne répondit pas tout de suite. Didier s'attendait au pire, et pourtant il était retenu là par une réelle sympathie pour cet homme, figure d'un temps qu'on ne reverrait plus.

– Il paraît que vous n'êtes plus chez Mme Chotard, dit-il de sa voix toujours aussi indistincte.

Didier fut tenté de répondre : « Il y a longtemps » – tant il lui semblait que cela était loin.

– Elle est venue l'autre jour, marmonna encore le père de Betty avec son air finaud. Elle parle beaucoup...

– Je m'en suis aperçu, dit Didier.

– Vous devriez vous méfier, dit M. Mondeville. Elle va un peu à travers tout. C'est une fille très intelligente.

– Trop intelligente pour moi, dit Didier.

– Et très passionnée aussi... Ah, les femmes exagèrent toujours...

Ils étaient toujours arrêtés à la hauteur de la grille, sous le chêne, et une fine pluie commençait à tomber autour d'eux, mais le vieux Mondeville ne semblait pas s'en apercevoir. Il avait toujours l'air de rêver et, quand il se taisait, ses lèvres remuaient comme s'il prononçait des mots pour lui-même.

– Vous pouvez beaucoup pour elle, dit-il tout à coup en faisant jouer le frein de sa bicyclette que la pente menaçait d'entraîner.

– Pour Mme Chotard ?
– Non, dit M. Mondeville, pour Betty.

Ses pattes d'oie souriaient au coin des yeux, dans son visage buriné.

– Non, dit Didier pensif, en regardant bien M. Mondeville, c'est elle qui peut beaucoup pour moi.

La pluie s'égouttait lentement sur les arbres, à petit bruit, sur le vieux chêne rouillé qui gardait encore quelques feuilles.

– Vous avez l'air d'un brave garçon, dit M. Mondeville.

Didier fut inondé de plaisir. En même temps, un sentiment d'humilité, d'indignité le pénétra jusqu'aux os. Il dut essuyer ses yeux qui se remplissaient de larmes.

– Non, dit-il. Ne croyez pas cela. Je suis un égoïste... un violent... un égoïste, répéta-t-il. Je ne vaux rien, je crois de plus en plus que je ne vaux rien. Et ce que vous me dites me le fait très bien sentir, ajouta-t-il avec émotion. Vous auriez pu...

Le bafouillage du vieil homme le gagnait. Il vit M. Mondeville monter sur sa bicyclette, s'empressa pour l'aider, ce qui n'était pas superflu, le siège étant si haut. Puis, son violoncelle calé sur le guidon d'une manière incompréhensible, très droit sur sa selle, il tendit la main pour tâter l'air.

– ... Croyez qu'il va pleuvoir ?
– ... Sais pas, dit Didier. Je crois bien qu'il pleut déjà.

M. Mondeville fit le geste de recueillir quelques gouttes dans sa paume, d'un air gourmand, puis gouailleur :

– Dommage que ça soye pas du pinard ! marmonna-t-il.

Et, pressant sur la pédale, il s'éloigna très digne, le buste raide, comme s'il était assis dans un salon. Didier revint chez lui et se replongea dans l'ascétisme mystique de Soloviev.

«*Aïo... Aïo... Aïo Toutouna !... Pourrah-pourrah !... Sato fite !... Powrah !... Sikinâ !... Sikinâ !...* » La saleté elle-même était prétexte à hurlements : Katia sortait précipitamment de la maison avec ses sabots dont Didier entendait le choc contre les marches (car il était devenu impossible de circuler autrement sur le tapis de déjections dont ses protégées couvraient le jardin). «*Sikinâ !... Sikinâ !...* »

Les poules étaient désormais partout ; elles surgissaient des portes, des escaliers, des moindres encoignures, raclant le sol, rageuses, faisant claquer leurs ailes à grand fracas. Leur œil inquiet et féroce bravait l'intrus ; elles s'enhardissaient. En lui-même Didier accusait Katia de les dresser contre lui. Elles se soulevaient sur son passage, dans des battements d'ailes prodigieux, leur bec pointé vers lui. S'il faisait un mouvement pour se défendre, il en avait aussitôt dix contre lui. Didier n'avait jamais vu de poules féroces ; c'était le cas de celles-ci : sous la direction de Katia, elles devenaient sauvages. Elles s'agitaient, se trémoussaient, poussaient des gloussements de colère, ameutaient la maison et ses environs. Katia, toujours aux aguets derrière une fenêtre, suivait des yeux les allées et venues de Didier, soupçonnant une mauvaise action. Exprès, il laissait ouvert le portail du jardin par où elles pouvaient s'échapper. Katia accourait aussitôt dans un bruit de sabots et de hautes plaintes, craignant pour ses poules les dangers de la rue. Le Colonel, qui lisait derrière sa fenêtre, assis près d'un bureau obscur, levait sa tête blanche aux cheveux taillés en brosse, se redressait un peu pour voir, mais sa physionomie annonçait plus de curiosité que de réprobation. Il devait vivre dans un état de crainte sourde, déférente, et s'il appelait encore Katia dans la journée, son cri s'étouffait de plus en plus dans l'intonation du respect, peut-être de la terreur. Il avait perdu la superbe que Didier lui avait connue pour appeler la femme, ou pour compter ses sous avec elle, tous deux dans la lueur violette du vitrail qu'il avait fait encastrer dans sa fenêtre. Il semblait ne plus prendre intérêt à rien – sinon à ses graviers –, trouvant sans doute indifférent ou hostile, ou dangereux, un monde où les servantes prenaient de si grands airs. Il se négligeait. On sentait que, le matin, la gouvernante devait l'habiller avec rage, serrer ses cravates autour du cou avec le secret espoir qu'il s'y étranglerait, qu'on le ramènerait mort de sa prochaine course. Elle avait au plus cinquante ans, espérait, comme tant de gens qui n'osent pas se le dire, une échéance mortelle pour commencer à vivre. Le Colonel abandonna son vélo, se mit à sortir à petits pas, parlant du temps où les usines Renault lui livreraient enfin la voiture commandée depuis un an. La villa vivait dans l'attente ; la mort couvait tandis que Didier accumulait, à un demi-étage au-dessus d'eux, des paperasses que la colère ou la tristesse lui faisaient lire de travers, et dont il ne comprenait plus l'agencement ni parfois même le sens.

Paula envoyait des cartes, ou de belles pages blanches couvertes de quelques lignes d'une grande écriture, disposées comme des psaumes. Betty lui adressa par la poste, de son écriture menue, quelques mots affectueux pour lui parler de difficultés familiales et des occupations qui la retenaient, et cela voulait dire qu'un temps de recueillement lui était nécessaire. Malgré la faible distance qui séparait les deux habitations, Fernande lui écrivit, elle aussi, une courte lettre pleine de noblesse, d'un ton qui le surprit énormément, pour lui dire qu'elle comprenait le silence où il semblait avoir décidé de s'enfermer vis-à-vis d'elle, qu'elle en souffrait, mais qu'elle attendait pour le rompre qu'il voulût bien en prendre l'initiative. Un tel langage venant d'elle était tout à fait inattendu, et la releva dans l'esprit de Didier qui oubliait vite.

En descendant son escalier pour se rendre à une adresse où on lui avait signalé une chambre, il glissa sur une saleté de poule et son genou heurta l'angle d'une marche. Il remonta chez lui et dut se laver avec soin, car il s'était sérieusement écorché la peau. L'écorchure en elle-même n'était rien, mais le choc assez rude le condamna à plusieurs jours de Soloviev et d'Aurobindo, mais surtout à plusieurs jours de Katia et du Colonel. Les murs de sa chambre semblaient n'avoir jamais attendu autre chose pour se resserrer sur lui. Il était là, cloué par la fatigue, le genou douloureux, gonflé, sa jambe lui refusant tout service, se nourrissant comme il pouvait de lait et de vagues provisions qui traînaient dans la cuisine, entre ces deux êtres hostiles l'un à l'autre et à lui-même, aussi peu courants, aussi peu croyables que ceux qu'on voit sur les écrans de cinéma ou dans les romans sudistes américains, mais dont la présence était devant lui comme un autre mur. Le lavoir, les poules, les soins à donner au vieillard... Le lavoir était derrière la maison, sous l'escalier, et quand il s'aventurait pour prendre l'air jusqu'à son petit perron, Didier trouvait parfois Katia penchée sur son linge, qu'elle tordait et battait contre la pierre avec une sorte de rage, de défi pour sa propre faiblesse, et qui paraissaient redoubler en sa présence. Elle semblait, avec ce visage de sorcière qui était devenu le sien en quelques mois, jaune et plissé, avec de petites boules de chair sous les yeux, une sous chaque œil, accomplir un rite, exercer un maléfice : il était lui-même ce linge tordu et battu. Il la maudissait, oubliait le noble travail intérieur qui devait élever son âme au-dessus des tracas du jour, cherchant dans son esprit des vengeances, toutes irréalisables ou mesquines. Il imaginait de laisser tomber sur ses pas des boulettes de pain empoisonné, mais il savait trop bien qu'aucune poule ne s'y serait frottée, ou qu'elle s'en fût portée encore mieux qu'avant. Il passait ainsi son temps à commettre de menus crimes, vivait dans une atmosphère de complot, de basse police, de procès sournois, au point que si, lorsqu'il ouvrait la porte, une poule cachée derrière et prise de peur se mettait à crier inopinément, sa frayeur à lui était encore plus vive, et sans mesure la colère et la confusion qui s'ensuivaient de s'être laissé effrayer ainsi. Il relisait la lettre de Fernande Chotard comme s'il pouvait y trouver un secours, parce qu'elle était la plus proche par la distance, et qu'il craignait la folie. Mais tout le monde s'était entendu pour le laisser seul et, dans cet isolement, permettre à son inquiétude de grandir jusqu'à la démence. La gifle de Betty à Mlle Digoin, cette fameuse gifle si retentissante lui paraissait soudain d'un autre temps, d'un temps pittoresque qu'il regrettait, et il attendait avec espoir les suites qu'elle aurait dû entraîner, méprisant ces gens sans ténacité qui renonçaient si aisément à leurs vengeances. Le monde se dérobait, les arbres dansaient sous ses yeux, dans une rumeur effarée, les allées du Séminaire se mélangeaient, adoptaient des courbes insolites, abandonnaient leurs angles droits pour se mettre à dessiner des rosaces, qui étaient pour lui des roses d'angoisse. La nuit, il voyait Katia en rêve, ou le Colonel, et il se demandait s'il rêvait encore lorsqu'il les apercevait au fond du couloir ouvert, ou dans leur cuisine rutilante où trônait depuis peu un fourneau électrique aux surfaces merveilleusement laquées, et peut-être d'autres appareils plus compliqués ou plus rares dont il ne faisait qu'entrevoir au passage la poésie, exaltée par cette étonnante blancheur de laboratoire, toujours plus astiquée chaque jour, comme si ce couple diabolique avait eu l'éternité pour lui et que la foi de Katia dans la vie n'eût fait que se raffermir à mesure que le Colonel se courbait davantage.

Une femme en pantalon, le visage peint de couleurs vives, descendit un jour d'une voiture, accompagnée d'un homme jeune, un peu trop bien mis, et pénétra sans ambages chez le Colonel comme si elle était attendue. Didier ne la reconnut pas, n'entendit aucun éclat de voix ; un bruit de moteur l'avertit bientôt que la visite était terminée. Cette visite avait quelque chose d'insolite et de brusque qui l'inquiéta mais quand il vit, le lendemain, le Colonel racler ses graviers et entreprendre de tailler ses haies, il se dit que rien de grave n'était survenu et que la vie haïssable continuait.

Huit jours plus tard, vers la fin de la journée, suivant de peu un télégramme qui annonçait sa venue, Paula réapparut pour vingt-quatre heures, munie d'un léger bagage, sa chevelure bien échancrée sur le front, son sac en bandoulière, une blouse blanche, plus nette que jamais. Elle lui expliqua rapidement ce qu'elle était venue faire, le mit au courant de ses nouvelles occupations, dont elle était contente ; elle allait travailler à Paris, comme interprète, dans une importante maison d'exportation dont elle ne précisait pas le nom. D'ailleurs, Didier connaissait-il les maisons d'exportation ? « Oh, lui reprocha-t-il à Paris !... – Tu viendras me rejoindre. » Il jugea, au ton, qu'elle ne le croyait pas elle-même. Mais il la laissa à peine parler. « Paula, dit-il, la serrant dans ses bras. Pour si peu de temps !... – Oui, dit-elle, Serre-moi bien fort... » Prévoyante, elle avait des provisions et ils dînèrent dans la petite chambre qui n'avait jamais été aussi grande ni aussi belle, et elle regarda avec lui le soir qui tombait sur les cyprès du Séminaire, sur les allées propres et désertes, se coucha près de lui jusqu'au matin, à travers une nuit tout illuminée. Elle se trouvait debout, à huit heures, dans la petite cuisine, vêtue d'un pyjama rose qui semblait lui avoir été donné par une sœur plus jeune, quand on frappa à la porte. Elle était derrière et sans hésiter elle ouvrit. À travers la cloison, Didier put entendre aisément la conversation.

– Monsieur Aubert ?

– C'est pourquoi ? interrogea la voix de Paula sans ménagement excessif, – et il lui devinait une lueur d'ironie dans les yeux.

– Je suis Maître Delcombe, huissier. J'ai un pli à lui remettre personnellement.

« C'est pour la gifle », pensa Didier. Mais il entendit la voix allègre et douce de Paula qui reprenait :

– Un pli ?... Oh, ne vous dérangez pas. Je lui remettrai votre pli, vous pouvez avoir confiance.

– Mais... C'est qu'il est dans les règles de...

Elle ouvrit la porte de la chambre, passa la tête, fit à Didier une grimace amicale.

– Didier, est-ce que vous pouvez recevoir Me Delcombe ?

– Qui est-ce ? demanda Didier à haute voix, comme s'il n'avait pas suivi toute la conversation.

– Un huissier.

– Je ne l'ai pas appelé, dit Didier.

Elle referma la porte.

– Vous avez entendu ? dit-elle. Je n'y peux rien !

– Bien. C'est regrettable. Cela ne change rien d'ailleurs. Voici la lettre. Au revoir, mademoiselle... madame... Me...

Didier fit un bond de joie dans son lit.

– Tu es sensationnelle, dit-il à Paula. Tu ne sais pas comme je te remercie de m'avoir épargné la vue d'un huissier à pareille heure.

– Oui, dit-elle. J'ai pensé qu'il fallait que tu n'aies que de jolies images à ton réveil.

– J'ai toi, Paula, fit-il.

– C'est un hasard.

– Ne dis pas cela. Viens... Il... Il était vêtu de noir, naturellement, avec un col blanc et un petit nœud ?

– Non. Pas du tout. Il avait un complet écossais, une chemise jaune et une cravate verte !

— Quelle horreur ! s'écria-t-il en riant. Je n'aurais jamais pu regarder cela !... Comment as-tu fait ?... Heureusement que tu te trouvais là, Paula, mais ne dis surtout pas que c'est un hasard !... Mais comment as-tu eu l'idée d'ouvrir la porte dans ce costume ?...

— Puisqu'on frappait...

— Tu es tout simplement merveilleuse... Tu es merveilleusement toute simple !... Tu es...

— C'est vrai, j'aurais peut-être dû te consulter ?

— Je t'aurais demandé de faire comme tu as fait.

— C'est ce que j'ai pensé.

— Embrasse-moi. J'adore ce petit pyjama trop court que tu as. Tu as dû l'avoir à onze ans, non ?

Le corsage était tendu sur les seins et laissait voir la peau ambrée des reins. Il l'attira.

— Recouche-toi, tu veux ? Il me semble que nous avons beaucoup dormi...

Longtemps après – des heures, semblait-il – il se réveilla de nouveau auprès de Paula. C'était une seconde journée qui commençait – une journée sans huissier, il l'espérait.

— Ce type, à propos, qu'est-ce qu'il voulait ?

— Oh, un huissier, tu sais... Ce n'est jamais bavard... Il a apporté ce qu'il appelle un « pli ». J'ai dû le laisser à la cuisine...

Tout ce qu'elle disait ce matin-là, ses paroles les plus insignifiantes lui paraissaient ineffablement merveilleuses, douées de génie, d'un génie bien à elle. Comment avait-il pu vivre si longtemps sans Paula, la laisser partir ?

— Tu y tiens ? dit-elle.

— Simple curiosité. Mais je verrai bien tout à l'heure...

Elle bondit jusqu'à la cuisine, lui rapporta le papier.

Il est à peu près sûr, si les statistiques sont exactes, que la plupart des Français qui ont survécu à la guerre ont eu l'occasion de recevoir ou de contempler des ordres d'expulsion notifiés par huissier. Didier n'en avait encore jamais vu. Il lut cela comme on lit une page de roman, ou une lettre venue de l'étranger. C'était extrêmement curieux. Mais ce qui l'était encore davantage pour lui, c'était de rentrer en rapport avec

Rosa Pardoux, la fillette aux révérences, son ancienne élève de latin, Rosa la rose, comme il le faisait ce matin-là. D'après ce papier, en effet, Rosa, sans avertissement préalable et sans excès de périphrases, lui ordonnait personnellement et en son nom propre de vider les lieux au plus vite, faute de quoi elle ajoutait qu'à son grand regret elle se verrait dans l'obligation de faire appel à la force publique, et cela sans préjudice de, etc. Ce poulet n'était pas, dans sa forme, des plus gracieux. L'intention qui avait présidé à sa confection ne l'était pas non plus. Le monsieur qui l'avait transmis ne l'était pas davantage. («Dire qu'on trouve des gens pour faire ce métier!... », dit-il gaiement à Paula.) («Il faut de tout», dit Paula qui, dépouillée de son petit pyjama si court, était encore plus merveilleuse.) («As-tu au moins fermé la porte à clef?» demanda-t-il.) («Non. Pourquoi?») («Et s'il arrivait un autre huissier?... ») («Oh, tu crois qu'ils arrivent par vagues?... ») Il était difficile à Didier de ne pas mépriser le geste de Rosa; il apprenait que la muflerie n'est pas réservée aux hommes. Ayant fait une boulette de sa mise en demeure, il la fit sauter jusqu'au plafond, cela par-dessus plusieurs obstacles. Il avait toujours la même adresse qu'autrefois, quand il était gosse à Vaugirard et qu'il lançait des pierres sur les ampoules des lampadaires publics. Tout à coup un soupçon lui vint, une conviction s'implanta en lui.

– C'est un coup du Colonel, dit-il.

– Tu crois?

– Il faut voir. J'en aurai le cœur net.

Paula s'était levée. Elle revint au bout d'un moment, habillée, prête pour le départ.

– Déjà! soupira Didier, effaré et comme pris à la gorge.

– Ils ne peuvent rien contre toi.

– Non, dit-il.

– Je connais un avocat. J'irai me renseigner. Cela vaut mieux, concéda-t-elle malgré tout, après ces affirmations péremptoires. Elle passa la main sur le front de Didier et, tendrement: Je ne veux pas qu'on t'embête.

– Non, dit-il. Tu ne veux pas qu'on m'embête. Et moi non plus je ne veux pas. On a fini de m'embêter, tu entends? Fini!

Puis, avec un imperceptible retour en arrière :
– Cet huissier, il t'a donné son adresse ?...
Elle rit.
– Tu ne crois pas qu'elle était sur son papier ?
– Bon, dit-il. Ça ne fait rien, ça se retrouvera.
– Je le connais, dit-elle. C'est un homme que j'ai déjà vu. Je crois bien qu'il habite le quartier.
– Oh, alors... Cela aussi c'est un hasard ?... La villa dans les Hauts-Quartiers, les bureaux en ville.
– Nous le haïssons, dit Paula d'une voix tranquille.

Elle avait son grand sourire lumineux, elle éclatait de santé, d'équilibre, – de bonté. Et pourtant, dans ce visage si étonnamment lisse, une trace d'inquiétude, de fatigue, de nervosité qu'il ne lui connaissait pas.

– Je hais la haine, dit-il aussi calmement qu'elle. Comment ne détesterait-on pas haïr, en voyant une créature comme tu es ?

– *Il faut savoir dominer ses sentiments*, dit-elle avec le même sourire. Aimer nous est facile, à toi et à moi, c'est la pente. C'est trop facile à des êtres comme nous, comme toi. C'est la haine qui est difficile pour toi, Didier. Tu ne sais pas haïr. Il faut que tu apprennes. Je t'apprendrai. Autrement...

– Autrement ?...

– Eh bien, je ne donne par cher de ta peau !

En même temps elle s'était jetée sur lui et l'embrassait à pleine bouche. « L'huissier, Rosa, le Colonel, cela n'existe pas réellement », pensa Didier. Haïr ? Pourquoi ? Et c'était elle, c'était Paula qui disait cela, Paula, créature de lumière, Paula en qui il avait une confiance sans mesure, tellement il la sentait pétrie de bonté, d'énergie. Fallait-il croire que la haine était bonne ?

Paula partie, rapide comme l'éclair, le monde faux redevint le monde réel, avec ses huissiers, ses Colonels, Katia, les poules, – et de nouveau cet encombrant personnage, Rosa la rose. Didier réfléchit rapidement aux moyens d'aborder le Colonel en vue d'une explication franche. Mais il avait trop présumé de ses forces. Il s'endormit au milieu de ses réflexions et ne devait se réveiller que dans l'après-midi du lendemain. Or ce sommeil fut troublé pendant la matinée par une série de bruits étranges qui l'atteignirent sans parvenir à le réveiller et qui prirent la forme d'un de ces rêves maussades que la fatigue nous inspire. Il était hors de doute que, sans qu'il prît la peine de les identifier exactement ni même de se réveiller tout à fait, ces bruits avaient un aspect malencontreux. Entre mille, on distingue la voix d'un homme de la police, on devine son uniforme de drap sombre, son ceinturon noir. Gendarme ou agent de la circulation ? Il n'en décidait pas. Mais chaque personne pénétrant dans le jardin dessinait une ombre mouvante sur le plafond. Cette ombre précédée par le tintement frénétique de la cloche du portail, destinée probablement à effrayer les voleurs, était assez inquiétante pour lui faire ouvrir les yeux, pas assez pour le décider à quitter son lit. Il entendit donc l'homme arriver, gravir le perron du Colonel et repartir après une courte visite. Didier, tout en continuant à dormir à moitié, se dit que cette visite ne pouvait être sans rapport avec l'expulsion dont il était frappé, et qu'il aurait dû au moins se lever pour faire les honneurs. Mais peu de temps après, dans son sommeil, le gendarme tout en noir devint un prêtre, et la même cérémonie se répéta à peu de choses près. Beaucoup plus troublants et mystérieux toutefois étaient cette voix, ce pas, que ceux qui les avaient précédés. Didier se rappela, avec un peu de frayeur, le petit prêtre qui venait autrefois pour Rosa. L'avait-il imaginé, celui-là ? À quoi reconnaît-on l'ombre, la voix d'un prêtre ? Pourtant il aurait juré qu'il entendait le froufrou de la soutane. Mais le prêtre non plus n'était pas resté très longtemps. Depuis la visite de l'huissier, les affaires s'expédiaient vite. Il faut dire que le Séminaire n'était pas loin et qu'il en sortait à tout instant, surtout quand Didier sommeillait ainsi, des volées de prêtres. Il s'était plu à l'entendre, un peu plus tard, franchissant le portail du parc, la tête nue, et s'enfonçant tout droit, d'un pas net et imperturbable, aussi net et aussi imperturbable que celui du gendarme, dans la lumière de la grande allée, entre les hauts feuillages, vers la longue façade de pierres blanches et l'enviable silence de la cellule.

Didier se rendormit, mélangeant les souvenirs d'amour, le passage de Paula, et ces troubles images incarnant la justice et le remords. Le souvenir de ces deux visites s'estompa dans un sommeil réparateur que plus rien ne vint troubler jusqu'au moment où il se réveilla, les membres gourds, au milieu de l'après-midi. C'est la plus mauvaise heure de la journée, sans aucun doute, pour reprendre contact avec le monde et en éviter les angles. Il se remémora difficilement ses tâches. Le sommeil avait fait un trou dans sa mémoire. Il resta un grand moment avant de se rappeler qu'il avait vu Paula. Il retrouva heureusement une petite note qu'il avait écrite avant de s'endormir : aller voir le Colonel. Fort bien. Il s'habilla tout en regardant le parc du Séminaire, désert pour le moment, mais orné de ses plantations bien réglées et riches d'une vie sourde et paisible, sous la lumière égale qui couchait sur le sol les ombres des troncs régulièrement espacés. Il reportait ses yeux sur le jardin d'Arditeya, rafraîchi par une récente pluie et couvert de feuilles mortes que le vieillard avait oublié de ratisser et de faire brûler à petit feu, comme d'habitude, le plus près possible de sa fenêtre, lorsque ses yeux s'ouvrirent avec stupeur sur un objet qu'on était en train de retirer de la maison, porté par deux hommes à casquette noire. Un fourgon était arrêté derrière la haie de bambous, discrètement, dans un scintillement de lumière. Les deux hommes agissaient sans bruit, comme avaient dû agir ceux du matin ; ils glissèrent l'objet dans la fourgonnette, une magnifique caisse de chêne clair, bien cirée, ornée d'un grand crucifix de métal blanc. La voiture s'éclipsa doucement, toujours sans bruit ; peu après, la porte se rouvrit et Didier vit sortir un couple de gens bien mis qui bavardaient avec entrain. Ils se dirigèrent vers une voiture rangée au bord du trottoir et Didier crut entendre la voix des dimanches : « Bonjour mon oncle !... »

Il resta pétrifié, ne comprenant pas à quelle sorte de plaisanterie se livraient ses voisins. Il aurait pu sortir, aller chez eux, s'informer... Mais de quoi ? *Qui* viendrait lui ouvrir ?... Il pensa, dans un éclair, à Rosa la Rose, celle de jadis, puis au Jardinier brandissant sa hache. Le sens de la réalité se mourait en lui. Il eut envie de fuir, de retrouver un monde clair, sans hache, sans Jardinier, sans cercueil, – le monde clair de Paula, de son pas matinal sur le gravier.

Quelques minutes après, il était sur la petite terrasse de ciment, frappant, avec une anxiété mortelle, à la porte de « leur » cuisine, cherchant à voir dans la pièce, à interpréter les signes, à deviner qui allait lui apparaître. Il vit s'approcher le visage jauni de Katia, avec ses boutons sous les yeux. C'était bien elle. Elle n'était donc pas morte. Il essaya un moment de discerner l'expression de ce visage à travers la vitre, car elle semblait hésiter à lui ouvrir. Elle se détachait, massive, sur le fond de la cuisine ripolinée, avec son regard noir, sa jupe noire que n'égayait déjà plus le tablier à volants.

Elle fit enfin glisser la porte sur ses rainures, ce qui se faisait toujours avec un bruit d'enfer et au prix d'un grand effort. Comme la porte avait une poignée extérieure, Didier l'aida à la faire glisser ; et ils se trouvèrent tout à coup face à face, dans une sorte de surprise mutuelle.

– Je viens de voir... commença Didier. Je venais m'informer... Je...

Katia le regarda sans attendrissement ; soudain son visage de paysanne se durcit ; elle prit un air accusateur :

– Le Colonel... Oui, avant-hier, une embolie... Ça n'a pas duré cinq minutes... Comme une mouche !

– Mais comment... comment... Je n'ai rien su !...

– Je ne savais pas qu'il fallait vous prévenir.

Elle parlait d'une voix rocailleuse, debout à sa porte, n'esquissant pas un mouvement de recul pour lui permettre d'entrer, de sorte qu'il restait dans le courant d'air froid du passage. Sans tenir compte de ce que la formule avait d'agressif, Didier tenta d'exprimer son étonnement : trois jours plus tôt, il avait encore vu le Colonel travailler paisiblement dans son jardin.

– Ce n'est pourtant pas ce qu'il faisait de mieux, dit Katia. Son médecin le lui défendait depuis longtemps. De toute façon, ça n'aurait pas pu continuer, puisqu'on nous demande de quitter la maison.

– Ah ! vous aussi ?...

– Vous ne le saviez pas ? lança-t-elle incrédule.

On mesure aisément le mal qu'on subit, mais on sait plus difficilement quelle idée les autres se font de vous. Le Colonel, affirma la Gouvernante, était persuadé, surtout depuis la visite de Mlle Pardoux, que Didier lui voulait du mal, qu'il cherchait à prendre une revanche contre lui. Il savait qu'il avait été en relations avec la jeune propriétaire, et les interprétant à contre-sens, s'imaginait qu'il avait du pouvoir sur elle. Katia avait tenté, deux jours plus tôt, de cacher à son maître la visite de l'huissier. « Pensez, à huit heures du matin, comme si on nous envoyait la police !... » Mais le Colonel avait entendu quelqu'un frapper et il avait demandé ce que c'était. Aussitôt ses soupçons s'étaient changés en certitude, et à la contrariété d'être chassé d'une maison où il avait pris ses habitudes s'ajoutait pour lui l'humiliation d'être la victime de son chétif voisin. Didier ignorait si Katia croyait tout ce qu'elle racontait, mais ne découvrit pas sans surprise l'état de crainte mutuelle où les gens vivaient aujourd'hui les uns à l'égard des autres, et leur promptitude à se croire attaqués. Le Colonel, qui habitait une maison si vaste et à laquelle rien ne manquait, avec des possibilités de retraite fort variées et le concours d'une puissante famille, n'estimait quand même pas qu'il jouissait de toutes ses aises, et il devait se sentir épié, jalousé, et pour ainsi dire traqué par Didier à peu près autant que Didier se sentait traqué par lui. Et maintenant, que Didier fût vivant, et lui mort, aurait suffi à confirmer les pires soupçons, s'il avait pu encore en concevoir.

La porte ouverte à la méfiance, toutes les hypothèses deviennent permises. Quand Betty arriva et que Didier lui eut appris la mort du Colonel, sa première idée fut que Katia l'avait empoisonné. Quand on sut par la suite que la Gouvernante recueillait un très substantiel héritage, et qu'en réponse au congé signifié par Rosa Pardoux, négligeant d'user des droits que lui conférait la loi, elle se faisait construire une maison en ville, l'hypothèse de Betty devenait raisonnable et la tentation fut grande de croire qu'elle était pour quelque chose dans la disparition d'un homme solide et fait pour durer. D'une manière ou d'une autre, et même si le Colonel avait eu, comme elle le prétendait maintenant, une maladie de cœur, il n'est pas douteux que la conduite qu'elle avait adoptée à son égard n'eût hâté sa fin. Mais à toutes les insinuations de ce genre, elle répondait que le déclin du Colonel datait du retour de Didier à la villa. Elle disait aux gens, aux livreurs, à la Laitière qui restait l'organe officiel et le collecteur de tous les bruits que, par exemple, quand le Colonel travaillait innocemment dans son jardin, Didier se tenait exprès derrière sa fenêtre, pour surveiller ses faits et gestes, avec une expression ironique et malveillante, et que cela ôtait tout plaisir au malheureux vieillard. Didier, qui avait alors tout juste assez de force pour rester étendu sur son lit et que le bruit fait par le Colonel paralysait, ne se privait pas de répondre, quand on lui rapportait tout cela, qu'il aurait bien voulu, rétrospectivement, que ce qu'avançait Katia eût été possible, et que son regard eût suffi non seulement à intimider mais à tuer sur place le Colonel. Et il se demanda avec espoir s'il ne pourrait pas avoir le même pouvoir sur Katia, et sur d'autres, au cas où tous ces événements ne seraient pas une pure invention de celle qu'on avait appelée longtemps la maîtresse des poules et que, depuis que les imaginations s'étaient déliées et que son ascension était devenue évidente, on commençait, pour la rabaisser, et peut-être même pour lui faire peur en la déshonorant, à appeler, rétrospectivement aussi, la maîtresse du Colonel.

Paula était partie en promettant de consulter un avocat. Didier était surpris de cette faculté qu'elle avait de connaître des gens pour tout, alors qu'il ne connaissait jamais personne pour rien. Elle fit tenir sa réponse à Didier par la poste. De son côté, Betty, mise au courant, avait été elle aussi voir un avocat. L'avocat de Betty prétendait que la situation de Didier était mauvaise ; celui de Paula faisait dire à Didier de ne pas bouger, de ne pas écrire, de faire le mort, et, ajoutait Paula, de continuer à travailler. Ce dernier conseil lui parut plus plaisant à suivre. Il s'abstint de répondre à Rosa. Il sut par la Laitière que Katia se proposait, en attendant d'avoir sa « villa », d'aller habiter chez une parente de la campagne, pour ne pas rester seule avec un ennemi dans la maison. Didier pouvait donc envisager la reprise de ses travaux et un peu d'attention donnée à lui-même, à la conduite de sa vie qui en avait grand besoin. Aussitôt il vit le jardin revenu à lui-même et il y planta, sous sa cuisine, pour remplacer le pêcher disparu et le couper un peu plus d'un monde hostile, un bananier dont il aimait déjà l'exubérance et les grandes feuilles déchiquetées par le vent. Il travaillerait des journées entières et il aurait enfin le courage de tenir Betty à l'écart, et le courage plus difficile d'éloigner Paula, si Paula voulait se rapprocher, ou de la rejoindre tout à fait si elle restait au loin.

L'espoir que des temps meilleurs allaient s'ouvrir produisit en lui une telle détente que, alors que Katia n'était pas encore partie, il se mit au travail, et son étude avança plus en huit jours qu'elle ne l'avait fait en six mois. L'idée qu'il devait cette détente à la mort du Colonel le troublait quelque peu ; mais il était bien davantage troublé par cette constatation – qu'il faisait parallèlement à tant de développements consacrés à la nécessité de l'amour – que la haine ne peut se terminer que par la mort de nos ennemis. De pure constatation, cela devenait bientôt sentiment. Pour entretenir en lui ce sentiment féroce, il essayait de se rappeler ce jour où, malade et saignant, il avait dû supporter d'entendre le Colonel taper du marteau toute la journée, dans le garage qui était sous sa chambre. Betty étant venue le voir ce jour-là, il l'avait suppliée, à son départ, d'aller dire un mot en passant au Colonel, n'ayant pas réussi lui-même à le persuader, et se trouvant tout à fait hors d'état d'entamer avec son adversaire une conversation à voix haute. Betty était extraordinairement courageuse dans ces occasions où les plus forts hésitent. Elle était allée trouver le Colonel, de sa démarche dansante, sa petite jupe à fleurs voletant autour des genoux, et Didier pensait que d'avoir vu cela déjà n'était pas mal, et que c'était un premier réconfort. Puis il avait entendu sa voix, sous le plancher ; elle s'était exprimée avec beaucoup de douceur, une douceur méritoire, qui ne lui était pas habituelle en pareil cas. Mais lui, le marteau en main : « Je suis chez mouâ : j'ai le droit de faire ce qui me plaît !... Je suis chez mouâ !... » Dans ses cauchemars éveillés, Didier entendit longtemps résonner à ses oreilles malades, ultra-sensibles, et aux oreilles encore plus sensibles de son esprit, ce « chez moi » insolent, agressif, apeuré, stupide. (Il y a toujours chez l'agresseur un homme qui se croit menacé.) Il se demandait ce que voulait dire ce « chez moi » ; quant à lui, Didier, il n'avait plus été « chez lui » depuis quinze ans, et il était probable que le Colonel non plus n'était pas chez lui, comme la suite devait en apporter la preuve. Même si être chez soi signifie faire ce que l'on veut, il y avait longtemps que Didier ne savait plus ce que c'était, car ce qu'il voulait c'était penser, écrire, travailler, et le Colonel l'en empêchait. Il aurait été possible au Colonel d'aller travailler dans une autre partie de sa maison, mais il y avait ce garage qui était « à lui », et il n'avait pas voulu tenir compte du fait qu'au-dessus de ce garage vivait « quelqu'un », si peu que ce fût : il n'est pas encore entré dans les mœurs des hommes de tenir compte de l'existence des autres. Le Colonel était dans ce garage et il clamait orgueilleusement qu'il y était « chez lui ». Mais il n'y a qu'un lieu au monde qui nous appartienne, et c'était celui où il se trouvait maintenant.

Katia s'en fut avec ses poules, leurs gloussements, leurs déjections, leurs sottes colères, et une semaine s'écoula, comme Didier n'en avait pas connu depuis plus d'un an. Les volets fermés, le silence régnait sur le jardin et il se sentait redevenir bon : il eut envie de prier pour l'âme du Colonel, et aussi bien pour le salut de Mme Chotard-Lagréou. Cette idée lui trottant par la cervelle, il se dirigea vers le Séminaire, et, au premier abbé qu'il trouva, il commanda une messe. Il allait partir sans payer, manquant d'usage. Le prêtre le lui rappela doucement et Didier s'exécuta avec confusion : il ne se rappelait pas que les curés avaient besoin d'argent, qu'ils avaient un corps à nourrir ; c'était fâcheux, mais il n'était pas impossible de se faire à cette idée. Même, il fut tenté de retourner sur ses pas pour donner deux fois plus : qui sait quel effet le double de la somme aurait pu avoir ? Ce minime incident changea pourtant le cours de ses réflexions. D'une part, il se dit que le moyen adopté pour signaler son désir à Dieu était le plus sûr, puisque le prêtre, étant spécialisé dans la prière, connaissait mieux que lui le lieu et la formule. Et d'autre part, cela le dispensait presque de prier lui-même, ou du moins de prêter attention à sa prière : il n'avait pas de relations personnelles avec Dieu, comme ils étaient censés en avoir, et il était à peu près certain de faire cela moins bien qu'eux : y avait-il une autre explication au prodigieux succès de ce système ? Il voyait subitement comment la pratique extérieure tourne au dessèchement et à l'endurcissement de l'âme : il s'expliquait Fernande. S'il comparait le sentiment qu'il éprouvait quelques instants plus tôt pour le Colonel et ce qu'il éprouvait maintenant, il constatait qu'il s'était « déchargé » en quelque sorte sur l'homme d'église ; qu'il s'était ainsi acquitté... Par ailleurs, il avait un peu honte de sa démarche, en ce qu'elle risquait de donner à ces messieurs une bonne opinion de lui. Enfin – et il n'était pas sûr que ce sentiment n'avait pas dominé les autres – il s'était trouvé heureux d'avoir un prétexte pour fouler ces allées qu'il adorait et qu'il n'avait plus jamais parcourues depuis que Mme Chotard avait alerté tout le monde à son sujet et que, grâce à ses bons soins, il avait dû s'abstenir, jusqu'à ces derniers jours, de se présenter à Santiago pour voir Betty. Il fit même un crochet, au retour, dans la direction de Santiago, et au lieu de marcher droit sur Arditeya, s'engagea, en suivant les bas-côtés, dans le sens opposé. Les hauts tilleuls aux longs faisceaux de branches nues formaient là une allée d'église, et il se demandait pourquoi l'on ne construisait pas des églises de branches et de feuillages, loin des ors, des images, des colonnes et des saints enrubannés. Il marchait lentement, il se pénétrait de ce silence que les hommes méprisent et qui est la meilleure chose de ce monde, qui le purifiait. « Mon Dieu, prenez ma prière... » Un peu plus loin était le champ de maïs, avec ses tiges mortes restées sur pied, mais desséchées et jaunies, les unes debout, les autres penchées ou à demi brisées. Il suffisait de longer le bâtiment, de franchir le portail de bois, et il était chez Betty. Peut-être, cette fois, la verrait-il ? Mais il offrit son désir aux tilleuls qui croissaient là comme des messagers célestes, avec des gestes de paix ; il l'ensevelit dans le feuillage des sapins noirs et impénétrables ; et il le dédia, pieusement, à la divinité qui a nom Silence.

SIXIÈME PARTIE

Les cloportes

Un jeune homme très frisé, à chemise écossaise, pantalon de gabardine, semelles de crêpe, ne sachant pas s'exprimer au sens où l'on entend ce terme dans les écoles, mais s'exprimant très bien comme on l'entend dans les casernes et dans le monde des affaires, tel était l'échantillon que la société déléguait à Didier, après tant d'autres, pour le chasser hors de son abri ; en somme, le Jardinier revêtu d'un costume neuf, mais en laid et en plus stupide ; ce qu'on appelle « un joli garçon » : en qui Didier pouvait reconnaître un des anciens amants de Rosa.

On s'en voudrait de donner de l'importance à ce mince personnage, bourreau d'occasion, plus bête que méchant, habitué dès l'adolescence à ne pas voir plus loin que le capot de son camion, car il était, de son métier, marchand forain, très exactement spécialisé dans l'épicerie, c'est-à-dire un petit bourgeois de bonne souche, très loin de posséder l'aura du Jardinier S.S. Il en avait le dynamisme sans le lyrisme et ne pouvait faire illusion qu'au volant de sa voiture. Il se présenta en maître incontesté de la maison, comme le nouveau locataire de confiance, qui plus est, en ami de confiance de Rosa Taillefer – récemment mariée avec un de ses confrères – et il était clair qu'il était venu pour dire à Didier des choses peu agréables, mais, intimidé par la vue de la minuscule chambre où il y avait tout de même beaucoup de livres, il fut très embarrassé pour parler. Didier lui dit ce qu'il désirait entendre, à savoir que rien ne l'attachait à cette maison si ce n'est la difficulté d'en trouver une autre.

– J'apprends avec joie le mariage de Mlle Pardoux, dit-il, mais elle aurait pu faire l'économie de son papier timbré. Ce n'est pas le plaisir d'être ici qui me retient.

Il le savait, et que devant cette difficulté, les Taillefer étaient juridiquement sans pouvoir. Il conseilla à Didier de partir quand même. La question n'était rien moins que juridique. Le rapport des forces s'établissait de lui-même. Un mot résuma toute la question.

– J'ai l'intention de me servir du garage, dit-il.

Un regard significatif accompagnait cette phrase menaçante. Didier jugea qu'il était certainement renseigné par Rosa.

Une semaine s'écoula sans que Didier vît réapparaître l'affreux garçon.

Didier avait compris au premier coup d'œil qu'il était inutile de résister: Il avait jaugé la brute. Il savait que sa pauvre chambre, que l'admirable paysage qui s'étendait sous sa fenêtre étaient perdus pour lui.

Pourquoi aimer ? Ils le haïssaient tous. Ils avaient la haine de sa liberté, de son indépendance. L'homme qui n'est pas sûr du silence ne possède rien. Celui qu'atteignent, au cœur de son logis, les voix et les gestes des autres, n'est pas chez lui. Les Chotard, les Maillechort, le nouveau venu, l'homme à la chemise écossaise, tous étaient ligués contre lui. On aurait dit qu'ils étaient acharnés contre son existence, que sa présence dans cette ville leur faisait tort, qu'il était, lui, l'homme gêné, finalement le pire des gêneurs.

Il eut une dernière pensée pour Rosa à qui il avait essayé d'apprendre les déclinaisons et dont le ressentiment le poursuivait encore. Elle n'avait jamais bien su les déclinaisons mais elle n'avait pas traîné, certes, pour trouver un mari. Le mariage « l'émancipait » et elle en avait aussitôt pris acte : de là cette expulsion dénuée de manières, où il fallait bien reconnaître la main d'une femme. Elle se vengeait d'un coup de toutes les leçons qu'elle avait dû essuyer de Didier. Ce papier, cet huissier en noir et en faux col à huit heures du matin, c'était une façon de lui cracher au visage.

Didier partit en campagne. Mais n'était-ce pas ce qu'il avait déjà fait cent fois, ce que Betty, Paula avaient fait pour lui ? Il écrivit au Maire, à l'Évêque, et sans attendre la réponse de ces autorités considérables, il se remit à faire du porte à porte, alla consulter les agences, courut aux endroits signalés.

Ce faisant, il rencontra évidemment, au moment où il contournait la cathédrale, Mme Chotard qui vint à lui avec un visage chaviré, bouleversé de passion – la surprise avait la force d'une passion chez elle – avançant, puis retirant ses mots, faisant des allusions obscures à des choses graves qu'elle ne disait pas, mais qu'elle dirait plus tard, car ils étaient dans la rue. Elle avait manifestement oublié la lettre qu'elle était venue déposer dans la boîte de tôle verte d'Arditeya ; elle brûlait de s'engager, de dire, d'inquiéter Didier. Pouvait-il, criminel au point où il l'était, circuler la conscience en paix, ou s'attendre à quelque bienveillance de la population ? C'est ce que semblait dire son visage. Elle serrait un livre à tranches dorées sous son bras, ce gros Missel qu'on pouvait ramasser partout à Stellamare. Didier avait hésité à lui dire qu'il cherchait un logement, mais elle le savait déjà, pensez ! Elle connaissait bien la fille de l'huissier, Mlle Delcombe, mais oui, cette grosse brune ; elle s'occupait avec elle des réunions du Cercle catholique, ça tombait bien, il y avait une réunion ce soir, sur Luther et Calvin, non, Saint-Exupéry est-il un maître ? non, sur *le Journal d'un voleur*, un livre affreux, plein de détails repoussants, mais qu'il faut bien lire puisqu'on en parle. « Nous ne pouvons pas avoir l'air d'ignorer, vous comprenez ? Ils croiraient que nous avons peur. » Elle savait donc par Mlle Delcombe que Didier cherchait un logement, cette famille était au moins discrète, à la bonne heure.

– Je suis ennuyée pour vous, Didier. (Elle prit un air très triste et très pénétré.) Savez-vous ce que m'a dit Mlle Delcombe ? Jamais il ne trouvera. Mais pourquoi ? lui ai-je dit. Oh, avec la vie qu'il mène ! Pensez ! Il est connu comme le loup blanc. Il faudrait au moins qu'il épouse l'une des deux, voyons !…

Didier esquissa un mouvement pour fuir. Elle le devança, ne craignit pas sur cette petite place de l'abside ombragée de deux magnolias, mais où tout le monde pouvait la voir, de retenir Didier par la manche.

– Vous m'inquiétez beaucoup, Didier. Je voudrais… D'une voix plus grave, le menton baissé : Son père lui aurait dit qu'il aimait autant ne pas lui parler de ce qu'il avait vu le matin où il est monté chez vous, Didier. J'ai tremblé quand elle m'a dit cela. Je ne comprends plus. Les Carducci m'ont dit que leur fille était à Paris, alors ?...

Didier s'arracha à sa prise, à son visage pathétique, suppliant et tourmenté, et s'engouffra dans une des petites rues commerçantes qui formaient une sorte d'éventail autour de l'église et dégringolaient vers le fleuve. Didier était renseigné sur Me Delcombe. Betty l'avait mis au courant. Me Delcombe était de ces hommes prudents qui préfèrent dissimuler leur vie. Son mariage avait été un fricotage insensé, dont il souffrait encore au bout de vingt ans. Mais il avait « gardé la façade ». À ce titre, il croyait pouvoir donner des conseils au pauvre Didier, ou plutôt, ne s'y frottant pas, les donner à sa fille, laquelle pouvait les refiler à Mme Chotard, qui transmettrait.

Arrivé devant le fleuve, Didier resta un moment contre le parapet à regarder l'eau qui tourbillonnait autour des piles du pont, en petits cratères d'un vert intense, et l'immense surface moirée au-dessus de laquelle les mouettes dessinaient de vertigineuses arabesques. En un instant, grâce au contact d'un seul élément naturel, il oublia son souci. Le fleuve, qui recevait à cet endroit les eaux de la Bonance, était large, tumultueux, et l'on apercevait, au-delà, les constructions basses des entrepôts, et ce quartier dont on ne parlait jamais, où les ouvriers des Forges – le frère de Betty –, entassés dans des taudis, naissaient, vivaient et mouraient, dans les crépitements de la fonte en fusion, au son des haut-parleurs qui commandaient leurs moindres gestes. Le pont était à cette heure-là parcouru par une foule intense et bariolée ; les autobus d'Ilbarosse, qui prenaient peu à peu la place des tramways, pétaradaient, s'arrêtaient dans un esclaffement de portes automatiques. Didier vit l'abbé Darambide – qu'il avait rencontré à Stellamare – qui arrivait sur sa bicyclette ; l'abbé l'aperçut, s'arrêta ; Didier le mit au courant avec une sorte d'indifférence polie à son propre sort. La réaction de l'abbé l'étonna, il promit de s'occuper de lui, de ne rien épargner. Cette assurance mit Didier au bord des larmes. De fait, l'abbé courait à ce moment-là chez une dame, malheureusement des Hauts-Quartiers, qui possédait un excédent de chambres imposant. La dame se fit décrire la personne pour laquelle on la sollicitait. « Ah, dit-elle, mais je le connais. C'est celui qui vit avec cette fille, Mlle Mondeville ! Non, il n'y a pas de chambre libre chez moi. Pensez, il serait capable de m'amener sa créature !... » L'abbé fut bien embarrassé quand il s'agit de rendre compte à Didier de cette visite. Il préféra, dans sa simplicité, en rendre compte à Mme Chotard... Cependant, il eut encore le courage d'aller voir Mlle Henri-Georges-Ohnet (domestiques, quatorze chambres, immense parc aux allées soigneusement entretenues). On confia à la centenaire à peu près qui était Didier, ou ce qu'il était, une sorte de confrère mineur et tardif de son illustre grand-père (illustre surtout à Irube) dont les tomes étaient empilés sur la cheminée. À elle aussi, en dépit de son âge et de sa surdité, les nouvelles avaient été rapidement transmises. Elle eut un « oh » des plus effarouchés. « Oh, mais mon petit abbé, êtes-vous bien renseigné ? Savez-vous bien pour qui vous plaidez ? Vous voudriez m'imposer un monsieur qui a séduit cette malheureuse Mlle Carducci !... » Grâce aux activités de Fernande Chotard, on connaissait ainsi dans un rayon appréciable les relations réelles, possibles et imaginables de Didier, ainsi que les inimaginables. Les faits se transformaient quelquefois, s'altéraient, devenaient monstrueux comme dans les légendes. Mais la légende était en chemin. Le petit abbé découragé envoya un abbé plus petit. « Oh, se récria-t-elle (il s'agissait cette fois d'une femme à moustaches), oh, mais n'est-ce pas le monsieur qui a giflé Mlle Digoin ?... Bien sûr que j'ai des chambres. Et des grandes. Mais vous me voyez, giflée par cet énergumène ? Vous pouvez vraiment avoir envie de voir ça ?... » Cette maison était éloignée d'Arditeya d'un bon kilomètre. La traînée de poudre devait aller jusqu'à l'Évêché, jusqu'à la Mairie, jusqu'à la ligne, infranchissable pour les Irubiens-bien, de la Bonance.

Tout cela permettait à Mme Chotard de prendre son meilleur ton pour dire en parlant de Didier : « Voyez-vous, nous avons fait pour lui tout notre possible. Mais le mal tient à lui : il est quelqu'un dont personne ne veut. » Betty lui dit qu'il devait s'attendre à beaucoup souffrir. Paula lui écrivit qu'elle allait chercher à Paris. Didier se souvint de Pierre et son cœur eut un gonflement de regret inutile.

C'est peu de chose qu'un homme arrêté dans sa vocation. C'est peu de chose qu'un individu piétiné, quand il y a tous les jours tant d'hommes piétinés ensemble, quand il y en a tant d'autres qui meurent tous les jours, à un rythme prévu et calculé, dans les mines ou dans les cachots. « Pour chaque heure de travail : 1 mort
                4 mutilés
                20 blessés »...[1]

Depuis sa visite aux Forges d'Irube et sa conversation avec l'ingénieur, Didier prenait plus souvent les journaux, et certains entrefilets venaient s'ajouter peu à peu dans ses dossiers aux notes arrachées à Kierkegaard, à Soloviev ou à saint Jean de la Croix :

« M. et Mme San Giorgio n'avaient qu'une chambre de bonne et une petite cuisine pour loger leur famille, composée de quatre enfants de cinq mois à six ans. Le lit de la petite Maria avait été placé contre la fenêtre, et profitant d'un moment d'inattention de sa maman, occupée à soigner son troisième enfant paralysé, la petite, sans doute lasse d'être bousculée, grimpa sur le rebord de la fenêtre et bascula sur le balcon.

« Mme San Giorgio parut d'abord ne pas comprendre son malheur. Quelques instants plus tard, les voisins venus la réconforter constatèrent qu'elle avait perdu la raison.

« Quand son mari ouvrier terrassier rentra de son travail, on lui apprit le drame. En voyant le corps de sa fillette, le pauvre père tira un couteau de sa poche et les inspecteurs durent le ceinturer pour l'empêcher de se tuer sur-le-champ. Mais l'ébranlement nerveux fut tel qu'on dut le conduire avec sa femme à l'infirmerie spéciale du Dépôt.

« Le ménage habitait au sixième étage du 26 de la rue Grange-Batelière, à Paris[2]. »

---

1. Statistique publiée par la revue du Plan Marshall européen.
2. *Paris-Presse*, juin 1952.

Didier relisait avec effroi cette phrase toute pure : « *Mme San Giorgio parut d'abord ne pas comprendre son malheur.* » La puissance, la discrétion d'un tel raccourci le laissaient pantois. Nous étions à l'aube de temps où la vie devenait magistrale.

Les articles s'abattaient l'un après l'autre sur la table de Didier, avec une régularité morne de mécanique. Une jeune femme, expulsée de son appartement, s'était jetée dans le Gave de Pau ; un vieillard, dans les mêmes circonstances, s'était barricadé chez lui et avait ouvert le feu sur les arrivants. De telles misères, toutefois, étaient aussi loin de l'esprit de Mme Chotard (qui résumait en elle l'esprit des Hauts-Quartiers) que les famines qui ravageaient l'Inde ou la Chine : elle n'était accessible qu'aux événements la concernant directement ou qui avaient lieu dans sa famille. D'ailleurs, elle ne croyait que ce qu'elle voyait. Mot singulier pour une chrétienne : Fernande croyait à des formules.

Certes, Didier ne se sentait pas compétent pour désigner les raisons d'un tel état de choses : elles étaient assurément nombreuses. Mais au cours de ces malheureuses pérégrinations qui le ramenaient souvent aux environs de la Cathédrale, posée au sommet de la ville avec ses arcs-boutants étoiles comme une main ouverte, il lui arrivait de rencontrer l'abbé Singler dont on ne dissimulait plus qu'il allait prendre la direction du journal catholique du diocèse, cet *Irube-Éclair* qui tardait encore à paraître.

L'abbé, avec ses beaux yeux sombres, profondément encavés sous d'épais sourcils, tranchait dans le vif. Il oubliait allégrement les guerres, les déplacements, les ruines, le surcroît de population, les primes à l'enfantement, et ne voulait retenir qu'une seule cause, qui était « la honteuse démagogie de l'après-guerre » : il ne parlait pas autrement que les habitants des Hauts-Quartiers, propriétaires, bons pharisiens et exploiteurs de droit divin. Lui non plus, comme Fernande Chotard, ne croyait pas aux enfants qui basculent sur le rebord des fenêtres, aux parents qui devenaient fous de misère. Après tout, ce couple San Giorgio de la rue Grange-Batelière n'était peut-être pas même marié. Étaient-ils seulement français ?

Là-dessus les jeunes humanistes chrétiens et les vieux radicaux roublards, les maigres et les gros, les Chotard et les Dutertre, pensaient pareil. M. Beauchamp n'avait guère de chance aux prochaines élections municipales, mais le vieux chirurgien cagoulard, pratiquant et dichotomiste, le docteur Dutertre qui, plus finaud, était en train de faire oublier ses relations du temps de la France occupée, ses comptes en banques et ses fonds suisses, et de jeter au panier une vieille maîtresse jugée soudain indécente par les bien pensants dont il sollicitait les voix. Betty ignorait tous ces détails sur le docteur Dutertre et était animée, on le sait, quand il était question de Didier, d'un courage fou. Elle entendait parler du docteur Dutertre par l'élément féminin de sa famille comme du bon Dieu, c'était un homme qui faisait beaucoup de bien à l'Église, qui « donnait » beaucoup. Elle savait aussi qu'il était en tête de liste. C'était peut-être le moment d'aller voir. Elle franchit sans pudeur les grilles de la villa Dutertre, se fit recevoir, parla de Didier au gros homme écroulé dans son fauteuil. « Sais-tu ce qu'il m'a demandé quand j'ai eu placé mon boniment à ton sujet ? racontait Betty excitée. – Non, dit Didier. – Il m'a demandé : « Combien d'enfants ?... » Non, crois-tu, ce que c'est grossier ! Alors quoi, les vieilles filles des Hauts-Quartiers ont le droit de rester sans enfants, mais les jeunes types pauvres comme toi qui font quelque chose ne peuvent intéresser ce monsieur qu'à partir de deux ou trois moutards : Mais je comprends tout ! Figure-toi, j'ai raconté ça à papa comme il était dans un bon jour. Il est au mieux naturellement avec le docteur Dutertre, mais il n'en pense pas moins. Il m'a demandé pourquoi je m'étais adressée à Dutertre. « Eh bien, je dis, il cherche à se faire élire... » Tu le connais, quand il se met à rire dans sa moustache. Il m'a dit : Est-ce que tu prends Dutertre pour un bougnat ? – Pour un quoi ? je dis. – Pour un marchand de vins, avec une clientèle de bistrot et un poêle à sciure ?... Où a-t-il été chercher ce poêle à sciure, dis-moi ?... Tu ne trouves pas qu'il est drôle ?... » – « Et comment !... » dit Didier.

Après cela, Didier eût été fou de conserver l'espoir d'intéresser quelqu'un. Il était seul, malade, coureur « avec ça », et encore avait besoin de silence ! Il ne représentait que lui-même, n'avait pas trois ou quatre rejetons au biberon, prêts à puiser dans le budget de l'État. La principale faiblesse de notre héros était sans doute de n'avoir pas encore entièrement réussi à supprimer cet intérêt qu'il éprouvait pour lui-même. La maladie faisait de lui un être sans défense, mais plus s'affaiblissait sa défense, plus s'affermissait sa protestation. Il eût été vain pour lui de proclamer que la société n'avait pas le droit d'écraser délibérément un seul être : il était cet être, ce rebut ; l'intéressé a-t-il encore droit à la parole ? Il eût été vain de proclamer que la société se doit de reconnaître la valeur de ses membres : il était cet être dont tout le monde prétendait nier la valeur, celui à qui la société a dit : « Tu n'es rien pour moi, je ne te reconnais aucun droit, pas même le droit de vivre. » Or c'est ainsi que la société procède à l'égard du criminel ; et elle le fait sans passion, sans instinct dépravé, sans déséquilibre mental : elle n'a aucune circonstance atténuante. Et pourtant, faut-il dire que la seule chose qui lui donnait la force de lutter était la conscience de cette valeur et, à travers elle, de sa solidarité avec d'autres hommes piétinés comme lui, infiniment plus que lui ? Conscience toujours en lutte, à vrai dire, contre celle qu'il avait de son néant. Or non seulement il pensait valoir quelque chose, mais il savait qu'il valait encore plus que cela : que toute sa valeur était en avant, dans l'avenir. Comme tous les opprimés dont il comprenait et réalisait ainsi le drame, pour sa part, qui était modeste, dans l'intimité du cœur et du corps, il n'avait jamais cessé d'espérer cette réalisation de lui-même qu'il n'avait pas atteinte, de la poursuivre à travers tous les écarts et toutes les rechutes. Et cela, c'est notre drame à tous, mais les circonstances le rendent aigu. Le drame était de sentir en lui tant d'imperfection, et de chercher désespérément les occasions à travers lesquelles il pourrait s'accomplir. Ces êtres autour de lui, qui ne cessaient de l'écraser, ne pouvaient rien faire de leur vie ; lui, il pouvait. Ils ne pouvaient rien faire que mille autres ne fissent aussi bien. Lui, il avait à faire une chose qu'il était le seul à pouvoir faire. Il avait seulement besoin pour cela d'avoir un peu d'air à respirer tous les jours. Mais les autres aiment mieux vous refuser cet air et que vous ne fassiez rien, car la médiocrité est leur loi. Le mieux est qu'ils ne vous soupçonnent jamais d'avoir fait quelque chose, ou d'avoir quelque chose à faire ; ils imagineraient aussitôt mille moyens de vous faire périr.

Ainsi, plus Didier s'exerçait à devenir lui-même, plus il s'exposait au danger. Plus il voulait réserver ses forces pour la vraie lutte qu'il reconnaissait comme sienne, plus il s'affaiblissait pour le combat à soutenir contre *eux*, contre les autres, contre la haine réelle ou supposée, et l'indifférence plus meurtrière encore que leur haine. Ils flairaient de loin l'existence, en ce coin de la terre, d'un gêneur : un être doué d'une âme. On croit communément que la frontière est entre l'homme et l'animal, et l'on dit pour les différencier que les hommes ont une âme et que les animaux n'en ont pas. Mais la frontière est dans l'homme : entre le petit nombre de ceux qui ont une âme, et le grand nombre de ceux qui n'en ont pas, mais qui ont la force pour eux ou l'argent ou l'heureuse inconscience de la brute. Le scandale, finalement, se disait Didier, se rappelant ce qu'il avait vu aux forges, ce n'est pas que l'homme soit exploité par l'homme, c'est qu'il soit exploité par la Bête : cette énorme et monstrueuse Bête faite de tous ceux, petits et grands, qui ne s'intéressent qu'à l'argent et qui se reconnaissent le droit de posséder. Ceux-là, on les entend clamer. Et bien d'autres avec eux. Est-ce qu'un malheureux essayiste, du fait qu'il a la vocation d'écrire et que les éditeurs ne lui refusent pas sa prose, a le droit d'encombrer la rue et d'appeler l'attention sur lui ? Mais un écrivain est un homme, et qu'il souffre, vous en souffrez aussi.

Ce qu'il avait connu avec le Colonel, Katia et les poules était une pâle épreuve de ce qui l'attendait sous le règne des Maillechort.

Le camion arrivait au niveau de sa fenêtre. Grimpés dessus sous prétexte d'arrimer leurs planches, ils plongeaient dans sa chambre et le regardaient penser. C'était un cas de violation de domicile. Quand elle eut appris cela, Mme Chotard rit aux larmes. Betty pleura. Didier les haïssait.

Le matin, à six heures, alors qu'il faisait encore nuit et que tout le quartier était plongé dans le sommeil le plus noir, le store du garage était relevé brutalement et ils commençaient leur chargement avec des cris, en s'ébrouant. Les caisses de savon, de biscuits, les boîtes de fer, les bidons d'huile, d'essence, s'abattaient avec bruit sur le ciment du garage, et de là sur la tôle du camion. Les crochets fixés aux poutres qui soutenaient le plancher de la chambre résonnaient. Des fils de fer vibraient. Puis on arrimait fortement les planches de l'étal et les tréteaux sur la plate-forme. Pour cela, les gars montaient sur cette plate-forme et riaient d'apercevoir Didier dans l'obscurité de son lit : ils n'avaient que la barre de la fenêtre à enjamber pour être sur lui.

Cela durait une bonne demi-heure : on remplissait le monstre jusqu'à la gueule. Après quoi une jeune employée en black-jeans, les cheveux dans les yeux, courait ouvrir le portail de fer afin de libérer le camion. Ce portail, en tôle lui aussi, était fermé par une chaîne et un cadenas. Les tâtonnements sur cette tôle étaient un supplice pour le dormeur. Puis la chaîne se rabattait durement sur la tôle et le grondement du moteur s'enflait tandis que le camion restait sur place. Au bout d'un long moment, le camion franchissait le portail, puis s'arrêtait, pour surveiller ou attendre l'employée chargée de cadenasser la porte. Le cérémonial achevé, on entendait claquer les portières. Ils n'en avaient jamais fini avec ces portières. On aurait dit qu'il y avait vingt portières et dix camions.

Le camion emmenait le mari, Stef, et son beau-frère, un garçon de dix-sept ans, obèse et hilare. Cela aurait pu être la paix. Mais dès huit heures, les allées et venues commençaient, visites de l'associé, des voyageurs, de livreurs, reçues par l'employée le plus souvent, et chaque fois la cérémonie du portail, et le store du garage brutalement remonté et redescendu.

À onze heures, l'employée prenait possession du garage pour la journée et commençait à remplir des paquets et à dévider le répertoire des chansons en vogue. Didier pouvait suivre, à travers le plancher, ses moindres mouvements, comme à travers une vitre. Il la voyait sans la voir, jambes écartées, remplissant ses paquets pendant des heures. Il entendait le café, le malt, le sucre en poudre et la chicorée tomber dans le fond du sac. Puis le bruit de la balance. Et, pour clore le tout, celui de l'appareil à agrafer. Les mouvements de cette fille étaient réels, ils occupaient de l'espace, ils remuaient de l'air. La pensée de Didier n'existait pas, n'occupait pas d'espace, ne remuait rien. Flopie, c'était son nom, avait plus de réalité que lui. Elle avait toute la réalité, et lui aucune. Elle était sa négation. Il la haïssait.

Bientôt un marmot tout rond, tout gras d'avoir trop mangé pour ses deux ans, négligeant les jouets coûteux et mirifiques dont on avait rempli le jardin, attiré par la présence humaine, indispensable aux bêtes et aux enfants, venait jouer dans le garage avec les accessoires d'épicerie, et entamait avec Flopie un des ces dialogues monosyllabiques qui n'ont pas de fin, parce qu'ils n'ont pas non plus de commencement, ni de nécessité, et provoquait des scènes en vidant les paquets que l'employée avait remplis. Grâce à lui le travail de l'employée n'en finissait pas. Didier le haïssait.

Enfin la femme de ménage, Barnabé, dite Babé, un monstre glapissant et poilu, de l'espèce des pithécanthropes, faisait dans le jardin une entrée bruyante, apostrophant tout le monde et elle-même, se mettait à récurer les bassines et à faire bouillir dans le jardin même, sur un trépied de fonte, avec des débris de caisses qui craquaient à grand bruit en brûlant, la lessive du jour.

Pendant ce temps, Mme Maillechort – Gaby –, une fille de vingt ans et cent kilos, prenait des bains de lait, ou fumait dans son lit: c'était la seule chose qui ne faisait pas de bruit. L'après-midi, revêtue d'un chandail orange et d'un pantalon de laine blanche, comme une vedette de cinéma, elle venait fumer devant sa porte, un fume-cigarette d'ivoire entre les dents, ou s'asseyait sur les marches et interpellait les passants, ou criait bêtement le nom de son gosse. Didier la haïssait.

L'employée avait aussi pour tâche de coltiner par le jardin les bidons d'huile dont elle allait remplir des bouteilles derrière la maison, sous les cuisines. Ou bien elle traînait ses caisses vides, d'un air nonchalant et ennuyé, entre le garage et la cave, ce qui l'obligeait à faire le tour de la maison, c'est-à-dire de la chambre où travaillait Didier. Ou encore, à ses moments perdus, elle ouvrait des caisses dans le garage, à l'aide d'un levier de fer, puis les démolissait pour faire du bois. Elle faisait tout cela avec hargne, le visage tendu, les cheveux sombres et lisses rabattus sur le front, la bouche dure et têtue. Didier s'aperçut que, tout en haïssant les bruits qu'elle faisait, il ne la haïssait pas elle-même comme il haïssait les autres. Si quelqu'un dans le nombre avait dû cesser de lui être antipathique, ç'aurait été Flopie, il ne savait pas pourquoi. Elle habitait la maison, où tout le monde avait le droit de la tutoyer. Le samedi, elle « s'habillait » et descendait en ville. Quand il n'était pas au marché, le gros frère, Georges, sous prétexte de l'aider, venait compliquer son travail en lui faisant une cour grossière. Il avait une voix épaisse, lente, obtuse, un accent lourd. Didier le haïssait, haïssait, haïssait. À force de haïr, il ne savait plus ce qu'il haïssait, ni pourquoi. Mais au centre de toute cette haine, comme un gros point noir et répugnant, il y avait lui, Didier, – Didier qui se haïssait absolument.

Toute la famille vivait dans le garage, comme si c'eût été l'unique pièce praticable de la maison, Didier commençait à comprendre le sens des paroles de Stef. Ce garage, dont ils avaient fait leur entrepôt, était séparé de la chambre de Didier – on l'a déjà dit – par un plancher non plafonné. Le bruit des voix, l'éclat de leurs discussions, la teneur de leurs moindres propos, leurs exclamations, leurs soupirs, lui parvenaient distinctement. L'odeur concentrée des piles de fromages, des caisses de morues entassées, filtrait à travers le plancher, ou pénétrait par la fenêtre ouverte, l'empêchait d'écrire, de penser. *Odoratus impedit cogitationem.* Cela avait été écrit par un moine, saint Bernard, au XIIe siècle : l'odeur empêche de penser. Ces odeurs étaient des odeurs ignobles, révoltantes. Leurs propos étaient révoltants. Leurs silences étaient révoltants. Il était révoltant que des êtres sans affinités entre eux fussent tenus de vivre côte à côte dans la même maison.

Ces gens n'étaient peut-être pas méchants (malgré l'intention affichée, on se lasse d'être méchant) : ils *l'ignoraient.* Il y a un rapport humain dont l'injustice a été définie, qui est celui de maître et esclave. Mais, ce rapport mis à l'écart, le pouvoir reste à quelques-uns, sous prétexte d'argent, d'affaires, d'importance, de gesticulation, d'étouffer, d'asphyxier les autres, de les conduire peu à peu à la mort. Le patron ne torture pas expressément l'ouvrier. Il le torture par l'ignorance où il est de ses besoins.

Leur activité de marchands forains déchaînait un vacarme dont ils jouissaient visiblement et qu'ils redoublaient à plaisir. Mais leur non-activité l'eût encore empoisonné, tellement ils dégageaient de grossièreté. Au bout de quelques jours, Didier n'était plus que l'ombre de lui-même. Le brouhaha des voix, celui de sa fièvre dans ses artères, ne faisaient plus qu'une seule rumeur, en dedans et en dehors de lui. Bientôt son cœur lui donna des malaises, il eut des vomissements. Il avait pu jusque-là mépriser les inconvénients de la pauvreté ; ils étaient mineurs. À la fin de l'année, il se vit mourant.

La nuit, la pluie tombait sur le camion de tôle, trop haut pour le garage, et qu'ils ne rentraient qu'à moitié, la toiture restant dehors, coincée contre le soubassement de la fenêtre. Didier dormait la fenêtre ouverte, de plain-pied avec le camion dont les odeurs s'exhalaient lentement.

La pluie tombant sur cette tôle faisait un bruit de crécelle. Ainsi, ils l'avaient même privé de ça, du bruit apaisant que fait la pluie en tombant sur la terre, ce bruit d'enfance, un de ces sons précieux et fins qui rendent une âme à elle-même. Car dans la pluie qui tombe, il y a un dieu caché.

L'image de Mme Chotard, toute seule dans son appartement confortable, au milieu de ses chambres vides, venait le visiter et narguer sa misère. Betty lui conseillait de chercher s'il n'y avait pas dans la ville des gens plus malheureux que lui afin qu'égoïstement il cessât de souffrir. C'était un noble conseil. Mais on porte plus facilement les yeux vers le haut que vers le bas. Des gens misérables, on avait presque de la peine à en trouver à Irube. Mais il y en avait quand même : ceux de la rue aux Chats, ceux de la rue des Manufactures, ceux du quartier des Forges. Il y en avait même de plus proches : ceux qui habitaient, sous les murs des Dominicaines, des masures divisées en deux ou en trois, d'anciennes étables. Ceux-là, Didier en parlait quelquefois à l'abbé Singler : l'abbé disait qu'ils n'étaient pas « intéressants », et que d'ailleurs ils avaient encore trop d'argent puisqu'ils allaient le dépenser au bistrot ou au cinéma. C'était le prolétariat en haillons, des gens descendus si bas que plus personne ne s'en occupe.

Cette Gaby de cent kilos, qui fumait des cigarettes américaines devant sa porte, dans des fume-cigarette longs comme ça, avait, au cours de quelque vacance sur une plage, rencontré un jeune homme bien de sa personne, pourvu d'une petite moustache irrésistible, avec une tête de gitan, la peau brune, le corps musclé, et qui s'était révélé par la suite être un épicier ambulant, à la tête de deux camions et d'un commencement de fortune fondée sur deux ou trois années de marché noir. Successivement exclue de toutes les écoles et collèges, douée d'une solide paresse, la fille était tout de suite tombée amoureuse, au point de se faire engrosser et épouser dans les six mois. Voilà pourquoi ils n'amenaient pas seulement leurs morues, une femme de ménage glapissante, le frère de Madame aussi énorme qu'elle et une employée, mais un poupon braillard et casseur de vaisselle, prétexte à bêtification. En huit jours, le jardin fut un cloaque.

Le garage était donc devenu à la fois salle de jeux, salle de séjour et atelier. Deux pouces plus haut, Didier Aubert préparait sa thèse sur les étapes de la vie mystique, dans l'espoir de devenir un grand professeur.

Quand le futur grand professeur était las d'entendre Flopie remuer des sacs et chanter ses airs, il sortait, le souffle court, et croisait l'abbé Singler monté sur sa motocyclette. Quand il en avait le temps, l'abbé s'arrêtait, le questionnait, se plaignait de ses maux de tête, lui donnait en exemple cette famille de bourreaux et lui faisait honte discrètement de n'être pas marié et de ne point avoir, lui aussi, une épicerie ambulante, car ce serait lui alors qui emmerderait les gens. Chemin faisant, il admirait les petites vertus, qui font les grands travailleurs. Ah, les braves gens! Voyez-moi ces braves gens! disait-il. Un peu cabochards, bien sûr, mais ne vous en faites pas, Dieu reconnaîtra les siens.

Cette phrase lui servait toujours de conclusion. Et ce fameux journal ?

– Ah, je n'aurais pas dû vous en parler, lui disait l'abbé. C'est encore retardé. Il faut trouver des lecteurs, – des fonds aussi. Heureusement, pour la bonne cause, on en trouve toujours.

Là-dessus la moto bondissait, l'abbé agitait la main, sportivement, dans un rapide salut. M. Singler devait être ce qu'on appelle un abbé de choc, et il allait sûrement sortir un beau journal.

Betty s'absenta quinze jours, puis revint, et se présenta aussitôt chez lui pour lui rendre compte. Son absence n'avait, semblait-il, que des causes naturelles. Les histoires dont elle était chargée étaient rarement réconfortantes, mais elle les racontait avec un humour léger et cette vaillance qui leur ôtait une partie de leur noirceur.

Elle expliqua qu'elle avait demandé un congé à son notaire dans l'intention – chimérique aux yeux de Didier – d'aller chercher un job à Paris, mais aussi appelée par M. d'Hem qui se trouvait de nouveau en détresse et avait besoin d'elle pour se donner le courage d'entreprendre une cure de désintoxication. Finalement, elle avait passé ces quinze jours dans une clinique et disait qu'ils étaient parmi les meilleurs de sa vie, que cela lui avait fait le plus grand bien. Elle avait laissé Philippe en bonne voie, après l'avoir soutenu pendant les jours les plus difficiles.

Didier n'essayait pas de voir très clair dans ces arrangements et savait que ni l'un ni l'autre n'y eût rien gagné. Il lui suffisait, quant à Betty, d'être sûr de ce qu'il appelait sa *netteté*. Elle avait une sorte de netteté qui n'était qu'à elle, difficile ou même impossible à définir et que le regard des tiers ne pouvait que ternir, mais qui lui était toujours perceptible. Elle le savait, elle en abusait, et Didier savait que cela était reposant pour elle. Au reste, elle avait toujours beaucoup aimé raconter deux histoires au lieu d'une, et le plus souvent l'autre tenait lieu de l'une. Timidité ? Elle semblait toujours avoir peur que Didier ne la jugeât sévèrement, et adjoignait à la vérité, ou à ce qu'elle considérait comme tel, des amendements, pour en imposer davantage. Didier était persuadé que l'histoire du *job* était faite pour atténuer, justifier l'autre, en émousser l'effet. En quoi elle se trompait toujours.

Le fait qu'elle se fût absentée si peu de temps après Paula ne laissait pas non plus Didier indifférent. D'autant plus qu'il y avait des lacunes dans son récit. Elle avait parlé de M. d'Hem, de la clinique, de ses visites dans les bureaux, puis plus rien.

— Et Paula ? dit-il. Tu ne lui as pas signalé ton passage ?
— Oh !... C'est-à-dire... Si, bien entendu. J'ai vu Paula... Elle te fait dire...

Il y avait quelque chose d'embarrassé dans sa voix, et Didier pensa que ce sujet ne lui était pas agréable.

— Elle t'aime beaucoup, évidemment.

C'était dit sans chaleur, comme si elle luttait contre la conviction contraire.

— Où l'as-tu vue ?
— Mais... chez elle, bien sûr.

Didier fronça les sourcils.

— Chez elle ? Elle n'est plus à l'hôtel ?
— Mais si. Si. À l'hôtel. Dans son hôtel.
— C'est bien ? demanda Didier.
— Ce n'est pas mal.
— Mais où est-ce ? Il faut t'arracher les mots !
— Dans le seizième, je crois...
— Oh, dit-il en riant, tu crois ! Ce n'est pas là qu'elle m'a donné son adresse. J'ai son adresse aux Halles !
— C'est vrai, c'est là que je l'ai vue, je confondais !

Elle était essoufflée, lui aussi.

— Tu confondais ! dit-il rêveusement.

À quoi bon continuer l'interrogatoire. Elle allait dire qu'elle avait mal à la tête, qu'elle avait des trous, qu'elle ne se souvenait plus. Il l'attira contre lui et l'embrassa sur le front.

— Pardonne-moi, dit-il. Je te pose trop de questions à la fois...

Betty considéra avec effroi les allées et venues des Maillechort, de Gaby, de Stef, du gros Georges, du Gosse et de Barnabé, sans compter l'industrieuse Flopie. Cette fois, elle se sentait dépassée par la situation. En quinze jours, la vie de Didier avait cessé d'être une vie ! Elle-même commençait à avoir des ennuis avec ses logeurs, et Santiago était plein à craquer de locataires grouillants parmi lesquels achevait de se dissiper l'atmosphère familiale, l'essence précieuse de la maison. Revenir en arrière n'était plus possible. Elle avait d'ailleurs assez dit qu'elle avait besoin d'un coin à elle. On avait d'abord traité cela comme un caprice qu'il fallait passer à une fille qui n'était pas tout à fait normale, et ce caprice avait paru singulier aux étrangers, étant donné les vastes dimensions de Santiago et l'amour que Betty portait aux siens, particulièrement à son père. Quant à Didier, il avait pensé que le besoin de sortir du cocon est irrésistible pour un jeune être et qu'il faut que le cocon éclate un jour. Mais, là encore, il risquait de faire fausse route. D'abord la situation était devenue peu à peu irréversible, ce qui d'une part justifiait les paroles de M. Mondeville : « Tu le regretteras !... » et d'autre part justifiait Betty, aux yeux de ses logeurs, à se prétendre sans logis. Car les Mondeville étaient beaucoup trop honnêtes pour chasser quelqu'un – même pour un membre de leur famille. Une telle honnêteté qui confine à la bêtise ne se voit plus. M. Mondeville réprouvait d'ailleurs en lui-même ces excès de location auxquels s'étaient livrées sa femme et sa sœur ; mais, suivant son habitude, il laissait faire. À présent Betty suggérait à Didier une autre explication de sa conduite :

– Tu comprends, comme ça, c'est plus normal.
– Plus normal ?
– Oui. J'ai vraiment la vie de quelqu'un qui travaille.
– Tu tiens vraiment aux embêtements ? lui demanda Didier.
– Il n'y en a pas pour moi plus que pour les autres.

Didier eut un petit sifflement d'admiration. Il ne devait pas en être ainsi de beaucoup de jeunes filles.

De fait, après une période de *statu quo*, les embêtements ne se firent pas trop attendre. Après tout le mal que Betty s'était donné pour dénicher cette chambre, ses propriétaires – eux-mêmes locataires de leur appartement – regrettèrent de la lui avoir louée. Non que cela leur valût aucun désagrément, bien au contraire, car Betty s'absentait beaucoup ; mais ces gens s'étaient « adaptés » très vite aux circonstances historiques nouvelles et, bien qu'ils fissent tout payer au maximum, leur système était de congédier le locataire tous les six mois, afin de se tenir « au niveau des prix ». Les Mousserolles, aussi appelés Etcheverry, étaient par ailleurs de bons catholiques à la manière d'aujourd'hui, et de fort braves gens selon la terminologie de l'abbé Singler, et même un peu militants : ils ne voulaient rien perdre. Ils auraient même voulu gagner sans effort et sans sacrifice d'aucune sorte et louer tout en ne louant pas ou bien avoir, pour la même chambre, un locataire de jour et un locataire de nuit, à l'insu l'un de l'autre. Il faudrait avoir le courage d'entrer ici dans des explications fastidieuses, d'un tour par trop sérieux et technique ; mais de telles mœurs sont assez représentatives de l'état d'esprit complexe de ces propriétaires abusifs que ronge le remords – celui bien entendu de ne pas être assez adroits pour obtenir de l'argent des autres sans rien céder. C'était à cela que tendaient, de toute évidence, les procédés mis en œuvre par les sympathiques personnages entre les mains desquels Betty, avec cet instinct qu'elle avait pour les catastrophes, était tombée. Ces Mousserolles, dits Etcheverry, qui habitaient une maison commune à la frontière des Hauts-Quartiers, étaient un de ces ménages bien considérés dans Irube, ou tout au moins dans le quartier. Le mari gagnait convenablement sa vie comme comptable à l'Électricité de France, et la femme, membre local de la *Ligue féminine d'Action catholique* (marguerite d'argent sur le corsage) avait, dans sa pieuse cupidité, gâté un appartement tout juste suffisant pour eux et leur pâle rejeton en en louant plus de la moitié. Les chambres qu'elle louait, prodigieuses d'exiguïté, où l'on gelait l'hiver, le chauffage ne fonctionnant que le jeudi et le dimanche (jours où la famille était au complet et où le dauphin faisait du patin à roulettes dans le couloir), sommairement meublées de divans humides et d'armoires vermoulues dont, précaution bien calculée, les portes ne fermaient pas, comportaient toutes sortes d'interdictions, de disciplines et de servitudes concernant l'usage de l'eau et du cabinet, chose habituelle à ces milieux de petite bourgeoisie et rentrant dans l'idéal signalé plus haut.

En somme, ces petits proprio-locataires appliquaient à la vie civile le système de hiérarchie et de sanctions courant dans la vie de collège ou dans la vie de caserne. Ordre admirable où l'exploité se fait à son tour exploiteur ; où, pour rétablir la justice, on aide à faire tourner la roue d'un trafic sans limite, dont le poids le plus lourd s'abat nécessairement sur le plus faible : le loyer perçu pour la petite chambre de Betty permettait à ces gens de couvrir tout un trimestre de leur propre loyer. Le fait serait banal s'il ne s'agissait d'Irube, et s'il ne s'agissait de bons chrétiens, habitués indéfectibles de la messe du dimanche et grands consommateurs de littérature pieuse, et notamment du Bulletin paroissial confectionné tous les jeudis par l'abbé Singler, qui se faisait la main sur ce petit journal, en attendant le grand, et imprimé, sans doute bénévolement, par le propriétaire d'un magazine local à scandales et à petits potins, pratiquant du double jeu, désireux de racheter par là son indignité. En fait, le Mousserolles en question ayant une situation suffisante et un loyer ancien, donc dérisoire, il est juste de dire que l'exploitation commençait à lui. Ces petits bourgeois, héritiers de la grande Révolution, à peine échappés à l'état d'esclaves, étaient un exemple éclatant du besoin qui pousse l'homme à exploiter l'homme. Mais comme, de plus, ils étaient chrétiens, ils appelaient cela « rendre service ». Ils ne pouvaient refuser de « rendre service ». Ils avaient ainsi recueilli et logé, en plus de Betty, un surveillant du Lycée et une couturière, tout le monde ayant droit au même lavabo, l'eau étant coupée après une certaine heure.

Didier jetait un regard effaré, désolé, sur tous ces gens qui voulaient gagner leur vie aux dépens d'autrui, en exploitant des biens qui ne leur appartenaient même pas. Ils se réclamaient tous du catholicisme, un peu comme on se réclame d'une compagnie d'assurances ; ils faisaient vivre les prêtres, bien sûr, assuraient l'entretien d'un séminaire grand comme un hôtel PLM de station de luxe, et d'une multitude de couvents et monastères ; tous les ans on baptisait des cloches (car dans ce secteur, la construction allait son train) ; mais où y avait-il un chrétien ? dans quel cœur un feu brûlait-il ? La conclusion, Didier y arrivait peu à peu, c'est qu'il n'y avait plus de chrétiens à Irube, et que plus on parlait de chrétienté à Irube, moins il y avait de chrétiens. La chrétienté était devenue une espèce de raison sociale, d'affiche électorale, un panneau publicitaire.

Cela voulait dire mépris, orgueil, injustice. Personne n'avait plus d'amour pour personne. C'est bien ce que voyait Didier à travers les récits toujours coupés de Betty, si inhabile à s'exprimer et à lire en elle-même qu'il lui fallait au moins deux explications avant d'arriver à la bonne.

– Au fond, vois-tu, c'est ce qui m'a déterminée à partir, à quitter Santiago. C'est une de mes raisons secrètes.

– Quoi donc ?

– Ils ont commencé eux aussi à organiser la mise en coupe, à profiter du malheur des temps pour subsister sur le dos des sans-logis, alors que… ;

– Si tu permets, dit Didier, là je t'arrête ! Il faudrait tout de même distinguer. Une vieille maison est un capital, c'est du travail accumulé par les ancêtres…

– Que veux-tu, je conçois mal des chrétiens capitalistes, dit Betty.

– Oh, capitalistes ! Ta famille !

– Vivre des revenus que l'argent ou qu'un bien – c'est la même chose – enfante par lui-même, c'est vivre injustement, c'est vivre lâchement, dit Betty. C'est pour ça que je préfère travailler, bien que rien ne m'ait préparée à ça. Je suis d'une famille où l'on attend que les filles se marient. Ça aussi c'est du capitalisme.

– Sans doute, dit Didier, mais on peut du moins absoudre des gens qui n'ont plus que ce moyen, la débrouille.

Betty ne répondit pas. C'était un fait qu'elle ne l'avait pas supporté, et bien qu'elle évitât toute allusion à l'activité de sa famille, il était possible que ce fût la vraie raison de son éloignement. Betty ne se disait pas chrétienne, mais elle était furieuse de voir des gens se dire chrétiens et ne pas l'être. « Et tout le monde, ajoutait-elle, a le droit de protester quand des gens se disent quelque chose, chrétiens ou communistes, et ne le sont pas. » Le cas de Betty, au milieu du monde corrompu des Hauts-Quartiers, était clair. C'était la seule petite lumière, la seule petite flamme qui brûlait tout droit.

Le jardin revêtait des apparences sordides. Il était couvert de débris, de détritus, d'accessoires répugnants servant au commerce des bohémiens, jonché des jouets achetés chaque jour pour le Gosse et abandonnés, tout neufs, sous la pluie, dédaignés par ce jeune prince du Camembert et de la Morue, ou rapidement expédiés derrière la haie ou mis en pièces. Il n'était plus possible de faire un pas sans rencontrer un obstacle ; après avoir buté sur le camion du père, Didier trébuchait sur l'auto à pédales du fils, sur des bidons, des boîtes vides, des caisses désemparées, des papiers d'emballage ou des journaux qui gisaient là, sans cesse agités par le vent, ou, trempés de pluie et mêlés de boue, s'enfonçaient lentement dans la terre. Le Jardin n'était pas pour autant rendu à la nature, ce qui eût peut-être compensé, aux yeux de Didier, par un spectacle intéressant, une partie des malheurs qui s'abattaient sur lui. Au contraire, le sol même finissait par disparaître sous ce nouvel humus. Devant le garage, c'est-à-dire dans l'espace immédiatement à portée de ses regards, les allées et venues réitérées du camion, agissant comme un concasseur, avaient tassé les chiffons et la ferraille, de sorte qu'on ne reconnaissait plus même la couleur de la terre. Plus rien n'était visible des plantations sur lesquelles le Colonel s'était tellement acharné. Stef poursuivait l'œuvre inaugurée dans les derniers temps du règne de Katia. Le sol était un amas, une pâte faite de vieilles déjections, de cartonnages empilés et pressurés, de débris de bois. Si du chèvrefeuille poussant dans la haie émergeait çà et là en serpentements timides, les mains brutales du gros Georges, obstinées contre tout ce qui n'était pas la tôle et le verre, avaient vite fait de l'arracher. Didier se demandait ce qui l'avait empêché d'être l'ami du Colonel.

Les claquements des portières, les cris, les danses de sauvages exécutées autour du camion à chaque départ et à chaque retour ; de bruyantes gaietés dégénérant bientôt en querelles, des chutes sonores de caisses ou de bidons ponctuaient ses heures, ses journées, ou plutôt les rayaient d'un trait presque continu, les arrachaient de sa vie. Il ne vivait plus ; *eux* vivaient. Ils lui prenaient tout, lui soutiraient sa vie, et il ne pouvait rien contre la leur. Ils avaient ouvert à son flanc, avec des cris de joie, une blessure par où coulait son sang. Malgré leurs disputes continuelles, ces êtres étaient amalgamés de telle façon qu'on ne les distinguait qu'avec peine les uns des autres. Gaby ne tranchait sur l'étrange tribu que par l'inertie, l'énorme pouvoir de paresse qui était en elle et qui l'immobilisait des heures entières, dans un reste de soleil encore tiède, avec ses pantalons, ses cigarettes et ses chandails de couleur. Son corps éclatait de toutes parts, elle était comme la reine des fourmis au milieu d'un peuple laborieux, et glissait tellement sur cette pente savonnée, entre les caisses d'huile Lesieur, le savon Lechat et les sachets de bonbons fourrés, qu'elle devait étonner même son jeune mâle, qui regardait de plus en plus, semblait-il, vers l'employée, tout en redoublant ostensiblement, à son regard, de crudité verbale et de brutalité.

Didier était perdu, noyé parmi la tribu horrible. Ils l'avaient cerné, absorbé, à la manière d'une amibe. Autour de sa chambre s'élevait un triple rempart de caisses accumulées derrière lesquelles il disparaissait matériellement. Bientôt ils n'auraient plus qu'à en ajouter quelques-unes, qu'à boucher la fenêtre, et il périrait asphyxié.

Au-dehors, les sourires de l'abbé Singler, ses poignées de main se faisaient de plus en plus brefs. Il regardait avec un visible mépris un homme capable de se laisser enterrer vivant. « Vous auriez mieux fait de vous débrouiller pour rester chez Mme Chotard », lui disait-il sévèrement. Ou bien : « Mais pourquoi ne voulez-vous pas devenir propriétaire ? Enrichissez-vous, bon Dieu !... » Ou bien, jetant un regard sur le Gosse apparu derrière la porte, avec son visage tout rond, son petit corps rond et potelé : « Ah, disait-il, les braves gens !... »

Inconscience ou défi ? Didier cessa bientôt d'avoir de telles occasions de s'étonner. L'abbé Singler abandonna sa motocyclette pour une voiture. Didier le voyait passer en trombe, sa voiture le frôlait sur la pente qui ramenait de la ville vers les Hauts-Quartiers ; il ne s'arrêtait plus pour lui parler, encore moins pour le prendre et lui épargner la montée. Didier comprit la raison de ce changement : *Irube-Éclair* venait de paraître.

Didier reçut un mot de Paula lui laissant prévoir que, dans quelques années, elle serait riche et qu'alors ils pourraient commencer ensemble une nouvelle vie. Didier fut triste de cette lecture et ne répondit pas.

Les Mousserolles avaient dans l'idée depuis longtemps d'expulser, de congédier, ou, comme on dit dans leur monde, de « remercier » Betty. La technique était simple, et éprouvée dans toutes les bonnes maisons des Hauts-Quartiers. On déclarait tout à coup qu'on avait besoin de la chambre pour un parent qui allait venir, une fille qui se mariait, un ami à recevoir. Puis, quand le malheureux locataire était parti, on louait la chambre à un autre, avec une majoration convenable. D'où la question adressée à tout candidat locataire : « C'est pour longtemps ?... » S'il se trouvait que le locataire était récalcitrant (c'est ce que l'on appelait un mauvais locataire), le bon propriétaire lui appliquait les peines prévues, suivant une série graduée, non enregistrée par le code, mais appliquée universellement en raison de cette logique secrète de l'*intérêt* qui vaut mieux que tous les articles du code : on lui « faisait des misères ». C'est ainsi que Betty trouva d'abord fermée la porte de la cuisine (où elle avait coutume de faire son café du matin ou de faire chauffer l'eau pour sa toilette). Puis on estima qu'elle se lavait trop, qu'elle consommait trop d'eau. On lui retira donc la jouissance de la salle de bains pour lui donner le pot d'eau dans la chambre. Betty se le tint pour dit, ne rappela pas à ces gens leurs engagements antérieurs, ne leur fit pas remarquer qu'ils la volaient. Elle savait très bien ce qui arriverait : quelques jours plus tard, la salle de bains était louée en bloc, au prix fort, avec une autre chambre, à des gens de passage, venus « pour les fêtes ». Puis on jugea qu'en se lavant dans sa chambre elle laissait tomber des gouttes sur le parquet, et on lui en fit la remarque sur un ton sec (« Tu la troubles, reprit cette bête cruelle »). Bientôt elle s'aperçut qu'on fouillait dans ses affaires et se révolta. Mais elle devait comprendre par la suite ce qu'on espérait découvrir : des preuves contre sa conduite, des lettres de « son amant », ou, ce qui eût mieux valu, d'après eux, de ses amants : car, puisqu'elle en avait un, elle pouvait aussi bien en avoir plusieurs. Les « renseignements » pouvaient servir plus tard, si elle n'était pas « raisonnable ». Au reste, Betty, ayant un amant, pouvait aussi bien être une voleuse. Un objet ayant, paraît-il, disparu de la maison – un de ces affreux plateaux dont le fond pyrogravé représente un paysage de montagne avec une ou deux vaches devant une ferme – on l'accula à un interrogatoire au cours duquel on lui fit sentir les soupçons qui pesaient sur elle. Bref, du jour au lendemain, histoire de la vexer, toutes les portes de la maison, sauf la sienne, furent soigneusement fermées à clef lorsque les trois Mousserolles, ou Etcheverry, s'absentaient en même temps.

Tout ceci se passait sous la protection d'une Vierge lumineuse trônant sur l'étagère de la cuisine, d'un crucifix en pâte de nouille tressée et d'un saint Joseph phosphorescent placé dans le couloir.

M. Mousserolles était un petit homme chafouin à lunettes de fer, Mme Mousserolles une femme au nez pointu, au visage couperosé. C'était elle qui, en sa qualité de membre de la LFAC, commandait les opérations, la poitrine en avant sous une blouse cousue de médailles et d'insignes.

À présent, quand Betty s'absentait, elle aussi fermait à clef (il avait fallu la première fois un certain nombre de coups de marteau sur la serrure qui n'était pas d'équerre) la porte de sa chambre, dans laquelle reposaient depuis quelques jours deux malles qui appartenaient à Didier.

Betty arriva chez Didier un soir, sans avertir, et lui fit le récit suivant.

Ses bons propriétaires avaient forcé la porte de sa chambre (ou peut-être l'avaient-ils ouverte tout bonnement avec une seconde clef, elle ne put le préciser, tant la chose l'avait bouleversée) ; ils l'avaient vidée de fond en comble, et déposé ses affaires et celles de Didier au fond d'une cave d'où ils ne les libéreraient que sur le paiement d'une « indemnité » : indemnité représentant à la fois d'incertains dommages causés aux meubles, et la « garde » des affaires dans la cave : là-dessus ils s'embrouillaient, disait-elle, mais le mot indemnité devait leur plaire : ces braves gens ressemblaient, toute proportion gardée, à ces fusilleurs nazis qui, le lendemain d'une exécution, envoyaient aux familles la note de frais pour les munitions dépensées[1].

C'était une de ces histoires folles et compliquées, comme Didier eût dit autrefois qu'il n'en arrivait qu'à Betty si, justement, par le temps qui courait, elles n'arrivaient un peu à tout le monde, et si elles ne menaçaient pas de lui arriver à lui-même. Connaissant les intentions avouées de ses propriétaires, il commençait à être inquiet chaque fois qu'il avait à sortir pour plus d'une demi-heure.

Didier dit à Betty qu'il fallait réfléchir. Mais réfléchir était impossible dans sa chambre. Il dit qu'il fallait sortir pour réfléchir.

Le premier résultat de cette histoire était naturellement que Betty n'avait plus de domicile, et qu'elle était dehors.

Didier ne pouvait laisser Betty dehors, ni qui que ce fût. Il lui offrit de partager sa chambre. Tous deux étaient très tristes. Il pensa à Paula, et à son sac en bandoulière dont la courroie lui barrait la poitrine. Paula attendait de lui une réponse. Il eût été facile de lui écrire. Mais il comprit à ce moment-là pourquoi il ne l'avait pas fait. Paula n'avait pas besoin de lui : elle-même lui annonçait qu'elle allait être riche. Il ne pouvait, délibérément, se mettre du côté des vainqueurs.

L'affaire était encore plus compliquée qu'il ne pensait et Betty lui révéla, une heure après, un détail qui aggravait singulièrement son cas, sinon celui de Didier lui-même. Mme Aubert avait, en toute hâte, dès les premiers bombardements, entassé tout ce à quoi elle tenait dans deux malles qu'elle avait confiées à des amis moins exposés ou à de lointains parents qui s'étaient lassés. Après avoir embarrassé successivement plusieurs greniers ou caves, ces malles que personne ne songeait plus à réclamer ni à conserver avaient été expédiées d'autorité en gare d'Irube. Une lettre les précédant de peu les avait annoncées. Lorsque les malles avaient été transportées chez Betty – où il y

---

[1]. L'auteur a trouvé cet atroce détail dans *le Monde* du 23 octobre 1954.

avait tout de même plus de place que chez Didier – ils avaient cru faire acte de prévoyance en laissant collées dessus les étiquettes qui s'y trouvaient au nom de Mme Aubert : au moins cela qui échapperait au naufrage. Mais grâce à l'intelligence des gens qu'ils employèrent pour ce transfert, les choses avaient tourné tout autrement. L'homme qu'ils avaient chargé de cette bêtise s'était innocemment présenté chez Mme Mousserolles en disant qu'il apportait les bagages de Mme Aubert. D'où Mme Mousserolles, horrifiée, avait conclu que Betty menait une « vie double », se faisant appeler ici Mlle Mondeville et là Mme Aubert. Cette accusation épouvantable revint sur le tapis, aggravée d'injures, au moment où Betty, à défaut de retrouver sa chambre qui lui avait été reprise, essaya de retrouver les objets que les Mousserolles lui avaient volés ou dont ils s'étaient faits, tout au moins, les recéleurs.

L'affaire n'ayant pas trouvé de solution, et les Mousserolles refusant de rendre les objets volés, Betty annonça courageusement à Mme Mousserolles qu'elle la faisait convoquer devant le commissaire de police. Elle se rendit donc, huit jours plus tard, au bureau du commissaire où elle retrouva Mme Mousserolles, arrivée très longtemps avant l'heure et qui avait déjà imposé au commissaire sa version de femme honnête, vertueuse, médaillée, aux prises avec une fille de mauvaise vie.

Mme Mousserolles reprit ses accusations devant le commissaire et se défendit, contre les précisions données par Betty, en réitérant ses injures. Betty se contenta de la regarder d'un œil embué et méprisant. Mme Mousserolles ne se priva pas du plaisir, devant le commissaire visiblement intéressé, de déplacer complètement le débat, mettant en relief la vie scandaleuse de Betty (telle que cette vie pouvait apparaître à ses yeux d'enfant de Marie), soulignant ce qu'elle appelait sa « double vie » – et elle était « indulgente » – laissant supposer des choses pires, allant jusqu'à faire allusion à des vols commis dans sa maison. Betty raconta à Didier qu'elle avait été prise entre l'envie de rire et l'envie de pleurer devant ce monument d'injures où la sottise et la méchanceté avaient part égale.

Le commissaire, après avoir entendu l'une et l'autre et s'être régalé d'une bonne histoire, fut fort embarrassé pour prendre parti : sa sympathie allait naturellement à Betty, mais la rude honnêteté de Mme Mousserolles l'impressionnait ; car il savait de quel poids était une telle réputation dans Irube. Pouvait-il raisonnablement mettre en balance cette femme active, agressive, que son réseau de relations bien pensantes rendait dangereuse, et la noble famille décadente des Mondeville, dont le vieux chef était connu pour ses frasques et qui aimait le vin au moins autant que la musique ? Le commissaire conseilla parternellement aux deux parties de s'entendre à l'amiable. Mais Betty prétendait qu'il lui donnât un agent, qui l'accompagnerait chez Mme Mousserolles et ferait lever l'interdit qui pesait sur la cave. Le commissaire lui répondit, fort désolé, que cela était hors de son pouvoir, qu'il fallait pour cela une décision du juge. Or les décisions du juge coûtent de l'argent. Betty commença à perdre son sang-froid, et à élever la voix. Au bout de quelques minutes, elle se trouvait dans un état de colère qu'elle ne maîtrisait plus. Cette excitation était préjudiciable non seulement à sa cause mais à sa santé : elle avait la tête si fragile ! Comme le commissaire lui disait qu'il ne pouvait pas lui donner un seul agent, « Eh bien, donnez-m'en deux, dit-elle. Je m'en arrangerai. » Il rit, mais maintint son refus.

— Vous n'allez pas me laissez partir comme ça ! s'écria-t-elle indignée. Je ne suis pas venue jusqu'ici pour vous raconter des anecdotes, me laisser insulter par une concierge et repartir comme je suis venue. Vous voyez bien que j'ai raison !

— J'admets que vous avez raison, lui dit le commissaire, et en vous disant cela devant votre adversaire, il me semble que je vous donne une grande satisfaction. Mais je ne puis aller plus loin. Pour faire ouvrir de force la cave de cette dame, Mme Mousserolles, il vous faut une décision du juge de paix.

— Mais alors, j'ai perdu mon temps ! s'écria Betty hors d'elle, ne comprenant pas qu'un commissaire de police, gros, fort et rouge, et si bien calé dans son fauteuil, eût si peu de pouvoir. J'ai besoin de mes affaires tout de suite, et M. Aubert aussi. Vous ne connaissez pas M. Aubert ? Il écrit. Sa machine à écrire est restée dans une des deux malles (elle venait d'imaginer cela spontanément, avec cette faculté qu'elle avait de romancer la vie). En l'empêchant de reprendre cette malle, vous l'empêchez de gagner sa vie. Le juge de paix ! Vous ne vous figurez pas que nous allons perdre notre temps devant le juge de paix ! Est-ce que nous avons des têtes à aller devant un tribunal ? On voit bien que ce n'est pas vous qui allez les payer, les citations et les commandements.

Le commissaire, toujours paternel mais flegmatique, lui conseilla de se retirer, et fit appeler les suivants.

Mme Mousserolles rentra chez elle, très pâle, avec un blâme implicite, et l'avantage réel de la situation de fait qu'elle avait créée.

Cette expression de situation de fait avait traversé la conversation, Betty l'avait retenue pour revenir à la charge encore une fois contre le commissaire.

– Puisque vous reconnaissez les situations de fait, lança-t-elle en s'en allant, je vais en créer une autre tout inverse, et vous ne vous en plaindrez pas.

– Il vaut mieux pour vous que je ne retienne pas cette menace, dit le commissaire en levant cette fois son gros sourcil.

Didier approuva Betty, lui dit que sa dernière idée était la bonne, que c'était la seule chose qui restait à faire s'ils n'allaient pas en justice de paix.

– A-t-il pris note des injures de la bonne femme ? lui demanda-t-il.

– Oui, je crois.

– Il vaut mieux ne jamais aller confier ses affaires à un commissaire de police, dit-il.

– Oui. D'autant plus que M. d'Hem a déjà eu des difficultés lui aussi.

– Ah, mais alors ce commissaire te connaît ?

– Oui... Un peu... Je ne sais pas... C'est trop long... Je te dirai... Mais ne t'ai-je pas déjà raconté ?

Elle ne savait plus. Elle regarda Didier qui, lui aussi, levait un sourcil.

Ce dialogue avait lieu dans la nuit et Didier écoutait patiemment et affectueusement Betty, en regardant se découper dans le rectangle lumineux de la fenêtre les tréteaux et les planches qui surmontaient le camion. Ils étaient affreusement mal à l'aise dans le lit étroit et défoncé, plutôt fait pour une personne que pour deux, qui ressemblait fort, par son état délabré, à celui de la chambre de l'Hippodrome. Ce lit avait toujours été mauvais, mais il l'était encore un peu plus que jamais, et c'était sans espoir, car les matériaux en étaient si médiocres qu'ils ne pouvaient subir de réparation. Le matelas était bourré de kapok (ce qu'on appelait laine d'Amérique, qui n'avait pas dû coûter cher à la mère de Rosa), et le sommier comptait plus de ressorts brisés que de ressorts intacts. Le lit et ses accessoires appartenaient au propriétaire, c'est-à-dire à Rosa Taillefer-ex-Pardoux, et il n'était pas question d'y toucher sans courir le risque de devoir les payer entièrement, car ils n'attendaient qu'une occasion pour tomber en poussière, et il était stipulé sur un papier que Didier devait rendre les meubles dans l'état où il les avait trouvés, c'est-à-dire que, comme tout locataire de meublé, il payait vingt fois les meubles.

— Je ne vais pas rester ici longtemps, dit doucement Betty, car tu ne me supporteras pas indéfiniment dans ton lit, mais si tu permets, je connais un marchand, je pourrais t'en acheter un à bon compte.

— Tu n'y penses pas ! dit Didier. Acheter un lit ! le prix de la laine a doublé en deux ans.

— Même seul, tu ne peux pourtant pas rester dans ce lit, Didier.

— Mais que ferions-nous de celui-ci ? Y as-tu réfléchi ? Il faut que je le garde précieusement, que je le préserve de toute atteinte.

— Nous pourrions le confier à Mme Mousserolles, dit Betty en riant.

Didier s'apaisa un moment à écouter Betty, toujours prête à échafauder mille projets, mais il rouvrit les yeux et, à la vue des tréteaux qui barraient le ciel nocturne, la colère le reprit.

— Tu vois, dit-il à Betty, j'avais dû prévoir tout cela, et voilà pourquoi j'avais voulu t'emmener au bord de la mer. Pour que tu n'aies pas l'impression tout le temps de faire l'amour avec moi sur le toit d'un camion.

— Qu'est-ce que cela peut faire, dit-elle naïvement, du moment que tu es heureux ?

— Mais je ne suis pas heureux, dit-il, et je ne puis l'être en voyant de quelle façon, de tous côtés, nous sommes humiliés.

— Oh, dit-elle, pourquoi parles-tu comme cela ? Je pense que tu ne te rappelles pas tout ce que je t'ai dit...

Non, il ne se rappelait pas et il essayait de dissiper, d'éclaircir ce nœud de colère, en lui, qui l'étouffait et qui lui faisait mal.

La pluie se mit à tomber. Tous deux aimaient la pluie tombant sur les jardins, sur les feuilles, sur la terre, et celle-ci était une forte pluie qui tombait lourde et droite et qui aurait dû faire un beau bruit de pluie comme ils l'aimaient. Mais la toiture du camion leur gâchait tout. Au cœur de la nuit la plus noire, la nuit, seul temps silencieux, seul temps d'oubli au terme de ces journées d'enfer, ce bruit insolite, si dur, si hostile de la pluie tombant sur la tôle, leur révélait l'existence du camion et de la tribu Maillechort, et cette fois Betty elle-même s'irritait de songer que, tant que les autres seraient là, la pluie n'aurait jamais plus pour elle et pour Didier son bruit naturel.

— Tu as raison, ce sont vraiment de sales gens, dit Betty tout à coup, se réveillant.

— Tu vois, dit-il.

Il ne savait plus de qui elle parlait. Les affaires se mêlaient dans sa tête. Ils étaient entourés d'ennemis.

— Et dire que je connais un inspecteur de police ! soupira Betty qui éprouvait toujours une très vive répugnance, généralement justifiée par les résultats, pour les moyens réguliers.

— Que veux-tu faire d'un inspecteur de police ? demanda Didier.

— Il pourrait nous aider !

— Je ne crois malheureusement pas qu'il puisse le moins du monde intervenir dans notre affaire. Leurs pouvoirs sont malgré tout limités, tu sais. Ils s'occupent essentiellement de la cocaïne et des affaires où il y a du sang.

— Il pourrait y en avoir un jour dans celle-ci, dit Betty.

– Je ne crois pas, dit Didier. Nous sommes trop doux. S'il y a du sang dans cette histoire, ce ne pourra être que le nôtre.

– Tu ne crois pas que ça pourrait lui faire un effet d'intimidation ?

– Mais à qui ?

– À Mme Mousserolles.

– Ah ! fit Didier en gémissant. Tu parlais de Mme Mousserolles ! Mais dis-moi, est-ce que tu aimes tant que ça les inspecteurs de police ?

– Non, bien sûr, mais dans certains cas, ça rend service. Celui-là est très gentil, il habite chez nous, je veux dire à Santiago. Je t'en ai déjà parlé d'ailleurs. Il a une femme et des gosses. Il est tout jeune. Tu ne crois pas que quelques types costauds ?...

Didier fit un effort pour se redresser.

– Si nous essayions d'aller voir ce juge de paix ?

La pluie avait cessé. Le silence régnait de nouveau sur le jardin et sur le parc du Séminaire où un hibou à la voix douce et pure passait d'arbre en arbre et leur faisait mesurer l'espace. Les creux du matelas avaient repris leurs proies et ils s'étaient assoupis tous les deux, les membres contraints, enviant les bêtes qui font leurs trous dans la terre.

– Tu vois, murmura Betty dans son sommeil, il y a tout de même un peu de silence.

Il respira et se mit à lui parler doucement à l'oreille en soulevant ses cheveux.

Ni l'un ni l'autre n'avait entendu aucun bruit de pas sur le gravier.

Le store du garage vivement relevé les fit sursauter. La tribu entrait en scène. Les hommes firent tomber les planches en X qui obstruaient l'entrée du garage de chaque côté du camion et harponnèrent quelque chose sous le plancher avec leurs perches. De violentes odeurs pénétrèrent dans la chambre. Déjà six heures ! Tout cela était révoltant.

Il était six heures. C'était l'hiver et le cadre de la fenêtre était encore tout noir. Les hommes s'appelaient en jurant, Gaby dormait encore avec son loupiot, mais Flopie, l'employée, gambadait autour du camion, interpellée sans cesse, tantôt par le mari, tantôt par le frère, toujours avec la même grossièreté, leur accent ajoutant à cette grossièreté une vulgarité de plus. Ils n'essayaient pas de baisser la voix et Didier se demandait, comme tous les matins, en vertu de quoi ces hommes s'accordaient le droit d'insulter ainsi une fille de quinze ans, en vertu de quoi cette fille acceptait d'être interpellée ainsi. Son existence, sa situation dans la maison ne semblait pas très nette. D'une part le petit mari de Gaby, Stef, qu'ils appelaient le Caïd, lui donnait des ordres – auxquels elle obéissait d'ailleurs en bougonnant – d'autre part elle logeait à la maison, comme une parente, et se comportait avec liberté et souvent avec insolence à l'égard du reste de la tribu. Pour le moment elle gambadait, courait, s'activait autour des portières, du portail de fer, maniant des chaînes, des tréteaux, sous une avalanche de mots orduriers. La grossièreté indisposait Didier peut-être encore plus que le bruit. Le ciel noir qui s'encadrait dans sa fenêtre en était souillé. Il éprouvait, comme tous les matins, une irrésistible envie de se montrer, d'apparaître à la barre de la fenêtre, de héler ces êtres odieux, de laisser couler sur eux des torrents de poix bouillante. Il s'était dressé, il s'entendit hurler soudain, d'une voix méconnaissable et remplie de fureur, les menaçant confusément d'appeler la police. Toujours la police ! Après tout, le tapage nocturne ne tombait-il pas sous le coup des lois ? Toujours les lois ! Qu'avait-il à faire avec les lois ? C'était à pleurer. La loi jouait toujours contre lui, jamais pour lui. Il en voulait à Betty d'être là, d'assister à sa défaite et de ne rien pouvoir. Ne rien pouvoir pour lui, pour elle, pour Flopie, pour personne, elle qui s'imposait des tâches absurdes, comme de sauver M. d'Hem ! L'étroitesse de la chambre, soudain perçue avec un désespoir aigu, augmentait encore sa fureur. Il souffrait de cette exiguïté, de la présence de Betty si proche de lui, car la pente du lit le précipitait contre elle, et bien qu'elle fût légère comme un oiseau, il n'y avait pas moyen d'échapper. Il avait pitié de Betty, à cause de sa dureté pour elle et parce qu'elle était témoin de ses imperfections. Il n'aurait pas dû troubler son repos, il aurait dû feindre de ne rien entendre. Sa protestation n'avait fait que les exciter à rire, et il ne pourrait plus supporter cela longtemps, que Betty fût impliquée dans cette dérision.

Depuis qu'elle était là, il ne trouvait plus en elle quiétude ni oubli, rien qu'une irritation supplémentaire, à cause de la pression sur eux de ces murs resserrés, de ces lois mal faites, qui les empêchaient de supprimer tout simplement leurs oppresseurs, qui les étouffaient comme un corset, qui les enchaînaient seuls et pas les autres. Il bouillonnait du sentiment de l'injustice qui leur était faite. Il avait envie de suggérer à Betty qu'après tout elle pouvait aller dormir dans la cuisine, ou alors retourner dans sa famille, à Santiago, où l'on pourrait bien gonfler pour elle un matelas pneumatique dans le cagibi du téléphone.

Il se rendit chez le juge de paix, accompagné de Betty qui n'avait plus un jupon à se mettre. Le juge était petit et boiteux, avec un vilain visage renfrogné et hargneux. Le Palais de justice était éloigné, la maison du juge était proche : Didier trouva plus simple d'aller chez lui. Il habitait, à la périphérie des Hauts-Quartiers, une villa presque luxueuse, avec des lustres à pendeloques, des tables d'acajou et des glaces biseautées de Saint-Gobain, entre lesquelles circulait une très jolie femme qu'on disait être sa femme. Il y a de ces singularités. Le juge leur dit d'un air narquois que, puisqu'ils croyaient avoir raison, il leur fallait faire convoquer la femme Mousserolles, mais qu'il était de règle de tenter d'abord une conciliation avant de passer par les voies de la justice proprement dite. Il fallait donc envoyer à l'adversaire une citation. Coût : deux cents francs. « Ordinairement, dit-il, cela suffit, quand les gens ne font pas les obstinés : la citation leur fait de l'effet, et ils cèdent. » Si la Mousserolles ne venait pas, alors il faudrait qu'ils déclenchassent une véritable action judiciaire, et qu'ils passassent devant le tribunal du juge. Ce qui coûterait de l'argent. Et comme ils n'en avaient pas... Autant dire qu'il valait mieux abandonner tout de suite les petites affaires de Betty et les deux malles à l'avidité de Mme Mousserolles.

– Mais pourquoi ne veut-elle pas vous rendre ces malles ? demanda le juge, tout à coup soupçonneux. (Les malles étaient devenues subitement le point de mire dans cette affaire.)

– Parce qu'elle prétend que Mlle Mondeville lui doit de l'argent.

– Ah ah ! dit le juge goguenard. Voilà où se cache le lapin. Puis, levant sur eux son sourcil comme avait fait le commissaire, et écarquillant son œil globuleux : Vous êtes mariés ?

– Non, dit Didier hardiment. C'est nécessaire ?

– Ah ah, vous n'êtes pas mariés, dit le juge. Mais alors ?

La question resta en suspens. Le petit juge passa la main dans ses cheveux couverts de pellicules. Il sentit, à un léger frémissement de la couche d'air qui le séparait de Didier, qu'il pourrait être dangereux d'aller plus loin.

– Cet argent, dit-il, qu'est-ce que c'est ?

– Nous ne lui devons évidemment rien. Cela représente une indemnité fantaisiste, dont le montant ne cesse de grossir, pour les dégâts causés par elle, et pour la garde des malles et des propres bagages de mademoiselle, que l'on a retirés de sa chambre et mis en tas dans une cave. Or nous retenons d'abord à l'encontre de Mme Mousserolles le délit de violation de domicile, attendu que...

– Il ne peut y avoir violation de domicile, rétorqua sentencieusement le petit juge avec l'accent d'Irube, puisque cela se passait dans l'intérieur de cette dame...

– ... De violation de domicile, de vol et de recel, continua Didier sur sa lancée.

Le juge se gratta la tête.

– Vous avez des *prreuves* ?

– La preuve est que les malles étaient dans la chambre de mademoiselle, et n'y sont plus.

– Comment pouvez-vous prouver qu'elles y étaient ?

– Parce que nous les y avons mises.

– Vous avez des témoins ?

Betty et Didier se regardèrent. L'œil luisant et sarcastique du petit juge boiteux commençait à les chatouiller désagréablement.

– Voulez-vous dire, demanda Didier impatienté, qu'une propriétaire peut entrer à tout moment chez son locataire et lui soutirer ce qu'il a ? Pourquoi serait-ce à nous de faire la preuve ?

– Il faut toujours prouver.
– Faut-il aussi prouver que vous êtes une ganache ? lui dit Didier. Juge de paix ?... Juge de rien !...

Ils revinrent à Arditeya, Betty triste, Didier indigné.

Malgré toute sa résignation, elle ne put s'empêcher de lui dire :

– Tu nous as mis dans un joli pétrin.
– Mais puisque tu ne voulais pas du juge de paix, dit Didier.
– Mais puisque nous étions allés le voir, dit Betty.
– Écoute, je vais aller voir, moi, tes propriétaires, lui dit-il. En attendant, si tu pouvais aller passer une nuit chez toi, cela vaudrait mieux. J'ai vu rôder hier ta vieille toupie autour de la maison. Tu me comprends ?... Elle est en quête de documents vécus.
– Ces gens sont affreux, dit Betty effondrée.
– Mais non, ce sont de braves gens. Leur voie est droite. La preuve, c'est que le juge est pour eux, ça se voit. Ils ne veulent que notre fric, c'est tout.
– Ils auront notre peau, dit-elle.
– Les affreux, à leurs yeux, c'est nous. Pense donc ! Tu n'as pas d'or au doigt, pas de Sainte Vierge dans ta chambre, et pas de scapulaire entre les seins.

Le lendemain soir, alors qu'il ne l'attendait pas, Betty arriva chez lui en pleurant. Elle le regarda un moment sans rien dire tandis qu'on déballait des caisses dans le garage, que Flopie chantait son air, que les hommes juraient à leur habitude, que la femme de ménage battait son linge en hurlant sur la pierre du lavoir, que Gaby criait contre le Gosse qui s'était aventuré hors des limites prescrites et s'efforçait de percer en une minute autant de sacs de café que Flopie en remplissait dans une heure.

– Eh bien, dit Didier non sans mauvaise humeur, tu n'as pas été à Santiago ? Ça n'a pas marché ?
– Figure-toi, Didier...

Elle se pressa contre lui. Il regarda la lumière coucher de grandes ombres au pied des arbres, dans le Jardin des curés, sur les vastes pelouses, entre les bordures d'hortensias, et regretta le temps où il suivait joyeusement ces allées pour se rendre à la maison de Betty.

– Tu ne sais pas ce qu'ils ont fait ?
– Qui ?
– Les Mousserolles.
– Ne parle pas si haut. Ne te montre pas devant la fenêtre. Ne nomme personne.

Elle se tut, apeurée. Elle se croyait revenue aux temps de l'occupation.

– Eh bien, raconte !
– Voilà. Mme Mousserolles... Tu ne sais pas ? Elle a envoyé une lettre à mon père ! Recommandée ! Elle débite les pires horreurs sur moi, sur nous. Elle prétend qu'elle a été bien déçue sur mon compte, et qu'elle a été forcée, *pour ces motifs*, de me mettre à la porte, parce que j'étais un mauvais exemple pour leur gosse de huit ans ! Texto !

Didier fit amèrement le bilan de ses forces et envia la brute à petite tête, toute en muscles, à la vue de qui rien ne résiste et tout se replie en désordre. Il avait des hauts et des bas mais même quand il était au plus haut, son poumon restait effondré comme une vieille éponge et son cœur restait à droite, et à la moindre émotion il avait l'air de vouloir se briser et lui donnait des tremblements. Pourtant, l'indignation aidant, et comme il n'existe guère de pire conseiller, Didier décida de faire une descente chez les Mousserolles. Betty lui assura que Mousserolles était manœuvré par sa femme et que, en présence de Didier, il « mettrait les pouces ». Il n'était pas nécessaire de prendre rendez-vous, car d'après Betty la police des logements avait tout de même fait quelque chose. Non pour Betty, ni pour les Mousserolles, mais pour le fisc : elle avait découvert, à la faveur du bruit qu'ils faisaient, le commerce auquel se livraient ces gens, et il venait de les frapper d'une forte amende pour défaut de déclaration. Le mari, saisi par cette épreuve cruelle, et conscient que son affaire commençait à devenir mauvaise, avait réagi en nature sensible, et s'était alité.

Didier n'était pas particulièrement alerte le jour où il se rendit chez les Mousserolles, mais il tenait à cette démarche et avait tout disposé pour emmener les malles le jour même. Betty avait trouvé une charrette, elle avait mis un de ses nombreux et mystérieux camarades entre les brancards, et s'était fait escorter d'un autre pour aider le premier. Betty aimait rendre service aux petites gens, elle était en relations, par son travail chez le notaire, avec toute une population, et, dans le domaine du coup de main, n'était jamais à court. Elle avait un sens très élevé des compétences.

Didier laissa les gars à quelque distance de la maison, dans une rue de traverse, et leur recommanda de ne pas se montrer jusqu'à ce qu'il les appelât. Puis il se fit désigner par Betty la porte de la cave où étaient enfermées les affaires.

– Mais comment t'y prendras-tu pour la faire ouvrir ?
– Tu vas voir.

Il monta, Betty en avant. Elle devait se montrer d'abord, car Didier était certainement en danger de ne pas être reçu et Betty savait que, depuis quelque temps, les Mousserolles, dévorés de peur, n'ouvraient leur porte qu'à bon escient. Didier n'aurait qu'à s'aplatir contre le mur pendant que Betty sonnerait. Ils ne faisaient que reprendre leurs biens, mais cette société était si bien faite que cela les obligeait à se comporter comme des gangsters.

Betty sonna. La porte fut entrebâillée avec prudence. Apparition furtive de Mme Mousserolles. Petite, la bouche amère, un torchon de ménage sur la tête, un éclair de rage dans la voix dès qu'elle aperçoit Betty.

– Encore vous !… Oh !… Qu'est-ce que vous voulez ? Vous ne nous avez pas encore fait assez de mal ?…

De tels mots ne s'inventent pas. Le mal était l'argent versé à la Ville, représentant leur patente de logeurs. Didier fut heureux d'entendre cette phrase : Betty la lui eût rapportée en vain, c'était trop beau, comme un de ces mots trop typiques inventés par les romanciers, il ne l'aurait jamais crue. Et, enfin, cela le délivrait de tout scrupule.

À cette offensive, Betty répliqua par une petite voix douce, à peine nerveuse, ironique un peu :

– J'ai un mot à vous dire. Puis-je entrer ?...
– Entrer ici ? Vous ?... Peuh !...

Elle voulut refermer la porte, mais Betty avait instinctivement glissé son pied dans l'entrebâillement. Didier fit un pas en avant et, d'une légère poussée, s'introduisit dans le couloir.

– Je suis ici pour défendre les intérêts de Mlle Mondeville, dit-il. J'ai à vous parler.

– Oh, c'est trop fort !

Mme Mousserolles se remettait mal de sa surprise. L'apparition de Didier la privait de tous ses avantages. Elle appela son mari.

– Tu peux aller, dit doucement Didier à Betty, heureux de la tutoyer devant la canaille. Le temps de vider cette affaire et je te rejoins dans dix minutes « à la maison ».

Mme Mousserolles s'était congédiée elle-même, et Didier se trouva seul avec le petit homme vermoulu qui s'avançait le long du couloir aux murs très correctement enduits de ripolin. Il referma la porte et se sentit d'excellente humeur : un trousseau de clefs se trouvait pendu à la serrure.

– Ce ne sera pas long, dit-il très calme. Je n'ai que deux mots à vous dire. Je viens seulement chercher mes malles, et les objets appartenant à Mlle Mondeville. Ça doit vous paraître une obsession, mais que voulez-vous...

Le petit homme eut un sourire contraint. Il portait un foulard blanc noué soigneusement autour du cou, pour avoir l'air malade. On aurait dit un homme qui vient de recevoir une semonce de ses supérieurs.

– Entrez, dit-il, puisque vous êtes là... Passons dans mon bureau.

C'était une pièce vaste, aérée, avec deux ou trois fenêtres et des fauteuils astiqués. Rien de commun avec les chambres des locataires décrites par Betty.

– Oh, fit Didier d'un ton avenant, mais vous avez un fort bel appartement.

– Si vous voulez vos malles, dit M. Mousserolles, vous connaissez mes conditions, c'est douze mille francs. Trois mois de location à trois mille francs, plus cinq mille francs de dommages-intérêts, que je veux bien réduire à trois mille en l'honneur du Jubilé de Notre Très-Saint-Père le Pape.

– Je n'étais pas au courant, dit Didier. Vous parlez de location. Location de quoi ? Mlle Mondeville est en règle avec vous, vous le savez bien. Elle vous paie très régulièrement.

– Euh... Il y a une augmentation que nous avons oublié de lui faire subir, expliqua hâtivement le visage pâle.

– Oui, vous voulez vous faire rembourser votre amende, n'est-ce pas ? dit Didier.

– De plus, la location de la cave... reprit l'autre de sa voix malingre.

– Nous n'avons pas loué votre cave, s'exclama Didier que la colère gagnait ; nous n'en voulons pas de votre cave, même pour rien, nous voulons même la libérer ! Quant à vos dommages-intérêts, j'ignore ce que vous voulez dire, ou plutôt je le devine trop bien, et nous n'avons pas à supporter les frais de votre malhonnêteté ! Car vous n'êtes qu'un fraudeur, un voleur et un simulateur ! dit-il en élevant la voix. Et de plus un mouchard !

Didier, entraîné par l'indignation, s'était approché du père Mousserolles, qui reculait, reculait de plus en plus vers son bureau, puis derrière le bureau, puis derrière le fauteuil. Il tenta de se défendre de la dernière accusation.

– C'est ma femme...

– Un dénonciateur ! hurla Didier hors de lui. Tout cela à l'égard d'une jeune fille que vous voulez chasser pour une question d'argent, parce que vous n'estimez plus suffisant l'argent qu'elle vous donne !

M. Mousserolles était devenu livide. Il était aussi blanc que son foulard.

– Si vous ne sortez pas tout de suite, dit-il (ses dents s'entrechoquaient), j'appelle... J'appelle la police...

Sic. Didier se calma tout d'un coup.

– Vous feriez mieux de ne pas parler de police, dit-il. Je vous donne deux minutes pour réfléchir et me donner les clefs de votre cave. Sinon vous la verrez plus tôt que vous ne le désirez, la police !

Le petit homme était furieux, indécis, troublé. Il se laissa tomber sur un siège. Didier fut heureux d'en faire autant, car il était à bout. Il regarda sa montre.

– Une minute, dit-il. Toujours rien ?

Ils étaient maintenant assis, tranquillement, comme des hommes qui d'un instant à l'autre vont fumer une cigarette. Didier se leva :

– Deux minutes. Vous avez perdu. La Providence est avec moi.

M. Mousserolles ne dut rien comprendre à ce qui se passait. En quelques pas Didier se retrouva à la porte du couloir, rafla le trousseau de clefs, descendit rapidement l'escalier, appela son commando d'un coup de sifflet. Dix minutes plus tard, l'équipe repartait avec les deux malles et une valise qu'ils avaient apportée, où ils avaient fourré en vrac les menus trésors de Betty, des photos, des ceintures de robes, une chouette en ivoire, trois slips, une petite tête de mort en plâtre, quelques livres et des lettres ramassées pêle-mêle dans la poussière de charbon. Les compagnons de Didier plaisantaient, mais Didier se taisait, incapable de parler, encore étouffé de dégoût et anéanti par l'effort vraiment démesuré qu'il venait de faire. Il se répétait une phrase de Kierkegaard qu'il avait retrouvée dans ses notes et qui le poursuivait depuis le matin : « Toute ma vie est une interjection, rien n'y est cloué à demeure... » Quant aux Mousserolles, ils ne s'étaient doutés de rien jusqu'au moment où un des gars, pour épargner à Didier la remontée de l'escalier, leur rapporta poliment le trousseau de clefs. Quand il pensait que leurs sales mains avaient touché aux petites affaires de Betty, que leurs sales yeux s'étaient promenés sur ses jolis secrets, Didier sentait son cœur s'allumer et avait envie de retourner sur ses pas pour les punir.

Betty était chez lui, à les attendre. Elle leur fit un triomphe, dansa sur le lit, écrasa quelques ressorts de plus. Ils demeurèrent ensemble avec les deux hommes étonnés de se trouver là, jusqu'à minuit, faisant presque autant de bruit que tous les bohémiens d'Irube.

– Voilà comment il faudrait vivre tous les jours ! s'écria Betty enthousiasmée.

Il se révéla que le bonhomme aux brancards « n'était autre », comme disent les feuilletonistes, que l'inspecteur de police dont Betty avait parlé. Il lui avait suffi d'une casquette et d'un foulard pour avoir l'air d'un déménageur.

– Mais c'est très imprudent, ce que vous avez fait là, dit Didier.

– Je ne pouvais pas refuser ça à Betty, dit l'inspecteur.

Il quitta Didier en l'invitant à aller le voir, lui et sa femme, quand ils auraient leur petite maison.

Il sut par la suite comment M. Mousserolles expliquait la fin de la querelle. « Je lui ai dit : Puisque c'est la fête de Notre Saint-Père le Pape, nom de Dieu, je serai plus grand que vous... Prenez vos affaires, je lui ai dit, et foutez-moi la paix !... »

Quelques semaines plus tard, il avait des locataires à six mille francs au lieu des trois mille que payait Betty. Il ne demandait pas autre chose. Et Mme Mousserolles pourrait se rendre à la messe en taxi.

Didier ne pouvait oublier le spectacle qu'il avait eu des humbles trésors de Betty répandus sur le sol de la cave, au milieu du bois et du charbon. À la lueur du soupirail éclairant ce pauvre tas d'objets en détresse, il avait cru voir l'âme des Mousserolles, de ce couple cupide. Ils lui inspiraient plus que de l'aversion, de l'horreur.

Qu'un intérêt sordide fasse agir ainsi des êtres humains, que le désir du gain puisse mener à un tel mépris de ce qu'ils appellent « le prochain », il ne pouvait l'imaginer.

Il croyait connaître ses défauts, ses insuffisances, et il regrettait souvent de n'être pas meilleur, plus héroïque, de ne pas savoir s'oublier pour les autres, de ne pas vivre conformément à sa loi, surtout de ne pas se résigner davantage à être perpétuellement frappé pour des raisons qu'il ne connaissait pas et qui lui paraissaient injustes. Encore n'était-il pas sûr de son jugement. Il souffrait ou croyait souffrir, comme l'auteur du *Journal*, de « cette impuissance spirituelle... accouplée à une nostalgie dévorante » à laquelle il devrait bien un jour donner satisfaction – mais comment ? c'est ce qu'il ne voyait pas encore. Parfois, cependant, précisément dans ces heures de fléchissement spirituel, il se demandait ce qu'il avait fait de moins que les autres qui vivaient tranquillement dans leurs maisons, à l'abri des injures qui lui étaient prodiguées par ceux qu'il aurait voulu traiter comme des frères. Il faudrait un courage hors de l'humain pour ne jamais se poser pareille question. Saurait-il se persuader un jour qu'il n'était *rien* ? C'était tout le problème. Ne pas exiger, ne pas désirer. Tout le mal était là sans doute : désirer. Il était toujours en train de désirer quelque chose. Il aimait par exemple la vie au grand air, il aimait la terre, et les libres créatures qui peuplent et couvrent la terre, les femmes qui marquent la terre de leurs pas, qui penchent leurs chevelures, dont les yeux luisent et dont les longs bras se plient et se déplient. Il aimait sentir leur peau sous ses doigts et se confondre avec elles dans de grands vertiges tournoyants. Il paraît que c'est le grand péché. Il ne paraissait pas le savoir. Il ne le savait réellement pas. Mais il se demandait comment on peut, dans l'espoir de quelques deniers, enfermer dans une cave le petit bien de quelqu'un.

Voilà pourtant ce qu'on faisait dans les Hauts-Quartiers, là où la terre s'élève en plateau, où de merveilleux jardins brillaient sous les yeux comme de paisibles fragments du paradis. Voilà ce qu'on faisait. Des choses laides. Mais il y a pire que cette laideur, c'est la médiocrité. Didier ne pourrait jamais pardonner à un tel monde. Devant ce monde, on ne pouvait avoir qu'un désir, l'abattre, le changer, pour extirper la racine du mal. Mais il fallait changer aussi l'humanité.

On ne faisait pas que des choses laides. On en faisait aussi d'absurdes, et il faut les dire pour mémoire.

Un homme achète un terrain pour y bâtir et, possédant peu de fortune, fait venir les éléments d'une maison préfabriquée. À peine les ouvriers se sont-ils mis au travail que le garde champêtre, alerté, vient leur dresser procès-verbal et leur interdire d'aller plus outre ; il existe à Irube un comité d'urbanisme, bordel de Dieu, qui interdit l'édification des maisons préfabriquées. On n'a rien d'autre à offrir à ces pauvres bougres que ce qu'ils sont capables de faire ou d'apporter eux-mêmes, mais si on laissait les gens construire des maisons sans passer par les architectes, que deviendraient les architectes ? Le maire d'Irube, Léon Dutertre, ne pouvait autoriser un tel abus.

Un autre homme avait acheté, en bordure de la ville, un pré de sept mètres de profondeur. Il décida d'y bâtir une maison. Mais on l'avisa alors qu'un règlement lui interdisait de bâtir à moins de quatre mètres de la route. Cet homme vivra dans un couloir, ou renoncera à son projet.

Mais qu'étaient-ce que ces absurdités – monnaie courante de la ville petite ou grande, mais plus souvent de la petite, rançon qu'il faut payer en plus de l'ennui considérable d'y vivre – à côté de la méchanceté noire, de la dureté du cœur, de l'esprit de lucre et de persécution des Mousserolles et autres « dames d'œuvres » ? « Qui d'entre vous, quand son fils lui demande du pain, va lui remettre une pierre ?... » À Irube, on remettait une pierre à celui qui demandait du pain, une pierre qu'il recevait le plus souvent sur la figure.

Betty avait retrouvé ses affaires, Didier ses malles, l'honneur était sauf. Mais où les mettre ? Ce n'était pas encore maintenant qu'il allait pouvoir commencer à méditer – sa méditation ne pouvait plus consister qu'en intervalles de stupeur – à réfléchir, à organiser sa pensée en avenues claires et en belles allées symétriques, comme celles du parc qu'il avait sous les yeux. Il fallait de nouveau abandonner le *Traité*, l'*Essai*, la *Thèse* à laquelle il s'était remis avec entrain quelques semaines plus tôt – mais n'était-ce pas une faute et une trahison de vouloir fonder sa vie matérielle sur une étude même purement historique des biens spirituels ? Il lui fallait donc encore une fois abandonner le *Traité* et se remettre au *Lexique*, aux fiches. Un pas de plus et il tomberait dans le roman – s'il avait du talent pour cela.

Les malles étaient ici, là, partout, dans leur immobilité monstrueuse, l'empêchant de circuler, absorbant tout l'air de la chambre où un second lit à côté du premier eût été plus nécessaire que cette paire de caisses complètement idiotes.

Où les mettre ? Il n'y aurait eu de place qu'à Santiago, si du moins Betty avait su rester en bons termes avec sa famille. Louer un local, une remise, pour les y déposer ? Au prix où les Mousserolles avaient mis les caves et les sous-sols dans le quartier, impossible. Tous les propriétaires avaient immédiatement pris bonne note. Alors où ? La lâcheté des heures nocturnes insinuait tout bas à Didier le nom de Mme Chotard. Savoir que la chose qui vous est nécessaire est là, à portée de la main, et ne pouvoir y toucher parce qu'elle appartient à un autre qui n'en fait pas usage... Mais s'il consentait à résoudre le problème des malles par ce moyen, pourquoi pas les autres ? La maison de Fernande était assez grande pour résoudre tous les problèmes. Oui. Et pour consommer la perte de toute dignité. Il y avait de quoi devenir fou.

Le jour, redevenu conscient, il repoussait ces idées avec horreur et recommençait à chercher une solution dans sa tête. Son cœur était lourd comme une pierre. Il aurait voulu en faire une pierre et la laisser tomber sur la tête de ses voisins.

Il dit à Betty qu'ils ne pouvaient continuer à vivre ainsi, ni elle ni lui, qu'il fallait se remettre en campagne pour trouver un logement, n'importe quoi, à n'importe quel prix, ne fût-ce que pour un mois, pour leur permettre de prendre du large, de respirer. Cette question était devenue la seule, l'*unum necessarium* de sa sotte existence soumise aux lois de l'épicerie ambulante, de l'alimentation en mouvement.

Ce grouillement de cloportes sous son plancher était tous les jours plus écœurant. Le son de leurs voix était à lui seul une insulte. Il n'avait connu qu'au régiment, dans la conversation des rempiles, une pareille bassesse. Il vivait, après des années passées sur les plus beaux textes du monde, dans l'intimité des pourceaux, sous les yeux intéressés de la société irubienne.

Le temps de déplacer la caisse qui coinçait la porte depuis toujours, le temps de reprendre son souffle après un tel effort, Didier ne savait plus ce qu'il cherchait, ou ce qu'il voulait ranger dans ce placard où était reléguée la vaisselle du propriétaire. Mais il retrouva, à sa grande surprise, complètement rouillé, son pied de cordonnier. Une femme de ménage – celle qui venait du temps de Rosa, ou Rosa elle-même, pour lui faire une niche – avait dû le mettre là « en rangeant ».

C'était le pied sur lequel il s'escrimait, à ses débuts dans la maison, quand il avait encore des forces, pour réparer ses souliers, y clouer des fers ou des semelles de caoutchouc pour qu'ils durent plus longtemps. Saturé d'humidité, couvert d'une rouille épaisse et squameuse qui imprégnait les mains et qu'il aurait suffi de gratter pour dévoiler d'autres ulcères, rongé comme un vieux cabestan exposé aux vagues pendant vingt ans, ce triangle de fer était devenu un objet repoussant et Didier fut tenté de te tirer de son repaire, d'autant que son voisinage avec la vaisselle du propriétaire (d'ailleurs ignoble) ne lui paraissait pas désirable. Restait à lui trouver une place à lui aussi. Didier regarda autour de lui. Son irritation et son dégoût s'élevèrent à leur comble quand il comprit qu'il n'y avait aucune place disponible dans son logement pour un simple pied de cordonnier, fût-ce sous la table, où il le laissait autrefois – il y avait maintenant une malle –, et que sa véritable place était donc celle que la stupidité de la femme de ménage ou la malice de Rosa avait trouvée pour lui, dans le placard à vaisselle, sous le réchaud à gaz.

Il résolut de ne plus penser à l'incident. Seulement, la nuit, ce pied lui revenait en mémoire, dangereusement, en même temps que tout ce qu'il avait souffert dans la journée, les hurlements de Gaby à propos du Gosse, les injures du Caïd à Flopie et du gros frère à Barnabé, les camions et la sempiternelle chanson délayée par Flopie sous le plancher, à quelques centimètres de ce réduit où il essayait de travailler pour devenir un homme. Alors, dans le noir de la nuit, il se coulait en esprit hors de son lit à fondrières, agissant avec précaution pour ne pas réveiller Betty, il retirait ce pied de fer du placard humide, ce pied, comble d'horreur, symbole de pourriture et de désespoir, ce trièdre diabolique dont la solidité, le tranquille équilibre le narguaient, avec ses extrémités aux pieds inégaux, l'un pour l'homme et l'autre pour la femme ; et, sur la tête de la grosse Gaby, imprudemment aventurée sous sa fenêtre, de Gaby devenue d'un blond absurde, de Gaby qu'on ne voyait plus, dont le corps avait pris la forme d'un gros boudin, et qui passait le plus clair de son temps enfermée dans sa chambre à fumer des cigarettes, Didier laissait du haut de sa fenêtre, sans effort, négligemment tomber, du côté homme, le plus gros, son pied de cordonnier, instrument d'une séculaire justice.

Cela revenait toutes les nuits ; toutes les nuits, il refaisait, harassé, que Betty fût ou non à ses côtés – et maintenant elle y était presque toujours –, le même geste fort et beau. Pourquoi Gaby ? Il semblait que ce fût elle qui offrait la plus grosse cible, la masse de chair la plus abondante, la plus molle. Les autres, même Flopie, avaient des corps trop durs. Ce geste, il lui paraissait impossible qu'il ne le fît point un jour, tant ce pied était gros et pesant, tant il subissait, aussitôt que Didier l'avait en main, l'attirance du sol, et plus particulièrement celle du corps le plus lourd de la planète, qui éclipsait toutes les autres, du corps épais de Gaby paissant devant sa porte comme une vache.

Toutes les nuits, la même masse de fer tombait, tombait, glissant de ses mains sur leurs têtes écrabouillées.

Il n'y avait plus que Betty qui pût le retenir. Mais Betty dormait à ses côtés, d'un sommeil à peine agité, prête cependant à se lever, à bondir au moindre signe, souriante, quitte à se rendormir aussitôt. Qu'il pût avoir de telles idées, d'aussi lugubres impulsions, avec Betty près de lui, c'était injuste, mais c'était possible, et il en demandait pardon à Betty, à ses jolis pieds fins et arqués, souples et fidèles, plus légers encore que ceux de Paula dont l'architecture pourtant l'émouvait par l'impression de force harmonieusement combinée qu'ils lui donnaient et la domination de soi qu'ils laissaient pressentir. Son esprit, ses yeux, ses mains encore endormies, encore fiévreuses d'un mauvais sommeil, allaient-ils pouvoir quitter un moment l'affreux pied de fer pour la chair douce et le sang mobile, la pureté de ces merveilleux pieds de jeune fille, pour l'axe délicat des os, et la peau fine et toujours palpitante du creux de la cheville ? Il aurait pu le croire et s'apaiser dans cette croyance, dans la beauté des desseins de Dieu, si tout à coup, au moment le plus précis, le plus voluptueux de cette évocation, ne lui étaient revenues en tête quelques-unes des injures que les bohémiens se jetaient toute la journée dans le garage. Il avait conscience alors de dormir au-dessus de ce fumier.

Le jour se levait, le camion partait dans un bruit de chaînes et de ferrailles, et Flopie, en attendant les livraisons, s'installait au garage et se mettait à remplir des sacs de café. Cela aurait pu faire, en attendant l'arrivée de Gaby, du Gosse, de Barnabé et des livreurs, deux ou trois quarts d'heure d'une paix relative, si Flopie avait bien voulu travailler en silence, si elle n'avait éprouvé le besoin de charmer sa vie par des chansons.

Ces chansons que Didier entendait comme si elle avait été dans sa chambre n'avaient peut-être pas été tout à fait bêtes à l'origine, mais elles le devenaient à force d'être ressassées. C'était comme le texte d'une patenôtre sur les lèvres des vieilles dévotes, et c'étaient hélas les seules patenôtres de notre temps. La fille avait un petit filet de voix très fluide et encore pur, et on aurait pu la recommander à l'abbé Hiriart pour sa chorale. Didier l'eût fort bien vue mettant au service de la liturgie romaine et du rosaire cette voix qui, au-dessus des grains de café tombant de sa pelle, énervante, redisait sans cesse :

> *Chante le souvenir*
> *De ma tendre enfance...*

avec la petite vibration sur les nasales particulière aux gens du Midi. À l'obstination désolée avec laquelle revenait ce refrain, à la mélancolie de cette voix, on pouvait se demander si ce chant n'était pas une façon de conjurer plutôt les mauvais souvenirs, et d'en susciter de meilleurs. Si Didier n'avait rien eu à faire de sa journée et de sa vie, peut-être se serait-il plu, étendu ainsi au-dessus d'elle, sur son estrade, à écouter cette voix. S'il avait été seul avec elle, peut-être aurait-il pu l'appeler quelquefois pour causer. Elle était fine, gracieuse, avec des yeux très verts, et il la sentait hors du clan, et même un peu persécutée par lui, et se plaisait à l'isoler, à la supposer hostile à tout ce qui se faisait autour d'elle. Mais Didier avait en réalité quelque chose à faire. Quelques jours après la découverte du pied de cordonnier, il avait reçu une lettre du Père Moreau – car Moreau était revenu le voir sur son gros engin pétaradant, avec sa combinaison de plastique – qui aurait pu résoudre provisoirement la question du *Traité-Lexique*. Le Père lui demandait de l'aider à confectionner un scénario sur la vie des Dominicains. Didier pensa que ce serait peut-être plus facile, dans l'état présent des choses, que de confectionner un traité sur la vie mystique ou même un lexique de la mystique, avec des références aux œuvres. Certes, il ne pouvait voyager, se rendre aux endroits voulus, mais il pouvait se faire envoyer des documents et aurait pu arriver au but en peu de temps. Mais même cela, dans cette maison, était difficile. Il y fallait un minimum de sérieux, de méditation. C'était un *travail*. Il avait à se représenter sérieusement la vie des moines, la naissance d'une vocation chez l'un d'eux, leur esprit toujours en éveil, les multiples tâches de ces hommes qui se voulaient «chargés du monde». Se représenter un jeune garçon circulant parmi les ports, mêlé à la vie des dockers, des ouvriers, pénétrant dans les taudis où la société a imaginé de faire vivre ses travailleurs. Il est saisi d'effroi, de pitié, mais d'ambition aussi : il veut aider ses frères, il pense pouvoir se proposer de leur refaire une âme. Le repli préalable dans un couvent, croit-il, lui donnera les forces nécessaires et le recul sur l'action indispensable à l'action, et aussi la pureté, ce dur noyau qui soutient le fruit. Au fond, c'est le roman dans lequel je craignais de tomber, se dit Didier. Ma crainte était mal fondée. Un roman est un moyen d'agir. Je montrerai la vie des gens *réels*, les familles entassées dans les taudis sans espoir, l'infamie des meublés, l'infamie presque aussi cruelle des «normes», la construction normale, c'est-à-dire humaine, *exclusivement* réservée aux riches. Oui, mais cela demandait à être dosé, et pour tout cela la voix de Flopie était plus nuisible qu'utile. Et ainsi, bien souvent, la nuit, c'était aussi sur la tête de Flopie que tombait le pied de cordonnier, sur la tête brune aux cheveux courts, le joli petit crâne bien rond dont les cheveux bien noirs épousaient la courbe. Si encore elle n'avait fait que chanter ! Mais combien de petits cailloux mélangés à ces grains de café qu'il lui fallait souvent aller ramasser dans le jardin où le Gosse avait dispersé joyeusement le contenu des poches de papier ! «Lais-seu-ça !» criait-elle avec son accent. «Lai-seu-ça !... » Ce cri réitéré mille fois dans l'heure, même à voix modérée, était térébrant. Il fallait donc haïr aussi cette Flopie. Il fallait la juger, la condamner elle aussi au pied de cordonnier sur la tête.

Et ainsi, toute la nuit, le fer tombait, glissant du haut des airs, sur les têtes coupables, comme un couperet.

Didier ne pensait plus au revolver qu'il aurait voulu vider sur les poules de Katia. Maintenant il y avait le pied de fer. Il savait qu'après le pied de fer il y aurait encore autre chose, par exemple le liquide corrosif qu'il laissait tomber goutte à goutte dans le garage par une fente du plancher, et qui détruisait subtilement les marchandises, liquéfiait le café, le savon, les pâtes, en faisait un vaste mélange, une énorme glu où s'enlisait l'ennemi, et jusqu'à Flopie, Flopie qui chantait son amour à tous les vents.

Betty revenait de son travail épuisée, se jetait sur le lit sans parole. Didier privé de son lit pensait qu'on aurait pu installer un matelas sur les malles. Le notaire avait promis à Betty une augmentation qui ferait passer son salaire mensuel de trois mille cinq cents francs à quatre mille. En un an, avec ces cinq cents francs, on pourrait peut-être réunir la somme nécessaire à l'achat d'un matelas, si la vie voulait bien ne pas augmenter.

Il lui fallait tout de même, de temps en temps, se rendre à la Bibliothèque. Descendant son escalier de ciment, sa serviette sous le bras, Didier aperçoit Flopie grimpée sur une chaise, maniant le levier d'une pompe à huile, occupée à remplir des bidons. Elle fait cela, comme tout le reste, avec une moue dégoûtée, une secrète impatience dans les gestes, qui trouble le rythme prévu pour cette opération. Cheveux courts, des franges sur le front, un grand tablier gris dissimule sa robe. Didier la regarde, lui adresse une sorte de sourire en manière de salut; elle le regarde descendre l'escalier, un peu agacée, semble-t-il, d'être surprise dans cette occupation; il sent que son regard le suit. Il tourne autour de la maison pour sortir et le regard de la fille tourne avec lui.

Un peu plus tard, comme il rentre chez lui, il se heurte à elle, sur le palier de ciment, debout au seuil de la cuisine, le travail fini, désœuvrée, et chantant, un peu exprès cette fois : « *Étoile des neiges... étoile d'amour...* » Comment passer devant quelqu'un sans lui adresser un signe, un sourire ? Même la fille qui moud le café, qui remplit les bidons, celle que tout le monde tutoie, celle dont l'activité vous tourmente ?... Il sourit. Elle continue à chanter, sans s'effacer. Elle a de beaux petits yeux verts, une bouche rose, des traits fins. Pourquoi ne pas lui demander de moins chanter, ou ne pas lui fermer la bouche avec la main ?... Mais le courage lui manque pour les deux choses.

« Betty, se dit-il, tout à coup illuminé, en ouvrant sa porte. Betty, c'était encore trop beau pour moi. Il faudra que je descende jusqu'à celle-ci, que je leur prouve d'une manière définitive que je ne suis rien, que je ne vaux rien. Le scandale avec Paula était glorieux. Le scandale avec Betty était encore assez beau, et il y avait autre chose. Avec celle-ci dont je sais à peine le nom, il n'y aurait même plus de scandale... Je disparaîtrais tout à fait... »

Pourtant, il ne fera rien pour l'attirer. Il attendra qu'elle vienne. Et il est sûr qu'elle viendra, parce que c'est logique. Parce qu'il y a une logique dans cette vie qui n'en a pas, c'est la déveine, la déchéance. C'est elle qui attire les choses vers le bas, comme le pied de fer, vers la terre où nous ne sommes plus rien. Quand ma plainte sera enfouie, se dit-il, la terre allégée paraîtra plus belle. Il faut que cette tache, cette erreur que je suis, cesse d'être. Il faut que la douleur de vivre qui erre par le monde soit précipitée quelque part. Elle sera précipitée en moi. Il faut que tout le sang, la honte, la méchanceté du monde soient avec moi, sur moi ; que toute la lie, l'écume du monde se retirent du monde avec moi et soient consumées avec moi. Je serai le réceptacle où le monde rejettera son ordure, c'est-à-dire sa souffrance. Le mal n'existe que par ma conscience. Ma conscience peut mourir dans le sein profané de cette fille. Ainsi s'établira la gloire de Dieu. Judas est nécessaire au monde. Mais est nécessaire aussi, beaucoup moins que Judas, quelque chose comme le valet de Judas.

Quand il rentrait, qu'il ouvrait la porte de sa cuisine, qu'il y faisait un pas, il se heurtait à une malle posée sous la table et qui dépassait. Puis il entrait dans sa chambre, contournait le lit pour atteindre le bouton électrique, et il se heurtait à l'autre malle.

Betty n'avait pas retrouvé de domicile. Pouvait-il faire moins que de la garder ? Mais la situation devenait tous les jours plus difficile, – plus insupportable. Comment faire ? Lui qu'on menaçait d'expulsion, pouvait-il donner le signal des expulsions, et commencer par le. seul être qui lui fût resté fidèle ?

Betty arriva un soir avec une charrette bleue traînée par un petit âne. Elle avait déniché, quelque part dans la campagne, chez des fermiers qui lui avaient fourni des œufs pendant la guerre, un vieux matelas humide, un matelas de plume comme il faut espérer qu'il n'en existe plus nulle part au monde. L'expression « matelas de plume » donnerait à penser qu'il s'agissait d'une chose légère. Hélas, le problème du kilo de plume et du kilo de plomb est une réalité éternelle. Didier prétendait que ce matelas contenait pour le moins vingt kilos de plumes, de plumes que rien ne retenait à leur place dans l'intérieur de cet énorme sac à plumes, impossible à déplacer et qui, lorsqu'ils parvenaient à le soulever, en s'y prenant à deux, se gonflait sournoisement et faisait hernie. Deux fois le jour, le matin et le soir, il leur fallait s'atteler tous deux à cette masse informe, à cette espèce de bête sans consistance et qui était partout où ils ne pouvaient la saisir, s'opposant à leurs efforts avec un air inexpressif et bouffi qui frisait l'absurde. La toile qui protégeait cette sorte d'animal, l'enveloppe où étaient enfermées ces entrailles pourries et baladeuses, pourrie elle-même, brûlée par le temps, se déchirait entre leurs doigts épuisés qui s'acharnaient vainement à la saisir. Ce matelas, comme les malles, comme tous les objets inertes qui encombraient leur vie et qui leur étaient pourtant indispensables ou sacrés, devenait le symbole, le signe, le corps de leur misère, l'occasion de leur révolte et parfois de leurs impatiences. Didier guettait les faux mouvements de Betty pour pouvoir donner un prétexte à sa colère et la traiter de sotte, faisant ainsi retomber sur elle le poids de l'injustice dont il se sentait accablé. Elle ne disait rien, le regardait d'un air désolé, triste et compatissant, entre ses mèches retombées, son mince visage disparaissant sous un brouillard de cheveux. La manœuvre nécessitait des efforts contrariés et quelque peu insensés. Ce matelas qui ne se sentait à l'aise qu'étalé, il s'agissait, pour la journée, de le mettre debout contre un mur, et de l'y maintenir au moyen d'un cadre de bois qu'ils s'étaient procuré à cet effet, lui-même appuyé contre une table sur laquelle il fallait grimper. C'était ordinairement Didier qui grimpait sur la table, parce qu'il était le plus grand et que c'était le labeur le moins pénible. Il consistait à attraper le matelas par un bout et à le hisser à la hauteur de ce cadre pendant que Betty traînait le ventre de la bête sur le plancher. Il ne restait plus ensuite qu'à faire la chasse aux plumes qui s'étaient dispersées et à reprendre son souffle pour d'autres exercices. Au bout de trois jours, Didier était épuisé, Betty à bout. Comme Didier revenait de la cuisine où il s'était lavé les mains, et qu'il voulait passer la porte qui faisait communiquer les deux pièces, il se heurta à Betty qui faisait le mouvement inverse. Cela arrivait constamment, mais cette fois, l'effort avait-il été plus épuisant que de coutume, ou sa répétition confinait-elle à l'écœurement ? Didier ne retint pas un mot d'impatience.

– Et tu crois que nous allons faire ça tous les jours ? dit-il avec un signe de tête vers le matelas.

Betty se confondit en excuses, murmura des explications.

– Je croyais que cela faciliterait...

– Tu trouves que ça facilite quelque chose ?

Le ton plus encore que la question était sévère, d'une sévérité qu'il n'avait jamais eue envers elle.

– Non... je vois bien, murmura Betty terrorisée.

Elle retenait ses larmes. Il feignit de ne pas le remarquer.

Les malles, le matelas : ils couraient d'un obstacle à l'autre, dans un espace chaque jour plus restreint, plus asphyxiant, se rencontrant de plus en plus souvent, de plus en plus brutalement à la porte de communication. Betty n'omettait jamais de s'excuser. Didier la regardait sans la voir. Puis elle allégua n'importe quoi et disparut.

Elle ne revint pas de quelques jours. Didier l'aperçut plusieurs fois, à ses heures libres, sur des routes détournées, montée sur une bicyclette d'emprunt et trimbalant une remorque, grimpant des côtes, le corps tendu, les cheveux dans un foulard de couleur noué sous le menton. Une ou deux fois elle reparut dans la chambre de Didier, le priant de la laisser s'étendre sur le lit. Il ne lui demanda pas d'explications. Elle lui parla bien, en termes vagues, de Mme d'Hem, mais il détourna son attention pour ne pas encourager un mensonge. À dix ou quinze jours de là elle arriva chez lui très animée, avec une expression de triomphe et un entrain qui, certes, n'était pas rare chez elle, mais qui ce jour-là allait jusqu'à l'excitation. Elle avait ces gestes précis et ce ton décidé qui faisaient souvent croire, si on ne la connaissait pas, à une habitude invétérée et à un exercice constant de l'autorité. Cela faisait partie de son art de la persuasion, qui lui donnait une prise étonnante sur beaucoup d'êtres, y compris quelquefois les adversaires.

– Didier, dit-elle sans s'asseoir, en s'accrochant à la barre du lit où il gisait, entouré de papiers et de livres, votre vie va changer. (Elle lui disait souvent vous dans les moments solennels.) Je vous ai trouvé quelque chose – une maison, oui, une vraie maison, avec un toit, plusieurs pièces, un étage, un escalier pour monter à l'étage – un jardin... Tu trouveras ça peut-être un peu étouffant, mais... Ah, que je te dise – elle se mit à rire – c'est pour un mois... Mais ça pourra peut-être se prolonger si tu es content. Dis-moi que tu es content, Didier, que tu es heureux. Il y aura une remise pour loger les malles, et des lits... des lits que tu pourras laisser en place, tu vois cela ? qu'on n'aura pas besoin de démonter tous les jours !...

– Des lits ?... releva Didier.

– Oui, je pense quelquefois que je t'encombre, que tu aimerais mieux être seul la nuit... Il y a deux lits, et une armoire... et des chaises... et une moustiquaire à la fenêtre !... Tu pourras recevoir des amis, recommencer à voir des gens, avoir une vie digne de toi... Et, figure-toi, il n'y aura personne sous le plancher.

Didier restait incrédule. La nouvelle lui en imposait, mais il soupçonnait là-dessous quelque chose d'étrange, peut-être d'inacceptable. Il savait que, dans sa générosité, Betty était capable de toutes les folies pour l'aider à vivre.

– Betty, dit-il gravement, est-ce croyable ? Je sais que tu as du génie, et sûrement un cœur de petite fée. Même si je ne devais jouir de tout cela que pour la durée d'un mois, tu le sais, ce serait une renaissance. Un mois de liberté – c'est pour moi toute une vie !... Et puis, quand je serai parti d'ici, il me semble que la chance nous sourira, que je ne reviendrai plus jamais dans cet endroit. Redevenir un être humain, Betty, retrouver, comme tu dis, une vie humaine... ne plus être une bête que l'on traque !... Mais... À moins qu'il ne s'agisse d'un mécène tenté de s'attribuer quelque gloire en me protégeant... Comprends-moi, je ne suis plus un enfant, et je sais qu'on ne trouve pas des villas avec tant de facilité. Que s'est-il passé ?

– Ne me gronde pas, Didier. On m'avait donné une adresse, il y avait même une annonce dans le journal, j'y ai couru. C'est tout. J'ai eu de la chance : c'était encore libre. Mais j'ai dû conclure aussitôt, parce qu'il y avait déjà eu trois demandes... Alors...

– Trois demandes ?... Qui t'a raconté cela ?

– Mais... le propriétaire...

– Ils disent toujours cela, dit Didier. Il t'a demandé de te décider avant trois heures, ou cinq heures ? Hein ?...

– Comment sais-tu ?...

– Mais ils font tous cela, voyons ! Et... ensuite...

Il se dressa, tout rouge, dans une agitation extrême, se rapprocha de Betty, la secoua par les épaules.

– Combien as-tu donné ?

– Ça ne fait rien, Didier. C'est loué depuis hier. J'ai dû. Presse-toi, fais tes paquets. Nous en sortirons, tu vas voir. Il faut que tu te reposes, que tu respires, que tu aies un répit. Ne pose pas de questions stupides. Puisque tout est réglé... C'est à Ilbarosse, la ville-sœur... C'est un peu près de la mer pour toi, peut-être, mais je suis sûre que tout ira bien.

Didier commençait à pressentir quelque affreuse affaire. Un sentiment de détresse, de pitié, de colère, se levait en lui, le forçant à crier.

– Combien as-tu donné ?... Combien ?... Dis !... Mais dis-le !...

– Mais puisque c'est fait, Didier. Ou du moins à moitié – ou au tiers... Il n'y a qu'à entrer, je te dis. Fais tes valises, prends deux paires de draps, j'appelle un taxi et nous partons. Nous partons, Didier, tu entends !

Elle se mettait à crier, elle aussi ; elle aussi était maintenant dans un état d'agitation extrême, mais suppliante. Tout à coup il vit des larmes couler de ses yeux. Elle s'accrochait à lui, se défendait contre lui, voulait l'arracher à cette chambre, à son cauchemar. Elle savait qu'il ne fallait pas tarder une seconde de plus, qu'il y allait de sa vie.

– Didier, si tu ne pars pas tout de suite, tu ne pourras jamais partir, plus jamais. Songe que c'est la seule chose que je puisse faire pour toi, et la meilleure. Je veux t'aider. Je t'en supplie. Partons !...

– Peut-être... Mais pas avant que tu ne m'aies tout expliqué, dit-il d'un ton ferme.

Elle sentit que tout était perdu. Vaincue, elle vint s'asseoir près de lui sur le lit effondré et grinçant. En bas, le camion arriva, les chaînes secouées par Flopie tintèrent contre la tôle du portail et la horde se répandit sous le plancher, dans le garage.

– Baisse-toi, Betty, dit-il les dents serrées, baisse la tête, je ne veux pas qu'ils te voient. Je ne veux pas que nous discutions à portée de leurs oreilles... – Il se leva, tapa du pied sur le plancher. – Penser qu'il est impossible de dire un mot entre nous sans être entendu, épié, impossible d'avoir une conversation de toi à moi !...

Mais elle l'entendait à peine. La voix des autres s'élevait plus haut que la sienne et la couvrait. Elle reprit espoir et profita de la circonstance pour faire diversion.

– Tu vois, dit-elle en se levant et en essayant de l'entraîner, tu vois que nous ne pouvons rien faire ici, qu'il faut que nous partions, que tu partes, Didier. Je t'en prie !... Tout est arrangé, il n'y a qu'à entrer dans la maison !

C'eût été doux de lui céder. Il dut faire un terrible effort déconcentration.

– Betty, dit-il. Je t'ai posé une question – une question grave... J'en ai d'ailleurs plutôt deux à te poser qu'une seule. Sois gentille. Explique-moi tout. Je t'écoute.

Elle releva ses cheveux d'un geste impatienté et malheureux.

– Eh bien, je te dirai tout, dit-elle. J'ai donné dix mille francs. Le loyer est de trente mille. Je...

– Trente mille ? Pour un mois ?

– Pour un mois. Mais... Il fallait s'engager pour deux mois au moins, autrement je... J'aurais raté l'affaire. J'ai promis d'apporter le reste dans quelques jours. Je pense que quand nous serons installés, et qu'il aura vu à qui il a affaire...

– Mais, Betty ! s'écria-t-il tout à fait furieux. Mais qu'est-ce que c'est que cette histoire ! Qu'est-ce que c'est que ces dix mille francs, ces trente mille francs ? Où les as-tu trouvés, tout d'un coup ? Dis ?

– Je t'expliquerai, Didier. J'ai eu de la chance... Quelques petits voyages à la frontière... Oh, pas toute seule ; avec des gens... tu en connais un, tiens, mais je ne peux pas te dire qui... tu sais, le petit inspecteur ?... Mon père a eu l'occasion de lui rendre un service autrefois, il ferait n'importe quoi pour nous... Nous rappelons toujours l'inspecteur, mais, bien sûr, il y a longtemps qu'il ne l'est plus, j'aurais dû te le dire, ça t'aurait épargné de gaffer, l'autre jour.

Il la regarda, les yeux fous.

– À la frontière, dis-tu ?... Des cigarettes ?...

Elle éclata de rire à l'idée de ce qu'elle allait dire.

– Mais non. Des boîtes de sardines, *de coquillages*, des bricoles. Ça va dans les bars de la côte. Les gens raffolent de ça. Des *almejas*. Tu sais, ça a un goût de plage à marée basse... Un peu d'alcool aussi, mais pas tant que ça. Quelques lots d'espadrilles...

Didier se prit la tête dans les mains.

– Bon. Bon... Tu me donneras des détails une autre fois. C'est une chance que je ne sois pas en train de faire des colis pour te les porter à la prison. Je commence à comprendre. Et maintenant, le nom de ce propriétaire ?

– C'est un médecin d'Ilbarosse.

Il sursauta. Il y avait quelque chose de plus étonnant encore que de voir Betty s'improviser tout à coup contrebandière par amour, en compagnie d'un ancien inspecteur de police, – c'était de voir un médecin d'Ilbarosse faire le commerce des appartements et se livrer au trafic des meublés.

– Un médecin ? dit-il. Tu es sûre ? Un vrai médecin ? Un médecin en exercice ? Un ancien médecin, un médecin actuel ou un actuel malfaiteur ?

– Un vrai médecin, Didier ! Un monsieur très bien, bien pensant et tout. De la meilleure société. La Légion d'honneur, tu penses. Il a un peu collaboré pendant l'occupation, mais maintenant c'est oublié.

Elle récitait tout cela avec un mélange d'ingénuité et d'ironie, de joie et d'anxiété.
— Son nom ?...
— Tu le sauras, Didier, mais je t'en supplie, ne fais pas de bêtises. Songe donc : un petit rez-de-chaussée d'une pièce, avec une vraie cuisine et deux petites chambres à l'étage. Et un bout de jardin. Tu disais toujours que tu aimerais avoir un bout de jardin à toi, un peu de terre à toucher, à remuer avec tes doigts, un peu d'herbe pour la rosée du matin, toi qui aimes marcher pieds nus...
— Betty, cela suffit ! Le nom de ce type ?...
— Qu'est-ce que tu veux faire, Didier ? C'est payé. Il ne se dédira pas.
— C'est ce que nous allons voir. Son nom ?
— Tu le veux, Didier ? Tu veux en faire à ta tête ? Tu veux tout casser ? Bon, je te dirai tout. — Elle se mit à déclamer d'un ton morne, lugubre : — Il s'appelle Clavier... Clapier... Ou quelque chose comme ça. C'est à l'arrêt de l'autobus d'Ilbarosse, avenue des Bargues, une grande maison à l'angle avec une plaque de cuivre. Tu verras, il est bien docteur.
— J'y vais, dit-il.
Elle était terrifiée.
— Didier ! Tu ne veux pas que j'aille avec toi ?...
— Non, dit-il. Je suis assez grand. Il vaut mieux être seul pour ce genre de choses. Si je revis après cette vie, je pourrai me faire spécialiste en expéditions punitives.

Le plancher trembla au-dessous d'eux. Ils suspendirent des bicyclettes à des crochets fixés aux poutres. (Ils s'étaient mis à vendre aussi des bicyclettes.) Une bordée de jurons s'éleva de leur groupe. Puis une voix éraillée, la voix du gros Georges, une voix qui semblait remuer du gravier :

— Tu t'rends compte ? Ce matin, au marché de Baïgorry, c'te bonne femme qui me dit : Vous n'avez pas plutôt un autre frometon ? J'ai senti çui-là, i sent pas bon. Ton cul, j'ui dis, qu'est-ce qui sent ? Non, tu t'rends compte d'une cinglée !

Il y eut des rires à la volée. Le rire du gros frère résonnait gras et mou, comme une cassonade ou de la mélasse. Gaby riait, d'un rire éclaboussant, d'une trompeuse jeunesse. Didier s'était levé d'un bond. Il se pencha, vit leurs crânes, leurs dos qui s'agitaient, presque à portée de la main. À l'écart du groupe brillait l'œil vert et méprisant de Flopie. Didier se tint un moment la tête dans les mains, se serrant les tempes comme pour étouffer en lui la pensée, la conscience – mais surtout, pour chasser de son cerveau l'image du pied de cordonnier, de son beau trièdre de fer massif. Puis il se montra au-dessus de la barre de la fenêtre.

– Tirez-vous de là ! cria-t-il. Vous me salissez. Allez répandre votre ordure plus loin.

On devine ce qui s'ensuivit, les injures, les sarcasmes, les hurlements, Gaby écrasant son poing, pour faire plus de bruit, sur le klaxon de la voiture. Ils ne s'arrêtèrent de pousser leurs cris vers la fenêtre que quand ils aperçurent le Gosse en train de faire glisser tout doucement, centimètre par centimètre, avec une patience d'ange, leurs caisses de gelée de groseille vers le bord du camion resté ouvert. Didier aurait voulu se battre. Ses muscles toujours inactifs se gonflaient d'un désir de lutte, d'un besoin meurtrier. Il se rappelait ses batailles de gosse, ces colères terribles qui venaient d'un cœur tout pur. Cette force, où était-elle maintenant ? Il avait envie de pleurer. Betty lui serrait les bras, les poignets de toute ses forces. Quelque chose, il ne savait quoi, tomba de sa main ouverte sur le plancher.

Malgré le sens douteux que son amie Betty avait de la topographie, la maison était là, irréfutable, à l'angle de son avenue, à l'entrée de la route d'Ilbarosse, non loin de l'église au clocher de pierre grise, au milieu d'un vaste jardin planté d'hortensias bleus, avec son portail orgueilleux sur lequel brillait la plaque de cuivre de l'honorable médecin : « Docteur Clavier, Médecine générale, Rayons X. » Pas de doute. C'était bien lui. Il était à peu près cinq heures. Didier attendit dans un ample salon d'où le dernier client venait de s'évanouir et où il se trouva seul parmi un lot invraisemblable de petits magots, de porcelaines à filets dorés et à fleurs et de bergères en biscuit. Ils ne manquaient pas de place, ces gens-là ! C'était la première réflexion qui, naturellement, s'imposait à lui. La seconde était qu'il n'obtiendrait rien de l'homme dont il voyait les traits satisfaits s'étaler dans un cadre doré à encoches et à fleurons, entre deux appliques chargées de bougies roses. Ah là là ! La troisième l'invitait à une mesure de prudence, consistant à rafler, en manière de compensation et de représailles, un des menus objets qui se trouvaient là, car ils étaient faits pour la poche ; mais ces objets étaient d'une telle imbécillité qu'on ne pouvait, surtout quand on voyait l'homme du portrait, avoir envie que de les détruire sans y toucher. Enfin, l'homme s'encadra lui-même dans la porte ouverte, d'un geste précis, large et bénévole : du geste dont on reçoit les clients. Cheveux blanchissants, largement couvert d'une blouse blanche qui s'arrondissait sur son ventre ; la mine s'efforçait d'être sévère, le regard aurait voulu tomber de haut. Le bureau s'offrit à Didier aussi net qu'une photographie, aussi vaste et aussi bêtement cossu que sur un écran de cinéma. Table chargée de cuivres, moquette, machine à écrire, baies fleuries, avec des nappes d'odeurs peu agréables que la photographie eût épargnées. La fauteuil était confortable pour la minute fort brève que Didier avait l'intention d'y passer.

— Vous ne me connaissez pas, dit-il. Didier Aubert…

L'air paterne :

— De quoi souffrez-vous, cher monsieur ?

— Je vais vous dire. J'ai une amie, Mlle Mondeville, qui est venue vous voir pour une affaire d'appartement, de villa.

Le visage avait aussitôt changé, comme s'il avait reçu l'averse d'un projecteur. Couperosé, les yeux injectés, déjà hostile.

— Vous voulez dire qu'elle a signé un engagement de location.

Didier s'efforça de prendre un ton modéré.

— Je suis écrivain, dit-il. Je ne puis me charger moi-même de ces démarches, faute de temps, et pour d'autres raisons encore. Mon amie a cru bien faire, mais je crains qu'elle n'ait dépassé mes instructions. Ce serait un peu long à vous dire. Je ne puis m'engager pour deux mois, si c'est bien là ce que vous exigez, ni payer la somme de trente mille francs par mois. Même si je le pouvais, d'ailleurs… Bief, je viens me dégager de cette location.

Le médecin ne paraissait pas comprendre. On eût dit qu'on tentait de lui arracher l'argent qu'il avait dans la poche.

– Qu'est-ce que vous dites ? Mais pourquoi ? Pourquoi ? Vous deviez tout de même savoir ce que vous faisiez ! Je ne vous avais pas caché le prix. Je ne vous ai pas pris de force, mon cher monsieur ! Vous me dites que vous n'avez pas d'argent. Ces villas ne sont pas faites pour des besogneux, que voulez-vous ! Et puis, c'est insensé, cette fille que vous avez envoyée, après tout, elle a signé ! Non seulement cela, mais elle m'a laissé dix mille francs d'arrhes.

– C'est bien cela. Je vous propose de garder la signature et de me rendre l'argent, dit Didier.

– Je ne suis pas là pour plaisanter, mon cher monsieur ! tonna le docteur Clavier. Elle m'a laissé des arrhes, c'est entendu. Seulement, il y a déjà trois jours de cela ! Nous sommes le cinq ! Et je me fous de vos arrhes, moi ! Je ne sais pas si vous vous rendez compte, bredouilla-t-il avec une émotion grandissante. J'ai refusé à dix personnes, après avoir reçu la visite de cette… de cette… Personne ne loue plus après le cinq ! Je ne vais tout de même pas risquer de perdre deux mois de location ! Je ne sais pas si… Vous… C'est insensé, tout de même !… Des gens qui ne savent pas ce qu'ils font !… Vous vous rendez compte !…

Une sorte d'hilarité funambulesque, funèbre, de dégoût plantureux et irrésistible avait pris Didier aux entrailles à l'audition de cette phrase : « Vous vous rendez compte ! Je ne sais pas si vous vous rendez compte !… » ; c'était exactement celle du marchand de fromages, parce qu'une cliente avait prétendu non pas même lui rendre, mais échanger un camembert contre un autre. Le docteur-médecin, diplômé des Académies, avec sa belle plaque de cuivre, membre d'une corporation honorable, heureux propriétaire de plusieurs villas – il en avait même trop, puisqu'il en louait – *ne se rendait pas compte* en effet que sa passion pour l'argent, l'idée d'un bénéfice perdu, le mettaient au niveau d'un Stef, d'un Geo, lesquels avaient du moins cette circonstance atténuante nue leurs cerveaux n'avaient rien d'autre à concevoir que la vente au détail du savon ou de la morue. Le frémissement qu'il venait de voir passer sur ce visage d'homme gras, ami de la fourchette et de la bonne bouteille, de cet escroc patenté, jouissant des faveurs officielles, exerçant un métier qui devrait être parmi les plus nobles, Didier n'était pas près de l'oublier : il continuait à faire ses classes. Comment ! cet homme avait une clientèle à exploiter et il lui fallait encore faire des victimes en « plaçant », au moyen d'annonces dans les gazettes, des villas plus ou moins frauduleusement acquises ! Car Didier connaissait un tout petit peu la chronique ; il avait eu le temps de se renseigner, et il avait appris deux ou trois choses, des questions d'héritage et de dot qui ne semblaient pas très nettes.

– Je dois me rendre compte de quoi ? questionna Didier.

– Mais je vous dis que vous me faites perdre deux mois de location !

– Je vous en prie ! Vous avez dit à Mlle Mondeville qu'elle avait à se presser parce que vous aviez plusieurs candidats. Je ne suis pas là pour contrôler vos mensonges. Mais c'est précisément parce que vous vous êtes servi de cet argument pour faire pression sur elle...

– C'est bon. Je place l'affaire entre les mains de mon avocat.

– Je vous en défie ! Votre villa, on me l'a décrite ; elle vaut, au taux du jour, cinq mille francs par mois au maximum. Et vous le savez.

– Entre les mains de « mon » avocat ! vous dis-je. Et nous verrons bien si...

– Ne nous emballons pas. Mon amie...

Il étouffait de rage.

– Votre amie !

– ... vous a versé dix mille francs. Je viens rechercher cette somme. C'est tout.

– Mais, mon petit monsieur, vous vous figurez...

– Je ne suis pas votre petit monsieur, et je vous prie d'ouvrir le tiroir qui est à votre droite et de me compter les dix billets représentant deux mois de location normale. Je dis dix. Pas un de moins.

Ce ton décidé le déconcerta une seconde.

– Mais c'est un coup monté ! s'écria-t-il absurdement. Ah, je pensais bien que j'avais tort de louer à des gens qui ne sont pas dans une situation régulière. Car elle m'a tout expliqué, votre petite amie ! Elle est venue pleurer, mendier pour que je lui donne cette villa... J'aurais dû me méfier d'un couple comme ça. Des irréguliers !...

Ce mot, cette réflexion ne manquaient pas de saveur, on le devine, dans la bouche de cet homme qui représentait pour Didier tout ce qu'il méprisait : l'hypocrisie, la bonne conscience, l'exploitation, l'argent devenant une force de contrainte, une éternelle menace dirigée contre le cœur d'autrui. Mais Didier avait un peu de peine de penser que Betty s'était abaissée devant cet homme à des confidences, qu'elle n'avait pas flairé la filouterie : comment n'avait-elle pas senti du premier coup l'homme que c'était, c'est-à-dire l'homme habitué à sous-estimer l'espèce humaine, la jugeant d'après lui, doutant a priori de toute bonne foi chez l'interlocuteur, parce qu'il n'y en avait aucune en lui et qu'il ne *concevait* même pas la chose. Cela devait faire un curieux médecin.

– Je vais, si vous le désirez, vous donner un mot d'explication, reprit Didier très calmement, négligeant ses insultes.

Il lui expliqua, en deux mots, la chance qu'il avait, et dont il ne se doutait même pas dans sa stupide colère : celle d'être tombé sur des gens honnêtes. Le chèque était versé : rien n'eût empêché Didier de s'installer dans la villa le jour même, comme il était convenu, pour n'en pas déloger avant deux mois, Didier était sûr d'avoir pour lui les juges. Et le médecin-gangster était sûr d'avoir contre lui le percepteur. Mais il essaya encore d'intimider, par habitude, et dit qu'il ne rendrait pas un sou de l'argent qui lui avait été versé.

– Comment, rugit-il, j'ai prêté l'oreille à cette fille qui est venue essayer de m'attendrir, là, dans ce fauteuil, en me racontant des histoires... Je croyais... Je croyais... Et j'ai affaire à un couple d'aventuriers qui... Bon Dieu, mais la clef, je lui avais donné jusqu'à la clef ! Je ne sais même pas si vous n'êtes pas venu me voler entre-temps ! Vous allez m'accompagner jusqu'à la villa, mon bonhomme ! Ne croyez pas vous en tirer comme ça !... Bon Dieu de Bon Dieu ! dit-il en s'adressant à lui-même, voilà ce que c'est que de louer à des besogneux !...

— Monsieur, lui dit Didier en se levant, de plus en plus gagné par la nausée que provoquait en lui la grossièreté du personnage, votre clef est dans ma poche. Mais qu'est-ce que vous diriez si je ne vous la rendais que contre l'argent que vous avez extorqué à Mlle Mondeville ?

— Je... Je... Comment ?... Mais c'est insensé, voyons !... Aubert ? Vous vous appelez Aubert ? Mais je vous fais coffrer tous les deux ! Des !... Des !...

— Ne cherchez pas, vous n'allez pas trouver les mots voulus. Et puis, ça me dégoûterait tout de même un peu trop de marchander avec un homme comme vous. Tenez. Voilà votre clef !

Sans avancer d'un pas, Didier lança la clef à travers la pièce. Le gros homme se décolla aussitôt de son siège pour aller ramasser l'objet et en vérifier l'identité. La peur d'être dupé — on ne juge que par soi — était peinte sur ses traits lourds, son visage rouge, couvert de sueur.

— Des... Des voyous !... Bons pour le commissaire de police... J'avertis le commissariat... je demande qu'on vienne vous cueillir... Sur le fait... Flagrant délit... Cette fille qui voulait m'attendrir !... Ah, je te crois ! Malade, qu'elle disait... Malade ! Vous le saviez que vous étiez malade, non ?... Un écrivain de talent. De talent ! Je l'ai au cul, moi, le talent, vous entendez ! Au cul !... Je m'en tartine les fesses de votre talent !...

Didier crut entendre, encore une fois, résonner la voix du gros Georges le frère. Il revit le jardin souillé, les garçons qui se tapaient sur les cuisses, entendit les rires vulgaires, les mots affreux qui montaient à travers le plancher jusqu'à l'endroit où Betty essuyait ses yeux pitoyables, où battait le cœur pur de Betty. Y a-t-il au monde pire saleté que l'argent ?

Le Clavier avait sa clef, ses dix mille francs ; il allait recommencer le lendemain ou les jours suivants des opérations semblables (il avait confessé à Betty que beaucoup de gens se ravisaient et ne se donnaient même pas la peine de lui réclamer ce qu'il appelait « les arrhes ». « Ni lui celle de les rendre », avait pensé Didier), il pouvait donc s'offrir le luxe d'insulter.

Didier retraversa avec la démarche du vainqueur le salon vitré, encombré de magots et de potiches, le jardin rempli de fleurs. Il se disait qu'il y avait à présent dans la bonne ville d'Ilbarosse des dizaines, des centaines d'hommes comme celui-là – pas tous médecins heureusement –, qui volaient le monde à pleines poignées, avec l'approbation de leur conscience et les dehors de la dignité. À cette pourriture d'âme il préférait mille fois sa misère. « Il importe peu d'avoir ou non une bonne maison ; nous aimons même nous trouver dans une maison d'où l'on peut nous chasser... » Nous chasser, nous chasser, criaient de plus en plus vite les roues de l'autobus qui le ramenait vers Irube... « Lorsque nous nous rappelons que le Seigneur du monde n'en posséda aucune... » Cette scène avec le médecin lui avait apporté une exaltation singulière. Il se sentait dégagé, presque heureux. Il n'était pas à la portée des Clavier, des Beauchamp, ni même des Singler, de concevoir les pensées qui l'occupaient en cette minute. Il imaginait le haussement d'épaules de l'abbé, son sourire de pitié. « Vous n'arriverez jamais à rien, mon garçon. » Non, il n'arriverait jamais à rien. L'idée de pactiser avec cette société abominable ou même de profiter de son désordre lui paraissait criminelle. Il aurait fallu *ouvrir* l'esprit de ces pauvres gens, les forcer à voir, leur laver le cerveau. Ils avaient des conceptions de taupes et se croyaient des aigles, des chefs. Avec tout leur argent, ils n'avaient pas assez d'imagination pour concevoir qu'ils *pouvaient être méprisés*. L'autobus approchait d'Irube, dépassait hâtivement les jardins et les parcs au fond desquels les riches enferment leurs richesses, au fond desquels, mystérieusement, l'Argent ne cesse de s'accoupler avec l'Argent mais surtout avec la sueur du pauvre, pour faire des petits. L'autobus le déposa au pied des remparts ; il vit se profiler dans le brouillard quelques masures, des habitations de troglodytes auxquelles on était si habitué qu'on ne les voyait plus ; il revint par la rue aux Chats, sous le linge pendu en travers de la rue, l'humidité qui coulait le long des murs. Il entrevoyait des couloirs sombres, des enfants blêmes, vêtus de haillons. Ces gens-là, on pouvait les ignorer en toute tranquillité de conscience. Mais Didier se sentait solidaire avec eux. Il se croyait encore capable, pour sa part, de supporter *un certain degré* de misère. Mais ce qu'il pouvait supporter lui-même, pouvait-il admettre qu'on le fît subir aux autres ? Cette pensée lui rendit toute sa colère.

Il s'attendait à des reproches de Betty, à des plaintes. Mais quand il revint, qu'il lui dit qu'il avait rompu l'affaire, Betty lui sauta au cou avec joie.
– Oh, tu as bien fait, dit-elle. J'y ai songé trop tard, mais j'y pense depuis que tu es parti : Didier, tu n'aurais pas été heureux dans cette maison... Je crois que j'avais peut-être bien fait en la prenant, car il fallait faire quelque chose. Mais ayant fait cela, c'est bien que tu l'aies défait. Figure-toi, ce gros dégoûtant, il avait commencé à poser ses vilaines pattes sur moi.
– Tu ne m'avais pas dit cela.
– N'en parlons plus. Tu as bien fait, Didier, je suis si contente.

Elle se mit à lui raconter qu'aussitôt après son départ, ne croyant pas au succès de sa démarche (elle appelait ça un succès !), ou croyant qu'il allait changer d'idée en route, elle avait commencé à remplir une valise des couvertures et des draps nécessaires à son installation dans la nouvelle maison, et que, ce faisant, elle avait été prise d'une grande tristesse à l'idée de quitter cette maison-ci, cette soupente misérable, cette fenêtre unique où s'encadrait au moins un sublime paysage. Combien Didier la comprenait. Car en dépit des cloportes qui s'agitaient tout autour, la nature avait mis là sa marque, donnait le modèle des vertus, constituait un appel vers la vie noble, dont ils ne pouvaient ni l'un ni l'autre se détacher.
– Et puis, dit-elle, Didier, si tout d'un coup... oui, si nous cessions trop brusquement de vivre dans les difficultés... il y aurait peut-être quelque chose qui croulerait en nous, tu ne crois pas ?
– Bon. Mais les dix mille francs sont perdus ! dit-il pour couper court à ces rêveries.
– Ça ne fait rien, dit-elle avec élan, puisque je les avais.

Il eut un bref haussement d'épaules. Elle appelait cela les « avoir » !...

– Songe aux économies que nous faisons en n'allant pas nous installer chez ce sale médecin : nous avons perdu dix mille francs, mais nous en gagnons cinquante mille !

– Oh, fit Didier entrant dans le jeu, qu'est-ce que nous allons faire avec tout cet argent ?

Après s'être égayée de la sorte un moment, pour dissiper l'anxiété avec laquelle elle avait dû l'attendre, Betty redevint grave.

– Et puis, vois-tu, dit-elle en regardant autour d'elle, cette chambre où tu as tant souffert, où tu souffres tant tous les jours – tu ne pourras jamais la quitter, tu n'auras jamais le cœur d'y renoncer, Didier.

Il jeta à son tour un regard sur la chambre et un profond et irrémédiable désespoir l'envahit.

– Betty, dit-il sans voix, je ne veux plus souffrir de cette façon. *Je ne peux plus !* Cette ville est entièrement pourrie ! Je veux la quitter pour n'y plus revenir. Ailleurs, il y a peut-être quelque chose à faire. Mais ici, à Irube, c'est sans espoir. La cupidité les a tous gagnés. Ils nous cernent. Ils veulent notre vie… Nous ne sortirons pas de leur enfer.

Il se laissa tomber sur le lit, le visage très sombre, découragé.

– La guerre n'a pas détruit assez de choses, Betty.

– Elle n'a pas détruit celles qu'il fallait, dit-elle vivement.

– Elle n'a rien détruit, dit-il. Elle a laissé les hommes comme ils étaient. Les tueries, les camps, les tortures d'un côté, de l'autre le courage surhumain des hommes, de ceux qui ont voulu tenir tête pour faire un monde meilleur, c'est comme si rien de tout cela n'avait existé. C'est très simple. Sais-tu pourquoi toutes ces horreurs ont été et sont encore possibles ? Ceux qui ont souffert seront vieux ou n'existeront plus dans vingt ans. Et les autres n'ont pas assez d'imagination. Car ce qui manque aux hommes, c'est l'imagination, uniquement. Pour se mettre à la place des autres, pour se représenter la souffrance.

– Si la guerre n'a rien détruit, dit Betty, c'est peut-être qu'il en faut une autre.

– Non, dit-il. Le monde est chaque fois pire qu'avant. Souviens-toi, nous n'avions jamais souffert ainsi. Nous n'avions jamais connu, ni toi ni moi, chacun à part, cette souffrance sale, sordide, avilissante.

– Les souffrances nobles ne sont pas pour tout le monde, dit-elle. Est-ce que ce sont encore des souffrances ? Qu'est-ce que tu voudrais ? Être malheureux en amour ? Vivre dans un château en écrivant des éditoriaux sur la misère ? Ce ne serait pas sincère, tu le sais bien. Les souffrances nobles ne sont pas des souffrances, Didier. Il n'y a de souffrance que celle qui te talonne à chaque instant, celle qui est dans tes gestes, celle qui t'empêche de te loger, d'être un homme libre – celle qui t'avilit. Les autres souffrances ne sont pas des souffrances, ce sont des souffrances pour gens riches, pour les gens qui se mettent en beau pour aller à la messe le dimanche... Les Clavier, les Chotard, les Beauchamp et tous ceux-là. Les belles souffrances sont pour ceux qui n'ont pas d'emmerdements. Si tu veux des souffrances nobles, lui dit-elle avec mépris, entre donc dans un monastère, ne reste pas à traîner avec nous comme tu fais, dans ce qu'ils appellent le monde. Souffre pour quelque chose, pour un idéal. Alors tu pourras croire, en souffrant, que ta souffrance te donne des droits, qu'elle te méritera le paradis. Et ainsi tu auras ta récompense.

Elle le regarda fixement de ses petits yeux sombres, avec reproche, puis aussi fixement regarda la couverture à carreaux sur laquelle elle était assise.

– Crois-tu que ce soit cela, la souffrance ? Crois-tu que tu saches souffrir ? Je ne crois pas. Tu sais ce que tu es, Didier ? Je vais te le dire. Tu es un bourgeois. Oui, tu es un bourgeois de la souffrance. Tu veux des souffrances qui te rapportent, comme aux bourgeois leur argent. De la bonne souffrance, voilà ce que tu veux. Tu es comme tous les autres. Tiens, tu ressembles... tu ressembles... sais-tu à qui tu ressembles en ce moment ? Tu ressembles au gros docteur Clavier, les fesses bien calées dans son fauteuil, avec sa blouse blanche, qui écoute dans son ventre son argent qui grossit, qui grossit, qui s'enfle, qui fait des petits. Tu veux mettre ton argent à la banque, toi aussi !... Moi, dit-elle, c'est drôle, – j'ai toujours souffert pour rien.

La vie reprit comme avant, dans cette chambre sous laquelle régnaient les cafards, au niveau de son inutile désespoir. Les circonstances ignobles engendrent une souffrance ignoble. Les êtres bas font naître à leur contact une souffrance basse. Betty lui avait fourni une connaissance nouvelle de lui-même, peu glorieuse. Il lui reparla plusieurs fois de ce docteur Clavier, lui disant qu'il le considérait comme un voleur vulgaire qui n'avait même pas l'excuse du besoin, et qu'ils n'avaient qu'à se mettre à voler eux aussi.

– Tu n'aurais pas son savoir-faire, lui dit-elle. Tu sais bien, ce qu'il faut, c'est savoir voler légalement, sans en avoir l'air. Si tu voles une bicyclette arrêtée au bord d'un trottoir, c'est difficile d'avoir un air légal.

– Tu veux donc que je vole une bicyclette ? lui dit-il. Ça te ferait plaisir ? Pour toi, je le ferais.

– Ne dis pas de sottises.

– Ce serait un moyen d'attirer l'attention sur nous, peut-être bienfaisant, comme de tirer sur le pianiste. Je ne vois plus d'autre moyen à notre disposition.

– Tu trouves que l'attention n'est pas encore assez attirée sur nous ?

– Je serais heureux de me venger de cet homme, dit-il. Il nous a roulés, nous a volés, et de plus il se moque de nous.

– Je te donnerai une occasion de te venger, dit-elle mystérieusement. Je t'indiquerai la façon. Toi, tu ne ferais que des bêtises. Et puis, je vais te dire. Tu sais pourquoi tu voudrais tant te venger de cet homme ? Parce que tu lui ressembles. Oui, Didier, je sais, je te l'ai déjà dit. Tu n'as rien, toi, Didier, mais tu es aussi mauvais, aussi dégoûtant que ceux qui possèdent. Tu es tout comme eux. Tu es tout tendu vers l'avoir, vers la possession. C'est même un peu ce qui fait ta souffrance. Et ta souffrance ne vaut rien, elle est sale. Il te reste beaucoup à faire, Didier. Tu te crois des mérites parce que tu es pauvre. Mais cette pauvreté, tu ne l'as pas voulue, tu ne l'as pas désirée, tu ne l'as pas encore faite tienne, épousée. Tu n'as pas converti tes désirs. Par tes désirs, tu es tout juste à la hauteur du gros Clavier. Tu le détestes parce que tu voudrais faire comme lui.

– Mais il nous a volés !

– Et après ? C'est pour nous un accident fâcheux. Mais pour lui, c'est sûrement plus grave. Il faut laisser les gens faire le mal qu'ils veulent faire. Mais si ! Il est indifférent que le gros Clavier nous ait ou non volé notre argent. L'important, c'est que tu en profites pour devenir meilleur, que tu rachètes...

– Comment ?...

– Oui, que tu rachètes le mal qu'il a fait. Peu importe que ce mal ait été fait à toi ou à un autre. Ce qui est grave, c'est que le mal ait été fait. Tu peux racheter ce mal. Comment ? Tu découvriras cela toi même plus tard. Ce n'est pas la peine que je t'explique, tu te révolterais. Je t'en prie Didier. Tu es encore trop pareil aux autres. Si tu m'écoutes, je te vengerai du docteur Clavier. Je ne sais pas encore comment, mais tu verras, je trouverai bien une manière.

Et, sur ces mots, elle disparut en prononçant le nom de Mme d'Hem. Elle assura qu'elle avait trouvé chez Mme d'Hem un refuge provisoire en même temps qu'un emploi de préceptrice auprès de Brigitte, et Didier jugea plus commode de croire à cette explication que d'en vérifier l'exactitude. D'ailleurs, c'était probablement vrai.

Il y avait dans ce qu'elle lui avait dit un mélange de choses justes et de choses injustes, de reproches mérités et d'autres qui l'étaient moins, mais elle avait une façon si nouvelle, si peu commune de voir la situation, qu'il en resta troublé.

Didier avait retrouvé quelques leçons qu'il donnait en essayant de passer le plus possible inaperçu. Il aurait souhaité ne jamais avoir à donner son nom, tellement il éveillait de méfiance ; mais du moment qu'il n'exigeait pas d'être payé à sa valeur, on voulait bien de lui. Il pouvait enseigner le français, la philosophie, le latin, le grec, l'anglais, mais peu de gens à Irube avaient besoin d'un pareil bagage. En français, personne ne voyait plus les fautes, elles s'imprimaient de plus en plus dans les journaux, la philosophie et les langues mortes étaient inutiles, l'anglais était peu demandé dans cette ville du Sud, seul l'espagnol avait un peu de valeur et Didier ne le connaissait pas ou très mal. Il travaillait un peu dans son lit (il en était au chapitre « humour et prière » chez Kierkegaard), sortait, allait donner ses leçons, se traînait sur les interminables allées qui descendaient à la ville, revenait en se traînant davantage à cause de la montée, s'arrêtant tous les dix pas pour respirer, le cœur battant à se rompre, le corps enfiévré, se recouchait sur son lit comme pour y mourir, sans avoir même la force d'ôter ses souliers, se relevant au bout d'une heure pour se faire une piqûre de calcium ou d'un produit similaire. L'eau qui bouillait, l'odeur de l'éther, la légère douleur de la piqûre le ranimaient un peu, en même temps qu'une vague confiance lui était inspirée par ces rites. La lumière de l'aube le réveillait, et aussi les cris des pantins et la chaîne que Flopie laissait tomber contre la tôle du portail et qui lui lacérait le cerveau. Pendant une heure il se croyait plus malade que la veille, il sentait son corps lourd, incapable d'un mouvement, et songeait à l'hôpital comme à un refuge. Puis le soleil venait caresser sa fenêtre, il traversait un moment d'euphorie et concevait une fois de plus l'espoir d'une journée où il pourrait enfin se mettre à l'œuvre.

Eût-il été mieux portant, le seul endroit pour travailler restait ce lit, car la table était minuscule et fort bien défendue par les malles dont, importunes partout, il modifiait sans cesse l'emplacement. Il n'avait même plus la curiosité de les ouvrir. Certains jours, le camion revenait dans la matinée, puis repartait, cela plusieurs fois, au milieu du brouhaha habituel. Des pieds, des têtes, allaient et venaient, les portières claquaient et Stef injuriait Flopie, la traitait de putain et invoquait la merde parce qu'elle n'avait pas fini de remplir ses sacs de café ou de riz, et qu'ainsi il n'en emporterait que trente au lieu de cinquante. Didier s'étonnait que l'on prît encore la peine de faire des reproches à Flopie. Son pouvoir d'inertie était un objet d'évidence. Il était inscrit dans ses traits, son front têtu, son petit air buté sous les mèches brunes. Elle répondait à toutes les remarques, si justifiées fussent-elles, par un silence méprisant, ou par une phrase indistincte et, le maître parti, se remettait à chanter de sa voix juste et mesurée, au timbre acide, sa chanson nostalgique. Didier trouvait quelque chose d'amical à ses sourires et se disait qu'il aurait pu avoir en elle une alliée contre les envahisseurs, une espèce de secours moral. Parfois, l'après-midi surtout, qui était consacré aux approvisionnements, la chanson était interrompue par les retours inopinés de Stef qui lui commandait brutalement une douzaine de « Boudoirs », quatre boîtes de « Délectations », trois sacs de pois cassés, et repartait aussitôt pour la ville au volant de son camion. Flopie remettait la chaîne puis revenait au garage où elle recommençait à égrener son café et ses chansons.

Dès lors, dans le silence soudain de l'après-midi, aucun bruit ne pouvait plus échapper à Didier. Il entendait la pelle que Flopie plongeait dans la boîte de fer, il entendait le café couler dans le sac de papier, il entendait le plateau de la balance cogner contre la cale – il y en avait trop –, puis – le bruit le plus énervant – celui de la machine à agrafer.

Gaby survenait souvent pendant ces opérations, poussant sa graisse au soleil, son morveux accroché à sa jupe ou à son pantalon. Le passage à l'âge adulte est certainement l'un des phénomènes les plus saisissants de la vie. Beaucoup d'êtres y laissent tout d'eux-mêmes, y perdent leur seule auréole, celle de leur jeunesse ou de leur innocence ou des illusions que l'on entretenait sur eux. Didier, en voyant Gaby, décida de ne plus s'attendrir sur les enfants, sur les adolescents. Il admirerait l'homme fait qui conquiert, dans la lucidité de sa conscience, au prix de cent combats, ces vertus lumineuses que l'on applaudit de confiance chez l'enfant et qui se perdent le plus souvent dans l'abrutissement, la routine ou la banalité de l'âge. Gaby, à vingt ou vingt-deux ans, semblait être au terme de sa vie, elle avait le visage de ceux qui n'espèrent plus rien, ou qui n'ont jamais rien attendu. Il pensait à cette jeunesse de l'esprit sans cesse reconquise sur les forces de mort. Gaby vivait, se déplaçait, il contemplait d'en haut sa chevelure d'un roux éclatant descendant de sa tête et couvrant sa nuque blanche, le gonflement de sa poitrine, de ses hanches, – et pourtant il la voyait morte, elle était déjà entrée dans la mort.

Ne sachant que faire quand elle avait fini de fumer son paquet de cigarettes, elle venait errer autour de l'escabeau sur lequel travaillait Flopie, dans une sorte de nostalgie impuissante où elle était du travail d'autrui (si l'on peut décorer du nom de travail le fait de remplir des paquets), et entamait avec elle une conversation traînante qui roulait le plus souvent sur les modes et les moyens de maigrir, c'est-à-dire de rengainer sa graisse – qui n'était peut-être que le résultat de son incalculable fainéantise. Flopie lui répondait avec une insolence de fille mince et lui parlait d'aller voir des médecins.

– Et tu en connais, toi, des médecins ? relevait Gaby avec son accent, comme s'il y avait là une difficulté.

– Oui, j'en connais, disait Flopie. Ce n'est pas bien difficile à trouver. Et des homéopathes encore ! C'est ça qu'il te faut à toi, un homéopathe.

Le mot devait lui plaire. Gaby, qui d'abord s'était crue insultée, bientôt séduite par la nouveauté du terme, prit bonne note et essaya de retenir ce vocable où il y avait de l'homme et des pattes.

Là-dessus, sans transition, Stef survint avec son camion et découvrit que Flopie était en train de se servir d'une balance fausse, c'est-à-dire truquée, mais dans le mauvais sens, et que ses paquets faisaient un peu plus que la livre au lieu de faire un peu moins. Ce fut un beau vacarme. Ce Stef, considéré objectivement, était un « pur », et l'idée ne lui était jamais venue qu'un marchand pût vendre quoi que ce fût sans tromper sur la qualité ou sur le poids. Il se livrait, entre autres, à des savoureux mélanges de café, comptant sur le manque de flair de sa clientèle paysanne, et toujours prêt à invoquer le phénomène de la dessiccation pour excuser le défaut de poids – sans s'aviser que le café attrape l'eau plutôt qu'il ne la rend, circonstance qu'il aurait aussi bien pu tourner à son avantage, comme toutes les autres. Actif, remuant, zélé, il avait toujours quelque nouvelle affaire en tête pour ajouter du profit. Il répandait donc sur la tête de Flopie l'essence de son vocabulaire le plus anatomique, comme il était de mode en ce milieu. C'était grossier et monotone. Au reste, quand il était d'humeur plaisante et saluait les dames en leur offrant ses « fromages », ce qui était pour lui la fine fleur de l'esprit, la chose ne valait guère mieux, même si elle créait « de l'ambiance ». Didier se demandait comment une fille parée d'un extérieur convenable comme l'était Flopie pouvait supporter ces plaisanteries. Mais elle avait, en regardant le Caïd, un rire que Didier n'aimait pas. Et s'il avait été Gaby, il n'aurait pas été bien ravi, les matins où elle partait avec Stef, dans la nuit, tous les deux à la tête du camion. Il y avait dans les gestes qu'ils faisaient ensemble pour se passer les paquets, pour charger la voiture, une entente qui aurait pu sauter aux yeux de n'importe qui. Mais Gaby, abrutie par les cigarettes, à force de cligner les yeux comme les chats, ne voyait plus rien et laissait faire. Elle avait reçu de la vie tout ce qu'elle voulait.

Humour et prière chez Kierkegaard. Comment passe-t-il de l'humour à la prière, ou plutôt, peut-être, de la prière à l'humour ? Ou bien, comment procède-t-il pour maintenir l'humour dans la prière ?... Montrer ensuite, ce problème résolu, comment cet humour se transforme en passant chez Kafka, quelles transitions... Humour et mystique, c'est assurément un sujet neuf. Il faudrait pouvoir y penser. Peut-être à partir de ce mot étrange du *Journal* : « Jusqu'à quel point peut-il y avoir une pointe d'humour dans la prière, dans ce tutoiement avec Dieu ?... » L'humour représentant la distance entre nous et l'objet, l'incompréhension... Est-ce bien cela ?... Plus tard, on pourra essayer de définir enfin la méthode mystique, d'expliciter ces différences subtiles de l'*habitus* mystique, qui font dire à Tauler : « De deux personnes qui connaissent la vie contemplative, l'une sera prise et l'autre laissée. » Difficile de voir clair dans ces problèmes quand, sous son lit, on a Flopie qui compte ses grains de café. Les cloportes vont-ils s'en aller, peut-il compter sur une heure, sur une demi-heure de paix ? Si seulement il pouvait connaître leurs intentions ! Voici, le moment est venu : ils n'y sont pas : c'est le moment de travailler, même si je n'en ai pas envie. Vraiment, n'y sont-ils pas ? Quelquefois ils feignent le silence, ils vous donnent un répit, une illusion, et au moment où l'on s'y attend le moins... Il faut voir, il faut être sûr... Didier se lève, se penche par-dessus la barre de la fenêtre. Ah, le garage est ouvert ! La belle matinée l'inonde d'un soleil déjà tiède. Donc quelqu'un doit y être. Flopie est là et ne dit rien, ne fait pas de bruit, exprès pour l'embêter, pour l'irriter par son silence, espérant le surprendre par un cri, par la chute d'un poids, le heurt d'une balance, au moment où il se sera bien mis au travail. Il a envie de l'appeler, de crier : « Êtes-vous là ?... » comme dans une chambre obscure on appelle l'assassin pour qu'il se montre. Déjà il entend sa voix qui appelle Flopie, frappe le mur d'en face, rebondit, s'en va retentir au fond du garage de ciment... Mais voici un bruit – comme un froissement de papier. Est-ce une bête ?... Peut-être est-elle partie comme l'autre fois, en laissant le garage ouvert, et va-t-elle encore une fois se faire incendier par Stef. Dans ce cas, s'il allait fermer le garage ? Mais pourquoi ce désir de lui rendre service, de lui épargner des injustices ?... Toucher une chose à eux, non, non ! Plus simple de chercher quel jour on est, et d'essayer de se rappeler ce qu'ils font ce jour-là. Car il est au courant de leurs affaires ; au besoin il pourrait les remplacer, recevoir les livreurs, les voyageurs... Jeudi. C'est le jour du gros frère. Ce jour-là Stef partant pour la matinée, Gaby s'absentant de son côté, la femme de ménage en congé, la maison est tranquille, – *ou pourrait l'être*. Mais elle ne l'est pas, car justement c'est de toutes ces absences que le gros frère profite pour venir embêter Flopie.

Georges, il s'appelle. Un simple. Comme on a découvert qu'il était inutilisable à domicile, on l'a placé chez des copains, des relations de Stef, des «grossistes». On ne sait si c'est un effet du métier mais, depuis qu'il est dans cette place, le gros frère a en effet encore grossi, il est en voie de rattraper sa sœur. Comme il a le visage couvert de boutons, une légèreté de scaphandrier, une voix à la fois sourde et brutale qui semble charrier du gravier, il fait un soupirant fort peu séduisant et l'on peut trouver Flopie patiente. Mais comment réprimer les avances d'un pachyderme, quand on est un fétu? C'est sans doute le problème que se pose Flopie et que Didier, sans en être prié, se pose pour elle.

Il s'approche. Cela seul est déjà répugnant à voir. Il s'est décidé à la grande attaque. Les cheveux courts, descendant bas sur le front, achèvent de lui donner son air. Lui qui crie si fort d'habitude, aujourd'hui, dès le début de l'engagement, parle à mi-voix. Quand un être naturellement violent se met à parler à mi-voix (Didier pense à Fernande), on peut croire que c'est grave. Le garçon s'est jeté maladroitement sur un tonneau à l'entrée du garage; Flopie a ri, de son petit rire de crécelle, vite arrêté. Elle était donc là. À faire quoi? À rêver sans doute, à dormir au soleil, couchée sur les sacs de riz, de patates. Elle répond par monosyllabes, ou avec un petit rire moqueur, qui congédie. Mais l'autre n'entend pas ce langage.

Elle avait dû prendre une attitude dès qu'elle avait vu son ombre s'avancer dans le soleil, car il lui propose de l'aider, sans doute pour pouvoir s'installer plus à l'aise. Didier entendit Geo déplacer une bascule pour l'amener à la lumière, sous la fenêtre. Maintenant ils avaient l'air de travailler ensemble. Didier entendait le bruit de la bascule, ce bruit le rassurait. Avait-il besoin d'être rassuré? S'il n'entendait plus rien, oui, peut-être qu'il irait voir... Il y avait pourtant de longs silences. Ils ne devaient plus rien faire ni l'un ni l'autre. Puis la grosse voix reprenait son monologue suppliant, s'énervait un peu, la voix montait. «Punaise! Puisque je te le dis!...» Silence.

Bascule. Soupir excédé de Flopie. Puis elle chantonne. Ça devient agaçant. Il faudrait voir. Didier se met à faire du bruit, exprès, pour montrer qu'il est là. Ne le savent-ils pas ? Vont-ils continuer à le compter pour rien, à faire l'amour au-dessous de lui, avec de grandes claques et des soupirs, comme s'il n'existait pas ? Souffrira-t-il cela, que ce garçon s'attaque à Flopie avec ses grosses pattes, ouvre son corsage et fourrage dedans, là, sous le plancher ? Le voici loin de son étude. Il se lève. Mais comment se faire remarquer quand on a les pieds nus ; comment ferait-il du bruit, lui le silencieux ? Il fait tomber un livre, tire une malle, cherche des yeux un marteau. On penserait mieux si l'on avait toujours un marteau à la main. Quand on habite une chamble semblable, il faudrait pouvoir penser à coups de marteau : voilà !... Ces deux êtres au-dessous de lui, dans cette caverne béante et remplie de soleil, parmi les pots de moutarde, les bidons d'huile, les paquets de macaroni, les futailles, les caisses de morue éventrées... Ah non, non, ça en plus de tout le reste, ce serait à vomir !...

Maintenant il n'entend plus qu'une voix, celle du garçon, grasse et rocailleuse à la fois, que marque un fort accent du Sud-Ouest.

– Mais puisque je te le dis... Bah, que tu es sotte ! Mais personne ne le saura !... Tout de même, écoute, enfin ! tu ne peux pas rester comme ça toute ta vie !... C'est pas si compliqué que tu supposes, va, aie pas peur !... Enfin pourquoi pas moi ? Mais que tu es sotte !... Mais si c'est pas moi, ce sera un autre, eh dinde !... Tu vas pas... Bah !... Mais puisque tu es libre ce soir ! Tu me rejoins au pont, et... Mais non, pas celui-là de pont, l'autre !...

Silence. Didier recommence à faire du bruit, exprès, il tousse, laisse tomber un objet, puis un autre. Leur a-t-il fait peur ? Le garage est ouvert dans toute sa largeur, mais qui les verrait derrière les échafaudages de caisses et les remparts de bidons ? La voix, la voix de la fille tout d'un coup, toute fine et moqueuse :

– Idiot ! Tu crois que tu vas m'apprendre quelque chose !...

Bien répondu. Mais pourquoi tout à l'heure essayait-elle de le lui faire croire ?...

À ce moment Didier vole à son secours, il fait entendre un rire étrange, déconcertant, un rire qui ne peut désarmer que la brute. Il se force, ce rire lui coûte, mais il faut bien qu'il fasse quelque chose, qu'il intervienne, qu'on sache qu'il est là, qu'il n'est pas dupe. À travers le plancher, la voix du garçon humilié monte jusqu'à lui :

— Ben quoi, vous là-haut ? Qu'est-ce que vous avez à rigoler ?

Didier, très Comédie-Française :

— Alors non ?... On ne peut plus rire chez soi ?...

Enfin voici Gaby qui revient de ses courses, montée sur une pétrolette. Elle pose par terre ses cent kilos d'un seul coup. Didier entend le frérot surpris qui s'exclame tout bas : « Merde !... »

— Geo !... Qu'est-ce que tu fais là ?...

La voix confuse du garçon :

— Je suis venu aider Flopie en passant.

— Ah oui ? Drôle de boulot, hein ? répond la sœur. Vous n'avez pas l'air d'en avoir fait lourd, à vous deux ! Puis, se fâchant : J'aime autant te dire que tu feras bien de fiche le camp avant que Stef soit là avec le camion, hein tu m'entends ?...

Didier essaie de se remettre à son travail. Mais que disait Tauler ?... Sur la page où il écrit, sa main tremble encore ; son cœur cogne dans sa poitrine, comme s'il s'était battu. Le combat contre les Monstres. S'il ferme les yeux, lui apparaît comme une énigme le Jardinier aux traits d'archange, les dents luisantes entre ses lèvres sèches, la chemise immaculée. Le diable a reçu bien des noms à travers l'histoire, et tous les jours les cris effrayés des saints attestent sa présence dans un coin du monde. Mais non, ce n'est pas là le visage de Satan. Ce serait plutôt... Peut-être que l'Ange aussi aime torturer. Et quelle torture plus exquise que celle de l'Ambiguïté ? D'ailleurs Lucifer est un ange, il faut partir de là...

Allons, il vaut mieux revenir à la note à demi rédigée : « L'une sera prise et l'autre laissée... » Voilà Tauler. Oui, mais Kierkegaard ? Comment se diriger dans ce labyrinthe du *Journal* ? « Ce n'est qu'après s'être compris soi-même intérieurement et s'être mis en marche sur sa propre route que la vie s'apaise et prend du sens, une fois délivrée du funeste compagnon de voyage qu'est l'ironie de la vie qui enjoint au vrai connaître de commencer par un non-connaître... *Note* : L'homme n'est-il pas capable de supporter ces bourrasques d'ironie ? *Plus on vit pour une idée*, moins on a de peine à rester sur la sellette, en butte à l'étonnement du monde. Souvent aussi, alors qu'on avait cru le mieux s'être compris, une anxiété nous envahit de n'avoir fait, au fond, qu'apprendre par cœur la vie d'un autre... »... « Et que de fois les paroles d'un enfant ou d'un fou ne nous ont-elles pas foudroyé alors que... »

Vivre pour une idée... L'ironie de la vie... Ce qui domine dans tout cela : la colère de Didier d'avoir été pris à partie, à travers le plancher, par le garçon. C'est donc vrai qu'on ne peut même plus rire chez soi sans s'attirer des protestations de ceux qui sont en dessous ! Bien sûr, Didier a ri exprès pour être entendu, mais ce serait la même chose s'il n'avait voulu rire que pour lui-même. La nuit, il s'imagina aux prises avec le garçon. Lutte répugnante. Jacob luttait avec un Ange, Didier ne lutte jamais qu'avec la Bête, et les blessures qu'il en reçoit sont des blessures honteuses.

C'est le lendemain que Didier reçut la visite du Caïd. Un coup presque timide à sa porte et il se trouva devant lui, devant le petit homme vif et brun, aux traits rusés, qu'il voyait toujours s'agiter sous sa fenêtre à quelques pas de lui, sans se soucier de son existence, et qu'il confondait plus ou moins avec son camion, comme on voit de loin les coureurs confondus avec la poussière et le gris de la route. Il est là, il se détache dans le cadre de la porte, un peu gauche, et Didier regarde ce visage de gitan, d'authentique bohémien, aux traits presque fins, au nez sensible, ce petit homme dans le sang duquel s'agitent encore des générations de petits hommes comme lui, durs et râblés, qui dressent leurs tentes et parcourent les chemins. Cette idée le lui fait considérer tout à coup dans un recul qui l'avantage, et il voit autrement ses foulards de couleur, ses chemises bigarrées qui sèchent tous les jours sur les tringles et ses vestes de velours. Stef ne vise pas à l'éloquence. Si le vocabulaire est déficient, les gestes viennent à la rescousse.

— Voilà, dit-il sans entrer, j'étais venu parce que la belle-mère est morte. Nous allons l'enterrer au pays. La petite en profite pour aller chez une copine qui se marie. Nous laissons la maison. Alors si, des fois, hein... Enfin, on vous demande de faire attention, hein, qu'il n'arrive rien. On sait jamais.

La belle-mère ? La mère de Gaby ? Oui, la femme du gabelou... Stef donne cette précision avec un haussement d'épaules. Tant de nouvelles en si peu de mots. Didier voudrait bien lui faire reprendre son court récit, tellement l'idée de ce départ, même pour peu de temps, le stupéfie. La simplicité avec laquelle on vient réquisitionner ses soins ne l'étonne pas moins. Le voici embrigadé au service de l'ennemi... S'est-il trompé sur leurs sentiments, ou bien la haine désarme-t-elle devant la nécessité ? Stef n'est pas du tout gêné. Il ne se rappelle pas les insultes proférées il y a à peine quelques jours. Faut-il que Didier les lui rappelle ? Mais l'essentiel c'est que, pour trois jours, ou quatre, le temps que la caravane se rende dans l'Ariège et en revienne après avoir enterré la belle-mère, il y a trêve, c'est-à-dire quelque chose d'inconcevable jusqu'alors.

— Bien sûr, dit-il. Vous pouvez entièrement compter sur moi. Y a-t-il des mesures spéciales à prendre ?... Quelque chose à dire aux voyageurs ?... Faut-il les recevoir, ou leur dire ?... Bon. Je suis désolé... Et, pour montrer un peu d'intérêt : Elle avait quel âge ?

— Cinquante-deux... Elle a été enlevée par un cancer... Ça traînait depuis des mois... — Stef fixe le plancher un moment, dans une réflexion insondable. Puis la phrase attendue : — Qu'est-ce que vous voulez, c'est la vie !...

— Eh bien, dit Didier, comprenant que cette mort les soulage plutôt, vous pouvez partir tranquilles. Je veillerai sur vos affaires. J'aurai l'œil.

— Oh, dit Stef avec son accent du Midi. C'est pas qu'il y ait des voleurs. Mais on sait jamais... On peut venir vous demander où on est.

— Comptez sur moi, répéta Didier. Je suis navré pour...

Stef ne le laisse pas achever. Il a compris l'allusion à Gaby. Un petit coup d'épaules :
— Oh... Elle s'y attendait !... »

En lui-même, Didier : Quel dommage qu'ils n'aient pas plusieurs belles-mères ! Envie de lui demander : « J'espère que vous avez encore vos parents ?...

Il tend la main à Stef. Stef lui tend sa main râpeuse et, pour un instant, se sent devenir humain – au moment où Didier se sent devenir inhumain. Il ne peut sans doute y avoir qu'une certaine quantité d'humanité à la fois dans le monde.

Oh, la maison aux stores baissés, le garage fermé, les fenêtres closes !... Comme il eût été simple pour lui d'aimer ces gens, s'ils avaient été différents ou si seulement ils avaient exercé un autre métier !... Depuis combien de temps n'avait-il pas serré une main comme celle de Stef, cette forte main qui lui rappelait, curieusement, celle du Père Moreau, ou celle de Lambert, le relieur. Comme il eût aimé pouvoir les aimer ! (Une voix : « Il faut les aimer comme ils sont, mon petit, c'est ça qui compte. ») Le jardin vide, les allées désertes où traînaient les jouets oubliés qu'on pourrait pousser du pied dans l'herbe où ils achèveraient de pourrir ; le lavoir vide où s'accumulaient déjà les papiers soulevés par le vent. Il avait vu la smalah s'en aller dans le soir, dans l'éternel camion où ils s'étaient entassés parmi l'odeur du fromage et de la morue. Ils avaient laissé là, devant le garage, leurs échafaudages et leurs tréteaux – tout ce qui reste du cirque après le départ des fauves, des clowns, des acrobates. Didier travailla toute une journée ; il revint à son chapitre sur l'humiliation et la souffrance volontaires ; cet étrange et surhumain désir de souffrir pour Dieu, c'est-à-dire, sans doute, pour s'associer à la passion du Christ, mais considéré comme le Sauveur, c'est-à-dire de souffrir des peines réversibles sur des têtes humaines. Il y avait là des textes très significatifs, deux en particulier, qu'il avait trouvés dans le *Livre des Fondations* :

« Il advint un jour à Valladolid que plusieurs hommes furent condamnés à être brûlés pour de grands crimes. Doña Béatrice devait savoir qu'ils n'étaient pas préparés à mourir comme il l'eût fallu ; cela lui causa une si grande affliction qu'elle se tourna avec douleur vers Notre-Seigneur, le suppliant obstinément de sauver ces âmes ; elle offrit en échange de ce qu'ils méritaient, ou afin de mériter elle-même ce qu'elle demandait – je ne me rappelle pas exactement ses paroles – de subir toute sa vie des peines et des épreuves autant qu'elle en pourrait supporter. Elle eut la première poussée de fièvre cette nuit même, et elle souffrit toujours depuis, jusqu'à sa mort. Les criminels firent une bonne fin, ce qui montra que Dieu avait écouté sa prière. »

C'est la foi d'une époque privée d'humour – qui n'a pas découvert cette dimension de l'esprit.

Autre passage :

« Doña Catalina éprouvait un si vif désir de souffrir pour Dieu qu'elle souhaitait subir tout ce qu'ont subi les martyrs, en même temps qu'une humiliation si profonde d'humilité et d'exécration de soi que si ce n'eût été la crainte d'offenser Dieu, elle eût voulu être une femme perdue, abominée de tous ; elle se prit donc en haine avec de grands désirs de pénitence qu'elle mit en action depuis. Elle fit vœu immédiatement de chasteté et de pauvreté, souhaita d'être réduite en esclavage et eût tenu pour un grand honneur d'être emmenée en terres maures. »

Les démons s'étaient éloignés, les cloportes avaient cessé de ramper et les tarets de bruire dans les poutres et les parois de la maison, les voix s'étaient tues sous le plancher. Tout devenait facile alors et Didier ne voyait plus le décor sordide où il vivait, les murs délabrés et couverts de pustules, le papier déchiré. Cessant d'être piétiné, assourdi, brimé dans les moindres mouvements de son être, il pouvait redevenir le contemporain des grandes âmes, des hommes et des femmes de jadis ; il pouvait, soulagé d'une souffrance imposée, parvenir au point où la souffrance peut paraître désirable et capable d'élever l'âme. Le problème pour lui : transformer une souffrance imposée en souffrance volontaire. Peut-être. Peut-être n'était-ce pas possible. Peut-être aussi ces pages étaient-elles trop graves pour le moment qu'il traversait. Ce qui s'y exprimait était, sans aucun doute, non une déficience, ni un désir morbide, mais un surcroît de vie, une capacité de vie exempte de tout ressentiment ; car il faut une énorme capacité de vie pour désirer la douleur : tel était, au fond, le thème essentiel à développer ici, contre tous les opposants et les détracteurs du mysticisme, de l'ascèse et du christianisme. Une femme qui, en plein XVIe siècle, s'intéressait au sort d'un criminel, c'était tout de même assez fort.

Ce qui chagrinait Didier, c'était de ne pas savoir quand reviendraient les Maillechort, afin de pouvoir diviser son temps et fonder son travail en fonction de leur retour. Les jours s'allumaient et s'éteignaient, les astres glissaient sur la prairie à Beauchamp, sur le toit luisant de Stellamare, sur les chemins où des troupeaux de séminaristes rougeauds passaient dans leurs longues robes noires en pressant le pas, flanqués du parapluie de l'escouade, sur les parcs où le jardinier s'arrêtait de balayer pour savourer un mégot trouvé parmi les feuilles, où des chiens noirs s'attardaient en rêvant. Glissaient sur les rues, les avenues bien huilées, les toits de tuiles des villas heureuses où des familles se déchiraient, où des propriétaires méditaient de nouveaux accaparements, où Mme Chotard calomniait au service du Seigneur : parfois Didier, planté derrière un rideau, la voyait passer dans la rue, levant un regard prolongé vers sa fenêtre, comme si elle le suppliait d'apparaître. Elle n'avait pas encore osé venir, et il avait pitié, d'elle et de lui, et il aurait voulu oublier les injures et se remettre à aimer Mme Chotard comme il commençait à essayer d'aimer un peu les Maillechort. Glissaient sur les bonnes intentions et les mauvaises, sur les dames et sur les messieurs, sur les putains et sur les pucelles ; sur les soucis distingués des belles. Glissaient sur les villes, sur les terres, les banlieues grouillantes, les usines crachant la fumée, les vies sans repos, sans bonheur, sur les mineurs asphyxiés dans leurs mines, qui mouraient loin de leurs femmes, de leurs gosses, loin du ciel et loin des astres qui glissaient glissaient sur le faste des feuilles, sur l'avidité des marchands et sur l'ordure de l'or ; sur la dureté de ceux qui possèdent et la charité de ceux qui n'ont rien.

Vers la fin de la troisième journée, Didier désira aller voir Betty, mais il ne savait où elle était et lui écrivit tendrement. Puis il pensa aussi tendrement à Paula et écrivit aussi à Paula

– quelques lignes amicales, hâtives et un peu vagues, pour lui annoncer une autre lettre qu'il n'avait pas le temps d'écrire. Le temps s'était brouillé, une fine pluie commençait à tomber quand il sortit pour aller mettre ses lettres à la poste et acheter un œuf pour son dîner, et à cause de cette pluie il introduisit les deux lettres côte à côte dans la poche intérieure de sa veste où elles faisaient comme une doublure de chaleur. Tandis qu'il s'engageait dans le passage entre le mur des Dominicaines et la grille de l'Orphelinat, il vit arriver Fernande Chotard que cette rencontre parut bouleverser et qui lui prit les mains avec un long regard.

– Didier, dit-elle, d'une voix étranglée. Je n'arrive jamais à vous rencontrer... J'aurais voulu que vous montiez chez moi... J'ai mille choses à vous dire... Je passe sous votre fenêtre tous les jours, mais je n'ose aller vous voir... Vous devez être si malheureux. Évidemment, c'est une maison, vous y êtes tranquille, je veux dire : personne ne songera à vous mettre à la porte. Et puis, il y a même certains avantages – vous avez un parc à proximité, des prairies...

– Ce sont les prairies de Beauchamp, dit Didier, arrêtant ce discours confus. Il n'y a pas de courant électrique dans les fils barbelés, mais c'est tout juste. Il y a des mots qu'on aime mieux ne pas entendre. Le mot prairie est devenu pour moi un de ces mots-là.

– Ah, vous savez ? dit-elle. Mon Dieu, pauvre petit ! Vous êtes bien éprouvé... N'avez-vous pas eu tort de mettre tant de confiance dans...

– Que voulez-vous dire ?

– Il ne fait pas assez bon pour... Vous devriez monter chez moi...

– Je... Je vais... J'ai à faire. Nous pouvons rester à l'abri de ce mur.

– Je vous accompagne.

– Est-ce nécessaire ? dit-il.

– Oui, Didier, oui, je crois que c'est nécessaire. Vous ne savez peut-être pas tout, dit-elle en se mettant à marcher à ses côtés.

– Je vous ai déjà demandé ce que vous vouliez dire.

Le mur de pierres les abritait un peu de la pluie qui tombait finement ; quelques brindilles se détachaient du haut du mur sur le ciel uniformément gris. Didier pressentit un malheur. C'était sur ce sentier qu'il avait souvent reconduit Paula, c'était lui qui marquait la limite à partir de laquelle il la quittait et la laissait redescendre vers la ville, de sa démarche gaie et libre, le sac en bandoulière.

– M. Beauchamp, dit Fernande... Non c'est trop affreux. Mais vous le savez.

Didier crut qu'elle allait lui annoncer sa mort, son décès subit ; c'était risible.

– J'ignore si les Carducci sont au courant, poursuivit-elle, je n'ai pas osé leur en parler. Nous nous étions bien trompés sur Paula !

Didier la regarda, elle avait le visage animé, les yeux brûlants, des mouvements vifs des mains et des doigts – ses doigts nus à l'un desquels brillait toujours la bague des épousailles maudites.

– Pourquoi me parlez-vous de Paula ? demanda Didier avec douceur.

Elle regarda le sol, puis releva impétueusement vers lui son visage noué, ses joues mates que la pluie couvrait de rosée. Elle s'était arrêtée au terme du mur, sous une inscription à demi-effacée : Défense de... peinte en hautes lettres noires et funèbres. Passé le mur, le vent soufflait en trombe.

– C'est trop affreux, je ne devrais pas vous le dire.

Il porta la main à ses yeux que la pluie aveuglait. Quelque chose fléchissait, défaillait en lui ; il fit un pas en arrière pour se rapprocher du mur. L'émotion lui creusait le dos, comme une fatigue soudaine qui l'eût menacé de mort.

– Vous savez quelque chose sur Paula ? demanda-t-il de la même voix. Serait-elle malade ?

Elle répondit avec fougue.

– Il vaudrait mieux pour elle qu'elle fût malade – ou qu'elle fût morte.

Didier pâlit. Il serrait les poings au fond de ses poches.

– Mais enfin, vous le savez, non ?... Ah, si vous ne savez rien, alors, je devrais me taire, pardonnez-moi...

Il quitta l'appui du mur, s'avança vers elle, le visage terrible, l'accula contre le frêle treillis de fer qui clôturait de l'autre côté le jardin de l'Orphelinat.

– J'en ai assez, dit-il, je devrais vous gifler... Si vous n'étiez pas une femme... Je vous somme de parler, ou... ou je crois que je vous bats jusqu'à ce qu'il ne reste rien de vous.

L'entendait-elle ? Elle le dévisageait plutôt – presque curieusement, ses yeux sombres rapetisses par l'intérêt et par on ne sait quelle secrète et profonde convoitise.

– Ah, c'est vous qui l'aurez voulu, dit-elle. Une Fernande Chotard ne se dérobe pas. Mais vous faites trop l'innocent aussi, vous m'agacez. Il y a une virginité de l'esprit qui est aussi niaise que... Vous ne savez pas, peut-être, que Beauchamp a ses bureaux à Paris, son usine en banlieue, sa villa à Fontainebleau ou à Saint-Cloud, je ne sais quoi...

– Et alors ?

– Vous n'avez pas été étonné de voir Paula Carducci s'enticher de Paris tout d'un coup ? pas étonné de la voir trouver du jour au lendemain un métier et un appartement dans cette ville où les autres crèvent, surtout les petites jeunes filles qui savent en tout et pour tout un peu d'anglais ?...

– Vous êtes folle ! s'exclama Didier. Complètement folle !...

– Oh, je sais que vous n'allez pas me croire, et je vous concède d'ailleurs que c'est plutôt difficile à croire...

– Oui, plutôt difficile, murmura Didier, heureux de se raccrocher à cette idée.

– Mais, mon pauvre petit, on a vu des choses plus étonnantes ! Et à Paris, en somme, vous connaissez Paris mieux que moi, vous savez que ces choses-là sont banales. Vous en avez assez vu, avant la guerre, de ces couples dépareillés, dans les restaurants chics, la jeune femme et l'homme aux cheveux blancs, la jeune femme et le...

– Il n'est pas possible que vous pensiez cela, clama Didier, levant les poings comme s'il allait lui assener un coup.

La pluie avait soudain pris sérieuse tournure, l'averse battait le mur et tombait sur leurs épaules, noyait leurs fronts, leurs yeux, commençait à percer le léger imperméable de Didier. Fernande le vit tout à coup s'éloigner sans rien lui dire, s'en aller à grands pas ; elle essaya de le rejoindre, de le rattraper, mais elle glissa sur une pierre et elle abandonna la poursuite, non sans l'appeler encore.

– Didier ! cria-t-elle. Didier ! Arrêtez-vous !... Pouvais-je me douter que vous l'aimiez autant !

Il était tard. La pluie l'avait tellement transpercé, la fatigue lui avait tellement vidé les os que, sans savoir où il allait, il tourna dans le soir tombant autour du triste Orphelinat où chantaient les petites filles, et qu'après avoir ainsi tourné il se retrouva devant sa maison. Comme il franchissait le portail, fort distrait, presque titubant de fatigue, il eut la surprise de voir les fenêtres des Maillechort ouvertes, et comme il passait l'angle de la maison pour gagner son petit escalier de ciment, il trouva au milieu de l'allée, tourné vers la rue, le gros frère, les jambes écartées, la braguette ouverte, qui pissait.

Rentré, il resta longtemps dans l'obscurité, sans allumer, avec une sombre douleur dans la nuque.

Ces fenêtres ouvertes, ce garçon en travers du chemin, la rencontre de Fernande, c'était pour lui un triple coup de matraque.

Il sentait, parmi les odeurs du jardin en train de rendre le dernier soupir de la journée, cette odeur d'urine, tenace et acide, comme si l'urine elle-même avait été sur lui, sur ses vêtements. Chaque objet qu'il touchait, chaque livre qu'il prenait, il les trouvait imprégnés de cette odeur. Une révolte s'emparait de lui ; de nouveau il avait envie de se battre, de prendre la bête au collet, de l'étouffer. Quel soulagement c'eût été !

Mais il n'y avait aucune chance pour que le gros Georges se laissât faire.

« Elle ne m'a rien dit, après tout, se dit-il. C'est son affreux esprit qui travaille. Elle a voulu détruire Paula parce que je l'aime et que j'ai eu la faiblesse de le lui laisser voir. Elle n'avait peut-être pas, en commençant, la moindre idée de ce qu'elle allait me raconter. Il fallait qu'elle me blesse à mort. Si cela n'avait pas marché avec Paula, elle aurait essayé ses coups sur Betty. Oh, mon Dieu !... »

Mais la douleur restait plantée dans sa nuque.

Il s'étonnait du silence de Betty. Mais il s'aperçut qu'il avait gardé les lettres dans sa poche où il les retrouva chiffonnées, l'enveloppe décollée par l'humidité de ce jour-là.

Sauf que Gaby portait une robe noire qui d'ailleurs lui seyait beaucoup mieux que les vêtements bariolés qu'elle avait arborés jusqu'alors, on aurait pu croire que la famille revenait d'une fête à la campagne. Elle se livra dès le premier jour à une dépense d'énergie qui témoignait de la contention où elle avait dû rester si longtemps. Les battants de fer du portail, les portières du camion claquèrent avec l'entrain des plus beaux jours. Le rideau du garage fut relevé, abaissé vingt fois dans l'heure ; aucun effort ne leur coûtait, même à Gaby qui suivait maintenant son mioche partout où il se risquait et l'apostrophait plus que de raison. Au reste, le Gosse avait été particulièrement favorisé. Un équipage mécanique, à sa taille, avec charrette à pédales et cheval de bois à crinière blanche, trônait au milieu du jardin, immobile, et l'on faisait toute la journée des efforts mesurés pour le persuader de se placer au centre de la somptueuse machine ; mais dès qu'il se voyait enfermé dans cette caisse, les jambes prises dans un système de pédales et de roues qui échappait à son entendement, une irrésistible panique s'emparait du Petit qui se mettait à pleurer et tempêter, de sorte qu'il fallait que le père survînt, puis Flopie, et enfin, plus bruyante et déplaçant plus d'air que tout le monde réuni, la femme de ménage, Babé, qui avait vite fait d'ameuter le quartier par ses cris et son exubérance. Cela créait un tel tourbillon et ils criaient tous ensemble à si grandes clameurs qu'ils ne voyaient même pas que le moutard s'était échappé depuis longtemps vers ses amusements de toujours, c'est-à-dire le vrai camion, rempli de pots de confitures à renverser, jouets authentiques avec quoi s'amusaient tout le jour les grandes personnes et dont on le privait injustement. Les autres discutaient encore lorsque, dans un redoublement de vociférations, ils s'apercevaient du drame – un vrai drame aussi celui-là : l'enfant profitant de l'absence de la sonore Babé et portant consciencieusement les boîtes de conserves au lavoir un instant abandonné, où trempait le linge familial.

Le contact de la morte semblait avoir accru leur vitalité, leur puissance de vie, de hurlements, l'explosion continuelle où ils vivaient, de portes battues, de lavoir débordant, de camion partant et revenant, et des grandes claques du linge tordu résonnant entre les mains de Babé sur la pierre du lavoir, tout cela se déroulant sous le regard vert de Flopie, silencieuse, petit sphinx méprisant et sarcastique, objet de la convoitise muette des hommes et qui ne desserrait les dents que pour chantonner des chansons qui donnaient à Didier envie de la battre, de la tordre et de la retordre jusqu'à son dernier souffle et au sien, comme Babé battait le linge sur la pierre du lavoir.

Un cinquième ou sixième personnage (il ne les comptait plus) était apparu depuis peu dans son champ de vision, amené par les bohémiens dans leurs fourgons. Revenant un jour chez lui – si cette expression peut s'appliquer à une maison comme celle-là – par l'étroit passage entre les Dominicaines et l'Orphelinat où il avait rencontré Fernande sous la pluie, il marchait distraitement derrière un homme grand et sec, revêtu d'un uniforme comme il n'en avait pas vu depuis des années, ou peut-être jamais, bleu et rouge, et qui le fit hésiter entre plusieurs identifications possibles : chef d'une clique de quartier, facteur suisse, adjudant du Génie, musicien d'orphéon burlesque, animateur de « sotie », joueur de fifre. Il ne fut pas peu surpris de le voir tourner devant lui et pénétrer dans la baraque sans nom des Maillechort. En réalité, l'homme n'était que douanier, peut-être était-il brigadier de douane, et c'était ce douanier avantageux, qui portait beau, qui était donc le père de

Gaby et du gros Georges. Aussi calme que Stef était agité, aussi raisonnable que Gaby était folle, aussi digne que Babé était vulgaire et échevelée : tel il apparut ce jour-là à la vue de Didier toujours aux aguets de ce qui pouvait menacer sa vie. Bien qu'il eût son képi à la main, il ne perdait pas un pouce de sa taille, qui était grande, et marchait avec une espèce de raideur martiale, solennelle et un peu comique. Arrivant en même temps que lui près du portail, Didier ne put se dispenser d'un petit salut auquel il répondit aimablement, bien que sans képi, par un salut militaire, et il se livra même à une démarche précieuse et compliquée en vue de lui céder le pas, ce qui le fit juger par Didier comme d'une tout autre race que la tribu à laquelle il était venu s'agglomérer peut-être imprudemment, par peur de rester seul : à la mort de madame, il avait demandé son déplacement pour se rapprocher de ses enfants, et il l'avait obtenu. Toujours aussi droit, toujours aussi raide, il disparut dans la maison, et Didier le vit passer, les jours suivants, sortant et rentrant à heure fixe, n'élevant jamais la voix, avec cette discrétion attendrissante des parents qui, séjournant dans leur famille, ont le sentiment des limites assignées à leur droit et de la tolérance dont ils bénéficient. Didier se demandait quelle chambre ou quel fragment de chambre on avait dû lui donner dans cette maison bondée de marchandises jusqu'au plafond, où déjà Flopie était de trop, quand il put le voir un matin, les portes étant ouvertes, débusquer d'une antichambre ramenée aux dimensions d'une cabine de bains par la quantité de boîtes de biscuits qui en blindaient les parois. C'étaient ces boîtes que Didier entendait tomber sans cesse au passage de l'un ou de l'autre, ces boîtes où les biscuits devaient être effrités jusqu'au dernier, mais qui restaient chargées de défendre l'honneur de la firme Maillechort sur les marchés du pays. Le même entrebâillement des portes devait lui donner l'occasion, un autre jour, de constater que Flopie couchait sur un divan installé dans la salle à manger. Encore heureux qu'ils eussent trouvé pour le gros Georges une chambre en ville ! Pour eux, l'habitude de vivre en roulotte était si forte qu'ils avaient entassé le plus de choses possible dans l'espace pourtant vaste dont ils disposaient, et que Didier commençait à se demander s'il n'avait pas trop de place pour lui, et s'il n'était pas pour les autres un objet d'envie. Leur grande supériorité sur lui était, il est vrai, de s'évader dès la première heure et de ne cesser d'aller et venir, tant le douanier qui filait discrètement à six heures du matin pour aller occuper son bureau sur le port fluvial, que Stef, Babé et Flopie qui se répandaient de gré ou de force vers l'extérieur, laissant la totalité de la maison à Gaby, dont les formes plantureuses requéraient, pour s'épaissir encore, le calme et le repos du matin.

Didier résistait à l'envie d'aller trouver Fernande pour lui prouver qu'elle avait mal compris, qu'elle avait prêté l'oreille à une calomnie, lui arracher l'aveu qu'elle n'avait parlé que pour lui faire mal, et lui ôter un espoir, anéantir une image de beauté qui étaient en lui. Betty lui écrivit qu'elle était chez Mme d'Hem, très occupée, et qu'elle viendrait le voir dès qu'elle pourrait s'échapper. Le cercle des relations de Didier s'était restreint pour des raisons qu'il était le premier à connaître : il donnait de moins en moins de leçons, n'avait plus de maison où aller passer un instant, en dehors de l'atelier de Lambert le relieur, qui occupait avec ses deux enfants un taudis situé dans une des rues les plus étranges du vieux Irube, de ces rues où le visiteur ne risquait pas de s'égarer (ils étaient si dociles les touristes, il suffisait de couvrir la ville de panneaux, ils suivaient la direction indiquée par les flèches), et qui attendait toujours que la ville consentît à s'occuper de lui. On commençait pourtant à construire beaucoup à Irube mais, chose étrange, ces pimpantes villas qu'on voyait apparaître sur tous les versants donnant sur la cité étaient édifiées par des gens qui étaient déjà fort bien logés, et qui ou bien gardaient leur appartement en ville ou bien en faisaient un objet d'exploitation – en bref des gens qui présentaient de sérieuses garanties électorales et obtenaient toutes les autorisations voulues en un temps record. Lambert, qu'il croyait bien n'avoir pas revu depuis l'occupation et leur travail commun dans les sous-sols de l'Entrepôt – il habitait si loin, toute la ville à traverser – raconta à Didier qu'il avait eu récemment un espoir (c'est drôle, on ne parlait que de ça maintenant quand on se rencontrait), un logement qui allait se trouver libre dans un immeuble, à un prix de location normal. Seulement voilà : le locataire – une des familles fortunées d'Irube – avait « fait des frais » : il fallait bien qu'il fît payer à d'autres les petites installations personnelles dont la famille avait profité ; on exigeait un cadeau – ce qu'on appelle une reprise – de trois cent mille francs, plus cent mille pour le gérant qui voulait bien se prêter à la combine. Tels étaient les usages...

– À propos, nous avons un nouveau journal, dit Lambert en soulevant une feuille imprimée du bout des doigts.

Didier lut rapidement les principaux titres :
IRUBE-ÉCLAIR
« *Les propriétaires ne sont plus maîtres chez eux.* »
« *Nous ne céderons pas au vertige.* »
« *Un vieillard se jette par la fenêtre* » (il était fou ou il buvait).
« *Le fameux chien policier Youki, qui a permis hier l'arrestation de deux voleurs.* » (photo du chien.)

Lambert vit sa mine déconfite.
– Ils se cherchent, dit-il avec un sourire.
– Ça ne peut être le journal dont on m'a parlé, dit Didier. Il devait être fait par un curé que je connais. Vous permettez ?

Il retourna la feuille, chercha le nom du directeur, le trouva dans un petit carré au bas d'une page : « Le directeur-gérant : Louis Singler. » Il y avait un doute : n'existait-il pas deux Singler ? L'abbé Singler pouvait avoir un frère laïque – un faux jeton en somme, il y a de ces malheurs dans les familles. Car enfin, s'il s'agissait bien de l'abbé Singler, aumônier du Carmel, professeur ou ex-professeur de philosophie au Grand Séminaire d'Irube, pourquoi avait-il eu honte de son titre d'abbé, pourquoi l'avait-il passé sous silence tout d'un coup ? Est-ce qu'il était honteux d'être prêtre ? Ou bien était-ce honteux, quand on était prêtre, de mettre son nom et son titre au bas d'une feuille comme celle-ci, qui ricanait sur le malheur des pauvres et exposait en première page la photo d'un *chien policier* !

Un petit pli de contrariété, de peine s'était formé dans le visage de Didier que ne quittait pas cette idée : j'ai connu cet homme-là, il a failli venir chez moi, *j'ai failli me confesser à lui.*

– Ça doit être un journal pour les paysans, dit Lambert.

– Alors, c'est encore pis, trancha Didier. Fournir cette littérature-là à des gens sans défense, c'est infâme. Nous, encore ! Mais eux ! C'est assez dire quelle *idée* on se fait du malheureux lecteur ! et comme on cherche à l'élever ! Et ce sont ces gens-là qui parlent de démagogie !

– Allons, calmez-vous, dit Lambert en tapant sa pipe dans la paume de sa main. C'est comme ça partout ! Venez, j'ai besoin de me reposer la vue quelques instants.

Il emmena Didier dans un coin de la pièce où il y avait deux sièges disposés sous une petite lampe. On montait par un escalier intérieur, en pas de vis, dans l'unique pièce de l'étage où étaient confinés la femme et les enfants. Comme disait Lambert, il y a des misères plus criantes. Sa mère, israélite convertie, femme d'un grand caractère, pour qui il nourrissait un culte, l'avait élevé sans niaiserie, avec la vigueur un peu exaltée des néophytes.

– Vous, Didier, dit Lambert en bourrant sa pipe, vous n'êtes pas de ceux qui seront consolés. Vous n'êtes pas fait pour la consolation. Vous êtes fait pour la non-consolation. Et moi aussi, dans une certaine mesure. Nous sommes de ceux qui pleurent dans Rama. Il faut bien que cette fonction soit dévolue à quelques-uns.

Ainsi parlait Lambert, et ces paroles expliquent tellement bien les choses que même si elles n'expliquent rien, il est toujours si agréable de voir mettre son mal en équation que l'on adhère aussitôt à ces formules qui signent notre destinée.

– Il y a ceux qui croient facilement, a encore dit Lambert en soulevant son massicot, et il y a ceux qui ne croient que sur la croix, à qui la croix est donnée plus que le « Je crois », et pour cela ils ne seront pas moins bien traités que les autres, parce que le Christ est avec eux, avec sa croix, même s'ils n'y croient pas, même s'ils croient l'opposé, *même s'ils disent non.* Même si vous le niez, lui dit-il, même si vous l'insultez, le Christ est en vous, comme en chacun, et vous mourrez avec lui.

Didier serra longuement la main de son ami. Des larmes montaient à ses yeux.

– J'aurais dû venir vous voir plus tôt, dit-il. Vous savez... Je ne sais plus comment je vis. Je n'ai plus de vie.

Le sombre atelier où travaillait Lambert lui parut plein d'une mystérieuse lumière.

– Il faut revenir, dit Lambert.

– Oui, dit Didier. Mais c'est quand on a le plus grand besoin de ses amis que l'on s'écarte d'eux, parce qu'on a honte. C'est quand on a le plus grand besoin de parler de son mal qu'on se tait sur son mal, parce qu'on ne sait que lui.

Le ton des discussions familiales avait monté chez les Maillechort, surtout aux heures de pointe où la tribu se trouvait réunie, et en particulier aux heures des repas que, toujours bohémiens, ces gens prenaient, sauf le dimanche, dans l'étroite cuisine, respectant la salle à manger contiguë qu'ils abandonnaient au divan de Flopie, au Gosse et à ses pipis. Didier crut s'apercevoir bientôt que la présence de ce douanier modèle n'était pas étrangère à ces discussions et que les rapports entre lui et la fille étaient en peu de temps devenus acides. Il est probable que sa présence dans la maison dut suffire, durant les premiers jours, de motif d'accusation. On l'avait recueilli, il devait donc payer : ce qu'il faisait de mauvaise grâce. Mais d'autres choses purent bientôt lui être reprochées, et il fit carrément un pas dans la voie de la culpabilité. S'avisant par exemple que tout le monde tutoyait Flopie, le douanier, ne voulant pas être en reste et sentant sa jeunesse reverdir au contact d'une fille de quinze ans, s'était mis à la tutoyer lui aussi, croyant user d'un droit reconnu à tous, ou peut-être même obéir aux lois de la tribu. Toujours est-il qu'un matin où il avait entendu les murmures amoureux qu'il attribuait au flirt des petits jeunes gens, voyageurs de commerce ou livreurs, qui s'attardaient de temps à autre auprès de Flopie et l'aidaient à compter ses grains de café dans le garage, Didier, ayant machinalement guetté la sortie des énergumènes, vit paraître sous ses yeux, après que le murmure eut adopté une intensité anormale, non pas les cheveux en brosse des godelureaux habituels ni la tête crépue et la nuque bestiale du gros Georges, mais bien le képi et l'uniforme.

Il comprenait mieux à présent le sens des scènes confuses, des protestations et des hurlements qui lui parvenaient à heures fixes de la maison, midi et soir, surgissant autour de la table qui réunissait ce monde disparate, lié par l'intérêt du vermicelle et de la moutarde, dans une forte odeur de graillon et la fumée des poêles à frire restées trop longtemps sur le feu. Hurlements dont la violence s'atténuait à peine lorsque, montant ou descendant son escalier, Didier passait devant la porte vitrée de « leur » cuisine à travers laquelle il pouvait voir, rassemblés dans une atmosphère de foire, ces polichinelles désarticulés et véhéments.

La dureté et l'éclat des scènes dont il ignorait exactement l'origine augmentaient de jour en jour et les bohémiens se gênaient de moins en moins pour lui. Un dimanche, la scène fut si violente qu'elle arracha Didier à ses travaux et que, cette fois, les mots lui parvinrent avec netteté et qu'il put suivre les phases du débat. Il faisait assez beau ce jour-là – une de ces journées de soleil comme il y en a en plein hiver dans ces régions privilégiées – et nos gens étaient rassemblés dans la salle à manger dont ils avaient gardé la fenêtre ouverte, de sorte que Didier, de son lit, pouvait tout entendre. La voix un peu sourde mais violente de Gaby alternait avec la voix forte et violente du douanier, au-dessus d'une table réduite au silence ou engluée dans la stupeur.

– Et ta mère, ce n'est pas moi qui l'ai soignée, peut-être ? criait le douanier. Je n'ai pas passé les nuits à la veiller ? Et le jour d'avant l'enterrement, qui est resté là pour recevoir le monde pendant que tu allais courir ? Hein ?... Et pourquoi que tu viens brailler maintenant en disant que je ne me suis pas occupé d'elle ?

– D'accord, cria Gaby. Mais ce n'est pas une raison pour venir nous empoisonner ici et nous chercher des poux dans la tête !

– Ce n'est pas moi qui l'ai soignée, non, la mère ? reprit l'autre avec cette obstination des petites gens. Et ce n'est pas moi qui l'ai enterrée, peut-être ? Et qu'est-ce que tu faisais pendant ce temps-là, hein ? Tu voudrais me le dire, ce que tu faisais ? Là, devant tout le monde.

— Mais bon Dieu, foutez-lui la paix ! cria de sa petite voix aiguë Stef, qui prévoyait des complications.

Stef était dur au boulot, c'est sûr, mais il détestait les discussions prolongées.

— Et qu'est-ce que tu fais, toi, ici, tous les jours ? reprit Gaby. Tu veux nous le dire ? Je te prie de laisser la paix à Babé et à Flopie, moi ! Et d'ailleurs, tu n'as pas à tutoyer Flopie, tu entends ?

— Flopie... Flopie... Qu'est-ce qui te parle de Flopie ? Tu ferais mieux de penser comment tu as laissé tomber ta mère, et à quoi tu passes ton temps pendant que tout le monde travaille !

— Et tu ne vas pas venir ici pour nous juger, non ? Parce que si tu es venu ici pour nous emmerder, tu peux retourner d'où tu viens ! Pas vrai, Stef ?...

— Hé ! Laisse un peu ton père, toi aussi, protesta Stef. Et vous, là, c'est assez déconné, non ? Calmez-vous un peu tous les deux, putain de bon Dieu de merde ! Vous criez, qu'on vous entend jusqu'au Séminaire !

Le père :

— Et tu ne me le diras pas deux fois de retourner d'où je viens, cré nom ! Et je ne resterai pas une minute de plus avec des cochons comme vous. Pas une minute de plus je resterai ! J'aime encore mieux vivre tout seul, oui, comme un vieux con !

— Tu l'as dit, là, tu n'es qu'un vieux con ! Et tu n'as qu'à aller te faire foutre, avec ta connerie !

Les murs de la pièce résonnaient. Les vitres résonnaient. Les cris se répercutaient à travers les jardins. Une porte claqua. Il y eut dans la pièce un silence de mort. Un quart d'heure après, Didier vit l'homme, une petite valise à la main, qui franchissait le portail. Grand, sec, les traits tirés, il avait subitement l'air d'un vieillard. C'était la conclusion dont Didier n'avait surpris que le dernier éclat. Son séjour parmi les bateleurs n'avait pas été long : en dehors de Gaby, « ils » ne pouvaient assimiler personne. Personne n'était venu l'accompagner, ni n'avait protesté contre son départ. Comme il se retournait vers la maison pour refermer le portail, dans un geste de conscience professionelle,

Didier ne put s'empêcher de lui adresser un geste de sympathie. Le douanier lui répondit avec des larmes dans les yeux. On a beau être un vieux faune, on a sa fierté.

Betty était allée voir ses deux sœurs qui étaient entrées chez les Bénédictines de Méüs. Elle avait passé là trois jours assez gais sur lesquels Didier la questionna beaucoup. En dépit des propos un peu lestes qu'elle pouvait tenir sur ses sœurs religieuses, Betty avait une grande admiration pour elles, notamment pour l'aînée, Andrée, qui était vaillante et cultivée et avec qui elle avait eu des entretiens derrière une grille.
– Même pour toi il y a une grille ? dit Didier.
– Mais oui. C'est la règle. Elle est pour tout le monde.
– Et ce n'est pas triste ?
– Non, on est habitué.
– Et que fait ta sœur toute la journée ?
Betty hésita, chercha un moment.
– Elle prie.
– Et après avoir prié ?
– Elle est la chambrière de l'abbesse.
– Tu veux dire qu'elle a l'honneur de balayer sa chambre, de faire son lit ?
– Bien sûr.
– Et elle ne travaille pas ?
– Si. En ce moment, elle élève les cochons.
Didier resta rêveur quelques minutes.
– Elle est heureuse ?
– Elles sont toutes très heureuses.
– Qu'est-ce qui détermine des gens comme ta sœur à aller vivre dans un couvent ?
Betty se creusa la tête.
– Il n'y a qu'une chose : l'amour de Dieu.
Didier regarda la pointe de ses chaussures.
– L'amour de Dieu – ou… la peur des hommes –, l'exiguïté de ta maison familiale, le désir d'échapper une fois pour toutes à la crasse, à la déchéance, à la lutte de chaque jour ?
– Oh, Didier !

– Non, non : je n'affirme rien, dit-il. Je demande. Je me demande sur quoi leur vie est fondée.

– La prière, Didier. Elles prient. Elles ne prient pas pour elles. Elles prient sans cesse pour les autres.

– Pour les autres ! rêva Didier. – Il se leva, parcourut la petite pièce, se heurta à une malle, revint s'asseoir sur le lit. – C'est incroyable ! s'écria-t-il. Incroyable, ce que tu racontes ! Tu me dis ça d'un air tout naturel, tu y crois, c'est visible, et tu n'as pas l'air de te douter de la... de la... de ce que tu dis !

– Mais quoi ? dit Betty.

– Mais qu'il y ait des gens capables de penser aux autres, et qu'ils aillent s'enfermer dans un couvent ! Tu te rends compte ! Tu imagines ? Si ces gens-là, tout en gardant leur foi, leur charité, leur passion des autres, s'ils restaient dans le monde, au coude à coude avec nous, pense comme ce serait formidable !

– Peut-être qu'ils perdraient leurs vertus, dit Betty après avoir bien réfléchi.

Elle frissonnait sous son vieux tweed chiné, fatigué aux coudes. Cela avait dû être un bon vêtement, il y avait une dizaine d'années – du temps où il y avait encore des vêtements.

L'occasion faillit être donnée à Didier, après le rôle qu'il avait joué durant l'absence des Maillechort dans la conservation de leurs biens, de jouer cette fois un rôle éclatant dans la vie de la tribu et dans la conservation de leurs personnes.

Deux fois par semaine, à jour fixe, quel que fût le temps, le mercredi et le samedi, la tribu, renouant avec ses habitudes d'avant le voyage – le temps coule vite quand on travaille –, allait passer la soirée au cinéma, au cœur de la ville. Ils s'y rendaient à bord de la camionnette de tôle, toujours surmontée de ses tréteaux solidement arrimés à la galerie. De sorte que, ces soirs-là à minuit, Didier avait, en plus des autres avantages, celui d'être réveillé en sursaut moins par le ronron du moteur que par le claquement de la chaîne sur le portail, auquel succédait le fracas du store de fer relevé sans ménagement.

En général, Flopie, pour se distinguer d'eux, préférait rester seule à la maison. Cela faisait deux heures tranquilles, Didier et Betty d'un côté, Flopie et le Gosse de l'autre, comme cela aurait pu toujours être.

Ce fut un soir où Betty n'était pas venue et où Didier était seul que l'incident se produisit. Flopie était seule de son côté et les Maillechort avaient même emmené avec eux le Loupiot, comme cela leur arrivait parfois, suivant le principe de la vie patriarcale qui semblait régler les rapports entre ces gens. Didier avait éteint sa lampe et plus d'une heure avait déjà dû s'écouler lorsqu'un bruit attira son attention ; il lui sembla qu'on marchait dans le jardin. Il pensa d'abord à Fernande ; certes, il connaissait trop son pas vif et heurté, presque saccadé, pour le confondre avec un autre ; mais elle pouvait simuler et il avait la conviction qu'elle venait parfois, la nuit, sous sa fenêtre, au retour de quelque conférence ou de quelque visite, avec un confus et honteux espoir d'apprendre des choses sur sa vie : il avait vu plusieurs fois une ombre se profiler derrière la haie de bambous ou se dissimuler parmi les hortensias. Cette fois, cependant, il lui semblait bien qu'il s'agissait d'autre chose. Sa fenêtre était restée ouverte comme toujours ; le faisceau d'une lampe de poche éclaira son plafond, s'éteignit aussitôt. Didier resta un moment en alerte, puis s'apaisa. Sans doute des garçons qui passaient. Pourtant il éprouvait de la peine à se rendormir : il était sûr que quelqu'un avait ouvert le portail du jardin, en prenant la précaution de ne pas faire traîner le battant. S'y trouvait-il encore ? C'est ce qu'il n'arrivait pas à savoir. Le silence était redevenu total et Didier s'était probablement rendormi, quand un nouveau bruit le réveilla, une espèce de crissement qu'il n'arrivait pas à identifier. Il éprouvait une vive répugnance à intervenir dans les affaires des voisins et il s'efforçait par principe de rester indifférent à ce qui pouvait leur arriver, estimant que toutes les pensées qu'il leur donnait étaient des pensées prises sur les siennes, des minutes prises sur sa vie. Pourtant, obéissant à un mouvement irrésistible, il se glissa hors du lit pour aller jusqu'à sa fenêtre. La lueur d'un lampadaire placé à l'extrémité de la rue parvenait faiblement jusqu'au jardin et se répandait sur la façade ocre des Maillechort dans laquelle se découpait le vaste rectangle de sa fenêtre. Cette fenêtre s'ouvrait assez haut au-dessus d'une plate-bande négligée et une silhouette massive d'homme était plaquée contre le mur. Les gestes, le silence de l'homme étaient impressionnants. Visiblement il s'énervait. S'aidant des marches du perron, de la descente de fonte, du bandeau de soubassement, il essayait d'atteindre le rebord de la fenêtre tandis qu'un acolyte, incomplètement caché par les bambous, faisait le guet à la porte du jardin. Didier, peu habitué à ce genre de scène, n'en comprit pas le sens aussitôt. C'était l'époque où des garçons que la guerre avait laissés sans travail et que la société abandonnait à eux-mêmes après les avoir utilisés de mille façons, employaient leurs dons et leur nostalgie des coups durs à dévaliser des bijouteries ou à fracturer des coffres-forts. « Triste déchéance de jeunes héros », comme disait *Irube-Éclair*. Mais la maison Maillechort n'était pas une bijouterie et l'idée de fracturer nuitamment des caisses de morue ou des boîtes de biscuits était bouffonne. Soudain, à un mouvement du garçon qui était grimpé le long du mur, Didier reconnut le gros Georges, et il comprit. Il consulta sa montre : onze heures et demie : Flopie était seule dans la maison, le garçon le savait, et savait que les Maillechort ne reviendraient pas avant une heure. Il n'était pas question d'appeler : il y avait trop d'espace autour de la maison. Didier commençait à s'émouvoir. Maintenant la silhouette de l'homme se trouvait confondue dans l'ombre d'un cyprès, projetée sur le mur, et Didier ne le voyait plus distinctement. Il imagina Flopie sur son divan, les deux brutes se précipitant sur elle : l'image était nette et révoltante. C'était la suite imaginée par Geo à sa dernière conversation dans le garage : tout ce qu'il pouvait y avoir d'imagination dans cette tête misérable avait abouti à ce pauvre scénario. L'idée qu'il pût avoir à défendre un élément de la tribu Maillechort, à défendre Flopie contre des hommes, ne lui était jamais venue, et l'intégrité de la personne de Flopie lui était à peu près aussi précieuse que celle des biscuits qui s'effritaient à l'intérieur de leurs boîtes de fer, à force d'être secoués au passage... On l'avait déjà une fois institué défenseur des caisses de harengs fumés et des réserves de mortadelle, mais abstraitement et pour le principe : jamais du corps de Flopie, de la pompiste, de l'égreneuse de café. Et jamais il n'avait eu à imaginer pour celui-ci un danger précis, immédiat.

Or le danger était là, et l'indignation en lui était forte... Franchement décidé maintenant, il épiait la silhouette de Geo et attendait un geste pour intervenir. Il savoura dans une brève minute l'ironie de sa vie manquée et mesura le côté dérisoire de la scène qui se préparait pour lui, après ce que Fernande Chotard lui avait raconté. Ni Geo n'avait les proportions du père Beauchamp, ni Flopie... Et pourtant, c'était pour cette idiote, dont la voix, les mouvements l'importunaient tous les jours, qu'il allait se battre. Autant la lutte pour Paula eût été glorieuse, autant celle-ci... Mais il ne pouvait se dérober. Voilà ce que c'était que de ne pas avoir un toit à sa mesure, de devoir vivre, en somme, chez les autres, à la merci des autres... Il s'était battu avec les Mousserolles. Et maintenant il allait se battre avec Geo. Soudain Geo s'agita. À genoux sur le rebord de la fenêtre, il fit un signe à son copain qui s'avança avec précaution. Il y eut un fracas qui ressemblait fort à celui d'une vitre brisée. Flopie, réveillée en sursaut, poussa un cri. Didier se dressa tout grand à sa fenêtre : « Halte-là !... » Sa voix lui parut avoir, dans la nuit, un retentissement épouvantable. Elle courut sur le jardin, traversa le parc du Séminaire anéanti par le silence, par la nuit, la mer la lui renvoya en écho. Cette voix aurait dû suffire à inspirer de la crainte à l'adversaire. Didier descendit de sa chambre en courant, il se sentait joyeusement prêt à tout. Le temps de faire le tour de la maison, il donnait sa vie pour la pompiste, satisfait d'être utile une fois, de montrer à la société des margoulins qu'un pauvre peut servir à quelque chose. Mais son cri avait mis l'agresseur en déroute : ce genre d'expédition se passe très bien de témoin : les imbéciles n'avaient pas compté avec lui. Quand il déboucha à l'angle de la maison, déjà l'un d'eux était à la porte du jardin, l'autre galopait derrière lui. « Halte-là ! » répéta Didier. Les mettre en fuite ne lui suffisait pas ; il voulait les affronter. Mais ils étaient déjà dans l'avenue, derrière la haie de bambous. Ils étaient capables de rester cachés là, dans l'ombre, assez longtemps pour endormir sa méfiance. Didier s'avança sur le trottoir. Mais quand il apparut à découvert, dans la lueur du lampadaire, ce fut pour les voir filer à toutes jambes le long des haies. Il revint posément vers la maison avec l'impression de tenir dans ses mains des pistolets fumants.

Il alla vers la fenêtre des Maillechort et entendit Flopie qui l'appelait.

– C'est vous, monsieur Aubert ?
– Oui, c'est moi.
– Oh, que je suis contente !
– Vous avez eu peur ?
– Oui. Heureusement que vous étiez là.
– Vous savez qui c'est ? demanda Didier.
– Oh, je devine !

Il ne la voyait pas mais entendait sa respiration encore haletante. C'était les premiers mots qu'ils échangeaient depuis qu'ils vivaient dans la même maison et se rencontraient tous les jours.

– Où sont-ils ? demanda Flopie.
– Ils ont fichu le camp comme des rats ! dit Didier.

La jeune fille remua et les ressorts du divan grincèrent.

– Vous avez été fameux, dit Flopie. Je ne croyais pas...
– Eux non plus ne croyaient pas, dit Didier. Mais j'aurais été assez content de leur flanquer mon poing sur la figure.

Il parlait le langage des bien portants, comme si ces choses-là étaient possibles.

– Vous allez le dire ? demanda Flopie.
– À qui ?
– Aux autres...
– Je n'en sais rien. Il ne faut pas ?
– Mais si, au contraire ! Les salauds, vous vous rendez compte !

Il aurait préféré qu'elle n'ajoutât point cette phrase.

– Bon, dit-il. Vous avez besoin de quelque chose ?...

Elle hésita. Puis :

– Quelle heure est-il ?
– Environ minuit.
– Alors non, dit-elle. Le camion va rentrer.
– Alors, bonne nuit, dit-il.

Le silence revint dans la maison, le quartier se remit à respirer. Une demi-heure plus tard, le camion était de retour et la chaîne frappa comme de coutume contre le portail de fer. Gaby descendait toujours la première. Elle se dirigea vers sa porte et, découvrant aussitôt la vitre brisée, appela Didier dans une grande émotion.

– Monsieur Aubert!...

Didier se montra à la fenêtre. Quelle nuit!...

– Vous n'avez rien vu?...

Il lui dit ce qu'il avait vu, entendu, et les deux types courant le long de la haie.

– Vous n'avez reconnu personne?

Il ménagea un silence.

– Il y en avait un qui ressemblait à monsieur votre frère.

Elle se tourna vers Stef:

– Je l'aurais parié!

– Je ne crois pas qu'ils aient eu le temps d'emporter quelque chose, dit Didier d'un ton très neutre.

Gaby avait son héritier dans les bras. Elle s'esclaffa.

– Quelque chose! Je pense bien! railla-t-elle. Ce qu'ils auraient voulu emporter... Elle se tapa la cuisse. Eh bien, Flopie, qu'est-ce que t'en dis?...

Flopie était sortie à leur rencontre, mais ne disait rien. Elle regardait hardiment Didier.

– Le salaud! dit Stef, le visage tourné vers la fenêtre de Didier, dans la lumière des phares qui éclaboussait la façade. Je vais aller lui frotter les oreilles. Et pas plus tard que tout de suite! Ah c'est ça? s'écria-t-il avec une colère à retardement. Bon Dieu, qu'est-ce que je vais lui passer! J'en ai pas pour longtemps, je sais où ils sont. Allez vous coucher, vous autres!

Il regrimpa dans le camion, fit brutalement machine arrière et repartit dans le fracas de la chaîne contre la tôle du portail.

Didier eut droit, le lendemain, aux remerciements de Gaby qui l'attendait, les poings aux hanches, sur le seuil de la cuisine. Flopie lui avait donné des détails. Elle lui avait notamment raconté comment le gars avait passé la main par la brèche pour atteindre l'espagnolette, quand Didier l'avait mis en fuite. Elle avait eu une vraie peur. «Elle le déteste, dit Gaby. Et il le sait. – Alors, dit Didier, je ne comprends pas. – Ils sont tous comme des chiens, dit Gaby. On ne peut pas les tenir. Mon mari veut déposer une plainte. Vous seriez témoin ? – Je n'y tiens pas, dit Didier. Et puis, en famille, vous savez… » Elle ricana : « Oh, la famille !… » Et d'expliquer à Didier que le frère avait un caractère difficile et sournois, qu'il sortait d'une maison de correction, qu'il traversait une mauvaise période et qu'ils allaient tâcher de lui trouver du travail à la campagne.

– C'est un chien, dit Gaby. Ce sont tous des chiens.

Et elle alluma une cigarette.

C'était la première fois que Gaby lui adressait la parole. Pour lui répondre, il faisait taire la violence de ses sentiments. Échanger quelques mots avec ses ennemis était en somme un apaisement. S'ils comprenaient les mots, il y avait peut-être un espoir. Il se dit qu'il lui fallait tenter d'aimer aussi Gaby. Et il chercherait une nouvelle occasion de parler à Stef. Mais celui-là paraissait bien imperméable. Il ne connaissait pas autre chose que le boulot : remplir un camion, le vider, vendre son beurre, donner des ordres, proférer des obscénités et des injures. Didier ne l'avait jamais vu inactif, au repos, même le dimanche ; jamais un sourire dans ce visage morne, sous la petite moustache cruelle ; jamais il ne s'asseyait sur les marches du perron, comme Gaby, les jours de soleil. Quand il était à la maison, il fourrageait toujours quelque part, toujours tendu, rassemblant ses énergies éparses, toujours occupé au garage ou même dans la cave, derrière la villa, où il ouvrait des boîtes, des caisses, les refermait. Il respectait avec soin les limites de sa spécialisation : pour rien au monde il n'eût consenti à bricoler, comme le Colonel, ou réparé une prise électrique. D'ailleurs, en bon sauvage, il avait peur de l'électricité.

Didier n'avait pas reparlé à Flopie depuis la veille. Il n'avait vu que son regard vert, la nuit, sous le reflet de la façade illuminée. Ce regard où il y avait un reste de peur, un remerciement amusé ; et un je ne sais quoi d'agaçant.

Cette série d'incidents arrachait à la vie comme des lambeaux, des éclats de vérité. C'était des brèches ouvertes dans le mur de l'Adversaire.

Ainsi Didier n'entendrait plus, de quelque temps, le gros Georges faire sa cour à Flopie, sous le plancher, avec des mots orduriers, essayant de la persuader qu'elle était « sôte » parce qu'elle ne voulait pas coucher avec lui. Il commençait à entrevoir la vérité de Flopie et les raisons de son mutisme.

Il ne verrait plus le douanier maigre et bilieux se faufiler, le képi à la main, sous ce même plancher, dans l'espoir d'y frôler la poitrine de la commise, car les plus simples filles ont une poitrine comme les autres, ronde et offerte aux appétits des hommes, jeunes ou vieux, et tous les ans leur poitrine refleurit, juste en même temps qu'un grand courant de tendresse, de mollesse, de brutalité, traverse fraternellement les chiens et les hommes, tous pareils, tous associés dans la même entreprise.

La vitre brisée – c'était un petit carreau au milieu de la fenêtre – resta brisée, et le trou fut seulement comblé par un calendrier des postes fixé avec trois punaises, représentant le port de La Rochelle et qui se mit rapidement à jaunir au soleil.

Chaque fois que Didier rentrait chez lui, il apercevait cette vitre éclatée et ce morceau de carton imprimé, fixé par des punaises, et il pensait à Flopie.

La vie était pressée de retomber à son inertie autant qu'elle était apte à se soulever et à circuler avec violence. L'esprit abruti par le vacarme, le corps lié à cette chambre étroite, Didier retrouvait difficilement le fil de ses pensées : les affaires des Maillechort étaient devenues les siennes, il était de plus en plus arraché à lui-même et à ses recherches et n'osait même plus lever les yeux vers le jardin du Séminaire, vers ces pelouses recéleuses de calme, ces allées pacifiques, ce rideau des hauts et légers tilleuls qui recommençaient à bourgeonner.

Tous les matins, à six heures, les mêmes scènes se reproduisaient, le store se relevait avec fracas et Stef se mettait à charger le camion avec l'aide de Flopie qui, déjà terriblement éveillée, semblait valser d'une portière à l'autre avec un excès de vitalité, de disponibilité qui narguait les dormeurs et paraissait une offense au sommeil. Elle et Stef se parlaient presque à mi-voix maintenant, mais la chaîne battait toujours aussi cruellement contre la tôle et Flopie, après avoir refermé le portail, s'élançant pour rattraper la voiture qui commençait à s'éloigner, ne pouvait s'empêcher de jeter un « Allez !... » presque joyeux qui contrastait avec ses habitudes antérieures.

Elle se mit à faire une crise de coquetterie, renonçant au tablier douteux qui couvrait ses pantalons ou ses robes. Les jours de liberté, elle s'habillait avec un soin particulier, et le samedi soir on ne la reconnaissait plus. Un jour où elle se tenait invisible derrière la haie de bambous, surveillant la rue, Didier, qui rentrait chez lui et ne l'avait pas vue, se trouva soudain près d'elle. Flopie le regarda avec un demi-sourire à travers les barreaux du portail, de ses yeux très verts qui, dans son minois brun, sous ses cheveux ébouriffés par le vent, lui coulèrent une singulière chaleur entre les côtes. Il avait été tellement surpris qu'il ne trouva rien à lui dire et passa près d'elle sans se retourner avec un air douloureux et sévère.

Comme Flopie s'absentait de plus en plus le matin pour accompagner Stef, Gaby prenait de plus en plus la place de Flopie dans le garage, mais elle le faisait en maugréant et arrivait de plus en plus tard, pour essuyer les quolibets des fournisseurs, camionneurs, représentants ou associés – car l'affaire prospérait – qui survenaient à tout moment et que ne semblait pas étouffer le respect pour la belle patronne, à moins que ce ne fût leur façon à eux de faire la cour.

Vue de près, comme il avait vu Flopie à travers la grille, elle avait de jolis yeux, verts aussi, mais plus pâles, et son visage et son corps enflaient, et Didier comprenait que les yeux étaient ce qu'une femme a de plus menteur. C'est le hasard qui fait la couleur des yeux, qui les fait clairs ou troubles, et rien ne compte dans une femme de ce qui se voit.

Ces hommes lui parlaient donc dans leur langue et c'était des apostrophes de ce genre : « Et alors, quand c'est que tu te fais maigrir ?... » Ou : « Alors quoi, ce serait-il que vous attendez un bébé ?... » C'était une catastrophe.

Aussi Gaby finit-elle pas disparaître quelques jours, désirant, d'après les confidences que l'active Babé répandit aussitôt dans le quartier par le truchement de la Laitière, poursuivre plus énergiquement un traitement homéopathique commencé depuis un certain temps en secret et que Babé disait être assez étrange, sans en rien savoir. La ville s'était en effet enrichie récemment de médecins homéopathes et de techniciens de la respiration qui voyaient arriver à eux des femmes dévorées de maux invisibles et inguérissables, qu'ils guérissaient à prix d'or en les pendant par les pieds ou en soufflant dans leur bouche, les délivrant ainsi de leurs démons. Le fait est que le démon qui avait déformé le corps de Gaby fut obligé de le quitter, et qu'elle vint reprendre sa place au foyer, au bout de seulement deux semaines, dans un format sensiblement amélioré, accusant une perte de vingt kilos, ce qui ne se voyait pas tellement mais qui est beaucoup pour un diable. Or ce diable fut vite remplacé dans le corps de Gaby, et Didier devait bientôt apprendre, de la même source, que la jeune Mme Maillechort était enceinte en effet – des œuvres de son sorcier.

Comme disait l'abbé Singler : « Les braves gens ! Ah les braves gens, tout de même !... » Pendant ce temps le brave abbé, dans les bureaux d'*Irube-Éclair* retapés à grands frais, s'efforçait de barrer le chemin, en prenant parti pêle-mêle contre la moindre grève (« Nous ne céderons pas au vertige ») et contre les voleurs de chandails, à ce qu'il appelait, d'un mot passe-partout, la « démagogie ». Était-il besoin pour cela d'un nouveau journal ? demandait Didier à Lambert. Il n'est pas très nouveau, en effet lui dit Lambert. Ce n'est là qu'une nouvelle mouture du *Patriote* qui, comme son nom l'indique, s'était trouvé une vocation de patriotisme pendant la guerre, et combattait bravement pour la patrie allemande, vous savez bien, le journal de Zoccardi.

Didier ouvrait de grands yeux ; il commençait à comprendre un certain nombre de choses et à en supposer quelques autres.

Cela fit que Gaby, à peine rentrée, dut repartir pour aller poursuivre son traitement, ou en adopter un autre, et qu'en femme habituée aux grandes décisions elle prit le parti le plus simple, qui était d'habiter quelque temps chez son médecin. Celui-ci disposait en effet de plusieurs chambres où il prenait des pensionnaires et Didier dut ainsi à l'initiative de ce nouveau docteur Sangrado quelques jours de partielle tranquillité, du moins du côté de Gaby. Car lorsque Stef s'absentait pour la matinée et qu'il emmenait Flopie, la primate à voix de stentor ne trouvait plus le prétexte de la présence de madame pour charmer le monde par ses discours, comme elle faisait chaque matin. Malheureusement, le dauphin restait officiellement à sa garde, ce qui lui donnait une sorte de promotion, comportant des droits et prérogatives qu'elle n'avait pas jusque-là et qu'elle fit hélas sentir. Car cette occupation prit fâcheusement le pas sur ses autres activités et devint sur-le-champ la plus bruyante. Le pauvre Gosse, qui était à l'âge où l'on commet toutes les sottises, ne pouvait faire un pas sans être conseillé, semonce, repris ou châtié. Sa taille commençait à lui permettre juste d'atteindre la poignée du portail de bois ouvrant sur la rue, c'est-à-dire d'accéder à la partie dangereuse du monde. Bien qu'en dehors des camions de Stef, le macadam de cette rue ne connût guère que des trottinettes, c'était immédiatement, de la part de Babé, d'effroyables séances de cris, beaucoup moins à dessein de rattraper l'enfant que d'édifier le voisinage et en même temps de faire un tour gratuit dans le quartier. Ces cris étaient d'autant plus violents, persuasifs, pathétiques, s'élevaient d'autant plus au degré le plus bruyant de l'adjuration et de la malédiction alternées, qu'ils étaient proférés devant le vide complet, c'est-à-dire les espaces verdoyants et déserts du Séminaire, et qu'ils allaient se répercuter sur la longue et uniforme façade de l'édifice pour lui revenir en écho. Où qu'il pût se trouver dans un rayon de cinq cents mètres, il est sûr que le Môme, qu'on appelait couramment Pompon, pouvait entendre ces cris sonores et déchirants, et que ses sorties n'avaient probablement d'autre but que de déchaîner ces clameurs, tout en se dérobant aux poursuites. Mais faut-il parler de poursuites ? Satisfaite de déployer tant d'efforts vocaux, souvent Babé restait debout, devant le portail, se contentant d'émettre à intervalles réguliers des sons stridents, parfaitement indistincts et inutiles, avec une indifférence aux résultats qui faisait penser à l'activité d'un phare tournant. Survenait une voisine, ou une connaissance, une bonniche des alentours, elle oubliait un moment qu'elle était là pour assurer la signalisation et entamait à très haute voix les commérages habituels sur les faits privés du jour, le fibrome de Mme Hirigoyen, le mari de Mme Larronde qui se dérangeait, d'où l'on glissait bientôt aux confidences sur les maîtres. Mais on avait beau baisser le ton, ce ton permettait encore à Didier de tout entendre, et il constatait que peu de chose avait changé dans le monde depuis les excellents *Conseils aux domestiques* d'un certain abbé anglican du XVIIIe siècle, qui s'est rendu célèbre sous le nom de Swift, et que les domestiques entendaient très bien cet Évangile. De temps en temps, Babé se souvenait que le Pompon n'était pas encore de retour de sa fugue et se mettait à l'adjurer en le nommant cette fois par son nom. C'est ainsi que Didier eut l'occasion d'apprendre que l'enfant avait un nom de chrétien, et même deux, quoiqu'il lui fallût longtemps pour interpréter les sons qui sortaient de la bouche imprécative de Babé. Pour des raisons qu'il n'y a pas lieu d'approfondir, le Gosse répondait (ou plutôt ne répondait pas) au nom de Juan-Luis. Ce qui, passant par la voix rauque de Babé, qui prononçait à l'espagnole, devenait un appel encore plus pathétique que celui de la Laitière annonçant son lait, un appel venu des entrailles, une espèce de cri vaginal qui répandait sur l'austérité du parc dépouillé et du ciel vide le suc d'une supplication humaine, d'une imploration inattendue.

Cette famille était si complète, le quartier était un si bon résumé de la société que, même pendant l'absence épisodique de Gaby, Didier ne fit ainsi que passer d'une torture à une autre. Le Morveux, en grandissant, prenait de l'importance, devenait de plus en plus mobile et turbulent. La dernière action de Gaby avant de partir pour aller chez son médecin avait été de lui acheter un jeune chien-loup beige, au museau noir, encore arrondi par l'enfance, pour lequel le petit Juan-Luis abandonna sans plus tarder l'attelage de bois, l'automobile de zinc et la bicyclette à roulettes dont l'équilibre instable l'avait toujours effrayé. Mais quoique non encore sorti de l'enfance, Ajax, c'était son nom, un chien de quinze mille francs, était déjà assez fort pour renverser Pompon en jouant avec lui, ce qui le faisait hurler, et Babé, pour le consoler, encore plus que lui. Dans cette maison où tout était inventé à merveille pour réduire les êtres pensants à l'hébétude, et où Didier n'avait jamais rien vu de gracieux, les ébats du Bambin et de ce très jeune chien eussent été un spectacle aimable si l'on avait consenti à les laisser seuls. Car les larmes tarissaient bien vite si l'enfant constatait que personne n'était là pour s'intéresser à sa comédie. Mais les résultats de ce compagnonnage avaient entraîné une défense de jouer avec le chien qui avait naturellement rendu irrésistible l'attrait du chien pour l'enfant, et l'on peut dire de l'enfant pour le chien : ils étaient devenus inséparables. Ce que voyant, Stef prétendait que l'on gâchait l'éducation d'Ajax et qu'on n'en ferait jamais un chien de garde. Car, en somme, c'était le but visé depuis que les écarts du gros frère avaient démontré à nos gens que leurs biscuits sinon leurs personnes n'étaient pas entièrement à l'abri d'un coup de main. Gaby avait même averti Didier, sans obligeance excessive, de se tenir désormais à la prudence, car son chien n'allait pas tarder à devenir féroce, et, en avance sur l'événement, l'on peignit bientôt un écriteau que l'on suspendit au portail : « Chien méchant ». C'était, de toute évidence, ce qui manquait à cette maison.

Le visage du Gamin, qui était rond et potelé, avec des fossettes et des yeux pareils à ceux de sa mère, était devenu familier à tout le Quartier et les vieilles dames s'arrêtaient à la grille pour lui faire des amabilités, ce qui augmentait encore la réputation de « braves gens » que l'abbé Singler avait faite aux Maillechort. Mais le grand ami du Morveux était l'homme qui remplissait la fonction de bourrier, c'est-à-dire celui qui, trois fois la semaine, passait le long de sa rue avec sa carriole, son chien blanc debout comme une statue sur le dos de sa grosse jument, pour vider les poubelles. L'enfant devait apparaître à ce solitaire, confiné en d'humbles besognes, derrière la grille à laquelle il s'accrochait, dressé sur la pointe de ses pieds pour atteindre la partie à claire-voie, à côté du chien dressé dans la même attitude et dont la tête arrivait à même hauteur exactement que la sienne, comme le message d'un monde heureux, un peu magique, où il ne manque rien aux enfants et où les parents jouent à vivre comme le Gosse vit à jouer. Cet homme, dont personne ne savait le nom, vivait tout seul à la sortie de la ville, dans une cabane qu'il avait élevée lui-même sur son tas d'immondices, au lieu où il était chargé de les répandre. Profondément illettré, on ne lui connaissait ni famille ni relations ni camarades, et sa vie, entièrement ambulante, s'écoulait dans la plus grande solitude qui se puisse concevoir. C'est pourquoi sans doute il s'arrêtait volontiers devant les visages aimables qu'il avait l'occasion de rencontrer en chemin, surtout si leur âge ou leur simplicité faisait qu'il n'y avait rien à leur dire. Il arrivait, marchant au pas à côté de son gros cheval, avec son visage rond et rouge d'image d'Épinal, sa blouse bleue, au bruit de sa lente carriole munie de sonnailles, qu'il n'arrêtait jamais, semant derrière lui les débris de toutes les poubelles du quartier – car tout de même, le temps de se baisser pour prendre la poubelle, la voiture avait un peu avancé – et, du plus loin qu'il apercevait la maison, c'était une série d'appels joyeux que soulignait son accent ensoleillé : « Pompon !... Eh, Pompon !... » À quoi l'enfant accourait, reconnaissant la voix de son ami et lui répondant avec les mêmes mots. Cela durait toujours un certain temps et Didier pouvait voir, immobilisés dans un plaisir mutuel et se regardant l'un l'autre de chaque côté du portail, le bourrier et l'enfant. C'était le seul endroit de la rue où l'homme consentît à arrêter son cheval. Ce n'était pas pour mieux vider les poubelles, mon Dieu non, mais là, pendant une vraie minute, il semblait connaître une joie sans mélange à échanger avec le Gosse des « Pompon ! » de plus en plus allègres, de plus en plus vibrants. Didier ne le vit jamais adresser la parole aux patrons – trop haut situés pour lui et d'ailleurs tout à fait indifférents à son existence – mais le « Pompon » d'Arditeya embellissait sa vie solitaire et cet échange d'exclamations hilares entre l'homme aux poubelles et le fils des riches forains, tandis que de part et d'autre les deux chiens jaloux aboyaient l'un contre l'autre, était une chose assez extraordinaire, et sans doute l'unique moment pur dans la vie des Hauts-Quartiers.

Betty, remerciée par son notaire sans avoir eu l'augmentation promise, avait trouvé à s'employer chez Mme d'Hem auprès de Brigitte. Ces fonctions allaient bientôt prendre fin et elle espérait pouvoir se consacrer un peu à Didier, mais en même temps les soucis allaient revenir : celui de trouver un nouveau travail et une nouvelle chambre, deux problèmes également ardus. Didier lui avait dit qu'il lui procurerait peut-être un travail et peut-être une chambre : un de ses amis cherchait une représentante pour une maison de tissus. Ce n'était pas royalement payé mais il y avait, semblait-il, une chance d'être logé.
   – Logée ? s'écria Betty, amusée. Chez un marchand de tissus ?
   – C'est un type qui vit seul avec sa femme à Hossegor, et qui a une villa trop grande pour eux.
   Betty regarda le sol.
   – En somme, ce serait un peu la situation de Flopie ? dit-elle.
   Didier n'avait pas fait le rapprochement.
   – C'est encore très vague, dit-il. Mais si tu ne veux pas... Tu as le temps de te décider, ajouta-t-il tristement. Tu pourras toujours revenir ici. Tu vois, dit-il en lui montrant le matelas coincé entre le mur et le bâti – tu vois, tu pourras toujours revenir ici...
   – Oh, Didier, dit-elle.
   Elle ne put rien ajouter, s'approcha de lui, taquina les boutons de sa veste, pencha la tête contre son épaule.
   Elle voulut ensuite savoir si Didier avait des nouvelles de leur clochard, Leslie, de Glasgow. Mais Didier n'en avait

aucune. Elle lui dit qu'elle était sûre de lui, qu'il avait dû avoir des pépins et qu'il était sans doute le premier ennuyé de ne pas pouvoir lui renvoyer l'argent.

Un mois plus tôt environ, Betty avait rencontré dans un petit bistrot d'Irube où elle avait eu ta fantaisie d'entrer, Leslie, un sergent écossais, en permission sur le continent. Il ne savait pas un mot de français et se trouvait en difficulté avec la serveuse. Betty s'était portée à son secours, avait bavardé avec lui, fumé quelques cigarettes, et l'avait invité à prendre le café le lendemain à Arditeya, ne doutant pas que Didier serait ravi de son initiative.

Après leur avoir parlé de Glasgow, de sa famille, de la guerre, toujours en anglais, et tout en buvant son café, Leslie leur avait laissé entendre qu'une mauvaise histoire lui était arrivée le matin même. À force d'insister, ils avaient pu avoir des détails : tandis qu'il se baignait à Ilbarosse, on lui avait dérobé le contenu de son portefeuille – il avait laissé ses affaires sur la plage qui était déserte – et il n'avait plus un sou pour rentrer en Angleterre. Il n'avait même pas pu déjeuner ce jour-là. Betty s'était précipitée sur le placard de la cuisine et avait fourré d'autorité dans la poche de Leslie chocolat, sucre, tout ce qu'elle avait pu trouver de comestible. Didier, lui, s'était précipité sur l'armoire et s'était presque battu avec Leslie pour lui faire accepter deux mille francs (sur les trois mille qui étaient toute sa fortune). Leslie, s'emparant de la *Holy Bible* qu'il aperçut au chevet de Didier, avait juré sur elle qu'il accepterait tout cela malgré lui, et qu'on aurait bientôt de ses nouvelles. La séparation avait été des plus touchantes. Depuis, rien.

– Regretterais-tu ce que tu as fait ? demanda Betty.

– Mais non. Pourquoi cette question ?...

– Tu vois, dit-elle au bout d'un moment, je t'avais bien dit que tu serais vengé de ce docteur Clavier.

Didier leva la tête, un peu surpris.

– Eh bien voilà, tu as ta vengeance, dit-elle.

Elle avait, dans son visage toujours très pâle, ce sourire mince et ténu qui l'émouvait tellement.

– Tu n'es pas content ? dit-elle.

Il hochait la tête avec un tendre sourire. Il voyait à sa mine qu'elle avait encore à lui parler.

– Qu'est-ce que tu vas encore m'annoncer ? dit-il.

– Oh rien, dit-elle avec son petit air, en allumant une cigarette. Mais elle enchaîna : Rappelle-toi, je t'avais dit que je te raconterais...

Cela avait suivi de peu son retour à Paris – du temps où Didier était à Stellamare. M. d'Hem, espérant rencontrer sa femme, était venu pour quarante-huit heures, mais Mme d'Hem l'avait obligé à descendre à l'hôtel, et Betty avait dû s'occuper de lui car, Didier avait pu le comprendre, il avait de la peine à vivre seul. Or, quittant Irube, M. d'Hem avait été sur le point d'oublier de payer son hôtel – le train partant plus tôt que prévu. Ce qui lui avait valu de rester à Irube un jour de plus, et gratuitement, dans les locaux de la police.

Betty racontait ces choses simplement, sur un ton égal, comme des choses normales.

– Ils m'ont prise avec lui, ajouta-t-elle. J'ai dû... Ils nous avaient amenés au commissariat. Je me suis échappée... Tu penses ensuite comme ça pouvait m'amuser, les histoires que la mère Mousserolles racontait au commissaire !...

– En effet. Tu crois que le commissaire t'a reconnue ?

– Oh, je n'en sais rien. Et puis zut. J'étais ennuyée pour Philippe. Je me sentais un peu responsable... vis-à-vis de Mme d'Hem. Et puis... Elle qui a déjà contre elle toute la ville et qui se sent persécutée ! Nous oublions trop une chose, Didier. Même parmi les gens qui sont logés, il y a des gens malchanceux.

– Est-ce croyable ? dit Didier. Mais c'est un beau malheur, c'est du malheur inévitable, celui-là. Mais permettre aux gens d'avoir un lit et d'être bien couchés... Pouvoir se coucher dans un lit, Betty ! Ça doit être sensationnel !

– Mme d'Hem a de très bons lits, dit Betty, et plusieurs sont inutilisés. Le malheur, pour elle, c'est son mari, c'est qu'il soit en vie.

– Qu'il soit en vie ? ou qu'il ne soit pas ce qu'il devrait être ?

– Je crois qu'elle pourrait se passer de lui. Mme d'Hem n'a besoin de personne, c'est ce qui la distingue de beaucoup de femmes.

Didier regarda le plancher.

— Alors, tu ne lui as pas dit que son mari avait échoué au commissariat ?

— Non. J'ai été le remettre au train le lendemain – après être allée payer son hôtel, dit-elle tranquillement.

Didier se frotta la tempe.

— J'ai l'impression que tu étais vengée depuis longtemps du docteur Clavier, dit-il. Tu t'y étais prise à l'avance !... Est-ce que ton Philippe est plus sûr que ton clochard de l'autre jour ?

— Nous sommes en compte, tu le sais bien, dit-elle. Et puis, il faut toujours faire confiance. Mais tu ne peux pas le comprendre.

Didier la regarda intensément. Betty n'avait pas pour habitude de blâmer. Il revit en une seconde sa vie amère, depuis le jour où un petit camarade l'avait jette au bas du rempart jusqu'au jour où la bonne Mme Chotard l'avait invité à venir s'installer chez elle... Jusqu'au jour où Paula...

— Sais-tu ce que m'a dit Fernande ? lui dit-il.

Betty était assise sur la table, Didier sur le coin du lit. Il se leva, se passa la main sur les yeux.

— Non, je te dirai ça plus tard, dit-il. C'était à propos de faire confiance...

Betty le regardait de ses petits yeux effacés et un peu fous dans ses joues pâles. Elle se mit sur ses pieds.

— Je reviendrai dans une semaine, dit-elle. Peut-être qu'il y aura du nouveau.

Didier ne chercha pas à savoir ce qu'elle voulait dire. Il pensa pour le moment qu'elle ne semblait pas être si mal que ça chez Mme d'Hem.

Le soir était tombé et Didier, ayant entendu des froissements de feuilles dans le jardin, au voisinage des bambous, se demanda un instant s'il s'agissait d'un retour offensif de Geo qui, jusque-là, avait préféré se faire oublier. Puis, le silence étant revenu, il cessa de prêter attention à l'extérieur et aida Betty à remettre son éternelle gabardine bleue au-dessus de son vieux tweed verdâtre. Il descendit l'escalier avec elle et l'accompagna juqu'au portail.

– Les choses iront mieux un jour, dit Betty. En attendant, embrasse-moi.

Elle lui tendit ses joues froides.

Comme Didier tournait à l'angle de la maison pour remonter chez lui, il vit quelqu'un qui semblait sortir de derrière la haie de bambous. Il eut un léger mouvement de surprise, puis reconnut Fernande. Elle était serrée dans son tailleur, le visage animé, toute vibrante.

– Vous ! dit Didier.

– Je ne devrais pas être là, c'est ce que vous voulez dire ?

Il eut un sourire fatigué et voulut lui épargner la peine d'une explication gênante.

– J'imagine que vous veniez me voir, dit-il, lorsque, étonnée de me voir descendre avec Betty et désirant nous éviter... C'est bien cela ?

Fernande, comme de coutume, ne perçut que tardivement l'ironie. Elle se défendit sauvagement.

– Je n'allais pas vous voir, j'allais voir les Maillechort.

La réponse était absurde, puisqu'elle avait dépassé la porte des Maillechort, que d'ailleurs elle ne connaissait pas.

– Oh ! Vous avez affaire avec les Maillechort ? dit-il stupéfait.

– Une catholique a toujours affaire avec tout le monde, dit-elle.

– Je le crois, dit Didier sérieusement.

Il avait eu souvent l'impression que Fernande se livrait à un espionnage qu'il ne s'expliquait guère, mais c'était la première fois qu'il la prenait sur le fait.

– J'irai voir les Maillechort un autre jour, dit-elle. Faites donc quelques pas avec moi dans l'avenue.

Didier la suivit dans l'avenue. L'humidité du soir l'incommodait et l'empêchait de respirer. Quand il pensait à Paula, à Betty, à ce qu'était devenue sa vie au milieu des forains, il croyait circuler à travers un paradis perdu. Les mots se précipitaient dans la bouche de Fernande, elle avait vu l'abbé Singler dont l'entreprise lui inspirait beaucoup d'admiration (Cet affreux journal ! pensa Didier) et qui lui avait signalé un appartement à louer – peut-être cela conviendrait-il à Didier. Un loyer raisonnable : vingt mille francs ; par mois, voyons ! Surtout ne pas en parler, c'était la propre cousine de l'abbé Singler. Cela l'intéressait-il ? Non, évidemment. Tout le monde ne peut pas mettre cette somme-là dans son loyer. Elle avait bien conscience des malheurs de Didier, elle jugeait inhumain de ne pas s'occuper de lui davantage, elle était prête à tout oublier : il ne pouvait croire combien elle serait heureuse de le reprendre chez elle, mais cela lui était impossible pour deux raisons, dont la première était qu'il lui semblait bien que Betty était toujours sa maîtresse, et la seconde, qu'elle avait actuellement chez elle une parente qu'elle avait invitée, il y avait plusieurs mois, et dont elle ne pouvait plus se débarrasser, et qui avait même fait venir ses meubles.

– Pensez ! Elle vit toute seule dans une immense villa à Pau, c'est trop triste, elle vient chercher la gaieté chez moi !

Devant ce déluge d'explications contradictoires et non sollicitées, Didier sentait venir le mal de tête, en même temps qu'une certaine fureur à l'idée que la moitié au moins de ce qu'il entendait était mensonge. Il répondit assez sèchement à Mme Chotard qu'il n'était pas question pour lui de s'installer à Stellamare, même si les choses allaient encore plus mal pour lui.

– Pourquoi ? Elles ne vont pas bien ? demanda-t-elle avidement.

Il répondit par un haussement d'épaules ; mais elle insista, elle voulait savoir.

– Les Maillechort, dit-il convulsivement.

– Ah ? pourquoi, il y a du nouveau ?

– Non, rien de nouveau justement, dit-il avec mépris. Ce qu'il y a ne vous suffit pas ?

Trois jours plus tard, Gaby étant revenue de chez son homéopathe, Didier eut le plaisir, en descendant son escalier – étant donné les témoignages de sympathie dont elle venait de l'abreuver – de trouver Fernande tranquillement installée derrière la porte vitrée de la cuisine, causant avec animation.

Elle le rattrapa dans l'avenue – comme si elle n'avait attendu que cette occasion – et lui demanda sans préambule s'il voulait donner quelque chose pour sa « quête », que cela serait peut-être le geste qui déciderait le Ciel à le tirer d'affaire.

– Ah, dit Didier, ce petit air ne m'était pas connu. Vous me rappelez le moine Tetzel, celui qui a tant fait pour Luther : « Un sou dans ma tirelire, et votre âme sera sauvée. » Mais, en somme, pourquoi cette quête ?

Elle lui expliqua en bouffonnant qu'il s'agissait de remplacer la vache du Carmel qui venait de décéder. C'était l'abbé Singler qui, la sachant dévouée à toutes les causes, lui avait mis l'affaire en mains. Elle était bien choisie. L'objet de la quête devenait naturellement, dans ces explications qui se voulaient sérieuses, des plus grotesques, et l'on pouvait se fier à elle pour ridiculiser tout un couvent et rabaisser l'ascétisme au rang d'une plaisanterie de quartier. Mais comme tout ce qu'elle faisait, elle faisait cela pour des raisons extérieures, et de l'extérieur, ce qui comptait pour elle était non pas de fournir une aide au Carmel, en la circonstance une vache à lait, mais, à propos de cette vache, de faire parler de Mme Chotard-Lagréou, car elle était de ces gens qui, si l'on cessait un moment de parler d'eux, tomberaient raides morts. De plus, elle avait trouvé là un sujet pittoresque qui convenait à son tempérament oratoire. Didier n'avait jamais vu une femme passer comme elle, avec aussi peu de transition, de la bouffonnerie à la passion. Parfois, un sentiment qui affleurait, une pensée qui la traversait réalisaient une sorte d'unité sur son visage et la rendaient belle. Puis un mot mal employé, une expression facile, une phrase vulgaire détruisaient en un instant cet ouvrage et inspiraient l'aversion. Ainsi Didier comprenait, à l'entendre, que cette quête était avant tout pour elle une enquête, et qu'elle avait eu là un admirable prétexte (et fort pieux) à pénétrer chez les gens des Hauts-Quartiers, et particulièrement chez ceux qu'elle ne connaissait pas ou qu'elle n'aimait pas. En cela consistait le sel de l'affaire. Rien de mieux que de donner au ressentiment la marque de l'amour, et de dissimuler le négatif sous le positif : alors la réussite est double.

Mme Chotard, que le moindre instant de solitude rendait folle, même dans la rue, s'était adjoint pour ses démarches une femme presque aussi folle qu'elle-même, et encore plus indiscrète, une espèce de marchande de boutons et de soutiens-gorge, à l'esprit exalté, à la langue plus exaltée encore, du nom de Mme Dommage, et tout le quartier ne parlant bientôt plus que de ce couple extravagant, les limites de la décence furent vite dépassées et la publicité s'éleva à un niveau que cette affaire aurait sans doute gagné à ne pas connaître.

Faut-il aller plus loin ? On s'excuse d'une telle page qui sera le déshonneur de ce livre, mais une explication est nécessaire et l'auteur n'en est plus à compter dans ce livre les pages qu'il a dû écrire pour sa honte. Peut-être faut-il dire aussi que, sans un certain nombre de personnages comme Mme Chotard, la vie serait trop constamment tendue, et que les accidents mortels se produiraient sans doute en plus grande quantité.

On n'avait pu savoir au juste de quoi était morte la vache des Carmélites, mais elle était morte et, sachant cela, Mme Chotard, d'un pas dévot, s'en était allée consulter l'abbé Singler, ancien aumônier du Carmel et ancien « directeur » de Fernande, pour lui soumettre l'idée d'une quête dans le Quartier.

Le fait est qu'en voyant arriver dans son cabinet bien ciré mais mal défendu la libraire des Arceaux, qui avait été si longtemps sa voisine et sa pénitente, et qui lui parlait les poings enfoncés dans les poches de son manteau beige, le directeur d'*Irube-Éclair* songea d'abord à se mettre en garde. Il était devenu, en somme, un homme d'affaires, doublé d'un judicieux politicien, qui avait trouvé dans la confection des éditoriaux, comme d'autres dans les constructions d'églises, un pieux et fécond dérivatif à la misère de ce monde. Depuis que la confiance de l'Évêque l'avait placé à ce poste d'avant-garde, ce prêtre, qui avait fait quinze ans de paroisse et dix ans d'enseignement dans les séminaires, avait enfin conscience d'être utile et visait haut. Depuis qu'à la faveur de la position que lui donnait la direction de ce journal il était entré dans les conseils de l'Évêché, il se faisait de plus en plus écouter et ce n'était pas dans ce diocèse qu'on risquait de voir des prêtres-ouvriers, ces trublions. Aussi, en ennemi-né de la démagogie, essaya-t-il de prendre ses distances avec son ex-paroissienne, bien que son initiative n'eût rien de commun avec un dévouement quelconque à la cause du prolétariat. Mais le danger n'était pas d'écouter Mme Chotard (ce que personne ne pouvait faire), c'était de la recevoir. L'abbé avait été pris dans un tel tourbillon de paroles, dans le déchaînement d'une volubilité si intarissable, dans une telle tempête de sable, le vent des mots l'avait à ce point soufflé qu'il ne savait plus au bout d'un moment de quoi on lui parlait et que d'ailleurs peu importait, car Mme Chotard n'était pas elle-même en état d'écouter fût-ce le propre directeur d'un journal catholique, et elle apportait avec elle un tel élan de persuasion que les mots prudents prononcés par M. Singler rendirent à ses oreilles le son d'une adhésion enthousiaste. Ce qui fit que Mme Chotard se retrouva dans la rue persuadée qu'elle avait enchanté le directeur de *l'Éclair*.

Ce fut alors que, mise en face de la tâche qu'elle avait sollicitée, Mme Chotard éprouva la nécessité de se donner une compagne et s'en fut trouver Mme Dommage. Après quoi elle put enfin se mettre en route, en commençant par sa locataire, la giflée, la martyre de Betty, qu'elle trouva comme toujours un balai dans les mains, attendant les nouvelles. Ce fut sur elle, la première, que l'on essaya la valeur des formules. En tant que membre de la L.F.A.C. dont nous avons déjà rencontré un membre actif, elle était toute disposée à comprendre, et même à donner, mais à première vue elle n'établissait pas de rapport entre une vache et un couvent de religieuses, ni ne comprenait pourquoi, dans une époque aussi mécanisée que la nôtre et dans une ville de grand tourisme comme l'était Irube, un couvent avait besoin d'une vache.

Heureusement, l'excellente Mme Dommage avait été, avant de devenir marchande de boutons, professeur de mathématiques et d'histoire naturelle dans un établissement privé de la ville, et elle put expliquer ainsi à la non moins bonne Mlle Digoin, en gazant les expressions, comment, par un cycle de transformations voulues par Dieu, une vache, rien qu'en mangeant un peu d'herbe, arrive à exprimer ses vingt litres de lait par jour et rend le reste sous forme de fumier agréable aux terres, et notamment aux rosiers dont les fleurs ornent les autels. Ainsi, par un rapide calcul de litres de lait multipliés par le prix du beurre, parvint-elle à convaincre la conscience ombrageuse de Mlle Digoin qui, incontinent, retrouva une âme de nourrisson.

Une fois le processus expliqué, la quête devenait facile et pouvait se transformer au gré de MMmes Chotard et Dommage en une sorte de reportage vécu et mutuel sur les Hauts-Quartiers, concernant par exemple les moyens de vivre des gens, permettant de dévoiler comment, avec un budget pareil, ils n'avaient pas plus d'enfants. Aussitôt les renseignements étaient dispersés, communiqués de l'un à l'autre, et la curiosité mise en éveil faisait ouvrir les portes avec espoir et les refermer avec mépris. On sut que Mme Poupinel, qui vivait à cheval sur deux villas, avec domesticité et voitures, estimait ses revenus insuffisants pour pouvoir fournir au Carmel fût-ce un poil de vache. L'homme qui vivait seul dans quatorze pièces, le général Cartier-Brisson, voulut bien donner quelque chose, mais après avoir fait subir aux deux femmes un discours aux fins de leur montrer le misérable état où la République laissait les casernes. Mlle Vanel, jeune professeur de littérature au collège, qui avait une fâcheuse réputation d'élégance, dut leur ouvrir à dix heures du matin et se débarrasser d'elles avec un don excessif; mais elles purent dès lors témoigner que des caleçons d'homme séchaient sur une corde dans son jardin, ce qui fut pour la malheureuse le début d'une de ces longues et minutieuses persécutions auxquelles certaines femmes s'entendent si bien. Elles allèrent voir l'Instituteur, qui leur représenta tout ce qui manquait à son école. Bref, cette enquête en faveur des filles du Carmel permit à MMmes Dommage et Chotard de recueillir quantité de faits intéressants, de potins et d'histoires de toute espèce qu'elles inclurent dans leur répertoire. Par exemple, l'histoire du docteur Gandin qui, habitant une des belles villas des Hauts-Quartiers avec une tour carrée à toit plat, à la provençale – cabinet en ville –, savait opposer aux souffrances de l'humanité proche ou lointaine une philosophie souriante et une aimable verve sceptique qui donnaient aux bourgeois d'Irube un frisson d'intellectualité. Ce docteur Gandin, qui possédait une âme d'artiste, avait eu quelques jours auparavant dans son cabinet, entre son appareil de radio et son harmonium, un client, petit chef de rayon d'un grand magasin, triste locataire d'un sordide meublé au dernier étage d'un immeuble du quartier Saint-Laurent, qui, après l'avoir consulté sur un mal dont il était atteint, lui en avoua un autre, qui était qu'il souffrait de vivre, à cause d'un excès d'ennuis auxquels l'imminence d'une expulsion avait porté un comble. « Mon cher ami, lui dit le docteur Gandin avec son fameux sourire, si vous trouvez la vie impossible, pourquoi ne pas vous en débarrasser ? C'est si facile, surtout quand on a la chance, comme vous, d'habiter un cinquième. » Il lui donna du même coup l'adresse d'un psychiatre qui justement habitait le premier étage, dans le même immeuble que son client. Trois jours plus tard, on ramassait sur le trottoir le corps du malheureux. Il était tombé à la verticale, comme dans un dessin animé, exactement sous la fenêtre du psychiatre, mais malheureusement en dehors des heures de consultation. Par chance, Mlle Pincherle passait par là. L'homme respirait encore. Peut-être avait-il une possibilité de s'en tirer si l'on eût appelé un médecin, fût-ce le psychiatre. Mais personne n'y songea. Quant à Mlle Pincherle, agissant selon sa nature, elle s'était précipitée sur un téléphone pour appeler un prêtre. Les prêtres, c'était son rayon, et elle savait parfaitement ce qui convenait aux gens qui se trouvaient dans l'état de ce malheureux, comme le docteur Gandin savait parfaitement ce qui convenait aux gens qui ne s'y trouvaient pas encore, et qui était de les y mettre. L'âme d'abord, le corps ensuite (s'il en reste). Il y a partout une grande bonté et un merveilleux agencement dans la société telle que des siècles de civilisation commerciale, industrielle, catholique et bourgeoise nous l'ont faite. Grâce à une entente immédiate, tacite et quasi automatique, les quelques personnes qui contrôlent les rouages de ce monde savent exactement ce qui convient pour faire d'un homme bien portant un cadavre, en un minimum de temps.

Cette histoire était une des plus jolies de celles que Mme Chotard avait recueillies au cours de sa quête. Elle en faisait profiter largement ses victimes, à titre d'entrée en matière et pour se faire bien voir. Le docteur Gandin était de ses amis, l'amitié est toujours une excuse recevable, et elle militait pour la vache du Carmel, qui avait bon dos. Car qui aurait pu à Irube, en dehors de Mme Chotard, travaillant pour la bonne cause, récolter quatre-vingt mille francs en huit jours ? Non seulement les Carmélites eurent leur vache, mais la vache eut un veau. Tout le monde fut content. Et maintenant, les Maillechort avaient une alliée contre Didier. Ils pouvaient lui opposer ses propres amies et achever de lui prouver, à l'exemple de l'abbé Singler, que l'homme qui vit dans une seule pièce et qui n'a pas de propriété à lui est un méchant.

Cette vache épisodique, dont il ne fut plus jamais question, établit donc un lien durable entre Mme Chotard et les Maillechort, ce qui autorisa Fernande à venir espionner jour et nuit sous les fenêtres de Didier, sous prétexte de parler à Gaby ou à son Caïd, car elle n'avait de répugnance pour personne et elle avait plaisir à voir des gens avec qui Didier était en difficulté. Ainsi fut-elle en mesure de savoir ce qui se passait chez Didier, chose qu'elle désirait depuis toujours, et Didier put avoir la consolation de penser qu'il était sans cesse question de lui entre elle et les Maillechort. Il sut bientôt par les gens du quartier, dont la Laitière, qu'elle comprenait très bien la situation des Maillechort, que la présence de Didier était une gêne pour eux, et qu'en somme il était bien sot et bien égoïste de vouloir rester dans cette maison et de les priver d'une chambre où ils auraient pu remiser leurs vieilles boîtes.

Le soir, quand les Maillechort descendaient au cinéma dans leur camion, ils allaient parfois chercher Mme Chotard, et Didier avait encore le plaisir, à minuit, d'être réveillé par ses éclats de voix, et d'assister, de ce lit où il se retournait sans fin, aux longs adieux qu'elle faisait aux saltimbanques.

Didier lisait que, « se sentant incapables de refléter dans leurs actes la réalité divine dont ils sont intérieurement possédés, certains mystiques commettent dans la vie quotidienne mille extravagances. Saint Philippe de Néri se promenait dans les rues dans un déguisement carnavalesque, poursuivi par les gamins qui lui lançaient des quolibets. Il faisait des pirouettes et des entrechats, le tout à la gloire de Dieu. Saint Siméon Salus faisait de même. Dans le bouddhisme Zen, l'illumination ou « satori » est souvent obtenue par une volée de coups de bâton infligée par le maître au disciple... » Pouvait-il vraiment faire entrer cela dans son chapitre Humour et Prière ? Fallait-il inscrire ces faits étranges sous la rubrique humour, ou, comme l'y invitait l'auteur, sous la rubrique « désespoir » ? Alors, il lui faudrait peut-être ajouter une annexe à son chapitre, ou ajouter un second chapitre au premier, et montrer le pont qui, dans certains cas, peut mener de l'humour au désespoir, – à moins précisément que ces personnages n'eussent suivi le chemin inverse, comme c'était plus probable. On pouvait donc entrevoir une issue au désespoir – ceci était intéressant et toujours valable. Le désespoir qui conduit à l'humour : n'était-ce pas, dans bien des cas, la démarche même de Kierkegaard ? Il y avait peut-être, pour la partie « pratique » de son travail – car, inévitablement, son travail débouchait sur une seconde partie consacrée aux applications – il y avait plus à tirer de cette attitude que des platitudes du *Tao* et de l'esprit de soumission qu'il revendique. « Pourquoi se porte-t-on bien ? demande Lie-Tzeu. C'est parce que les orifices du cœur sont bien ouverts, et c'est tout. Pourquoi la belle-fille et la belle-mère se disputent-elles ? C'est parce que la maison où elles habitent manque d'espace, et c'est tout. »

Diable ! Il fallait regarder à deux fois avant de rejeter ces vieilleries. Oui, mais le remède ? Le Tao décrète : soumission à la Nature : les hommes sont malheureux parce qu'ils ont troublé le cours de la Nature. Est-ce pour cela, ou parce qu'ils ne le troublent pas assez ? On ne revient pas en arrière. Donc il faut aller jusqu'au bout, comme le conseille Descartes. Là est la Libération. Ce qui est impossible et douloureux, c'est de faire les choses à moitié. La société sera donc...

Betty le regardait depuis un moment. Elle était entrée sans rien dire. Elle avait son petit baluchon – un sac de plage contenant un pyjama, un slip et une jupe de rechange – et attendait que Didier voulût bien lever les yeux.

– Te voilà, dit-il.

C'était dit sur le ton de la constatation. Il savait ce que signifiait le petit sac de toile.

– Je vais me faire toute petite, dit-elle. Tu ne me verras pas plus qu'une souris. Et tu sais, pendant la journée... je filerai. J'ai trouvé une place. Oh, pour trois mois, mais ça va me donner le temps de réfléchir. Un type qui a besoin de quelqu'un pour ses écritures... Un hôtelier.

– Ce n'est pourtant pas la saison, remarqua Didier méfiant.

– C'est comme ça, dit Betty.

– Oui, dit-il. Mais – il tendait son papier au bout du bras – sais-tu pourquoi la belle-fille et la belle-mère se disputent ?...

Or Betty voulut aussitôt introduire une réforme à Arditeya et, prise d'un imprudent dévouement – mais quand avait-elle connu la prudence ? – elle s'en alla, à l'insu de Didier, intimer à Mme Chotard une invitation à prendre chez elle les malles, affirmant que c'était une honte de laisser vivre un homme dans une chambre où il ne pouvait pas descendre de son lit. Mais Mme Chotard affirma qu'elle était privée depuis trois mois d'une pièce où vivait une parente venue se réfugier chez elle, que Didier était parfaitement au courant, qu'elle attendait d'ailleurs un neveu, ou un cousin, elle ne savait encore, qui devait venir faire ses études à Irube, et qu'enfin, pour faire face à ses nouvelles « responsabilités », elle allait prendre une bonne, ce qui condamnait irrémédiablement une autre pièce. Il était bien clair dans ces conditions que Mme Chotard n'avait « plus » de place pour les malles, et qu'elle-même allait se trouver à l'étroit.

Didier blâma énergiquement Betty pour cette démarche. Betty affirma avoir dit à Mme Chotard qu'elle faisait cela sans lui en parler; il était pourtant facile de prévoir que, même ainsi, malgré le secret exigé, elle serait trop heureuse de notifier elle-même à Didier sa position. Elle osa donc, cette fois, monter jusqu'à la chambre de Didier, et vint l'affliger longuement de sa compassion, lui avouant notamment que ses contacts avec les nombreuses personnes qu'elle était allée solliciter pour le Carmel lui permettaient d'affirmer que tout le quartier était soulevé contre lui, depuis le Général jusqu'au Juge, en passant par la Directrice du Collège technique et le Contrôleur des Indirectes, cela à cause de sa « liaison » quasi officielle avec Betty, liaison qui était un concubinage, et qu'il ne devait pas s'imaginer que, tant qu'il ne ferait pas régulariser la situation, il pourrait intéresser quelqu'un à son sort, que quand on avait tant besoin des autres, on ne pouvait pas se permettre d'agir à sa guise, et qu'en somme sa débauche devait rester le privilège des gens qui avaient de quoi. Rien ne manquait, on le voit, à ce discours, et surtout pas les mots. Didier écouta son « amie » avec un étrange sourire. Il pensait à ces sages de l'Inde qu'on appelle les *malamatiyya*, ceux qui, au lieu de rechercher l'éloge comme les autres hommes, recherchent le blâme. Il pensait au poète soufi Djelal-el-din, qui écrit :

Abandonne la secte et sois un objet de mépris;

Rejette loin de toi gloire et renommée et recherche la défaveur.

Mais une femme qui s'exprimait comme Fernande venait de le faire pouvait-elle comprendre de pareils sentiments ? Il préféra lui donner une autre explication.

— Même si je n'aimais pas Betty, dit-il, elle serait bien en peine d'être ailleurs, puisqu'elle n'a pas où aller.

— Elle a sa famille.

– Vous savez bien qu'il n'y a pas de place à Santiago.
– On en trouve.
– Outre cela – dites-moi : où donc une jeune fille peut-elle être plus mal que dans sa famille ?

Fernande aurait tourné en rond si elle l'avait pu ; mais elle ne le pouvait pas. Ses yeux étaient devenus noirs. Le désir de blesser s'exprimait par toute sa personne.

– Ce principe semble avoir réussi à Paula Carducci, lança-t-elle.

Elle n'attendit pas que Didier lui répondît. Elle s'en fut claquant la porte, les cheveux sur le front, descendit l'escalier à pas précipités, comme si elle craignait d'être poursuivie. Elle s'arrêta pourtant sous la fenêtre quand elle eut fait le tour de la maison.

– Didier, cria-t-elle, je reviendrai !...

Il resta silencieux, sans mouvement, comme une bête qu'on vient d'attaquer dans son terrier.

Il y avait plus de six mois que Fernande ne l'avait pas appelé ainsi, par son nom. Il eut peur qu'elle ne recommençât ses machinations contre lui. Jusqu'au retour de Betty, il se sentit malade, avec un goût étrange au fond de la gorge.

– Il y aurait peut-être quelque chose à faire, lui dit Betty, du côté de Mme d'Hem. Elle a tant de chambres, je crois qu'elle en louerait volontiers une ou deux. Tu devrais aller la voir, d'ailleurs je lui ai parlé de toi, elle sait maintenant d'après ce que je lui ai dit que tu es quelqu'un d'intéressant, et elle aimerait te connaître... Vas-y, Didier. Que risques-tu ?...

Ce discours laissa Didier perplexe.

– As-tu bien compris ce qu'elle t'a dit au sujet de cette chambre ? Pourquoi louerait-elle quelque chose ?

– Elle ne loue pas, elle te louerait à toi parce que... Comprends-tu ?

Ce n'était pas très clair, mais il ne fallait pas trop exiger de Betty.

– Mais n'est-ce pas terriblement luxueux chez elle ?
– Le luxe te fait peur ? dit-elle en riant.

– Peur, non, mais ça me barbe, dit Didier. Ça me rend triste.
– Ça n'est pas luxueux, c'est grand, dit Betty. Et d'ailleurs, Mme d'Hem est gaie, bien qu'elle soit prête à tuer son mari...
– C'est sérieux ?
– Je crois qu'elle n'a aucune sensibilité, dit Betty. Les gens ne comptent pas pour elle. Elle a des affaires d'argent très compliquées. Je crois que si elle pouvait trouver un moyen de se débarrasser de son mari sans que ça se sache...
– Oh, qu'est-ce qui te fait croire cela ?
– Rien. Une impression. C'est une femme terrible, tu sais, avec sa façon de rire. Et résolue. Elle a des haines froides. Je n'avais jamais vu cela. Il y a en elle un curieux mélange d'indépendance, d'indifférence et de soumission... Et des élans... Puis tout retombe, et tu te retrouves devant un morceau de bois, devant une pierre.
– N'a-t-elle pas été gentille avec toi ?
– Tu sais, il y a eu pour moi des moments plutôt difficiles. Autant elle me traitait avec amabilité quand il y avait du monde, autant elle devenait dure dès qu'elle était seule avec moi. À ces moments-là, je sentais chez elle une volonté de me ravaler au rang des domestiques. J'ai beau ne pas être susceptible, je n'ai jamais pu supporter un certain ton. Elle savait parfaitement que je n'étais pas chez elle pour certaines besognes, mais seulement pour m'occuper de sa fille. Dans son esprit, c'était un honneur qu'elle me faisait. Mais ce n'était pas seulement un honneur. J'étais l'institutrice, sans doute, mais par moments on me faisait tout faire. Il y a une espèce de gouvernante, May, qui ne faisait rien. Si, de temps en temps, une course pour Luz, ou une promenade avec Brigitte. Je crois qu'elle se plaît à commander des choses inutiles. Il faut avouer que c'est extraordinaire, en notre temps, de rencontrer des gens qui mènent encore une vie féodale... Il faut longtemps pour faire disparaître un type humain.
– Comment ? Mais elle travaille pour vivre, dit Didier.
– Bien sûr. Mais un commerce d'antiquités, tu crois que c'est un commerce comme un autre ? C'est un moyen de plus qu'elle a d'exercer son influence sur les gens. Non, tu sais, j'aime bien Lucile, mais je la vois plutôt comme une féodale. Et elle l'est d'autant plus qu'elle est une féodale humiliée.

— Humiliée ?
— Oui. Tu ne comprends pas ? Quand on est Mme d'Hem, avoir un mari comme le sien... Naturellement elle a un peu su ce que j'avais fait – je ne dis pas *pour* Philippe, j'ai horreur de cette expression, je ne comprends pas comment tant de gens s'imaginent agir pour autrui, alors que... eh bien oui, les autres, c'est nous – un « nous » plus malheureux. D'ailleurs, je n'ai fait que le mettre davantage devant sa situation. Si je l'ai aidé, je l'ai aidé à *se voir*, c'est tout ; et en faisant cela, j'agissais pour moi. Ce serait une longue histoire. Il faudrait que nous soyons plus tranquilles pour que je te la raconte. Je me suis attachée à lui, c'est normal, c'est quelqu'un qui n'a plus le contrôle de ses actes, mais il ne manque pas de branche, et je ne l'ai jamais vu plus séduisant que le jour où j'ai été le prendre à Paris à sa sortie de prison.
— Il a fait de la prison ? releva Didier.
— Oh, une banale histoire de chèques délivrés à la légère. Un simple retard dans ses paiements, quoi. Quand on voit des Clavier en liberté !... Mais n'en parle jamais à Lucile, elle croirait que je veux me donner un rôle. D'ailleurs, elle a trop souffert de tout ça, elle ne veut plus le revoir, je t'ai dit qu'elle le supprimerait si elle pouvait, c'est une femme qui ne pardonne pas. Mais ne me demande pas d'explications, Didier ; pas aujourd'hui. Je ne pourrais pas t'en donner, et, tu sais, les explications m'embêtent. Tout semble très compliqué quand on en parle, et c'est tout simple quand on le fait, quand on le vit. Seulement, les gens n'osent pas vivre les uns devant les autres et ils encombrent leurs rapports d'une foule de sentiments de vanité, d'amour-propre. C'est cela qui embrouille tout, qui rend la vie harassante et stupide...

Il la laissait aller. Depuis longtemps il n'avait pas vu Betty à loisir et elle avait toujours de longs récits à faire. Elle n'était pas seule à lui parler de Mme d'Hem, car tout le monde parlait d'elle, en termes différents, les uns en bien, les autres en mal, et elle était le point de mire de toute la ville. De quoi elle était la seule à ne pas se préoccuper, et Didier admirait cette désinvolture qui la lui rendait sympathique. Mais à présent que Betty était revenue, elle ne se lassait plus de lui parler d'elle, de sa maison, de ses arbres. Didier pensait à la femme qu'il avait croisée à plusieurs reprises en ville, dans cette proximité des rues étroites qui peut vous livrer si parfaitement une silhouette, un visage. Il s'était retourné cent fois sur cette grande femme mince, aux cheveux impétueux, dont la souplesse d'allure l'avait charmé. Il était ennuyé pour elle que son mari eût fait de la prison, pour la raison banale dont parlait Betty. Un escroc ? c'est vite dit. Didier voyait bien, à travers les propos de Betty, que M. d'Hem n'était pas un escroc ordinaire. C'était un faible. Le tragique était que Mme d'Hem l'eût pris en horreur, non parce qu'il avait fait de la prison, comme on le disait, mais bien avant cela, parce qu'il s'était mis à boire et qu'il était alors capable des pires violences.

— En somme, dit-il à Betty, tu t'entends très bien avec les monstres.

— Mais ce n'est pas un monstre, dit Betty. C'est un homme comme tant d'autres, qui n'a plus sa conscience, il est à la recherche de sa conscience... il court après elle... Tu vois que cela va très bien avec moi, au contraire.

— C'est une course dangereuse, Betty.

— Tu devrais tout de même aller voir Mme d'Hem, dit-elle. C'est un peu loin pour toi, c'est à la limite des Hauts-Quartiers, assez loin derrière Santiago, mais on peut trouver une voiture.

— Une bicyclette suffirait, je pense, dit Didier, si je peux encore tenir dessus. Il faudrait que je puisse choisir mon jour.

— Bien entendu. Oh, tu irais, Didier ? Tu verras des arbres, tu aimeras cela.

— Je ne sais pas. Je n'ose plus aimer grand-chose, Betty. Surtout les arbres.

— Il faudra que tu reviennes de là aussi. Autrefois, tu parlais des arbres, des parcs. Tu parlais des maisons au fond des parcs. Tu te plaisais à imaginer la vie des gens qui y vivaient, tu les croyais des êtres exceptionnels... Moi, Didier, je puis te dire ce qui se passe dans les belles maisons au fond des parcs...

Les propos qu'elle tenait sur Mme d'Hem présentaient une étrange alternance d'exaltation et de dénigrement ; du moins faisait-elle maintenant, semblait-il, un effort de réalisme qui ne lui était pas trop familier.

— Tu as été malheureuse, Betty, et tu vas te faire mal encore.
— Ce n'est pas de moi que je te parle, dit-elle avec une singulière passion. C'est d'elle, de Mme d'Hem. Oh, c'est une femme !...

La nuit était tombée. C'était le moment où la maison commençait à respirer, où l'on pouvait envisager quelques heures de tranquillité. Ils étaient au bord du sommeil.

— La première nuit que j'ai passée chez elle, quel conte de fées ! Je ne la connaissais pas encore, je ne savais pas que le conte de fées était par surcroît, que ces décors féeriques ne faisaient qu'entourer une âme de granit.
— C'est cela, dit-il. Fais-moi un roman.
— Ce n'est pas un roman, c'est tout simplement qu'elle n'est pas facile à percer.
— Que veux-tu dire ?...
— Elle est comme sa maison, il y a chez elle des pièces secrètes. Si elle n'avait déployé ensuite tant d'efforts pour me faire comprendre que je n'étais rien, je me demanderais si elle n'a pas cherché, le premier soir, à me faire de l'effet. Ce premier soir, c'est ce que j'appelle, dans mon langage, une « page vécue ».
— Privilégiée, tu veux dire ?
— Non, vécue. Tu sais, quand on se laisse aller, quand on se laisse vivre. Il y a la vie qu'on a à vivre avec effort, et il y a la vie vécue. Eh bien, c'était cela...

SEPTIÈME PARTIE

La haute

Une longue allée conduisait à la maison, entre les arbres. Derrière les arbres, des pelouses luisantes, négligées ; une urne de pierre. Tout reposait dans un grand calme. Mais au tintement de la sonnette, les chiens, de grands chiens noirs, se précipitèrent sur lui et il fallut bien des ruses pour les apaiser. La maison était là et tout en haut, à une fenêtre ouverte, la dernière fenêtre de la façade, une femme était penchée, lissant ses cheveux roux. La tête penchée vers le sol, ses cheveux pendaient et Didier eut l'impression d'une créature libre et sauvage. Cette toison étendue sur le jardin semblait n'attendre que le vent pour ondoyer et claquer comme un étendard. Quelques instants plus tard, Mme d'Hem était dans le salon, près de lui, les cheveux tirés, arrangés en chignon, et la transformation était telle que Didier resta un moment sur ses gardes. Si bien tirés qu'ils fussent, elle avait d'ailleurs une multitude de cheveux plus courts qui n'avaient pas accepté le servage et se redressaient en serpentant tout autour de sa tête. Didier reconnaissait dans ses mouvements la sveltesse, la vivacité qui l'avaient déjà frappé en elle, et il pensait avoir affaire à quelque Diane disciplinée, convertie et presque martyre. Car il y avait tout cela chez Mme d'Hem.

Il était heureux de retrouver, dans l'immobilité et l'intimité de la maison, la femme qu'il avait si souvent vue marcher à pas pressés dans les rues de la ville. Mais, à certains mots, certains gestes, il percevait en elle une humilité inattendue qui le troublait encore plus que sa beauté. Dans la pièce se tenait une grande jeune fille intimidante, mais encore plus intimidée, un peu raide, un peu anglaise, qui se retira pour revenir avec un plateau d'argent supportant quelques verres. Il y avait un vent fou ce soir-là et il sifflait sous les fenêtres de la vieille maison. À vrai dire, Betty n'avait pas très bien compris les projets de Mme d'Hem, ou ceux-ci s'étaient modifiés : elle lui dit, sans se départir de son entrain, que les pièces de sa maison étaient beaucoup trop grandes « pour un homme seul » et que d'ailleurs, à part celles qu'elle occupait, elles étaient dénuées de tout confort : il faisait encore froid et elle s'en voudrait de lui faire courir des risques. Didier ne lui dit pas que son « appartement » n'avait pas lui non plus le moindre confort, car on ne pouvait avoir envie de discuter les décisions de Mme d'Hem, et celle-là était sûrement très réfléchie. Peut-être, au lieu d'arriver sur une bicyclette – qu'il avait piteusement laissée contre le mur de l'entrée – aurait-il dû se présenter à cheval. Ce fut du moins son impresssion quand il vit entrer un homme superbement botté, une cravache à la main, un foulard de soie autour du cou – on cherchait le monocle – qui parlait en vainqueur et à qui Didier céda la place.

Cependant, Mme d'Hem eut à cœur de le reconduire jusqu'à la grille, ne fût-ce que pour lui épargner les injures de ses chiens. « C'est qu'ils mordent volontiers », dit-elle. Et elle eut un grand rire, sans doute ce que Betty appelait son grand rire noir, qui l'impressionnait tellement. À la porte, elle lui parla de Betty sur un ton d'amitié qui le surprit et, comme il s'excusait de l'avoir dérangée pour rien, elle protesta beaucoup et, pour lui prouver le contraire, lui proposa de revenir dîner avec Betty quelques jours plus tard.

Il revint donc, accompagné de Betty que cette sortie à deux amusait fort. « J'espérais bien qu'elle te dirait de revenir, lui dit-elle. Elle adore avoir des gens chez elle. » La pièce où recevait Mme d'Hem était grande, entièrement boisée, avec une cheminée où les bûches pétillaient, et Didier subissait le charme de cette heure comme si on l'avait retiré d'une cave pour lui permettre de respirer un moment le plein air des humains. Une chose l'empêcha pourtant, au début, de s'abandonner complètement, ce fut la présence, avant le dîner, de cet homme qu'il avait pris pour un cavalier et qui, loin de ses bottes, n'était plus qu'un ingénieur des Mines, M. Brocquier, un gaillard un peu trop bien bâti, dans la quarantaine, à la voix forte, qui, dans les moments de nervosité, achoppait drôlement sur les consonnes. Cet homme, qui abusait de sa formation technique, ne cessait d'affirmer des choses, d'étaler des certitudes, d'énoncer des principes, prêt à parier sur tout, cela pour le plus grand amusement de Mme d'Hem qui jouissait visiblement de l'agacement manifesté par Didier. Sans la connaître, mais sans se priver d'un jugement téméraire, il en arrivait à supposer, à force de la voir rire, qu'elle ne les avait mis en présence que pour les opposer l'un à l'autre. Cet homme semblait croire dur comme fer que le monde était fait de morceaux compacts, de vérités étanches, et que la vie supporte des assertions massives. C'était curieux. Il y aurait peut-être eu quelque bagarre si Mme d'Hem n'avait subitement rappelé à son ami qu'il avait un train à prendre. Mais il confia à Didier, avant de partir, qu'ils auraient sûrement l'occasion de se revoir.

Mme d'Hem était parlante, enjouée, rapide dans ses gestes, dans sa parole. Le repas fut simple, mais le luxe du service, les porcelaines, les cristaux, les couteaux d'argent, tout ce qui peut subsister d'une vieille maison qui a connu la richesse, contrastait avec cette simplicité. Le service était assuré par une femme âgée, Élise, depuis quarante ans dans la maison, qui se mouvait silencieusement, avec un air de sagesse loyalement acquise, et que Didier regardait avec le respect dû aux vieilles choses. Tout cela, lâchement, le ravissait. Il en oubliait sa propre vie. Simplement, il restait plongé dans une surprise qui ne songeait même pas à être douloureuse. Devant lui, au bout d'une grande table, Mme d'Hem, avec ses yeux vifs, sa voix un peu haute, un peu docte, le front entouré de flammes ; à sa gauche Betty, et lui faisant face, May, qui ne disait rien, mais dont les grands yeux gris se posaient pensivement sur lui quand il parlait. Il y avait longtemps que Didier n'avait goûté un calme intérieur aussi grand. Il se détendait. Il devenait même quelque chose comme un hypocrite, un traître, et jamais Mme d'Hem n'aurait pu deviner quel sauvage, quel révolté, quel homme irréconciliable il portait en lui. De tels contrastes, une telle plasticité, sont effrayants.

Le repas terminé, tout le monde se rassembla dans les fauteuils qui faisaient cercle autour de la grande cheminée de briques roses, May toujours silencieuse, Mme d'Hem toujours animée. Didier était venu à pied avec Betty, et, la fatigue de cette course dans le vent lui montant aux yeux, il commençait à apercevoir ses compagnes à travers un brouillard. Comment faire pour avoir l'air normal ? Devant cette cheminée où brûlait une grande pièce de bois, un vertige le prit, un épuisement sournois, et il se demanda soudain avec anxiété comment il trouverait jamais la force de refaire le même chemin en sens inverse, et implora des yeux Betty, heureuse et euphorique dans la fumée des cigarettes, lorsque Mme d'Hem déclara comme la chose la plus naturelle que, bien entendu, il n'était pas question que Betty et lui rentrassent chez eux ce soir-là, et qu'il y avait assez de lits dans la maison pour assurer leur repos à l'un et à l'autre. Didier était à ce moment-là si épuisé qu'il ne songea pas à s'étonner de la proposition, et encore moins à protester.

En vertu d'un prodige qu'il avait constaté souvent, et qui était fort réel, les forces lui revinrent presque aussitôt et il ne tint nullement à écourter cette soirée qui lui rappelait de lointaines soirées de sa vie, car il devait remonter fort loin pour retrouver de semblables impressions. Pourtant, il avait connu, comme les autres, cette vie où rien ne vous talonne, où aucune menace immédiate ne pèse sur vous, où le temps suit son cours normal, sans que l'appréhension, l'anxiété, l'indignation, la crainte de ne pouvoir moralement ou physiquement survivre, ne fassent de chaque instant un problème, un terme, ne constituent une fin. Mme d'Hem était souriante et proche dans un petit fauteuil bleu sombre qu'elle devait avoir l'habitude de se réserver, et Didier ne songeait plus à autre chose qu'à jouir de cette simplicité accueillante. Il croyait participer à une soirée de Noël et tout à coup il se souvint : il revit le visage de Pierre Giraud et la haute terrasse de Mar y Sol, devant la mer. Alors il eut peur, car il savait ce que recouvrent les dehors heureux de la vie. Il fallait profiter de cette halte où le train s'arrête sans bruit ; le mécanicien, le chef de gare sont endormis pour une heure, on ne craint plus les accidents. Les figures malveillantes du destin peuvent-elles se tourner en leurs contraires ? Il ne pensait plus aux Maillechort, à Fernande, à Paula ; Betty était cet agent bienveillant du destin, et Lucile en était un autre ; M. d'Hem avait cessé de boire, de voler, d'être un danger ou un déshonneur ; on ne pensait plus qu'il pouvait surgir d'un moment à l'autre, qu'on pourrait entendre crisser les freins de cette infernale voiture rouge dont lui avait parlé Betty, récente acquisition qui était la ruine de la maison. Mme d'Hem parlait maintenant de son commerce, de ses antiquités, décrivait des lustres du XVIIe siècle, des commodes Louis XV, racontait un film qu'elle avait vu, comme s'il n'existait que ces choses au monde. Ne faites donc pas de cérémonie, dit-elle à Didier. Ici tout le monde m'appelle Luz. Elle se tourna vers May qui eut un battement de paupières doux comme un acquiescement. L'ombre mince, en lame de couteau, de Philippe d'Hem, se profila sur le mur, passa entre eux, et Didier remarqua que Betty, mieux instruite à sentir les choses, en avait un léger frisson qu'elle dissipa en allumant une dernière cigarette. À la fin le feu s'éteignit et les invités, amusés, souriants, un peu endormis, suivirent leur hôtesse dans les profondeurs de la maison. Il existe de grandes maisons ennuyeuses, dont le plan, la distribution sont sans mystère. Chez Luz, au contraire, tout était imprévu. L'escalier ne traversait pas les étages de part en part, mais il fallait, au premier, aller en chercher la suite à l'autre bout du couloir. Lucile les faisait passer devant des portes dont il était impossible de savoir si elles donnaient sur des chambres, des salons ou sur d'autres couloirs, ou simplement sur des débarras. Des alignements de placards transportaient soudain les visiteurs dans l'effroi ou le miracle des souvenirs enfantins. Des grands pots de cuivre debout sur des tables brillaient solitaires dans la pénombre de salles entrouvertes. Cette maison avait visiblement un passé, une histoire, elle avait une vie. Cette vie semblait être aujourd'hui en décrue et, au détour de certains couloirs, on pressentait réellement « quelque chose », un événement qui allait brusquement survenir, une tempête qui allait s'abattre, secouer les portes, ouvrir les fenêtres, brasser les rideaux qui tombaient jusqu'à terre. Être subitement transporté dans une vaste demeure inconnue, près d'une femme inconnue,

à la fois distante et familière, c'est peut-être le type de l'événement fabuleux, et Didier voulait oublier tout le reste. Luz tint à lui montrer la chambre de Betty et ils montèrent tout en haut de la maison, à l'étage même d'où, en entrant pour la première fois, Didier avait vu Mme d'Hem secouer sa chevelure au-dessus du jardin. La chambre attribuée à Betty donnait derrière la maison sur des prairies et était séparée de celle de Mme d'Hem par tout un palier luisant où s'alignaient bizarrement des bibliothèques et des vitrines. Une salle de bains se trouvait là, où la baignoire était une vasque de faïence verte décorée d'animaux marins. Dans un retrait du couloir s'ouvrait aussi la petite chambre où dormait Brigitte. Mme d'Hem poussa doucement la porte. Dans la lumière du palier, on aperçut une boule de cheveux blonds sur l'oreiller, au milieu d'un flot de draps blancs, un petit nez fin, délicat, une respiration calme. Didier était émerveillé. Il y avait même cela : cette petite fille dormant d'un sommeil paisible, au dernier étage de la maison, entourée de ses ours en peluche, de ses images et de ses crayons de couleurs. Elle est merveilleuse, dit Didier. Merveilleuse !
– Oui, mais elle est méchante, dit Mme d'Hem avec un triste sourire. Mes amis ne cessent de m'avertir, de me mettre en garde... » Didier surprit un regard de Betty qui semblait dire : « N'insiste pas, je t'en supplie... » « Mais elle s'occupe déjà de sa chambre elle-même, reprit Mme d'Hem avec enjouement, et elle sait faire son lit... » Didier considérait l'enfant comme un spectacle d'une prodigieuse rareté. Mme d'Hem dut l'arracher à la chambre de Brigitte, au petit visage duveteux endormi dans son cocon, comme la fève dans sa cosse, comme l'amande dans son intérieur lisse et aérien. Luz lui fit descendre un étage par un autre escalier et l'introduisait dans la chambré qu'elle lui avait réservée. La pièce était si imposante qu'il ne vit pas tout de suite le lit Empire, qui paraissait échoué là comme une frêle chaloupe. Lucile s'amusait énormément des surprises de Didier. Chaque fois, on entendait son rire. Rien n'était exactement prévu, mais tout fut bientôt prêt, moyennant quelques allées et venues qui les promenèrent encore une fois à travers la maison : un polochon que Mme d'Hem alla chercher Dieu sait où, un édredon que Didier dut trouver tout seul. Il n'y avait

pas de lampe de chevet, et Didier voulait s'en passer. Mais Mme d'Hem prit dans le couloir un énorme vase de porcelaine chinoise équipé d'une lampe électrique et dont le poids fit trembler le léger guéridon installé à la tête du lit.

– C'est dangereux, dit-il.

Elle se mit à rire.

– Pourquoi ? Qu'est-ce que vous craignez ?

– Je fais beaucoup de gestes en dormant, dit-il.

– Il faut bien que tout disparaisse un jour, dit-elle. Vous ne croyez pas que je vais m'affliger pour une potiche ? J'en ai tant vu déjà dans cette maison !

– Des potiches ?

– Des potiches, et d'autres choses. Des gens, des histoires, Tout ça n'a pas d'importance.

– *Vous* avez de l'importance, dit-il sérieusement.

Elle rit très fort ; et il comprit tout à coup ce que signifiait ce rire. Betty avait disparu dans un couloir, à la recherche d'un cendrier ou d'une cigarette, comme toujours.

– Personne n'a d'importance, dit-elle impétueusement. On est délivré si on croit cela, ajouta-t-elle avec simplicité, sur un ton dépouillé qui obligea instantanément Didier à la croire. Puis elle ajusta ses yeux brillants sur ceux de Didier et, vivement, presque passionnément : Je ne me donne aucune importance.

Ces mots, chez une femme de cette sorte, avaient de quoi frapper. Didier, cette fois encore, dissimula mal son étonnement, un étonnement qui était peut-être de l'admiration, avec une pointe d'envie, comme s'il se disait : Voilà, elle a trouvé ; elle a trouvé toute seule. Et moi...

– Est-ce croyable ? dit-il.

Elle se remit à rire, comme précédemment. Elle n'avait jamais étonné quelqu'un au même point que Didier, c'était fort drôle. Il en déduisait, provisoirement, contrairement à son idée première, qu'elle était armée contre toute espèce de tragique, et principalement contre le tragique des mots ou, du moins, le tragique exprimé, car elle ajouta toujours riant :

– C'est même dangereux, comme vous disiez !

Le regard que Didier posa sur elle valait sans doute une question, car elle, toujours aussi vivement :

– Mais oui, quand on attache si peu d'importance à ce qu'on est, à ce qu'on fait... Il m'arrive quelquefois de faire des choses... sans m'en douter !

Elle rit encore. Ce rire devenait excessif.

– J'hésite très peu, et je n'ai jamais de remords. Je suis une femme très simple, très... Dormez bien, mon petit...

Didier n'avait naturellement plus aucune envie de se coucher. Il monta dans la salle de bains et comme il en sortait quelques instants plus tard, il la vit passer au fond du couloir, quittant une chambre pour entrer dans une autre, plus qu'à demi déshabillée. Didier aurait juré qu'elle n'avait gardé qu'un slip et un soutien-gorge. Elle l'aperçut de loin et de nouveau il entendit son rire : il pensa qu'elle s'amusait énormément à l'idée de l'étonner encore une fois.

– Attendez ! lui cria-t-elle. J'ai oublié...

Elle disparut dans une armoire, en rejaillit aussitôt dans le même costume : après tout, c'est celui que les femmes portent sur les plages, et Lucile ainsi dévêtue, avec une immense masse de cheveux roux sur le dos, était supérieurement belle.

– Tenez, dit-elle, je crois bien qu'on a oublié de vous donner un pyjama. C'est le pyjama d'« ami »...

Et elle lui jeta un pyjama, toujours riant, à travers le couloir.

Tandis qu'il redescendait par un escalier étroit, il pensa à Betty qui devait être en train de vider des paquets de Gauloises en feuilletant des revues dans sa chambre. Pourquoi l'avait-on à ce point séparée de lui ? Tout un étage entre eux ! Mais n'était-ce pas encore une malice de Luz ? Des trois, c'était bien elle qui paraissait le plus amusée par cette soirée.

Aussi bien Betty n'était-elle pas sans affinités avec Lucile. Elle non plus ne se donnait pas d'importance. Mais dans un autre sens, toutefois. Elle aurait même pu rendre des points à Lucile en simplicité. Elle avait un lit qui l'attendait tous les soirs dans une maison, et des cigarettes dans une autre. Que désirer de plus ?

Cette nuit-là, pour la première fois depuis longtemps, Didier s'endormit sans penser à Paula.

Mme d'Hem avait pris la place de Pierre, *Kali-Koré* – c'était le nom de sa maison – prenait la suite de Mar y Sol, de Stellamare. C'était toujours le même rêve de délivrance. Didier se disait que cela ne durerait pas, que c'était une parenthèse qui lui était offerte, qu'il n'était pris que pour être rejeté, qu'une dame plus ou moins capricieuse voulait voir de près quelqu'un qui « faisait des livres » ; n'importe, il serait toujours reconnaissant à Luz.

Mme d'Hem les réinvita plusieurs fois, les priant chaque fois de rester quelques jours. Il eut ainsi la surprise de découvrir que Mme d'Hem était pieuse, et même fervente. Une petite chapelle s'élevait dans le quartier, où elle aimait aller à la messe du matin. Comme tout le monde à Irube, depuis qu'il était devenu journaliste, elle connaissait l'abbé Singler et il venait chez elle. Mais l'*Éclair*, défenseur des valeurs bourgeoises et partisan du vieil ordre moral, prenait trop mauvaise tournure pour que Didier cherchât encore à rencontrer l'abbé : cette nouvelle activité le démasquait et il apparaissait à Didier avec un visage qu'il n'aimait pas. Le chemin suivi par Didier dans ses travaux, quand il n'était plus dans l'euphorie tragique de Kali-Koré, comportait d'étranges détours et de singuliers apprentissages. Les coupures de journaux remplaçaient peu à peu dans ses classeurs les citations des écrivains mystiques. La crise du logement dévoilait les vices du régime, montrait la situation de l'ouvrier en marge de la société, en même temps qu'elle mettait au jour le cynisme des riches et créait un nouveau prolétariat qui ne tarderait pas à rejoindre l'autre. La vie à Irube se déroulait, à part quelques îlots, loin de ces problèmes. Les gens que Didier avait vus chez Mme Chotard, ceux qu'il voyait chez Mme d'Hem, les Brocquier et les autres, ignoraient cela, et l'*Éclair* avait été fondé (ou repris) pour jeter un voile sur ces réalités désastreuses. L'Église, telle qu'on la voyait à Irube, se mettait la tête sous ses draps, ne voulait pas voir se lever le jour, demandait qu'on la laissât dormir. Pendant que l'abbé Singler devenait prêtre-journaliste, un autre, docker à Bordeaux, se faisait écraser par une palanquée de madriers ; mais cela, on n'en parlait pas à Irube, ou si l'on en parlait, on haussait les épaules, disant que les prêtres qui se faisaient ouvriers étaient des ouvriers et non plus des prêtres, et qu'ainsi ils devenaient des prêtres inutiles.

Tels étaient les milieux ecclésiastiques d'Irube, qui prétendaient que la véritable démocratie chrétienne doit maintenir la diversité des classes et que la civilisation n'est plus à inventer. Ces milieux représentaient une survivance. À force de ne voir rien d'autre que ces survivances, les chrétiens d'Irube étaient devenus aberrants.

Un jour où il était chez Mme d'Hem, Didier, en se réveillant dans son lit Empire, fit un grand geste et brisa sa montre. Il pensa qu'il ne pourrait réparer cette perte ; mais il était chez Mme d'Hem où rien n'avait beaucoup d'importance.

Il se leva trop tôt, descendit à la grande salle du bas où il rencontra Mme d'Hem déjà tout habillée.

– Qu'est-ce qui vous prend, mon garçon ? dit-elle en éclatant de rire. On ne déjeune pas avant une heure. Vous pouvez aller vous recoucher. À moins naturellement que vous n'ayez l'intention de m'accompagner à la messe.

« C'est là qu'elle puise sa force », pensa Didier. Il était confus de la surprendre ainsi. Elle en riait.

– Excusez-moi. Je ne suis pas habitué à sortir à pareille heure, dit-il, pour lui opposer un refus poli. Je craindrais...

Il s'interrompit. Il la trouvait avenante dans son petit tailleur de drap rugueux, marron et chaud comme ses yeux, un vieux petit tailleur, se dit-il : la jupe était marquée aux genoux. Elle achevait de s'arranger devant une glace.

– Eh bien, restez, dit-elle promptement.

– Mais je trouverais gentil d'aller avec vous, dit-il, déçu de la voir renoncer si vite. Cela me tourne la tête de sortir sans manger, mais je crois que j'aimerais vous accompagner.

– Vous êtes prêt ?

– J'aimerais vous accompagner, mais je ne sais si je puis le faire, poursuivit-il, trouvant qu'elle ne le priait pas assez. J'aimerais beaucoup sortir de bon matin, car c'est un exercice dont je suis extrêmement privé.

– Si vous venez à la messe pour faire de l'exercice, mon ami...

Il y avait du bon sens dans la réplique, mais le ton lui déplut. Il voulut la troubler.

– Non, je reste, dit-il. Si j'y allais, je n'irais que pour vous.
– Après tout, les prétextes de nos actes importent peu, dit-elle en ouvrant la porte.
– Ah ! remarqua-t-il. Vous avez changé d'idée !
Elle rit.
– Il y a des gens qui se figurent que j'y vais, moi, pour le prêtre qui dit la messe.

Didier resta figé. Quand elle revint, ils déjeunèrent gaiement avec Betty puis elle lui annonça qu'elle allait aider sa petite fille à faire sa toilette.

– Montez, dit-elle. Nous parlerons.
– Mais… elle a tout de même neuf ans ! dit-il.

Il entendit Lucile qui riait. Elle était déjà en haut de l'escalier. Didier monta derrière elle, laissant Betty entamer un paquet de cigarettes. La salle de bains était ouverte, avec Brigitte déjà debout dans la baignoire, toute droite. Elle avait une peau blonde, mate et fruitée, et brillait comme un jeune soleil. Ses cheveux de lin, ses yeux d'un bleu doux et délavé contrastaient avec une voix rauque et abrupte. Elle s'amusait à jeter de l'eau sur elle et l'on sentait un petit corps turbulent et passionné. Luz s'amusait beaucoup.

– Vous allez encore me dire qu'il y a longtemps que vous n'avez pas vu pareille chose, dit-elle.
– Eh bien, dit-il, c'est peut-être ridicule, mais c'est vrai. Mais quand donc ai-je dit cela ? questionna-t-il, très étonné.

Ils se mirent à rire tous les deux. Puis Didier tourna le dos.

– Ne m'appelez que si vous avez *réellement* besoin de moi, dit-il. Je vais rejoindre Betty, sinon elle fumera toutes vos cigarettes avant midi.

Mme d'Hem riait plus que jamais.

La ville d'Irube était une ville heureuse. Le quartier Saint-Laurent croulait de vieillesse et ses habitants, employés aux usines de faïence ou aux Forges ou sur le port, trouvaient des vers de terre sous leurs éviers, mais on consolidait, pour des centaines de millions, les terrassements des Hauts-Quartiers où un glissement de terrain menaçait une ou deux des villas de

M. Beauchamp. Dans cette ville que tant d'ignorance rendait heureuse, au point qu'elle en avait parfois la nausée, le maire ne trouvait d'autres problèmes à régler que des problèmes de circulation, et tout ce qu'on entendait dire de l'Évêque était qu'il organisait des cercles de conférences, où naturellement Mme Chotard jouait son rôle, ne fût-ce que pour mettre des timbres sur les invitations et fomenter quelques jalousies parmi les conférenciers pressentis, ordinairement recrutés dans la magistrature ou l'enseignement privé, ce qui était une garantie de bon ton. Dans une telle ville, si fortement organisée pour le bien-être de tous ceux qui étaient pourvus, où la spéculation sur les loyers battait son plein, condamnant des familles à l'asphyxie ou au gaz d'éclairage, où les scandales des villas vides dix mois par an n'émouvait personne, où les Clavier foisonnaient au soleil en toute impunité quand on collait « six mois » à une voleuse de chandail, dans cette ville où le docteur Dutertre à la grosse panse était uniquement préoccupé de changer la place des pavés et de remplacer les platanes par des acacias pour s'assurer un renom d'urbaniste, non sans retirer de ces opérations les profits que l'on imagine, – dans une telle ville, Mme d'Hem était une énigme. On s'accordait pour la trouver intéressante, et même plus intéressante qu'une autre, mais c'était là, à Irube, un compliment fort dangereux. Elle défendait sa vie, sa petite fille, son métier, sa propriété, déjà trop lourde pour elle, au prix d'une lutte incessante, et avec cela, elle trouvait le moyen d'être belle et la plupart du temps d'être gaie. Tout cela était trop. C'était trop pour ne pas lui donner une réputation douteuse auprès des habitants de cette ville qui haïssait tout ce qu'elle ne comprenait pas et qui n'admettait la piété elle-même que dans certains cadres. Ainsi, les mêmes choses que l'on approuvait chez Mme Chotard, la fréquentation des gens d'Église, étaient reprochées à Mme d'Hem, comme ne *cadrant* pas avec ce qu'on savait, ou plutôt ce qu'on ignorait d'elle, et avec ce mari fantôme et diabolique. Les mystères de sa vie irritaient les gens, et jusqu'à certains de ses amis, comme M. Brocquier dont la psychologie à l'emporte-pièce, soutenue par la lecture du *Crapouillot*, n'admettait pas les demi-teintes. Une façon assez libre de se comporter avec les hommes ; l'existence et même l'assiduité de quelques vieux amis dévoués, qui trouvaient la maison commode : bon souper, bon gîte, à l'exception du reste ; ce divorce qui traînait en longueur, à propos duquel on aurait pu faire honneur à ses scrupules, – tout prêtait à la médisance. Elle avait beaucoup appris et pouvait répondre sur tout. Mais on ne savait trop d'où elle tenait cette science, car son respect pour les livres n'était pas excessif : ils aboutissaient tous au cabinet. Sa cuisinière prétendait qu'elle les mettait là pour les lire. Mais les étrangers non prévenus découpaient le papier des meilleures éditions, ce qui faisait rire Mme d'Hem de leur bêtise.

On découvrait ainsi chez elle un côté cru, qui se manifestait volontiers dans les explications qu'elle aimait donner à ses amis sur la façon dont elle comprenait l'éducation des enfants, revendiquant là aussi une originalité qui ne se souciait pas des exemples et une position d'avant-garde qui lui attirait les foudres des personnes attachées à la routine

Le sujet était à la mode. Elle participait à des conférences que les *D. P.* de la ville tenaient le soir sur ce sujet. Les vues s'y exprimaient avec cette brutalité spécifique des vieilles filles, particulièrement assidues à ces réunions. Mais d'après les récits qu'elle en faisait elle-même, Mme d'Hem trouvait encore le moyen de renchérir et de scandaliser tout le monde. Elle racontait cela avec un sérieux parfait pour terminer par un de ces rires éclatants et prolongés qui faisaient toujours à Betty un effet terrible.

Telle était cette femme qui passait en ville pour une mangeuse d'hommes et chez qui l'on aurait pu trouver cent traits contraires, et souvent une austérité défiant tout rapport. Cet ensemble avait de quoi séduire, mais ce qui séduisait Didier par-dessus tout, c'était le privilège qu'elle avait d'avoir une vie difficile, courageuse, et d'être partout critiquée. Circonstance qui, plus que toute autre, l'attachait à elle. Mais elle décourageait même les élans de sympathie, d'approbation. Didier ayant été jusqu'à lui dire, dans un moment d'enthousiasme, qu'il l'admirait, Mme d'Hem, ce jour-là, ne rit pas, et lui répondit par une réflexion désabusée, proférée d'une voix exceptionnellement douce.

– Non, il ne faut pas m'admirer, dit-elle. Il ne faut admirer personne. Vous m'admirez parce que vous ne me connaissez pas. J'ai beaucoup de défauts, vous savez, je suis comme tout le monde. Quand vous me connaîtrez vraiment, vous ne m'admirerez plus… Peut-être alors que vous m'en voudrez. Et je vous dis d'avance que ça m'est un peu égal, dit-elle avec la même douceur. Je ne vous le dis pas pour vous faire de la peine, mais je n'ai pas le temps de m'arrêter à l'opinion d'autrui.

Et, disant cela, le regardant bien pour surveiller l'effet de ses paroles, elle posa furtivement la main sur la sienne.

Après de telles paroles, Didier admira davantage encore Mme d'Hem. En même temps il commençait à sentir ce qu'il y avait de blessé en elle, – à quoi elle réagissait par un orgueil qui éloignait les sots.

Betty, dans son désir un peu désordonné de venir en aide à Didier, mit Lucile au courant des encombrements de Didier. Mme d'Hem eut un mouvement de générosité très impulsif et lui offrit de prendre ses malles. Didier n'eut même pas à s'en occuper. Elle disposait, pour son magasin, d'une camionnette. Les malles arrivèrent à Kali-Koré dans la soirée, solennelles, et furent hissées jusqu'à une chambre profonde sous les toits, sur les épaules formidables d'un employé de la maison. Il y avait des années que Didier n'avait vu quelque chose se faire aussi facilement. Quand ces deux monuments chargés des reliques familiales s'enfoncèrent dans la spirale de l'escalier, il ne put retenir son émotion et embrassa Lucile. La fréquentation de cette femme forte lui rendait la santé.

Lucile avait dans sa chambre un secrétaire contenant des masses de photographies, parmi lesquelles celle d'un prêtre au moment de la consécration. On le voyait debout, sur une marche d'autel, le calice en main. Il tenait les yeux baissés. L'expression était grave et recueillie. C'était parfait. Comme il était difficile d'imaginer que le photographe avait opéré pendant la messe, il fallait croire que c'était comédie. Didier en fit l'observation à Mme d'Hem qui lui affirma que c'était, si l'on peut dire, le louable scrupule d'un professionnel, que ce prêtre avait voulu connaître l'image que les fidèles pouvaient avoir de lui pendant qu'il officiait, et particulièrement à ce moment-là, savoir « quel effet » il faisait, en somme s'il était suffisamment représentatif.

– Je comprends, dit Didier, il avait envie de se voir dans une glace, les yeux baissés.

– Exactement, dit Mme d'Hem enthousiasmée par sa compréhension.

– C'est le prêtre de votre paroisse ?

– Oui, dit-elle en riant, c'est mon chapelain.

Didier lui déclara que cette photo n'était pas décente et qu'elle avait à la supprimer.

Elle déchira, peut-être pour lui prouver qu'elle ne tenait à rien, la photographie sur laquelle – oh ! – Didier avait remarqué des trous d'épingle. Il s'était même demandé, un instant, s'il ne se trompait pas complètement sur le sens, non peut-être de la photographie, mais de sa présence dans ce meuble intime, s'il n'était pas témoin d'un rite d'envoûtement, si Mme d'Hem, agile comme un poisson, avec sa chevelure incandescente, n'était pas une contemporaine de l'homme des cavernes, une « magdalénienne » par exemple. Ce n'eût pas été invraisemblable, ni en désaccord avec les croyances qu'elle affichait, où il lui semblait entrer une part de fétichisme – mais, en revanche, en contradiction complète avec la tournure positive et sèche qu'elle entendait manifestement donner à sa vie et à ses idées. Mais peut-être qu'à un certain degré le fétichisme rentre aussi dans le positivisme. Rien de plus positif qu'un homme qu'on épingle. Mais c'était la première fois de sa vie (lui qui avait passé toute sa jeunesse en milieu catholique) que Didier avait l'occasion de voir un prêtre épingle. Il ne dit pas tout cela à Mme d'Hem, il lui fit part seulement de la substance de ses remarques, dont elle rit très franchement, car elle ne détestait pas les attaques directes, étant de nature excessivement combative, et se trouvait sans doute flattée, au moins pour un instant de constituer pour Didier un objet de réflexion.

Betty était en courses, ou promenant ou encore instruisant la fillette en compagnie de May qu'elle cherchait généreusement à apprivoiser, et Lucile eut la fantaisie de se faire monter du thé dans sa chambre, à cause de la jolie vue qu'on avait sur le jardin avec sa pelouse centrale et sa vasque de pierre.

Plus tard, se rappelant ce qu'elle lui avait dit un matin sur les gens qui s'imaginaient qu'elle allait à l'église pour le prêtre qui célébrait la messe, Didier pensa un moment qu'elle ne lui avait livré cette imputation calomnieuse que pour mieux se défendre d'avance et pouvoir se livrer davantage à ses fantaisies. Il put se convaincre par la suite que cette fantaisie était parfaitement innocente, mais qu'il entre souvent de l'excès dans la piété des femmes seules. Les cérémonies, dans ces petites chapelles de quartier, ont un caractère intime. Mme d'Hem lui raconta qu'un matin, comme elle attendait le début de la messe en priant, elle avait vu, sans s'y attendre, le prêtre déboucher de la sacristie et monter à l'autel. Quand cet homme, qui était fort, jeune et presque beau, lui était apparu dans sa chasuble blanche et or, elle n'avait plus pensé à autre chose. Au moment même de communier, agenouillée à ses pieds, elle n'avait pu se retenir de lever la tête pour le regarder, et disait que cela l'avait complètement empêchée de prier et de songer à ce qu'elle faisait.

Elle dut voir que Didier goûtait peu ce récit, car elle lui donna d'autres détails, heureuse de montrer que sa foi n'était pas celle de tout le monde, heureuse aussi de lui administrer par-dessus le marché cette leçon de théologie – sans doute prise par elle un peu trop au pied de la lettre – que le sacrement agit par lui-même, quoi que nous fassions : tellement nous sommes peu dignes de la grâce, qui justement n'est appelée la grâce que pour cela. C'était aussi une façon de lui prouver qu'elle n'avait pas peur des gens qui écrivent, et même qu'elle pouvait au besoin leur apprendre des choses, – un écrivain étant toujours, pour les gens du monde, un être qui vit dans la lune. Didier eut la charité de ne pas lui rappeler que le seul livre qu'il eût écrit portait sur la mystique. Il eut d'ailleurs l'occasion de voir l'abbé Vauthier chez Mme d'Hem, et n'y pensa plus. C'était un prêtre gras, difficile à prendre au sérieux.

De telles anecdotes n'étaient possibles qu'à Irube. Didier était durement ramené à la réalité. Mme d'Hem voulait seulement prouver par là que si elle fréquentait assidûment les églises, on ne pouvait l'accuser d'être « dévote ». Plus elle était assidue à la messe, plus elle était hardie en paroles. Didier savait que tout n'allait pas dans sa vie et se refusait à la juger. Luz était certainement une femme forte, mais même *les femmes fortes ont parfois besoin d'être soutenues*. Celle-ci semblait lutter contre elle-même et contre les violences de sa nature que ses paroles trahissaient parfois. Quant à l'abbé Vauthier, il devait se rendre célèbre par la suite en prenant une part très active, en compagnie de l'abbé Singler, au rapt et à la séquestration de deux enfants de déportés juifs, entreprise qui provoqua l'enthousiasme dans toute la population irubienne. On sut même que Mme d'Hem avait été pressentie, mais elle avait refusé net. Pour l'instant, l'abbé Vauthier se contentait encore de dire la messe et de s'offrir à l'admiration de ses pénitentes.

Ni ces abbés trop blonds ou trop bruns ou trop parfumés ou trop négligés qui venaient s'asseoir dans le salon de Mme Chotard ou dans celui de Mme d'Hem – c'étaient parfois les mêmes – au retour d'un voyage à Rome ou à Madrid ; ni ces femmes qui portaient leur Dieu en sautoir – et pourquoi y avait-il tant de femmes sur la terre et jamais d'hommes ? – n'apportaient à Didier un fait encourageant, une idée à adopter, un exemple à suivre. Il savait, par Lambert, ou par les visites éclair du Père Moreau, qui songeait lui-même à se faire mineur, qu'il existait d'autres prêtres, d'autres chrétiens, par le monde, mais comme ils étaient loin ! Il sentait que la société, la vraie – celle que les jardins aux vasques de pierre et les frondaisons touffues, les feuillages éternels des Hauts-Quartiers dérobaient à ses regards – se détournait de ceux-ci à toute vitesse ; et pourtant, comme s'il avait été dans une prison, il n'avait qu'eux. C'était cela être malade, ne plus avoir le choix, rester derrière la vitre, subir – subir les choses, mais aussi les êtres, leur médiocrité ou leur folie. Ne plus pouvoir contenter un besoin non seulement de l'esprit, mais de l'âme. Être dépossédé de sa vie. Comme s'il vivait dans une cage, derrière des barreaux, il lui fallait imaginer le monde. Ces jours-là, la vue de Mme d'Hem, au lieu de le sustenter, le renvoyait à sa solitude et à sa misère.

Didier rencontrait parfois chez Mme d'Hem un vieux médecin attaché à la famille, fort silencieux, que Lucile portait très haut et qui paraissait la conseiller dans ses affaires et lui servir de père. À part cet homme sérieux, un peu mélancolique, qui sans doute soignait bénévolement les bronchites de Brigitte, et qui inspirait à Didier une certaine sympathie, nuancée cependant d'une impression trouble, le monde qui fréquentait chez Mme d'Hem résumait assez bien ce qu'on pouvait trouver dans les milieux bourgeois de la ville : avec tant de grâce et tout ce qu'il y avait de pathétique et de brûlant dans sa vie, elle ne pouvait faire mieux que de réunir des bouffons, personnages pour dessins animés ou pour « comics » américains. Ainsi Brocquier, grand propriétaire, grand chasseur, petit noceur et grand cuistre, n'était au fond qu'un autre Clavier, avec plus de classe ou du moins plus de pittoresque. Mais le monde d'aujourd'hui ne manque pas de pittoresque, il manque d'amour.

Brocquier avait depuis longtemps ses habitudes chez la belle Mme d'Hem et Didier se demandait jusqu'où celle-ci devait pousser l'indifférence pour supporter aussi souvent sa compagnie. Il admirait son élasticité. Mais Brocquier était amusant et la faisait rire. Elle avait d'ailleurs une singulière façon de le traiter et redoublait à son égard de générosités brutales.

Brocquier se présentait chez Mme d'Hem à toute heure, mais de préférence dans les cinq minutes qui précédaient les heures de repas. Dîner chez Mme d'Hem ou chez d'autres était considéré par lui comme son droit, et ce sans-gêne était si gigantesque que de cela aussi elle s'amusait. Or Brocquier était, en matière de cuisine, d'une exigence horrible – surtout pour Mme d'Hem qui n'aimait pas les cuisines compliquées et qui, volontairement ou non, oubliait toujours quelque chose. La bonne Élise était au courant de ses manies et chargée officiellement de les respecter, mais sourdement encouragée à la résistance. Brocquier arrivait, monté sur une énorme motocyclette noire – qu'il disait volée aux Allemands –, des œufs ou des gâteaux dans le fond d'une sacoche, prêt à repartir avec ses provisions si Luz n'avait pas été là ou si elle n'était pas disposée à l'inviter. Une fois à table, il commandait, instruisant minutieusement ses hôtes de ses habitudes culinaires. Du poivre avec ceci, une sauce tournée de cette façon, et de l'huile d'olive de préférence. Si Lucile prétendait qu'elle n'en possédait pas, il répliquait : « On en trouve. » Heureux de la mettre au courant. Didier n'avait jamais vu autant d'ingénuité chez un cynique. Comme il semblait toujours en quête de maisons où dîner, il rêvait de l'envoyer chez Mme Chotard. À part cela, Brocquier vivait seul et, *par économie*, dans un des quartiers déshérités de la ville, dissimulant sa fortune, trompant le fisc, s'adonnant en toute impunité à la peinture la plus banale et abusant du pittoresque des sites qui environnaient Irube. Avec cela, il passait son temps à acheter des appartements qu'il arrangeait et meublait sommairement pour pouvoir les louer très cher, c'est-à-dire qu'il contribuait très efficacement à ruiner les pauvres et à maintenir les gens mal lotis dans leur misère. Didier pensait à Betty, aux Mondeville, et se jugeait un traître. Mais ne l'était-il pas aussi à son propre égard ? Il côtoyait tous les jours, chez Mme d'Hem, dans cette France en pleine crise, des gens accablés de loisirs, qui possédaient non seulement le nécessaire mais deux ou trois fois le superflu, et dont le moindre, agissant honnêtement, aurait pu tirer d'affaire tant de malheureux qui se débattaient comme lui ou plus que lui, et mettre fin à leur supplice. Comme lui ou plus que lui ? Peut-être, mais où est l'instrument qui mesure la résistance de chacun à la pression des forces économiques, à la contrainte et aux brimades de chaque jour ? Or Didier rencontrait Brocquier chez Mme d'Hem, et avait pour lui le sourire de l'homme du monde. Il y a des politesses qui tuent – mais elles ne tuent que ceux qui les exercent, jamais ceux qui les reçoivent.

Dans cette France des années cinquante, un gouvernement qui eût affiché à son programme :
« *Article Ier* – Tout citoyen ne pouvant justifier d'un travail sera supprimé, ou requis pour l'entretien des routes, » ce gouvernement eût vidé quelques-unes des bonnes maisons d'Irube et logé sans plus de frais des familles entières de travailleurs. La vérité qui fera crier à l'invraisemblance, c'était que Brocquier, en pleine maturité et en pleine santé, ne faisait rien. À ce degré, le cas aurait pu sembler pathologique si Irube n'avait recelé tant d'hommes comme lui. Brocquier avait fait des études d'ingénieur et, sorti des Mines, avait ébauché une carrière pour laquelle il avait des dispositions notoires et qui s'annonçait assez bien. Ses parentés, son ancienneté dans la ville lui auraient sans doute permis d'accéder à une situation brillante. Mais, de tempérament nerveux au point qu'il lui arrivait de bégayer au fort de la conversation, il se dégoûtait vite, prenait ses succès en pitié, changeait d'humeur subitement, et, après s'être montré dans tous les salons, se mettait à vitupérer l'espèce humaine et les femmes, dont il ne pouvait se passer, avec une amertume cinglante, déclarant qu'il n'avait qu'une vocation, celle de clochard. La vérité est qu'il trouvait le travail insipide. À Lucile qui lui conseillait de travailler, de faire quelque chose, il répliquait qu'elle avait des conceptions « bourgeoises » : on admirera ici les finesses de l'évolution sémantique. Brocquier, en ricanant, disait très haut qu'on pouvait être un homme sans compter des grains de café ou manier la truelle : Brocquier était un original, il pouvait tout dire. Pour la première fois de sa vie, Didier contemplait un oisif.

Il arrivait, s'installait, entretenait Mme d'Hem, ou n'importe qui, des difficultés psychologiques soulevées par ses relations avec les gens – toutes ses relations engendraient des difficultés psychologiques – et de ses différends avec son propriétaire : le mot propriétaire rendait un son très particulier pour Didier, qui dressait l'oreille. Brocquier – qui vivait de spéculations immobilières – se plaignait sans arrêt du prix de son loyer, inférieur à celui de tout le monde, même du plus pauvre, puisqu'il s'agissait d'une vieille maison qu'il habitait depuis toujours. L'abbé Singler pariait continuellement des « lois démagogiques » : il aurait dû savoir que ce ne sont jamais les pauvres qui paient les petits loyers. Didier s'étonnait parfois de tout ce que les gens osaient dire devant lui ; ils ne rougissaient pas de le prendre pour témoin : ou il ne comptait pas pour eux, ou, sachant qu'il s'occupait d'études religieuses, ils le prenaient automatiquement pour un des leurs, la religion ne pouvant être que de leur côté. Didier ne souriait pas, ne protestait pas ; il laissait Brocquier aller de l'avant ; même, ayant à peu près jaugé le personnage, il encourageait amèrement ses caprices, ses extravagances : Brocquier était entre ses mains comme un coin qu'il se plaisait à enfoncer chaque jour davantage dans la peau d'éléphant de la société irubienne : un véritable ferment d'absurdité. Il eût aimé le promener sur un tréteau, les jours de liesse, aux yeux des malheureux des bas quartiers. Il se contenta, comme il en avait envie, de le mettre entre les mains de Mme Chotard, qui s'en déclara, paraît-il, fort satisfaite.

Parmi beaucoup de talents, Brocquier possédait celui de se brouiller facilement avec ses amis. Les occasions de ces brouilles n'étaient pas variées : il s'agissait toujours des empiétements de son égoïsme, de sa grossièreté, d'une façon qu'il avait de faire passer ostensiblement tout le monde après lui, et cela même quand il était chez les autres. Quand cela devenait un peu trop manifeste, naturellement, il y avait des scènes.

Comme on l'a dit, en partie pour étonner les gens, en partie pour s'étonner lui-même, en partie pour donner le change sur ses « moyens », ou par un calcul d'économie assez sordide,

Brocquier se plaisait à vivre dans une maison de pauvre du quartier Saint-Laurent, dans la rue la plus étroite de toute la ville, d'un pittoresque quasi gallo-romain, inscrite depuis longtemps au registre des démolitions, mais à laquelle le « manque de crédits » promettait un bel avenir.

Ouvrons une parenthèse : Brocquier avait raconté à Aubert que Mme d'Hem avait coutume d'aller frapper à sa porte de bon matin, et qu'il lui arrivait de lui ouvrir complètement nu, et de lui offrir à déjeuner sans s'habiller davantage. Didier ne l'aurait pas cru volontiers si ce trait ne lui avait été rapporté en même temps par Lucile. De Brocquier, il voyait trop le sans-gêne médiéval, le mépris. Mais Lucile ? Elle racontait l'histoire avec son rire, comme une singularité sans conséquence, une facétie. On pouvait admettre qu'elle voulait répondre à la liberté de Brocquier par une liberté égale. Mais Didier croyait comprendre qu'elle mettait un point d'honneur à ne pas se trouver vexée, encore moins à se trouver en faute, et concluait de la publicité qu'elle donnait elle-même à cette histoire : premièrement, que la chère Luz ne sentait rien (comme si elle n'avait pas le droit de mépriser Brocquier plus que Brocquier n'affectait de la mépriser) ; deuxièmement (et cela au contraire de ce qu'elle lui donnait souvent lieu de penser), qu'elle était absolument dépourvue d'amour-propre. Or, cette seconde conclusion était fort probablement erronée si, conformément à ce qu'elle lui avait dit un soir (et c'était là chez elle une manière de perfection), s'offenser de trouver Brocquier nu derrière sa porte eût signifié à ses yeux qu'elle se donnait bien de l'importance. Pour beaucoup de gens la vie est acceptable au jour le jour ; elle ne l'est pas en bloc.

On hésite – comme pour la vache du Carmel – à entamer un récit qui risque de faire tomber la présente chronique au niveau des romans départementaux et des disputes autour d'un pied de table. Que le lecteur ami du sublime tourne quelques pages en fermant les yeux.

Quittant Mme d'Hem un samedi soir, Brocquier, déjà calé sur sa motocyclette, se laissa dire qu'elle irait le « prendre » le lendemain pour une sortie dans les bois.

Le lendemain, Brocquier entendit frapper à sa porte « aux aurores ». Il faut savoir que le sommeil du gentleman est léger – mais tout le monde en a été averti –, qu'il est réveillé tous les jours à six heures par un trafic de mules qui a lieu dans sa rue, à sept heures par une voiture de laitier qui roule sur les pavés et que, quand Mme d'Hem cogna, à huit heures, à la porte de son appartement, le malheureux commençait à dormir. Brocquier fit un moment celui qui ne voulait pas entendre. Il n'y avait pas de sonnette à la porte, Lucile continua à cogner. Elle avait emmené Brigitte avec elle – circonstance que Brocquier oublia plus tard de mentionner, et qui nous laisse voir une partie de son état d'âme. Elle cogne de plus en plus fort, use son poing sur le bois raboteux de la porte, s'étonne tout haut, adresse la parole à Brigitte, s'interroge, interroge les voisins. Brocquier, dans le fond de son lit, commence à s'émouvoir ; il se sent opprimé, il s'indigne. Sans bouger de son lit, sans savoir peut-être à qui il parle, il crie soudain, comme s'il s'agissait d'une livraison : « Revenez dans une heure !... Je dors !... »

Mme d'Hem n'entend qu'un bruit confus de paroles. Elle reprend courage.

– Ouvrez-moi !

Et l'indignation s'emparant d'elle à son tour devant les lenteurs de Brocquier, elle se met à taper très fort.

– Ouvrez ! Mais ouvrez donc !

Brocquier ouvrit les yeux. Il était bien réveillé, horriblement réveillé. Il n'y avait qu'une femme, que Lucile, pour ne pas comprendre l'importance de son sommeil. L'injure resta un moment comprimée au bord de ses lèvres. Puis, à une nouvelle injonction, elle éclata, dans une phrase courte et péremptoire, une phrase de gentleman exaspéré. Mme d'Hem ne fut pas tout à fait sûre d'avoir entendu le mot final, mais elle comprit pourtant que son ami, M. Brocquier, l'accusait, sur un ton violent, de lui casser quelque chose.

Elle jugea bon, alors, de se retirer avec sa petite fille.

Mais voilà, avait-elle vraiment bien entendu ? La porte était ouverte à tous les doutes. Il aurait fallu interroger là-dessus

Mme d'Hem, être sûr qu'elle n'avait pas, elle amazone, tiré ce mot cru du fond d'elle-même, dans un désir inconscient de l'entendre. Tel était le problème. Tel fut le sujet de la controverse. Nous sommes bien à Irube, plusieurs années après la guerre. Irube : et ce nom de ville a son pendant aux U.S.A. (Arizona). Il faut savoir que dans chaque pays, une partie seulement de la nation vit en son temps. Il n'existe pas, en dehors des livres d'histoires, d'époque franche, simple, où plusieurs siècles ne coexistent à la fois. Et l'on sait que Paris a ses quartiers de province, où l'on mène la même vie qu'à Irube, où l'on se couche tôt, où l'on est resté, pour les idées et la conversation, à l'époque des omnibus. Tandis que des gens souffrent et se déchirent dans des logements trop étroits pour eux, subissent quotidiennement l'injure du maquignon, sont affamés par la montée des prix, un homme et une femme « du monde », dans la même ville, disputent pour connaître, comme disait plus tard Mme d'Hem, le degré de fragilité des organes d'un monsieur. On imagine une telle dispute chez quelque peuplade nègre inventoriée par Lévy-Bruhl ou la sœur Marie des Anges, chez les habitants du Dahomey qui vivent dans des huttes coniques, et où les hommes mettent leurs avantages dans un étui, afin précisément d'éviter ce genre de dommage que Brocquier, en ce dimanche matin, reprochait à Mme d'Hem de lui avoir causé. Restait pour celle-ci la question de savoir si ces mots constituaient ou non une injure. Dans son refus de tout préjugé (et l'état anarchique ou délabré que l'on supposait à ses instincts), elle était bien en peine de le savoir. Elle ne trouvait en elle aucun sursaut d'indignation spontané, plutôt une curiosité scientifique. S'il faut croire qu'elle était indifférente à la vue de la nudité, encore moins pouvait-elle être remuée par sa simple évocation. Dans la scène qui suit, au cours de l'après-midi du même jour, elle parvint fort bien à dire qu'elle ne s'intéressait pas aux dégâts qu'avaient pu subir de son fait les testicules de M. Brocquier. On peut même supposer qu'elle était reconnaissante à Brocquier de lui fournir l'occasion de débiter ces jolies phrases. Alors ? Si l'on cherche ce qui fut atteint en elle par ce propos jeté à la légère derrière une porte (et qui ne la visait peut-être pas personnellement), il faut bien penser, contrairement à ce que supposait Didier, que ce fut l'amour-propre. Elle chercha un moment dans sa tête, partagée d'abord entre l'envie de rire et celle de prendre la chose au tragique, et se dit tout à coup qu'elle avait le devoir de s'indigner. Soutenue en cela par la fidèle May, cette amie de conquête récente, qui ne quittait plus sa maison et qui avait été chargée, à la suite de Betty (ou concurremment avec elle), de s'occuper de Brigitte – et qui s'occupait surtout de Mme d'Hem. Beaucoup plus sensible que Mme d'Hem, May avait refusé hautement d'écouter son récit jusqu'au bout, et l'avait suppliée avec des larmes de bien vouloir se taire et de ne plus en parler à quiconque. Mais, sur ce point particulier de sa sensibilité, Mme d'Hem aimait singulièrement la faire souffrir. La rougeur qui avait gagné pour la journée les délicates joues de May attestait une indignation qui n'était pas feinte. Ce fut sans aucun doute la présence de cette jeune fille qui donna tant d'acuité à la scène de l'après-midi, en fouettant de part et d'autre, à sa manière toujours silencieuse, par la vertu d'un regard qui était extraordinairement digne et limpide, les amours-propres en lice.

Entre ces gens qui se voyaient presque quotidiennement existaient toujours des projets plus ou moins datés, des rendez-vous plus ou moins fixes. Ainsi celui de ce dimanche matin, dont Brocquier devait contester plus tard la validité. Il y en avait un, à son sens, beaucoup plus valide, qui était une invitation à déjeuner pour le jour même. Il n'agita pas longtemps en lui-même la question de savoir si l'invitation courait encore, après la scène du matin. Il ne voyait pas en quoi cette invitation à déjeuner aurait dû souffrir du fait qu'« il avait plu » à Mme d'Hem, profitant de la première messe, de venir frapper à sa porte, fort indûment, et d'empoisonner son sommeil. Après s'être rendormi pesamment et réveillé, le fait qu'il avait laissé Mme d'Hem à la porte et lui avait même enjoint de s'éloigner, et cela avec injure, avait subitement disparu de sa mémoire, lorsqu'il s'avisa que, l'aiguille approchant de midi, le problème du déjeuner se posait à lui.

Brocquier était un être sociable, il détestait déjeuner seul, son égoïsme cessait à l'instant même où ses entrailles s'ouvraient à la faim : l'altruisme consistant pour lui à se mettre en symbiose. Or ce problème, qu'il avait à résoudre tous les jours, comportait ce dimanche-là une solution toute prête : Mme d'Hem, la dame de Kali-Koré. Bien sûr, il venait de l'injurier à travers sa porte, il eût été décent de laisser passer quelques jours. Mais que pouvait-on lui reprocher ? D'avoir dormi ! Si encore il avait eu un vrai rendez-vous avec elle ce matin-là ! Mais ce projet de promenade en commun était, après tout, unilatéral ; elle lui avait jeté cela au moment où il avait le pied sur le démarreur, et il n'avait même pas eu le temps de lui répondre. Telles étaient les bonnes raisons qu'il se donnait, oubliant de plus en plus, à mesure que l'aiguille tournait sur le cadran, ce qui s'était passé le matin – c'était si loin ! – et les bonnes raisons que Mme d'Hem pouvait avoir d'être fâchée. Après tout, si elle était venue frapper à sa porte au petit jour, c'était bien parce que cela l'arrangeait : elle revenait de la messe avec sa fille et elle s'était fait un malin plaisir, bien entendu, se trouvant dans le quartier de la Cathédrale, de dégringoler jusqu'au Trinquet et, de là, jusqu'au quartier Saint-Laurent, pour pouvoir le tourmenter dans son sommeil. « Alors qu'elle savait parfaitement combien il avait, non seulement les couilles, mais le sommeil fragile », disait plus tard un vieil ami de Mme d'Hem. En somme, vers une heure ou une heure vingt – car tout de même il lui avait fallu le temps de s'habiller – les torts de Mme d'Hem étaient devenus éclatants, et Brocquier, fort de son bon droit, prit l'autobus et fila dans la direction de Kali-Koré.

Il aurait pu être troublé, en consultant sa montre à l'approche de la villa, car il était bien tard pour se rendre à un déjeuner, et il était bien tôt pour une visite. Mais non : cette heure était subtilement calculée. Car d'une part il pouvait prétendre qu'il n'avait plus pensé à cette invitation, qu'il venait simplement prendre des nouvelles, et peut-être – s'il jugeait bon d'aller jusque-là – faire des excuses ; mais il pouvait aussi bien avoir la chance de trouver tout son monde à table et prendre sa part du festin. Il avait revêtu pour la circonstance son costume espagnol, des plus corrects, et une fine chemise blanche, une des quatre faites sur mesures chez le meilleur chemisier de Saint-Sébastien, avec des manchettes à trois boutons. Il faut savoir que tous les Irubiens aisés et un peu malins se faisaient habiller en Espagne, où les vêtements sont bon marché parce que les salaires sont bas : ces Irubiens aisés étaient naturellement les mêmes qui, en France, avaient milité pour Vichy et, c'est logique, s'opposaient à la hausse des salaires et à l'émancipation sociale. Il fallait connaître Brocquier : spéculateur en France et spécialiste du loyer fort, il ne franchissait pas la frontière, chose coûteuse, par amour pour le sol ou le passé de l'Espagne, mais pour acheter, c'est-à-dire contribuer à l'exploitation du petit peuple espagnol.

Courbé en deux par l'émotion, la courtoisie, la surprise, l'incertitude de l'effet qu'il allait produire – dans ces moments-là, il allait à l'attaque le buste plié en avant d'une manière très curieuse –, il vérifia avant d'entrer, par la fenêtre du jardin, la disposition de la table : Mme d'Hem était à un bout, un vieil ami, l'antiquaire de Bordeaux, à l'autre bout, un homme à la figure terreuse, qui en était à l'âge où l'on s'endort en société, à moins de fracas exprès. Il reconnut aussi un autre ami de la maison, le docteur Renard, et, sans aucun plaisir, la jeune May, excessivement digne, l'œil provocant à force de clarté, sur le côté droit de la table, à la place la plus rapprochée de Mme d'Hem. Enfin, en face du médecin, l'abbé Vauthier, le chapelain de quartier, flanqué d'un voisin de la villa aux idées simplistes, mais très attaché à la personne de Lucile, qu'on appelait l'autodidacte, enfin Brigitte. Pas de couvert pour M. Brocquier.

Brocquier avait fait son entrée dans la salle à manger sans l'intervention de personne. Bien que vêtu en gentleman, il était moralement botté. Le brouhaha des conversations avait subitement fait place à un profond silence.

Brocquier était dans un de ces moments où les mots lui venaient difficilement. Lucile disait qu'il ne bégayait pas, mais qu'il jouait la comédie du bégaiement.

– Je-je-je... Je suis tt-tt-tout de même t-très surpris...

Mme d'Hem était restée assise, les yeux et les cheveux flamboyants.

– Qu'est-ce qui vous surprend, mon ami ?

– Je-je-je… Ma chère Lucile, vous m'avez habitué à plus de… Dois-je su-su-supposer que vous ne m'attendiez pas ?

– Supposez tout ce que vous voudrez. Vraiment, après l'accueil que vous m'avez fait ce matin !…

Le départ était pris. Cela aurait pu être pire. On lui répondait ; on ne se débarrasserait plus de lui. Il se campa, leva les bras en sémaphore, se mit à gesticuler.

– Quel accueil ? Mais q-q-quel accueil ? Mais on dirait que-que-que… que vous ne savez pas ce que c'est… que le sommeil, ce que c'est qu'un homme qui… qui-qui-qui…

– Je ne sais peut-être pas en effet ce que c'est qu'un homme, répondit Mme d'Hem avec une noblesse inimitable, mais je sais fort bien depuis ce matin ce que c'est qu'un mufle : et je ne veux pas de cela chez moi.

Luz était sublime. Elle parlait de ce ton uni, édifiant, un peu doctrinal, qu'elle prenait quelquefois, comme si elle avait lu dans un livre un texte de piété. Dans toutes les circonstances où les gens perdent leur sang-froid, Mme d'Hem, grande dame, exagérait son calme.

Cependant le Brocquier était têtu ; il se serait peut-être humilié devant Lucile ; mais il jugea qu'il ne pouvait céder devant ces autres hommes qui, assis devant leurs assiettes (on venait de servir un poulet farci), contemplaient le nouvel arrivé d'un air venimeux et méprisant.

– Chère amie, il est impo-po-possible que vous ayez oublié…

La phrase était fâcheuse. Il coupa court, et comme on commençait à rire – Brigitte en particulier, qui le détestait –, il crut devoir frapper un grand coup :

– Je dirai c-c-comme Ma-Ma-Mac-Mahon : j'y suis, j'y reste.

Là-dessus il alla s'emparer d'une chaise et, avisant un coin de table resté libre, il s'installa.

La situation était obscure, tendue, le visage de Mme d'Hem sévère et impénétrable. Le respect de la vérité nous oblige, tout incroyable qu'elle est, à transcrire ici une scène de mauvais goût. Comme la vieille Élise faisait son apparition avec une pile de vaisselle, on vit Brocquier s'élancer sur elle, lui arracher une assiette, rebondir jusqu'à son coin de table, parmi les protestations toujours fermes et froides de Mme d'Hem et, porté au comble de la fureur par cette voix tranquille, justicière et docte, qui recouvrait la dure expérience de toute une vie, avancer les bras jusqu'au milieu de la table, plonger à deux mains dans la farce, en garnir son assiette et commencer à manger.

La vieille Élise était restée sur place, plus figée qu'une sauce. En quarante ans de service à la villa Kali-Koré, elle n'avait jamais rien vu d'approchant. Elle avait tenu Lucile sur ses genoux et n'aurait jamais pu s'imaginer que tous ses soins n'avaient fait que la préparer à un tel affront. Cependant, la voix calme et insinuante de Mme d'Hem continuait à déverser sur l'assemblée stupéfaite son filet glacé, quand René, le mari d'Élise, employé dans la maison comme jardinier, entrebâilla la porte.

— René, commanda posément Mme d'Hem, je vous ai sonné parce que nous avons besoin de vous. Vous allez avoir la bonté, s'il vous plaît, de reprendre l'assiette de ce monsieur, et de le prier de sortir.

— Vous-vous-vous... Vous ne toucherez pas à cette assiette. Je suis invité ! J'y suis, j'y reste !...

Il s'était dressé, s'accrochant des deux mains à son assiette, jusqu'au moment où l'antiquaire qui, étant sourd, n'avait encore rien saisi de cette scène étrange, émit d'une voix enrouée :

— Prenez donc la peine de vous asseoir.

Ce qui fit un instant pouffer tout le monde. René, voyant qu'on ne faisait plus appel à lui, se retira discrètement.

— Eh bien, dit Mme d'Hem en se tournant vers ses convives, puisqu'il en est ainsi, et que M. Brocquier se cramponne à ma table, je vais vous rendre témoins de l'affaire qui nous sépare : je vais vous répéter, textuellement, les mots que ce monsieur a osé m'adresser ce matin, à travers la porte de son appartement, alors que je frappais chez lui et que j'attendais, debout sur son paillasson, accompagnée de ma fille – n'est-ce pas, Brigitte ?...

La petite, qui ne s'attendait pas à être interrogée et mangeait consciencieusement son poulet, avala un morceau de travers et répondit un « oui » très rauque. On sentait d'ailleurs à ce « oui » que Brocquier avait dû être l'objet de plusieurs entretiens entre Brigitte et sa mère.

Le docteur Renard regardait la scène d'un grand œil serein, l'œil du praticien habitué à envisager le pire. Serein mais intéressé, car il avait relevé sa belle tête chauve et nette, avec l'air d'un père noble qui s'apprête à déshériter son fils. Il n'avait dit mot jusque-là, mais son air montrait suffisamment qu'il était, lui aussi, au courant de bien des choses, qu'il taisait par pure discrétion professionnelle, mais que, sans vouloir rien dire, il se sentait très apte, bien entendu, à juger la situation.

Quant à l'abbé Vauthier, qui lui faisait face de l'autre côté de la table, il avait adopté également, peut-être par contagion, un air de discret humanisme ; mais moins orgueilleux par état, quoique déjà sûr de lui, peut-être aussi pour éviter de prendre parti, ou gêné par ce que semblait annoncer la menace de Mme d'Hem, qu'il savait capable d'aller jusqu'au bout, il gardait les yeux modestement baissés sur la table, comme quelqu'un qui sait combien les affaires humaines se gâtent rapidement, mais qui sait aussi que d'immenses sources de consolation ont été offertes à l'homme. Cette attitude laissait assez voir, comme celle du docteur, qu'il n'ignorait pas les secrets de la maison, et sa présence à cette table, en face de ce médecin honorable, pourvu, comme lui-même, de postes officiels et d'agréables prébendes, semblait confirmer que sans doute il fallait compter sur la grâce, mais que des connaissances désormais bien acquises sur les fonctions endocriniennes permettaient de séparer utilement ce qui, dans chaque cas, revenait au médecin et ce qui revenait au confesseur. Ainsi la situation s'équilibrait-elle parfaitement autour de Mme d'Hem et sa table était un résumé aussi complet que possible des attitudes que l'homme pouvait prendre concernant les activités désordonnées de l'âme, et il en résultait – le poulet aidant (et l'on ne pouvait négliger non plus la vue bienfaisante des quelques bouteilles qui étaient l'apport personnel du vieillard) – une impression d'optimisme-malgré-tout, puisque, si l'homme est si méchant sur cette terre et voué, du fait de sa chute, aux pires erreurs, il est néanmoins appelé, s'il le veut, à une vie meilleure. Il était évident que l'humanisme, dans cette maison, autour de cette table dominicale, vivait un grand moment.

— Je vous rapporte textuellement ses paroles, disait Mme d'Hem de sa voix qui frappait les cœurs. Il m'a dit que je lui cassais quelque chose...

Elle avait, au dernier moment, peut-être par respect pour cette assemblée de gens de bien, hésité devant le dernier mot, le plus important, du texte original.

Une faible coloration était apparue sur le visage glabre et soigné de l'abbé. Le docteur fit entendre une voix suave.

— Quelque chose ?... Les pieds, peut-être ?...

On sentait, sous la suavité, un discret souci de précision scientifique. Puisque le débat était ouvert...

Cependant, Brocquier s'était de nouveau assis et, pour l'instant, avait la bouche pleine.

— Pas du tout, dit Mme d'Hem dans un impitoyable assaut de précision (et c'était comme un aveu de l'influence occulte du médecin, de qui chacun fut aussitôt jaloux) : Pas du tout ! Il ne s'agissait pas de ses pieds le moins du monde ! Ce monsieur a fait la plus nette allusion à ses organes de reproduction.

— C'est faux ! C'est complètement faux ! s'écria Brocquier. Voyons, Lucile ! Comment aurais-je pu ?... J'ai dit et je m'en excuse que « vous me cassiez les oreilles ». Les oreilles, Lucile, les oreilles !

— Oh, mais mon ami, vous n'allez pas vous en tirer comme ça. Mes oreilles à moi sont excellentes, si vos... choses... sont fragiles ; et celles de Brigitte aussi.

Elle s'impatientait ; la phrase n'était pas claire.

— Les quoi de Brigitte ? dit quelqu'un.

— N'est-ce pas, Brigitte ? reprit Mme d'Hem. Tu as bien entendu ?

— Lucile ! s'écria Brocquier d'une voix de tonnerre, qui avait enfin trouvé son emploi dans un grief raisonnable, vous n'allez pas invoquer le témoignage d'une enfant ! Songez-y !... Une enfant de neuf ans !

C'était remuer chez Mme d'Hem une fibre sensible : celle de l'éducation, à laquelle, en pensée, elle donnait tant de soins. Elle se tourna vers l'abbé, sollicita du regard un encouragement à poursuivre.

– Brigitte est en âge de tout comprendre, dit-elle. Et elle a le cœur plus pur que nous tous – exception faite bien entendu pour monsieur l'abbé.

– Hélas, soupira indistinctement l'abbé.

– Alors ? conclut Mme d'Hem, jetant un regard circulaire sur ses convives. La démonstration ne vous suffit pas ?

Le docteur Renard redressa encore un peu sa belle taille.

– Il semble y avoir un doute sur l'injure, dit-il, mais l'intention injurieuse est probable. Dès lors, qu'importe la pièce anatomique invoquée ? Le corps du délit est là. C'est-à-dire... Mon ami, dit-il onctueusement, il me semble que vous devriez faire des excuses.

– Des ex... des ex... des ex... ! protesta Brocquier.

Le mot était vraiment des plus mal choisis.

– Tout cela est pure invention. Vous me connaissez, dit-il audacieusement. Vous savez que je suis incapable de-de-de... En tout cas, vous reconnaîtrez que c'est donner beaucoup d'importance à une chose... Je veux dire à une scène qui a eu lieu très strictement entre notre excellente hôtesse et moi, et qui aurait dû rester entre nous... co-co-co... comme les précédentes. Ce n'est pas la première fois que nous échangeons des propos un peu vifs, Luz, avouez-le ! C'est la première fois que vous vous en plaignez ! Pourquoi ? Parce qu'on vous a montée contre moi. Qui ? Je veux le savoir !...

Mme d'Hem comprit qu'il était décidé au scandale : elle commença à mollir. Brocquier était si visiblement occupé de faire valoir ses droits dans la maison, de faire sonner l'ancienneté de son amitié, d'affirmer sa tendresse qu'il disait bafouée par cet accueil, qu'on aurait pu s'y tromper et se demander s'il n'avait pas un peu raison. Mais, en même temps, n'essayait-il pas de troubler la quiétude des bons vieux amis de Mme d'Hem, de ces gens qu'en dépit d'une situation épineuse elle avait su drainer à travers toute la ville et river à son char par sa séduction personnelle, à laquelle le prêtre comme le médecin étaient sensibles ? En réalité, l'un et l'autre, et peut-être une troisième personne, commençaient à sentir le danger et à comprendre que cet invité de la dernière heure, agissant dans la crainte d'être rejeté, ou simplement entraîné par sa faconde, n'hésiterait pas, le cas échéant, à discréditer la maîtresse de maison en l'amenant à s'expliquer sur certains mystères de sa vie.

L'abbé, quoiqu'il fût prêt à beaucoup de patience, était visiblement navré. Il paraissait se dire : « Quel monde !... Il n'y a donc plus de bourgeoisie, plus de grande dame !... » On l'avait donc abusé ! Mais ce sentiment luttait avec peine contre la douceur de cet intérieur agréable, de cette vaste maison à demi champêtre parmi ses arbres. C'était ce que, au même moment, pensait May, à qui cette conversation sur le corps humain – qui pis est : masculin – répugnait tellement qu'elle réprimait mal depuis un moment une envie de vomir, mais qui songeait aussi à l'ombre des magnolias sur les pelouses, au fort de l'été, à leurs capiteuses et douces fleurs tendues de blanc comme des chambres de jeunes filles, et peut-être à d'autres choses plus douces encore. Non : elle ne pouvait supporter cela – ces images vulgaires, cet homme brutal, intéressé, à la voix éclatante, qui se déplaçait derrière un rempart d'égoïsme inviolable, au centre de sa petite forteresse de campagne. Un tel être lui était une offense, sa présence la vidait de son âme. L'écœurement la gagnait. Mais trouverait-elle le courage de se lever, sous tous ces regards, et de gagner la porte ? Tel était le problème qu'elle agitait depuis quelques instants dans sa petite tête, derrière son petit front dégagé, sous de belles ondulations blondes. Elle détestait Brocquier de toutes ses forces, pour bien des raisons dont les unes étaient claires et les autres moins, se demandait depuis longtemps quand Lucile consentirait à se débarrasser de lui. « Il profite de vous, Luz. Il profite de votre table, de vos fauteuils, de vos lits. Et il n'en est même pas reconnaissant. Peux-tu supporter tant de grossièreté, Luz ? Mais tu n'exiges rien en échange. Et il finit par se rendre insupportable, odieux même. Tu verras, il ira jusqu'aux injures, et tu seras encore heureuse de lui pardonner. » Elle se remémorait ces discours que de tous temps elle adressait à Lucile, à propos de Brocquier ou de quelque autre, car c'est curieux Luz avait toujours besoin d'un pantin. Et elle sentait – quoiqu'elle évitât de lever les paupières – les petits yeux cochons de Brocquier se poser sur elle. Oui, tandis qu'il reprochait violemment à Lucile de s'être laissé monter la tête par quelqu'un, elle sentit que le regard de Brocquier cherchait cruellement le sien. Une rougeur violente lui vint au visage. Cela acheva de lui donner le vertige. Elle qui aimait si peu être mise en cause ! Cette fois, son cœur chavira. Pourtant, elle entendit encore la voix de Lucile qui répondait :

– Mon pauvre ami, je n'ai réellement besoin de personne pour me monter contre vous. Il est trop clair que vous fatiguez tout le monde, et votre dernière incartade...

– Il y a une cabale contre moi ! s'exclama Brocquier, dont on ne savait s'il avait perdu le sens ou s'il jouait la comédie. Et je dévoilerai les responsables !...

May trouva enfin le courage dont elle manquait depuis une demi-heure. Elle se leva, tenant sa poitrine, se glissa vers la porte, tandis que lui parvenait confusément la voix réconfortante de Mme d'Hem qui répliquait encore. Brocquier fit entendre un léger ricanement.

– Ma chère amie, reprit-il très solennel, abandonnant enfin son assiette vide et s'essuyant à la nappe, j'étais venu ici dans l'espoir d'une ex-ex... d'une explication raisonnable, et vous me recevez comme un Fouquier-Tinville, c'est bon, je me retire. Je vous laisse a-a-ache-ver en paix votre dé-dé-déjeuner do-do-dominical.

Et emporté par sa tirade, il se glissa à son tour, dans son beau costume gris, qui n'avait jamais paru si beau, avec son col montant et ses manchettes, vers la sortie. Arrivé près de la porte, il se retourna vivement et contempla l'assemblée, un sourire aux lèvres.

– Quant à vous, messieurs, bon appétit !

Il y eut un mouvement de jambes et de pieds qui reprenaient vie sous la table.

Il ne s'était pas écoulé dix minutes et la conversation interrompue par l'arrivée du butor recommençait à peine entre l'antiquaire et les humanistes – il était question, s'il vous plaît, de l'évolution de l'art sacré et de la peinture de Picasso –, lorsque la vieille Élise entra brusquement, le visage sans couleur, sous l'empire d'une violente émotion.

– Madame !...

– Eh bien, dit Mme d'Hem un peu rudement, remettez-vous. Que se passe-t-il ?

– Je ne pourrai jamais vous le dire... Du moins... – oh, pas devant ces messieurs !...

– Eh bien alors, vous me le direz plus tard. Vous pouvez apporter la suite.

– Si, madame ! Je vous demande pardon, mais il faut que je vous le dise !

– Eh bien, dites-le.

– Monsieur... monsieur Brocquier... Non, je ne peux pas le dire... (Avec un geste :) Il n'y a pas de mot pour ça.

Mme d'Hem était sérieusement agacée.

– Ne soyez pas si emphatique, ma bonne amie, parlez.

Ainsi mise au défi, Élise vida son paquet d'une seule traite, et l'on entendit cette phrase incroyable.

– Madame, monsieur Brocquier s'est permis d'uriner devant la maison.

La petite société réunie autour de la table de Mme d'Hem était de nouveau plongée dans la consternation. Mais Mme d'Hem n'était pas femme à abandonner son calme pour si peu, et elle aimait les précisions.

– Devant la maison, dites-vous ? Que voulez-vous dire ? Où cela ?

La vieille Élise pinça les lèvres.

– Plus exactement, madame, *sur* la maison !...

Après un moment de stupéfaction :

– Mais, ma chère Élise, vous rêvez ?

– Madame, je l'ai vu, de mes yeux.

– Mais voyons, vous êtes hallucinée !

– Madame, il y a quarante ans que je suis dans la maison, et je ne vous ai jamais menti sur la moindre chose. J'étais sur le seuil de la cuisine lorsque...

– C'est bon, vous me donnerez des détails plus tard. Nous allons passer au café.

– Sur la maison ! répétait la pauvre Élise en quittant la pièce. Un ami de la famille !... Ah, les temps sont bien changés !

Mme d'Hem se tourna vers ses convives qui surveillaient son attitude pour modeler leur visage sur le sien. Elle était complètement détendue.

– Eh bien, dit-elle avec son rire, j'espère qu'il s'est soulagé !... Cet homme n'est vraiment pas capable de grand-chose.

Mais, malgré son entrain, la nouvelle avait jeté un froid. La réunion s'acheva dans la gêne.

Mme d'Hem eût refusé de voir Mme Chotard, peut-être parce qu'elle n'était pas de son monde, ou pour des raisons plus sérieuses, mais, par un fait singulier, les étranges personnages qui fréquentaient la villa Kali-Koré se retrouvaient assez exactement à la table de Stellamare, à cette différence près que l'abbé Vauthier s'y appelait Mendiboure ou Chatelou, et que le docteur Renard y portait le nom de Flicot. Mme Chotard recevait aussi un beau-frère, qui avait de l'importance comme transporteur dans les Hautes-Pyrénées, et qui s'intéressait depuis peu à la région d'Irube. Tout ce monde s'accordait comme il pouvait, mais il est toujours facile de s'entendre autour d'une bonne table. Mme Chotard compensait ainsi la perte des Carducci qui, depuis le bruit qu'elle avait fait autour de Paula, avaient préféré prendre leurs distances.

Brocquier s'était introduit à Stellamare, grâce à Didier qui avait espéré ainsi en débarrasser Lucile, et là, aussi bien que chez Mme d'Hem, il se donnait toutes les libertés d'un fou de cour. Les discussions jaillissaient sous ses pas et, à la suite d'une discussion plus grave qu'une autre – à propos, disait-on, de la récente publication du Rapport Kinsey –, il fit un grand éclat et, s'excluant de lui-même, prit la porte.

Mme d'Hem – on l'a vu – aimait s'attarder au-dehors après la messe, et c'est ainsi que Didier reçut plusieurs fois sa visite matinale. Même s'il n'avait pas aimé Mme d'Hem, il se serait étudié à être correct, pour lui faire oublier Brocquier. Mais il n'avait pas besoin d'une longue étude pour chercher à lui être agréable. Didier redoutait simplement, comme elle le lui avait laissé prévoir un jour, d'être parti à faux et, quelles que fussent ses grandes qualités, de lui prêter encore plus qu'elle n'avait, ce qui est le danger de toutes les amitiés un peu vives.

Elle restait debout le plus souvent, appuyée à la barre du lit, et s'étonnait qu'un homme pût vivre dans de pareilles conditions d'asphyxie. Il reprenait espoir et un élan le soulevait quand elle lui disait sur un certain ton : « Nous allons vous tirer de là, vous allez voir ! » Il ne doutait pas que Lucile ne pût faire tout ce qu'elle voulait.

Elle maniait les paquets de notes, des liasses de pages manuscrites qu'elle trouvait autour d'elle.

– Eh bien, disait-elle gaiement, voilà de la science qui ne fait pas vivre son homme !

– Je n'aurais pas besoin de vivre au sens où vous l'entendez, lui répliquait-il, si seulement j'avais un lit dans un endroit propre. Écoutez-les ! J'ai l'impression d'être couché sur une fourmilière.

Là-dessus ils ne s'entendaient pas. Luz aimait la vie sous toutes ses formes, calculait tout froidement et n'était pas convaincue. Les secrets de la vie de Didier lui échappaient. Elle allait le voir comme on va voir un bon chien. Un chien, c'est naturel que ça vive dans une niche. Son désir de le tirer de là n'était peut-être pas très vif. Il ne faut pas trop demander aux gens, même s'ils se disent vos amis.

Elle-même ne lui laissait deviner qu'à demi la véritable nature et la gravité de ses soucis, mais il savait par Betty les menaces que son mari faisait peser sur elle et comprenait qu'elle eût besoin de s'en libérer par ce rire forcené et la fréquentation des gens comme Brocquier, Lady Macbeth a besoin d'un bouffon.

Ainsi l'histoire de Brocquier eut-elle une suite. D'abord l'autodidacte, intéressé par cet original, s'était livré à toute une étude et, avec la permission de Mme d'Hem, s'en était ouvert à son ami, un psychiatre, le docteur Repiton-Préneuf, installé à Irube depuis peu, pour lui exposer « le cas ». L'injure était trop grosse : il fallait que Brocquier fût malade. Le psychiatre avait demandé un rapport que l'autodidacte avait établi en triple exemplaire, dont l'un traînait dans le sac de Mme d'Hem. Didier demeura stupide devant cet écrit où l'action de Brocquier était rapportée par le menu. De son côté, le vieil antiquaire connaissait une amie de Brocquier, qui habitait Bordeaux. Il lui avait écrit une lettre inspirée de ce rapport, où il exposait scientifiquement les déficiences de Brocquier, son incontinence. Il rendait cette femme presque responsable : c'était par elle que Mme d'Hem avait connu Brocquier. L'incident était bien propre à ranimer les vieilles querelles entre les habitués de la villa Kali-Koré. Quant au docteur Renard, il avait, le jour même du délit, après un brin de sieste pardonnable à son âge, fait préciser par la bonne, en présence de l'antiquaire et de l'autodidacte, les moindres circonstances de l'acte, et s'était fait désigner le lieu exact et les modalités. Comme Élise prétendait qu'elle avait dû laver la façade, le médecin s'était fait indiquer la hauteur atteinte par le jet, afin d'en conclure si le geste avait été accompli dans la colère ou répondait simplement à un besoin. À quoi l'autodidacte avait répliqué judicieusement qu'il y avait ce qu'il fallait dans la maison. « Mais il faut monter, avait opposé le docteur. Et il n'était pas souhaitable que M. Brocquier, dans les dispositions où il se trouvait, s'égarât dans les appartements. » La réponse était équivoque et le médecin parut à l'autodidacte suspect d'indulgence, voire d'intelligence avec l'ennemi. Ces considérations sur la couleur du liquide et la hauteur du jet lui semblèrent, malgré leur intention scientifique et leur allure très « cours du soir », comme entachées d'ironie à son égard. Il conseilla à Mme d'Hem d'éloigner le docteur Renard, au moins pour quelque temps. Mme d'Hem n'en fit rien et, pour toute réponse, le pria de lui amener son ami Repiton-Préneuf, dont il faisait grand cas.

Mme d'Hem n'avait jamais vu de psychiatre, elle trouva la chose amusante. Elle comprenait qu'il y avait peu de différence entre un psychiatre et un prêtre et qu'ils se ressemblaient en ceci que, l'un comme l'autre, ils étaient voués au sérieux en toute circonstance. Celui-ci était bien insinuant et Mme d'Hem se rappela à temps qu'elle avait à exposer le cas de Brocquier et non le sien. Le docteur Repiton-Préneuf lui indiquant qu'il serait souhaitable de confronter la version du coupable et la sienne, elle se demanda un moment si elle devait prendre sur elle d'écrire à Brocquier : la science ne doit-elle pas être supérieure aux passions ? Son ami l'autodidacte, qui assistait comme témoin aux délibérations, s'attachait de plus en plus à l'hypothèse, lancée par lui, d'une maladie de Brocquier, mais inclinait maintenant à croire cette maladie d'origine plutôt psychique. Si ce geste, qui paraissait une inconvenance pour les esprits qui s'arrêtent aux apparences, témoignait d'un retour à un stade de vie enfantine – ou animale ? Qui sait si Brocquier n'avait pas l'habitude de se livrer en toute innocence à sa manie lorsqu'il apercevait une façade ? L'autodidacte se crut du génie lorsque, après un préambule d'une longueur convenable, le savant leur révéla que, selon lui, on avait effectivement affaire, cher Brocquier, à un cas très intéressant de reviviscence d'un ancien mythe, le mythe du « loup-garou ». Parbleu ! Brocquier était un loup-garou. Bien sûr, il aurait été intéressant de savoir quelle explication l'intéressé donnait lui-même à son acte, et c'est pourquoi il aurait souhaité pouvoir l'interroger. Car suivant la nature de ses réponses, on aurait pu savoir si l'on était en présence d'un pur et simple exhibitionniste – Mme d'Hem aurait eu en cela son mot à dire – ou d'un vrai loup-garou. Le docteur Repiton-Préneuf penchait pour le loup-garou. Mme d'Hem écoutait sans sourire, consciente de recevoir une révélation d'un grand prix sur son ami Brocquier. Le savant l'attira chez lui, ouvrit paternellement des livres devant elle, lui montra le mot loup-garou écrit en grec : Λυγκύριον. Plus tard, elle expliquait cela très bien. Car, attention : que signifie exactement Lungkurion ? « Urine de lynx ». Et l'on sait que le lynx est un animal fabuleux, dont l'urine a des propriétés merveilleuses, entre autres, celle de se changer en pierre précieuse. Le docteur expliquait parfaitement que les gens qui ont tendance à pisser sur les murs *se croient* des loups-garous. Il n'était donc pas sûr que, si Brocquier était atteint de cette manie, le complexe du lynx en somme, Mme d'Hem ne dût pas s'en estimer flattée. Ce n'était pas une si mauvaise affaire.

Ces nouvelles transmises à tous les échos obtinrent un gros succès et l'on fit à Brocquier, en Irube, une solide réputation de loup-garou. Quand il sut ce que Mme d'Hem colportait sur son compte, Brocquier raconta lui-même l'affaire en se tapant les cuisses ; il avait l'air d'un fou. « Décidément, disait-on, elle les collectionne !... » On se montrait de loin tantôt Mme d'Hem, tantôt son loup-garou qui pissait sur les façades. La pauvre May était au désespoir. Le rire de Mme d'Hem s'élevait de plus en plus haut dans la maison. Mais, un dimanche où elle avait de nouveau tous ses gens à déjeuner (moins l'abbé, qui avait reçu, à la suite de tout cela, un avertissement bienveillant), la vieille Élise, spécialisée dans le rôle de trouble-fête, parut, cette fois encore, vers la fin du repas, et, profitant du brouhaha des conversations, vint annoncer à Mme d'Hem, à voix basse, que la voiture de Monsieur était à l'entrée du jardin. Il y avait quelque chose dans la voix d'Élise qui fit peur à Lucile, cette femme qui ne tremblait jamais. Elle se retira discrètement pour téléphoner.

Les deux ou trois misérables cahutes qui s'appuyaient au mur des Dominicaines appartenaient, de notoriété publique, aux Beauchamp dont les prairies allaient expirer sur la haie de roseaux derrière laquelle les familles d'ouvriers qui les habitaient avaient réfugié leur vie : de toute évidence, ces gourbis faisaient tache sur le paysage et nuisaient à la réputation du quartier et à sa bonne humeur, l'un d'eux surtout habité par un manœuvre, Biondi, sa femme enceinte et quatre chenapans dont on savait à peine les noms et qui fréquentaient l'école laïque, quand ils ne chapardaient pas dans les vergers. Depuis longtemps, c'était le rêve des Beauchamp de se débarrasser de cette famille : un peu arrangée, retapée, remise à neuf, dotée d'un petit jardin pris sur la prairie, la maison conviendrait aux locations d'été, et l'on n'entendrait plus les cris discordants du samedi soir et les querelles nocturnes qui troublaient le sommeil des bourgeois. Comme le disait l'abbé Singler, qui recevait avec reconnaissance les dons de la famille Beauchamp, encore plus nécessaires depuis la reprise du journal, ces gens avaient encore trop de sous, puisqu'ils allaient les dépenser au bistrot et qu'on les voyait régulièrement au cinéma. Comme il y a une justice en France, et particulièrement dans le canton Nord-Ouest d'Irube, le juge Noireuil – le petit juge boiteux –, fatigué par les demandes de référé, prononça l'expulsion, et la maison, en attendant les autres, put rentrer dans le fief des Beauchamp, qui envoyèrent une pintade au juge et une subvention à *Irube-Éclair*. Les conséquences, toutes fort logiques, passèrent inaperçues du public, à savoir que d'un jour à l'autre les parents Biondi furent privés de leurs allocations familiales (ces mêmes allocations que touchaient de richissimes escrocs), et les enfants renvoyés de l'école, l'État ne pouvant faire profiter des avantages de la communauté des citoyens qui, ayant cessé d'avoir un domicile, avaient cessé du même coup de trouver du travail. *L'Éclair* ne fit pas figurer l'incident parmi les événements de la semaine paroissiale. Les Biondi pouvaient retourner à leur roulotte, s'ils en avaient une, ou coucher sous les ponts et s'abonner aux soupes populaires, s'il en existait : le quartier retrouvait de la tenue. Il fallait bien faire des exemples.

Depuis que son mari était revenu, un changement se manifestait dans l'humeur de Mme d'Hem. Elle cessa d'inviter et la villa prit l'allure d'une maison abandonnée. On savait seulement que dans une pièce de cette maison vivait Philippe, cet homme anguleux, au visage de brique, aux yeux rapprochés, luisants et fixes dans une figure en lame de couteau, et qu'il ne sortait de sa chambre que pour faire de terribles randonnées dans cette voiture qui, disait-elle, était sa ruine.

– Mais pourquoi le supporte-t-elle ? demanda Didier à Betty qui lui faisait la chronique de Kali-Koré.

– Elle doit avoir ses raisons, disait Betty, qui n'aimait pas médire. Ils ont des intérêts communs, l'affaire dont s'occupe Lucile est au nom de Philippe, il peut la mettre sur la paille d'un jour à l'autre. Je ne crois pas qu'elle le supporte encore longtemps, mais je crains la façon dont cela peut finir et je voudrais persuader Philippe de repartir. Mais maintenant, depuis quelques jours, elle semble se méfier de moi – je veux dire de l'influence que je peux avoir sur lui.

– Tu tiens beaucoup à t'occuper de Philippe ? demanda-t-il.

– Non... Je ne sais pas... Il est dans une période de dépression et aurait besoin de calme. Dans ces moments-là, il est comme un enfant, il obéit à toutes les suggestions, ne s'aperçoit de rien. Après, la bougeotte le reprend, il redevient dangereux, d'après Lucile ; il a besoin de sortir, de rouler en voiture, de dépenser de l'argent, de monter des affaires aventureuses. Tu comprends ? Elle n'a pas la patience, et puis elle pense à

Brigitte, c'est normal. Bien sûr, si elle consentait à se restreindre, à quitter la maison, à monter une affaire bien à elle... elle pourrait vivre. Mais elle tient aux choses plus qu'elle ne le dit. Ou... peut-être pas aux choses, mais à leur signe... – Elle fixa ses petits yeux bruns sur Didier, tout à coup, d'un air grave : – L'autre jour, dans la chambre de Philippe, qui dort les fenêtres fermées, le poêle qui paraissait éteint s'est rallumé au milieu de la nuit, pendant qu'il dormait : le matin, il était presque asphyxié. C'est Élise qui me l'a dit ; elle dit que Lucile lui avait donné l'ordre de ne pas le déranger avant une certaine heure, elle se l'est rappelé trop tard... Ce ne sont peut-être que des coïncidences, mais je crois qu'Élise va quitter la villa... Tu comprends, c'est pour ça que je voudrais emmener Philippe... Je t'ai dit, dans ses moments de dépression, il ne s'aperçoit de rien. Imagine ce que tu es quand tu es bien fatigué. Lui, c'est bien pis... Parce que chez toi, la tête y est toujours, tandis que chez lui c'est au contraire la tête qui n'y est pas...

– Je vais encore devoir aller travailler en ville, dit Didier en entendant arriver le camion. Il y a ce chapitre que je voudrais finir...

Il vit Flopie sauter du camion, puis Stef manœuvra et le camion vint se ranger contre sa fenêtre, la toiture à la hauteur de son lit, pour le chargement. Un nuage de poussière s'éleva du sol ; Didier ferma la fenêtre et se prépara à sortir. Betty était en chômage ce jour-là, son patron étant allé à Dax. Elle était épuisée de son travail de la veille et Didier était triste de la laisser seule dans cette chambre envahie par le bruit. Il déposa un billet sur le coin de table. « Tu ne vas pas pouvoir te reposer ici, dit-il, avec ces gens. Va au cinéma, si tu veux. Il ajouta : Tu y retrouveras peut-être les Biondi... »

– Où vas-tu ? demanda Betty angoissée.

Elle lui posait rarement cette question.

– Je ne vois que le café du Théâtre, dit-il, c'est le plus tranquille, le seul qui ait encore des banquettes de peluche, qui n'ait pas d'éclairage au néon ni de machines à sous. Bientôt on ne pourra même plus aller travailler dans les bistrots. Quelle civilisation !

– À propos de civilisation, lui dit Betty en allumant une cigarette, j'ai rencontré Fernande.
– Alors ?
– Ce qu'il y a d'effrayant avec elle, c'est qu'elle est bête, tu comprends, et on lui fait avaler n'importe quoi !

Didier remplissait son stylo et attendait la suite.
– Qu'est-ce que tu lui as donc fait avaler ? dit-il.
– Ce n'est pas moi, c'est Hémon, tu sais, le garagiste du Camp Saint-Hubert. Il a un frère qui a fait d'assez mauvais débuts, Fernande s'était occupée de le rapatrier au catéchisme de persévérance. L'autre jour, donc, elle rencontre Hémon et lui demande ce que devient son frère. L'autre, très sérieux : « Il s'est lancé dans une grosse affaire. – Ah oui ? – Oui, il vend des os de Coréens. – Comment cela ? demanda Fernande, intéressée comme tu le supposes et toujours désireuse de s'instruire. – Vous savez qu'avec les os on fait des phosphates, qui servent à l'agriculture. Mon frère se fait livrer par pleins bateaux des os de Coréens – on les a pour rien – et les revend par ici, très cher… » Eh bien, mon bon, elle a cru cette histoire. Au point que quand on lui demande des nouvelles du frère d'Hémon, elle raconte qu'il vend des os de Coréens. Trafiquant d'os, quoi !

Didier levait les bras, se bouchait les oreilles, se demandait comment Betty avait le courage de lui raconter une telle histoire, même pour démontrer la bêtise de Mme Chotard.

C'était là tous les remous que la guerre de Corée était capable de faire à l'intérieur des Hauts-Quartiers. La Corée, c'était une autre planète. Et l'Indochine ? Quoi, l'Indochine ? Qu'est-ce que vous faites du péril jaune, du prestige de la France, des grandes rizières et du caoutchouc ? Et la Tunisie, et le Maroc ? Mais, mon cher, on ne peut pas penser tout le temps à ces choses-là, et puis, suis-je le gardien de mon frère ?… Qu'une Mme Chotard, qui faisait sonner si haut les enseignements du christianisme, eût pu ajouter foi un instant à de telles sottises, éclairait bien l'esprit du temps : la crédulité était à son comble. Mais cela éclairait surtout l'esprit de la femme qui croyait de pareilles choses possibles. Depuis la fin de la guerre et les révélations sur les camps allemands, les imaginations étaient blasées. On croyait tout, à condition que ce fût assez horrible.

Mme d'Hem aurait dû se méfier de cette disposition à tout croire et faire moins de bruit avec les histoires de Brocquier. Car les belles âmes, qui formaient la grande majorité d'Irube, en profitaient pour s'occuper de sa vie privée. Mme d'Hem commençait à avoir beaucoup d'ennemis. L'image orgueilleuse qu'elle se faisait d'elle-même se superposant à un psychisme latent dont on a peut-être commencé à entrevoir quelque chose, violence à l'égard des autres et indifférence à soi-même (ou peut-être mépris des autres correspondant à un sincère mépris de soi-même) – cette image créait entre elle et son entourage un fossé et interdisait à la sympathie d'aller au-delà d'une tentative. Brocquier, grand gastronome, disait qu'elle traitait les gens au court-bouillon. Le court-bouillon crée un certain arôme autour des choses, favorise, pour un temps limité, une certaine excitation, puis est expédié à l'évier. Ainsi Mme d'Hem faisait-elle, selon Brocquier, des sympathies qui se déclaraient pour elle.

Cette façon d'être aurait suffi à lui faire des ennemis, mais il y avait tout le reste. On la disait ruinée par les exactions de son mari – ce qui n'était déjà pas très bon signe –, mais elle possédait encore une belle maison qu'elle transportait moralement avec elle, ce qui faisait dire par exemple à une de ses amies parisiennes, qui habitait un appartement avec terrasse au sommet d'un immeuble de la place Rodin, mais dont les orangers n'avaient pas eu le temps de grandir : « Que voulez-vous, Luz a des ennuis, mais elle a cette maison, ce parc, ces vieilles poutres, ces grands arbres. Il faut que ça se paie. Quand on pense que je vis dans un septième ! » Car la richesse est un monde où l'on souffre, et les riches souffrent sans répit de ce qu'ils n'ont pas.

Didier prenait chaque fois sa défense, mais il aurait fallu convertir tout Irube. Si l'on voyait trop souvent la voiture de M. d'Hem, toujours lancée à toute vitesse, on disait qu'il courait vers la folie. Si on cessait de le voir, elle le séquestrait. Or, elle n'avait pas seulement contre elle ce mari, ancien prisonnier de guerre qui s'était déshonoré dans des escroqueries lamentables, il y avait cette enfant aux cheveux trop blonds, aux yeux trop bleus, à la voix rauque, dont l'âge était l'âge de l'occupation. De temps en temps, on parlait un peu moins du mari séquestré, un peu plus de Brigitte, ou c'était l'inverse : la calomnie a aussi ses saisons et l'humeur de Brocquier y était bien pour quelque chose. Il y avait enfin, à la charge de Mme d'Hem, ce commerce d'antiquités et objets assimilables qui avait tant prospéré pendant la guerre, grâce aux officiers de la Wehrmacht, et qui déclinait à présent. Non que les nouveaux riches boudassent les antiquités, au contraire les fabricants les plus habiles n'y suffisaient pas et le moindre fer forgé, rouillé et patiné par un séjour convenable dans le fumier, avait sa chance. Mais le magasin de Mme d'Hem avait un peu trop bien travaillé pendant la guerre. Cela faisait qu'abandonné par la clientèle, il ne travaillait plus du tout maintenant, au point que son ami, le vieil antiquaire de Bordeaux, avait été amené à se pencher amicalement sur les comptes de Mme d'Hem et à étudier avec elle les moyens de la tirer d'une situation périlleuse. De sorte que de propriétaire de son magasin, elle était en passe de devenir simple gérante – bientôt à peine tolérée – au service de ce gros marchand qui avait toujours épié ce moment et dont elle découvrait soudain que le nom de Rosambert sonnait mal et, disait-elle en riant – car il fallait bien rire –, n'évoquait le camembert que par abus. Didier la faisait taire, s'indignait. Était-elle bien consciente ? Mais, là-dessus, Brocquier allait encore beaucoup plus loin qu'elle : les Irubiens, race préservée (*nunquam pollutam*, disait la devise de la cité), avaient la nostalgie de l'atroce. On disait : « Voyez, la preuve qu'il y a quelque chose, c'est qu'au fond elle n'a pas d'amis. » Didier répliquait que, dans la mesure où cela avait dépendu d'eux, sa maison n'avait pas désempli. Mais Brocquier souriait avec mépris : « Ça, des amis !... » Et il s'empressait d'ajouter : « Vous ne voyez pas qu'elle se brouille avec tout le monde ? » Et il citait les noms, depuis dix ans : les Malavoine, les Taraire, lui-même. « Il ne lui reste que ce vieux, lui dit-il un jour, cet antiquaire libidineux qui est à ses ordres, premièrement parce qu'il aime, quand il vient à Irube, trouver une bouillotte et un lit chaud, et deuxièmement parce qu'elle guette son héritage. – Vous vous trompez, lui dit Didier, c'est justement lui qui la gruge : il guettait son affaire. »

Didier trouvait Brocquier ingrat. Il fermait l'oreille à ses accusations, à ce qu'il estimait être la vengeance peu brillante d'un homme évincé. Mais on ne reste pas longtemps brouillé avec un homme qui possède des lingots d'or. Brocquier, tout en restant exclu de la villa, rentra bientôt en faveur auprès de Mme d'Hem, ce qui ne l'empêcha d'ailleurs pas de continuer sa campagne de dénigrement. En revanche, Didier fut prié un beau matin, par un mot, sous prétexte de rangements intérieurs ou de réparations urgentes, d'aller chercher ses malles chez Mme d'Hem dans les quarante-huit heures. Sans quoi elle ne garantissait rien. Derrière cette phrase, il entendait son rire. Le mot lui fut apporté par Brigitte, qui le lui remit avec une grâce un peu rude. Elle lui confirma, d'une voix rauque, que c'était pressé et qu'il avait à trouver un local dans les deux jours. Le ton de cette menace, son contenu même étaient si extravagants, venant d'une femme qui avait une maison de douze pièces et de vastes dépendances, en ce temps où il fallait poser sa candidature pendant des années, surveiller les journaux et cultiver des relations épineuses pour obtenir le moindre réduit, que s'il n'avait pensé aux angoisses de Mme d'Hem à la suite du retour de son mari, il se serait peut-être regimbé. Il lui fit donc dire par Brigitte qu'il avait un local prêt à recevoir ses malles – lesquelles viendraient inévitablement occuper l'espace vacant entre le lit et la fenêtre. Et il donna à Brigitte un sucre d'orge et une tablette de chewing-gum en lui en expliquant l'usage.

Cependant, il était si triste à l'idée qu'il voyait peut-être cette petite fille pour la dernière fois, – et si triste de se souvenir de la première fois où il l'avait vue, dans l'intimité de la villa – qu'il se laissa aller à lui parler et finit par lui dire qu'elle aurait un chewing-gum chaque fois qu'elle viendrait le voir. Il était décidé, pour la revoir, à se ruiner en chewing-gum. Si bien que Brigitte, qui avait le cœur pur comme on sait, raconta à sa mère que Didier avait essayé de lui faire des choses. Ce que Mme d'Hem trouva plaisant.

Brocquier, toujours occupé de ses différends avec Mme d'Hem, feignit de passer par hasard devant Arditeya et monta chez Didier, en piétinant les jouets du Gosse, des planches pourries et en glissant sur des serpillières.

– Et savez-vous, dit-il avec passion, pourquoi elle s'est brouillée avec Solange Massot ?

Il reprenait ainsi une conversation vieille de huit jours.

– Mon Dieu, non. J'ignore cela comme j'ignore bien des choses.

– Vous n'ignorez pas l'existence de Mme d'Hem, je suppose ? reprit Brocquier avec un éclair diabolique dans les yeux.

Didier faillit l'empêcher d'aller plus loin. Mais il dit seulement :

– Non. Je n'ignore pas.

Brocquier lui expliqua que Mme d'Hem était liée, autrefois – avant la guerre – de profonde amitié avec Solange, – à peu près comme elle l'était à présent avec cette fille, cette May, dit-il, qui est tout le temps chez elle. Famille riche, bien rentée, bien pourvue, vieilles propriétés, etc. On cajolait Solange, on se promenait dans sa voiture, on la recevait, la coiffait, la baignait, jusqu'au jour où... d'un seul coup, élimination. Que s'était-il passé ? Quel événement avait mis fin à ce grand amour ? Mme d'Hem s'était aperçue depuis quelque temps que son mari s'était mis à faire de folles dépenses. Il se « passait des caprices » : voyages à Paris, théâtres, costumes de prix ; et cette folie de vouloir transformer en salon moderne, à l'aide d'un décorateur qualifié, une vaste pièce de cette maison dont on avait tout intérêt à respecter le charme rustique. Il ne fallait pas oublier que la fortune appartenait à M. d'Hem et que ses débordements financiers retentissaient fâcheusement sur la condition de Mme d'Hem. D'où lui venait tant d'argent liquide ? Elle l'apprit : la délicieuse Solange prêtait à M. d'Hem, à des taux usuraires, et ainsi la barque qui portait Mme d'Hem s'enfonçait chaque jour un peu plus, avec l'aide de Solange. Et le jeu de Solange, en cela, était bien singulier. Mais qui sait si l'esprit de calcul de Mme d'Hem n'avait pas d'abord dégoûté son mari et si Philippe, en agissant ainsi, ne prenait pas tout simplement le contre-pied de ses manies ?

Tel était du moins le récit fait par Brocquier, dans un monologue de près d'une heure, avec toutes sortes d'arrêts, de toussotements, de ricanements, dans un mélange inextricable d'affirmations et d'hypothèses.

– Je n'ai jamais rien remarqué de semblable chez Lucile, dit Didier. Et je vous trouve bon de raconter cela sur ce ton. Si c'est vrai, c'est horrible, et c'est d'une horreur sordide.

– Comment, si c'est vrai ! Mais, mon cher, c'est de la comédie bourgeoise, tout simplement ! Avec Mme d'Hem, tranquillisez-vous, tout est de cet ordre. Vous auriez tort de la prendre pour une héroïne, pour une femme qui vit dans le septième monde ! Vous vous figurez peut-être qu'elle n'avait pas les pieds sur terre, mais...

– En l'espèce, ce n'est pas elle qui avait le mauvais rôle, dit Didier.

– Bravo, mon cher, vous êtes chevaleresque ! s'écria Brocquier, fort réjoui. Mais Mme d'Hem joue un rôle dans d'autres histoires du même genre. La croyez-vous incapable de prêter avec intérêt ? J'ajoute, acheva-t-il simplement, – c'est l'explication que l'on m'a donnée, et je m'en contente – que la belle Solange ne faisait que lui rendre la monnaie de sa pièce. Car Mme d'Hem avait antérieurement prêté de l'argent à sa mère, dans des conditions analogues qui avaient mis Solange aux abois, et pour ainsi dire entre les mains de Lucile.

– C'est impossible ! s'écria Didier.

– Oh, elle ne dédaigne pas de plus petits bénéfices ! dit Brocquier qui se mit à lui raconter de pénibles histoires d'héritages. Vous ne pensez pas, dit-il, que la villa s'est faite toute seule ?

– Je l'ai toujours vue si généreuse tant qu'elle a pu l'être, dit Didier, résumant brièvement dans sa tête toutes les histoires singulières qui, en si peu de temps, avaient cruellement transformé pour lui l'image de Mme d'Hem.

Il aurait voulu pouvoir la défendre. Il espérait encore en elle.

– Voyez-vous, dit-il, elle ne croit plus assez en elle-même ni en personne, elle ne respecte pas plus elle-même qu'autrui, et ainsi personne ne la respecte – pas même vous, Brocquier –, et les événements ne s'accrochent pas à elle, n'ont pas le temps de prendre une consistance. Je crois, contrairement à vous, qu'elle est une parfaite héroïne. Mais une héroïne inhumaine. Elle ne fait pas partie du monde humain.

— Bref, c'est à ce moment qu'elle a songé pour la première fois à faire interdire son mari, dit Brocquier.

— Comment cela se peut-il ?

— Elle a invoqué toutes sortes d'histoires, faiblesse mentale, désordres cyclothymiques, schizophrénie, dissipation, prodigalité, alcoolisme. D'où son amitié avec ce docteur Renard, et maintenant son amitié grandissante avec le psychiatre ! Les médecins d'autrefois, c'était déjà effrayant, mais ceux d'aujourd'hui, avec leurs techniques de choc !... Cette histoire est encore plus sordide que l'autre !

— Non, si elle est vraie, elle est effrayante, dit doucement Didier.

— Elle n'est pas finie, dit Brocquier. Elle a repris de plus belle. C'est à donner le vertige. L'argent est la seule chose qui fasse mouvoir les gens. Vous comprenez maintenant pourquoi Lucile n'a jamais pris le temps de faire l'amour.

« Ah, nous y sommes !... pensa Didier. Il se venge !... »

L'idée avait pourtant pénétré en lui que Mme d'Hem ne méprisait pas l'argent. Elle avait eu raison au début. Il l'avait mise trop haut, il la voulait toute belle. Il n'avait pas songé à lui en vouloir de lui avoir rendu les malles. Mais les histoires de Brocquier l'abîmaient. Tant qu'il pouvait penser à elle comme à un être dont les seuls désordres, les seuls débordements étaient l'amour, il pouvait la respecter, l'aimer, l'adorer un peu en lui-même. Le goût de l'amour vous ouvre à l'univers, vous aide à le recevoir en vous ; le goût de l'argent vous ferme sur vous-même et vous devenez une pierre stérile, cela suffit pour créer un abîme entre les êtres qui s'aiment le mieux. Celui qui aime l'argent peut-il encore aimer quelqu'un ? Le plus grave était que les récits de Brocquier, peut-être intéressés, prenaient la suite de ceux de Betty, qui ne pouvaient l'être – Betty aimait Lucile ; et s'il ne l'avait pas crue jusqu'ici quand, de sa voix douce, elle laissait entendre que la vie de Philippe était peut-être en danger, maintenant il commençait à réfléchir sur le cas de la belle Mme d'Hem et sur la transformation subie par son image.

— Mon pauvre Didier, — c'était un dimanche matin et Mme d'Hem venait d'arriver dans sa chambre, à l'improviste, laissant Brigitte jouer dans le jardin avec le chien et le fils des camelots, — vous voilà bien embarrassé avec ces malles. Que voulez-vous, c'est la même chose pour tout le monde. Je pense que vous avez dû avoir la visite de Brocquier. Plusieurs, peut-être. Il est fou de rage. Il ne décolère plus. Il ne peut plus nous voir, May et moi !... — Elle rit. (Pourquoi May ?) — Cela devait éclater un jour ou l'autre. Surtout depuis cette sortie en voiture à Dax, où il n'a cessé de nous cramponner, de nous assommer avec un vieil oncle. Je me demande pourquoi il a tant voulu se réconcilier avec nous, il n'avait pas besoin de nous pour aller à Dax voir un vieil oncle.

Didier était interloqué par cette nouvelle histoire et la façon dont elle disait nous.

— Son oncle ? dit-il. Il a un oncle ?

— Je l'ignorais comme vous ! Nous devions aller, May et moi, dans un village des Landes voir des amis. Brocquier avait voulu nous accompagner, proposant je ne sais quel pique-nique. Or il avait tout fait, dès le départ, pour orienter la course vers Dax. Nous nous demandions pourquoi ! Surtout que Dax ne présente pas un charme particulier. En fait, il avait un but très personnel. Il s'agissait de nous mobiliser, May et moi, pour qu'il pût aller voir son oncle, lequel finit ses jours dans une triste maison à la sortie de Dax. Déjà, Dax, ce n'est pas gai, mais cette rue ! Nous l'abandonnons vingt minutes dans cette maison — vingt minutes mortelles pour nous, vous pensez ! L'endroit était tel que nous n'avions même pas envie de descendre. Puis nous l'emmenons déjeuner bien gentiment chez nos amis, à cinq ou six kilomètres de là. Voilà que tout à coup il prétend qu'il a oublié de dire une chose importante à son oncle, et il nous fait une scène horrible devant nos amis, pour que nous l'arrêtions de nouveau chez lui au retour ! May était révoltée. De quoi avions-nous l'air ? Moi surtout ! D'être aux ordres d'un énergumène ! Oh, je sais, il aime donner à penser qu'il a des droits sur les femmes avec qui il se trouve. En la circonstance, c'était un peu fort. Vous connaissez son éloquence. Il s'en était pris, lyriquement, à notre notion du temps. Courbé en deux, dans cette charmante maison, au milieu des pins, des fleurs, des oiseaux, il hurlait de sa voix de forcené, racontant je ne sais quoi à propos du soleil. « Le soleil ne va pas se coucher plus tôt parce que vous vous serez arrêtées cinq minutes aux portes de Dax ! Votre vie, vos précieuses existences ne sont tout de même pas à la merci d'une minute !... » Je ne sais ce qu'il disait encore. Et sur quel ton ! Il braillait des choses sur nos délicieuses petites vies, nos délicieuses petites têtes, notre délicieux petit sommeil ! Tout cela avec, j'imagine, des sous-entendus de bon goût. Que faire ? Il fallait abréger cette scène. Nous avons cédé à la terreur.

— Et vous l'avez déposé chez son vieil oncle...

— Nous lui avions donné dix minutes. Nous avions *exigé* qu'il fût exact. Au bout d'un quart d'heure, nous avons été nous promener, nous nous sommes un peu perdues, et naturellement, en revenant, nous l'avons trouvé dans la voiture, qui ricanait. Nous ne l'avons pas ménagé, je vous prie de le croire. Mais ce qu'il faut savoir, c'est qu'il nous a imposé de si odieuses comédies pour un vieux dont il se moque, dont il n'avait jamais parlé à âme qui vive, à qui il n'avait jamais manifesté sa présence, mais dont il sent approcher la mort et dont il attend l'héritage. À ce degré, vous comprenez que ce n'est plus un simple pitre, comme nous nous le figurions.

Didier regardait, par sa fenêtre, les hauts cyprès dont les ombres se déplaçaient avec le soleil. Combien les hommes étaient lourds à porter, lourds à vivre ! Il écoutait depuis un moment avec un certain malaise les cris de Brigitte qui jouait avec le Gamin, et commençait à trouver que Luz aurait pu lui épargner ce spectacle. Il lui restait, du sentiment confus qu'il avait éprouvé pour Lucile, un léger feu, une légère chaleur, capable encore peut-être de se ranimer et qui, en tout cas, créait une prévention en sa faveur. Il se sentait toujours prêt, au fond de lui, à soutenir sa cause, à réintégrer sa vision édifiante : en ce moment même, il ne l'écoutait que d'une oreille et se voyait, après une grande discussion avec Betty, délivrant Mme d'Hem de cet affreux mari – quand la voix de Lucile se tut et les cris de Brigitte le ramenèrent à la réalité. Il s'aperçut comme dans une glace, risible, ou, si l'on veut, il aperçut son erreur et, l'apercevant, il crut tomber dans un gouffre.

– Pourquoi, dit-il d'une voix exténuée, pourquoi n'avez-vous pas fait monter Brigitte ?

– Pourquoi la faire monter ? dit-elle. Regardez comme elle s'amuse bien avec le petit Maillechort. Ces gens ne sont pas aussi méchants que vous le croyez.

Didier la regarda froidement au fond des yeux.

– Personne n'est méchant, dit-il ; mais tout homme en vivant empêche un autre de vivre, ou prétend l'asservir à ses besoins.

– Je pense que vous exagérez, dit-elle étourdiment. Je ne vois pas ce qui, dans votre vie…

– Vous méditez peu sur ce qui vous arrive, dit-il.

– Ai-je le temps de méditer ! soupira-t-elle.

Un tel parti pris d'inconscience déconcertait Didier. Il croyait Lucile malheureuse, mais il se demanda si elle n'était pas tout simplement frivole. Il aurait pu essayer sur elle l'histoire des Coréens, cela eût risqué de prendre. Cette femme, avec un mari dont elle ne voulait plus mais qu'elle était obligée d'abriter pour l'empêcher d'être repris par la justice, et par là de la compromettre et de la ruiner davantage, vivait en plein tragique mais ne, voulait pas en convenir. Il faillit lui demander : « Ce mari, qu'allez-vous en faire ? » Mais ce n'était pas pour l'humilier, moins encore pour l'effrayer qu'il attendait depuis si longtemps l'occasion de lui poser une telle question. Il aurait voulu pouvoir lui dire : « Si vous avez peur… je suis là. Je serai là… » Mais peut-on prendre l'intérêt des gens en dépit d'eux-mêmes ? Le contraste avec ce qu'il avait rêvé était flagrant. Ce n'était pas encore cette fois qu'il aurait l'occasion de se dévouer pour quelqu'un. D'ailleurs, se dévouer ? Ce qu'on fait pour les gens qu'on aime, est-ce du dévouement ? De nouveau il se sentit ridicule, et non seulement ridicule, mais à ses torts : Eckhart, Kierkegaard, tous les grands, tous ceux qu'il honorait, lui donnaient tort.

– Vous feriez mieux de vous entendre avec eux, poursuivit-elle d'une voix distraite. Ce sont de braves gens. Et cette fille, regardez, ajouta-t-elle en montrant Flopie qui sortait en gambadant pour ranger les agrès du camion et nettoyer la tente. Est-ce qu'elle n'est pas charmante à voir ? Regardez cette petite frimousse, cet air déluré…

Il jeta un vague coup d'œil par la fenêtre.

– C'est vrai ? Vous la trouvez bien ?

Elle n'entendit pas la question, trop occupée à regarder Flopie.

– Qu'est-ce que ça peut avoir ? Seize ans. Tout juste. Elle à l'air de savoir ce qu'elle veut, avec ses petits yeux enfoncés. Elle ferait un chef de chantier merveilleux…

– Pourquoi un chef de chantier ? demanda-t-il.

– Parce qu'il faut des chantiers, et qu'il n'y a rien de tel pour les conduire que des filles comme ça. Mais, en France, les gens ne sont jamais à leur place, et les femmes ne peuvent rien faire de sérieux.

Didier eut un mouvement des paupières. Flopie chef de chantier. Ce n'était pas bête. Lucile savait apprécier les femmes.

Stef sortit à son tour, regarda les gosses, taquina le chien et appela Flopie pour un autre travail. Il n'y avait pas de dimanche pour les margoulins. Même ce jour-là, il fallait souffrir. En bas, la T.S.F. braillait par la fenêtre ouverte. Un oiseau perdu dans le parc du Séminaire essayait en vain dans le pâle soleil de novembre son refrain perçant, en forme de scie. Flopie souleva la bâche d'un côté, Stef prit l'autre et ils retirèrent à grands cris sur ce qui restait de la pelouse.

– Mais c'est qu'ils sont gais, dit Mme d'Hem.

– Les métiers de plein air, jeta Didier.

– Figurez-vous, dit-elle, j'ai retrouvé chez moi des coupons de cretonne dont je ne sais que faire et qui me sont venus je ne sais comment. Puisqu'ils sont de la partie, je vais leur proposer de me les racheter. J'irai les voir en descendant.

Il crut qu'elle allait ajouter : « Qu'en pensez-vous ? » Mais non. Même pas. Le silence s'établit entre eux. Un silence opaque. Avait-elle senti quelque chose ? C'était douteux. Sa fille joue avec le fils des camelots, et celui-ci ne la mord pas : tout est bien, tout va bien pour Lucile. Elle ne remarque pas l'épaisse nuée qui s'est formée entre elle et son interlocuteur. La haine aussi a ses coups de foudre.

Un instant auparavant – mais que cet instant est loin – il était prêt à faire alliance avec Lucile, à lui proposer son aide. Maintenant elle parlait de vendre sa cretonne aux margoulins. L'homme qui se fait de pareilles illusions mérite sûrement de périr. Il aurait voulu la guider, lui éclairer le chemin – oh, en restant à distance : *pour elle...* Mais voilà qu'elle a parlé et il sent s'amasser en lui un nuage noir. Grâce à elle, son être s'est concentré en un point bas. Il se croirait revenu aux plus beaux jours de Stellamare. Décidément, voilà le lieu de repliement, l'éternelle métaphore : tout se ramène à Fernande Chotard.

– Ils ne s'occupent pas de tissus, dit-il avec une moue de dégoût. Ils vendent essentiellement de la morue.

Mais l'a-t-elle entendu ? Elle est devant ses étagères de livres, elle a déjà une pile de bouquins sous les bras.

– Je vous prends ça, ça et ça. Je n'ai plus rien à lire.

Elle ne lui emprunterait pas une serviette, ni même un torchon. Mais des livres !... Elle ne demanderait pas son marteau à un ouvrier, sa faucille à un paysan. Mais à Didier ! Et comment lui refuserait-il, si elle n'a plus rien à lire ?... Ces livres, cependant, il sait qu'elle ne les lira pas, qu'elle ne les lui rendra peut-être pas non plus, et c'est ce qui l'irrite. Mais, au fait, a-t-il encore besoin de livres ?

– Souvenez-vous... murmure-t-il avec effort, comme elle est sur le seuil. Si vous avez besoin de moi...

Mais non, sa proposition est dérisoire. On n'a jamais besoin de Didier.

Un moment après, ou un jour, une semaine après, il ne sait, comment aurait-il la notion du temps ? ce n'est plus Mme d'Hem, c'est Mme Chotard qui est assise sur le coin de la malle. Mme Chotard passait par là, elle est montée prendre de ses nouvelles. Elle sort de la messe, elle aussi, ou elle s'y rend, c'est sa deuxième, troisième messe. « Il y a longtemps que je voulais venir vous voir... Je n'osais pas... » Elle lui laisse un petit cahier bleu – le petit cahier bleu qu'il a entrevu dans la « lingerie » de Stellamare, où elle a écrit jour après jour en s'adressant à lui. Une espèce de journal à..., de lettre perpétuelle. « Je n'aurais pas pu vous écrire autrement... Ne le lisez pas tout de suite... » Elle est touchante. Est-ce le signe d'un regret, d'un revirement,

le désir d'une alliance nouvelle ? Déjà elle ne sait plus que dire et cherche un moyen de s'en aller. Elle se dresse, se rassied, se relève, et tout à coup :
– Figurez-vous que je n'ai plus rien à lire...
– Je vous en prie, dit Didier, servez-vous. Ils seront mieux chez vous que chez moi.

Les jours, les nuits, le vent qui souffle en tempête, les cyprès secoués comme des roseaux. Didier grelotte dans sa chambre, où le thermomètre marque 1° en dépit du radiateur électrique – cadeau de Betty – branché depuis le matin. Il met des gants pour écrire, s'ensevelit sous des lainages, attend la fin du monde. S'il sort pour se réchauffer, la fatigue le prend, il revient le dos lacéré, le corps fondu sous la fièvre. Si encore il réussissait à travailler ! Il aura épuisé bientôt, lui semble-t-il, toutes les circonstances de la prière, mais il ne se sent pas moins troublé et s'interroge jusqu'à la torture. Le froid n'a pas éloigné les saltimbanques, ni ralenti leurs mouvements, au contraire. Ils sont seulement un peu plus brutaux qu'à l'ordinaire, ils laissent tomber les planches de plus haut, les caisses, les barres de fer. Qui donc a voulu cela ? Qui ? Lui est-il demandé d'accepter ? Naguère, l'abbé Singler le trouvait trop résigné. Mais qu'est-ce qu'il voulait dire ? Comment croire que cette souffrance, qui s'éternise, sert à quelque chose ? Ah, s'il pouvait croire cela –, comme tout serait simple ! Ce serait le moment, peut-être, de relire une page de Kierkegaard, cette « Prière pour avoir toujours tort à l'égard de Dieu ». Il se lève pour prendre le livre. Mais il n'est plus là. Lucile l'aura emporté, ou Fernande. Elles vont pouvoir parler autour de cela, et faire admirer leur savoir. Ou bien, comme tous les livres qui vont chez Mme d'Hem, le livre ira s'ajouter à ceux qui attendent leur sort dans le cabinet du premier étage.

Le dimanche ramena Mme d'Hem. Betty était dans sa famille, comme les autres dimanches ; il entendit le pas de Lucile avec joie. Lucile avait l'habitude d'entrer après avoir donné un coup vif sur la porte, sans attendre. Elle le surprenait toujours en pyjama, ou au lit, ne s'excusait jamais, trouvait ça drôle. Il ne fallait pas se déranger pour elle, ni mettre de l'ordre. Elle aimait cela, surprendre les gens. Il attendit, sûr d'avoir reconnu son pas. Mais elle ne montait toujours pas. Il alla se poster près de la fenêtre, contempla le jardin souillé de papiers jaunes, de débris de boîtes, de morceaux de carton. Une belle lumière froide brillait sur ces objets comme le sceau de la désolation. Le camion était là aussi, bien sûr, sous la fenêtre, suintant d'huile, exhalant sa puanteur complexe d'essence et de détritus divers (« désinfecté tous les jours »), enfer mouvant qui rassemblait ou dispersait toutes les formes du supplice, de l'ardeur mercantile. Sans qu'il sût très bien pourquoi, un couplet lui revenait toujours à l'esprit devant ce camion gris de fer : *Salut demeure chaste et pure !...* Ces mots l'obsédaient imbécilement : « salut » au sens d'adieu, bien entendu. Encore un instant et Flopie allait surgir dans son costume du dimanche et s'arrêter longtemps au portail, en le faisant grincer, comme elle faisait toujours, un peu par conscience professionnelle, un peu aussi pour appeler son attention, l'obliger à regarder, à se montrer à sa fenêtre. Il ne se montrait pas, mais la voyait à travers les carreaux et lui prodiguait des injures.

Ce n'était pas elle qu'il guettait, mais Lucile. Il était pourtant sûr d'avoir entendu son pas sur le gravier. Il passa dans sa cuisine, ouvrit la porte. Ce rire qui résonne... Parbleu !... Personne n'a un rire comme celui-là. Elle est donc là, elle s'est arrêtée chez eux, tout simplement. L'affaire des coupons... Il se remémora la séance chez la vieille à qui il avait vendu son frac noir, et le dégoût qui s'en était suivi. Lucile – Mme d'Hem ! – était donc enfermée avec eux – ils l'avaient reçue dans la cuisine comme tout le monde – et elle leur vantait sa cretonne dans l'odeur de la graisse qui sautait dans la poêle. « Un jour, elle ira leur refiler des objets d'art... ou des lustres dont elle ne veut plus... ou des bouddhas !... Un bouddha pour Gaby, quoi de mieux ? Un gros bouddha, bien ventru, bien luisant. En bronze, pour qu'ils ne le cassent pas au cours des scènes de famille !... »

Tout à coup, Brigitte déboucha sous ses yeux, jouant avec le Gosse, le chien des Maillechort bondissant autour d'eux, et ils s'amusèrent à offrir leurs mains à sa gueule noire, quittes à s'effrayer en poussant des cris. Il aurait voulu appeler l'attention de Brigitte et lui dire de monter. Mais elle s'amusait trop bien avec le Pompon et n'avait pas de regard pour lui.

Didier se remit au travail.

— Eh bien, dit-il lorsque Lucile pénétra dans sa chambre, est-ce qu'ils ont marché ?

— Pourquoi ne marcheraient-ils pas ? dit-elle. Tout ce qui peut se vendre... Et puis ils ont des copains... Mais je viens de rencontrer leur cheval mécanique, ajouta-t-elle, le cheval du petit. Je me suis déchiré un bas, je me suis écorchée... c'est agaçant ! Si leur gosse abandonne ses jouets, ils n'ont qu'à m'en refiler quelques-uns, Brigitte s'en servira, je vous le jure, c'est un vrai garçon.

Didier se mit à rire : la dame de Kali-Koré mendiant aux marchands de morue des jouets gratuits pour sa fille !

— Les jouets dont le Gosse ne veut plus ! pouffa-t-il. Mais c'est tous ! Tous ! Il ne les garde pas plus de trois jours !... Vous voudriez sérieusement ?... – Son rire le suffoquait ; il porta un mouchoir à ses lèvres. – Écoutez, dit-il, changeant de ton, je vous en prie, ne me parlez pas d'eux... Tant que je suis ici... Je veux ignorer vos trafics, affirma-t-il, espérant la blesser. Quant à cette petite fille, reprit-il après un moment – et il élevait la voix malgré lui – *pourquoi l'amenez-vous ici ?*...

Subjuguée comme chaque fois qu'on l'attaque, Lucile répond docilement, d'un ton uni, à cet absurde interrogatoire :

— Vous savez bien, Didier... Elle m'accompagne à la messe...

Leurs yeux se croisent, se défient, leurs regards se nouent. Il aperçoit, derrière elle, la grande maison ornée de feuillages, écrasée sur un affreux secret. Ce secret, il voudrait l'arracher à Lucile ; dans le tourbillon qui s'élève en lui, il voudrait, oui, séparer cette femme de l'intention criminelle qu'il sent germer en elle à son insu. Mais n'est-ce pas un roman ? Et puis, qui se soucie encore de la morale ?

— Pourquoi vous faites-vous suivre d'elle partout où vous allez ?

— Mais vous êtes fou ! Pourquoi ne me suivrait-elle pas ?

— Oui, dit-il. Mais *qui est-elle*, d'abord ?...

Elle le regarde de ses grands yeux roux qu'une légère myopie fait paraître inoffensifs. Tant de tranquillité, de froide résolution sur son visage !

– Je ne comprends pas votre question !

Pourtant elle a frémi, ses cheveux roux rayonnent autour de sa tête comme sous l'action d'un courant électrique. Elle répète :

– Vous êtes fou !…

Il se passe la main sur le front, douloureusement. D'où lui vient cette chaleur, cette moiteur sur le visage ? Une émotion qu'il n'avait pas prévue lui fait accomplir une série de gestes désordonnés, de sorte que finalement il se croise les mains.

– Je suppose que vous avez prié pour moi, dit-il.

Au même moment il baisse les yeux et aperçoit le missel aux tranches dorées entre les mains de Lucile.

Elle a baissé les yeux en même temps que lui. Leurs regards se rejoignent sur ses mains. Ces mains sont moins fines qu'on ne pourrait le croire d'après les formes sveltes de Lucile. Autrefois, elle disait qu'elle ne les aimait pas, qu'elle avait tout envisagé, tout fait pour les améliorer, tout – excepté la mutilation, disait Betty en riant. « Maintenant je suppose qu'elle les accepte, pensa Didier, elle n'essaie plus de me les dissimuler. »

– Est-ce que vous avez besoin qu'on prie pour vous ? dit-elle gravement. Vous avez mieux qu'eux tous. Vous avez tout ce qu'ils n'ont pas !

Dans la bouche de Mme Chotard, il n'eût pas toléré ce propos. Mais elle… Il lui sembla que ces mots rouvraient pour lui le monde fermé. Il chercha son regard qui fuyait, sous une légère buée d'émotion, vers les murs de la chambre, comme pour trouver une justification à ce qu'elle disait. « Je suis incorrigible, songea-t-il. Toujours prêt à me laisser reprendre au moindre soupçon de sincérité, de propreté… » Pour cette allusion soudaine, mystérieuse, il avait foi de nouveau en Lucile.

– Je suis pressée, dit-elle tout à coup en regardant sa montre.

– J'aurais voulu que vous restiez encore un instant, dit-il. J'étais irrité contre vous lorsque vous êtes entrée. Et maintenant…

– C'est impossible, dit-elle. Et puis... Sincèrement... je crois que vous allez me fatiguer.
– Vous !... dit-il. Une femme infatigable !...

Il eut à peine le temps de se lever pour la suivre jusqu'à la porte. Il prit son bras et sentit la vigueur du muscle sous l'étoffe. « Des muscles d'homme », pensa-t-il.

– Ne m'accompagnez pas, dit-elle. Il faudra que nous parlions, Didier.

Elle ne le vit pas hausser les épaules. Elle reprit Brigitte en passant, fila par le portail entrouvert, puis il entendit le bruit d'une voiture qui démarrait. Elle laissait toujours sa voiture à distance, pour avoir l'occasion de marcher. « Après tout, se dit-il pensant à Brigitte, elle n'a que les muscles de sa mère. »

Le lendemain, quand Betty monta, elle lui demanda ce qu'il avait fait à Lucile.

– Rien, dit-il. Elle me fait peur.
– C'est drôle, dit-elle. J'avais cru que c'était elle qui avait peur de toi.

— Ce Brocquier, dit Betty. Tu sais ce qui lui est arrivé ? Son notaire est mort...

— Je ne connais pas de notaire, dit Didier. Qu'est-ce que tu veux que ça me fasse ?

— Mais tu connais sûrement son premier clerc, Me Terrenoire ? Il habite le Quartier, tu le rencontres tous les jours, il m'a dit qu'il s'intéressait beaucoup à toi. Tu sais que c'est un personnage. Conseiller municipal, président de la Commission du Logement, et le bras droit du Maire. On ne saurait être mieux placé !

— C'est fou ce que tu connais de gens !

— Nous sommes une vieille famille, dit Betty avec une sorte de tristesse cocasse.

— Oui, dit Didier. Voilà la différence. Ma famille doit être vieille elle aussi, mais elle a roulé sa bosse un peu partout, c'est comme si elle n'existait pas. Maintenant, les voilà au Maroc à fabriquer de la bière pour les Arabes, et quand ils reviendront, Dieu sait !... Cela a toujours été ainsi, de notre côté. Nous aimions cela, d'ailleurs. Nous n'avons jamais eu la passion, ni même le besoin, le désir de la propriété. Le monde allait bien comme cela. Et c'est ce qui fait que je ne connais pas Me Terrenoire.

— Je te parle de lui parce qu'il est célèbre dans les Hauts-Quartiers pour être inconsolable de la mort de sa femme, qui a tant souffert et qu'il a soignée avec tant de dévouement, récita-t-elle tout d'une haleine. On t'a sûrement raconté cette histoire. Je me rappelle même et tu devrais te rappeler comme moi qu'il avait dit à Mme Chotard qu'il viendrait te voir, que cela lui ferait du bien, qu'il sentait que tu pouvais le comprendre, à cause de ce que tu avais écrit. C'est un idéaliste, il voulait même s'occuper de toi, c'est tout dire. Un personnage comique, en somme.

– Et son patron est mort ?

– Oui. Et quelques jours après la mort de son patron, il a épousé la fille aînée du Maire, Mlle Dutertre.

– Mais alors, tout va bien pour lui ? dit Didier.

– Oui. Une vraie scène de Pirandello, dit Betty. Car tu comprends combien il tardait à Me Terrenoire que son bienfaiteur, Me Olivier, mourût.

– Pourquoi ? Il avait besoin de sa mort ?...

– Il ne pouvait pas se marier avant, voyons ! Me Olivier l'aurait déshérité : il était son authentique beau-père, le père de la morte ! Or Me Terrenoire hérite des biens, hérite de l'affaire, du cabinet, de la maison, de tout ! Cela valait bien la peine d'attendre deux ans pour se marier.

– Deux ans ou davantage, dit Didier.

– Non. On savait, dit Betty. Il y a des maladies sur le cours desquelles on est renseigné.

– Fort bien. Cela, plus la dot de la fille, c'est un assez beau coup. Voilà au moins une mort intéressante. Et productive. Et qui a dû être suivie de bien des fêtes. Ce n'est triste que pour moi : si je comprends bien, je perds un ami – du moins un ami éventuel.

– Pourquoi ?

– Cet homme qui s'intéressait à mon sort, qui devait prendre ma vie en mains... Il va être si riche !...

– C'est pour ces gens-là qu'il faut prier, dit Betty gravement.

La construction n'avançait toujours pas, ni à Irube ni ailleurs. Et pour cause : les architectes et les entrepreneurs s'intéressaient par priorité à la construction des logements coûteux que, d'autre part, l'État encourageait en accordant des primes à la fortune. Rien de nouveau sous le soleil. On ne voyait pas grand changement dans le monde depuis le début de l'ère chrétienne. *Irube-Éclair*, sous la signature spirituelle de Xen., qui recouvrait celle de l'abbé Singler, venait de publier un article fort alerte dont on parlait en ville. Les *Izvestia* ayant révélé qu'il existait encore des vauriens et des fils à papa en U.R.S.S., le fameux Xen. – un loustic – se demandait comment cela était possible après quarante ans de régime soviétique. Didier, entre deux pages de son traité, se donna la peine de lui écrire qu'il ne trouvait rien d'étonnant à cela :

« La semaine dernière encore, vous relatiez la découverte, dans un canal, d'un homme plié dans une valise. Quelques mois auparavant, vous aviez publié, en bonne place, la photo d'un magnifique chien policier (à la bonne heure) qui avait permis l'arrestation de deux dangereux voleurs.

« Qu'est-ce que cela peut signifier ? Est-ce que deux mille ans de civilisation chrétienne et trois cents ans de civilisation bourgeoise n'auraient pas produit plus de résultats que quarante ans de régime soviétique ?

« Nous ne le croyons pas. Vous nous cachez sûrement quelque chose.

« ... Vous ne refuserez pas, je l'espère, en attendant de nous fournir l'explication de ce phénomène, de soumettre cette équation à vos fidèles lecteurs, qui sont sûrement d'honnêtes gens. »

Naturellement, aucune allusion à cette lettre ne parut dans l'*Éclair*, Didier rencontra Mme Chotard qui lui parla de l'Évêque, qui faisait bâtir, sur une pente, une série de maisons destinées à concurrencer les H.L.M. Le seul ennui était qu'il fallait les construire soi-même, pour peu qu'on fût charpentier ou maçon. Cela ne pouvait convenir à tout le monde. Du reste, le projet n'avancerait guère tant que le Maire, chirurgien urbaniste, y ferait obstacle.

À quelques jours de là, Didier eut la surprise – qu'il garda pour lui – de recevoir la visite de May. Une sorte d'inquiétude, d'agitation corrigeait sa sécheresse habituelle, la rendait peut-être plus sympathique. Sa voix n'en était pas plus souple, mais un je ne sais quoi en brisait la raideur. May s'assit au bout du lit.

– Je suis venue vous demander un service, dit-elle avec des regards de côté. Il s'agit de Luz. Elle a eu quelques gestes vifs avec vous... mais cela ne doit pas compter auprès de ce qui va se passer. Il pourrait y avoir des choses graves. Luz ne sait pas que je suis ici, mais je crois... je crois que vous avez assez d'amitié pour elle... Il se peut que nous ayons besoin de vous, de votre témoignage.

– Faux, naturellement ? coupa Didier sans élégance.

– Je vais vous raconter... Mais d'abord, jurez-moi que cela restera entre nous, que vous n'en parlerez jamais à qui que ce soit...

– Oh !... Vous êtes solennelle !... dit Didier qui pressentait un drame. Vous devriez savoir, ma chère May, que je ne répète jamais rien.

– Comme vous êtes bon ! fit May hargneusement. Mais vous devez deviner de qui il s'agit. Le mari... M. d'Hem a eu une de ses crises. Il a fallu le calmer, appeler le médecin...

– Le docteur Renard, naturellement ?

– Vous ne pouvez pas trouver d'autre adverbe aujourd'hui ? dit May, acerbe. Bien sûr, le docteur Renard. Qui voudriez-vous qu'on appelle ? C'est le seul qui soit toujours là, qui connaisse Lucile, qui connaisse M. d'Hem. On lui a fait des piqûres...

– Oh, des piqûres ? dit Didier un peu effrayé.

– ... Oui enfin, une piqûre...

– Une piqûre de quoi ?...

– Je ne suis pas médecin, ni vous non plus que je sache. Le nom ne vous dirait pas grand-chose. Il s'agissait de le calmer, de l'endormir. Si vous saviez à quels gestes il s'était livré. Il a failli... Mais le docteur a estimé que ce n'était pas suffisant, que Luz ne pouvait pas prendre la responsabilité de le garder chez elle, qu'il fallait craindre le réveil... Ç'a été affreux, vous savez. J'étais en bas, dans la salle ; la porte était restée ouverte, quand je l'ai vu arriver... Il descendait l'escalier comme un fou...

– Comment avait-il pu sortir de sa chambre ? demanda Didier. Je croyais que depuis son dernier esclandre...

– Il est libre ! dit May avec éclat C'est même pour cela...

– Qu'il a fallu l'enfermer... non ?...

– Qui vous l'a dit ? dit-elle.

Elle était toutes griffes dehors, et cependant son regard restait glacé.

– C'est bien ce que vous avez fait ? dit Didier d'une voix qu'il voulait neutre. C'est dans la logique, après tout.

– Vous ne savez pas de quoi vous parlez, dit May avec une colère sèche. Si vous l'aviez vu comme je l'ai vu... Lucile était absente... à la messe... C'était un dimanche matin – exactement dimanche dernier.

– À la messe, releva Didier. Êtes-vous sûre que ce n'était pas plutôt pendant qu'elle était ici ?...

– Il avait choisi ce moment, dit May sans lui répondre. Il a dû croire qu'il n'y avait personne dans la maison. Il comptait sans doute accomplir sa besogne paisiblement. Il n'avait oublié que moi. Quand il m'a aperçu, il a poussé un hurlement, s'est rué dans la cuisine, en est ressorti avec un couteau.

– Oh, fit Didier, quelle peur vous avez dû avoir !

– Ce n'était pas ce que j'ai cru, dit-elle. Du moins je le pense maintenant. Il avait son idée, il n'était descendu que pour cela. Il n'en voulait qu'au téléphone...

– Il aurait pu changer d'idée en vous voyant, dit Didier.

– Bref, il s'est mis à couper rageusement les fils du téléphone.

– Pourquoi le téléphone ?

– Le téléphone, mais c'est la seule arme de Lucile, voyons ! Le téléphone, c'est la police, c'est le médecin, c'est... Quand on vit dans le danger... « Vous vous passerez de téléphone désormais, criait-il en coupant les fils. Il ne vous sert qu'à trahir – à calomnier ! » J'essayai de garder mon sang-froid. Je lui ai dit que ce n'était pas une raison pour détériorer le matériel téléphonique et pour couper les fils avec un couteau de cuisine. « Je suis chez moi ! hurlait-il. Je suis chez moi !... » C'était bête ! Élise avait couru chez le docteur. C'est à ce moment-là que Luz est revenue.

– Vous êtes organisées ! dit Didier avec admiration.

– Lucile a été splendide. Pas la moindre émotion. Elle déversait sur lui ses petites remarques sèches. Vous savez comme elle est capable de garder toute sa tête dans ces moments-là.

– Elle essayait de l'exciter, n'est-ce pas ? demanda Didier. On sait bien l'effet que produit ce système sur les gens échauffés ou violents. Vous étiez là, elle se savait la plus forte, malgré le couteau. Je parie qu'elle s'était emparée du récepteur, non ?

– Vous êtes diabolique, dit-elle. Eh bien non. C'est lui qui s'en est emparé, après s'être laissé prendre le couteau.

– Ah, il y a eu bagarre ?

– À peine. Luz s'attendait à tout instant à recevoir un coup sur la tête.

– Un geste de ce genre aurait tout arrangé, dit Didier. La légitime défense... À ce moment-là, c'est elle qui avait le couteau ?

– Comme si elle s'en serait servie ! dit May en haussant les épaules. Mais les choses n'ont pas été jusque-là, malgré ce que vous en pensez.

– C'est vrai, Lucile est bien trop fine pour se servir d'un couteau, dit Didier. Ou même d'un revolver...

– La crise a duré deux jours, continua May. Je crois que nous avons eu de la patience. C'est le deuxième jour seulement qu'il s'est calmé. Quand le médecin est revenu ce jour-là, elle était à bout. Philippe ne voulait pas le laisser entrer. « Pas celui-là ! Pas celui-là !... » criait-il.

– Pourquoi pas celui-là ? demanda Didier, comme s'il n'était pas assez renseigné.

– Une lubie... Les amis de Lucile, vous comprenez...

– Il avait peur de lui ?

– Mais non. Ne faut-il pas qu'il déteste par principe les gens qui sont du côté de Lucile ? Il y a le clan de Mme d'Hem et le clan de M. d'Hem. C'est ce qui est infernal. Il me semble d'ailleurs que vous avez une amie qui est de ce clan.

– Mlle Mondeville est au-dessus de tout reproche, dit Didier avec douceur. Elle a besoin de défendre les opprimés, que voulez-vous... Mais la suite ?

– La suite ? Le malheureux était à ce moment-là en pleine crise éthylique, c'était surévident.

– Oh, comment dites-vous ? Éthylique ?...

– Bien sûr. On a donc profité de l'apaisement procuré par les piqûres...

– Par les piqûres du docteur Renard, précisa Didier.

– ... Pour l'envoyer (l'expédier, pensa Didier) à Dax – dans une maison de santé où l'on puisse l'examiner sérieusement, le suivre, le traiter. (Dax ! Elles avaient tout prévu !) C'est affreux, continua May. Cela fait beaucoup de mal, vous savez. Et je ne parle pas de la dépense pour Lucile, qui passe sa vie à travailler pour réparer les excentricités de son mari.

– N'est-ce pas normal de soigner un malade ? demanda Didier. Surtout quand ce malade est un mari, et que la maison lui appartient.

– Je ne sais pas, dit May, faussement.

– Ce qu'il a crié en arrachant le téléphone le laisserait supposer. « Je suis chez moi ! Je suis chez moi ! »

– C'est peut-être un propos de fou, suggéra May.

– C'est toujours un propos de fou, dit Didier. Je l'ai maintes fois constaté.

– Luz aussi a le droit de dire qu'elle est chez elle, dit May sans s'arrêter à cette remarque. J'en suis sûre. Au moins pour moitié. Après tout, cet homme n'a pas le droit de conduire une maison à la ruine, pour le plaisir d'empoisonner sa femme et de l'acculer à la misère, sous prétexte que la mère de Lucile est morte et qu'il s'entendait mieux avec la mère qu'avec la fille.

Didier était horrifié par les détails que May accumulait depuis qu'elle avait commencé son récit.

– Vraiment ? dit-il.

– Cela arrive, dit-elle, se calmant un peu. La mère de Luz était très jeune, vous pouvez juger par sa fille combien elle était belle, ajouta-t-elle plus lentement, d'un ton rêveur. Luz est restée longtemps à l'âge ingrat, elle s'est développée tardivement. C'est après la mort de sa mère que M. d'Hem s'est mis à boire, et de là... Vous savez le reste. Enfin, Luz ne l'a jamais aimé.

– Mais c'est affreux ! Affreux ! s'écria Didier.

Il s'était levé et essayait de faire le tour de la chambre, sans y parvenir : il revenait constamment buter sur les malles, ou contre les jambes de May qu'il aperçut à cette occasion et qui étaient longues et fines, élégantes si l'on veut, mais entièrement dépourvues d'expression.

– Cette photo de morte qu'elle a dans sa chambre... reprit-il.

Elle répliqua assez vivement.

– Oui. C'est sa mère... Peut-être comprendrez-vous un peu mieux, maintenant, le courage qu'elle a dû déployer pour tenir tête. À son retour de captivité, il n'avait absolument pas changé. Tout a recommencé comme avant et, quand il s'est vu acculé, vous savez ce qu'il a fait : il a signé des chèques sans provision. Devant le tribunal, il a prétendu lâchement que c'était pour tes beaux yeux de Luz, pour pouvoir lui payer des robes, il l'a travestie en femme fatale, à l'usage des juges. Grâce à lui, on a parlé publiquement de ses fourrures, de ses voitures, on l'a déshabillée en plein prétoire. En réalité, il ne désirait rien autant que de voir sa femme sur la paille. Ce n'est que dans ce sens qu'on peut dire qu'il s'est ruiné pour elle : oui, pour mieux la ruiner.

– Il avait une raison pour faire tout cela ? demanda Didier toujours très doucement. Ou plusieurs ?...

Elle dédaigna l'interrogation. Mais Didier revoyait une petite fille à la voix rauque s'ébattant sous sa fenêtre, en compagnie du Gosse. Il revoyait la photo de la jeune femme sur son lit de mort, et Luz, à toutes les époques de sa vie – le jour où elle lui avait montré les photos de son tiroir – toujours entourée de jolies filles ou d'hommes séduisants. Cela suggérait une version de la vie de Mme d'Hem que May n'indiquait pas.

– Je suppose, dit May, que vous ne vous doutiez pas de tout cela. (Soudain, elle le regarda profondément de ses yeux clairs. Elle avait un côté jeune fille qui n'était nullement déplaisant.) J'espère, dit-elle, que vous mesurez la confiance qu'on a en vous.

– Luz est une femme formidable ! s'écria Didier avec enthousiasme. Quand on voit cette jolie maison, et puis que l'on pense à tout cela !...

– N'est-ce pas ? dit-elle confiante. Voilà ce qui se passe dans les jolies maisons au fond des parcs.

Il se souvint d'avoir déjà entendu, dans une autre bouche, une phrase analogue. Lucile avait donc réussi son coup. Du moins avait-elle gagné la première manche. Il allait y avoir du travail pour Betty...

– Vous êtes heureux, Didier, ajouta-t-elle. Vous êtes heureux de n'avoir ni parc ni maison.

– Oui, tout le monde me le dit. Je suis heureux, dit Didier : je n'ai rien.

– Et on vous aime...

Il la regarda, espérant déceler l'intention dans laquelle elle avait lancé ce mot singulier.

– Il y a des gens qui me le reprochent assez, dit-il.

En effet, comme presque tout ce qu'elle disait (sauf quand elle parlait de la beauté de Luz), May avait lancé cela avec un accent vindicatif. Avait-elle des regrets ?... Pourtant, elle aimait bien trop Lucile pour avoir besoin d'un homme.

– Il ne me manque qu'un peu de place autour de moi, dit Didier. – Il sourit, versa tout à coup dans la plaisanterie la plus commune : – En somme une maison comme celle de Luz...

Mais il ne fallait pas s'attaquer aux maisons, surtout à celle de Luz. La bienveillance inquiète dont elle avait paru faire preuve s'était brusquement évanouie. Elle changea de ton, prit l'air et le vocabulaire de la pitié cinglante ; c'était Lucile elle-même, c'étaient tous les propriétaires des Hauts-Quartiers à la fois.

– Mon cher, je me demande ce que vous feriez d'une maison comme celle de Lucile.

– Vous n'êtes pas si nombreux chez elle, insinua Didier pour s'amuser.

– Quand on est habitué à vivre dans un si petit espace... dit-elle avec un faux sourire... Pauvre Didier, vous vous sentiriez perdu !

Elle était sincère : c'était affreux.

« Non. C'est ici que je me sens perdu », songea Didier. Il jeta un regard vers les murs qui l'étouffaient, la rigole réservée entre le lit et les malles, les meubles de location qui se bousculaient, misérablement, le long de la paroi, une ou deux caisses qui étaient sa contribution personnelle, et May assise pauvrement, malgré son air d'insolente fierté, ses cheveux bien brossés et l'excellence de sa tenue, sur un morceau de la couverture à carreaux qui s'effilochait.

Il lui vint une idée, l'idée d'une expérimentation peu coûteuse, d'une de ces observations *in vitro* que les Hauts-Quartiers lui offraient toujours en abondance.

– Certes, dit-il, il me répugnerait de profiter du malheur de quelqu'un, mais si le mari de Lucile est parti, cela ne fait-il pas chez elle une chambre vide ?... En attendant que...

– En attendant ! dit May sarcastique. Mais, mon pauvre ami – elle descendait de plus en plus les degrés du vocabulaire de la pitié –, vous ne vous rendez pas compte ! Vous savez pourtant combien, dans un pays de... de... de tourisme comme celui-ci, ne serait-ce qu'avec les locations d'été... Vous ne souffririez pas, je suppose, que Luz vous fasse un cadeau de ce genre.

– Je n'ai pas parlé de cadeau, dit Didier en pâlissant.

– Mais même avec ce que vous pourriez payer, ce serait un cadeau ! On dirait que vous ne savez pas ce que c'est qu'un pays de tourisme... À partir de juin, voyons, tout le monde augmente les loyers ! Ce serait fou de faire autrement !

– Si je comprends bien, conclut Didier, en regardant May très froidement, la présence de M. d'Hem, en plus de tout ce qu'elle comportait de désagréable, était pour Mme d'Hem une énorme gêne... ce qu'on appelle, je crois, un manque à gagner...

– C'est-à-dire...

– Vous vous y prenez à l'avance ! dit-il. En somme, l'été approche, cela valait la peine de le faire enfermer.

– Imbécile ! cria May, qui ne pouvait plus tenir. Vous êtes drôle un moment, mais... Vous n'êtes pas seulement méchant, Didier, vous êtes bête ! Ou... Je ne sais pas ce qu'il y a chez vous !

Elle tapait des talons sur le plancher, prête à faire une crise.

– Mais enfin, cria-t-il à son tour. Supposez que j'aille m'installer chez Luz et que je garde cette chambre. Qu'est-ce qui m'empêcherait d'y rentrer pendant les mois d'été ?

Il ne discernait plus, à force de discuter, si sa proposition était sérieuse ou non.

– Et si vous ne le faisiez pas ?

May avait jeté cela brutalement – comme aurait pu le faire non plus Lucile mais Mme Chotard. Comme elle épousait *leurs* intérêts ! De tels doutes sur son honnêteté, sur sa fidélité à la parole donnée, offensaient toujours Didier très gravement ; ils le rejetaient dans un univers de terrorisme et d'attentats. Il oubliait qu'il n'avait parlé que pour faire une expérience. Il n'avait plus la force de jouer. La réplique précipitée de May lui faisait l'effet d'une bombe éclatant dans sa tête. Et il devenait violent à son tour, violent mais sans qu'un pli bougeât sur son visage.

– Si vous y tenez, termina May par un revirement singulier (peut-être de simple prudence), je veux bien parler à Luz, mais elle a sûrement un plan dans la tête.

– Ah ! fit Didier. Mais oui ! Luz a toujours un plan dans la tête. C'est fou ce qu'elle peut faire de plans. Il faut dire, ajouta-t-il, que cela ne lui réussit pas mal !...

Elle ne releva pas l'allusion. Quant à Didier, il y avait longtemps qu'il était clair pour lui – depuis que May avait commencé son récit – que Mme d'Hem avait un plan dans la tête. Qui donc à Irube n'avait pas son plan ? Et Luz en avait bien d'autres que celui-là !... Dire qu'il avait cru un moment que May venait le voir pour son plaisir ! Non : elle était venue s'assurer de sa neutralité, – peut-être de son aide. Il savait, depuis toujours, que Luz ne reculait devant rien : elle avait poussé son mari à bout, l'avait réduit à signer des chèques, uniquement pour le compromettre et pour avoir une raison de le chasser, de l'enfermer et tirer profit de la maison. Ses réceptions, le docteur Renard, l'antiquaire, le psychiatre, la promenade à Dax : rien n'était gratuit chez elle. Quelle tête !

– Je suppose que ces événements ont dû la fatiguer, dit Didier.

– Oui. Et naturellement, si on le sait, quand on le saura, – les gens... Vous vous doutez de ce qu'on va raconter. Luz a pourtant une bonne réponse à leur opposer. Car elle était à la messe quand tout cela s'est produit – et ensuite elle est venue chez vous... C'est même pendant qu'elle était ici...

« Nous y voilà, pensa Didier. May s'est imposé une heure de conversation avec moi pour en venir là. C'est le point crucial... »

– Vous cherchez des alibis ? demanda-t-il brutalement.

– Que vous êtes sot ! dit May. – Elle releva le buste, essaya une seconde de l'attendrir : « Je croyais que vous aviez de l'amitié pour Luz... » – Mais ces tentatives d'attendrissement ne duraient jamais longtemps. Elle s'excita tout à coup : – Vous avez tous assez d'amitié pour avoir envie de coucher avec elle, mais jamais l'un de vous ne bougera d'un pouce pour la défendre !

L'accusation était inattendue. Fichtre !... pensa Didier. Il laissa échapper un léger sifflement d'admiration, d'étonnement. May en face de lui était haletante.

– Vous ne croyez pas ce que vous dites ! s'écria-t-il. Et puis : *l'un de nous* ?... De mieux en mieux !... Vous faites la tournée !... À combien d'autres avez-vous essayé de faire croire que Luz était chez eux tandis qu'avait lieu à Kali-Koré cette scène si intéressante ?

May se dressa, farouche, révoltée, trébucha sur l'angle de la malle grise, s'accrocha à l'une de ses serrures de cuivre, fit un mouvement pour s'en aller, rencontra cette fois l'angle de la table, se retourna vers Didier, indignée, les larmes aux yeux.

– Vraiment, vous êtes tous aussi dégoûtants. Vous méritez la façon dont on vous traite.

– Ah, fit Didier. Je croyais que ce n'était pas voulu. Mais qui cela, *on* ?

Les portes claquèrent violemment. Celle de la chambre, puis celle de la cuisine, par où l'on entrait. Il était plutôt soulagé de ce départ. Non, la visite de May ne l'avait pas du tout surpris. Et même... « Elle reviendra, se dit-il. Elle reviendra sûrement. »

Il s'interrogeait sur le sens de sa dernière riposte. Riposte de combat ? Une façon de s'en tirer, de sortir avec les honneurs ? Voulait-elle dire que les malles n'étaient pas revenues chez lui par hasard, que c'était une façon de le traiter ? Mais pourquoi ?

Bien sûr, la façon dont on le traitait d'une manière générale ne témoignait pas d'un grand respect pour lui. Elle a peut-être voulu parler des Maillechort, pensa-t-il. Ou du facteur.

– Qu'en penses-tu ? demanda-t-il à Betty.

– Il faut que je fasse sortir M. d'Hem de cette boîte où ils l'ont enfermé, dit Betty. Pourquoi parles-tu du facteur ?

Elle rit, elle était pressée, elle était maintenant chez un avoué qui l'avait prise pour quelques mois et qui ne la traitait pas non plus trop bien.

– Le facteur ne te traite pas non plus avec un respect exagéré, c'est vrai, concéda-t-elle en s'en allant. Mais pourquoi voudrais-tu qu'on ait du respect pour toi ? Tu te prends pour un évêque ?

– Pourquoi un évêque ?

Elle sortit de la poche de sa gabardine un journal plié en six, qui avait subi les injures de l'humidité. On voyait encore, malgré les plis, une grande photographie en grisaille, sous laquelle on pouvait lire cette légende : « Son Exc. le bailli Pierre-Guy de Polignac, président de l'Association française de l'Ordre de Malte, décore Son Exc. Mgr…, au cours d'une émouvante cérémonie, des insignes de bailli grand-croix d'honneur et de dévotion à l'Ordre souverain de Malte. »

– Pourquoi me montres-tu cette photo ? demanda-t-il.

– Ils occupent bien leur temps, tu ne trouves pas ? dit-elle avec un petit sourire de biais.

Elle fourra le journal dans sa poche sans le plier.

– Je dois le rendre, dit-elle. Je l'ai trouvé au bureau. J'ai voulu te le montrer. Mais tu n'as pas vu ? C'est *Irube-Éclair*. Tu me diras ce soir pourquoi tu m'as parlé du facteur.

Elle disparut. La rue était pleine de brouillard. Une fine pluie tombait sur le jardin. « Ça vaudrait la peine de changer de maison, rien que pour avoir une vraie boîte aux lettres », pensa Didier. Mme Blin avait autrefois fait accrocher au portail une boîte en fer. On avait creusé une fente dans la porte, puis recouvert la fente d'un petit volet mobile. C'était le temps des égards, des cérémonies, des révérences. Maintenant, le volet avait été arraché par le Gosse, et la boîte aux lettres avait reçu tant de coups de pied qu'elle tenait par miracle, bosselée, fendue, remplie d'eau et de feuilles mortes. C'est probablement ce qui avait décidé le facteur, depuis peu, à renoncer à cette boîte. Il faisait donc le tour de la maison et venait déposer le courrier sur le ciment de l'escalier, d'où les papiers tombaient dans le lavoir, étaient dispersés par le vent ou balayés par la femme de ménage, quand ils ne subissaient pas de plus graves injures. Ainsi Didier était-il à peu près coupé du monde. Il retrouvait des enveloppes à son nom dans le garage, ou bien sous les roues du camion. Bien sûr, le facteur lui faisait encore la grâce d'aboyer en passant, pour lui signaler qu'il déposait du courrier à son intention, devant la cuisine des Maillechort, et qu'il avait à abandonner son stylo et sortir de son lit en toute hâte. Mais il n'entendait pas toujours ce cri inarticulé qui devait représenter son nom. Et peut-être qu'une magnifique lettre de Paula, qui eût dissipé tous les doutes, traînait ainsi au fond du lavoir.

Il y aurait sans doute des améliorations possibles, comme de prier le facteur de bien vouloir lancer les lettres par la fenêtre. C'était une question de visée, d'adresse, de direction du vent. Mais à quoi bon ? En tout cas, toutes les parois extérieures de la maison étant occupées par des piles de caisses sans cesse en mouvement, c'était la seule solution raisonnable à sa disposition. Il faut ajouter que le facteur était manchot, et préférait la langue basque à la française. Didier avait avec le monde extérieur et ses agents des rapports difficiles.

Heureusement, Betty était préposée aux nouvelles qui pouvaient avoir de l'influence sur sa vie.

– J'ai rencontré Mme Chotard, lui dit-elle le soir en rentrant. Elle a apparemment de grands desseins. Il est question qu'elle achète du terrain aux environs d'Irube.

– Elle veut donc quitter Stellamare ? demanda Didier.

– Non. Je crois que c'est pour un vague beau-frère de Tarbes qui s'occupe à des histoires de sardines... ou à des panneaux de signalisation. Tu sais qu'avec elle c'est assez difficile de savoir... Il cherche une villa à louer en attendant.

– Tu vois. Il n'est peut-être pas si vague que ça.

– Lui, non ! C'est l'histoire de Mme Chotard qui est vague. Quant aux Irubiens, on sait toujours qu'il ne s'agit que d'une chose, avec eux : en avoir ou pas. Du fric, naturellement, ajouta-t-elle d'une voix désabusée.

La même semaine, il fait la rencontre de Luz en ville. Le jour tombe, chaque jour il tombe plus vite. Lucile fait un signe. Elle désire lui parler – ou peut-être lui échapper, il ne sait. Les trottoirs sont étroits. Il s'engage avec elle dans un de ces longs couloirs sombres, hérissés de boîtes aux lettres et encombrés de bicyclettes, qui s'ouvrent avarement sur la rue. Lucile s'efforce de lui parler à voix basse, mais le son vibre, il sent sa passion, sa peur. Elle n'a pourtant rien perdu de sa fierté ni de son beau maintien. Elle a toujours cette peau d'ombre, cette taille que l'on a envie d'entourer.

– Je sors d'une semaine atroce, dit-elle.

Il apprécie ce début. Elle ne gaspille pas son temps en excuses, en préparations ni en bagatelles. De son côté, il ne tient pas non plus à jouer.

– May m'a tout dit.

– Je sais. Je ne le lui avais pas demandé. Mais ce qu'elle a pu vous dire est déjà dépassé. Mon mari est revenu.

– Oh, fait Didier. Je... Et alors ?...

– Il y a que je ne l'aime pas, Didier.

On est toujours touché par un sentiment qui s'exprime à nu, même affreux, et Didier était bouleversé par celui-là. Lucile ne lui avait jamais parlé ainsi. Au bout du couloir, la rue est déjà sombre, et au bout de la rue s'ouvrent les espaces illimités : la place avec son kiosque, toujours déserte, sur un côté de laquelle s'élève le Théâtre, une sorte d'immense steppe bordée de hautes maisons, puis le confluent avec ses envolées de mouettes et son large pont sur lequel ronflent les autobus et grincent les derniers tramways, parmi des gerbes d'étincelles bleues, – un énorme bras d'eau toujours en mouvement, que la mer gonfle à chaque marée et que la brise hérisse de petites vagues.

« Je ne l'aime pas. » Le mot avait résonné à ses oreilles, dans l'ombre grasse du couloir. Il n'avait jamais entendu un mot plus fort. Est-ce parce qu'il était harassé, ce soir-là plus que d'autres, avec cette tenaille de fatigue qui le prenait dans le dos, cette fatigue qu'il traînait depuis l'enfance et qui lui faisait dire parfois qu'il sentait le creux de ses os ? Il lui sembla qu'une lueur rouge s'étendait au ras du sol, enveloppait son amie d'une sorte de voile. Il se trouvait face à elle, chacun appuyé à son mur, mais le couloir était si étroit qu'ils se touchaient presque. Tout ce qui avait jamais entouré Lucile, sa maison trop grande, son parc, les scènes bouffonnes malgré elle, les sottises plus ou moins voulues de Brocquier, – tout cela avait disparu, s'était fondu dans la fulguration de ces mots féroces.

Luz avait pris son bras dans sa main et le serrait.

– Depuis le jour où je l'ai épousé, il m'a rendue malheureuse. Je ne puis que le haïr. C'est extraordinaire de haïr quelqu'un comme cela.

– Quelqu'un, dit Didier.

Elle serra son bras plus fort. Ses paupières frangées de leurs beaux cils noirs aux pointes un peu rousses, battirent rapidement.

– Vous ne savez pas comme il est dangereux. Je ne suis plus en sécurité dans la maison. Il n'aura de cesse qu'il ne me voie morte. Si je pouvais...

– Oui, dit Didier. L'aider à mourir...

– Eh bien oui. Je le ferais ! Je n'ai pas peur de vous le dire !

Elle s'était redressée et son buste soulevait l'étoffe de son imperméable. Les mains derrière le dos, à présent, elle le regardait avec éclat comme si, Didier une fois convaincu, tout le monde était convaincu avec lui et qu'elle devenait libre d'agir à sa guise.

– Que faisons-nous là ? dit Didier. Venez chez moi.

– Vous êtes fou !

Ces mots, il ne sait pourquoi, lui rappellent soudain la visite de May.

– Pourquoi fou ? Est-ce que ce n'est pas vous qui êtes folle ? Est-ce que vous entendez votre voix ? Vous n'êtes pas en sécurité avec lui, mais avec moi non plus. Mais nos armes ne sont pas les mêmes. – Plus bas, il ajouta rapidement : – J'ai eu la visite de May, je vous l'ai dit.

Les yeux de Luz étincelaient. Elle lui jeta un regard égaré, incompréhensif. Tout à coup, elle se mit à se débattre, comme s'il avait voulu se jeter sur elle.

– Je n'étais pas là, je vous dis que je n'étais pas là quand il a arraché le téléphone… Je n'étais pas là quand il est revenu ; il a enlevé tous les meubles de sa chambre, tout ce qui lui appartenait… Est-ce que je n'ai pas le droit…

Mais le regard de Didier l'empêche d'aller plus loin. Il la regarde. Elle le regarde aussi. Derrière elle, au fond d'elle, il aperçoit cette ville insolente, inutile, corrompue. Il entend la voix de Lambert : « Les villes sont en ce moment pleines de gens, de couples qui ne peuvent se rejoindre, d'hommes ou de femmes, qui désertent parce qu'ils n'ont pas la possibilité d'un toit commun. » De quel droit parlait Lucile ? Dans le couloir de plus en plus sombre, le visage de Lucile brillait, s'éteignait, se remettait à briller. Soudain Didier éclata de rire. Ce rire retentit comme une cloche de folie jusqu'au fond du couloir, ce couloir profond, encombré, qui menait on ne savait où. Il avait pris Lucile par les épaules et il lui riait à la face. Elle se débattait maintenant pour lui échapper, mais en vain, il y a des circonstances qui décuplent les forces et il ne la lâchait plus. Pourquoi elle ? C'était injuste. Il y avait des gens plus coupables : Mme Mousserolles, par exemple, Mme Chotard, et autres, M. Beauchamp, et – ah oui ! – le fameux docteur Clavier, ne l'oublions pas ! Et le Jardinier !… Ne faut-il pas un jour prendre sa revanche ? Lucile était comme les autres, elle ne comprenait rien. « Elle s'imagine qu'elle vient de me dire quelque chose de grave !… » Quelle scène ! Personne ne les voyait, la ville au bout du couloir tourbillonnait, des freins criaient, on entendait au loin les klaxons des autobus, les carillons aigus des tramways qui traversaient le pont. Didier et Lucile étaient là dans ce boyau sonore entre l'escalier et la rue et ignoraient tout : elle effrayée, Didier riant. On calomnie le rire, même et surtout quand on en fait l'éloge. Le rire pouvait servir à exprimer bien des choses. Peut-être comprendrait-elle qu'elle n'était pas pour lui une ennemie, mais l'Ennemie, qu'il la traitait comme telle, qu'il ne voyait en elle que cela, cette qualité suprême qu'elle résumait, après tant d'autres. Comme les comparses étaient loin, May, Brocquier, ceux qui restent toujours à la surface, les naïfs, les rusés, tous aussi bornés !… Il riait ; son rire s'enfonçait en elle beaucoup plus fort que tout ce qui l'avait jamais marquée, pas seulement dans son corps, mais dans son cerveau, ce cerveau plus dur que pierre, avec lequel elle avait l'habitude de malaxer autrui. Cruauté pour cruauté : elle n'est plus que cette chose qui le fait rire, après quoi il l'abandonnera, mais il était bon que cela eût lieu, – que l'*un d'eux*, une fois, fût exécuté, ne fût-ce que pour l'exemple.

Il avait perdu l'habitude de regarder dans la boîte de tôle du portail, exposée aux intempéries, à moitié détruite, quand un jour, la tôle finissant par rouiller et par tomber en écailles, il aperçut, tout au fond, un coin d'enveloppe. C'était une lettre de Paula, tombée là un matin par mégarde. Cette lettre lui fit l'effet d'une communication d'un autre monde, d'un pur miracle. L'adresse avait souffert, mais Paula usait pour ses lettres d'un épais papier Japon, et la lettre, qui datait d'une semaine, était à peu près intacte. Il pensa à l'instant où la lettre avait quitté les doigts de Paula, où sa main l'avait abandonnée en la lui destinant : à lui, et non pas à un autre. La confiance que cela supposait. La grande feuille blanche, lisse : il revoit Paula, avec sa démarche libre, son sac en bandoulière, la courroie entre les seins. Elle ne s'étendait pas sur les détails de sa vie. La connaissant, il ne pouvait d'ailleurs s'y attendre. Mais elle lui faisait part de ses projets. Il était question d'un séjour dans une université des États-Unis – proposition qui la tentait médiocrement, mais qu'elle était prête à accepter. Elle allait donc partir – d'ici quinze jours. Mais, auparavant, elle avait voulu écrire cette lettre à Didier. « Ce ne sont pas les États-Unis qui m'attirent, mais la France est devenue un pays dégoûtant. La vie s'y révèle impossible pour les braves gens. Et il est clair que tout le monde s'en fiche. Je viens d'aller voir quelqu'un dans un hôtel meublé. C'est à ne pas croire. Et il y a, paraît-il, quatre cent mille personnes qui vivent ainsi, livrées au bon vouloir d'un propriétaire. Il est question de cloisonner les arches du viaduc d'Auteuil, pour y installer des familles. Sérieusement, je ne peux plus supporter ce pays. C'est pourquoi je suis décidée à partir. Ne croyez pas que j'aie à souffrir moi-même de cet état de choses. Je viens de faire une espèce d'héritage, c'est assez drôle, mais c'est commode. Je pourrai m'acheter un appartement si je veux. La vie m'a réussi, j'ai eu de la chance ; je donne quelques leçons gratuites çà et là, pour compenser, un peu par superstition. C'est comme ça que, quelquefois, je vois l'envers du décor. C'est pour ça que je pars. J'ai besoin de voir autre chose. Ce n'est pas très courageux, je sais. Mais peut-on avoir toujours du courage ? Didier, laissez-moi vous le dire – bien que ce soit ici contraire à la coutume. Une seule chose pourrait me retenir... » Le cœur de Didier se serra, ses yeux s'embuèrent. « Et pourquoi ne pourrais-je pas le dire ? On parle toujours de l'égalité des hommes et des femmes, mais dans les milieux mêmes où cette égalité est proclamée avec le plus de force, la femme reste toujours un peu en arrière, n'a pas droit, semble-t-il, à certaines initiatives, c'est toujours l'homme qui demande en mariage, jamais la femme, pourquoi ? Il y a peu de temps, cette expression – « demander en mariage » – m'aurait secouée de rire. C'est à la fois si vieux et si vulgaire... Si vous voyez là de la faiblesse, tant pis pour moi. Ce désir, sachez-le, est nouveau dans ma vie. Désir peut-être de mettre un peu d'ordre dans cette vie, mais pourquoi pas aussi dans la vôtre, Didier ? C'est vous, ou l'Amérique ! Oui, souriez si vous voulez, méprisez-moi, c'est aussi bête que cela. Si je ne puis vous servir à rien, je veux mettre entre vous et moi le plus d'espace possible. J'ai beaucoup réfléchi, beaucoup pensé à nous, à notre rencontre, aux épisodes merveilleux, pitoyables, que nous avons vécus. Votre image est pour moi inséparable de la mer ; une frange d'écume baigne toujours nos pieds nus. Didier, j'ai besoin de vous arracher à votre souffrance. Je sens qu'elle s'aggrave, qu'elle s'aggravera. Entre vous et le milieu qui vous entoure, j'étais le seul lien, le seul lubrifiant ; pour vous, il ne peut y avoir que friction. Je sens cela, je le sens très fort et j'ai peur. Si j'ai le courage de vous écrire cette lettre, c'est que je sais que je suis seule à pouvoir vous rendre ce service. Je dis seule. Je n'oublie pas Betty, je sais qu'elle vous est dévouée, mais elle peut partager votre malheur, ou vous pouvez partager le sien, vous ne pouvez pas le supprimer. J'ai un peu honte de vous le dire, Didier, mais nous aurons de l'argent. On dit beaucoup de choses sur l'argent, mais je vous aime, et à cause de cela, parce que je n'aurais pas su être malheureuse avec vous, je sais que l'argent fait le bonheur, et que qui n'a pas d'argent n'a pas de bonheur. Ne dites pas que je parle comme une centenaire ; tout simplement, il y a beaucoup de choses dans la tête des filles d'aujourd'hui ; à vingt-cinq ans, nous savons tout. Si vous dites oui, Didier, tout est facile, immédiat : vous quittez Irube, vous venez me rejoindre ici et nous achetons l'appartement où je ne suis installée jusqu'à présent que d'une manière provisoire ; c'est un appartement fort convenable, et même assez joliment placé – une série de hasards, de gentillesses : je vous raconterai ! Il domine la Seine ; il est au dernier étage d'un de ces anciens hôtels d'avant-guerre, pas loin de Notre-Dame, avec une vieille poutre qui serpente au milieu du plafond. Vous travaillerez, je travaillerai ; j'arracherai votre vie à la grossièreté et à la sottise, je vous guérirai, nous vivrons – peut-être pas comme des dieux, mais comme des êtres humains. »

Didier leva la tête, regarda avec un sentiment nouveau le sol torturé qui était sous sa fenêtre, la cour, le camion, toutes ces choses auxquelles il était lié, auxquelles, un instant plus tôt, il n'avait presque plus l'espoir d'échapper. Il prit une longue respiration avant de poursuivre sa lecture :

« Hier, en me rendant à une leçon, je passais derrière Saint-Séverin, je suis entrée : il était cinq heures. On célébrait, dans l'abside, un service. Il y avait là, autour de la belle colonne torse – vous connaissez cette église – une dizaine de petits scouts aux jambes nues – je n'aime pas les scouts ! – et un prêtre – je n'aime pas beaucoup les prêtres – qui disait la messe, une espèce de nègre ou de métis, un Indien, que sais-je, peut-être un Hollandais un peu basané. Je suis arrivée au moment du sermon – et je n'aime pas non plus les sermons ! – et j'ai écouté celui-là. Ce prêtre parlait difficilement le français, c'est-à-dire que tous les mots étaient longuement réfléchis et retournés et passaient deux fois par son esprit avant d'arriver jusqu'à sa bouche. Il racontait, si j'ai bien entendu, une histoire très simple, l'histoire d'un homme qu'il avait aidé à mourir. Il était question du petit Jésus et de la Vierge Marie, mais ce n'était pas du tout ridicule, et j'éprouvais une impression bizarre, assez nouvelle : je sentais que cet homme avait la foi. Est-ce que cela ne suffit pas ? Je pense que tous les sermons, dans toutes les églises de France, gagneraient à être prononcés par des nègres, des Tchèques, par n'importe quels étrangers ne connaissant pas trop bien notre langue. Je suis sortie très émue. En marge de la porte, un petit troupeau de gens étaient agenouillés près d'un confessionnal. Ce genre de spectacle est souvent bête. Mais ces gens avaient la tête dans les mains, et je les ai vus : il y avait là aussi une vraie négresse, et puis une petite jaune avec des lunettes, à l'air extraordinairement recueilli, et d'autres gens qui recevaient du voisinage de ceux-là un reflet de conviction, de spiritualité. J'aurais voulu m'agenouiller derrière eux, non pour me confesser, mais pour penser à vous. Mais je suis si mauvaise que, pour le faire, j'ai été m'asseoir dans un autre coin de l'église où personne ne me voyait, où j'étais seule. J'y suis restée je crois un assez grand moment, la tête vide, mais pleine de vous, jusqu'au moment où un sacristain à chaîne de métal est venu me crier aux oreilles : On ferme !... Didier, Didier, la petite maison de l'Hippodrome, souviens-toi !... Le billet pour New York est dans mon sac. Dans quinze jours, si je n'ai pas de réponse, je prends le bateau... »

Rien n'était plus déraisonnable que de refuser Paula qu'il aimait et avec qui il avait connu des heures parfaites. Trop parfaites. C'est une perfection qu'on ne retrouve pas. Naturellement, il ne pouvait attendre de cette lettre qu'elle dissipât le doute ignoble que Fernande Chotard avait fait naître dans son esprit. L'histoire d'héritage était trouble et la réussite de Paula semblait bien extraordinaire. Mais il avait pris pour règle de ne jamais tenir compte d'un propos de Mme Chotard. La seule chose qui pouvait l'éclairer, c'était de prendre le train et d'aller voir. C'est ce qu'il pourrait toujours faire, s'il répondait oui à Paula.

Répondre oui à Paula, épouser Paula, écrire à Paula. Ces mots tournaient dans sa tête. Quand Betty revint vers lui le soir, avec sa petite mine de travers, ses cheveux dans les yeux, mal peignée, son imperméable éraillé aux manches et son vieux tweed, son premier mouvement fut de lui montrer la lettre de Paula. Paula ne croyait sûrement pas que Betty fût avec lui en ce moment. Mais il serait toujours temps de la montrer, cette lettre, s'il disait oui à Paula.

Il aida Betty à étendre son matelas sur le bâti, puis ferma la lumière. Les journées étaient trop exténuantes pour leur laisser le loisir de lire, de parler. Tout se passait silencieusement. À vrai dire, il y avait des phrases de la lettre qui sonnaient mal, et il se retournait dans son lit, sans pouvoir échapper aux fondrières qui se creusaient au-dessus des ressorts brisés. « Nous aurons de l'argent... » Il ralluma tout à coup, regarda l'ombre de Betty, écouta sa respiration.

– Écoute, dit-il à voix basse.
– Oui.
– Que ferais-tu si quelqu'un venait tout à coup te dire : « Viens, nous aurons de l'argent... Nous pourrons être heureux ensemble. Je vais te guérir de tes souffrances. » Autrement dit : « Tu laisses la souffrance aux autres, et nous... » Hein, que ferais-tu ?
– Je dors, dit Betty.
– Mais penses-y, pense à cela. À la voix qui viendrait te dire : « Tu as assez souffert. Laisse la souffrance aux autres, viens. »
– Ça n'existe pas, dit Betty.
– Mais si, justement, ça existe.
– Oui, ça existe, dit Betty. Je te l'ai dit depuis longtemps. Il y a les vainqueurs et il y a les vaincus, c'est forcé. Il y a les pauvres et il y a les riches. À chacun de choisir son rang, son armée et son combat. Mais combattre la souffrance avec les armes des riches...
– Il y a des gens qui disent que l'argent fait le bonheur, dit Didier.
– Ça doit être vrai, dit Betty, puisque c'est ce que dit l'abbé Singler.
– Tu dors, Betty, lui reprocha Didier. Tu n'es pas sérieuse. Bonsoir.

Mais il resta éveillé dans le noir, écoutant l'eau du toit qui s'égouttait sur la tôle du camion.

C'était la première fois que l'idée du mariage se présentait à lui et elle n'aurait pu se présenter sous des apparences plus séduisantes. Il y avait une possibilité pour lui, c'était d'être heureux avec Paula. Pendant quelques minutes, Betty rendormie, devant la plate-forme du camion où suintait la lumière du lampadaire placé à l'angle du trottoir, Didier se crut sauvé, il rédigea dans sa tête un mot de trois lignes à Paula, et ces trois lignes étaient un oui. Au matin, il y eut le brouhaha du camion, les allées et venues dans le garage, puis Betty quitta la chambre, encore plongée dans le noir, comme de coutume, pour se rendre chez son avoué. Quand le jour se leva dans la grisaille, Didier eut l'impression d'avoir au cours de la nuit commis une mauvaise action en répondant oui à Paula. La veille, il avait rangé sa lettre et n'en avait soufflé mot à Betty. Mais ce n'était pas cela qui le tourmentait. Pouvait-il craindre de faire de la peine à Betty ? Mais il savait qu'elle se réjouirait, ou feindrait tout doucement de se réjouir de tout bonheur tombant sur lui. Et il croyait bien que, même s'il n'en avait pas été ainsi, il fût passé outre, avec cet égoïsme que les hommes tiennent pour de la virilité alors qu'il en est souvent l'opposé. Alors ? Quelque chose le retenait, une ombre était entre lui et Paula. Les mêmes raisons qui l'avaient amené à la repousser, à la laisser partir, quelque temps plus tôt, comme trop désirable, ne subsisteraient-elles pas toujours ? Celles-là et puis d'autres, plus confuses. Un tel refus du bonheur ne s'analyse pas : mais peut-être que la peur de *profiter* était au premier rang. Et cette idée aussi, qu'il y a une gloire singulière à refuser le bonheur, surtout quand on refuse en même temps la sécurité. Ce qui le gênait, ce n'était pas que Paula fût riche et qu'il ne le fût guère – il n'y a que les bourgeois qui donnent tant d'importance à l'argent – mais plus probablement une espèce de mauvais orgueil, d'orgueil à rebours, un désir de monter au sommet de lui-même, de ce qu'il pouvait, tout en descendant socialement les degrés de la considération. Peut-être avait-il trop travaillé sur certains thèmes de son *Lexique*, ou interprétait-il mal certains mots brûlants des grands livres ?

On ne saurait dire, et il n'aurait su le dire lui-même. Ne nous méprenons pas. Il n'avait ni la volonté ni sans doute la possibilité d'être un saint, et c'est naturellement la seule chose dont un honnête homme ne peut se consoler. Simplement, la goujaterie uniformément répandue dans la société lui était un objet de répulsion insurmontable. Il avait mis ses ambitions à l'envers, il était devenu un ambitieux à rebours, quelque chose d'incompréhensible – de monstrueux. Il était ambitieux du mépris d'autrui ; il avait faim de désapprobation. C'était là pour lui un premier degré, un degré qu'il ne dépasserait peut-être pas, mais qui lui semblait indispensable à réaliser d'abord. À quoi bon avoir essayé naguère avec Paula de susciter la désapprobation si tout d'un coup il faisait comme tant d'autres qui se rangent, et, par un mariage avec une fille belle et riche dont on était prêt à oublier qu'elle avait été sa maîtresse, s'attirait louange et envie ? Une fois logés confortablement, fermés à la misère d'autrui, il ne leur manquerait plus ensuite que d'acheter une auto, et de parier aux courses... « Il est évident, lui écrivait récemment le Père Moreau, cela dit en toute sérénité, que les cadres de la Mine, comme de toute entreprise d'ailleurs, seraient un peu plus pressés d'apporter une solution aux problèmes soulevés par l'organisation du travail si eux-mêmes, leurs femmes ou leurs enfants avaient à en souffrir... »

Il hésita : devait-il ou non montrer la lettre à Betty, ou du moins lui en parler ? Mais il est difficile et sans doute peu honnête de cacher une chose de cette importance à un être que l'on voit tous les jours. Il balança longtemps sans pouvoir se décider, puis il résolut de s'en remettre au hasard. Betty, quoiqu'elle eût souvent l'œil attiré par les papiers qui se trouvaient sur sa table, ne les regardait jamais, ou pouvait les regarder sans les voir. D'ailleurs, il y en avait de telles quantités, et si diverses, qu'il était difficile d'en distinguer un. Il laissa l'enveloppe de Paula sur la table, parmi les piles de papiers et les dossiers. Lorsque Betty rentra, sous sa gabardine ruisselante, son capuchon enlevé, elle ne vit que l'enveloppe.

– Oh, fit-elle, comme saisie à cette vue. Mais pardonne-moi, tu ne désires peut-être pas...

Didier, le papier en main, lui résuma la lettre, cette lettre qui avait traversé les ouragans. Il lui en lut même quelques lignes.

— Tu vois, dit-il comme Betty allumait avec application une cigarette, ils s'obstinent à me mettre des lettres dans cette boîte... J'aimerais encore mieux qu'ils me sifflent, tu ne trouves pas ?

— Ils en viendront là, dit Betty. Ils te siffleront.

La pluie résonnait bêtement devant le garage, sur la terre défoncée.

— Du moins, si tu restes ici, ajouta-t-elle en se posant sur un coin de la table. Mais tu ne resteras pas. Tu n'as plus aucune raison de rester. Je ne sais pas si je suis contente, mais... Je devrais l'être, bien sûr, mais...

Son petit visage se plissa, Didier la recueillit dans ses bras, sécha ses larmes.

— Petite idiote, dit-il, tu ne crois pas que... Tu n'as pas regardé la date de cette lettre. Elle est vieille de quinze jours. Il lui montra le calendrier. Paula est sur le bateau, dit-il.

Elle osait à peine l'embrasser, tant la richesse qu'il venait de refuser semblait le mettre loin d'elle.

— Je n'ai même pas eu à répondre, dit-il, se refusant à la reconnaissance de Betty et revenant à son lit. Tu ne me vois pas... concluant ma vie par une chose pareille !

Elle le regarda de loin, mais ne voulait pas reprendre confiance :

— Pourtant tu l'aimes, n'est-ce pas ?

— Est-ce que je sais ! dit-il. Elle n'a pas besoin de moi. Elle trouvera toujours sa place.

Betty écrasa sa cigarette, vint s'agenouiller humblement à côté du lit.

— Il faut que tu l'épouses, dit-elle. C'est très grave.

— C'est non, dit Didier.

— Si tu ne l'épouses pas... rien ne pourra m'empêcher de croire que c'est à cause de moi... et je me sentirai toujours coupable devant toi...

Le camion revenait dans son fracas quotidien ; les portes claquèrent, le bruit remplit la chambre.

– Tu aurais tort, dit Didier. Ce n'est pas à cause de toi, petit oiseau.

Il se pencha et il l'embrassa sur la joue.

Lucile avait fait dire partout que Didier était devenu fou dans un accès d'amour pour elle.

Betty annonça à Didier qu'elle devait aller à Paris et que son absence pourrait être longue.

May revint voir Didier, de son propre mouvement cette fois, et lui demanda ce qu'il avait fait à Luz. Celle-ci parlait de lui avec indignation, disait qu'il avait agi en furieux, l'accusait de l'avoir fait entrer de force dans un couloir, pour l'embrasser et lui infliger d'autres affronts.

Didier trouva ingénieuse – et à peu de chose près assez juste – la version de Luz et ne sut pas si elle était l'œuvre de May, ou si May reproduisait exactement les insinuations de Lucile. Il lui dit qu'il ne reverrait plus Mme d'Hem, qu'il en avait fini avec elle. Il demanda pourtant à May si elle croyait que Luz était fâchée contre lui. May répondit à cela sur le ton de la vraie colère.

– Il paraît que vous avez ri de façon atroce, dit-elle.

– Je me souviens en effet d'avoir ri, dit-il. Il faudrait être fou pour ne pas rire de certaines choses.

– Elle dit que vous êtes un monstre, que vous avez ri horriblement et sans raison après avoir tenté de…

– Ah, je vous en prie, dit Didier. Ne m'obligez pas à recommencer.

– À recommencer quoi ? Vous êtes fou, vraiment ? Pourquoi avez-vous fait cela ?

– Je vais peut-être vous dire pourquoi j'ai ri, dit Didier d'une voix très calme, sans vouloir se disculper davantage. Cette femme qui tombe en extase tous les matins devant la chasuble du prêtre qui lui donne la communion, et qui élève sa fille adoptive et prétend vivre elle-même dans le respect de l'Église, a tenu devant moi des propos vulgaires.

– Elle n'a pu vous parler que de ses malheurs, dit May.

– Oui. Elle m'a en effet parlé de *ses* malheurs, convint Didier. Mais derrière ses malheurs, j'ai aperçu les malheurs de M. d'Hem. Je me trompe peut-être, mais je ne voudrais pas être à la place de ce pauvre homme. Je comprends tout, et savez-vous ce qui me fait comprendre ? Ce sont vos yeux.

May était restée debout. Elle esquissa un mouvement de recul, autant que le permettait la chambre.

– Je ne sais pas ce que vous voulez dire, lança-t-elle d'un ton méprisant. Et je m'en moque. Mais je vous trouve peu généreux. La situation est tout à fait désespérée. Savez-vous que M. d'Hem accuse maintenant Lucile de l'avoir séquestré ? Savez-vous que cette accusation peut la mener en cour d'assises ? Laisserez-vous faire cela ? cria-t-elle affolée, comme effrayée de ses propres mots.

Didier était considérablement étonné. Il ignorait que M. d'Hem eût assez d'esprit pour aller jusque-là ; mais lui-même en avait sans doute assez dit devant May pour qu'elle s'imaginât qu'il le savait. Il s'arrêta un instant de parler, contrarié par cette diversion, puis :

– Eh bien, je vous le demande ; est-ce que vous croyez cela ?... questionna-t-il d'une voix forte et impérieuse. Est-ce que Luz a essayé, oui on non, de le...

May était tout à fait déconcertée ; elle regardait Didier avec des yeux fixes. Elle fit un effort pour se reprendre et railla :

– Est-ce que cette accusation ne prouve pas suffisamment sa folie ? Est-ce que cela ne donne pas encore plus raison à Lucile ?

– Admettons, accorda Didier. Mais je continue. Lucile est donc cette femme que je vous ai décrite et dont vous décrivez encore mieux que moi la situation ; et, dans un tel moment, elle calcule ce que lui coûte le téléphone arraché et la disparition des meubles emportés par son mari ! C'est ce que j'appelle un propos vulgaire.

Il attendit, releva une mèche sur son front moite. Sa voix tremblait :

– J'avais tout pardonné à Luz, – mais cela !...

Il n'avait presque plus de voix pour dire : « Elle a rejoint à mes yeux les gens qu'il m'a été imposé de rencontrer ici. » Il pensait : Elle agit comme une épicière.

Il retrouva soudain la voix :

— Je ne veux pas connaître la suite de votre mauvais feuilleton, cria-t-il. Si vous êtes venue me tirer de la pitié, adressez-vous à la porte au-dessous, là où une vitre brisée attend depuis des mois d'être remplacée par autre chose que par un calendrier des postes. Et demandez-leur si les cotonnades de Mme d'Hem se sont bien vendues ! À présent, dit-il, si vous restez ici un moment de plus, je considérerai que vous m'avez donné le droit de vous mépriser.

— Je m'en vais, dit-elle. Je n'aurais pas attendu votre invitation. Mais ne vous étonnez pas si cela finit mal pour vous.

Le lendemain, quand Didier ouvrit la porte de sa cuisine avec l'intention de sortir, il trouva Ajax, le chien, dans l'escalier de ciment, les pattes tranquillement appuyées sur une pile de livres, dans une attitude sculpturale ; les livres non enveloppés reposaient à même le ciment, devant la cuisine des Maillechort ; c'étaient ceux que Mme d'Hem lui avait empruntés et qu'elle se faisait sans doute un scrupule de garder.

Didier n'eut pas la force d'aller plus loin et rentra chez lui.

HUITIÈME PARTIE

Le cahier bleu

Il en vint à concevoir du regret, de la nostalgie, en pensant à Mme Chotard dont les fureurs étaient en somme celles des sens, c'est-à-dire une chose innocente et même sympathique, comparée à l'avidité de tous ces êtres, les Luz, les May et les Brocquier.

Il se souvint alors du cahier qu'elle était venue un soir déposer entre ses mains, et décida de l'ouvrir. Il était résolu à réviser son dossier, conscient qu'il l'avait méconnue. Car Fernande pouvait fort bien faire entrer ses richesses dans les calculs de ses passions, utiliser sa supériorité matérielle pour punir les uns ou les autres : l'argent n'était pour elle qu'un moyen, il n'était pas au départ de tout, il n'était pas *sa* passion. À choisir, on pouvait préférer les détraqués sexuels aux détraqués du portefeuille.

Il avait plu dans la semaine, puis, à la faveur d'une reprise de chaleur, les murs de la chambre s'étaient mis à suinter. Didier retrouva le cahier de Mme Chotard amolli par l'humidité, la couverture bleue avait déteint sur le bord des pages.

C'était en effet un cahier d'écolier de couleur bleue, dont la couverture s'ornait par-devant d'une banderole et par-derrière d'une table de multiplication. Il y avait là une vingtaine de pages, rayées dans les deux sens, contenant une sorte de journal – ou plutôt, comme elle l'avait dit elle-même, une longue, très longue lettre écrite à des moments différents, depuis le jour où Didier était entré à Stellamare, et dont le ton était grave, détaché, serein, où il ne retrouvait rien de la violence habituelle à Fernande, sauf, peut-être, dans une certaine façon de s'adresser à lui, de le prendre à bras-le-corps. Un corps à corps spirituel en somme : ce n'était qu'ainsi que Mme Chotard pouvait concevoir l'âme à l'âme. Il y avait là de l'éloquence, certes, mais aussi un effort pour s'analyser, pour répondre à certains reproches, qui était plus désarmant pour Didier, et l'on peut dire : pour quiconque était à même de se représenter Mme Chotard.

« Comme je suis compréhensive quand je suis calme. Didier, quel crime la passion dans une âme comme la mienne !... »

« J'ai méprisé nos conversations, les rendant impossibles bien des fois. Je n'ai pas voulu vous comprendre car je voulais souffrir de sentir que nous ne nous apporterions plus rien. Je me suis volontairement fermée bien des fois, moi qui reçois tant de vous quand j'accepte... »

« J'ai besoin de votre abandon, de votre *mépris*. Ce matin, je remercie Dieu du don de la souffrance que par vous il m'envoie... »

« Vous êtes en moi un don éternel qui ne fait qu'un avec mon âme. Rien ne peut sur lui... »

Le cahier n'avait d'abord été écrit que sur le recto des pages ; mais il avait été repris, et sur le verso Fernande avait ajouté, au fur et à mesure qu'elle se relisait, des commentaires, dont quelques-uns presque aussi étendus que la lettre elle-même.

« Si je lis ça, je suis refait », se dit Didier. Depuis le temps que les « âmes » lui jouaient des mauvais tours...

Betty, que Didier croyait à Paris, reparut sans s'annoncer, à sa manière toujours subtile et discrète. Elle était arrivée à reconquérir une chambre en ville, en haut d'une maison croulante, dans une mansarde que son patron d'avoué lui louait très cher, lui reprenant ainsi d'une main ce qu'il lui donnait de l'autre en échange de son travail. Didier se demandait si elle lui disait cela pour le rassurer, ou si c'était une vérité un peu arrangée, l'élément rassurant, dans cette histoire, étant qu'elle avait une chambre et qu'elle ne serait donc pas obligée de venir coucher chez lui. Le fait est qu'elle ne demanda pas d'abord à rester et qu'il la reçut les premiers jours comme une visiteuse.

– Mais n'as-tu pas été à Paris ? lui demanda-t-il. Elle se troubla.
– Mais si, je vais te raconter…
Elle avait été rejoindre Philippe – oui, M. d'Hem, l'avait conduit chez un psychiatre des environs de Paris, un homme d'esprit qui n'avait rien relevé contre M. d'Hem, avait trouvé chez lui un peu d'excitation mais rien qui ne pût s'arranger avec quelques médicaments bien choisis. Il faisait, d'après ce médecin – Betty ne se souvenait plus exactement des termes –, une psychose d'abandonnement, mais très légère, et qu'il valait mieux ne pas aggraver en s'en occupant d'une manière trop spectaculaire. Une seule mission : l'empêcher au maximum de conduire sa voiture, vu les excès de vitesse auxquels il se livrait et l'excitation que cela favorisait. Betty avait, pour faire ce voyage, obtenu un congé non payé chez son avoué, elle avait pu amener une tante qui habitait Clichy à lui laisser une chambre au fond d'une cour, qu'elle occupait quand elle n'était pas dans la voiture rouge de Philippe, où elle montait malgré elle, uniquement poussée par l'espoir que sa présence l'empêcherait d'aller vite.
– Et tu y arrives ?
– Quand il est au volant, il est muet, dit-elle avec un peu d'effroi, et c'est à croire qu'il est sourd.
À la fin, elle s'était trouvée à bout.
– Si cela continue, c'est moi qui aurai besoin d'être soignée, dit-elle.
– Je ne veux pas que tu croies cela, lui dit-il avec élan. Oh, bien sûr, nous aurions tous besoin d'être soignés. Mais les remèdes dont nous avons besoin, ce ne sont pas les médecins qui les détiennent. Mais pourquoi ? dit-il, la voyant sur le point de pleurer de faiblesse, pourquoi dis-tu cela ?
Elle prononça quelques paroles confuses. Bien qu'elle fît tout ce qu'elle pouvait pour lui peindre ce qu'avait été sa vie durant ce temps, ce qu'elle en disait laissait voir des arrière-fonds où il n'arrivait pas à pénétrer. Il essaya de la faire préciser, lui posa des questions auxquelles elle répondit mal. Ils n'avaient jamais été aussi peu à l'aise, pressés qu'ils étaient entre le lit, la table et ces malles gigantesques qu'il n'avait

jamais pu ouvrir, n'ayant pas d'armoire où ranger les choses. « Et pourtant, se disait-il accablé tout en écoutant Betty, il faudra bien les ouvrir un jour ! Et ne serait-il pas bon de profiter pour cela de la présence de Betty, un jour où elle serait moins fatiguée ?... » Il la regardait avec crainte, perchée, les jambes croisées, dans une robe légère, sur le coin de la malle où peu de temps auparavant il avait vu Mme d'Hem, et les Maillechort menaient un tel raffut au-dessous d'eux, avec le Gosse qui excitait le chien à aboyer et Flopie qui déchargeait des boîtes de métal vides en les jetant par terre du haut du camion, et Didier retrouvait une Betty tellement chargée de la misère du monde, qu'il commençait à avoir honte, soudain, de s'être abandonné, fût-ce un instant, à des rêves au sujet de Paula. Pourtant, apparemment, s'il avait voulu la regarder avec les yeux des autres, ou comme la regardaient les habitants des Hauts-Quartiers, Betty ne semblait pas nécessaire au monde, et Paula semblait l'être, à lui notamment. Et Dieu devait avoir des balances inégales ou truquées pour pouvoir peser au même poids ces deux êtres et les faire vivre sur la même planète. Toutes ces pensées lui vinrent en une minute à la vue, à l'aspect de Betty dont la voix se perdait dans le fracas montant du garage et dont les regards alanguis et tendres se noyaient aussi par instants parmi les œillades insolentes de Flopie maintenant grimpée sur son tonneau et pesant sur le levier de sa pompe à huile. Puisqu'il n'y avait pas dans cette chambre d'autre place pour Betty que dans son lit, il était clair pour Didier qu'il devrait, ne fût-ce que par commodité, pour être bien, pour pouvoir parler, ou pour avoir chaud et se taire, lui rouvrir ce lit, et qu'ils passeraient des nuits comme autrefois, sous la menace des barbares, elle sur le mauvais côté du lit et lui sur le bon, qui était presque pire.

Ainsi, avec le retour de Betty, éclataient davantage la tendance de ce monde à persister dans son désordre et le caractère répugnant de ce désordre, qui apparaissait si nettement dans la vitre éternellement brisée de la salle à manger des Maillechort. Il était facile d'aimer Paula, trop facile, et de lire sa belle lettre parfumée, mais il y avait quelque chose à faire pour Betty, et parce qu'il ne savait ce que c'était, Didier était replongé dans son trouble.

Il continuait, en dépit de ses explications, qui auraient pu le satisfaire, à se demander pourquoi elle avait quitté Paris si brusquement, et surtout pourquoi elle y était allée. Le temps était devenu mauvais subitement, il soufflait, disait-elle, des bourrasques de neige fondue, et avec sa gabardine, et même son vieux tweed verdâtre, en admettant que ce costume eût jamais été taillé dans du tweed... Il était difficile de tout savoir. Car, selon la version de son père, la tante Mondeville habitait Vincennes, et, d'après elle, elle habitait Clichy. Sans doute ne s'agissait-il pas de la même tante : ce qui apparemment autorisait Mme Chotard, toujours en tiers chez les Mondeville, à dire que Betty avait à Paris des relations inavouables, et que d'ailleurs elle en avait des preuves. Preuves que, par égard pour Didier, elle ne donnait pas, mais qu'elle était prête à répandre par toute la ville. Car le retour de Betty avait tout changé chez Mme Chotard : ce sont là les effets de la vie provinciale. Mais enfin, Paris même était en passe de devenir inhabitable.

C'était là du moins ce que Betty était en train de lui dire, et il essayait de saisir, à travers ces confessions vagues, la véritable raison de son voyage. Il avait l'impression tantôt qu'elle évitait de lui faire un aveu, tantôt qu'elle fuyait un mauvais souvenir.

Elle cita enfin, au bout de trois ou quatre jours, comme un simple détail, le fait qu'elle avait été voir un « camarade » qu'elle avait dans une maison d'importation, et que s'il persistait dans ses volontés, et elle dans les siennes, on la recevrait peut-être bientôt dans cette maison. Comme rapidité à l'embauche, cela dépassait tout ce qu'on peut concevoir. Il n'y avait que Paula pour faire mieux... Il crut d'abord que le métier qu'elle faisait chez son avoué lui était insupportable, ou que son instabilité bien connue – trait qui était chez elle héréditaire – le lui rendait impossible. Mais ce qu'elle aurait à faire éventuellement à Paris ne semblait pas présenter beaucoup plus d'intérêt, si même cela n'était pas au-dessus de ses forces. Il comprenait mal pourquoi elle hésitait tellement à dire qu'elle comptait entrer comme standardiste dans cette maison de la rue Saint-Lazare ; pourquoi elle tenait tant à faire entendre que, très vite, elle passerait à un rang et à un traitement supérieurs. Il fallait bien admettre que sa connaissance de l'anglais serait précieuse dans une maison qui avait de si nombreux rapports avec l'Angleterre, mais Didier n'était guère capable d'apprécier quel genre d'anglais parlait Betty, car il le lisait sans le parler, et elle ne le lisait qu'avec beaucoup de peine. Et sans doute cela voulait-il dire tout simplement que Betty n'était pas livresque, ce qu'il avait toujours su.

Ce projet resta suspendu entre eux comme une menace. Il s'y ajoutait tout ce qu'elle taisait, à son habitude, et à quoi pensait Didier : elle n'avait pas fait mention de Paula.

Didier dut essuyer une description de la chambre qu'on lui avait cédée dans cette maison de Clichy, et qui ne répondait guère à ce qu'on peut attendre d'un intérieur familial. Ce logis, disait-elle, dégradé par ses occupants successifs, ouvrait sur une triste cour et la dégoûtait suffisamment pour qu'elle eût jugé inutile de faire connaître son adresse, et elle avait même donné d'impérieuses instructions à la concierge pour qu'elle ne fît monter personne. Elle parlait de ses « instructions » à la concierge, dont Didier imaginait la trogne, comme si elle avait eu un appartement au Ritz.

Or ce samedi-là, le ciel était si gris, si bas, et il pleuvait si obstinément qu'elle n'avait pu s'empêcher de sortir, ce qui n'avait rien de paradoxal. Elle déboucha sur le boulevard de Clichy, où il y avait au moins un pont de métro sous lequel on pouvait marcher à l'abri. Puis, comme elle passait devant une pendule qui marquait quatre heures – une sale heure, il faut en convenir –, elle s'était souvenue tout à coup (ces oublis étaient fréquents chez elle) qu'elle avait accepté un rendez-vous à la même heure dans un quartier aux antipodes de celui-ci, avec l'un de ceux qu'elle appelait ses « camarades », dont l'identité ni le métier ne paraissaient très bien définis. Elle s'avisa qu'il fallait téléphoner à ce camarade – scrupule qui étonnait intensément Didier, mais respectable après tout.

Cette idée lui étant venue, elle entra pour téléphoner dans un des innombrables bars auxquels ce boulevard doit son atmosphère, et dont les vitres étaient couvertes d'une buée prometteuse. La première chose qu'elle fit en apercevant le comptoir fut d'oublier de téléphoner – rien ne pressait plus ! – de s'accouder à la rambarde avec le beau monde et de se commander, oh rien, un petit vin blanc. Peut-être même un grog bien vertueux. Elle racontait tout cela avec le sourire un peu pauvre qu'elle avait depuis son retour de Paris. Le comptoir décrivait une espèce de brillant hémicycle qui suffisait à remplir la salle aux trois quarts. La buée des haleines et des cigarettes, la chaleur, le brouhaha, les cris, les détonations des bouteilles qu'on ouvrait, les sifflements du percolateur, c'était assez, sans le vin, pour vous monter au cerveau et vous brouiller quelque peu la vue. À vrai dire, Betty trouvait une drôle de tête aux gens qui l'entouraient. Elle qui était habituée à la vue des mauvais garçons, elle n'aimait pas beaucoup ces hommes qui la dévisageaient crûment, de ces types dont les biceps remplissent les manches de vestes, des garçons à la mauvaise mine, deux ou trois nègres, quelques Oranais ou Constantinois, et aussi des types de nulle part, qui la pressaient de leurs coudes. L'idée qu'elle avait à téléphoner lui remonta soudain comme une petite bulle dans la tête et, dûment munie d'un jeton, elle s'éloigna vers la cabine, suivie par ces regards sombres, ces visages couverts de balafres. Le camarade, au bout du fil, était introuvable. Elle quitta la cabine et, tout en revenant vers le comptoir, plongea dans son sac avec l'intention de chercher la monnaie pour payer sa consommation. Elle marchait lentement, s'arrêtait, car le sac offrait le spectacle habituel et les billets de banque s'y promenaient un peu au hasard, sous des mouchoirs ou des poudriers, mêlés à des paquets de Gauloises, à des factures ou à des tickets de métro. Elle avançait donc à tout petits pas, croyant se rapprocher du comptoir, quand elle flaira qu'il se passait quelque chose. Elle s'arrêta net, leva la tête : les types étaient toujours debout près du comptoir, ne la quittant pas des yeux, et elle se rendit compte qu'une espèce de silence intéressé s'était fait parmi eux. Elle referma son sac, le mit à son bras et s'aperçut alors qu'elle marchait tout droit vers une trappe ouverte. C'était (elle s'en rendit compte plus tard, car sur le moment elle poussa un cri strident), c'était une de ces trappes par lesquelles on descend les tonneaux dans le sous-sol, rien de plus : un vaste carré béant, tout noir, quelque chose comme un caveau, exactement à la distance d'un demi-pas dans la direction où elle marchait. Les types s'étaient détournés, les conversations avaient repris comme si rien ne s'était passé, le patron – il avait un bandeau noir sur l'œil – continuait à servir, la porte s'ouvrait et se refermait comme avant, tout avait l'air on ne peut plus naturel. Betty aurait eu besoin de s'asseoir, tant son cœur battait, mais elle sentit qu'elle ne pourrait pas rester une minute de plus dans ce lieu où elle avait failli se fracasser les os, sans qu'un seul de ces hommes eût fait un geste ou prononcé un mot pour l'en empêcher. Il y avait dans cette pensée, et dans l'idée de ce trou béant, une telle horreur, qu'aussitôt elle avait pris en haine et suspicion non seulement ce café, mais le boulevard et Paris tout entier.

– Voilà pourquoi je suis revenue, dit-elle.

Didier regarda par la fenêtre, Flopie, comme la veille, comme l'avant-veille, comme toujours, était grimpée sur son tonneau, ses petits cheveux sombres et secs rabattus sur le front, et manœuvrait la pompe à huile avec sévérité, d'un bras dur ; l'effort lui rougissait les pommettes et, avec ses pantalons et ses bottes luisantes, elle avait un peu l'air d'une poupée en bois.

– Mais comment t'expliques-tu cet incident ? demanda Didier. Que crois-tu qu'il se soit passé en réalité ? Bien sûr, tu te dirigeais vers ce trou et tu allais y disparaître, si une sorte d'avertissement intérieur – ou peut-être le silence qui s'était fait autour de toi – ne t'avait incitée à lever la tête. Bon. Mais ce que je voudrais que tu me dises, c'est pourquoi, selon toi, les types qui te voyaient avancer vers ce trou – même s'il n'y en avait eu qu'un à prendre nettement conscience de la chose – pourquoi ils ne t'ont pas avertie ? Oui, pourquoi n'ont-ils pas crié ?

– Pourquoi dis-tu : « Même s'il n'y en avait eu qu'un seul ? » interrogea-t-elle, et Didier put se convaincre qu'elle n'avait rien perdu de sa nature ombrageuse et de sa disposition à se rebiffer dès qu'elle se sentait suspectée. Ils me regardaient tous !

— Ils ne pouvaient sans doute pas te voir tous aussi bien les uns que les autres, dit-il, surtout si le comptoir était en hémicycle. Mais j'admets qu'ils aient été plusieurs à te regarder venir. Comment t'expliques-tu qu'ils n'aient rien dit, rien fait pour t'empêcher de tomber dans le trou ?

Ce n'était pas par curiosité qu'il posait cette question. Il ne croyait pas qu'elle pouvait mentir ; il voulait simplement savoir si la chose était bien arrivée telle qu'elle la racontait ; si elle n'ajoutait rien, si elle ne dramatisait pas volontairement ; si le silence de ces hommes avait bien été la chose monstrueuse qu'elle peignait, avait réellement recouvert cette volonté de meurtre.

— Ils m'auraient plutôt poussée s'ils avaient pu, dit-elle avec sa petite voix de fatalité. Le premier regard que j'ai surpris l'indiquait nettement. Et puis, il y avait entre eux… je ne sais quoi… un air de connivence. Oui, il a fallu que je sente quelque chose comme cela, vois-tu, pour, après coup, être aussi effrayée. Effrayée non plus d'avoir failli tomber dans ce trou, mais qu'il puisse exister des hommes capables de voir arriver cela, et de ne rien faire.

Il fallait donc la croire. Et pourtant, cela était si incroyable qu'il hésitait encore : n'y avait-il pas dans ce récit une légère trace d'exagération, d'exaltation ? Mais Betty était calme, très calme ; elle racontait ce qui était arrivé.

— Mais personne n'avait intérêt à ce qu'il arrive un malheur, voyons ! Cela n'aurait pu leur valoir que des ennuis.

— Tu l'as dit, c'est le mot que je cherchais, dit-elle les yeux très fixes, comme si elle revoyait la scène. *Ils attendaient qu'un malheur arrive.* Ils avaient exactement le regard des gens qui voient arriver un malheur. Cet air hébété, fasciné, que nous trouvons à nos voisins de cinéma, dit-elle, dans les films à effet.

— Fascinés, dit Didier. Ce serait tout de même atroce, mais presque moins cruel. Ils étaient médusés, je pense : c'est ce qui a dû les empêcher d'agir. Ils étaient tout simplement paralysés de surprise en te voyant t'avancer aussi tranquillement jusqu'à ce trou que, pensaient-ils, tu avais dû voir aussi bien qu'eux. Ne crois-tu pas ?

Elle changea la direction de son regard, respira profondément.

– C'est peut-être cela, dit-elle, lasse de discuter, mais je crois plutôt que tu n'y es pas, Didier. Il me semble que je sais lire sur la physionomie des gens. Quand il y a intention, attente, ça se voit sur un visage.

Elle respira encore une fois comme elle venait de faire. Puis elle dit avec conviction :

– Ils désiraient certainement que je me tue.

Ce récit avait pris beaucoup de temps et les avait presque épuisés tous les deux. Didier remit à un autre jour le soin de parler à Betty de M. d'Hem. Tous les efforts de Betty n'avaient pu l'empêcher de revenir à Irube, et son retour n'avait pas suivi de longtemps celui de Betty. Betty connaissait-elle exactement le danger ? Il savait qu'elle allait toujours à la villa et que Mme d'Hem, indécise, se servait d'elle pour éviter le pire, pour éloigner son mari – peut-être sincèrement pour l'empêcher de se tuer en auto. Didier, pour des raisons confuses, n'aimait pas beaucoup les visites de Betty à Kali-Koré. Mais, quoi qu'il pût arriver, il savait qu'elle ne laisserait pas M. d'Hem s'avancer vers le trou sans pousser un cri.

Était-ce parce qu'elle se trouvait mêlée à tout cela, ou parce qu'elle était vraiment très fatiguée ? Betty n'était plus tout à fait comme avant. Elle disparaissait des jours entiers et revenait sans rien dire.

– Écoute, lui dit-il un soir, j'aimerais que tu n'ailles pas trop souvent chez Mme d'Hem.

Elle était assise sur la malle, elle le regarda en balançant un peu la jambe, le coin de ses lèvres sembla durci.

– Écoute, dit-elle en se levant, tu n'as pas assez réfléchi. Tu devrais épouser Paula.

– Tu sais que j'y ai renoncé, dit-il. Je l'ai laissée partir pour l'Amérique.

– L'Amérique, dit Betty, on en revient... Les lettres arrivent... Je suis sûre que, pour toi, elle reviendrait...

Il la vit prendre l'escalier, puis tourner vers le petit chemin. Il lui parlait encore : Tu te trompes, lui disait-il. Pourquoi veux-tu te faire du mal ? Il éprouvait une peine immense. « Je devrais lui dire de revenir habiter chez moi, pensa-t-il. Elle ne comprend pas... »

Ce fut à ce moment qu'il commença à être fort question dans Irube du beau-frère de Mme Chotard.

Didier apprit bientôt, car Mme Chotard n'en faisait pas mystère, que son beau-frère garagiste à Lourdes cherchait à étendre son affaire et qu'il avait l'intention de créer, entre Lourdes et Irube, un service d'été, avec départs bi-hebdomadaires. Déjà créateur, aux environs de Toulouse, d'une usine débitant dix mille Vierges plastiques et lumineuses par jour, chiffre qu'il espérait bientôt doubler, il n'était pas étonnant qu'il cherchât à multiplier la clientèle sur les bords du célèbre gave dont, en dépit d'un commerce aussi malsain, les eaux, par miracle, coulent toujours aussi pures.

Toute cette histoire aurait laissé Didier bien tranquille s'il n'avait appris un beau jour qu'Arditeya – oui, sa « Bergerie » – était à vendre, et qu'elle avait été rachetée par un certain Cazaunous, le propre beau-frère de Fernande.

Vraie ou fausse, la nouvelle était assez troublante. De ce changement pouvait sortir pour lui autant de bien que de mal. Oubliant Betty et M. d'Hem, il allait annoncer à Mme Chotard sa visite quand il trouva sous sa porte un billet d'elle l'invitant à l'aller trouver.

Il n'avait pas franchi son seuil depuis les incidents qui l'avaient chassé de chez elle. Fernande l'accueillit avec ce sourire d'effusion généreuse qu'elle avait pour tous les visiteurs de marque, ou pour les amis dont elle n'avait pas reçu la visite depuis longtemps. À peine entré, elle l'accabla de paroles, de friandises, tourna autour de lui, déplaçant des objets, pour lui reprocher enfin la rareté de ses visites, comme si elle n'en connaissait pas la cause. Comment ! Tout Irube venait la voir, seul Didier ne se montrait pas ! « Monsieur le chanoine Bordenave me demandait encore récemment de vos nouvelles, il a lu l'article que vous avez fait paraître dans la Revue des... il aimerait vous voir, je crois, pour en discuter avec vous... Vous pourriez très bien vous rencontrer chez moi ; au besoin, je... je pourrais vous laisser ensemble... »

Didier ne releva pas les multiples insinuations contenues dans cette dernière phrase. Il n'était pas en appétit de discussion, ni avec le chanoine ni avec Mme Chotard ; il trouvait merveilleux, mais comme une chose inaccessible, que l'on pût songer à discuter – que des gens d'Irube pussent s'imaginer qu'il était en état de discuter, que sa vie avait suffisamment cessé de lui nouer la gorge pour faire de lui un conférencier, un orateur – un homme qui « expose » ses idées, qui fait mousser son petit savoir. Comment aurait-il pu songer à exposer des idées, alors qu'il était *exposé* lui-même tous les jours ?... Il aurait pu répondre cela à Fernande, mais à quoi bon ? Elle avait beau habiter à deux pas de chez lui, le voir quand elle voulait, il était convaincu qu'elle ne pouvait le comprendre – qu'elle *refusait* de le comprendre – et la preuve en était qu'elle préférait s'adresser aux Maillechort et qu'elle n'hésitait pas à passer des heures dans leur cuisine, comme le faisait la fière Mme d'Hem elle-même.

Didier laissa à ce flot de paroles le temps de s'apaiser, attendant un silence pour placer son mot, qui lui semblait bien terre à terre en comparaison des élans de Mme Chotard, de cette générosité verbale dont elle donnait toujours le spectacle et qui en avait convaincu ou échauffé plus d'un. Il attendait que cela finisse, comme on attend la fin d'une averse, en jetant autour de lui des regards prudents, un peu craintifs. La maison n'avait pas changé, elle était toujours aussi confortable, et pourtant Didier constata avec surprise qu'il avait cessé de s'y trouver bien. Combien de fois, cependant, aux prises avec l'activité sordide des Maillechort, n'avait-il pas rêvé de Stellamare comme d'un paradis ? Mais c'était à des moments de faiblesse, ou la nuit, quand il revoyait dans ses rêves les appartements qu'il avait habités dans sa vie, comme les affamés voient des nourritures plantureuses – depuis l'appartement de la rue de Lourmel jusqu'à celui de Dunkerque, jusqu'aux pauvres chambres d'étudiant – un vrai luxe ! Mais il était sûr que Stellamare n'était pas à lui, qu'aucune maison semblable ne serait jamais à lui, que même si l'appartement que Mme Chotard louait à présent à un vieux ménage au rez-de-chaussée se trouvait libre un jour – car Mlles Digoin et Nabot étaient parties, et Didier n'en avait rien su... Mais, après tout, pourquoi pas ? Mais oui ! Il fut traversé d'un trait de lumière. Un élan de reconnaissance le souleva. C'était certainement ce qu'allait lui annoncer Mme Chotard, la Fernande affectueuse du cahier bleu... « Ami très cher, je voudrais, ce soir, dans le calme et dans la lumière qui inondent mon âme, rechercher loyalement si une réconciliation profonde est possible entre nous et dans quelles conditions. » Il n'était plus pressé d'aborder la question, Fernande ne pouvait l'avoir convoqué pour autre chose, il était plus délicat d'attendre, de lui laisser choisir son moment. Il regardait la pièce, les fauteuils de velours, Mme Chotard dans son petit crapaud couleur lie-de-vin, tant de cordialité sur son visage, de chaleur dans ses propos, son gros chat sur les genoux. Il allait tout savoir.

Des bûches pétillaient dans la cheminée. Il n'avait pas vu cela depuis longtemps, cette chaleur aussi le réconfortait, et, comme Mme Chotard ne se décidait toujours pas elle non plus à entamer le sujet mais continuait à multiplier les paroles affables et les sourires, il oubliait peu à peu pourquoi il était venu et il croyait retrouver cette atmosphère confiante du début, cette douceur des rapports humains qui fait que l'on se sent meilleur.

Cependant, l'heure passait, il craignait quelque coup de sonnette intempestif et, tandis que Fernande, installée devant trois pots de confiture, couvrait des tartines dont elle ne s'apercevait pas que Didier n'avait aucune envie, il se décida pour le courage :

— J'ai appris... commença-t-il. C'est peut-être faux, comme tant de choses qu'on raconte... Mais vous allez pouvoir me le dire en peu de mots...

Une vive rougeur était montée aux joues de Mme Chotard. Elle se mit à manier nerveusement les objets qui encombraient le plateau du « goûter », soulevant des couvercles, vérifiant la force du thé.

— Il paraît qu'Arditeya va être vendue.

Mme Chotard cessa brusquement son manège, pour tourmenter la grosse médaille qui pendait sur sa poitrine. Elle croisa les jambes, les décroisa. Son visage s'empourprait de plus en plus.

— Je suppose que cela signifie que les Maillechort vont s'en aller, continua Didier. Est-ce exact ?... Vous trouvez peut-être bizarre que je vous interroge là-dessus, mais on m'a dit...

Mme Chotard considéra ses mains, ouvrit les doigts en éventail, les referma. Son visage se fronça comme sous l'effet d'une douleur subite et, lissant avec des gestes rapides et maniaques les plis de sa jupe :

— Je ne suis pour rien dans tout cela, dit-elle. Mon beau-frère de Lourdes... Cazaunous... C'est lui qui a tout fait...

Tout ce qui, un instant plus tôt, humanisait encore son visage, avait disparu, s'était retiré comme un soleil qu'on ne doit plus revoir. Tassée dans son fauteuil, maintenant, elle semblait se préparer à une attaque, comme une bête traquée dans son terrier. Didier s'efforçait encore de reconnaître le terrain, mais elle l'avait reconnu avant lui et elle savait qu'il ne s'y trouverait pas à l'aise.

Didier essayait de se rappeler, sans y parvenir, dans quelles circonstances Mme Chotard avait fait mention devant lui de ce beau-frère de Lourdes, mais ce qui l'étonnait, c'est qu'ils eussent pu tramer tout cela, d'où sa vie dépendait, sans qu'il n'en sût rien, alors que Mme Chotard passait encore tous les jours sous sa fenêtre, en ralentissant le pas comme à dessein. Il ne savait pas s'il était davantage accablé par la nouvelle, ou par sa confirmation, ou par les étranges méthodes que cela supposait, ou encore par la menace imprécise qu'il percevait tout à coup derrière les mots. Bien sûr, on ne serait pas venu lui demander son avis, oh non ! il n'était pas assez important pour cela ; mais le mettre au courant, on aurait pu... Ce n'était pas la première fois qu'il se voyait traité par ses « amis » comme un néant, et peut-être cela lui était-il bon, si sa vocation était d'humilité, mais il n'était pas encore bien formé : chaque fois, cela lui faisait un léger coup au cœur. Après les livres trouvés dans l'escalier, l'appartement – son appartement – qu'on vendait, qu'on achetait sans le lui dire : les effets étaient différents, leur importance sans rapport, mais la cause était toujours la même, et, dans les deux cas, l'intention, méprisante ou cruelle, l'atteignait aussi fort. « Je ne suis pas guéri », se dit-il en portant la main à son cœur. Il pensait à son amour-propre. Mme Chotard vit le geste et, soudain doucereuse, s'inquiéta :

– Vous n'êtes pas bien ?

Elle était prête à ouvrir ses armoires, à vider un vieux tube d'Aspro dans sa tasse – elle n'avait jamais connu que ce médicament et il se rappelait les bonbons noirs, à la réglisse, qu'elle venait parfois lui porter la nuit, sans craindre de le réveiller pour un caprice.

– Ce n'est pas cela. Je pensais à ce que nous disions, dit-il. Vous avez dû estimer que tout cela ne me concernait pas directement, ne changerait rien à ma vie... mais je suis quand même un peu surpris... Sans vous faire de reproche, bien entendu...

– Mais, mon pauvre Didier, s'écria-t-elle, vous ne voulez voir personne, nous n'avons pas voulu vous ennuyer...

« Vous ne voulez voir personne... » Elle partait déjà dans ses mensonges irritants, dans ces échappatoires, ces contrevérités qui ont assez de rapport avec la vérité pour que la mauvaise foi puisse les soutenir. « Si vous ne voyez personne, à qui la faute ? semblait dire Mme Chotard. Vous découragez tout le monde. Vous faites le vide autour de vous... » Il avait cessé de la voir, donc il ne voulait voir personne. Il ne voulait pas voir les Maillechort, donc il n'aimait pas les hommes. Un être dans sa situation n'a plus droit à des exigences. Mme Chotard elle, ne savait pas choisir, tout lui convenait aussi bien, elle achevait avec la concierge la conversation entamée avec le professeur. Elle n'avait pas l'idée d'une délicatesse. Parce qu'on l'avait enfermé dans un malheur qu'il ne pouvait combattre, parce qu'il s'était abstenu de lui faire signe alors qu'elle passait sous sa fenêtre, elle l'accusait de vouloir sa solitude.

– Comprenez donc, mon petit, il y a des mois au fond que je ne vous ai pas vu !... Est-ce que vous me demandez jamais quoi que ce soit ?

Il ne fallait jamais bien longtemps, avec Mme Chotard, pour apprendre ce qui la faisait agir. Cette phrase disait tout : une fois de plus, tandis qu'il était si loin de penser à elle et peut-être pour cela même, Mme Chotard l'avait puni. Il se permettait de ne pas la voir et pendant ce temps il voyait Mme d'Hem, il voyait Betty ! À la manière dont elle venait de proférer ces noms, Didier comprit la force de son ressentiment ; il fut confirmé dans ses appréhensions : il ne pouvait s'agir d'une plaisanterie.

– Je ne pensais pas que vous pouviez avoir quelque chose à me communiquer, dit-il. J'aurais d'ailleurs pensé que dans cette hypothèse...

Mais il s'enlisait. Déjà la conversation était au point où Mme Chotard lui apparaissait comme le lieu, se voulait l'instrument d'une autorité fatale. Il savait qu'à dater de ce moment on ferait état de sa faiblesse physique, de son manque de fortune, comme d'autant de fautes, de scandales. Et c'était lui, chétif, qui avait la prétention de choisir entre les êtres ! Tout cela le désignait comme un homme à détruire. Il sentit tout à coup que la sentence était prête. Si le clan Chotard-Cazaunous avait résolu sa perte... Une puissance familiale insoupçonnée, assise sur des propriétés, de la terre, de l'argent, des comptes en banque, des ventes, des hypothèques, des actes notariés à n'en plus finir, se levait derrière cette silhouette commune, derrière ces mains rudes et carrées de petite libraire provinciale. La société se mettait en marche, dans ce ronronnement de chat satisfait, dans le pétillement des braises, pour l'écraser... Mais n'inventait-il pas tout cela ? On s'égare si facilement ! Il n'était pas possible que Fernande, après tout ce qu'elle avait fait pour lui à l'origine, après les pages qu'elle avait écrites à son intention dans son cahier, ces pages adressées à lui, écrites dans l'intimité du cœur... « Je vous remercie delà violence avec laquelle vous souhaitez ma libération... Mon estime pour vous n'a jamais subi d'atteinte... » Il aurait pu prendre à n'importe quelle page, il y eût trouvé des phrases semblables. « Didier, cela il faut le croire ; il n'y a rien d'essentiel en vous qui ne soit pour moi objet de consentement et d'estime. » Or, il la croyait, il croyait qu'elle avait dit vrai, qu'à l'heure où elle avait écrit cela, elle pensait ainsi. Il le croyait. Mais il sentait soudain que l'heure avait sonné des règlements de compte et que, comme de coutume, c'était lui qui allait tout payer. Fernande ne se vengeait même pas, elle était peut-être à des lieues de ce sentiment : uniquement, la voix du sang avait parlé, et le beau-frère Cazaunous fût-il le dernier des crétins, aucune « estime », aucun lien de fantaisie ne prévaudrait contre cela. Didier connaissait bien la mythologie chotardienne, où les volontés du moindre beau-frère, du moindre neveu étaient sacrées, où, dès qu'il s'agissait d'arrondir le bien familial, ou simplement de satisfaire le caprice d'un nouveau-né, on eût piétiné allégrement tout ce qui n'était pas Chotard et Lagréou et Cazaunous. On ne pouvait résister au désir exprimé par Dédé ou Mimi : le mot famille supprimait tout esprit d'examen, et Didier appréciait l'habileté, la force du mouvement : mettre un Cazaunous en avant, c'était invoquer la Fatalité, un Pouvoir qui n'a pas plus de comptes à rendre que la foudre. Mme Chotard avait entrepris, patiemment, de lui expliquer les choses ; mais Didier écoutait à peine ; sous les mots que prononçait Fernande se formaient d'eux-mêmes les caractères d'un contexte irrésistible. Il sursauta cependant quand il l'entendit prononcer :

— Vous comprenez, il y a longtemps que mon beau-frère Cazaunous désirait une maison à Irube pour y passer l'été... La proximité de la mer...

— Ah, je croyais... murmura Didier.

Mais il ne pouvait plus proférer un son. Pourquoi discuter, essayer d'établir la vérité ? Comment ne pas penser, en tout cas, que c'était Mme Chotard elle-même qui avait aiguillé son beau-frère vers cette villa qu'évidemment il n'avait aucune raison de connaître. Pourtant, à l'audition des derniers mots, il voulut encore avoir un espoir.

— Pour y passer l'été ? dit-il. Il veut vraiment l'occuper lui-même ?... Mais alors !...

Mme Chotard avait compris sa pensée. Le ton de sa réponse, plus que la réponse elle-même, fut décisif ; les mots partirent comme un coup de fusil.

— Le reste du temps, je pense qu'il la louera.

— Qu'il la louera ? répéta stupidement Didier. Mais... ma chambre ? Il ne peut rien faire de ma chambre !

— Pensez-vous ! dit Fernande sur un ton de joyeuse évidence. Avec tous ses gosses !... Une fois retapée, embellie... C'est fou ce qu'on peut transformer une maison quand on veut s'en donner la peine ! Vous n'imaginez pas...

Didier n'écoutait plus, n'entendait plus. Les mots bourdonnaient à ses oreilles. C'était donc cela ! Il s'accrochait en pensée à ces quelques pierres misérables, où il n'avait connu qu'humiliations et tourments, comme à un bien irremplaçable. Il comprenait à merveille ce que Mme Chotard voulait dire. Ce n'était jamais à lui qu'on louerait, bien entendu. Louer, cela voulait dire : déloger, assassiner au besoin l'occupant pour en mettre un autre à sa place, afin de faire faire la pirouette au loyer ! Voyons ! Il ne fallait pas prendre les beaux-frères pour des imbéciles.

Cependant, au milieu de tout cela, les Cazaunous, forts de leur vingt mille Vierges lumineuses à la chaîne, lui semblaient sous-estimer la puissance des Maillechort. Tout à coup les

Maillechort lui apparaissaient comme des éléments de réconfort dans cette histoire.

– Vous ne pouvez pas nous mettre à la porte, déclara Didier en ramenant les pieds sous son fauteuil. Ni les Maillechort ni moi.

Fernande prit son air le plus suave et à la fois le plus maternel.

– Les Maillechort et vous !... Mon petit, vous n'allez tout de même pas vous comparer aux Maillechort ! se récria-t-elle avec un accent de pitié si vif à son égard, un sentiment d'admiration si élevé pour les Maillechort, que Didier ne put avoir aucun doute sur le sens de cette phrase si belle et qu'il la nota dans sa tête comme un chef-d'œuvre de sincérité bourgeoise – une des fleurs de la couronne invisible qui étendait ses rayons sur la tête de Mme Chotard.

– Sans me comparer aux Maillechort, dit-il, je ne vois tout de même pas très bien... Bref, vous ne pensez pas que la tribu va se laisser faire ?

Mme Chotard, en regardant Didier, n'avait plus du tout l'air d'une mère. Elle avait l'air de penser qu'il était difficile de pousser plus loin la bêtise. Les épithètes pitoyables se précipitèrent sur ses lèvres.

– Mon pauvre Didier, mais comment vivez-vous ! Mais vous ne savez donc rien de ce qui se passe ? Les Maillechort font bâtir !...

La voix de Didier s'étrangla.

– Vous dites que...

– Mais voyons, mon petit, les Maillechort sont encombrés d'argent ! Ce magnifique terrain où l'on a élevé récemment des palissades devant les glacis, c'est eux ! Leur maison est en route depuis deux mois, dans quelques mois elle sera prête et ils ont assez de relations pour trouver un asile en attendant, s'il en était besoin !... Mais ne vous inquiétez pas des Maillechort : ils ont pris un arrangement avec mon beau-frère. Ils resteront sur les lieux tant que ce sera nécessaire. Il s'agit uniquement de vous pour le moment, mon cher Didier !

Les Maillechort s'en allaient, Babé, le Gosse, le chien, tout le cirque ! C'était le moment, peut-être, où il aurait connu un peu de tranquillité... Et Fernande venait, qui le chassait ! La lumière se faisait tardivement dans l'esprit de notre penseur. L'affaire était bien agencée. Elle était agencée non seulement par un homme d'affaires, et l'on pouvait être sûr que le beau-frère en était un, mais par un romancier amateur de situations tranchées, qui voulait complet le triomphe des uns, et complète la défaite des autres. Mais tout cela était si extravagant qu'il se disait encore en lui-même : « Mais non, non, c'est impossible ! Ça ne peut être ainsi ! Je lis un mauvais roman ! Je fais un cauchemar !... » Et puis, cette idée soudaine, une lumière plus éclatante que toutes : « Elle est chrétienne ! Elle ne peut pas faire ça !... »

– En somme, dit-il sans y croire, – toujours avec un grand calme, dans l'attente de quelque démenti solennel, – on ne chasse que moi !...

Mme Chotard se mit à rire, comme s'il avait fait une bonne plaisanterie. Heureusement, une dernière idée vint au secours de Didier :

– Vous ne pouvez pas me chasser, dit-il. La loi s'y oppose. On ne peut expulser personne sans lui fournir l'équivalent de ce qu'il a. Et ce n'est pas en ce moment que l'on trouve des appartements, je le sais bien, et votre beau-frère doit le savoir aussi.

Tout en parlant, il s'étonnait de ce qu'il disait, de ce qu'il lui fallait dire et qui était la simple vérité. Il était donc au point où il lui fallait défendre ce triste domicile. À moins que, vraiment, le beau-frère, soutenu, inspiré par Mme Chotard, ne lui eût trouvé l'occasion d'un échange avantageux ? Mais non, il savait bien que pour les gens comme lui, les choses ne pouvaient aller qu'en empirant (toujours ce pessimisme que lui reprochait si joyeusement l'abbé Singler). Et il savait bien aussi que, quelle que fût l'installation nouvelle – et fût-elle plus médiocre, si la chose était possible –, elle coûterait forcément plus cher, et cette fois il ne pourrait plus payer.

– Des appartements, non, expliqua charitablement Mme Chotard en caressant le chat qui ronronnait sur ses genoux. Mais appelez-vous appartement ce que vous habitez ?... En quelque endroit que l'on vous mette, mon pauvre, vous serez toujours mieux...

Elle avait ce ton des gens qui décident pour les autres et qu'il est dangereux de contrarier. Chaque mot était blessant ; mais la chose était derrière le mot, avec une blessure pire. « En quelque endroit que l'on vous mette... » Il avait bien entendu. Il saisit à ce moment le regard que Mme Chotard posait sur lui. Ni dans les yeux de Luz, qui avait parfois le regard dur, ni dans ceux de Rosa, qui étaient vides, ni dans ceux du gros frère, qui étaient lourds, et stupides, il n'avait lu quelque chose d'aussi fort, ni d'aussi hostile, cette flamme de méchanceté, cette ardeur pour le mal. Il ne comprenait pas d'où cela pouvait venir. Il essaya de soutenir un instant ce regard mais rencontra une telle opposition qu'il dut baisser les yeux. Où avait-il déjà vu quelqu'un le regarder ainsi ? Il chercha. N'était-ce pas le regard du Jardinier quand, grimpé sur son échelle, il lui apparaissait, à travers la vitre, fixant sur lui ses yeux noirs ? Fernande, d'un geste très mondain, invita Didier à reprendre du thé ; elle s'était remise à beurrer des biscottes. Elle poussa gracieusement un pot de confiture vers Didier. Mais non, Didier n'avait plus faim. Malgré le feu de bois, un mauvais frisson lui parcourut le dos.

– Je ne vous avais pas priée de chercher un appartement, dit-il. Et j'en avais encore moins prié votre beau-frère.

– Heureusement qu'on s'occupe de faire le bonheur des gens malgré eux ! s'écria Mme Chotard. D'ailleurs, vous tombez bien. Mon beau-frère doit venir à Irube dans quelques jours. Il vous prendra dans sa voiture et vous fera visiter votre nouveau domicile.

– Je ne connais pas votre beau-frère, dit-il d'une voix sans timbre, et je n'ai pas envie de le connaître.

Elle lui répéta, aimablement, que, quel que fût le lieu où on l'enverrait, il ne pourrait pas s'y trouver moins bien qu'à Arditeya. L'abîme du mal s'entrouvrit sous les yeux de Didier. Il avait toujours cru, en effet, étant à Arditeya, qu'il ne saurait tomber plus bas. Cette mauvaise chambre où l'on n'arrivait pas à se chauffer, que la belle Mme d'Hem qualifiait de taudis, il l'avait supportée jusque-là comme provisoire, comme le purgatoire d'où l'on ne peut que remonter, qu'on ne peut quitter que pour un asile plus pur. Et tout à coup, à travers les paroles précipitées, les sourires meurtriers de Mme Chotard, il voyait le contraire. Il n'était pas bien là où il était, non, mais là était tout ce qu'il aimait, et il ne quitterait pas aisément un endroit où il avait tant souffert, où Betty l'avait soigné avec dévouement, où il avait vécu tant de saisons toujours visibles dans le ciel au-dessus des arbres... Maintenant, on le poussait vers le trou ; on ne se contentait pas de le regarder s'avancer vers lui de son propre mouvement, comme on avait regardé Betty.

— Là où je suis, dit-il, je vois du ciel. Je...

De nouveau elle se mit à rire. Il pensait à ce grand jardin qu'il était seul à connaître, — car les gens ne regardent pas ce qui les entoure et personne en France ne fait plus attention à la nature. Ce jardin dont il aimait l'odeur, les feuilles qui se retroussaient à la cime des tilleuls, toujours mobiles, et l'hiver, leurs grands élans dépouillés... Il avait suffisamment maudit la tribu Maillechort de lui voiler ces choses, d'être sourde à tout. Et c'était eux qui restaient, et lui... Une dernière résistance céda au fond de lui, il se dit qu'il s'exagérait la méchanceté humaine, entrevit une lueur d'espoir.

— Bien entendu, dit-il, où que j'aille, ça ne pourra être pis...

— Je le crois, dit Fernande en soupirant. Et puis, il ne faut pas s'attacher aux biens de ce monde. Tout est fait pour passer.

Le beau-frère arriva en effet de Lourdes quelques jours plus tard, un rendez-vous fut pris et Mme Chotard ne manqua pas de faire remarquer à Didier la gentillesse qu'on avait de le conduire à sa nouvelle demeure, au lieu de le laisser y aller lui-même. Chaque fois que Mme Chotard parlait ainsi de son « nouvel appartement », Didier esquissait un mouvement de défense, comme si elle allait frapper.

Didier avait passé de mauvaises nuits, il avait ce jour-là les traits tirés et il tombait de fatigue sur le chemin de Stellamare. Le beau-frère était donc là, un homme gros et court, au visage carré, taillé dans le bois, les yeux petits et bridés, la voix rude, roulant les «r», avec un pantalon qui menaçait toujours de tomber. Brave homme, peut-être, comme bien des rustres, mais certainement capable, à l'occasion, de se convertir en tortionnaire. Le temps était maussade, plutôt froid ; Didier restait enfoncé dans sa torpeur. Il s'étonna de se trouver là, dans une camionnette noire et brinquebalante, assis sur une banquette toute raide entre le Cazaunous et sa belle-sœur, comme un suspect entre des gens de police.

La voiture dévala le long de la rampe courbe qui conduisait à la ville. Là, les ruelles se pressaient dans l'étroit corset des remparts médiévaux, et il fallut aller à pied. On connaît l'architecture du vieil Irube. La « chambre » qu'on avait trouvée pour Didier, au premier étage d'une maison à la façade dégradée, était une sorte de réduit obscur dont l'unique fenêtre donnait sur une rue étroite. L'escalier était un puits, vitré dans le haut, par où montaient l'odeur des choux et l'écho des disputes ménagères. Ils firent entrer Didier là-dedans, ou pour mieux dire l'y poussèrent, et sans cesser un instant de bavarder entre eux, attendirent un consentement qui ne leur semblait pas faire de doute. L'avantage de ce domicile sur celui qu'il abandonnait était selon eux évident : la cuisine était dans la chambre (c'est-à-dire qu'il y avait un vieux réchaud à gaz dans un coin), cela réduisait les allées et venues et tenait lieu de chauffage. « Cela se fait de plus en plus d'ailleurs, dit Cazaunous en s'adressant non pas à Didier mais à Mme Chotard ; j'ai un immeuble neuf en construction à Tarbes ; il n'y a pas de séparation entre la cuisine et la salle de séjour ; tout est comme ça aujourd'hui, acheva-t-il, c'est l'intérêt de tous. – Bien sûr, on n'a plus le temps de fignoler, dit Fernande. Il faut savoir ce qu'on préfère... »

Didier n'entendit pas la suite. Une odeur de marécage venait du fond de la maison et, la tête penchée sur la poitrine, il respirait de plus en plus difficilement. Il crut que l'air allait manquer tout à fait à ses poumons et sentit qu'il vacillait légèrement. Leurs regards qui s'étaient tout à coup arrêtés sur lui lui firent lever la tête.

– Le prix ?... demanda-t-il pour dire quelque chose. Mais il avait la gorge serrée et il dut répéter plusieurs fois.

– On s'arrangera, dit le beau-frère d'un ton très gaillard. Ne vous en faites pas pour ça. Entre connaissances, on s'arrange toujours...

Didier regardait fixement devant lui, ne voyait plus rien. Il était saisi d'un éblouissement Soudain, tout fut noir devant ses yeux. Il s'appuya au chambranle de la porte restée ouverte. Betty, le jardin du Séminaire, les magnolias, les allées magiques, les traînées de lumière sur les prairies tourbillonnaient dans tout ce noir. Une boule lui remonta dans la gorge.

– C'est impossible, dit-il.

– Bah, bah, bah !... On se fait à tout, dit le beau-frère qui avait soudain la voix, l'intonation même de l'abbé Singler («On se fait à tout, les bons repas en famille sont une source de joie et de santé, il faut ce qu'il faut, les choses ne vont pas si mal que ça, bah bah bah» – ces phrases faisaient le fond des petits éditoriaux malicieux et réconfortants que l'abbé Singler imprimait tous les jours en italique au bas de la première page de son journal.) Vous croyez ça maintenant, continuait Cazaunous de la même voix, mais... Si vous saviez, moi, quand j'ai débuté... Ah là là !...

«Mais pourquoi a-t-il fallu qu'il grimpe sur une échelle pour me dire ça ?...» se demandait Didier. «C'est pour me voir dans mon lit... voir ce que je fais... En quelque endroit que vous soyez, vous serez toujours mieux... Heureusement que la société s'occupe de vous, hein, qu'on vous a à l'œil...»

«Quand j'ai débuté, moi...» La voix du beau-frère le rappelle à la réalité. Le beau-frère était là, devant lui, la canadienne ouverte, les mains dans les poches. Il s'était engagé dans une longue histoire que Fernande avait dû entendre cent fois, car elle bâillait. Il oubliait seulement l'argent qu'il avait toujours eu derrière lui, ou devant, ce que certains appellent des «espérances», les donations, les dots, le père toujours prêt à foncer. Devant Didier s'étendait, se resserrait plutôt un espace désert, avec des êtres qu'un instant auparavant il croyait connaître encore un peu et que, tout à coup, il ne connaissait plus. Des êtres qui refusaient de jouer avec lui, qui refusaient d'entendre son cri.

Auprès de qui protester ? Mais d'abord avait-il le droit ?... Qui avait le premier refusé l'amour ? S'il repoussait toute assimilation entre Cazaunous et lui, pourquoi se plaindre d'un amour repoussé, d'un manque de solidarité ? « Il n'y a pas tant de gens, se dit-il confusément, dont on puisse accepter les bienfaits. » De cette minute peut-être, sa raison se troubla. Ce n'était pourtant pas là un propos ironique ou impertinent, mais simplement une constatation désolée. De nouveau l'effleura l'image de l'échelle, puis il redevint le prisonnier entre ses gardes. Ce qui se passait en ce moment avait un aspect absolument légal. Le beau-frère avec sa tête écrasée sous la casquette, sa canadienne de cuir, ses gants fourrés, le teint rouge, les yeux injectés, était tout à fait digne de figurer dans une tragédie bourgeoise, dans un drame social. Sa présence rejetait presque dans l'ombre Fernande Chotard, avec ses yeux brûlants, son corps dévoré dépassions bilieuses... Didier s'aperçut qu'il était dans la rue, qu'il serrait la main de M. Cazaunous, qu'il le remerciait, que celui-ci lui parlait d'un papier à signer, qu'il disait oui... Il arrive qu'on rêve, la nuit, des choses semblables. Mme Chotard fit encore quelques pas avec lui, courtoisement ; sans doute qu'on ne voulait pas le laisser seul trop vite. Il espéra obscurément, du fond d'un vertige de fatigue, qu'elle commençait à prendre conscience de ce qu'elle faisait. Ils remontèrent ensemble, au pas de Fernande, et Dieu sait si cette montée lui était pénible, jusqu'à l'endroit de la ville où, au milieu d'un éventail de rues étroites, surgissait la cathédrale. L'abside lui apparut dans son calme surnaturel, au haut de la rue, avec ses arcs-boutants qui semblaient s'étendre sur la ville comme autant de rayons protecteurs. Derrière, de l'autre côté de ces arches sublimes, aussi précises, aussi ornées, aussi finement ouvragées que les rayons de la méduse, se trouvaient l'Évêché, la maison des chanoines, et tout autour, sur la place, le long de la rue dite des Prébendes, les cabinets confortables des médecins, des avocats, des dentistes, les boutiques des riches commerçants, et l'immeuble acheté récemment pour abriter les services d'*Irube-Éclair*, dont le nom était peint en grandes lettres rouges, à la hauteur du premier étage, sur un panneau blanc. En somme, tous les habitués des conférences si chères à Mme Chotard, dont la librairie s'ouvrait aussi dans cette noble rangée. Le monde dont cet endroit de la ville offrait ainsi un commode et limpide résumé était merveilleusement organisé pour tous ces gens dont les comptes en banque étaient toujours à flot. Plus bas, le seuil de la banque justement, avec son vestibule toujours si frais l'été, où des maniaques venaient lire, dans l'après-midi, des colonnes de chiffres. En marge de tout cela, on rejoignait le boulevard, cette création récente du Maire, où l'on avait enseveli des milliards et dont une campagne de presse avait exalté les mérites : amélioration de la circulation, développement du tourisme, etc., – mais dont le trafic était si excentrique qu'on pouvait prévoir qu'il ne servirait jamais à rien, si ce n'est à fournir une jolie vue à la maison du Maire, toute blanche, avec ses colonnades, ses cyprès, ses jardins d'été et d'hiver. Tout cela était assurément l'indice d'un monde parfait, et l'on pouvait avoir confiance dans un administrateur qui avait si bien assuré sa propriété personnelle. « Soignez votre cuisine et tout ira mieux... Tout n'est donc pas pourri au royaume de Danemark... » Il n'y avait d'un peu pourri que la maison habitée par les Mondeville, ou celle des Lambert, ou encore les immeubles de la rue des Tanneurs où l'on avait trouvé la semaine précédente deux jumeaux complètement moisis et où une maison venait de s'écrouler sur toute une famille. (« Quelle est la première condition du bonheur ? questionnait l'éditorial de ce jour-là. Réponse : la confiance. »)

– Et maintenant, dit Mme Chotard, arrivée à la hauteur du porche principal, il faut que je vous quitte... Vous savez, tout ira très bien. Je suis si contente que vous vous montriez raisonnable... Tout s'arrange, mon petit. Oh, je ne vous ai pas dit que l'abbé Singler m'a demandé des idées pour ses éditoriaux... Mais je vous parlerai de ça la prochaine fois ; pour le moment... Ah mon Dieu, j'oubliais ! Je me suis laissé entraîner jusqu'ici et il faut que je redescende, je dois voir le Maire ; je crois que vous m'avez fait rater mon rendez-vous...

Il la laissa filer. Elle allait voir le Maire, justement, pour lui soutirer, à titre privé bien entendu, un peu d'argent pour les écoles libres dont elle s'occupait quelque peu, comme de tant d'autres choses où elle était indispensable. Le maire d'Irube était devenu bien pensant, on sait pourquoi, la tâche de Mme Chotard serait facile et *Irube-Éclair* pourrait lui réserver un écho flatteur, quoique enveloppé, dans ses colonnes. « Tout est bien », pensa Didier qui se disait : « Elle m'a toujours caché qu'elle connaissait le maire », et qui se prit à chercher les motifs de cette dissimulation. Mais tout était bien. Son malheur était invisible dans cette ville qui ne comptait à peu près que des gens heureux. Et lui, Didier, il devenait invisible pour lui-même. « Si au moins je pouvais finir ce travail... », pensa-t-il.

Vraiment, ne pouvait-il faire encore un effort pour négliger les circonstances contraires ? Vaincre le froid, l'humidité, le dégoût d'une maison inhabitable ?... Vaincre, surtout, ce qui était le plus difficile, l'ennemi de l'intérieur, la maladie accrochée à son corps. « Mon Dieu, se dit-il en rendant un vague salut à quelque passant, j'ai encore une façade... En un mois je puis faire du travail. Et d'ici là... Quand ils verront que j'ai su faire un beau livre... J'ai mes divisions, j'ai mes matériaux, j'ai ma thèse... Et surtout, se dit-il, comme envahi soudain d'une profonde lumière, il y a quelque chose qui ne paraît pas – mais... Il y a ceci, c'est que j'y crois... »

Un triste vent chargé d'eau battait les espaces nus sur lesquels il débouchait maintenant, au sortir de la ville, et qu'il avait à traverser pour remonter vers sa chambre. Une douleur l'assaillit perfidement en haut du dos, le transperça de part en part. « Ce n'est rien, pensa-t-il. Une chose de plus à vaincre, mais... » Il eut un sourire envers lui-même : « Cela fait trop mal pour être grave... » Il pensa à Kierkegaard, abattu en pleine rue, terrassé par l'ennemi ; à Dostoïevsky, toujours malade, toujours dans l'angoisse, mais qui avait vécu, qui avait presque vu la vieillesse... « Il faudra que je me fasse faire une radio, pensa-t-il. Mais on ne meurt pas comme ça... »

Cette idée d'une radio à faire lui procura une distraction convenable pour l'aider à supporter le trajet qui lui restait à faire. Il aimait bien son médecin, malgré son comportement d'ancien lecteur d'*A.F.*, et qu'il fût blasé au sujet des malades en général et de lui en particulier. « Une radio... disait-il toujours... Allons-y... Ça ne vous tuera pas... Et si ça peut vous faire plaisir... »

Ces mots n'étaient pas particulièrement encourageants mais la sympathie ne se commande pas, et Didier, patient, gardait son médecin.

Il n'y en avait du reste pas de meilleur à Irube.

D'un certain point de vue, tout ce qui lui arrivait était juste. Il avait encore un effort à faire pour le reconnaître, mais, avec un peu de bonne volonté, il y parviendrait. L'honorable société bourgeoise n'avait cessé de progresser dans le quartier. Les « villas » s'élargissaient, se rehaussaient, se flanquaient de garages, s'ornaient de balcons, de resserres, se complétaient par des pavillons. Dans le jardin voisin d'Arditeya, qui était toujours resté en friche, un petit commerçant bâtissait sa maison, une petite villa bien carrée, bien plate, avec de larges fenêtres, une terrasse, un perron, et bientôt un beau toit de tuiles rouges : il y suffisait de sept à huit millions. C'était vite trouvé pour un boutiquier. Dans toutes les maisons des alentours, des visages heureux fleurissaient aux fenêtres, des enfants jouaient dans les jardins, on entendait s'élever, par-dessus les haies, les clôtures, les gloussements ravis des jeunes mères. Tous ces gens s'endormaient, se réveillaient sans avoir un goût de sang dans la gorge ; l'air le plus pur venait du fond du ciel pour baigner leurs poumons qui se pliaient et se dépliaient sans gémir, sans ces bruits rouillés, ces grincements de vieille poulie que Didier surprenait dans sa poitrine. Comment n'eût-il pas été déplacé dans un quartier pareil ? L'attention des promeneurs dominicaux était appelée par cette excroissance peu harmonieuse que formait son petit logement au flanc de la maison principale. Celle-ci était laide, mais on ne la voyait pas, elle ressemblait à tant d'autres. Tandis que cette cage de ciment suspendue à son flanc, on ne voyait que cela. Parfois, une jeune femme au chignon bien sage, aux cheveux bien lisses, aux joues nettes, poussant une voiture d'enfant, un landau bien laqué, bien astiqué, levait la tête vers la fenêtre de Didier : cela aurait pu être Paula, dans un an, toujours victorieuse et comblée. Tous ces passants pouvaient comprendre l'existence des Maillechort ; mais celle de Didier ? Il ne faisait rien d'utile. Ou ce qu'il faisait, il était le seul à le savoir, avec une petite élite de gens disséminée par toute la France et qu'il ne connaîtrait jamais si ce n'est par leurs lettres. Aucun d'eux en tous cas n'était d'Irube, et encore moins de sa rue. Il avait toujours préféré n'être rien pour les gens de sa rue, et même pour les gens d'Irube ; il était ainsi plus libre d'être lui-même. Mais être lui-même, qu'est-ce que c'était ? Il écrivait, méditait, cherchait à définir, à illustrer des valeurs spirituelles, par où l'homme s'est efforcé de s'élever, de monter en lui-même, d'échapper aux fatalités biologiques, de créer, autour de la croûte terrestre, une zone respirable. Quel était le sens de cette activité intérieure, de ses visées, des dispositions qu'elle impliquait ? S'efforçait-il assez de vivre à la hauteur de ses modèles, de pratiquer leurs vertus ? L'hommage qu'il leur rendait en les signalant à l'attention était-il suffisant ? Et comment comprenait-il lui-même sa relation avec Dieu ? Il cherchait. Il croyait bien faire, les livres étaient sous son lit, à côté, devant, dedans, par terre. Il y en avait au-dessus de l'armoire à glace, et même dessous. Il allait chercher Tauler dans la poussière, Ekhart sous l'évier de la cuisine, saint Augustin servait de socle à une lampe, l'*Ornement des noces spirituelles* reposait au-dessus de la corbeille à papier. Cela ne faisait rien aux Irubiens ; ils avaient leur bifteck grillé tous les jours. Dans un quartier pareil, bourgeois et bien pensant, la prière est à peine tolérée, elle n'a pas de sens. Mon Dieu, conservez-nous ce que nous avons et bénissez nos accroissements. De gros hommes en pardessus passaient dans leurs voitures, cousus de villas et de terres. C'était eux, l'humanité. Tout ce qui n'était pas eux était un peu au-dessous d'eux. Le mot, le reproche de l'abbé Singler lui revenait souvent à l'esprit : « Pourquoi n'êtes-vous pas propriétaire, comme tout le monde ?... » Que la nature eût brisé ses forces, ce n'était rien. La vraie maladie était là, dans le jugement, dans la « vision du monde » que recouvrait le reproche de l'abbé Singler. Il ne fallait tout de même pas croire qu'il y avait du mérite à vivre pauvre. Un nouvel Évangile avait remplacé l'ancien et Didier se demandait ce que l'on pouvait bien encore enseigner là-bas, derrière les murs troués d'arcades, à l'autre bout du jardin. Lorsque, en ses moments de détresse, il avait songé à une sortie de ce côté, il se rappelait invariablement sa visite à l'abbé Singler, et l'abbé résumait alors pour lui tous ces messieurs au chapeau rond, les Vauthier, les Bordenave, les Fillatte, les Cardon, les Chatelou, engoncés dans leurs longues robes, ne pensant qu'à quêter des subsides et, au mieux, à la défense de l'école libre (car l'école dite neutre ou laïque, disait l'organe des écoles libres du diocèse, est contraire aux premiers principes de l'éducation, et les maîtres chrétiens de l'enseignement public rappellent parfois fâcheusement les prêtres-ouvriers. Voyez Pincherle, pensait Didier), baptisant par force des enfants de déportés juifs et les séquestrant – à l'applaudissement unanime de la société irubienne qui, selon un membre éminent de l'Académie euskadienne, « avait réagi d'instinct dans le sens de la vieille loi basque qui ne reconnaissait pas de juridiction sur le clergé, les clercs devant être jugés par l'officialité, – et qui assurait la défense de l'enfant contre sa famille » (!) – comme si leur Dieu n'était pas assez grand pour s'occuper aussi des petits Juifs, et comme s'il fallait faire des chrétiens malgré eux ! Ils évangélisaient les Juifs, or ils ne voyaient pas à leurs pieds les Hauts-Quartiers qui se rendaient en masse à leurs sermons et adoraient les idoles, encensaient le veau d'or et pratiquaient uniquement les vertus païennes. Ah, qu'elle était donc belle la colère de Moïse ! qu'il sifflait agréablement, le fouet qui avait chassé les vendeurs du Temple ! Mais cela, c'étaient des récits d'un autre temps, à faire paraître – il faudra y songer – dans la collection « Les Belles Légendes ». Aujourd'hui, Mme Chotard, la libraire des Arceaux, vendait l'Évangile aux gens des Hauts-Quartiers et à ces messieurs dans un encartage de luxe – richesse oblige.

Avec une noble mansuétude, Cazaunous s'était laissé fléchir par une tardive prière de Mme Chotard soudain touchée : il avait donné tout un mois à Didier pour quitter Arditeya. Didier attendait Betty pour lui faire part de la nouvelle. Mais fallait-il la tourmenter avec cela, elle déjà si traquée ? Cependant, il comptait secrètement sur elle. Avec Betty pour alliée, il ne craignait plus les Cazaunous.

Alors Betty vint le trouver un après-midi avec un air qu'elle n'avait pas d'habitude, les yeux penchés, les paupières lourdes, comme si elle avait reçu un coup qu'elle ne surmonterait pas, et lui dit :
– Didier, nous avons de tristes choses à nous dire. C'est sans doute ce qu'annonçait ce trou où j'ai failli tomber. Je n'avais jamais cru aux histoires de Fernande Chotard, mais cette fois...
Elle fit une pause. Didier attendait, très calme, de ce calme qu'on a devant les ruines. Il ne savait pas du tout ce qu'allait lui dire Betty, mais le nom de Mme Chotard au début d'une conversation suffisait pour signer tous les désastres.
– J'aurais bien dû m'attendre à être remplacée pendant mon absence de toi, mais pas de cette façon ! Huit petits jours ! Tu n'as pas pu patienter huit petits jours ! Il faut s'attendre à tout quand on quitte un homme, d'ailleurs je n'ai aucun droit sur toi, je le sais, mais...
Ses petites lèvres se rétractèrent, elle ne put continuer. Elle était si parfaitement consciente de la vérité de ce qu'elle affirmait, elle en avait toujours été consciente. Ce n'était pas une discussion qu'elle venait offrir à Didier, il le sentait, mais une de ces décisions abruptes contre lesquelles l'autre est sans pouvoir, comme quand elle avait quitté sa famille, comme quand elle avait pris en main la cause de M. d'Hem, comme quand elle était partie pour Paris, comme quand elle était revenue...
– Non, je n'ai aucun droit, reprit-elle. Mais que tu m'aies remplacée par cette fille, justement celle-là...
Elle dut s'arrêter de nouveau, le visage contracté.
– Ne reste pas sur cette malle, dit Didier. Viens près de moi. De qui parles-tu donc ? Quelle fille ?...
– Justement celle-là, la fille d'en bas, du garage... La fille de peine des Maillechort !... Oh, ce n'est pas parce qu'il s'agit d'une commise, mais la commise des Maillechort !... Non !... Quand je pense que tu l'as reçue dans ta chambre !... Ce n'est

pas la peine de me dire le contraire. Ce ne sont pas des racontars, cette fois. C'est Fernande elle-même qui l'a vue. Je n'ai plus qu'à m'en aller. Je m'en vais, Didier. Je te laisse.

Didier était sincèrement accablé. Il se demandait comment Betty, si avisée d'habitude, pouvait soudain accorder le moindre crédit à des paroles de Fernande. Mais les gens qu'on connaît le mieux évoluent, tout en vivant près de nous, et un beau jour on les trouve différents, on ne les reconnaît plus, on ne peut plus rien sur eux. Didier avait vu Betty, en toutes sortes de circonstances, toujours la même. Il évoqua la somme de mots qu'il faudrait pour la faire changer d'avis. Mais lui aussi était différent; il n'avait plus de force, plus de talent pour convaincre. Ses dernières conversations avec Fernande Chotard et Cazaunous l'avaient vidé de sa substance. Il essaya de lutter cependant. Mais lutter à la fois contre Betty et contre Mme Chotard, c'était trop dur !

– Betty, lui dit-il après un moment donné à la surprise, je ne puis croire le moins du monde que tu ajoutes foi à une telle histoire. Nous sommes les victimes d'une machination absurde. Si tout le monde sait cela, comme tu dis, tout le monde le sait par Fernande Chotard. Et tu sais bien ce que valent les contes de Mme Chotard. Je n'ai reçu ici qu'une femme... Mme d'Hem. – et May, que tu connais. Cachée derrière les bambous, Mme Chotard a pu prendre May pour... pour la fille dont tu parles. J'ai reçu ces deux femmes en effet, et cela n'a pas été pour mon plaisir. Lucile a pu te le dire, ou May, si tu les as vues. Je ne sais pas, je ne veux même pas savoir ce que t'a dit Fernande. Qu'est-ce qu'elle t'a dit, au fait ? Quand ?...

– Elle m'a rencontrée avant-hier, m'a invitée à monter chez elle, sous prétexte de thé, comme toujours. Elle a vu cette fille – oh, oh, comment ? Floflo, comme ils disent, qui descendait de chez toi, un jour où elle, Fernande, venait te voir.

– Mais elle n'est jamais venue me voir, justement, durant tout le temps que tu as été absente.

– Mais c'est justement pour ça. C'est parce qu'elle l'a rencontrée dans ton escalier. Cela l'a empêchée d'aller plus loin. C'est ce qu'elle m'a dit. À cette distance, elle pouvait peut-être distinguer May et Floflo...

— Quelle preuve t'en a-t-elle donnée ?
— Tu sais comme elle est. En apercevant Floflo...
— Flopie.
— Tu vois, tu la défends ! Bon, en apercevant Flopie qui descendait...
— Mais, Betty, ne raconte pas ça, puisque c'est faux !
— Elle a fait : « Oh ! » – un de ces « oh ! » qui s'entendent à cent mètres à la ronde.
— Flopie n'est jamais venue ici, je t'assure. Tu peux le lui demander, tu peux... Oh, Betty, comment peux-tu croire cela ? Mais c'est insensé, voyons !

Elle mordilla le bout de son doigt.

— Il y a longtemps que j'ai senti en toi un changement, Didier... Et puis tu vois, ajouta-t-elle, ç'aurait été une autre, une fille mieux que moi – elle disait cela avec un air de souffrance et de résignation – je t'aurais... j'aurais compris. Paula, par exemple, tu as vu, je comprenais. Mais cette sale gosse, cette fille d'épicerie ! Une fille qui n'est même pas à toi, qui est la maîtresse de je ne sais qui...
— Mais, Betty...
— Tu vois bien que tu la défends !

Elle était butée. Il était sincère. Mais tous les raisonnements ne pouvaient que la buter davantage. Didier n'aurait su dire si elle avait ou non l'esprit compliqué. Sa complication d'esprit aboutissait quelquefois, précisément, à une simplicité excessive : elle s'enfonçait dans une idée et elle s'y tenait. Fernande Chotard aurait été contente si elle l'avait vue en ce moment : elle aurait ri de sa simplicité. Didier pouvait imaginer ce rire, c'était celui qu'il avait entendu quelques jours plus tôt à Stellamare. C'était un son de la gorge, très sourd, roulé sur lui-même, qui ne sortait pas de la bouche mais qui envahissait peu à peu tout le corps qu'agitait alors une espèce de tremblement prolongé. Didier n'avait pas d'arme pour se défendre de Betty, de ses soupçons. Il avait usé toutes ses armes pour se défendre contre les autres, ses ennemis, et quand elle se leva pour partir en lui disant qu'elle ne reviendrait plus, qu'elle allait reprendre le train pour Paris à la fin de la semaine, il ne fit rien, il ne comprenait déjà plus très bien le jeu des événements, peut-être qu'il ne la crut pas, ou qu'il pensa qu'il serait facile de se jeter à la traverse, ou de courir sur ses traces. Il n'avait même pas eu le temps de lui parler de sa conversation avec Fernande, de ce qui s'était passé les jours précédents, de son prochain déménagement. Et, déjà, il était trop tard.

– Betty, lui dit-il simplement, on t'a trompée, je sais que tu as tort. Je sais aussi que tout ce que je te dirais aujourd'hui serait dit en vain. Tu ne t'en vas pas parce que Fernande t'a parlé de Flopie, tu t'en vas parce que tu as besoin de t'en aller, tu obéis à cet instinct de migration qui a déjà fait venir ta famille de si loin, et qui la fera peut-être repartir un jour. Mais non, que dis-je, elle restera, c'est toi qui pars, c'est forcé, tu as besoin d'essayer d'autre chose... Vous êtes d'éternels émigrants, vous autres ; nous, nous avons toujours été bousculés, poussés d'un pôle à l'autre, précipités d'un monde dans un autre, du nord au midi, malgré nous. Nous descendons, sous la pression des événements, tous les degrés marqués sur le globe. Vous, vous n'attendez pas, vous prenez le vent, comme des mouettes, comme des canards sauvages – et je vois à ton flanc l'ardente petite plume que tu dissimules sous les grises... Betty !...

Autrefois – huit jours avant – elle se serait jetée dans ses bras, petite flamme mince toujours en mouvement, mais toujours réchauffante et qui voulait être réchauffée aussi. Ce soir, elle le regardait étonnée, avec une tendresse égale peut-être, mais une tendresse à laquelle elle avait renoncé, sans s'approcher, toute brûlante en dedans, toute froide au-dehors.

– Ne dis pas que tu vas partir... Pourquoi ? Tu n'iras pas à Paris, du moins pas tout de suite... n'est-ce pas ?

Elle ouvrit de grands yeux, déjà sur la défensive. Il ne l'avait pas habituée à croire qu'il pouvait faire pression sur elle.

– Vraiment, Didier ? Tu sais cela ?

Il sourit tristement :

– Monsieur d'Hem... Je suppose qu'il a encore besoin de toi... N'est-il pas ici ?

– Je sais tout ce qui le concerne, dit-elle. Si je restais, ce serait pour lui, en effet, pour l'aider ; mais ne pense pas que tu me verrais encore. D'ailleurs, j'ai beaucoup réfléchi à lui, à son histoire : si je peux le sauver, c'est à Paris. Je l'ai averti ; quand j'y serai, il viendra, il en aura la force, je le remettrai au travail... ne souris pas, j'essaierai, je sais que je le peux. Si tu le vois, Didier, pousse-le à me rejoindre. S'il reste à Irube, il est perdu. Sa femme le hait : elle le rendra fou. Ou bien il se passera quelque chose de plus grave, si c'est possible.

Les phrases se succédaient, au grand étonnement de Didier ; chacune précise et nette, mais créant un ensemble confus, et il se demandait si les plans de Betty étaient aussi arrêtés qu'ils en avaient l'air.

– Tu as raison de me parler de monsieur d'Hem, ajouta-t-elle. C'est de lui que je dois m'occuper en effet. Il est plus malheureux que toi, Didier. Si grand que soit ton malheur, il y a des malheurs encore plus grands. Toi, tu as des ressources que les autres n'ont pas, tu peux vivre par l'esprit, tu sais écrire, penser...

Elle disait ce que tous les autres lui avaient dit au moment de l'abandonner. On lui avait toujours reproché son esprit comme une richesse mal acquise, un capital qui le mettait à l'abri de l'adversité. Comme avait dit Fernande Chotard la première fois qu'elle l'avait vu travailler dans son lit : « Ah alors, vous, c'est un bonheur que vous puissiez travailler au lit... Au fond, la maladie ne change presque rien pour vous... » Chaque fois que quelqu'un l'avait quitté, il lui avait dit la même chose : Au moins, toi, tu peux travailler, tu n'as pas tellement besoin de moi... tu sauras t'y retrouver. Ainsi Betty se faisait dure, exprès, se hâtait d'obstruer les issues, les passages. Fernande Chotard avait réussi à créer en elle, cette fois, une méfiance à son sujet, une blessure profonde : la goutte d'eau. Il lui demanda comment elle comptait vivre si elle se rendait à Paris ; mais elle avait tout prévu, avec ce génie de l'organisation qui surgissait chez elle, en général pour des périodes assez brèves, aux instants les plus imprévus. En attendant le poste de standardiste que son camarade lui avait promis, elle allait remplacer une amie qui partait, qui était caissière dans un magasin et possédait une petite chambre. De là elle régnerait sur Paris, il ne lui en fallait pas plus. Et puis, M. d'Hem. On est beaucoup plus fort quand on a à s'occuper de quelqu'un. Pouvait-il l'empêcher de se dévouer à autrui ?

– Eh bien, dit-il enfin, tu fais ce que tu veux, bien entendu, mais je t'en prie, ne pense pas de mal de moi, Betty, ce serait injuste... Embrasse-moi, sache que tu es toujours mon beau petit canard...

Il cherchait ce qu'il pourrait inventer pour la persuader de rester. Au fond de lui-même, il pensait encore : « Elle reviendra. » Puis, de nouveau, il songea à employer des arguments plus décisifs, à empêcher lui-même son départ, à la retenir dans ses bras. Mais il ne comptait pas avec la défaillance qui le surprit quand elle eut refermé la porte qui donnait au haut de l'escalier. Sa tête se brouilla tout à coup, il glissa plutôt qu'il ne tomba sur le parquet de sa chambre et il lui fallut un moment pour retrouver le sentiment au contact de l'air froid qui passait sous la porte. Il se revit, à trente ans de distance, dans le petit jardin des fortifs, couché entre les mottes de terre, guettant les battements de son cœur. Seulement, c'était le parquet de sa chambre qu'il avait aujourd'hui sous la poitrine, et non plus la terre des petits jardins ouvriers. Il n'avait jamais imaginé que le départ de Betty pût être un événement aussi douloureux. Il n'avait jamais imaginé le départ de Betty.

Quittant Didier, Betty s'en fut par le sentier qui passait sous le mur des Dominicaines, sa gabardine bien serrée sur elle, laissant voir sa petite jupe dansante, une petite jupe à ramages qu'elle portait souvent – pour économiser le tweed. Il avait plu la veille mais, ce jour-là, il faisait froid et sec, l'air était à peine embué et les murs des villas, les groupes d'arbres dans les jardins, les collines fermant l'horizon, tout apparaissait avec netteté. Comme elle débouchait sur la route, l'éclair rouge d'une auto découverte qui passait en trombe la fit sursauter, le vent soulevé par la voiture lui cingla les joues et elle éprouva, au plus profond d'elle-même, la force mystérieuse du consentement. Elle ne se trouvait plus très loin de la villa Kali-Koré et imagina l'auto rouge – quelle idée ce rouge ! quel goût ! – s'arrêtant sous les arbres, et Philippe, comme il faisait toujours quand il était en état d'excitation, sautant par-dessus la portière. Elle ralentit le pas, peut-être par excès d'émotion, peut-être pour ne pas arriver trop vite. Le portail de bois était là, ouvert à deux battants, indiquant en effet la présence ou du moins le passage de M. d'Hem. Elle entra. Le rouge à peine assourdi de la tôle brillait sous les arbres, sous une branche basse de magnolia aux tons laqués. Rien ne pouvait être plus éloquent, rien n'avait l'air plus vrai que cette voiture arrêtée, toute basse, avec ses roues aux moyeux étincelants ; rien ne donnait davantage une impression de puissance, comme d'une force de la nature. « Il ne m'a pas vue », pensa-t-elle. Mais pouvait-il voir quelqu'un ou quelque chose en circulant à cette vitesse, dans cette voiture qui giflait le paysage ? Betty éprouva une vague inquiétude. Elle n'aimait pas que

M. d'Hem se montrât à Kali-Koré dans cette voiture qui irritait la vue de Lucile, par le gaspillage qu'elle représentait, en même temps qu'elle déchaînait les ressorts de sa nature sauvage et réveillait en elle on ne sait quel monstrueux espoir.

Ce ne fut pas Philippe, ce fut Lucile qui, mise en alerte par les aboiements des chiens, vint à la rencontre de Betty qui, après avoir contourné le massif de sauges, s'avançait, toute menue, dans sa petite jupe défraîchie et son imperméable, sous les magnolias scintillants.

– Vous arrivez bien, dit Lucile. Il est là. Je ne vous le cache pas, j'attends quelqu'un et je voudrais que vous trouviez le moyen de m'en débarrasser... Il y a trois jours qu'il est là, reprit-elle avec une sorte de rage. Je ne sais pas où il passe la nuit, mais avec cette manie de tomber ici à n'importe quelle heure de la journée, il me rend la vie impossible. Impossible ! Il y a quelque chose qui ne va plus, je... Il faut faire quelque chose, Betty.

Betty ne savait pas encore exactement qu'elle était chez Mme d'Hem ; elle avait marché sans s'en rendre compte jusqu'à la route, là elle avait vu passer la voiture rouge comme une espèce de météore, d'étoile filante, comme un signe qui la guidait malgré elle. Mais une part d'elle-même était restée dans la chambre de Didier et elle s'étonnait encore de ce qu'elle avait fait, de ce pouvoir qu'elle avait eu de porter aux oreilles de Didier l'écho des paroles les plus récentes de Mme Chotard, auxquelles elle ne croyait peut-être déjà plus à présent.

– Puisqu'il vous écoute... disait Lucile. Si vous lui demandiez de faire une sortie en voiture... je crois...

– Mais... Vous ne voulez pas dire dans cette voiture ? dit Betty avec méfiance.

– Dans laquelle voulez-vous que ce soit ? Écoutez, si vous êtes libre un ou deux jours, dit Mme d'Hem, je voudrais vous demander de me faire l'amitié de rester ici jusqu'à ce qu'il parte.

Jamais elle n'avait parlé à Betty avec tant de gentillesse ; et jamais Betty n'avait eu autant besoin de cette gentillesse, et qu'on eût besoin d'elle. Elle sourit vaguement en regardant la façade de la maison.

– Quand part-il ? demanda-t-elle.

Mme d'Hem haussa les épaules, l'air de dire : Si je le savais !

– Il est allé s'enfermer là-haut dans la chambre de la bonne, je me demande pourquoi. Son coffre est plein de bouteilles qu'il est allé chercher en Espagne ou qu'il a dû acheter à des contrebandiers.

– Quel sens de l'économie ! railla Betty. C'est une quoi ? demanda-t-elle en se retournant vers l'engin aux formes effilées, comme si elle ne le connaissait pas, comme si elle était frappée pour la première fois par la longueur excessive du capot et l'inconfort des deux petits sièges étroitement accolés.

– Une Lancia, répondit Mme d'Hem avec hargne. Une voiture de course un peu transformée.

– Oh, transformée ! dit Betty en riant. Ils ne se sont pas donné beaucoup de mal.

– Je ne sais même pas d'où elle lui vient, continua Luz, si on la lui a prêtée ou… Avec lui, il faut envisager le pire !

– Vraiment, Luz, dit Betty toujours riant, il ne roulerait pas longtemps avec une voiture de cette couleur si elle n'était pas un peu à lui…

– En tout cas, dit Mme d'Hem, je ne vois pas à quoi des voitures comme ça peuvent servir.

Betty planta tout à coup ses yeux dans les siens.

– Vous croyez ? dit-elle.

Mme d'Hem n'était pas habituée de sa part à ces regards précis. Pour elle, Betty avait plus souvent l'air de songer à la stratosphère ou d'observer la Grande Ourse que de considérer ce qui se passait à ses pieds. Mais Brigitte apparut à l'entrée du jardin, escortée de May, les yeux plus bleus que jamais, les cheveux flottants, presque radieuse, et détourna l'attention sur elle. On se mit à parler d'école et du déjeuner à préparer. Betty se lassa bientôt de ce bavardage.

« Je ne sais pas à quoi je peux servir, moi non plus… » pensa-t-elle. Sauver Philippe ? Bien sûr. Elle avait déjà essayé, à plusieurs reprises, de l'empêcher de boire. Le résultat était là : dans le coffre.

– Si vous voulez que je sorte avec lui… commença Betty en entrant dans le couloir.

Mais personne n'était plus là pour l'écouter. Brigitte avait dû monter dans sa chambre et elle crut entendre, derrière une cloison, les voix mêlées des deux femmes. Elle se retourna, soudain très seule, vers le jardin où la voiture brillait du même éclat que le massif de sauges.

La voiture rebondit sur une cassure de la route et la tête de Betty toucha la capote que, par égard pour elle, Philippe avait fixée aux montants avant de partir. Elle sentit sous elle les ressorts de son siège se replier plusieurs fois et elle eut l'impression d'être grimpée sur un cheval furieux. Pour le moment, la route était droite et se rapprochait de la ville à toute allure.
– Moins vite, supplia-t-elle.
La veille et l'avant-veille, Mme d'Hem avait paru désireuse de la voir monter à côté de Philippe. « Vous l'empêcherez d'aller trop vite », disait-elle. Ce jour-là – pourquoi ? – elle ne l'avait pas engagée à l'accompagner et avait même manœuvré pendant près d'une heure pour l'en dissuader, sans que Betty pût comprendre ses raisons. Au dernier moment, May avait joint ses efforts à ceux de Lucile pour la retenir, en prenant soin pourtant de ne pas alerter le mari qui, avec ses petits yeux noirs et fixes, sa tête étroite et rase, son teint de brique, piétinait d'un air affairé autour de la voiture. Tout cela dans la confusion des allées et venues, les colères de Brigitte, les supplications d'Élise, enfin les préparatifs de Lucile qui partait pour son magasin. Lucile avait exposé longuement, à table, sur le ton didactique qu'elle avait toujours, les ennuis que ses affaires lui donnaient actuellement. Ces ennuis, joints à la présence de son mari, au désordre qu'un homme mettait dans sa vie, c'était assez sans doute pour expliquer tant de nervosité, et même ses contradictions.
La route se divisait en une fourche assez aiguë, les freins crissèrent. Betty jeta les mains en avant, la voiture se rua sur la route de gauche, puis le moteur reprit son ronflement régulier, un grondement sonore et puissant qui remplissait l'étroite carlingue où ils étaient assis côte à côte, sans bien savoir pourquoi ni l'un ni l'autre.

– Où m'emmenez-vous ? cria Betty.

Elle n'entendit pas la réponse. Il ne fallait pas monter là-dedans pour parler. La route était encore très fréquentée. Toutes les deux minutes, chaque fois que la Lancia croisait une autre voiture, l'air se rabattait sur elle comme une gifle et la voiture filait dans un froissement de plumes. Ce jour-là, une bouffée de vent tiède avait ragaillardi l'atmosphère, et l'horizon se découpait avec une précision agressive, en traits noirs, sous un ciel extraordinairement vibrant. On avait les tempes dans un étau mais les êtres et les choses participaient à une griserie commune après laquelle il était évident qu'on ne pourrait être que très malheureux.

« Facile de me dire de l'empêcher d'aller vite, pensa Betty. Je voudrais bien la voir à ma place, elle ou May... » Mais n'était-ce pas la place qu'elle avait voulue ? Il était inutile désormais de s'interroger sur le choix. Le long de la route, les pylônes défilaient à toute vitesse, ainsi qu'une rangée de platanes épais, aux troncs durs et pelés, un peu livides, chargés d'une sorte de volonté obtuse. Entre les troncs, la terre s'étalait, mate, sans vie apparente, mais le moindre groupe de fleurs, les alignements de topinambours ensoleillés s'y exaltaient en tons violents, et les talus d'herbe semblaient illuminés de l'intérieur.

La ville était depuis longtemps dépassée, maintenant ils roulaient à peu près seuls. Un pignon blanc apparut au loin, fut aussitôt sur eux, se retourna comme une page de livre. Plus rien. Le soleil, quoique chaud, n'était déjà plus très haut et balayait la route luisante devant eux d'une manière insupportable. Betty attendait les creux et les vallons pour avoir ses yeux à l'abri pendant quelques secondes. Elle avait tiré la visière mais c'était inefficace et le capot, les quelques mètres de macadam visible en avant de lui, l'aveuglaient. De nouveau une descente, on pouvait voir devant soi jusqu'à ce qu'on fût au sommet de la pente opposée, mais rien ne durait longtemps ce jour-là, et de nouveau le soleil éclatait au haut de la pente, énorme et rouge.

– On pourrait s'arrêter un moment, suggéra Betty.

Mais elle n'avait plus l'espoir d'être entendue. Kali-Koré, avec ses retraites ombreuses, ses escaliers tranquilles où le bois craquait, paraissait à une distance infranchissable, dans un autre monde. Un long segment de route, tout droit, assez large, se présenta devant le pare-brise. Philippe enfonça profondément la pédale. Ses mains tremblaient, comme toujours, et cependant ses gestes étaient précis, sobres, économes. Parfois sa main furetait sur le tableau de bord, taquinait un bouton. Betty ne demandait pas ce que c'était. Elle éprouvait ce que pourrait éprouver la malade qui s'est confiée pour une opération à un vieux chirurgien ami de la bouteille, dont les mains tremblent mais qui sait quand même enfoncer le bistouri au bon endroit. Soudain elle sursauta : une voix l'atteignait dans la nuque, parlant du fond de la voiture, une voix dure, noire, puissante. Elle eut un mouvement de frayeur, comme si un monstre avait surgi derrière elle, et se retourna instinctivement vers le fond, qu'elle savait pourtant vide, comme s'ils avaient été rejoints brusquement par un être surnaturel. Il y avait là, sur le rebord où l'on posait les objets, une petite grille circulaire d'où sortait la voix. La radio !... Non, c'était trop. Elle acceptait l'angoisse de la course, les brusques coups de frein qui lui faisaient fléchir le buste et la portaient en avant, les autos effleurées, les platanes vertigineux ; mais cette voix insensée, futile, même dans l'annonce des catastrophes, cette clameur de foire, ces mots qui raillaient sa peur – non, mille fois non !... Elle protesta, se montra violente, insulta son compagnon. « Abruti !... » Mais, les yeux fixés sur la route, il semblait ne s'apercevoir de rien. « Le Conseil des ministres s'est réuni ce matin, à l'Élysée, pour décider... On annonce, de la République de Costa Rica... Au Brésil, le président Vargas... Aqui Radio-Andorra... Avec l'Épatant, votre linge est blanc... »

– Mettez au moins de la musique ! cria-t-elle.

Il était sourd. Et puis on ne donne pas des ordres à la boîte à sottises, plus décevante encore que celle de Pandore. C'est une chose à subir. Les nouvelles débitées étaient aussi mal venues et aussi déplacées pour le moment que les réclames pour les bas nylon et la lessive Blanc de Blanc. La République de Costa Rica ! Est-ce qu'il existe des choses pareilles ! Toutes ces nouvelles qui vous étaient décochées dans le dos, comme des coups de revolver, et qui, venues du bout du monde, vous rejoignaient dans un bolide circulant à cent vingt kilomètres à l'heure, cent quarante, cent-soixante !... Cette course folle, qui représentait un danger constant, ne vous laissait absolument pas libre de vous intéresser fût-ce une fraction de seconde à la révolte de l'Uruguay contre les dirigeants de la Fruit Corporation. Tout cela concernait aussi peu les deux passagers de cette voiture-fusée que les résultats d'un concours de billard disputé rue de la Sorbonne pourraient intéresser des voyageurs en route pour la Lune. En ajoutant une ressource nouvelle à l'absurdité des contingences, la technique finissait le plus simplement du monde par vaincre la technique, et l'humanité, le plus simplement du monde, retournait non peut-être à la barbarie, mais à l'abrutissement, par le chemin implacable du progrès. « Prévisions météorologiques pour la région du Sud-Est (pourquoi pas l'Arkansas ? pensa Betty) offertes par la chicorée Legrain, la véritable Super-Chicorée... » Betty sentit soudain son front irrésistiblement attiré vers le tableau de bord, tandis que les freins miaulaient, à la limite de l'aigu : on avait évité de justesse le rouleau municipal et les ouvriers qui étaient en train de remettre du goudron sur la chaussée. À la faveur de cet arrêt, Betty put poser les yeux sur une pancarte et s'aperçut qu'elle était sur la route de l'Espagne.

– Ce n'est peut-être pas la peine d'aller si vite, dit-elle, ni de...

Sa voix se perdit dans le vrombissement ascendant. Le son monta encore un moment, puis s'égalisa. De nouveau la route droite, les pylônes, les platanes. Que de platanes sur les routes ! Ils frôlèrent une longue échelle posée contre l'un d'eux, au haut de laquelle travaillait paisiblement un ouvrier. L'échelle mince, de bois blanc, était totalement invisible dans la lumière éclaboussante du soir, et Betty ne vit qu'après coup le chiffon rouge planté au bout d'une perche. Pourtant, on allait un peu moins vite, semblait-il, et elle pouvait recommencer à distinguer quelques détails. À trente mètres, une file de canards achevaient de traverser la route dans une horrible inconscience. Un oiseau, trottinant sur l'asphalte, s'envola juste à temps. Plus loin des femmes étaient penchées sur un lavoir ; Betty, qui n'avait jamais lavé quoi que ce fût, les envia, envia leur tranquillité, la paix de leurs gestes. Des laveuses d'épopée rustique. Image de fraîcheur, de début du monde, vite disparue, éclatée, dispersée en mille morceaux de l'autre côté de la route, de l'autre côté du temps. Pourquoi la vitesse ? Pourquoi, sinon pour pulvériser le monde, n'avoir plus à penser, cesser de ramper sur le sol, de s'égratigner aux rugosités de la terre ? Cette sensation de planer, d'ignorer les difficultés, de bondir d'une tache de lumière à une autre, d'un point vert à un point bleu, de franchir sans gémir le miroitant espace... S'il n'y avait pas eu cette radio !

– Abruti ! cria-t-elle de nouveau.

Il ne fit pas un geste. Il regardait la route, droit devant lui, se hâtant vers un but qu'il ignorait lui-même. La vitesse servait à cela aussi, elle vous permettait de rejoindre votre rêve au plus vite, un monde autre, un monde où l'on n'eût plus à se débattre comme un homme qui se heurte sans fin aux murs de la folie.

– Vous n'entendez donc pas ? cria-t-elle.

Elle tâcha de repérer le taquet – mais attention ! –, le fit coulisser légèrement avec l'impression qu'elle pouvait aussi bien faire sauter la voiture ; mais elle ne réussit pas à changer de poste. Les hurlements du jazz pénétrèrent dans l'étroite cabine où ils étaient enfermés, entre deux parois de tôle mince, sous la bâche vibrante, derrière une vitre qui s'obscurcissait du sang des moucherons qui venaient s'y écraser un à un, dans une mort frénétique. Si même l'instinct des insectes était surpris... Mais qu'est-ce qui subsiste de la nature dans un monde que les lois de la vitesse ont changé ? Rien, que la stupidité, la stupeur, la présence têtue des platanes qui continuaient à défiler le long de la route, blocs de matière enracinés dans le sol, inamovibles, blocs de patience, de refus, – de protestation. Didier, Didier pensait-elle. Elle aurait voulu pleurer, mais cela aussi lui était interdit. On ne pleure pas dans une voiture qui fait du cent quarante. « Didier... » Didier d'un côté, travaillant, vivant contre l'adversité ; Mme d'Hem de l'autre, ses petits pas rapides dans l'escalier luisant, sa tête lumineuse sous les sombres feuillages de Kali-Koré – Kali-Koré en pantalons, en pagne, en petite culotte, traînée de rires éclaboussants dans la maison oppressante... Un grondement se fit entendre derrière eux, un klaxon hurla à leurs oreilles, mais à cette vitesse-là, la Lancia pouvait difficilement affronter les incertitudes du bas-côté, et Philippe ne bougea pas de sa ligne. Une voiture bleu ciel, poussée à fond, les dépassa dans un claquement de vent et se rabattit devant eux comme un éclair. Betty comprit ce qui allait se passer. Elle le comprit au visage de M. d'Hem, à ses yeux soudain injectés par la colère.

— Mercedes, dit Philippe.
— Quoi ? cria Betty.
— Mer-cé-dès !...

De ce moment, il ne vit plus que le concurrent à vaincre, l'adversaire à abattre. Son étroit champ de vision fut tout entier occupé par l'image de l'homme, même pas, de l'engin qui lui avait fait l'injure de passer devant lui, de s'inscrire tout à coup dans sa ligne de mire. Il existait au monde un être plus fou que lui ! Et il l'avait sous les yeux. Car, bien entendu, après avoir réalisé cet exploit, l'autre avait dû réduire sa vitesse et n'avançait pas plus vite que la Lancia : seulement on l'avait en plein nez, devant les yeux, on ne voyait plus que ça, et la silhouette de l'homme, ses épaules carrées, sa tête mince, se détachaient avec une minutie outrageante, dans la glorieuse lumière du soir, entre les larges vitres, comme encadrées dans une enviable solitude.

Il n'y avait plus de route, plus de maison, plus de terre : deux avions dans le ciel libre, mais sur la même ligne, on ne savait trop pourquoi, pourvus d'une puissance égale, animés de la même vitesse, l'un essayant de dépasser l'autre. Tel était l'enjeu. La vie avait cessé d'exister, d'avoir un but (si elle en avait jamais eu), ou peut-être avait-elle trouvé son vrai but, qui est la mort. Ces deux hommes n'avaient plus de vie, plus de passé ; ils n'étaient plus que le désir d'aller plus vite, de glisser plus rapidement sur la piste aveuglante de la lumière. Rien d'autre ne subsistait plus dans ces crânes rétrécis par l'idée d'un triomphe éphémère. Le grondement des deux voitures s'amplifiait, rebondissait sur l'asphalte, claquait sur une façade, par instants retombait à plat ou se perdait dans l'espace démesuré. Chaque platane était doué d'une voix, d'un chant monotone et tragique : Zum... Zum... Zum... Il fallait attendre le moment favorable. Un camion apparut à l'extrémité visible de la route et le cœur de Betty tressaillit : elle ressentit, dans tout son corps, l'écrasement stupide, à cent quarante à l'heure, contre l'obstacle inévitable, parmi les tôles tordues, martyrisées. Elle aurait voulu dire à Philippe de ne plus penser à la voiture qui filait sous ses yeux, que cela n'avait pas d'importance, qu'il n'y avait pas de compétition ouverte, qu'elle ne le dirait à personne. Mais Philippe, tout entier à son idée, son petit œil luisant et fixe, la sclérotique injectée, avait ce faciès qu'elle n'aimait pas, qu'elle redoutait entre tous ; avec, au front, le pli de la colère. Elle connaissait assez pour les redouter ces colères morbides, longtemps concentrées, qui mettaient si longtemps à éclater et que rien n'arrêtait plus, comme la colère du nourrisson qui crie à perdre haleine, qui crie qui crie jusqu'à ce qu'il soit à bout de souffle. Comment une journée qui avait débuté comme toutes les autres, presque raisonnablement, peut-elle soudain atteindre les sommets de l'incohérence et de la folie ? Comment une séance de cinéma qui commence par un Walt Disney peut-elle finir dans les flammes ?... Mais pourquoi s'en soucier ?... Elle ne vivait plus sous le regard de Didier, les pierres de la route pouvaient bien lui sauter à la face. La Lancia gagna quelques mètres ; les épaules carrées du type et sa petite tête ressortaient comme un dessin à l'emporte-pièce sur le fond d'un panneau routier. Maintenant la Lancia tenait carrément sa gauche ; mais la Mercedes ne faisait pas mine de ralentir son allure, et à trois cents mètres se profilait de nouveau une voiture en sens inverse, en plein sur la gauche elle aussi, et qui se rapprochait à une vitesse terrifiante. La Lancia était engagée ; plus d'issue. Le soleil rougeoyait devant elle, au-delà des deux obstacles qui barraient la route dans toute sa largeur, et Betty entendait le crépitement, presque le hurlement de la lumière, de cette masse incandescente, jaune et brillante à un degré insoutenable, pareille à la masse de fonte en fusion qu'on peut apercevoir par un viseur à l'intérieur d'un haut fourneau. La Lancia gagnait de plus en plus, mais la Mercedes ne ralentissait toujours pas. Le type n'avait-il pas compris, ou bien se piquait-il au jeu ? La Mercedes, avec son châssis bas et large, n'était plus qu'à cent, à cinquante mètres... Betty ne put supporter plus longtemps la vision de ces trois bolides, de cette course d'atomes, des deux rangées de platanes impitoyables, de cette incandescence de la lumière : elle avait l'impression d'être en plein ciel, prise dans une soudaine traînée d'étoiles. La voiture de gauche disparut dans un faible creux, elle allait réapparaître dans une seconde, au sommet de la route, en même temps que le disque affreux du soleil, provisoirement invisible, mais dont le rayonnement accusait d'une manière intolérable le profil de la route. « Didier, pensa-t-elle, Didier... » Elle ferma les yeux. Quand elle les rouvrit, la route était vide. Elle ne chercha pas à savoir ce qui s'était passé. Le ruban d'asphalte s'étendait sous ses yeux, illimité, entre les deux rangées de platanes, avec au bout, le soleil rougeoyant, et la voiture faisait entendre son grondement régulier. Zum... Zum... Zum... disaient les platanes. Une auto parut au loin, à bâbord, se rapprocha rapidement. Le cauchemar recommençait.

NEUVIÈME PARTIE

Corpus Christi

Le cri de la Laitière, dans la matinée, ranimait des souvenirs déjà affreux. Cousu de certificats, de diplômes, couvert de parchemins et de titres obtenus dans quelques-uns des plus hauts concours de l'État, mais dépourvu de santé, il valait moins que le dernier de ces troufions qui avaient eu le bon esprit d'attraper un bobo durant le temps où on leur apprenait à manier le fusil et où ils dépensaient concomitamment le meilleur de leurs loisirs dans les bordels (d'où surmenage), et que la Nation entretenait – pension indexée et susceptible de péréquations – pour leur permettre de jouer à la pétanque sur les glacis ou de taquiner le goujon sur les bords de la Bonance. Une jeunesse passée dans les facultés, à étudier et à comparer les plus hauts écrits sortis de la pensée de l'homme, ne valait pas les six mois que Marius Gastambide avait pu passer à la corvée des pluches, ou à tailler des crayons dans un bureau de ministère.

Que faire en pareil cas ? Il n'avait qu'un recours, et c'était encore un recours à la plume : écrire au ministre, à son ministre. On peut tout demander à un ministre. Le ministre ne dit jamais non : comme l'empereur de Chine, il est inaccessible, et comme la divinité toute-puissante, il ne répond jamais rien.

En des jours de si grande disgrâce, un homme revient au lieu de ses plus anciens espoirs, même si la preuve lui a été mille fois administrée de leur vanité. Dans la pensée qu'il pouvait attendre de lui au moins un secours moral, ne fût-ce que pour le moment limité où il lui parlerait, Didier, dans sa détresse, se décida à une démarche qui l'eût humilié s'il avait mis ses relations avec un prêtre dans la même balance que les autres relations humaines : il écrivit à l'abbé Singler pour lui demander de le voir. Il est singulier, sans doute, d'écrire à un homme que l'on veut rencontrer, quand il est si facile en effet de se rendre jusqu'à son bureau. Mais Didier avait trop d'angoisse pour accepter d'être confondu avec les cent bavards ou curieux qui devaient assiéger le bureau directorial d'*Irube-Éclair* et prendre la file d'attente. Le sérieux excessif avec lequel il envisageait cette lettre et cette rencontre aboutit fort naturellement à donner à sa demande un ton léger: comme s'il était délivré de toute inquiétude, de toute urgence, que rien ne lui pesât et qu'il n'eût à proposer à l'abbé qu'une demi-heure de conversation humaniste – ou peut-être lui présenter, qui sait, car tout était possible, une demande d'emploi. Mais si un prêtre ne peut pas lire dans les âmes plus qu'une femme du monde, qui en sera capable ?

Son cœur battait lorsqu'il signa cette lettre qui, dans une certaine mesure, l'engageait, du moins à ses propres yeux.

Maintenant, il n'avait plus qu'à attendre la visite du facteur, en écrivant, s'il pouvait, les derniers chapitres de son *Traité* qui, rédigé dans ces conditions de travail, risquait d'être peu cohérent, et peut-être de ruiner sa réputation de penseur. Le temps ne s'était pas réchauffé depuis huit jours, on entrait dans l'hiver et si la rigueur toute soudaine de la température ne ralentissait pas l'activité des Maillechort, les moyens de réchauffement qu'il utilisait troublaient la sienne, car il était rare que le petit appareil que Betty lui avait apporté un jour en cadeau avec tant de joie ne fît pas sauter les plombs au bout d'une heure.

Ce fut alors – comme il avait le stylo sur la page, rédigeant une de ses plus récentes thèses sur *le Capitalisme et l'Esprit de pauvreté* (il s'apercevait finalement que la charité avait été la seule découverte faite dans le monde depuis deux mille ans, il reprenait sa vieille critique de la notion bourgeoise du rentable, beaucoup plus nuancée et plus précise que les thèses marxistes les plus avancées), et il était en train de prendre conscience à cette occasion que son grand tort avait été de se laisser troubler jadis par les affirmations de l'abbé Singler: accrochez-vous, ne vous résignez pas, enrichissez-vous, etc. –, alors que tout devenait facile par le consentement et le désir, et qu'au fond, s'il voulait bien examiner les choses et éliminer ce vieil amour-propre qui le tenait encore aux entrailles, quoi qu'il pût prétendre, *il avait la vie qu'il voulait* et se remémorait ce que l'on dit de saint Charles Borromée, qui avait une belle chambre mais qui n'y couchait pas, car « les renards ont leur tanière, mais le fils de l'homme n'a pas où reposer la tête »... Il se demandait donc s'il allait inscrire ces mots en exergue à son dernier chapitre, ou les introduire dans le corps de son développement – mais comment oserait-il rapprocher ce qu'il écrivait lui-même de ces textes de feu, qui brûlent tout autour d'eux depuis des siècles et d'abord celui qui les lit – mais il n'y a plus personne pour les lire, se dit-il, et le seul bienfait que pourra apporter mon livre sera celui-là – mon livre aura du moins cette valeur, je mets toutes les chances de mon côté ! – peut-être que je ne devrais pas oser... lorsque ses yeux tombèrent sur la malle qui était dans la chambre et qui s'offrait là, devant son lit, comme un catafalque, un objet bête, tout noir, avec son dos rond, ses cercles de bois, ses cuivres, tout un appareil antique qu'il n'avait jamais bien considéré et dont l'existence, les détails, lui parurent soudain insupportables.

Il rejeta ses couvertures, s'approcha du monstre. Assis au bord du lit, il le contempla un moment. Pauvre mère ! pensa-t-il. Pauvre père ! S'ils avaient seulement eu l'idée de me demander ces malles ! Mais la brasserie marquait un temps d'arrêt, ils se faisaient vieux et ils vivaient dans les soucis, et ce n'était sans doute pas le moment d'en ajouter. Il chercha longtemps la clef rangée dans un vieux portefeuille et ouvrit avec l'impression de commettre un sacrilège. « Il doit y avoir des choses inutiles, ou périmées... Peut-être tout... Quand j'aurai retiré cela, la malle sera déjà plus légère... et alors... »

Une odeur de moisi, de renfermé, s'échappa de la malle ouverte. L'odeur le suffoqua, mais aussi la surprise. Il s'était attendu à des piles de linge, draps, serviettes, quelques couvre-lits, des napperons, des boîtes à couture, tout ce qu'une mère a coutume de rassembler pour le confort de la famille – des albums de photographies, le poids, la saveur, le feutré d'une tendre vie familiale. Mais non, ce que sa mère, avant de fuir, avait réuni là, sous le compartiment réservé au linge, un peu au hasard et sans choix, mais dans une pensée généreuse, c'étaient, en grande partie, des choses à lui, les papiers, les objets qui faisaient l'intérêt de sa vie au moment que le destin avait marqué de sa griffe. Il imaginait sa mère fourrant fébrilement ces objets dans le coffre familial, en pensant à lui. Peut-être, depuis ce jour, personne n'avait-il pensé à lui de cette façon… et il y avait ce piège à éviter, ces attendrissements interdits et qui vous brisent. Il y avait là des carnets, des agendas ayant à peine servi, qu'il avait gardés à cause d'un signe tracé en face de certaines dates, signes mystérieux et dont il avait perdu la clef, mais qui, par cela même, lui donnaient le choc d'un contact avec le passé, un passé aveugle et inerte comme celui des rêves. À chaque objet – une roulette, un vieux sou, un ticket de métro portant le nom d'une station lointaine où il croyait n'avoir jamais été, comme Marcadet, Simplon, les Lilas – était attaché un lambeau du temps. Cette malle était un abîme d'où montait une odeur froide, humide, l'odeur des vieux puits. Didier avait l'impression de se pencher sur un de ces miroirs avariés dont le tain a sauté par plaques, dont la glace par endroits ne répond plus et où il faut chercher son image perdue entre des crevasses pareilles à des plaies. C'était un exercice auquel il ne se livrait pas souvent. Il avait horreur de cette confrontation avec ses anciens « moi », qui nous fait mesurer combien, à chaque instant, la mort s'empare de nous et à quelle profondeur elle nous attire, au moyen de ce bagage dérisoire que constitue chacune de nos attaches à la vie – nos futurs anciens souvenirs ! Des souvenirs dont nous ne sommes même plus sûrs, qui ont besoin de ces repères extérieurs pour resurgir.

Agenouillé devant cette malle qui avait subi les injures de maint voyage, il commençait à respirer les parfums mortels qui sortaient de ses profondeurs, avec les étoffes, les soies fanées, les foulards encore vifs qui gardaient, mêlés à leur trame, le sable des plages, le souvenir d'une journée de soleil. Il y avait des carrés d'étoffe, des nœuds, des bouts de cretonne qui lui avaient servi un temps, à lui ou à d'autres, ou que des amis lui avaient laissés. Chacun d'eux faisait allusion à un être, un paysage. Il fit venir à lui, avec un morceau d'andrinople, toute une étendue blonde ourlée d'écume, la dune où le vent lui rabattait le sable dans les yeux, où il fallait chercher le petit coin chaud pour être bien, sentir le soleil, avoir envie de se mettre nu contre le sable. Quinze ans ! Il y avait de cela quinze ans ! Cela lui paraissait merveilleux et effrayant de penser qu'on pouvait vivre quinze ans, que, quinze ans auparavant, en ce jour de ciel et de sable, il avait connu le tourment de dénuder une chair, de rapprocher de lui ce frêle épiderme derrière lequel la vie poursuit sa folle et formidable aventure. Quinze ans plus tôt, il y avait déjà en lui ce désir de plonger, le corps tendu, les yeux éblouis, au cœur de la source chaude où notre vie a commencé à prendre forme, où nous avons nous-mêmes baigné, en un temps qui échappe à tout calcul : ce besoin de retrouver le contact de la sève et du sang, de l'élément primordial ; besoin à la fois de communiquer et de créer, comme si cette chair que nous fouillons était la chair même de la vie, la seule substance où puisse s'incarner notre pouvoir créateur, la substance même des mondes futurs. Ce besoin confus mais intense, dont nous ne savons s'il est l'instrument de notre perte ou celui de notre salut, voilà ce qui était caché dans les plis de ce bout de tissu acheté un jour à Anvers sur un marché : début d'une aventure jamais achevée, dont l'enjeu était probablement pitoyable, un des plus vains que l'homme puisse poursuivre. La longueur du parcours était du moins une méditation salutaire : cette malle ouvrait elle aussi sur une trappe, un peu comme celle où Betty avait failli se précipiter : on pouvait aussi bien distinguer, tout au fond, la nuit la plus épaisse ou un ciel pur : à présent du moins, c'était à lui seul d'en décider. Betty, Paula et les autres cessaient d'apparaître en gros plan sur cet écran qui n'était peut-être qu'un cadre creux ; lui-même était pris dans un déroulement infini de vagues qui se chassaient, se recouvraient, avec un morne, un étonnant, un admirable acharnement. Perte ou salut ? Le morceau d'andrinople rouge qui avait couvert le sein de cette fille tout un après-midi, ou même quelque chose de plus secret, ne lui donnait pas la réponse. Il essaya de retrouver les traits de la créature, mais ils se confondaient avec d'autres, ils s'étaient brouillés, effacés, et il aurait fallu faire comparaître toutes les lettres de l'alphabet avant de retrouver son nom. Ce chiffon couleur de feu lui attestait seulement la violence éperdue de la poursuite, la force inépuisable du courant. On pouvait arrêter le courant, il resurgissait toujours sous une autre forme. Qui sait si maintenant même, au cours de ces dernières années ?... Il n'y avait qu'une façon de le traiter, c'était de le transformer, de transformer cette passion en passion pour autrui. Se convertir à autrui... Était-ce possible à l'homme ? Betty, peut-être, lui indiquait la voie – et il se souvenait avec terreur, la terreur d'avoir laissé tomber ces mots entre eux pour n'y plus penser, de cette conversation qui avait suivi la visite au docteur Clavier. Tant d'années – et qu'avait-il trouvé ? Il était encore à se poser la question : perte ou salut ? conscience ou inconscience ? Un moment, il lui sembla que les notions, les pôles se confondaient, cessaient d'être distincts : il était au carrefour où Dieu et le Néant apparaissaient comme les faces équivalentes d'une même réalité. Il enfouit son visage obscur dans le lambeau d'étoffe, il en remplit sa bouche, ses oreilles, en voila ses yeux et ne vit plus, du jour avare que laissait filtrer un ciel de pluie, qu'un long feu rouge qui lui dévorait les yeux et semblait vouloir le consumer. Il l'arracha de son visage : des fibres restèrent entre ses dents. Une plainte énorme montait du fond de lui et, à travers cette plainte, il écoutait, sans savoir d'où il venait, l'écho d'une chanson sempiternelle qu'il croyait entendre depuis toujours et qui lui semblait tout à coup aussi vieille que ses souvenirs.

L'exploration n'était pas terminée, mais il ne se sentait pas la force de la reprendre, il avait hâte de refermer le coffre, de clore définitivement le cercueil. Il y avait pourtant là, encore, des papiers de toutes sortes, manuscrits, lettres, brouillons de poèmes : il les rejeta dans un coin. Mais à la place qu'ils avaient découverte, un visage merveilleux le regardait – le visage de cette fille au manteau de pluie, au manteau clair, avec ses boutons de nickel, avec sa fleur, une pâquerette, dans les cheveux, qui était-ce ? Qui osait le regarder ainsi, d'un regard si tranquille, si discrètement souriant, avec cet ovale des joues sur ce fond de bois flous et confus ? Et cet autre visage, sous le premier ? Quel était ce profil renversé de morte, au regard absent, ce visage à demi noyé dans sa chevelure ? Non, il la regardait dans le mauvais sens. Qui donc lisait ainsi, les yeux baissés, dans cette attendrissante gravité d'un visage qui réfléchit, d'une femme qui pense ? Où était-ce ? Où cela s'était-il passé ? Ces deux visages – l'un souriant et frémissant d'une joie intense quoique contenue, et l'autre, grave et recueilli autour d'une pensée qui lui avait d'abord semblé être celle de la mort – avaient-ils appartenu à la même femme ? Deux petites syllabes, deux faibles sons se formaient sur les lèvres de Didier, jaillissaient tout à coup de l'intensité de son désespoir. Il prit les deux photos, mais qu'en faire ? Pouvait-il se permettre de mourir avec ces deux photos sur lui ? Quel abus ! Il les replaça sous un lot de vêtements, dans le compartiment qui était posé par terre. Puis il remit le compartiment dans la malle, rabattit le couvercle et s'assit dessus, comme tant de ses amis et de ses ennemis l'avaient fait dans cette chambre, depuis Betty jusqu'à Lucile et Fernande Chotard, comme pour empêcher le passé de revivre, comme on ferme un foyer pour éteindre la flamme.

Au bout d'un instant passé ainsi, il alla vers la fenêtre, elle était noire. Pourtant, il finit, à travers la vitre, par distinguer des choses, le chaos d'objets habituels, et une silhouette qui se démenait, dans l'ombre, à côté d'une pompe, comme s'il n'y avait pas de fin aux travaux. Une voix chantait, ou plutôt chantonnait, un filet de voix assez pur et juste qui dessinait légèrement les mots, pas assez cependant pour qu'il les reconnût.

Ce ne fut pas une lettre du ministre qu'il reçut, ni de l'abbé Singler, mais, inattendue, insolite, portant sur l'enveloppe un cachet officiel, une lettre de Pierre Giraud. Pierre s'était remarié – il lui expliquerait – il faisait maintenant des émissions à la radio, il avait épousé la fille d'un éditeur qui possédait une villa à Saint-Flour, aux environs d'Irube, et où il lui arrivait de séjourner. Il semblait en outre très fier de sa collaboration à « un grand hebdomadaire de gauche » (il ne précisait pas quel genre de gauche) et Didier pensa avec indulgence qu'il avait sans doute réussi (c'est-à-dire : obtenu ce qu'il voulait) mais qu'il n'avait point changé. Il était donc venu passer quelques jours à Saint-Flour avec sa jeune femme dans la propriété de son beau-père, et invitait Didier à venir le voir sans façons.

Cette espèce de convocation déguisée avait quelque chose d'un peu singulier alors que, probablement, il eût été beaucoup plus facile à Pierre de venir voir Didier, mais Didier était en si piteux état que cette nuance lui échappa, et, au contraire, il se trouva tout à la joie de cette lettre qui, brusquement, lui rendait un ami. La lettre de Pierre ne donnait aucune explication supplémentaire et Didier ne s'étonna de rien. Pierre lui écrivait tout à coup, après des années, comme s'il n'avait jamais cessé de lui écrire, mais c'était ce que Didier aurait fait lui-même s'il avait été dans la situation de Pierre, et il n'y avait évidemment rien à faire qu'à s'en réjouir.

Saint-Flour – station d'hiver parmi les pins – était à portée d'autobus et Pierre y était pour toute la semaine. Didier attendit encore quelques jours dans l'espoir d'avoir une réponse de l'abbé Singler et, la réponse n'arrivant toujours pas, il se décida à partir, après avoir prévenu son ami de l'heure de son passage.

Il prit donc l'autobus à la sortie de la ville et débarqua dans Saint-Flour vers trois heures, par un après-midi assez clair qui faisait exception cette semaine-là et semblait d'un heureux présage. Saint-Flour, réputée comme station climatique, est une charmante cité avec hippodrome, casino, plage, grands parcs ombragés, ville d'été, ville d'hiver, un de ces endroits où l'on peut croire qu'un journaliste de gauche n'a rien à faire. Mais Didier ne se mêlait pas de juger de ces questions obscures. Il savait (depuis que l'abbé Singler le lui avait dit) que le luxe fait vivre beaucoup de petites gens qui, sans les folies des grands de ce monde, seraient privés de travail. Didier avait répondu ce jour-là à l'abbé que la guerre fait « vivre » encore plus de gens, et que, s'il faut tout justifier par là, la guerre est ainsi une bonne chose.

Pourquoi pensait-il à cette conversation en abordant les rues de Saint-Flour qui, sous le ciel pâle, avait ce jour-là un air de gaieté désaffectée ? Il dut chercher longtemps la rue dont Pierre lui avait donné le nom. C'était une rue assez récente, située dans le quartier résidentiel. Ces mots, prononcés par un passant qu'il interrogeait, sonnèrent assez comiquement aux oreilles de Didier, mais il était bien placé pour savoir, lui, habitant des

Hauts-Quartiers, qu'on ne réside pas où l'on veut. De loin il reconnut, à la description que le quidam lui en avait faite, au milieu d'un vaste jardin, encadrée de deux ou trois pins maritimes, la villa Soledad. Giraud ne pouvait pas non plus être tenu pour responsable du nom de la villa où le hasard des parentés le forçait à loger, – pas plus que de l'agressivité cossue de la villa elle-même. La sonnette de l'entrée n'ayant pas éveillé d'écho, il poussa le portail de bois massif, contourna le petit bassin où chantonnait un jet d'eau, et aborda la maison, s'attaquant d'abord aux portes les plus modestes de peur d'être rabroué. Dans le fond du jardin, on voyait de confortables sièges de bois laqué, des tables, des hampes de parasol. La maison était neuve, d'une gaieté voyante, bâtie dans le style des villas de vacances, avec des terrasses et des pergolas. Comment Pierre pouvait-il « coexister » avec ces choses ? C'était si peu imaginable pour Didier qu'une envie de rire lui vint. Cependant, la plupart des volets étaient clos et il jugea inutile d'insister. « Tout s'explique, pensa Didier : je me suis trompé de villa, je n'ai pas trouvé de nom à l'entrée, ça ne peut pas être ici. » Il sortit, traversa l'avenue vide, alla interroger une femme qui se montrait à la fenêtre de la maison d'en face, une sorte de conciergerie à l'entrée d'un autre jardin, en expliquant qu'il était un ami de... Il hésita sur le nom, qu'elle pouvait ne pas connaître. « Monsieur Giraud ? Mais bien sûr ! Insistez ! Il y a sûrement quelqu'un ! Ou alors, c'est qu'ils sont allés au casino... Mais non, tenez, sa voiture est là, contre le trottoir... – La voiture de... ? – La voiture de monsieur Giraud. C'est bien la sienne !... – Ah bien, dit Didier. Je ne... Mais à quelle porte faut-il frapper, s'il vous plaît ? – Mais... où vous voulez, monsieur. Cela n'a pas d'importance. Il y a des domestiques. »

Didier remercia, rouvrit le portail de la villa Soledad, contourna de nouveau le bassin et se dirigea à pas lents vers la villa, en regardant bien devant lui la façade qui s'étalait dans toute sa blancheur. Mais, subitement, sans qu'il eût pu le prévoir, il changea d'avis. Comme il avait dû manger très tôt, et de peu de chose, qu'il se sentait un grand vide à l'estomac et tremblait imperceptiblement, il se dit qu'il n'était peut-être que fatigué. Giraud, bien sûr, Giraud avait tout à fait le droit...

Didier était sincèrement heureux pour lui, cela était profondément vrai. On peut bien être un écrivain de gauche et boire du whisky, c'est évident. Mais, pour une raison très obscure, qui lui échappait encore et qu'il n'aurait su formuler, il lui sembla qu'il n'avait rien à dire à Pierre, que Pierre et lui ne se reconnaîtraient plus. Il ne lui en voulait pas, mais non, il lui donnait même sa bénédiction, au contraire. Paix à tes cendres, Giraud ! Mais aller plus loin, pourquoi ? Il se fichait de ce qui pouvait s'imprimer dans les journaux où écrivait Giraud, mais la vie que nous menons a aussi une importance, peut-être.

Il rentra à Irube un peu triste, tout en se disant qu'il n'aurait pas dû l'être. Mais, après quelques jours d'aridité, l'espoir rentra en lui lorsque après qu'il eut relu sa lettre au ministre – dans laquelle, en souvenir des deux mille francs qu'il avait reçus une année à titre de « secours exceptionnel » sur la recommandation d'un de ses anciens maîtres devenu chef de Cabinet, il déclarait qu'il refusait dorénavant tout « secours » et toute exception –, Flopie monta chez lui pour lui porter une lettre qui s'était égarée dans le courrier des Maillechort. Hélas, c'était une lettre du percepteur, qui lui réclamait des impôts sur une somme qu'il avait touchée trois ans auparavant pour une publication qu'il avait faite. Il ne songea même pas à s'indigner, tant la dérision était grande. Flopie restait là, la porte entrebâillée derrière elle, accrochée à la barre du lit, comme si elle attendait quelque chose. Il la remercia avec un sourire poli.

– Vous n'avez besoin de rien ? dit-elle.

Il fit un signe de dénégation.

– J'ai dit à Gaby que vous aviez l'air malade... Elle m'a dit que si vous vouliez qu'on s'occupe de vous, on pourrait vous porter à manger à midi.

– Vous lui direz que je suis très touché, dit Didier, mais je ne suis pas si mal.

– On pourrait, vous savez. Ce ne serait pas compliqué... D'ailleurs, qu'est-ce qui est compliqué ?

Elle avait fait une sorte de pirouette. Il leva la tête, la découvrit, avec sa masse de cheveux autour de ses joues. Elle avait, malgré ses travaux, un air de santé, de propreté qui était réconfortant.

– C'est vous qui leur avez proposé cela ? demanda-t-il.

Elle s'accrochait à la barre du lit, le secouant très fort. Elle le regarda plus franchement :

– Pourquoi pensez-vous que c'est moi ? Vous les détestez, hein ? Moi aussi, au début, je les détestais. Mais ils n'en valent pas la peine, dit-elle avec une grande tranquillité, comme si elle était parvenue à cette conclusion après des mois de réflexion et de travail sur elle-même.

– Ils me gênent, résuma Didier.

– Ils ne s'en aperçoivent pas, dit-elle. Ils font leurs affaires. Quelquefois, même, ils parlent de vous gentiment. Ils vous plaignent. Pourquoi ne les aimez-vous pas ?

– Justement parce qu'ils me plaignent. C'est qu'ils ne me comprennent pas. Ils ne font aucun travail sensé. Ils s'enrichissent avec le travail des autres, en revendant cinquante francs ce qu'ils achètent dix francs.

– Eh bien, c'est le commerce, dit Flopie.

Il ne l'avait jamais vue d'aussi près – sauf une fois, quand elle se tenait derrière la haie et qu'il était passé près d'elle à l'improviste. Il était un peu déçu. Il la trouvait moins belle, moins attirante que de loin, quand il la regardait déballer des caisses ou manœuvrer la pompe à huile, ou qu'il la croisait rapidement à la porte, sans jamais oser la dévisager tout à fait. Il se demandait si c'était la même fille. Ou bien une transformation s'était-elle accomplie en elle depuis peu ? Ses traits semblaient tirés et il y avait quelque chose dans ses yeux… quoi ?… une fatigue, une anxiété. Mais il y avait encore autre chose. Étaient-ce les servitudes du commerce qui avaient eu raison de la jeunesse de Flopie, ou des servitudes moins avouables ? Il se rappela tout à coup, bien malgré lui, ce que racontait la Laitière, que, depuis que Gaby avait fait l'imbécile avec son docteur, Flopie couchait avec le mari de Gaby, Stef le taciturne. Mais que valaient les propos de la Laitière ? Il l'avait constaté, si on la poussait un peu, elle était aussi prompte à se rétracter qu'à affirmer.

Didier se posait ces questions comme s'il avait eu le temps. Flopie le surveillait sous les mèches de ses cheveux qui passaient de temps en temps devant ses yeux. Soudain, conscient de la bizarre sympathie qu'il paraissait lui inspirer et qu'il s'expliquait mal, il résolut d'être franc avec elle.

– Vous avez l'air fatiguée, dit-il doucement.

Elle secoua la tête en avant.

– Moi non plus je ne m'entends pas avec eux, dit-elle.

– Vraiment, c'est grave ?

Elle hésita.

– Peut-être...

Didier l'examina avec curiosité et presque un intérêt nouveau. Il ne lui était pas difficile, à voir l'aspect de Flopie, de pressentir un drame. L'étonnant, c'était qu'il ne fût pas arrivé plus tôt.

– Vous êtes jeune, dit-il. N'y a-t-il personne qui vous conseille ?...

Elle eut un léger mouvement des épaules.

– Si vous croyez que c'est commode de parler aux gens... Vous, tenez, dit-elle, se décidant brusquement... On n'obtient jamais un mot de vous. Si j'étais venue vous voir pour être conseillée, comme vous dites, vous auriez fait ce que vous faites toujours, vous ne m'auriez pas seulement regardée...

– Mais de quoi parlez-vous ? demanda-t-il, étonné par cette offensive. Quand avez-vous eu envie de... Avez-vous eu besoin de moi ?

Elle entama une réponse, s'interrompit, s'embrouilla, quitta enfin la barre du lit pour s'éloigner un peu, comme pour moins s'offrir à la lumière. Il avait été surpris de l'espèce d'aveu qu'elle venait de lui faire, mais que signifiait-il exactement ?... Avec son petit visage triangulaire sous ses cheveux drus, elle semblait affirmer non seulement l'ignorance où l'on est de la plupart des êtres, mais l'impossibilité même de remédier à cette ignorance. C'était une triste petite masse de négation et de solitude, une petite barque sombre, à la coque dure, tournoyant parmi les périls, périlleuse elle-même. Que se passait-il avec les Maillechort ? Eux qui ne lui avaient jamais fait de cadeau, ils lui envoyaient celui-là, comme ils se débarrassaient de tout ce qui les encombrait en le rejetant vers le jardin : les jouets du Gosse, les vieux ustensiles de ménage, les dessous de plat rouillés.

Comme elle écartait son blouson – elle portait ce jour-là en guise de veste une espèce de blouson imperméable de couleur verdâtre, acheté aux surplus américains –, il lui sembla soudain qu'outre tant de désavantages auxquels sa jeunesse à la rigueur aurait pu remédier, elle laissait voir une taille moins gracieuse – oh, à peine ! – que les autres fois, comme si l'air ne jouait plus autour de ses hanches et qu'elle se laissât gagner par l'embonpoint. Comment n'avait-il pas remarqué cela plus tôt !... Évidemment, cela changeait tout. Didier était frappé, comme quand on vient de préciser une situation qui, jusque-là, était restée floue. Cette Flopie si proche encore de l'enfance, c'était un étonnement sans fin de la contempler dans ce nouveau rôle. Le contraste entre ce qu'il devinait et cet air d'extrême, d'irresponsable jeunesse... Pas besoin d'un long interrogatoire. Il l'appela près de lui, l'invita, sans la brusquer, à lui dire tout ce qu'elle pouvait avoir sur le cœur. Voyons, combien as-tu ? Seize ? dix-sept ans ?... Dix-sept... Mon Dieu, dix-sept ans – et cette chose à naître, alors qu'en plus de quarante ans il n'avait jamais rien mis au monde... Mais que voulait-elle de lui ? Ne savait-elle pas qu'il n'était rien, qu'il n'avait plus de domicile, qu'il allait être expulsé de cette chambre ? Autrefois – quelques jours plus tôt – il aurait pu réconforter Flopie, poser la main sur elle, reprendre espoir auprès de ce ventre de jeune fille en train de réaliser sa plénitude. On aurait pu lui arracher un jardin, une prairie, ôter de sa poitrine un arbre miroitant de soleil, – mais un enfant ! Bien sûr, il n'était pour rien dans cette métamorphose de Flopie, mais qu'est-ce que la paternité, sans l'aveu de l'esprit ? Il lui prit affectueusement la main.

– Dis-moi ?... Qu'est-ce qui t'est arrivé ?...

La jeune fille rougit violemment, comme si elle n'avait pas prévu la question. Cette rougeur du moins plut à Didier.

Elle agita la tête d'un mouvement qui ramena ses cheveux sur son front et, couvrant rapidement son visage de ses mains :

– Ils ne veulent plus de moi, murmura-t-elle.

Didier écarta ses mains de son visage.

– Raconte.

– Vous ne comprenez pas ?

– Qui ? dit-il.

Elle haussa les épaules.

– Puisque vous le savez !...

– Comment saurais-je quelque chose ? cria-t-il brutalement. Est-ce que je m'occupe de vos histoires ? Vous me remplissez de bruit, vous m'empêchez de travailler, de gagner ma vie, et maintenant...

Il s'arrêta. Elle le regardait avec un air d'étonnement et de reproche, comme si elle s'attendait à un autre accueil. Il pensa tout à coup à l'abbé Poussielgue, à ce prêtre de collège à qui, enfant, il confessait ses fautes et qui lui avait promis l'enfer pour une peccadille ; il se rappela cette scène de sanatorium, si mémorable : sœur Florencia surgissant à l'improviste dans la chambre qu'un malade venait d'abandonner, apercevant la fille encore toute nue, comprenant soudain avec horreur et ne trouvant que cette parole suffoquée : « Vous êtes maudite !... » La fille, renvoyée de l'établissement, avait raconté la scène à tout le monde, pliée en deux par le rire. Didier ne riait pas. Il se rappelait tout cela et revoyait en même temps, comme une chose qui datait de plusieurs années, le départ matinal du camion, quand le bruit des chaînes que Flopie laissait tomber contre la porte de fer le faisait tant souffrir ; et l'esprit de Sœur Florencia revenait lui souffler son inspiration terrible, de cette Alsacienne géante et carrée comme une armoire, aux gestes empesés, à la nuque raide, aux joues enflammées de poupée de porcelaine friable.

– C'est épouvantable, dit-il. Je crois bien que tu es maudite, Flopie (il l'appelait pour la première fois de son nom familier à tous)... Et il ajouta – car il crut nécessaire de lui donner aussitôt une explication : Avec lui !... Tu n'aurais jamais dû... Un homme aussi... aussi terre à terre !... Oh, ça me fait mal !...

Oui, c'était cela qu'il avait voulu dire par ce mot étrange qui lui avait échappé, cela et pas autre chose. Maudite, bien sûr : maudit le bric-à-brac, la brocante, mottes de beurre et paquets de chicorée précipités par le Gosse dans le lavoir de la maison et revendus plus tard, après avoir été séchés au soleil du printemps. Maudite cette activité vénale et bruyante, maudit le péché de vendre et de gagner – gagner, l'horrible chose ! Comme on comprend la colère de Jésus devant la camelote sordide de ces marchands acharnés à leurs bénéfices, avec quelle joie pure il avait renversé à coups de pied leurs étals sanguinolents, leurs tréteaux ridicules, dans une envolée de colombes ! Le fouet, le fouet pour les marchands, beurre, immeubles ou canons !... Le Jardinier même était plus pur, le jeune homme au profil dur, aux muscles souples, soumis dans sa force, le torse éclatant, la hache en mains, une hache de lumière !... Maudite elle était, Flopie, pour avoir participé à ces allées et venues, à ces ventes et à ces méventes, à ces majorations illicites, à ces escroqueries sur le sel et sur la sardine ! Maudite ! Maudite !

Il criait. Elle l'avait d'abord regardé avec effarement. Elle aurait voulu rire, ou s'enfuir, ou seulement s'éloigner, mais la chambre était trop petite, il n'y avait de refuge que de son côté. Avec une obstination désolée, elle ne trouva pas autre chose que de se laisser tomber la tête contre lui, et il crut qu'elle pleurait. Elle avait besoin de l'aborder par ses moyens à elle, besoin d'acclimater l'admiration qu'elle avait éprouvée jusque-là, à distance, pour ce garçon aux manières incompréhensibles, cet homme d'études dont tout la séparait mais dont la présence dans la maison donnait tout de même une vague appréhension de ce que peuvent être les activités de l'esprit – chose qui n'est pas toujours donnée à un ministre. Soudain il la découvrit tout près de lui, humble et peureuse, – un peu trop près encore : il l'écarta doucement.

– Voyons, qu'est-ce que tu fais ici ? lui dit-il d'un ton gentil.

Elle battit des paupières ; mais il eut le temps d'apercevoir le vert de ses yeux, cette lueur d'eau, d'étang, qui le troublait jadis.

– Écoutez... Il ne faut pas que vous me chassiez, dit-elle. Pas encore... Tout à l'heure, vous m'avez caressé la joue... Il m'a semblé... Je peux vous rendre des services.

– Personne ne peut plus me rendre de services, dit Didier. Avant, tu aurais pu, ne serait-ce qu'en secouant moins fort la chaîne de la porte. Mais tu ne t'en es jamais doutée. Et maintenant, je suis trop fatigué pour qu'on puisse me rendre service.

— Je pourrais aller vous chercher un médecin.

— Il y a très longtemps que les médecins ne peuvent plus rien pour moi, petite chose. Ce n'est pas de leur faute.

— Je pourrais enlever la poussière autour de vous.

— Je ne crois pas. Il y en a trop. Il en revient toujours plus qu'on n'en enlève. Il ne faudrait pas vivre au milieu de ce charroi continuel… Et tu viens encore m'encombrer ! Je ne sais pas si tu comprends à quel point tu choisis mal ton moment…

Flopie était là quelque part près de lui. Elle étendit le bras, releva une mèche sur son front.

— Je ne te connais pas, dit-il. Tu ne veux pas que je te chasse, mais je ne te connais pas.

Elle le regarda avec un sérieux inattendu.

— Mais si nous avions vécu ensemble mille et mille ans, dit-elle, qu'est-ce que tu connaîtrais de plus ? Je pourrais me mettre à genoux devant toi pendant des années, qu'est-ce que tu connaîtrais de plus ? Qu'est-ce qu'il y a à connaître ?

— Hm !… Il y a ce petit crétin qui est dans ton ventre !

Elle s'écarta.

— Ils ne veulent pas que ce gosse ait un père ! s'écria-t-elle. Et je ne veux pas du père qu'il a !…

— Tu es folle ! dit-il. Qu'est-ce que tu veux que cela me fasse ?

Elle se recueillit ; le son de sa voix se fit plus grave.

— J'ai pensé à toi ce jour-là, dit-elle.

Il lui jeta :

— Menteuse ! Est-ce que tu sais seulement quand et avec qui ?

Elle baissa la tête. Elle s'était assise sur le lit, tout près de lui, pour se sentir un peu sous sa protection, mais aussi pour qu'il ne la vît pas trop bien.

— Ça m'est égal que vous m'insultiez, dit-elle. On est bien chez vous… Cela ne s'est pas passé comme vous croyez. Je ne peux même pas avoir honte, car ce n'est pas de ma faute. Bien sûr, vous devez croire que Stef… Vous nous voyez partir le matin à l'aube, et nous revenons l'après-midi. Mais nous sommes beaucoup trop bousculés. Ne croyez pas…

— Où allez-vous ?

– Il faut vraiment que je vous raconte ? Vous ne crierez plus ?...
– Non. Si. Attends... Tiens, prends une cigarette.

C'était des cigarettes de Betty, qu'elle lui avait laissées comme elle faisait presque toujours et auxquelles il n'avait pas touché. Le geste apporta une détente. Au-dehors, sur les jardins, le jour déclinait. Dans la fumée des cigarettes, la chambre devint de moins en moins visible.

Elle s'était calée près de lui et il avait dû s'écarter pour lui faire une place. Le lit était bas ; les jambes de Flopie battaient le sol.
– Où allez-vous ? reprit Didier.
– Nous allons dans les bourgs, dans les campagnes – Elle recula, se mit à rire : – Vous ne savez pas ce qu'est un marché en plein vent ?
– Tu peux me dire tu, dit Didier. Je ne suis pas un monsieur.
Elle reprit un peu en sourdine :
– Tu n'as donc jamais vu ces installations improvisées sur les places, sur les ponts, ces tentes multicolores, ces « emplacements » réservés à ceux qu'on appelle les forains... J'aime ça. Nous n'avons jamais une minute à nous. Installer les tréteaux, déballer la marchandise, la remballer, démonter les étals, les remettre sur le camion : une vraie corrida !...

Didier revit Flopie gambadant autour du camion comme un jeune chien, grimpant pour attacher les cordes, sautant par terre, courant par-devant, par-derrière, pour guider Stef qui conduisait. Il entendait ses cris dans la nuit noire, poussés beaucoup plus haut qu'il ne fallait : « Vas-y !... Encore !... À gauche !... Stop !... » Il l'entendait plus qu'il ne la voyait, bondissant dans la voiture déjà en marche.
– Alors ? fit Didier. Cette corrida ?...
– On a du mal à s'imaginer aujourd'hui où il fait ce sale temps, une journée aussi chaude, aussi lourde que celle-là. Pas une feuille ne remuait. On était allés à Canet, un petit coin des Landes où le marché se fait sur une place sans arbres, autour d'une fontaine : c'est pittoresque si on veut, mais c'est mortel à

cause du manque d'abri. Avec ça, des murs blancs de chaque côté, qui vous renvoient la chaleur. S'il n'y avait pas les tentes pour vous faire de l'ombre, on tomberait raide. C'est un trou sans importance, mais les gens y viennent des environs. Ça fait qu'il y a tout de même du boulot. Stef était énervé, moi aussi, il engueulait les clients qui avaient, tu sais, cette façon de toucher à tout et de laisser tomber d'un air dégoûté. D'ailleurs, il monte vite, Stef, et quand il a assez des gens, ça se voit. Moi je lui disais de se calmer, qu'il allait éloigner les pratiques, que je n'avais pas envie qu'on revienne avec toute la cargaison. Surtout la morue, tu te rends compte, avec cette odeur dans la bagnole !...

« À midi, c'était infect. Il y avait des gros nuages blancs partout, mais pas un souffle. Le ciel, on aurait dit un plafond. J'avais la robe qui me collait sur le dos, et Stef qui ruisselait tant qu'il pouvait. Plus personne ; les gens étaient tous rentrés chez eux comme un seul homme. Tu penses, rien à faire pour qu'ils viennent encore nous acheter du savon Lechat à cette heure-là, c'était zéro, quoi, comme affaires. Je dis à Stef : On n'aurait pas dû venir un jour comme celui-ci, regarde, il n'y a pas la moitié des forains, et les gens aimeraient mieux se faire cuire au gril que de sortir de leurs piaules. « C'était une raison de plus pour venir, nous, il me dit, on les reconnaît les courageux. » Et le voilà qui se remet à hurler comme un perdu sur la place vide dans l'espoir d'attirer encore une bonne femme ou deux qui traînasseraient par là. Je dois dire, lui, quand il est au boulot, c'est un sérieux. Il vit pour ça. Je ne dis pas que ce soit mal, en un sens. Mais, dans un autre sens, c'est la barbe. Tu sais, il est gentil à voir comme ça, mais en dehors des pilchards et des biscuits à la cuiller, il n'y rien à tirer de lui. Entre la tomme et le camembert, chez lui, il ne faut pas chercher la petite bête. Il vaudrait mieux chercher des grains de café dans une boîte de petits suisses, ou de la réglisse dans un arbre à pain. À la fin, ça devait l'agacer de m'entendre grogner, il me dit : « Si tu es fatiguée, tu peux filer, hein, j'aime encore mieux fricoter tout seul que de t'entendre. » Rien que de dire ça, les gouttes lui tombaient sur le front. « O. K., je dis, je reviendrai pour emballer, je vais m'étendre sur l'herbe. – T'es pas folle, il me dit, avec ce soleil. – Ça va, je dis, je trouverai bien un coin, je suis pas idiote... » Avec sa nouvelle toile de tente toute blanche, j'en avais les yeux qui pleuraient.

« Côté ville, une petite ombre raide au ras des murs, pas question de s'asseoir sur les bancs. Côté nature : pas un arbre ; rien que des champs, des prairies à vaches, même pas une haie. Il y avait de quoi devenir dingo. Tout d'un coup, au bout d'un chemin sans issue, qu'est-ce que je vois ? Le camion. Stef l'avait amené là, après l'avoir déchargé contre un mur d'usine, un de ces murs qui n'en finissent pas, tu sais : « LOI DU... », et un trottoir tout noir avec quatre brins d'herbe. Le mur avait dû donner de l'ombre un certain temps, maintenant il n'en donnait plus, mais n'importe quoi valait mieux que le plein soleil, il n'y avait pas le choix.

« J'ouvre la porte de derrière, je me hisse dans le fourgon. Pour commencer, je ne vois pas clair ; et une chaleur de four, tu penses. Quelques sacs de riz étaient restés par terre et quelques bâches. On avait beau avoir déchargé le plus dégoûtant, morue et camembert, c'était une drôle de fête ! Ah ! c'est beau l'alimentation ! Sans compter l'huile. Et tout le reste. Et puis il y a des épiceries où ça sent bon, avec les choses bien rangées, et tout ; mais, chez nous, avec ce charivari continuel !... S'il y avait eu ça d'ombre sur le trottoir, mais rien ! Qu'est-ce que je fais ? Je me cale contre un sac, mais je ne suis pas plutôt installée que je vois une bâche qui remue. Je pousse un cri. Et j'entends sa grosse voix, la voix de Georges : « Merde !... »

– Comment ! s'écria Didier en colère. C'est... c'est Georges ?

Flopie lui jeta, d'en dessous, un regard singulier.

– Je t'avais dit que ce n'était pas ce que tu croyais, implora-t-elle.

Didier avait repoussé la couverture, bondi hors du lit et s'était mis à tourner comme un ours en cage. Mais le fait est qu'il faisait de plus en plus mauvais dans la chambre. Plus humide que froid, d'ailleurs. Cela lui pénétrait les bronches, et sa respiration déclenchait toutes sortes de petits bruits mouillés dans sa poitrine. Il pensa au radiateur de Betty, ce radiateur qui faisait monter la température d'un degré quand il ne faisait pas sauter les plombs. Autrefois, il l'allumait sous les pieds de Betty et elle était contente... Allait-il en faire autant pour Flopie ? Ah, si seulement ça n'avait pas été le gros Georges !... Nom de nom !... Il frissonna et revint se blottir sur le lit, en serrant les dents, sans un mot de plus.

– Je dois dire, continua Flopie, que de temps en temps nous avions la surprise avec Stef, à l'heure du retour, de trouver le gros Georges installé à l'arrière du camion, ou rôdant tout autour. Déjà Stef et lui ne s'aimaient pas beaucoup. Forcément, Geo est un type nul. On avait essayé de le mettre dans une école d'agriculture, ça n'avait pas marché. Déjà, avant, on l'avait renvoyé du collège. Le lycée, tu parles ! Il était fait pour le lycée comme moi pour l'épicerie.
– Ça ne te réussit pas si mal, coupa Didier.
– Possible. Le fait est que je déteste ce boulot. Mais tu vas voir. Ces apparitions du gros Georges, ça ne faisait pas l'affaire de Stef. Même si l'autre avait eu une raison d'être là, ça ne lui aurait quand même pas fait plaisir. Je suppose que tu comprends pourquoi.
– Ça ne m'intéresse pas beaucoup de le comprendre, laissa tomber Didier qui pensait : « Même eux, ils ont leur casuistique sentimentale !... »
– Bon. Mais ce n'est pas seulement ce que tu crois. Il suffisait déjà que Georges soit le frère de Gaby. Et puis le coup de la fenêtre, tu te souviens ?
– Et alors ? dit Didier.
– Eh bien, ça fait qu'il n'aimait pas trouver Georges auprès du camion. Plusieurs fois, il s'était aperçu que certaines choses avaient disparu. Tu penses, il y avait des chances pour qu'on sache qui avait fait le coup. Il revendait les conserves à des copains, par-ci par-là. D'autres fois, il venait simplement pour nous voir, sous prétexte de nous donner un coup de main, mais il repartait avec nous. C'est ce qui était le plus exaspérant pour Stef. Stef lui disait toujours qu'il était un voyou, qu'il finirait mal. En tout cas, on aurait bien fait de s'y prendre plus tôt si on avait voulu l'enfermer. Parce que ce jour-là !...

– Eh bien ? fit Didier.

– D'abord, j'étais en colère de la peur qu'il m'avait faite. Je lui passe un savon, je lui demande ce qu'il fait là. Il avait l'air bien doux, il ne dit rien. Et comment tu es venu ? je lui dis. La porte était restée ouverte. Il me montre assez loin, contre le mur de l'usine, une pétrolette. Beau cadeau que Gaby lui avait fait, oui ! Bien besoin de lui offrir une pétrolette. Mais tu as remarqué, ils s'achètent des pétrolettes, dans cette maison, comme on achète une trottinette à un gosse. Je n'en ai même jamais eu, moi, de trottinette ! Tu penses, j'avais l'âge de Pompon quand j'ai perdu mes parents ! Et après, pas question de jouer. J'allais laver à la rivière. « Eh bien, je lui dis, puisque tu as ton engin, si j'ai un conseil à te donner, c'est que tu files et que Stef ne t'apeçoive pas, parce qu'avec le temps qu'il fait, je peux t'annoncer qu'il n'est pas à prendre avec des pincettes. » Il s'était levé, il était devant moi, les bras ballants, avec sa grosse tête, comme un ours. Mais pourquoi est-ce que je te raconte ça ? « Flopie, il dit, vous n'allez pas me forcer, Stef et toi, par cette chaleur... – Et qui est-ce qui t'a dit de venir par ici, hein ? je lui dis. Tu n'étais pas bien où tu étais ? Si tu as eu le courage d'arriver, tu auras celui de repartir. – Flopie, il dit (il était toujours là, les bras ballants, on aurait dit un chimpanzé), Flopie, il dit, dis-moi quelque chose de gentil. – Ce que j'ai de plus gentil à te dire, je lui dis, c'est de filer. Tu peux me croire, c'est un conseil d'amie. Parce que figure-toi que Stef a les yeux où il faut, il s'est aperçu de la caisse de confitures qui a disparu il n'y a pas huit jours, hein, peut-être que tu pourrais nous en dire des nouvelles ? – Flopie, il dit, qu'est-ce que tu vas chercher ? J'y suis pour rien. D'abord, vous avez la sale manie de laisser vos portières ouvertes, il n'y a qu'à soulever un levier pour les ouvrir, tu penses si les types vont se gêner ! » Il était debout, un peu courbé, il me regardait avec des yeux sournois, le front baissé, comme s'il pensait à autre chose ou qu'il me regardait où il ne faut pas. « Et pour commencer, je dis, je vais les fermer les portes, après que tu seras parti. Allez ouste ! Vide les lieux ! » Il avait une drôle de figure, il devait commencer à s'énerver. « Toi, une fille, il dit, tu vas pas me commander, non ? Les portes, c'est moi qui vais les fermer, tiens ! Ça te fera du travail en moins !... » Il se rapproche du fond comme pour fermer la porte, j'essaie de passer devant lui, il m'arrête. Sa main sur moi, oh !... dit-elle en se couvrant le visage avec horreur.

Didier essaya de l'arrêter. Il était impressionné par le changement qui était survenu dans la physionomie de Flopie ; elle avait les yeux fixes et semblait considérer quelque chose d'affreux.

– C'est bon, dit-il, ça suffit. Je ne te force pas...

– Tu dois croire... Non, tu ne peux pas savoir quelle brute ça peut être !...

– N'y pense plus, dit Didier. Au moins... Viens, réchauffe-toi. Il y a une espèce de bouillotte qu'on peut remplir... Où avais-je la tête ?

Il s'éloigna vers la cuisine, fit bouillir l'eau, remplit la vieille bouillotte de caoutchouc qu'il avait trouvée dans la malle et qui portait toutes sortes de cicatrices. Quelque chose le poussait à faire ces gestes pour Flopie, ces gestes qu'il n'avait faits pour personne, pas même pour lui. Il la fit s'étendre dans le sens du lit, ajusta le pardessus autour de ses jambes et lui colla la bouillotte contre les pieds. Puis il revint s'allonger de son côté.

– Mais tu penses que ça ne s'est pas passé comme ça, poursuivit-elle. Heureusement que je suis plutôt fluette et que j'ai des muscles. En deux bonds, je m'étais glissée vers la portière et je m'étais mise à courir autant que la chaleur le permettait. J'entendais derrière moi souffler le gros Georges. Au bout de deux minutes, j'étais en nage. J'avais mal calculé mon coup. J'avais suivi le mur de l'usine, mais il conduisait à une impasse. Je voyais le fond : un petit mur de briques, avec des morceaux de verre qui luisaient au soleil. Avec ça, du goudron partout, sur le chemin, sur le mur, sur les palissades. Il y avait par terre des tonneaux entassés, gluants. J'essaie de grimper dessus, dans l'idée de sauter le mur. Je grimpe sur un tonneau, sur un deuxième : il bascule, je me retrouve par terre. Ma jupe s'était prise à un clou, j'avais une déchirure comme ça ! Mais le pire : une douleur m'avait traversé la jambe, comme si je recevais une balle dans le mollet, j'avais dû me claquer un muscle, tu ne crois pas ? Mon type en avait profité pour se jeter sur moi comme un enragé. Je ne comprends pas, avec le temps qu'il faisait, ce qui pouvait lui donner cette force. Seulement, tu sais, je ne suis pas de celles qu'on fixe avec des épingles. Je me roule, je guette le bon moment, je l'envoie d'une seule détente rouler sur un tonneau, je me redresse, je cours. Mon idée, c'était : le camion, m'enfermer dans le camion, ou partir avec et filer, aller rejoindre Stef. Je croyais que je courrais plus vite que lui, mais ou bien il déplaçait ses kilos plus vite que je pensais, ou bien c'est le muscle qui me tiraillait. Je bondis dans le camion, je ferme les portes – ah, pas assez vite, le temps de fermer une porte il ouvrait l'autre, il avait ramassé je ne sais quoi, un manche de pelle, une barre de fer, et avait coincé ça entre les deux battants au moment où j'allais refermer... Les garçons, c'est dur quand ça veut quelque chose... J'essaie de retenir les portes, pas moyen, on aurait dit une bourrasque. La façon dont elles s'envolent tout d'un coup. J'étais coincée derrière. Il referme tout, bien serré. Tu as déjà vu l'intérieur du camion ? C'est un de ces vieux modèles. On ne voit un peu clair là-dedans qu'à condition d'ouvrir les portes toutes grandes. Quand elles sont fermées, on n'y voit que du noir. Tu imagines ça, cette chaleur, cet air suffocant, ces odeurs, et puis le bruit que nous faisions à nous battre sur ce plancher encombré de bâches, entre ces parois de tôle ? Je n'en pouvais plus. « Geo, je lui dis, assez, ça a assez duré, tu t'es assez amusé, assez, assez. » Il ne disait rien, il ne disait plus rien déjà depuis qu'il s'était lancé à ma poursuite. Je l'entendais souffler contre moi, c'était tout. Et ses grosses pattes ! J'avais cru lui donner un coup de poing, mais j'avais rencontré la tôle et c'était comme si je n'avais plus de main. « Geo, je lui dis, ne continue pas, assez !... » Il ne répondait toujours pas. J'aurais préféré qu'il dise quelque chose. Je me débattais : « Si tu fais ça, Geo, tu ne me verras plus. » Mais il ne perdait pas son temps à répondre. J'étais à bout, révoltée, je criais : « Je ne veux pas, mais je ne veux pas !... » À partir de ce moment, je ne sais plus ce qui s'est passé, je crois qu'il m'a frappée sur la tête ; quand j'ai repris connaissance, j'étais toujours dans le noir, les portes fermées, il avait fichu le camp, j'étais seule, avec mes affaires qui me collaient à la peau… Que veux-tu faire ? Il faudrait se tuer de rage !… Enfin, tu ne trouves pas que le type qui fait ça est un salaud.

Didier avait fermé les yeux ; quand il les rouvrit, il fut surpris de la lumière bizarre et trouble qui régnait dans la chambre. La fenêtre s'était progressivement obscurcie et, du côté opposé, venait comme une lueur de soleil couchant, rougeâtre, un peu brouillée, qui refluait doucement sur les murs et les baignait d'une sorte de vapeur colorée. Il s'avisa tout à coup qu'il avait laissé la cuisine allumée. Un carreau placé au haut de la porte, et qu'il avait obturé à l'aide d'un foulard de cretonne à dessins rouges et jaunes, du genre cachemire, répandait sur le lit, sur le corps étendu de Flopie, une lueur intime et suspecte. Il se leva pour aller éteindre.

— Eh bien, dit-elle quand il revint. Tu ne trouves rien à dire ?

Cette fois, il faisait presque trop sombre. Mais quelle importance ? Il s'assit près de Flopie et ramena pensivement les yeux sur elle.

— Ce Georges-là, dit-il, c'est un type à détruire. Je l'ai déjà entendu te parler. Il y a longtemps de ça. Ça ne me plaisait pas. Je ne faisais pas attention à toi, je ne savais pas qui tu étais, mais ça ne me plaisait pas. Si j'apprenais que Stef lui a l'ait son affaire, je trouverais ça très bien.

— Ah, dit-elle, tu trouves aussi ?

Il fut saisi par la manière dont elle lui avait lancé cela.

— Pourquoi ? dit-il. Tu penses qu'on peut voir ça d'une autre manière ?

Un éclair dans les yeux de Flopie. Une hésitation.

— Stef l'a à moitié assommé l'autre jour, mais je crois qu'il n'y a pas été assez fort.

Elle se tut. Les regards de Didier se promenèrent un instant devant lui, dans le vague. Pour réunir certaines parties de la tapisserie qui s'était déchirée en face du lit sous l'action d'une grande tache d'humidité, il avait collé des bouts de papier vert en forme d'S. Ces S se chevauchaient et cela formait des dessins étranges. Quelques bandes moins tourmentées semblaient dessiner comme des écoutilles de navire. Didier trouvait du charme à ces bandes de papier vert qui emmenaient son esprit loin des Maillechort. Les châtiments qu'il imaginait pour le gros Georges à partir du récit de Flopie lui paraissaient correspondre à une justice : lui qui s'était toujours cru étranger aux affaires et aux intérêts des Maillechort, il éprouvait, à l'idée de Georges assommé ou noyé avec une pierre au cou, une sorte de soulagement. Chose curieuse, il ne doutait pas une seconde de l'histoire contée par Flopie. Il y avait dans ses gestes, dans ses regards, sous un langage passablement vulgaire, un fluide qui emportait la créance.

– Et pourquoi dis-tu qu'ils ne veulent plus de toi ? interrogea tout à coup Didier.

– Parce que c'est vrai. La maison fout le camp. Stef va s'installer en ville, il a conclu un vague truc avec un associé. C'est l'associé qui a la boutique pour le moment. Il a déjà ses employés, à ce qu'il paraît. Et puis, tu sais comme il est. Il dit que je le dégoûte depuis cette histoire et qu'il ne veut plus entendre parler de moi, que j'aille aux chiens.

« C'est moi le chien », pensa Didier. Il fut soudain comblé par cette pensée. L'abjection lui était ouverte, comme une mer d'huile.

Pourtant, à ce moment, il n'était pas encore très sûr de rechercher le bien de Flopie. Mais, après tout, il pensait avec une extraordinaire confusion. Il y avait un tourbillon dangereux dans sa tête, il ne savait ce qui en occupait le centre. Tous les coups qu'il ne cessait de recevoir, les déceptions infligées par les êtres, la fatigue plus intense chaque jour, l'enveloppaient d'un brouillard épais à l'intérieur duquel il se sentait ligoté par d'invisibles mains... Et la fierté qui persistait, et même l'orgueil – le besoin indomptable de s'affirmer à travers ce brouillard ; de parvenir à reconnaître la main qui s'emparait de lui pour le forcer à ployer, à plier le genou – peut-être aussi le besoin de trouver la réponse... Ses facultés étaient-elles affaiblies, ou au contraire exaltées à leur maximum sous l'effet des mauvais traitements et des privations ? Il entendit au-dehors le bruit d'un piétinement et quitta son lit pour aller voir. Il faisait à peine clair. C'était le troupeau quotidien des séminaristes qui rentraient, promenant avec eux un bruit de godillots et une animation de volière, et il reconnut l'abbé Chatard en tête, qui brandissait gaiement son parapluie dans la pénombre, avec un « humour sans amertume ».

Bientôt s'élèverait au loin, du fond du parc, un sourd murmure de prières. Une phrase que Didier avait trouvée le jour même en feuilletant ses notes se mit à flotter, isolée, dans le vent de son esprit : « Notre expérience de la vie et les études scientifiques qu'en fait notre intelligence mettent en lumière une seule vérité : le manque de vraie réalité de notre vie. » Didier ne voyait presque plus Flopie. Elle se taisait. Ni l'un ni l'autre n'avaient plus la force de rien vouloir. Mais elle lui demanda, en partant, la permission de revenir. Il ne put que hausser les épaules.

Le soir était tombé derrière la vitre et tout était soudain comme au temps où, après de longues heures suppliciantes, Didier attendait en vain le départ du Jardinier et qu'il le voyait tout à coup surgir devant sa fenêtre. Les personnages de ce cauchemar n'étaient jamais les mêmes, mais ils semblaient tous envoyés par la même main et il ne savait plus très bien comment leur parler, inventer des mots pour chacun d'eux. Déjà Flopie ne paraissait plus du tout gênée. Comme pour lui prouver qu'elle était au courant de ses habitudes, elle s'était arrangée pour venir fermer ses volets, alors qu'en réalité il ne les fermait jamais, même la nuit. Il fut conscient de cette erreur et cependant ne lui dit rien, tout occupé à se demander comment Flopie, qu'il avait vue surgir au matin, était encore là le soir, à moins qu'il ne se fût endormi dans l'intervalle et qu'elle ne fût revenue après une longue absence. Depuis quelque temps, il lui arrivait de s'endormir au début de l'après-midi et de se réveiller très tard, le cerveau lourd, avec l'impression d'être au début de la journée. Impression qui devenait angoissante aussitôt que, redevenu lucide, il reprenait conscience. Comme on était en novembre, le jour tombait très vite et cela ajoutait à son angoisse. Il avait la sensation très vive que la journée s'achevait avant d'avoir été vécue et que tous les efforts de la veille étaient déjà à recommencer. Efforts pour être lucide, pour aller trouver les Maillechort et s'entendre avec eux – tous les jours il se proposait cela –, pour déchiffrer la trame et les personnages de cette vie ; pour se lever, pour se tenir debout, pour marcher ; efforts pour respirer, pour ne pas suffoquer, pour ne pas tousser, pour ne pas mourir. Il ne comprenait pas très bien comment, huit jours plus tôt, Betty était là, et comment aujourd'hui c'était Flopie, une inconnue, avec ce parfum d'huile et de carburant sur les mains. Betty, huit jours plus tôt, amicale, avec toute la connaissance qu'elle avait de lui, mais surtout avec cet amour qui remplaçait si bien la connaissance. Et aujourd'hui Flopie, penchée sur lui, avec ses petits yeux verts nettement découpés, son visage brun, presque rouge, ramassée comme une petite boule rageuse, ignorante de tout ce qu'il était, sournoise, dévouée peut-être, peut-être prête elle aussi à un amour qui remplacerait vite cette connaissance des êtres qu'on acquiert si difficilement, et qui en vaudrait bien une autre pour l'accompagner sur le dur chemin. Le Jardinier terrible et manieur de hache s'était finalement transformé en cette espèce de poupée à pantalons, aux membres ruisselants de travail – d'un travail imbécile. Tous ces êtres pour un seul!... Il avait parfois rêvé une amitié avec un ouvrier, une ouvrière. Flopie n'était même pas cela. Elle se tuait pour compter des haricots, remplir des litres d'huile. Une ouvrière – c'eût été trop beau; cela eût ressemblé à une réussite; cela pouvait encore être exploité à son avantage. Mais Flopie! Il ne pouvait même pas honorer en Flopie ce travail qui lui apparaissait depuis l'enfance comme une délégation assumée par les autres, à sa honte. Depuis l'enfance, le son des sirènes d'usine au petit matin le faisait sursauter et il lui fallait aussitôt user de subterfuges, en toute hâte, pour dissiper l'affreux malaise qui s'emparait de lui, s'inventer de hautes et considérables tâches qui le dispenseraient tout naturellement de celle-là: sortir dans le noir pour aller passer sa journée debout derrière une machine. Plus tard, quand il se rendait au lycée, dans les matinées d'hiver, dans le jour qui luisait à peine, il essayait encore de se justifier: « Ils ont tout de même besoin de nous, pour les guider... » Mais le son des sirènes, le bruit des camions de fer dans les rues de Paris, les grues qu'il voyait tournoyer sur les berges, avec des bennes qui montaient et descendaient parmi les brusques détonations de la vapeur, tout cela aggravait en lui sa mauvaise conscience, et il avait la sensation d'être le transfuge, le privilégié, l'embusqué de qualité qui fuit la peine commune. La maladie était venue là-dessus, comme une sorte de justification nouvelle. Alors, plutôt que de passer des heures sur une chaise longue, il aurait voulu faire partie de cette foule de midi que les portes de fonte libèrent pour une demi-heure... Tout cela lui revenait à la tête et au cœur, toutes ces machines tourbillonnaient en lui. Sa fièvre – il avait les poignets brûlants – était une roue, avec lui au centre, immobile, et le monde qui tournait. Paula, Betty, Flopie, Rosa, Lucile, Fernande Chotard. Le monde où l'avait enfermé la maladie était entièrement peuplé de femmes, et sans doute était-ce là un aspect de l'enfer. Elles avaient beau travailler, elles avaient toujours des heures à tuer pour venir faire la conversation sous votre fenêtre, offrir leurs épaules, leurs cheveux, leurs seins à la gourmandise ambiante. Elles étaient à la périphérie de la roue et tournaient, et le sang, au fond d'elles, battait et tournoyait comme la crème sous le fouet. Il avait cru suivre la beauté, l'élan qu'elles faisaient naître en lui, l'appel qu'adolescent elles lui prodiguaient vers un monde qui semblait plus subtil que celui des hommes. Et maintenant elles n'étaient que grossièreté, humeur et matière, le creuset machinal du monde, le laboratoire crépitant et visqueux où le vie organise ses orgies, dans un effort stupide pour se perpétuer, pour faire éclater le scandale de l'absence monstrueuse de Dieu.

Reprenant conscience au bout d'une heure, il perçut un peu de chaleur à son côté. Flopie était là, couchée, endormie, pleine de sa chaleur dans la chambre froide. Protégée.

Protégée !... Celui que rien ne soutient, il ne lui reste plus qu'à se faire lui-même le soutien d'autrui. Toute protection lui était retirée, mais il pouvait protéger Flopie. Protecteur de Flopie ! Il y avait de quoi rire. Elle allait ouvrir les yeux, s'apercevoir qu'elle avait beaucoup trop parlé, et peut-être qu'elle aurait peur. Le camion était là, sous la fenêtre, avec sa toiture surmontée d'échafaudages, dans le noir, sous la pluie battante. Il pleuvait ainsi depuis trois jours. La tempête semblait prendre, cette année-là, des proportions inusitées. On signalait partout des inondations soudaines, des bateaux perdus. On commençait à murmurer contre les explosions atomiques qui pourrissaient l'atmosphère et faisaient des victimes proches ou lointaines. Les hommes se réveillaient chaque matin dans l'odeur écœurante du scandale et de l'absurde. L'agonie d'un marin japonais touché par les poussières atomiques durait depuis un an. La politique de l'alcool faisait perdre chaque année des milliards à l'État, qui n'en trouvait pas deux pour héberger les sans-logis. Brimés et comprimés leur vie durant, les hommes n'étaient plus à l'aise que dans la tombe. Le législateur mesurait l'espace à accorder aux morts, mais laissait les vivants croupir ou mourir asphyxiés. Dans ces chambres de mort où s'entassaient à présent les familles, des marmots placés trop près de la fenêtre passaient par-dessus bord et venaient s'écraser sur les trottoirs. Un père de famille, pris entre ses enfants, sa femme et sa belle-mère, n'en pouvant plus, descendait dans un cinéma avec une bombe qui tuait vingt personnes. Une femme d'une « cité refuge » quitte un moment sa maison de bois, dans quelque banlieue, pour aller chercher de l'eau glacée à la fontaine : une course de deux cents mètres dans le froid. En rentrant, elle trouve ses quatre gosses en train de griller comme des harengs dans la cabane en flammes. Elle se précipite pour les sauver et meurt avec eux. En rentrant de son travail, le soir, l'homme apprend la catastrophe et devient fou. « Pour chaque heure de travail, il y a un mort, vingt blessés, quatre mutilés, attention à vous. » La statistique nous le dit bien : la mort accidentelle et le désordre ne sont pas l'exception, mais la règle. Autour de la baraque où le nouveau protecteur de Flopie rêvait ainsi près de sa protégée endormie, c'étaient des tornades continuelles qui se poursuivaient en sifflant, comme dans les films à sensation. La haie de bambous, toujours verte, s'agitait furieusement. Il voyait les hautes tiges se prosterner presque jusqu'à terre, puis rejaillir avec colère pour être de nouveau fouettées. Pourquoi toutes ces violences, ces hurlements de vent à tous les angles de la maison ? La nature aime nous rappeler de temps en temps qu'elle est chez elle, que l'homme n'est qu'un intrus. Dieu s'irrite d'entendre par trop bavarder : les universitaires, les économistes, les philosophes l'embêtent. Un bon coup de vent réduit à néant toutes ces parlotes. Parfois, quand Didier croyait qu'il pleuvait plus fort, c'était seulement le vent dans les bambous dont il faisait siffler et frémir chaque feuille. Où se croyait-il donc ? Depuis longtemps, il n'avait plus droit au bruit de la pluie. Seuls les riches ont le droit d'entendre le bruit divin que fait la pluie en tombant sur le sol. Quand, sur le jardin d'Arditeya, la pluie tombait, ce que Didier entendait n'était que le bruit qu'elle faisait sur la toiture du camion, ce bruit métallique, insupportable à ses nerfs, à sa raison, et qui, durant tant de nuits, pendant qu'eux dormaient bien tranquillement, lui avait fait haïr les Maillechort qui le privaient même de cela : les bruits de la libre nature, ceux que le moindre des vagabonds peut entendre.

Quand il voulait renvoyer Flopie, elle lui résistait exactement comme le faisait Betty autrefois, en lui prouvant qu'elle ne pouvait aller nulle part, et la tempête continuait de plus belle, dévastant les jardins, les toitures, accumulant les branches sur le sol, faisant monter les rivières qui étaient devenues jaunes et boueuses. Comme Flopie grelottait, Didier commença à songer sérieusement à un moyen de chauffage pour cette pièce qu'il allait quitter et où le trou creusé dans le plafond à l'intention d'un tuyau de poêle hypothétique servait seulement au passage de la pluie et du vent qui résonnait dans le conduit de la cheminée comme un mirliton. Mme Blin, chaque hiver, installait un petit poêle et disposait devant sa porte, tous les matins, un panier de bois. À la première hirondelle, le poêle était relégué à la cave. Mais ce temps avait-il existé ? Le matelas de plume, le bâti avaient pris la place du poêle ; et les malles... pendant que le Colonel, le Jardinier, Mme Chotard, les Maillechort prenaient la place de Mme Blin.

Flopie disparaissait parfois pour une demi-journée, puis Didier s'aperçut qu'elle s'était remise à travailler, sans le lui dire, mais évidemment résignée à ce qu'il le sût, et il pouvait entendre Stef crier contre elle pour, aussitôt après, se calmer et venir lui parler doucement dans le garage, tout comme avant. Il se demandait s'il n'avait pas fait un rêve.

Seulement, quand il passait devant la cuisine pour sortir ou quand il franchissait la porte, il sentait les yeux de Gaby aux aguets derrière la vitre, qui le suivaient, ou bien il entendait des murmures.

– Les Maillechort t'ont reprise, dit-il un jour du ton de la constatation.

– Oui, pour le moment. Ils étaient embêtés. Ils ne trouvaient personne.

– Il faudra leur dire ce que nous avons décidé, dit-il.
– C'est fait, dit-elle.
– Quoi ?
– Je leur ai dit.

Didier ne marqua pas son étonnement, pourtant la réponse de Flopie l'avait choqué.

– Cela ne suffit pas, dit-il. Il va falloir que je le leur dise moi-même.

On eût dit que Flopie avait pensé à cela de tout temps.

– Oh, ce serait bien ! dit-elle. Je vais leur dire que vous allez venir les voir.

– Ce n'est pas la peine qu'ils soient prévenus, dit Didier. Ce n'est pas une solennité. Et je n'ai pas l'intention de leur faire de longs discours.

– Cependant... dit Flopie qui imaginait déjà une petite fête. Tu sais, je crois que tu les juges mal. Ce sont de braves gens, au fond. Ils ne feraient pas de mal à une mouche.

Didier la considéra sévèrement. Il avait déjà entendu des mots semblables.

– Tu n'as pas besoin de me faire leur éloge, dit-il. Je suis conscient de ce que je fais. Je veux bien être stupide, mais pas dupe.

Flopie ne savait où regarder. La conduite de Didier représentait pour elle une énigme épouvantable.

– Il y a la fraternité, dit-elle d'une voix qui sonnait un peu faux. On est tous solidaires.

– Je ne suis nullement solidaire des Maillechort, dit Didier. Et je te préviens d'une chose : ce sera court.

Didier vivait soudain une vie plus grande que nature. Cependant, parfois, il respirait mal et il y avait plus fréquemment des filaments rouges dans son mouchoir. À ces moments-là, son idée de la fraternité devenait trouble.

Depuis un an ou plus, la vitre de la cuisine des Maillechort (comme celle de la salle à manger) était restée brisée en arc de cercle, et la partie manquante (comme dans la salle à manger) avait été remplacée par un calendrier des postes, lequel avait été arraché à son tour, et la vitre restait souillée par les bandes de papier journal utilisées pour coller le calendrier. Depuis un an, Didier voyait cela chaque jour en passant et il le vit ce jour-là mieux que jamais, puisque, pour la première fois, il s'arrêta devant cette porte pour y frapper. Il se disait que ce carreau brisé n'était pas l'enseigne d'une maison heureuse.

Bien qu'il vît des formes s'agiter derrière les carreaux couverts de buée, il dut attendre un moment après avoir frappé. Peut-être attendait-on qu'il entrât. Mais il n'eût pas été capable de faire fonctionner seul la lourde porte à glissière.

Didier avait espéré trouver Gaby seule. Il ne voulait que se montrer à elle, lui parler de Flopie, lui prouver qu'il n'avait pas peur d'eux. Mais les Maillechort avaient des heures à eux et tout le monde était là, entassé dans la vapeur de la cuisine, même le beau-père douanier qu'on n'avait pas vu depuis des mois et qui semblait revenu pour la circonstance.

Dehors, la pluie tombait à faibles ondées depuis le début de l'après-midi ; le jardin n'avait pas seulement son allure dévastée de fin d'année, mais la dévastation y semblait quelque chose de définitif.

Gaby lui fit les honneurs et lui prodigua des amabilités comme s'il avait été invité.

– Vous voyez, dit-elle. Nous vous recevons à la bonne franquette. L'hiver, tout le monde se tient à la cuisine.

– Bien sûr, fit Didier.

– On a plus chaud comme ça, expliqua-t-elle avec des gestes ronds. Et ça facilite le service.

– C'est une manière d'être ensemble, pas ? dit Stef. Quand on est dehors toute la journée...

– Oui, grommela le douanier, vous pouvez dire que c'est malheureux d'avoir une si grande maison et de l'utiliser aussi mal.

– Vous voyez, dit Gaby pour être aimable, nous vivons aussi à l'étroit que vous.

– Et même plus, dit le douanier ; parce qu'ici on est plus nombreux. Quand je dis « on », je ne veux pas dire que je me compte dedans, dit-il en se retournant vers Didier, mais à l'intention de sa famille.

– On ne peut vivre tous dans la même maison, dit Gaby. D'ailleurs on va tous s'en aller, on n'en a plus pour longtemps.

– Et ce ne sera pas malheureux, rugit Babé, surgissant du dehors à grand fracas en faisant coulisser durement la porte. C'est tout de même dégoûtant qu'on ne puisse pas monter votre escalier sans risquer de se casser la figure ! J'ai pourtant l'impression de balayer tous les jours !

Si elle balayait ou non, personne n'aurait pu l'affirmer d'après les résultats, mais le fait est que ses balais vous crevaient les yeux, installés qu'ils étaient sur votre chemin, devant la cuisine, le manche passé dans le treillage de bois, le crin en l'air, de sorte qu'on avait de la peine à éviter leur contact et qu'ils ressemblaient à des bêtes d'une espèce inconnue mais répugnante, impossibles à déloger des cavités où elles se seraient embusquées.

Babé et Gaby étaient associées dans l'esprit de Didier à cette ignoble présence – qui, chaque fois qu'il avait voulu la supprimer d'autorité, s'était reproduite avec l'obstination nauséeuse de l'insecte – et il n'était pas douteux que Babé contribuait elle-même pour une large part à la saleté agressive de la maison. À présent, Didier la voyait de près, cette célèbre saleté, et coincé comme il l'était entre Gaby et le mur suintant de la petite cuisine, obligé de boire le vin qu'ils lui avaient offert dans un verre sur lequel il venait d'apercevoir des traces de doigts, il avait le cœur levé, tandis que le douanier conversait à haute voix avec Babé en lui donnant force claques sur les fesses.

– Ces deux-là, ils m'énervent, dit Gaby en hochant la tête. Ils ne peuvent pas s'arrêter une minute.

Elle les regardait sans aménité.

– Pour ce qu'on vit ici, dit Stef succinctement et sans beaucoup d'à-propos, mais creusant toujours son idée, ça nous suffit. Manger, dormir ; le reste du temps, toujours dehors.
– C'est vrai, dit Babé, toujours pressée de dire son mot, ça n'aurait pas besoin de maison des gens comme vous. Ça serait aussi bien dans une roulotte...

Flopie adressa à Didier, à travers la table, un regard inquiet. La table ronde, dont on avait relevé les battants pour la circonstance, et qui prenait ainsi toute la place, était couverte d'une de ces nappes en matière plastique qui ont toujours l'air mal essuyées et dont l'aspect gras et luisant était une épreuve pour les yeux, presque autant que les motifs floraux qui tentaient d'égayer cet objet sinistre. «Dieu est aussi parmi les casseroles», se répétait vainement Didier pour essayer de vaincre son dégoût.

L'attention qu'il donnait à cet objet depuis un moment l'empêchait d'entendre ce qui se disait autour de lui, la chaleur lui montait à la tête et il ne cherchait pas à comprendre le sens de ce brouhaha qui l'entourait, n'ayant plus, dans le fond de son cerveau, qu'une idée obscure : comment leur échapper, comment rentrer chez lui... On lui avait donné un verre à liqueur en forme de calice, fait d'un de ces gros verres dans l'épaisseur desquels on voit des bulles. Ce verre était rempli d'une liqueur verte qu'on avait versée jusqu'à l'extrême bord et dont même quelques gouttes lui étaient tombées sur les doigts, car il était placé de manière à ne pouvoir atteindre la table et était obligé de tenir cela en l'air, comme une bougie. Au-dehors, la tempête ahanait de nouveau et l'électricité vacillait dans la pièce, menaçant de s'éteindre à tout moment. Une marmite d'eau chantait en s'égouttant sur la cuisinière. Flopie, très loin semblait-il, disparaissait dans un nuage de vapeur et de fumée de cigarettes, et l'on flairait quelque chose de peu rassurant dans cette atmosphère que tout le monde s'employait à rendre cordiale. Didier entendit Stef qui disait : «C'est le commerce qui veut ça», et pensa que Stef tenait à son idée. Le Caïd était de ces gens qui creusent patiemment leur tunnel dans l'ingrate terre de la pensée, et qu'on n'arrache pas facilement à leur filon. Ce n'était pas lui, apparemment, qui était à craindre.

Pourtant la température montait et Didier attendait il ne savait quoi. Ses jambes tremblaient de fatigue, une vague douleur lui cernait le dos et il avait de la peine à rester assis sur sa chaise. Il tenta de se lever, prononça quelques mots auxquels personne ne fit attention. Mais il s'interrompit brusquement, figé par un spectacle inattendu : là, dehors, le visage du gros Georges était collé contre la vitre. Il poussa un cri ; on s'empressa. Flopie était accourue et le regardait de ses yeux soudain noirs. Même le douanier avait cessé de plaisanter avec la femme de charge. Gaby s'était approchée à son tour.

– Eh bien, dit-elle, qu'est-ce que vous avez ? Vous n'êtes pas bien ?

Tout le monde lui déroba la vitre pendant un moment, l'empêchant de voir. Quand ils s'écartèrent, la vitre était noire, aucune forme humaine n'apparaissait derrière.

Didier chercha des yeux Flopie :

– Ai-je bien vu ? murmura-t-il. N'est-ce pas que c'était lui ?
– Où cela ? demanda Flopie.
– Derrière la vitre.
– Il n'y avait personne, dit Flopie.
– Qui a-t-il vu ? questionna Gaby.

Didier se frotta le front.

– Je veux bien. Ça devait être un effet de lumière.
– Qu'est-ce que c'était ? demanda Stef.

Didier chercha de l'aide tour à tour dans les yeux de Gaby puis de Flopie.

– Quelqu'un que j'ai connu dans le temps, dit-il, qui était jardinier ici.
– Il est mort ? demanda Babé.
– Non, je ne crois pas.
– Alors, dit le douanier, qu'est-ce que ça avait d'extraordinaire ?

Didier ferma les yeux une seconde.

– Je suis sûr de l'avoir vu ! dit-il. Sûr.
– Mais qu'est-ce que ça fait ? dit le douanier. Il faut bien que tout le monde vive.
– Laissez-le, dit Flopie. Vous ne pouvez pas savoir ce qu'il a vu. Il n'est pas comme nous.

– En attendant, nous autres, on est à sec ! cria Stef en tendant son verre.

Maintenant tout le monde parlait et s'agitait dans une grande confusion. Une main inconnue avait tourné le bouton de la T.S.F., dont le bruit s'ajoutait à celui des voix. Mais le visage de Flopie restait tendu, inquiet. Stef se tordait les mains d'impatience devant la stupidité de cette scène, les lèvres amincies par une colère, une incompréhension butées, se demandant s'il allait intervenir ou non, fixant tantôt sur le douanier tantôt sur Gaby ou Flopie un regard sombre et rageur. Cependant, Babé allait et venait, bousculant chacun et parlant haut, le sein houleux, une bouteille à la main, versant à boire une sorte de liquide blanc et sentant fort.

– Tu m'oublies, Babé, dit une voix.
– Il est là, cria Didier. C'est lui ! Qui a parlé ?...
– ... c'est fou, dit le douanier.
– Que personne ne sorte ! railla Stef.
– Vous ! dit Babé en lui donnant une bourrade.

Il y eut un silence. Derrière les lourdes épaules de Babé, presque appuyé à la porte vitrée de la cuisine, qui donc exhibait cette tête de brute, frisée, avec ces yeux tout petits, égrillards, perdus dans la chair ?... Un verre se brisa contre le sol, ou plutôt éclata avec violence, comme s'il avait été projeté. Tous les yeux se portèrent sur Didier ; il avait les mains vides.

– Je pourrais vous demander des comptes, dit-il d'une voix blême en les regardant tous sans s'adresser à personne en particulier. Mais j'aimerais mieux que vous soyez capables de les faire vous-mêmes, vos comptes, et de vous interroger sur ce qui se passe dans cette maison, depuis des mois, sur ce qui s'est passé entre vous et moi – et sur ce qui se passe maintenant. Vous n'avez pas l'air d'être très habitués à faire des comptes, hein ? certains comptes. D'habitude on ne vous en demande pas tant. Malgré les progrès de la science, il faut avouer que la vie garde ses mystères. Je ne vous dis pas qu'il faut détruire avec la pierre tous les enfants de Babylone, non... La conscience morale ne suffit pas à cette vie. La volonté de l'homme est mauvaise. Il faut autre chose pour avoir la force de se changer. La nature est une danseuse, l'esprit est un spectateur. Dès qu'il l'a vue, ils peuvent se quitter. Il est nécessaire que la vie spirituelle commande... La transformation de la vie charnelle en vie spirituelle se trouve sans doute hors de notre portée... Mais nous devons condamner sans condition toute paix définitive de l'homme avec le royaume de la mort... L'homme, par sa destination, est plus qu'un *sage*... Augmenter le volume de l'Esprit dans le monde, c'est la seule tâche. L'homme, c'est l'évolution qui se regarde. Si nous étions sûrs de piétiner, de ne jamais pouvoir faire mieux, je vous le dis, cela ne vaudrait pas la peine d'avoir des enfants. Vous m'avez certainement compris... Je... Nous ne sommes pas... Un homme ne peut pas se contenter de propager la vie, comprenez-moi... Si chacun de nous, à son rang, n'essaie pas d'accroître le capital spirituel... Vous m'avez certainement compris... Quant à moi, je ferai ce que j'ai dit, rien de plus. S'il doit y avoir des enfants, il est convenable que tous les enfants puissent avouer un père...

Didier avait prononcé ces mots avec un calme apparent, en dominant le fort et douloureux tremblement qui l'agitait jusqu'à la racine des cheveux. Quand il eut parlé, il chercha à se rapprocher de la porte. La petite assemblée s'attendait si peu à un tel discours que personne, sur le moment, même Stef, d'ailleurs plus habitué à manier le volant que la parole, ne trouva un mot à répondre. Seul le douanier, qui naturellement n'avait rien compris, trouva le moyen d'élever la voix.

– De mon temps, commença-t-il, ce genre de petite fête se passait plus joyeusement.

– De ton temps !... cria Gaby à son père, sautant sur l'occasion qu'il lui donnait. Je te conseille de nous foutre la paix avec ton temps ! Figure-toi que tu es tout juste bon à présent pour faire un gardien de square. Tu n'aurais même pas besoin de changer de costume.

La voix de Gaby s'élevait, perçante, dans l'atmosphère trouble. Le douanier chancelait sur ses jambes, se demandant ce qui justifiait cette attaque.

– Non mais, qu'est-ce qu'elle a ? Vous comprenez, vous ?

– J'ai que je te demande de foutre le camp, répéta la fille qui s'exaspérait à mesure qu'elle haussait la voix. Non mais, est-ce qu'il faut que je crie ? Est-ce qu'on t'avait invité d'abord ?

Le douanier prit le temps d'avaler un dernier verre. Il avait maintenant des larmes dans les yeux et s'accrochait aux jupes de Babé tant qu'il pouvait. Stef s'était dressé dans un coin, très rouge, et regardait tout sans rien dire, écrasant mégot sur mégot. Le père autant que la fille lui faisaient visiblement horreur.

– Croyez-vous que c'est à moi qu'elle parle ? demanda encore le douanier. Hein ? Ce n'est pas moi qui ai fait du mal ici, hein ! Ce n'est pas moi qui ai touché à…

De nouveau Didier cessa d'entendre ce qui se passait. De nouveau il n'avait plus qu'une idée : trouver la porte pour rentrer chez lui. Mais il en était encore assez loin – quoique la distance réelle ne fût pas grande – et les coups de son cœur contre ses côtes suffisaient à l'ébranler, de sorte qu'il dut chercher un appui et passa du côté de Gaby, où se trouvait la table. Gaby était hors d'elle. Elle poussa vivement son père dans la direction de l'entrée. On les entendit tous deux hurler dans le vestibule, derrière la porte refermée.

– Oui, vociférait Gaby, parce qu'on t'en a empêché. Mais tu aurais bien voulu, toi aussi !… Vous êtes tous les mêmes ! Des cochons !

Didier profita du tintamarre pour ouvrir la porte. Mais ce n'était pas la bonne. Il se trouva dans la pénombre du vestibule, entrevit confusément le douanier, entre deux portes, en train de faire son baluchon. Comme il se retournait, il aperçut Gaby dans un faible rai de lumière. Il y avait de la colère mais aussi de la tristesse dans ses yeux, et comme une bouffissure nouvelle, proche des larmes. « Si vous saviez comme ils sont tous !… » Il ne put que serrer les poings. « Pourquoi était-il là ?… » Mais ils ne parlaient pas du même homme, et d'ailleurs Didier n'attendit pas la réponse et sortit précipitamment. Il dut contourner la maison pour rentrer. Quand il passa devant la cuisine, il entendit résonner des éclats de rire.

Il pleuvait. Quand n'avait-il pas plu ? Quand la vie n'avait-elle pas été louche ? Quand le vent n'avait-il pas sifflé en tempête, courbant les bambous et les giflant et les prosternant jusqu'à terre ? Quand la toiture du camion avait-elle cessé d'être là, la nuit, sous les averses qui giclaient, et le camion tout entier, avec ses parois retentissantes comme une caisse de métal ?

La pluie les obligeait à se rapprocher sous l'unique et mesquin parapluie que Flopie avait déployé et, finalement, il avait trouvé plus commode de lui prendre le bras. Ils auraient pu être deux amoureux qui déambulent à la recherche d'un cinéma, d'un café, d'un coin tranquille où pouvoir s'embrasser longuement. C'était la première sortie qu'ils faisaient ensemble. Peut-être bien la dernière, pensait Didier.

Les Hauts-Quartiers étaient situés assez loin de la ville. Plusieurs fois, à travers les arbres, par les échappées qu'on pouvait avoir entre les murs des couvents et les H.B.M., on la retrouvait et on la perdait de vue, et Didier se rappelait le jour où il l'avait contemplée, avec l'abbé Singler, du haut de sa chambre du Séminaire. Cela lui fit penser qu'il n'avait reçu aucune réponse de l'abbé et il en conclut ou bien qu'il était trop occupé ou bien qu'il le méprisait trop pour lui répondre, – à moins qu'il ne fût malade ou mort. Des collines au loin, couvertes de bois, l'une d'elles entamée d'une carrière toute jaune, dessinaient l'emplacement du fleuve et Didier croyait le voir luire, jaune aussi et gonflé par les averses, torrentueux, avec de grands nœuds blancs, d'un éclat livide. Ils avaient à descendre une bonne étendue de chemins non pavés et, bien que théoriquement il dût faire jour, ils distinguaient à peine le sol et n'évitaient pas toujours de mettre le pied dans les flaques. Ces flaques étaient parfois de véritables mares, profondes et froides, où l'on enfonçait jusqu'à la cheville. Didier aurait peut-être eu avantage, pour les traverser, à quitter le bras de Flopie, et il eût volontiers renoncé à l'avantage du parapluie un peu illusoire qu'elle brandissait contre la bourrasque, mais toujours une embardée de Flopie lui faisait faire le mouvement qu'il n'aurait pas fallu, et il allait droit sur la flaque, à moins qu'à force de vouloir l'éviter ils n'y fussent projetés tous les deux. Flopie riait, et ce rire qu'elle ne pouvait retenir et qui éclatait sur ce visage de dix-sept ans avait quelque chose de si sain que Didier ne pouvait s'empêcher d'y voir un encouragement pour lui, et un témoignage sur sa nature de bonne fille. Il se rappelait les escapades de son enfance dans les campagnes mouillées, avec des amis de son âge, et se réjouissait soudain de Flopie à son côté, comme si, de l'avoir fait sortir de cette maison pour une heure, il l'avait arrachée à tout le sordide de sa vie, comme si le fait de marcher avec lui sous cette pluie allait refaire d'elle une enfant très pure.

– Nous n'avons peut-être pas pris le meilleur chemin, dit-il, comme ils s'engageaient sur la voie qui longe le cimetière.

Et, aussitôt, l'idée surgit en lui qu'il était complètement ridicule de partir à pied sous la pluie pour faire une pareille démarche, que le moindre bon sens leur eût enjoint de prendre l'autobus de l'Hôpital ou d'emprunter une voiture. Pourquoi pas le camion des Maillechort ?... Cette idée le cingla, le poussa en avant. Il entraîna Flopie contre le long mur du cimetière.

– Là nous aurons peut-être moins de vent, dit-il.

D'un côté courait la clôture du cimetière, sous un ciel immense et tumultueux au bas duquel émergeait çà et là le toit d'une petite construction vitrée, surmontée d'une maigre croix de fer. Du côté opposé, le chemin était bordé de petits jardins ouvriers, découpés en carrés, et où les sentiers, les traces de pas étaient devenus des rigoles. Sur toute la route s'entendait un grand bruit de ruissellement. «Cela s'appelle reconnaissance de paternité», pensait Didier. C'est ce que lui avait dit le type de la Mairie à qui il avait téléphoné ; mais il n'avait pas eu le temps de questionner à fond, il l'avait seulement prévenu qu'il reviendrait aujourd'hui pour exécution. Peut-être que ce serait une démarche inutile, à recommencer, non seulement parce qu'on était toujours mal renseigné, mais parce que lui, Didier, ne pouvait jamais atteindre les gens qu'il fallait au moment qu'il fallait, et que toutes ses enquêtes tombaient à l'eau, comme celle-ci, non faute de bonne volonté, au contraire, mais ou bien parce qu'il ne pouvait se rendre aux endroits nécessaires (il y avait toujours des escaliers à monter, et quand vous étiez arrivé en haut, essoufflé, le cœur battant, on vous disait toujours que c'était un autre qu'il aurait fallu prendre), ou bien parce qu'il ne pouvait attendre assez longtemps, car il fallait toujours attendre des heures, même si l'on avait rendez-vous. Aussi, dans ces domaines qui lui étaient étrangers et où personne ne possède la science infuse, Didier faisait tout mal ou incomplètement, n'était jamais renseigné comme il faut ; les affaires humaines, sociales, sont compliquées de règlements imprévisibles et, si vous ne les connaissez pas, vous perdez votre temps.

– C'est réussi comme jour, dit Flopie.

– Je n'ai pas choisi le jour, dit Didier. Il faut savoir ce qu'on veut.

– Mais on ne peut pas reconnaître un gosse avant qu'il ne soit né, peut-être ? dit Flopie à qui soudain venait un doute.

– C'est ce que nous allons savoir, dit Didier. Ils nous diront bien. Il y a des situations qu'il faut prévoir. Tout le monde n'a pas une vie devant soi...

Au fond, Flopie était impressionnée par le fait qu'un monsieur en pardessus noir, qui était un peu notaire et un peu conseiller municipal, ou au minimum employé de mairie, les attendait à une heure précise, avec des papiers à signer.

– Ce qui est marrant, dit-elle, c'est qu'hier tu étais dans ton lit, et aujourd'hui... On te croit mort, et puis tout d'un coup...

– C'est comme ça, dit Didier. Il y a des hauts et des bas. Ça ne veut pas dire grand-chose.

– Mais tu te soignes ?

– Ce que j'ai ne se soigne pas, dit-il.

– Tout le monde se soigne, dit Flopie.

– Je ne suis pas tout le monde, dit Didier avec douceur.

Le mur du cimetière s'allongeait. Ils essayaient de s'en rapprocher le plus possible, mais la précaution était vaine car le vent chargé de pluie tourbillonnait et Didier croyait le respirer jusqu'au fond de l'estomac. Il marchait à gauche de Flopie en lui tenant le bras et regardait à sa droite le mur bas, monotone, couvert en toutes saisons de fleurs d'un rose pâle, aux longues tiges, qui ressemblaient à de frêles marguerites et que le vent et la pluie agitaient d'une manière folle. Un grand sillon de froid lui coulait entre les épaules et il marchait en frissonnant, avec une sensation de mauvaise chaleur qui lui venait de l'intérieur, comme s'il transpirait. Il n'avait une bonne chaleur que du côté de Flopie qui se serrait contre lui. Comme il lui avait offert de tenir le parapluie, Flopie s'était encore serrée un peu plus contre lui et avait passé et presque enroulé son bras autour du sien, et leurs mains se rejoignaient sur la poignée d'os à tête de hibou qui venait en droite ligne du Grand Bazar Irubien.

– C'est drôle, dit-il, je ne t'ai jamais vu de parapluie (elle était toujours en capuchon), et aujourd'hui qu'il fait un vent de chien, tu trouves le moyen d'en sortir un, et tu vois, nous avons toutes les peines du monde à le tenir.

– Ce n'est pas un jour comme un autre, dit Flopie.

– Il pleut et il vente comme tous les jours, dit Didier.

Elle s'immobilisa soudain, tourna son visage vers Didier, les yeux dans les yeux. Il eut la sensation, extraordinaire en cet instant et en ce lieu, de ce regard qui lui avait été si souvent décoché à l'improviste, alors qu'il se tenait à sa fenêtre incapable de rien faire, irrité, surveillant *leurs* allées et venues, attendant leur départ.

– Didier, dit-elle, est-ce que ça t'ennuie tellement ce que nous allons faire ?... Est-ce que tu regrettes ?...

– Je t'en prie, dit-il. Il ne s'agit pas de ce que j'éprouve.

Il avait envie d'ajouter : « L'important c'est que ce soit fait, et que ce soit fait pour toi », s'il n'avait trouvé à cette phrase quelque chose de déclamatoire.

Ils reprirent leur marche sous la pluie. Les fausses marguerites des murailles saluaient toujours avec précipitation du haut en bas du mur, et Didier fut surpris de son indifférence. Le petit ressort qui le faisait toujours vibrer si tendrement devant ces choses était rompu.

— On aurait dû emporter des cigarettes, dit Flopie. Je n'ai pas de cigarettes.

— Tu as envie de fumer ?

— Non. C'est pour offrir.

Il ne put résister au désir de ricaner, mit sa main en visière.

— Tu aperçois des amis à l'horizon ?

Ce désir d'honorer de vagues comparses, sous prétexte qu'à ses yeux ils appartenaient à un certain échelon social, prêtait à rire et le décevait chez Flopie. Chez Betty, ç'eût été pure générosité, élan de cœur, mais il sentait que ces mouvements devaient être limités chez Flopie par quelque chose de dur, une résistance intérieure qui ne se montrait pas mais qui était capable d'agir à son heure. Un brusque coup de vent faillit leur arracher le parapluie qui frémit entre leurs mains comme une voilure.

— Tu vois, dit Didier. Quel fichu engin.

— Mais non, on se croirait en bateau, dit Flopie.

— Il faut avouer qu'il y a longtemps que je n'avais pas eu l'occasion de faire une sortie pareille, dit Didier.

— Je suis comme toi, dit Flopie. Pour moi qui ne sors jamais qu'avec le camion, tu ne sais pas ce que ça représente, une sortie comme ça – une vraie marche à pied, sur une vraie route, avec les pieds qui heurtent les cailloux, qui tombent dans les flaques.

— C'est chic, hein ? dit Didier. La marche à pied est un luxe aujourd'hui, il n'y a plus que des gens comme nous qui vont à pied.

C'était dit sur un ton sérieux, elle ne pouvait percevoir l'ironie. Il y en avait si peu d'ailleurs ! Et pourquoi les gens craignent-ils tant l'ironie ?

Elle le retint soudain par le bras et, se haussant sur la pointe des pieds, frotta sa joue contre la sienne, comme les bêtes des troupeaux. Elle avait des mouvements d'agneau. Cette joue était fraîche. Il s'arrêta pour la respirer et il sentit la petite langue de Flopie qui frétillait contre sa bouche, et il lui rendit son baiser comme une chose toute naturelle et qui s'imposait en un jour pareil, à cet instant, dans ce vent.

– Nous devrions nous presser, dit-il pourtant.

– Oui, il faudrait, dit Flopie. Autrement nous n'arriverons jamais. Nous aurons le temps de nous embrasser après.

– Je ne crois pas, dit Didier. Mais ça ne fait rien.

Ils débouchèrent enfin à l'angle du mur, sur une vaste esplanade découverte, arrangée en promenade, et qui descendait vers les fortifications. Didier, un instant suffoqué par le vent, dut s'arrêter. Il n'avait pas trouvé, au dernier moment, la grosse écharpe de laine qui aurait convenu à cette journée, celle qu'il portait était trop courte et trop légère, il devait la renouer sans cesse et la pluie le transperçait. Flopie s'était mise à pousser des cris à la vue de la cathédrale dont les hautes flèches pointaient sous les nuages, par-dessus la confuse mêlée des toits et des façades.

– Eh bien, dit Didier. Tu n'avais jamais vu ça ?

– Non, jamais aussi bien, dit-elle. Et puis, tu sais, Stef ne s'intéresse pas beaucoup aux monuments. Et en voiture... Toujours enfermés dans cette boîte de tôle, avec la pluie sur le pare-brise et l'essuie-glace qui se balance devant les coquards, tu comprends. Et les odeurs... Rien que ça...

Un instant, Didier se sentit délivré de sa tristesse. Il eut pour Flopie un mouvement presque affectueux.

– Alors, c'est ton jour de tourisme, hein ? Tu te promènes ? Tu découvres la charmante ville ?

Elle le regarda avec un sourire hésitant. Mais il n'était pas loin de partager sa joie, il lui aurait suffi d'être moins taraudé par la fatigue. Laisser derrière soi la maison des Maillechort, l'appartement sordide aux murs fendillés, à la tapisserie arrachée, ce bruit, cette agitation vulgaire, lui aussi en était heureux, et il commençait, presque à son propre étonnement, à jouir de sa sortie. Il se rappelait l'heureux temps si bref, de l'Hippodrome. La pluie tombait comme aujourd'hui sur toute l'étendue de la prairie au fond de laquelle s'élevaient, comme aujourd'hui, estompées par la distance, les flèches de la cathédrale.

– Irube, dit Flopie joyeusement en sautillant sur ses jambes. N'est-ce pas que c'est une jolie ville ? Tout le monde le dit. C'est drôle, j'ai vraiment l'impression d'être en voyage...

– Malheureusement le voyage sera court, nous n'avons que peu de temps à passer dans la jolie ville et le programme nous oblige à sortir quand il pleut. D'ailleurs, tu as raison, il semble qu'il y ait quelque chose de changé...

Il y avait peut-être une raison en effet à l'étonnement de Flopie devant la « vue » qui se découvrait à eux tandis qu'ils continuaient à descendre sous la pluie, en évitant le plus possible les flaques d'eau qui s'agrandissaient. Quelque chose avait réellement changé. Le paysage s'était dépouillé, n'était plus que pierres. Didier se souvenait parfaitement des grands arbres qui, la dernière fois qu'il avait fait ce trajet, s'élevaient encore le long des remparts, et en haut, sur la promenade, des grands ormes qui barraient les façades, humanisant si bien le paysage. Tout cela, en quelques semaines, avait été abattu. Les grands troncs dépouillés gisaient encore çà et là sur l'herbe ; quelques-uns même étaient encore debout ; à l'un d'eux des câbles étaient attachés ; sans doute le mauvais temps avait-il interrompu les travaux. On savait que le maire avait entrepris des « embellissements ». Mais il était difficile de ne pas penser, devant ce spectacle, que le mot urbanisme recouvre souvent, de notre temps, les plus sordides des spéculations. « Allons, pensa Didier, il faut bien que ces messieurs s'enrichissent. » On abattait des arbres, on élargissait des routes, on déplaçait des pavés : cela se voyait, et *Irube-Éclair* imprimait que le maire d'Irube faisait de grandes choses, que ce serait un grand maire – compliments désintéressés, bien sûr. En tout cas, les bénéficiaires de ces mesures se voyaient moins. On ne tolère pas qu'une voiture qui conduit des estivants à la plage puisse éprouver des difficultés à passer et à être retardée une seconde, car il faut aller vite, mais on tolère très bien que des travailleurs *passent leur vie* dans des chambres grandes comme des armoires ; et d'ailleurs, comme aimait à dire l'abbé Singler, mettez-les dans une maison convenable, ils saliront tout. Chacun savait du reste que les « petits », pour qui avaient été construits à grands effets de propagande municipale les

Habitations à Bon Marché, ne pouvaient en acquitter le loyer. Force leur était donc de rester où ils étaient et de continuer à grouiller, comme des vers, dans l'humidité de la rue aux Chats, devant le rempart de ciment, ou bien sous les murs des Dominicaines. Irube était une ville cossue, les malheureux y étaient en minorité ; et s'ils en étaient d'autant plus malheureux, on pouvait être sûr que ce n'étaient pas eux qui feraient la révolution. Les notables pouvaient dormir tranquilles. La grande affaire était maintenant de supprimer tout à fait les bons vieux tramways et de les remplacer par des autobus, adieu l'air libre et les coudées franches ! Si les habitants n'y gagnaient rien, M. Beauchamp, lui, du moins, n'y perdait pas.

Ces réflexions occupèrent Didier un moment. Il faisait de plus en plus gris quand la ville s'ouvrit à eux. Flopie avait un talon « tourné » et s'était mise à boiter pour s'amuser. Elle pataugeait dans les ruisseaux comme une enfant. Didier, très essoufflé, respirait avec peine et quelque chose dans sa poitrine lui faisait mal. « Ce n'est pas possible, se dit-il. Ce serait trop beau ! » Il essaya de parler. « Je ne vais pas pouvoir aller plus loin », se dit-il soudain avec terreur. Il ralentit le pas ; et comme Flopie était toujours accrochée à son bras, elle dut également ralentir le sien. La pluie était devenue très fine, mais continuait à voler autour d'eux et noyait leurs visages. Flopie interrogea son compagnon du regard.

– Il faudrait peut-être se reposer une minute, dit-elle avec inquiétude.

– C'est-à-dire que... Je me laisse toujours surprendre par la distance, dit Didier. Mais, cette fois, je ne peux réellement plus faire un pas. Du moins pour le moment... Mais ne t'inquiète pas. Ça va revenir. Quand tu me connaîtras un peu... tu sauras qu'il ne faut jamais t'inquiéter. Avec moi, on croit toujours que c'est fini, et ça recommence de plus belle. Mais quand ça ne va plus, c'est comme si c'était fini pour toujours...

Le vent était tombé ; un léger brouillard se levait du fleuve, effaçant les petits arbres maigres récemment plantés sur la place, autour du grêle kiosque à musique, pour compenser sans doute la disparition de tant de beaux arbres. Cette place était immense, le froid semblait s'y tenir à demeure, la creuser, la rendre invisible en même temps que la dresser comme un obstacle infranchissable.

– Est-ce que vraiment il y a encore toute cette place à traverser ? dit Didier.

– La Mairie est de l'autre côté, dit-elle, tu sais bien.

La Mairie, c'était une édifice qu'elle connaissait, elle avait dû s'y rendre plusieurs fois avec Stef pour des formalités, des autorisations, des tampons et des signatures. C'était cette grande construction carrée qui s'élevait de l'autre côté de l'eau, entre les bras du confluent, surmontée d'un dôme de métal ou d'ardoises qui lui donnait l'allure d'un gigantesque moulin à café.

– Et après la place, il y a encore le fleuve à traverser ? dit-il.

– Bien sûr, dit-elle en se moquant. Tu n'es jamais allé à la Mairie ?

– Tu penses, dit-il. Qu'est-ce que j'ai à faire avec ces gens-là ?

Y avait-il si longtemps qu'il avait pénétré dans ces couloirs, dans ces bureaux aux guichets surmontés de numéros ? C'était – mais il y avait au moins trois ans de ça – quand on lui avait laissé espérer un appartement dans un des immeubles que l'on était en train de construire, et qu'on l'avait convoqué pour signer des papiers, remplir des fiches, faire des déclarations. L'employé qui l'avait convoqué, petit chef de bureau, présentait cette circonstance aggravante pour un parjure d'être président ou vice-président de l'Association des Pères de Famille. Cet homme s'était amusé de lui ; il lui avait fait toutes sortes de promesses et savait que rien n'en sortirait. Didier avait été choqué le jour où il s'était aperçu de la manœuvre. Quelle naïveté de donner tant d'importance à un mensonge, comme si ces gens n'étaient pas là pour mentir, de s'être senti lésé, de s'être indigné parce qu'un petit bourgeois, ou pas même, un des petits serviteurs de la bourgeoisie lui avait menti. N'aurait-il pas dû savoir depuis longtemps que la fonction de la bourgeoisie petite ou grande était de mentir, et que toutes ses valeurs étaient fondées sur des mensonges ? Au moins, entre Flopie et lui, n'y avait-il pas de mensonge. Le mensonge, aujourd'hui, c'était lui qui le faisait. Et il n'aurait sans doute jamais eu l'idée de mentir à la Société, si la Société ne lui avait menti d'abord. Mais depuis ce président, M. Lamarre, ses amis et relations et autres zélateurs du culte du père de famille, jusqu'à ce gros maire radical et vieillissant que la peur de la mort et le désir de se faire élire avaient soudain ramené dans le giron de l'Église, afin de se préparer une belle fin et d'avoir droit à une belle cérémonie, cet homme qui lui avait tant promis en se disant qu'au bout de six mois une promesse ne signifie plus rien, et que d'ailleurs la montée naturelle des prix suffirait à éliminer Didier au bon moment, – tout le monde lui avait menti. Eh bien, il allait leur mentir à son tour, et ce mensonge serait agréé, contresigné par eux, cela deviendrait un beau mensonge officiel, enrubanné, un petit document historique. Je viens vous dire que j'ai fait un enfant à cette fille, dans un instant d'aberration sans doute, mais enfin je reconnais la chose, et comme il est possible que je disparaisse de ce monde avant terme, je vous fais la présente déclaration, aux fins de... Voilà ce qu'il allait dire à ces hommes solidement cravatés, représentants irréprochables de la pure société irubienne. Je suis le père de l'enfant de Flopie que vous voyez (Flopie comment, au fait?). Peu importait. Fille ou garçon, il s'en foutait, on n'aurait pas besoin de l'asticoter là-dessus. Il allait dire cela devant ces messieurs médusés et respectueux, car toute naissance est un événement respectable et qui intéresse la Statistique, et l'on sait qu'au jugement des rédacteurs d'*Irube-Éclair*, un bébé équivaut au moins à deux adultes, comme on pouvait le déduire de l'article de tête du numéro de ce jour, puissamment intitulé : « Un rapide télescope une voiture à un passage à niveau : cinq morts (dont trois bébés). Qu'importent les parents du bébé déchiquetés sur la voie? Ce qui donne du prix à un crétin, c'est le petit crétin futur qui se dessine à travers lui. La valeur de Flopie avait doublé depuis qu'elle avait l'espoir d'être mère, et lui, Didier, profitant de la situation, la sienne allait doubler d'ici quelques instants, par le fait d'une simple signature, si seulement il avait la force de couvrir la distance qui le séparait de la Mairie. Et est-ce que par hasard il n'aurait pas droit du même coup à quelque allocation? L'imbécile! Il n'y avait pas pensé!... Après tout, il n'en était pas très sûr, mais l'extrême et sordide bouffonnerie de cette supposition ! Des allocations pour un gosse conçu sur le plancher d'un camion et probablement voué au crétinisme le plus absolu, alors que la publication de ses *Aspects de la Contemplation* en 1938, résultat d'un effort prolongé, et assez méritoire en somme, et preuve non équivoque, jusqu'à plus ample informé, de l'existence chez son auteur d'une faculté que l'on peut appeler intelligence et qui n'est nullement la mieux partagée, ne lui avait pas valu la plus modeste pension de l'État ! La République n'a pas besoin de savants, c'est bien connu, et l'auteur des *Aspects de la Contemplation* peut bien crever. Et si les messieurs se montraient curieux et lui posaient quelques petites questions, eh bien il répondrait ce qu'il voudrait, n'est-ce pas, et ils seraient obligés de tout consigner dans leurs beaux registres à étiquettes rouges. Voilà ce qu'il allait faire, et pourquoi il était sorti avec Flopie ce jour-là sous une pluie battante, pendant que les Maillechort la cherchaient aux quatre coins de la maison et qu'ils l'appelaient en jurant. L'image d'Arlette lui apparut, sublime, dans un petit nuage, telle qu'il l'avait vue la dernière fois avec Jacques quand il les avait conduits au train, Arlette avec son léger foulard sur la tête, lui faisant des signes par la fenêtre près de Jacques, excité et remuant, ayant toujours l'air de s'attendre à la visite *in extremis* du photographe délégué par *Match*. « Jacques et Arlette Péry surpris au cours de leur voyage de noces... derrière leurs adorables visages se dessinent, sur un fond musical emprunté à Mendelssohn, sur un fond pictural dû à Watteau, les rivages des Baléares. » Les Baléares. Les Canaries. Les Borromées.

Les autres îles. Toutes les îles. Monsieur, regardez bien : ce trottoir que vous apercevez dans le champ de vos jumelles, au bord duquel un homme est arrêté sous un parapluie avec cette fille... comment l'appelez-vous ? Flopie ? Euh... euh... Eh bien, cette grande place vide, si vide, qui s'est appelée hier place Pétain, qui s'appelle aujourd'hui place de Gaulle, tellement l'histoire va vite, avec son kiosque à dentelles, ses petits arbres de loin en loin pour marquer l'étendue, et le joli brouillard qui voile le fleuve, et derrière le fleuve, la Mairie, encadrée entre ses immeubles noirs, d'utilité publique... Que dites-vous de cette vue ?... Sur l'autre bras du fleuve, invisible, les usines remplissent le ciel d'une lueur peu rassurante, toute la nuit les nuages bas resteront illuminés d'un reflet d'incendie, tandis que résonneront les voix des haut-parleurs : « L'équipe n° 1 au travail... L'équipe n° 1 au travail... » Des sirènes de bateau mugissent, des appels se croisent sur la mer, et au loin, beaucoup plus loin, cette cathédrale écartelée sur la colline, pourquoi si loin ? Serait-ce un rêve ? Si elle était plus près, à une distance accessible, j'y entrerais peut-être, j'irais déposer sur ces dalles un peu de cette fatigue démesurée qui m'ôte toute pensée, qui me dépersonnalise, comme ils disent, et quand il n'y a plus personne, que voulez-vous dire ? C'est plutôt midi. Midi à Saint-Thomas d'Aquin. Midi à Saint-Philippe du Roule. Mariage en blanc, traînes, dames en robes d'organdi, messieurs en noir, très boutonnés, très plastronnes ; petites filles couronnées de roses, avalanches de dragées, tout cela très blanc : il n'en faut pas moins dans les bonnes familles pour perpétrer la chose que le gros Georges avait faite dans le camion... Aux autres, un gosse ça donne de l'importance, ça double leur volume ; moi, en faisant cela, en acceptant de devenir le père de l'enfant de Flopie, je me débarrasse de ce qui peut me rester d'importance, c'est le phénomène inverse. Je veux leur dire aussi que, si je meurs, Flopie héritera de tous mes biens. C'est plus compliqué, cela, il doit falloir un notaire, non ? Tous mes biens – c'est-à-dire ma bibliothèque, les caisses de bois blanc, les malles, un pantalon que je ne porte jamais, dont elle pourra peut-être tirer une jupe, et naturellement les droits d'auteur sur mes *Aspects de la Contemplation*, ainsi que sur *Taudis et Vie spirituelle*, copyright G.G. 1954.

Il se frappa le front. Parbleu ! Le titre si longtemps cherché, il le tenait enfin, sans équivoque, et du même coup ce titre donnait un sens à la masse inorganique de ses notes et réflexions dont il n'était jamais arrivé à faire un tout, une chose vivante. Ce titre à lui seul était un coup de génie, il introduisait le mouvement désiré, il justifiait tout ! Malheureusement, en même temps, il prit conscience d'une désagréable sensation de froid. Il était tombé à deux genoux dans la boue, au pied des marches qui conduisaient au kiosque, il avait dû buter sur un obstacle alors qu'ils étaient en train de le contourner ; ils avaient mis le cap sur le kiosque, pourquoi ? C'était un refuge, une étape, une île au milieu de la vaste place à traverser, un point de repère dans ce brouillard où ils tournaient en rond et dans les subites trouées duquel tantôt la masse sombre de la Cathédrale, tantôt la silhouette lointaine des bâtiments entourant la Mairie se présentaient à leur vue dans une perspective giratoire qui se refermait aussitôt. Il vit Flopie penchée sur lui, le tenant énergiquement par les épaules, essayant de le soulever avec un murmure de mots affectueux. Ils étaient presque à l'abri sous la tôle dentelée du kiosque, qui rappelait à Didier les gaufres que l'on vendait autrefois au coin des places, au temps où il était enfant.

– Tu as mal ?

– Non. Qu'est-ce qui m'est arrivé ? Y a-t-il longtemps que je suis là ?

– Mon chéri (était-ce bien ce qu'elle lui dit ?), tu as buté sur une marche et tu es tombé, tout simplement. Tu n'as pas l'air très solide aujourd'hui, vois-tu.

– Je ne comprends pas, dit-il en s'asseyant au pied du kiosque et entraînant Flopie à faire de même. Tout à l'heure, nous nous tenions si bien ; je ne serais jamais tombé si nous avions continué à nous tenir ainsi. Peut-être que si nous n'étions jamais descendus dans cette ville...

– Voilà, dit-elle avec tristesse. J'étais sûre que tu allais dire cela... Je suis sûre que tu regrettes, maintenant...

– Le chemin est plus qu'à moitié fait, dit-il. Il n'y a pas de raison pour ne pas aller jusqu'au bout. Pour peu que cela te fasse toujours plaisir que ce gosse ait un nom autre que le tien, quoique je n'en voie vraiment pas la nécessité... Au fait, ton nom – je ne voudrais pas t'ennuyer avec des détails de pure forme, mais il se peut qu'on me le demande tout à l'heure dans les bureaux –, quel est-il ?

– Mon nom ? – Elle rougit un peu. – Manessier.

– C'est très bien, dit-il. C'est un beau nom. Flopie Manessier ? C'est ça ?

Elle rit.

– Flopie est un nom qu'on me donne, dit-elle. Je m'appelle Françoise. Tu ne voudrais pas en plus que je te raconte encore une fois mon histoire ? Je n'avais pas tout à fait quatre ans, quand c'est arrivé. Mon père travaillait comme électricien. Ma mère faisait des ménages. Un jour, juste avant la Noël, les parents sont partis à bicyclette pour aller m'acheter des jouets à la ville. Ils ne sont pas revenus. Fauchés par une voiture, des jeunes gens qui allaient aux sports d'hiver. J'ai gardé les journaux, tu pourras voir... C'est comme ça que je suis restée toute seule avec la grand-mère paralysée. Quand je raconte tout ça du même coup, ça fait rire...

Didier ne songeait pas à rire, mais il pensait au beau titre que l'abbé Singler aurait pu tirer d'un tel accident, à la une : « Une voiture fauche deux personnes moins un bébé... » Ou : « Le bébé était heureusement resté chez lui... » La pluie tombait finement autour d'eux, une sirène hululait au loin dans l'estuaire, réclamant le passage. Ils se pressèrent contre la grille fermée du kiosque dont l'auvent les protégeait mal. Des rafales de vent leur vaporisaient la pluie à travers la figure, leur mouillaient les yeux.

– Et c'est comme ça que tu es devenue Flopie, dit-il après un long silence, une fille qui court et qui jappe autour des camions. On ne croirait jamais à une histoire pareille quand on te voit avec ta jolie petite tête, ton air animé ; on ne dirait pas que tu es une fille d'écrasés. Et comment en es-tu arrivée chez les Maillechort ?

– En face de la maison, il y avait une auberge. Quand ma grand-mère est morte, j'étais encore gosse, les aubergistes m'ont recueillie. Tu sais, quand on n'a plus personne, on fait tous les métiers qui se présentent. Une fille sans parents, ça n'est jamais pris très au sérieux. Avec le temps, l'auberge s'était agrandie, était devenue prospère. Les automobiles s'y arrêtaient. Moi, ça ne me déplaisait pas. Mais quand les gens savaient que je n'étais pas la fille des patrons, ils essayaient aussitôt de prendre des libertés. Ils me poursuivaient sous les tables... C'est comme ça que j'ai rencontré Stef Maillechort. J'avais treize ans.

– Sous une table ? demanda Didier.

– Je suppose que, cette fois, tu ne veux pas que je te raconte ça dit-elle.

Didier la laissait dire, il était encore mal remis de sa chute et le vent l'empêchait à peu près d'ouvrir la bouche Il toucha le petit genou rond de Flopie : quelle santé ! Mais, chaque fois qu'il se laissait aller à un attendrissement de cette sorte, du même coup il sentait revivre sa haine pour le gros Georges. Il n'avait pas besoin de toucher d'elle autre chose, de la regarder en face. Il savait tout par ce petit genou rond et pur comme un galet. Où la pureté va-t-elle se nicher ! Ce petit corps aussi était fort bien proportionné, d'ailleurs. L'électricien n'avait pas raté son affaire avant de se faire écraser par une voiture. À espérer qu'elle n'avait pas non plus raté la sienne avant de se faire écraser par le gros Georges. Et pourtant, perdue comme elle était, et malgré les pensées vulgaires que lui inspirait son aventure – c'était forcé –, son salut était encore hors de sa portée. Il ne pouvait rien inventer au-delà de ce qu'il avait imaginé de faire aujourd'hui et qui se présentait soudain sous l'aspect d'une chose inaccessible. Le sang lui battait aux poignets, à la gorge, aux tempes. Une impression d'immense faiblesse l'avait envahi. Flopie, en se tournant, aperçut son visage blanc, aux yeux cernés.

– Je crois que tu ne pourras jamais aller jusque-là, dit-elle. Il y aurait peut-être des taxis quelque part, mais je n'ai pas pris d'argent.

– Moi j'en ai un peu, dit Didier. Mais on ne trouve de taxis qu'à la gare, et elle est encore plus loin que la Mairie. Nous devons procéder avec prudence. Ce que nous devons faire, Flopie, c'est aller nous reposer d'abord, nous réchauffer un moment dans le café qui doit être là en face de nous, à l'angle de cette place d'où nous venons, et repartir ensuite de plus belle si nous pouvons.

– C'est d'accord, dit Flopie. Mais peux-tu seulement te lever ?

Se lever n'était peut-être pas le plus difficile. Pourtant, ils s'étaient laissé engourdir par le froid, Didier était maintenant tout raide et il eut peine, même avec l'aide de Flopie, à délier ses membres. Il s'accrocha au poing d'acier de la jeune fille, à cette frêle et forte main habituée aux tonneaux, à la pompe à huile. Alors elle tira et le fit pivoter sur lui-même plusieurs fois comme une simple toupie, de façon à l'amener progressivement à la station debout. Ainsi projeté, rendu à une taille normale, il se trouva debout contre elle – elle avait elle-même opéré un redressement pour ne pas être entraînée en arrière par son effort – comme s'il l'étreignait dans un irrésistible mouvement de passion, fort satisfaisant à n'en pas douter pour les personnes qui auraient pu contempler la scène. Et ne serait-il pas plus simple, se dit-il, de tout faire ainsi ? Qu'a-t-on besoin de sentiment ? Cela lui rappelait certains rêves où, dans cette position, dans ce corps à corps vertical qui semble préparer les êtres accouplés à une ascension merveilleuse, il avait connu une félicité sans égale. Ainsi les plus beaux rêves se réalisent-ils un jour, et, sous la pluie fine et persistante, au pied du kiosque à musique vide de musiciens mais musical par lui-même, il pouvait connaître, debout contre Flopie qui fermait les yeux, un instant pareil à une extase. Maintenant, il s'agissait de retraverser la place en tournant le dos au kiosque et cela n'allait pas être facile ; de ce côté, en effet, le vent soufflait contre eux et il fallait la petite poitrine dure de Flopie pour n'être pas incommodée par le choc. Elle lui conseilla de quitter son bras, s'il pouvait, tandis qu'elle irait en avant pour commander une boisson chaude, de façon qu'il n'ait pas à attendre, et même elle pourrait lui apporter un peu de rhum là où il se trouvait. Il l'encouragea dans cette intention, plus par signes que par paroles, et elle s'évanouit à ses yeux. La ville autour de lui était de pierre et le vent soufflait, venant de l'esplanade qui longeait le port et s'abattant sur la place du kiosque où il s'avançait, seul, de biais comme un crabe, le foulard remonté devant sa bouche, pour éviter la suffocation. Il n'y avait que pierre et que vent et, derrière, le kiosque avec ses frêles colonnes dont le toit avait été enlevé par la tempête, une nuit, et était aller coiffer un arbre à quelque distance de là. Un vaste café s'étalait à l'angle de la place, sous des arcades, au terme de ces terrains déserts, avec, semblait-il, des chaises empilées sur la terrasse et des claquements de store. « Paula », pensa-t-il furtivement. Pourquoi Paula ? Réminiscence lointaine d'un jour où, attendant le tramway à l'ombre d'un store, il l'avait vue venir à lui, à travers toute l'étendue de l'esplanade farouchement ensoleillée, la démarche libre, son sac en bandoulière, caracolant contre sa hanche. Paula toute blanche et ensoleillée, avec sa hanche blanche et ses seins blancs. Un coup de vent plus fort faillit le coucher par terre, il résista, mais la respiration lui fut enlevée et il resta un long moment immobile, suffoqué, ne pouvant plus avancer ni émettre un son. Eût-il crié, il n'y avait personne pour l'entendre. Il pensa qu'il allait mourir là, asphyxié, faute de secours... Un effort encore. Ses mouvements devaient être des plus étranges. Il aperçut une vieille femme au loin, qui avait l'air de se débattre comme lui ! Si elle pouvait venir dans sa direction !... Mais non, elle lui tournait le dos, ou plutôt elle tournait sur elle-même et, si elle le voyait, c'était sans doute pour lui adresser le même souhait. Quel vent ! Jamais, même pendant les années d'enfance qu'il avait passées au bord de la mer, il ne se rappelait avoir eu à lutter contre un vent comme celui-ci. Il ne voyait plus. Le vent lui bouchait les oreilles, l'aveuglait, lui enfonçait comme un poing dans la gorge, il haletait. Un peu plus et il allait cesser de respirer, sa conscience allait s'évanouir dans ce vent, être plongée dans le fleuve, être dissipée sur la mer. Ses yeux pleuraient, il ne pouvait plus les ouvrir. Il vit, dans un clin d'œil, une mouette passer au-dessus de lui, blanche et vigoureuse, pareille à une belle jeune fille, pareille à Paula l'intrépide. Une mouette au cœur d'Irube, c'était signe de froid, de mer déchaînée. Les façades étaient maintenant tout près de lui mais les larmes les lui dérobaient et, à mesure qu'il approchait des piliers soutenant les arcades, le vent tournoyait plus furieusement, le soulevait, il fut plaqué contre un des piliers comme un simple oripeau, essaya de reprendre son souffle, s'engouffra tête baissée dans le café où il se laissa tomber sur un siège sans rien demander.

Flopie était accourue.

– J'allais sortir à ta recherche. Tu es pâle. Mais comme tu es pâle ! Mais qu'est-ce que tu as ? Hélas, ce n'est pas le bon café. Tu vois ces chaises empilées sur les tables, c'est le jour de fermeture, en principe la porte devrait être fermée, mais il y a des ouvriers, c'est pour ça. Naturellement, ils ne pouvaient rien nous donner, pas même un verre d'eau chaude, ils n'ont que de la peinture blanche dans leurs pots. Mais il paraît qu'il y a un autre café tout près, sous les mêmes arceaux, presque aussi grand que celui-ci et j'espère moins glacé, il y a heureusement beaucoup de cafés dans Irube, cher Didier – je peux t'appeler Didier, n'est-ce pas ? –, moins certainement ici qu'autour de la Mairie, mais tout de même en nombre suffisant, le petit plâtrier qui est là me l'a dit.

Didier aperçut le petit plâtrier tout en blanc, qui ressemblait tellement au Jardinier, avec des taches blanches sur sa veste blanche, et il y avait aussi une petite tache blanche sur le manteau rouge de Flopie. Comment lui en vouloir, si elle avait perdu ses parents si tôt ?

– Eh bien, dit-il, s'il faut aller plus loin, sortons. Nous avons besoin d'un peu de chaleur. Il fait ici un froid russe.

Courants d'air, solitude, chaises sur les tables, oui, quel désert ! Allaient-ils s'en tirer ? Pouvait-on jamais s'en tirer ? L'Allemagne, les colonies, l'organisation mondiale, la lutte des classes, maîtres et serviteurs, patrons et ouvriers, j'apporte mon fric, toi tu n'apportes que ta vie, le partage est équitable, tu la passeras, simple numéro, pion interchangeable, à bosser éternellement dans les entrailles de la terre, ou derrière ta machine-outil, dans l'atelier dont l'air est aux trois quarts silicate de calcium, un peu de sable, si fin qu'il ne se voit pas, je te donne du travail, le plein emploi, qu'est-ce que tu veux de plus, salopard ?...

Il fallut se traîner jusqu'à la rue suivante où, sous les mêmes arcades, ils trouvèrent un café tout pareil, presque aussi grand, presque aussi froid, mais avec un poêle au milieu de la salle, et la caissière trônant devant le poêle dans une espèce de tribunal d'où elle surveillait les rangées de banquettes rouges. La salle était à peu près vide. Des cadavres jouaient aux cartes dans un coin, mais, à part ça, c'était quand même un endroit vivant, social. On pouvait, après avoir repris son souffle, se remettre ici à espérer, songer à édifier quelque chose, à reprendre sa vie en mains. C'était un lieu pour ça, un lieu possible. Surtout avec cette caissière, très grosse bien sûr, qui vous souriait dès l'entrée d'un air encourageant, vraiment humain. N'était-elle pas un peu enceinte, cette caissière, et même considérablement ? Difficile de s'en convaincre, car son ventre disparaissait derrière la caisse, mais à un mouvement qu'elle fit, elle parut soulever un monde. Tout cela avec naturel, et toujours souriante, elle devait être toute jeune au fond. Était-ce elle, et l'état avancé où elle se trouvait, qui mettait alentour une telle note de solennité ? Avec ses velours rouges, ses peluches, ses lustres à pendeloques, ses grands cadres cernant des toiles sombres aux sujets indistincts, ce lieu ressemblait à une église. Il y avait même un silence, non pas un silence de mort, mais un silence chargé d'attentions, d'intentions, et, pour tout dire, de respect. Didier songea au vent qui continuait à secouer la toiture du kiosque, à jouer entre ses frêles colonnes, à hurler autour des arcades, et fut réconforté. Il reprenait lentement vie, mais il avait encore de la peine à respirer et ne pouvait parler. Non, c'est trop beau, se disait-il. Quelle belle heure ! Pouvoir connaître ceci encore une fois !... Il aurait voulu pouvoir se lever et aller parler à la caissière, il eût aimé lui faire raconter sa vie, et comment cela lui était venu – surtout qu'on ne l'imaginait pas en dehors de sa caisse, perchée probablement sur une haute chaise à échelons où ce devait être un travail de se hisser. « Trop beau... Si nous nous asseyons ici, nous n'en bougerons plus. Dans un quart d'heure, Flopie se mettra à m'embrasser, et peut-être que je lui rendrai ses baisers, ne sachant que faire, et nous nous éterniserons dans ce lieu, dans cette gloire des glaces et des ors. Il faut partir. On nous attend. De l'autre côté de cette place si difficile à traverser, de ce ciel subversif, de ce fleuve tournoyant, là est le destin de Flopie... »

– Allons-nous-en, murmura-t-il avec effort.

– Mais, mon petit... dit Flopie sur un ton alarmé (avait-elle dit « mon petit » ?). Non, tu n'es pas assez reposé. Jamais tu ne pourras... Songe au vent qui souffle.

– Mais comment est-ce que ça peut être si loin ? gémit-il. Je ne m'étais jamais imaginé la ville comme ça. Ne peut-on consulter un plan quelque part ?

Un plan ! Flopie s'amusa beaucoup à cette idée. Tout de même, Irube n'était qu'Irube. Elle connaissait, elle. Cependant, elle avait l'air de vouloir le retenir, sans doute, se dit-il amèrement, parce qu'elle sait qu'en agissant ainsi elle fait au mieux pour me décider.

– C'est vrai, dit-il. Tu es si peu couverte. Tu m'effraies. Surtout dans l'état où tu es... Songe que la plupart des femmes... Tu devrais être gâtée, dit-il en promenant son index sur sa joue. Ma pauvre gosse !

Elle avait cette joue d'un grain très fin qui la faisait ressembler aux femmes qui ont été soignées dès l'enfance, et Didier était toujours surpris de la voir sourire et de tout ce que ce sourire découvrait de joli. Quoiqu'elle portât la tête assez fièrement, en relevant son petit front dans un mouvement presque de défi, tout à l'inverse de Betty toujours plongée dans l'humilité la plus frileuse, son sourire, cependant, était plus animé et provoquait davantage à la réplique, était une communication plus intense.

Didier avait toujours résisté jusque-là à la faiblesse ou à la tentation de descendre jusqu'au niveau des femmes avec qui il se trouvait, et, même du temps de Paula, s'il voulait être sincère, si haut qu'elle lui apparût, il devait confesser qu'en lui parlant ou en se taisant auprès d'elle il restait toujours dans une sorte d'empyrée où elle n'avait pas accès, où peut-être elle n'aurait pu respirer ; et maintenant, au contraire, il se sentait, il se voulait aussi bas que Flopie, plus bas que Flopie même, parce qu'il fallait bien aller la chercher où elle était et que, pour la soutenir et la soulever, il devait même se placer un peu plus bas qu'elle. Et s'il est vrai que dans un tel effort quelqu'un est toujours dupe, il voulait au moins que ce fût lui.

Ils sortirent du café, entre deux femmes de bronze supportant des torches. La pluie, roulant sur l'auvent, tombait à leurs pieds en rideau. Ils franchirent cet obstacle en se soutenant l'un l'autre, mais leur tentative pour aller plus avant ne fut pas heureuse et, comme ils arrivaient en vue des halles qu'ils avaient encore à traverser pour accéder au pont, il leur vint, de ces étendues découvertes et inhospitalières, une telle rafale de vent que cette fois Flopie elle-même fut arrêtée. Ils avaient beau marcher serrés l'un contre l'autre, peut-être en vertu de l'habitude prise en si peu de temps, ils durent cependant refluer vers la rangée des maisons qui bordaient le quai en cet endroit et qui étaient protégées elles aussi par une série d'arcades, et placées en contrebas, de sorte qu'on descendait sous les arceaux par des marches situées entre les piliers, ce qui donnait à cette partie de la rue un air intime et un peu secret. Ici la ville ne craignait pas de s'encanailler quelque peu et l'on n'avait plus affaire à des banques ou à des magasins de couture, mais à des maisons de pêcheurs et de maraîchers, à d'humbles boutiques d'herboristes ou de pharmaciens dont les vitrines s'embellissaient encore de bocaux rouges et bleus aux lueurs mystérieuses. Didier avait descendu presque automatiquement ces marches, ou plutôt y avait été précipité par le vent, toujours au bras de Flopie, et ils étaient entrés droit devant eux dans une espèce de caboulot dont la porte s'ouvrait entre des montagnes de cageots. Des hommes en blouse, d'autres en combinaison bleue, des pêcheurs ou des ouvriers pour la plupart, quelques dockers, discutaient bruyamment. Une arrière-salle un peu moins encombrée, relativement propre, donnait sur une rue parallèle et avait vue sur un talus d'herbe. Là venaient expirer les remparts de la ville, que la municipalité était en train d'« aménager » en vue d'un emploi incertain, en les détruisant de fond en comble et d'abord en abattant les ormes, porteurs de rêves et d'oiseaux, dont l'élan et la transparence, en même temps que l'admirable architecture, avaient fourni pendant des années un peu de bonheur aux habitants ou à ceux qui passaient, à défaut du confort et des perfectionnements sanitaires qui leur étaient et leur resteraient encore longtemps refusés. Didier et Flopie, comme poussés par la rafale entrée avec eux, se trouvèrent assis sur un banc de bois, à une table de bois, près de deux hommes dont l'un s'attardait, devant son compagnon médusé, aux préambules interminables d'une histoire. « Il me dit : Est-ce que tu es un homme ? – Je réponds : Oui. – Est-ce qu'on peut te parler d'homme à homme ? – Oui. – Eh bien, il faut que je te parle franchement. Franchise pour franchise, qu'il me dit. D'accord ? – Puisque je te le dis... » Didier était au supplice sur ce banc, il lui semblait qu'il aurait été mieux debout et il quitta le banc pour un escabeau et s'assit en face de Flopie, le dos au mur, mais il était à peine mieux et ce siège ne lui offrait aucun appui. Une douleur qui allait jusqu'à la détresse lui tenaillait l'échine et l'empêchait de penser. Il faisait un terrible effort pour se tenir à peu près droit, mais, au bout de peu d'instants, il se retrouva affalé sur la table et il ne s'en aperçut qu'en lisant l'étonnement, l'espèce de réprobation qui se manifestaient dans les yeux de Flopie. Un moment plus tôt, elle l'eût soigné, se fût inquiétée, mais maintenant, devant ces hommes, elle devait se sentir un peu honteuse. Ce n'était pas seulement Flopie qui le regardait ainsi, mais tous ces hommes, et leur regard constituait visiblement un blâme, et l'attitude même de Flopie ne faisait que se confondre sur ce point avec celle de ces solides garçons en combinaison bleue, aux cheveux drus, ou des jeunes plâtriers qui avaient laissé leur échelle et leurs bicyclettes contre le mur avant d'entrer. Tu vois, semblait dire Flopie à Didier en promenant ses regards d'eux à lui, ceux-là sont capables de circuler à bicyclette avec une petite échelle sur l'épaule, qu'en dis-tu ? Bientôt, il ne serait plus assez bon pour le peu de chose qu'il était venu faire, du moins lui prêtait-il ces pensées, mais il la vit avec surprise avancer la main vers la sienne et lui prendre les doigts pour les mêler aux siens. Il leva les yeux vers elle et son regard vacilla. La chaleur de cette salle enfumée et bruyante le prenait à la gorge, en même temps que l'étourdissaient les allées et venues incessantes, l'air vif et humide chaque fois que la porte s'ouvrait, le vacarme des escabeaux sans cesse déplacés, les voix et les rires de ces hommes que leur métier avait habitués au grand air et dont les manches de vestes étaient gonflées de muscles puissants. Il en était au point où émettre un son équivaut pour un homme sain à remuer une masse de fonte. Par la porte-fenêtre, il regarda le talus et un coin du chantier nécessité par l'aménagement du rempart. Un énorme camion à benne, tout retentissant de fer et de tôle, vint s'arrêter à proximité du talus dans un crissement de freins sur-aigu. Un homme aux tempes grisonnantes, à la peau bistre, du type africain, revêtu d'une canadienne élimée, en descendit péniblement. « Les hommes qui travaillent ne sont pas toujours bien portants, » pensa Didier. L'homme fit le tour du camion à cloche-pied – il semblait avoir une douleur à la jambe –, et vint soulever le panneau arrière avec effort. Il considéra un instant la charge de graviers contenue à l'intérieur de la benne, la chatouilla avec un bâton ramassé par terre, comme si la légère déclivité sur laquelle le camion se trouvait arrêté devait suffire à la basculer sur le sol. Cette inspection parut le décourager. Il revint vers la cabine, s'arma d'une manivelle, la fixa sur le côté de la benne et se mit à tourner. La charge était lourde, à chaque tour de manivelle son visage se crispait. Plus la benne se relevait, plus l'effort à fournir était grand et les graviers accumulés ne se décidaient toujours pas à couler. Il lui fallut relever la benne au maximum pour amorcer la chute. L'homme souffrait si visiblement que Didier espérait que quelqu'un autour de lui se lèverait pour lui porter assistance. Il en avait oublié sa propre fatigue ou peut-être l'avait-il égoïstement transportée à l'intérieur de l'homme, et était-ce lui-même qu'il avait envie d'aider. Il se souleva plusieurs fois de son escabeau, comme s'il allait se décider à intervenir. Il voyait le dos courbé par l'effort et imaginait, chaque fois que la manivelle se relevait, le tiraillement des muscles. Personne, dans la salle, ne s'apercevait de rien, tout cela se passait dans la plus anonyme des solitudes, comme si l'autre avait été à des kilomètres. S'il avait pu au moins lui parler, l'encourager, montrer que quelqu'un était là qui s'intéressait à sa peine... Pourquoi un tel geste n'était-il pas possible ? Mais pourquoi ne l'eût-il pas été, au contraire ? Et s'il fallait aller plus loin – car pourquoi se contenter d'un regard ? Tiens-tu à mourir dans ton lit, comme un bourgeois ? Ou estimes-tu ta vie plus précieuse que celle de ce pauvre diable qui s'esquinte sur son camion ? Les derniers graviers glissaient plus lentement, Didier les entendait racler légèrement le fond sonore de la benne... Trop tard !... Ensuite, on peut laisser la benne redescendre de son propre poids, mais encore faut-il la freiner en serrant l'axe dans la paume de la main, ce qui n'est pas non plus un travail très doux ; puis repartir, aller charger une autre benne, jusqu'à ce qu'on ne sente plus ses mains, que les muscles soient déchirés, pendant que celui qui commande est assis dans son bureau, rédige des mémoires, touche l'argent. « Plusieurs fois, écrivait Moreau, j'ai demandé à Antoine de me montrer ses mains. Des cals... et, çà et là, des hématomes larges et profonds. Deux heures après le travail, elles brûlent encore. » « Si je le vois revenir... » pensa Didier. Mais, à cette heure-là, il y avait peu de chances pour qu'il revînt...

– Moi aussi, dit-il à Flopie qui, tournant le dos à la porte, n'avait rien vu de cette scène, moi aussi, naturellement, je voudrais bien pouvoir rouler à bicyclette avec une échelle sur l'épaule, et il y a quelques années, je l'aurais fait si on m'y avait un peu encouragé. Certes, je ne peux plus, mais je puis faire d'autres choses que ceux-là ne pourraient pas faire, et pendant longtemps je me suis enorgueilli d'être capable de les faire.
– Quoi, par exemple ? dit Flopie, ouvrant de grands yeux.
– Ce serait trop long à dire... dit Didier. Par exemple, l'œuvre que j'ai entreprise, sur le sens de la vie spirituelle, etc., avec des textes écrits par des tas de gens au cours des siècles, dans tous les pays du monde. C'est curieux, ça, hein ? Bon. Mais, après avoir fait tout ce travail, je pense que si, aujourd'hui, j'étais capable de rouler avec une échelle sur un vélo, et si je le faisais, cela aurait un tout autre sens que ça n'en avait pour moi il y a quelques années, et que ça n'en a pour tous ces types à qui tu le vois faire. Un moine qui descend dans la mine, comprends donc, son travail ne vaut pas plus objectivement que celui d'un autre, mais, ce qui est fait librement, en renonçant à des privilèges élevés, pour épouser une cause... Je... Est-ce que tu me suis ?...

Flopie fit un geste évasif. Évidemment... Le visage de Didier se crispa. Il baissa la tête. « Non, cela non plus, bien sûr », se dit-il. « Alors quoi ? Rien ?... » Il conçut combien était absurde ce qu'il avait été sur le point de dire à Flopie. Être un saint, non, même pour ça il faut de la santé. N'est-ce pas pour cela qu'il résistait depuis toujours, qu'il résistait de toutes ses forces, qu'il jouait désespérément à imiter les gestes, la vie d'un homme bien portant ? Il pouvait épouser Paula, et... Oui, personne ne se serait aperçu de la supercherie. Il ne l'avait pas fait, la voie restait ouverte, mais il n'avait plus assez de forces pour s'y engager. Souffrir – c'était tout ce qu'il pouvait faire. Il n'y a eu qu'un saint, d'ailleurs, et il était inimitable. Un grand signe apparut devant ses yeux et s'effaça, la figure sanglante d'un homme qu'on frappait, qui étendait les bras. Il y avait de quoi rire. Une voix lui disait : « Ça ne vaut rien, ce que tu sais faire. Souffrir ?... Si tu ne le fais pas pour quelque chose, pour quelqu'un, si tu n'y es pas autorisé... » Voilà donc ce qui lui manquait, ce qui lui avait toujours manqué : être autorisé. Il avait perdu son temps. Il ne serait même pas un saint négatif, il ne lui serait pas donné de boire la ciguë. Il pouvait écrire sur les saints, écrire une vie de saint, exposer les doctrines, parler des mystiques, montrer les degrés, les nuances, les valeurs... Comme un bon peintre. Non, encore n'était-ce pas sûr. Mais souffrir d'une manière valable, autorisée... Peut-être qu'il aurait fallu croire ? Mais les théologiens nous enseignent que la foi est un don de Dieu ? Et quelle foi ? Les croyants qu'il avait vus lui avaient fait perdre la foi. Et pourtant, ce qu'il faisait maintenant, il lui semblait qu'il le faisait pour se sanctifier. Mais peut-on se sanctifier soi-même ?

— Écoute, dit Flopie, passant les doigts sur les mèches de son front pour les relever, pendant que tu réfléchis, je vais téléphoner... Attends-moi là, tu veux ?

— Téléphoner ? questionna Didier avec le plus grand étonnement.

— Oui, ne bouge pas. Ne bouge surtout pas. Je te retrouve dans cinq minutes.

Il la vit sauter par-dessus son banc, dire un mot au patron et disparaître dans un couloir. Il était surpris que ce caboulot possédât un téléphone. Il remarqua alors que quelques hommes autour de lui parlaient une langue étrangère et il crut reconnaître les raucités de l'espagnol, et que toutes les pancartes du bistrot étaient rédigées dans cette langue. « Peut-être est-elle allée téléphoner dans un magasin », se dit-il. Le patron s'approcha de lui avec une bouteille, remplit son verre sans qu'il pût protester. Il avait une mine avenante et un bon sourire d'homme puissant et cordial.

— Qu'est-ce que c'est ? demanda Didier qui n'avait envie de rien.

Le visage de l'homme s'épanouit. Sa voix sonore, marquée d'un fort accent, résonna aux oreilles de Didier comme une trompette.

— Qué cé ?... Martini !...

Il leva la bouteille, la tourna complaisamment du côté de l'étiquette. Didier fit une légère grimace. L'odeur qui montait de son verre l'écœurait. Si encore ç'avait été du cognac, de l'eau-de-vie, quelque chose de net, de sec, de réchauffant. Mais ça… Ce n'était même pas du Martini, d'ailleurs. Il trempa ses lèvres, reposa le verre avec effort. Ses mains tremblaient. Le patron était toujours près de lui, énorme, paternel.

– Ce n'est pas lé premier de la zournée, hé ?

Pour un peu, il lui aurait tapé sur l'épaule.

– Vous êtes de quel pays exactement ? demanda Didier.

– Cantabres… Costa cantabrica… Durango…

– Est-ce que je suis… demanda Didier. Nous sommes ?

Découragé, il montra son verre.

– Simpatetico, dit-il, mélangeant les langues.

Le gros homme s'esclaffa. Il était habitué à rire des plaisanteries pas toujours très fines de ses clients. Il avait l'air innocent et bon. Il devait faire avec la femme que Didier apercevait là-bas, allant et venant derrière le comptoir, un couple satisfaisant.

– Et la femme ? dit Didier. Aussi cantabrique ?

– Eh qué si ! Comment otre ? Ici, todo cantabrico ! Mueblés, assiettés, manzer… Huile, salade… Costoumes. Dépouis trente-et-cinq… En 35, moi ménouisier Durango. Dix-houit ans. Dans la roue, ouné tété qui roulait par terre. Zé verrai toujours…

Ils restèrent quelques secondes muets l'un devant l'autre.

– Et le Martini ? Cantabrique aussi ? dit Didier.

L'homme s'ébroua, comme s'il trouvait la plaisanterie irrésistible. Il s'éloigna avec un air de connivence, la bouteille à la main. Didier songea alors à regarder autour de lui. Les murs étaient revêtus d'une peinture grise très luisante et parsemée d'écriteaux émaillés où la gloire du Byrrh et du Cognac Un Tel se détachait en lettres aux reflets scintillants. Des affiches multicolores recommandaient les prochaines corridas de San Sebastian et les toros de la ganaderia Domenico Alvarez. D'autres annonçaient une romeria, une fête de rues, ou vous conviaient à l'ascension du Monte-Igueldo. « Todo el mundo a Igueldo !… » Il y avait même, au-dessus d'une porte de communication, sans doute pour la couleur, ou pour boucher un trou, une vaste réclame rouge sur fond or : « CAJA DE AHORAS », qui contrastait singulièrement avec les lieux. Les bords de la pancarte, taillés en biseau, jetaient des feux. C'était meublant. Sur l'affiche des Toros, on voyait une scène de corrida toute rouge : le matador tenait la muleta devant la bête au front baissé, dont le dessinateur s'était plu à avantager les cornes. Près de Didier, dans un retrait du mur, étaient disposées deux ou trois logettes séparées les unes des autres par des cloisons, et de la salle par des rideaux verts coulissant sur une tringle. Ces petites loges, qui semblaient vides, intriguaient Didier, et il se demandait quel en était l'usage. Il aurait bien voulu aller voir, écarter un de ces rideaux, mais il n'aurait pu le faire sans se lever, et, en face de lui, les buveurs – à peu près exclusivement des hommes – semblaient avoir les yeux fixés sur lui. « Peut-être, se dit-il, qu'ils s'imaginent que je ne suis pas de leur monde. » Beaucoup étaient entrés depuis qu'il était là, et cela faisait un brouhaha qui montait de plus en plus. Didier retrouvait des impressions de son enfance, quand il pénétrait avec son père, dans les petits cafés du XVe où ils habitaient alors. C'étaient le même bruit, les mêmes hommes, presque les mêmes mots. Par-dessus les mois, les années passés à Irube, dans ces quartiers inhumains, avec des gens faux et avides, Didier retrouvait une province perdue, une patrie, un air de famille. Une Fernande Chotard, une Mme d'Hem, ces êtres de cauchemar, étaient impossibles ici. Comment leur montrer, à ceux-ci – à ces ouvriers aux mains caleuses qui faisaient sonner leur poing sur la table, devant la chopine de vin blanc –, qu'il était avec eux ? Ils avaient une franchise, une nudité dans le regard, une expérience aussi, cet amer savoir du corps qui ne s'apprend pas sur les bancs des facultés et, sous la lassitude de leurs gestes, Didier, avec ce qui lui restait de forces, rejoignait, épousait passionnément leur fondamentale *innocence*, faite d'honnêteté et de vaillance martyrisées. Il avait sous les yeux ces esclaves, ces victimes du régime social qu'il y a cent cinquante ans déjà un Lamennais avait si exactement dépeints, ces hommes qui depuis toujours travaillaient, souffraient pour lui, pour nous, pour nous permettre de vivre à leur place. Leur présence, leur proximité le réveillaient et il aurait voulu se mêler à eux, à leur conversation, mais il était trop chargé de tout ce qu'il avait à leur dire, et son amitié, son admiration étaient de ces sentiments dont le destin est de rester muets.

Des freluquets, habillés en messieurs, à mi-chemin entre le chef de rayon et l'employé de bureau, firent une entrée bruyante et, à peine installés, se mirent à échanger des répliques grossières, comme s'ils étaient là chez eux. L'un d'eux réclama de la musique et le patron passa derrière son comptoir pour allumer le poste de T.S.F. Didier commençait à se réchauffer mais la tête lui brûlait et le sang battait dans ses artères. Il lui semblait, par moments, que son cœur était dans sa gorge, tellement il était gêné et suffoqué par ses battements. Sa fatigue était telle qu'il en arriva à oublier qu'il attendait Flopie, sa conscience faiblissait et il se demanda pourquoi il était là, assis à cette table de bois, sur un escabeau qui branlait, entre ces murs bariolés, dans tout ce bruit.

De temps en temps, le patron ou sa femme passaient devant sa table, un plateau à la main, et lui adressaient un mot ou un sourire, comme s'ils se connaissaient depuis longtemps ou qu'ils voyaient en lui un étranger à apprivoiser. Une idée lui vint, il fit signe à la femme qui s'approcha avec un grand visage sérieux et des yeux nostalgiques sous un vaste front. Didier ne se rappelait plus ce qu'il voulait lui demander, quand l'image de Flopie émergea du brouillard. Il demanda à la femme, en bredouillant, si elle connaissait la fille qui... La femme fit un geste vague ; elle ne se rappelait pas. Il se pouvait qu'elle fût déjà venue, la *guapa* ; il se pouvait aussi qu'elle ne fût jamais venue. Didier lui-même s'étonnait de la question qu'il venait de poser. Pourquoi supposer que Flopie était déjà venue en cet endroit ? Il demanda encore à la femme s'il fallait aller loin pour téléphoner. L'Espagnole redressa la taille, essaya de se rendre compte de sa situation par rapport aux quatre points cardinaux, esquissa des gestes en avant et en arrière, et donna à Didier une explication si complète et si précipitée qu'il n'essaya pas de la lui faire renouveler. Il lui demanda, en guise de remerciement, un verre de cognac qu'il vida d'un trait. Il se sentait plus à l'aise, mais une inquiétude lui vint au sujet de Flopie et il songea qu'il faudrait bientôt aller à sa rencontre, qu'elle avait dû s'égarer dans ce quartier que peut-être elle connaissait mal. Il voulut faire une tentative pour quitter son triste escabeau, mais il en fut empêché par de violents battements de cœur. La chambre d'Arditeya lui parut située à l'autre bout du monde. Il parvint enfin à se lever, alla jusqu'à la vitre et constata que le ciel s'était fort assombri.

Ce fut à ce moment, comme il était debout derrière la vitre et qu'il regardait sous la fine pluie frissonner l'herbe souillée du talus, parmi les gravats qui s'amoncelaient, qu'un bruit confus de moteur vibra au fond de la rue, et le même camion qu'il avait déjà vu vint s'arrêter sous ses yeux, dans les mêmes claquements de fer et de tôle, le même crissement prolongé des freins. Didier sentit une sueur se répandre sur tout son corps. Le camion était large, il remplissait presque la chaussée. «Peut-être qu'ils ont remplacé le chauffeur, pensa Didier. Ce n'est pas possible qu'ils envoient de nouveau ce type éreinté.» Le chauffeur descendit de son siège ; c'était le même, encore plus las. La fatigue, l'épuisement se voyaient dans ses moindres gestes. Il procéda exactement comme il l'avait fait la première fois, sauf qu'il venait de bloquer son camion dans une position plus inclinée, afin d'économiser davantage sur le travail de la benne. Il fit le tour du camion en boitant, releva les taquets, libéra le panneau, et Didier vit apparaître dans la pénombre le tas de gravier grisâtre, têtu, stupide, inexpressif, contre lequel l'homme allait avoir à lutter. Quel âge ? Peut-être soixante ans, peut-être trente ; l'air flétri, comme s'il portait toute la misère du monde. Il était maintenant penché sur la manivelle et Didier voyait son dos se courber, se redresser dans un effort presque comique. Il pensa aux norias du désert, à l'aveugle de Gaza attelé à sa roue. Dans la salle, les conversations allaient leur train – il fallait un naïf comme lui pour s'émouvoir – tandis que dans la rue se poursuivait la scène muette, le dialogue de Sisyphe avec les tonnes de gravier. Le mécanisme grinçait, cela devait manquer d'huile là-dedans, et à mesure que la benne s'élevait, les muscles se tendaient, le corps se pliait ; tout à coup, la manivelle cessa de tourner et l'homme dut s'appuyer contre le camion. «Je n'ai pas le droit, pensa Didier ; non, je n'ai pas le droit... Rester là, au chaud, les mains dans les poches, quand, de l'autre côté...» Il eut, dans une image confuse, comme le souvenir d'un homme succombant sous un fardeau : il entrouvrit la porte et se trouva dans la rue. La fatigue qui l'accablait quelques instants plus tôt avait disparu comme par enchantement : il l'avait déjà constaté, il suffit souvent d'une résolution énergique, d'une impulsion exaltante pour décupler ses forces.

Didier avait surgi par-derrière : l'homme, cramponné à son engin, un gros axe de fer qui n'avait pas eu le loisir de rouiller, ne l'avait pas encore vu.

– Dis donc, mon vieux, intervint Didier avec beaucoup de douceur, on peut te donner un coup de main ?

L'homme se retourna, offrant à Didier sa face ravagée, ses yeux noirs et tristes, de la tristesse des animaux, creusés sous des arcades profondes. Le visage portait des balafres, des égratignures, et la sueur perlait à ses tempes. Didier crut voir le linge de Véronique.

– À deux peut-être, hein ? dit-il pour l'encourager.

Il écarta doucement l'homme, s'empara de la manivelle. Jamais depuis le régiment il n'avait eu l'occasion de faire un tel effort physique. En toute autre occasion, il eût probablement échoué. Mais les nerfs, parfois, pour un moment, tiennent lieu de muscles. C'était beaucoup plus dur encore qu'il ne le supposait. Mais la poignée était restée en l'air et il appuya de toutes ses forces. L'engrenage se mit à grincer, il poussa plus fort, évitant de regarder la benne, les yeux fixés sur le pavé qui s'enténébrait. Quelque chose gémissait dans son corps, craquait dans sa poitrine, mais il avait sur l'ouvrier l'avantage de son ingénuité et d'une décision forcenée : il avait toujours été jusqu'au bout d'un effort entrepris, même absurde, quoi qu'il lui en coûtât. Il essaya de tourner lentement, régulièrement, mais la manivelle, ou lui-même, avait des à-coups, et plusieurs fois son front alla heurter la benne. Les premiers graviers roulant sur le fond métallique firent à ses oreilles un bruit délicieux de cascade. Maintenant cela allait tout seul ; à mesure que la benne se vidait, elle montait mieux, elle fut enfin à bout de course. Didier se frotta les mains l'une contre l'autre pour les rafraîchir. Ses paumes luisaient, toutes rouges, comme enflammées. Un peu de sa sueur, de sa peau, de son travail, de son amour, était resté sur la poignée.

– Voilà, dit-il en se tapant dans les mains.

Dans son enthousiasme, il ramassa une pelle, fit descendre les derniers tas qui restaient collés sur la tôle.

– Voilà, répéta-t-il gaiement. Voilà.

Il était excité, rompu, il avait envie de rire, de pleurer.

L'homme, à ses côtés, ne savait que dire. Un vague sourire s'ébaucha dans ses joues ridées que recouvrait une barbe de plusieurs jours. Didier l'entendit murmurer de vagues remerciements, dans cette langue incertaine et puérile des Nord-Africains.

– Non ! Non ! s'écria-t-il. Je te... Je vous... C'est le dernier, j'espère ?

L'homme eut un signe de tête affirmatif. Il montra le soir qui tombait. Il fouillait dans ses poches pour trouver un bout de cigarette, un mégot. Mais Didier le tenait par le bras, serrant sa vieille canadienne, dans un geste qui ressemblait à une supplication.

– Mon vieux, murmura-t-il. Mon vieux...

Il n'en pouvait plus. Il était contre lui, dans l'ombre de la benne. On aurait dit deux hommes qui se colletaient. Le soir était tombé tout à fait. Didier se retrouva à genoux, tout tremblant, aux pieds de l'homme, ses mains crispées sur les pantalons de coutil et des sanglots lui venaient à la gorge.

Depuis combien de temps avait-il repris sa place sur le tabouret de bois, le dos au mur ? Comment y avait-il été ramené ? Il ne se rappelait pas. Il écoutait, la poitrine écrasée, le sang battre dans ses artères, à ses tempes, à ses genoux, à ses poignets. Les mots que murmurait Flopie à son oreille lui parvinrent tout à coup, ou plutôt, il se rendit compte, au mouvement de ses lèvres, qu'elle lui parlait. Quoi donc ? D'où venait-elle ? Est-ce parce qu'il la regardait déjà avec d'autres yeux que l'acte auquel il s'était préparé lui semblait rejeté tout à coup dans un passé incommensurable ? Il lui sembla, pour la première fois, qu'elle portait des traces visibles de son état. Elle avait par exemple de petites taches brunes sur le visage et des cernes sous les yeux, et pourtant, tout cela ne la rendait pas moins séduisante. Il y avait seulement dans son corps une gravité qu'il n'avait pas remarquée jusque-là.

– Eh bien, dit-il, tu avais disparu ? Tu t'es amusée ?...
– Oh, fit-elle les yeux brillants, je t'ai manqué ?
– Manquer, dit-il, s'agit-il de cela ? Connais-tu l'endroit où nous sommes ?
– Très peu. Un peu. Pourquoi ?
– Aurait-on l'idée de venir t'y chercher ?
– Mais qui ?
– Une idée comme ça.
Elle le dévisagea attentivement.
– Écoute, dit-elle en passant la main sur sa joue, si tu étais moins fatigué... Aurais-tu la force d'aller avec moi jusqu'à la Mairie ?
Il la regarda d'une façon désespérée, car il avait vaguement conscience de manquer à une promesse.
– Flopie, dit-il. Tu ne peux pas te rendre compte. Je ne peux pas te dire... Mais c'est impossible aujourd'hui.
– Tu as changé d'avis, n'est-ce pas ? demanda-t-elle tristement.
– Mais non. Ce n'est pas cela. Je suis très contrarié, Flopie. Je t'avais promis, n'est-ce pas ?
Peut-être la ténuité de cette démarche lui apparaissait-elle, et la considérait-il comme moins sérieuse, moins pressante, presque superflue. Son cœur lui martelait les côtes et il avait une légère sensation de chaleur à la figure. Sa voix s'altérait. Quelque part résonnait le bruit à deux temps d'un train qui passait. Toc-toc, toc-toc, toc-toc... La ligne faisait le tour de la ville et sans doute ne devait-elle pas être très loin.
– J'ai pensé que tu serais fatigué, dit-elle. Mais ne sois pas contrarié. Sais-tu ce que j'ai fait ? J'ai été trouver ces messieurs. Ç'a été dur, tu t'en doutes, mais j'ai fini par les avoir. Ils veulent bien faire une exception. Je leur ai tout expliqué. Ils ont pris les papiers. Ils ont téléphoné au procureur je ne sais pas quoi. Ils vont venir ici.
– Mais qui ? questionna Didier. Il n'est pas possible que...
Il la regardait avec effroi. Il n'avait pas prévu une chose pareille. Son cœur lui faisait mal.
– C'est tout simple, dit-elle. Tout est toujours plus simple qu'on ne croit. Je dois te dire... On m'a indiqué deux

bonshommes. Il y en a un, ça tombe bien, c'est quelqu'un que tu connais…

— Je ne connais pas ces gens-là, dit Didier, retrouvant sa hauteur. C'est impossible…

— Celui qui habite le quartier, tu sais ?

— Non, je ne vois pas, dit Didier. Je ne te supposais pas ces relations.

— Mais c'est toi ! dit Flopie. Enfin tu vois, abrégea-t-elle, ça ira tout seul.

Elle en parlait comme s'il s'agissait d'un méfait à commettre. Qu'elle eût été voir ces gens, Didier était plutôt tenté de trouver cela inattendu, mais, après tout, les Maillechort avaient sûrement des relations à la Mairie, et quant à lui, il n'était plus en état de former une pensée, il avait promis à Flopie, il devait exécuter. Ses actes ne pouvaient plus rien comporter de trouble, de douteux. Tout ce qui, avant, était louche dans cette histoire, était devenu limpide. Comme s'il avait eu une vision, sa vie baignait dans une sorte de lumière à laquelle il ne pouvait mentir.

— Veux-tu boire quelque chose ? demanda-t-il.

Il fit signe au patron qui, d'un air paternel, emplit le verre de Flopie.

— Et pour votre service, monsieur ?

Didier sourit.

— Moi… cognac !

Il n'y avait plus qu'à attendre. À côté d'eux, des hommes venaient de s'installer, petits journalistes du cru ou petits employés de bureau, qui discutaient passionnément de la façon dont on préparait le cognac en Charente. À moins que ce ne fussent ceux qu'il avait déjà entendus discuter au début : « Est-ce que je peux vous parler franchement, d'homme à homme ? Eh bien… » Cela devait être la fin de leur conversation. « Vieille industrie… Cent cinquante mille bouteilles par jour, hein, si tu avais un fût comme ça dans ta cave ?… Font tout eux-mêmes — je parle des types qui fabriquent les fûts… Faut que le bois soit choisi exprès, tu comprends, dans des conditions très définies… Tu piges ?… Après ça, ils enroulent un câble à l'autre extrémité et ils tirent jusqu'à ce que les planches se rejoignent. Ça, c'est du travail, mon petit pote !... Et du plus fin !... »

Didier se redressa un peu, regarda vers la fenêtre. Mais, dans la fenêtre on ne voyait plus que du noir. Les lumières de la salle étaient devenues plus violentes. Les affiches de couleur, les inscriptions, tout brillait maintenant d'un éclat excessif. Il était évident pour tout le monde que cet homme aux traits émaciés, aux yeux sombres, aux cheveux sombres plaqués sur les tempes n'était pas là à son aise, ni peut-être à sa place. Mais où aurait-il été à sa place ?

– Didier, je t'en supplie, murmura Flopie, comme si elle le découvrait tout à coup, n'aie pas l'air si fatigué !

– Mais je n'ai pas *l'air* fatigué, petite fille.

– Tu as mal ?

– Cela va passer, Flopie, ne sois pas inquiète. – Il lui tapota amicalement la main. – Tout sera fait.

La porte s'ouvrit, deux hommes en pardessus noirs très longs et très ajustés se présentèrent, raides et sinistres, comme pour une exécution, se dirigèrent droit vers leur table. Ils avaient sous le bras chacun une petite serviette. Flopie leur fit un signe d'entente et alla dire quelques mots au patron; elle bondissait plutôt qu'elle ne marchait; elle n'avait encore rien perdu de son agilité. Le patron vint écarter le rideau d'une des petites logettes qui avaient tant intrigué Didier. « Zé n'ai que ça, dit-il. Zé né peux pas vous offrir ça, cé né pas possible, cé né pas nettoyé. – Ça ne fait rien, dit Flopie, aujourd'hui tout est possible. » Elle alla à la rencontre des nouveaux venus et une courte discussion s'engagea, dont Didier comprit qu'il était l'objet. Les deux comparses se tournaient de temps en temps vers lui en ayant l'air de se poser des questions. Il entendait : « Est-il vraiment si malade que ça ? Vous comprenez que nous ne pouvons pas nous déranger comme ça... Si tout le monde se mettait à... » Didier voyait Flopie agiter sa petite tête pour achever de les rassurer : Didier était très malade, il était même... Enfin, les conditions étaient remplies. Finalement, ils s'approchèrent de Didier qui, de son tabouret, les considérait curieusement. Les deux hommes se ressemblaient par la contenance au point, à première vue, de paraître n'en faire qu'un seul, sauf que l'un était tellement plus petit que l'autre et qu'une mince moustache grise lui barrait la lèvre et lui donnait un air méchant et buté. L'autre, le grand, Didier s'en aperçut en le regardant mieux, avait un collier de barbe assez soigné et un air majestueux, et portait avec une dignité particulière la petite serviette noire très plate qu'il avait sous le bras. Didier n'avait jamais vu l'homme qui était venu frapper chez lui un matin et qui avait été reçu par Paula en pyjama, mais certainement il devait avoir cette tête, cette allure, cette dignité comique, cette solennité bourgeoise. Son compagnon essayait de lancer quelques plaisanteries, comme pour donner du courage aux condamnés ; il alla, sous l'œil sévère du grand, jusqu'à leur tendre une cigarette. Didier pensa aussitôt au verre de rhum et frappa dans ses mains pour appeler le patron. On se serait cru au cirque, pendant un intermède de clowns. Mais c'était des clowns tristes et Didier se demanda s'il n'avait pas plutôt affaire à des inspecteurs de police un peu distingués ; en effet, ils avaient pris soin de l'introduire, lui et Flopie, derrière le rideau vert, et il voyait se développer sur le visage de Flopie une expression de fatalité extasiée qui le faisait ressembler tout à coup à ces visages blancs et fixes, éclairés intensément par une lumière crue et sans ombre, qu'on voit au cinéma dans des moments semblables. Il lui sembla qu'il aurait dû se rappeler quelque chose que Flopie lui avait dit au moment où elle revenait de sa course – mais quoi ? Il l'avait oublié et avait beau chercher dans sa tête, elle était vide, et il entendait toujours ce bruit de trains, ce roulement à deux temps, précipité, ce martèlement du sol, cela devenait abrutissant, on aurait dit ce soir-là que les trains ne cessaient pas de tourner en rond autour de la ville. La ligne passait-elle si près ? Il essaya de résoudre ce problème, de retrouver l'endroit où le pont du chemin de fer coupait le fleuve, puis le circuit que dessinait la ligne entre le pont et la périphérie des Hauts-Quartiers, où, certaines nuits, de sa chambre, il pouvait entendre aussi le bruit des trains. Mais il dut renoncer à cet exercice : il se vit tout à coup, derrière le rideau vert, dans le petit carré brillamment éclairé, assis près de Flopie, devant les deux hommes noirs, les deux intrus, qui se comportaient comme s'ils étaient les maîtres, comme s'il était naturel qu'ils fussent installés à la même table que Didier, dans son intimité. Didier faillit se mettre en colère. Mais ç'eût été un effort de trop. Très pâle, il porta la main à son cœur.

– Eh bien, commença l'homme au collier de barbe avec un sourire en porte à faux dans son visage blême et suintant, tout en déployant sa serviette de cuir chagrin, nous allons commencer par le petit interrogatoire d'usage... Ou plutôt...

Le mot d'interrogatoire frappa Didier de la manière la plus déplaisante. Il entendit de l'autre côté de la cloison la voix du haut-parleur : « La continuacion del festival... Buenas tardes... A la mañana... » Ils étaient solidement branchés sur Radio San Sébastian. Était-on déjà à la mi-carême ? Didier croyait reconnaître le visage qui était devant lui, et pourtant le nom de l'homme lui échappait.

– Est-ce qu'il pleut toujours ? demanda-t-il pour dire quelque chose.

– Oh, nous sommes venus en voiture.

– En voiture ? demanda Didier comme si cela l'étonnait. Et, passant aussitôt à autre chose : C'est Flopie qui doit être mouillée, dit-il. Il se tourna vers elle : Pardonne-moi, Flopie, dit-il, ma chère, j'aurais dû m'occuper de toi, j'étais si... absorbé, si distrait, que je n'ai pas remarqué ton manteau ruisselant. Avant tout il faut le suspendre près du poêle. Mais qu'as-tu fait de ton parapluie ? Où l'as-tu laissé ? Tu l'avais bien, tout à l'heure ? Patron ? appela-t-il malgré les protestations de Flopie et des comparses. – Il frappa de nouveau dans ses mains. – Et elle aura certainement besoin d'un bon grog, ajouta-t-il en se levant d'impatience. Pensez, dit-il en se tournant vers les deux messieurs, ce n'est pas le moment qu'elle attrape mal !... Patron !...

Les deux hommes semblaient contrariés. Ils étaient visiblement pressés. Ils échangèrent un coup d'œil et le plus grand amena par un geste très arrondi du bras sa montre-bracelet à proximité de ses lunettes. Ils avaient maintenant l'air de deux médecins appelés en hâte en consultation au chevet d'un malade, qui découvrent que ce n'était pas ce qu'ils croyaient, qu'ils ne peuvent rien et qui pensent à la liste des clients sérieux qu'ils ont dans la poche et qui doivent leur rapporter bien davantage.

— Je crois… dit le plus petit.

— Nous allons… dit le plus grand.

— Oui, oui, ça va aller vite, répliqua vivement Didier qui semblait avoir repris conscience. Et pour vous, messieurs, qu'est-ce que ce sera ? dit-il, exprès vulgaire.

— Oh… Nous… Mais voyons… balbutièrent-ils en faisant des façons. Nous ne sommes pas là pour… Avez-vous la fièvre ? demanda le barbu avec une inquiétude visible.

— Commençons d'abord par le sérieux, dit l'autre. Où sont les témoins ?

— Les té… ? dit Didier.

Mais Flopie revenait déjà de la salle accompagnée de deux gaillards en cotte de velours qui s'assirent gauchement sur des tabourets contre la cloison.

Le grand ouvrit alors aussi vivement que possible un registre noir écorné aux angles, qu'il avait tiré de sa serviette, noire également, et se mit à lire d'une voix professionnelle un texte que Didier n'entendit pas. Son esprit était irrésistiblement emporté loin de ces êtres sordides et abusifs, et il se demanda pourquoi Flopie le regardait soudain avec cette expression terrifiée. En quelques secondes, les souffrances de ces dernières années repassèrent dans sa mémoire, comme s'il allait mourir, il entendit le bruit du store du garage levé brutalement par Flopie, dans le noir, sous la chambre où il dormait, puis le tintement de la chaîne contre la porte de fer, les injures échangées, la voix du gros Georges. Il revit, comme dans une éclipse, sa chambre de Stellamare, les cyprès entourant la maison, le calme de certaines heures ensoleillées, l'horreur des scènes démoniaques provoquées par Fernande Chotard, le cauchemar où, dans ce cadre fait pour la paix, elle l'avait constamment fait vivre. Il se revit dans le couloir avec Mme d'Hem, lui riant à la face. Il avait vu l'âme de la première et s'était détourné ; et la seconde lui faisait peur. Un grand trouble habitait son esprit et il avait de la peine à tenir sa tête droite, tandis que le grondement des convois sur les rails – un-deux, un-deux – se faisait plus obsédant. Il répondit machinalement à une ou deux questions, entendit parler de République, vit le regard vert de Flopie fixé sur lui, comme si elle voulait le soutenir, sentit qu'elle passait ses doigts dans les siens.

— Mon cher Didier, dit-elle, ces formalités sont ennuyeuses et tu sembles si fatigué. Tu ne voudrais pas que nous fassions tout d'un seul coup. J'ai expliqué à ces messieurs... Monsieur Terrenoire...

— Terrenoire ? Ah, comme c'est curieux ! s'exclama Didier, comme si l'homme n'était pas là. Mais c'est bien lui ! C'est ce nom-là ! Depuis si longtemps que j'ai entendu parler de lui !

Il s'était levé, se tenait au-dessus de Me Terrenoire, l'observant férocement, comme un bombardier qui survole un faubourg avant de laisser tomber son premier paquet.

— Rassieds-toi, je t'en prie, dit Flopie en le tirant par la manche. Monsieur Terrenoire m'a promis de s'occuper de nous, question logement, mais tu sais que tout est si difficile. Même des messieurs comme monsieur Terrenoire ne peuvent pas toujours faire ce qu'ils promettent. Mais ce serait peut-être plus facile si nous étions... N'est-ce pas, monsieur Terrenoire ?

Didier entendit le croque-mort répondre : « Certainement, mademoiselle... » et se demanda ce que Flopie avait voulu entendre par « faire tout d'un seul coup ». Il eut l'impression d'un vaste complot ourdi autour de sa personne, mais il s'ouvrait, après avoir résisté toute sa vie, à la joie du consentement. Et pourquoi ce complot ? Pour permettre au mioche de Flopie d'avoir un nom, un vrai nom, c'est juste, elle désirait cela si fortement, c'était touchant, il se sentit fondre de sympathie pour elle, passa son bras autour de ses épaules. Aussitôt Terrenoire tourna une page de son registre et le murmure de la récitation se précipita. « La manivelle », pensa Didier. Il revit le visage harassé de l'ouvrier, cette bouche amère qui se recueillait dans la connaissance de la douleur.

De l'autre côté du rideau passaient et repassaient des silhouettes, et le vacarme de la salle ne faisait que monter. C'était maintenant l'heure de l'apéritif. Par un trou du rideau, Didier voyait circuler sur des plateaux des liquides verts et rouges. La musique beuglait, puis se taisait, pour laisser Monte-Carlo annoncer son prochain concours en liaison avec le savon Latortue et la pâte dentifrice Duquidam à la chlorophylle...

Premier prix : une maison de trois pièces... Quelque part au fond de la salle, des hommes se querellaient avec des mots grossiers. Un couple voulut à toute force pénétrer dans le réduit où ils étaient réunis tous les six, avec une Flopie anéantie par l'espoir, les témoins muets, et ces messieurs en noir dont l'un, qui exhalait une horrible haleine, l'haleine même du mensonge, avait certainement oublié de se laver les dents avec la pâte dentifrice Duquidam. La lumière se fit dans le cerveau embrumé de Didier. C'est vrai, n'était-ce pas là l'homme qui avait si longtemps attendu d'être « libre » pour toucher l'héritage auquel la mort de sa femme lui donnait droit et qui devait lui permettre de se remarier avec la fille du maire ? Cet homme, Didier l'avait déjà aperçu. C'était dans la rue Gambetta, le jour où, lancé une fois de plus sur une fausse piste avec Betty – ou Paula ? –, ils s'étaient tous deux heurtés à lui qui sortait de son étude, et où, à la vue de Paula – ou de Betty –, il avait soudain reculé, exactement comme eût pu le faire Mme Chotard : car que penserait-on en ville si on le surprenait parlant à ce « faux couple », à ce drôle de ménage ? Avec sa grande taille, son dos voûté, son visage luisant, son regard bas et son nez tombant, il avait l'air de penser ce jour-là : « Les naïfs ! Ce n'est pas ainsi que se font les bonnes opérations, voyons ! Il faut d'abord se rendre inattaquable, mes enfants, inattaquable en apparence. Les apparences, mes petits ! Tout est là ! » De même que sous son air affable, disposé à servir, contraint cependant, il avait l'air de penser présentement : « Le pauvre garçon ! Quelle déchéance !... Être descendu à coucher avec cette romanichelle !... Passe encore de coucher, mais l'épouser !... » Fallait-il lui expliquer, lui détailler ce qui était arrivé là, dans la rue grise ? Il y a une connaissance à laquelle on n'accède que lorsqu'on a descendu tous les degrés, qu'on s'est mis aussi bas que possible, à la hauteur du payé, au niveau du ruisseau. L'ignorance qui est au fond de la Connaissance... Oui. Et la connaissance qui est au fond de l'Ignorance. « Aucune personne humaine... n'enferme la vertu de fin dernière en elle... » Il entendit la voix de l'abbé Singler roulant les « r », à la béarnaise : « L'orgueil !... Toujours l'orgueil, alors !... »

– Voulez-vous signer ?... Là... Merci.

Quoiqu'il fût assis, Didier était obligé de s'accrocher au bord de la table pour ne pas tomber. N'avait-il pas bu un peu trop de ces verres de cognac destinés à le réchauffer, à le soutenir et qui lui brûlaient l'estomac ? Si tous ses malaises n'étaient dus qu'à cela, pourtant ? Sûrement les autres le croyaient ivre, et soudain il éprouva à cette idée un peu de bonheur, de même qu'il éprouvait du bonheur à supposer que Flopie et les deux hommes étaient de mèche, au fond, et s'imaginaient peut-être lui avoir joué un tour. Il avait souvent constaté que la fatigue avait les mêmes effets que l'ivresse, et, dans sa fièvre, il vit confusément le registre qui se refermait en claquant, l'écharpe tricolore que M. Terrenoire repliait soigneusement dans sa serviette, entendit des paroles, et vit Flopie qui appelait encore une fois le patron, c'était elle cette fois qui voulait offrir à boire.

– Un instant. Vous avez les anneaux ? demanda le petit qui était resté sans rien dire.

– Ce n'est point nécessaire, dit Terrenoire d'une voix d'outre-tombe.

– Alors, dit l'autre, il me reste à vous donner ceci.

Il tira de sa serviette un carnet à couverture verte imprimée, qui ressemblait à un carnet de blanchissage, pompeusement dénommé : « Livret de famille », et dont Flopie s'empara avidement. « Vous n'en donnez qu'un ? » demanda Didier, déçu. Le petit homme voulut bien rire de la plaisanterie. Ainsi, pensait Didier, on a un livret de famille comme on a un livret militaire, où tous les événements de la vie sont prévus, et il y a des petites cases à cet effet : citations, blessures, évacuation, premier enfant, hospitalisation, deuxième enfant, affaires auxquelles l'homme a pris part, troisième enfant, grade, degré d'instruction à l'arrivée au corps, temps passé sur le front, quatrième enfant, troisième blessure, degré d'instruction à la sortie du corps, personne à prévenir en cas d'accident, etc. Y a-t-il une spontanéité possible après tout cela ? Préméditation. Tous les actes de la vie sont atteints de ce soupçon, souillés, flétris d'avance : tout est prévu, il y a une petite case pour chaque fois qu'on aura fait l'amour avec succès. Attendez, c'est à inscrire là.

Didier vit disparaître le livret dans le sac de Flopie. Bonne précaution. Il n'aurait pas su où le mettre ; au fond, il n'y avait pas la moindre place prévue chez lui pour un livret de famille.

— Tu vois, dit Didier à Flopie quand les deux acolytes et les témoins se furent retirés et comme si c'était lui qui avait tout mené, ça s'est passé très simplement.

— Oui, dit Flopie. Est-ce que ce n'est pas un peu trop simple tout de même ?

Didier la regarda sans attendrissement excessif.

— Tu ne crois pas qu'il va y avoir un tremblement de terre, non ?... Les grandes choses sont toujours très simples, ajouta-t-il avec solennité.

— Peut-être qu'il faudrait prier, dit Flopie, presque honteusement.

Didier eut un petit choc, comme si on lui tapait légèrement sur la nuque. Il revit le visage de l'ouvrier, ce visage d'Oriental, raviné, ruisselant de sueur, empreint de gravité.

— Crois-tu que ce soit facile de prier ? dit-il. Dans une société comme la nôtre, où...

Il s'interrompit, quelque chose lui obstruait la gorge. Il se tourna vers le mur, rougit très fort, puis la pâleur revint sur son visage

— Flopie... dit-il. Tu vas me comprendre. Ouvre ton sac. Bien. Donne-moi ce carnet.

Elle n'osa pas refuser, tira avec beaucoup de peine le carnet vert déjà apprivoisé par le peigne, te mouchoir, la glace et le parfum à bon marché.

— Regarde bien, dit Didier.

Cela ne pesait pas lourd dans le creux de la main. Le déchirer en quatre, en huit, lancer les morceaux vers le plafond, c'était l'affaire de quelques secondes. Flopie dut deviner son intention, elle poussa un cri.

— Et puis non, lui dit-il en souriant.

Il lui rendit le carnet. Le patron avait fait une apparition discrète. Il ne remarqua rien ; Flopie se tamponnait les yeux ; Didier passa avec ostentation le bras à son cou. Puis il croisa lentement les deux mains sur la table où luisaient les verres.

Il respira.

— À présent, dit-il d'une voix appliquée, nous avons le droit, légalement, de coucher ensemble.

Elle baissa la tête, hésita à sourire, puis une larme coula sur sa joue. Il se tourna, du bout du doigt lui releva le menton.

— Eh bien, dit-il. Madame ? Qu'est-ce qui vous prend ?

— Tu parles comme... comme tous les autres, dit-elle. J'attendais de toi autre chose... oui, que tu dises autre chose...

— Ah oui ?...

Il avala un reste de liqueur qui lui piqua la gorge.

— Nous aurions même le droit d'avoir des gosses ! dit-il. Tu te rends compte !

Le visage de Flopie se crispa, elle semblait repousser en elle une déception, une douleur.

— Au fond, ce qu'on vient de faire, tu sais très bien que ça ne compte pas.

Didier ouvrit de grands yeux, puis il laissa entendre un sifflement admiratif.

— Oh oh ! fit-il. Vraiment ?... Tu ne t'aperçois pas des avantages ? Ça te permet d'avoir un état civil maintenant, ajouta-t-il très haut ; à supposer que ce gosse ne vienne pas au monde, ce serait beaucoup moins suspect !...

Flopie le regarda d'un air égaré, puis elle éclata en sanglots. Didier était-il conscient de ce qu'il faisait ? Il mit une main, pour la consoler, sur le genou de Flopie, la chose d'elle qui était le plus à sa portée, une de celles qui l'émouvaient le plus tendrement. Mais Flopie tenait à ses larmes. Elle tenait vraiment, pensa-t-il, à épuiser jusqu'au bout le charme de la circonstance, à en tirer le maximum.

Il posa un doigt sur le bout de son nez.

— Une dame ne doit pas pleurer, dit-il. C'est interdit. Ce... Ce n'est pas correct...

Elle lui jeta un coup d'œil amusé, puis se remit à pleurer de plus belle. « Toutes les émotions, agréables ou désagréables, aboutissent aux larmes », pensa Didier.

— Au fond, pourquoi pleures-tu ? lui demanda-t-il d'une voix gentille.

Cette question parut la convaincre de l'inanité de son chagrin. C'est trop bête de pleurer, on ne peut pas en donner la raison, du moins la vraie.

– Tu ne te rends pas compte, dit-elle en souriant de ses petites joues mouillées, tu n'as pas été très poli avec ces messieurs.

– Avec qui ?

– Avec ces messieurs de la Mairie. Des messieurs si bien, si obligeants. Il y en a un qui est presque maire.

– Presque maire ! dit Didier. Oh là là !… Espérons qu'il le sera bientôt tout à fait. L'histoire des maires d'Irube est si édifiante que ton héros mérite vraiment de prendre place à leur suite : un maire escroc, aigrefin, ou complice d'escroc, un autre dichotomiste… Après tout, celui-ci sera peut-être honnête en affaires. Mais tu as raison de dire qu'il est presque maire, et il a du mérite à cela car il a attendu plus de quinze ans, très patiemment, la mort de sa femme pour pouvoir se remarier avec la fille du maire, qui, paraît-il, n'est pas quelqu'un de très joli (je parle de la fille, car le maire, lui !…). On a beaucoup parlé, ces derniers temps, de ce Me Terrenoire. Les gens sont durs, tu sais, ils ne vous passent rien. Ainsi ils prétendent maintenant que non seulement Me Terrenoire a épousé cette pauvre fille pour ses sous, ce qui n'est pas très joli non plus, mais en outre qu'il couche très clandestinement avec une autre. Mais je comprends que tu aies du respect pour lui : il fera avoir à tes patrons, si tu sais t'y prendre, une jolie commande de chicorée pour les Hospices !… Tout cela, hélas, est vieux comme le monde, et il serait difficile à un profiteur de se croire original. Cela me rappelle même les intendants de l'armée d'Italie. Bref, dans le domaine sacro-saint de l'Utilité, ces déracineurs de platanes viennent tout droit après les épiciers, c'est juste !… Ce Me Terrenoire te sera très utile dans l'avenir. Prends soin de lui ! Dans dix ans, tu charmeras peut-être sa vieillesse…

Maintenant Flopie n'avait plus de larmes. Les intentions de Didier lui échappaient et elle le regardait fixement, de ses yeux verts qui paraissaient élargis par une espèce d'angoisse dont elle ne concevait pas la nature. Pourquoi cet ami, qui avait fait pour elle le geste le plus généreux qu'un homme puisse faire, se plaisait-il à la déconcerter ainsi ? Elle paraissait égarée. Didier lui prit la main.

– Tous ces alcools ne vous réchauffent qu'en vous glaçant, dit-il. Ils t'ont glacée. Regarde, tu as les mains toutes froides. Il y a quelque chose de très bon à boire, par ces temps de pluie : du citron pressé chaud.

– Je n'ai besoin de rien, dit Flopie, en baissant la tête. J'ai seulement besoin que tu sois gentil. On disait toujours que tu étais si gentil, et…

– Ah mais j'ai beaucoup changé ! On mûrit ! Il y a des événements qui font mûrir très vite !

Mais Flopie ne se déridait pas vraiment. Elle restait peureuse et contractée. À quoi songeait-elle ? « Décidément la planète est devenue acide… » pensa Didier. Derrière le rideau s'agitaient des ombres, le bruit de la salle était parvenu à son apogée et de la vaisselle tintait à droite et à gauche, dans la salle et dans les cabines adjacentes. Des jeunes gens braillaient et sifflaient. Didier supposa qu'une « société » venait d'arriver pour dîner – amicale de boulistes ou usagers d'une certaine marque de bicyclette –, car des ordres fusaient de partout et il n'y avait plus d'espoir d'obtenir quoi que ce fût, à moins qu'ils n'allassent le chercher eux-mêmes. Flopie, l'œil fixe, restait abîmée dans une profonde méditation qui semblait l'étonner elle-même.

– Eh bien, dit-il, tu as des soucis ?

Elle rougit, comme elle l'avait fait un moment plus tôt, et, d'une voix presque basse, qu'il ne lui connaissait pas :

– Didier… Avons-nous vraiment fait tout ce qu'il faut ?

– Que veux-tu dire ?

– Je te l'ai déjà dit… Il y a… Il y a des gens qui prient dans les circonstances où nous sommes. Et devant l'air ahuri de Didier : Ne le sais-tu pas ?

Didier regarda Flopie très soigneusement.

– Est-ce que tu *crois* ? dit-il. Est-ce que tu as seulement été baptisée ?

– Baptisée, non, dit-elle d'un air un peu hagard. Mais peut-être que nous pourrions tout de même aller voir un prêtre ?…

Il ramena lentement la main qu'il avait posée sur le genou de Flopie.

– Un prêtre ?... Tu as dit un prêtre ? Mais alors... tu n'es pas au courant ?...

Il n'y a plus de prêtres, lança Didier solennellement. Maintenant ils font tous *autre chose*. Tu peux si tu veux, aller voir le directeur du Cinéma Familial, ou celui de l'*Écho des Landes*. Ou même le directeur du *Figaro*. Il y a au *Figaro* des gens très bien, très capables de te donner l'absolution si tu le désires... D'ailleurs, quel prêtre espères-tu trouver à cette heure-ci, un jour de semaine ? L'abbé Doupion sera en train de « visionner » le dernier film de Fernandel pour lui attribuer une note, et tu trouveras l'abbé Singler « en plein boom », occupé à rédiger son éditorial pour la feuille de chou du diocèse. Si tu veux prier, ma chérie – chose que personne ne fait un jour de noces, sois-en sûre, car tout a été prévu pour le contraire –, ne te gêne pas, tu n'as pas besoin de prêtre. Les prêtres d'aujourd'hui, vois-tu, sont des gens tout à fait pareils aux messieurs de la Mairie que tu as vus tout à l'heure, ils sont comme eux vêtus de noir, et d'un aspect aussi triste, mais plus gais et plus insouciants à l'intérieur. Ajoutons qu'en général leur vie est plus correcte. Ils feront ce que tu voudras, bien entendu, te feront signer des papiers, exactement comme les autres, et comme eux ils disparaîtront de ta vie pour toujours. Tu crois que ces petites signatures sur un papier plus ou moins marqué d'empreintes digitales... Tu as besoin de ça, réellement ? Non, ce qu'il faudrait, Flopie, ce qui manque vraiment pour que tout ça soit « conforme », ce sont quelques amis, ce sont des fleurs... Ce sont...

Il se mit à tousser. Il avait trop parlé, la parole le fatiguait toujours, surtout dans cette atmosphère enfumée, mais en même temps la fièvre, et quelque chose d'autre, l'aiguillonnaient et le poussaient à parler davantage. Il n'arrivait pas à enrayer ce léger flux qu'il s'interdisait en d'autres temps. Il sentit des larmes lui monter du fond du ventre comme une générosité dernière. Il se raidit : « J'ai trop bu. Aucune signification. Et d'ailleurs... Pleurer ne veut rien dire. Un mouvement organique... Une légère ivresse et ça sort. C'est comme le sentiment de l'éternité... »

Flopie se taisait, interdite, attendant la fin du discours.

– Et maintenant, dit-il, es-tu contente, Flopie ? N'avons-nous pas fait quelque chose de bien ? Qu'est-ce qui compte, voyons, sinon la société où nous vivons ? Crois-moi, ajouta-t-il, le vrai sacrement, tu te l'es donné tout à l'heure. Peu importe le témoin. Il n'y a pas que la religion catholique en ce monde, Flopie. C'est *un hasard* de naître catholique, comme de naître bohémien. C'est, si tu veux, un usage local, une coutume, quelque chose qui fait partie de notre folklore à nous. Il y a bien des religions où n'importe qui peut être officiant, à condition de revêtir un peplum, une écharpe ou une mitre. Mais va, nous reparlerons de tout ça, si tu y tiens. L'essentiel, ce soir, c'est que tu sois contente. Contente. (« Parce qu'il n'y a pas d'autre raison pour faire ce que j'ai fait », se disait-il. Mais alors, pourquoi s'acharnait-il à détruire la joie de Flopie ?) Je veux que tu sois contente. L'es-tu ?…

Elle se sentait comme ranimée par ce discours, ces exhortations qu'il lui adressait sur un ton particulièrement chaleureux, avec une grande puissance de conviction.

– Mais bien sûr, dit-elle. Mais c'est-toi… Tu avais l'air si drôle. Tu…

Elle s'était tournée vers lui pour le regarder et elle le vit subitement changer de couleur, comme si quelque chose de néfaste se produisait sous ses yeux.

Et, en effet, Didier venait de voir s'écarter le rideau vert, et une figure lui apparaître, qui glaça son imagination. Flopie le sentit vraiment sur le point de crier. Elle lui couvrit la bouche de ses mains, et comme il était assis, ainsi qu'elle-même, sur un simple tabouret, et qu'il se débattait, il serait probablement tombé si elle ne l'avait retenu et pour ainsi dire couché sur ses genoux.

– Didier, dit-elle… Que s'est-il passé ?
– Ne m'appelle pas ainsi, supplia-t-il. Lâche-moi, Flopie.

Ces mots étaient plutôt murmurés que proférés distinctement. Il avait le buste presque contre elle, la tête pendante, et les bras de Flopie étaient croisés autour de lui. Elle lui releva lentement la tête avec mille précautions, avec des gestes qui étaient ceux de la tendresse.

– Ton frère ! dit-il. J'ai vu ton frère !

Le petit front de Flopie se contracta. Didier avait-il le délire ?

– Tu sais bien que je n'ai pas de frère, pas de parents, que je n'ai personne.

– Je veux dire... Oui, le frère de Gaby... Là, il a écarté le rideau. Je l'ai vu !

Il se redressa, aidé un peu brutalement par Flopie qui courut vers le rideau et revint aussitôt sans avoir rien vu – bien sûr, qu'aurait-elle pu voir, *elle* ? – et s'accouda sur la table de marbre, la tête entre les mains. C'était, il s'en aperçut à ce moment, une table de marbre comme il en existe encore au fond de certains caboulots, et le contact était glacial. C'était là-dessus, sans aucun doute, que les messieurs de la ville avaient posé leurs gros registres noirs, ornés d'étiquettes à bords dorés et de titres en ronde. Pourtant, ce n'était pas cela qu'il revoyait dans le cercle formé par ses mains, mais le visage, mais la tête joufflue du gros Georges, tel qu'il venait de lui apparaître, avec cette sorte de ricanement niais qui donnait toujours envie de lui assener des coups, à peu près tel qu'il avait cru le voir lors de la grotesque réception chez les Maillechort. Les hommes sont étrangement abandonnés. Comme Flopie, personne n'a personne. Il arrive un moment dans la vie où les bonnes influences se retirent, si jamais on les a connues, où Didier perd Paula, où Flopie perd ses parents, où Stef cesse de s'entendre avec Gaby et s'en va coucher à droite et à gauche, où Gaby fume toute la journée des cigarettes, assise sur son perron, en rêvant de son docteur ; le gros Georges, le frère renié par tout le monde, a la tête d'un garçon qui sort d'un pénitencier. Sa large face rouge et hilare, ses dents écartées, cet air de penser : « J' leur ai joué une bonne farce », sa voix rocailleuse, lente et pourtant brutale : la face de l'homme qui vient de se venger de son abandon. Et comment ce garçon qu'il eût souhaité voir au fond d'un fleuve lui était-il apparu deux fois ? Tout à coup, l'absurdité de la chose éclatait. Avait-il vu, ou n'avait-il pas vu ? Il n'était plus sûr. La tête lui faisait mal ; il sentait une main glacée se poser, là, sur sa nuque, puis la main se retirer, et c'était une autre, brûlante cette fois. Mais le frère ? Non !... Cette façon silencieuse d'écarter le rideau, cet œil froid qui s'insinue pour regarder ce qu'il est en train de faire avec Flopie, n'est-ce pas le *Jardinier* plutôt ?... Oui, le Jardinier, tel qu'il lui apparaissait jadis devant sa fenêtre, ironique, cruel, sans qu'un pli de sa face remuât, dans une immobilité surnaturelle, le geste en arrêt, et Didier devinait la hache au bout du bras !... De nouveau sa tête résonnait douloureusement. Ce bruit de train qui passait au loin, ce rythme à deux temps obsédant, hou-hou, hou-hou, hou-hou, il le reconnaissait tout à coup : c'était le sang de ses tempes. Il reconnaissait ce bruit, ce murmure familier ; comme il reconnaissait ce regard, le regard d'ange du Jardinier derrière la vitre – l'œil atroce, plein de convoitise de Fernande Chotard derrière le trou de la serrure... Que ne pouvait-il se délivrer d'eux ! Il avait envie de crier, de pousser un grand cri pour se délivrer, un cri qui traverserait ce rideau étouffant, cette salle où la fumée s'épaississait d'heure en heure, et irait crier vers la justice ! Mais il se trompait encore... Car ce n'était pas le visage du Jardinier qui était derrière le rideau, ce n'était même pas celui du frère : cette tête encombrée de cheveux, ce corps qui s'agitait devant lui, c'était Mme Chotard, bien sûr ! Un amour, une haine, une recherche aussi tenaces, ce ne pouvait être qu'elle. Jusqu'à la mort.

Didier restait la tête dans les mains, les yeux obstinément fixés sur la table. Quelque chose de frais sur son front : la main de Flopie, il la reconnaissait à sa minceur, qui descendait, qui cherchait à écarter les siennes. Des voix. Non : c'est Flopie qui discute. Que dit l'autre ? Ah, assez ! Cette voix, il ne *voulait* plus l'entendre. Ne pouvait-il préférer mourir ?

Avec ce don qu'elle avait de ne jamais se douter de rien, d'étaler en toute circonstance son bavardage effronté, elle entra dans une série d'explications incohérentes qui n'enlevaient rien à l'indélicatesse et à l'inopportunité de sa présence.

– Eh bien alors, vous ! Il faut aller loin pour vous retrouver ! Je vais chez vous, personne. Je descends chez les Maillechort, ils me disent que vous êtes chez le notaire ; chez le notaire, je vous demande un peu : Du notaire, j'arrive jusqu'ici, et... Allons, je vois que tout va bien. La nouvelle que j'ai à vous apporter vous sera moins désagréable. D'ailleurs, vous vous y attendiez. C'est mon beau-frère qui m'envoie. Vos meubles sont dehors, mon petit. Vous ne pouvez plus rentrer chez vous. Je vous cherche depuis le début de l'après-midi, avec la clef de votre nouvel appartement.

C'était bien la voix de Mme Chotard, tour à tour hostile et doucereuse, ses gestes de bienfaisance hypocrite, ces mots de compassion pour les coups qu'elle portait.

Didier leva les yeux vers elle, la dévisagea un instant sans rien dire.

— Comment est-on entré chez moi ? La clef est dans ma poche.

Mme Chotard haussa les épaules avec un air de commisération accrue.

— Mais, mon pauvre petit, toutes les clefs vont sur votre porte ! Et que voulez-vous, il fallait bien !... Ça ne fait rien, enchaîna-t-elle sans regarder Flopie, vous trouver en train de faire la noce, un jour pareil !

— En effet, nous faisons la noce, dit Didier froidement. On ne saurait mieux dire.

La main devant la bouche, Mme Chotard retint un cri. Puis elle se mit à rire en gloussant, comme une forcenée. Enfin elle profita de son émotion pour se laisser tomber, n'en pouvant plus, sur un escabeau.

— Ce n'est pas possible ! souffla-t-elle sur un ton scandalisé, comme si Flopie n'avait pas été là. C'est bien ce que j'avais cru comprendre, mais... Didier, s'écria-t-elle pathétique, dites-moi que c'est faux !... Ah, je ne peux pas vous laisser faire ça !

— C'est fait, dit-il. Calmez-vous.

— Ah, dit-elle en criant, mais j'aimerais mieux que vous soyez mort !

— Cela n'empêche nullement de mourir, dit Didier. Mais si pareille chose m'arrive, je vous prie instamment de ne pas venir me voir.

— Est-ce possible ! répéta-t-elle d'un air égaré. Ah, si j'avais su... Si vraiment... Je... Comment avez-vous ?...

Les mots se précipitaient. Elle fermait les poings, se frappait le front, se serrait les tempes à les faire éclater. De l'autre côté de la table, dans un court moment de silence, d'inactivité, elle rencontra soudain le regard de Didier. *Il la regardait.* Ce fut un étrange moment. Qu'était-il arrivé de grave, mon Dieu, pour qu'il la regardât, pour qu'il levât les yeux sur elle ? Elle le regarda elle-même et, dans cette seconde unique, une fugitive fêlure brisa la coque qui la protégeait, et son regard lui dit : « Mais c'est absurde ! Mais c'était un jeu ! Mais je peux encore vous sauver ! » « Non », répondit le regard de Didier. Alors elle tira un coin de son manteau, comme les femmes du peuple, et elle pleura. Les seules larmes pures de sa vie.

Flopie, pendant ce temps, était restée silencieuse, frappée de stupeur. Mme Chotard était quelque chose de si éloigné d'elle qu'elle n'arrivait même pas à exciter son indignation. Elle crut comprendre qu'il se passait sous cette enveloppe fruste des mystères qui n'étaient pas pour elle.

– Il faut que nous sortions, dit Didier.

– Crois-tu que tu vas pouvoir ? demanda Flopie.

Mme Chotard avait déjà retrouvé sa nature. Elle n'avait pu retenir une exclamation : « Et elle le tutoie, en plus !... »

Didier essaya de se redresser. Il joua des coudes, s'accrocha à la table mais, à peine debout, il chancela. Il parvint presque à opérer un redressement mais il sentit qu'il partait à la renverse et dut se rattraper vivement des deux mains à la table. Alors il recula son escabeau vers le mur, puis tenta d'amener la table jusqu'à lui. Peut-être ainsi arriverait-il à se tenir. « Aidez-moi », murmura-t-il, mais si bas qu'on ne pouvait l'entendre. D'ailleurs, à qui s'adressait cette prière ? Voilà. Peut-être était-il un peu mieux maintenant, bien qu'il s'aperçût soudain qu'un bouton manquait à son pardessus, juste à l'endroit où c'était le plus visible, et que le fil pendait. Ce spectacle le désola. Voilà bien une chose irréparable. Oui, oui, irréparable : il connaissait bien les femmes !... « Je pense qu'il y a des choses qu'elle ne parviendra jamais à comprendre », se dit-il. Et, au même moment, il se rappela des bribes de son Cahier, qui lui flottaient encore dans l'esprit : « Didier, j'ai eu ce soir, après cette violente discussion avec vous, la révélation que, très haut au-dessus de tout cela, se rejoignaient nos âmes... » La musique des âmes ah oui. Comme disait Brocquier avec sa voix bête : « Moi je suis catholique. »

— Mais, dit Mme Chotard, comme si on l'avait chargée de régler tout cela, est-ce que vous êtes passés par l'église ? Est-ce que vous avez vu un prêtre ?

Didier jeta un regard vers Flopie qui contemplait Mme Chotard sans broncher, de ses yeux verts, comme on considère un phénomène incompréhensible, une chose qui, normalement, ne devrait pas se trouver là, un ouragan à nom de femme qui aurait surgi tout à coup.

Il était trop fatigué pour seulement pouvoir hausser les épaules. Il voulut étendre le bras vers Flopie, mais sa main était lourde, lourde.

— Pauvre Fernande ! Il y a des gens qui ne sont même pas baptisés ! dit-il d'une voix sans timbre. Et ceux qui le sont, ça ne se voit pas toujours beaucoup !

Il les regarda tour à tour, essoufflé d'avoir parlé. Flopie voulut ouvrir la bouche et cela donna la force à Didier de frapper un grand coup sur la table.

— Ne parle pas devant cette femme ! cria-t-il. Je te le défends ! Jamais ! Pas un mot devant elle ! Rien.

Il retomba pesamment sur l'escabeau.

— On appelle ? dit le patron, se présentant dans l'interstice du rideau soulevé.

— Oui, dit Flopie. Faites vite ! Apportez quelque chose pour le remonter... Non, pour le calmer... Un jus de quelque chose... Une liqueur douce... Non, pas de liqueur, un cognac... Ce que vous voulez.

Elle s'embrouillait, s'affolait, avait envie de pleurer.

— Et pour Madame ? dit le patron penché par-dessus l'épaule de Mme Chotard.

— Elle s'en va, dit Didier.

— Je m'en vais, balbutia Mme Chotard. Je... J'étais là par hasard... Je ne compte pas, je ne suis rien.

— Il me semblait bien, dit Didier, qui pensait : « Il faut toujours être parodié par quelqu'un... Il y a des hommes qui jouent à ressembler aux hommes, exprès pour les dégoûter d'eux-mêmes. »

Il n'avait plus la moindre envie de boire. Tout ce qu'il prenait lui faisait mal, l'écœurait. Il aurait souhaité passionnément un breuvage qui pût l'apaiser, mais cela existait-il ? Une cloche sonna au loin, remua en lui un sentiment de triste dépouillement. Peut-être aurait-il été bouleversé sans la présence de Mme Chotard. Mais une telle présence ôtait tout sérieux, toute vérité aux événements. Il avait la certitude que, s'il avait dû mourir, seul, dans une pièce, et qu'elle eût été dans la pièce voisine, il ne l'eût pas appelée. Mais, pour le moment, elle était là, encore, et elle semblait décidée à l'accompagner jusqu'en enfer. Il étendit la main, du geste que l'on fait pour savoir s'il pleut. Il imaginait ses affaires sous la pluie, ces caisses de bois blanc au milieu desquelles il vivait, ses livres dans la boue du jardin, et les malles trônant de chaque côté de la porte. Exactement ce qu'on avait fait à Betty. Maître Eckhart gisait parmi les poubelles. « Soyez en garde. Si vous recherchez la justice parce qu'elle est de Dieu, vous ne la rechercherez pas parce qu'elle est justice... Voilà pourquoi il faut rechercher la justice en tant que justice, *car ainsi vous la rechercherez en tant que Divine*. Et ainsi, partout où la justice s'accomplira, vous serez à l'œuvre aussi, car alors vous accomplirez partout la justice... » Mme Chotard accomplissait la justice directement au nom de Dieu. Elle entrait dans les Conseils divins, comme on entre dans l'antichambre d'un évêque... Sous la pluie. Devant la porte. Dans le relent des ordures ménagères. Comme Mme d'Hem avait fait avec ses livres » Quelle suite dans la vie !...

Durant quelques minutes, il n'entendit plus aucun bruit, sauf celui du sang à ses tempes, et pourtant il lui sembla que Mme Chotard était en train de parler à Flopie. Était-ce croyable ? Qu'elle eût encore cette audace ? Fallait-il donc qu'elle vînt ainsi gâcher ses derniers moments, ses premiers moments avec Flopie ? « Ah je préfère savoir ça !... Un mariage civil, ça n'est rien, ma pauvre petite ; vous savez bien, ce que font les hommes ne compte pas ! Réfléchissez. Comment les hommes pourraient-ils s'aimer s'ils ne s'aimaient en Dieu ? Voyons, l'amour passe nécessairement par Dieu. » Et, mélangeant tous les sujets : « C'est la loi qui veut ça, bien sûr. Il était prévenu. Pourquoi n'a-t-il rien fait ? Ah, vous êtes bien partis !... »

Une main sur son front... C'était à crier. Il attrape le poignet, le serre... Flopie... Mais que se passait-il, qu'il ne la voyait plus ? Quelquefois, quand il se levait trop brusquement, c'était ainsi pendant une seconde, il ne voyait plus que du noir. Mais maintenant...

– Pas du tout !... Pensez-vous que j'allais laisser toutes ces choses-là dehors !... Je le connais assez pour savoir qu'il y tient, à ses petites affaires ! Et ces malles ! En a-t-il assez parlé ! Mais voyons ; tout a été transporté dans son nouvel appartement !

La voix de Flopie demanda soudain :

– Qui a fait cela ?

– Mais moi, bien sûr ! Croyez-vous que quelqu'un d'autre aurait...

Didier retrouva assez de force pour dire :

– Allez-vous-en !...

Puis tout sombra autour de lui.

La nuit qui suivit cette journée restera dans le souvenir de Flopie comme la plus mauvaise de toute sa vie. Au fait, avait-elle eu de mauvaises nuits ? Le village où elle avait vécu enfant, au pays basque, était en somme un plaisant village, et la maison lui était chère parce que c'était sa maison. La dure vie qu'elle avait menée là rentrait dans les cadres normaux de la vie ; c'était la vie faite à tout le monde, la part de malheur qui est accordée à tous. Elle était trop jeune, à quatre ans, pour sentir le coup qui la privait de ses parents ; ensuite, elle avait trouvé presque naturel d'avoir à s'occuper de sa grand-mère paralysée et de laver le linge du voisinage pour gagner un peu d'argent. Elle se rappelait toutes ces heures passées au lavoir avec les commères qu'elle fuyait le plus possible, quand il faisait beau, en allant seule à la rivière où elle lavait sur une pierre avec de l'eau jusqu'au ventre. Ainsi, à part la rivière en été, sa vie de fillette n'avait été que cette longue suite d'heures passées sous le petit édifice municipal de pierre et d'ardoises, avec des femmes qui frottent le dos courbé. Au lavoir, il y avait le bac réservé au premier rinçage, dont l'eau était renouvelée tous les quinze jours ; seul, le second rinçage pouvait se faire dans le bac à eau courante, et cela donnait lieu à des disputes continuelles. Parfois un galopin passait, avec qui elle échangeait un sourire. Puis elle ramenait son gros panier de linge mouillé sur la hanche et elle appelait sa voisine, la grande Raymonde, pour l'aider à le pendre sur les fils. L'hiver, quand les conduites d'eau étaient gelées, il fallait retourner à la rivière ; là, à genoux au-dessus de la pierre plate, les pieds dans l'eau, sous le pont du chemin de fer, les doigts gourds, elle pouvait rester des heures à ne voir que l'eau sombre et les piles du pont ; et elle chantait pour s'égayer. La rivière, le petit sentier scabreux qui y conduisait en contournant la pile du pont, le terrain glissant, toujours changeant, suivant que la rivière montait ou descendait au gré des saisons ; puis la cuisine carrelée et la grosse cuisinière de fonte au-dessus de laquelle, bien souvent, il fallait faire sécher le linge à cause des pluies ; et la chambre toujours fermée où sa grand-mère gémissait sur un lit ; la carpette bariolée, aux franges usées, les mouches qui tournaient sous la « suspension » : tel était le décor de ces années-là. Puis sa grand-mère était morte et elle était entrée chez les aubergistes où elle avait commencé à connaître le monde, jusqu'au jour où elle avait rencontré ces ambulants et où un réveil de hardiesse, un secret désir d'aventures, lui avait fait préférer cette vie à demi-nomade avec la ville pour centre. Tout cela, l'ennui de ce métier, la bêtise des gens, la monotonie des tâches qu'on lui faisait exécuter, les sacs de café à remplir, la pompe à huile d'arachide, c'était encore une vie normale dans des cadres qu'on pouvait prévoir. Mais maintenant, depuis son malheur avec Georges, les événements semblaient s'accomplir en dehors d'elle, et même ce qu'elle désirait le plus violemment se faisait encore malgré elle, et elle n'avait jamais pu rêver de chose aussi pitoyable que cette nuit.

Pourtant, quand elle s'était aperçue que Didier n'avait plus la force de quitter le bistrot et qu'il ne pouvait même plus se détacher de la table au-dessus de laquelle il s'était assoupi, elle avait perdu la tête. Mais il l'avait persuadée de demander une chambre au patron, qui avait commencé par lever les bras au ciel en s'exclamant beaucoup, puis leur avait montré le chemin de l'escalier. Cependant, arrivé devant la porte de la *habitación*, le señor Dinarès, c'était son nom, s'était rétracté, et, pris de remords, ne voulait plus la donner, parce que trop mauvaise. Flopie avait dû insister, mais la voix de l'aubergiste couvrait la sienne. Enfin M. Dinarès avait fait, au seuil de la chambre, en se retirant, des salutations si cérémonieuses que la maîtrise dont Flopie avait fait preuve jusque-là l'avait abandonnée et qu'elle l'avait laissé partir sans rien dire, sans rien réclamer, de sorte que le résultat de toutes ces politesses était que la chambre se trouvait absolument dépourvue de tout : ni table ni chaise, un méchant lit, une cuvette de faïence pour la toilette, l'eau sur le palier. Déjà Didier était étendu, tant bien que mal, tout habillé, tout chaussé, sur le lit qui geignait et se creusait lamentablement sous son poids. Elle était allée vers lui, peureuse, et l'avait appelé tout doucement : Didier... Oui, avait-il dit faiblement. Elle avait vu alors ses souliers sur le dessus de lit à franges, et s'était penchée, avait démêlé patiemment les nœuds cent fois refaits au cours de la journée, encore humides, et qui résistaient...

Oui, c'était la nuit, et comment ne pas se rappeler ? Dehors il pleuvait toujours et la chambre était toute pleine des gargouillis de l'eau s'écoulant des toits de zinc dans les chéneaux. Pour elle aussi, les murs de la chambre, avec la tapisserie rayée qui gondole par endroits, et ce meuble indéfinissable, cette sorte de table au-dessus de laquelle luit une faïence ébréchée avec, par terre, le broc à l'émail fendillé – tout cela parlait un langage hideux et il lui semblait que sa misère, depuis l'incident du camion, avait pris la forme des choses pour se traduire à elle. Elle aussi aurait vu apparaître le gros Georges qu'elle n'aurait pas été étonnée. « Dors-tu ?... » Un murmure lui répond. La peau du visage, si pâle, est tendue autour des lèvres, presque de la même pâleur. Est-ce un sourire ? Elle voudrait voir. Mais en dehors de la lueur qui vient d'un réverbère placé à une certaine distance dans la rue, il n'y a que la vieille ampoule du plafond, oblongue, véritable objet de musée, avec une pointe à l'extrémité et son abat-jour de fausse opaline, d'une blancheur écœurante. Pas question d'allumer cette ampoule sinistre. Une espèce de jugement confus se forme en elle : « Ils vont dire que je l'ai eu, mon homme », pense-t-elle, et elle ne sait pas qui représente ce « ils », car elle ne tient plus à rien ni à personne : la voilà bien, cette liberté à laquelle elle avait parfois rêvé quand elle était attachée au chevet de sa grand-mère. « Ils vont dire que je l'ai eu, ils ricaneront bêtement, les gens se figurent vous comprendre, mais ils passent toujours à côté, c'est forcé. » Elle n'avait jamais imaginé la chose ainsi : elle avait rêvé d'éclairages voilés, elle aimait les petites lampes au socle de bois clouté de cuivre, comme on en voyait à tous les étalages d'Irube, avec un joli sujet sur l'abat-jour. Et un dîner où l'on aurait réuni des tas de copains. De loin, ce misérable petit repas qui avait suivi, à Mauléon, le mariage de Raymonde Aramboure lui paraissait une vraie fête. La grande Raymonde, qui était tombée malade après la mort de sa mère, avait rencontré à l'hôpital un jeune garçon de l'Assistance, pas très costaud, et ils avaient juré de s'épouser sitôt sortis. Ils n'avaient pas plus de situation l'un que l'autre, mais ils étaient extrêmement pressés de mettre en commun leur déveine. Comme ils n'avaient plus de parents et comme, à cause de leur grande jeunesse, ils n'avaient pas eu le temps de se faire d'amis, ils avaient voulu que Flopie, la petite voisine que Raymonde n'avait pas oubliée, assistât à leur mariage. Et tandis que les Maillechort enterraient la belle-mère, Flopie avait suivi les amoureux dans leurs dernières démarches. Peut-être était-ce de cette manière qu'elle avait appris l'existence d'une chose aussi singulière que le mariage. Raymonde avait voulu toutes les prérogatives attachées à l'institution, et le garçon s'était laissé faire. Si bien qu'ils avaient tous les trois abouti chez un curé qui les avait fait asseoir dans une sacritie sur trois petites chaises de bois, et leur avait posé des questions sur le Bon Dieu. La veille, un catéchisme en mains, Flopie avait aidé ses deux amis à apprendre tout ce qu'il fallait savoir sur cette question, ce qui faisait beaucoup plus de choses qu'elle n'avait jamais pu en imaginer, fût-ce au temps où elle se cachait au fond de l'église toute sombre, quand le curé réunissait les gosses de son âge et leur faisait réciter des mots, se tenant debout derrière eux avec un grand bâton, prêt à taper sur la tête des filles si elles disaient une bêtise ou bien si elles lorgnaient du côté des garçons.

Ce jour-là, donc, après s'être assuré des connaissances dogmatiques des deux fiancés, le curé avait posé à Raymonde la question : « Croyez-vous ? » Et Raymonde, qui était une femme, n'avait pas osé dire non. Et il avait posé la même question au garçon, qui avait un peu hésité, puis avait dit, en tournant son béret entre ses doigts : « Des fois oui, des fois non… » Le curé avait ri, lui avait donné une tape sur l'épaule, avait dit quelques mots sur les hommes de bonne volonté, et le fait est qu'en sortant de là, ils éprouvaient tous les trois, même Flopie, qui ne comprenait pas grand-chose et qui n'avait joué aucun rôle, une impression rafraîchissante. Le lendemain, un petit prêtre avait marié les deux jeunes gens, à la campagne, dans une chapelle entourée d'arbres où Flopie représentait à elle seule la parenté et les amis (tel était du moins le souvenir qu'elle avait gardé). Ce vide, ce dépouillement, cette cérémonie, les prières à voix basse, l'avaient prodigieusement émue et fait descendre au fond d'elle-même. Dans la chapelle transpercée de soleil, assez loin des mariés, la tête couverte d'une mantille noire prêtée par Raymonde, elle avait vécu là un moment parfait, qui ne se rattachait à rien de sa vie et qu'elle aurait bien voulu ne pas oublier. Elle ne pouvait s'empêcher de fixer sur le dos de ses amis, agenouillés au bout de l'allée, des regards intenses, comme s'ils étaient l'objet d'une expérience inouïe dans les annales humaines. Raymonde faisait des efforts méritoires pour se tenir bien droite et elle avait quand même obtenu, on ne savait comment, une robe blanche satinée, très belle, qui dessinait ses épaules, et quand, la cérémonie terminée, elle s'était avancée jusqu'à la sortie, traversant à pas lents, au bras de son mari, l'église entièrement vide, comme si elle avait défilé sous le regard de cinq cents personnes, Flopie s'était sentie soulevée à son passage par une grande vague d'émotion et de trouble, et elle avait dû enfouir son visage dans son mouchoir. Il avait fallu que ses amis, ne la voyant plus, se missent à sa recherche, tandis qu'un sacristain pressé venait agiter ses clés sous son nez Elle se rappelait même qu'elle voulait, avant de quitter ces lieux extraordinaires, dire un mot, n'importe lequel, à ce prêtre dont elle avait suivi les gestes avec un étonnement qui est sans doute une forme de la piété. Mais la porte de la sacristie était déjà fermée, et, comme elle débouchait dehors, dans la prairie, elle avait vu le prêtre, complètement transformé, un casque sur la tête, appuyant sur la pédale de sa motocyclette et filant sans se retourner. Alors elle avait été encore plus étonnée. Elle était incapable d'imaginer qu'il pût y avoir dans le monde d'autres messes à dire, d'autres couples à marier, que ce qui s'était passé là sous ses yeux, en une minute éblouie, dans un tourbillon confus de sentiments, pouvait se reproduire quelque part, pour d'autres, avec d'autres. Ç'avait été une déception, un effondrement. Ces choses-là ne se raisonnent pas, elle en gardait une blessure. Car cela ne l'avait pas moins troublée que tout le reste, que ce prêtre eût pu être ici et qu'il fût maintenant là-bas, avec son bon Dieu, et que la chapelle où tout cela s'était passé fût déjà close, périmée, comme une boîte qu'on ouvre et qu'on referme, comme si jamais il n'y avait rien eu, comme si les actes divins, comme les autres, ne pouvaient laisser aucune trace visible. Elle avait continué à penser à cela durant toute la journée qu'elle avait passée avec les deux jeunes gens. Et elle ne savait si elle avait pleuré à cause de tout cela, ou à cause de l'extrême solitude de ce couple ingénu et désarmé qui, en robe blanche et en veston noir, s'en allait vers les amertumes de la vie et, pour commencer, vers la chambre meublée qui était leur unique refuge.

Ensuite, la journée avait été follement bien réussie et tout alors s'était déroulé comme Flopie imaginait que devait se dérouler une chose pareille. Elle avait donné à ses amis un peu d'argent qu'ils avaient ajouté au leur et ils avaient trouvé dans la campagne, pour une nuit, une petite chambre devant les collines avec des draps purs, et même une petite lampe comme les aimait Flopie. Après cette journée, elle n'avait plus eu de leurs nouvelles, car on garde difficilement des relations avec les gens mariés, mais elle savait depuis lors qu'un mariage comportait un lit blanc et au moins une petite lampe. Maintenant, cette aube sale, entrevue à travers des rideaux jaunis, voudrait la convaincre que c'est autre chose. Les réverbères s'éteignent dans la rue, il va faire jour. La chambre ne donnait pas du côté qu'elle croyait. Sous la fenêtre, il y avait une ruelle étroite et antique, un mur aveugle, et, tout de suite, une longue pente de toits de tuiles sans trace humaine. Il n'est pas possible de se sentir plus seule, plus enfermée, et encore plus avec cet homme qui dort – ou fait-il semblant ? – et qui va se réveiller d'un mauvais sommeil. A-t-elle vraiment passé la nuit avec lui dans ce lit de fer, sous ce plafond craquelé d'où pend l'abat-jour comme une araignée géante à son fil ? Ce lit lui rappelait l'hôpital où elle avait été voir Raymonde – les lits d'hôpitaux sont-ils toujours comme ça ? – avec ce sommier métallique qui s'effondrait sous leur poids et sur lequel, pour pouvoir « tenir », ils avaient dû se coucher en sens inverse. Vers le matin, Didier avait cessé de gémir dans son demi-sommeil et s'était endormi en travers de son corps, si bien que, réveillée depuis des heures, elle n'osait bouger. Une douce rumeur de clochers lui parvint à travers la fenêtre entrouverte, comme une voix qui se fût adressée à elle.

Didier venait d'ouvrir les yeux mais restait sans mouvement et avait tout juste assez de conscience pour entendre la voix de Flopie, sans comprendre ce qu'elle disait. Le bruit des cloches achevait de lui parvenir, le plongeait dans un rêve, le ramenait, comme toujours, à son enfance. Mais aussitôt d'autres images se présentèrent à lui. Il chassa d'abord celle du gros frère écartant le rideau de la fenêtre, comme il l'avait vu la veille au soir ; puis celle de Mme Chotard, qui de plus en plus se confondait avec la première. Il aurait eu besoin d'une sympathie pour faire une brèche à travers ce monde hostile. Il étendit le bras, comme un aveugle, rencontra le corps de Flopie. Amie ou ennemie ? Il ne savait, mais il savait qu'elle avait encore besoin de lui. Il ouvrit décidément les yeux, vit distinctement la fenêtre avec ses rideaux blancs, la pente vertigineuse des toits et une mince ligne de ciel gris tout en haut.

– Flopie... dit-il. Que faisons-nous dans cette horrible chambre ?

– Tu étais si fatigué, Didier, rappelle-toi, nous sommes allés au plus près. Te sens-tu mieux ?

– Je me sentirai mieux quand je serai dans la rue, dit-il. Mais d'abord, si tu veux, nous allons descendre et – il eut un sourire dans son visage vieilli – nous allons rompre le pain ensemble.

Ils descendirent, retrouvèrent leurs places de la veille dans la salle à peu près vide. Tandis qu'ils buvaient leur café, les yeux de Didier, toujours attirés par l'imprimé, tombèrent sur un journal qui traînait sur la table. La feuille était pliée en deux, il n'en voyait que la moitié inférieure et il crut d'abord, aux gros titres, à la disposition des articles, aux photographies, qu'il s'agissait d'un de ces journaux à scandales qui exploitent, à des fins commerciales, les malheurs du prochain. Son attention se réveillait. Il essaya, machinalement, de déchiffrer un des titres qu'il voyait à l'envers, n'y parvint pas, tira le journal à lui et put lire : *La quadruple asphyxie de la rue d'Avron*. Et le texte, d'abord en gras, puis s'amenuisant progressivement, passant en un rien de temps du seize Bodoni au quatorze et du quatorze au douze jusqu'à devenir illisible : « Jean-Claude avait neuf ans, Jacques quatre ans, Didier (tiens, Didier) neuf mois. Ils sont morts. Leur mère s'est asphyxiée avec eux dans cette chambre de quatre mètres sur quatre, située au fond d'une cour, rue d'Avron... Mireille B., expulsée une première fois après la mort de son mari Robert, chef de chantier, victime d'un accident du travail, avait été conduite à vivre avec les siens dans ce réduit de la rue d'Avron. Comme tant d'autres, comme des malheureux dont nous relatons les drames chaque jour dans nos colonnes, Mireille B. a voulu sortir de son enfer. Nous avons maintes fois attiré l'attention de nos lecteurs sur les conséquences fu- (*suite en page 3*)... » Les conséquences de quoi ? pensa Didier. Le sans-gêne des journaux était arrivé à son comble. Cette phrase interrompue sur une syllabe acheva de le réveiller en le mettant hors de lui. Fu ? Fumeuses ? Funambulesques ? Conséquences de quoi ? De l'égoïsme ? de l'avidité des capitalistes, des propriétaires, des bons pharisiens ? Page 3... Voyons... Où était elle, cette suite ? « -nestes. » Ah, funestes ! « Les conséquences funestes : 1° des lois démagogiques sur les loyers ; 2° de la société et de l'enseignement laïques, qui font bon marché des valeurs spirituelles et de la foi inébranlable que l'on doit avoir en la Divine Providence... » Didier eut un hoquet. Quel était donc ce journal ? Le titre, qu'il avait regardé distraitement, ne lui en était pas connu. Mais un nom le frappa, tout au bas de la page, juste au-dessous de l'article, perdu entre deux minces colonnes de petites annonces : « Le directeur-gérant : Louis Singler. » Il retourna la page : *L'Éclair des Landes*. Il en reconnaissait maintenant la typographie abrutissante. C'était le même journal qui s'appelait ici *Irube-Éclair* et là l'*Éclair des Landes*. Il lui donna encore un regard : « À Sabres, la bénédiction de la nouvelle cloche a donné lieu à une belle et émouvante cérémonie... » « Toujours les abus : Mères et Filles-Mères... La législation et les mœurs vont leur train. Il y a longtemps qu'on ne fait plus de distinction entre les mères de famille et les filles-mères. Avec un peu d'adresse et à condition d'éviter le concubinage notoire, celles-ci peuvent, plus facilement que les autres, obtenir l'allocation de salaire unique lorsqu'elles travaillent. La terminologie, au surplus, les fait entrer dans un cadre plus respectable : au même titre que les veuves, on les nomme des femmes seules... » Allons, il n'y avait rien de perdu ! Sus à l'école laïque, baptisons les cloches, honte aux filles-mères (et pourtant, tout s'arrange autour d'un berceau), l'abbé Singler était toujours vivant, et peut-être une lettre de lui l'attendait-elle quelque part. Il suffisait d'avoir confiance.

Il en avait complètement oublié Flopie. Elle était résignée, patiente, elle rêvassait au-dessus de sa tasse de café, regardait les murs bariolés d'inscriptions et d'affiches. Les hommes, on sait bien, il faut toujours que ça lise les journaux. Elle était surtout intriguée par un écriteau de bois placé au-dessus de la porte d'entrée : « Deu vos guard. » L'inscription était encadrée de feuilles de chêne peintes en vert, et elle aurait voulu en connaître le sens ; mais ses yeux tombèrent sur l'affiche de la corrida où l'on voyait Dominguin déployant sa muleta sous l'œil torve d'un toro furieux, et elle se laissa distraire un instant par cette image. Puis elle en eut assez et se décida à secouer un peu Didier :
— On s'en va ?
— Oui, dit-il. Il y a tant de choses à faire.

Il ne savait pas exactement lesquelles, et Flopie non plus, mais c'était pourtant l'impression qu'ils avaient tous les deux.

Ce fut comme deux assassins qu'ils sortirent de ce lieu qui, dans la grisaille du jour, avait toutes les apparences d'un bouge, et qu'ils filèrent sans mot dire le long du rempart où l'herbe formait des plaques jaunies par l'hiver. Pourtant le contact de l'air parut rendre à Didier de nouvelles forces. Tant que cet air vous fouette, vous baigne, vous soutient, l'espoir n'est pas mort, on sent que la vie est prête à rebondir. « La vie de Flopie, pensa-t-il. Ses *deux* vies, pour moi qui n'en ai plus... » On oublie qu'on est sans logement et que les vêtements qu'on porte représentent tout ce qu'on a.

— Il n'y a qu'une chose à faire, dit-il, retourner à Arditeya. J'ai la clef sur moi.

— Mais il n'y a plus de meubles, dit Flopie.

— Ça ne fait rien. Il n'en faut pas tellement pour vivre. Et puis, ils n'ont pas dû enlever les meubles du propriétaire. Mme Chotard exagère toujours.

Tandis qu'il gravissait dans le froid persistant et réconfortant du matin la rue grossièrement pavée, bien serré contre Flopie d'un côté et contre le talus de l'autre, faisant vaguement confiance à sa compagne dont il sentait l'épaule se durcir contre la sienne, il revivait le geste de Mireille B., sa détermination la plus intérieure et l'angoisse des dernières minutes. « Mireille B. a voulu sortir, comme tant d'autres, de son enfer. » Elle avait tort : elle aurait dû savoir qu'il faut lutter jusqu'à l'impossible, jusqu'au dernier souffle de vie. Mais voilà, s'était-il trouvé quelqu'un près d'elle pour le lui dire ? Il aurait suffi d'une voix peut-être, qu'elle sente la sympathie de quelqu'un... Chemin faisant, il avait encore à tout moment besoin de chasser les figures ennemies et il ne pouvait s'empêcher d'entendre la voix de Mme Chotard, ou d'entrevoir son visage congestionné, ces lourds yeux bruns qui voulaient toujours le forcer, le convaincre, le poursuivre dans ses ultimes retraites.

Il s'était remis à pleuvoir. L'église, avec ses pierres rouillées, ruisselantes de pluie et de vent de mer, se dégagea soudain comme un amas de ferrailles d'un chaos de petites rues où les éventaires des bouchers et des charcutiers rivalisaient d'ardeur. Des échoppes plus petites, plus anciennes, attaquées en deux ou trois endroits seulement par le virus de la modernité, entretenaient autour de l'abside déployée en éventail une atmosphère de confidence moyenâgeuse. Un édicule, brillamment illuminé la nuit, luxueux comme un Alhambra, dont le maire promettait toujours le remplacement par une installation souterraine, vous recommandait par un panneau d'émail de vous faire habiller chez Berquin et Mongrand, et par un autre vous rappelait qu'« à l'imperméable Melbah la pluie ne se frotte pas ». Le panneau Berquin et Mongrand, de style ancien, au point de faire image d'Épinal, représentait en pied un homme élégamment vêtu d'une redingote rouge et d'un chapeau haut de forme, orné de moustaches et d'une canne de jonc, les pieds chaussés d'escarpins vernis dépassant à peine d'un pantalon étroit. Vision réconfortante au moment de pénétrer soit dans un urinoir soit dans une église, soit encore au moment de se glisser, après mûre réflexion, sous une auto, et qui vous arrache en tout cas à l'idée de rentrer chez vous pour tourner le robinet du gaz. Cet habit rouge, ce haut-de-forme, ces invitations courtoises du tailleur tout proche – quel encouragement à vivre en effet, et à se tenir ! La rue contournait l'église où la brume s'accrochait encore aux nervures du portail. Soudain la rumeur de l'orgue s'empara d'eux et les précipita, toutes portes ouvertes, en pleine harmonie, murmures de la forêt, miaulements de flûte et de syrinx, silences suivis de tonnerre, encens, prêtres, chapeaux à franges, musique militaire, et toute l'enfance qui vient vous déchirer le cœur. « Tu entends ? demanda Flopie. Tu entends comme c'est beau ? – Ça doit être encore des gens qui se marient, répondit Didier. – Il faut croire, dit Flopie. Si on allait voir ?... – Avance, dit-il en la poussant. Puisque tu en meurs d'envie !... » Mais elle osait à peine, il y avait trop de monde partout, elle resta figée à l'entrée devant un prie-Dieu. « À genoux », dit-il en lui donnant une chiquenaude. Ainsi elle n'avait pas à souffrir de se trouver dans une situation non conforme, elle qui mourait du désir de faire comme tout le monde. Didier, resté debout, près d'elle, regarda à la dérobée sa jupe chiffonnée, qu'elle n'avait pas quittée de la nuit, qui dépassait de son manteau chiffonné, encore humide, couleur de boue. Tout le monde autour d'eux était correctement vêtu. Il n'avait jamais vu pareille assemblée dans une église. On sentait que chacun avait mis ce qu'il possédait de plus beau, que les gens n'étaient pas venus là par hasard, qu'ils attendaient quelque chose de solennel. « Je voudrais bien voir », dit naïvement Flopie. « Tu ne vois pas ? – Non. Je suis trop petite. Il y a trop de monde. – Ne parle pas si fort, dit-il. On ne parle pas dans une église. »

Ils tentèrent de gagner quelques places, en s'insinuant adroitement, mais on les regardait et ils s'arrêtèrent près d'un pilier, Flopie sur un prie-Dieu pareil à celui qu'elle venait de quitter, lui sur une chaise un peu branlante, une épaule touchant au pilier. C'était beau, ce pilier, un pilier ancien, tout nu, d'une belle envolée, il avait l'impression de s'appuyer sur tout l'édifice, de ne plus faire qu'un avec les siècles, de participer au travail des générations. L'orgue se tut, une voix affaiblie par la distance proféra au loin des paroles qui lui arrivaient comme un murmure. Leur sens était depuis longtemps fixé dans les mémoires, et cela voulait dire : « Un message est arrivé pour toi, un message adressé à toi, à toi personnellement, membre chétif de la communauté, petit homme perdu parmi les hommes... » Là-bas, très loin, tout au haut de l'église, devant l'autel, un prêtre se tient debout, lève les bras, change de place. « Qu'est-ce qu'il fait ? » demande Flopie. Il change de côté. Il a une petite page à lire par ici et une autre par là. Heureusement, on peut le voir en se dressant, malgré la distance, parce que le chœur est surélevé, et l'on voit même les petits garçons qui vont et viennent avec leur calotte rouge sur la tête, et qui se croisent vivement comme s'ils jouaient aux quatre coins. « C'est joli », dit Flopie avec admiration « Tu vas voir, dit Didier. Ils vont chanter. – C'est dommage qu'on n'ait pas de meilleures places, dit Flopie. – Regarde le prêtre, dit Didier. C'est là que ça se passe. » Elle se lève, se hausse un peu, puis se remet sur ses talons. Son visage a un peu changé. Le petit tic au coin des yeux, de quand elle a quelque chose. « Tu as vu ? dit-il. – Oui. C'est bien des gens qui se marient. – Ça ne fait rien, dit-il. C'est tout de même une messe. Regarde bien le prêtre, et tu comprendras. Quand nous serons sortis, je t'expliquerai. »

Le prêtre qui va, qui vient ; la chasuble dont on ne voit que le dos, mais les chasubles sont faites pour être vues de dos, c'est par là qu'elles sont belles, car une grande croix dorée s'étale dessus. Douces émotions de l'enfance tout à coup retrouvées qui vous empoignent insidieusement à la gorge. On oublie la foule, il n'y a plus que la vaste architecture que frôlent doucement les sons de l'orgue. « Mon oncle, pense Didier, avait chez lui un harmonium sur lequel il jouait cela, ce *Sanctus*. Blotti près de lui sur une chaise dans la maison bien tiède, bien rassurante, j'écoutais, je sentais mon âme s'élever, et les paroles des psaumes me venaient à la fois aux lèvres et au cœur. Après, je l'accompagnerais dans sa tournée de médecin à travers la campagne trempée où l'on trouvait de la bière dans les estaminets, et le lendemain il y aurait une journée pareille, avec mon oncle à l'harmonium et moi tournant les pages, émerveillé... » Émerveillement qu'il avait retrouvé plus tard, dans les chapelles de collèges, et qu'il retrouvait ici soudain, accoté contre ce pilier de granit, auprès de cette fille d'épicerie. Maintenant il était tout tendu, éperdu, hors de lui, chaviré. Un geste du prêtre au-dessus de la foule l'atteignit au cœur. Il attendit les paroles qui allaient suivre. Sa mémoire à lui était confuse, depuis le temps ! Il avait donc gardé au fond de lui une vieille tendresse pour ces paroles, pour cet air qui traînait sur les finales, ces beaux adjectifs latins qui défilaient comme à la parade et qui n'étaient pas là par hasard, mais qui voulaient tous dire quelque chose : « *Vere dignum et justum est, aequum et salutare !...* » Oh oui, les mots admirables ! Quel besoin en lui de dignité, de justice, de cette dignité, de ce salut ! Il regarde Flopie : abîmée, la tête dans ses mains. Pourquoi se rappela-t-il soudain l'article qu'il venait de lire le matin même, cette page de journal dont l'encre grasse lui avait sali les doigts au premier contact, cet article, et tous les autres semblables qu'il avait lus auparavant dans le même journal, de semaine en semaine, au hasard de l'emplette : la voleuse de chandail justement condamnée par les bons juges ; puis, une autre fois, – c'était comme une page d'Évangile, ou comme une fable, mais une fable triste, c'était intitulé : «Imprudence» – l'histoire de la femme quittant sa maison pour aller chercher de l'eau à la fontaine commune, – et qui trouve en rentrant sa maison brûlée – une maison de bois bien sûr – et ses quatre enfants (dont un bébé !...) tous roussis, tous morts. Quelle était cette Chaldée, grand Dieu (à quatre kilomètres de Paris ?), où des nichées d'enfants vivaient entassées dans des paillotes ? C'est Rachel qui crie dans Rama, et elle ne veut pas être consolée !... Mais pourquoi aller si loin ? En passant devant la rue aux Chats, quelques jours plus tôt, n'avait-il pas vu la petite lingère qui avait, sous prétexte d'un rayon de soleil qui passait à dix mètres au-dessus de cette cave qu'elle habitait, tiré sa chaise pour coudre devant son seuil – dans l'ombre glaciale ! Il y avait à peu près huit jours de cela, et la vision était encore plus précise que la première fois. Tout cela était si net sous ses yeux, et Flopie, quand il se tournait de son côté, il la voyait avec son air gentil et la misère qu'elle cachait à l'intérieur, dans ce ventre gonflé, et tout cela était si hallucinant qu'il se mit à se frapper violemment la poitrine, en bredouillant avec rage des mots inintelligibles pour elle : *Mea culpa, mea culpa, mea maxima culpa.* Ce n'était sans doute pas le moment de se frapper la poitrine et de dire ces mots-là, mais ça ne faisait rien, le compte y était, la douleur de ce spectacle était trop forte, il avait, un instant, oui le miracle était là, oublié la sienne, et il fallait qu'il criât, qu'il agît, qu'il s'accusât, et qu'il accusât, car il savait bien qu'on est toujours le premier coupable, et qu'il avait livré le Christ comme un autre. *Mea culpa.* Il crut sentir un geste enveloppant de Flopie. Didier, gémit-elle effrayée. Elle avait pitié ? Mais non. Tout simplement elle aurait voulu être à la place de cette femme agenouillée au milieu de la nef, ensevelie sous un amas de voiles immaculés. Pourquoi ces différences ? Est-ce que je ne suis pas mariée comme elle ? Non. Justement, *pas comme elle*. Le prêtre ne s'est pas dérangé pour toi, pauvre chose, et même s'il se dérangeait, petite idiote, crois-tu que tu aurais tous ces voiles, et cette affluence, et ces grands salamalecs du curé, qui s'incline devant toi, crois-tu que tu aurais une messe de riche ? Est-ce que tu te prendrais par hasard pour le mannequin de chez Dior – dix-huit ans, ton âge en somme –, qui épouse, à la première page de *Paris-Match*, le commodore des sifflets à roulette – soixante-cinq ans – avec la bénédiction de Mgr l'évêque de Nice qui a pris l'avion tout exprès pour venir bénir cette union de l'Or et de la Jeunesse, du Vieillard et de la Putain, sur qui veille déjà, avec une précision, une fatalité antique, l'ombre certaine du Divorce ? Qu'est-ce que tu crois ? N'en as-tu pas déjà assez de ces spectacles malsains, de ces épiscopes qui s'agitent et tremblent à la vue du métal jaune ? Non ! Non ! Cent fois non !... « C'est affreux, je ne pourrai plus serrer la main d'un homme riche, pense au même instant Didier, la tête dans les mains. Ni celle d'un curé, nom de Dieu ! Je ne peux plus ! Je ne peux plus ! » « Qu'est-ce que cela fait, pense Flopie de son côté, on m'a expliqué que ce qui comptait, c'était la bénédiction. N'est-ce pas, Didier ? » Elle le tire par la manche, il faut qu'il lui explique ça tout de suite. Il lui a parlé, lui semble-t-il, d'une conciliation, d'une réconciliation avec Dieu, et elle veut être bien avec Dieu, parce qu'elle sent que de là, de cet autel, de ces gestes du prêtre, lui vient malgré tout quelque chose.

Le prêtre avait terminé depuis longtemps son envoûtante psalmodie. Maintenant c'étaient les enfants qui chantaient, d'une voix pure qui expirait suavement sous les voûtes. Quelle messe! C'était une nouvelle vague de ravissement, d'extase, l'entrée en paradis. Puis les voix s'éteignirent comme une flamme qu'on baisse. Silence. De nouveau une voix s'éleva, très lointaine, très faible, dans une accusation de soi émouvante : « *Non sum dignus...* » Les mots se perdaient, se noyaient entre les piliers. Ceux-là, Didier le ; devinait. Ils lui revenaient presque brutalement, le prenant au dépourvu, et il les reconnaissait comme ceux qui, autrefois, avaient sur lui le plus de mystérieux pouvoir. « *Non sum dignus!...* » « Qu'est-ce qu'il y avait ensuite ? *Sub tectum meum...* Mais je n'ai pas de maison, Seigneur! Cette fille que j'ai prise, je ne sais maintenant où l'emmener, il a fallu que je passe la nuit avec elle dans une chambre d'hôtel, dans un lieu horrible et souillé, souillée qu'elle est elle-même. *Sub tectum meum*, ah! ce qu'ils s'en fichent que j'aie ou non un toit sur la tête! Et, d'ailleurs, pourquoi en aurais-je un? Lui qui n'avait pas une pierre où poser sa tête! Voyons, vous êtes fous? Avez-vous oublié cette page, cette petite phrase, avec vos constructions grandioses, vos palais, vos voitures, vos journaux, vos séminaires retentissant de coups de marteaux et ruisselant de pierres blanches? Il y a deux morales, alors? En même temps? C'est bien vous qui êtes venu me dire : « Devenez propriétaire! Enrichissez-vous!... » Un geste encore, une main qui se lève dans un geste d'une dignité exemplaire, et ces mots déchirants, presque insupportables pour qui veut les entendre : « *Corpus Christi...* » Ah c'est trop! C'est trop à la fois!... » Didier ferme énergiquement les paupières, non pour ne pas voir, mais pour écraser ses larmes. Mais il entend la voix qui monte au-dessus de cette foule mondaine occupée à des pensées de frivolités ou d'affaires, et cette voix il ne peut la refouler : « Que le Corps du Christ vous garde pour la vie éternelle!... » Quand on sait que le Christ, tout de même, a vécu ! Qui peut entendre cela sans se mordre les lèvres, s'enfoncer les ongles dans la peau ! Didier rouvrit des yeux hallucinés sur le prêtre qui remontait lentement les degrés. Il remonta les degrés, se tourna, nerveux, consulta sa montre-bracelet d'un revers de main. Didier l'aperçut une seconde, tourné vers le public, les bras en croix. Il sursauta : c'était lui ! l'abbé Singler ! Il n'y avait pas de doute. Si inattendu, si impossible que ce fût, c'était lui. Didier savait bien que l'abbé Singler n'avait pas de temps à perdre, mais il est des occasions, un mariage par exemple – un beau mariage –, où le temps ne compte pas. C'était même, en l'occurrence, du temps gagné : il pouvait en même temps dire la messe et faire son article sur les jeunes mariés, grands bienfaiteurs de la paroisse en général et d'*Irube-Éclair* en particulier. Le sentiment d'un vague scandale, d'une subtile supercherie, traversa Didier. Quoi ! L'homme d'*Irube-Éclair*, dont la signature s'étalait au bas de la page, sous l'écho de la femme au chandail, sous l'article intitulé : « Pour que l'ouvrier ne bouge pas », l'étrange apôtre qui avait lâché sur lui, la dernière fois qu'il l'avait vu, ce propos incroyable : « Devenez propriétaire ! » – Il était là, debout sur son estrade, dans son *costume de lumière*, il venait de tuer son Dieu comme il faut, il recueillait l'applaudissement silencieux de la foule toujours avide de sang, même en symbole, bientôt il allait revenir au-devant de l'autel et ouvrir la bouche – mais non, il l'avait déjà fait, et c'était peut-être plus grave encore – pour faire l'éloge des... Parbleu, c'était ce matin, – on parlait depuis assez longtemps des toilettes et des préparatifs – qu'on célébrait le mariage de Mlle Baudéan, trente-cinq millions avoués, la fille du richissime expert-comptable des allées Turgot, surnommé l'Américain, et du jeune Lagrange d'Arossa, grand chasseur de palombes et de petits garçons... « Ni d'un curé !... » murmura Didier avec passion. « Quoi ? dit Flopie. – Je ne pourrai plus serrer la main d'un curé, dit-il. – Quel curé ? dit Flopie. Qu'est-ce que tu racontes ? Oh, ce que tu peux être emmerdant, tout de même ! Il faut toujours que tu gâtes le plaisir des gens !... – Viens, dit-il à Flopie en lui prenant la main. Viens ! Nous étions cette nuit dans un mauvais lieu, mais nous sommes retombés maintenant dans un autre... » « Il n'y a plus d'endroit propre, plus de recours, prononce-t-il en lui-même, plus rien. Rien. Aucun lieu sur terre où un honnête homme puisse aller. »

En les voyant sortir, des agents qui se trouvaient en surveillance devant le portail s'étaient rapprochés d'eux, l'air menaçant. C'est qu'il aurait fallu voir l'aspect de ces deux êtres avec d'autres yeux que les leurs. Avec leurs habits humides et sur lesquels il s'étaient assis, Flopie tout juste coiffée, Didier les cheveux en l'air, voûté, traînant la patte. Non, bien sûr que personne n'aurait pu avoir envie de les marier à l'église, ces deux-là, le bon Dieu n'aurait pas voulu se déranger pour eux, car il y a peut-être un bon Dieu pour les ivrognes, mais, bonnes gens, il n'y en a pas pour les pauvres. Ou alors, ce n'est pas le même. Dites-vous bien cela et allez vous faire foutre ailleurs.

Flopie est vite retombée de ses ambitions. Quoi ! Rêve-t-on d'être reine ? Sottise. « Je suis une sotte, pensa-t-elle. Il a raison. Il n'y a rien à faire, rien à tenter pour des gens comme nous... On retombe toujours dans sa crotte. » C'était merveille comme elle s'était assimilée à Didier, tout d'un coup ; mais les prisonniers aussi sont comme ça ; le fait de recevoir la même bouchée de pain, d'être privés d'air, de tourner en rond : elle se sentait prisonnière avec lui. « Eh bien ? dit Didier un peu rudement. Qu'est-ce que tu fais avec ce mouchoir contre ton nez ? » Ce qu'elle fait ?... Tiens, elle pleure. Mais si peu.

– C'est vrai, dit-il. Excuse-moi. J'avais oublié que tu nous préparais un gosse.

– Oh, ce n'est pas ça, dit-elle presque violemment. Ne fais pas l'idiot.

– Alors, c'est quoi ?...

Elle a ce mot divin :

– Tu ne pourrais pas comprendre...

Ils remontèrent à pas lents, au rythme du souffle de Didier, le long des remparts, sortirent de la rue étroite, encaissée. Le soleil avait fait un effort pour paraître mais restait obnubilé derrière les vapeurs accumulées, et Didier retrouvait encore une fois le paysage noyé qu'il avait connu – il y avait combien de temps, mon Dieu ! – dans la chambre de l'Hippodrome.

Au bout de quelques pas :
— Comment te sens-tu ? demanda Flopie.
— Mieux... Beaucoup mieux depuis que je suis dehors.
Et il rit de sa réponse.
Mais c'était vrai. Il avait, lui semblait-il, le cerveau dégagé, libre, et, soudain, ne se sentait plus malade, plus fatigué. Mais remonter jusqu'à Arditeya ? Refaire, en remontant la pente, tout le chemin descendu la veille ? La vue d'une pelouse l'apaisa au passage. Mais, là aussi, avec une rage maniaque, on avait abattu les grands arbres qui, autrefois, par leur stature, leur masse, leur équilibre, versaient la sagesse, la bonté autour d'eux. Leurs troncs gisaient, inutiles, sur l'herbe cravachée, parmi des tas de ciment et de sable qui s'écroulaient. Un futur garage, sans doute ! Il rit.
— Pourquoi ? dit-elle. Qu'est-ce qui te fait rire ?... Tu trouves que c'est si gai ?
Il leva la tête, avala une gorgée d'air.
— Je pense, dit-il avec lenteur, qu'on ne peut plus rien contre nous.
Il éprouvait soudain, comme on peut l'éprouver en état d'ivresse, une impression de puissance.
— Veux-tu réellement dire : contre nous ? dit-elle. Ou contre toi ?...
Elle se rapprocha encore de lui, plus inquiète ; il y avait beaucoup de choses qu'elle devinait sans pouvoir les exprimer. Et pourtant, pour le coup, il était surpris de sa pénétration, de ses soupçons, de sa cruauté envers lui-même. Il y a des phrases que l'on ne complète pas.
Il dut respirer de nouveau avant de parler.
— Contre moi surtout, je pense, dit-il.
Il se reprit aussitôt, se pencha sur elle, et, d'une voix saccadée, mais avec un élan terrible au fond de lui-même :
— Mais n'est-ce pas la même chose ?... Écoute-moi bien. J'ai fait beaucoup d'erreurs. Je me suis accroché à des choses... Elles m'ont quitté, c'est bien. Tout va recommencer maintenant. Avec toi, si tu veux. Je vais quitter ce pays, m'installer à Paris, je ne laisserai plus la paix aux gens, jusqu'à ce que j'obtienne quelque chose... Là-bas, on me connaît un peu, j'ai

des amis… Je les obligerai à se souvenir. *Il faudra qu'on me permette de travailler.* Je ne demande, en somme, pas autre chose. Je ne veux pas de pension, pas de retraite, pas de boni : je veux du travail, c'est tout !… Ils ne sont pas mauvais, vois-tu. Mais ils n'écoutent pas. Ou bien les choses ne leur parviennent pas, je suis si loin. Évidemment, je ne connais pas les gens qu'il faut. Jusqu'ici, je m'en étais un peu moqué. J'ai eu de si belles années ! Et puis, au fond, je n'étais pas très axé sur les gens, j'étais – ça va t'étonner, ce que je vais te dire – j'étais plutôt axé sur… sur Dieu. Tu sais, ce qu'on appelle l'homme, l'amour, l'esprit, Dieu est au centre de ces mystères. En travaillant, en interrogeant comme je le faisais, en fouillant les pensées des hommes qui avaient mis haut l'esprit, je voulais m'approcher… m'approcher de ça, d'un certain point… d'un point de convergence… Voilà, dit-il comme on met un point final, se rendant compte qu'il était en train de s'égarer. Quand je serai là, conclut-il, conscient d'annoncer une évidence, tout va changer. Et quand ils verront que j'ai une famille… Tu comprends, c'est ça qui va leur donner à réfléchir. Ils vont avoir honte. Tu ne crois pas ?

– Oh si ! s'écria Flopie de tout son cœur. Elle n'avait jamais entendu d'aussi belles choses, jamais non plus Didier n'avait parlé devant elle aussi longtemps : cela faisait un peu le même bruit que la musique, tout à l'heure, quand ils étaient dans l'église. Mais… commença-t-elle.

Elle allait dire quelque chose, se libérer de cette masse qui lui broyait le cœur, mais d'un geste il l'arrêta net. Il ne pouvait écouter, dans un pareil moment où il était soulevé au-dessus de lui-même par une force toute neuve, gigantesque, un pouvoir de résurrection. Il était à une heure où le mensonge, la dissimulation sont impossibles.

– Tu verras comme un homme peut renaître, poursuivit-il exalté. Ils m'ont tout refusé, tout (et sa voix s'élevait, enthousiaste :) c'est magnifique ! Mais quand je me considère, je vois bien qu'aucune créature ne m'a jamais fait d'injustice… Flopie, dit-il au comble de l'exaltation, je t'aime parce que tu n'es rien, je t'aime parce que tu es du peuple, parce qu'on t'a humiliée, parce que… Si tu savais…

Mais il ne put aller plus loin. Une douleur passagère le tiraillait un instant, lui enfonça un clou dans la nuque. Quelque chose comme un sanglot d'émotion, de reconnaissance, lui monta à la gorge. Il voulut parler, mais une boule de joie l'étranglait. Il se rapprocha de Flopie, convulsivement lui étreignit le bras.

— Taxi, lui souffla-t-il. Vite. C'est sérieux.

Il s'était arrêté, s'était accoté à un petit mur, non c'était Flopie. Pourquoi était-elle là et ne faisait-elle rien ? Il retrouva enfin un peu d'air, l'aspira, le rejeta, mais ses poumons refusèrent l'aspiration qui suivait. Que se passait-il ? Pourtant il ne faisait pas très froid et le vent soufflait beaucoup moins que la veille.

— Tu… tu trouveras… de l'argent… chez moi, dit-il – à gauche… de l'armoire. Chez moi, reprit-il avec un sourire d'indicible amertume. Pour toi, Floflo… Ho, dit-il, Flo !… Fais vite !…

Affolée, elle tournait les yeux de tous les côtés. Elle ne pouvait pourtant pas le lâcher pour courir après un taxi ! Et puis, un taxi dans cette ville de pierre, dans ces rues aux volets clos. Là-bas commence, aux allées Turgot, l'alignement des villas riches, précédées de jardins. Ces gens-là n'ont jamais besoin de taxi et les voix du dehors ne traversent pas leurs murs. Où alors ? Y a-t-il seulement des taxis à Irube ? S'est-elle jamais préoccupée de taxis ? Quelqu'un lui pinçait le bras. C'était Didier.

— Téléphone… Presse-toi…

Téléphoner… La seule chose peut-être qu'elle n'eût jamais faite. C'était toujours Stef qui téléphonait, jamais elle, qui n'était rien, comme Didier l'avait si bien dit. Elle était capable de pomper de l'huile, de guider le camion, de faire sauter la chaîne contre la porte de fer, mais téléphoner… Ils étaient arrêtés à l'endroit le plus désert de la ville, il aurait fallu au moins redescendre jusqu'à cette petite place à l'angle de laquelle s'élevait, inaperçu, le modeste monument aux morts de la Révolution de 1848. Une vieille dame vêtue d'une petite cape sur l'épaule, et dont le manteau traînait jusqu'à terre, les yeux baissés sur ses souliers, s'approcha, suivant le trottoir avec souci.

— Vous ne savez pas où il y a le téléphone ?...

Cet air de surprise choquée, de désaveu... Bien sûr : Didier s'avisa qu'il était tout simplement assis sur le seuil d'une maison. Comment donc avait-il fait pour aller jusque-là ? Cette dame ressemblait à certaines de celles qui fréquentaient chez Mme d'Hem. Chère amie, je vous écris pour vous dire que je quitte votre maison sans rancune, que... *Flopie va-t-elle revenir ?* Et si elle ne revenait pas ? Tiens, la vieille dame qui rebrousse chemin. Elle s'approche, le flaire, le retourne d'un léger coup de soulier.

— Vous souffrez ?... Vous n'êtes pas bien ?...

Cette voix polie, distinguée... Naturellement, c'était un chanoine.

— Avez-vous besoin de quelque chose ?

Didier secoua la tête. Un jour plus tôt, peut-être, mais à l'heure qu'il est... *Et nunc et in hora mortis nostrae...* il voudrait retrouver son énergie pour hurler sur ce monde où il y avait tant à faire, qui n'avait pas commencé de vivre.

— Vous êtes assis sur les marches de la maison paroissiale, remarqua cérémonieusement le prêtre. Si vous avez besoin de quelque chose, entrez.

Il s'éloigna après une dernière hésitation.

Qui sait ce qu'il serait advenu du corps et de l'âme de Didier, quand Flopie serait revenue un instant plus tard, s'il était entré dans cette maison ? Toutes les portes ne sont-elles pas toujours ouvertes jusqu'au fond, jusqu'au dernier instant ? Mais une grosse auto noire et bruyante déboucha de la petite rue en pente qui longeait la maison paroissiale, et ce fut cette porte-là qui s'ouvrit. Flopie le hissa énergiquement à l'intérieur. Si légère, avec ses bras si légers, mais si musclée... Il se laissa tomber sur le siège à côté d'elle.

— Lentement, dit-il. Oh lentement. Dis-le-lui...

— Figure-toi, j'ai dû courir jusqu'à l'église, dit Flopie. J'ai vu le mariage qui sortait. C'est là qu'ils avaient leurs voitures. On ne peut pas parquer ailleurs. Je n'en sortais plus.

— Floflo, lui dit-il en lui prenant la main.

— Tu sais, lui dit-elle avec une petite larme... C'était tout de même un beau mariage !

L'auto remonta par les rues cahotantes, puis par les allées Turgot, quitta la ville, s'éloigna doucement dans la direction des Hauts-Quartiers. La main dans celle de Didier, amicale, pitoyable, épuisée, Flopie songeait désespérément. Ce n'était pas sa faute si elle était née dans un monde où les garçons renversaient les filles sur la paille, où les hommes s'exprimaient avec grossièreté, à commencer par son père l'électricien, toujours de sombre humeur, dont elle se rappelait encore les éclats de voix. Ce jour-là, comme aujourd'hui, la nuque maintenue sur le plancher du camion, il lui semblait entendre au fond de sa détresse un chant perdu, des paroles d'une sonorité merveilleuse, les paroles qu'on prononçait pour toutes les jeunes filles mais qu'on ne prononcerait jamais pour elle, les paroles mêmes qu'elle se répétait depuis toujours. « La tenue, la décence, le courage de Mlle X., la vaillance toute particulière avec laquelle elle supporta, très jeune, durant une partie de la guerre, en présence de l'ennemi, la responsabilité du milieu familial dont le père était absent, les consolations qu'elle sut apporter à sa sainte mère devant la perte du petit ange que la Providence, dans ses desseins impénétrables... » Si elle osait, Flopie ferait part à Didier de toutes ces belles phrases. Où a-t-elle entendu tout cela ? Elle ne se savait pas tant d'imagination, mais comment résister ? « Les femmes aussi, de nos jours, à l'intérieur des foyers les plus aisés, connaissent l'honneur de servir, et l'honneur peut-être plus redoutable de commander... Mademoiselle, vous aurez charge d'âmes... Vous saurez vous souvenir que c'est dans leur foyer que les jeunes enfants reçoivent le meilleur de leur formation, que dis-je ? Tout le suc de la vie... Comme disait... Vous saurez aussi, l'heure venue, j'en suis sûr, que l'école chrétienne est la seule qui... et que les trois qualités les plus inséparables de... je les nomme : la vigilance, ta ta ta, et la chasteté... » Quelle était la seconde ? Flopie ne savait pas. Mais où donc avait-elle pris tout cela ? Didier, assis près d'elle, la tête très droite, de son côté, invente, parodie, se rappelle : « La chasteté, oui... Les premiers éveils. Méfiance !... Païen, c'est-à-dire de la campagne... Ne me faites pas dire... Dieu n'est pas un gendarme... Cela dit, bien entendu, sans vouloir faire tort à une corporation que... Le corps de la femme, ce vase sacré. Rouh, ouh-ouh... Clac-clac-clac-clac... Rouh... Rouh-ouh, rouh-ouh, rouh-ouh... Si la Vierge revenait, oh ce n'était peut-être pas une pin-up, comme nous disons, mais enfin... » Quel beau mariage ! pensait Flopie. Le voile était tenu par des petits enfants. Et des chants... Sans doute les petites filles du collège où avait été élevée Mlle... Voilà ce qui vous attend un jour, si vous êtes sages, si... C'est pour de tels mariages qu'on met en branle des tas de gens qui ont des plaques dorées à leurs portes, panonceaux ça s'appelle, j'en ai vu un jour à la foire aux puces. » Didier, de son côté : « Il y a tout ce côté-là aussi : les notaires, huissiers, avoués. Un mariage, c'est tout ça. Et de belles écritures sur du papier timbré : un contrat, qu'ils disent. "Article onzième. Mode de reprise à l'égard du mobilier. Lors de la dissolution de la communauté ci-dessus stipulée, chacun des époux ou les représentants des *de cujus* conservera à titre de propre et au besoin prélèvera par préciput les vêtements, linges, dentelles, fourrures, livres, bijoux, ustensiles divers et tous objets à son usage personnel comme étant la représentation des objets de même nature qui lui appartenaient au moment du mariage quelles qu'en soient les consistance et valeur et sans que"... » Flopie : « Petits enfants tout en blanc, pâles d'émotion, la foule massée sur deux rangs, et là-bas l'orgue qui entonne... Pouh-pouh-pouh-pouh-pouh-pouh... » Didier : « "En cas de dissolution par décès le survivant d'eux conservera pour son propre compte personnel tels meubles meublants, ainsi que tous objets et ustensiles qu'il lui plaira choisir, à charge par lui de tenir compte à la masse ou de faire imputation sur les droits, soit... soit... soit... d'après la prisée de l'inventaire qui... de M. le Président du Tribunal du domicile des époux..." Merveilleux, merveilleux, mon cœur se gonfle, mon esprit flotte au-dessus des eaux... Tu es belle, quoique noire, ô bien-aimée... Tes joues sont belles au milieu des colliers ; ton cou est beau au milieu des rangées de perles... Tu m'as ravi le cœur, ma fiancée, par les perles de ton collier… "Valeur calculée suivant bordereaux d'agents de change, d'après le cours moyen de la Bourse de Paris du jour des actes déclaratifs ou transmissifs ou le cours moyen du jour du décès de l'auteur dans la succession duquel…" La pure jeune fille !… C'est un jardin fermé que cette jeune fille, une fontaine scellée. Il n'y a pas à dire, tu es toute belle et il n'existe pas de tache en toi… "auquel cas les experts en cas de désaccord s'en adjoindront un troisième un troisième un troisième…" » Au fond, dans cette journée si mal commencée, ce taxi qui va si lentement est un instant merveilleux. Merveilleux de se laisser rouler, pense Flopie… Rouler ainsi le long des allées de palmiers et de lauriers-roses. La tête de son amant sur son épaule. Amant. Un mari n'est qu'un faux amant. Elle n'a eu qu'un amant, celui qui l'a mise dans cet état – dans cet état ineffaçable. Une vague de haine la soulève, la pousse davantage contre Didier – pourquoi est-il si rouge ? Elle passe son bras autour de lui, le presse : il est absent.

– Il faudrait rouler comme *ça* toute la journée, dit-elle, tu ne trouves pas ? On oublierait tout, et… Didier !…

– Ne me secoue pas, veux-tu ? Ne… Flo… – Il ne sait plus comment dire. – Oui, c'est très beau. Très beau.

L'auto arrivait sur une place. « C'est absolument vrai que ce mariage n'a aucune valeur, se dit-il. Encore une fois, c'est Mme Chotard qui a raison. Je pensais qu'elle était venue pour ne rien dire, et elle a dit cela. C'est ça qui est irritant avec elle. Il y a toujours quelque chose de vrai dans ce qu'elle dit, au fond de ses boutades les plus saugrenues. Raison de plus pour lui en vouloir, bien entendu. Il est vrai que je n'aurais pas eu moi-même cette pensée ignoble – cette « idée ». La religion est un alibi commode. Tout ce qu'on fait en dehors d'elle ne compte pas. Pure plaisanterie. Mais où donc allons-nous, puisqu'il est au moins sûr que je n'ai plus de maison ?… »

Il retombait à sa fatigue. La fatigue est essentiellement égoïste ; égoïste est la mort : c'est un immense détachement ; un abandon de poste. La place était toute décorée de drapeaux noirs, d'oriflammes noirs, de bannières noires et tendue de grands draps noirs, comme il avait vu les haies et les murs tendus de draps blancs sur le passage de la Vierge, le jour où on avait promené par les rues et par les campagnes la Vierge du Grand Retour. Un évêque noir, crépu, arrivait majestueusement sous un dais noir. Toute la place était couverte d'une foule compacte, et cela faisait une masse noire. Les deux flèches de la Cathédrale, qu'ils avaient laissées derrière eux, se déplacèrent et vinrent se planter derrière la foule, se découpant en noir sur un ciel bleu, toujours plus bleu. Puis le ciel prit une teinte orange et s'assombrit à une vitesse vertigineuse... Il allait se passer quelque chose de terrible, sûrement. La place se rétrécissait à toute allure. Il en faut si peu pour vivre. Mon petit monsieur, vous êtes bien heureux croyez-moi, les grands appartements sont si difficiles à entretenir. Tenez, moi... Oui, vous avez bien de la chance, sans le savoir. Comment ? Oh, mais c'est que vous êtes exigeant. Insupportable. Et je ne parle pas du personnel ! Si vous saviez ce qu'on a du mal à trouver une domestique convenable ! *Dispense usted... Tronado ?...* Et pourtant, quand je vois tous les avantages qu'elles ont chez moi... Car, imaginez-vous, il y a des lois ! Et elles le savent ! Mon petit, si un jour vous ne savez plus quoi faire de Flopie, placez-là ! Pour une fille sans instruction comme elle, c'est ce qu'il y a de mieux... Providentiel !... La foule grandissait, s'amassait toujours. Des gens apparaissaient sur les murs, sur les toits. Pourquoi si noirs ? Des soutanes se montraient en nombre de plus en plus grand. On aurait dit des hommes de bronze. Des voix tombaient du ciel, des voix cuivrées qui résonnaient à vos tympans d'un éclat métallique, d'une puissance de persuasion affolante, clamant des ordres. Des banderoles parcouraient le ciel. « Devenez propriétaire. » – « Tous propriétaires »... « Todo el mundo proprietario ! » Mais ce n'était pas du tout une tache noire, comme il l'avait cru, la tache était rouge comme la muleta que l'on tend aux yeux du toro. La voix se faisait insinuante. « Deux enfants ? Trois ? Ou un seul ?... Oh alors, désolé, vous n'avez droit qu'à une chambre et à la cuisine commune. Voyez les plans... L'espace qui vous est nécessaire pour vivre a été calculé très exactement par nos experts... Vous n'avez pas à sortir de là... Tout est très très bien fait... » Les hommes de bronze se rapprochaient, se rapprochaient, formant un mur, un rempart sans fissure. Leurs physionomies étaient sévères – ou seulement graves, peut-être ? Ils formaient une haie, épaules contre épaules ; et d'autres rangées étaient derrière. Soudain, tous en même temps, du même geste, ils brandissaient dans leurs mains quelque chose, quelque chose qui se mettait à vivre d'une manière insoutenable – l'impossible se réalisait : « Corpus Christi... » disaient-ils, et le reste de la formule se perdait dans un brouhaha, mais restait tout à fait distinct pour Didier. « Oui ! Oui ! disait une voix en lui. Oui !... » Il entrouvrit les lèvres. « Son Corps. Quelqu'un a-t-il jamais senti cela ? Ou l'a-t-il cru ?... Vécu ?... Le Corps du Christ ! Pas en image, mais... » Il aurait voulu ôter ce voile qui lui brouillait la vue. Soudain sa bouche se remplit de sang. Les clochers s'élancèrent avec un sifflement, projetés verticalement contre le ciel. *Le gusta ?...* Un ciel vermeil. Une douleur intolérable, foudroyante. Christi !...

On allait arriver. Voici l'allée, le Séminaire, toujours si paisible, la villa avec son mur pelé par le vent d'ouest. Depuis combien de temps, d'années ai-je quitté tout cela ?... Elle se penche en avant vers le chauffeur, tape sur la vitre : « Ici ! Arrêtez !... » Un coup de frein un peu brusque. Didier est projeté en avant. Il ne résiste pas. Flopie se penche. « Mais, Didier !... » Sa voix s'étrangle. Cette pâleur ne trompe pas. À peine une tache rouge sur le paillasson.

Le chauffeur s'impatiente, déjà bougon, sans prendre la peine de se retourner. La maison est entièrement vide. Les volets sont fermés partout.

– Monsieur, appelle Flopie terrifiée. Monsieur !... Elle supplie : Il faut que vous m'aidiez !... Mon mari...

Flopie avait un tout petit espoir de trouver la maison ouverte, ou la clef à sa place habituelle, pendue à un clou derrière une poutre. Mais les autres n'étaient pas là et elle trouva de petites bandes de papier collées de part et d'autre de la porte de Didier, et comprit que cela devait être des scellés. La clef était d'ailleurs dans sa poche, où Didier l'avait glissée un instant plus tôt. C'eût été enfantin d'ouvrir. Mais, comme tous les gens du peuple, Flopie était infiniment respectueuse de la loi.

Il n'y avait qu'une pièce qui fût accessible, la cave où l'on descendait par trois marches ; les portes trop fréquemment secouées en étaient tombées depuis longtemps et elle exhalait au passage une odeur complexe de rat et d'épicerie, laissant voir son sol de terre, jonché de couvercles de boîtes métalliques, de caisses brisées et d'instruments divers. La cave, à la rigueur... Comme le lui avaient dit un jour les Maillechort, il y a bien des gens qui n'ont que ça.

Elle fit le tour de la maison. Le chauffeur, qui ne comprenait plus rien, la vit revenir, trébuchante, si perdue, les yeux et le cœur si noyés de larmes qu'elle ne sut quoi dire.

– Alors ? dit l'homme. L'hôpital ?...

Elle le regarda stupidement.

– Vous croyez ?

– Ma pauvre petite, que voulez-vous, quand on a un homme malade à ce point... Moi je ne vois que ça. Et puis, là-bas, ils vous le retaperont...

– Ce n'est pas ça, dit-elle. Je...

Le type était descendu et battait de la semelle devant sa voiture, les joues rougies de froid, la casquette mouillée de brouillard.

— Non, dit-elle vivement. Non. Pas cela... C'est inutile... Je me suis... Nous nous sommes tout simplement trompés de maison. Ramenez-nous vite... Nous habitons en ville, près de la cathédrale.

Elle donna le nom de la rue et remonta précipitamment dans la voiture. Le chauffeur haussa les épaules : des gens qui se trompent sur leur maison, il n'avait jamais vu ça. Flopie s'était installée sur la banquette. La secousse du départ fit tomber la tête de Didier sur son épaule. Elle se mit à sangloter convulsivement.

L'escalier partant de la rue montait tout droit au premier étage, où l'on s'engageait dans un couloir obscur. La première porte à gauche. C'était là, c'était facile à trouver. « Tout est prêt, avait dit Mme Chotard. Vous pouvez y aller dès ce soir, vous n'avez rien à demander. » Flopie fouilla dans son sac, trouva la clef, ouvrit la porte. Elle était suivie du chauffeur portant Didier. Quand elle avait voulu l'aider, il avait protesté, prétextant qu'il savait comment s'y prendre. « Pensez-vous, il n'est pas lourd, votre homme. » On devinait un lit dans la pénombre.

— Là, dit Flopie... Et maintenant, je ne le quitte pas. Il ira mieux bientôt. Mais je voudrais que vous alliez me chercher un docteur au plus près. Vous voulez ?... J'ai de l'argent, je vous donnerai...

— D'accord, dit l'homme, l'essentiel pour lui étant de libérer son taxi et de sortir de cette impasse. Pour en avoir plus vite fini, il préférait croire que Didier n'était qu'un peu malade, et il disait oui à tout.

— Merci, dit-elle. Vous êtes un brave type. Vous revenez vite ?

— Sûr, dit l'homme. Je sais faire, allez...

En attendant il ne bougeait pas, tâtait ses poches, comme s'il cherchait des cigarettes.

Elle se précipita sur Didier, ouvrit son manteau, sa veste, tira des billets de son portefeuille.

– Tenez, dit-elle étourdiment en lui mettant une liasse de petits billets dans la main. Nous ferons la monnaie tout à l'heure. Mais faites vite !…

Maintenant ses yeux étaient tout à fait secs. Elle avait pleuré ce jour-là pour toute sa vie.

Quelle idée la fenêtre ouverte par un temps pareil ! Il fallait être Mme Chotard pour imaginer ça ! Entre la table, la chaise de bois et, dans le coin, derrière la porte, le réchaud à gaz avec son tuyau qui serpente, les modestes affaires de Didier, les caisses, les malles – la malle d'osier, fragile, à cause de la poussière, et la malle à dessus ovale, solide mais incommode, sur laquelle aucun objet ne pouvait tenir, de sorte qu'il avait toujours été impossible de les superposer. Elle calcula : dans un quart d'heure, le temps de foncer en ville et d'en revenir, le médecin sera là. Elle s'arrêta un instant à cette idée, tandis que Didier reposait sur le lit, dans le désordre de ses vêtements, le tour des yeux très pâle. Puis un soupçon s'empara d'elle : ça devait être l'heure des consultations à domicile. Aucun médecin ne se dérange pendant ces heures-là. Mon Dieu ! Était-ce possible ! Mais non, l'homme aurait donné l'alerte. Au besoin, il irait à la police, là on trouve toujours des docteurs, elle le savait. Elle s'approcha de Didier, posa sur lui, sur son visage, ses mains froides, les retira aussitôt avec un doute. Que fallait-il faire ? Elle prit le parti de s'étendre sur le lit, près de lui, timidement d'abord, puis confiante. Cet homme, il lui semblait maintenant qu'elle vivait avec lui depuis des mois, qu'ils étaient mariés depuis toujours, qu'elle l'aimait vraiment. La pluie commençait à battre doucement les vitres. Elle s'étendit mieux, s'allongea soigneusement près de lui, ramena sur eux, pour avoir plus chaud, le couvre-lit blanc, broché, gaufré, à franges, sur lequel ils avaient installé Didier. La chambre était humide ; sur les murs, le papier commençait à se déchirer par lambeaux, découvrant tout un panorama de moisissures. Elle avait mis une main entre ses cuisses, pour la réchauffer ; de l'autre, elle lissait tendrement les cheveux de Didier. Je suis là, Didier, n'aie pas peur. Je suis là... À présent, toutes les choses qu'il lui avait dites au cours de cette longue nuit, dans les intervalles de son sommeil, puis dans le café où ils étaient restés une partie de la matinée, lui revenaient en mémoire. Elle se revoyait dans l'église, entendait les voix, la musique, son esprit retournait à ces enchantements, malgré la mauvaise odeur qui rôdait. Elle écoutait en elle la voix de Didier, mais que disait-il ? Les mots ne parvenaient plus jusqu'à sa conscience. « Floflo... » murmurait-il. « Floflo... » « Il est vraiment digne et salutaire... Tu verras comme un homme peut renaître... » « Floflo... Toi et moi ne sommes pas différents... Je ne suis rien, et qu'est-ce que prier sinon savoir qu'on n'est rien... Il n'y a que toi qui puisses comprendre... Toi et moi c'est pareil... Il y a deux choses : le travail, l'amour... Il n'y a pas d'autre dignité que celle que confère le travail, pas d'autre grandeur... Il n'y en a qu'une, c'est l'amour, mais c'est plus rare... Tout le monde ne peut pas aimer comme il faut, tu comprends, aimer jusqu'à *accepter*, jusqu'à *revendiquer*, mais tout le monde peut travailler comme il faut... Travailler, c'est aussi faire acte d'amour, une manière de se charger du monde, si tu veux... Être la feuille qui s'ouvre, Floflo, mais aussi... Tout malheur peut se changer en bien, petit oiseau. » Elle s'entendit répondre : « Oui, Didier, nous travaillerons comme des lions... »

Mais pourquoi ce chauffeur ne revenait-il pas ?...

Elle se haussa un peu sur le coude, pour voir, mais retomba aussitôt. Que se passait-il ? En bas, dans le parc, sous les tilleuls, s'avançait une théorie de séminaristes qui sortaient en braillant joyeusement, battant des ailes sous leurs petites capes noires. Dans un arbre, un oiseau chantait divinement, l'oiseau bien connu dont le refrain est *Flopi-Flopi*. Elle ouvrit les yeux avec effort, tant ses paupières étaient lourdes, sans doute, d'avoir pleuré. Quelque chose de pesant s'était abattu sur elle : n'avait-elle pas assez dormi ? Elle écarta vainement le sommeil invincible qui la prenait. Elle lutta encore un moment pour maintenir les yeux ouverts, ses petits yeux verts si luisants, et la dernière chose qu'elle vit par la fenêtre sans rideau, dans la rue, ce fut ce type au rire éblouissant, grimpé sur un poteau télégraphique, qui réparait on ne sait quoi, avec une pince dans la main et une sacoche à la ceinture et qui avait l'air de rigoler en les regardant, tant c'était drôle probablement de voir des gens couchés dans leur lit en plein jour !... Oh, Didier !...

DIXIÈME PARTIE

Le Printemps

Le fait passa à peu près inaperçu dans Irube, et même l'entrefilet d'*Irube-Éclair* au titre accrocheur : *Le suicide de la rue Maubec* – en sous-titre, en caractères plus modestes : *accident ou suicide ?...* – parvint à peine à secouer une journée l'indifférence qui était l'état habituel des Irubiens à l'égard de ce genre de nouvelles. En revanche, le discours du maire retint beaucoup l'attention. On venait en effet d'inaugurer à Irube un buste de l'impératrice Eugénie. Heureux d'avoir fait échouer un an plus tôt le projet d'un jeune artiste inspiré qui s'était avisé de faire de l'art, le Comité s'était adressé cette fois à un sculpteur académique dont l'œuvre n'avait surpris personne. Les Irubiens l'attendaient depuis assez longtemps, leur impératrice ! Naturellement, de mauvais esprits se demandaient ce qu'elle venait faire à Irube quand tant de Français n'arrivaient pas à se loger, que nous faisions la guerre en Indochine et que nous accumulions les crimes en Afrique du Nord ; le maire avait quand même eu le haut du gratin pour l'écouter. Ces cérémonies sont banales, mais celle-là !... *Irube-Éclair* en fit un compte rendu enthousiaste. Le préfet, l'évêque, les écoles, la fanfare des Chérubinots, les Anciens Combattants, le baron de la Vaugelle, la baronne, le ban et l'arrière-ban, rien n'y manquait. Le maire, les pieds sur les chenets, sa robe de chambre grenat croisée sur sa forte poitrine, relisait dans son journal le discours prononcé la veille. Il y avait bien des coquilles çà et là, mais il ne faut pas trop demander à ces imbéciles, et on sait bien que l'imprimerie n'emploie que des apprentis, n'empêche, ce serait à signaler. « Quel est le Français qui peut refuser une statue à l'impératrice Eugénie... » Pas mal, ce début, mais il y avait une phrase dont le maire était surtout content ; c'était celle où il était question de la statue qu'il avait fallu déboulonner pour ériger celle de l'impératrice. « N'est-il pas regrettable cependant que le *Penseur* (il s'agissait du Penseur de Rodin – c'est-à-dire une réplique, évidemment. Ni Rodin ni l'impératrice n'avaient jamais empêché le maire de dormir) ait dû être placé dans un site de moindre prestige ? On ne dira jamais assez que les penseurs doivent avoir une place dans la cité – la meilleure ; que les penseurs ne doivent pas être relégués dans l'ombre (vifs applaudissements)... Euh... » L'orateur déplore ensuite... « – Pourquoi donc m'ont-ils coupé ici ? Les crétins... – déplore ensuite que les progrès matériels ne soient pas plus souvent accompagnés d'une amélioration parallèle dans le domaine de l'âme. Il rêve d'un vaccin qui... » Pourquoi diable ont-ils coupé cela ? Concurrence ?... Le maire se sourit à lui-même. Sa dinde de fille pianote dans la pièce à côté. Mme Dutertre doit être plongée dans ses oraisons du soir. Dix heures sonnèrent. Tout de même, il y a des jours où l'on est bien chez soi.

Suicide ou accident ?... La question n'avait pas été officiellement résolue, en effet. L'antique réchaud à deux trous qui, à lui seul, constituait la « cuisine » de l'« appartement » de la rue Maubec, avait un tuyau en mauvais état, et la manette commandant ce tuyau tournait avec une facilité peu commune – un choc, une vibration pouvait suffire à modifier sa position. Mme Chotard ou Cazaunous, en apportant les affaires de Didier, pouvaient très bien être à l'origine de l'accident, mais de cela ni l'un ni l'autre ne se vanta. Et comme ils avaient ouvert la fenêtre avant de quitter la chambre, pour que la pièce fût bien aérée à l'arrivée de Didier... Mais on peut supposer aussi que cette manette, située juste derrière la porte, a joué lorsque Flopie a poussé vivement le battant devant le chauffeur qui tenait Didier dans ses bras. Ce qui était sûr, c'est que la propriétaire, alertée par l'odeur qui filtrait sous la porte et envahissait le couloir et la cage de l'escalier, avait trouvé les deux malheureux, côte à côte, dans le même lit, la fille toute pressée contre le garçon, l'enlaçant, disait un journal, de ses petits bras froids.

Dans le même lit. Ainsi dorment les époux...

Une première autopsie, faite par un médecin distrait (et réputé pour ses distractions et même ses bévues, mais indécrottable), avait conclu à une double asphyxie, mais avait été contestée par les confrères aussitôt que publiée. Un second examen révéla que la fille était enceinte d'environ quatre mois. Alors ?... Grossesse, taudis, un homme malade qui a toujours vécu « en marge » : comment croire à un accident, à l'intervention du hasard, de la fatalité, ou même à la responsabilité d'une société criminelle ? *Irube-Éclair*, naturellement, croyait au suicide. Quant au maire, si soucieux d'élégance urbaine et si attentif au problème du relogement des penseurs, il eut pour Didier une rapide oraison funèbre. « Dire, s'exclama-t-il en levant les bras au ciel autant que le lui permettait sa corpulence, qu'on a cherché à m'intéresser à ce... comment dites-vous ? Aubert, et que mon gendre s'est dérangé tout exprès pour le marier ! Il était écrivain, je crois. Écrivain, je vous demande un peu. Alors que la terre manque de bras... »

Le chauffeur qui apprit la nouvelle dans *Irube-Éclair*, tout étonné de constater que ces choses-là, qu'il avait l'habitude de lire dans son journal, arrivaient aussi quelquefois à des gens qu'on avait pu voir, mais encore plus étonné de constater aussi, à la seconde lecture, qu'il était peut-être un assassin, dans la mesure où, ayant rencontré aussitôt après un second client (excellent alibi), il s'était dispensé d'alerter le médecin demandé par sa cliente, ne tint pas à aller raconter au commissaire que c'était lui qui avait conduit le couple dans cette foutue maison, ni que (circonstance atténuante), quand il avait transporté l'homme dans cette chambre, il était bien probable qu'il ne respirait déjà plus, ou que c'était tout comme. Il savait par expérience qu'un chauffeur ne doit jamais se mêler de rien. De la même façon avait disparu (ou s'était tu) l'ouvrier au visage éclatant qui travaillait dans la rue le jour où l'accident avait eu lieu. Était-il tombé accidentellement dans la Bonance ? N'était-il pas plutôt passé à l'Est ? Sans doute n'avait-il rien à dire d'intéressant. Nul ne l'avait vu, nul n'en entendit parler.

Le léger bruit fait par cet événement s'évanouit sous la rumeur soulevée par des affaires beaucoup plus scandaleuses et alléchantes pour le public en ce qu'elles touchaient à la société huppée : une jeune fille de vingt et un ans, récemment mariée, habitant une des propriétés les plus en vue du haut Irube, était morte dans des conditions peu claires, après avoir absorbé (ou qu'on lui eut fait absorber) une quantité considérable d'alcool : on avait retrouvé son corps complètement nu mais intact sur une des plages voisines, et ce mystère passionnait l'opinion. On peut croire qu'*Irube-Éclair* se distingua à ce propos et se fit un plaisir de tout confondre dans la même atmosphère louche – le petit article consacré aux Aubert et le grand article de première page consacré aux drames de la haute : « L'affaire des drogues a son dénouement dans notre région : le mari, suspect, est arrêté. » Littérature qui se développa les jours suivants et servit de prétexte à des attaques politiques, ce qui faisait le jeu de l'abbé Singler, jusqu'au jour où une affaire plus sordide mais plus locale, concernant cette fois de vieux Irubiens dont l'espèce est bien plus intéressante encore que toutes les autres, prit la vedette et relégua dans l'ombre la précédente.

Il nous faut d'abord rendre cette justice à Mme Chotard que ce qui était arrivé à Didier, au terme et peut-être en conséquence de son intervention, avait jeté dans son esprit un certain trouble, dont elle avait tenté de se débarrasser par sa méthode habituelle en temps de crise, à savoir une retraite chez les Bénédictines d'Urcuray, dans l'arrière-pays. Cette retraite, dans un lieu où elle rencontrait toujours un certain nombre de ses connaissances, n'avait pourtant pas mis pleinement fin à ses ennuis, car elle avait été, pour une fois, sévèrement engagée à se taire et à rentrer en elle-même. Elle avait donc décidé d'écourter son séjour et de s'embarquer un beau matin dans l'autocar d'Irube, avec l'intention d'aller voir le jour même l'abbé Singler, ne doutant pas de l'intéresser vivement par le récit minutieux de ses scrupules. Vingt kilomètres sont peu de choses, et, ayant entamé la conversation avec un maquignon, elle avait eu l'occasion de regreter que ce ne fût pas plus long. Quand elle arriva à Irube, Mme Chotard se précipita sur le bureau de l'abbé Singler, mais il était justement à l'imprimerie.

Elle courut à l'imprimerie, mais là, suivant l'invariable expression du secrétaire, il était « en plein boom », occupé par une mise en pages « sensationnelle », et ne serait pas libre avant un bon moment. La réponse était nette mais Mme Chotard, vexée, dut s'en retourner sans avoir vu l'abbé Singler. Elle trouva, le soir même, dans la rue menant à la Cathédrale, l'explication de son échec dans un exemplaire d'*Irube-Éclair* affiché à la porte d'un marchand de journaux, et dans les larges traits bleus encadrant l'article de la une, avec ce titre énorme : « Un vieillard bouillait dans la marmite !... »

Ce fut peut-être la première déception profonde que Mme Chotard essuya de la part du monde ecclésiastique. Visiblement, l'abbé Singler poursuivait sa carrière. Du poste de commande où était parvenu l'ancien professeur du Séminaire, il ne pouvait plus apercevoir que dans un halo de commisération ce salon des Hauts-Quartiers où il lui était arrivé de s'égarer. Maintenant, il était chargé de peser sur l'opinion, de l'éclairer, de la traduire, d'aller au-devant d'elle. Il pouvait envoyer promener Kant, Victor Cousin et même saint Thomas et saint Anselme, qui étaient un peu « dépassés ». Grâce à lui, à son zèle, à son dynamisme, à sa science de la présentation, que l'orthographe influençait peu, les heureux habitants d'Irube, au nombre officiellement déclaré de trente mille, apprendraient la nouvelle avant Paris et sauraient qu'on n'allait pas tarder à découvrir les responsables de cette « mise en scène tragique », mais bouffonne aussi, bien sûr, comme le suggérait le point d'exclamation qui accompagnait le mot « marmite ». C'était en somme une variante moderne de l'« Aululaire ». Au reste, l'article s'achevait par un appel à la confiance dans l'excellente police irubienne.

Mais Mme Chotard avait encore un rôle à jouer ; elle s'était découvert un « devoir » ; elle écrivit aux Aubert, restés au Maroc, une grande lettre, pleine de circonstances et de sentiment, où elle racontait en s'appliquant, avec une approximation touchante, les derniers jours de Didier, sans rien omettre de ce qu'elle croyait savoir ou de ce qu'elle pouvait supposer, faisant remonter à Betty, par des cheminements subtils, la responsabilité des « déviations » auxquelles l'Église n'avait pu apporter l'apaisement final. Elle leur promettait de beaucoup prier pour compenser ce qui pourrait manquer à Didier pour passer avec succès l'examen qui l'attendait à la porte du ciel. En ce qui concernait Betty, si cela les intéressait, l'inévitable s'était produit : elle se trouvait bien dans la voiture de M. d'Hem au moment où il avait défoncé le parapet du pont et était tombé sur la ligne de chemin de fer. Elle donnait encore d'autres nouvelles du Quartier, parlait longuement de gens que les Aubert n'avaient jamais connus, les entretenait d'un voyage de son beau-frère, en leur indiquant les heures et les gares, comme s'ils avaient dû y participer par la pensée. On allait entrer en carême et elle donnait des précisions sur la mission, sachant que Mme Aubert aimait les églises.

Après cela, Fernande éprouva un grand vide. Qu'on ne s'y trompe pas, cela ne ressemblait en rien à des remords. Simplement son goût du mal, son ingéniosité à combiner des coups, se trouvaient momentanément sans emploi. Mais de telles natures sont fortes et les âmes ne tardent jamais à rencontrer les victimes dont elles ont besoin. En attendant cette heureuse rencontre, elle avait fait l'acquisition d'une relique de ces temps troublés. Les quelques objets de peu de valeur que la vigilance du clan avait réunis dans la chambre de la rue Maubec avaient été vendus aux enchères par ministère public pour « couvrir les frais ». C'est ainsi que les livres furent emportés par quelques maniaques, le linge par des ménagères soucieuses de profiter des « bonnes affaires » et les papiers – la thèse de Didier Aubert, presque terminée, *Taudis et Vie spirituelle*, ses notes, ses fiches, qui n'intéressaient personne – confiés à la Bibliothèque municipale où Lambert, qui avait été prévenu trop tard de la vente, fut le seul à aller se recueillir parfois sur ces textes. Quant aux photos, elles furent données en primes.

Mme Chotard, sentimentale, rêveuse comme elle l'était à ses heures, et c'était l'heure de l'être, s'était présentée négligemment à la vente – c'est-à-dire de l'air de quelqu'un qui veut passer inaperçu. Elle racheta, à vil prix, les malles qu'elle n'avait pas voulu prendre chez elle du temps où Didier en était encombré, déposa l'une dans un obscur réduit à charbon, et l'autre, qu'elle estimait la plus belle, la malle d'osier, dans sa lingerie. Les chiffons (la prime) qu'elle y trouva, lui ayant paru négligeables, furent dissipés. Elle décora cette malle du nom de panière, et quand elle voyageait, c'était cette panière qu'elle emportait. Prétexte, pour peu qu'elle rencontrât quelqu'un, à de longues confidences, car elle adorait, on le sait, les confidences qui prennent les autres pour thèmes, et c'était, à propos de ce « pauvre Didier », un récit sans fin, toujours le même, récit où la vérité avait à souffrir mais où la morale triomphait toujours.

Tout le monde ne peut pas être bouilli dans une lessiveuse ni être tué par la coco, et la rosette de l'architecte municipal ou la lycanthropie de M. Brocquier ont bien aussi leur importance.

Ainsi la bonne ville d'Irube oublia-t-elle bientôt ses disparus et continua-t-elle d'aller, et les Hauts-Quartiers mieux que tous les autres. Le printemps jeta ses feuillages à tort à et à travers sur cette population qui n'en avait cure. L'Évêque, content d'avoir interdit à ses ouailles la pièce d'un écrivain athée, mise au programme du Théâtre de la ville, comme si l'athéisme n'était pas le ferment de la foi, continua à bénir les beaux mariages et à oublier les familles entassées dans les taudis des bas quartiers, sûr d'être entendu si par hasard le Séminaire voulait un toit à sa terrasse ou des garages pour les autos de ces messieurs, ou s'il fallait ouvrir une nouvelle église à la piété des habitants des Hauts-Quartiers, aux besoins desquels ne pouvaient suffire le Carmel, les Capucins, les Dominicaines, les Sœurs Blanches, les Bernardines, l'Orphelinat et la Chapelle de l'Hôpital. Le fasciste notoire que le département en délire devait choisir comme député quelques années plus tard ne recommandait-il pas au même moment, pour lutter contre le mouvement des prêtres-ouvriers, de « relancer dans la France catholique l'emprunt des Chantiers du Cardinal » ? « Quand la banlieue de Paris (mais cela devait être valable pour l'ensemble du pays) sera constellée de jeunes chapelles, des curés en soutanes pourront alors exercer leur apostolat. » Il faut ce qu'il faut. Le maire, content d'avoir interdit de son côté une réunion communiste, continua à signer des promesses qu'il n'exécuterait pas et à abattre des arbres séculaires pour les remplacer par des esplanades de ciment et de lugubres lampadaires à tubes fluorescents aussi agréables à contempler que des potences. Faute d'un œil pour le voir, le parc du Séminaire retomba à son inutilité et devint un lieu indifférent, un préau pour servir aux évolutions des petits hommes noirs. On n'avait jamais entendu dire, de mémoire de curé, qu'aucun d'eux eût jamais été troublé par la vue d'une fleur, par la naissance d'un bourgeon, ni que sa vocation eût été mise en danger, l'espace d'un clin d'œil, par l'éclosion d'une feuille d'hortensia. À Arditeya, la chambre de M. Aubert, un peu retapée par le beau-frère Cazaunous, qui n'aurait dû pouvoir expulser son monde qu'à condition d'habiter lui-même la maison, selon la loi, put être louée à un prix « intéressant » : car personne n'a plus besoin d'argent que les gens qui en ont trop. Mme Chotard n'y trouva rien à redire : tout ce que faisait sa famille était bien. Les Maillechort étant partis, la maison fut louée cette fois – aux conditions que l'on devine – à des garagistes, des vrais, qui ânonnaient des syllabes en nasillant et supputaient eux aussi des bénéfices. Le petit garage, sous l'ancienne chambre de Didier, redevint enfin un garage, propre et net, où les locataires remisèrent leur Ford. C'est ainsi que le printemps, cette année-là, passa inaperçu aux Hauts-Quartiers. Un jour, la terre sera couverte d'épiciers, de garagistes et de petits rentiers bricoleurs, et le printemps n'aura plus lieu d'être.

On demandait parfois à l'abbé Singler ce qu'il pensait des aventures de Didier Aubert qu'il avait, paraît-il, connu. Comme l'ancien professeur de philosophie avait acquis de l'expérience et surtout quelques bonnes formules dans la pratique du journal, il répondait que, tout comme la parfaite ménagère, « Dieu ne fait pas d'omelette sans casser des œufs ».

De son côté, Mme Chotard aimait rappeler un détail qui n'avait été révélé par personne, mais qui, après lui avoir échappé à elle-même lors des deux ou trois visites qu'elle avait faites rue Maubec avant ce « dénouement inattendu », l'avait ensuite beaucoup frappée : quand, prévenue par la propriétaire de ce qui était arrivé à « ses amis », elle était entrée dans la chambre, elle avait remarqué ceci : sur la paroi à laquelle s'appuyait le lit où l'on avait retrouvé Didier Aubert, au-dessus de ce lit où reposaient les « suicidés », était accroché un grand crucifix noir entre les bras duquel se racornissait un rameau de buis. On ne savait trop quel sens elle donnait à cette circonstance, quel présage, bon ou mauvais, elle désirait y voir car cela n'était sans doute pas très clair pour elle-même, mais son esprit revenait sans cesse à cette image, et elle ne pouvait s'empêcher d'en faire mention connut d'une chose qui obsédait perpétuellement sa pensée.

Table

Préface : *Paul Gadenne absent de Paris*
par Pierre Mertens 7

   Que vois-tu, Jérémie ?. 17
1. La Bergerie 27
2. Le Colonel. 121
3. Madame Chotard-Lagréou 153
4. Vue sur l'Hippodrome 337
5. Rosa la rose 357
6. Les cloportes 381
7. La haute. 517
8. Le cahier bleu 607
9. Corpus Christi 655
10. Le Printemps 779

DU MÊME AUTEUR

Siloé
Gallimard, 1941
et « Points », n° P1212

Le Vent noir
Gallimard, 1947

La Rue profonde
Gallimard, 1948
Le Dilettante, 1995

L'Avenue
Gallimard, 1949

La Plage de Scheveningen
Gallimard, 1952
et « L'imaginaire », n° 106

L'Invitation chez les Stirl
Gallimard, 1955
et « L'imaginaire », n° 325

Baleine
Actes Sud, 1982

L'Inadvertance
Le Tout sur le tout, 1982

Poèmes
Actes Sud, 1983 et 1992

À propos du roman
Actes Sud, 1983

La Coccinelle ou les Fausses Tendresses
Le Dilettante, 1985

Scènes dans le château
Actes Sud, 1986

Bal à Espelette : lettres trouvées
Actes Sud, 1986

Le jour que voici
Séquences, 1987

La Conférence
Séquences, 1989

Trois préfaces à Balzac
Le Temps qu'il fait, 1992

Le Rescapé
Carnet (novembre 1949-mars 1951)
Séquences, 1993

Baleine
suivi de
L'Intellectuel dans le jardin *et de* Bal à Espelette
Actes Sud, « Babel », n° 59, 1993

La Rupture
Carnet (1937-1940)
Séquences, 1999

G.R. le livre de la haine
La Part commune, 2005

RÉALISATION : IGS-CP À L'ISLE-D'ESPAGNAC
IMPRESSION : NORMANDIE ROTO IMPRESSION S.A.S. À LONRAI
DÉPÔT LÉGAL : SEPTEMBRE 2013. N° 112378 (13-2980)
– *Imprimé en France* –

Éditions Points

Le catalogue complet de nos collections est sur Le Cercle Points, ainsi que des interviews de vos auteurs préférés, des jeux-concours, des conseils de lecture, des extraits en avant-première…

www.lecerclepoints.com

Collection Points Signatures

P201. Portrait de l'artiste en jeune chien, *Dylan Thomas*
P261. Remise de peine, *Patrick Modiano*
P728. La Splendeur du Portugal, *António Lobo Antunes*
P1145. La Fascination de l'étang, *Virginia Woolf*
P1856. Le Jardin de ciment, *Ian McEwan*
P1857. L'Obsédé (L'Amateur), *John Fowles*
P1858. Moustiques, *William Faulkner*
P1859. Givre et Sang, *John Cowper Powys*
P1860. Le Bon Vieux et la Belle Enfant, *Italo Svevo*
P1924. Bright Lights, Big City, *Jay McInerney*
P1925. À la merci d'un courant violent, *Henry Roth*
P1926. Un rocher sur l'Hudson, *Henry Roth*
P1927. L'amour fait mal, *William Boyd*
P1991. Mason & Dixon, *Thomas Pynchon*
P2021. Une saison ardente, *Richard Ford*
P2022. Un sport et un passe-temps, *James Salter*
P2023. Eux, *Joyce Carol Oates*
P2081. G., *John Berger*
P2082. Sombre comme la tombe où repose mon ami
       Malcolm Lowry
P2083. Le Pressentiment, *Emmanuel Bove*
P2084. L'Art du roman, *Virginia Woolf*
P2133. Le Saule, *Hubert Selby Jr*
P2134. Les Européens, *Henry James*
P2182. Héros et Tombes, *Ernesto Sabato*
P2183. Teresa l'après-midi, *Juan Marsé*
P2236. Badenheim 1939, *Aharon Appelfeld*
P2237. Le Goût sucré des pommes sauvages, *Wallace Stegner*
P2278. Le Radeau de pierre, *José Saramago*

P2279.	Contre-jour, *Thomas Pynchon*
P2340.	Vie de poète, *Robert Walser*
P2341.	Sister Carrie, *Theodore Dreiser*
P2342.	Le Fil du rasoir, *William Somerset Maugham*
P2432.	Les Boucanières, *Edith Wharton*
P2475.	La Guerre et la Paix, *Léon Tolstoï*
P2487.	La Fille du fossoyeur, *Joyce Carol Oates*
P2564.	Mémoires d'un antisémite, *Gregor von Rezzori*
P2565.	L'Astragale, *Albertine Sarrazin*
P2604.	Nuit et Jour, *Virginia Woolf*
P2605.	Trois hommes dans un bateau (sans oublier le chien!) *Jerome K. Jerome*
P2699.	L'Art et la manière d'aborder son chef de service pour lui demander une augmentation, *Georges Perec*
P2775.	La Geste des Sanada, *Yasushi Inoué*
P2781.	Les Enfants du nouveau monde, *Assia Djebar*
P2782.	L'Opium et le Bâton, *Mouloud Mammeri*
P2800.	Le Voyageur à la mallette *suivi de* Le Vieux Quartier *Naguib Mahfouz*
P2873.	L'Amour d'une honnête femme, *Alice Munro*
P2918.	Les Deux Sacrements, *Heinrich Böll*
P2919.	Le Baiser de la femme-araignée, *Manuel Puig*
P2984.	Débutants, *Raymond Carver*
P3005.	Docteur Pasavento, *Enrique Vila-Matas*
P3033.	Les oranges ne sont pas les seuls fruits, *Jeanette Winterson*
P3073.	Lucy, *William Trevor*
P3105.	Les Hauts-Quartiers, *Paul Gadenne*
P3106.	Histoires pragoises, *suivi de* Le Testament *Rainer Maria Rilke*
P3107.	Œuvres pré-posthumes, *Robert Musil*